STURZ
DER
TITANEN

KEN
FOLLETT

STURZ DER TITANEN

Die Jahrhundert-Saga

Roman

Aus dem Englischen von
Dietmar Schmidt und Rainer Schumacher

Mit Illustrationen von Tina Dreher

Weltbild

Die englische Originalausgabe erschien 2010 unter dem Titel
Fall of Giants bei Macmillan, London / Dutton, New York.

Besuchen Sie uns im Internet:
www.weltbild.de

Genehmigte Lizenzausgabe für Verlagsgruppe Weltbild GmbH,
Steinerne Furt, 86167 Augsburg

Übersetzung: Dietmar Schmidt und Rainer Schumacher
Umschlaggestaltung: bürosüd°, München
Umschlagmotiv: Getty Images, München
(© Design Pics / The Irish Collection)
Gesamtherstellung: CPI – Clausen & Bosse, Leck
Printed in the EU
ISBN 978-3-86800-949-1

2014 2013 2012 2011
Die letzte Jahreszahl gibt die aktuelle Lizenzausgabe an.

Dem Andenken meiner Eltern
Martin und Veenie Follett.

Personenverzeichnis

Amerikaner

Familie Dewar
Senator Cameron Dewar
Ursula Dewar, seine Frau
Gus Dewar, ihr Sohn

Familie Vyalov (vormals Wjalow)
Joseph Vyalov, Geschäftsmann
Lena Vyalov, seine Frau
Olga Vyalov, ihre Tochter

Andere
Rosa Hellman, Reporterin
Chuck Dixon, Schulfreund von Gus
Marga, eine Nachtclubsängerin
Nick Forman, ein Dieb
Ilya, Schläger
Theo, Schläger
Norman Niall, verschlagener Buchhalter
Brian Hall, Gewerkschaftsführer

Historische Persönlichkeiten
Woodrow Wilson, 28. Präsident der Vereinigten Staaten
William Jennings Bryan, Außenminister
Joseph Daniels, Marineminister

Deutsche und Österreicher

Familie von Ulrich

Otto von Ulrich, Diplomat
Susanne von Ulrich, seine Frau
Walter von Ulrich, ihr Sohn, Militärattaché der deutschen Botschaft in London
Greta von Ulrich, ihre Tochter
Graf Robert von Ulrich, Walters Cousin zweiten Grades, Militärattaché der österreichischen Botschaft in London

Andere

Gottfried von Kessel, Kulturattaché der deutschen Botschaft in London
Monika von der Helbard, Gretas beste Freundin

Historische Persönlichkeiten

Fürst Karl Lichnowsky, deutscher Botschafter in London
General der Infanterie Paul von Hindenburg
Generalmajor Erich Ludendorff
Theobald von Bethmann Hollweg, Reichskanzler
Arthur Zimmermann, Außenminister

Engländer und Schotten

Familie Fitzherbert

Earl Edward Fitzherbert, genannt Fitz
Fürstin Elizabeta, genannt Bea, seine Frau
Lady Maud Fitzherbert, seine Schwester
Lady Hermia, genannt Tante Herm, ihre verarmte Tante
Die Herzogin von Sussex, ihre reiche Tante
Gelert, Pyrenäenberghund
Grout, Fitz' Butler
Sanderson, Mauds Zofe

Andere

Mildred Perkins, Ethel Williams' Mieterin
Bernie Leckwith, Sekretär der Unabhängigen Arbeiterpartei in Aldgate
Bing Westhampton, Fitz' Freund
Marquess von Lowther, »Lowthie«, zurückgewiesener Freier von Maud
Albert Solman, Fitz' Bevollmächtigter
Dr. Greenward, ehrenamtlicher Arzt in der Armenklinik
Lord »Johnny« Remarc, Staatssekretär im Kriegsministerium
Colonel Hervey, Adjutant von Sir John French
Mannie Litov, Fabrikbesitzer
Jock Reid, Schatzmeister der Unabhängigen Arbeiterpartei in Aldgate
Jayne McCulley, Soldatenfrau

Historische Persönlichkeiten

König George V.
Queen Mary
Mansfield Smith-Cumming, genannt »C«, Direktor des britischen Auslandsgeheimdienstes (des späteren MI6)
Sir Edward Grey, Außenminister
Sir William Tyrrell, Privatsekretär von Sir Edward Grey
Frances Stevenson, Geliebte von Lloyd George
Winston Churchill, liberaler Abgeordneter
H. H. Asquith, Premierminister
Field Marshal Sir John French, Oberbefehlshaber des britischen Expeditionskorps

Franzosen

Gini, ein Barmädchen
Colonel Dupuys, Adjutant von Général Galliéni
Général Lourceau, Adjutant von Général Joffre

Historische Persönlichkeiten

Général Joffre, Oberbefehlshaber der französischen Streitkräfte

Général Galliéni, Militärgouverneur der Garnison von Paris

RUSSEN

Familie Peschkow

Grigori Peschkow, Metallarbeiter

Lew Peschkow, Stallbursche

Putilow-Werke

Konstantin, Industriedreher, Vorsitzender der bolschewistischen Diskussionsgruppe

Isaak, Kapitän der Werksfußballmannschaft

Warja, Arbeiterin, Konstantins Mutter

Sergej Kanin, Fertigungsleiter der Gießerei

Graf Malakowski, Direktor

Andere

Michail Pinsky, Reviervorsteher

Ilja Koslow, sein Handlanger

Nina, Zofe von Fürstin Bea

Fürst Andrej, Beas Bruder

Katherina, ein Bauernmädchen, neu in der Stadt

Mischka, Wirt

Trofim, ein Gangster

Fjodor, korrupter Polizist

Spirja, Passagier auf der *Erzengel Gabriel*

Jakow, Passagier auf der *Erzengel Gabriel*

Anton, Beamter in der russischen Botschaft in London und deutscher Spion

Sergeant Iwanow

Leutnant Tupolew

Historische Persönlichkeiten
Wladimir Iljitsch Lenin, Führer der bolschewistischen Partei
Lew Davidowitsch Trotzki

Waliser

Familie Williams
David Williams, Gewerkschafter, genannt »Dah«
Cara Williams, seine Frau, genannt »Mam«
Ethel Williams, ihre Tochter
Billy Williams, ihr Sohn
Gramper, Mams Vater

Familie Griffiths
Len Griffiths, Atheist und Marxist
Mrs. Griffiths
Tommy Griffiths, Lens Sohn und Billy Williams' bester Freund

Familie Ponti
Mrs. Minnie Ponti
Giuseppe »Joey« Ponti
Giovanni »Johnny« Ponti, sein jüngerer Bruder

Bergleute
David Crampton, »Dai Crybaby«
Harry »Suet« Hewitt
John Jones the Shop
Dai Chops, Metzgerssohn
Pat Pope, Anschläger
Micky Pope, Pats Sohn
Dai Ponies, Pferdetreiber
Bert Morgan

Bergwerksleitung
Perceval Jones, Generaldirektor von Celtic Minerals
Maldwyn Morgan, Grubendirektor
Rhys Price, Steiger
Arthur »Spotty« Llewellyn, Sekretär

Dienerschaft in Tŷ Gwyn
Peel, Butler
Mrs. Jevons, Haushälterin
Morrison, Diener

Andere
Dai Schiss
Mrs. Dai Ponies
Mrs. Roley Hughes
Mrs. Hywel Jones
Mrs. Parry Price
Private George Barrow, B-Kompanie
Private Robin Mortimer, degradierter Offizier, B-Kompanie
Private Owen Bevin, B-Kompanie
Sergeant Elijah »Prophet« Jones, B-Kompanie
Second Lieutenant James Carlton-Smith, B-Kompanie
Captain Gwyn Evans, A-Kompanie
Second Lieutenant Roland Morgan, B-Kompanie

Historische Persönlichkeiten
David Lloyd George, liberaler Parlamentsabgeordneter

Prolog

Initiation

Times
PRICE, WITH
UNE 22. 1911.
BIRTHS.
ENTERT
PAGEA
MARRIAGES.
IN MEMORIAM.
DEATHS

KAPITEL 1

22. Juni 1911

An dem Tag, als George V. in der Westminster Abbey den Thron bestieg, fuhr Billy Williams zum ersten Mal in die Grube von Aberowen ein.

Es war Billys dreizehnter Geburtstag.

Sein Vater weckte ihn mit einer eher zweckmäßigen als sanften Methode: Rhythmisch klatschte er den Handrücken gegen Billys Wange. Billy, aus dem Schlaf geholt, versuchte anfangs, die unsanfte Behandlung nicht zu beachten, doch Dah hörte einfach nicht damit auf. Billy wollte schon wütend werden, als ihm einfiel, dass er aufstehen musste, sogar wollte. Er öffnete die Augen und setzte sich auf.

»Vier Uhr«, sagte Dah und verschwand wieder. Seine Stiefel bollerten auf den hölzernen Stufen, als er die Treppe hinunterstieg.

Billys großer Tag war gekommen. Heute würde er in der Zeche von Aberowen sein Arbeitsleben als Grubenjunge beginnen, so wie vor ihm die meisten Männer in dem südwalisischen Ort, als sie in Billys Alter gekommen waren. Nur hätte Billy sich jetzt gerne ein bisschen mehr wie ein Bergmann gefühlt … Er musste an David Crampton denken, der an seinem ersten Tag in der Zeche geflennt hatte und den man seitdem »Crybaby« nannte, Heulsuse, obwohl er schon fünfundzwanzig war und die große Hoffnung der örtlichen Rugbymannschaft. Billy war entschlossen, sich nicht zum Gespött zu machen.

Gestern war Sommersonnenwende gewesen, und das Licht des frühen Morgens fiel durch das winzige Fenster. Billy blickte auf seinen Großvater, der im gleichen Bett neben ihm lag. Gramper hatte die Augen offen. Er sagte immer, alte Leute bräuchten nicht viel Schlaf. Wahrscheinlich war er deshalb immer wach, egal, wann Billy aufstand.

Billy stieg aus dem Bett. Er trug nur seine Unterhose. Bei kaltem Wetter behielt er zum Schlafen auch das Hemd an, doch es war ein warmer Frühsommer in diesem Jahr, und die Nächte waren mild.

Billy zog den Nachttopf unter dem Bett hervor, nahm den Deckel ab und zog seinen »Peter« aus der Hose, wie er ihn bei sich nannte, um zu pinkeln. Traurig betrachtete Billy das noch immer kindlich kleine Ding. Seine stille Hoffnung, sein Peter würde in der Nacht vor seinem Geburtstag wachsen oder dass da unten wenigstens irgendwo ein schwarzes Haar sprießte, wurde bitter enttäuscht. Neidvoll dachte Billy an seinen besten Freund, Tommy Griffiths, der auf den Tag genauso alt war wie er selbst. Tommy hatte schon dunklen Flaum auf der Oberlippe, seine Stimme wurde tiefer, und sein Peter sah aus wie der eines Mannes. Es war niederschmetternd.

Während Billy so in den Topf pinkelte, schaute er aus dem Fenster auf die Halde, ein schmutzig graues Massiv, gewachsen aus dem Abraum aus der Zeche, hauptsächlich Schiefer und Sandstein. So muss die Erde am zweiten Tag der Schöpfung ausgesehen haben, überlegte Billy, bevor Gott die Pflanzen erschaffen hatte, indem er sprach: »Es lasse die Erde aufgehen Gras und Kraut.« Ein leichter Wind trieb feinen schwarzen Staub von der Halde zu den Häuserreihen.

Im Zimmer war noch weniger zu sehen als draußen. Es lag im hinteren Teil des Hauses, ein winziger Verschlag, gerade groß genug für ein Bett, eine Kommode und Grampers alte Kiste. An der Wand hing ein gestickter Spruch:

GLAUBE AN JESUS CHRISTUS
UNSEREN HERRN
UND DU SOLLST
ERRETTET WERDEN

Einen Spiegel gab es nicht.

Eine Tür führte zum Fuß der Treppe, eine weitere zu dem zweiten Schlafzimmer, das nach vorn rausging und nur durch Billys Kammer betreten werden konnte. Das andere Zimmer war größer und hatte Platz für zwei Betten, in denen Dah und Mam schliefen. Auch Billys Schwestern hatten in dem Zimmer geschlafen, aber das war lange her. Ethel, die Älteste, hatte das Haus verlassen, und die anderen drei waren gestorben: eine an den Masern, eine am Keuchhusten, eine an Diphtherie. Billy hatte auch einen älteren Bruder gehabt, Wesley, mit dem er in einem Bett geschlafen hatte, ehe Gramper zu ihnen gezogen war. Wesley war unter Tage von einem Hunt überrollt worden, einem der Förderwagen, in denen man die Kohle transportierte.

Billy streifte sich sein Hemd über, das gleiche, das er gestern noch zur Schule angehabt hatte. Heute war Donnerstag, und er wechselte sein Hemd nur sonntags. Doch Billys Hose war neu – seine erste lange Hose. Sie war aus Englischleder, einem dicken, Wasser abweisenden Baumwollstoff. Stolz streifte Billy die Hose über, verkörperte sie doch so etwas wie den Eintritt in die Welt der Männer. Der schwere Stoff fühlte sich derb und irgendwie männlich an. Billy schnallte sich den dicken Ledergürtel um, stieg in die Stiefel, die er von Wesley geerbt hatte, und ging nach unten.

Den größten Teil des Erdgeschosses nahm die Wohnküche in Beschlag – ein bescheidenes Zimmer, fünfzehn Fuß im Geviert. In der Mitte stand ein Tisch, an einer Wand war ein Kamin, und auf dem Steinfußboden lag ein selbst geknüpfter Teppich.

Dah saß am Tisch, die Brille auf der langen, spitzen Nase, und las in einer alten Ausgabe der *Daily Mail*. Mam goss Tee auf. Als sie Billy erblickte, setzte sie den dampfenden Wasserkessel ab und küsste ihren Sohn auf die Stirn. »Und wie geht's meinem kleinen Mann an seinem Geburtstag?«

Billy, leicht verärgert, antwortete nicht. Das »klein« verletzte ihn, denn er *war* klein, und das »Mann« war nicht weniger schmerzlich, weil er eben noch kein Mann war. Er schlurfte in die Waschküche an der Hinterseite des Hauses, tauchte eine Blechschüssel ins Wasserfass und wusch sich Hände und Gesicht; dann goss er das Wasser in den flachen Spülstein. Der Waschkessel über dem Feuerrost wurde nur benutzt, wenn am Samstagabend das Badewasser erhitzt wurde.

Aber bald sollten sie fließendes Wasser bekommen. Mehrere Bergmannshäuser waren schon an die Leitung angeschlossen. Billy hatte Bauklötze gestaunt, als man ihm gezeigt hatte, wie man eine Tasse kaltes klares Wasser bekam, indem er einfach nur am Hahn drehte, ohne dass man einen Eimer zum Standrohr auf der Straße tragen musste. Doch bis zur Wellington Row, wo die Williams wohnten, war das fließende Wasser noch nicht vorgedrungen.

Billy kehrte in die Stube zurück und setzte sich an den Tisch. Mam stellte ihm eine große Tasse Tee mit Milch hin, in den sie bereits Zucker eingerührt hatte. Dann schnitt sie Billy zwei dicke Scheiben selbst gebackenes Brot ab und holte Schmalz aus der Speisekammer unter der Treppe. Billy faltete die Hände, schloss die Augen und sagte: »Danke-o-Herr-für-diese-Speise-Amen.« Dann trank er einen Schluck Tee und strich dick Schmalz auf sein Brot.

Dahs hellblaue Augen blickten über den Rand der Zeitung. »Tu dir Salz drauf«, sagte er. »Unter Tage schwitzt du.«

Billys Vater war Funktionär der südwalisischen Bergarbeitergewerkschaft, der stärksten Gewerkschaft in Großbritannien, wie er bei jeder Gelegenheit hervorhob. Das hatte ihm den Namen »Dai Union« eingetragen, wobei Dai die Kurzform für David war – oder »Dafydd« auf Walisisch, ein beliebter Name in Wales, war der heilige David doch der Schutzpatron des Landes. Die vielen »Dais« unterschied man nicht an ihren Nachnamen – in der Stadt hießen fast alle Jones, Williams, Evans oder Morgan –, sondern anhand eines Spitznamens, wobei eine humorvolle Variante bevorzugt wurde. Billy zum Beispiel hieß William Williams, also nannten ihn alle »Billy Twice«, den »doppelten Billy«. Und Mam wurde »Mrs. Dai Union« genannt, da Frauen oft den Spitznamen ihres Mannes bekamen.

Gramper kam herunter, als Billy seine zweite Schnitte Brot aß. Trotz des warmen Wetters trug er Jacke und Weste. Nachdem er sich die Hände gewaschen hatte, setzte er sich Billy gegenüber an den Tisch. »Nun guck nicht so bang«, sagte er. »Ich war zehn, wie ich das erste Mal eingefahren bin. Mein Vater war noch jünger, erst fünf, und er musste von sechs am Morgen bis sieben am Abend schuften. Von Oktober bis März hat er kein Mal das Tageslicht gesehn.«

»Ich bin nicht bang«, widersprach Billy, obwohl ihm die Angst im Magen wühlte.

Aber Gramper, freundlich wie immer, ging nicht weiter darauf ein. Billy mochte Gramper sehr, denn er behandelte ihn wie einen erwachsenen Mann. Dah hingegen war streng und konnte ziemlich scharfzüngig sein, und Mam behandelte ihn wie ein Baby.

»Hört euch das mal an«, sagte Dah und löste den Blick von der Zeitung. Er hätte sich niemals eine *Mail* gekauft – in seinen Augen war sie ein konservatives Käseblatt –, doch wenn jemand ein Exemplar liegen gelassen hatte, brachte er es mit nach Hause und las dann mit verächtlicher Stimme daraus vor, voller Spott für die Dummheit und Unehrlichkeit der herrschenden Klasse. »›Lady Diana Manners, jüngere Tochter des Herzogs von Rutland, zog Unwillen auf sich, als sie auf zwei verschiedenen Bällen das gleiche Kleid trug. Für ihr Ensemble aus schulterfreiem Fischbeinstäbchenoberteil und Reifrock hatte Lady Diana auf dem Savoy Ball zweihundertfünfzig Guineas Preisgeld erhalten ...‹« Dah senkte die Zeitung und sagte: »Dafür musst du fünf Jahre schuften, Billy-Boy.« Dann fuhr er fort: »›... was sie jedoch nicht daran hinderte, in demselben Gewand zum Empfang Lord Wintertons und F. E. Smiths im Hotel Claride zu erscheinen, worauf sie sich das Naserümpfen der Kenner zuzog. Man kann des Guten auch zu viel tun, sagten die Leute.‹« Wieder hob Dah den Blick. »Schlüpf bloß in 'n anderes Ensemble, Mam«, sagte er. »Oder willste dir das Naserümpfen der Kenner zuziehen?«

Mam fand das gar nicht komisch. Sie trug ein altes braunes Wollkleid mit Flicken auf den Ellbogen und fleckigen Achseln. »Ich weiß zwar nicht, was 'n Ongsombel ist, aber wenn ich zweihundertfünfzig Guineas hätte, würde ich besser aussehen als Lady Diana Dingsbums«, erwiderte sie nicht ohne Bitterkeit.

»Da hat se recht«, sagte Gramper. »Cara war immer schon die Hübscheste, genau wie ihre Mutter.« Gramper schaute Billy an. »Deine Großmutter war 'ne Italienerin, weißte. Maria Ferrone hat sie geheißen.« Das wusste Billy längst, aber Gramper erzählte gerne die alten Familiengeschichten, immer und immer wieder. »Von der ha'm deine Mam und deine Schwester ihre schwarzen Haare und die schönen dunklen Augen. Und deine Oma war das schönste Mädchen in ganz Cardiff, und ich hab sie gekriegt.« Plötzlich blickte er traurig drein. »Ach, war'n das Nächte!«, fügte er wehmütig hinzu.

Dah runzelte missbilligend die Stirn, schwangen in solchen Worten doch fleischliche Gelüste mit, aber Mam freute sich über die Komplimente und lächelte, als sie Gramper das Frühstück vorsetzte. »Ja«, sagte sie. »Ich und meine Schwester, wir hätten den feinen Pinkeln schon gezeigt, was ein schönes Mädchen ist, wenn wir Geld für Seide und Spitze gehabt hätten.«

Billy staunte. Er hätte seine Mutter nie als schön angesehen, musste aber einräumen, dass sie ganz nett aussah, wenn sie sich für das Gemeindetreffen am Samstagabend herausputzte, besonders mit Hut. Vielleicht war sie wirklich mal hübsch gewesen, doch irgendwie konnte Billy es sich schwer vorstellen.

»Und die Familie von deiner Oma, Billy-Boy, das waren alles kluge Leute«, fuhr Gramper fort. »Mein Schwager war Bergmann, weißte, bis er in Tenby ein Café eröffnet hat. Das is' mal 'n Leben – immer frische Seeluft und den ganzen Tag nix anderes tun als Kaffee kochen und Geld zählen!«

Dah sagte: »Hört mal, was hier steht. ›Im Rahmen der Krönungsvorbereitungen hat der Buckingham Palace ein Anleitungsbuch von zweihundertzwölf Seiten Umfang herausgegeben.‹« Er blickte über den Zeitungsrand. »Sag das den Jungs unter Tage, Billy-Boy. Die werden erleichtert sein, dass unser Königshaus nichts dem Zufall überlässt.«

Billy interessierte sich nicht besonders für das Königshaus, eher schon für die Abenteuergeschichten, die ab und zu in der *Mail* standen, Geschichten über tapfere, Rugby spielende Eliteschüler, die hinterhältigen deutschen Spionen das schmutzige Handwerk legten. Glaubte man der *Mail*, wimmelte es in jeder britischen Stadt von deutschen Agenten. Nur um Aberowen schienen sie zu Billys Enttäuschung einen weiten Bogen zu machen.

Billy stand auf. »Ich geh mal die Straße runter«, verkündete er und verschwand durch die Vordertür. »Die Straße runtergehen« bedeutete, dass man zum öffentlichen Abort ging. Auf halber Höhe der Wellington Row stand über einem tiefen Erdloch ein niedriger Ziegelbau mit Wellblechdach. Der Bau war in zwei Hälften geteilt, eine für Männer, die andere für Frauen. Jede Hälfte hatte zwei Sitze, sodass man jeweils zu zweit aufs Klo ging. Niemand wusste, weshalb die Erbauer diese Anordnung gewählt hatten, aber alle machten das Beste daraus: Die Männer blickten stier nach vorn und hüllten sich in Schweigen, während die Frauen munter drauflos schwatzten. Der Gestank war pestilenzialisch, selbst dann noch, wenn man ihn sein Leben lang kannte. Wenn Billy auf dem Donnerbalken saß, versuchte er jedes Mal, so lange wie möglich den Atem anzuhalten; wenn er dann ins Freie kam, schnappte er nach Luft wie ein Fisch auf dem Trockenen. Regelmäßig wurde die Jauche von einem Mann aus dem Loch geschaufelt, den man folgerichtig »Dai Schiss« nannte.

Als Billy wieder ins Haus kam, sah er zu seiner Freude seine Schwester Ethel am Tisch sitzen. »Herzlichen Glückwunsch zum Geburtstag, Billy!«, rief sie. »Ich musste einfach kommen und dir ’nen Kuss geben, ehe du einfährst.«

Ethel war achtzehn, und anders als bei Mam fiel es Billy überhaupt nicht schwer, sie als hübsch einzustufen. Ihre mahagonibraunen Locken ließen sich kaum bändigen, und in ihren dunklen Augen funkelte der Schalk. Vielleicht hatte Mam früher auch so ausgesehen. Ethel trug das schlichte schwarze Kleid und das weiße Baumwollhäubchen eines Hausmädchens, und es stand ihr gut.

Billy vergötterte Ethel. Sie war nicht nur hübsch, sie war auch lustig, klug und tapfer, und manchmal bot sie sogar Dah die Stirn. Sie erzählte Billy von Dingen, die ihm sonst niemand erklären wollte, zum Beispiel, dass Frauen jeden Monat ein paar Tage lang den »Fluch« hatten, wie Ethel es nannte, oder was die »öffentliche Unzucht« gewesen war, die den anglikanischen Pfarrer gezwungen hatte, fluchtartig die Stadt zu verlassen. In der Schule war Ethel immer die Klassenbeste gewesen; mit ihrem Aufsatz »Mein Heimatort« hatte sie bei einem Wettbewerb des *South Wales Echo* sogar den ersten Preis gewonnen: ein Exemplar von Cassells Weltatlas.

Sie küsste Billy auf die Wange. »Ich hab unserer Haushälterin gesagt, dass uns die Stiefelwichse ausgegangen ist und dass ich welche aus der Stadt hole.« Ethel wohnte und arbeitete auf Tŷ Gwyn, dem Herrenhaus von Earl Fitzherbert eine Meile den Hügel hinauf. »Hier.« Sie reichte Billy ein sauberes Tuch, in das etwas eingeschlagen war. »Ich hab ein Stück Kuchen für dich geklaut.«

»Oh, danke, Eth!«, rief Billy. Kuchen aß er für sein Leben gern.

Mam fragte: »Soll ich den Kuchen in deine Brotdose tun, Billy?«

»Ja, bitte, danke.«

Mam holte eine Blechdose aus dem Schrank und legte den Kuchen hinein. Dann schnitt sie noch zwei Brotscheiben ab, bestrich sie mit Schmalz, streute Salz darauf und legte sie zu dem Kuchen. Alle Bergleute hatten Brotdosen aus Blech. Hätten sie ihr Essen in ein Tuch eingehüllt mit unter Tage genommen, hätten die Mäuse es ihnen noch vor dem ersten »Buttern« – der ersten Pause – weggefressen.

»Wenn du deinen ersten Lohn nach Hause bringst«, sagte Mam, »kriegst du eine Scheibe gebratenen Speck aufs Brot.«

Viel würde Billy anfangs nicht verdienen, doch seine Familie konnte das Geld gut gebrauchen. Er fragte sich, wie viel Mam ihm als Taschengeld lassen würde und ob er jemals genug sparen könnte, um sich das Fahrrad zu kaufen, das er sich mehr wünschte als alles andere auf der Welt.

Ethel setzte sich wieder an den Tisch.

»Wie geht's denn so zu im großen Haus?«, fragte Dah.

»Oooch, ganz ruhig«, antwortete Ethel. »Der Earl und die Fürstin fahren zur Krönung nach London!« Sie schaute zu der Uhr auf dem Kaminsims. »Sie müssen gleich aufstehen, damit sie früh genug in der Abbey sind. Na, das wird *ihr* gar nicht gefallen, weil sie immer lange im Bett liegt, aber beim König darf nicht einmal sie zu spät kommen.« Die Frau des Earls, Bea, war eine russische Fürstin und überaus vornehm.

»Sie wollen bestimmt vorne sitzen, damit sie den ganzen Zirkus sehen können, was?«

»Nein, nein, man kann sich nicht einfach hinsetzen, wo man will«, sagte Ethel. »Jeder hat einen eigenen Mahagonistuhl mit seinem Namen in Goldschrift hintendrauf. Für die Feier sind eigens sechstausend Stühle gemacht worden.«

»Na, datt nenn ich Verschwendung!«, rief Gramper. »Watt machen se denn nachher damit?«

»Weiß nicht. Vielleicht tut jeder seinen Stuhl als Andenken mit nach Hause nehmen.«

Dah meinte trocken: »Sag ihnen, wenn einer übrig bleibt, sollen sie ihn uns schicken. Wir sind nur fünf, und deine arme alte Mam muss stehen.«

Wenn Dah sich flapsig gab, steckte manchmal eine Stinkwut dahinter. Ethel sprang auf. »Oh, tut mir leid, Mam, ich hab nicht nachgedacht.«

»Bleib nur sitzen.« Mam winkte ab. »Ich hab sowieso keine Zeit.«

Die Uhr schlug fünf. »Am besten, du bist ein bisschen früher da, Billy-Boy«, sagte Dah. »Damit von vornherein alle wissen, dass du dabeibleiben willst.«

Billy erhob sich widerstrebend und nahm seine Brotdose.

Ethel küsste ihn noch einmal, und Gramper schüttelte ihm die Hand. Dah reichte ihm zwei rostige, verbogene Sechszollnägel. »Steck sie dir in die Hosentasche.«

»Wozu?«, fragte Billy.

»Tust schon sehen«, entgegnete Dah lächelnd.

Mam reichte Billy eine Literflasche aus Blech mit Schraubverschluss, in der kalter Tee mit Milch und Zucker war. »Vergiss nicht, dass der Herr Jesus immer bei dir ist, auch unten in der Grube.«

»Ja, Mam.«

Billy sah Tränen in ihren Augen und wandte sich rasch ab, weil auch ihm plötzlich zum Heulen zumute war. Er nahm seine Mütze vom Haken. »Bis dann«, sagte er so leichthin, als wollte er zur Schule, und ging zur Vordertür hinaus.

Der Frühsommer war bisher sonnig gewesen, doch heute war es bedeckt, und es sah nach Regen aus. Tommy lehnte an der Hauswand und wartete. »Aye, aye, Billy«, sagte er.

»Aye, aye, Tommy.«

Seite an Seite gingen die Jungen die Straße hinunter.

Aberowen, hatte Billy in der Schule gelernt, war früher ein Marktflecken für die Bauern der Umgegend gewesen. Vom höchsten Punkt der Wellington Row blickte man auf den alten Markt mit den offenen Pferchen für das Vieh, die Wollbörse und die anglikanische Kirche, die alle auf der gleichen Seite des Flusses Owen lagen, der eigentlich kaum mehr war als ein Bach. Jetzt durchschnitt ein Eisenbahngleis die Stadt wie eine hässliche Wunde und endete an den Tagesanlagen der Zeche. Die Häuser der Bergleute standen auf den Talhängen. Hunderte grauer Steinhäuschen mit Dächern aus dunklem walisischem Schiefer reihten sich in langen Serpentinen an den terrassenartig ansteigenden Hügeln. Kürzere Straßen querten die Häuserreihen und führten hinunter zur Talsohle.

»Was glaubste, bei wem du arbeiten tust?«, fragte Tommy.

Billy zuckte mit den Schultern. Die Neuen wurden einem Steiger zugeteilt. »Kann man nich' wissen.«

»Ich hoffe, mich tun se in die Ställe.« Tommy mochte Pferde, und im Bergwerk gab es mehr als fünfzig Ponys. Sie zogen die kohlegefüllten Hunte über die Gleise. »Und was für 'ne Arbeit willst du machen?«

Billy hoffte, dass er in keine der »Knochenmühlen« kam, wie Dah es nannte. »Ich würde gerne Hunte schmieren.«

»Warum?«

»Ist nich' so schwer, glaub ich.«

Sie gingen an der Schule vorbei, die sie gestern noch besucht hatten – ein viktorianisches Gebäude mit spitzen Fenstern wie in einer Kirche. Die Schule war von der Familie Fitzherbert errichtet worden, wie der Rektor die Schüler immerzu erinnerte. Der Earl ernannte die Lehrer und gab auch den Lehrplan vor. An den Wänden hingen Gemälde, die Szenen aus Englands glorreicher Vergangenheit zeigten, und jeder Schultag begann mit einer Religionsstunde, in der den Schülern die strenge anglikanische Doktrin eingebläut wurde, obwohl fast alle aus Freikirchler-Familien kamen. Die Schule hatte einen Verwaltungsausschuss, der aber gar nichts verwalten durfte, sondern nur beratende Funktion hatte. Dah, der dem Ausschuss angehörte, sagte immer, der Earl behandle die Schule wie sein persönliches Eigentum.

In ihrem letzten Jahr waren Billy und Tommy in den Grundlagen des Bergbaus unterrichtet worden, während die Mädchen das Nähen und Kochen lernen mussten. Zu seinem Erstaunen hatte Billy erfahren, dass der Boden unter ihren Füßen aus unterschiedlichen Erdschichten bestand, wie ein Berg gigantischer Butterbrote. Auch ein Kohlenflöz – ein Begriff, den Billy sein Leben lang gehört hatte, ohne ihn richtig zu verstehen – war eine solche Erdschicht. Die Kohle selbst, hatte Billy gelernt, bestand aus totem Laub und anderen Pflanzenresten, die sich in Tausenden von Jahren angesammelt hatten und vom Gewicht der Erde zusammengepresst worden waren. Für Tommys Vater, einen Atheisten, war dies der Beweis, dass die Bibel unrecht hatte, während Billys Dah sich auf den Standpunkt stellte, dies sei nur eine von vielen möglichen Erklärungen.

Die Schule war um diese Zeit noch leer, der Hof verlassen. Billy war stolz, die Schule hinter sich zu haben, hegte jetzt aber den heimlichen Wunsch, dorthin zurückzukönnen, statt in die Grube einzufahren.

Je näher sie den Tagesanlagen kamen, desto mehr Bergleute waren auf der Straße. Jeder hatte seine Brotdose und seine Teeflasche dabei, und alle trugen die gleichen alten Anzüge, die ausgezogen wurden, sobald die Kumpel vor Ort waren. In manchen Bergwerken herrschte unter Tage bittere Kälte; Aberowen jedoch war eine warme Kohlenmine, und die Männer arbeiteten in Unterwäsche und Schuhen oder in den kurzen Hosen aus grobem Leinen, die sie »Bannickers« nannten. Jeder trug die ganze Zeit eine gepolsterte Kappe, weil die Decken niedrig waren und man sich am »Hangenden« leicht den Kopf stoßen konnte.

Über die Häuser hinweg sah Billy die Hängebank am oberen Schachtende und die beiden großen Räder am Förderturm, die sich in entgegengesetzte Richtungen drehten und die Seile bewegten, an denen der Korb in die Tiefe gesenkt oder heraufgezogen wurde. Was die Kirchtürme in den Bauerndörfern, waren die Fördertürme in den Bergbaugemeinden der südwalisischen Täler.

Andere Gebäude scharten sich um die Tagesöffnung, wie achtlos dorthin geworfen: die Schachtkaue mit Lampenraum und Grubendirektion, die Schmiede und die Magazine. Schienen schlängelten sich zwischen den Bauten. Auf dem Schrottplatz lagen zerbrochene Hölzer, aufgerissene Futtersäcke, ausrangierte Förderwagen und verrostete Maschinenteile, alles von einer Schicht aus Kohlenstaub bedeckt. Dah sagte immer, es würde weniger Unfälle geben, wenn die Bergleute mehr Ordnung hielten.

Billy und Tommy betraten die Grubendirektion. Im Vorzimmer saß Arthur Llewellyn, ein Schreiber, der kaum älter war als die beiden Jungen. Wegen seines Pickelgesichts wurde er »Spotty« genannt. Kragen und Manschetten seines weißen Hemds waren schmutzig. Billy und Tommy wurden bereits erwartet. Spotty trug ihre Namen in ein Buch ein, ehe er sie ins Büro des Direktors führte, wo er sie mit den Worten ankündigte: »Der junge Tommy Griffiths und der junge Billy Williams, Mr. Morgan.«

Maldwyn Morgan war ein großer Mann in einem schwarzen Anzug. Kein Kohlenstaub verunzierte seine Manschetten; keine Bartstoppeln störten die Glätte seiner rosigen Wangen. Sein Ingenieursdiplom hing gerahmt an der Wand, und seine schwarze Melone – ein weiteres Abzeichen seines Standes – lag auf dem Kleiderständer neben der Tür.

Zu Billys Überraschung war Morgan nicht allein. Neben ihm stand eine noch beeindruckendere Gestalt: Perceval Jones, Generaldirektor von Celtic Minerals, dem Bergbauunternehmen, dem die Zeche in Aberowen und andere Minen gehörten. Jones war ein kleiner, reizbarer Mann, den die Bergleute »Napoleon« nannten, wenn sie unter sich waren. Er trug Morgenkleidung, einen schwarzen Frack, einen hohen Zylinderhut von gleicher Farbe und gestreifte graue Hosen.

Generaldirektor Jones musterte die Jungen voller Abscheu. »Griffiths«, spie er hervor. »Dein Vater ist ein Sozialist und Revolutionär.«

»Jawohl, Mr. Jones«, sagte Tommy.

»Und Atheist noch dazu.«

»Jawohl, Mr. Jones.«

Jones wandte sich Billy zu. »Und dein Erzeuger ist Gewerkschaftsfunktionär bei der South Wales Miners' Foundation.«

»Jawohl, Mr. Jones.«

»Sozialisten hasse ich. Atheisten droht die ewige Verdammnis. Und Gewerkschafter sind die Schlimmsten von allen!«

Er starrte die Jungen drohend an, hatte aber keine Frage gestellt, also sagte Billy nichts.

»Ich will hier keine Unruhestifter!«, polterte Jones. »Im Rhondda-

Tal wurde dreiundvierzig Wochen gestreikt, weil Rabauken wie eure Väter die Arbeiter aufgewiegelt haben.«

Billy wusste, dass der Streik im Rhondda-Tal keineswegs von Unruhestiftern, sondern von den Besitzern der Grube Ely bei Penygraig verursacht worden war, die ihre Arbeiter ausgesperrt hatten. Doch er hielt den Mund.

»Seid ihr ebenfalls Unruhestifter?« Generaldirektor Jones zeigte mit einem knochigen Finger auf Billy, worauf dieser zu zittern begann. »Hat dein Vater dir gesagt, du sollst auf deine Rechte pochen, wenn du für mich arbeitest?«

Billy versuchte nachzudenken, auch wenn es ihm schwerfiel, weil Jones ihn so finster anstarrte. Dann fiel ihm ein Ratschlag ein, den Dah ihm gestern Abend erteilt hatte: »Bitte, Sir, er hat zu mir gesagt: ›Sei nicht frech zu den Bossen, das ist mein Job.‹«

In Billys Rücken kicherte Spotty Llewellyn.

Generaldirektor Jones fand die Bemerkung gar nicht komisch. »Unverschämter Bengel! Am liebsten würde ich dich davonjagen, aber dann streikt mir noch das ganze Tal.«

Auf den Gedanken wäre Billy nie gekommen. War er so wichtig? Nein, das wohl nicht. Aber vielleicht würden die Bergleute tatsächlich dafür streiken, dass die Kinder ihrer Vertreter keine Nachteile erlitten. Es war erstaunlich: Da währte sein Arbeitsleben noch keine fünf Minuten, und schon schützte ihn die Gewerkschaft.

»Raus mit den beiden«, sagte Jones.

Morgan nickte. »Schaffen Sie die Bengel raus, Llewellyn«, sagte er zu Spotty. »Rhys Price soll sich um sie kümmern.«

Billy stöhnte innerlich auf. Rhys Price war einer der unbeliebten Steiger. Vor einem Jahr hatte er ein Auge auf Ethel geworfen, doch sie hatte ihn genauso abblitzen lassen wie die Hälfte aller Junggesellen in Aberowen. Price allerdings hatte diese Abfuhr gar nicht gut aufgenommen.

Spotty machte eine Kopfbewegung. »Raus«, sagte er. »Wartet draußen auf Mr. Price.«

Billy und Tommy verließen das Gebäude und lehnten sich neben der Tür an die Wand. »Napoleon ist ein kapitalistischer Hundesohn«, schimpfte Tommy. »Ich würde ihn gern in den Arsch treten.«

»Ich auch«, sagte Billy, dem so etwas noch nie in den Sinn gekommen war.

Kurz darauf erschien Rhys Price. Wie alle Steiger trug er einen flachen runden Filzhut, den man »Billycock« nannte und der teurer war als eine Bergmannskappe, aber billiger als eine Melone. In den Taschen seiner Weste steckten ein Notizbuch und ein Bleistift; außerdem hatte er einen Messstab dabei. Auf seinen Wangen sprossen dunkle Bartstoppeln, und zwischen seinen Schneidezähnen klaffte eine Lücke. Billy wusste, dass dieser Mann hinterhältig und gerissen war.

»Guten Morgen, Mr. Price«, sagte er.

Price musterte ihn argwöhnisch. »Wie kommst du dazu, mir einen Guten Morgen zu wünschen, Billy Twice?«

»Mr. Morgan sagt, wir sollen mit Ihnen einfahren.«

»Ach ja? Sagt er das?« Price hatte die Gewohnheit, ständig Blicke nach links und rechts zu werfen, manchmal auch über die Schulter, als rechnete er ständig mit Ärger aus irgendeiner unerwarteten Richtung. »Na, das werden wir noch sehen.« Er blickte zum Seilscheibengerüst hinauf, als suchte er dort nach einer Erklärung. »Ich hab keine Zeit, Kindermädchen zu spielen.« Damit verschwand er im Direktionsgebäude.

»Hoffentlich nimmt uns jemand anders mit unter Tage«, sagte Billy. »Mr. Price hasst meine Familie, weil meine Schwester nicht mit ihm gehen wollte.«

»Deine Schwester glaubt, sie ist zu gut für die Männer von Aberowen«, erwiderte Tommy; offensichtlich wiederholte er etwas, das er anderswo gehört hatte.

»Ist sie ja auch«, entgegnete Billy unbeirrt.

Price kam aus dem Gebäude. »Los, hier lang«, sagte er und gab einen raschen Schritt vor.

Die Jungen folgten ihm in die Lampenstube. Der Lampenmann reichte Billy eine Sicherheitslampe aus funkelndem Messing, und Billy hakte sie sich an den Gürtel, so wie alle Bergleute. Er hatte in der Schule gelernt, wie wichtig die Grubenlampen waren: Zu den größten Gefahren unter Tage gehörte Methan, ein entzündliches Gas, das den Flözen entströmte. Die Kumpel nannten es »schlagendes Wetter«; es war die Ursache für die verheerenden Explosionen unter Tage. Besonders die walisischen Zechen waren wegen ihrer schlagenden Wetter gefürchtet. Die Sicherheitslampe war so konstruiert, dass das Grubengas sich nicht an der Flamme entzünden konnte. Stattdessen veränderte die Flamme ihre Gestalt, wenn sie mit Methan in Berührung kam: Sie wurde länger, sodass der Bergmann gewarnt war, denn schlagende Wetter waren geruchlos.

Wenn die Lampe erlosch, konnte der Kumpel sie nicht selbst wieder anzünden, zumal es streng verboten war, Streichhölzer mit unter Tage zu nehmen. Außerdem ließ die Lampe sich nur mit einem speziellen Werkzeug öffnen, sodass der Bergmann mit einer erloschenen Lampe zur Lampenkammer musste, die sich meist am Füllort beim Schacht befand. Das konnte einen Marsch von einer Meile und mehr bedeuten, aber das war es wert, wenn dadurch eine Schlagwetterexplosion verhindert werden konnte.

Nachdem die Kumpel sich ihre Lampen geholt hatten, standen sie zur Seilfahrt an. Neben der Warteschlange hing eine Anschlagtafel, an der Ankündigungen der Sportvereine, des Männerchors von Aberowen und der Freien Bibliothek hingen, in der ein Vortrag über Karl Marx' Theorie des Historischen Materialismus gehalten werden sollte. Daneben hingen handgeschriebene Zettel der Hauer, auf denen es um verlorene persönliche Gegenstände und Ähnliches ging. Steiger brauchten nicht in der Schlange zu warten, und so drängte Price sich nach vorn, die beiden Jungen im Schlepptau.

Wie die meisten Zechen hatte Aberowen zwei Schächte. Ein Lüfter presste die Luft in den einen Schacht, während der zweite Schacht das »Wetter« – also die Luft und sämtliche Gase in der Grube – aus dem anderen heraussaugte. Oft trugen die Schächte eigenwillige Namen; in Aberowen hießen sie »Pyramus« und »Thisbe«. Als Price die Jungen zum Pyramus führte, wehte Billy die warme Luft entgegen, die aus der Grube hinaufgeblasen wurde.

Im Jahr zuvor war es Billy und Tommy gelungen, einen Blick in die unergründlichen Tiefen des Schachts zu werfen. Am Ostermontag, als niemand arbeitete, hatten sie sich am Wachmann vorbeigeschlichen, waren über die Brache zu den Tagesbauten geflitzt und über den Absperrzaun geklettert. Die Schachtöffnung war nicht vollständig von der Kaue abgedeckt, und so legten die Jungen sich auf den Bauch und spähten über den Rand der Grube in die Tiefe, starrten gebannt in das grauenhafte Loch. Billy drehte sich der Magen um. Die Schwärze erschien unendlich. Bei dem Gedanken, dass er irgendwann hier würde einfahren müssen, packte ihn eisiges Entsetzen. Er warf einen Stein in den Schacht; dann lauschte er den Geräuschen, als der Stein von der hölzernen Führung für den Korb und der Backsteinauskleidung des Schachts abprallte, während er in die Tiefe sauste. Es schien unendlich lange zu dauern, bis das leise, ferne Platschen zu vernehmen war, als der Stein in das Wasser des Grubensumpfs fiel.

Jetzt, mehr als ein Jahr später, sollte Billy den gleichen Weg nehmen wie der Stein. Bei diesem Gedanken wurde ihm mulmig, doch er durfte sich seine Angst nicht anmerken lassen. Sei ein Mann!, ermahnte er sich, auch wenn er sich ganz und gar nicht so fühlte. Doch sich zu blamieren wäre das Schlimmste gewesen. Das machte ihm noch mehr Angst als der Tod.

Nun konnte Billy das Schiebegatter sehen, das den Schacht verschloss. Darunter war gähnende Leere, denn der Korb war auf dem Weg nach oben. Auf der anderen Seite sah er die Fördermaschine, von der die großen Seilscheiben angetrieben wurden. Zischend schoss Dampf aus dem ratternden, schnaufenden Ungetüm; in den Laufrinnen ächzten die Stahlseile, und die Luft roch nach heißem Öl.

Begleitet von lautem Rasseln und Klirren erschien der leere Korb hinter dem Gatter. Der Einweiser, der den Korb beaufsichtigte, schob die Absperrung beiseite. Rhys Price stieg in den leeren Korb; die beiden Jungen folgten ihm. Dann stiegen noch dreizehn Bergleute zu, denn der Korb konnte sechzehn Mann befördern. Der Einweiser knallte das Gatter zu.

Nichts geschah. Billy fühlte sich mit einem Mal schrecklich verletzlich. Auch wenn der Korb an einem Stahlseil hing, war es nicht vollkommen sicher: Jeder wusste, dass 1902 das Förderseil von Tirpentwys gerissen war, worauf der Korb in den Grubensumpf stürzte. Acht Männer waren dabei unter dem Berg geblieben.

Billy nickte dem Schlepper neben sich zu, Harry »Suet« Hewitt, ein Junge mit einem Gesicht wie aus Pudding, nur drei Jahre älter als Billy, aber einen Fuß größer. Harry hatte es nie über die dritte Klasse – die Zehnjährigen – hinaus geschafft; er war so oft sitzen geblieben, bis er alt genug war, im Bergwerk anzufangen.

Eine Glocke klingelte zum Zeichen, dass der Anschläger am Schachtende sein Gatter geschlossen hatte. Der Einweiser zog einen Hebel, und eine andere Klingel war zu hören. Die Fördermaschine zischte laut; dann gab es einen heftigen Schlag.

Der Korb stürzte ins Leere.

Billy schrie entsetzt auf, als seine Füße sich vom Boden hoben.

Die Kumpel lachten grölend. Sie wussten, dass es Billys erste Grubenfahrt war, und hatten auf genau diese Reaktion gewartet. Zu spät bemerkte Billy, dass alle anderen sich an den Stangen des Korbs festhielten, doch es minderte seine Angst kein bisschen. Er biss die Zähne zusammen, um nicht weiterzuschreien, während es in rasender Fahrt in die Tiefe ging.

Endlich griff die Bremse, und die Geschwindigkeit des Falles verringerte sich. Billy kam sich mit einem Mal doppelt so schwer vor; seine Füße wurden auf den Boden des Korbs gepresst. Er klammerte sich an einer Stange fest und versuchte, sein Zittern zu unterdrücken, während Scham und Wut seine Furcht verdrängten. Er musste kräftig schlucken, um die Tränen zurückzuhalten, wobei er Suet ins grinsende Pfannkuchengesicht blickte. »Mach deine große Klappe zu, Hewitt, du Spatzenhirn!«, rief Billy, um den Höllenlärm zu übertönen.

Suets Miene schlug augenblicklich um. Er funkelte Billy wütend an, doch die anderen Männer lachten nur umso lauter. Billy bekam Gewissensbisse und beschloss, sich bei Jesus zu entschuldigen, weil er ein schlimmes Wort benutzt hatte. Aber wenigstens kam er sich nicht mehr ganz so erbärmlich vor.

Er schaute Tommy an, dessen Gesicht kreidebleich war. Hatte Tommy ebenfalls geschrien? Billy hatte Angst, ihn danach zu fragen; schließlich konnte die Antwort Nein lauten.

Dann endlich hielt der Korb, das Gatter wurde aufgerissen, und die beiden Jungen traten mit weichen Knien in den Füllort.

Es war düster. Die Grubenlampen spendeten noch weniger Licht als die Paraffinwandleuchten zu Hause. In der Grube war es finster wie in einer mondlosen Nacht. Vielleicht muss man nicht gut sehen können, um Kohle zu hauen, überlegte Billy und platschte durch eine Pfütze. Als er auf den Boden schaute, sah er überall Lachen aus Wasser und Schlamm, in denen sich schimmernd das schwache Lampenlicht spiegelte. Er hatte einen seltsamen Geschmack im Mund, denn in der Luft hing schwer der Kohlenstaub. Konnten Menschen den ganzen Tag so schlechte Luft atmen, ein so »mattes Wetter«? Wahrscheinlich war das der Grund dafür, dass Bergleute ständig husteten und ausspuckten.

Vier Männer warteten darauf, in den Korb steigen und ausfahren zu können. Jeder trug einen Lederkasten, und Billy begriff, dass es Wettermänner waren. Jeden Morgen, ehe die Bergleute mit der Arbeit anfingen, prüften die Wettermänner die Stollen auf Grubengas. War zu viel Methan in der Luft, befahlen sie den Hauern, mit dem Kohlemachen zu warten, bis die Bewetterung das Gas abgeführt hatte.

In der Nähe sah Billy eine Reihe kleiner Ställe für die Ponys und eine offene Tür zu einem hell erleuchteten Raum mit einem abgewetzten Sekretär, offenbar eine Schreibstube für die Steiger. Die Hauer verteilten sich inzwischen auf die vier Gänge, die von der Sohle wegführten. Die Gänge unter Tage nannte man »Strecken«; sie führten zu den »Örtern«, wo die Kohle gehauen wurde.

Price ging mit Billy und Tommy zu einem Verschlag und öffnete ein Vorhängeschloss. In dem Verschlag lagerte Werkzeug. Er wählte zwei Schaufeln aus, reichte sie den Jungen und schloss wieder ab.

Sie gingen zu den Ställen. Ein Mann, der nur kurze Hosen und Schuhe trug, schaufelte schmutziges Stroh aus einem der Ställe in einen Förderwagen. Schweiß rann ihm den muskelbepackten Rücken hinunter. Price fragte ihn: »Brauchst du einen Jungen, der dir zur Hand geht?«

Der Mann drehte sich um, und Billy erkannte Dai Ponies, einen Ältesten der Bethesda-Kapelle. Dai ließ sich nicht anmerken, ob er Billy erkannte. »Den Kleinen will ich nicht«, sagte er.

»In Ordnung«, sagte Price. »Der andere ist Tommy Griffiths. Er gehört dir.«

Tommy blickte zufrieden drein. Sein Wunsch war in Erfüllung gegangen: Er durfte in den Ställen arbeiten, selbst wenn er nur ausmistete.

»Komm mit, Billy Twice.« Price stapfte in einen Stollen hinein.

Billy schulterte seine Schaufel und folgte dem Steiger. Jetzt, wo Tommy nicht mehr bei ihm war, wurde er unsicher. Wäre er doch zusammen mit seinem Freund zum Ausmisten eingeteilt worden! »Was soll ich denn tun, Mr. Price?«, fragte er.

»Kannst du's dir nicht denken?«, entgegnete Price. »Was meinst du, wofür ich dir die verdammte Schaufel gegeben habe?«

Billy war entsetzt, wie beiläufig Price das schlimme Wort benutzte. Außerdem hatte er immer noch keine Ahnung, was er arbeiten sollte. Aber er stellte keine Fragen mehr.

Die Strecke hatte einen runden Querschnitt; das Hangende wurde von gebogenen Stahlträgern gestützt. Eine zweizöllige Rohrleitung, die Wasser führte, verlief unter der Decke. Sie diente dazu, die Strecke in der Nacht zu berieseln, um den Kohlenstaub zu binden, der nicht nur für die menschliche Lunge ungesund war – wäre es bloß das gewesen, hätte Celtic Minerals die Sache wohl gar nicht gekümmert –, sondern auch eine Brandgefahr darstellte. Allerdings war die Berieselung unzureichend. Dah hatte sechszöllige Rohre gefordert, doch Generaldirektor Jones hatte sich geweigert, das nötige Geld zu bewilligen.

Nach ungefähr einer Viertelmeile bogen sie in eine leicht abfallende Strecke ein. Es war eine Richtstrecke, die dem Flöz folgte. Sie war kleiner und älter als die Hauptstrecke, denn hier gab es Stützhölzer statt Stahlträger. Price musste den Kopf einziehen, wenn das Hangende zu tief kam. In Abständen von ungefähr dreißig Yards kamen sie an Eingängen zu Örtern vorbei, wo die Hauer bereits Kohle machten.

Plötzlich hörte Billy ein Rumpeln. Price rief: »Schnell, ins Mannloch!«

»Was?« Verwirrt ließ Billy den Blick über den Boden schweifen. Mannlöcher gab es im Straßenpflaster, aber hier sah er nichts außer den Schienen, auf denen die Förderwagen fuhren. Als er den Blick wieder hob, hielt ein Grubenpferd auf ihn zu. Es kam rasch die Steigung hinunter, einen Zug Hunte im Schlepp.

»Ins Mannloch!«, brüllte Price.

Noch immer begriff Billy nicht, was los war, doch er sah, dass der Stollen kaum breiter war als die Wagen, sodass der Zug ihn zerquetschen würde.

Billy ließ die Schaufel fallen, drehte sich um und rannte den Weg zurück, den er gekommen war. Er versuchte, Vorsprung vor dem Grubenpferd zu gewinnen, aber das Tier bewegte sich überraschend schnell. Endlich entdeckte Billy eine in die Wand gehauene deckenhohe Nische, wie er sie ungefähr alle fünfundzwanzig Yards gesehen hatte, ohne darauf zu achten. Price musste diese Nischen gemeint haben, als er von Mannlöchern gesprochen hatte. Billy warf sich hinein, und der Zug ratterte an ihm vorbei.

Als die Gefahr vorüber war, kam Billy schwer atmend wieder zum Vorschein.

Price stapfte auf ihn zu. Er gab sich wütend, doch die Erleichterung war ihm anzumerken. »Du musst besser aufpassen, Junge!«, schimpfte er. »Sonst kommst du hier unter den Berg, genau wie dein Bruder.«

Billy nickte bloß und hob die Schaufel auf. Sie war unbeschädigt.

»Dein Glück«, sagte Price. »Hätte der Hunt sie kaputt gemacht, hättest du sie bezahlen müssen.«

Sie gingen weiter und gelangten in einen »Alten Mann«, einen erschöpften Abschnitt, in dem niemand mehr arbeitete. Am Boden stand nur wenig Wasser, doch er war von einer dicken Schicht nassem, schwerem Kohlenschlamm bedeckt. Billy und der Steiger nahmen mehrere Abzweigungen, sodass Billy bald die Orientierung verlor.

Schließlich gelangten sie an eine Stelle, an der die Strecke von einem rostigen alten Förderwagen versperrt wurde. »Hier muss sauber gemacht werden«, sagte Price, aber Billy hatte das seltsame Gefühl, dass der Steiger log. »Du wirst den Schlamm in den Hunt schaufeln.«

Billy sah sich um. Die Schlammschicht war einen Fuß dick und bedeckte den Boden, so weit das Licht seiner Lampe reichte. Wahrscheinlich sah es im ganzen Alten Mann so aus. Hier konnte er eine Woche schaufeln, ohne viel auszurichten. Wozu auch? Der Abschnitt war aufgegeben. Doch Billy stellte keine Fragen. Vielleicht war es eine Art Prüfung.

»Ich bin gleich wieder da«, sagte Price. »Dann werde ich sehen, wie du vorankommst.« Er ging den Weg zurück, den sie gekommen waren. Billy war allein.

Mit einer solchen Aufgabe hatte er nicht gerechnet. Er war sicher gewesen, für die Hauer und Schlepper arbeiten zu müssen, damit er von ihnen lernen konnte. Aber er musste tun, was man ihm sagte.

Billy hakte die Lampe von seinem Gürtel und hielt nach einer Stelle Ausschau, wo er sie aufstellen konnte. Aber überall lag Kohlenschlamm, und auf dem Boden war die Lampe nutzlos; dann reichte ihr Licht nicht weit genug. Plötzlich fielen ihm die Nägel ein, die Dah ihm gegeben hatte. Dafür also waren sie gedacht. Billy nahm einen Nagel aus der Tasche, schlug ihn mit dem Schaufelblatt in ein Stützholz und hängte die Lampe daran.

Schon besser.

Einem erwachsenen Mann reichte der Förderwagen bis zur Brust, doch Billy reichte er bis zur Schulter. Als er sich an die Arbeit machte, rutschte immer wieder die Hälfte des Kohlenschlamms vom Schaufelblatt, ehe Billy ihn über die Seitenkante des Förderwagens werfen konnte. Erst als er das Blatt leicht drehte, ging es besser. Nach wenigen Minuten war er schweißgebadet. Jetzt wusste er, wofür der zweite

Nagel gedacht war. Er trieb ihn in ein anderes Holz und hängte sein Hemd und die Hose daran auf.

Unvermittelt hatte er das Gefühl, beobachtet zu werden. Und tatsächlich erblickte er aus dem Augenwinkel eine dunkle Gestalt, die reglos wie eine Statue dastand. »O Gott!«, rief er erschrocken und fuhr herum.

Price trat aus dem Schatten auf ihn zu. »Ich hab vergessen, deine Lampe zu prüfen«, sagte er, nahm Billys Grubenlampe vom Nagel und hantierte damit herum. »Deine Lampe taugt nichts«, sagte er. »Ich lass dir meine hier. Na los, mach weiter!« Er hängte die andere Lampe an den Nagel und verschwand wieder.

So schroff und seltsam Price auch war – immerhin schien er um Billys Sicherheit besorgt zu sein.

Billy machte sich wieder an die Arbeit. Es dauerte nicht lange, und seine Arme und Beine schmerzten. Zwar war er das Schaufeln gewöhnt, denn Dah hielt hinter dem Haus ein Schwein, und einmal die Woche musste Billy den Stall ausmisten, aber das war in einer Viertelstunde erledigt. Hier, unter Tage, sollte er eine volle Schicht lang schuften, und er war jetzt schon erschöpft.

Unter dem Kohlenschlamm war der Boden steinhart, was die Arbeit zusätzlich erschwerte. Billy versuchte, den Hunt ein Stück vorzuziehen, damit er nicht jedes Mal mit der vollen, schweren Schaufel dorthin laufen musste, doch die Räder waren rostig und hatten sich festgefressen.

Billy besaß keine Uhr, und es ließ sich nur schwer sagen, wie viel Zeit verstrichen war. Er beschloss, seine Kräfte einzuteilen, und arbeitete langsamer.

Plötzlich flackerte das Licht. Billy blickte besorgt auf seine Grubenlampe, ob die Flamme länger geworden war, was ein Anzeichen für Grubengas gewesen wäre. Zu seiner Erleichterung war das nicht der Fall.

Dann erlosch die Flamme.

Billy erstarrte. Eine solch undurchdringliche Finsternis hatte er noch nie erlebt. Er sah nichts – keine Schemen, keine Schatten. Er hielt sich die Schaufel vors Gesicht und konnte spüren, dass sie nur einen Zoll von seiner Nase entfernt war, aber sehen konnte er sie nicht. So musste es sein, wenn man blind war.

Furcht erfasste Billy. Was sollte er tun? Eigentlich musste er die

Lampe zur Lampenkammer bringen, aber selbst wenn er etwas hätte sehen können – er hätte den Rückweg nie gefunden. In dieser Finsternis konnte er stundenlang umherirren. Er hatte keine Ahnung, wie weit die aufgegebene Strecke sich hinzog. Aber er wollte auch nicht, dass man einen Suchtrupp nach ihm ausschicken musste.

Was sollte er nur tun?

Mit einem Mal kam Billy ein Verdacht. Schon als Price ihm den Auftrag erteilt hatte, den Schlamm wegzuschaufeln, hatte er gemerkt, dass etwas faul war. Wahrscheinlich hatte Price die ganze Sache geplant. Eine Grubenlampe konnte nicht ausgeblasen werden, und hier regte sich ohnehin kein Lüftchen. Für Billy gab es nur eine Erklärung: Price hatte ihm eine Lampe untergeschoben, in der kaum noch Öl war.

Selbstmitleid überkam Billy. Tränen traten ihm in die Augen. Dann riss er sich zusammen. Das hier war eine Prüfung, genau wie die Fahrt im Korb. Na, er würde ihnen schon zeigen, dass er zäh genug für die Grube war!

Billy beschloss, im Dunkeln weiterzuarbeiten. Zum ersten Mal, seit das Licht erloschen war, bewegte er sich, setzte die Schaufel am Boden an und schob sie vor. Als er sie hob, glaubte er am Gewicht zu erkennen, dass eine Ladung Schlamm auf dem Blatt lag. Er drehte sich um, machte zwei Schritte, hob die Schaufel und versuchte, den Schlamm in den Förderwagen zu werfen, verschätzte sich aber in der Höhe. Die Schaufel prallte gegen den Förderwagen, und der Schlamm klatschte zu Boden.

Billy versuchte es noch einmal, hob die Schaufel diesmal höher, kippte das Blatt leicht, ließ die Schaufel sinken und hörte, wie der Holzstiel gegen die Kante des Förderwagens schlug. Schon besser. Um sich die Orientierung zu erleichtern, zählte Billy jedes Mal seine Schritte, wenn er sich vom Hunt entfernte. Bald fand Billy in einen Rhythmus. Die Eintönigkeit der Arbeit ließ seine Gedanken abschweifen. Schaudernd dachte er an die gewaltige Erdmasse über seinem Kopf, mehr als eine halbe Meile dick, und an das ungeheure Gewicht, das die alten Stützhölzer tragen mussten. Er dachte an seinen Bruder Wesley und die vielen anderen Männer, die in dieser Zeche unter den Berg gekommen waren. Ob ihre Geister hier unten umgingen? Nein, bestimmt nicht. Wesley war im Himmel, und die anderen vielleicht auch, jedenfalls die Frommen und Gottesfürchtigen.

Erst jetzt merkte Billy, dass er hungrig war. Indem er sich am Förderwagen orientierte, bewegte er sich zu dem Stützbalken, an dem er seine Kleider aufgehängt hatte, tastete darunter am Boden und fand seine Flasche und die Brotdose. Er setzte sich mit dem Rücken an die Wand und nahm einen großen Schluck kalten, gesüßten Tee. Als er von seinem Schmalzbrot abbiss, hörte er ein leises Fiepen, das ihm nur zu vertraut war.

Ratten.

Angst hatte Billy nicht. In den Gräben, die jede Straße in Aberowen säumten, gab es mehr als genug Ratten. Doch im Dunkeln schienen sie mutiger zu sein, denn im nächsten Moment huschte eine über Billys nackte Beine. Er nahm das Schmalzbrot in die linke Hand, packte die Schaufel und schlug zu. Aber damit erschreckte er das Tier nicht einmal, denn wieder spürte er die kleinen Krallen auf der Haut. Diesmal versuchten gleich mehrere Ratten, an seinen Armen hinaufzuhuschen. Offensichtlich rochen die Biester das Essen. Das Fiepen wurde lauter. Billy fragte sich, wie viele Ratten sich hier unten wohl herumtrieben.

Er stand auf, stopfte sich den letzten Rest Brot in den Mund, spülte mit einem Schluck Tee nach und aß den Kuchen, der köstlich nach Dörrobst und Mandeln schmeckte, doch die Ratten huschten noch immer um seine Füße herum, sodass Billy es vorzog, den Kuchen hinunterzuschlingen, ehe er ihm streitig gemacht werden konnte.

Die Ratten schienen endlich einzusehen, dass es hier nichts zu holen gab, denn das Fiepen wurde allmählich leiser und verstummte schließlich.

Mit frischer Kraft machte Billy sich wieder an die Arbeit. Doch der Rücken tat ihm weh, und seine Arme waren müde, sodass er langsamer machte und immer wieder Pausen einlegte. Wie spät mochte es sein? Vielleicht war schon Mittag. Und bei Schichtende würde bestimmt jemand kommen, um ihn zu holen, denn der Lampenmann zählte nach; deshalb wusste man immer, wenn ein Kumpel nicht zurückgekommen war.

Mit einem Mal kam Billy ein beängstigender Gedanke. Wollte Price ihn über Nacht hier unten allein lassen? Hatte er deshalb die Lampen vertauscht?

Nein, bestimmt nicht. Dah würde Wirbel machen. Und die Bosse hatten Angst vor ihm; das hatte Generaldirektor Jones mehr oder weniger zugegeben.

Als Billy wieder hungrig wurde, war er sicher, dass viele Stunden verstrichen sein mussten. Erneut beschlich ihn Angst, und diesmal gelang es ihm nicht, sie abzuschütteln. Es war vor allem die Dunkelheit, die ihm zu schaffen machte. Das Warten hätte er ertragen können, doch die undurchdringliche Schwärze wurde immer furchterregender. Billy hatte kein Gefühl mehr für die Richtung. Jedes Mal, wenn er sich vom Hunt entfernte, hatte er Angst, nicht mehr zurückzufinden. Er hatte alle Mühe, nicht loszuplärren wie ein kleines Kind.

Als die Verzweiflung beinahe übermächtig wurde, fiel ihm ein, was Mam zu ihm gesagt hatte: dass der Herr Jesus immer bei ihm sei, auch in der Grube. Mam hatte sicher recht: Jesus war überall, also war er auch hier unten in der Finsternis. Jesus war bei ihm und gab auf ihn acht.

Vor Dankbarkeit – vielleicht auch, um sich Mut zu machen – stimmte Billy ein Kirchenlied an. Zwar mochte er seine Stimme nicht, denn sie klang ihm noch zu hoch, aber hier konnte ihn niemand hören, und er sang aus vollem Hals. Als er alle Strophen gesungen hatte und das Angstgefühl sich wieder meldete, stellte er sich vor, dass Jesus auf der anderen Seite vom Förderwagen stand, einen Ausdruck von Milde und Mitgefühl im ernsten, bärtigen Gesicht, und sofort ging es ihm besser.

Billy kannte jede Menge Kirchenlieder. Seit er alt genug geworden war, um still zu sitzen, ging er jeden Sonntag dreimal in die Bethesda-Kapelle. Gesangbücher waren teuer, und nicht alle Gemeindemitglieder konnten lesen; deshalb lernten alle die Texte auswendig.

Und so sang Billy nun einen Choral nach dem anderen und schaufelte den Kohlenschlamm im Takt der Melodie. Die meisten Lieder endeten mit einem Schwung der Schaufel. Sobald die Angst, man könnte ihn vergessen haben, sich zurückmeldete, dachte Billy an die Gestalt im Umhang, die mild lächelnd in der Dunkelheit neben ihm stand.

Billy schätzte, dass eine Stunde vergangen war, als er zwölf Choräle gesungen hatte. Die Schicht musste jetzt doch zu Ende sein? Aber nichts tat sich, und mit wachsender Verzweiflung sang Billy die frommen Lieder noch einmal von vorn.

Er schmetterte gerade aus vollem Halse »Er ist erstanden aus dem Grab«, als er ein einsames Licht erblickte, das in der Dunkelheit auf und ab tanzte und bald heller wurde. Gespannt und ein wenig ängstlich stützte Billy sich auf seine Schaufel und blickte zu dem trüben

Licht. Und dann schälte Rhys Price sich aus der Dunkelheit, die Lampe am Gürtel. Er musterte Billy mit seltsamer Miene, während das flackernde Lampenlicht auf seinem Gesicht spielte.

Billy ließ sich nicht anmerken, wie erleichtert er war, schon gar nicht Price gegenüber. Wortlos zog er Hemd und Hose an, nahm die erloschene Lampe vom Nagel und hängte sie sich an den Gürtel.

Price fragte: »Was ist mit deiner Lampe?«

»Sie wissen genau, was mit meiner Lampe ist«, entgegnete Billy, und seine Stimme klang so erwachsen wie noch nie.

Price drehte sich um und machte sich auf den Rückweg.

Ehe Billy ihm folgte, schaute er noch einmal zurück und riss die Augen auf, als er auf der anderen Seite des Förderwagens ein bärtiges Gesicht und einen hellen Umhang erblickte. Ehe er die Gestalt jedoch richtig sehen konnte, war sie wieder verschwunden. »Danke«, flüsterte Billy in die leere Strecke hinein.

Als er Price hinterhertaumelte, taten ihm sämtliche Knochen weh, sodass er Mühe hatte, einen Fuß vor den anderen zu setzen. Doch seine erste Schicht war zu Ende, und er hatte die Schrecken der Finsternis besiegt. Bald würde er zu Hause sein und konnte sich hinlegen.

Sie erreichten den Füllort und stiegen zu den Hauern, die mit schwarzen Gesichtern wartend im Korb standen. Tommy Griffiths war nicht unter ihnen, dafür aber Suet Hewitt, das Pfannkuchengesicht. Billy bemerkte, dass die Männer ihn mit verstohlenem Grinsen musterten, während sie auf das Zeichen von oben warteten.

Hewitt fragte: »Wie isses denn so gelaufen an dein' ersten Tag?«

»Gut«, antwortete Billy. »Danke.«

Hewitts Miene war verkniffen. Zweifellos trug er Billy nach, dass der ihn Spatzenhirn genannt hatte. »Wirklich wahr?«

Billy zögerte. Offensichtlich wussten die anderen etwas. Also gut, dann musste er ihnen klarmachen, dass er sich nicht der Angst ergeben hatte. »Meine Lampe ist ausgegangen«, sagte er und schaffte es so gerade eben, seine Stimme ruhig zu halten. Düster blickte er zu Price, sagte sich dann aber, dass es männlicher sei, keine Vorwürfe zu erheben. »War nur ein bisschen anstrengend, den ganzen Tag im Dunkeln zu schaufeln«, fügte er hinzu. Das war untertrieben; vielleicht glaubten die anderen jetzt, es hätte ihm gar nichts ausgemacht. Aber das fand Billy immer noch besser, als seine Angst einzugestehen.

Ein älterer Mann ergriff das Wort. Er wurde »John Jones the Shop«

genannt, weil seine Frau in ihrer Stube einen kleinen Laden betrieb. »Den ganzen Tag?«, fragte John Jones.

»Ja«, antwortete Billy.

John Jones starrte Price an und sagte: »Sie Drecksack, das sollte doch nur eine Stunde so gehen!«

Billy sah seinen Verdacht bestätigt: Alle wussten, was passiert war. Wahrscheinlich spielten sie jedem Neuen solche Streiche. Aber Price hatte es offenbar schlimmer getrieben als üblich.

Suet Hewitt grinste. »Haste denn keine Angst gehabt, Billy-Boy, so ganz allein im Dunkeln?«

Sorgfältig überlegte Billy sich seine Antwort, während die anderen ihn erwartungsvoll musterten. Das verstohlene Grinsen war verschwunden; nun wirkten alle ein wenig beschämt. Billy beschloss, ihnen die Wahrheit zu sagen. »Ja, ich hatte Angst. Aber ich war ja nicht allein.«

Hewitt blickte ihn verdutzt an. »Du warst nich' allein?«

»Natürlich nicht«, sagte Billy. »Jesus war bei mir.«

Hewitt lachte wiehernd, doch wider Erwarten fiel niemand ein, und so verstummte er abrupt.

Das Schweigen hielt ein paar Sekunden an. Dann gab es ein metallisches Klirren und einen Ruck, und der Korb hob sich. Hewitt wich Billys Blick aus.

Von nun an nannten ihn alle nur noch »Billy-with-Jesus«.

Erster Teil

Schatten am Himmel

HAP. VIII
the woman taken in a
He preacheth himselfe the lig
and iustifieth his Doctrine: 33
the Iewes
he people ca
owne, and ta
3 And the
brought unto hi
ultery, and wh
mids,
aken
had set her in
They say unto him, Master, this
woman was taken in adultery, in the
very act.
ould be stoned

KAPITEL 2

Januar 1914

Earl Fitzherbert, 28 Jahre alt, von Familie und Freunden meist »Fitz« genannt, stand auf Platz neun der reichsten Männer Großbritanniens.

Er hatte sich seine Reichtümer allerdings nicht verdient; vielmehr war er der glückliche Erbe von Tausenden Morgen Land in Wales und Yorkshire. Die Bauernhöfe, die auf Fitz' Grund und Boden standen, brachten zwar nur wenig ein, doch unter der Erde schlummerten Kohlevorräte, und Fitz' Großvater war steinreich geworden, indem er Konzessionen für den Abbau dieser Kohle vergeben hatte.

Offensichtlich war es Gottes Wille, dass die Fitzherberts über ihre Mitmenschen erhoben und in angemessenem Stil leben sollten. Fitz konnte Gottes Ratschluss nicht ganz nachvollziehen, hatte er doch nichts getan, was den Glauben des Allmächtigen in ihn und seine Fähigkeiten gerechtfertigt hätte.

Bei seinem Vater, dem vorherigen Earl, hatte die Sache noch anders ausgesehen. Der alte Fitzherbert hatte als Marineoffizier gedient und war nach der Beschießung Alexandrias im Jahre 1882 zum Admiral befördert worden. Nach seinem Ausscheiden aus dem Dienst war er als britischer Botschafter nach Sankt Petersburg gegangen. Zuletzt hatte er ein Ministeramt in der Regierung Lord Salisburys innegehabt. Wenige Wochen nachdem die Konservativen die allgemeine Wahl von 1906 verloren hatten, war der Admiral gestorben – Fitz war überzeugt, dass es seinen Tod beschleunigt hatte, mit ansehen zu müssen, wie Seiner Majestät Regierung in die Hände unverantwortlicher Liberaler wie David Lloyd George und Winston Churchill gelangte.

Fitz hatte seines Vaters Sitz im House of Lords, dem Oberhaus des britischen Parlaments, als konservativer Peer eingenommen. Er sprach gut Französisch, und auf Russisch wusste er sich zu verständigen; gern hätte er seinem Land eines Tages als Außenminister gedient. Bedauerlicherweise wurden die Wahlen weiterhin von den Liberalen gewonnen; somit hatte sich noch keine Gelegenheit ergeben, ein Regierungsamt zu erhalten.

Ähnlich unspektakulär wie seine politische Karriere war Fitz' Militärlaufbahn verlaufen. Er hatte in Sandhurst die Ausbildung zum Heeresoffizier absolviert und diente anschließend drei Jahre bei den Welsh Rifles, wo er zum Captain aufstieg. Nach seiner Heirat hatte er die Karriere als Berufsoffizier an den Nagel gehängt, war jedoch zum Colonel ehrenhalber der South Wales Territorials ernannt worden, aber was bedeutete das schon? Als Oberst e.h. eines Ersatzheeres hatte er keine Gelegenheit gehabt, sich auszuzeichnen und einen Orden zu erringen.

Während der Zug schnaufend die Täler von Südwales durchquerte, musste Fitz daran denken, dass es *doch* etwas gab, worauf er stolz sein konnte: In nur zwei Wochen würde der König ein Wochenende auf seinem Landsitz verbringen. König George V. und Fitz' Vater waren in ihrer Jugend Schiffskameraden gewesen. Vor Kurzem hatte der König den Wunsch geäußert, Einblick in die Gedankenwelt jüngerer Männer aus verschiedenen Nationen zu erhalten – aus England, Amerika und vom Kontinent –, woraufhin Fitz zu einer diskreten Wochenendgesellschaft in seinem walisischen Herrenhaus eingeladen hatte, bei der Seine Majestät die Bekanntschaft geeigneter Gentlemen machen konnte. Nun waren Fitz und seine Frau Bea unterwegs zu ihrem Landsitz, um die nötigen Vorbereitungen zu treffen.

Fitz schätzte Traditionen sehr. Die Menschheit hatte nichts hervorgebracht, was der bewährten Ordnung von Monarchie, Aristokratie, Bürgertum und Bauernstand überlegen gewesen wäre. Doch wann immer Fitz nun aus dem Waggonfenster schaute, erblickte er eine Bedrohung der britischen Lebensart, die sämtliche Gefahren in den letzten hundert Jahren in den Schatten stellte: Wie grauschwarzer Pilzbefall auf einem Rhododendronbusch bedeckten die Häuserreihen der Bergarbeiter die einstmals grünen Hügel. In diesen schmutzigen Hütten wurden aufrührerische Reden geschwungen; der Nation drohten Atheismus, Revolten und Sittenverfall. Erst vor gut einem Jahrhundert war die Blüte des französischen Adels zur Guillotine gekarrt worden, und Gleiches würde auch in Großbritannien geschehen, wenn es nach diesen ruppigen, schwarzgesichtigen Bergleuten ging!

Fitz hätte mit Freuden auf seine Einkünfte aus den Kohlengruben verzichtet, hätte Großbritannien in schlichtere, überschaubarere

Zeiten zurückkehren können. Wenigstens war die königliche Familie ein starkes Bollwerk gegen die Bestrebungen des Pöbels, die alte Ordnung über den Haufen zu werfen. Doch sosehr der bevorstehende Besuch Seiner Majestät Fitz mit Stolz erfüllte – er machte ihn auch unruhig. Vieles konnte schiefgehen. Die königlichen Besucher konnten irgendein dummes Versehen als Unachtsamkeit, wenn nicht sogar als Gleichgültigkeit auffassen, und damit als Respektlosigkeit. Über jede Einzelheit des Wochenendes, jedes noch so unbedeutende Geschehen würde getratscht werden; die Dienstboten der Besucher würden anderen Dienstboten davon erzählen, und von denen wiederum würden es ihre Brotherren erfahren. Bald würde jede Dame der Londoner Gesellschaft wissen, ob der König in einem zu harten Bett geschlafen, in eine faule Kartoffel gebissen oder die falsche Champagnermarke serviert bekommen hatte.

Am Bahnhof von Aberowen wurde Fitz von seinem Rolls-Royce Silver Ghost erwartet. Mit Bea an seiner Seite wurde er die eine Meile bis zu seinem Landsitz Tŷ Gwyn chauffiert. Wie so oft in Wales nieselte es ununterbrochen.

»Tŷ Gwyn« war Walisisch und bedeutete »Weißes Haus«, doch der Name war nur noch eine schmerzliche Erinnerung an alte Zeiten, denn eine dicke Schicht Kohlenstaub bedeckte das Gebäude, wie alles in diesem Teil der Welt. Die einst weißen Steinblöcke zeigten nun eine dunkelgraue Farbe, und die feuchte Schmutzschicht verunzierte die weiten Röcke der Damen, wenn sie damit versehentlich an der Wand entlangstrichen.

Dennoch war Tŷ Gwyn ein grandioses Gebäude, das Fitz mit Stolz erfüllte, als er es nun betrachtete, während der Rolls-Royce beinahe lautlos die Auffahrt hinaufglitt. Tŷ Gwyn hatte zweihundert Zimmer und war das größte Wohnhaus in Wales. Als Junge hatte Fitz mit seiner Schwester Maud die Fenster gezählt; sie waren auf 523 gekommen. Errichtet von Fitz' Großvater, war das dreigeschossige Herrenhaus ein Muster an architektonischer Harmonie. Im Erdgeschoss gab es hohe Fenster, die viel Licht in die großen Empfangssäle ließen. Im Obergeschoss befanden sich Dutzende von Gästezimmern, und im Dachgeschoss reihten sich zahlreiche Kammern für Gesinde und Dienstboten, wie an den langen Reihen von Gaubenfenstern unter dem steilen First zu erkennen war.

Die fünfzig Morgen großen Gärten waren Fitz' ganze Freude.

Die Gärtner beaufsichtigte er persönlich, und er traf die Entscheidungen über das Anpflanzen, das Stutzen und Umsetzen der Bäume und Sträucher. »Ein Haus, das eines Königsbesuchs würdig ist, nicht wahr?«, sagte er, als der Wagen vor dem großen Säulengang hielt. Bea gab keine Antwort. Vom Reisen bekam sie schlechte Laune.

Als Fitz ausstieg, begrüßte ihn Gelert, sein Pyrenäenhund, ein Geschöpf so groß wie ein Bär, das seinem Herrn die Hand leckte und dann freudig über den Hof tollte.

In seinem Ankleidezimmer legte Fitz seine Reisekleidung ab und wechselte in einen weichen braunen Tweedanzug. Dann ging er durch die Verbindungstür in Beas Räume.

Die russische Zofe, Nina, zog soeben die Nadeln aus dem schmucken Hut, den Bea auf der Reise getragen hatte. Fitz erhaschte einen Blick auf Beas Gesicht im Garderobenspiegel, und es verschlug ihm den Atem. Er fühlte sich vier Jahre in die Vergangenheit zurückversetzt, in den Ballsaal in Sankt Petersburg, wo er dieses unglaublich schöne Gesicht zum ersten Mal gesehen hatte, umrahmt von blonden Locken, die sich einfach nicht zähmen lassen wollten. Damals wie heute hatte Bea ein Schmollen gezeigt, das Fitz auf seltsame Weise anziehend fand. Damals hatte er binnen eines Herzschlags entschieden: die oder keine!

Nina, die Zofe, war in mittlerem Alter. Ihre Hand war unruhig, denn sie spürte Beas Gereiztheit. Während Fitz noch zuschaute, ritzte eine Nadel Beas Kopfhaut, und sie schrie auf.

Nina erbleichte. »Bitte um Vergebung, Durchlaucht«, sagte sie auf Russisch.

Bea ergriff eine Hutnadel, die auf dem Garderobentisch lag, und stach sie dem Dienstmädchen in den Arm. »Na, wie gefällt dir das?«, rief sie.

Nina brach in Tränen aus und stürmte aus dem Zimmer.

»Lass mich dir helfen«, sagte Fitz beruhigend zu seiner Frau.

Doch Bea ließ sich nicht beschwichtigen. »Ich mache das selbst.«

Seufzend trat Fitz ans Fenster. Ein Dutzend Gärtner stutzte die Büsche, schnitt den Rasen und fegte die Kieswege. Mehrere Sträucher blühten bereits: rosafarbener Schneeball, gelber Winterjasmin, Virginische Zaubernuss und Immergrünes Geißblatt. Hinter dem Garten erhob sich der sanfte grüne Hügelhang.

Du musst Geduld mit Bea haben, sagte sich Fitz. Schließlich war sie Ausländerin, isoliert in einem fremden Land, getrennt von ihrer Familie und allem, was ihr vertraut war. In den ersten Monaten ihrer Ehe, als Fitz noch berauscht davon gewesen war, wie wunderschön Bea aussah, wie sie roch und wie ihre weiche Haut sich anfühlte, war es ihm leichtgefallen, Beas Launen zu ertragen. Mittlerweile aber war sie ganz schön anstrengend geworden.

»Warum ruhst du dich nicht aus?«, fragte er. »Ich werde Peel und Mrs. Jevons aufsuchen und mich erkundigen, wie es mit den Vorbereitungen aussieht.« Peel war der Butler und Mrs. Jevons die Haushälterin. Eigentlich war es Beas Aufgabe, das Hauspersonal zu beaufsichtigen, doch Fitz war in Anbetracht des bevorstehenden königlichen Besuchs dermaßen unruhig, dass er nach einem Vorwand suchte, sich darum zu kümmern. »Ich komme später wieder, wenn du dich erfrischt hast.« Er zückte sein Zigarrenetui.

»Rauch draußen«, sagte Bea.

Fitz wertete dies als Erlaubnis, gehen zu dürfen. An der Tür blieb er noch einmal stehen. »Vor dem König und der Königin wirst du dich nicht so aufführen, nicht wahr? Die Dienstboten schlagen, meine ich.«

»Ich habe sie nicht geschlagen. Ich habe sie mit der Nadel gestochen, damit sie es lernt.«

So waren sie nun mal, die Russen. Als Fitz' Vater sich einmal über die Faulheit der Dienstboten in der britischen Botschaft zu Sankt Petersburg beklagte, hatten seine russischen Freunde ihm gesagt, er verprügle sie nicht oft genug.

»Aber es wäre den Majestäten peinlich, einen solchen Vorfall mitzuerleben«, erklärte Fitz. »Wie ich dir bereits gesagt habe, ist so etwas in England nicht üblich.«

»Als kleines Mädchen musste ich einmal zuschauen, wie drei Bauern gehenkt wurden«, entgegnete Bea. »Meine Mutter war dagegen, aber mein Großvater bestand darauf. Er sagte: ›Damit du erkennst, wie wichtig es ist, Diener schon bei den kleinsten Übertretungen zu verprügeln oder auszupeitschen, sonst begehen sie am Ende schwerere Sünden und enden auf dem Schafott.‹ Mit anderen Worten: Nachsicht den unteren Schichten gegenüber ist auf lange Sicht grausam.«

Fitz, der einer solchen Logik nichts entgegenzusetzen hatte, verlor allmählich die Geduld. Bea blickte auf eine sorgenfreie Kindheit in grenzenlosem Reichtum und Maßlosigkeit zurück, umgeben von Scharen gehorsamer Diener und Tausenden glücklicher Bauern. Würde ihr unbarmherziger Großvater noch leben, würde Bea dieses Leben vielleicht heute noch führen, aber ihr Vater, ein Trinker, und ihr Bruder Andrej, ein Schwächling, der immer nur das Holz verkaufte, ohne den Wald wieder aufzuforsten, hatten das Vermögen der Familie verprasst. »Die Zeiten haben sich geändert«, sagte Fitz. »Ich bitte dich … nein, ich befehle dir, mich nicht vor meinem König zu blamieren. Ich hoffe, damit sind alle Unklarheiten beseitigt.«

Fitz schloss die Tür hinter sich und schritt den breiten Gang hinunter. Er war verärgert und ein wenig traurig. Als sie noch frisch verheiratet gewesen waren, hatte ein solches Wortgeplänkel sein schlechtes Gewissen geweckt; heute ließ es ihn beinahe kalt. Ging das in allen Ehen so? Er wusste es nicht.

Ein hochgewachsener Hausdiener, der einen Türknauf polierte, erblickte Fitz und stellte sich mit dem Rücken zur Wand, die Augen niedergeschlagen, wie es üblich war bei den Dienstboten auf Tŷ Gwyn, wenn der Earl vorbeiging. In manchen vornehmen Häusern musste die Dienerschaft sich zur Wand drehen, aber das hielt Fitz denn doch für ein bisschen *zu* feudal. Fitz erkannte den Mann; er hatte ihn bei einem Cricketmatch zwischen der Dienerschaft von Tŷ Gwyn und den Bergarbeitern von Aberowen spielen sehen. Er hieß Morrison und war ein guter linkshändiger Schlagmann. »Morrison«, sprach Fitz ihn an, »rufen Sie Peel und Mrs. Jevons in die Bibliothek.«

»Sehr wohl, Mylord.«

Fitz ging zur großen Treppe. Er hatte Bea geehelicht, weil sie ihn bezaubert hatte, doch es gab noch einen anderen, nüchternen Grund: Fitz träumte davon, eine große englisch-russische Dynastie zu gründen, die über weite Teile der Erde herrschte, so wie die Habsburger, die jahrhundertelang fast ganz Europa regiert hatten.

Aber dazu brauchte es einen Erben. Und Beas Laune deutete stark darauf hin, dass sie ihn heute Nacht in ihrem Bett nicht willkommen heißen würde. Sicher, er konnte darauf bestehen, aber das machte keinen Spaß. Nur, es war jetzt schon zwei Wochen her, dass er Bea das letzte Mal beglückt hatte. Nicht dass er sich eine Frau wünschte, die scharf auf ihn gewesen wäre, wie der Pöbel sich so grässlich auszudrücken pflegte, aber zwei Wochen ohne Frau, das war schon eine lange, lange Zeit.

Fitz dachte an seine Schwester Maud, dreiundzwanzig Jahre alt und noch immer unverheiratet. Andererseits, wenn Maud Kinder hätte, würden sie vermutlich zu fanatischen Sozialisten erzogen werden, die den Reichtum der Familie verschleuderten, indem sie aufrührerische Traktate druckten.

Jedenfalls, Fitz war jetzt seit drei Jahren verheiratet und machte sich allmählich Sorgen. Bea war nur einmal schwanger geworden, im vergangenen Jahr, und hatte gegen Ende des dritten Monats eine Fehlgeburt erlitten – unmittelbar nachdem sie sich wieder einmal gestritten hatten. Fitz hatte eine geplante Reise nach Sankt Petersburg abgesagt, und Bea hatte sich furchtbar darüber aufgeregt und unter Tränen verlangt, zurück in die russische Heimat zu dürfen. Fitz hatte sich zwar durchgesetzt – schließlich durfte ein Mann nicht zulassen, dass seine Frau darüber bestimmte, was er tun sollte und was nicht –, aber als Bea dann die Fehlgeburt erlitt, hatte Fitz sich schuldig gefühlt. Wenn sie doch nur wieder schwanger würde! Dann würde er dafür sorgen, dass nichts und niemand sie aufregte, bis das Kind geboren war.

Fitz schob diese Gedanken beiseite, ging in die Bibliothek, setzte sich an den lederverzierten Schreibtisch und machte sich daran, eine Liste aufzustellen.

Es dauerte nicht lange, und Peel, der Butler, kam mit einem Hausmädchen herein. Peel war der jüngste Sohn eines Bauern; sein frisches, sommersprossiges Gesicht und sein grau meliertes Haar erweckten den Eindruck, als würde er sich oft im Freien aufhalten, doch er hatte sein gesamtes Arbeitsleben als Diener auf Tŷ Gwyn verbracht. »Mrs. Jevons tut es nicht gut gehen, Mylord«, sagte er. Fitz hatte seine Versuche, den Dialekt der walisischen Dienerschaft zu verbessern, schon lange aufgegeben. »Der Magen«, fügte Peel kummervoll hinzu.

»Ersparen Sie mir die Einzelheiten.« Fitz musterte das Hausmädchen, ein hübsches junges Ding um die zwanzig. Ihr Gesicht kam ihm irgendwie bekannt vor. »Wer ist das?«

Das Mädchen antwortete selbst. »Ethel Williams, Mylord. Ich bin Mrs. Jevons' rechte Hand.« Sie sprach mit dem singenden Tonfall der südwalisischen Talbewohner.

»Offen gestanden, Williams, sehen Sie mir zu jung für die Arbeit einer Haushälterin aus.«

»Wenn Ihre Lordschaft gestatten … Mrs. Jevons sagte, Sie würden wahrscheinlich die Haushälterin aus Mayfair herholen, aber sie hofft, dass ich in der Zwischenzeit ein Ersatz bin, der Sie befriedigen kann.«

War da ein Funkeln in ihren Augen gewesen, als sie das Wort »befriedigen« benutzt hatte? Obwohl sie angemessen ehrerbietig klang, hatte sie etwas Freches an sich. »Also gut«, sagte Fitz.

Williams hielt ein dickes Notizbuch in der einen Hand, zwei Bleistifte in der anderen. »Ich war bei Mrs. Jevons in ihrem Zimmer. Sie fühlte sich so gut, dass sie alles mit mir durchgehen konnte.«

»Warum haben Sie zwei Bleistifte dabei?«

»Falls mir einer abbricht«, sagte sie und schmunzelte.

Hausmädchen hatten den Earl nicht anzugrinsen, doch Fitz konnte nicht anders: Er erwiderte das Lächeln. »Schön«, sagte er. »Dann erzählen Sie mir mal, was Sie in Ihr Buch geschrieben haben.«

»Drei Dinge«, sagte sie. »Gäste, Personal und Vorräte.«

»Ausgezeichnet.«

»Dem Brief Ihrer Lordschaft zufolge sollen es zwanzig Gäste sein. Die meisten tun einen oder zwei Diener mitbringen, rechnen wir zwei, also müssen vierzig weitere Dienstboten untergebracht werden. Alle treffen am Samstag ein und reisen am Montag ab.«

»Richtig.« Fitz empfand eine Mischung aus Freude und Beklemmung. Es war ein ähnliches Gefühl wie damals, ehe er seine erste Rede im Oberhaus gehalten hatte: Er freute sich darauf; gleichzeitig sorgte er sich, ob er seine Sache gut machte.

Williams fuhr fort: »Ihre Majestäten werden natürlich im Ägyptischen Appartement wohnen.«

Fitz nickte. Das Appartement war die größte Zimmerflucht des Hauses; die Tapeten dort zeigten Schmuckmotive aus ägyptischen Tempeln.

»Mrs. Jevons hat vorgeschlagen, welche anderen Zimmer genutzt werden sollten. Ich habe es hier aufgeschrieben.«

»Zeigen Sie her«, sagte Fitz.

Williams kam um den Schreibtisch herum und legte ihr Buch offen vor ihn. Hausdiener waren verpflichtet, einmal die Woche zu baden, deshalb roch sie nicht so schlecht, wie es bei Angehörigen der Unterschicht häufig der Fall war. Tatsächlich roch ihr warmer Leib sogar nach Blumen. Vielleicht hatte sie ein Stück von Beas parfümierter Seife stibitzt.

Fitz las ihre Liste. »Fein«, sagte er. »Die Fürstin kann die Gäste dann den Räumen zuweisen. Vielleicht hat sie ihre eigenen Vorstellungen.«

Williams drehte die Seite um. »Hier ist eine Liste fürs nötige Zusatzpersonal: sechs Mädchen für die Küche, zum Gemüseschälen und Abwaschen, zwei Männer mit sauberen Händen, um bei Tisch zu bedienen, dann noch mal drei Zimmermädchen und drei Jungen zum Stiefelputzen und Kerzenanzünden.«

»Wissen Sie, woher wir die Leute bekommen?«

»Aber ja, Mylord, ich habe eine Liste von Ortsansässigen, die hier schon gearbeitet haben. Wenn das nicht reicht, werde ich sie bitten, andere zu empfehlen.«

»Aber keine Sozialisten«, sagte Fitz besorgt. »Die könnten versuchen, mit dem König über die Übel des Kapitalismus zu reden.« Bei Walisern konnte man nie wissen.

»Jawohl, Mylord.«

»Was ist mit den Vorräten?«

Williams schlug die Seite um. »Hier steht, was gebraucht wird, wenn man frühere Feste hier im Haus zugrunde legen tut.«

Fitz sah auf die Liste: einhundert Laibe Brot, zwanzig Dutzend Eier, fünfzig Liter Sahne, einhundert Pfund Speck, sieben Zentner Kartoffeln … Fitz las nicht weiter, denn es wurde ihm langweilig. Stattdessen fragte er: »Sollten wir damit nicht warten, bis die Fürstin über die Speisefolge entschieden hat?«

»Es muss alles aus Cardiff angeliefert werden«, antwortete Williams. »Die Läden in Aberowen können solche Bestellungen nicht erfüllen. Und selbst die Lieferanten in Cardiff müssen rechtzeitig Bescheid wissen, damit sie am betreffenden Tag entsprechende Mengen auf Vorrat haben.«

Sie hatte recht. Fitz war froh, dass sie sich darum kümmerte. Williams schien eine Frau zu sein, die vorausplanen konnte – eine seltene Gabe, wie er fand. »Jemanden wie Sie könnte ich in meinem Regiment brauchen«, sagte er.

»Ich kann kein Khaki tragen, das passt nicht zu meinem Teint«, entgegnete sie kess.

Der Butler blickte sie ungehalten an. »Na, na, Williams, lassen Sie Ihre Unverschämtheiten.«

»Ich bitte um Vergebung, Mr. Peel.«

Fitz störte Williams' Kessheit nicht; schließlich hatte er selbst mit dem Scherzen angefangen. Im Gegenteil, er mochte das Mädchen.

»Die Köchin möchte Ihnen verschiedene Menüs für das Dinner vorschlagen, Mylord«, sagte Peel und reichte Fitz ein fettiges Blatt Papier, das mit der kindlich peniblen Handschrift der Köchin bedeckt war. »Leider ist es für Frühlingslamm noch zu früh, aber wir könnten aus Cardiff frischen Fisch auf Eis kommen lassen.«

»Fisch? Den hatten wir schon auf dem Jagdfest im November«, sagte Fitz. »Andererseits sollten wir bei einem so wichtigen Anlass keine Experimente mit neuen Gerichten wagen. Besser, wir halten uns an Altbewährtes.«

»Sehr wohl, Mylord.«

»Nun zum Wein.« Fitz stand auf. »Gehen wir in den Keller.«

Peel sah ihn erstaunt an. Der Earl begab sich nicht oft ins Untergeschoss.

Fitz hatte einen Hintergedanken, den er sich selbst nicht eingestehen wollte. Er zögerte; dann sagte er: »Williams, Sie kommen ebenfalls mit und machen Notizen.«

Der Butler hielt die Tür auf, und Fitz verließ die Bibliothek und stieg die Hintertreppe hinunter. Die Küche und das Dienstbotenzimmer befanden sich im Halbsouterrain. Hier herrschte eine andere Etikette: Die Dienstmädchen machten einen Knicks, und die Schuhputzjungen berührten ihre Stirnlocken, wenn der Herr des Hauses vorüberschritt.

Der Weinkeller befand sich unter dem Kellergeschoss. Peel öffnete die Tür und sagte: »Wenn Sie gestatten, gehe ich voran.« Fitz nickte. Peel riss ein Streichholz an, entzündete die Kerzenleuchte an der Wand und stieg die Treppe hinunter. Unten brannte er eine weitere Lampe an.

Fitz unterhielt einen eher bescheidenen Weinkeller von ungefähr zwölftausend Flaschen, die zumeist von seinem Vater und seinem Großvater erworben worden waren. Champagner, Port- und Rheinwein herrschten vor, dazu kamen kleinere Mengen Claret und Weißburgunder. Fitz war kein Weinkenner, doch er liebte den Keller, weil der ihn an seinen Vater erinnerte. »Ein Weinkeller erfordert Ordnung, Vorausdenken und guten Geschmack«, pflegte der alte Mann zu sagen. »Genau die Tugenden, die Britannien groß gemacht haben!«

Fitz würde dem König selbstverständlich das Allerbeste servieren, doch was genau das war, musste er selbst entscheiden. Beim Champagner wäre es ein Perrier-Jouët, der teuerste, versteht sich, aber welcher Jahrgang? Champagner von zwanzig oder dreißig Jahren war nicht mehr so spritzig, hatte aber mehr Reife; dafür besaßen die jüngeren Jahrgänge etwas Fröhliches und Frisches. Fitz zog irgendeine Flasche aus dem Regal. Sie war voller Staub und Spinnweben. Er nahm das weiße Leinentaschentuch aus der Brusttasche und wischte das Etikett sauber. Im schwachen Licht der Kerzen konnte er den Jahrgang immer noch nicht lesen. Er zeigte die Flasche Peel, der sich eine Brille aufgesetzt hatte.

»Achtzehnhundertsiebenundfünfzig«, las der Butler ab.

»Du meine Güte, ich kann mich erinnern«, sagte Fitz. »Der erste Jahrgangschampagner, den ich je gekostet habe, und vermutlich der beste.« In Gegenwart des Hausmädchens fühlte er sich befangen. Sie beugte sich vor, um die Flasche zu betrachten, die viele Jahre älter war als sie selbst. Zu Fitz' Erstaunen raubte ihre Nähe ihm ein wenig den Atem.

»Ich fürchte, Sir, der Siebenundfünfziger hat seine beste Zeit hinter sich«, bemerkte Peel. »Darf ich den Zweiundneunziger vorschlagen?«

Fitz blickte auf eine andere Flasche, zögerte und sagte schließlich: »Ich kann bei diesem Licht nicht lesen. Seien Sie so gut, Peel, und holen Sie mir ein Vergrößerungsglas.«

»Sehr wohl, Mylord.« Peel stieg die steinernen Stufen hinauf.

Fitz schaute Williams an. Er wusste, dass er nahe daran war, etwas Dummes zu tun, konnte sich aber nicht beherrschen. »Was für ein schönes Mädchen Sie sind«, säuselte er.

»Danke, Mylord.«

Sie hatte dunkle Locken, die unter dem weißen Häubchen hervorlugten. Fitz berührte ihr Haar und wusste im selben Augenblick, dass er es bereuen würde. »Haben Sie je vom *droit de seigneur* gehört?« Fitz erschrak beinahe vor dem kehligen Beiklang in seiner Stimme.

»Ich bin Waliserin, keine Französin«, entgegnete die Kleine und hob keck das Kinn, wie Fitz voller Entzücken beobachtete.

Er schob die Hand von ihrem Haar an ihren zarten Hals und schaute ihr in die Augen. Sie erwiderte seinen Blick mit kühnem Selbstbewusstsein. Aber was bedeutete ihre Miene? Dass er weitermachen sollte? Oder würde sie ihm gleich eine demütigende Abfuhr erteilen?

Fitz hörte schwere Schritte auf der Kellertreppe. Peel kam zurück! Rasch löste Fitz sich von dem Hausmädchen.

Sie überraschte ihn, indem sie kicherte: »Wie sehen Sie denn aus, Mylord? Wie ein Schuljunge!«

Peel erschien im schwachen Kerzenschein. Auf einem silbernen Tablett brachte er ein Vergrößerungsglas mit Elfenbeingriff.

Fitz versuchte, normal zu atmen. Er nahm das Glas und setzte seine Weinflaschenbegutachtung fort, wobei er darauf achtete, Williams' Blick nicht zu begegnen.

Mein Gott, dachte er, was für ein außergewöhnliches kleines Ding!

Ethel Williams war voller Schwung. Nichts konnte sie schrecken. Sie bewältigte jede Schwierigkeit und überwand jeden Rückschlag. Wenn sie in einen Spiegel blickte, sah sie, dass ihr Gesicht glühte und ihre Augen funkelten. Am Sonntag nach der Kapelle hatte ihr Vater es wie üblich voller Sarkasmus kommentiert. »Du bist so fröhlich«, hatte Dah gesagt. »Bist du zu Geld gekommen?«

Ethel, von Enthusiasmus getragen, hatte das Gefühl, die endlosen Gänge von Tŷ Gwyn entlangzuschweben. An jedem Tag füllte sie mehr Seiten in ihrem Notizbuch mit Einkaufslisten, Stundenplänen für das Personal, Zeitabläufen für das Abräumen und erneute Decken der Tische sowie mit Berechnungen: Stückzahlen von Kissenbezügen, Vasen, Servietten, Kerzen, Löffeln …

Es war ihre große Chance. Trotz ihrer Jugend fungierte Ethel nun als Haushälterin, und das während eines königlichen Besuchs! Mrs. Jevons schien sich so bald nicht vom Krankenbett erheben zu wollen; daher trug Ethel die ganze Verantwortung, Tŷ Gwyn auf die Ankunft des Königspaars vorzubereiten. Sie hatte immer gewusst, dass sie brillieren konnte, wenn man ihr die Möglichkeit gab; aber in der starren Hierarchie des Gesindes erhielt man kaum einmal Gelegenheiten zu zeigen, dass man besser war als die anderen. Nun hatte sich ihr eine solche Chance geboten, und Ethel war entschlossen, sie zu nutzen. Immerhin lag es im Rahmen des Möglichen, dass der kränklichen Mrs. Jevons nach dem Besuch des Königs eine weniger anstrengende Aufgabe übertragen wurde und Ethel ihre Nachfolge als Haushälterin antrat. Dann würde ihr Lohn sich verdoppeln, und sie bekäme auf dem Dienstbotengeschoss eine Schlafkammer ganz für sich allein und eine eigene Wohnstube.

Aber so weit war sie noch nicht. Offenbar stellte es den Earl zufrieden, wie sie ihre Arbeit tat, denn er hatte beschlossen, die Haushälterin aus London gar nicht erst kommen zu lassen, was Ethel als großes Kompliment betrachtete. Aber noch war Zeit für die eine kleine Unachtsamkeit, die tödliche Panne, die ihr alles verderben würde: der schmutzige Essteller, der überlaufende Abfluss, die tote Maus in der Badewanne. Und dann würde der Zorn des Earls auf sie herniederfahren.

An Morgen des Samstags, an dem die Majestäten eintreffen sollten, überprüfte Ethel noch einmal jedes Gästezimmer und vergewisserte sich, dass die Kaminfeuer brannten und die Kissen aufgeschüttelt waren. In jedem Zimmer stand wenigstens eine Vase mit Blumen, die am Morgen frisch aus dem Treibhaus gebracht worden waren. Auf jedem Schreibtisch lag Briefpapier, bedruckt mit dem Schriftzug von Tŷ Gwyn. Handtücher, Seife und Wasser zum Waschen standen bereit. Der alte Earl hatte moderne Wasseranschlüsse nicht gemocht, und Fitz war noch nicht dazu gekommen, jedes Zimmer mit den Rohrleitungen verbinden zu lassen. Im ganzen Haus mit seinen hundert Schlafzimmern gab es nur drei Wasserklosetts; daher standen in den meisten Zimmern Nachttöpfe. Um den Geruch zu überdecken, waren Dufttöpfe aufgestellt worden, von Mrs. Jevons nach eigenem Rezept befüllt.

Das Königspaar sollte zum Tee eintreffen. Der Earl würde die Majestäten am Bahnhof von Aberowen empfangen. Zweifellos würde sich dort eine Menschenmenge einfinden, in der Hoffnung, einen Blick auf die hohen Herrschaften zu erhaschen, doch König und Königin würden sich am Bahnhof noch nicht ihren Untertanen zeigen: Fitz würde sie in seinem Rolls-Royce – einem großen, geschlossenen Automobil –, nach Tŷ Gwyn chauffieren lassen. Des Königs Kammerherr, Sir Alan Tite, würde mit dem restlichen Begleitpersonal und dem Gepäck in mehreren Pferdewagen folgen. Vor Tŷ Gwyn nahm bereits zu beiden Seiten der Zufahrtsstraße eine Ehrenkompanie der Welsh Rifles Aufstellung.

Erst am Montagmorgen würde das Königspaar vor seine Untertanen treten. Geplant war eine Rundreise im offenen Wagen durch die umliegenden Dörfer, gefolgt von einem Halt im Rathaus von Aberowen, wo der Bürgermeister und die Ratsherren den Majestäten vorgestellt werden sollten, ehe diese sich zum Bahnhof begaben.

Die anderen Gäste trafen ab Mittag ein. Peel stand in der Halle und teilte ihnen Zimmermädchen zu, die sie zu ihren Räumen führen sollten, sowie Diener, die das Gepäck trugen. Als Erste kamen Fitz' Onkel und Tante, der Herzog und die Herzogin von Sussex. Der Herzog war ein Cousin des Königs und eingeladen worden, damit der Monarch sich mehr zu Hause fühlte. Die Herzogin war Fitz' leibliche Tante und interessierte sich wie die meisten Angehörigen der Familie sehr für Politik. In ihrem Londoner Haus unterhielt sie einen Salon, der regelmäßig von den Ministern aufgesucht wurde.

Die Herzogin ließ Ethel wissen, König George V. sei »ein wenig von Uhren besessen« und fände es unerträglich, wenn verschiedene Uhren im gleichen Haus unterschiedliche Zeiten anzeigten. Ethel fluchte stumm in sich hinein: Auf Tŷ Gwyn gab es mehr als hundert Uhren. Sie lieh sich Mrs. Jevons' Taschenuhr und machte sich auf einen Rundgang durchs Haus, um die Uhren in sämtlichen Zimmern auf ein und dieselbe Zeit zu stellen.

Im kleinen Esszimmer begegnete sie dem Earl. Er stand am Fenster und wirkte verstört. Ethel musterte ihn einen Augenblick lang. Er war der stattlichste Mann, den sie je gesehen hatte. Sein blasses Gesicht, vom weichen Licht der Wintersonne beschienen, hätte aus weißem Marmor gemeißelt sein können. Sein Kinn war kantig, die Jochbeine hoch, die Nase gerade. Er hatte dunkles Haar und grüne Augen – eine ungewöhnliche Kombination – und trug weder Vollbart noch Schnauzer, nicht einmal Koteletten. Aber wenn man so ein wunderschönes Gesicht hat, überlegte Ethel, gibt es ja auch keinen Grund, es unter Haaren zu verbergen.

Fitz bemerkte ihren Blick. »Ich habe gerade erfahren, dass der König gerne eine Schale mit Apfelsinen in seinem Zimmer stehen hat«, sagte er. »Aber im ganzen verdammten Haus gibt es keine einzige Orange.«

Ethel runzelte die Stirn. Kein Obsthändler in Aberowen und den anderen Städten in den südwalisischen Tälern hatte so früh im Jahr Apfelsinen vorrätig; ihre Kunden konnten sich solchen Luxus nicht leisten. »Wenn ich das Telefon benutzen dürfte, Mylord, könnte ich mit ein, zwei Obsthändlern in Cardiff sprechen«, sagte sie. »Vielleicht haben sie Apfelsinen.«

»Aber wie sollen die Früchte hierherkommen?«

»Ich werde darum bitten, dass sie einen Korb mit dem Zug mitschicken tun.« Ethel blickte auf die Uhr, die sie soeben hatte stellen wollen. »Mit ein bisschen Glück kommen die Orangen gleichzeitig mit dem König an.«

»Das ist es!«, sagte Fitz. »So machen wir es!« Er schaute Ethel in die Augen. »Sie sind erstaunlich«, sagte er. »Ich weiß nicht, ob ich je einem Mädchen wie Ihnen begegnet bin.«

Fest erwiderte sie seinen Blick. In den vergangenen beiden Wochen hatte er öfters so zu ihr gesprochen, allzu vertraulich und ein bisschen zu überschwänglich. Ethel hatte ein merkwürdiges Gefühl dabei, eine Mischung aus Unbehagen und freudiger Erwartung, als könnte jede Sekunde etwas gefährlich Aufregendes geschehen. Es war wie in einem Märchen, wenn der Prinz das verzauberte Schloss betrat.

Das Geräusch von Rädern vor dem Haus brach den Bann; dann war eine vertraute Stimme zu vernehmen. »Peel! Wie schön, Sie wiederzusehen.«

Fitz schaute aus dem Fenster und zog ein sonderbares Gesicht. »Das hat mir noch gefehlt«, sagte er. »Meine Schwester!«

»Willkommen zu Hause, Lady Maud«, hörten sie Peels Stimme. »Wir haben Sie gar nicht erwartet.«

»Der Earl hat vergessen, mich einzuladen, aber ich bin trotzdem gekommen.«

Ethel verkniff sich ein Lächeln. Fitz liebte seine lebhafte Schwester über alles, war aber befangen im Umgang mit ihr. Ihre politischen Ansichten waren beunruhigend liberal: Sie war eine Suffragette und zog militant für das Wahlrecht der Frauen ins Feld. Ethel fand Lady Maud großartig, war sie doch genau die Art von unabhängiger Frau, die Ethel selbst gern gewesen wäre.

Fitz verließ das Zimmer, und Ethel folgte ihm in die Halle, einen beeindruckenden Raum im gotischen Stil, den Viktorianer wie Fitz' Vater so sehr geliebt hatten: dunkle Wandvertäfelung, Tapeten mit üppigen Mustern und geschnitzte Eichensessel, die mittelalterlichen Thronsitzen glichen.

Maud kam durch die Tür. »Fitz, Liebling! Wie geht es dir?«

Wie ihr Bruder war auch Maud eine große Person; auch sonst sahen sie einander ähnlich. Doch die scharf geschnittenen Züge, die den Earl zum Abbild eines Gottes machten, schmeichelten einer Frau weniger, und so wirkte Maud eher herb als hübsch. Dennoch widerlegte sie das beliebte Vorurteil, Suffragetten seien unattraktive graue Mäuse, denn sie war sehr elegant gekleidet: Über Knöpfchenstiefeln trug sie einen Humpelrock, einen marineblauen Mantel mit überbreitem Gürtel und hohen Ärmelaufschlägen und dazu einen Hut mit langer Feder, die vorn eingesteckt war und die ihr voranwehte wie eine Regimentsflagge.

Lady Maud wurde von Tante Herm begleitet – Lady Hermia –, Fitz' anderer Tante. Im Unterschied zu ihrer Schwester, die mit einem schwerreichen Herzog verheiratet war, hatte Herm einen verschwendungssüchtigen Baron geehelicht, der jung und verarmt dahinschied. Vor zehn Jahren, als Fitz' und Mauds Eltern innerhalb weniger Monate verstorben waren, war Tante Herm eingezogen, um sich an Mutters statt um die dreizehnjährige Maud zu kümmern. Heute fungierte sie als Mauds – wenn auch ziemlich erfolglose – Anstandsdame.

»Was machst du denn hier?«, wollte Fitz von seiner Schwester wissen.

Tante Herm murmelte: »Ich habe dir ja gleich gesagt, Liebes, es wird ihm nicht gefallen.«

»Ich konnte nicht fernbleiben, wenn wir den König zu Gast haben«, sagte Maud. »Das wäre respektlos gewesen.«

Fitz' Stimme verriet eine Mischung aus Zorn und Zuneigung. »Dass du mir Seine Majestät ja nicht auf diesen Suffragetten-Unsinn ansprichst!«

Ethel glaubte nicht, dass er sich Sorgen machen musste. Maud mochte radikalen politischen Vorstellungen anhängen, aber sie wusste, wie man mächtigen Männern schmeichelte und mit ihnen flirtete; selbst Fitz' Freunde aus den Reihen der Konservativen hatten Maud ins Herz geschlossen.

»Nehmen Sie bitte meinen Mantel, Morrison«, sagte Maud. Sie knöpfte ihn auf und wandte dem Diener den Rücken zu. »Guten Tag, Williams, wie geht es Ihnen?«, begrüßte sie Ethel.

»Willkommen daheim, Mylady«, sagte Ethel. »Hätten Sie gerne die Gardeniensuite?«

»Ja, ich liebe die Aussicht.«

»Möchten Sie zu Mittag essen, während ich die Räume vorbereite?«

»Wunderbar, ich verhungere.«

»Wir servieren heute im Clubstil, denn die Gäste treffen nacheinander ein.« Clubstil bedeutete, dass den Gästen ihr Essen nicht gleichzeitig aufgetischt wurde, sondern erst, wenn sie in den Speisesaal kamen, ganz so, als wären sie in einem Herrenclub oder einem Restaurant. An diesem Tag gab es ein bescheidenes Mittagessen: scharfe indische Curry-Geflügelsuppe, kalte Bratenscheiben, Räucherfisch, gefüllte Forelle, Lammkoteletts und verschiedene Desserts und Käsesorten.

Ethel hielt die Tür auf und folgte Maud und Herm in den großen Speisesaal. Die von Ulrichs waren bereits eingetroffen; die Cousins saßen beim Mittagessen. Walter von Ulrich, der Jüngere, war ein gut aussehender, charmanter Bursche und schien sich zu freuen, auf Tŷ Gwyn zu sein. Sein Vetter Robert war ein Pedant: Er hatte als Erstes das Gemälde von Cardiff Castle an der Wand seines Zimmers gerade gerückt, um zusätzliche Kissen gebeten und entdeckt, dass das Tintenfass auf seinem Schreibtisch ausgetrocknet war – eine Unterlassung, die zur Folge hatte, dass Ethel sich nun ängstlich den Kopf zerbrach, was sie wohl sonst noch alles übersehen haben mochte.

Die von Ulrichs erhoben sich, als die Damen erschienen. Maud ging sofort auf Walter zu. »Sie haben sich überhaupt nicht verändert, seit Sie achtzehn waren!«, sagte sie. »Erinnern Sie sich noch an mich?«

Er strahlte. »Allerdings. Auch wenn *Sie* sich verändert haben, seit Sie dreizehn waren.«

Sie schüttelten einander die Hand; dann küsste Maud ihn auf beide Wangen, als wären sie verwandt. »Ich war damals schrecklich in Sie verknallt«, sagte sie schockierend unverblümt.

Walter lächelte. »Ich war von Ihnen auch ziemlich bezaubert.«

»Aber Sie haben mich immer behandelt, als wäre ich eine Landplage!«

»Ich musste meine Gefühle vor Fitz verbergen. Er hat Sie beschützt wie ein Wachhund.«

Tante Herm hüstelte – ein Zeichen, dass sie diese unvermittelte Vertraulichkeit missbilligte. Maud sagte: »Tante, das ist Herr Walter von Ulrich, ein alter Schulfreund von Fitz, der früher oft in den Ferien hier war. Jetzt ist er Diplomat an der deutschen Botschaft in London.«

Walter sagte: »Darf ich meinen Cousin vorstellen, den Grafen Robert von Ulrich? Er ist Militärattaché an der österreichischen Botschaft.«

Tatsächlich waren die Ulrichs nur Vettern zweiten Grades, hatte Peel in ernstem Tonfall Ethel anvertraut: Ihre Großväter waren Brüder gewesen; der jüngere hatte eine deutsche Erbin geheiratet und war von Wien nach Berlin übergesiedelt, sodass Walter Deutscher war und Robert Österreicher. Peel interessierte sich sehr für solche Feinheiten.

Alle setzten sich. Ethel rückte Tante Herm den Stuhl zurecht. »Möchten Sie ein wenig Currysuppe, Lady Hermia?«, fragte sie.

»Danke, gern, Williams.«

Ethel nickte einem Diener zu, worauf dieser zum Büfett ging, wo die Terrine warm gehalten wurde. Nachdem Ethel sich vergewissert hatte, dass die Neuankömmlinge zufrieden waren, verließ sie still den Raum, um die Zimmer herzurichten. Als sie die Tür hinter sich schloss, hörte sie Walter von Ulrich sagen: »Ich weiß noch, wie sehr Sie die Musik gemocht haben, Lady Maud. Wir sprachen gerade über das russische Ballett. Was halten Sie von Diaghilew?«

Nicht viele Männer fragten eine Frau nach ihrer Meinung. Maud würde es gefallen. Während Ethel die Treppe hinuntereilte, um sich zwei Zimmermädchen zu schnappen, die die Räume fertig machen sollten, dachte sie: Das ist mal ein charmanter Deutscher.

Die Skulpturenhalle von Tŷ Gwyn war ein Vorraum zum Speisesaal. Hier versammelten sich vor dem Dinner die Gäste. Fitz interessierte sich nicht besonders für Kunst – die Sammlung stammte von seinem Großvater –, doch die Skulpturen verschafften den Leuten ein Gesprächsthema, wenn sie auf das Abendessen warteten.

Während Fitz mit seiner Tante, der Herzogin, Konversation machte, blickte er nervös auf die Männer in den Abendanzügen und die Frauen mit den tief ausgeschnittenen Kleidern und den kostbaren Stirnreifen. Das Protokoll schrieb vor, dass alle anderen Gäste im Raum sein mussten, ehe der König und die Königin eintraten. Wo Maud nur blieb? Sie wollte doch keinen Skandal provozieren? Nein, da kam sie, in einem Kleid aus purpurner Seide. Sie trug die Brillanten ihrer Mutter und unterhielt sich angeregt mit Walter von Ulrich.

Fitz und Maud hatten einander immer nahegestanden. Ihr Vater war für die beiden wie ein tapferer Ritter gewesen, der in fernen Landen kämpfte, und ihre Mutter dessen unglückliches Edelfräulein. Deshalb hatten Bruder und Schwester die Zuneigung, die sie brauchten, hauptsächlich vom jeweils anderen erhalten. Nach dem Tod der Eltern hatten sie sich noch fester aneinandergeklammert und gemeinsam getrauert. Fitz war damals achtzehn gewesen und hatte versucht, seine kleine Schwester vor der grausamen Welt zu schützen. Im Gegenzug hatte sie ihn angebetet. Erst als Erwachsene war sie ein Freigeist geworden, der Fitz' Autorität als Familienoberhaupt zunehmend entglitten war. Allerdings hatte sich die gegenseitige Zuneigung der Geschwister bis jetzt als stark genug erwiesen, um ihre Differenzen zu überbrücken.

Soeben lenkte Maud die Aufmerksamkeit Walters auf einen Amor aus Bronze. Anders als Fitz kannte sie sich mit solchen Dingen aus. Fitz betete, dass sie den ganzen Abend über Kunst redete und das Thema Frauenrechte gar nicht erst aufs Tapet brachte. George V. konnte Liberale nicht ausstehen, das wusste jeder. Monarchen waren in der Regel ohnehin konservativ, aber äußere Ereignisse hatten Georges Antipathie noch verschärft, war er doch mitten in einer politischen Krise auf den Thron gekommen. Gegen seinen Willen hatte er wegen der antimonarchistischen Umtriebe des liberalen Premierministers H. H. Asquith – dem die öffentliche Meinung obendrein den Rücken stärkte – die Macht des Oberhauses eingrenzen müssen. Diese Demütigung ging dem König noch heute nach. Er wusste, dass Fitz als Vertreter der Konservativen im Oberhaus bis zur letzten Patrone gegen die sogenannte Reform gekämpft hatte, doch wenn Maud dem König heute Abend mit ihrem Suffragetten-Unsinn auf die Nerven ging, würde er es Fitz niemals verzeihen.

Walter war ein junger Diplomat; sein Vater gehörte zu den ältesten Freunden des deutschen Kaisers. Auch Robert von Ulrich besaß gute Beziehungen: Er stand dem Erzherzog Franz Ferdinand nahe, dem Thronerben der Doppelmonarchie Österreich-Ungarn. Ein weiterer Gast, der in gehobenen Kreisen verkehrte, war der hochgewachsene junge Amerikaner, der sich gerade mit der Herzogin unterhielt. Er hieß Gus Dewar; sein Vater, ein Senator, war ein enger Berater des amerikanischen Präsidenten Woodrow Wilson. Fitz fand, seine Sache gut gemacht zu haben, indem er diese Gruppe junger Männer auf Tŷ

Gwyn versammelt hatte – die Regierungselite der Zukunft. Er war guter Hoffnung, dass der König zufrieden mit ihm war.

Gus Dewar war liebenswürdig, aber ungelenk. Er ging leicht gebückt, als wäre er lieber kleiner und weniger auffällig gewesen, und er schien ein bisschen unsicher zu sein, doch er behandelte jeden mit ausgewählter Höflichkeit. »Das amerikanische Volk sorgt sich mehr um seine inneren Angelegenheiten als um Außenpolitik«, sagte er soeben zur Herzogin. »Aber Präsident Wilson ist ein Liberaler, und als solcher wird er eher mit Demokratien wie Frankreich und Großbritannien sympathisieren, weniger mit autoritären Monarchien wie Österreich-Ungarn und Deutschland.«

In diesem Augenblick öffneten sich die Flügeltüren. Stille breitete sich aus, als König und Königin eintraten. Fürstin Bea machte einen Hofknicks, Fitz verbeugte sich, und alle anderen taten es ihnen gleich. Ein paar Sekunden lang herrschte verlegenes Schweigen, denn niemand durfte reden, ehe das Königspaar das Wort ergriffen hatte. Schließlich sagte der König zu Bea: »Ich war vor zwanzig Jahren schon einmal in diesem Haus, wissen Sie«, woraufhin die Anwesenden sich ein wenig entspannten.

George V. war ein adretter Mann, bemerkte Fitz, während er und seine Gemahlin mit dem Königspaar parlierten. Sein Bart war säuberlich geschnitten und sein Haar wich zurück, bedeckte seinen Kopf aber noch ausreichend, um es mit einem Scheitel zu teilen, der wie mit dem Lineal gezogen aussah. Die eng anliegende Abendkleidung betonte seine schlanke Figur: Anders als sein Vater, Edward VII., war er kein Feinschmecker. George entspannte sich bei Hobbys, die Präzision verlangten: Er sammelte Briefmarken und sortierte sie peinlich genau in Alben, ein Zeitvertreib, den die respektlosen Londoner Intellektuellen mit Spott bedachten.

Die Königin, Tochter eines deutschen Herzogs, war eine stattlichere Erscheinung. Ihre Locken ergrauten, und ihr Mund wirkte ein wenig verkniffen. Sie hatte üppige Brüste, die durch den modischen, außerordentlich tiefen Ausschnitt sehr gut zur Geltung kamen. Ursprünglich war sie mit Georges älterem Bruder Albert verlobt gewesen, der aber vor der Hochzeit an einer Lungenentzündung gestorben war. Als George Thronfolger wurde, übernahm er auch die Verlobte seines Bruders, ein Arrangement, das von einigen Zeitgenossen als ein wenig mittelalterlich bezeichnet wurde.

Bea war ganz in ihrem Element. Sie war in betörende rosa Seide gehüllt und hatte ihre hellen Locken so gelegt, dass diese ein klein wenig durcheinander aussahen, so als hätte sie sich gerade aus einem verbotenen Kuss mit einem heimlichen Liebhaber gelöst. Sie sprach angeregt mit dem König. Sie wusste, dass George V. leeres Geschwätz nicht ausstehen konnte; so erzählte sie ihm, wie Peter der Große die russische Marine aufgebaut hatte, und Seine Majestät nickte interessiert.

Peel erschien in der Tür zum Speisesaal, einen erwartungsvollen Ausdruck im sommersprossigen Gesicht. Er suchte Fitz' Blick und nickte betont. Fitz fragte die Königin: »Darf ich Eure Majestät zum Essen führen?«

Sie hielt ihm den Arm hin. Hinter ihnen reihte sich der König ein, Arm in Arm mit Bea. Die übrigen Gäste stellten sich dem Rang nach in Paaren auf. Als alles bereit war, schritt die Gesellschaft in einer langen Prozession in den Speisesaal.

»Wie schön«, sagte die Königin, als sie den Tisch erblickte.

»Danke«, erwiderte Fitz und stieß einen leisen Seufzer der Erleichterung aus. Bea hatte großartige Arbeit geleistet. Drei Kronleuchter hingen tief über der langen Tafel. Ihr Licht spiegelte sich in den Kristallgläsern, die an jedem Platz standen. Das Besteck war aus Gold, ebenso die Salz- und Pfefferstreuer, sogar die kleinen Schachteln mit Streichhölzern für die Raucher. Das weiße Tischtuch war mit Treibhausrosenblättern bestreut, und als besondere Note hatte Bea zierlichen Farn an den Kronleuchtern befestigen lassen, der bis zu den Pyramiden aus Weinbeeren auf den goldenen Servierplatten hinunterhing.

Alle nahmen Platz, und der Bischof sprach das Tischgebet. Fitz wurde ruhiger. Einer Wochenendgesellschaft, die einen guten Anfang nahm, war meist auch ein erfolgreicher Verlauf beschieden. Und wenn den Leuten Wein und Speisen vorgesetzt wurden, neigten sie nicht so schnell dazu, an irgendetwas herumzumäkeln.

Das Menü begann mit russischen Vorspeisen, eine Verbeugung vor Beas Heimatland: kleine Blini mit Kaviar und Sahne, dreieckig geschnittenes Toastbrot mit Räucherfisch, Cracker mit eingelegtem Hering, alles heruntergespült mit Perrier-Jouët 1892, der genau so mild und köstlich war, wie Peel es versprochen hatte. Fitz hielt den Butler im Auge und Peel den König. Kaum legte Seine Majestät das Besteck nieder, als Peel auch schon dessen Teller fortnahm, was das Zeichen für die Diener war, den Rest abzuräumen. Wer noch beim Essen war, musste aus Ehrerbietung seinen Teller hergeben.

Es folgte die Suppe, ein *Pot-au-feu*, der mit einem guten trockenen Oloroso-Sherry aus Sanlúcar de Barrameda serviert wurde. Der Fisch war Seezunge, begleitet von einem ausgereiften Meursault Charmes. Zu den Medaillons aus walisischem Lamm hatte Fitz den Château Lafite 1875 ausgesucht – der 1870er war immer noch nicht trinkbar. Der gleiche Rotwein wurde auch zu dem Gänseleber-Parfait gereicht, das auf die Medaillons folgte, und dem letzten Fleischgang, Wachteln mit Trauben im Teigmantel.

Niemand aß alles auf. Die Herren verzehrten nur, was sie mochten, und ließen den Rest unbeachtet. Die Damen pickten an einer oder zwei Speisen. Viele Teller gingen unberührt in die Küche zurück.

Es folgten Salat, ein süßes Dessert, eine pikante Nachspeise sowie Petits Fours. Schließlich schaute Fürstin Bea mit diskret erhobener Augenbraue die Königin an, die den Blick mit einem beinahe unmerklichen Nicken beantwortete. Beide erhoben sich. Stühle rumpelten, als daraufhin alle anderen aufstanden und warteten, bis die Damen den Raum verlassen hatten.

Die Männer setzten sich wieder, die Diener brachten Zigarren, und Peel stellte eine Karaffe mit 1847er Ferreira-Port in Reichweite des Königs. Fitz paffte dankbar an einer Zigarre. Alles war gut gelaufen. George V. war bekanntermaßen ungesellig und fühlte sich nur mit alten Schiffskameraden aus seiner glücklichen Zeit bei der Marine wohl. An diesem Abend jedoch war er charmant gewesen, und nichts war schiefgegangen. Selbst die Orangen waren rechtzeitig eingetroffen.

Fitz hatte zuvor mit Sir Alan Tite gesprochen, dem königlichen Kammerherrn, einem Heeresoffizier außer Dienst mit altmodischen Koteletten. Sie hatten sich geeinigt, dass der König am nächsten Tag mit den männlichen Gästen, die durchweg intime Einblicke in die Regierungsgeschäfte eines bestimmten Landes besaßen, jeweils eine Stunde lang unter vier Augen konferieren würde. Am heutigen Abend wollte Fitz mit einem allgemeinen Gespräch über Politik erst einmal das Eis brechen. Er räusperte sich und sprach Walter von Ulrich an. »Walter, wir beide sind seit fünfzehn Jahren befreundet, seit unserer gemeinsamen Zeit in Eton.« Er blickte Robert an. »Und deinen Cousin kenne ich aus Studentenzeiten, als wir drei uns in Wien eine Wohnung geteilt haben.« Robert nickte lächelnd. Fitz mochte sie beide. Robert war Traditionalist wie er selbst, während der weltmännische Walter den neuen politischen Strömungen ein wenig aufgeschlossener gegenüberstand. »Nun aber müssen wir feststellen«, fuhr Fitz fort, »dass alle Welt über einen Krieg zwischen unseren Nationen spricht. Könnte es tatsächlich zu einer solchen Tragödie kommen?«

»Wenn allein schon Kriegsgerede zu einer bewaffneten Auseinandersetzung führen kann, dann ja«, antwortete Walter. »Dann wird es Krieg geben, denn jeder bereitet sich darauf vor. Aber gibt es einen erkennbaren Grund? Ich sehe keinen.«

Gus Dewar hob zögernd die Hand. Fitz mochte den Mann, obwohl er liberale Ansichten vertrat. Außerdem hatte er gute Manieren und war zurückhaltend, wo man den Amerikanern doch Aufdringlichkeit nachsagte. Allerdings war er erschreckend gut informiert. Dewar sagte: »Großbritannien und Deutschland haben viele Gründe, sich in die Haare zu geraten.«

Walter fragte: »Würden Sie mir ein Beispiel nennen?«

Gus blies Zigarrenrauch aus. »Das Flottenwettrüsten.«

Walter nickte. »Mein Kaiser steht auf dem Standpunkt, dass kein gottgegebenes Gesetz besagt, die deutsche Flotte müsse auf ewig kleiner bleiben als die britische.«

Fitz blickte nervös zum König. George V. liebte die Royal Navy und konnte an solchen Worten leicht Anstoß nehmen. Andererseits war Kaiser Wilhelm II. sein Cousin. Georges Vater und Wilhelms Mutter waren Bruder und Schwester gewesen, beide Kinder der Königin Viktoria. Fitz sah mit Erleichterung, dass Seine Majestät nachsichtig lächelte.

Walter fuhr fort: »Das hat in der Vergangenheit zu Reibungen geführt, aber wir sind uns seit nunmehr zwei Jahren einig – inoffiziell natürlich –, welche relative Größe unsere Flotten haben sollen.«

»Und was ist mit wirtschaftlicher Rivalität?«, fragte Dewar.

»Es stimmt schon, dass Deutschland mit jedem Tag wohlhabender wird und vielleicht bald mit Großbritannien und den Vereinigten Staaten gleichzieht, was die Wirtschaftsleistung angeht. Aber warum sollte das ein Problem darstellen? Deutschland ist einer der besten Kunden Großbritanniens. Je mehr wir ausgeben können, desto mehr kaufen wir. Unsere wirtschaftliche Stärke ist ein Gewinn für die britischen Fabrikanten.«

Dewar versuchte es erneut. »Es heißt, dass Deutschland mehr Kolonien verlangt.«

Wieder blickte Fitz den König an und fragte sich, ob es ihm etwas ausmachte, wie sehr die beiden das Gespräch an sich zogen; doch Seine Majestät verfolgte offenbar gebannt die Unterhaltung.

Walter sagte: »Gewiss, um Kolonien wurden schon Kriege geführt, besonders in Ihrem Heimatland, Mr. Dewar. Doch heute dürften wir imstande sein, solche Streitigkeiten zu schlichten, ohne die Waffen sprechen zu lassen. Vor drei Jahren haben Deutschland, Großbritannien und Frankreich um Marokko gestritten, aber der Konflikt wurde beigelegt, ohne dass es zum Krieg gekommen wäre. In jüngerer Zeit sind Großbritannien und Deutschland in der schwierigen Frage der Bagdadbahn zu einer friedlichen Einigung gelangt. Wenn wir einfach so weitermachen wie bisher, wird niemand einen Krieg vom Zaun brechen.«

Dewar entgegnete: »Würden Sie mir verzeihen, wenn ich den Begriff des deutschen Militarismus in die Diskussion einwerfe?«

Das war ziemlich starker Tobak, und Fitz verzog gequält das Gesicht. Walter errötete, antwortete jedoch ungerührt: »Ich weiß Ihre Offenheit zu schätzen. Das Deutsche Reich wird von den Preußen dominiert, die ein wenig die Rolle der Engländer im Vereinten Königreich Ihrer Majestät spielen.«

Es war gewagt, Großbritannien mit Deutschland und England mit Preußen zu vergleichen. Fitz musterte Walter unbehaglich: Er hatte die Grenzen dessen erreicht, was in einem höflichen Gespräch statthaft war.

Walter fuhr fort: »Die Preußen haben eine große militärische Tradition, aber sie ziehen nicht ohne Grund in einen Krieg.«

Dewar entgegnete skeptisch: »Dann hegt Deutschland keine Kriegsabsichten?«

»Ganz recht«, sagte Walter. »Ich könnte Ihnen sogar darlegen, wieso Deutschland als einzige Großmacht auf dem europäischen Festland als friedfertig gelten darf.«

Am Tisch erhob sich erstauntes Gemurmel, und Fitz sah, wie der König die Brauen hob. Dewar lehnte sich überrascht zurück und fragte: »Wie kommen Sie darauf?«

Walters tadelloses Auftreten und sein liebenswürdiger Tonfall nahmen seinen provokanten Worten den Stachel. »Betrachten wir zunächst Österreich«, sagte er. »Mein Wiener Cousin Robert wird nicht bestreiten, dass die Donaumonarchie ihre Grenzen gern nach Südosten ausdehnen würde.«

»Aber nicht ohne Grund«, warf Robert ein. »Dieser Teil der Welt, den die Briten den Balkan nennen, gehörte jahrhundertelang zum Osmanischen Reich. Aber die türkische Herrschaft ist zerbröckelt, und jetzt ist der Balkan instabil. Der österreichische Kaiser hält es für seine heilige Pflicht, dort Ordnung und Christentum aufrechtzuerhalten.«

»So ist es«, sagte Walter. »Aber auch Russland wünscht Gebietszuwachs im Balkan.«

Fitz hielt es für seine Pflicht, die russische Regierung in Schutz zu nehmen – vielleicht Beas wegen. »Dafür gibt es gute Gründe«, sagte er. »Die Hälfte des russischen Außenhandels geht über das Schwarze Meer und gelangt durch die Dardanellen ins Mittelmeer. Russland kann nicht zulassen, dass eine andere Großmacht die Dardanellen beherrscht, indem sie Gebiete in den östlichen Balkanländern erwirbt. Dadurch würde sich der russischen Wirtschaft eine Schlinge um den Hals legen.«

»In der Tat«, pflichtete Walter ihm bei. »Und wenn wir nun einen Blick auf das westliche Ende Europas werfen, auf Frankreich, so besteht dort der Wunsch, Deutschland Elsass-Lothringen wegzunehmen …«

Augenblicklich stieß der französische Gast, Jean-Pierre Charlois, den Kopf vor. »Das Frankreich vor dreiundvierzig Jahren geraubt wurde!«

»Lassen Sie uns nicht darüber streiten«, erwiderte Walter. »Einigen wir uns darauf, dass Elsass-Lothringen im Jahre 1871, nach der Niederlage Frankreichs im Deutsch-Französischen Krieg, dem Deutschen Reich beigetreten ist. Ob es nun geraubt wurde oder nicht, Monsieur le Comte – Fakt ist, dass Frankreich dieses Territorium zurückhaben will.«

»Allerdings.« Der Franzose lehnte sich zurück und nippte an seinem Portwein.

»Und Italien würde Österreich gerne die Gebiete von Trentino abnehmen …«

»Wo die meisten Menschen Italienisch sprechen!«, rief Signor Falli.

»… und dazu den Großteil der dalmatischen Küste …«

»Voller venezianischer Löwen, katholischer Kirchen und römischer Säulen!«

»… und Tirol, eine Provinz, in der die meisten Menschen Deutsch sprechen und die auf eine lange autonome Geschichte zurückblicken kann.«

»Eine strategische Notwendigkeit.«

»Natürlich.«

Fitz erkannte, wie geschickt Walter vorging. Ohne grob zu werden, nur durch diskrete Provokation, hatte er die Vertreter jeder Nation angestachelt, in mehr oder weniger feindseligem Ton die territorialen Ambitionen ihrer Länder einzugestehen.

»Aber wo strebt Deutschland neues Territorium an?«, fragte Walter. Er blickte sich am Tisch um, doch niemand antwortete. »Nirgendwo«, sagte er triumphierend. »Und das einzige andere mächtige Land in Europa, das Gleiches von sich behaupten kann, ist Großbritannien!«

Gus Dewar reichte die Portweinkaraffe weiter und sagte in seinem schleppenden amerikanischen Tonfall: »Ich schätze, das stimmt.«

»Warum also, mein alter Freund Fitz, sollten wir dann in den Krieg ziehen?«, fragte Walter.

Am Sonntagmorgen ließ Lady Maud vor dem Frühstück Ethel zu sich bestellen.

Ethel musste einen verärgerten Seufzer unterdrücken. Sie hatte so viel zu tun. Noch war es früh, aber das Personal schuftete bereits. Ehe die Gäste aufstanden, mussten die wichtigsten Räume – der Speisesaal, der Morgensalon und die kleineren allgemein zugänglichen Zimmer – gereinigt und aufgeräumt werden. Sämtliche Kamine waren zu kehren, die Feuer wieder zu entfachen und die Kohleneimer neu zu befüllen. Ethel überprüfte gerade, ob der Blumenschmuck im Billardzimmer noch frisch genug war, als sie gerufen wurde. Sosehr sie Fitz' radikal gesinnte Schwester mochte, sie hoffte sehr, dass Lady Maud keinen zeitraubenden Auftrag für sie hatte.

Als Ethel mit dreizehn Jahren auf Tŷ Gwyn angefangen hatte, waren ihr die Fitzherberts und deren Gäste gar nicht wie wirkliche

Menschen erschienen, eher wie Gestalten aus einem Roman oder wie Angehörige fremdartiger Völker aus der Bibel, Hethiter vielleicht, und jagten ihr Furcht ein. Sie hatte Angst, Fehler zu begehen und ihre Anstellung zu verlieren; zugleich fand sie es unglaublich spannend, solche fremdartigen Geschöpfe aus der Nähe zu beobachten.

Eines Tages befahl ihr ein Küchenmädchen, nach oben ins Billardzimmer zu gehen und den Tantalus herunterzuholen. Ethel war zu schüchtern, um zu fragen, was ein Tantalus sei. So ging sie ins Billardzimmer und schaute sich um in der Hoffnung, es wäre etwas Offensichtliches wie ein Tablett mit schmutzigem Geschirr. Sie entdeckte jedoch nichts, das nach unten zu gehören schien. Als Maud hereinkam, fand sie Ethel in Tränen aufgelöst.

Maud war damals eine schlaksige Fünfzehnjährige, eine Frau in den Kleidern eines Mädchens, unglücklich und aufsässig. Erst später sollte Maud ihrem Leben einen Sinn geben, indem sie ihre Unzufriedenheit in einen Kreuzzug verwandelte. Doch schon mit fünfzehn war sie ein Mensch, dessen Mitgefühl leicht zu wecken war und der empfindlich auf Ungerechtigkeit und Unterdrückung reagierte.

Sie fragte Ethel, was los sei. Der Tantalus erwies sich als ein silberner Ständer für Brandy- und Whiskyflaschen. Sein Name kam daher, dass er abgeschlossen werden konnte, damit die Dienstboten sich nicht heimlich einen Schluck zu Gemüte führten, erklärte Maud: Wie der arme Tantalus aus der griechischen Mythologie sähen sie vor sich, was sie begehrten, und kämen trotzdem nicht heran. Ethel dankte Maud von Herzen. Es war die erste von vielen Freundlichkeiten, die Maud ihr noch erweisen sollte, und Ethel hatte das ältere Mädchen immer bewundert.

Nun ging sie zu Mauds Zimmer, klopfte an und trat ein. Die Gardeniensuite zeichnete sich durch kunstvolle Blumentapeten aus, die in einem Stil gehalten waren, der um die Jahrhundertwende aus der Mode gekommen war. Vom Erkerfenster hatte man einen Blick auf den bezaubernden Teil von Fitz' Garten, den Westweg, einen langen geraden Pfad, der durch Blumenbeete zu einem Sommerhaus führte.

Maud zog sich gerade Schuhe an, wie Ethel mit ungutem Gefühl beobachtete. »Ich gehe spazieren und brauche Sie als Anstandsdame«, sagte Maud. »Helfen Sie mir mit meinem Hut, und erzählen Sie mir den neuesten Klatsch.«

Ethel fehlte die Zeit, aber so lästig es ihr war, so neugierig war sie auch. Mit wem würde Maud spazieren gehen? Wo war Tante Herm, ihre Anstandsdame? Und warum setzte sie den schönen Hut auf, wenn sie nur in den Garten wollte? Ob da ein Mann im Spiel war?

Während sie den Hut an Mauds dunklem Haar feststeckte, raunte Ethel: »Heute Morgen gab es unter den Bediensteten einen kleinen Skandal!« Maud sammelte Klatsch wie der König Briefmarken. »Morrison ist erst um vier Uhr morgens ins Bett gegangen! Er ist einer der Diener – groß, mit blondem Schnurrbart.«

»Ich kenne Morrison. Und ich weiß, wo er die Nacht verbracht hat …« Maud zögerte.

Ethel wartete einen Augenblick; dann fragte sie: »Wollen Sie es mir nicht sagen?«

»Sie wären schockiert.«

Ethel grinste. »Umso besser.«

»Er hat die Nacht mit Robert von Ulrich verbracht.« Maud warf einen Blick auf Ethels Abbild im Spiegel der Frisierkommode. »Sind Sie jetzt geschockt?«

Ethel war fasziniert. »Also wirklich, das hätte ich nie gedacht! Ich wusste, dass Morrison nicht gerade ein Weiberheld ist, aber ich wäre nie auf den Gedanken gekommen, dass er … *so einer* sein könnte, wenn Sie verstehen, was ich meine.«

»Na, Robert ist mit Sicherheit *so einer*. Beim Abendessen habe ich mehrmals beobachtet, wie er Blickkontakt zu Morrison gesucht hat.«

»Mein Gott, und das vor dem König! Woher wissen Sie das über Robert eigentlich?«

»Walter hat es mir erzählt.«

»Wie kann ein Gentleman mit einer Dame über solche Dinge reden! Sie erfahren aber auch wirklich alles. Was erzählt man denn so in London?«

»Mr. Lloyd George ist in aller Munde.«

David Lloyd George war der Schatzkanzler der Regierung Asquith, der Finanzminister Großbritanniens. Er stammte aus Wales und war ein feuriger Redner, der dem linken Flügel angehörte. Ethels Dah sagte oft, Lloyd George sollte eigentlich der Labour Party angehören. Während des Bergarbeiterstreiks von 1912 hatte er sogar davon gesprochen, die britischen Bergwerke zu verstaatlichen. »Was sagt man denn über ihn?«, fragte Ethel.

»Dass er eine Mätresse hat.«

»Nein!« Diesmal war Ethel ehrlich schockiert. »Aber er ist doch als Baptist erzogen worden!«

Maud lachte. »Wäre es weniger ungeheuerlich, wenn er Anglikaner wäre?«

»Aber ja!« Ethel verkniff sich, ein *selbstverständlich* hinzuzufügen. »Wer ist sie?«

»Frances Stevenson. Sie ist als Gouvernante seiner Tochter ins Haus gekommen – eine kluge Frau mit einem Abschluss in klassischer Altertumskunde. Jetzt ist sie seine Privatsekretärin.«

»Skandalös!«

»Er nennt sie Pussy.«

Ethel wäre beinahe errötet. Sie wusste nicht, was sie darauf entgegnen sollte. Maud erhob sich, und Ethel half ihr in den Mantel. Sie fragte: »Was ist denn mit seiner Frau Margaret?«

»Sie ist mit den vier Kindern hier in Wales.«

»Es waren fünf, aber eins ist gestorben. Die arme Frau.«

Maud war nun zum Aufbruch bereit. Die beiden Frauen stiegen die große Treppe hinunter. In der Halle wartete Walter von Ulrich in einem langen dunklen Mantel. Er hatte einen kleinen Schnurrbart und funkelnde blaue Augen. Auf zugeknöpft deutsche Art wirkte er sehr flott, fand Ethel; die Sorte Mann, die sich verbeugte, die Hacken zusammenknallte und einem dann zuzwinkerte. Deshalb also wollte Maud nicht Lady Herm als Anstandsdame.

»Williams hat hier angefangen, als ich noch ein junges Mädchen war«, sagte Maud zu Walter. »Seitdem sind wir Freundinnen.«

Ethel mochte Maud, aber die Behauptung, sie wären Freundinnen, ging ihr ein wenig zu weit. Maud war freundlich, und Ethel bewunderte sie; trotzdem blieben sie Herrin und Dienerin. Wahrscheinlich hatte Maud mit ihrer Bemerkung sagen wollen, dass man Ethel vertrauen konnte.

Walter wandte sich mit jener ausgesuchten Höflichkeit an Ethel, die Angehörige der Oberschicht an den Tag legten, wenn sie mit Menschen sprachen, die gesellschaftlich unter ihnen standen. »Ich freue mich, Ihre Bekanntschaft zu machen, Williams. Wie geht es Ihnen?«

»Vielen Dank, Sir. Ich hole rasch meinen Mantel.«

Ethel eilte nach unten. So ungern sie spazieren ging, während der König auf Tŷ Gwyn weilte – sie wäre lieber in der Nähe geblieben und hätte die Hausmädchen beaufsichtigt –, sie konnte sich nicht weigern.

In der Küche setzte Nina, Fürstin Beas Zofe, russischen Tee für ihre Herrin auf. Ethel sprach ein Zimmermädchen an. »Herr Walter ist aufgestanden. Du kannst das Graue Zimmer machen.« Sobald die Gäste sich zeigten, mussten die Zimmermädchen in die Schlafräume, um diese zu reinigen, die Betten zu machen, die Nachttöpfe zu leeren und frisches Wasser zum Waschen bereitzustellen. Ethel entdeckte Peel, den Butler, der Teller zählte. »Schon Bewegung oben?«, fragte sie ihn.

»Neunzehn, zwanzig …«, zählte Peel zu Ende, ehe er antwortete: »Mr. Dewar hat nach heißem Wasser zum Rasieren geklingelt, und Signor Falli wünscht Kaffee.«

»Lady Maud möchte, dass ich mit ihr nach draußen gehe.«

»Das passt aber gar nicht«, erwiderte Peel gereizt. »Sie werden im Haus gebraucht.«

Das wusste Ethel selbst. »Was soll ich denn tun, Mr. Peel? Soll ich ihr vielleicht sagen, sie soll zusehen, wie sie allein klarkommt?«

»Sparen Sie sich Ihre Frechheiten. Kommen Sie so rasch zurück, wie es gehen tut.«

Als Ethel wieder nach oben ging, stand Gelert, der Hund des Earls, hechelnd an der Vordertür: Er hatte erraten, dass jemand spazieren gehen wollte, und sich zu Maud und Walter gesellt. Gemeinsam verließen alle das Haus und überquerten den Ostrasen zum Wald.

Walter sagte zu Ethel: »Ich nehme an, Lady Maud hat Sie zu einer Suffragette gemacht.«

»Es war genau andersherum«, warf Maud ein. »Ethel war die Erste, die mich mit liberalen Gedanken vertraut gemacht hat.«

»Das habe ich alles von meinem Vater«, sagte Ethel.

Ethel war klar, dass die beiden sich gar nicht mit ihr unterhalten wollten. Die Anstandsregeln untersagten ihnen, allein zu sein, doch sie wollten dem Alleinsein so nahekommen wie möglich. Ethel rief Gelert; dann rannte sie voraus. Indem sie mit dem Hund spielte, verschaffte sie Maud und Walter die Freiheiten, auf die beide wahrscheinlich aus waren. Als Ethel einen kurzen Blick zurückwarf, sah sie, dass Maud und Walter sich bei den Händen hielten.

Maud hat es aber eilig, ging es Ethel durch den Kopf. Erst gestern noch hatte sie gesagt, sie habe Walter zehn Jahre lang nicht gesehen. Und selbst damals hatte es keine Romanze gegeben, nur eine beiderseitige Anziehung. Gestern Abend musste irgendetwas geschehen sein. Vielleicht hatten sie lange beisammengesessen und geredet. Maud flirtete mit jedem – auf diese Art und Weise holte sie aus den Leuten heraus, was sie wissen wollte –, aber das hier war eindeutig ernster.

Ethel hörte, wie Walter ein Lied anstimmte. Maud fiel ein; dann hielten sie beide inne und lachten. Maud liebte die Musik und spielte ziemlich gut Klavier, ganz anders als Fitz, der keinerlei Sinn dafür besaß. Anscheinend war auch Walter ein musikalischer Mensch. Seine Stimme war ein angenehmer heller Bariton, den man, überlegte Ethel, in der Bethesda-Kapelle sehr zu schätzen gewusst hätte.

Ihre Gedanken schweiften zu ihrer Arbeit. Vor keiner einzigen Schlafzimmertür hatte sie geputzte Schuhe stehen sehen, also musste sie den Putzjungen Beine machen. Missmutig fragte sie sich, wie spät es war. Wenn es noch viel länger so ging, müsste sie darauf bestehen, zum Haus zurückzukehren.

Sie blickte wieder zu dem Paar, doch Walter und Maud waren verschwunden. Waren sie stehen geblieben, oder hatten sie sich in eine andere Richtung davongemacht? Ethel wartete ein, zwei Minuten, hatte aber nicht den ganzen Morgen Zeit; daher ging sie auf dem gleichen Weg zwischen den Bäumen zurück, den sie gekommen waren.

Im nächsten Moment sah Ethel die beiden. Sie lagen einander in den Armen und küssten sich leidenschaftlich. Walter hatte die Hände auf Mauds Hinterteil gelegt und drückte sie an sich. Ihre Münder waren offen, und Maud stöhnte vor Wonne.

Ethel starrte sie an. Sie fragte sich, ob ein Mann *sie* jemals so küssen würde. Spotty Llewellyn hatte sie mal während eines Ausflugs der Kirchengemeinde an den Strand geküsst, aber nicht mit offenem Mund, und ohne sich an sie zu pressen, und zum Stöhnen gebracht hatte er sie ganz bestimmt nicht. Little Dai Chops, der Sohn des Fleischers, hatte ihr im Kino von Cardiff mal die Hand unter den Rock gesteckt, aber sie hatte sie nach ein paar Sekunden weggeschoben. Ein bisschen verknallt gewesen war sie in Llewellyn Davies, den Sohn eines Schullehrers, der viel über die liberale Regierung gesprochen und ihr gesagt hatte, sie habe Brüste wie warme Vogeljunge in einem Nest; doch Llewellyn war aufs College gegangen und hatte ihr nie geschrieben. Bei jedem dieser jungen Männer war Ethel neugierig gewesen – und vor allem auf mehr gespannt –, aber nie war es so leidenschaftlich geworden wie bei Maud. Ethel beneidete sie.

Plötzlich winselte Gelert und drehte sich im Kreis, den Schwanz zwischen den Beinen.

Im nächsten Moment spürte Ethel, wie die Erde zitterte, als würde ein Expresszug vorbeidonnern, doch das Eisenbahngleis endete in einer Meile Entfernung.

Maud öffnete die Augen, sah Ethel und löste sich von Walter. Sie runzelte die Stirn und öffnete den Mund, um etwas zu sagen, als sie alle einen Knall hörten, so laut wie ein Donnerschlag.

»Was war das, um Himmels willen?«, fragte Maud.

Ethel wusste es.

Sie schrie auf und rannte los.

Billy Williams und Tommy Griffiths butterten.

Sie arbeiteten in einem Flöz, der Four Foot Coal hieß, nur sechshundert Yards tief, längst nicht so weit unten wie die Hauptsohle. Das Flöz war in fünf Abschnitte unterteilt, jedes nach einer britischen Rennbahn benannt; die beiden Freunde arbeiteten im Ascot – jenem Abschnitt, der dem Schacht Pyramus am nächsten lag. Beide arbeiteten als Schlepper, als Helfer für ältere Bergleute. Der Hauer schlug mit seiner Keilhaue, einer Hacke mit geradem Blatt, die Kohle vom Flöz ab, und sein Schlepper schaufelte sie in einen Hunt. Wie immer hatten sie um sechs Uhr morgens angefangen; jetzt, zwei Stunden später, machten sie die erste Pause. Den Rücken an die Streckenwand gelehnt, saßen sie auf dem feuchten Boden, ließen sich vom sanften Hauch der Bewetterung kühlen und tranken lauwarmen Tee aus ihren Blechflaschen.

Tommy und Billy waren 1898 geboren, beide am gleichen Tag. In nur sechs Monaten wurden sie sechzehn. Die Unterschiede in ihrer körperlichen Entwicklung, die Billy mit dreizehn noch so verlegen gemacht hatten, waren verschwunden. Nun waren sie junge Männer mit breiten Schultern und starken Armen, und sie rasierten sich einmal die Woche, ob es nötig war oder nicht. Sie trugen nur Unterhosen und Schuhe, und beide waren schwarz von Schweiß und Kohlenstaub. Im trüben Lampenlicht schimmerten ihre Körper wie Ebenholzstatuen heidnischer Götter. Nur ihre Lederkappen machten diesen Eindruck zunichte.

Die Arbeit war schwer, aber sie kannten es nicht anders. Sie beklagten sich noch nicht über Rückenschmerzen und steife Gelenke wie die älteren Kumpel; sie hatten Energie im Überschuss. Sogar an freien Tagen suchten sie sich ähnlich anstrengende Beschäftigungen und spielten Rugby, gruben Blumenbeete um oder boxten mit bloßen Fäusten im Schuppen hinter dem Two Crowns.

Billy hatte die Mutprobe, der Rhys Price ihn vor drei Jahren unterzogen hatte, noch nicht vergessen – im Gegenteil. Immer wenn er daran dachte, loderte Zorn in ihm auf. Er hatte sich geschworen, die Neuen niemals schlecht zu behandeln. Erst heute hatte er bei der Seilfahrt den kleinen Bert Morgan gewarnt: »Du musst darauf gefasst sein, dass die anderen dir einen Streich spielen. Vielleicht lassen sie dich 'ne Stunde lang im Dunkeln alleine, oder irgend so ein Blödsinn. Kleine Siege freuen kleine Geister.« Die älteren Männer im Korb hatten Billy angefunkelt, doch er hatte ihre Blicke fest erwidert: Er wusste, dass er recht hatte, und sie wussten es auch.

Mam war damals, vor drei Jahren, noch wütender gewesen als Billy. Sie baute sich mitten in der Stube vor Dah auf, die Hände in die Hüften gestemmt, und fuhr ihn mit blitzenden Augen an: »Sag mir, wie es dem Willen Gottes dienen kann, wenn man kleine Jungen quält?«

»Das verstehst du nicht, du bist eine Frau«, hatte Dah erwidert – eine für seine Verhältnisse ungewöhnlich lahme Antwort.

Billy war der Ansicht, die Welt im Allgemeinen und die Zeche von Aberowen im Besonderen wären besser dran, würden alle Menschen ein gottesfürchtiges Leben führen. Tommy, dessen Vater Atheist und Schüler von Karl Marx war, vertrat die Meinung, der Kapitalismus würde sich bald selbst vernichten und dass es dazu nur ein wenig Hilfe seitens der revolutionären Arbeiterklasse bräuchte. Die beiden Jungen stritten oft darüber, was ihrer Freundschaft jedoch keinen Abbruch tat.

»Sieht dir gar nicht ähnlich, am Sonntag einzufahren«, sagte Tommy.

Er hatte recht. Die Grube machte Sonderschichten, um die gestiegene Nachfrage nach Kohle zu befriedigen, aber aus Respekt vor dem Glauben betonte Celtic Minerals, die Sonntagsschichten seien freiwillig. Obwohl Billy das Gebot, am Sonntag zu ruhen, normalerweise achtete, schuftete er heute unter Tage. »Ich glaube, der Herr möchte, dass ich ein Fahrrad bekomme«, sagte er.

Tommy lachte, doch Billy hatte es gar nicht als Scherz gemeint. Die Bethesda-Kapelle hatte in einem kleinen Dorf zehn Meilen entfernt eine Schwesterkirche eröffnet, und Billy gehörte zu jenen Gemeindemitgliedern aus Aberowen, die sich bereit erklärt hatten, jeden zweiten Sonntag den Berg zu überqueren und sich um die Pflege der neuen Gemeinde zu kümmern. Hätte er ein Fahrrad, könnte er auch unter der Woche abends dorthin und eine Bibelstunde halten oder einen Gebetskreis ins Leben rufen. Er hatte seinen Plan mit den Ältesten besprochen; sie hatten zugestimmt und erklärt, der Herr würde seinen Segen geben, wenn Billy ein paar Wochen lang auch am Sabbat einfuhr, um sich das Fahrrad anschaffen zu können.

Billy wollte es Tommy gerade erklären, als unter ihnen der Boden erbebte. Dann gab es einen Knall, als wäre das Ende der Welt gekommen, und ein schrecklicher Luftstoß riss Billy die Flasche aus der Hand.

Ihm stockte das Herz, als er daran dachte, dass sie sich eine halbe Meile unter Tage befanden und die Millionen Tonnen Erde und Stein über ihren Köpfen nur auf ein paar hölzernen Stempeln ruhten.

»Was war das, Teufel noch mal?«, fragte Tommy ängstlich.

Billy sprang auf, zitternd vor Furcht. Er hob seine Grubenlampe und spähte in beide Richtungen in die Strecke. Er sah keine Flammen, keinen fallenden Berg, nicht einmal mehr Staub als üblich. Als der Nachhall verebbt war, hörte er keinen Laut.

»Das war 'ne Schlagwetterexplosion«, sagte er mit bebender Stimme. Ein solches Unglück war der Albtraum aller Bergleute. Die plötzliche Freisetzung von Grubengas konnte durch herabstürzendes Gestein verursacht werden oder durch einen Hauer, der im Flöz eingeschlossenes Methan losschlug. Bemerkte niemand die Warnzeichen oder bildete das explosive Gemisch sich zu schnell, konnte es durch einen einzigen Funken gezündet werden, den der Huf eines Grubenponys schlug oder der an der elektrischen Glocke des Korbes entstand oder den ein verantwortungsloser Kumpel verursachte, der sich entgegen der Vorschriften eine Pfeife ansteckte.

Tommy fragte: »Aber wo?«

»Muss auf der Hauptsohle passiert sein, deshalb sind wir verschont geblieben.«

»Herr Jesus, hilf uns!«

»Das tut er«, sagte Billy, dessen Entsetzen bereits verebbte. »Vor allem, wenn wir uns selbst helfen.« Von den beiden Hauern, für die

die Jungen geschaufelt hatten, war nichts zu sehen; sie hatten ihre Pause im Goodwood verbringen wollen. Billy und Tommy mussten ihre Entscheidungen allein treffen.

»Los, komm, zum Förderort!«, drängte Billy.

Sie zogen ihre Kleidung über, hakten sich die Lampen an die Gürtel und rannten zum Pyramus. Der Anschläger am Förderort, der für den Korb verantwortlich zeichnete, war Dai Chops. Soeben rief er voller Entsetzen: »Der Korb kommt nicht! Ich klingel und klingel, aber er tut einfach nicht kommen!«

Die Angst des Mannes war ansteckend, und Billy musste seine wieder aufflammende Panik niederkämpfen. »Was ist mit dem Telefon?«, fragte er. Der Anschläger verständigte sich mit dem Einweiser über Tage vermittels der Signale einer elektrischen Klingel, aber jüngst hatte man Fernsprechgeräte installiert, mit denen man die Amtsstube von Maldwyn Morgan, dem Bergwerksdirektor, erreichte.

»Keine Antwort«, sagte Dai.

»Lass mich mal versuchen.« Das Grubentelefon war neben dem Schacht an der Wand befestigt. Billy nahm den Hörer ab und drehte die Kurbel. »Komm schon, komm schon!«

Eine zittrige Stimme antwortete. »Ja?« Sie gehörte Arthur Llewellyn, dem Schreiber des Bergwerksdirektors.

»Spotty, hier ist Billy Williams«, rief Billy in den Sprechtrichter. »Wo steckt Mr. Morgan?«

»Nicht da. Was war das für 'n Knall?«

»Eine Schlagwetterexplosion, du Blödmann. Wo ist der Boss?«

»Er ist nach Merthyr gefahren«, antwortete Spotty in klagendem Tonfall.

»Was macht er denn da? Na, ist ja egal. Ich sag dir, was du tun musst. Hörst du mir zu, Spotty?«

»Ja.« Die Stimme war jetzt kräftiger.

»Zuerst schickst du wen zur Methodistenkirche und lässt Dai Crybaby ausrichten, er soll die Grubenwehr zusammenrufen.«

»Mach ich.«

»Dann rufst du das Hospital an und sagst, sie sollen einen Krankenwagen zur Hängebank schicken.«

»Ist jemand verletzt?«

»Bestimmt, nach so einem Knall. Und hol alle Leute vom Leseband. Sie sollen mit Wasserschläuchen kommen.«

»Wasserschläuche?«

»Der Staub tut noch brennen. Und ruf die Polizei an. Sag Geraint, es hat 'ne Explosion gegeben. Er wird dann Cardiff verständigen.« Mehr fiel Billy nicht ein. »Alles klar?«

»Alles klar.«

Billy hängte den Hörer in den Haken. »Auf der Hauptsohle gibt's bestimmt Verletzte«, sagte er zu Dai Chops und Tommy. »Wir müssen da runter.«

»Können wir nicht«, sagte Dai. »Der Korb ist nicht da.«

»Aber im Schacht ist doch 'ne Leiter, oder?«

»Das sind zweihundert Yards bis dahin!«

»Wäre ich ein Waschlappen, wäre ich kein Bergmann.« Trotz seiner tapferen Worte hatte Billy Angst. Die Schachtleiter wurde selten benutzt, und niemand wusste, in welchem Zustand sie war. Wenn er abrutschte oder auf eine gebrochene Sprosse trat, konnte er in den Tod stürzen.

Dai öffnete das Gatter. Es rasselte und klirrte. Der Schacht war mit Ziegeln ausgekleidet, die feucht und schimmlig waren. Ein schmaler Sims verlief auf der Auskleidung außerhalb der hölzernen Fahrkorbführung. Klammern, in das Mauerwerk eingegossen, hielten eine Eisenleiter, die mit ihren dünnen Holmen und Sprossen wenig vertrauenerweckend aussah. Billy zögerte. Er bereute jetzt schon, den starken Mann markiert zu haben. Aber nun gab es kein Zurück mehr; er wäre blamiert gewesen. Er holte tief Luft, sprach ein stilles Gebet und trat auf den Sims.

Vorsichtig schob er sich bis zur Leiter voran. Er wischte sich die Hände an der Hose ab, packte die Holme, setzte den Fuß auf die erste Sprosse und stieg langsam hinunter. Das Eisen fühlte sich rau an, und unter seinen Händen lösten sich Rostflocken. An manchen Stellen waren die Klammern locker; dort rutschte und schwankte die Leiter, dass Billy der Angstschweiß ausbrach. Die Grubenlampe, die er sich an den Gürtel gehakt hatte, war hell genug, um die Sprossen unter ihm zu beleuchten, das Ende des Schachts aber zeigte sie ihm nicht. Vielleicht war es besser so.

Zu Billys Unglück ließ der Abstieg ihm Zeit zum Grübeln. Ihm fielen die zahllosen Möglichkeiten ein, wie man als Bergmann den Tod finden konnte. Von der Explosion getötet zu werden war ein gnädig schnelles Ende für die Glücklicheren. Andere erstickten, denn bei der Verbrennung des Grubengases entstand Kohlendioxyd, das man »Nachschwaden« nannte und das tödlich sein konnte. Wieder andere Kumpel waren von fallendem Berg erschlagen oder eingeschlossen worden und verblutet, ehe die Retter zu ihnen vorstießen. Manche waren verdurstet, während ihre Kumpel nur wenige Yards entfernt versucht hatten, sich einen Weg durch den Schutt zu bahnen.

Am liebsten wäre Billy nach oben in die Sicherheit geflohen, statt nach unten zu klettern, wo ihn wahrscheinlich Tod, Zerstörung und Chaos erwarteten.

»Bist du noch da, Tommy?«, rief er.

Tommys Stimme ertönte direkt über seinem Kopf. »Ja!«

Die Antwort stärkte Billys Mut. Er stieg schneller ab; sein Selbstvertrauen kehrte zurück. Bald sah er Licht, und wenig später hörte er ferne Stimmen. Rauch stieg ihm in die Nase.

Mit einem Mal war ein gespenstischer Lärm um ihn, ein schreckliches Schreien, Hämmern und Schrillen wie aus dem Fegefeuer, ein Getöse, aus dem Billy nicht schlau wurde und das ihm den Mut zu rauben drohte. Dann begriff er, dass er das panische Wiehern der Ponys hörte, die mit den Hufen gegen die Wände ihrer hölzernen Ställchen traten, aus denen sie vergeblich zu entkommen suchten. Doch das Begreifen nahm dem Getöse nichts von seiner Schrecklichkeit. Billy empfand genauso wie die armen Tiere.

Er erreichte die Hauptsohle, schob sich auf dem gemauerten Sims zur Seite, öffnete das Gatter von innen und gelangte auf den schlammigen Boden. Das trübe Licht unter Tage wurde durch Rauch noch mehr gedämpft, doch Billy konnte immerhin die Hauptstrecken erkennen.

Der Anschläger am Schachtende war Patrick O'Connor, ein Mann in mittleren Jahren, der bei einem Bergbruch eine Hand verloren hatte. Er war Katholik und wurde deshalb – wie konnte es anders sein – »Pat Pope« genannt. Pat starrte Billy ungläubig an. »Billy-with-Jesus!«, rief er. »Teufel auch! Wo kommst du denn her?«

»Vom Four Foot Coal«, antwortete Billy. »Wir haben den Knall gehört.«

Tommy kletterte hinter Billy aus dem Schacht und fragte: »Was ist passiert, Pat?«

»Soweit ich's sagen kann, ist die Explosion am anderen Ende von dieser Sohle gewesen, beim Thisbe«, antwortete Pat. »Der Steiger und die anderen tun nachsehen.« Er sprach mit ruhiger Stimme, doch seine Augen verrieten Verzweiflung.

Billy ging zum Telefon und drehte die Kurbel. Es dauerte nicht lange, und er hörte die Stimme seines Vaters. »Hier Williams, wer spricht?«

Billy stutzte. Was machte ein Gewerkschaftsfunktionär am Telefon der Grubenleitung? Andererseits, bei einem Notfall war alles möglich. »Ich bin's, Dah«, stieß er hervor. »Billy.«

»Dem Herrn sei gedankt, du bist gesund«, sagte sein Vater mit belegter Stimme, doch schon im nächsten Augenblick klang er so forsch wie immer. »Sag mir, was du weißt, Junge.«

»Ich und Tommy waren im Four Foot Coal und sind den Pyramus zur Hauptsohle runtergeklettert. Wir vermuten, die Explosion war in Richtung Thisbe. Wir sehen ein bisschen Rauch, aber nicht viel. Der Korb geht jedenfalls nicht.«

»Die Druckwelle hat die Seilscheibenaufhängung beschädigt«, erklärte Dah. »Wir arbeiten daran. In ein paar Minuten haben wir ihn fertig. Bring so viele Männer zum Füllort, wie du kannst, damit wir sie ausfahren können, sobald der Korb wieder funktioniert.«

»Mach ich.«

»Thisbe ist außer Betrieb, also pass auf, dass keiner versucht, da durchzufliehen. Das Feuer könnte ihm den Weg abschneiden.«

»Verstanden.«

»Außen am Steigerbüro sind Atemgeräte.«

Die neuartigen Atemgeräte waren von der Gewerkschaft lange Zeit gefordert worden; die Kohlebergbauverordnung von 1911 hatte sie dann endlich zwingend vorgeschrieben. »Im Augenblick haben wir kein böses Wetter«, sagte Billy.

»Nicht, wo du jetzt bist. Aber weiter drinnen könnt's schlimmer sein.«

»Stimmt.« Billy hängte den Hörer ein.

Er wiederholte für Tommy und Pat, was sein Vater gesagt hatte. Pat zeigte auf eine Reihe neu aussehender Schränke. »Der Schlüssel muss im Büro sein.«

Billy rannte ins Steigerbüro, fand aber keinen Schlüssel. Vermutlich trug der Steiger den Bund am Gürtel. Billy sah sich die Reihe der Schränke an. Auf jedem stand *Atemgerät*. Die Schränke waren aus Blech. »Hast du ein Stemmeisen, Pat?«, fragte Billy.

Der Anschläger besaß einen Satz Werkzeuge für kleinere Reparaturen. Er reichte Billy einen kräftigen Schraubendreher. In null Komma nichts hatte Billy den ersten Schrank aufgebrochen.

Ungläubig starrte er hinein.

Der Schrank war leer.

Pat rief: »Die haben uns verarscht!«

»Dreckige Kapitalistenschweine«, spie Tommy hervor.

Billy öffnete einen weiteren Schrank. Ebenfalls leer. In blinder Wut brach er sämtliche Schränke auf, als wollte er die Unehrlichkeit von Celtic Minerals und Mr. Perceval Jones für alle Welt offenlegen.

»Wir schaffen das auch so«, sagte Tommy.

Er war ungeduldig und wollte los, doch Billy versuchte, nüchtern zu denken. Sein Blick fiel auf den Feuerhunt, den kläglichen Ersatz, den die Grubendirektion statt eines Löschwagens zur Verfügung stellte: ein Kohlenwagen, der mit Wasser gefüllt und mit einer Handpumpe versehen war. Ganz nutzlos war er allerdings nicht: Billy hatte gesehen, wie der Feuerhunt nach einem »Blitz« eingesetzt worden war; so nannten es die Bergleute, wenn geringe Mengen Grubengas dicht unter dem Hangenden Feuer fingen und blitzartig abbrannten. Wenn so etwas geschah, warf sich alles auf den Boden, denn der Blitz entzündete manchmal den Kohlenstaub an den Wänden, die dann abgelöscht werden mussten.

»Wir nehmen den Feuerhunt«, rief er Tommy zu.

Der Wagen stand bereits auf den Schienen, und so konnten sie ihn anschieben. Billy überlegte kurz, ob sie ein Pony vorspannen sollten, kam aber zu dem Schluss, dass es zu lange dauern würde. Außerdem waren die Tiere völlig verängstigt.

Pat Pope sagte: »Micky, mein Junge, arbeitet im Marigold, aber ich kann nicht hin und nach ihm suchen, ich darf hier ja nicht weg.« Die Verzweiflung stand Pat ins Gesicht geschrieben, doch bei einem Notfall musste der Anschläger am Schacht bleiben; von dieser Regel gab es keine Ausnahme.

»Ich halt die Augen nach ihm auf«, versprach Billy.

»Danke, Billy-Boy.«

Die beiden jungen Männer schoben den Förderwagen die Hauptstrecke entlang. Der Wagen hatte keine Bremsen; er wurde angehalten, indem man einen dicken Knüppel zwischen die Speichen schob. Wenn ein Hunt durchging, weil die Bremsen versagten, gab es meist Tote und Verletzte. »Nicht so schnell«, sagte Billy.

Sie waren eine Viertelmeile in die Strecke vorgedrungen, als die

Temperatur stieg und der Rauch dichter wurde. Dann hörten sie ferne Stimmen. Sie folgten ihnen und bogen in eine Richtstrecke ab. An diesem Teil des Flözes wurde zurzeit Kohle gemacht. Auf der einen Seite sah Billy in regelmäßigen Abständen die ausgebauten Einstiege zu den Örtern, wo die Bergleute die Kohle hauten; manchmal aber waren es nur Löcher. Als der Lärm zunahm, hielten Billy und Tommy den Feuerhunt an, um nachzusehen, was vor ihnen war.

Die Strecke brannte. Flammen leckten aus Wänden und Hangendem. Eine Gruppe Männer stand am Rand des Feuers; sie hoben sich gegen den Flammenschein ab wie verlorene Seelen in der Hölle. Einer schlug mit einer Decke vergeblich auf einen lodernden Holzstoß ein. Andere brüllten, ohne dass jemand ihnen zuhörte. In einiger Entfernung war schemenhaft eine Kette von Förderwagen zu erkennen. Der beißende Rauch roch nach gebratenem Fleisch, und Billy wurde übel, als er begriff, dass der Geruch von dem Pony stammen musste, das die Hunte gezogen hatte.

Billy sprach einen der Männer an. »Was ist los?«

»Da sitzen welche in ihren Örtern fest, aber wir kommen nicht zu denen durch.«

Billy erkannte Rhys Price. Kein Wunder, dass nichts unternommen wurde. »Wir haben den Feuerhunt gebracht«, sagte er.

Ein anderer Mann drehte sich Billy zu, und zu seiner Erleichterung erkannte er John Jones the Shop, einen ruhigen und besonnenen Mann. »Gut gemacht!«, rief Jones. »Dann richten wir mal den Schlauch auf diesen Schlamassel.«

Billy rollte den Schlauch aus, und Tommy betätigte die Pumpe. Billy richtete den Wasserstrahl auf das Hangende, damit das Wasser an den Wänden hinunterlief. Bald aber stellte er fest, dass die Bewetterung der Mine die Flammen und den Rauch auf ihn zutrieb. Bei der ersten Gelegenheit würde er den Kumpeln über Tage sagen, die Drehrichtung der Ventilatoren umzukehren. Beidseitig drehende Lüfter waren seit der Verordnung von 1911 ebenfalls vorgeschrieben.

Trotz der Erschwernis durch die Wetterrichtung erstarb das Feuer allmählich, und Billy konnte langsam vorrücken. Nach wenigen Minuten war der erste Ort feuerfrei. Augenblicklich kamen zwei Bergleute herausgerannt und schnappten nach Luft, so staubig und verräuchert sie auch sein mochte. Billy erkannte die Ponti-Brüder Giuseppe und Giovanni, die Joey und Johnny genannt wurden.

Mehrere Männer eilten in den Ort. Als John Jones wieder herauskam, trug er den schlaffen Dai Ponies, den Treiber der Grubenpferde, auf den Armen. Billy konnte nicht sehen, ob er tot war oder nur bewusstlos. Er sagte: »Bringt ihn zum Pyramus, nicht zum Thisbe.«

»Für wen hältst du dich, dass du hier Befehle gibst, Billy-with-Jesus?«, schimpfte Price.

Billy wollte keine Zeit verschwenden, indem er mit Price stritt. Stattdessen sagte er zu Jones: »Ich hab übers Telefon mit der Tagesöffnung gesprochen. Thisbe ist schwer beschädigt, aber im Pyramus müsste der Korb schon wieder fahren. Deshalb soll ich allen sagen, sie sollen zum Pyramus.«

»Ich geb's weiter«, versprach Jones und eilte davon.

Billy und Tommy bekämpften unverdrossen das Feuer, machten weitere Örter frei, holten noch mehr eingeschlossene Männer heraus. Einige bluteten, andere hatten Brandwunden, wieder andere waren von stürzendem Berg verletzt worden. Wer gehen konnte, trug Tote und half Schwerverletzten. Bald zog eine traurige Prozession zum rettenden Schacht.

Allzu schnell war das Wasser verbraucht. »Wir fahren den Hunt zurück und füllen ihn aus dem Schachtsumpf auf«, sagte Billy.

Gemeinsam schoben sie den Wagen in Richtung Pyramus. Der Korb fuhr immer noch nicht, und mittlerweile wartete ein gutes Dutzend geretteter Bergleute am Füllort. Auf dem Boden lagen mehrere Gestalten. Einige stöhnten vor Schmerzen, andere rührten sich nicht. Während Tommy den Hunt mit schlammigem Wasser füllte, ging Billy wieder ans Grubentelefon. Erneut war sein Vater am anderen Ende der Leitung. »In fünf Minuten geht die erste Seilfahrt«, versprach er. »Wie sieht's bei euch aus?«

»Wir haben Tote und Verletzte aus den Örtern geholt. Fahrt Hunte mit Wasser an, so schnell ihr könnt.«

»Und was ist mit dir?«

»Alles klar. Noch was, Dah. Ihr müsst die Bewetterung umkehren. Blast durch den Pyramus runter und durch den Thisbe rauf. Das treibt den Rauch und die Nachschwaden von den Rettern weg.«

»Geht nicht«, erwiderte Dah.

»Aber das ist Gesetz. Die Grubenbewetterung *muss* sich umkehren lassen!«

»Napoleon Jones hat den Inspektoren sein jammervolles Schicksal geklagt. Jetzt hat er noch ein ganzes Jahr, bis die Lüfter umgebaut sein müssen.«

Wäre nicht sein Vater am anderen Ende der Leitung gewesen, hätte Billy wild geflucht. »Wie steht's mit der Berieselung? Kannst du die einschalten?«

»Ja«, sagte Dah. »Warum bin ich nicht selbst darauf gekommen?« Er sprach mit jemand anderem.

Billy hängte ein, löste Tommy an der Handpumpe ab und half ihm, den Hunt aufzufüllen, was genauso lange dauerte, wie ihn zu leeren. Der Strom von Männern aus der brennenden Richtstrecke ließ nach, während das Feuer ungehindert weiterwütete. Endlich war der Wagen voll, und sie schoben ihn zurück.

Zischend nahm die Berieselungsanlage ihre Arbeit auf, doch als Billy und Tommy den Brand erreichten, sahen sie, dass der Wasserfluss aus dem dünnen Rohr, das unter dem Hangenden verlief, zu schwach war, um die Flammen zu löschen. Während ihrer Abwesenheit hatte Jones the Shop die Männer organisiert. Er behielt die unverletzten Überlebenden bei sich, damit sie bei der Rettung halfen, und schickte die gehfähigen Verletzten zum Förderort. Kaum hatten Billy und Tommy den Feuerhunt einsatzbereit gemacht, schnappte Jones sich den Schlauch und setzte einen anderen Mann an die Pumpe. »Ihr zwei geht zurück und holt noch einen Hunt mit Wasser«, wies der Billy und Tommy an. »Dann können wir bis dahin weiterlöschen.«

»Gut«, sagte Billy. Ehe er sich umdrehte, sah er, wie jemand mit brennender Kleidung durch die Flammen gerannt kam. »Gütiger Himmel!«, rief Billy entsetzt. Vor seinen Augen geriet der Unbekannte ins Taumeln und brach zusammen.

Billy rief Jones zu: »Mach mich nass!« Ohne auf eine Bestätigung zu warten, rannte er in die Strecke. Er spürte, wie ein Wasserstrahl seinen Rücken traf. Die Hitze war grauenhaft. Seine Gesichtshaut spannte; seine Kleidung rauchte. Billy packte die reglose Gestalt unter den Schultern und zerrte sie zurück, so schnell er es vermochte. Er konnte das Gesicht nicht erkennen, merkte aber am Gewicht, dass es ein Junge in seinem Alter war.

Jones hielt den Schlauch auf Billy gerichtet und bespritzte von hinten sein Haar, seinen Rücken und die Beine, nicht aber die pulvertrockene Vorderseite. Billy konnte seine eigene versengte Haut riechen.

Er schrie vor Schmerzen, doch er hielt den Bewusstlosen eisern gepackt. Dann war er aus dem Feuer heraus, warf sich herum und ließ sich von vorn nass spritzen. Das Wasser auf seinem glühenden Gesicht war eine unglaubliche Erleichterung. Obwohl Billy noch immer Schmerzen hatte, waren sie nun erträglich.

Jones spritzte auch den Verletzten am Boden nass. Billy drehte ihn um und sah, dass es Michael O'Connor war, bekannt als Micky Pope, Pats Sohn. Pat hatte Billy gebeten, nach dem Jungen zu suchen. »Lieber Herr Jesus, sei gnädig zu Pat«, flüsterte Billy.

Behutsam hob er Micky auf. Der Junge war schlaff und leblos. »Ich bringe ihn zum Füllort.«

»Gut«, erwiderte Jones und blickte Billy merkwürdig an. »Tu das, Billy-Boy.«

Tommy begleitete ihn. Billy war schwindlig, doch er schaffte es, Micky zu tragen. Auf der Hauptstrecke begegneten sie einem Trupp der Grubenwehr mit einem Pony, das mehrere Förderwagen zog, die mit Wasser gefüllt waren. Der Trupp musste von über Tage kommen, also funktionierte der Korb wieder, und der Rettungseinsatz lief.

Als Billy den Schacht erreichte, fuhr soeben der Korb wieder ein, und weitere Grubenwehrleute in Schutzkleidung kamen mit wassergefüllten Hunten. Während sie zur Feuersbrunst eilten, stiegen Verletzte in den Korb und nahmen die Toten und Bewusstlosen mit.

Nachdem Pat Pope den Korb wieder hinaufgeschickt hatte, ging Billy zu ihm, Micky in den Armen.

Pat starrte Billy entsetzt an, wobei er immerzu den Kopf schüttelte, als könnte er die schreckliche Neuigkeit auf diese Weise von sich fernhalten.

»Tut mir leid, Pat«, murmelte Billy.

Pat wollte seinen toten Sohn nicht anschauen. »Nein«, sagte er. »Nicht mein Micky.«

»Ich hab ihn aus dem Feuer gezogen, Pat«, sagte Billy. »Aber ich war zu spät.« Er brach in Tränen aus. »Zu spät, verflucht noch mal.«

Das Dinner erwies sich in jeder Hinsicht als großer Erfolg. Bea war in glänzender Stimmung gewesen; am liebsten hätte sie jede Woche eine Gesellschaft für den König gegeben. In ihrem Überschwang hatte sie

Fitz eine leidenschaftliche Nacht beschert. Er blieb bis zum Morgen bei ihr und ging erst, kurz bevor Nina den Tee brachte.

Fitz hegte die Befürchtung, die Diskussionen zwischen den Vertretern der verschiedenen Nationen könnten zu kontrovers gewesen sein, zumal sie während eines Dinners geführt worden waren, an dem der König teilgenommen hatte, aber diese Sorge war unbegründet. Beim Frühstück hatte der Monarch ihm gedankt: »Eine fesselnde Diskussion, sehr erhellend. Genau, was ich mir erwünscht hatte.« Fitz' Wangen hatten vor Stolz geglüht.

Als er nach dem Frühstück seine Zigarre rauchte und nachdachte, erkannte Fitz, dass der Gedanke an einen Krieg ihn nicht allzu sehr schreckte, denn dieser Krieg würde das Land gegen einen gemeinsamen Feind einen und das Feuer der Unzufriedenheit löschen. Es gäbe keine Streiks mehr, und das Gerede der Sozialisten und Pazifisten würde sich als das erweisen, was es war – als unpatriotisch. Vielleicht würden sogar die Frauen damit aufhören, das Wahlrecht zu fordern. Und was Fitz selbst betraf, fühlte er sich auf eigenartige Weise angezogen von der Aussicht auf die Gelegenheit, seinem Vaterland zu dienen und eine Gegenleistung für den Reichtum und die Vorrechte zu erbringen, mit denen er sein Leben lang überhäuft worden war.

Am Vormittag trafen Neuigkeiten aus der Zeche ein und nahmen der Gesellschaft ein wenig den Schwung. Zwar fuhr nur einer der Gäste nach Aberowen – Gus Dewar, der Amerikaner –, doch alle bekamen das für sie ungewohnte Gefühl, mit einem Mal weit vom Zentrum der allgemeinen Aufmerksamkeit entfernt zu sein. Das Mittagessen verlief denn auch in gedämpfter Stimmung, und für den Nachmittag wurde alles abgesagt. Fitz befürchtete, der König könnte unzufrieden mit ihm sein, auch wenn er, Fitz, gar nichts mit dem Betrieb des Bergwerks zu tun hatte. Schließlich war er kein Direktor von Celtic Minerals, nicht einmal Aktionär. Er vergab lediglich die Schürfrechte an das Unternehmen, das ihm dafür pro Tonne ein Entgelt zahlte. Deshalb war Fitz überzeugt, dass kein vernünftiger Mensch ihm die Schuld an dem Grubenunglück geben würde. Trotzdem – der Adel konnte sich nicht bei frivolen Vergnügungen sehen lassen, solange diese armen Teufel unter Tage eingeschlossen waren, und schon gar nicht während eines Besuchs des Königspaares. Folglich waren Lesen und Rauchen so ziemlich die einzigen erlaubten Beschäftigungen. Das Königspaar würde sich langweilen.

Fitz war verärgert. Ständig starben Menschen: Soldaten fielen im Gefecht, Matrosen gingen mit ihren Schiffen unter, Züge entgleisten, Hotels voller schlafender Gäste brannten bis auf die Grundmauern nieder. Warum musste ein Grubenunglück ausgerechnet an dem Wochenende passieren, an dem er den König zu Gast hatte?

Kurz vor dem Abendessen kam Perceval Jones, seines Zeichens Bürgermeister von Aberowen und Generaldirektor von Celtic Minerals, nach Tŷ Gwyn, um den Earl über das Unglück in Kenntnis zu setzen. Fitz erkundigte sich bei Sir Alan Tite, ob Seine Majestät den Bericht ebenfalls zu hören wünsche. Seine Majestät wünsche dies in der Tat, bekam Fitz zur Antwort. Fitz war erleichtert: So hatte wenigstens der König etwas zu tun.

Die männlichen Gäste versammelten sich in dem kleinen Salon, einem zwanglosen Raum mit weichen Sesseln, Topfpflanzen und einem Klavier. In seinem schwarzen Frack, mit dem er zweifellos schon am Morgen zur Kirche gegangen war, kam der kleine, wichtigtuerische Mann wie ein Pinguin ins Zimmer stolziert. Gus Dewar, der Amerikaner, war aus Aberowen zurückgekehrt und begleitete ihn.

Der König trug Abendkleidung. »Schön, dass Sie kommen konnten«, begrüßte er Jones.

»Zu gütig, Majestät«, erwiderte der Generaldirektor. »Übrigens, ich hatte bereits vor drei Jahren die Ehre, Ihnen die Hand zu schütteln, als Sie zur Investitur des Prince of Wales nach Cardiff gekommen waren.«

»Es freut mich, unsere Bekanntschaft erneuern zu können, wenn ich auch bedauere, dass es unter solch traurigen Umständen geschieht«, erwiderte der König. »Schildern Sie mir bitte mit einfachen Worten, was geschehen ist, so wie Sie es einem Ihrer Kollegen bei einem Drink im Club erzählen würden.«

»Sehr gern, Majestät.« Generaldirektor Jones sprach mit dem Dialekt Cardiffs, der rauer war als der Singsang in den Tälern. »Zum Zeitpunkt der Explosion waren zweihundertundzwanzig Männer unter Tage, die eine Sonderschicht gefahren haben. Beide Schächte wurden beschädigt, aber die Grubenwehr bekam den Brand dank unserer Berieselungsanlage unter Kontrolle und konnte die Leute ausfahren.« Jones blickte auf die Uhr. »Bis vor zwei Stunden sind zweihundertundfünfzehn Mann wieder über Tage gekommen.«

»Wie es scheint, haben Sie diese Krise sehr gut bewältigt, Jones.«

»Vielen Dank, Majestät.«

»Sind alle zweihundertfünfzehn Männer am Leben?«

»Nein, Sir. Acht sind tot. Weitere fünfzig sind so schwer verletzt, dass sie ärztliche Hilfe benötigen.«

»Meine Güte«, sagte der König. »Wie traurig.«

Während Generaldirektor Jones erläuterte, welche Schritte ergriffen wurden, um die noch immer vermissten fünf Männer zu finden und zu retten, kam Peel herein und trat auf Fitz zu. Der Butler trug Abendkleidung und vermeldete, das Essen könne aufgetragen werden. Mit leiser Stimme fügte er hinzu: »Da ist noch etwas, Mylord, falls es von Interesse ist …«

»Ja?«, raunte Fitz.

»Williams, das Hausmädchen, ist gerade vom Schacht zurückgekommen. Ihr Bruder ist dort offenbar so etwas wie ein Held geworden. Ob der König die Geschichte vielleicht aus ihrem eigenen Mund hören möchte …?«

Fitz überlegte einen Augenblick. Williams würde aufgeregt sein und vielleicht etwas Falsches sagen. Auf der anderen Seite würde es dem König vermutlich gefallen, mit einem der unmittelbar Betroffenen zu reden. Fitz beschloss, das Risiko einzugehen. »Majestät«, sagte er, »eines meiner Hausmädchen ist soeben von der Zeche zurückgekehrt und bringt die neuesten Nachrichten mit. Der Bruder des Mädchens war unter Tage, als das Gas explodiert ist. Soll ich sie zu Ihnen bestellen?«

»Ja«, erwiderte der König. »Schicken Sie die junge Dame herein.«

Es dauerte nicht lange, und Ethel Williams trat in den Salon und machte einen tiefen Knicks. Ihr Gesicht war sauber, doch ihre Schürze und ihr Häubchen waren voller Kohlenstaub.

»Nun, mein Kind, was gibt es zu berichten?«

»Bitte, Majestät, durch Bergbruch sind im Abschnitt Carnation fünf Männer eingeschlossen. Die Grubenwehr gräbt sich durch den Schutt, aber das Feuer brennt noch.«

Fitz bemerkte, dass der König sich Ethel gegenüber ganz anders verhielt als bei Generaldirektor Jones, dem er kaum einen Blick gegönnt hatte; als Jones berichtete, hatte der König rastlos mit dem Finger auf die Armlehne getrommelt. Ethel hingegen schaute er ins Gesicht, und er schien sich ehrlich für ihren Bericht zu interessieren.

Nun fragte er mit sanfter Stimme: »Was hat Ihr Bruder Ihnen erzählt?«

»Die Explosion hat den Kohlenstaub entzündet, und der brennt jetzt. Das Feuer hat viele Kumpel eingeschlossen, und ein paar sind erstickt. Mein Bruder und die anderen konnten sie nicht retten, weil sie keine Atemgeräte hatten.«

»Das stimmt nicht!«, warf Jones ein.

»Ich glaube doch«, widersprach Gus Dewar, in dessen Stimme Zorn mitschwang. »Ich habe mit mehreren Geretteten gesprochen. Sie sagen, die Schränke, auf denen ›Atemgerät‹ stand, seien leer gewesen.«

»Und sie konnten die Flammen nicht löschen, weil unter Tage zu wenig Wasser gelagert wurde!«, rief Ethel mit funkelnden Augen – ein Anblick, den Fitz sehr anziehend fand.

»Unter Tage gibt es einen Feuerwehrwagen!«, protestierte Jones.

»Ja. Eine Lore voll Wasser mit einer Handpumpe«, erwiderte Gus Dewar verächtlich.

Ethel fuhr fort: »Außerdem hätte der Luftstrom umkehrbar sein müssen. Aber das war er nicht, weil Mr. Jones die Lüfter nicht hat umbauen lassen, obwohl es gesetzlich vorgeschrieben ist.«

Jones blickte indigniert drein. »Es war nicht möglich …«

Fitz unterbrach ihn. »Schon gut, Jones. Das ist keine Anhörung. Seine Majestät möchte lediglich Eindrücke sammeln.«

»Ganz recht«, sagte der König. »Allerdings gibt es ein Thema, bei dem Sie mir einen Rat geben könnten, Jones.«

»Es wird mir eine Ehre sein, Majestät.«

»Ich hatte die Absicht, morgen früh Aberowen und ein paar umliegende Dörfer zu besuchen und anschließend zu Ihnen ins Rathaus zu kommen. Doch unter diesen Umständen erscheint mir eine Parade unangemessen.«

Sir Alan, der links hinter dem König saß, murmelte kopfschüttelnd: »Völlig ausgeschlossen.«

»Andererseits«, fuhr George V. fort, »erscheint es mir falsch, würden wir abreisen, ohne dem Unglück Aufmerksamkeit zu schenken. Die Leute könnten uns für gleichgültig halten.«

Fitz vermutete einen Streit zwischen dem König und dessen Stab. Sir Alan Tite wollte die Rundfahrt offenbar absagen, weil er davon ausging, dass das Risiko auf diese Weise am geringsten wäre. Der König jedoch schien den Wunsch zu haben, seinen Untertanen eine Geste des Mitgefühls zu zeigen.

Stille trat ein, während Generaldirekter Jones die Frage überdachte. Als er schließlich antwortete, sagte er nur: »Das ist eine schwierige Entscheidung.«

Ethel fragte: »Darf ich einen Vorschlag machen?«

Peel war entsetzt. »Williams!«, zischte er. »Reden Sie nur, wenn Sie angesprochen werden!«

Auch Fitz war erschrocken über ihre Impertinenz gegenüber dem König. Er versuchte, seine Stimme so ruhig wie möglich zu halten, als er sagte: »Vielleicht später, Williams.«

Doch der König lächelte. Zu Fitz' Erleichterung schien er Ethel zu mögen. »Wir können uns durchaus anhören, was die junge Frau vorzuschlagen hat«, sagte er.

Mehr Ansporn brauchte Ethel nicht. Ohne Umschweife sagte sie: »Sie und die Königin sollten die Familien der Hinterbliebenen besuchen. Keine Parade, nur eine Kutsche mit schwarzen Pferden. Das würde den Leuten viel bedeuten. Jeder würde Sie für wundervoll halten.« Sie verstummte und biss sich auf die Lippen.

Mit dem letzten Satz hatte Ethel gegen die Etikette verstoßen, wie Fitz wusste: Der König hatte es nicht nötig, bei seinen Untertanen den Eindruck zu erwecken, er sei wundervoll.

Sir Alan war entsetzt. »So etwas hat es noch nie gegeben, Majestät!«

Dem König jedoch schien die Idee zu gefallen. »Die Hinterbliebenen besuchen …«, murmelte er vor sich hin. Dann wandte er sich seinem Kammerherrn zu. »Beim Jupiter, Alan, ich glaube, es ist ein großartiger Einfall, den Leuten in diesen düsteren Stunden mein Mitgefühl auszusprechen. Keine Kavalkade, nur ein Gespann.« Er wandte sich wieder dem Hausmädchen zu. »Sehr gut, junge Dame«, sagte er. »Ich danke Ihnen, dass Sie das Wort ergriffen haben.«

Fitz stieß einen Seufzer der Erleichterung aus.

Am Ende wurde es natürlich doch mehr als nur ein Gespann. In der ersten Kutsche fuhren der König und die Königin zusammen mit Sir Alan und einer Hofdame; Fitz und Bea folgten in einer zweiten Kutsche gemeinsam mit dem Bischof, und ein Einspänner mit Dienstboten bildete den Schluss. Generaldirektor Jones hatte sich der Abordnung anschließen wollen, aber Fitz brachte ihn rasch von dieser Idee ab. Wie Ethel es ausdrückte, wären die Trauernden dem Generaldirektor wahrscheinlich an die Gurgel gefahren.

Der Tag war windig, und ein kalter Regen peitschte die Pferde, als sie die lange Zufahrt von Tŷ Gwyn entlangtrotteten. Ethel saß in der dritten Kutsche. Durch ihren Vater kannte sie jede Bergarbeiterfamilie in Aberowen. Sie war der einzige Mensch auf Tŷ Gwyn, der die Namen sämtlicher Verunglückten wusste. Sie hatte den Kutschern den Weg beschrieben; nun war es Ethels Aufgabe, dem Kammerherrn mitzuteilen, wen er jeweils vor sich hatte. Sie drückte sich selbst die Daumen. Es war ihre Idee gewesen, und wenn die Sache fehlschlug, würde man ihr die Schuld geben.

Als Ethel zum schmiedeeisernen Tor hinausfuhr, fiel ihr wie immer der schroffe Übergang ins Auge. Auf Tŷ Gwyn war alles Eleganz und Schönheit; draußen jedoch wartete die Hässlichkeit der wirklichen Welt. Neben der Straße zog sich eine Reihe von Landarbeiterhütten hin, winzige Behausungen mit zwei Kammern, vor denen Brennholz oder irgendwelcher Trödel lagen und schmutzige Kinder im Graben spielten. Bald darauf schlossen sich die Bergarbeitersiedlungen an, die zwar den Tagelöhnerquartieren überlegen waren, aber unansehnlich und monoton für jeden, der wie Ethel von den perfekten Proportionen der Fenster, Türen und Dächer von Tŷ Gwyn verwöhnt war. Die Leute hier trugen billige Kleidung, die schnell die Form verlor und abgetragen aussah und deren Farben wegen der minderwertigen Farbstoffe rasch ausbleichten, sodass alle Männer in gräulichen Anzügen und sämtliche Frauen in bräunlichen Kleidern herumliefen. Ethel wurde oft um den warmen Wollrock und die schmucke Baumwollbluse beneidet, die sie als Hausangestellte bekam, und doch sagten manche Mädchen, sie würden niemals so tief sinken, dass sie sich als Dienstbotin verdingten. Den größten Unterschied zwischen der Gesellschaft auf Tŷ Gwyn und den Bergarbeitern entdeckte man, wenn man den Leuten ins Gesicht schaute. Wer in der Minensiedlung wohnte, hatte unreine Haut, schmutziges Haar und schwarze Fingernägel. Die Männer husteten, die Frauen schnieften, und den Kindern lief ständig die Nase. Die Armen schlurften und hinkten über Straßen, auf denen die Reichen selbstbewusst ausschritten.

Die Kutschen fuhren nun den Berghang hinunter zur Mafeking Terrace. Die meisten Bewohner standen am Straßenrand Spalier und warteten, aber es waren keine Flaggen zu sehen, und es gab keinen Jubel. Die Leute verbeugten sich nur oder knicksten, als die Kavalkade an ihnen vorbeizog und schließlich vor dem Haus Nummer 19 hielt.

Ethel sprang von der Kutsche, ging zu Sir Alan und sagte leise: »Sian Evans, fünf Kinder, hat ihren Ehemann David verloren, einen Pferdetreiber unter Tage.« Ethel hatte David Evans, genannt Dai Ponies, gut gekannt; er war ein Ältester der Bethesda-Kapelle gewesen.

Sir Alan nickte, als Ethel geendet hatte, und flüsterte dem König ins Ohr. Daraufhin ging das Königspaar zur Haustür, von der die Farbe abblätterte. Nie hätte Ethel geglaubt, einmal zu erleben, wie der König an die Tür eines Bergmanns klopfte. George V. trug einen Frack und einen hohen schwarzen Hut, denn Ethel hatte Sir Alan nachdrücklich versichert, dass die Einwohner Aberowens nicht wünschten, ihren Monarchen in dem gleichen Tweed zu sehen, den sie selbst anhatten.

Eine Witwe in Sonntagskleidung und mit Hut öffnete die Tür. Fitz hatte vorgeschlagen, der König solle die Leute überraschen, doch Ethel war dagegen gewesen, und Sir Alan hatte ihr beigepflichtet. Bei einem überraschenden Besuch einer trauernden Familie hätte das Königspaar mit betrunkenen Männern, halb nackten Frauen und zankenden Kindern konfrontiert werden können.

»Guten Morgen, ich bin der König«, sagte Seine Majestät und hob höflich den Hut. »Sind Sie Mrs. David Evans?«

Einen Augenblick lang musterte Sian ihn verwirrt. Sie war es gewöhnt, als Mrs. Dai Ponies angesprochen zu werden.

»Ich bin gekommen, um Ihnen mein Beileid zum Verlust Ihres Gemahls David auszusprechen«, sagte der König.

Mrs. Dai Ponies schien für jede Gefühlsreaktion zu nervös zu sein. »Ich dank Ihnen«, sagte sie steif.

Der König fühlte sich angesichts dieser Förmlichkeit genauso unwohl wie die Witwe. Weder George V. noch Mrs. Dai Ponies schien imstande zu sein, eine aufrichtige Empfindung auszudrücken.

Schließlich legte die Königin der Witwe die Hand auf den Arm. »Es muss schwer für Sie sein, meine Liebe.«

»Ja, Madam«, flüsterte Mrs. Dai Ponies und brach in Tränen aus. Ethel wischte sich die eigene Wange trocken.

Dem König war es peinlich, doch er hielt sich wacker und murmelte: »Sehr traurig, sehr traurig.«

Mrs. Dai Ponies schluchzte nun haltlos, rührte sich aber nicht vom Fleck und wandte auch das rotfleckige, verweinte Gesicht nicht ab. Ihr Schluchzen war rau vor Verzweiflung, und der Mund stand ihr offen, sodass ihr lückenhaftes Gebiss zu sehen war.

»Ach je«, sagte die Königin und drückte Mrs. Dai Ponies ein Taschentuch in die Hand. »Nehmen Sie.«

Mrs. Dai Ponies war noch keine dreißig, aber ihre großen Hände waren knorrig von der Arthritis wie bei einer alten Frau. Mit dem Taschentuch der Königin wischte sie sich das Gesicht ab und beruhigte sich allmählich. »Er war ein guter Mann, Madam«, sagte sie schniefend. »Hat nicht ein Mal die Hand gegen mich erhoben.«

Die Königin wusste nicht, was sie zu einem Mann sagen sollte, dessen hervorstechendste Eigenschaft gewesen war, niemals seine Frau verprügelt zu haben.

»Sogar zu seinen Ponys war er gut«, fügte Mrs. Dai Ponies hinzu.

»Das glaube ich gern, meine Liebe.« Die Königin fand auf vertrauten Boden zurück.

Ein Kleinkind kam aus den Tiefen des Hauses und klammerte sich an den Rockschoß seiner Mutter. Der König versuchte es erneut. »Sie haben fünf Kinder, nicht wahr?«, sagte er.

»Ach, Sir, was soll nun aus den Kleinen werden, wo sie jetzt keinen Dah mehr haben tun?«

»Sehr traurig, sehr traurig«, wiederholte der König.

Sir Alan hüstelte, worauf der König sagte: »Nun, dann wollen wir mal die anderen Menschen besuchen, die in der gleichen schlimmen Lage sind wie Sie.«

»Ach, Sir, es war so freundlich von Ihnen, dass Sie gekommen sind. Ich kann gar nicht sagen, was es mir bedeuten tut. Vielen, vielen Dank.«

Der König wandte sich ab.

»Ich werde heute Abend für Sie beten, Mrs. Evans«, sagte die Königin. Dann folgte sie ihrem Gemahl.

Während die Majestäten in ihre Kutsche stiegen, reichte Fitz der Witwe einen Umschlag. Ethel wusste, dass fünf Goldsovereigns und ein Brief darin waren, handgeschrieben auf Tŷ-Gwyn-Papier mit blauem Wappen: *Von Earl Fitzherbert als Zeichen seines Mitgefühls.*

Auch das war Ethels Idee gewesen.

Eine Woche nach dem Grubenunglück ging Billy mit Dah, Mam und Gramper zur Kirche.

Das Innere der Bethesda-Kapelle war ein quadratischer, weiß getünchter Raum ohne Bilder an den Wänden. Die Stühle standen in ordentlichen Reihen den vier Seiten des schmucklosen Altars zugewandt. Ein Krug mit billigem Sherry stand darauf, daneben ein Porzellanteller von Woolworth, auf dem ein Laib Weißbrot lag. Der Gottesdienst wurde weder Kommunion noch Messe genannt, sondern »Brechen des Brotes«.

Um elf Uhr saß die gut hundertköpfige Gemeinde auf ihren Plätzen. Die Männer trugen ihre besten Anzüge, die Frauen Hüte, und die Kinder nahmen sauber geschrubbt und ungeduldig die hinteren Reihen ein. Einen festgeschriebenen Ablauf gab es nicht. Die Männer taten, was der Heilige Geist ihnen eingab: Sie sprachen ein improvisiertes Gebet, stimmten ein frommes Lied an, lasen einen Abschnitt aus der Bibel vor oder hielten eine kurze Predigt. Die Frauen hatten selbstverständlich zu schweigen.

In der Praxis gab es allerdings doch einen bestimmten Ablauf: Das erste Gebet wurde immer von einem Ältesten gesprochen, der dann das Brot brach und den Teller dem Nächstsitzenden reichte. Jedes Gemeindemitglied – außer den Kindern – nahm ein kleines Stück Brot und aß es. Daraufhin wurde der Wein herumgereicht, und jeder trank aus dem Krug; die Frauen nippten nur, während manche Männer einen kräftigen Schluck nahmen. Dann saßen alle schweigend da, bis jemand sich bemüßigt fühlte, das Wort zu ergreifen.

Als Billy seinen Vater einmal gefragt hatte, wie alt man sein müsse, um beim Gottesdienst das Wort zu erheben, lautete die Antwort: »Dafür gibt es keine Regel. Wir folgen, wohin der Heilige Geist uns führt.« Billy hatte Dah beim Wort genommen. Wenn ihm während der Messe die erste Zeile eines Chorals in den Sinn kam, wertete er dies als Aufforderung durch den Heiligen Geist, sich zu Wort zu melden, und er stand auf und kündigte das Lied an. Vielleicht erschien das ein bisschen altklug, gemessen an Billys jungen Jahren, aber die Gemeinde nahm es hin. Die Geschichte, wie ihm bei seiner Mutprobe unter Tage der Herr Jesus erschienen war, hatte in vielen Kapellen des Kohlereviers von Südwales die Runde gemacht, und Billy wurde als jemand Besonderes angesehen.

An diesem Morgen betete die Gemeinde um Trost für die Hinterbliebenen, besonders für Mrs. Dai Ponies, die verschleiert dasaß, mit ihrem verängstigt dreinblickenden ältesten Sohn an der Seite. Dah bat Gott, Großmut in die Herzen der Gläubigen zu säen, auf dass sie den Minenbesitzern vergeben konnten, das Gesetz über die Bereitstellung von Atemgeräten und die umkehrbare Bewetterung von 1911 übergangen zu haben. Billy kam das alles ein bisschen dürftig vor: nur um Nachsicht und Linderung zu bitten, erschien ihm zu wenig. Er wollte begreifen, wie die Explosion sich in Gottes Plan fügte.

Bisher hatte Billy die Gemeinde noch nie beim Gebet geführt. Viele Männer trugen dabei klangvolle Zitate aus der Heiligen Schrift vor, beinahe so, als hielten sie eine Predigt. Doch Billy vermutete, dass Gott sich von schönen Worten nicht so leicht beeindrucken ließ. Ihn selbst hatten die schlichten Gebete, die von Herzen kamen, stets am meisten gerührt.

Gegen Ende des Gottesdienstes nahmen die Gedanken und Empfindungen, die Billy durch den Kopf gingen, deutliche Gestalt an, und ihn überkam der dringende Wunsch, sie in Worte zu fassen. Im Vertrauen darauf, dass der Heilige Geist dieses heftige Verlangen in ihm erweckt hatte, erhob sich Billy und sagte mit geschlossenen Augen: »O Herr, wir haben Dich heute Morgen gebeten, denen Trost zu schenken, die einen Ehemann verloren haben, einen Vater oder einen Sohn, aber besonders unserer Schwester in Gott Mrs. Evans, und wir beten darum, dass die Trauernden ihre Herzen öffnen, um Deine Gnade zu empfangen.«

Billy holte tief Luft, ehe er fortfuhr: »Und nun bitten wir Dich um ein weiteres Geschenk, o Herr, nämlich um den Segen des Begreifens. Wir müssen wissen, warum sich dieses Unglück ereignet hat. Alles geschieht nach Deinem Willen. Warum also, o Herr, hast Du erlaubt, dass ein schlagendes Wetter die Hauptsohle füllt? Warum hast Du zugelassen, dass es zünden tut? Wie kommt es, dass Männer über uns gestellt werden, die in ihrer Geldgier achtlos mit dem Leben Deiner Geschöpfe umgehen? Wie kann es Deinen heiligen Absichten dienen, wenn die Leiber braver Männer, die Du doch selbst erschaffen hast, zermalmt werden?«

Erneut verstummte Billy. Er wusste, dass es falsch war, Forderungen an Gott zu richten, als würde man mit der Grubendirektion verhandeln; deshalb fügte er hinzu: »Natürlich wissen wir, dass das Leid der Menschen von Aberowen eine Rolle in Deinem unergründlichen Plan spielt.« Billy wusste, dass er es dabei belassen sollte, doch er konnte nicht anders und fügte hinzu: »Aber wir begreifen nicht, o Herr, *welche* Rolle das sein soll, darum erklär es uns bitte.«

Er beendete sein Gebet mit den Worten: »Im Namen Jesu Christi, unseres Herrn.«

»Amen«, erklang es von den Bänken.

Am Nachmittag waren die Einwohner von Aberowen eingeladen, die Gärten von Tŷ Gwyn zu besuchen, was für Ethel eine Menge Arbeit bedeutete.

Am Samstagabend war ein Plakat in den Pubs ausgehängt worden, das am Sonntagmorgen nach den Gottesdiensten in den Kirchen und Kapellen verlesen wurde. Die Gärten von Tŷ Gwyn, hieß es in der Mitteilung, seien für das Königspaar prachtvoll hergerichtet worden, obwohl Winter war; nun wolle Earl Fitzherbert die Schönheit dieser Gärten mit seinen Nachbarn teilen. Der Earl werde als Zeichen der Anteilnahme für die Hinterbliebenen der toten Bergleute eine schwarze Krawatte tragen und wäre erfreut, wenn seine Gäste ein ähnliches Zeichen des Respekts anlegten. Obwohl es unangemessen sei, ein Fest zu feiern, würden dennoch Erfrischungen gereicht werden.

Ethel hatte auf dem Ostrasen drei große Zelte errichten lassen. Im ersten stand ein halbes Dutzend 500-Liter-Fässer mit hellem Bier, das per Eisenbahn von der Brauerei Crown in Pontyclun herangeschafft worden war. Für Abstinenzler, von denen es in Aberowen nicht wenige gab, wurde im Zelt daneben Tee ausgeschenkt. Im dritten und kleinsten Zelt gab es Sherry für die bescheidene Mittelschicht der Stadt, zu der die beiden Ärzte, der anglikanische Pfarrer sowie Grubendirektor Maldwyn Morgan gehörten, den man bereits Gone-to-Merthyr Morgan nannte.

Zum Glück war es ein sonniger Tag, kalt, aber trocken, und nur wenige, harmlos aussehende weiße Wolken standen am blauen Himmel. Viertausend Personen kamen – fast die gesamte Einwohnerschaft der Stadt –, und fast jeder trug eine schwarze Krawatte, ein schwarzes Band oder eine schwarze Armbinde. Die Leute stromerten über das Grundstück, spähten neugierig durch die Fenster ins Haus und zertrampelten den Rasen.

Fürstin Bea blieb in ihren Räumen. Dies war kein gesellschaftliches Ereignis von der Art, an denen sie teilzunehmen pflegte. Ethels Erfahrung nach waren alle Angehörigen der Oberschicht Egoisten, doch Bea erhob die Selbstsucht zur Kunstform. Sie verwendete ihre gesamte Energie darauf, ihre Launen zu befriedigen und ihren Willen durchzusetzen. Selbst wenn sie eine Gesellschaft gab – worauf sie sich bestens verstand –, geschah dies hauptsächlich aus Eigensucht, verschaffte ihr ein solches Ereignis die Gelegenheit, ihre Schönheit zur Schau zu stellen und ihren Charme spielen zu lassen.

Fitz hielt derweil im prächtigen, viktorianisch-gotischen Großen Saal Hof. Sein riesiger Hund lag wie ein Bettvorleger vor ihm auf dem Boden. Fitz trug den braunen Tweedanzug, in dem er zugänglicher wirkte, dazu einen Hochstehkragen und eine schwarze Krawatte. In Ethels Augen sah er besser aus als je zuvor. Sie führte die Angehörigen der Toten und Verletzten in Gruppen zu drei oder vier Personen zu ihm, damit Fitz jedem sein Mitgefühl bekunden konnte – eine Aufgabe, der Fitz sich auf zurückhaltende, gewohnt charmante Art entledigte. Jedem gab er das Gefühl, etwas Besonderes zu sein.

Ethel war mittlerweile zur offiziellen Haushälterin befördert worden. Nach dem Besuch des Königspaares hatte Fürstin Bea darauf bestanden, dass Mrs. Jevons endgültig in den Ruhestand ging: Sie hatte keine Geduld mit müden alten Dienstboten. Ethel, das wusste die Fürstin, würde sich nach besten Kräften bemühen, ihre Wünsche zu erfüllen, und so hatte Bea sie trotz ihrer Jugend befördert. Inzwischen hatte Ethel die kleine Haushälterinnen-Kammer neben den Dienstbotenunterkünften bezogen und dort eine Fotografie ihrer Eltern im Sonntagsstaat aufgehängt, die vor der Bethesda-Kapelle am Tag ihrer Eröffnung aufgenommen worden war.

Nachdem Fitz die Liste der Trauernden abgearbeitet hatte, bat Ethel um Erlaubnis, ein paar Minuten zu ihrer Familie zu dürfen.

»Aber gewiss«, sagte der Earl. »Nehmen Sie sich so viel Zeit, wie Sie möchten. Sie waren großartig. Ich weiß gar nicht, wie ich es ohne Sie geschafft hätte. Auch Seine Majestät war dankbar für Ihre Hilfe. Wie können Sie sich nur die vielen Namen merken?«

Ethel lächelte geschmeichelt. Vom Earl gelobt zu werden war das Allergrößte. »Die meisten von diesen Leuten haben uns schon mal zu Hause besucht, um mit meinem Vater zu sprechen«, sagte sie. »Meist geht es dabei um Entschädigung für eine Verletzung oder den Streit mit einem Steiger, oder weil die Männer sich um die Sicherheit unter Tage Sorgen machen.«

»Nun, ich finde Sie jedenfalls bemerkenswert«, sagte Fitz und bedachte Ethel mit jenem unwiderstehlichen Lächeln, das er nur hin und wieder zeigte und das ihn beinahe wie den Nachbarsjungen erscheinen ließ. »Richten Sie Ihrem Herrn Vater meine besten Empfehlungen aus.«

Als Ethel über den Rasen eilte, hätte sie die ganze Welt umarmen können. Sie entdeckte Dah, Mam, Billy und Gramper im Teezelt. In seinem schwarzen Sonntagsanzug mit weißem Hemd und steifem Kragen wirkte Dah sehr vornehm. Billy hatte eine hässliche Brandwunde auf der Wange. »Wie geht es dir, Billy-Boy?«, fragte Ethel.

»Ganz gut. Sieht schrecklich aus, ich weiß, aber der Doktor sagt, ich soll Luft drankommen lassen.«

»Alle reden darüber, wie tapfer du warst.«

»Hat aber nicht gereicht, um Micky Pope zu retten.«

Darauf ließ sich nichts erwidern, doch Ethel legte ihrem Bruder voller Mitgefühl die Hand auf den Arm.

Mam sagte stolz: »Heute Morgen hat Billy unsere Gemeinde im Gebet geführt.«

»Sag bloß! Schade, dass ich nicht dabei war.« Ethel war nicht zur Kapelle gegangen, weil im Haus zu viel zu tun gewesen war. »Wofür hast du denn gebetet?«

»Dass Gott uns verstehen lässt, warum er die Grubenexplosion zugelassen hat.« Billy warf einen nervösen Blick auf seinen Vater.

Dah, der ernst dreinblickte, sagte streng: »Billy hätte den Herrgott lieber um Stärke bitten sollen, damit er glauben kann, *ohne* dass er gleich alles begreifen muss.«

Offenbar hatten Vater und Sohn sich bereits gestritten, was die Frage anging, ob es dem Menschen zustand, von Gott Erklärungen zu erbitten, wo seine Wege doch bekanntermaßen unergründlich waren. Aber Ethel wollte keinen theologischen Disput, der am Ende sowieso zu nichts geführt hätte. Sie versuchte, die Stimmung aufzuhellen. »Earl Fitzherbert lässt dir seine Empfehlungen ausrichten, Dah«, sagte sie. »Ist das nicht nett von ihm?«

Dah zeigte sich wenig geschmeichelt. Stattdessen murrte er: »Es hat mir wehgetan, mit ansehen zu müssen, wie du am Montag bei diesem schändlichen Schauspiel dabei warst.«

Ethel machte große Augen. »Du meinst, als der König die Familien besucht hat?«

»Ich habe gesehen, wie du diesem Lakai die Namen der Witwen zugeflüstert hast.«

»Das war Sir Alan Tite!«

»Mir egal, wie er sich nennt. Ich erkenne einen Speichellecker, wenn ich einen sehe.«

Ethel war entsetzt. Wie konnte Dah so verächtlich über ihren großen Augenblick sprechen? Plötzlich war ihr zum Heulen zumute. »Ich dachte, du wärst stolz auf mich, dass ich dem König geholfen habe.«

»Wie kann der König es wagen, uns sein Beileid auszusprechen? Was weiß so ein König denn schon von Not und Lebensgefahr?«

Ethel kämpfte gegen die Tränen an. »Aber Dah, den Leuten hat es viel bedeutet, dass der König sie besucht hat.«

»Damit hat er nur davon abgelenkt, dass Celtic Minerals sich fahrlässig und gesetzwidrig verhalten hat.«

»Aber die Leute haben Trost gebraucht!« Wie konnte Dah das übersehen?

»Der König hat sie weich geklopft«, schimpfte Dah. »Am Sonntag stand die Stadt kurz vor dem Aufstand, und am Montagabend faseln alle nur noch von dem dämlichen Taschentuch, das die Königin Mrs. Dai Ponies gegeben hat.«

In Ethel stieg Zorn auf. »Tut mir leid, wenn du es so siehst.«

»Es braucht dir nicht …«

»Es tut mir leid, weil du falschliegst!«, fiel sie ihm ins Wort.

Dah musterte sie verdutzt. Es kam selten vor, dass jemand ihn unverblümt eines Irrtums bezichtigte, und eine Frau schon gar nicht.

Mam sagte: »Hör mal, Ethel …«

»Menschen haben Gefühle, Dah!«, stieß Ethel hervor. »Das vergisst du immer wieder.«

Dah war sprachlos.

»Das reicht jetzt!«, rief Mam.

Ethel blickte Billy an. Durch einen Tränenschleier sah sie sein Gesicht, auf dem sich ein Ausdruck ehrfürchtiger Bewunderung spiegelte. Schniefend wischte sie sich mit dem Handrücken die Augen ab. »Du und deine Gewerkschaft, deine Sicherheitsbestimmungen und deine Heilige Schrift«, sagte sie. »Ich weiß ja, wie wichtig das alles ist, aber du darfst darüber nicht vergessen, was die Menschen hier und jetzt empfinden. Mag ja sein, dass der Sozialismus der Arbeiterklasse irgendwann ein besseres Leben beschert, aber bis dahin brauchen die Leute Trost!«

Dah fand endlich seine Stimme wieder. »Ich glaube, wir haben jetzt genug von dir gehört«, sagte er. »Dir ist offenbar zu Kopf gestiegen, dass du mit dem König zu tun hast. Aber du bist nur ein junges Mädchen, und es steht dir nicht zu, Ältere zu belehren.«

Ethel weinte so herzzerreißend, dass sie die Diskussion nicht fortführen konnte. »Tut mir leid, Dah«, sagte sie schluchzend. »Ich gehe lieber wieder an die Arbeit.« Auch wenn der Earl ihr gestattet hatte, sich so viel Zeit für die Familie zu nehmen, wie sie wünschte – jetzt wollte Ethel nur noch allein sein. Sie kehrte ihrem Vater den Rücken zu und ging nach Tŷ Gwyn zurück, den Kopf gesenkt, damit niemand ihre Tränen sah.

In der Hoffnung, niemandem über den Weg zu laufen, schlich Ethel sich in die Gardeniensuite. Lady Maud war nach London zurückgekehrt; deshalb stand die Zimmerflucht leer, die Betten waren abgezogen.

Ethel warf sich bäuchlings auf die Matratze und weinte. Sie war so stolz gewesen! Wie konnte Dah alles in Zweifel ziehen, was sie getan hatte? Wollte er, dass sie *schlechte* Arbeit leistete? Sie arbeitete für den Adel, aber das taten auch die Bergarbeiter in Aberowen. Zwar wurden sie von Celtic Minerals beschäftigt, doch die Kohle, die sie abbauten, gehörte dem Earl, und der wurde genauso pro Tonne bezahlt wie jeder Bergmann – eine Tatsache, auf die hinzuweisen ihr Vater niemals müde wurde. Wenn es richtig war, als guter Bergmann gute Kohle zu machen, was sollte dann falsch daran sein, wenn sie eine gute Haushälterin sein wollte?

Ethel hörte, wie die Tür geöffnet wurde, und sprang auf. Es war der Earl. »Was ist los, um alles in der Welt?«, fragte er freundlich. »Ich habe Sie bis draußen auf dem Flur gehört.«

»Tut mir leid, Mylord, ich hätte nicht hier reingehen sollen.«

»Schon gut, mein Kind.« In Fitz' attraktivem Gesicht stand aufrichtige Besorgnis. »Warum weinen Sie denn?«

»Ich war so stolz, dass ich dem König helfen konnte«, antwortete Ethel traurig. »Aber mein Vater sagt, das alles wäre bloß ein billiges Schauspiel gewesen, damit die Leute nicht mehr auf Celtic Minerals wütend sind.« Wieder brach sie in Tränen aus.

»Was für ein Unsinn«, sagte der Earl. »Jeder konnte sehen, dass die Anteilnahme Seiner Majestät und seiner Gemahlin echt war.« Er zog das weiße Taschentuch aus der Brusttasche. Ethel erwartete, dass er es ihr reichte; stattdessen tupfte er ihr sanft die Tränen von den Wangen. »Jedenfalls war ich letzten Montag sehr stolz auf Sie, egal was Ihr Vater denkt.«

»Sie sind sehr freundlich …«

»Schon gut«, sagte Fitz, beugte sich vor und küsste sie auf den Mund.

Ethel war wie betäubt. Mit allem hätte sie gerechnet, nur nicht damit. Als der Earl sich von ihr löste, starrte sie ihn fassungslos an.

Er schaute ihr in die Augen. »Ach, Ethel, du bist wunderschön«, sagte er und küsste sie noch einmal.

Diesmal schob sie ihn fort. »Mylord, was tun Sie?«, flüsterte sie entsetzt.

»Das weiß ich selbst nicht.«

»Und was denken Sie sich dabei?«

»Im Moment denke ich überhaupt nicht.«

Ethel schaute in sein attraktives Gesicht. Die grünen Augen musterten sie intensiv, als versuchte er, ihre Gedanken zu lesen. Mit einem Mal wurde Ethel klar, dass sie diesen Mann begehrte. Heftiges Verlangen überkam sie.

»Ich kann nicht anders«, sagte Fitz.

Ethel seufzte glücklich. »Dann küss mich noch mal.«

KAPITEL 3

Februar 1914

Es war halb elf Uhr vormittags. Der Spiegel in der Halle von Earl Fitzherberts Stadthaus im noblen Londoner Stadtteil Mayfair zeigte einen hochgewachsenen Mann, tadellos gekleidet in die Tagesgarderobe eines Briten der Oberschicht. Seine silbergraue Krawatte wurde von einer Perlennadel gehalten, und er trug einen Stehkragen, da er die modischen weichen Krägen nicht mochte. Einige seiner Freunde hielten es für unter ihrer Würde, sich elegant zu kleiden. »Ehrlich, Fitz, du siehst aus wie ein Schneider, der morgens seinen Laden aufmacht«, hatte der junge Marquess Lowther einmal zu ihm gesagt. Doch Lowthie war ständig ungepflegt, hatte immer Krümel auf der Weste und Zigarrenasche an den Hemdmanschetten und wollte, dass jeder so heruntergekommen aussah wie er selbst. Doch Fitz verabscheute jedes Staubkorn und jeden Fussel. Ihm gefiel es, sich in Schale zu werfen.

Er setzte einen grauen Zylinder auf. Den Gehstock in der rechten Hand, ein neues Paar grauer Wildlederhandschuhe in der linken, verließ er das Haus und wandte sich nach Süden. Auf dem Berkley Square zwinkerte ihm ein blondes Mädchen von ungefähr vierzehn Jahren zu. »Ein' blasen, Sir?«, fragte sie. »Kost' bloß 'n Shilling.«

Fitz, der dieses Angebot geflissentlich überhörte, überquerte die Piccadilly und betrat den Green Park. An den Wurzeln mancher Bäume lagen noch Reste vom letzten Schnee. Fitz ging am Buckingham Palace vorbei und gelangte in eine reizlose Gegend in der Nähe der Victoria Station. Den weiteren Weg zum Ashley Place musste er bei einem Polizisten erfragen. Wie sich herausstellte, führte die Straße hinter der römisch-katholischen Kathedrale vorbei. Also wirklich, dachte Fitz, wenn jemand einen Mann von Adel bittet, ihn aufzusuchen, sollte er wenigstens ein Büro in einem respektablen Viertel unterhalten.

Ein alter Freund seines Vaters, ein Mann namens Mansfield Smith-

Cumming, hatte Fitz zu sich bestellt. Smith-Cumming war Marineoffizier im Ruhestand und arbeitete nun in einer nicht ganz klar bestimmten Funktion für das Kriegsministerium. Er hatte Fitz eine ziemlich kurze Nachricht gesandt: *Ich würde gerne Ihre Meinung über eine Angelegenheit von nationaler Bedeutung erfahren. Könnten Sie mich morgen Vormittag um elf Uhr aufsuchen?* Die Nachricht war maschinegeschrieben und nur mit dem Buchstaben »C« in grüner Tinte unterzeichnet.

In Wahrheit war Fitz erfreut, dass ihn ein Mann sprechen wollte, der für die Regierung arbeitete. Ihm war die Vorstellung ein Gräuel, man könnte ihn als bloßen Zierrat betrachten, als reichen Aristokraten, der zu nichts anderem taugte, als gesellschaftliche Ereignisse durch seine Anwesenheit zu schmücken. Er hoffte, man würde ihn um seinen Rat bitten, vielleicht in einer Sache, die mit seinem alten Regiment zu tun hatte, den Welsh Rifles, oder den South Wales Territorials, deren Oberst ehrenhalber er war. Wie auch immer – allein, dass man ihn ins Kriegsministerium bestellt hatte, gab Fitz das Gefühl, nicht gänzlich überflüssig zu sein.

Doch die Adresse erwies sich als modernes Wohnhaus, was bei Fitz Zweifel weckte, dass diese Dienststelle tatsächlich zum Kriegsministerium gehörte. Ein Portier führte Fitz zu einem Aufzug. Smith-Cummings Appartement schien teils als Wohnung, teils als Büro genutzt zu werden. Ein forscher, energischer junger Mann von militärischer Haltung teilte Fitz mit, »C« werde ihn sofort empfangen.

C hatte nichts Militärisches an sich. Er war untersetzt und dicklich, hatte eine Hakennase wie Mr. Punch und trug ein Monokel. Sein Büro war mit einem Sammelsurium verschiedenster Dinge vollgestopft: Flugzeugmodelle, ein Fernrohr, ein Kompass, ein Gemälde, das Bauern vor einem Erschießungskommando zeigte. Fitz' Vater hatte Smith-Cumming stets den »seekranken Seeoffizier« genannt, und seine Karriere in der Navy war alles andere als glänzend verlaufen. Was tat der Mann hier?

»Was ist diese Wohnung eigentlich?«, fragte Fitz, als er sich setzte.

»Die Auslandsabteilung des Secret Service Bureau«, antwortete C.

»Ich wusste gar nicht, dass wir einen Geheimdienst haben.«

»Wenn die Leute es wüssten, wäre er nicht mehr geheim.«

»Verstehe.« Fitz verspürte gespannte Erregung. Es war schmeichelhaft, solch vertrauliche Informationen zu erhalten.

»Es wäre sehr freundlich von Ihnen, das niemandem gegenüber zu erwähnen.«

Fitz begriff, dass ihm soeben ein Befehl erteilt worden war, so höflich formuliert er auch sein mochte.

»Selbstverständlich«, sagte er. Er war es zufrieden, sich als Mitglied eines geheimen Zirkels fühlen zu können. Wollte C ihn um Mitarbeit im Kriegsministerium bitten?

»Meinen Glückwunsch zum Erfolg Ihrer Wochenendgesellschaft. Ich habe gehört, Sie haben Seiner Majestät eine beeindruckende Gruppe junger Männer mit guten Beziehungen vorgestellt.«

»Vielen Dank. Streng genommen war es ein vertraulicher gesellschaftlicher Rahmen, aber ich fürchte, so etwas spricht sich immer herum.«

»Und jetzt begleiten Sie Ihre Frau nach Russland.«

»Sie ist Russin und möchte ihren Bruder besuchen. Die Reise ist lange verschoben worden.«

»Und Gus Dewar fährt mit Ihnen.«

C schien über alles im Bilde zu sein. »Er macht eine Weltreise«, erwiderte Fitz. »Unsere Pläne haben sich überschnitten.«

C lehnte sich zurück und sagte beiläufig: »Wissen Sie, weshalb Admiral Alexejew im Krieg gegen Japan den Befehl über die russischen Streitkräfte bekam, obwohl er vom Landkrieg nichts verstand?«

Fitz hatte als Junge einige Zeit in Russland verbracht und den Verlauf des Russisch-Japanischen Krieges von 1904–1905 verfolgt, aber diese Geschichte war ihm neu. »Erzählen Sie.«

»Nun, offenbar war Großfürst Alexej in einem Marseiller Bordell in eine Schlägerei verwickelt und wurde von der französischen Polizei festgenommen. Alexejew kam zu seiner Rettung und versicherte den Gendarmen, dass er es sei, der sich danebenbenommen habe, nicht der Großfürst. Wegen der Namensähnlichkeit klang die Geschichte plausibel, und der Großfürst wurde auf freien Fuß gesetzt. Alexejew wurde belohnt, indem man ihn zum Oberbefehlshaber sämtlicher russischer Land- und Seestreitkräfte im Fernen Osten ernannte.«

»Kein Wunder, dass Russland den Krieg verloren hat.«

»Dennoch, die Russen besitzen das größte Heer, das die Welt je gesehen hat. Die Schätzungen reichen bis zu sechs Millionen Mann, wenn sämtliche Reservisten mobilisiert werden. Ganz gleich, wie unfähig die Führung sein mag, sechs Millionen Soldaten sind eine unfassbare Streitmacht. Aber wie effizient wäre sie … sagen wir, in einem europäischen Krieg?«

»Ich bin seit meiner Hochzeit nicht mehr in Russland gewesen«, erwiderte Fitz. »Ich kann es nicht mit Sicherheit sagen.«

»Wir auch nicht. Deshalb kommen Sie ins Spiel. Es wäre mir lieb, wenn Sie gewisse Erkundigungen anstellen könnten, während Sie sich in Russland aufhalten.«

Fitz war überrascht. »Wäre das nicht Aufgabe unserer Botschaft?«

»Natürlich.« C zuckte mit den Schultern. »Aber Diplomaten interessieren sich mehr für Politik als für militärische Dinge.«

»Es muss doch einen Militärattaché geben.«

»Aber ein Außenstehender wie Sie könnte uns eine neue Sichtweise bieten – ganz ähnlich, wie Ihre Gesellschaft auf Tŷ Gwyn dem König einen Einblick geboten hat, den das Außenministerium ihm nicht hätte verschaffen können. Aber wenn Sie meinen, es geht nicht …«

»Ich will mich keineswegs weigern«, versicherte Fitz ihm rasch. Im Gegenteil, es machte ihn stolz, dass sein Land ihn um diesen Dienst bat. »Mich überrascht nur, dass solche Dinge auf diese Art und Weise gehandhabt werden.«

»Wir sind eine relativ neue Abteilung mit begrenzten Mitteln. Meine besten Informanten sind gebildete Reisende mit militärischer Erfahrung, die einschätzen können, was sie zu sehen bekommen.«

»Verstehe.«

»Ich wüsste gern, ob Sie den Eindruck haben, dass die russische Offizierskaste sich seit 1905 weiterentwickelt hat. Ist sie moderner geworden, oder hält sie noch an alten Vorstellungen fest? Sie werden die höchsten Militärführer in Sankt Petersburg kennenlernen – Ihre Gattin ist mit der Hälfte dieser Herren verwandt.«

Fitz dachte an den letzten Krieg zurück, den Russland zu Beginn des Jahrhunderts geführt hatte. »Der Hauptgrund für die Niederlage gegen Japan war, dass die russische Eisenbahn nicht in der Lage war, das Feldheer mit Nachschub zu versorgen.«

»Aber seitdem hat man versucht, das Schienennetz auszubauen – mit Geld, das vom Verbündeten Frankreich geliehen wurde.«

»Ob Russland dabei wohl große Fortschritte gemacht hat?«

»Das ist die Schlüsselfrage. Sie werden mit der Bahn reisen. Halten Sie die Augen offen. Fahren die Züge pünktlich? Sind die Schienenstränge eingleisig oder doppelgleisig? Auf solche Dinge müssen Sie achten. Die deutsche Generalität hat einen Kriegsplan, der auf einer Berechnung beruht, wie lange es dauert, das russische Heer zu mobilisieren. Wenn es Krieg gibt, hängt viel davon ab, wie genau diese Berechnung ist.«

Fitz war aufgeregt wie ein Schuljunge, zwang sich jedoch zu einem gemessenen Tonfall. »Ich werde sehen, was ich herausfinden kann.«

»Ich danke Ihnen.« C blickte auf seine Armbanduhr.

Fitz erhob sich, und die Männer tauschten einen Händedruck.

»Wann genau brechen Sie auf?«, fragte C.

»Wir reisen morgen ab«, antwortete Fitz. »Auf Wiedersehen.«

Grigori Peschkow beobachtete seinen jüngeren Bruder Lew dabei, wie er den großen Amerikaner ausnahm. Lews hübsches Gesicht zeigte einen Ausdruck jungenhaften Eifers, als wäre es sein höchstes Ziel, sein Können zur Schau zu stellen. Grigori machte sich Sorgen. Eines Tages, fürchtete er, würde Lews Charme nicht mehr reichen, ihn vor Ärger zu bewahren.

»Das ist ein Gedächtnistest«, sagte Lew auf Englisch. Er hatte die Worte auswendig gelernt. »Nehmen Sie eine Karte, egal welche.« Er musste die Stimme heben, um den Fabriklärm zu übertönen: Schwere Maschinen rumpelten, Dampf zischte, und Männer brüllten einander zu.

Der Name des Besuchers war Gus Dewar, ein liebenswerter junger Kerl, adrett gekleidet in Jackett, Weste und Hose, alles aus dem gleichen, teuren grauen Stoff. Grigori interessierte sich besonders für Dewar, weil er aus Buffalo kam.

Mit einem Schulterzucken nahm Dewar eine Karte von Lews Stapel und schaute sie sich an.

Lew sagte: »Legen Sie die Karte auf die Werkbank, mit dem Bild nach unten.«

Dewar tat wie geheißen.

Lew zog einen Rubelschein aus seiner Tasche und legte ihn auf die Karte. »Jetzt legen Sie einen Dollar hin.« So etwas konnte Lew nur mit reichen Besuchern machen.

Grigori wusste, dass Lew die Spielkarte bereits vertauscht hatte: Unter dem Rubelschein in seiner Hand war eine andere Karte versteckt gewesen. Der Trick, den Lew immer wieder geübt hatte, bestand darin, die erste Karte aufzunehmen und genau in dem Augenblick in der Hand verschwinden zu lassen, wenn man die neue Karte mit dem Rubelschein auf den Tisch legte.

»Sind Sie sicher, dass Sie es sich leisten können, einen Dollar zu verlieren, Mr. Dewar?«, fragte Lew.

Dewar lächelte, wie alle Opfer bei dieser Frage. »Ich glaube schon.«

»Erinnern Sie sich an Ihre Karte?« Lew sprach gebrochen Englisch. Die gleichen Phrasen beherrschte er auch in holprigem Deutsch, Französisch und Italienisch.

»Pik Fünf«, sagte Dewar.

»Falsch.«

»Ich bin mir ziemlich sicher.«

»Drehen Sie die Karte um.«

Dewar tat wie geheißen. Es war die Kreuzdame.

Lew nahm sich den Dollarschein und seinen Rubel.

Grigori hielt die Luft an. Das war jetzt der gefährliche Augenblick. Würde der Amerikaner Lew beschuldigen, ihn ausgeraubt zu haben?

Dewar grinste reumütig und sagte: »Sie haben mich drangekriegt.«

»Ich kenne noch ein Spiel«, sagte Lew.

Das reicht jetzt, beschied Grigori. Lew forderte sein Glück heraus. Obwohl er schon zwanzig Jahre alt war, musste Grigori noch immer auf ihn aufpassen. »Spielen Sie nicht gegen meinen Bruder«, sagte er auf Russisch zu Dewar. »Er gewinnt immer.«

Dewar lächelte und erwiderte zögernd, ebenfalls auf Russisch: »Das ist ein guter Rat.«

Dewar gehörte zu einer kleinen Besuchergruppe, die eine Führung durch die Putilow-Maschinenfabrik machte. Die Putilow-Werke waren die größte Fabrik in Sankt Petersburg. Dreißigtausend Männer, Frauen und Kinder waren hier beschäftigt. Grigori hatte die Aufgabe, den Besuchern eine kleine, aber wichtige Abteilung zu zeigen. In der Fabrik wurden Lokomotiven und andere große Maschinen aus Stahl gebaut. Grigori war Vorarbeiter in der Radfertigung.

Gern hätte er mit Dewar über Buffalo gesprochen, doch bevor er dem Amerikaner auch nur eine Frage stellen konnte, erschien Kanin, der Fertigungsleiter der Stahlgießerei. Kanin war ein hervorragender Ingenieur, groß und dünn, mit zurückweichendem Haar. Er wurde von einem zweiten Besucher begleitet. Grigori erkannte an der Kleidung des Mannes, dass es sich dabei um den englischen Lord handeln musste. Wie ein russischer Edelmann trug er Frack und Zylinder. Vielleicht wurde diese Kleidung ja überall auf der Welt von der herrschenden Klasse getragen.

Der Name des Lords, so hatte man Grigori gesagt, sei Earl Fitzherbert. Mit seinem schwarzen Haar und den leuchtend grünen Augen war er der bestaussehende Bursche, der Grigori je untergekommen war. Die Frauen in der Abteilung himmelten ihn an.

Kanin sprach Russisch mit Fitzherbert. »Inzwischen produzieren wir hier jede Woche zwei Lokomotiven«, erklärte er stolz.

»Erstaunlich«, sagte der englische Lord.

Grigori wusste, warum die Ausländer sich so sehr für die Fabrik interessierten, denn er hatte die Zeitungen gelesen und ging zu Vorträgen und Diskussionsrunden, die von den Petersburger Bolschewiken organisiert wurden. Den Ausländern ging es um die Eisenbahnen, die von grundlegender Bedeutung für die Verteidigung Russlands waren. Die Besucher mochten ja so tun, als wären sie bloß neugierig; in Wahrheit aber sammelten sie militärische Informationen.

Kanin stellte Grigori vor. »Das ist Peschkow, der Schachmeister der Fabrik.« Kanin gehörte zur Werksleitung, war aber ganz in Ordnung.

Fitzherbert war charmant. Er sprach mit Warja, einer Frau von gut fünfzig Jahren, die ihr graues Haar unter einem Kopftuch trug. »Wirklich sehr nett, dass Sie uns Ihren Arbeitsplatz zeigen«, sagte er gut gelaunt. Er sprach fließend Russisch, wenn auch mit starkem Akzent. Warja, eine kräftige Frau mit großen Brüsten, kicherte wie ein Schulmädchen.

Die Demonstration war vorbereitet. Grigori hatte Stahlbarren in den Trichter gelegt und den Schmelzofen angeheizt; nun wurde das Metall verflüssigt. Aber es sollte noch ein weiterer Besucher kommen: die Frau des englischen Earls, angeblich eine Russin. Wahrscheinlich beherrschte der Earl deshalb die Sprache, was für einen Ausländer eher ungewöhnlich war.

Grigori wollte Dewar gerade nach Buffalo fragen, doch ehe er Gelegenheit dazu hatte, kam die Frau des Earls in die Radfertigung. Ihr bodenlanger Rock war wie ein Besen, der Staub und Eisenspäne vor sich herschob. Über ihrem Kleid trug sie einen kurzen Mantel. In ihrem Kielwasser folgten ein Diener mit einem Pelzmantel über dem

Arm, eine Zofe mit einer Tasche sowie einer der Fabrikdirektoren, Graf Malakowski, ein junger Mann, der wie Fitzherbert gekleidet war.

Malakowski war offensichtlich angetan von seinem Gast. Er lächelte immerzu, sprach mit leiser Stimme zu ihr und nahm oft unnötigerweise ihren Arm. Die Frau des Engländers war aber auch ungewöhnlich hübsch mit ihren blonden Locken und der koketten Art, wie sie ihren Kopf zur Seite legte

Grigori erkannte sie sofort. Es war Fürstin Bea.

Sein Herz setzte einen Schlag aus. Ihm wurde übel. Mit Gewalt unterdrückte er die hässliche Erinnerung aus ferner Vergangenheit. Instinktiv schaute er nach seinem Bruder. Würde Lew sich ebenfalls erinnern? Er war damals erst sechs Jahre alt gewesen. Lew blickte die Fürstin neugierig an, als könne er sie nicht richtig einordnen. Plötzlich veränderte sich seine Miene. Er wurde kreidebleich, dann rot vor Wut.

Grigori stand bereits neben seinem Bruder. »Bleib ruhig!«, raunte er. »Sag kein Wort. Vergiss nicht Wir wollen nach Amerika. Da darf uns nichts dazwischenkommen.«

Lew gab einen angewiderten Laut von sich.

»Geh in den Stall zurück«, drängte Grigori. Lew war einer der vielen Kutscher in der Fabrik.

Lew funkelte die ahnungslose Fürstin noch einen Augenblick düster an; dann drehte er sich um und ging. Die Gefahr war gebannt.

Grigori begann mit der Vorführung. Er nickte Isaak zu, dem Kapitän der Werksfußballmannschaft, der ungefähr in seinem Alter war. Isaak öffnete die Gussform. Dann schleppten er und sein Kollege Varja ein poliertes Holzmodell für ein Rad mit Gießmund heran. Schon dieses Modell zeugte von großem Können. Die Speichen waren elliptisch und liefen zum Rand hin spitz zu. Das Rad gehörte zu einer gigantischen 4-6-4-Lokomotive; deshalb war es fast so groß wie die beiden Männer, die es trugen.

Sie drückten das Modell in die tiefe, mit einer feuchten, sandigen Mischung gefüllte Gussform. Isaak formte Lauffläche und Gießmund mit einem gusseisernen Kaltmaß aus und zog es schließlich noch einmal über die Form. Dann wurde die Form geöffnet, und Grigori inspizierte den Abdruck, den das Modell hinterlassen hatte. Er entdeckte keine sichtbaren Unregelmäßigkeiten. Anschließend sprühte er die Gussmischung mit einer schwarzen öligen Flüssigkeit ein und schloss die Form wieder. »Treten Sie bitte zurück«, sagte er zu den Besuchern. Isaak drehte die Roheisenpfanne mit dem Schnabel an den Gießmund. Dann zog Grigori langsam an dem Hebel, der die Pfanne kippen ließ.

Langsam floss geschmolzener Stahl in die Form. Zischend schoss Dampf aus den Lüftungsöffnungen. Grigori wusste aus Erfahrung, wann er die Roheisenpfanne wieder aufrichten und den Stahlfluss stoppen musste. »Im nächsten Schritt wird die Form des Rades perfektioniert«, erklärte er. »Aber da es zu lange dauert, bis das heiße Metall abgekühlt ist, habe ich hier ein Rad, das wir schon früher gegossen haben.«

Das Rad war bereits in eine Drehmaschine eingespannt. Grigori nickte Konstantin zu, Varjas Sohn, der als Maschinenführer arbeitete. Konstantin war ein schlaksiger Intellektueller, Vorsitzender der bolschewistischen Diskussionsgruppe und Grigoris bester Freund. Er warf den Elektromotor an, und das Rad begann sich mit hoher Geschwindigkeit zu drehen. Ein Kreischen ertönte, als Konstantin den Drehmeißel ansetzte.

»Bleiben Sie bitte von der Drehmaschine weg«, rief Grigori den Besuchern zu, um den Lärm zu übertönen. »Wenn Sie das Rad berühren, könnte es Sie einen Finger kosten.« Er hob die linke Hand. »So wie mich, hier in dieser Fabrik, als ich zwölf war.« Von Grigoris Ringfinger war nur noch ein hässlicher Stumpf geblieben. Graf Malakowski warf ihm einen verärgerten Blick zu. Der Direktor wurde nicht gerne daran erinnert, welchen Preis andere mit ihrem Fleisch und Blut zahlten, damit er Profit machen konnte. In Fürstin Beas Blick hingegen mischten sich Ekel und Faszination. Grigori fragte sich, ob sie womöglich ein abartiges Interesse an menschlichem Leid und Elend hatte. Auf jeden Fall war es äußerst ungewöhnlich für eine Dame ihres Standes, sich durch eine Fabrik führen zu lassen.

Grigori gab Konstantin ein Zeichen, worauf dieser die Drehmaschine anhielt. »Als Nächstes wird das Rad mit Schieblehren ausgemessen«, fuhr Grigori fort und hielt das entsprechende Werkzeug in die Höhe. »Die Räder einer Lokomotive müssen exakt bemessen sein. Weicht der Durchmesser mehr als ein Sechzehntel Zoll vom Standard ab – ungefähr die Dicke einer Bleistiftmine –, muss das Rad eingeschmolzen und neu gegossen werden.«

Fitzherbert fragte mit seinem starken Akzent: »Wie viele Räder stellen Sie am Tag her?«

»Im Durchschnitt sechs oder sieben, unter Berücksichtigung der Fehlgüsse.«

Dewar, der Amerikaner, erkundigte sich: »Wie sind die Arbeitszeiten?«

»Sechs Uhr morgens bis sieben Uhr abends, von Montag bis Samstag. Sonntags dürfen wir in die Kirche.«

Ein Junge von ungefähr acht Jahren kam in die Gießerei gerannt, verfolgt von einer schreienden Frau, vermutlich seine Mutter. Grigori griff nach dem Jungen, um ihn vom Schmelzofen fernzuhalten, doch das Kind duckte sich unter ihm weg und prallte in vollem Lauf gegen Fürstin Bea. Sein kurz geschorener Kopf traf sie mit hörbarem, dumpfem Laut an den Rippen. Vor Schmerz schnappte Bea nach Luft. Der Junge blieb stehen, verwirrt und benommen. Zornig riss die Fürstin einen Arm in die Höhe und schlug dem Jungen so fest ins Gesicht, dass Grigori glaubte, das Kind würde zu Boden gehen. Der Amerikaner sagte etwas auf Englisch; seine Stimme klang verwundert und indigniert. Dann hob die Mutter den Jungen mit ihren starken Armen hoch und eilte mit ihm davon.

Kanin, der Fertigungsleiter, riss voller Angst die Augen auf. Er wusste, dass man ihm die Schuld an dem Vorfall geben könnte. »Seid Ihr verletzt, Durchlaucht?«, fragte er die Fürstin.

Bea war wütend, atmete jedoch tief durch und antwortete: »Nein, es ist nichts passiert.«

Ihr Mann und der Graf eilten besorgt zu ihr. Nur Dewar hielt sich zurück; seine Missbilligung war ihm deutlich anzusehen. Wahrscheinlich hatte die Ohrfeige, die die Fürstin dem Jungen verpasst hatte, den Amerikaner schockiert, mutmaßte Grigori. Er fragte sich, ob alle Amerikaner so zimperlich waren. Eine Ohrfeige war nichts. Grigori und sein Bruder waren hier, in dieser Fabrik, als Kinder mit Stöcken geprügelt worden.

Die Besucher schickten sich an, ihre Besichtigungstour durch die Fabrik fortzusetzen. Grigori fürchtete, die Gelegenheit zu verpassen, mit dem Amerikaner aus Buffalo zu reden. Kühn berührte er Dewar am Ärmel. Ein russischer Edelmann hätte Grigori diese Frechheit mit Schlägen vergolten, doch der Amerikaner drehte sich bloß um und lächelte den Russen freundlich an.

»Sie sind doch aus Buffalo, New York, Sir, nicht wahr?«, fragte Grigori.

»Das stimmt.«

»Mein Bruder und ich sparen, damit wir nach Amerika gehen können. Wir wollen in Buffalo leben.«

»Warum ausgerechnet da?«

»Hier in Sankt Petersburg gibt es eine Familie, die an die erforderlichen Papiere kommt – gegen Gebühr, versteht sich. Sie haben uns versprochen, dass wir bei ihren Verwandten in Buffalo arbeiten können.«

»Wie heißen die Leute?«

»Wjalow.« Die Wjalows waren Kriminelle, machten aber auch legale Geschäfte. Sie waren nicht gerade die vertrauenswürdigsten Zeitgenossen; deshalb hätte Grigori es gerne gesehen, wenn die Behauptungen der Wjalows, was ihre Verwandten betraf, von einer unabhängigen Quelle bestätigt würden. »Sind die Wjalows in Buffalo, New York, wirklich eine so reiche und mächtige Familie?«

»Ja«, antwortete Dewar. »Joseph Vyalov« – er sprach den Namen amerikanisch aus – »beschäftigt mehrere Hundert Leute in seinen Bars und Hotels.«

»Danke.« Grigori war erleichtert. »Das ist gut zu wissen.«

Grigoris früheste Erinnerung war die an den Tag, an dem der Zar nach Bulownir gekommen war. Damals war Grigori sechs gewesen.

Seit Tagen hatten die Dörfler von nichts anderem mehr geredet. Alle standen bei Sonnenaufgang auf, obwohl es sich von selbst verstand, dass der Zar zuerst frühstücken und deshalb nicht vor dem Vormittag eintreffen würde. Grigoris Vater trug den Tisch aus ihrer Einzimmerhütte und stellte ihn an die Straße. Dann legte er einen Laib Brot darauf; daneben kamen ein Strauß Blumen und ein Topf mit Salz. Das, erklärte er seinem älteren Sohn, seien die traditionellen russischen Symbole der Gastfreundschaft, und tatsächlich taten die meisten Dörfler es ihm gleich. Grigoris Großmutter hatte sich ein neues gelbes Kopftuch umgebunden.

Es war Anfang Herbst, ein trockener Tag kurz vor der ersten Winterkälte. Die Bauern hockten sich hin und warteten. Die Dorfältesten gingen in ihrer besten Kleidung auf und ab und schauten gewichtig drein, obwohl sie nicht anders waren als alle anderen. Grigori wurde es bald langweilig, und so begann er im Matsch neben dem Haus zu spielen. Sein Bruder Lew war erst ein Jahr alt und wurde noch von ihrer Mutter umsorgt.

Mittag war vorbei, doch niemand wollte ins Haus gehen und Essen kochen aus Furcht, den Zaren zu verpassen. Grigori versuchte, sich ein Stück von dem Brot zu nehmen, das auf dem Tisch lag, bekam jedoch einen Klaps auf die Hand, stattdessen brachte Maminka ihm eine Schüssel kalten Brei.

Grigori war nicht sicher, wer oder was der Zar eigentlich war. In der Kirche jedenfalls wurde oft über ihn gesprochen. Der Zar liebe alle Bauern, sagte der Pope, und wache im Schlaf über sie. Also stand der Zar offensichtlich auf einer Stufe mit dem heiligen Petrus und dem Erzengel Gabriel. Grigori fragte sich, ob der Zar wohl Flügel oder eine Dornenkrone hatte oder ob er nur einen bestickten Mantel trug wie ein Dorfvorsteher. In jedem Fall stand fest, dass allein schon den Zar zu sehen ein Segen für die Menschen war, so wie damals bei Jesus und seinen Jüngern.

Es war später Nachmittag, als plötzlich in der Ferne eine Staubwolke zu sehen war. Grigori spürte, wie der Boden unter seinen Filzstiefeln zitterte. Kurz darauf vernahm er das Donnern von Hufen. Alle im Dorf fielen auf die Knie. Grigori kniete sich neben seine Babuschka. Die Dorfältesten legten sich mit dem Gesicht nach unten auf die Straße, die Stirn im Dreck, so wie sie es auch taten, wenn Fürst Andrej und Fürstin Bea kamen.

Vorreiter erschienen, gefolgt von einer geschlossenen Kutsche, die von vier Pferden gezogen wurde. Die Pferde waren riesig, die größten, die Grigori je gesehen hatte, und wurden unbarmherzig angetrieben. Ihre Flanken glänzten von Schweiß, und vor ihren Mäulern stand Schaum. Die Dorfältesten erkannten erst jetzt, dass die Kutsche und der Reitertrupp nicht anhalten würden, und so sprangen sie rasch aus dem Weg, um nicht niedergetrampelt zu werden. Grigori schrie vor Angst, doch sein Schrei ging im Lärm unter. Als die Kutsche vorbeidonnerte, rief sein Vater: »Lang lebe der Zar, Vater seines Volkes!«

Er hatte kaum ausgesprochen, als die Kutsche das Dorf bereits hinter sich gelassen hatte. Grigori war untröstlich. Der aufgewirbelte Staub hatte ihm den Blick auf die Leute in der Kutsche verwehrt.

Aber weil er den Zar nicht gesehen hatte, war er jetzt nicht gesegnet. Vor Kummer brach er in Tränen aus.

Maminka nahm den Laib Brot vom Tisch, brach ein Stück ab und gab es ihm zu essen. Da fühlte Grigori sich schon wieder besser.

Wenn seine Schicht in den Putilow-Werken um sieben Uhr abends vorbei war, ging Lew für gewöhnlich mit seinen Kollegen Karten spielen oder trank etwas mit seinen leichtlebigen Freundinnen. Grigori hingegen besuchte häufig irgendeine Veranstaltung: eine Vorlesung über Atheismus, eine sozialistische Diskussionsrunde, eine Laterna-magica-Schau über fremde Länder oder eine Dichterlesung. An diesem Abend jedoch hatte er nichts zu tun. Deshalb wollte er nach Hause, sich einen Eintopf zum Abendessen kochen, etwas davon für Lew übrig lassen und früh zu Bett gehen.

Die Fabrik befand sich in den südlichen Außenbezirken von Sankt Petersburg; die Schornsteine, Schuppen und Hallen erstreckten sich über ein riesiges Areal entlang der Ostseeküste. Viele Arbeiter wohnten in der Fabrik; einige hausten in Baracken, während andere neben ihren Maschinen schliefen. Deshalb rannten so viele Kinder auf dem Fabrikgelände herum.

Grigori gehörte zu denen, die außerhalb des Fabrikgeländes wohnten. In einer sozialistischen Gesellschaft, da war er sicher, würde man Häuser für die Arbeiter schon beim Bau der Fabrik einplanen, doch wegen des willkürlichen russischen Kapitalismus hatten Tausende von Menschen keine Bleibe. Grigori wurde gut bezahlt; trotzdem hauste er in einem winzigen Zimmer, eine halbe Stunde zu Fuß von der Fabrik entfernt. In Buffalo, das wusste er, hatten die Arbeiter in ihren Häusern Strom und fließendes Wasser. Manche, hatte man ihm erzählt, besaßen sogar Telefone. Aber das kam ihm genauso lächerlich vor wie der Spruch, in Amerika seien die Straßen mit Gold gepflastert.

Das Erscheinen von Fürstin Bea in der Fabrik hatte Grigori wieder in die Kindheit zurückgeführt. Während er sich nun seinen Weg durch die vereisten Straßen suchte, kämpfte er gegen die unerträgliche Erinnerung an, die ihr Anblick in ihm wachgerufen hatte, doch es gelang ihm nicht. Er dachte an die Holzhütte, in der er damals gehaust hatte, und sah wieder die Zimmerecke mit den Ikonen und die

Schlafecke gegenüber, wo er sich nachts hingelegt hatte, oft mit einer Ziege oder einem Kalb neben sich. An eines erinnerte Grigori sich besonders gut, obwohl es ihm damals gar nicht so bewusst gewesen war: an den Geruch. Er kam vom Ofen, von den Tieren, vom schwarzen Rauch der Petroleumlampe und vom selbst angepflanzten Tabak, aus dem sein Vater sich mit Zeitungspapier Zigaretten drehte. Die Fensterrahmen waren mit Lumpen zugestopft, um die Kälte auszusperren, und dementsprechend war die Luft. In seiner Vorstellung konnte Grigori diese Luft noch immer riechen, und voller Wehmut dachte er an die Tage vor dem Albtraum, als sein Leben noch sicher gewesen war.

Nicht weit von der Fabrik entfernt sah er etwas, das ihn innehalten ließ. Im Licht einer Straßenlaterne befragten zwei Polizisten in schwarzen Uniformen mit grünem Besatz eine junge Frau. Deren selbst gewebter Mantel und die Art, wie sie ihr Kopftuch im Nacken zusammengebunden hatte, ließen vermuten, dass es sich um eine Bäuerin handelte, die gerade erst in die Stadt gekommen war. Auf den ersten Blick schätzte Grigori sie auf sechzehn. In dem Alter waren er und Lew zu Waisen geworden.

Der Stämmigere der beiden Polizisten sagte irgendetwas und tätschelte dem Mädchen die Wange. Sie zuckte zusammen, worauf der andere Polizist lachte. Grigori erinnerte sich, wie brutal die Beamten ihn als sechzehnjährigen Waisen behandelt hatten. Seine Wut auf die Männer und sein Mitgefühl für das Mädchen wurden übermächtig. Wider besseres Wissen näherte er sich der kleinen Gruppe und rief dem Mädchen zu: »Wenn du den Weg zu den Putilow-Werken suchst, den kann ich dir zeigen.«

Der stämmige Polizist lachte. »Sieh zu, dass der Kerl verschwindet, Ilja«, sagte er zu seinem Kumpanen.

Ilja war ein hässlicher Kerl mit kleinem Kopf und boshaftem Gesicht. »Verschwinde, du Abschaum«, knurrte er.

Grigori hatte keine Angst. Er war groß, und seine Muskeln waren von der harten Arbeit gestählt. Seit seiner Kindheit war er immer wieder in Straßenkämpfe verwickelt gewesen, und seit Jahren hatte er keine Niederlage mehr einstecken müssen. Doch es war nicht klug, sich mit der Polizei anzulegen. »Ich bin Vorarbeiter im Werk«, sagte er zu dem Mädchen. »Wenn du eine Anstellung suchst, kann ich dir vielleicht helfen.«

Das Mädchen blickte ihn dankbar an.

»Ein Vorarbeiter ist gar nichts«, sagte der stämmige Polizist und schaute Grigori zum ersten Mal direkt an. Erst jetzt erkannte Grigori das runde, streitlustige, dümmliche Gesicht im gelben Licht der mit Petroleum betriebenen Straßenlaterne. Der Mann hieß Michail Pinsky und war der hiesige Reviervorsteher. Grigori verließ der Mut. Es war verrückt, einen Streit mit dem Reviervorsteher vom Zaun zu brechen; aber er war schon zu weit gegangen, um jetzt noch einen Rückzieher zu machen.

Das Mädchen meldete sich leise zu Wort. Ihre Stimme verriet Grigori, dass sie eher zwanzig war als sechzehn. »Danke, ich werde dann mit Ihnen gehen, Herr«, sagte sie zu Grigori. Sie war hübsch, das Gesicht zart, die Lippen voll.

Grigori schaute sich um. Unglücklicherweise war sonst niemand zu sehen; er hatte die Fabrik ein paar Minuten nach dem großen Andrang um Punkt sieben Uhr verlassen. Er wusste, dass es besser für ihn wäre, schleunigst zu verschwinden, aber er konnte das Mädchen nicht einfach im Stich lassen. »Ich bringe dich zur Werksverwaltung«, sagte er, obwohl die Verwaltung längst geschlossen war.

»Nichts da, sie kommt mit mir. Stimmt's, Katherina?«, sagte Pinsky, begrapschte ihre Brüste durch den dünnen Mantel und schob ihr die Hand zwischen die Beine.

Das Mädchen sprang einen Schritt zurück. »Behalte deine dreckigen Pfoten bei dir!«

Mit überraschender Geschwindigkeit und Präzision schlug Pinsky ihr mitten auf den Mund.

Sie schrie auf. Blut strömte über ihre Lippen.

Heiße Wut erfasste Grigori. Er ließ alle Vorsicht fahren, packte Pinsky an der Schulter und stieß ihn weg. Pinsky taumelte zur Seite und fiel auf ein Knie. Grigori drehte sich zu Katherina um, die in Tränen ausgebrochen war. »Lauf, so schnell du kannst!«, rief er. Da traf ihn auch schon ein wuchtiger Schlag am Hinterkopf. Ilja, der zweite Polizist, hatte seinen Schlagstock schneller gezückt, als Grigori erwartet hatte. Der Schmerz war furchtbar. Grigori sank auf die Knie, wurde aber nicht bewusstlos.

Katherina warf sich herum und wollte davonrennen, doch Pinsky packte sie am Fuß, und sie schlug der Länge nach hin.

Grigori drehte sich um und sah, wie der Schlagstock erneut auf ihn herabsauste. Er wich dem Hieb aus und rappelte sich auf. Wieder schlug Ilja zu, verfehlte aber erneut sein Ziel. Eine dritte Chance bekam er nicht, denn Grigori hämmerte ihm die Faust gegen die Schläfe. Ilja ging zu Boden.

Grigori wirbelte herum. Er sah, wie Pinsky mit seinen schweren Stiefeln auf Katherina eintrat.

Ein Automobil näherte sich aus Richtung der Fabrik. Als es auf Höhe der Gruppe war, trat der Fahrer auf die Bremse. Quietschend kam das Fahrzeug unter der Laterne zum Stehen.

Mit zwei langen Schritten war Grigori direkt hinter Pinsky. Er schlang beide Arme um den Körper des Reviervorstehers, drückte zu und hob den Mann in die Höhe. Pinsky trat und schlug um sich, konnte aber nichts ausrichten.

Die Wagentür öffnete sich, und zu Grigoris Überraschung stieg der Amerikaner aus Buffalo aus. »Was ist hier los?«, fragte Gus Dewar und starrte den sich windenden Pinsky wütend an. »Warum treten Sie eine hilflose Frau?«

Grigori und das Mädchen hatten unverschämtes Glück. Kein Einheimischer würde sich bei einem Polizisten darüber beschweren, dass der eine Bäuerin misshandelte.

Die lange Gestalt von Aufseher Kanin stieg hinter Dewar aus dem Wagen. »Lassen Sie den Polizisten los, Peschkow«, befahl er Grigori.

Grigori stellte Pinsky wieder auf den Boden und gab ihn frei. Sofort fuhr der Polizist herum. Grigori machte sich darauf gefasst, einem Schlag ausweichen zu müssen, doch Pinsky beherrschte sich. Mit hasserfüllter Stimme stieß er hervor: »Ich werde deinen Namen so schnell nicht vergessen, *Peschkow*.«

Grigori stöhnte auf. Der Kerl hatte sich gemerkt, wie er hieß.

Katherina stemmte sich auf die Knie. Behutsam half Dewar ihr hoch. »Sind Sie verletzt, Miss?«, fragte er.

Kanin schaute verlegen drein. Kein Russe hätte so höflich mit einer Bäuerin gesprochen.

Auch der hässliche Ilja rappelte sich auf. Er wirkte benommen.

In dem Automobil erklang die Stimme Fürstin Beas. Sie sprach Englisch, und sie schien verärgert und ungeduldig zu sein.

Grigori wandte sich an Dewar. »Mit Ihrer Erlaubnis, Exzellenz, werde ich diese Frau zu einem Arzt in der Nähe bringen.«

Dewar schaute Katherina an. »Möchten Sie das?«

»Ja, Herr«, antwortete sie mit blutenden Lippen.

»Gut.«

Grigori nahm Katherinas Arm und führte sie weg, bevor jemand etwas anderes vorschlagen konnte.

An der Ecke warf er einen Blick zurück. Die beiden Polizisten diskutierten mit Dewar und Kanin unter der Straßenlaterne.

Grigori hielt noch immer Katherinas Arm und zog sie vorwärts, obwohl sie stark humpelte. Sie mussten so schnell wie möglich weg von Pinsky.

Kaum waren sie um die Ecke gebogen, sagte Katherina: »Ich habe kein Geld für einen Arzt.«

»Ich könnte dir was leihen«, erbot sich Grigori, auch wenn er sich dabei ein bisschen schuldig fühlte. Sein Geld war für die Überfahrt nach Amerika gedacht, nicht um die Wunden hübscher Mädchen zu versorgen.

Katherina musterte ihn von Kopf bis Fuß. »Eigentlich will ich gar keinen Arzt«, sagte sie. »Ich will Arbeit. Könnten Sie mich zur Fabrikverwaltung bringen?«

Sie hat Mut, dachte Grigori bewundernd. Gerade erst war sie von einem Polizisten zusammengeschlagen worden, und trotzdem dachte sie nur daran, eine Stelle zu bekommen. »Die Verwaltung hat geschlossen. Ich habe das nur gesagt, um die Polizisten zu verwirren. Aber morgen früh kann ich dich hinbringen.«

»Ich weiß nicht, wo ich schlafen soll.« Katherina warf Grigori einen verhaltenen Blick zu, den er nicht so recht deuten konnte. Bot sie sich ihm an? Viele Bauernmädchen, die in die Stadt kamen, taten das früher oder später. Doch ihr Blick konnte auch das genaue Gegenteil bedeuten: dass sie nur ein Bett wollte, aber nicht bereit war, dafür mit sexuellen Gefälligkeiten zu bezahlen.

»In dem Haus, wo ich wohne, gibt es ein Zimmer, das sich mehrere Frauen teilen«, sagte Grigori. »Sie schlafen zu dritt in einem Bett, aber sie werden schon ein bisschen Platz für dich machen.«

»Wie weit ist es von hier?«

Grigori deutete auf eine Straße, die an den Gleisen entlangführte. »Gleich da drüben.«

»Also gut.« Katherina nickte.

Grigori bewohnte ein Hinterzimmer im ersten Stock. Das schmale Bett, das er sich mit Lew teilte, stand an der Wand. Es gab einen Ofen mit einem Kochfeld, einen Tisch und zwei Stühle neben dem Fenster, von dem aus man auf die Gleise schauen konnte. Eine umgedrehte Transportkiste diente als Nachttisch; darauf standen ein Krug und eine Waschschüssel.

Katherina ließ den Blick durchs Zimmer schweifen, nahm alles in sich auf und fragte: »Gehört das alles Ihnen allein?«

»Nein, so reich bin ich nicht. Ich teile mir das Zimmer mit meinem Bruder. Er kommt später.«

Katherina schaute nachdenklich drein. Vielleicht hatte sie Angst, Grigori könnte von ihr verlangen, mit ihm und seinem Bruder zu schlafen. Um sie zu beruhigen, sagte Grigori: »Soll ich dich den Frauen im Haus vorstellen?«

»Können wir das später machen?« Katherina setzte sich auf einen der beiden Stühle. »Lassen Sie mich bitte erst ein bisschen ausruhen, ja?«

»Natürlich.« Das Holz lag im Ofen und wartete nur darauf, angezündet zu werden. Grigori bereitete es jeden Tag vor, bevor er morgens zur Arbeit ging.

Er hielt ein Streichholz an den Zunder, als unvermittelt ein Donnern und Rumpeln zu hören war. Katherina riss erschrocken die Augen auf. »Das ist nur ein Zug«, erklärte Grigori. »Wir sind hier direkt an den Gleisen.«

Er goss Wasser aus dem Krug in die Schüssel und stellte sie auf die Kochplatte, um das Wasser zu erhitzen. Dann setzte er sich Katherina gegenüber und schaute sie an. Sie hatte glattes blondes Haar und blasse Haut. Zuerst hatte er sie für hübsch gehalten; nun sah er, dass sie eine Schönheit war. Sie hatte etwas Tatarisches an sich, was auf eine sibirische Herkunft hindeutete, und ihr Gesicht zeugte von einem starken Charakter. Ihr breiter Mund war verführerisch und entschlossen zugleich, und ihre blaugrünen Augen strahlten einen eisernen Willen aus. Von Pinskys brutalem Hieb schwollen ihre Lippen immer noch an.

»Wie fühlst du dich?«, fragte Grigori.

Sie strich sich mit den Händen über Schultern, Rippen, Hüfte und Schenkel. »Mir tun alle Knochen weh«, sagte sie. »Aber Sie haben diesen Kerl von mir heruntergerissen, bevor er mir richtig wehtun konnte.«

Es gefiel Grigori, dass sie sich nicht in Selbstmitleid erging. »Sobald das Wasser warm ist«, sagte er, »wasche ich dir das Blut ab.«

Er verwahrte sein Essen in einem Blechkasten. Nun holte er einen

Schinkenknochen heraus und warf ihn in einen Topf; dann goss er Wasser aus einem Krug dazu. Anschließend wusch er eine Steckrübe und schnitt sie in den Topf. Katherina beobachtete ihn erstaunt. »Hat Ihr Vater gekocht?«

»Nein«, antwortete Grigori, den es erneut in die Kindheit verschlug, als er elf Jahre alt gewesen war. Diesmal jedoch konnte er sich den albtraumhaften Erinnerungen an Fürstin Bea nicht widersetzen. Er stellte den Topf auf den Tisch, setzte sich auf die Bettkante und vergrub das Gesicht in den Händen, von Trauer überwältigt. »Nein«, wiederholte er, »mein Vater hat nicht gekocht.«

Sie kamen bei Sonnenaufgang: der Bezirkshauptmann und sechs Kavalleristen. Kaum hatte Maminka den Hufschlag gehört, schnappte sie sich Lew. Mit seinen sechs Jahren war er schon schwer, aber seine Mutter hatte breite Schultern und starke Arme. Sie packte Grigoris Hand und rannte aus dem Haus. Die Reiter wurden von den Dorfältesten geführt, die sich am Dorfrand mit ihnen getroffen haben mussten. Weil die Hütte nur eine Tür hatte, konnte Grigoris Familie sich nicht heimlich davonschleichen; kaum waren sie zum Vorschein gekommen, gaben die Soldaten ihren Pferden die Sporen.

Maminka rannte um das Haus herum, scheuchte die Hühner auf und erschreckte die Ziege so sehr, dass das Tier sich losriss und ebenfalls davonsprang. Maminka und Grigori liefen auf die Bäume zu und wären vielleicht entkommen, hätte der Junge nicht plötzlich bemerkt, dass Großmutter nicht dabei war. Er blieb stehen und riss sich los. »Wir haben Babuschka vergessen!«, kreischte er.

»Sie kann nicht rennen!«, rief seine Mutter.

Das wusste Grigori. Seine Großmutter konnte ja kaum gehen. Trotzdem wollte er sie nicht einfach zurücklassen.

»Grischka, komm endlich!«, rief Maminka und lief voraus, den kleinen Lew noch immer auf den Armen, der inzwischen vor Angst heulte. Grigori folgte ihnen, doch die Verzögerung sollte sich als tödlich erweisen. Die Reiter kamen näher, einer von links, der andere von rechts. Der Weg zum Wald war abgeschnitten. Verzweifelt floh Maminka in den Dorfteich, doch ihre Füße versanken im Schlamm, und sie geriet ins Stolpern und fiel ins Wasser.

Die Soldaten lachten grölend.

Sie packten Maminka, fesselten ihr die Hände und führten sie zurück. »Nehmt auch die Jungen mit«, sagte der Bezirkshauptmann. »Befehl vom Fürsten.«

Grigoris Vater war zusammen mit zwei anderen Männern schon vor einer Woche abgeholt worden, und gestern hatten die Zimmerleute des Fürsten Andrej auf der Nordwiese ein Schafott errichtet. Als Grigori seiner Mutter nun auf die Wiese folgte, sah er drei Männer unter dem Galgen stehen. Sie waren an Händen und Füßen gefesselt; Schlingen lagen um ihre Hälse. Neben dem Schafott stand ein Pope.

Maminka schrie: »Nein!«, und zerrte an dem Seil, mit dem ihre Hände gefesselt waren. Ein Kavallerist schlug ihr den Gewehrkolben ins Gesicht. Sofort stellte sie jede Gegenwehr ein, schluchzte nur noch kläglich.

Grigori wusste, was nun kam: Sein Vater würde hier sterben. Er hatte schon einmal gesehen, wie Pferdediebe gehenkt worden waren. Aber das war etwas ganz anderes gewesen, denn die Männer hatte er nicht gekannt. Nun aber packte ihn ein solches Entsetzen, dass sein ganzer Körper wie taub war.

Aber vielleicht geschah ja irgendetwas, das die Hinrichtung doch noch verhinderte. Vielleicht griff der Zar ein. Hieß es nicht, er wache über sein Volk? Oder es kam vielleicht ein rettender Engel vom Himmel.

Grigoris Gesicht fühlte sich feucht an, und er merkte, dass er weinte. Er und seine Mutter wurden gezwungen, sich vor das Schafott zu stellen. Die restlichen Dörfler versammelten sich ebenfalls. So wie Maminka waren auch die Ehefrauen der anderen beiden Männer mit gefesselten Händen hierhergezerrt worden. Sie schrien und weinten; ihre Kinder klammerten sich an ihre Röcke und heulten vor Angst.

Auf dem Feldweg hinter dem Weidetor stand eine geschlossene Kutsche. Das farblich aufeinander abgestimmte Gespann graste friedlich am Wegesrand. Als alle versammelt waren, stieg eine Gestalt mit schwarzem Bart und langem dunklem Mantel aus der Kutsche. Es war Fürst Andrej. Er drehte sich um und reichte seiner kleinen Schwester, Fürstin Bea, die Hand. Zum Schutz gegen die Morgenkälte hatte die Fürstin sich einen Pelz um die Schultern gelegt. Mit ihrer blassen Haut und dem hellen Haar sah sie wunderschön aus. So hatte Grigori sich immer einen Engel vorgestellt, nur dass Bea in Wirklichkeit ein Teufel zu sein schien.

Der Fürst wandte sich an die Dorfbewohner. »Diese Weide gehört der Fürstin Bea«, rief er. »Niemand darf hier ohne ihre Erlaubnis sein Vieh weiden lassen. Wer es trotzdem tut, stiehlt das Gras der Fürstin.«

Ein Raunen ging durch die Reihen der versammelten Dörfler. Ungeachtet dessen, was man ihnen jeden Sonntag in der Kirche erzählte, glaubten sie nicht an diese Art von Besitz. Für sie galten ältere, bäuerliche Moralvorstellungen, nach denen das Land den Leuten gehörte, die es bearbeiteten.

Der Fürst deutete zu den drei Männern auf dem Schafott. »Diese Narren haben gegen das Gesetz verstoßen, und das mehr als nur einmal!« Seine Stimme klang schrill vor Wut wie die eines Kindes, dem man sein Spielzeug weggenommen hatte. »Und das Allerschlimmste ist, dass sie andere aufgewiegelt haben, es ihnen gleichzutun, indem sie behaupteten, die Fürstin habe kein Recht, sie daran zu hindern, und dass Felder, die der Besitzer brachliegen lässt, den Bauern gegeben werden sollten!« Grigori hatte oft gehört, wie sein Vater so etwas gesagt hatte. »Das hatte zur Folge, dass auch Leute in anderen Dörfern ihr Vieh auf Land weiden ließen, das dem Adel gehört. Statt ihre Missetaten zu bereuen, haben diese drei Halunken auch noch ihre Nachbarn zur Sünde verleitet! Deshalb wurden sie nach Recht und Gesetz zum Tode verurteilt.« Er nickte dem Popen zu.

Dieser stieg die Stufen zum Schafott hinauf und sprach leise mit jedem der drei Verurteilten. Der erste nickte schicksalsergeben. Der zweite weinte und begann laut zu beten. Der dritte, Grigoris Vater, spuckte dem Popen ins Gesicht, was aber niemanden schockierte. Die Dörfler hatten allgemein eine schlechte Meinung von ihren Geistlichen. Grigori hatte seinen Vater oft sagen hören, die Popen würden der Polizei alles verraten, was sie in der Beichte zu hören bekamen.

Der Priester stieg die Stufen wieder hinunter, und Fürst Andrej nickte einem seiner Diener zu, der einen schweren Vorschlaghammer in den Händen hielt. Da fiel Grigori zum ersten Mal auf, dass die Verurteilten auf einer klappbaren Plattform standen, die nur von einer einzigen Stütze gehalten wurde, und er erkannte voller Entsetzen, dass der Vorschlaghammer dazu diente, diese Stütze wegzuschlagen.

Jetzt muss der Engel sich aber beeilen, dachte Grigori verzweifelt.

Die Dörfler stöhnten. Die Frauen begannen zu schreien, und diesmal hielten die Soldaten sie nicht davon ab. Der kleine Lew kreischte markerschütternd. Vermutlich verstand er nicht, was nun geschehen sollte, aber die Schreie seiner Mutter machten ihm Angst.

Grigoris Vater zeigte keine Gemütsregung. Sein Gesicht war wie versteinert. Grigori wäre auch gerne so stark gewesen, denn es kostete ihn alle Mühe, Haltung zu wahren. Am liebsten hätte er genauso losgeheult wie der kleine Lew. Die Tränen konnte er zwar nicht zurückhalten, doch er biss sich auf die Lippen und blieb so stumm wie sein Vater.

Der Diener packte nun den Vorschlaghammer mit festem Griff, nahm Maß, riss das schwere Werkzeug in die Höhe und schlug zu. Die Stütze flog durch die Luft. Mit einem Knall klappte die Plattform nach unten. Die drei Männer fielen und zuckten heftig, als ihr Fall abrupt von den Stricken gebremst wurde, die um ihre Hälse lagen.

Grigori konnte nicht wegschauen. Er starrte seinen Vater an. Papa starb nicht sofort. Er öffnete den Mund und versuchte, zu atmen oder zu schreien, konnte aber weder das eine noch das andere. Dann lief sein Gesicht rot an, und er zerrte an seinen Fesseln. Es schien unendlich lange zu dauern, und sein Gesicht wurde immer röter.

Dann nahm seine Haut eine bläuliche Farbe an, und seine Bewegungen wurden schwächer. Schließlich rührte er sich nicht mehr.

Maminkas Schreie verstummten. Sie schluchzte nur noch.

Der Pope betete laut, doch die Dörfler beachteten ihn gar nicht. Einer nach dem anderen wandten sie sich von den drei Toten ab.

Der Fürst und die Fürstin stiegen wieder in ihre Kutsche. Augenblicke später knallte der Mann auf dem Bock mit der Peitsche und raste davon.

Als Grigori seine Geschichte beendete, hatte er sich wieder beruhigt. Er wischte sich mit dem Ärmel die Tränen aus dem Gesicht und richtete seine Aufmerksamkeit erneut auf Katherina. Sie hatte ihm in mitfühlendem Schweigen zugehört, war aber nicht schockiert. Vermutlich hatte sie ähnliche Dinge selbst schon gesehen: Hinrichtungen, Auspeitschungen und Verstümmelungen waren alltägliche Strafen in den Dörfern.

Grigori stellte die Schüssel mit warmem Wasser auf den Tisch und suchte sich ein Handtuch. Katherina legte den Kopf zurück, und Grigori hängte die Petroleumlampe an einen Haken an der Wand, damit er besser sehen konnte.

Katherina hatte eine blutende Wunde auf der Stirn und einen blauen Fleck auf der Wange, und ihre Lippen waren geschwollen. Trotzdem verschlug es Grigori den Atem, sie aus dieser Nähe zu sehen. Sie erwiderte seinen Blick offen und furchtlos. Grigori war bezaubert.

Er feuchtete eine Ecke des Handtuchs im warmen Wasser an.

»Vorsichtig, bitte«, sagte Katherina.

»Natürlich.« Grigori wischte ihr behutsam die Stirn ab. Ihre Verletzungen waren zum Glück nur oberflächlich.

»Das fühlt sich schon besser an«, sagte sie.

Sie beobachtete sein Gesicht, während er ihr die Wangen und den Hals wusch. »Den schmerzhaften Teil habe ich bis zum Schluss aufgespart«, sagte er.

»Es wird schon gehen. Sie haben sanfte Hände.« Trotzdem zuckte Katherina unwillkürlich zusammen, als das Handtuch ihre geschwollenen Lippen berührte.

»Tut mir leid«, sagte Grigori.

»Schon gut.«

Grigori sah, dass die Abschürfungen bereits verheilten. Katherina hatte die ebenmäßigen weißen Zähne eines jungen Mädchens. Er wischte ihr den Mundwinkel ab, beugte sich näher heran und spürte ihren warmen Atem auf seinem Gesicht.

Als er fertig war, überkam ihn eine seltsame Enttäuschung, als hätte er auf etwas gewartet, das nicht geschehen war. Er lehnte sich zurück und wusch das Handtuch im Wasser aus, das inzwischen rot war von Katherinas Blut.

»Danke«, sagte sie. »Sie haben heilende Hände.«

Grigoris Herz schlug heftig. Es war nicht das erste Mal, dass er jemandem die Wunden auswusch, aber so war es noch nie gewesen. Es war schwindelerregend. Grigori hatte das Gefühl, als würde er gleich etwas Dummes tun.

Er öffnete das Fenster und kippte das Wasser hinaus. Im Schnee auf dem Hinterhof blieb ein hellroter Fleck zurück.

Für einen Moment kam Grigor der verrückte Gedanke, Katherina könne nur ein Traum sein. Er drehte sich um und erwartete beinahe, ihren Stuhl leer zu sehen. Aber da war sie und schaute ihn mit ihren blaugrünen Augen an. Er wünschte sich, sie würde nie mehr fortgehen.

Hatte er sich verliebt?

Diese Frage hatte Grigori sich noch nie gestellt. Meist war er viel zu sehr damit beschäftigt, auf Lew aufzupassen, als dass er Zeit gehabt hätte, Frauen hinterherzujagen. Allerdings hatte er seine Erfahrungen; er hatte bereits mit drei Frauen geschlafen, aber jedes Mal war es ein freudloses Erlebnis gewesen – vielleicht, weil er für keine der Frauen etwas empfunden hatte.

Nun aber wünschte er sich mehr als alles andere, bei Katherina auf dem schmalen Bett an der Wand zu liegen, ihr verletztes Gesicht zu küssen und ihr zu sagen …

… dass er sie liebte.

Sei nicht dumm, schalt er sich. Du hast sie erst vor einer Stunde kennengelernt. Sie will nicht Liebe von dir, sondern Geld, eine Arbeit und einen Platz zum Schlafen.

Er schlug das Fenster zu.

Katherina sagte lächelnd: »Sie kochen für Ihren Bruder, und Sie haben sanfte Hände, und doch können Sie einen Polizisten mit einem Schlag zu Boden strecken.«

Grigori wusste nicht, was er darauf erwidern sollte.

»Und Sie haben mir erzählt, wie Ihr Vater gestorben ist«, fuhr sie fort. »Ihre Mutter ist ebenfalls gestorben, als Sie noch klein waren, nicht wahr?«

»Woher weißt du das?«

Katherina zuckte mit den Schultern. »Weil Sie ihren Platz einnehmen mussten.«

Maminka starb am 9. Januar 1905, nach dem alten russischen Kalender gerechnet. Es war der Sonntag, der später als »Blutsonntag« bekannt werden sollte.

Grigori war sechzehn, Lew elf. Wie Maminka arbeiteten auch die beiden Jungen in den Putilow-Werken. Grigori war Lehrling in der Stahlschmelze, und Lew arbeitete als Kaminfeger. In diesem Januar streikten alle drei – zusammen mit mehr als hunderttausend weiteren Fabrikarbeitern in Sankt Petersburg – für einen Achtstundentag und das Recht, Gewerkschaften zu gründen. Am Morgen des neunten Tages zogen sie ihre besten Sachen an und stapften Hand in Hand durch den Schnee zu einer Kirche in der Nähe der Putilow-Werke. Nach dem Gottesdienst schlossen sie sich Tausenden von Arbeitern an, die aus sämtlichen Richtungen zum Winterpalast marschierten.

»Warum müssen wir denn so weit laufen?«, jammerte der kleine Lew. Er hätte lieber in einer Gasse Fußball gespielt.

»Wegen deinem Vater«, antwortete Maminka. »Weil die Fürsten und Fürstinnen mörderische Bestien sind. Weil wir den Zaren und alle, die so sind wie er, stürzen müssen. Weil ich nicht eher ruhen werde, bis Russland eine Republik ist.«

Es war ein wunderschöner Tag in Sankt Petersburg, kalt, aber trocken, und Grigoris Gesicht wurde von der Sonne genauso gewärmt wie sein Herz vom Gefühl der Kameradschaft im Kampf für eine gerechte Sache.

Ihr Anführer, Vater Gapon, sah mit seinem langen Bart und den flammenden Augen wie ein alttestamentarischer Prophet aus. Aber ein Revolutionär war er nicht: In seinen von der Regierung genehmigten Selbsthilfevereinen begann jede Versammlung mit dem Vaterunser und endete mit der Nationalhymne.

»Heute weiß ich, weshalb der Zar Leute wie Gapon hat gewähren lassen«, sagte Grigori jetzt, neun Jahre später, in seinem Zimmer an den Gleisen zu Katherina. »Es war eine Art Sicherheitsventil, um den Druck der Massen, die nach gesellschaftlichen Reformen strebten, zu mildern und in harmlose Teegesellschaften zu lenken. Aber es hat nicht funktioniert.«

In eine weiße Robe gewandet und mit einem großen Kruzifix in der Hand führte Gapon die Prozession über den Boulevard zum Narwa-Tor. Grigori, Lew und Maminka gingen direkt neben ihm. Vater Gapon ermutigte Familien, möglichst weit vorne zu gehen, denn er war der festen Überzeugung, die Soldaten würden niemals auf Kinder schießen. Hinter ihnen trugen zwei Nachbarn ein großes Porträt des Zaren. Gapon sagte immer, der Zar sei der Vater seines Volkes. Er würde ihre Rufe erhören, seine hartherzigen Minister überstimmen und den gerechtfertigten Forderungen der Arbeiter nachkommen. »Jesus Christus hat gesagt: ›Lasset die Kindlein zu mir kommen.‹ Genau das sagt auch der Zar!«, rief Gapon, und Grigori glaubte ihm.

Sie hatten das Narwa-Tor, einen gewaltigen Triumphbogen mit

sechs riesigen Pferden, fast erreicht, als die Demonstranten unvermittelt von einer Kavallerieschwadron angegriffen wurden, als wären die kupfernen Rösser auf dem Tor zu donnerndem Leben erwacht.

Einige Demonstranten ergriffen die Flucht, andere wurden von den Pferden niedergetrampelt. Grigori, Maminka und Lew erstarrten vor Entsetzen.

Die Soldaten zogen ihre Waffen nicht. Sie schienen die Leute nur verjagen zu wollen. Aber es waren zu viele Arbeiter, und so rissen die Soldaten bald darauf ihre Pferde herum und ritten davon.

Die Demonstranten zogen weiter, doch die Stimmung hatte sich dramatisch verändert. Grigori hatte mehr und mehr das Gefühl, dass dieser Tag nicht friedlich enden würde. Er dachte an die Mächte, die ihnen gegenüberstanden: den Adel, die Minister und die Armee. Wie weit würden sie gehen, um zu verhindern, dass die Demonstranten mit dem Zar sprachen?

Die Antwort auf diese Frage bekam er fast augenblicklich. Grigori schaute über die Köpfe der Menschen vor sich und sah bewaffnete Infanteristen. Mit Schaudern erkannte er, dass die Soldaten in Feuerstellung gegangen waren.

Der Zug wurde immer langsamer, als den Leuten klar wurde, was ihnen drohte. Vater Gapon, der noch immer direkt neben Grigori ging, drehte sich um und rief den Nachfolgenden zu: »Der Zar wird niemals zulassen, dass seine Armee auf sein geliebtes Volk schießt.«

Ein lautes Geräusch war zu vernehmen, das sich wie das Prasseln von Hagel auf einem Blechdach anhörte: Die Soldaten hatten eine Salve abgefeuert. Der beißende Gestank von Pulverrauch stieg Grigori in die Nase. Angst erfasste ihn.

Der Pope rief: »Habt keine Furcht! Sie schießen nur in die Luft!«

Eine weitere Salve wurde abgefeuert; wieder wurde niemand getroffen. Trotzdem drehte sich Grigori vor Angst der Magen um.

Dann wurde zum dritten Mal geschossen, und diesmal waren die Schüsse gezielt. Grigori hörte Schreie und sah Menschen zu Boden fallen. Panisch schaute er sich um, als Maminka ihn auch schon an der Schulter packte und schrie: »Runter!« Grigori ließ sich fallen. Dann stieß Maminka auch Lew neben ihm zu Boden und warf sich über sie beide.

Wir werden sterben, dachte Grigori, und sein Herz schlug lauter, als die Gewehre krachten.

Das Schießen ging erbarmungslos weiter, ein albtraumhaftes Geräusch, das man unmöglich verdrängen konnte. Als immer mehr Leute in Panik davonrannten, wurde Grigori von schweren Stiefeln getroffen, doch Maminka schützte seinen Kopf vor den Tritten. Zitternd lagen sie im Schnee, während über ihnen das Schießen, Schreien und Stöhnen weiterging.

Dann verstummte das Krachen der Gewehre. Grigori hob den Kopf, wagte einen vorsichtigen Blick. Die Menschen flohen in alle Richtungen und riefen einander zu, doch das Rufen wurde immer leiser. »Steht auf, rasch«, drängte Maminka. Sie und ihre Söhne rappelten sich auf und eilten von der Straße, sprangen über reglose Körper und rannten an blutenden Verwundeten vorbei. Sie erreichten eine Nebenstraße und wurden langsamer. Keuchend sagte Lew zu Grigori: »Ich hab mir in die Hose gemacht. Sag Maminka nichts davon …«

Maminka kochte vor Wut. »Wir werden mit dem Zaren sprechen!«, rief sie so laut und entschlossen, dass die Leute stehen blieben und auf ihr breites Bauerngesicht schauten. Ihre kräftige Stimme hallte über die Straße. »Sie können uns nicht aufhalten! Wir müssen zum Winterpalast!« Ein paar Leute jubelten, andere nickten bloß. Lew brach in Tränen aus.

Und jetzt, neun Jahre später, fragte Katherina: »Warum hat sie das getan? Sie hätte ihre Kinder nach Hause bringen sollen, in Sicherheit.«

»Maminka hat immer gesagt, sie will nicht, dass ihre Söhne so leben müssen wie sie«, antwortete Grigori. »Ich glaube, sie hätte uns eher sterben lassen, als die Hoffnung auf ein besseres Leben aufzugeben.«

Katherina schaute nachdenklich drein. »Das kann man wohl als mutig bezeichnen.«

»Das ist mehr als nur Mut«, sagte Grigori voller Überzeugung. »Das ist Heldentum.«

»Was ist dann passiert?«

Sie waren ins Stadtzentrum gegangen, zusammen mit Tausenden anderer Demonstranten. Als die Sonne über dem verschneiten Sankt Petersburg aufging, öffnete Grigori seinen Mantel und nahm den Schal ab. Lew gab keinen Laut von sich. Es war ein langer Marsch für einen so kleinen Jungen, doch er hatte viel zu große Angst, als dass er gejammert hätte.

Schließlich erreichten sie den Newski-Prospekt, den breiten Boulevard, der mitten durch die Stadt führte. Hier wimmelte es bereits von Menschen. Karren, Pferdeomnibusse und Droschken sorgten für ein Verkehrsgewühl.

Sie stießen auf Konstantin, einen Drehmaschinenführer aus den Putilow-Werken. Mit finsterer Miene berichtete er Maminka, in anderen Teilen der Stadt seien Demonstranten getötet worden. Trotzdem wurde Maminka keinen Schritt langsamer. Die Menge, die mit ihr zog, schien nicht minder entschlossen zu sein. Steten Schrittes marschierten sie an Geschäften vorbei, in denen deutsche Klaviere, Hüte aus Paris und Silbervasen für Treibhausrosen verkauft wurden. Bei den Juwelieren, die hier ihre Geschäfte hatten, konnte ein Adliger für ein einziges Schmuckstück, das er seiner Geliebten zum Geschenk machen wollte, mehr ausgeben, als ein Fabrikarbeiter in seinem ganzen Leben verdiente – zumindest hatte man Grigori es so erzählt. Sie kamen am Cinema Soleil vorbei, das Grigori für sein Leben gern einmal besucht hätte. Straßenhändler machten hier gute Geschäfte; sie verkauften Tee aus Samowaren und bunte Ballons für die Kinder.

Am Ende der Straße erreichten die Demonstranten drei große Wahrzeichen der Stadt, die sich am Ufer der gefrorenen Newa erhoben: die Reiterstatue Peters des Großen, auch der Bronzene Reiter genannt, die Admiralität mit ihrer vergoldeten Spitze und den berühmten Winterpalast. Als Grigori die Hauptresidenz des Zaren als Zwölfjähriger zum ersten Mal gesehen hatte, hatte es ihm die Sprache verschlagen. Konnten in einem so riesigen Gebäude tatsächlich Menschen leben? Es war für ihn genauso unvorstellbar gewesen wie ein Zauberschwert oder eine Tarnkappe im Märchen.

Der Platz vor dem Palast war weiß von Schnee. Auf der anderen Seite, unmittelbar vor dem riesigen Bauwerk, standen Kavallerie und Infanterie. Auch eine Kanone war aufgefahren worden. Die Menge sammelte sich am Rand des Platzes, hielt aus Angst vor dem Militär jedoch Abstand. Aber so, wie das Wasser aus den Kanälen der Stadt in die Newa floss, strömten immer mehr Menschen aus den umliegenden Straßen auf den Schlossplatz. Grigori, der immer weiter nach vorn geschoben wurde, bemerkte erstaunt, dass nicht alle Demonstranten Arbeiter waren: Viele trugen warme Mäntel und ordentliche Kleidung und gehörten offenbar der Mittelschicht an; außerdem waren Studenten und sogar Schüler in ihren Schuluniformen zu sehen.

Maminka bewegte sich aus dem Schussfeld der Kanone heraus und in den Alexandrowski-Garten, den Park vor dem gelb-weißen Gebäude der Admiralität. Andere hatten die gleiche Idee, und so kam Bewegung in die Menge. Der Mann, der hier normalerweise Schlittenfahrten für Kinder aus besseren Familien veranstaltete, war nirgends zu sehen. Jeder erzählte jedem von blutigen Massakern. In der ganzen Stadt waren Demonstranten von Gewehrsalven niedergemäht oder von Kosakensäbeln zerhackt worden. Die Wut der Menge wurde immer gefährlicher und unberechenbarer, und das Gemeinschaftsgefühl der Demonstranten wuchs, standen sie doch ein und demselben Feind gegenüber.

Grigori ließ den Blick über die lange Fassade des Winterpalasts mit ihren Hunderten von Fenstern schweifen. Wo war der Zar?

»Später fanden wir heraus, dass er sich an diesem Morgen gar nicht im Winterpalast aufgehalten hatte«, erzählte Grigori mit verbittertem, aus Enttäuschung geborenem Tonfall. »Er war nicht einmal in der Stadt. Der Vater seines Volkes war in seinen Palast in Zarskoe Selo gereist, um dort das Wochenende mit Spaziergängen und Dominospielen zu verbringen. Aber das wussten wir damals nicht, und so haben wir nach ihm gerufen und ihn angefleht, sich seinen treuen Untertanen zu zeigen.«

Die Menschenmenge wuchs weiter an; die Rufe nach dem Zaren wurden lauter. Es kam zu ersten Provokationen der Demonstranten gegenüber den Soldaten. Beide Seiten wurden immer wütender und aggressiver. Plötzlich stürmte eine Gardeabteilung in den Park und befahl den Demonstranten, sofort auseinanderzugehen. Fassungslos beobachtete Grigori, wie die Soldaten mit ihren Knuten zuschlugen, manche auch mit den flachen Seiten ihrer Säbel. Aber die Demonstranten wichen keinen Zoll. Selbst die Leute im Park, die von den Gardisten bedrängt wurden, ließen sich nicht vertreiben.

Dann gingen die Soldaten in Feuerstellung.

In den vorderen Reihen der Demonstranten fielen mehrere Leute auf die Knie, nahmen ihre Kappen ab und bekreuzigten sich. Andere taten es ihnen gleich, bis auch Maminka, Grigori und Lew und die meisten Leute um sie herum in Gebetshaltung verharrten.

Stille senkte sich über den Platz. Es war eine beklemmende Stille, die Grigori fast noch mehr Angst einjagte als die Schussgeräusche vorhin. Er starrte auf die Gewehre, die auf die Demonstranten gerichtet waren. Die Soldaten erwiderten deren Blick so leidenschaftslos wie Statuen.

Dann hörte Grigori eine einzelne Trompete.

Es war der Befehl, das Feuer zu eröffnen.

Die Gewehre krachten. Überall um Grigori herum schrien Menschen und wurden zu Boden gerissen. Ein Junge, der auf eine Statue geklettert war, um besser sehen zu können, schrie auf und fiel herunter. Ein anderes Kind stürzte wie ein abgeschossener Vogel aus einem Baum.

Mit einem Mal sah Grigori, wie Maminka mit dem Gesicht voran zu Boden sank. Er glaubte, sie wollte auf diese Weise den Kugeln entgehen, und tat es ihr gleich. In diesem Moment sah er das Blut, das um ihren Kopf herum den Schnee rot färbte.

»Nein!«, schrie er. »Nein, nein, nein!«

Lew kreischte.

Grigori packte Maminka an den Schultern und zog sie hoch. Ihr Körper war schlaff. Er starrte ihr ins Gesicht. Zuerst war er verwirrt von dem Anblick, der sich ihm bot. Sein Verstand weigerte sich zu glauben, was er sah: Dort, wo ihre Stirn und ihre Augen hätten sein sollen, war nur noch eine blutige Masse.

Es war Lew, der als Erster die Wahrheit erkannte. »Sie ist tot!«, schrie er. »Maminka ist tot! Oh, liebe Maminka!«

Die Schüsse verstummten. Überall rannten, humpelten oder krochen Menschen davon. Fieberhaft versuchte Grigori, einen klaren Gedanken zu fassen. Was sollte er tun? Er beschloss, Maminka von hier wegzubringen, schob ihr die Arme unter die Achseln und hob sie hoch. Sie war schwer, aber die Verzweiflung verlieh Grigori Bärenkräfte.

In welcher Richtung ging es nach Hause? Grigori blickte sich um. Erst jetzt bemerkte er, dass er weinte. »Komm«, sagte er zu Lew. »Und hör auf zu flennen. Wir müssen weg hier.«

Am Rand des Schlossplatzes wurden sie von einem alten Mann angehalten, dem Tränen in den Augen standen. Er trug das blaue Hemd eines Fabrikarbeiters. »Du bist jung«, sagte er zu Grigori, und in seiner Stimme lagen Schmerz und Zorn. »Vergiss das nie. Vergiss niemals, wie der Zar heute sein Volk ermordet hat.«

Grigori nickte. »Ich werde es nicht vergessen, Väterchen.«

»Möge dir ein langes Leben beschieden sein«, sagte der alte Mann.

»Lange genug, dass du dich rächen kannst. Lass den blutrünstigen Zaren für die Gräuel bezahlen.«

»Ich habe sie vielleicht eine Meile weit getragen, dann wurde ich müde und bin mit ihr in einen Omnibus gestiegen«, erzählte Grigori.

Katherina starrte ihn an. Ihr Gesicht war bleich vor Entsetzen. »Sie haben Ihre tote Mutter in einem *Omnibus* nach Hause gebracht?«

Grigori zuckte mit den Schultern. »Damals war mir nicht bewusst, wie verrückt das war. Meine ganze Welt war in Scherben gefallen. An diesem Tag war alles so merkwürdig, dass es mich überhaupt nicht mehr gekümmert hat.«

»Und Sie haben sich einfach hingesetzt?«

»Ja. Ich saß da mit ihrer Leiche in den Armen. Lew hockte neben mir und weinte. Die Leute haben uns angestarrt, aber mir war egal, was sie dachten. Ich wollte Maminka nach Hause bringen.«

»Und so sind Sie mit sechzehn Jahren zum Familienoberhaupt geworden.«

Grigori nickte. Obwohl die Erinnerungen schmerzten, freute er sich über Katherinas Aufmerksamkeit und ihr Interesse. Auf ihrem hübschen Gesicht spiegelten sich Faszination und Erschrecken, während sie ihm mit großen Augen lauschte.

»Und niemand, *niemand* hat uns geholfen«, fuhr Grigori fort, und wieder überkamen ihn Zorn und das schreckliche Gefühl, allein in einer feindlichen Welt zu sein. Aber jetzt war es ja vorbei. Er hatte ein Heim und eine Arbeit, und sein Bruder war zu einem starken und tüchtigen Mann herangewachsen. Die schlimmen Zeiten gab es nicht mehr. Trotzdem wäre er vor Wut und Hass am liebsten jemandem an die Gurgel gegangen – einem Soldaten, einem Minister oder dem Zaren persönlich – und hätte ihn zur Hölle geschickt. Grigori schloss die Augen und schauderte, bis der Wutanfall verebbt war.

»Gleich nach der Beerdigung hat der Hauswirt uns hinausgeworfen«, fuhr er dann fort. »Er sagte, wir würden ohnehin nicht mehr bezahlen können. Dann nahm er unsere Möbel als Bezahlung für ausstehende Miete, obwohl Maminka ihm das Geld immer pünktlich gegeben hatte. Ich bin in die Kirche gegangen und habe dem Popen gesagt, wir wüssten nicht mehr, wo wir schlafen sollten.«

Katherina lachte heiser. »Was dann passiert ist, kann ich mir denken.«

Grigori war überrascht. »Wirklich?«

»Der Pope hat Ihnen ein Bett angeboten – sein Bett. So ist es mir jedenfalls ergangen. Wie war es bei Ihnen?«

»Ähnlich«, sagte Grigori. »Er hat mir ein paar Kopeken gegeben und mich losgeschickt, Kartoffeln zu kaufen. Aber der Laden war nicht da, wo er gesagt hatte, und statt danach zu suchen, bin ich zurückgelaufen. Als ich in die Sakristei kam, hatte er Lew gerade die Hose heruntergezogen.«

Katherina nickte. »Das haben die Popen auch mit mir gemacht, immer wieder, seit ich zwölf war.«

Grigori war entsetzt. Er hatte immer geglaubt, der Priester, der sich an seinem Bruder vergehen wollte, sei eine unrühmliche Ausnahme gewesen. Doch Katherina schien diese Verkommenheit für normal zu halten. »Du meinst, *alle* sind so?«

»Die meisten. Jedenfalls meiner Erfahrung nach.«

Grigori schüttelte angewidert den Kopf. »Weißt du, was mich am meisten gewundert hat? Als ich diesen Kerl erwischt habe, hat er sich nicht einmal geschämt. Er sah nur verärgert aus, als hätte ich ihn beim Bibelstudium unterbrochen.«

»Was haben Sie getan?«

»Ich habe Lew gesagt, er soll sich die Hose hochziehen, und dann sind wir gegangen. Der Pope hat seine Kopeken zurückverlangt, aber ich sagte ihm, das seien Almosen für die Armen. Ich habe von dem Geld dann ein Bett in einer Herberge für uns bezahlt.«

»Und dann?«

»Ich hatte Glück und bekam eine gute Anstellung, weil ich bei meinem Alter gelogen habe. Ich konnte mir ein Zimmer nehmen und habe mit jedem Tag gelernt, unabhängiger zu werden.«

»Und jetzt sind Sie glücklich, Sie und Ihr Bruder?«

»Nein, das nicht. Unsere Mutter wollte, dass wir ein besseres Leben haben als sie. Ich werde ihr diesen Wunsch erfüllen. Ich werde Russland verlassen. Ich habe genug Geld gespart, um nach Amerika zu gehen. Wenn ich dort bin, schicke ich Lew das Geld für die Überfahrt. In Amerika gibt es keinen Zaren, keinen Kaiser oder König. Da kann die Armee nicht einfach erschießen, wen sie will. In Amerika herrscht das Volk.«

Katherina schaute ihn misstrauisch an. »Glauben Sie wirklich?«

»Es stimmt!«

Jemand klopfte ans Fenster. Katherina erschrak – sie waren im ersten Stock –, doch Grigori wusste, es war Lew. Spät in der Nacht, wenn die Haustür abgeschlossen war, musste Lew über die Gleise auf den Hinterhof, von dort auf das Dach des Waschhauses und dann durchs Fenster steigen.

Grigori öffnete, und Lew kletterte ins Zimmer. Er war elegant gekleidet: ein Jackett mit Perlmuttknöpfen, dazu eine Kappe mit Samtband. An seiner Weste hing eine Taschenuhrkette aus Messing, und das Haar hatte er im modischen »polnischen« Stil geschnitten, mit Seiten- statt Mittelscheitel, wie die Bauern ihn trugen. Katherina musterte ihn erstaunt. Grigori nahm an, sie hatte nicht damit gerechnet, dass sein Bruder ein so gut aussehender Bursche war.

Natürlich freute sich Grigori, Lew zu sehen, und war erleichtert, ihn nüchtern und in einem Stück wieder bei sich zu haben. Diesmal aber wünschte er sich, er hätte ein bisschen länger mit Katherina allein sein können.

Er stellte die beiden einander vor. Lews Augen funkelten, als er Katherina die Hand schüttelte.

»Grigori hat mir gerade vom Tod Ihrer Mutter erzählt«, sagte sie.

»Seit neun Jahren ist er nun schon Vater und Mutter für mich.« Lew neigte den Kopf zur Seite und schnüffelte. »Und er kocht einen guten Eintopf.«

Grigori holte Schüsseln und Löffel und legte einen Laib Schwarzbrot auf den Tisch, während Katherina von der Auseinandersetzung mit Pinsky erzählte. So wie sie es schilderte, stand Grigori sehr viel tapferer da, als er sich fühlte, aber es freute ihn, in ihren Augen ein Held zu sein.

Lew war von dem Mädchen wie verzaubert. Er hörte ihr zu, als hätte er noch nie etwas so Faszinierendes gehört wie die Geschichte über Grigoris Heldentat. Lew lächelte, nickte und blickte jedes Mal entsprechend erstaunt oder wütend drein, je nachdem, was Katherina erzählte.

Grigori löffelte Eintopf in die Schüsseln und zog sich dann die Kiste als dritten Stuhl an den Tisch. Das Essen war gut. Grigori hatte noch eine Zwiebel dazugegeben, und der Schinkenknochen verlieh den Rüben eine fleischige Würze. Die Atmosphäre wurde entspannter, als beide Männer Anekdoten aus der Fabrik zum Besten gaben.

Nach dem Essen erkundigte sich Lew, wie Katherina in die Stadt gekommen sei.

»Mein Vater ist gestorben, und meine Mutter hat wieder geheiratet«, erzählte sie. »Allerdings hat mein Stiefvater mich meiner Mutter vorgezogen.« Sie warf den Kopf hoch, und Grigori vermochte nicht zu sagen, ob diese Geste Scham oder Trotz bedeutete. »Und Mutter hat es gemerkt, darum hat sie mich rausgeworfen.«

Grigori sagte: »Die Hälfte der Bevölkerung hier stammt aus Dörfern. Wenn das so weitergeht, ist bald keiner mehr übrig, um die Äcker zu bestellen.«

Lew fragte: »Wie war deine Reise?«

Katherina erzählte eine alltägliche Geschichte von Zugfahrkarten für die dritte Klasse und Mitfahrgelegenheiten auf Pferdefuhrwerken, aber Lew lauschte ihr gespannt und konnte den Blick nicht von ihrem hübschen Gesicht nehmen. Es dauerte nicht lange, da bemerkte Grigori, dass das Mädchen den Stuhl gedreht hatte und sich nur noch mit Lew unterhielt.

Beinahe so, als wäre ich gar nicht da, dachte Grigori traurig.

KAPITEL 4

März 1914

»Also«, sagte Billy zu seinem Vater, »waren alle Bücher der Bibel ursprünglich in anderen Sprachen geschrieben und sind dann ins Englische übersetzt worden.«

»Richtig«, sagte Dah. »Und die katholische Kirche hat versucht, Übersetzungen zu verbieten. Sie wollte nicht, dass Leute wie wir die Bibel selber lesen und den Priestern widersprechen können.«

Dah war ein bisschen unchristlich, wenn er von den Katholiken sprach. Den Katholizismus schien er noch mehr zu hassen als den Atheismus. Doch er war immer zu einem Streitgespräch aufgelegt.

»Und wo sind die Originale?«, fragte Billy.

»Was für Originale?«

»Die Originalbücher der Bibel in Hebräisch und Griechisch. Wo werden sie verwahrt?«

Sie saßen sich am Küchentisch im Haus an der Wellington Row gegenüber. Es war später Nachmittag. Billy war von der Zeche nach Hause gekommen und hatte sich Hände und Gesicht gewaschen, trug aber noch seine Arbeitskleidung. Dah hatte sein Jackett aufgehängt und saß in Weste und Hemdsärmeln da, mit Schlips und Kragen – nach dem Abendessen musste er noch zu einer Gewerkschaftssitzung. Mam wärmte das Stew auf dem Feuer auf. Gramper saß bei ihnen und verfolgte das Gespräch mit einem milden Lächeln, als hätte er das alles schon einmal gehört.

»Tja, weißt du, die Originale gibt es nicht mehr«, sagte Dah. »Sie sind zu Staub zerfallen, schon vor vielen hundert Jahren. Es gibt nur Abschriften.«

»Und wo sind die?«

»An verschiedenen Orten. In Klöstern, Museen …«

»Man sollte alle zusammen aufbewahren.«

»Von jedem Buch gibt's mehr als nur eine Kopie, und manche sind besser als die anderen.«

»Wie soll das denn gehen? Die tun sich doch bestimmt nicht unterscheiden.«

»Doch. Über die Jahre haben sich durch Menschenhand Fehler eingeschlichen.«

»Woher wissen wir dann, welche Kopie die richtige ist?«, fragte Billy erschrocken.

»Es gibt Gelehrte, die sich mit dem Vergleichen der verschiedenen Fassungen beschäftigen. Und dann einigen sie sich darauf, welche die richtige Abschrift ist und welche nicht.«

Billy war schockiert. »Du meinst, es gibt kein Buch, das unbestritten das wahre Wort Gottes ist? Die Leute streiten darüber und einigen sich dann irgendwie?«

»Genau.«

»Und woher sollen wir wissen, dass sie recht haben?«

Dah lächelte ein wenig herablassend – ein untrügliches Zeichen, dass er mit dem Rücken zur Wand stand. »Gott wird sie leiten, wenn sie ihre Arbeit in Gebet und Demut tun.«

»Und wenn nicht?«

Mam stellte Suppenteller auf den Tisch. »Streite nicht mit deinem Vater«, sagte sie und schnitt vier dicke Scheiben von einem Brotlaib ab.

Gramper entgegnete: »Lass 'n doch, Cara. Lass den Jung seine Fragen stellen.«

»Gottes Macht sorgt dafür, dass sein Wort so zu uns kommt, wie es sein Wille ist«, sagte Dah.

»Warum soll Gott einen Umweg machen? Das ist doch Käse.«

Mam mischte sich wieder ein. »Sprich nicht in diesem Ton mit deinem Vater! Du bist noch ein Junge, du weißt überhaupt nichts.«

Billy beachtete sie nicht. »Wenn Gott will, dass wir sein Wort kennen, warum leitet er dann nicht die Hand der … der Abschreiber und sorgt dafür, dass sie keine Fehler machen tun?«

»Bei bestimmten Dingen ist es uns nicht gegeben, sie zu verstehen.«

Diese Antwort war von allen am wenigsten überzeugend, und Billy ging gar nicht darauf ein. »Wenn die Abschreiber Fehler machen können, dann können es diese Textgelehrten sicher auch.«

»Wir müssen glauben, Billy.«

»An das Wort Gottes, ja. Aber nicht an eine Bande von Griechischprofessoren!«

Mam setzte sich an den Tisch und schob sich das ergrauende Haar aus der Stirn. »Also hast du wie immer recht, und alle anderen haben unrecht?«

Dieser regelmäßig vorgebrachte Vorwurf traf Billy jedes Mal, ob gerechtfertigt oder nicht. Billy war nicht so vermessen zu glauben, klüger zu sein als die anderen. »Das liegt nicht an mir«, entgegnete er, »sondern an der Logik.«

»Red nicht so geschwollen«, sagte seine Mutter. »Iss dein Abendbrot.«

Die Tür ging auf, und Mrs. Dai Ponies kam herein. In der Wellington Row war das normal; nur Fremde klopften an. Mrs. Dai Ponies trug eine Schürze und Männerstiefel. Was sie zu sagen hatte, musste so dringend sein, dass sie nicht einmal einen Hut aufgesetzt hatte, ehe sie ihr Haus verließ. Sichtlich aufgeregt schwenkte sie ein Blatt Papier. »Die wollen mich rauswerfen!«, rief sie. »Was soll ich denn jetzt tun?«

Dah erhob sich und bot ihr seinen Stuhl an. »Komm erst einmal rein und setz dich«, sagte er beruhigend. »Lass mich den Brief mal lesen.« Er nahm ihr das Schreiben aus der roten, knotigen Hand und strich es auf dem Esstisch glatt.

Billy konnte den Briefkopf von Celtic Minerals erkennen.

»Sehr geehrte Mrs. Evans«, las Dah laut vor. »Das Haus mit oben genannter Anschrift wird nunmehr für einen Bergmann benötigt.« Die meisten Häuser in Aberowen hatte Celtic Minerals errichtet. Im Laufe der Jahre waren einige dieser Häuser an die Mieter verkauft worden – darunter das, in dem Familie Williams wohnte –, doch die meisten waren nach wie vor an Bergleute vermietet. »Gemäß den Bestimmungen Ihres Mietvertrags …« Dah hielt inne, und Billy sah, dass er schockiert war. »… gewähre ich Ihnen hiermit eine zweiwöchige Räumungsfrist!«

Mam sagte: »Räumungsfrist? Dabei ist ihr Mann noch keine sechs Wochen unter der Erde!«

»Wo soll ich nur hin, mit fünf Kindern?«, jammerte Mrs. Dai Ponies.

Auch Billy war schockiert. Dai Ponies war in einer der Zechen ums Leben gekommen, die Celtic Minerals gehörten. Wie konnten sie der Witwe so etwas antun?

»Unterzeichnet mit ›Perceval Jones, Generaldirektor‹«, fügte Dah hinzu.

»Was für ein Mietvertrag? Ich wusste gar nicht, dass Bergleute Mietverträge haben«, sagte Billy.

Dah sah ihn an. »Es gibt keinen schriftlichen Vertrag, aber das Gericht hat entschieden, dass eine stillschweigende Übereinkunft besteht. Den Kampf haben wir schon geführt und verloren.« Er wandte sich an Mrs. Dai Ponies. »Das Haus gehört zur Arbeit, aber normalerweise wird den Witwen erlaubt, weiter wohnen zu bleiben. Manchmal ziehen sie trotzdem weg und leben woanders, zum Beispiel bei ihren Eltern. Einige heiraten wieder, manche einen anderen Bergmann, und der übernimmt dann das Haus. Meist haben die Frauen wenigstens einen Jungen, der Bergmann wird, wenn er alt genug ist. Es ist gar nicht im Interesse von Celtic Minerals, Witwen auf die Straße zu setzen.«

»Warum wollen sie dann mich und meine Kinder loswerden?«, jammerte Mrs. Dai Ponies.

Gramper sagte: »Napoleon Jones hat Muffensausen. Er glaubt bestimmt, der Kohlepreis geht rauf. Deshalb gibt's ja die Sonntagsschicht.«

Dah nickte. »Celtic Minerals möchte einen höheren Ausstoß, so viel steht fest, aus welchem Grund auch immer. Aber das erreichen sie nicht dadurch, dass sie Witwen auf die Straße setzen. Nicht, solange ich dabei ein Wort mitzureden habe!«

Acht Frauen – allesamt Witwen von Männern, die bei der Schlagwetterexplosion ums Leben gekommen waren – hatte man die Häuser gekündigt. Alle hatten einen gleichlautenden Brief von Generaldirektor Jones erhalten, wie Dah noch am gleichen Abend herausfand, als er zusammen mit Billy jede Witwe besuchte. Die Reaktionen der Frauen reichten von der Hysterie von Mrs. Hywel Jones, die nicht aufhören konnte zu weinen, bis hin zu Mrs. Roley Hughes' zynischer Erklärung, was dem Land fehle, sei eine Guillotine für Männer wie Perceval Jones – so ein Ding, wie man es früher in Paris gehabt habe.

Billy kochte vor Wut. Reichte es denn nicht, dass die Frauen ihre Ehemänner an den Berg verloren hatten? Mussten sie jetzt auch noch obdachlos gemacht werden? »Darf Celtic Minerals das überhaupt, Dah?«, fragte er, als sie die schäbigen Terrassen zu den Tagesgebäuden hinunterstiegen.

»Nur wenn wir es zulassen, Junge. Die Arbeiterklasse ist zahlreicher als die besitzende Schicht, und sie ist stärker, denn die Besitzenden sind auf die Malocher angewiesen. Wir sorgen für ihr Essen, bauen ihnen ihre Villen und schneidern ihnen ihre Kleidung. Ohne uns müssten sie sterben. Sie können *gar nichts* tun, wenn wir sie nicht lassen. Vergiss das nie.«

Sie betraten die Grubendirektion und stopften sich ihre Mützen in die Taschen. »Guten Tag, Mr. Williams«, sagte Spotty Llewellyn nervös. »Wenn Sie einen Augenblick warten, frag ich Mr. Morgan, ob er Zeit für Sie hat.«

»Sei nicht albern, Junge, natürlich hat er Zeit für mich«, sagte Dah und ging, ohne innezuhalten, weiter ins Büro. Billy folgte ihm.

Maldwyn Morgan las in einem Hauptbuch, aber Billy hatte das Gefühl, als würde er nur vorgeben, beschäftigt zu sein. Der Bergwerksdirektor sah auf. Seine rosigen Wangen waren glatt rasiert wie immer. »Kommen Sie herein, Williams«, sagte er überflüssigerweise. Im Unterschied zu vielen anderen Männern hatte er keine Angst vor Dah. Morgan kam aus Aberowen, war der Sohn eines Schulmeisters und hatte Bergbauingenieur studiert. Billy wusste, dass Morgan und Dah einander ähnlich waren. Beide waren intelligent, selbstgerecht und starrsinnig.

»Sie wissen, weshalb ich gekommen bin, Mr. Morgan«, sagte Dah.

»Ich kann es mir denken, aber sagen Sie es trotzdem.«

»Ich möchte, dass Sie die Wohnungskündigungen zurücknehmen.«

»Celtic Minerals braucht die Häuser für Bergleute.«

»Es wird Ärger geben.«

»Wollen Sie mir drohen?«

»Steigen Sie bloß nicht auf Ihr hohes Ross«, sagte Dah milde. »Die Männer der Witwen sind unter Ihren Berg gekommen. Fühlen Sie sich denn nicht für diese Frauen verantwortlich?«

Morgan reckte abwehrend das Kinn vor. »Die öffentliche Anhörung hat das Unternehmen von jedem Vorwurf der Nachlässigkeit im Zusammenhang mit der Schlagwetterexplosion entlastet.«

Billy hätte ihn am liebsten gefragt, wie er so etwas behaupten könne, ohne sich in Grund und Boden zu schämen.

Dah erwiderte: »Die Anhörung hat eine Liste von Verstößen ergeben, die so lang ist wie der Zug nach Paddington: nicht isolierte elektrische Leitungen, keine Atemgeräte, kein richtiger Löschwagen …«

»Aber diese Verstöße haben weder die Explosion verursacht noch zum Tod der Bergleute geführt.«

»Es konnte nur nicht *bewiesen* werden.«

Morgan ruckte unbehaglich im Sessel hin und her. »Sie sind nicht hergekommen, um über die Anhörung zu streiten.«

»Ich bin hergekommen, um Sie zur Vernunft zu bringen. Während wir hier reden, sprechen die Kündigungen sich in der ganzen Stadt herum.« Dah zeigte auf das Fenster, und Billy sah, dass die Wintersonne hinter dem Hügel versank. »In diesem Moment sind überall im Ort Männer zusammen. Sie sind auf Chorproben, trinken mit Freunden ein Bier, gehen zum Beten, spielen Schach – und alle reden über den Rauswurf der Witwen. Sie können Ihre Schuhe drauf verwetten, dass sich da was zusammenbraut.«

»Versuchen Sie, das Unternehmen einzuschüchtern?«

Billy hätte den Kerl am liebsten erwürgt, aber Dah seufzte bloß. »Hören Sie, Maldwyn, wir kennen uns seit der Schule. Seien Sie vernünftig. Sie wissen genau, dass es in der Gewerkschaft Leute gibt, die aggressiver sind als ich.« Dah sprach von Tommy Griffiths' Vater. Len Griffiths glaubte an die Revolution; er hoffte stets, die nächste Auseinandersetzung wäre endlich der Funke, der die Feuersbrunst auslöste. Außerdem war er auf Dahs Posten scharf. Es gab keinen Zweifel, dass Len Griffith auf drastische Maßnahmen drängen würde.

»Wollen Sie damit sagen, Sie rufen zu einem Streik auf?«, fragte Morgan.

»Ich will damit sagen, dass die Männer wütend sein werden. Was sie *tun* werden, kann ich nicht vorhersagen. Aber ich will keinen Ärger, und Sie auch nicht. Wir sprechen hier über acht Häuser von … wie vielen? Achthundert? Ich bin gekommen, weil ich Sie fragen wollte, ob es das wirklich wert ist.«

»Der Vorstand hat so entschieden«, sagte Morgan, doch Billy spürte, dass der Bergwerksdirektor mit dieser Entscheidung nicht ganz einverstanden war.

»Bitten Sie den Vorstand, die Sache noch mal zu überdenken. Was kann es schaden?«

Billy hatte kein Verständnis für Dahs milde Worte. Er hätte die Stimme erheben, mit dem Finger drohen und die Grausamkeit der Firma anprangern müssen. Len Griffiths hätte das getan.

Morgan blieb ungerührt. »Ich bin hier, um die Entscheidungen des Vorstands durchzusetzen und nicht, um sie infrage zu stellen.«

»Also sind die Kündigungen bereits vom Vorstand beschlossen«, sagte Dah.

Morgan wirkte nervös. »Das habe ich nicht gesagt.«

Indirekt aber schon, dachte Billy, weil Dah dich genau dorthin gelenkt hat. Vielleicht war Milde doch keine so schlechte Sache.

Dah schlug einen neuen Kurs ein. »Was ist, wenn ich acht Häuser finde, deren Bewohner bereit sind, die neuen Bergleute als Kostgänger aufzunehmen?«

»Diese Männer haben Familien.«

Dah sagte langsam und bedächtig: »Wir könnten uns einigen, wenn Sie es *wollten*.«

»Das Unternehmen muss über seine Angelegenheiten allein entscheiden können.«

»Egal was es für andere bedeutet?«

»Das ist *unsere* Zeche. Celtic Minerals hat dieses Land hier vermessen, hat mit dem Earl verhandelt, hat die Schächte geteuft und die Maschinen angeschafft. *Wir* haben die Häuser gebaut, in denen die Bergleute wohnen. *Wir* haben das alles bezahlt. Es gehört *uns*, und wir lassen uns von niemandem sagen, was wir damit tun sollen.«

Dah setzte seine Mütze auf. »Aber die Kohle hast du nicht in die Erde gelegt, oder, Maldwyn?«, erwiderte er. »Das war Gott.«

Dah versuchte, für eine Versammlung am kommenden Abend den Gemeindesaal zu bekommen, doch der war bereits an die Laienschauspieltruppe von Aberowen vergeben, die *Heinrich V.* probte, und so entschied Dah, dass die Bergleute sich um halb acht in der Bethesda-Kapelle treffen sollten. Billy und Dah, Len und Tommy Griffiths und einige andere aktive Gewerkschaftler zogen durch die Stadt, kündigten die Versammlung mündlich an und hängten in Kneipen und Kapellen handgeschriebene Zettel aus, die zum zahlreichen Erscheinen aufriefen.

Um Viertel nach sieben am nächsten Abend war die Kapelle gerammelt voll. Die Witwen saßen vorn in einer Reihe; alle anderen mussten stehen. Billy stand ziemlich weit vorne rechts und konnte die Gesichter der Männer sehen. Tommy Griffiths stand neben ihm.

Billy war stolz auf den Mut seines Vaters, auf dessen Klugheit und auch darauf, dass Dah die Mütze wieder aufgesetzt hatte, ehe er Morgans Büro verließ. Gleichzeitig wünschte er sich, Dah wäre entschlossener vorgegangen. Er hätte zu Morgan reden sollen, wie er zur Bethesda-Gemeinde sprach, wo er all denen mit Höllenfeuer und Schwefel drohte, die sich weigerten, die schlichte Wahrheit zu erkennen.

Genau um sieben Uhr dreißig bat Dah um Ruhe. In seinem autoritären Predigerton las er den Brief vor, den Generaldirektor Jones der armen Mrs. Dai Ponies geschrieben hatte. »Der gleiche Brief wurde an alle acht Witwen geschickt, deren Männer bei der Schlagwetterexplosion vor sechs Wochen unter den Berg gekommen sind.«

Wütende Stimmen riefen: »Pfui!«

»Unsere Regel lautet, dass jemand nur dann sprechen darf, wenn der Vorsitzende der Versammlung ihm das Wort erteilt, damit jeder angehört werden kann. Ich wäre euch allen dankbar, wenn ihr diese Regel beachten würdet, auch bei einem Anlass wie diesem, wo die Gefühle schon mal mit einem durchgehen können.«

Jemand rief laut: »Das ist 'ne verfluchte Schande!«

»Na, na, Griff Pritchard, keine Schimpfwörter bitte. Wir sind hier in einer Kapelle. Außerdem sind Damen anwesend.«

Zwei oder drei Männer riefen: »Hört, hört!«

Griff Pritchard, der seit Schichtende am Nachmittag im Two Crowns gebechert hatte, sagte: »Entschuldigen Sie, Mr. Williams.«

»Gestern habe ich mit dem Bergwerksdirektor gesprochen und ihn gebeten, die Kündigungen zurückzunehmen, aber er wollte nicht. Er sagte, die Entscheidung kommt vom Vorstand, und dass er sie nicht ändern kann, nicht mal anfechten. Ich wollte mit ihm über andere Möglichkeiten reden, aber er sagte, Celtic Minerals hätte das Recht, seine Entscheidungen ohne fremde Einmischung zu fällen. Mehr kann ich euch nicht sagen.« Billy fand, dass Dah sich zu sehr zurückhielt. Er wollte, dass sein Vater zur Revolution aufrief. Aber Dah zeigte nur auf John Jones the Shop, der die Hand gehoben hatte.

»Ich hab mein ganzes Leben in Gordon Terrace Nummer dreiundzwanzig verbracht«, sagte Jones. »Ich bin da geboren, und ich wohn da noch immer. Aber mein Vater is' gestorben, da war ich elf. Das war auch schwer für meine Mam, aber sie durfte da wohnen bleiben. Als ich dreizehn wurde, hab ich angelegt, und jetzt zahl ich die Miete. So war's immer. Niemand hat je was gesagt, wir würden rausfliegen.«

»Danke, John Jones. Willst du einen Antrag machen?«

»Nee, ich sag's halt nur.«

»*Ich* will einen Antrag machen«, sagte eine andere Stimme. »Streik!«

Ein Chor der Zustimmung erhob sich.

Billys Vater sagte: »Dai Crybaby.«

»Ich sehe die Sache so«, sagte der Kapitän der städtischen Rugbymannschaft. »Wir dürfen es Celtic Minerals nicht durchgehen lassen. Wenn die den Witwen kündigen können, kann keiner von uns sich mehr darauf verlassen, dass seine Familie abgesichert ist. Man kann sein ganzes Leben für Celtic Minerals arbeiten, und dann holt einen der Berg, und zwei Wochen später tut die Familie auf der Straße sitzen? Dai Union ist im Büro gewesen und hat versucht, vernünftig mit Gone-to-Merthyr Morgan zu reden, aber es hat nichts genutzt. Jetzt bleibt uns keine andere Wahl, als zu streiken.«

»Danke, Dai«, sagte Dah. »Soll ich das als offiziellen Antrag zum Streik betrachten?«

»Aye.«

Billy war überrascht, dass Dah den Antrag so rasch annahm, denn er wusste genau, dass sein Vater einen Streik verhindern wollte.

»Abstimmen!«, rief jemand.

Dah sagte: »Ehe ich über den Antrag abstimmen lasse, müssen wir noch beschließen, wann der Streik beginnen soll.«

Aha, dachte Billy, er nimmt es doch nicht so einfach hin.

Dah fuhr fort: »Wir könnten überlegen, am Montag anzufangen. Bis dahin könnte die Drohung mit dem Streik die Direktoren zur Vernunft bringen, während wir weiterarbeiten – und dann hätten wir, was wir wollen, ohne jeden Lohnausfall.«

Billy begriff, dass Dah inzwischen eine Verschiebung des Streiks als die nächstbeste Lösung anstrebte.

Aber Len Griffiths, Tommys Vater, war zu dem gleichen Schluss gekommen. »Darf ich sprechen, Herr Vorsitzender?«, fragte er. Griffiths hatte einen kahlen Schädel mit schwarzen Haarfransen an den Seiten und einen schwarzen Schnurrbart. Er trat vor und stellte sich neben Dah, der Menge zugewandt, sodass es aussah, als hätten beide die gleiche Machtbefugnis. Die Versammlung wurde still. Len gehörte wie Dah und Dai Crybaby zu jener Handvoll Männer, denen alle anderen stets in respektvollem Schweigen zuhörten. »Ich frage mich, ob es klug ist, Celtic Minerals vier Tage Schonfrist zu geben. Angenommen, die da oben überlegen es sich nicht anders – und das ist gut möglich, wenn man bedenkt, wie starrsinnig sie bisher immer gewesen sind. Dann haben wir Montag, ohne dass wir was erreicht haben, und den Witwen bleibt noch weniger Zeit.« Er hob um der rhetorischen Wirkung willen leicht die Stimme. »Ich sage, Kollegen: Geben wir keinen Zollbreit nach!«

Die Männer jubelten, und Billy fiel ein.

»Danke, Len«, sagte Dah. »Wir haben jetzt also zwei Anträge auf dem Tisch: Streik ab morgen oder Streik ab Montag. Wer möchte noch was sagen?«

Billy sah sich genau an, wie sein Vater die Versammlung handhabte. Der nächste Mann, der das Wort erhielt, war Giuseppe »Joey« Ponti, Topsolist des Männerchors von Aberowen und älterer Bruder von Billys Schulkamerad Johnny. Trotz seines italienischen Namens war er in Aberowen geboren und sprach mit dem gleichen Dialekt wie jeder andere Mann im Saal. Auch er setzte sich für sofortigen Streik ein.

Als er zu Ende gesprochen hatte, fragte Dah: »Der Fairness halber – will noch jemand für den Streik ab Montag eintreten?«

Billy fragte sich, weshalb Dah nicht seine persönliche Autorität in die Waagschale warf. Wenn er für Montag als Streikbeginn eintrat, stimmte er die Bergleute vielleicht noch um. Doch andererseits, wenn er scheiterte, wäre er in der unangenehmen Lage, einen Streik führen zu müssen, gegen den er selbst Einwände erhoben hatte. Billy begriff, dass Dah nicht völlig frei sagen konnte, was er dachte.

Die Diskussion wogte hin und her. Die Kohlenlager waren voll, daher konnte die Zeche eine Weile durchhalten; andererseits war die Nachfrage groß, und Celtic Minerals würde verkaufen wollen, solange es ging. Der Frühling kam; daher bräuchten die Bergmannsfamilien die kostenlosen Kohlenlieferungen zum Heizen bald nicht mehr. Die Forderungen der Minenarbeiter gründeten sich auf lange Gewohnheit, aber dem Buchstaben des Gesetzes nach hatte das Unternehmen das Recht auf seiner Seite.

Dah ließ der Diskussion ihren Lauf. Manche Wortmeldungen waren ziemlich ermüdend. Billy fragte sich, was Dah bezweckte; wahrscheinlich hoffte er darauf, dass die Gemüter sich abkühlten. Doch er konnte die Abstimmung nur hinauszögern, nicht verhindern.

»Zuerst alle, die überhaupt nicht streiken wollen.«

Nur wenige Männer hoben die Hand.

»Als Nächstes alle, die ab Montag streiken wollen.«

Diesmal schossen viele Hände in die Höhe, doch Billy war nicht sicher, ob es reichte. Es hing davon ab, wie viele Männer sich der Stimme enthielten.

»Und nun alle, die dafür sind, dass der Streik morgen beginnt.«

Jubel erhob sich, und ein Wald aus Armen stieg in die Luft. Am Abstimmungsergebnis konnte kein Zweifel bestehen.

»Der Antrag auf Streik ab morgen ist angenommen«, sagte Dah. Niemand verlangte eine Zählung der Stimmen.

Die Versammlung löste sich auf. Als die Männer hinausgingen, sagte Tommy fröhlich: »Jetzt haben wir morgen frei!«

»Ja«, sagte Billy. »Und kein Geld in der Tasche.«

Als Fitz zum ersten Mal zu einer Prostituierten gegangen war, hatte er sie küssen wollen – nicht weil er es unbedingt wollte, sondern weil er glaubte, es wäre so üblich. »Ich küss nich'«, hatte sie ihn in ihrem Cockneyakzent abgewiesen. Danach hatte Fitz es nie wieder versucht. Bing Westhampton erzählte, dass viele Prostituierte das Küssen ablehnten – was eigentümlich war, wenn man überlegte, welche anderen Intimitäten sie zuließen. Vielleicht bewahrten sie sich durch diese triviale Verweigerung einen letzten Rest von Würde.

Mädchen aus Fitz' Gesellschaftsschicht hatten vor der Heirat niemanden zu küssen. Sie taten es natürlich trotzdem, aber nur in den seltenen Augenblicken flüchtiger Heimlichkeit, in einem Nebenzimmer bei einem Ball oder hinter einem Rhododendronbusch im Garten. Zeit, dass sich Leidenschaft entwickelte, blieb nie.

Die einzige Frau, die Fitz jemals richtig geküsst hatte, war Bea. Sie schenkte ihm ihren Körper, wie ein Konditor einen besonders gelungenen Kuchen präsentierte: duftend und gezuckert und kunstvoll dekoriert. Sie ließ ihn alles tun, stellte aber keine Forderungen. Sie bot ihm die Lippen dar, damit er sie küsste, und öffnete seiner Zunge ihren Mund, aber er hatte nie das Gefühl, dass sie sich nach seiner Berührung sehnte.

Ethel jedoch küsste, als wäre die letzte Minute ihres Lebens angebrochen.

Sie standen in der Gardeniensuite neben dem Bett mit seiner Staubdecke und hatten die Arme umeinandergeschlungen. Ethel saugte an Fitz' Zunge, biss in seine Lippen und leckte seinen Gaumen; gleichzeitig streichelte sie sein Haar, hielt sich an seinem Nacken fest und schob ihre Hand unter seine Weste, damit sie ihm mit der Handfläche über die Brust reiben konnte. Als sie sich schließlich atemlos voneinander lösten, nahm sie sein Gesicht in die Hände und hielt seinen Kopf ruhig, während sie ihm ins Gesicht starrte und sagte: »Du bist so schön.«

Er setzte sich auf die Bettkante, ohne ihre Hände loszulassen, und sie stand vor ihm. Er wusste, dass manche Männer gewohnheitsmäßig die Dienstmädchen verführten, aber er gehörte nicht dazu. Als er fünfzehn war, hatte er sich in ein Zimmermädchen in der Villa der Familie in London verliebt. Seine Mutter war nach wenigen Tagen dahintergekommen und hatte das Mädchen auf der Stelle entlassen. Fitz' Vater hatte gelächelt und gesagt: »Aber eine gute Wahl.« Seitdem hatte Fitz keine Bediensteten mehr angerührt. Doch bei Ethel konnte er nicht widerstehen.

»Wieso bist du zurück?«, fragte sie. »Du wolltest den ganzen März in London bleiben.«

»Ich wollte dich sehen.« Er sah ihr an, dass es ihr schwerfiel, ihm zu glauben. »Ich habe den ganzen Tag an dich gedacht, jeden Tag. Ich musste einfach wiederkommen.«

Sie beugte sich vor und küsste ihn noch einmal. Fitz ließ sich langsam aufs Bett zurücksinken und zog Ethel mit sich, bis sie auf ihm lag. Sie war schlank und zierlich und wog kaum mehr als ein Kind. Ihr Haar löste sich aus den Nadeln, und Fitz vergrub die Finger in ihren glänzenden Locken.

Nachdem sie sich voneinander gelöst hatten, stützte Fitz sich auf einen Ellbogen und betrachtete Ethel. Sie hatte zu ihm gesagt, dass er schön sei, doch im Augenblick war sie für *ihn* das Schönste, was er je gesehen hatte. Ihre Wangen waren gerötet, ihr Haar zerwühlt, ihre roten Lippen feucht. Mit ihren dunklen Augen blickte sie ihn bewundernd an.

Fitz legte eine Hand auf ihre Hüfte und streichelte ihren Schenkel, doch Ethel hielt seine Hand fest, als hätte sie Angst, er könnte zu weit gehen. »Warum nennen dich alle Fitz?«, fragte sie. »Du heißt doch Edward.«

Fitz war sicher, dass sie diese Frage nur stellte, um ihre Leidenschaft abkühlen zu lassen. »Das hat schon auf der Schule angefangen«, sagte er. »Alle Jungen hatten Spitznamen. Als Walter von Ulrich in den Ferien mit zu mir nach Hause kam, hat Maud den Namen von ihm aufgeschnappt.«

»Und wie haben deine Eltern dich vorher genannt?«

»Teddy.«

»Teddy.« Ethel ließ sich den Namen auf der Zunge zergehen. »Gefällt mir besser als Fitz.«

Er begann wieder ihr Bein zu streicheln, und diesmal ließ sie ihn gewähren. Er küsste sie und schob langsam den langen Rock ihres schwarzen Kleides hoch. Sie trug knielange Strümpfe und Unterhosen aus Baumwolle, die ebenfalls bis zu den Knien reichten. Fitz streichelte ihre bloßen Knie, berührte ihre Beine durch den Stoff und schob die Hand zur Gablung ihrer Schenkel hinauf. Als er sie dort berührte, stöhnte sie und stemmte sich nach oben gegen seine tastende Hand.

»Zieh sie aus«, flüsterte er.

»Nein!«

Fitz ertastete das Zugband an der Taille, das zu einer Schleife gebunden war. Er löste den Knoten mit einem Ruck.

Wieder hielt Ethel seine Hand fest. »Hör auf.«

»Ich möchte dich nur berühren.«

»Ich will es mehr als du«, entgegnete sie. »Trotzdem, nein.«

Fitz kniete sich aufs Bett. »Wir tun nichts, was du nicht willst, ich verspreche es.« Er fasste den Bund ihrer Unterhose mit beiden Händen und riss den Stoff entzwei. Ethel schnappte vor Schreck nach Luft, erhob aber keinen Einspruch, auch nicht, als Fitz sie mit der Hand erkundete. Augenblicklich spreizte sie die Beine. Sie hatte die Augen geschlossen und atmete schwer, als wäre sie gerannt. Fitz vermutete, dass noch niemand sie so berührt hatte, und eine leise Stimme riet ihm, ihre Unschuld nicht auszunutzen, doch sein Verlangen war zu heftig, als dass er auf die Stimme gehört hätte.

Er knöpfte seine Hose auf und legte sich auf Ethel.

»Nein«, sagte sie.

»Bitte.«

»Und wenn ich ein Kind bekomme?«

»Ich ziehe ihn vorher raus.«

»Ehrlich?«

»Ich verspreche es«, sagte er und glitt in sie hinein.

Tatsächlich, sie war noch Jungfrau. Wieder meldete sich sein Gewissen, und diesmal war dessen Stimme lauter als zuvor. Er hielt inne. Doch jetzt war es Ethel, die nicht mehr aufhören konnte. Sie fasste seine Hüften und zog ihn tiefer in sich hinein, während sie ihm gleichzeitig den Unterleib entgegenhob. Er spürte, wie irgendetwas riss. Ethel stieß einen spitzen Schrei aus, dann war das Hindernis verschwunden. Als er sich in ihr bewegte, passte sie sich seinem Rhythmus an, stöhnend vor Lust und Schmerz. Sie öffnete die Augen, sah ihm ins Gesicht. »Oh, Teddy, Teddy …«, stieß sie hervor, und Fitz erkannte, dass sie ihn liebte. Der Gedanke rührte ihn beinahe zu Tränen. Zugleich erregte sie ihn über alle Beherrschung hinaus, und sein Höhepunkt kam unerwartet schnell. Voller Hast zog er sich zurück und spritzte ihr mit einem dumpfen Stöhnen, in dem Enttäuschung mitschwang, seinen Samen auf den Oberschenkel. Ethels Körper bebte. Sie legte ihm eine Hand in den Nacken, zog seine Lippen an ihre, schloss die Augen und stieß einen lustvollen Schrei aus. Dann erschlaffte ihr Körper.

Hoffentlich habe ich ihn früh genug rausgezogen, dachte Fitz.

Ethel machte ihre Arbeit wie gewohnt. Gleichzeitig war ihr, als hätte sie einen Brillanten in der Tasche versteckt, den sie von Zeit zu Zeit berühren konnte, und wenn niemand hinsah, betastete sie seine glatten Flächen und scharfen Kanten.

In weniger euphorischen Augenblicken grübelte Ethel, was diese Liebschaft zu bedeuten hatte und welche Richtung sie wohl nahm, und hin und wieder erschreckte sie die Vorstellung, was ihr Vater, der gottesfürchtige stramme Sozialist, wohl sagen würde, wenn er davon erfuhr. Meistens aber hatte sie das Gefühl, durch die Luft zu stürzen, ohne dass irgendetwas ihren Fall aufhielt. Sie liebte es zu beobachten, wie Teddy ging; sie liebte es, wie er roch, sie liebte seine Kleidung, seine ausgesucht guten Manieren und die Autorität, die er ausstrahlte. Sie liebte es auch, wie er hin und wieder verdutzt dreinblickte. Und wenn er aus dem Schlafzimmer seiner Frau kam, mit diesem verletzten Ausdruck im Gesicht, hätte Ethel am liebsten geweint. Sie war verliebt und dem völlig ausgeliefert.

An den meisten Tagen redete sie wenigstens einmal mit Teddy, und meist gelang es ihnen, für kurze Zeit Abgeschiedenheit zu finden und sich ausgiebig und verlangend zu küssen. Schon wenn sie Teddy küsste, wurde Ethel feucht, und manchmal musste sie ihren Schlüpfer mitten am Tag waschen. Wenn sich die Gelegenheit ergab, nahm er sich größere Freiheiten und berührte sie überall, was ihre Erregung weiter steigerte. Noch zweimal hatten sie sich in der Gardeniensuite treffen und sich aufs Bett legen können.

Eines verwirrte Ethel: Beide Male hatte Teddy sie gebissen, das eine Mal in den Oberschenkel, das andere Mal in die Brust. Beide Male hatte sie vor Schmerz aufgeschrien, was seine Begierde noch mehr zu entflammen schien. Und obwohl es wehtat, erregten die Bisse auch sie – oder vielleicht auch nur der Gedanke, dass Teddys Verlangen nach ihr so überwältigend war, dass er es durch den Gebrauch seiner Zähne kundtat. War so etwas normal? Ethel wusste es nicht und kannte auch niemanden, den sie fragen konnte.

Ihre größte Sorge aber war, dass Teddy sich eines Tages im kritischen Augenblick nicht zurückziehen könnte. Ethels Furcht und Anspannung wurden so groß, dass sie beinahe erleichtert war, als Teddy und Fürstin Bea nach London zurückkehren mussten.

Vor seiner Abreise überredete Ethel ihn, den Kindern der streikenden Bergarbeiter eine Mahlzeit zu spendieren. »Aber nicht den Eltern«, sagte sie. »Das könnte so ausgelegt werden, dass du dich auf ihre Seite stellst. Lade nur die kleinen Jungen und Mädchen zu dir ein. Der Streik dauert jetzt schon zwei Wochen, und die Kinder leben von Hungerrationen. Es würde dich nicht viel kosten. Ich schätze, es sind ungefähr fünfhundert Kinder. Die Leute würden dich dafür lieben, Teddy.«

»Wir könnten auf dem Rasen ein großes Zelt aufbauen«, sagte er. Sie lagen im Bett der Gardeniensuite. Seine Hose war aufgeknöpft, und er hatte den Kopf in ihren Schoß gebettet.

»Und das Essen können wir hier in der Küche kochen«, sagte Ethel begeistert. »Eintopf mit Fleisch und Kartoffeln, dazu so viel Brot, wie die Kinder essen können.«

»Und danach Mehlpudding mit Rosinen, was?«

Liebt er mich, fragte sich Ethel. In diesem Augenblick hatte sie das Gefühl, Teddy hätte ihr jeden Wunsch erfüllt: Er hätte ihr Juwelen geschenkt, wäre mit ihr nach Paris gefahren, hätte ihren Eltern eine Villa gekauft. Aber sie wollte nichts von alledem. Nur – was wollte sie dann? Ethel wusste es nicht, wehrte sich aber dagegen, dass Fragen, auf die es keine Antwort gab, ihr Glück trübten.

Ein paar Tage später, an einem Samstagmittag, stand Ethel auf dem Rasen und schaute zu, wie die Kinder von Aberowen hungrig ihr erstes kostenloses Mittagessen verschlangen, Eintopf mit Fleisch und Kartoffeln – ein besseres Essen, als sie es gemeinhin bekamen, selbst wenn ihre Väter zur Arbeit gingen. Die Eltern hatten keinen Zutritt auf das Anwesen, aber die meisten Mütter standen vor dem Zaun und beobachteten ihre glücklich mampfenden Sprösslinge. Aus dem Augenwinkel sah Ethel, dass jemand ihr winkte, und sie ging über die Auffahrt zum Tor.

Die Gruppe, die dort wartete, bestand hauptsächlich aus Frauen, denn auch bei einem Streik passten Männer nicht auf die Kinder auf. Die Frauen scharten sich um Ethel. Alle wirkten aufgeregt.

»Was ist passiert?«, wollte Ethel wissen.

Mrs. Dai Ponies antwortete: »Alle werden auf die Straße gesetzt!«

»Alle?«, fragte Ethel verwirrt. »Wie – alle?«

»Alle Bergarbeiter, die ihre Häuser von Celtic Minerals gemietet haben.«

Ethel war entsetzt. »Gütiger Himmel!« Auf das Entsetzen folgte Verwunderung. »Aber wieso? Was hat Celtic Minerals davon? Dann bleiben denen doch bald keine Bergleute mehr.«

»Männer!«, sagte Mrs. Dai Ponies abfällig. »Wenn die erst zu kämpfen anfangen, haben sie nur noch das Siegen im Kopf. Sie geben nicht nach, egal was es kosten tut. Da sind sie alle gleich. Aber meinen Dai nähme ich trotzdem mit Freuden zurück.«

»Das ist schrecklich.« Woher bekam Celtic Minerals genügend Streikbrecher, um die Grube in Betrieb zu halten? Wenn sie die Mine schlossen, starb die Stadt. Die Läden hätten keine Kunden mehr, die

Schulen keine Kinder, die Ärzte keine Patienten. Auch Ethels Vater wäre arbeitslos. Niemand hatte damit gerechnet, dass Perceval Jones so hartnäckig sein könnte.

»Ich möchte bloß wissen, was der König dazu sagen würde, wenn er's wissen täte«, sagte Mrs. Dai Ponies.

Das fragte Ethel sich auch. Wie es aussah, hatte der König bei seinen Beileidsbesuchen echte Anteilnahme gezeigt. Aber er wusste wahrscheinlich nicht einmal, dass man den Witwen die Häuser gekündigt hatte.

Plötzlich kam ihr ein Gedanke. »Vielleicht solltet ihr es ihm sagen.«

Mrs. Dai Ponies lachte auf. »Mach ich, wenn ich ihn nächstes Mal sehe.«

»Du könntest ihm einen Brief schreiben.«

»Red nicht so 'n Zeug, Ethel.«

»Ich meine es ernst. Du solltest es tun.« Ethel blickte von einer Frau zur anderen. »Ein Brief, unterschrieben von allen Witwen, die der König besucht hat. Ein Brief, in dem ihr ihm schreibt, dass ihr aus euren Häusern geworfen werdet und die Stadt im Streik ist. Das muss er zur Kenntnis nehmen.«

Mrs. Dai Ponies blickte ängstlich drein. »Ich möchte keine Schwierigkeiten kriegen.«

Mrs. Minnie Ponti, eine dünne blonde Frau mit unerschütterlichen Prinzipien, erwiderte: »Du hast keinen Mann mehr und kein Haus und kannst nirgends hin – was für Schwierigkeiten sollst du denn noch kriegen?«

»Da haste auch wieder recht. Aber ich wüsste gar nicht, was ich schreiben soll. Heißt es ›Lieber Herr König‹ oder ›Lieber George V.‹ oder was?«

Ethel sagte: »Du schreibst: ›Sir, mit untertäniger Ergebenheit.‹ Ich kenne den ganzen Quatsch; ich arbeite schließlich hier. Machen wir es jetzt gleich. Kommt mit ins Dienstbotenzimmer.«

»Geht das denn?«

»Ich bin hier jetzt die Haushälterin. Was geht, bestimme ich.«

Die Frauen folgten Ethel über die Auffahrt hinter das Haus. In der Küche nahmen sie am Esstisch für die Dienstboten Platz, und die Köchin setzte Tee auf. Ethel besaß einen Vorrat an einfachem Schreibpapier, das sie für Briefe an Lieferanten benutzte.

»›Sir, mit untertäniger Ergebenheit‹«, sagte sie und schrieb es hin. »Was als Nächstes?«

Mrs. Dai Ponies schlug vor: »Entschuldigen Sie unsere Unverschämtheit, dass wir an Euer Majestät schreiben tun.«

»Nein«, erwiderte Ethel. »Nicht entschuldigen. Er ist unser König. Wir haben das Recht, ihn um Hilfe zu bitten. Schreiben wir: ›Wir sind die Bergmannswitwen, die Seine Majestät nach der Grubenexplosion in Aberowen besucht hat.‹«

»Sehr gut«, sagte Mrs. Ponti.

Ethel fuhr fort: »›Wir fühlen uns von Ihrem Besuch geehrt. Ihr Beileid und die großzügige Anteilnahme Ihrer Majestät der Königin waren uns ein Trost in unserem Kummer.‹«

»Du hast ein Talent für so was, genau wie dein Vater«, sagte Mrs. Dai Ponies.

Mrs. Ponti entgegnete: »Das ist jetzt aber genug Süßholz.«

»Also, weiter. ›Wir wenden uns an Sie als unseren König, damit Sie uns helfen. Weil unsere Männer tot sind, werden wir aus unseren Häusern geworfen …‹«

»Von Celtic Minerals«, warf Mrs. Ponti ein.

»›… von Celtic Minerals aus unseren Häusern geworfen. Die ganze Zeche ist für uns in den Streik gegangen, aber nun werden alle auf die Straße gesetzt.‹«

»Mach es nich' zu lang«, sagte Mrs. Dai Ponies. »Vielleicht isser zu beschäftigt, um das alles zu lesen.«

»Also gut. Schließen wir den Brief mit den Worten: ›Soll so etwas in Ihrem Königreich erlaubt sein?‹«

»Das ist ein bisschen zahm«, sagte Mrs. Ponti.

»Nein, das ist gut«, sagte Mrs. Dai Ponies. »Das spricht sein Gefühl für Recht und Unrecht an.«

Ethel sagte: »Und zum Schluss: ›Wir haben die Ehre, Sir, Euer Majestät untertänigste und gehorsamste Diener zu sein.‹«

»Muss das sein?«, fragte Mrs. Ponti. »Ich bin keine Dienerin. Nicht bös gemeint, Ethel.«

»Das ist normal. Der Earl unterzeichnet damit, wenn er einen Brief an die *Times* schreibt.«

»Na, dann ist es gut.«

Ethel reichte den Brief am Tisch herum. »Unterschreibt und vermerkt daneben eure Adressen.«

Mrs. Ponti sagte: »Ich hab eine furchtbare Klaue, unterschreib du für mich.«

Ethel wollte etwas einwenden, doch dann kam ihr der Gedanke, dass Mrs. Ponti vielleicht gar nicht schreiben konnte; deshalb schwieg sie und schrieb: Mrs. Minnie Ponti, 19 Wellington Row.

Das Kuvert adressierte sie an:

Seine Majestät der König
Buckingham Palace
London

Sie klebte den Umschlag zu und versah ihn mit einer Briefmarke. »Das wär's«, sagte sie.

Die Frauen applaudierten.

Noch am gleichen Tag gab Ethel den Brief in die Post.

Es kam nie eine Antwort.

Der letzte Märzsamstag in Südwales war grau und diesig. Tief hängende Wolken verbargen die Hügelkuppen, und ein nicht enden wollender Nieselregen fiel auf Aberowen. Da der Earl und die Fürstin in London weilten, nahmen Ethel und die meisten Dienstboten sich frei und gingen in die Stadt.

Aus London waren Polizisten herbeordert worden, um die Räumungen der Bergmannshäuser durchzusetzen; auf jeder Straße standen sie in ihren tropfnassen schweren Regenmänteln. Das ganze Land sprach vom »Witwenstreik«, und mit dem ersten Morgenzug waren Zigaretten rauchende, in ihre Notizbücher kritzelnde Journalisten aus Cardiff und London eingetroffen. Man sah sogar eine große Filmkamera auf einem Stativ.

Ethel stand mit ihrer Familie vor dem Haus und beobachtete das Geschehen. Dah war Angestellter der Gewerkschaft, nicht von Celtic Minerals, und er war Eigentümer des Hauses, in dem er mit seiner Familie wohnte, doch die meisten Nachbarn wurden auf die Straße gesetzt. Im Laufe des Vormittags hatten sie ihre Habseligkeiten aus dem Haus geschafft: Betten, Tische und Stühle, Kochtöpfe und Nachttöpfe, ein gerahmtes Bild, eine Wanduhr, eine orangefarbene Kiste mit

Steingutgeschirr und Besteck, in Zeitungspapier eingeschlagene und mit Kordel verschnürte Kleidungsstücke. Neben jeder Tür türmten sich bescheidene Habseligkeiten wie Opfergaben vor einem Tempel.

Dahs Gesicht war eine Maske unterdrückter Wut. Billy sah aus, als hätte er sich am liebsten mit jemandem geprügelt. Gramper schüttelte immer wieder den Kopf und sagte: »So watt hab ich noch nich' erlebt, in meinen ganzen siebzig Jahren nich'.« Mam blickte erbittert drein.

Ethel weinte und konnte gar nicht aufhören.

Einige Bergleute hatten den Beruf gewechselt, aber so einfach konnte ein Bergmann sich nicht an die Arbeit als Ladenverkäufer oder Busschaffner gewöhnen; die Arbeitgeber wussten das und wiesen Bewerber ab, wenn sie Kohlenstaub unter deren Fingernägeln sahen. Ein halbes Dutzend Kumpel war zur Handelsmarine gegangen; sie hatten als Heizer angeheuert und den Lohnvorschuss ihren Frauen gegeben, ehe ihre Schiffe ausgelaufen waren. Andere waren in der Hoffnung auf einen Job in die Stahlhütten nach Cardiff oder Swansea gegangen. Viele kamen übergangsweise bei Verwandten in Nachbarorten unter. Die anderen fanden bis zum Ende des Streiks Unterschlupf in einem Haus in Aberowen, in dem eine Familie wohnte, die nicht für Celtic Minerals arbeitete.

»Der König hat nicht auf den Brief der Witwen geantwortet«, sagte Ethel zu Dah.

»Ihr habt das ja auch falsch angepackt«, erwiderte er. »Guck dir deine Mrs. Pankhurst an. Ich halte zwar nichts vom Frauenwahlrecht, aber sie weiß jedenfalls, wie man auf sich aufmerksam macht.«

»Was hätte ich denn tun sollen? Mich verhaften lassen?«

»So weit hättest du nicht gehen brauchen. Hätte ich gewusst, was du vorhast, hätte ich dir geraten, eine Abschrift des Briefes an die *Western Mail* zu schicken.«

»Darauf wäre ich nie gekommen.« Schuldgefühle überkamen Ethel, als ihr klar wurde, dass sie die Zwangsräumungen auf diese Weise vielleicht hätte verhindern können.

»Die Zeitung hätte beim Palast angefragt, ob der Brief angekommen ist. Dann hätte der König darauf reagieren müssen.«

»Oh, verdammt!«, rief Ethel. »Hätte ich dich doch gefragt!«

»Lass das Fluchen«, sagte ihre Mutter.

»Entschuldigung, Mam.«

Die Londoner Polizisten beobachteten erstaunt, was vor sich ging.

Sie konnten die Unnachgiebigkeit und den törichten Stolz der Einwohner von Aberowen nicht begreifen. Perceval Jones war nirgendwo zu sehen. Ein Journalist von der *Daily Mail* bat Dah um ein Interview, aber das Blatt war arbeiterfeindlich, und so schlug er die Bitte aus.

In der Stadt gab es nicht genügend Handkarren; deshalb mussten die Leute einer nach dem anderen ihre Habseligkeiten fortschaffen. Es dauerte Stunden, doch am späten Nachmittag war auch der letzte Plunder vor den Häusern verschwunden, und die Schlüssel steckten außen in den Haustürschlössern. Die Polizisten fuhren nach London zurück.

Ethel blieb noch eine Weile auf der Straße. Die Fenster der leeren Häuser sahen sie blicklos an, und das Regenwasser rann träge die Straßen hinunter. Ethel schaute über die nassen grauen Schieferplatten der Dächer hügelabwärts zu den verstreut liegenden Tagesgebäuden am Talgrund. Bis auf eine Katze, die ein Gleis entlanglief, war nirgends eine Bewegung zu sehen. Kein Rauch stieg aus der Fördermaschine, und die beiden großen Seilscheiben oben am Förderturm standen still. In dem nicht enden wollenden Nieselregen wirkten sie trist und überflüssig.

KAPITEL 5

April 1914

Die deutsche Botschaft war ein prachtvolles Gebäude in Carlton House Terrace, einer von Londons besten Adressen. Über einen baumbestandenen Garten hinweg konnte man zu den Säulen des Athenaeum sehen, eines Clubs für gebildete Gentlemen. Nach hinten hinaus führten die Ställe auf die Mall, die breite Avenue, die sich vom Trafalgar Square zum Buckingham Palace hinzog.

Walter von Ulrich wohnte nicht dort – noch nicht. Nur der Botschafter, Fürst Lichnowsky, genoss dieses Privileg. Als einfacher Militärattaché lebte Walter in einer Junggesellenwohnung zehn Minuten zu Fuß von der Botschaft entfernt an der Piccadilly. Er hoffte jedoch, eines Tages die prunkvolle Staatswohnung im Botschaftsgebäude zu bekommen. Walter war zwar kein Fürst, aber sein Vater war ein enger Freund von Wilhelm II. Außerdem sprach Walter so gut Englisch wie ein alter Etonschüler, und der war er ja auch. Er hatte zwei Jahre im Heer gedient und drei Jahre an der Kriegsschule verbracht, bevor er in den auswärtigen Dienst eingetreten war. Mit seinen achtundzwanzig Jahren war Walter ein aufgehender Stern am Himmel der Diplomatie.

Aber es war nicht das Prestige, das Walter am Posten des Botschafters faszinierte; vielmehr war er der leidenschaftlichen Überzeugung, dass es keine höhere Berufung gab, als seinem Land zu dienen. Sein Vater sah es genauso. In fast allen anderen Belangen aber waren sie unterschiedlicher Meinung.

Nun standen Vater und Sohn im Flur der Botschaft und musterten einander. Sie waren gleich groß, aber Otto war kräftiger. Sein Schnurrbart war ein altmodischer Zwirbelbart, während Walter einen modernen Bürstenschnäuzer bevorzugte. Außerdem war Otto kahlköpfig. An diesem Tag trugen beide schwarze Samtanzüge mit Kniebundhose, Seidenstrümpfe und Schnallenschuhe, dazu Degen und Dreispitz – die übliche Gewandung, um sich am britischen Königshof vorzustellen.

»Wir sehen aus, als gehörten wir auf die Bühne«, bemerkte Walter. »Was für eine lächerliche Kostümierung.«

»Im Gegenteil«, erwiderte sein Vater. »Dieser Aufzug gehört zu einer wunderbaren alten Tradition.«

Otto von Ulrich hatte den größten Teil seines Lebens im deutschen Heer verbracht. Als junger Offizier hatte er im Deutsch-Französischen Krieg seine Kompanie in der Schlacht von Sedan über eine Pontonbrücke geführt. Später war Otto einer jener Freunde gewesen, denen der junge Kaiser Wilhelm sich nach dem Bruch mit Bismarck, dem Eisernen Kanzler, zugewandt hatte. Nun war Otto ständig unterwegs. Er besuchte die europäischen Hauptstädte wie eine Biene die Blumen, sammelte den Nektar diplomatischer Geheiminformationen und brachte ihn zum Stock zurück. Er glaubte fest an die Monarchie und die militärische Tradition Preußens.

Walter war nicht weniger patriotisch, vertrat jedoch die Meinung, Deutschland müsse deutlich moderner werden. Wie sein Vater war auch er stolz auf die Leistungen seines Heimatlandes in Wissenschaft und Technik und auf das hart schuftende, erfolgreiche deutsche Volk. Zugleich war er der Überzeugung, sein Land müsse noch viel lernen: Demokratie von den liberalen Amerikanern, Diplomatie von den listigen Briten und die Kunst zu leben von den stilsicheren Franzosen.

Vater und Sohn verließen die Botschaft und stiegen die breiten Stufen zur Mall hinunter. Walter sollte König George V. vorgestellt werden – ein Ritual, das als Privileg galt, obwohl es keinerlei Vorteile mit sich brachte. Junge Diplomaten wie Walter wurden normalerweise nicht so geehrt, doch Otto hatte keine Hemmungen, seine Beziehungen spielen zu lassen, um die Karriere seines Sohnes zu fördern.

»Im Vergleich zu Maschinengewehren sind alle anderen Handfeuerwaffen veraltet«, sagte Walter nun und setzte damit eine Diskussion fort, die sie früher begonnen hatten. Waffen waren sein Spezialgebiet, und er vertrat die Ansicht, das deutsche Heer müsse stets auf dem neuesten Stand der Technik sein.

Otto sah das anders. »Maschinengewehre haben Ladehemmungen, überhitzen und verfehlen viel zu oft ihr Ziel. Ein Mann mit einem Gewehr schießt genauer. Gibst du ihm ein Maschinengewehr, geht er damit um wie mit einem Gartenschlauch.«

»Das ist es ja eben. Wenn dein Haus brennt, löschst du auch nicht, indem du das Wasser aus Tassen in die Flammen schüttest, selbst wenn du dabei noch so genau zielen kannst. Zum Löschen brauchst du einen Schlauch.«

Otto wedelte mit dem Finger. »Du warst noch nie in einer Schlacht. Du hast keine Ahnung, wie das ist. Glaub mir, *ich* weiß es!«

So endeten ihre Diskussionen oft.

Walter hielt die Generation seines Vaters für arrogant. Er wusste aber auch, warum diese Männer so geworden waren: Sie hatten einen Krieg gewonnen, hatten aus Preußen und einer Reihe kleinerer, unabhängiger Staaten das Deutsche Reich geschmiedet und Deutschland zu einer der wohlhabendsten Nationen der Welt gemacht. Natürlich hielten sie sich da für großartige Burschen, aber es machte sie auch unvorsichtig.

Ein paar Hundert Meter die Mall hinunter bogen Walter und Otto zum St. James Palace ab. Dieser Ziegelsteinhaufen aus dem 16. Jahrhundert war älter und weniger beeindruckend als der benachbarte Buckingham Palace. Sie nannten dem Pförtner, der genauso operettenhaft gekleidet war wie sie selbst, ihre Namen.

Walter war ein bisschen nervös. Allzu schnell beging man einen kleinen Protokollfehler, nur dass es beim persönlichen Umgang mit Königen keine »kleinen« Fehler gab.

Otto fragte den Pförtner auf Englisch: »Ist Señor Diaz hier?«

»Jawohl. Er ist soeben eingetroffen.«

Walter runzelte die Stirn. Juan Carlos Diego Diaz war ein Repräsentant der mexikanischen Regierung. »Was interessiert dich denn an Diaz?«, fragte er auf Deutsch, als sie durch eine Reihe von Räumen gingen, deren Wände von Schwertern und Handfeuerwaffen geschmückt wurden.

»Die Royal Navy stellt ihre Schiffe von Kohle auf Öl um.«

Walter nickte. Das taten die meisten fortschrittlichen Nationen. Heizöl war billiger, sauberer und einfacher zu benutzen: Man pumpte es einfach in die Brennkammern der Schiffsmaschinen und konnte auf die Legionen von Heizern mit ihren rußgeschwärzten Gesichtern verzichten. »Und die Briten beziehen ihr Öl aus Mexiko.«

»Sie haben mexikanische Ölquellen gekauft, um die Versorgung ihrer Flotte zu sichern.«

»Aber wenn wir uns in Mexiko einmischen, was werden dann die Amerikaner denken?«

Otto tippte sich an die Nase. »Hör zu und lerne! Und was immer du tust, sag kein Wort!«

Die Männer, die dem König vorgestellt werden sollten, warteten in einem Vorzimmer. Die meisten trugen das gleiche samtene Hofgewand wie die Deutschen; zwei oder drei Besucher waren in opernhafte Generalsuniformen im Stil des 19. Jahrhunderts gekleidet und einer – vermutlich ein Schotte – trug eine Galauniform mit Kilt. Walter und Otto schlenderten durch den Raum und nickten vertrauten Gesichtern zu, bis sie zu Diaz gelangten, einem untersetzten Mann mit mächtigem, gezwirbeltem Bart.

Nach dem Austausch der üblichen Höflichkeitsfloskeln sagte Otto: »Es freut Sie bestimmt, dass Präsident Wilson den Waffenverkauf an Mexiko wieder erlaubt hat.«

»Den Waffenverkauf an die Rebellen«, verbesserte ihn Diaz.

Der amerikanische Präsident, der stets bemüht war, nach seinen eigenen moralischen Prinzipien zu handeln, hatte sich geweigert, General Huerta anzuerkennen, der nach der Ermordung seines Vorgängers an die Macht gekommen war. Wilson nannte Huerta einen Mörder und unterstützte eine Rebellengruppe, die Konstitutionalisten.

Otto sagte: »Wenn Waffen an die Rebellen verkauft werden dürfen, dann doch sicher auch an die Regierung?«

Diaz schaute ihn überrascht an. »Wollen Sie damit sagen, Deutschland wäre dazu bereit?«

»Was brauchen Sie denn?«

»Sie wissen doch, dass wir dringend Gewehre und Munition benötigen.«

»Darüber könnten wir reden.«

Walter war genauso überrascht wie Diaz. Das konnte Ärger geben. »Aber Vater«, sagte er. »Die Vereinigten Staaten …«

»Einen Moment!« Sein Vater hob Schweigen gebietend die Hand.

Diaz sagte: »Sicher, lassen Sie uns reden, aber verraten Sie mir eins: Welche anderen Themen könnten dabei noch zur Sprache kommen?« Ihm war klar, dass Deutschland eine Gegenleistung erwartete.

Die Tür zum Thronsaal öffnete sich, und ein Lakai mit einer Liste in der Hand trat hindurch. Die Zeremonie würde gleich beginnen, doch Otto fuhr ohne Eile fort: »In Kriegszeiten hat ein souveräner Staat das Recht, strategische Ressourcen zurückzuhalten.«

»Sie reden von Öl«, sagte Diaz. Das war die einzige strategische Ressource, über die Mexiko verfügte.

Otto nickte.

Diaz sagte: »Sie würden uns also Gewehre geben …«

»Verkaufen, nicht geben«, murmelte Otto.

»Sie würden uns jetzt also Gewehre im Tausch für das Versprechen verkaufen, dass wir im Kriegsfall kein Öl an Großbritannien liefern.« Diaz war den komplizierten Tanz diplomatischer Konversation offenbar nicht gewöhnt.

»Das wäre zu überlegen.« In der Diplomatensprache war das ein eindeutiges Ja.

Der Lakai rief: »Monsieur Honoré de Picard de la Fontaine!«, und die Zeremonie begann.

Otto schaute Diaz unverwandt in die Augen. »Ich möchte von Ihnen wissen, wie ein solches Angebot in Mexiko-Stadt aufgenommen würde.«

»Präsident Huerta wäre interessiert, könnte ich mir vorstellen.«

»Wenn der deutsche Gesandte in Mexiko, Admiral Paul von Hintze, sich formell an Ihren Präsidenten wenden würde, würde man ihn also nicht zurückweisen.«

Walter sah, dass sein Vater unbedingt eine eindeutige Antwort haben wollte. Die deutsche Regierung durfte nicht riskieren, dass man ihr ein solches Angebot um die Ohren haute.

Walters besorgter Meinung nach war eine peinliche Situation jedoch bei Weitem nicht die größte Gefahr, die bei dieser diplomatischen Intrige drohte. Vielmehr ging Deutschland das Risiko ein, sich die USA zum Feind zu machen. Leider konnte Walter dies in Gegenwart von Diaz nicht mit seinem Vater diskutieren.

»Ein solches Ansinnen würde keineswegs zurückgewiesen«, antwortete Diaz auf Ottos Frage.

»Sind Sie sicher?«, hakte Otto nach.

»Ich kann es Ihnen garantieren.«

»Vater«, sagte Walter, »könnte ich dich kurz sprechen …« Doch der Lakai rief: »Herr Walter von Ulrich!«

Walter zögerte. »Du bist dran«, sagte sein Vater. »Geh!«

Walter wandte sich von den beiden ab und betrat den Thronsaal.

Die Briten liebten es, ihre Gäste mit Prunk zu beeindrucken. Die Kassettendecke war mit einem Diamantenmuster verziert; an den roten Plüschwänden hingen riesige Porträts, und am gegenüber liegenden Ende stand der Thron unter einem hohen Baldachin mit Seidenbehängen. Vor dem Thron stand der König in Marineuniform. Walter freute sich, das vertraute Gesicht von Sir Alan Tite an der Seite des Herrschers zu sehen. Ohne Zweifel flüsterte er die jeweiligen Namen ins königliche Ohr.

Walter näherte sich dem Thron und verneigte sich. »Schön, Sie zu sehen, von Ulrich«, sagte der König.

Walter hatte auswendig gelernt, was er sagen wollte. »Ich hoffe, Euer Majestät fanden die Diskussionen in Tŷ Gwyn interessant.«

»Sehr! Obwohl natürlich ein furchtbarer Schatten auf die Gesellschaft gefallen ist.«

»Das Grubenunglück. Ja, das war in der Tat eine Tragödie.«

»Ich freue mich schon auf unser nächstes Treffen.«

Und damit war Walter auch schon entlassen. Er ging rückwärts und verneigte sich dabei wiederholt, wie es angemessen war, bis er die Tür erreichte.

Sein Vater wartete auf ihn.

»Das ging ja schnell«, bemerkte Walter.

»Im Gegenteil, es hat länger gedauert als sonst«, widersprach Otto. »Normalerweise sagt der König nur, ›Ich freue mich, Sie in London zu sehen‹, und damit hat es sich.«

Gemeinsam verließen sie den Palast. »Diese Briten sind in vieler Hinsicht ein bewundernswertes Volk, aber sie sind auch weich«, sagte Otto, als sie über die St. James' Street in Richtung Piccadilly gingen. »Der König wird von seinen Ministern beherrscht, die Minister sind dem Parlament verantwortlich, und die Parlamentsmitglieder werden vom gewöhnlichen Volk gewählt. Wie kann man auf diese Weise ein Land regieren?«

Walter ging nicht auf diese Provokation ein. Er glaubte, dass das politische System Deutschlands sich längst überlebt hatte, und dass sein schwaches Parlament weder gegen den Kaiser noch die Generale ankam; aber er hatte diese Diskussion schon oft mit seinem Vater geführt, und er machte sich noch immer Sorgen wegen des Gesprächs mit dem mexikanischen Gesandten. »Was du zu Diaz gesagt hast, war ziemlich riskant«, sagte er. »Präsident Wilson wird es gar nicht gefallen, wenn wir Waffen an Huerta verkaufen.«

»Was kümmert es uns, was Präsident Wilson denkt?«

»Die Gefahr liegt darin, dass wir uns mit Mexiko anfreunden, einer schwachen Nation, und uns dadurch eine starke Nation zum Feind machen, die Vereinigten Staaten.«

»In Amerika wird es keinen Krieg geben.«

Walter nahm an, dass das stimmte; trotzdem machte er sich Sorgen. Ihm gefiel die Vorstellung nicht, dass sein Land es sich mit den Vereinigten Staaten verscherzte.

In seiner Wohnung angekommen, tauschten Vater und Sohn die antiquierten Kostüme gegen Tweedanzüge, Hemden mit weichem Kragen und braune Filzhüte. Zurück auf der Piccadilly, stiegen sie in einen Motoromnibus, der sie in östliche Richtung brachte.

Otto war beeindruckt gewesen, als Walter im Januar eingeladen worden war, den König in Tŷ Gwyn zu treffen. »Earl Fitzherbert hat gute Verbindungen«, hatte er gesagt. »Wenn die konservative Partei an die Macht kommt, wird er vielleicht Kabinettsmitglied, eines Tages womöglich sogar Außenminister. Du musst diese Freundschaft pflegen.«

Das hatte Walter auf eine Idee gebracht. »Ich sollte seiner Armenklinik einen Besuch abstatten und eine kleine Spende machen.«

»Gute Idee. Gefällt mir.«

»Vielleicht möchtest du ja mitkommen?«

Otto hatte den Köder geschluckt. »Das gefällt mir sogar noch besser.«

Walter hatte einen Hintergedanken, von dem sein Vater nichts ahnen konnte.

Der Bus fuhr an den Theatern an The Strand vorbei, an den Zeitungsredaktionen in der Fleet Street und an den Banken im Börsenviertel. Als sie dann ins Eastend gelangten, wurden die Straßen schmaler und schmutziger. Filzhüte und Melonen wichen Leinenkappen. Pferdefuhrwerke beherrschten den Verkehr. Motorwagen gab es hier nur wenige.

Sie stiegen in Aldgate aus. Otto schaute sich angewidert um. »Ich wusste gar nicht, dass du mit mir in die Slums wolltest.«

»Wir gehen zu einer Armenklinik«, erwiderte Walter. »Wo hast du denn gedacht, wo die ist?«

»Kommt Earl Fitzherbert auch schon mal hierher?«

»Ich nehme an, er beschränkt sich auf die Finanzierung.« Walter wusste genau, dass Fitz in seinem ganzen Leben noch nicht hier gewesen war. »Aber er wird natürlich von unserem Besuch erfahren.«

Sie suchten sich einen Weg durch die Nebenstraßen bis zu einer nonkonformistischen Kapelle. Auf einem handgemalten Holzschild stand zu lesen: »Calvary Gospel Hall«. Unter dem Schild hing ein Blatt Pappe mit der Aufschrift:

SÄUGLINGSKLINIK
Kostenlos
Heute und jeden Mittwoch

Walter öffnete die Tür, und sie traten ein.

Otto gab ein angewidertes Geräusch von sich, zog sein Taschentuch hervor und hielt es sich vor die Nase. Walter war schon einmal hier gewesen, sodass der Geruch für ihn nicht unerwartet kam; angenehmer machte es ihn aber nicht. Der Saal war voller zerlumpter Frauen und halb nackter Kinder, alle völlig verdreckt. Die Frauen saßen auf Bänken, die Kinder spielten auf dem Boden. Am anderen Ende des Raums waren zwei Türen, beide mit einem Schild. Auf dem einen stand »Arzt«, auf dem anderen »Schirmherrin«.

Neben der Eingangstür saß Fitz' Tante Herm und schrieb Namen in ein Buch. Walter stellte ihr seinen Vater vor. »Lady Hermia Fitzherbert – mein Vater, Otto von Ulrich.«

Die Tür mit dem Schild »Arzt« ging auf, und eine zerlumpte Frau kam heraus. Sie trug ein winziges Baby auf dem Arm und hielt eine Tablettenflasche in der Hand. Eine Krankenschwester steckte den Kopf durch die Tür und sagte: »Der Nächste bitte.«

Lady Hermia schaute auf ihre Liste und rief: »Mrs. Blatsky und Rosie!«

Eine ältere Frau und ein Mädchen verschwanden im Behandlungszimmer.

Walter sagte: »Warte einen Moment, Vater. Ich hole die Chefin.«

Er eilte auf die andere Seite, wobei er den Kleinkindern auf dem Boden auswich, klopfte an die Tür, an der »Schirmherrin« stand, und trat ein.

Das Zimmer war nicht viel größer als eine Abstellkammer, und tatsächlich standen in einer Ecke Mopp und Eimer. Lady Maud Fitzherbert saß an einem kleinen Tisch und schrieb in ein Buch. Sie trug ein schlichtes taubengraues Kleid und einen Hut mit breiter Krempe. Sie hob den Blick, als die Tür geöffnet wurde. Das Lächeln, das auf ihrem Gesicht erschien, als sie Walter sah, war so strahlend, dass es ihm Tränen in die Augen trieb. Maud sprang auf und fiel ihm um den Hals.

Walter hatte sich schon den ganzen Tag darauf gefreut. Er küsste sie auf den Mund und genoss es, wie Maud sich an ihn drängte, wie er es von keiner anderen Frau kannte. Er war ein wenig verlegen und hatte Angst, sie könnte seine Erektion spüren, also drehte er sich leicht von ihr weg. Doch sie drückte sich nur umso fester an ihn, als wolle sie es spüren, und so gab Walter sich dem Vergnügen hin.

Maud war leidenschaftlich in allem, was sie tat: Kampf gegen die Armut, Einsatz für die Frauenrechte, Begeisterung für die Musik und Leidenschaft für Walter. Es erstaunte ihn immer wieder, dass sie ausgerechnet ihm das Privileg hatte zuteilwerden lassen, sich in ihn zu verlieben.

Mit geröteten Wangen löste sie sich von seinen Lippen. »Tante Herm wird misstrauisch«, sagte sie.

Walter nickte. »Mein Vater ist draußen.«

Maud richtete ihr Haar und strich sich das Kleid glatt. »Alles klar.«

Walter öffnete die Tür, und gemeinsam gingen sie hinaus. Otto plauderte vergnügt mit Lady Hermia. Er mochte respektable ältere Damen.

»Lady Maud Fitzherbert, ich möchte Ihnen meinen Vater vorstellen, Otto von Ulrich.«

Otto deutete einen Handkuss an. Inzwischen hatte er sich angewöhnt, bei solchen Gelegenheiten nicht die Hacken zusammenzuschlagen. Die Engländer empfanden das als komisch.

Walter beobachtete, wie die beiden einander musterten. Maud lächelte, als wäre sie amüsiert; wahrscheinlich fragte sie sich, ob Walter in ein paar Jahren so aussehen würde wie sein Vater. Otto wiederum begutachtete wohlwollend Mauds schlichtes, aber teures Kaschmirkleid und den modischen Hut.

So weit, so gut.

Walters Plan sah vor, dass sein Vater Maud erst einmal kennenlernte. Otto begrüßte es sehr, wenn vornehme Damen wohltätige Arbeit leisteten; deshalb bestand er darauf, dass Walters Mutter und seine Schwestern arme Familien in Zumwald besuchten, dem Landgut der

Familie in Ostpreußen. Er würde schon noch herausfinden, was für eine wunderbare und außergewöhnliche Frau Maud war. Wenn Walter ihm dann eröffnete, er wolle sie heiraten, würde Otto nichts mehr dagegen einwenden können.

Walter wusste, dass seine Nervosität unangebracht war. Er war achtundzwanzig Jahre alt und hatte das Recht, sich eine Frau auszusuchen. Vor acht Jahren hatte er sich schon einmal verliebt. Tilde war genauso leidenschaftlich und klug gewesen wie Maud, aber sie war erst siebzehn und obendrein katholisch, während die von Ulrichs eingefleischte Protestanten waren. Die Eltern der beiden jungen Leute waren denn auch gegen die Romanze gewesen, und Tilde hatte sich schließlich ihrem Widerspruch beugen müssen. Nun hatte Walter sich zum zweiten Mal in eine nicht standesgemäße Frau verliebt. Es würde seinem Vater schwerfallen, eine Suffragette zu akzeptieren, die obendrein noch Ausländerin war. Doch Walter war älter, klüger und geschickter geworden, und Maud war stärker und unabhängiger, als Tilde es je gewesen war.

Dennoch hatte Walter Angst. Er hatte noch nie so für eine Frau empfunden, nicht einmal für Tilde. Er wollte Maud heiraten; er konnte sich ein Leben ohne sie nicht vorstellen.

Was Maud betraf, legte sie ihr bestes Benehmen an den Tag. »Es ist sehr freundlich von Ihnen, dass Sie uns besuchen, Herr von Ulrich«, sagte sie zu Otto. »Sie müssen schrecklich beschäftigt sein. Für den Vertrauten des Kaisers nimmt die Arbeit kein Ende, könnte ich mir vorstellen.«

Otto fühlte sich geschmeichelt, genau wie Maud es beabsichtigt hatte. »Ich fürchte, das ist nur allzu wahr«, sagte er. »Aber Ihr Bruder, der Earl, ist schon so lange mit Walter befreundet, dass ich einfach kommen musste.«

»Ich möchte Ihnen unseren Arzt vorstellen.« Maud führte die Männer zur Tür des Behandlungszimmers und klopfte an. Walter war neugierig. Er hatte den Arzt nie kennengelernt.

»Dürfen wir reinkommen?«, rief Maud.

Sie betraten ein Zimmer, das einst das Pfarrbüro gewesen zu sein schien. Es gab einen kleinen Tisch und ein Regal voller Notiz- und Gesangbücher. Der Arzt, ein gut aussehender junger Mann mit schwarzen Brauen und sinnlichem Mund, untersuchte gerade die Hand von Rosie Blatsky. Walter verspürte einen Anflug von Eifersucht bei dem Gedanken, dass Maud ganze Tage mit diesem attraktiven Burschen verbrachte.

»Dr. Greenward«, sagte Maud, »wir haben einen illustren Gast. Ich möchte Ihnen Herrn von Ulrich vorstellen.«

»Wie geht es Ihnen?«, sagte Otto steif.

»Der Herr Doktor arbeitet hier kostenlos«, erklärte Maud. »Dafür sind wir ihm sehr dankbar.«

Greenward nickte Otto zu, ohne zu antworten. Walter fragte sich, was der Grund für die offensichtliche Spannung zwischen seinem Vater und dem Arzt sein mochte.

Greenward richtete seine Aufmerksamkeit wieder auf die Patientin. Sie hatte eine schlimm aussehende Schnittwunde auf dem Handteller; die Hand selbst war bis zum Gelenk angeschwollen. Dr. Greenward blickte die Mutter an und fragte: »Wie ist das passiert?«

Das Kind antwortete: »Meine Mutter spricht kein Englisch. Ich hab mir die Hand bei der Arbeit geschnitten.«

»Und dein Vater?«

»Mein Vater ist tot.«

Maud blickte Otto an und sagte leise: »Die Klinik ist für vaterlose Familien, aber in der Praxis haben wir noch nie jemanden abgewiesen.«

Greenward fragte Rosie: »Wie alt bist du?«

»Elf.«

Walter murmelte: »Ich dachte, Kinder unter dreizehn dürften noch nicht arbeiten.«

»Das Gesetz hat so seine Schlupflöcher«, erwiderte Maud.

Greenward fragte: »Und was arbeitest du?«

»Ich putze in der Kleiderfabrik von Mannie Litov. Da lag eine Klinge im Dreck.«

»Wenn du dich noch einmal schneidest, musst du die Wunde auswaschen und sauber verbinden, hörst du?«, sagte Greenward mit Nachdruck. »Du musst den Verband jeden Tag wechseln, damit er nicht zu schmutzig wird.«

Die Mutter redete in schwerfälligem Russisch auf ihre Tochter ein. Walter konnte sie nicht verstehen, doch er verstand die Antwort des Kindes, das der Mutter die Worte des Arztes übersetzte.

Greenward drehte sich zu der Krankenschwester um. »Machen Sie dem Mädchen bitte die Hand sauber, und legen Sie einen Verband an.« An Rosie gewandt sagte er: »Ich werde dir eine Salbe geben.

Wenn dein Arm noch dicker wird, musst du nächste Woche wieder zu mir kommen. Hast du verstanden?«

»Ja, Sir.«

»Du könntest deine Hand verlieren, wenn du die Entzündung schlimmer werden lässt.«

Rosie traten Tränen in die Augen.

»Tut mir leid, wenn ich dir Angst mache«, sagte Greenward, »aber du musst wissen, wie wichtig es ist, die Hand sauber zu halten.«

Die Krankenschwester erschien mit einer Schüssel, in der eine antiseptische Flüssigkeit schwappte. Walter sagte: »Ich möchte Ihnen meine Bewunderung und meinen Respekt für Ihre Arbeit hier ausdrücken, Herr Doktor.«

»Vielen Dank. Ich opfere gerne meine Zeit, aber wir brauchen Medikamente und medizinische Verbrauchsgüter aller Art. Deshalb ist Hilfe, die Sie uns geben können, mehr als willkommen.«

»Wir sollten den Doktor jetzt weiterarbeiten lassen«, sagte Maud. »Draußen warten mindestens noch zwanzig Patienten.«

Die Besucher verließen das Behandlungszimmer. Walter platzte beinahe vor Stolz auf die mildtätige, mitfühlende Maud. Die meisten Aristokratinnen wischten sich bloß eine Träne aus dem Auge, wenn man ihnen von kleinen Kindern erzählte, die in Fabriken ausgebeutet wurden; Maud aber war entschlossen, wirkliche Hilfe zu leisten.

Und sie liebt mich, fügte Walter in Gedanken hinzu.

»Darf ich Ihnen eine Erfrischung anbieten, Herr von Ulrich?«, fragte Maud. »In meinem Büro ist es zwar ein bisschen beengt, aber ich habe eine Flasche vom besten Sherry meines Bruders.«

»Das ist sehr freundlich von Ihnen, aber wir müssen leider gehen«, entgegnete Otto. Er zückte seine Brieftasche und zog eine Banknote hervor. »Bitte nehmen Sie diese bescheidene Spende für Ihre hervorragende Arbeit, Lady Maud.«

»Das ist sehr großzügig von Ihnen«, sagte Maud.

Walter reichte ihr ebenfalls einen Schein. »Ich hoffe, es ist auch mir erlaubt, ein wenig zu geben.«

»Ich bin dankbar für alles, was Sie mir geben können«, erwiderte Maud. Walter hoffte, dass Otto den schelmischen Blick nicht bemerkte, den sie ihm dabei zuwarf.

»Bitte richten Sie Earl Fitzherbert meine besten Grüße aus«, sagte Otto.

»Ist Lady Maud nicht wunderbar?«, fragte Walter schwärmerisch, nachdem sie sich verabschiedet hatten und in Richtung Aldgate gingen. »Fitz bezahlt zwar alles, aber Maud macht die ganze Arbeit.«

»Beschämend«, sagte Otto. »Absolut beschämend.«

Walter blickte seinen Vater verdutzt an. »Was meinst du damit? Du siehst es doch gerne, wenn vornehme Damen den Armen helfen.«

»Kranke Bauern mit einem Fresskorb zu besuchen ist eine Sache«, erklärte Otto, »aber es widert mich an, die Schwester eines Earls an so einem Ort mit einem jüdischen Arzt zu sehen.«

»Oje.« Walter seufzte. Natürlich, Dr. Greenward war Jude. Vermutlich stammten seine Eltern aus Deutschland und hatten früher Grünwald geheißen. Walter hatte den Arzt erst heute kennengelernt und hätte seine Herkunft gar nicht bemerkt; außerdem kümmerte es ihn nicht. Für Otto hingegen – wie für die meisten Männer seiner Generation – spielte es eine große Rolle. »Vater«, sagte Walter, »der Mann arbeitet unentgeltlich. Lady Maud kann es sich nicht leisten, die Hilfe eines qualifizierten Arztes abzulehnen, nur weil er Jude ist.«

Otto hörte gar nicht zu. »Vaterlose Familien! Wo hat sie die Phrase bloß her?«, sagte er verächtlich. »In Wahrheit meint sie damit die Brut von Prostituierten!«

Es versetzte Walter einen Stich ins Herz. Er musste erkennen, dass sein Plan auf schreckliche Weise fehlgeschlagen war. »Aber siehst du denn nicht, wie tapfer sie ist?«, fragte er kläglich.

»Tapfer?« Ottos Stimme klang herablassend. »Bestimmt nicht. Wäre sie meine Schwester, würde ich ihr eine ordentliche Tracht Prügel verpassen.«

Krise im Weißen Haus!

In den frühen Morgenstunden des 21. April befand sich Gus Dewar im Westflügel. Dieser neue Gebäudeteil bot dringend benötigten zusätzlichen Büroraum, sodass das ursprüngliche Weiße Haus weiterhin als Residenz des amerikanischen Präsidenten dienen konnte. Gus saß im Arbeitszimmer des Präsidenten unweit des Oval Office, einem kleinen, schlichten Raum, der nur von einer einzigen schwachen Glühbirne erhellt wurde. Auf dem Tisch stand die abgenutzte, tragbare Underwood-Schreibmaschine, auf der Woodrow Wilson seine Reden und Presseerklärungen schrieb.

Doch Gus war mehr an dem Telefon interessiert. Wenn es klingelte, musste er darüber entscheiden, ob er den Präsidenten wecken sollte oder nicht. Ein einfacher Telefonist konnte eine solche Entscheidung nicht treffen. Andererseits brauchten auch die engsten Berater des Präsidenten ihren Schlaf. Gus war der rangniederste dieser Berater – oder der höchste Angestellte, je nachdem, aus welchem Blickwinkel man es betrachtete. Jedenfalls war ihm die Aufgabe zugefallen, die ganze Nacht neben dem Telefon zu sitzen und zu entscheiden, ob und wann er den Schlaf des Präsidenten stören musste – oder der First Lady, Ellen Wilson, die unter einer mysteriösen Krankheit litt.

Gus hatte Angst, das Falsche zu sagen oder zu tun. Mit einem Mal erschien ihm seine lange und teure Ausbildung vollkommen überflüssig. Nicht einmal in Harvard gab es einen Kurs über das Thema: »Wie wecke ich den Präsidenten?« Gus hoffte, das Telefon würde niemals klingeln.

Er war wegen eines Briefes hier, den er geschrieben hatte. Er hatte seinem Vater von dem Wochenende in Tŷ Gwyn berichtet, von der anschließenden Diskussion über die Kriegsgefahr in Europa und von den Gesprächen mit dem König von England. Senator Dewar fand den Brief so interessant und erheiternd, dass er ihn seinem Freund Woodrow Wilson zeigte, woraufhin dieser gesagt hatte: »Den Jungen hätte ich gerne in meinem Stab.« Gus hatte sich ein Jahr freigenommen, nachdem er in Harvard seinen Abschluss in Völkerrecht gemacht hatte, und war auf Weltreise gegangen, ehe er bei einer Kanzlei in Washington als Anwalt anfangen wollte. Doch er hatte die Weltreise auf halber Strecke unterbrochen und war zurück in die Heimat geeilt, als der Ruf des Präsidenten ihn ereilte.

Nichts faszinierte Gus mehr als die internationalen Beziehungen – die Freundschaften und der Hass der Nationen, die Allianzen und die Kriege. Als Teenager hatte Gus bei Sitzungen des Senatskomitees für Auswärtige Angelegenheiten zugeschaut, dem sein Vater angehörte; es war für ihn interessanter gewesen als jedes Theaterstück. »So sorgen Staaten für Frieden und Wohlstand – oder für Krieg, Zerstörung und Hunger«, hatte sein Vater ihm erklärt. »Wenn du die Welt verändern willst, kannst du auf dem Feld der internationalen Beziehungen das Beste erreichen, aber auch das Schlimmste.«

Und nun war Gus mitten in einer internationalen Krise.

Ein übereifriger mexikanischer Regierungsbeamter hatte im Hafen von Tampico acht amerikanische Seeleute festgenommen. Die Männer waren inzwischen freigelassen; der Beamte hatte sich entschuldigt, und damit hätte die Angelegenheit eigentlich erledigt sein sollen. Doch Admiral Mayo, der Geschwaderkommandeur, hatte einen Salut mit einundzwanzig Schuss verlangt, der ihm vom mexikanischen Präsidenten Huerta jedoch verweigert worden war. Um den Druck zu erhöhen, hatte Präsident Wilson daraufhin mit der Besetzung von Veracruz gedroht, dem größten Hafen Mexikos.

So stand Amerika nun am Rand eines Krieges. Gus bewunderte den prinzipientreuen Woodrow Wilson, der die zynische Ansicht, ein mexikanischer Bandit sei wie der andere, keineswegs teilte. Doch Huerta war ein Reaktionär, der seinen Vorgänger ermordet hatte; deshalb suchte Wilson nach einem Vorwand, ihn abzusetzen. Es faszinierte Gus, dass einer der wichtigsten politischen Führer der Welt erklärte, es sei inakzeptabel, sich Macht durch Mord zu sichern. Ob einmal eine Zeit kam, in der alle Politiker und sämtliche Nationen diesem Prinzip folgten?

Die Krise war durch die Deutschen noch verschärft worden: Ein deutsches Schiff, die *Ypiranga*, näherte sich Veracruz mit einer Ladung Gewehre und Munition für Huerta.

Die Spannung war den ganzen Tag immens gewesen; nun aber kämpfte Gus verzweifelt darum, wach zu bleiben. Auf dem Tisch vor ihm, erhellt von einer grün beschirmten Lampe, lag ein maschinengeschriebener Bericht des Militärnachrichtendienstes über die Stärke der Rebellen in Mexiko. Der Nachrichtendienst war eine der kleinsten Abteilungen der Militärführung, nur bestehend aus zwei Offizieren und zwei Beamten; dementsprechend lückenhaft war der Bericht.

Gus' Gedanken schweiften immer wieder zu Caroline Wigmore.

Nachdem er in Washington eingetroffen war, hatte Gus Professor Wigmore aufgesucht, einen seiner alten Lehrer aus Harvard, der inzwischen zur Georgetown University gewechselt war. Wigmore war nicht zu Hause gewesen, dafür aber seine junge zweite Frau. Gus hatte Caroline schon mehrmals bei Veranstaltungen der Universität getroffen; ihre ruhige, nachdenkliche Art und ihr scharfer Verstand hatten ihn sofort für sie eingenommen.

Bei seinem unerwarteten Besuch hatte Caroline ohne Umschweife erklärt: »Mein Mann hat gesagt, er müsse sich neue Hemden bestellen. Aber ich weiß, dass er zu seiner Geliebten ist.« Gus hatte Caroline die Tränen mit seinem Taschentuch abgetupft, sie auf die Lippen geküsst und gesagt: »Ich wünschte, ich wäre mit einer so wunderbaren Frau wie Ihnen verheiratet.«

Caroline hatte sich als überraschend leidenschaftlich erwiesen. Zwar hatte sie keinen Geschlechtsverkehr zugelassen, aber so ziemlich alles andere, und sie hatte überwältigende Orgasmen erlebt, wenn Gus sie nur streichelte.

Ihre Affäre währte erst seit einem Monat, doch Gus wusste schon jetzt, was er wollte: Caroline sollte sich von Wigmore scheiden lassen und ihn heiraten. Caroline jedoch wollte nichts davon hören, obwohl sie und Wigmore keine Kinder hatten. Sie befürchtete jedoch, ein solcher Schritt würde Gus' Karriere ruinieren, und wahrscheinlich hatte sie recht mit dieser Einschätzung. Die Sache war einfach zu pikant: Die attraktive Frau eines bekannten Professors lässt sich scheiden, um kurz darauf einen wohlhabenden und deutlich jüngeren Mann zu heiraten. Gus wusste genau, was seine Mutter zu einer solchen Ehe sagen würde: »In Anbetracht der Untreue des Professors kann ich die Frau ja verstehen, aber man könnte dann keinen gesellschaftlichen Umgang mehr mit ihr pflegen.« Auch den Präsidenten würde eine solche Scheidung in Verlegenheit bringen – und dann konnte Gus seine Hoffnungen begraben, seinem Vater in den Senat zu folgen.

Gus versuchte sich einzureden, dass es ihm egal sei. Er liebte Caroline, und er würde sie vor ihrem Mann retten. Er hatte Geld; wenn sein Vater starb, wurde er zum Millionär. Er würde schon eine andere Karriere finden. Vielleicht konnte er als Journalist aus fernen Hauptstädten berichten.

Trotzdem empfand er schmerzhafte Reue. Er hatte eben erst den Job im Weißen Haus bekommen – etwas, wovon die meisten jungen Männer nur träumen konnten. Es wäre verrückt, das alles aufzugeben.

Gus fuhr heftig zusammen, als unvermittelt das Telefon klingelte. »O mein Gott«, stieß er hervor und starrte auf den Apparat. »O mein Gott, das ist es.« Er zögerte einen Augenblick; dann nahm er ab. Die volltönende Stimme von Außenminister William Jennings Bryan meldete sich. »Ich habe Joseph Daniels hier bei mir am Apparat, Gus.« Daniels war der Marineminister. »Der Sekretär des Präsidenten hört ebenfalls mit.«

»Verstehe, Sir«, sagte Gus mit ruhiger Stimme, doch sein Herz raste.

»Wecken Sie bitte den Präsidenten«, sagte Außenminister Bryan.

»Jawohl, Sir.«

Gus ging durchs Oval Office, trat hinaus in die kalte Nachtluft im Rosengarten und ging zum alten Gebäude, wo ein Wachmann ihn einließ. Er eilte die Haupttreppe hinauf und durch den Flur zur Tür des Schlafzimmers. Dort angekommen, atmete er tief durch und klopfte dann so fest, dass ihn die Knöchel schmerzten.

Einen Augenblick später hörte er Wilsons Stimme. »Wer ist da?«

»Gus Dewar, Mr. President«, rief Gus. »Die Minister Bryan und Daniels sind am Apparat.«

»Einen Moment.«

Der siebenundfünfzigjährige Präsident kam aus dem Schlafzimmer und setzte seine randlose Brille auf. In Pyjama und Bademantel sah er irgendwie verletzlich aus. Er war groß, wenn auch nicht so groß wie Gus, mit dunkelgrauem Haar, Hakennase und abstehenden Ohren. Wenn er sprach, waren seine schlechten Zähne zu sehen. Wilson hielt sich für hässlich, und ganz unrecht hatte er mit dieser Einschätzung nicht. Doch sein großes Kinn verlieh seinem Gesicht einen entschlossenen Ausdruck – ein Spiegelbild der Charakterstärke, die Gus so respektierte.

»Guten Morgen, Gus«, sagte Wilson freundlich. »Wieso die Aufregung?«

»Das hat man mir nicht gesagt, Sir.«

»In Ordnung. Gehen Sie ins Nebenzimmer. An dem Apparat dort können Sie das Gespräch mithören.«

Gus eilte ins angrenzende Zimmer und nahm den Hörer ab.

Er hörte Bryans sonore Stimme. »Die *Ypiranga* soll um zehn Uhr heute Morgen einlaufen.«

Gus lief ein Schauder über den Rücken. Jetzt blieb dem Präsidenten keine Wahl mehr, als nachzugeben, sonst kam es zum Blutvergießen.

Bryan las ein Telegramm des amerikanischen Konsuls in Veracruz vor. »Der Dampfer *Ypiranga* unter der Flagge der Hamburg-Amerika-Linie wird morgen mit zweihundert Maschinengewehren und fünfzehn Millionen Schuss Munition aus Deutschland einlaufen. Er wird an Pier vier anlegen und um zehn Uhr dreißig mit dem Entladen beginnen.«

»Ist Ihnen klar, was das bedeutet, Mr. Bryan?«, fragte Wilson. Gus hörte, dass die Stimme des Präsidenten verdrießlich klang. »Daniels? Sind Sie noch da, Daniels? Wie denken Sie darüber?«

Daniels antwortete: »Wir dürfen auf keinen Fall zulassen, dass die Munition zu Huerta gelangt.« Gus war überrascht von der Unnachgiebigkeit des ansonsten eher friedliebenden Marineministers. »Ich kann Admiral Fletcher per Telegramm anweisen, die Landung zu verhindern und das Zollgebäude zu übernehmen.«

Eine lange Pause folgte. Gus bemerkte, dass er den Hörer so fest umklammerte, dass seine Hand schmerzte. Schließlich sagte der Präsident: »Schicken Sie Admiral Fletcher den Befehl, Veracruz auf der Stelle einzunehmen.«

»Jawohl, Mr. President«, sagte der Marineminister.

Und Amerika war im Krieg.

Gus ging in dieser Nacht nicht ins Bett, und auch nicht am Tag darauf.

Kurz nach acht Uhr dreißig überbrachte Minister Daniels die Nachricht, dass ein amerikanisches Kriegsschiff der *Ypiranga* den Weg versperrt hatte. Das deutsche Schiff, ein unbewaffneter Frachter, hatte gewendet und war von der Bildfläche verschwunden. Später am Morgen, ließ Daniels verlauten, würden amerikanische Marineinfanteristen in Veracruz an Land gehen.

Gus war verzweifelt wegen der sich zuspitzenden Krise, zugleich aber aufgeregt, mitten im Geschehen zu sein.

Woodrow Wilson schreckte nicht vor Krieg zurück. Shakespeares *Heinrich V.* war sein Lieblingsstück; vor allem ein Zitat benutzte er gerne: »Doch wenn es Sünde ist, nach Ehre zu geizen, bin ich das schuldigste Gemüt, das lebt.«

Die neuesten Nachrichten kamen über Funk und per Kabel; es war Gus' Aufgabe, die Informationen dem Präsidenten zukommen zu lassen. Am Mittag übernahmen die Marineinfanteristen die Kontrolle über das Zollgebäude von Veracruz.

Kurz darauf wurde Gus mitgeteilt, es sei jemand gekommen, der ihn zu sehen wünsche, eine Mrs. Wigmore.

Besorgt legte Gus die Stirn in Falten. Das war indiskret. Da stimmte etwas nicht.

Er eilte in die Lobby. Caroline, in einem Tweedmantel und einem schlichten Hut, sah verzweifelt aus. Ihr Haar war zerzaust, ihre Augen rot vom Weinen. Gus war schockiert, sie in einem solchen Zustand zu sehen. »Darling«, sagte er mit leiser Stimme. »Was ist passiert, um Himmels willen?«

»Es muss Schluss sein mit uns beiden«, stieß sie hervor. »Es tut mir leid, aber ich darf dich nie wiedersehen.« Sie brach in Tränen aus.

Gus hätte sie in den Arm genommen, aber das ging hier nicht. Und ein eigenes Büro hatte er nicht. Er schaute sich um. Der Wachmann an der Tür starrte zu ihm und Caroline herüber. Hier gab es keinen Platz, an dem sie unter sich gewesen wären. Es war zum Verrücktwerden. »Komm mit«, sagte er und nahm sie am Arm. »Wir gehen ein Stück spazieren.«

Caroline schüttelte den Kopf. »Nein. Es geht schon. Bleib hier.«

»Was hat dich so aus der Fassung gebracht?«

Sie wollte ihm nicht in die Augen schauen. »Ich muss meinem Mann treu sein. Ich habe Verpflichtungen.«

»Lass mich dein Mann sein.«

Caroline hob den Kopf. Ihr sehnsüchtiger Blick brach Gus beinahe das Herz. »Ich wollte, ich könnte es.«

»Du kannst es.«

»Ich habe bereits einen Ehemann.«

»Er ist dir nicht treu. Warum solltest du *ihm* dann treu sein?«

Sie beachtete den Einwand nicht. »Er hat eine Professur in Berkeley angenommen. Wir ziehen nach Kalifornien.«

»Bitte, geh nicht.«

»Ich habe mich entschieden.«

»Offensichtlich«, sagte Gus enttäuscht. Er war am Boden zerstört. Sein Herz pochte heftig, und das Atmen fiel ihm schwer. »Kalifornien«, sagte er. »Du lieber Himmel!«

Caroline sah, dass er sich in das Unvermeidlichen fügte, und allmählich gewann sie die Fassung zurück. »Wir müssen nun lebewohl sagen«, sagte sie.

»Nein!«

»Bitte, hör mir zu. Es gibt da etwas, was ich dir sagen will. Es ist meine letzte Gelegenheit.«

»Also gut.«

»Vor einem Monat stand ich kurz davor, mich umzubringen. Sieh mich nicht so an, es ist wahr. Ich habe mich wertlos gefühlt und mir gesagt, dass es sowieso niemanden kümmert, ob ich lebe oder sterbe. Dann aber bist du erschienen. Du warst so liebevoll, so höflich und rücksichtsvoll, dass das Leben wieder einen Sinn für mich bekam. Du hast mich geliebt.« Die Tränen strömten ihr über die Wangen, aber sie sprach weiter. »Und du warst glücklich, als ich dich geküsst habe. Mir wurde klar, dass ich doch nicht ganz wertlos bin, wenn ich jemandem so viel geben kann, und dieser Gedanke ließ mich weitermachen. Du hast mir das Leben gerettet, Gus. Möge Gott dich dafür segnen.«

»Und was bleibt mir?«, fragte er mit aufkeimendem Zorn.

»Unsere Erinnerungen«, antwortete Caroline. »Ich hoffe, du wirst sie genauso in Ehren halten wie ich.«

Sie drehte sich um. Gus folgte ihr zur Tür, doch sie schaute nicht zurück. Caroline ging, und er ließ sie ziehen.

Als sie außer Sicht war, schlug Gus wie in Trance den Weg zum Oval Office ein, änderte dann aber die Richtung. In seinem Kopf herrschte ein zu schreckliches Chaos, als dass er jetzt vor den Präsidenten hätte treten können. Er ging auf die Herrentoilette, wusch sich das Gesicht und schaute in den Spiegel. Er sah einen dünnen Mann mit großem Kopf, hellbraunem Haar und braunen Augen. Er war kein besonders gut aussehender Bursche, aber die Frauen mochten ihn, und Caroline liebte ihn.

Zumindest hatte sie ihn eine Zeit lang geliebt.

Er hätte sie nicht gehen lassen dürfen. Wie hatte er zusehen können, als sie einfach davongegangen war? Er hätte sie überreden sollen, ihre Entscheidung aufzuschieben, noch einmal darüber nachzudenken, noch einmal mit ihm zu reden. Vielleicht wäre ihnen gemeinsam eine Alternative eingefallen. Doch tief in seinem Inneren wusste Gus, dass es keine Alternative gab. Bestimmt hatte Caroline das alles schon überdacht. Wahrscheinlich hatte sie nachts wach gelegen, während ihr Mann neben ihr schlief, und hatte sich die Sache immer wieder durch den Kopf gehen lassen. Und bevor sie hierhergekommen war, hatte sie eine endgültige Entscheidung getroffen.

Gus musste auf seinen Posten zurück. Amerika befand sich im Krieg. Aber wie sollte er Caroline aus seinen Gedanken verdrängen? Die Vorstellung, ein Leben ohne sie führen zu müssen, war ihm unerträglich. Was sollte er tun?

Ein Beamter kam auf die Toilette, und Gus trocknete sich die Hände ab und kehrte auf seinen Posten im Arbeitszimmer neben dem Oval Office zurück.

Kurz darauf brachte ein Kurier ihm ein Telegramm des amerikanischen Konsuls in Veracruz. Gus blickte darauf. »Oh nein!«, stieß er hervor. Da stand:

VIER UNSERER MÄNNER GEFALLEN – STOP –
ZWANZIG VERWUNDET – STOP –
FEUERGEFECHTE UM DAS KONSULAT – STOP.

Vier Männer waren getötet worden, vier gute Amerikaner mit Müttern und Vätern, Ehefrauen oder Freundinnen. Angesichts dieser Nachricht sah Gus seine eigene Situation aus einer ganz neuen Perspektive. Wenigstens leben Caroline und ich, dachte er.

Er klopfte an die Tür des Oval Office und reichte Wilson das Telegramm. Der Präsident las es und wurde kreidebleich.

Gus beobachtete ihn aufmerksam. Wie Wilson sich jetzt wohl fühlte? Schließlich waren die Männer aufgrund einer Entscheidung gestorben, die er selbst mitten in der Nacht getroffen hatte.

Das alles hätte nicht geschehen dürfen. Die Mexikaner wünschten sich Freiheit von einer tyrannischen Regierung. Sie hätten die Amerikaner als Befreier feiern sollen. Was war da schiefgegangen?

Bryan und Daniels kamen ein paar Minuten später, gefolgt von Kriegsminister Lindley Garrison, der für gewöhnlich weit kampfeslustiger war als Wilson, sowie Robert Lansing, Berater des Außenministeriums. Die Männer versammelten sich im Oval Office und warteten auf weitere Neuigkeiten.

Der Präsident war angespannter als eine Geigensaite. Blass, rastlos und nervös ging er auf und ab. Pech, dass Wilson nicht raucht, dachte Gus. Das hätte vielleicht seine Nerven beruhigt.

Sie alle hatten gewusst, dass es zum Ausbruch von Gewalt kommen konnte, aber irgendwie war die Realität schockierender, als sie erwartet hatten.

Sporadisch kamen weitere Details herein, und Gus gab sie an Wilson weiter. Die Nachrichten waren durch die Bank schlecht. Die mexikanischen Truppen hatten Widerstand geleistet und von ihrem Fort aus auf die Marineinfanteristen gefeuert. Dabei wurden die Truppen von Bürgern unterstützt, die aus Fenstern auf die Amerikaner schossen. Zur Vergeltung hatte die USS *Prairie*, die vor der Küste ankerte, ihre Dreizollgeschütze auf die Stadt gerichtet und sie unter Beschuss genommen.

Die Verlustzahlen stiegen: sechs Amerikaner tot, acht, zwölf … und noch mehr waren verwundet. Doch das Kräfteverhältnis war eindeutig. Im selben Zeitraum waren bereits mehr als einhundert Mexikaner ums Leben gekommen.

Der Präsident konnte es nicht fassen. »Wir wollen doch gar nicht gegen die Mexikaner kämpfen«, sagte er. »Wir wollen ihnen helfen. Wir wollen der ganzen Menschheit dienen.«

Zum zweiten Mal an nur einem Tag fühlte sich Gus, als hätte man ihm einen Schlag verpasst. Der Präsident und seine Berater hatten nur die besten Absichten. Wie hatte es dann so weit kommen können? War es wirklich so schwer, in der internationalen Politik Gutes zu bewirken?

Dann kam eine Nachricht vom Außenministerium: Der deutsche Botschafter, Graf Johann von Bernstorff, war vom Kaiser angewiesen worden, beim Außenminister vorstellig zu werden; nun wollte er wissen, ob es um neun Uhr morgen früh genehm wäre. Inoffiziell war bereits durchgesickert, dass der Botschafter wegen der Blockade der *Ypiranga* förmlichen Protest einlegen wollte.

»Einen förmlichen Protest?«, sagte Wilson. »Wovon reden die, zum Teufel?«

Gus wusste, dass die Deutschen das Völkerrecht auf ihrer Seite hatten. »Sir, es hat weder eine Kriegserklärung noch die Ankündigung einer Blockade gegeben, also sind die Deutschen im Recht.«

»Wie bitte?« Wilson drehte sich zu Lansing um. »Stimmt das?«

»Natürlich werden wir das überprüfen«, antwortete der Mann vom Außenministerium, »aber auf den ersten Blick würde ich Gus zustimmen. Unsere Maßnahme war ein Verstoß gegen das Völkerrecht.«

»Und was bedeutet das jetzt?«

»Dass wir uns entschuldigen müssen.«

»Niemals!«, rief Wilson wütend.

Aber sie taten es.

Maud Fitzherbert war erstaunt, dass sie sich in Walter von Ulrich verliebt hatte. Andererseits wäre sie bei jedem anderen Mann nicht minder erstaunt gewesen. Schon viele Männer hatten sich von ihr angezogen gefühlt, besonders in ihrem Debütantinnenjahr, doch Mauds Eintreten für die Rechte der Frau hatte die Verehrer rasch abgeschreckt. Einige hatten versucht, sie an die Kandare zu nehmen – wie dieser ungepflegte Marquess Lowther, der zu Fitz gesagt hatte, mit einem »richtigen Mann« an ihrer Seite würde Maud ihren Irrtum rasch einsehen. Der arme Lowthie. Stattdessen hatte er *seinen* Fehler einsehen müssen.

Walter hingegen fand Maud wunderbar, so wie sie war. Was immer sie tat, er staunte nur. Wenn sie extreme Ansichten kundtat, war er von ihren Argumenten beeindruckt; wenn sie die Gesellschaft schockierte, indem sie unverheirateten Müttern und deren Kindern half, bewunderte er ihren Mut, und es gefiel ihm, wenn sie gewagte Kleidung trug.

Von den wohlhabenden Gentlemen der englischen Oberschicht, die zufrieden waren mit der Welt, so wie sie war, und vor allem mit sich selbst, war Maud gelangweilt. Walter war anders. Obwohl aus einer konservativen deutschen Familie, vertrat er erstaunlich radikale Ansichten. Von ihrem Platz in der hinteren Reihe der Opernloge ihres Bruders aus konnte Maud Walter nun mit einer kleinen Gruppe deutscher Botschaftsangehöriger unten in den Rängen sehen. Mit seinem sorgfältig gekämmten Haar, dem gestutzten Schnurrbart und der perfekt sitzenden Abendgarderobe sah er gar nicht wie ein Rebell aus. Selbst im Sitzen hielt er sich aufrecht und die Schultern gestrafft. Konzentriert schaute er auf die Bühne, während Don Giovanni, des Versuchs angeklagt, ein schlichtes Bauernmädchen vergewaltigen zu wollen, schamlos seinen Diener Leporello der Tat bezichtigte.

Eigentlich, sinnierte Maud, war »Rebell« nicht das passende Wort für Walter. Auch wenn er ungewöhnlich offen war, zeigte Walter sich bisweilen sehr konventionell. Er war stolz auf die musikalische Tradition der deutschsprachigen Völker, erregte sich über die Unpünktlichkeit des Londoner Publikums und konnte es nicht ausstehen, dass die Leute manchmal während der Vorstellung mit Bekannten plauderten oder frühzeitig den Saal verließen. Auch diesmal hätte Walter sich geärgert, hätte er mitbekommen, wie Fitz einem Freund gegenüber Bemerkungen über die Figur der Sopranistin machte oder wie Bea sich mit der Herzogin von Sussex über Madame Lucilles Laden in der Hanover Street unterhielt, wo sie ihre Kleider kauften. Maud wusste sogar, was Walter sagen würde: »Die Leute hören der Musik erst zu, wenn es nichts mehr gibt, worüber sie sich die Mäuler zerreißen können.«

Maud empfand genauso, aber sie und Walter waren in der Minderheit. Für den größten Teil der Londoner Gesellschaft war die Oper nur eine weitere Gelegenheit, ihre Kleider und Juwelen zur Schau zu tragen. Aber selbst sie schwiegen, als Don Giovanni am Ende des ersten Aktes drohte, Leporello umzubringen, und das Orchester einen wahren Sturm von Trommeln und Kesselpauken entfesselte. Dann entließ Don Giovanni Leporello mit klassischer Unbekümmertheit und ging federnden Schrittes davon, allen zum Trotz, die ihn aufhalten wollten.

Der Vorhang fiel.

Walter erhob sich, schaute zur Loge hinauf und winkte. Fitz winkte zurück. »Das ist von Ulrich«, sagte er zu seinem Freund Bing Westhampton, der ihm beim Opernbesuch Gesellschaft leistete. »Die Deutschen sind verdammt zufrieden mit sich selbst, weil sie die Amerikaner in Mexiko in Verlegenheit gebracht haben.«

Bing war ein gnomenhafter, lockenköpfiger Schürzenjäger, der entfernt mit der königlichen Familie verwandt war. Er wusste nur wenig von Weltpolitik, da sein Hauptinteresse dem Spielen und Trinken in den Hauptstädten Europas galt. Er runzelte die Stirn und fragte verwirrt: »Was haben die Deutschen denn mit Mexiko zu schaffen?«

»Gute Frage«, erwiderte Fitz. »Wenn sie glauben, sie könnten sich in Südamerika Kolonien unter den Nagel reißen, sind sie schief gewickelt. Das werden die Vereinigten Staaten nie zulassen.«

Maud verließ die Loge, stieg die große Treppe hinunter und nickte höflich Bekannten zu: Die Londoner Gesellschaft war erstaunlich klein. Auf dem mit rotem Teppich ausgelegten Absatz stieß sie auf eine Gruppe um die schlanke, adrette Gestalt von David Lloyd George, dem Schatzkanzler. »Guten Abend, Lady Maud«, sagte er mit jenem Funkeln in seinen leuchtend blauen Augen, das immer dann erschien, wenn er mit attraktiven Frauen sprach. »Wie ich höre, ist der königliche Besuch zur allgemeinen Zufriedenheit verlaufen.« Er sprach mit dem nasalen Akzent von Nordwales, der viel weniger melodiös war als der des Südens. »Aber was für eine Tragödie in der Grube von Aberowen.«

»Seine Majestät hat den trauernden Familien großen Trost gespendet«, sagte Maud. Bei der Gruppe stand auch eine attraktive Frau Mitte zwanzig. »Guten Abend, Miss Stevenson«, sagte Maud, »schön, Sie wiederzusehen.« Lloyd Georges Sekretärin und Geliebte war eine Rebellin, zu der Maud sich hingezogen fühlte. Außerdem war ein Mann stets dankbar gegenüber Leuten, die nicht nur seine Frau, sondern auch seine Geliebte mit Höflichkeit behandelten.

Lloyd George wandte sich an die Gruppe. »Die Deutschen haben ihre Gewehre doch noch in Mexiko abgeliefert. Sie haben einfach einen anderen Hafen angelaufen und ihre Fracht still und heimlich entladen. Also sind neunzehn amerikanische Soldaten umsonst gestorben. Das ist eine schreckliche Demütigung für Woodrow Wilson.«

Maud lächelte und berührte Lloyd George am Arm. »Würden Sie mir etwas erklären?«

»Wenn ich kann, meine Liebe.«

»Warum kümmert es überhaupt jemanden, was in Mexiko geschieht?«

»Öl, meine Liebe«, antwortete Lloyd George. »Öl.«

Jemand anders sprach ihn an, und er entschuldigte sich.

Maud entdeckte Walter und traf unten an der Treppe mit ihm zusammen. Er verbeugte sich über ihrer behandschuhten Hand, und Maud musste der Versuchung widerstehen, sein blondes Haar zu berühren. Ihre Liebe zu Walter hatte den schlummernden Löwen körperlichen Verlangens in ihr geweckt, eine Bestie, die von ihren gestohlenen Küssen zugleich angestachelt und gequält wurde.

»Wie gefällt Ihnen die Aufführung, Lady Maud?«, fragte Walter förmlich, doch seine braunen Augen sagten: Ich wollte, wir wären allein.

»Sehr gut. Der Don hat eine wunderbare Stimme.«

»Für meinen Geschmack gibt der Dirigent einen zu schnellen Takt vor.«

Außer Walter hatte Maud nie jemanden kennengelernt, der Musik genauso ernst nahm wie sie.

»Das sehe ich anders«, sagte sie. »Don Giovanni ist zwar ein ernster Stoff, aber bisweilen geht es ganz lustig zu, da können die Melodien ruhig ein bisschen flotter sein.«

»Wenn Sie meinen. Vielleicht wird es ja langsamer, wenn sich im zweiten Akt alles zum Schlechten wendet.«

»Sie scheinen in Mexiko so eine Art diplomatischen Coup gelandet zu haben«, wechselte Maud das Thema.

»Mein Vater ist …« Walter suchte nach den richtigen Worten, was eher ungewöhnlich für ihn war. »Außer sich vor Freude«, sagte er schließlich.

»Sie nicht?«

Er verzog das Gesicht. »Ich mache mir Sorgen, der amerikanische Präsident könnte es uns eines Tages heimzahlen wollen.«

In diesem Augenblick kam Fitz vorbei und sagte: »Mein lieber von Ulrich! Komm in unsere Loge. Wir haben noch einen Platz frei.«

»Mit Vergnügen«, sagte Walter.

Maud war hocherfreut. Fitz wollte nur nett sein; er wusste ja nicht, dass seine Schwester sich in Walter verliebt hatte. Bald aber würde sie Fitz auf den neuesten Stand bringen müssen. Sie war nicht sicher, wie er es aufnehmen würde. England und Deutschland waren einander nicht gerade freundlich gesinnt, und obwohl Fitz den deutschen Militärattaché als Freund betrachtete, hieß das noch lange nicht, dass er ihn als Schwager akzeptieren würde.

Maud und Walter stiegen gemeinsam die Treppe hinauf und gingen zu Fitz' Loge. In der hinteren Reihe gab es nur zwei Sitze mit schlechter Sicht, doch Maud und Walter nahmen Platz, ohne zu murren.

Wenige Minuten später wurde das Licht gelöscht. Im Halbdunkel konnte Maud sich beinahe vorstellen, mit Walter allein zu sein. Der zweite Akt begann mit einem Duett von Don Giovanni und Leporello. Es gefiel Maud, wie Mozart den Herrn und den Knecht gemeinsam singen ließ und so die komplexen Beziehungen zwischen Ober- und Unterschicht darstellte. Viele Bühnenstücke beschäftigten sich ausschließlich mit dem Schicksal der Mächtigen; die Diener waren bloß Staffage – also genau das, als was viele Leute sie auch im wirklichen Leben gerne sehen wollten.

Bea und die Herzogin kehrten während der Arie *»Ah! Taci, ingiusto core«* in die Loge zurück. Den Leuten schienen die Gesprächsthemen auszugehen, denn es wurde weniger geredet und mehr zugehört. Niemand sprach mit Maud und Walter oder drehte sich auch nur zu ihnen um. Aufgeregt fragte sich Maud, ob sie die Situation nutzen sollte. Kühn streckte sie den Arm aus und nahm zärtlich Walters Hand. Er lächelte und streichelte ihre Finger mit dem Daumen. Maud wünschte, sie könnte ihn küssen, aber das wäre töricht gewesen.

Als Zelina ihre Arie *»Vedrai, carino«* im sentimentalen Dreiachteltakt sang, überkam Maud ein unwiderstehliches Verlangen. Als Zelina die Hand Masettos auf ihr Herz drückte, legte Maud die Hand Walters auf ihre Brust. Er schnappte unwillkürlich nach Luft, was aber niemand bemerkte, da Masetto die gleichen Geräusche von sich gab, nachdem der Don ihn gerade eben verprügelt hatte.

Maud drehte Walters Hand, sodass er die Spitzen ihrer Brüste mit der Handfläche fühlen konnte. Er liebte ihre Brüste und fasste sie an, wann immer sich die Gelegenheit bot, was selten genug der Fall war. Auch Maud hätte es gerne öfter gehabt; es gefiel ihr sehr. Das war eine weitere interessante Entdeckung: Auch andere hatten sie schon dort berührt – ein Arzt, ein anglikanischer Priester, ein älteres Mädchen in der Tanzstunde, ein Mann in einer Menschenmenge –, aber sie hatte es bis jetzt nie genossen. Nun schaute sie zu Walter: Er blickte auf die Bühne, doch auf seiner Stirn schimmerten Schweißperlen. Maud fragte sich, ob es falsch von ihr war, ihn so zu erregen, obwohl sie ihm keine Befriedigung verschaffen konnte; aber er machte keine Anstalten, seine Hand von ihrer wegzuziehen, also gefiel es ihm anscheinend. Und ihr gefiel es auch. Aber sie wollte mehr, wie immer.

Was hatte sie so sehr verändert? Früher war sie nicht so gewesen. Aber die Antwort war einfach: Natürlich war Walter der Grund dafür – und die Verbindung, die sie zu ihm fühlte. Es war ein so intimes, so intensives Gefühl, dass sie glaubte, ihm alles sagen und alles tun zu können, ohne irgendetwas unterdrücken zu müssen. Was machte Walter so anders als die anderen Männer, die sich zu ihr hingezogen gefühlt hatten? Ein Mann wie Lowthie – oder auch Bing – erwartete von einer Frau, dass sie sich wie ein gut erzogenes Kind benahm: Sie sollte respektvoll zuhören, wenn er nachdenklich war, über seine Witze lachen, wenn ihm nach Scherzen zumute war, ihm allzeit gehorchen und ihn küssen, wann immer es ihn danach verlangte. Walter hingegen behandelte sie wie eine Erwachsene. Er flirtete nicht, schaute nicht auf sie herab, prahlte nicht und hörte mindestens genauso viel zu, wie er redete.

Die Musik wurde düster, als die Statue zum Leben erwachte und der Komtur, begleitet von einem verminderten Akkord, ins Speisezimmer des Don marschierte. Es war der dramatische Höhepunkt der Oper. Maud war sicher, dass niemand sich jetzt umdrehen würde.

Vielleicht könnte sie Walter ja doch Befriedigung verschaffen. Die bloße Vorstellung verschlug ihr den Atem.

Als die Posaunen den tiefen Bass des Komturs übertönten, legte Maud die Hand auf Walters Schenkel. Sie spürte die Wärme seines Körpers durch den dünnen Stoff seiner Hose. Noch immer schaute er sie nicht an, aber sie sah, dass sein Mund geöffnet war, und bemerkte, dass sein Atem schneller ging. Sie ließ ihre Hand den Schenkel hinaufgleiten. In dem Moment, als Don Giovanni kühn die Hand des Komturs ergriff, schloss sie die Finger um Walters steifes Glied.

Maud war erregt und neugierig zugleich. So etwas hatte sie noch nie gemacht. Durch den Stoff der Hose hindurch ging sie auf Erkundung. Walters Penis war größer, als sie erwartet hatte, und härter. Beinahe wie ein Stück Holz. Wie seltsam, dass allein die Berührung einer Frau eine solch bemerkenswerte physische Veränderung verursachen konnte. Wenn sie selbst erregt war, waren die Veränderungen nur klein: Ihre Brustwarzen verhärteten sich kaum merklich, und sie wurde feucht. Bei Männern dagegen war es, als würde man eine Flagge hissen.

Maud wusste, was Jungen taten, denn sie hatte Fitz dabei beobachtet, als er fünfzehn gewesen war, und jetzt machte sie nach, was sie bei ihm gesehen hatte: rauf und runter mit der Hand, während der Komtur den Don immer wieder zur Reue ermahnte und der Don sich immer wieder weigerte. Walter keuchte, doch niemand konnte es hören, denn das Orchester strebte nun dem dramatischen Höhepunkt entgegen, genau wie Walter. Maud war ganz außer sich, dass sie ihn so befriedigen konnte. Sie beobachtete die Hinterköpfe der anderen in der Loge und hatte schreckliche Angst, jemand könne sich umdrehen, aber aufhören konnte sie auch nicht. Walter legte seine Hand auf die ihre und zeigte ihr, wie sie es machen sollte: härter zudrücken, wenn sie die Hand nach unten bewegte, und den Druck leicht wegnehmen, wenn es nach oben ging. Als der Don zu den Pforten der Hölle geschleift wurde, begann Walter, auf seinem Stuhl zu zucken. Maud spürte eine Art Krampf in seinem Glied – einmal, zweimal, und ein drittes Mal. Dann, als der Don von der Hölle verschlungen wurde, fiel Walter in sich zusammen wie ein Ballon, aus dem die Luft entwichen war.

Schlagartig erkannte Maud, dass sie etwas völlig Verrücktes getan hatte. Hastig zog sie die Hand zurück und lief vor Scham knallrot an. Ihr Atem ging keuchend. Sie versuchte, wieder normal zu atmen.

Auf der Bühne wurde das letzte Bild aufgezogen, und Maud wurde allmählich ruhiger. Sie wusste selbst nicht, was in sie gefahren war, aber sie war damit durchgekommen. Die Spannung ließ nach. Am liebsten hätte sie laut gelacht oder wenigstens gekichert, verkniff es sich aber.

Sie schaute zu Walter. Er blickte sie verliebt an. Maud spürte, wie ihre Wangen glühten. Walter beugte sich zu ihr und flüsterte ihr ins Ohr: »Danke.«

Sie seufzte. »War mir ein Vergnügen.«

KAPITEL 6

Juni 1914

Anfang Juni hatte Grigori Peschkow endlich genug gespart, um sich die Überfahrt nach New York leisten zu können. Die Wjalows in Petersburg verkauften ihm das Ticket sowie die für die Einwanderung in die USA erforderlichen Papiere, dazu einen Brief von Mr. Joseph Vyalow in Buffalo, in dem Grigori eine Arbeitsstelle versprochen wurde.

Grigori küsste den Fahrschein. Er konnte es kaum erwarten, sich auf die Reise zu machen. Es war wie ein schöner Traum, und er hatte Angst, dass er aufwachte, bevor das Schiff ablegte. Nun, da die Abfahrt unmittelbar bevorstand, sehnte Grigori sich mehr denn je danach, endlich an Deck zu stehen und zu beobachten, wie Russland am Horizont und aus seinem Leben verschwand.

Am Abend vor der Abfahrt gaben seine Freunde eine Abschiedsfeier. Sie fand bei Mischka statt, einer Kneipe, die von den Arbeitern aus den Putilow-Werken frequentiert wurde. Ein Dutzend Kollegen waren gekommen, die meisten davon Teilnehmer der bolschewistischen Diskussionsrunde über Sozialismus und Atheismus; dazu kamen noch die Mädchen aus dem Haus, in dem Grigori und Lew wohnten. Alle waren ohne Beschäftigung, denn die Hälfte der Fabriken in Sankt Petersburg wurde bestreikt. Deshalb hatte niemand Geld, aber sie legten zusammen, um sich ein Fass Bier und ein paar Heringe leisten zu können. Es war ein warmer Sommerabend, und sie machten es sich auf Bänken bequem, die neben Mischkas Kaschemme auf einem kleinen Streifen Brachland standen.

Grigori mochte solche Feiern eigentlich nicht. Lieber hätte er den Abend mit Schachspielen verbracht. Alkohol machte die Leute dumm, und den Frauen und Freundinnen anderer Männer schöne Augen zu machen war nicht Grigoris Art. Konstantin, sein Freund mit der wilden Haarmähne, der Leiter der Diskussionsgruppe, geriet wegen des Streiks mit dem angriffslustigen Isaak aneinander, dem Fußballspieler. Es dauerte nicht lange, und die beiden schrien sich nur noch an. Die dicke Warja, Konstantins Mutter, trank eine Flasche Wodka für sich allein und verprügelte ihren Mann, ehe der Fusel sie in Bewusstlosigkeit versinken ließ. Lew brachte eine ganze Schar Freunde mit – Männer, die Grigori nie gesehen hatte, und Mädchen, die er lieber nicht kennenlernen wollte. Diese Bande trank das ganze Bier, ohne einen roten Heller zu bezahlen.

Grigori verbrachte den Abend damit, traurig Katherina anzustarren. Sie war in Stimmung, denn sie liebte Feiern. Ihr langer Rock wirbelte, und ihre blauen Augen funkelten, als sie von einem zum anderen tänzelte, die Männer verulkte und die Frauen verzauberte, wobei die ganze Zeit ein Lächeln auf ihren vollen Lippen lag. Ihre Kleider mochten alt und geflickt sein, aber sie hatte einen wunderschönen Körper von der Art, wie russische Männer ihn liebten, mit üppigem Busen und breiten Hüften. Grigori hatte sich in dem Augenblick in sie verliebt, als er sie zum ersten Mal gesehen hatte. Inzwischen waren vier Monate vergangen, und er liebte sie noch immer. Doch Katherina zog seinen Bruder vor.

Warum nur, fragte sich Grigori. Mit dem Aussehen konnte es nichts zu tun haben. Er und Lew sahen sich so ähnlich, dass die Leute sie manchmal verwechselten. Sie waren gleich groß, gleich schwer und konnten die Kleidung des jeweils anderen tragen. Aber Lew hatte Charme im Überfluss. Er war leichtlebig, selbstsüchtig und lebte am Rande des Gesetzes, aber die Frauen vergötterten ihn. Grigori hingegen war eine ehrliche Haut, ein harter Arbeiter und ernster Denker, und er war unbeweibt.

Aber in den Vereinigten Staaten würde es anders sein. Dort würde alles anders sein. Amerikanische Landbesitzer durften ihre Bauern nicht aufhängen. Die amerikanische Polizei musste die Leute erst vor Gericht stellen, bevor sie bestraft wurden; die Regierung durfte nicht einmal Sozialisten hinter Schloss und Riegel bringen. Vor allem gab es keinen Adel. In den Vereinigten Staaten waren alle gleich, sogar die Juden.

War so etwas möglich? Manchmal erschien Grigori das ferne Amerika wie ein Märchen – ähnlich den Geschichten, die man über die Südseeinseln erzählte, wo wunderschöne Mädchen ihre Körper jedem schenkten, der sie begehrte. Aber es musste etwas dran sein an dem, was man über Amerika so hörte, denn Heerscharen von Emigranten hatten überschwängliche Briefe in die alte Heimat geschrieben. Außerdem hatte eine Gruppe revolutionärer Sozialisten in den Putilow-Werken Vorträge über die amerikanische Demokratie gehalten, bis die Polizei eingeschritten war.

Grigori plagten Schuldgefühle, dass er seinen Bruder zurückließ, aber so war es am besten. »Pass auf dich auf«, sagte er gegen Ende des Abends zu Lew. »Bald bin ich nicht mehr hier, dann kann ich dich nicht mehr vor Ärger bewahren.«

»Ich komme schon zurecht«, erwiderte Lew sorglos. »Pass du lieber auf dich auf.«

»Ich werde dir Geld für die Überfahrt schicken. Bei den amerikanischen Löhnen wird's nicht lange dauern.«

»Ich kann warten.«

»Zieh nicht um, sonst könnten wir den Kontakt verlieren.«

»Ich gehe nirgendwohin, großer Bruder.«

Sie hatten nicht darüber gesprochen, ob auch Katherina irgendwann nach Amerika kommen würde. Grigori hatte es Lew überlassen, das Thema anzusprechen, aber der hatte es nicht getan. Grigori wusste nicht, ob er hoffen oder fürchten sollte, dass Lew das Mädchen mitbrachte.

Lew nahm Katherinas Arm und sagte: »Wir müssen jetzt gehen.«

Grigori war überrascht. »Wo wollt ihr um diese Zeit noch hin?«

»Ich treffe mich mit Trofim.«

Trofim war ein rangniederes Mitglied der Wjalow-Familie. »Warum musst du denn mitten in der Nacht zu ihm?«

Lew zwinkerte. »Mach dir keine Sorgen. Vor morgen früh sind wir zurück. Dann bleibt noch genug Zeit, dich zur Gutujewski-Insel zu begleiten.« Dort legten die transatlantischen Dampfschiffe an.

»Na gut«, sagte Grigori. »Aber mach keine Dummheiten«, fügte er hinzu, wohl wissend, dass es sinnlos war.

Lew winkte ihm fröhlich zu und verschwand.

Es ging auf Mitternacht zu, als auch Grigori sich verabschiedete. Ein paar seiner Freunde weinten, aber er vermochte nicht zu sagen, ob Trauer der Grund dafür war oder der Alkohol. In Begleitung einiger Mädchen ging er zum Haus zurück, und alle küssten ihn im Flur. Dann verschwand er auf sein Zimmer.

Sein gebrauchter Pappkoffer stand auf dem Tisch – ein kleiner Koffer, und trotzdem halb leer. Grigori nahm seine Hemden, seine

Unterwäsche und sein Schachbrett mit. Stiefel hatte er nur zwei Paar. In den neun Jahren, die seit dem Tod Maminkas vergangen waren, hatte sich nicht allzu viel angesammelt.

Bevor Grigori zu Bett ging, schaute er noch einmal in den Schrank, wo Lew seinen Revolver aufbewahrte, einen belgischen Nagant M1895. Zu seinem Entsetzen war die Waffe nicht an ihrem gewohnten Platz.

Grigori entriegelte das Fenster, damit er nicht aufstehen musste, wenn Lew nach Hause kam.

Wach lag er auf seinem Bett, lauschte dem vertrauten Donnern der vorbeirasenden Züge und fragte sich, wie es viertausend Meilen von hier entfernt wohl sein würde. Er hatte sein ganzes bisheriges Leben mit Lew verbracht, war Vater und Mutter zugleich für ihn gewesen. Von morgen an würde er nicht mehr wissen, wann Lew mit einer Waffe in der Tasche die ganze Nacht fortblieb. Würde das eine Erleichterung sein, oder würde er sich noch mehr Sorgen machen?

Wie immer erwachte Grigori um fünf Uhr. Sein Schiff legte um acht Uhr ab, und bis zur Anlegestelle war es eine Stunde zu Fuß. Er hatte also noch genügend Zeit.

Lew war nicht nach Hause gekommen.

Grigori wusch sich Hände und Gesicht. Er schaute in den gesplitterten Spiegel und stutzte sich den Bart mit einer Küchenschere. Dann zog er seinen besten Anzug an. Den anderen Anzug würde er für Lew hierlassen.

Grigori wärmte gerade einen Topf Brei auf, als er ein lautes Klopfen an der Haustür vernahm.

Das konnte nur schlechte Nachrichten bedeuten, denn nur Behördenvertreter hämmerten so rücksichtslos gegen die Tür. Grigori setzte seine Mütze auf, trat hinaus auf den Flur und schaute die Treppe hinunter. Die Hauswirtin ließ soeben zwei Männer in den schwarzgrünen Uniformen der Polizei herein. Grigori schaute genauer hin, erkannte das Mondgesicht von Michail Pinsky und den kleinen Rattenkopf seines Kumpanen Ilja Koslow.

Grigoris Gedanken überschlugen sich. Offenbar wurde irgendjemand im Haus eines Verbrechens verdächtigt, und der wahrscheinlichste Kandidat dafür war Lew. Aber egal, ob es sich um Lew oder einen anderen Hausbewohner handelte, niemandem im Haus würde ein Verhör erspart blieben. Und dabei, das wusste Grigori, würden die beiden Polizisten sich an den Vorfall im Februar erinnern, als er Katherina vor ihnen gerettet hatte, und sie würden die Gelegenheit nutzen und ihn verhaften.

Und Grigori würde sein Schiff verpassen.

Dieser schreckliche Gedanke lähmte ihn. Das Schiff verpassen! Nach all der langen Zeit, da er auf diesen Tag gespart und gewartet hatte. Nein, dachte er. Nein, das lass ich nicht zu!

Er duckte sich in sein Zimmer zurück, als Pinsky und Koslow die Treppe hinaufkamen. Es wäre sinnlos, sie anzubetteln, ihn gehen zu lassen. Das würde eher das Gegenteil bewirken. Wenn Pinsky herausfand, dass Grigori auswandern wollte, würde es ihm umso mehr Freude bereiten, ihn einzusperren. Dann würde Grigori nicht einmal die Möglichkeit bekommen, seinen Fahrschein zurückzugeben und das Geld zurückzuverlangen. All die Jahre des Sparens wären umsonst gewesen.

Er musste fliehen.

Hastig ließ Grigori den Blick durch das kleine Zimmer schweifen. Es hatte eine Tür und ein Fenster. Grigori musste auf dem Weg hinaus, auf dem Lew nachts hereinkam. Er schaute hinaus. Der Hof war menschenleer. Die Polizei von Sankt Petersburg war berüchtigt wegen ihrer Rücksichtslosigkeit; Klugheit hingegen konnte man ihr nicht unterstellen. Deshalb wunderte es Grigori nicht, dass Pinsky und Koslow gar nicht der Gedanke gekommen war, die Rückseite des Hauses zu überwachen. Vielleicht wussten sie, dass man über die Gleise musste, wenn man den Hof verlassen wollte; für einen Verzweifelten jedoch stellte eine Bahnstrecke kein Hindernis dar.

Grigori hörte Rufe und Schreie von den Mädchen nebenan. Offenbar waren Pinsky und Koslow zuerst zu ihnen gegangen.

Er klopfte sein Jackett ab: Fahrschein, Papiere und sein Geld steckten in den Taschen, und der Rest seiner Habseligkeiten befand sich in dem kleinen Pappkoffer.

Grigori schnappte sich den Koffer und beugte sich aus dem Fenster, so weit es nur ging. Dann ließ er den Koffer in die Tiefe fallen. Er schlug dumpf auf, blieb jedoch unbeschädigt.

Die Tür zu Grigoris Zimmer flog auf.

Grigori schob die Beine zum Fenster hinaus. Eine Sekunde lang saß er auf der Fensterbank; dann sprang er auf das Dach des Waschhauses, glitt auf den Schindeln aus und landete hart auf dem Hintern.

Er rutschte das Dach hinunter bis zur Regenrinne. Hinter sich hörte er einen wütenden Schrei, schaute aber nicht zurück. Beherzt sprang er vom Dach und landete unverletzt im Hof.

Dort schnappte er sich seinen Koffer und rannte los.

Ein Schuss peitschte. Grigori rannte schneller. Die meisten Polizisten trafen nicht einmal den Winterpalast aus drei Schritten Entfernung, aber selbst ein blindes Huhn fand mal ein Korn. Grigori eilte den Bahndamm hinauf, wobei er sich bewusst war, dass er in diesen Sekunden ein besseres Ziel für Schüsse aus dem Fenster abgab. Er hörte das vertraute Rattern einer Lokomotive und schaute nach rechts. Ein Güterzug näherte sich mit hoher Geschwindigkeit. Wieder peitschte ein Schuss. Grigori bemerkte den Einschlag der Kugel, spürte aber keinen Schmerz; deshalb nahm er an, dass sein Koffer getroffen worden war. Dann erreichte er die Gleise. Seine Silhouette hob sich nun deutlich vor dem Morgenhimmel ab. Der Zug war nur noch wenige Meter entfernt. Der Lokführer betätigte das Horn in dem Moment, als ein dritter Schuss abgefeuert wurde. Nur knapp vor dem Zug warf Grigori sich auf die andere Seite der Gleise.

Die Lokomotive donnerte mit einem ohrenbetäubenden Heulen an ihm vorbei. Stahl ratterte auf Stahl, und Dampf erfüllte die Luft, während das Horn sich immer weiter entfernte. Grigori rappelte sich auf. Nun war er durch eine lange Kette von Kohlenwaggons vor weiteren Kugeln geschützt. Er lief über die restlichen Gleise. Als der letzte Kohlenwaggon vorbeigerattert war, stieg Grigori den Bahndamm auf der anderen Seite hinunter, rannte über den Hof einer kleinen Fabrik und gelangte auf die Straße.

Er blickte auf seinen Koffer. Tatsächlich, da war ein Einschussloch. Grigori überlief es eiskalt bei dem Gedanken, wie knapp die Kugel ihn verfehlt haben musste.

Mit schnellen Schritten ging er weiter und versuchte dabei, zu Atem zu kommen. Nun, da er für den Augenblick sicher war, stieg wieder die Sorge um seinen Bruder in ihm auf. Er musste wissen, ob Lew in Schwierigkeiten steckte.

Grigori beschloss, dorthin zu gehen, wo er Lew zum letzten Mal gesehen hatte: Mischkas Wirtshaus.

Von Unruhe erfüllt, machte er sich auf den Weg. Dabei hatte er die ganze Zeit das unheimliche Gefühl, beobachtet zu werden. Unmöglich war das nicht; vielleicht durchstreifte Pinsky die Straßen. Grigori zog die Kappe tiefer ins Gesicht, auch wenn er nicht wirklich glaubte, seine Identität auf diese Weise verbergen zu können. Er kam an ein paar Arbeitern vorbei, die zu den Docks unterwegs waren, und schloss sich ihnen an. Doch der Koffer in Grigoris Hand ließ auf den ersten Blick erkennen, dass er nicht zu ihnen gehörte.

Trotzdem erreichte er Mischkas Wirtshaus ohne Zwischenfälle. Die Kneipe war mit selbst gezimmerten Bänken und Tischen möbliert. Es roch nach Tabakrauch und schalem Bier von letzter Nacht. Morgens servierte Mischka Brot und Tee für Leute, die sich zu Hause kein Frühstück machen konnten, doch wegen des Streiks gab es nicht viel zu tun; die Schankstube war fast leer.

Grigori wollte sich bei Mischka erkundigen, ob er wisse, wohin Lew gegangen sei, doch ehe er die Frage stellen konnte, entdeckte er Katherina. Sie sah aus, als wäre sie die ganze Nacht auf gewesen. Ihre blauen Augen waren blutunterlaufen, ihr blondes Haar zerzaust, ihr Rock zerknittert und fleckig. Sie war völlig aufgelöst. Ihre Hände zitterten, und Tränen liefen ihr über die verschmierten Wangen. Grigori verspürte das heftige Verlangen, sie in die Arme zu nehmen und zu trösten.

»Was ist passiert?«, fragte er und eilte zu ihr. »Was ist los?«

»Gott sei Dank, du bist hier«, schluchzte Katherina. »Die Polizei ist hinter Lew her!«

Grigori stöhnte auf. Also steckte sein Bruder tatsächlich in Schwierigkeiten – ausgerechnet heute. »Was hat er angestellt?« Grigori verschwendete keine Gedanken daran, Lew könnte unschuldig sein.

»Gestern Nacht ist alles schiefgegangen«, begann Katherina. »Wir sollten Zigaretten von einer Barke laden.« Grigori vermutete, dass es sich um Diebesgut handelte, schwieg aber. Katherina fuhr fort: »Lew hat für die Zigaretten bezahlt. Dann aber sagte der Schiffer, das Geld reiche nicht, und es kam zum Streit. Plötzlich fiel ein Schuss. Lew hat das Feuer erwidert, und dann sind wir auch schon weggerannt …«

»Gott sei Dank seid ihr nicht verletzt!«

»Aber jetzt haben wir weder die Zigaretten noch das Geld.«

»Was für ein Schlamassel.« Grigori schaute auf die Uhr über dem Tresen. Es war Viertel nach sechs. Er hatte noch immer reichlich Zeit. »Setzen wir uns.« Er winkte Mischka und bestellte zwei Gläser Tee.

»Lew vermutet, dass einer der Verletzten mit der Polizei geredet hat«, erzählte Katherina, »und jetzt sind sie hinter ihm her.«

»Was ist mit dir?«

»Mit mir ist alles in Ordnung. Meinen Namen kennt niemand.«

Grigori nickte. »Wir müssen Lew vor den Fängen der Polizei bewahren. Am besten, er taucht ein paar Tage unter und verschwindet dann aus Sankt Petersburg.«

»Er hat aber kein Geld.«

»Das dachte ich mir.« Für die nötigsten Dinge hatte Lew nie Geld; nur für Wodka, Weiber und Wetten. »Ich werde ihm etwas geben.« Grigori würde an sein Erspartes heranmüssen, das für die Reise gedacht war, aber was sollte man machen? »Wo steckt er jetzt?«

»Er hat gesagt, er will sich mit dir am Schiff treffen.«

Mischka brachte den Tee. Grigori hatte Hunger – er hatte den Brei auf dem Herd stehen lassen – und bestellte sich eine Suppe.

»Wie viel kannst du Lew geben?«, fragte Katherina.

Sie schaute Grigori ernst an. Wie jedes Mal hatte er dabei das Gefühl, alles für sie tun zu müssen, egal was sie von ihm wollte. »Ich gebe ihm, so viel er braucht.«

»Du bist ein guter Mensch.«

Grigori zuckte mit den Schultern. »Lew ist mein Bruder.«

»Danke.«

Es gefiel Grigori, wenn Katherina ihm dankbar war; zugleich machte es ihn verlegen. Die Suppe wurde gebracht. Grigori aß, dankbar für die Ablenkung. Katherina beobachtete ihn und nippte an ihrem Tee. Der gehetzte Blick war aus ihren Augen verschwunden.

Bald kehrte Grigoris Optimismus zurück. Dass Lew in Schwierigkeiten steckte, war nichts Neues, und er war jedes Mal ungeschoren davongekommen. Diesmal würde es nicht anders sein. Wahrscheinlich war er inzwischen am Kai, wartete in den Schatten eines Auslegers und behielt misstrauisch jeden vorbeikommenden Polizisten im Auge.

Grigori aß seine Suppe und schaute auf die Uhr. Es war fast sieben. Die Zeit wurde knapp. »Ich muss gehen«, sagte er widerwillig.

Katherina begleitete ihn zur Tür. »Sei nicht zu streng mit Lew«, bat sie.

»War ich das je?«

Sie legte ihm die Hände auf die Schultern, stellte sich auf die Zehenspitzen und hauchte ihm einen Kuss auf die Lippen. »Viel Glück.«

Grigori machte sich auf den Weg und eilte durch die Straßen im

Südwesten Sankt Petersburgs, ein Industriegebiet mit Lagerhäusern, Fabriken und überbevölkerten Armenvierteln. Grigori hielt sich auf der schattigen Straßenseite und mied jede freie Fläche Er hatte sich wieder die Kappe in die Stirn gezogen und den Kopf gesenkt: Falls Pinsky eine Personenbeschreibung Lews herausgegeben hatte, bestand die Gefahr, dass ein wachsamer Polizist ihn mit Lew verwechselte und festnahm.

Doch Grigori erreichte die Docks, ohne entdeckt zu werden. Sein Schiff, die *Erzengel Gabriel*, war ein verrosteter Kahn, der sowohl Fracht als auch Passagiere beförderte. Gerade eben wurde er mit vernagelten Frachtkisten aus Holz beladen, auf denen der Name des größten Pelzhändlers der Stadt stand. Grigori schaute zu, wie die letzte Kiste im Laderaum verschwand und die Mannschaft die Luke schloss.

Am Landungssteg zeigte eine jüdische Familie ihre Fahrscheine vor. Alle Juden wollten nach Amerika; das hatte Grigori schon oft gehört. Tatsächlich hatten sie sogar noch mehr Grund als er, Russland zu verlassen, denn hier gab es Gesetze, die ihnen Landbesitz verweigerten; auch durften sie nicht im Staatsdienst arbeiten oder als Offiziere in der Armee dienen. Sogar die Zahl der Juden, die eine Universität besuchen durften, war beschränkt. Es grenzte an ein Wunder, dass sie sich überhaupt ihren Lebensunterhalt verdienen konnten. Und ging es ihnen trotz aller Erschwernisse doch einmal besser, dauerte es nicht lange, und der Mob stürzte sich auf sie, meist aufgehetzt von Polizisten wie Pinsky. Sie wurden zusammengeschlagen, ihre Familien in Todesangst versetzt, ihr Hab und Gut in Brand gesteckt. Trotzdem blieben einige Juden Russland treu.

Das Schiffshorn rief »alle Mann an Bord«.

Vergeblich hielt Grigori nach Lew Ausschau. Was war jetzt wieder schiefgegangen? Hatte Lew seinen Plan geändert? Oder war er bereits verhaftet worden?

Ein kleiner Junge zupfte Grigori am Ärmel. »Da is' ein Mann, der will mit dir sprechen«, sagte der Kleine.

»Was für ein Mann?«

»Er sieht aus wie du.«

Gott sei Dank, dachte Grigori. »Wo ist er?«

»Hinter den Balken da.«

Am Kai türmte sich ein Bretterstapel. Grigori lief um den Stapel herum und entdeckte Lew, der auf dem Boden saß und nervös eine

Zigarette rauchte. Er war zittrig und bleich – ein seltener Anblick, denn normalerweise brachte ihn so schnell nichts aus der Ruhe.

»Ich bin in Schwierigkeiten«, sagte er.

»Schon wieder?«

»Diese Schiffer sind verdammte Lügner!«

»Und Diebe noch dazu, nehme ich an.«

»Spar dir deinen Spott. Wir haben keine Zeit.«

»Da hast du recht. Wir müssen dich aus der Stadt schaffen, bis die Wogen sich ein wenig geglättet haben.«

Lew schüttelte den Kopf und blies dabei den Rauch aus der Nase. »Einer der Schiffer ist tot. Man sucht mich wegen Mordes.«

»Verdammt!« Grigori setzte sich auf einen Balken und vergrub das Gesicht in den Händen. »Mord?«, sagte er.

»Trofim wurde schwer verletzt. Die Polizei hat ihn gefasst und zum Reden gebracht. Er hat mich verpfiffen.«

»Woher weißt du das?«

»Ich habe Fjodor vor einer halben Stunde gesehen.« Fjodor war ein korrupter Polizist aus Lews Bekanntenkreis.

Grigori stöhnte auf. »Das ist übel.«

»Es kommt noch schlimmer. Pinsky hat geschworen, mich zu schnappen – als Rache an dir.«

Grigori nickte. »Das hatte ich befürchtet.«

»Was soll ich jetzt tun?«

»Du musst nach Moskau. Hier wirst du für längere Zeit nicht mehr sicher sein – vielleicht nie mehr.«

»Ich weiß nicht, ob Moskau weit genug weg ist. Die Polizei hat Telegrafen.«

»Du hast recht.«

Wieder dröhnte das Schiffshorn. Nicht mehr lange, und das Schiff würde ablegen. »Wir haben nur noch eine Minute«, drängte Grigori. »Was willst du tun?«

»Ich könnte nach Amerika gehen«, antwortete Lew.

Grigori starrte ihn an.

»Du könntest mir deinen Fahrschein geben«, sagte Lew.

Grigori wollte nicht einmal darüber nachdenken, aber Lew fuhr mit gnadenloser Logik fort: »Ich könnte deinen Pass und deine Einreisepapiere nehmen. Niemand würde den Unterschied bemerken.«

Grigori sah seinen Traum platzen. Es war wie das Ende einer Filmvorführung im Cinema Soleil am Newski-Prospekt, wenn das Licht aufflammte und die schmutzige, triste Wirklichkeit den schönen Schein verdrängte. »Ich soll dir meinen Schiffsfahrschein geben …«, wiederholte Grigori in dem verzweifelten Versuch, die Entscheidung hinauszuschieben.

»Du würdest mir das Leben retten«, sagte Lew.

Grigori wusste, dass ihm keine Wahl blieb. Diese Einsicht zerriss ihm schier das Herz.

Er zog die Papiere aus der Tasche seines besten Anzugs und reichte sie Lew. Dann gab er ihm alles Geld, das er für die Reise gespart hatte, und den Pappkoffer mit dem Einschussloch.

»Ich werde dir Fahrgeld schicken«, sagte Lew. Grigori erwiderte nichts darauf, doch seine Skepsis war ihm offenbar anzusehen, denn Lew sagte mit beleidigtem Unterton: »Ehrlich. Ich schwör's. Ich werde sparen.«

»Jaja«, murmelte Grigori.

Sie umarmten einander. »Du hast dich immer um mich gekümmert«, sagte Lew.

»Jaja.«

Lew drehte sich um und rannte zum Schiff.

Die Seeleute machten bereits die Leinen los. Sie wollten gerade die Zugangsbrücke einholen, doch Lew rief ihnen zu, und sie warteten noch ein paar Sekunden.

Er rannte aufs Deck.

Dort drehte er sich um, lehnte sich an die Reling und winkte Grigori.

Grigori brachte es nicht über sich, das Winken zu erwidern. Er machte auf dem Absatz kehrt und ging davon.

Das Schiffshorn ertönte ein letztes Mal, doch Grigori schaute nicht zurück.

Ohne das Gewicht des Koffers fühlte sein rechter Arm sich seltsam leicht an. Er ging den Kai hinunter und schaute auf das schwarze Wasser. Ganz kurz kam ihm der Gedanke, dass er sich hineinstürzen könnte und … Er schüttelte sich. Solch dummen Gedanken wollte er gar nicht erst nachhängen. Trotzdem war er verbittert. Das Leben meinte es nie gut mit ihm. Nie!

Grigori bekam den Kopf einfach nicht frei, als er denselben Weg zurückging, den er gekommen war. Den Blick gesenkt, schlenderte er durch das Industriegebiet. Er machte sich nicht einmal die Mühe, nach der Polizei Ausschau zu halten. Wenn sie ihn jetzt verhafteten … na und? Das machte auch nichts mehr aus.

Was sollte er tun? Grigori fühlte sich, als wäre ihm alle Kraft abhandengekommen. Wenn der Streik vorbei war, würden sie ihm seine Stelle bei den Putilow-Werken zurückgeben; er war ein tüchtiger Arbeiter, das wussten alle. Grigori spielte mit dem Gedanken, in der Fabrik vorbeizuschauen. Vielleicht gab es Fortschritte. Dann aber verzichtete er darauf. Was spielte das alles für eine Rolle?

Nach einer Stunde näherte Grigori sich Mischkas Wirtshaus. Zuerst wollte er vorbeigehen, doch als er einen Blick durchs Fenster warf, sah er Katherina, die noch immer dort saß, wo er sie vor zwei Stunden zurückgelassen hatte, ein Glas Tee vor sich.

Er musste ihr sagen, was geschehen war.

Grigori betrat die Kneipe. Bis auf Mischka, der den Boden wischte, war der Schankraum leer.

Katherina stand auf. Sie sah verängstigt aus. »Was machst du denn hier?«, fragte sie. »Hast du dein Schiff verpasst?«

»Eigentlich nicht.« Grigori wusste nicht, wie er ihr beibringen sollte, was geschehen war.

»Was dann?«, hakte sie nach. »Ist Lew etwas passiert?«

»Nein. Aber er wird wegen Mordes gesucht.«

Katherina starrte ihn an. »Wo ist er?«

»Er musste fort.«

»Wohin?«

Es gab keine Möglichkeit, es ihr schonend beizubringen. »Er hat mich gebeten, ihm meinen Schiffsfahrschein zu geben.«

»Deinen Fahrschein?«

»Und meinen Pass. Lew ist unterwegs nach Amerika.«

»Nein!«, schrie Katherina.

Grigori nickte nur.

»Nein!«, rief sie noch einmal. »Er würde mich niemals verlassen! Sag so was nicht! Sag es ja nicht!«

»Du musst dich beruhigen …«

Katherina schlug ihn ins Gesicht. Doch sie war nur eine schwache Frau; Grigori zuckte nicht einmal zusammen. »Du Schwein!«, rief sie. »Du hast ihn weggeschickt!«

»Um ihm das Leben zu retten.«

»Bastard! Hund! Ich hasse dich! Ich hasse dein dummes Gesicht!«

»Sag, was du willst. Schlimmer kann es für mich sowieso nicht kommen.« Grigori verließ die Kneipe. Augenblicklich verstummten Katherinas Flüche.

Kaum war er zur Tür hinaus, hörte er schnelle Schritte auf der Straße hinter sich. »Warte!«, rief Katherina. »Bitte, Grigori, geh nicht. Es tut mir leid.«

Er drehte sich um.

»Grigori, du musst dich um mich kümmern … jetzt, wo Lew fort ist.«

Er schüttelte den Kopf. »Du brauchst mich nicht. Die Männer werden Schlange stehen, sich um dich kümmern zu dürfen.«

»Nein, das werden sie nicht«, erwiderte Katherina. »Ich muss dir etwas sagen.«

Was denn jetzt noch, dachte Grigori.

»Lew wollte nicht, dass ich es dir sage.«

»Was?«

»Ich erwarte ein Kind«, sagte Katherina und brach in Tränen aus.

Grigori stand da wie vom Donner gerührt. Er musste erst einmal verdauen, was er gehört hatte. Er zweifelte keine Sekunde daran, dass das Kind von Lew war. Und Lew wusste, dass er Vater wurde, auch da gab es keine Zweifel. Trotzdem war er nach Amerika gefahren.

»Ein Kind«, sagte Grigori.

Katherina nickte.

Das Kind seines Bruders. Sein Neffe oder seine Nichte. Seine Familie.

Grigori legte den Arm um Katherinas Schultern und zog sie an sich. Sie bebte am ganzen Körper und vergrub schluchzend das Gesicht in seiner Jacke. Grigori streichelte ihr übers Haar. »Schon gut«, sagte er. »Mach dir keine Sorgen. Dir wird nichts geschehen. Und deinem Kind auch nicht.« Er seufzte. »Ich kümmere mich um euch beide.«

Eine Fahrt auf der *Erzengel Gabriel* war kein Zuckerschlecken, auch nicht für einen Jungen aus den Elendsvierteln von Sankt Petersburg. Es gab nur eine Klasse, das Zwischendeck, und die Passagiere wurden wie Frachtstücke behandelt. Das Schiff war verdreckt und unhygienisch, besonders bei starkem Seegang, wenn die Leute sich übergeben mussten. Zugleich war es völlig unmöglich, um Abhilfe zu bitten oder sich zu beschweren, denn von der Mannschaft sprach niemand Russisch. Lew war nicht sicher, welcher Nationalität die Seeleute waren, aber er drang weder mit seinen paar Brocken Englisch noch mit seinem holperigen Deutsch zu ihnen durch. Irgendjemand sagte, es seien Holländer. Lew hatte noch nie von Holländern gehört.

Trotzdem war die Stimmung unter den Reisenden von Optimismus geprägt. Auch Lew fühlte sich, als hätte er die Mauern eines zaristischen Gefängnisses durchbrochen und wäre nun frei und auf dem Weg nach Amerika, wo es keine Aristokraten gab. War die See ruhig, saßen die Passagiere an Deck und erzählten sich Geschichten, die sie über Amerika gehört hatten – dass dort heißes Wasser aus den Hähnen komme, dass selbst Arbeiter gute Lederstiefel trügen und dass man die Freiheit habe, sich jeder Religion und jeder politischen Gruppierung anzuschließen. In Amerika, hieß es, dürfe man freiheraus seine Meinung sagen, ohne sich vor der Polizei fürchten zu müssen.

Am Abend des zehnten Tages spielte Lew Karten. Er war der Geber, aber er verlor. Tatsächlich verloren alle bis auf Spirja, einen unschuldig dreinblickenden jungen Burschen in Lews Alter, der ebenfalls allein unterwegs war. »Spirja gewinnt jeden Abend«, sagte Jakow, ein anderer Spieler. Die Wahrheit war: Spirja gewann nur, wenn Lew gab.

Langsam dampften sie durch eine Nebelbank. Die See war ruhig; bis auf das Stampfen der Maschinen war kein Laut zu hören. Lew hatte nicht herausfinden können, wann sie in Amerika ankommen würden. Jeder, den er fragte, antwortete etwas anderes. Einige sagten, es hinge vom Wetter ab, und aus der Mannschaft war nichts herauszubekommen.

Bei Einbruch der Dunkelheit warf Lew seine Karten hin. »Ich bin pleite«, verkündete er. Dabei hatte er in Wahrheit noch wesentlich mehr in seinem Hemd versteckt, aber er sah, dass den anderen allmählich das Geld ausging – mit Ausnahme von Spirja. »Das war's«, sagte er. »Sobald wir in Amerika sind, werde ich mir eine reiche alte Schachtel anlachen und wie ein Schoßhund in ihrem Marmorpalast leben.«

»Warum sollte dich jemand als Schoßhund haben wollen, Grigori?«, sagte Jakow lachend. Lew benutzte die Papiere seines Bruders; deshalb hatte er sich allen als Grigori vorgestellt.

»Ältere Damen frieren nachts«, antwortete Lew. »Da können sie mein Feuer gut gebrauchen.«

Das Spiel endete in guter Stimmung, und die Spieler verstreuten sich.

Spirja ging nach achtern, lehnte sich an die Reling und beobachtete, wie das Kielwasser im Nebel verschwand. Lew gesellte sich zu ihm. »Ich bekomme genau sieben Rubel von dir«, sagte er.

Spirja zog das Papiergeld aus der Tasche und gab Lew seinen Anteil. Dabei stellte er sich so, dass niemand etwas sehen konnte. Lew ließ die Scheine verschwinden und stopfte seine Pfeife.

»Was würdest du eigentlich tun, würde ich deinen Anteil nicht rausrücken?«, fragte Spirja.

Bedächtig steckte Lew Tabak und Pfeife weg. Dann packte er Spirja blitzschnell am Kragen und stieß ihn gegen die Reling, wo unter ihm die Wellen tosten. Spirja war größer als Lew, aber bei Weitem nicht so hart und zäh. »Dann würde ich dir deinen schmutzigen Hals umdrehen«, spie Lew hervor, »und dir alles Geld abnehmen, das du sowieso mir zu verdanken hast!« Er drückte Spirja noch ein Stück weiter über die Reling. »Und dann würde ich dich ins Meer werfen, du Stück Dreck!«

Entsetzt riss Spirja die Augen auf. »Ist ja gut!«, sagte er. »Lass mich!«

Lew ließ ihn los.

»Himmel!«, stieß Spirja hervor. »Ich habe dir doch nur eine Frage gestellt.«

Lew holte seine Pfeife wieder hervor und zündete sie an. »Und ich habe dir nur eine Antwort gegeben«, sagte er. »Merk sie dir gut.«

Spirja ging davon.

Als der Nebel sich hob, kam Land in Sicht. Es war Nacht, doch Lew erblickte die Lichter einer Stadt. Wo waren sie? Einige sagten in Kanada, andere in Irland, doch genau wusste es keiner.

Die Lichter kamen näher, und das Schiff wurde langsamer. Offenbar würden sie anlanden. Lew hörte jemanden sagen, dass sie in Amerika seien. Zehn Tage kamen Lew zwar ein wenig schnell vor, aber was wusste er schon? Den Pappkoffer seines Bruders in der Hand, stand er an der Reling, während ihm das Herz bis zum Hals schlug. Der Koffer erinnerte ihn daran, dass Grigori an seiner Stelle hätte sein sollen. Aber Lew hatte seinen Schwur nicht vergessen, seinem Bruder das Geld für die Überfahrt zu schicken. Diesen Schwur wollte er einlösen. Grigori hatte ihm wahrscheinlich das Leben gerettet – wieder einmal. Er konnte sich glücklich schätzen, so einen Bruder zu haben.

Lew hatte an Bord des Schiffes ein bisschen Geld ergaunert. Zwar kam man mit sieben Rubeln nicht weit, aber Amerika war schließlich das Land der unbegrenzten Möglichkeiten. Er würde hier ein Vermögen verdienen.

Gerne hätte er Katherina bei sich gehabt. Lew genoss es jedes Mal, mit einem hübschen Mädchen am Arm durch die Straßen zu spazieren in dem Wissen, dass alle Männer ihn beneideten. Aber hier in Amerika gab es bestimmt genug andere schöne Mädchen.

Ob Grigori wohl schon von Katherinas Baby erfahren hatte? Kurz überkam Lew ein Gefühl der Reue: Würde er seinen Sohn oder seine Tochter jemals sehen? Na ja, wenigstens musste er sich keine Gedanken darüber machen, dass er Katherina mit dem Kind alleingelassen hatte. Sie würde schon jemanden finden, der sich um sie kümmerte. Sie wusste, wie man überlebte.

Erst nach Mitternacht legte das Schiff endlich an. Der Kai war nur schwach beleuchtet, und es war niemand zu sehen. Mit ihren Taschen, Koffern und Kisten gingen die Passagiere von Bord der *Erzengel Gabriel.* Ein Offizier schickte sie zu einem Schuppen mit ein paar Bänken. »Da müsst ihr warten, bis die Beamten von der Einwanderungsbehörde euch morgen früh abholen«, sagte er und bewies damit, dass er doch Russisch sprach.

Diese wenig verheißungsvolle Ankunft war ernüchternd für die Menschen, die jahrelang gespart hatten, um hierher ins Gelobte Land zu kommen. Die Frauen setzten sich auf die Bänke, und die Kinder schliefen, während die Männer rauchten und auf den Morgen warteten. Nach einiger Zeit hörten sie die Schiffsmaschinen. Lew sah, wie die *Erzengel Gabriel* langsam wieder ablegte. Vielleicht mussten die Kisten mit den Pelzen ja anderswo entladen werden.

Lew versuchte sich zu erinnern, was Grigori ihm über die ersten Schritte in der neuen Heimat gesagt hatte. Einwanderer mussten eine medizinische Untersuchung über sich ergehen lassen. Es würden angespannte Minuten sein, denn man schickte jeden zurück, den man als ungeeignet erachtete. Dann wären alle Träume zerplatzt und das viele Geld verloren. Manchmal änderten die Einwanderungsbeamten auch die Namen der Leute, damit Amerikaner sie leichter aussprechen konnten.

Vor dem Hafen würde ein Vertreter der Wjalow-Familie warten und sie alle mit dem Zug nach Buffalo bringen, wo sie in den Hotels und Fabriken von Mr. Joseph Vyalov arbeiten würden. Lew fragte sich, wie weit Buffalo von New York entfernt war. Würden sie in einer Stunde dort sein oder in einer Woche? Er wünschte sich, er hätte Grigori genauer zugehört.

Als die Sonne über den Docks aufging, kehrte Lews Aufregung zurück. Er ließ den Blick schweifen. Wie ein dichter Wald erhoben sich die Masten altmodischer Segler und die Schornsteine moderner Dampfer. Es gab große Lagerhäuser und verfallene Schuppen, riesige Ladekräne und mächtige Winden, Leitern, Taue und Karren. Weiter landeinwärts sah Lew lange Reihen von Eisenbahnwaggons, beladen mit Kohle. Es mussten Tausende sein; sie reichten bis zum Horizont. Aber wo war die berühmte Freiheitsstatue? Lew konnte sie nirgends entdecken. Wahrscheinlich stand sie auf der anderen Seite der Landzunge.

Hafenarbeiter erschienen – erst in kleinen, dann in größeren Gruppen. Schiffe legten ab, andere kamen. Ein Dutzend Frauen machte sich daran, von einem kleinen Schiff, das vor dem Schuppen mit den Einwanderern dümpelte, Kartoffelsäcke auszuladen.

Spirja kam zu Lew. Er schien vergessen zu haben, dass Lew ihm gedroht hatte. »Scheint so, als hätte die Einwanderungspolizei uns vergessen.«

»Sieht so aus«, erwiderte Lew.

»Sollen wir uns ein bisschen umsehen? Vielleicht finden wir jemanden, der Russisch spricht.«

»Gute Idee.«

Spirja wandte sich an einen der älteren Männer. »Wir schauen mal nach, was los ist.«

Der Mann blickte ihn nervös an. »Wir sollten lieber hier bleiben, wie man es uns gesagt hat.«

Lew und Spirja beachteten ihn nicht. Sie gingen zu den Frauen, die noch immer Kartoffelsäcke von Bord des Schiffes schleppten. Lew setzte sein schönstes Lächeln auf und fragte: »Spricht hier jemand

Russisch?« Eine der jüngeren Frauen erwiderte Lews Lächeln, doch seine Frage blieb unbeantwortet. Lew war enttäuscht. Sein Charme war nutzlos, wenn niemand ihn verstand.

Er und Spirja gingen in die Richtung, aus der die Arbeiter gekommen waren. Niemand schenkte ihnen auch nur die geringste Beachtung. Lew war verwirrt. Was war das für ein Ort, wo man einfach von Bord eines Schiffes gehen konnte und ohne Erlaubnis in die Stadt durfte?

Sie kamen an ein großes Tor, gingen hindurch und fanden sich auf einer geschäftigen Straße mit Läden und Büros wieder. Die Straße war voller Motorwagen, elektrischer Straßenbahnen, Pferde und Handkarren. Alle paar Meter sprach Lew jemanden an, doch niemand antwortete ihm.

Dann entdeckte er ein Gebäude, das ihn faszinierte. Es glich einem Hotel, nur dass zwei schlampig gekleidete Männer mit Seemannsmützen auf den Stufen saßen und rauchten.

»Sieh dir das mal an«, sagte Lew zu Spirja.

»Was ist damit?«

»Ich glaube, das ist ein Seemannsheim, wie wir es in Sankt Petersburg haben.«

»Wir sind keine Seeleute.«

»Aber vielleicht finden wir da jemanden, der unsere Sprache spricht.«

Sie gingen ins Gebäude. Eine grauhaarige Frau hinter einem Tresen begrüßte sie.

Lew sagte in seiner Heimatsprache: »Wir sprechen kein Amerikanisch.«

Die Frau fragte: »Russisch?«

Lew nickte.

Die Frau winkte mit dem Finger, und Lew schöpfte neue Hoffnung. Er und Spirja folgten der Frau durch einen Gang zu einem kleinen Büro, aus dessen Fenster man auf das Wasser schauen konnte. Hinter dem Schreibtisch saß ein Mann, der in Lews Augen wie ein russischer Jude aussah, obwohl er nicht hätte sagen können, wieso er diesen Eindruck hatte. »Sprechen Sie Russisch?«, fragte Lew.

»Ich *bin* Russe«, kam die Antwort. »Kann ich Ihnen helfen?«

Lew wäre dem Mann am liebsten um den Hals gefallen. Er lächelte ihn freundlich an. »Jemand sollte uns am Schiff abholen und nach

Buffalo bringen, aber es ist keiner gekommen«, sagte er mit besorgtem Unterton. »Wir sind ungefähr dreihundert Leute.« Um Mitgefühl zu wecken, fügte er hinzu: »Die meisten sind Frauen und Kinder. Könnten Sie uns helfen, unseren Kontaktmann zu finden?«

»Buffalo?«, erwiderte der Mann verwundert. »Was glauben Sie denn, wo Sie sind?«

»Na, in New York!«

»Das hier ist Cardiff.«

Lew hatte noch nie von Cardiff gehört, aber wenigstens verstand er jetzt das Problem. »Dann hat der Kapitän, dieser Dummkopf, uns im falschen Hafen abgesetzt!«, schimpfte er. »Wie kommen wir von hier nach Buffalo?«

Der Mann deutete aus dem Fenster und hinaus aufs Meer. Lew überkam ein ungutes Gefühl.

»Nach Buffalo geht es da lang«, sagte der Mann. »Ungefähr dreitausend Meilen weit.«

Lew erkundigte sich nach dem Preis für eine Überfahrt von Cardiff nach New York. In Rubel umgerechnet entsprach es ungefähr dem Zehnfachen von dem, was er in seinem Hemd versteckt hatte.

Nur mit Mühe unterdrückte er seinen Zorn. Die Wjalows, vielleicht auch der Schiffskapitän, hatten sie betrogen – wahrscheinlich beide, denn es war leichter, so etwas gemeinsam durchzuziehen. Diese verlogenen Hundesöhne hatten Grigoris hart verdientes Geld gestohlen! Hätte Lew den Kapitän in die Finger bekommen, er hätte ihm den Hals umgedreht.

Aber von Rache zu träumen brachte nichts. Jetzt galt es durchzuhalten. Lew war fest entschlossen, sich eine Arbeit zu suchen, Englisch zu lernen und in Kartenspiele einzusteigen, bei denen mehr zu holen war als eine läppische Handvoll Rubel. Aber das würde Zeit brauchen, und er musste sich in Geduld üben. Er musste lernen, ein bisschen mehr wie Grigori zu sein.

In jener ersten Nacht schliefen sie alle in der Synagoge auf dem Boden. Lew schloss sich den anderen an. Die Juden von Cardiff wussten nicht, dass einige Passagiere Christen waren. Vielleicht war es ihnen auch egal.

Zum ersten Mal im Leben sah Lew einen Vorteil darin, Jude zu sein. In Russland wurden Juden so gnadenlos verfolgt, dass Lew sich immer gewundert hatte, warum sie ihre Religion nicht einfach aufgaben, ihre Gewänder und Hüte wegwarfen und sich den anderen anpassten. Das hätte vielen von ihnen das Leben gerettet. Nun jedoch erkannte er, dass man als Jude überall auf der Welt jemanden fand, der einen wie ein Familienmitglied behandelte.

Wie sich herausstellte, waren sie nicht die ersten russischen Emigranten, die eine Überfahrt nach New York gebucht hatten und irgendwo anders gelandet waren. Das war auch früher schon passiert, in Cardiff und in anderen britischen Häfen. Und da viele russische Emigranten Juden waren, hatten die Synagogenältesten bereits eine gewisse Übung darin. Am nächsten Tag erhielten die Gestrandeten ein warmes Frühstück. Ihr Geld wurde in britische Pfund, Shilling und Pence gewechselt; dann führte man sie zu Herbergen, wo sie sich billige Zimmer mieten konnten.

Wie in jeder anderen Stadt gab es auch in Cardiff Tausende von Ställen. Lew eignete sich rasch ein paar Brocken Englisch an, mit denen er den Leuten zu verstehen geben konnte, dass er Erfahrung mit Pferden besaß; dann zog er durch die Stadt und fragte nach Arbeit. Die Leute sahen, wie gut er mit Tieren umgehen konnte, aber selbst aufgeschlossene Arbeitgeber stellten Fragen, und die konnte Lew mit seinem begrenzten Wortschatz nicht beantworten.

In seiner Verzweiflung stürzte Lew sich noch intensiver auf das Erlernen der englischen Sprache. Nach ein paar Tagen konnte er nach Brot oder Bier fragen und kannte die Preise so gut, dass man ihn nicht übers Ohr hauen konnte. Doch sein Englisch reichte längst nicht aus, um die komplizierten Fragen potenzieller Arbeitgeber beantworten zu können. Vermutlich wollten sie wissen, wo er früher beschäftigt gewesen war und ob er je Ärger mit der Polizei gehabt hatte.

Lew suchte also wieder das Seemannsheim auf und erklärte dem Russen dort sein Problem. Der Mann gab ihm eine Adresse in Butetown, dem Viertel, das den Docks am nächsten lag, und sagte, er solle nach einem Filip Kowal fragen, genannt »Kowal der Pole«. Kowal erwies sich als undurchsichtiger Zeitgenosse, der ausländische Arbeiter als Billigkräfte vermittelte. Er beherrschte bruchstückhaft die meisten europäischen Sprachen und gab Lew auf Russisch zu verstehen, er solle sich am nächsten Montag um zehn Uhr früh mit seinem Koffer vor dem Bahnhof von Cardiff einfinden.

Lew war so froh, dass er Kowal nicht einmal fragte, um was für eine Arbeit es eigentlich ging.

Als er zur verabredeten Zeit vor dem Bahnhof erschien, warteten dort bereits ein paar Hundert Männer, die meisten davon Russen, aber auch Deutsche, Polen, Slawen und ein schwarzhäutiger Afrikaner. Lew war erleichtert, Spirja und Jakow unter den Wartenden zu sehen.

Sie wurden in den Zug verfrachtet – die Fahrt bezahlte Kowal – und dampften nordwärts durch eine hübsche Berglandschaft. Zwischen den grünen Hügeln lagen die Industriestädte wie dunkle Teiche in den Tälern. In jeder dieser Städte gab es mindestens einen hohen Turm aus Stahl mit riesigen, sich drehenden Rädern an der Spitze. Lew erfuhr, dass in dieser Gegend vor allem Kohle abgebaut wurde. Mehrere Männer im Zug waren Bergleute, andere Handwerker, wieder andere ungelernte Arbeiter.

Nach gut einer Stunde stiegen alle aus. Als sie sich vor dem Bahnhof aufreihten, erkannte Lew, dass es hier um keinen normalen Job ging: Mehrere Hundert Männer in derber Arbeitskleidung warteten auf dem Platz und musterten die Ankömmlinge mit düsteren Blicken. Zuerst schwiegen die Männer bedrohlich; dann rief einer von ihnen etwas, und die anderen fielen ein. Lew hatte keine Ahnung, was gerufen wurde, doch es war offensichtlich, dass es keine Freundlichkeiten waren. Auch zwanzig oder dreißig Polizisten hatten sich eingefunden. Sie standen vor dem Mob und hielten die Männer hinter einer unsichtbaren Linie zurück.

Ängstlich fragte Spirja: »Was sind das für Leute?«

Lew ließ den Blick über die düsteren Gestalten schweifen. »Gedrungen, kräftig, mit harten Gesichtern und sauberen Händen …«, murmelte er. »Ich würde sagen, das sind streikende Bergleute.«

»Die sehen aus, als wollten sie uns umbringen. Was ist hier los?«

»Wir sind Streikbrecher«, sagte Lew düster.

»Mein Gott!«

Kowal der Pole brüllte »Mir nach!« in verschiedenen Sprachen, und sie marschierten die Hauptstraße hinunter. Der Mob tobte weiter; Männer schüttelten die Fäuste, doch niemand übertrat die von der Polizei gebildete Linie. Lew war noch nie so dankbar gewesen, Polizisten zu sehen. »Das ist ja furchtbar«, sagte er.

Jakow sagte: »Jetzt weißt du, wie es ist, Jude zu sein.«

Sie ließen die tobenden Bergleute hinter sich und gingen an Reihenhäusern vorbei einen Hügelhang hinauf. Lew fiel auf, dass viele Häuser leer zu sein schienen. Die Leute starrten sie noch immer wütend an, aber die Beleidigungen hörten auf. Kowal wies den Männern Unterkünfte zu. Lew und Spirja staunten nicht schlecht, als sie ein Haus ganz für sich allein bekamen. Bevor Kowal ging, zeigte er auf die Zeche – den Turm mit den Zwillingsrädern – und sagte ihnen, sie sollten morgen früh um sechs Uhr dort sein. Die ausgebildeten Bergleute würden Kohle abbauen, während die anderen sich um die Stollen und die Geräte kümmern mussten oder – wie in Lews Fall – um die Ponys.

Lew schaute sich in seinem neuen Heim um. Es war kein Palast, aber es war sauber und trocken. Unten gab es einen großen Raum und oben zwei – ein Schlafzimmer für jeden von ihnen! Lew hatte noch nie ein eigenes Zimmer gehabt. Es gab keine Möbel, aber sie waren ohnehin daran gewöhnt, auf dem Boden zu schlafen, und im Juni brauchten sie nicht einmal Decken.

Lew hatte keine Lust, das Haus zu verlassen, aber irgendwann trieb der Hunger ihn und Spirja hinaus. Im Haus gab es nichts zu essen; also machten sie sich widerwillig auf den Weg, um sich etwas zu besorgen. Ängstlich betraten sie den ersten Pub, an dem sie vorüberkamen. Die gut ein Dutzend Gäste funkelten sie wütend an, und als Lew auf Englisch sagte: »Zwei Pints Halb-und-Halb, bitte«, beachtete der Wirt ihn gar nicht.

Betrübt stapften sie weiter hügelab ins Ortszentrum und entdeckten ein Café. Hier schienen die Gäste wenigstens nicht auf eine Schlägerei aus zu sein. Trotzdem saßen Lew und Spirja eine halbe Stunde an einem Tisch und schauten zu, wie die Kellnerin jeden bediente, nur sie nicht. Dann gingen sie wieder.

Das Leben hier würde kein Zuckerschlecken werden, erkannte Lew. Aber es war ja nicht für lange. Sobald er genug Geld zusammenhatte, würde er nach Amerika weiterfahren. Das änderte aber nichts daran, dass sie bis dahin etwas essen mussten.

Sie gingen in eine Bäckerei. Diesmal war Lew wild entschlossen, dass er bekam, was er wollte. Er deutete auf ein Regal mit Broten und sagte auf Englisch: »Ein Brot, bitte.«

Der Bäcker tat so, als würde er ihn nicht verstehen.

Lew griff über den Tresen hinweg und nahm sich das Brot, das er haben wollte. Soll er mal versuchen, es sich zurückzuholen, dachte er.

»He!«, rief der Bäcker, blieb aber auf seiner Seite des Tresens.

Lew lächelte und fragte: »Wie viel, bitte?«

»'n Viertelpenny«, antwortete der Bäcker mürrisch.

Lew legte die Münzen auf den Tresen. »Danke sehr«, sagte er.

Lew brach das Brot entzwei und gab die eine Hälfte Spirja; dann schlenderten sie kauend über die Straße. Sie gelangten zum Bahnhof. Die Menge hatte sich aufgelöst. Auf dem Vorplatz stand nun ein Zeitungsverkäufer, dem die Blätter förmlich aus den Händen gerissen wurden. Was mag da geschehen sein, fragte sich Lew.

Ein großes Automobil kam die Straße hinunter. Es fuhr so schnell, dass die beiden Russen aus dem Weg springen mussten. Fassungslos erkannte Lew die Person auf dem Rücksitz: Fürstin Bea.

»Beim heiligen Sergej!«, stieß er hervor. Sofort war er im Geiste wieder in Bulownir und durchlebte noch einmal den Albtraum, wie sein Vater gehenkt worden war, während diese Teufelin zugeschaut hatte. So furchtbare Angst wie damals hatte Lew später nie mehr gehabt, und nichts würde ihm jemals wieder einen solchen Schrecken einjagen – keine Straßenkämpfe, keine Polizeischlagstöcke und keine Gewehre, die auf ihn gerichtet wurden.

Das Automobil hielt vor dem Bahnhofseingang. Hass, Ekel und Wut überkamen Lew, als Fürstin Bea ausstieg. Das Brot schmeckte plötzlich wie Sand, und er spuckte es aus.

»Was ist los?«, fragte Spirja.

Lew riss sich zusammen. »Diese Frau da«, er zeigte auf Bea, »ist eine russische Fürstin. Vor vierzehn Jahren hat sie meinen Vater hängen lassen.«

»Diese Hexe! Was tut sie hier?«

»Sie hat einen englischen Lord geheiratet. Sieht so aus, als wohnten sie hier in der Nähe. Vielleicht gehört diesem Lord das Bergwerk.«

Der Chauffeur und eine Zofe kümmerten sich um das Gepäck. Lew hörte, wie Bea Russisch mit der Zofe sprach, die in der gleichen Sprache antwortete. Die Frauen verschwanden im Bahnhofsgebäude. Dann kam die Zofe noch einmal heraus und kaufte eine Zeitung.

Lew trat auf sie zu, nahm seine Kappe ab, verneigte sich tief und sagte auf Russisch: »Ihr müsst Fürstin Bea sein.«

Die Frau lachte fröhlich. »Du bist ein Dummkopf. Ich bin Nina, ihre Zofe. Und wer bist du?«

Lew stellte sich und Spirja vor und erklärte, dass sie Opfer eines Betrugs seien und schrecklichen Hunger leiden müssten.

»Ich bin heute Abend wieder zurück«, sagte Nina. »Wir fahren nur nach Cardiff. Komm an die Küchentür in Tŷ Gwyn. Dann gebe ich euch kalten Braten. Folgt einfach der Straße in Richtung Norden, bis ihr an einen Palast kommt.«

»Ich danke Euch, wunderschöne Dame.«

»Ich bin alt genug, um deine Mutter zu sein«, sagte Nina, errötete aber trotzdem ein wenig. »Aber jetzt muss ich der Fürstin ihre Zeitung bringen.«

»Was ist denn so Aufregendes passiert?«

»Ach, Nachrichten aus dem Ausland«, antwortete Nina und winkte ab. »Ein Attentat in einem Ort, der Sarajevo heißt. Erzherzog Franz Ferdinand von Österreich wurde ermordet. Die Fürstin ist schrecklich aufgeregt.«

»Als Fürstin muss man da wohl Angst haben.«

»Bestimmt«, sagte Nina. »Aber für uns kleine Leute wird es wahrscheinlich keine Rolle spielen.«

»Ja«, sagte Lew. »Das stimmt wohl.«

KAPITEL 7

Anfang Juli 1914

Die St.-James-Kirche an der Piccadilly hatte die am besten gekleidete Gemeinde der Welt. Die Kirche war das Lieblingsgotteshaus der Elite von London. Theoretisch war Prahlerei nicht gern gesehen, aber eine Frau musste einen Hut tragen, und heutzutage bekam man keinen Hut mehr ohne Straußenfedern, Schleifen und Seidenblumen. Vom hinteren Teil des Kirchenschiffs aus schaute Walter von Ulrich über einen Dschungel extravaganter Formen und Farben hinweg. Im Gegensatz zu den Damen sahen die Herren in ihren schwarzen Mänteln, den weißen Stehkragen und den Zylindern auf dem Schoß alle gleich aus.

Die meisten dieser Leute begreifen gar nicht, was vor sieben Tagen in Sarajevo geschehen ist, dachte Walter säuerlich. Einige von ihnen wussten nicht einmal, wo Bosnien lag. Das Attentat auf den Erzherzog hatte sie schockiert, aber sie hatten keine Vorstellung, was dieser Mord für den Rest der Welt bedeutete. Sie waren bloß ein bisschen verwirrt.

Nicht so Walter: Er kannte die möglichen Konsequenzen des Attentats nur zu genau. Es hatte eine ernsthafte Bedrohung für die Sicherheit Deutschlands heraufbeschworen – und es waren Leute wie er, die ihr Land in diesem Augenblick der Gefahr beschützen und verteidigen mussten.

Heute bestand seine erste Aufgabe darin herauszufinden, was der russische Zar dachte. Das wollte jeder wissen: der deutsche Botschafter, Walters Vater, der Außenminister in Berlin und auch der Kaiser persönlich.

Walter, als guter Nachrichtendienstler, hatte bereits eine Informationsquelle.

Er ließ den Blick über die Menge schweifen und versuchte, seinen Mann anhand des Hinterkopfs zu identifizieren. Hoffentlich war er da. Anton war Beamter in der russischen Botschaft. Er und Walter trafen sich in anglikanischen Kirchen, weil Anton hier sicher sein konnte, niemandem aus seiner Botschaft über den Weg zu laufen. Wer in den diplomatischen Dienst wollte, musste der orthodoxen Kirche angehören.

Anton leitete das Telegrafenbüro in der russischen Botschaft; deshalb bekam er jedes hereinkommende und hinausgehende Telegramm zu sehen. Seine Informationen waren unbezahlbar. Aber der Mann war nicht einfach im Umgang und hatte Walter schon manches Kopfzerbrechen bereitet. Spionage machte Anton Angst, und wenn er Angst hatte, kam er nicht – also meistens bei internationalen Spannungen wie jetzt, wenn Walter ihn am dringendsten brauchte.

Walter wurde abgelenkt, als er Maud entdeckte. Er erkannte sie an ihrem langen, schön geschwungenen Hals, der aus einem modischen Flügelkragen ragte. Sein Herz setzte einen Schlag aus. Diesen Hals küsste er, wann immer er Gelegenheit dazu bekam.

Wenn er an die Kriegsgefahr dachte, galt sein erster Gedanke Maud, nicht seinem Vaterland. Walter schämte sich für seine Selbstsucht, konnte aber nichts dagegen tun: Seine größte Angst war, dass Maud ihm genommen werden könnte. Die Bedrohung für sein Vaterland kam erst an zweiter Stelle. Er war bereit, für Deutschland zu sterben; aber er war *nicht* bereit, ohne die Frau zu leben, die er liebte.

In der dritten Reihe von hinten drehte sich ein Kopf, und Walter schaute Anton in die Augen. Der Mann hatte schütteres braunes Haar und einen ungleichmäßigen Bart. Erleichtert ging Walter ins südliche Seitenschiff, als suche er nach einem Platz, und setzte sich nach kurzem Zögern.

Anton war aus Hass und Bitterkeit zum Spion geworden. Vor fünf Jahren hatte die Geheimpolizei des Zaren einen seiner Neffen revolutionärer Umtriebe beschuldigt; der Junge war in der Peter-und-Paul-Festung festgesetzt worden, auf der anderen Seite des Flusses, gegenüber vom Winterpalast in Sankt Petersburg. Er war Theologiestudent gewesen und vollkommen unschuldig; aber bevor er entlassen werden konnte, hatte ihn eine Lungenentzündung erwischt, an der er gestorben war. Von da an hatte Anton dem zaristischen Regime tödliche Rache geschworen.

Es war bedauerlich, dass die Kirche so gut ausgeleuchtet war. Der Architekt, Christopher Wren, hatte lange Reihen großer Rundbogenfenster bauen lassen, doch für die Art von Arbeit, der Walter sich widmete, wäre düsteres gotisches Zwielicht besser gewesen. Trotzdem hatte Anton seine Position gut gewählt. Er saß am Ende einer Reihe, neben sich ein Kind, hinter sich eine Holzsäule.

»Guter Sitzplatz«, murmelte Walter ihm zu.

»Man kann uns noch immer von der Galerie aus beobachten«, murrte Anton.

Walter schüttelte den Kopf. »Dort schauen alle nach vorne.«

Anton war ein Junggeselle mittleren Alters, klein und übertrieben ordentlich: Seine Krawatte war straff gebunden, die Knöpfe perfekt ausgerichtet, die Schuhe blank geputzt. Sein alter Anzug schimmerte vom jahrelangen Waschen. Walter nahm an, dass dieser Sauberkeitsfimmel eine Reaktion auf das schmutzige Geschäft der Spionage war. Immerhin war der Mann hier, um sein Land zu verraten.

Und ich bin hier, um ihn dabei zu ermutigen, dachte Walter düster.

Während der Gebete schwieg Walter, doch kaum ertönte die erste Hymne, fragte er: »Wie ist die Stimmung in Sankt Petersburg?«

»Russland will keinen Krieg«, antwortete Anton.

»Gut.«

»Der Zar hat Angst, dass ein Krieg zur Revolution führt.« Als Anton den Zaren erwähnte, sah er aus, als hätte er eine Kröte verschluckt. »Halb Sankt Petersburg ist bereits im Streik. Aber der Zar kommt natürlich nicht auf den Gedanken, dass auch seine eigene Dummheit und Grausamkeit zu einer Revolution führen könnten.«

»Jaja.« Walter musste sich immer wieder vor Augen führen, dass Antons Meinungen von Hass verzerrt waren, aber in diesem Fall irrte er sich nicht. Walter hasste den Zaren nicht, aber er fürchtete ihn. Der Zar verfügte über die größte Armee der Welt. Bei jeder Diskussion über Deutschlands Sicherheit musste man diese Armee mit einbeziehen. Deutschland war mit einem Mann zu vergleichen, dessen Nachbar einen riesigen Bären im Vorgarten angekettet hatte. »Was wird der Zar tun?«

»Das hängt von Österreich ab.«

Walter verkniff sich eine direkte Erwiderung. Alle warteten darauf, was der österreichische Kaiser tun würde. Und irgendetwas *musste* er tun, denn der ermordete Erzherzog war sein Thronfolger gewesen. Walter hoffte, von seinem Vetter Robert heute mehr über die österreichischen Absichten zu erfahren, denn Roberts Zweig der Familie war katholisch, wie der größte Teil der österreichischen Elite. Im Augenblick besuchte Robert wahrscheinlich die Messe in der Westminster Cathedral, doch zum Mittagessen würde Walter ihn sehen. Bis dahin musste er mehr über die Russen erfahren.

Walter wartete auf das nächste fromme Lied und versuchte, sich in Geduld zu üben. Müßig hob er den Blick und betrachtete die exquisite Vergoldung des Kuppeldachs.

Endlich stimmte die Gemeinde das nächste Lied an. »Nehmen wir an, es kommt zu Kämpfen auf dem Balkan«, sagte Walter zu Anton. »Werden die Russen sich heraushalten?«

»Nein. Der Zar kann nicht einfach zusehen, wenn Serbien angegriffen wird.«

Walter lief es eiskalt über den Rücken. Das war genau die Art von Eskalation, vor der er sich fürchtete. »Es wäre Wahnsinn, wegen so etwas einen Krieg vom Zaun zu brechen!«

»Das stimmt. Aber die Russen können Österreich nicht den Balkan überlassen. Sie müssen ihre Handelswege am Schwarzen Meer schützen.«

Dagegen konnte man nichts sagen. Der Großteil der russischen Exporte – Getreide aus der Ukraine und Öl aus den Quellen um Baku – wurde über die Schwarzmeerhäfen in alle Welt verschifft.

Anton fuhr fort: »Andererseits ermahnt der Zar jeden zur Umsicht.«

»Kurz gesagt, er kann sich nicht entscheiden.«

»Sofern er überhaupt des Denkens fähig ist.«

Walter nickte. Der Zar war nicht gerade für seine Klugheit berühmt. Sein Traum war, Russland in das goldene 17. Jahrhundert zurückzuführen, und er war dumm genug zu glauben, dass so etwas tatsächlich möglich wäre. Aber genauso gut hätte König George V. versuchen können, England in die Zeit Robin Hoods zurückzuversetzen.

Während der letzten Hymne schweifte Walters Blick zu Maud, die zwei Reihen vor ihm auf der anderen Seite saß. Liebevoll betrachtete er ihr Profil, während sie aus vollem Halse sang.

Dann aber rief er sich zur Ordnung: Antons Bericht war nicht dazu angetan, lustvollen Gedanken nachzuhängen. Walter machte sich noch größere Sorgen als eine Stunde zuvor. »Von nun an«, sagte er, »müssen wir uns jeden Tag treffen.«

Anton starrte ihn entsetzt an. »Das ist unmöglich«, sagte er. »Das ist zu riskant.«

»Aber das Bild ändert sich von Stunde zu Stunde.«

»Nächsten Sonntagmorgen. Smith Square.«

Das ist das Problem mit Spionen, die aus Idealismus handeln, dachte Walter genervt: Man hat keine Handhabe gegen sie. Andererseits waren Spione, die ihrem Beruf für Geld nachgingen, nie vertrauenswürdig. In der Hoffnung auf einen Bonus erzählten sie einem, was man hören wollte. Wenn Anton hingegen sagte, der Zar habe Angst, konnte Walter sicher sein, dass Nikolaus II. noch keine Entscheidung gefällt hatte.

»Treffen Sie sich wenigstens noch einmal Mitte der Woche mit mir«, flehte Walter, als die Hymne sich ihrem Ende zuneigte.

Anton antwortete nicht. Stattdessen schlüpfte er so schnell wie möglich aus der Kirche. »Verdammt«, fluchte Walter leise. Das Kind neben ihm schaute ihn missbilligend an.

Als der Gottesdienst zu Ende war, stand Walter auf dem Kirchenvorplatz und begrüßte Bekannte, bis Maud mit Fitz und Bea herauskam. In ihrem modischen grauen Seidenkleid mit dem dunkelgrauen Überkleid sah Maud umwerfend elegant aus. Grau mochte ja nicht die weiblichste aller Farben sein, aber es betonte Mauds statuenhafte Schönheit und schien ihre Haut zum Glühen zu bringen. Walter schüttelte allen die Hände und wünschte sich verzweifelt, ein paar Minuten mit Maud allein sein zu können. Er tauschte Höflichkeiten mit Bea aus – die in zuckersüßem Rosa und cremefarbener Spitze erschienen war – und pflichtete Fitz in feierlichem Ernst bei, die Ermordung des Erzherzogs sei eine »üble Angelegenheit«. Dann gingen die Fitzherberts, und Walter fürchtete schon, die Gelegenheit verpasst zu haben, als Maud ihm im letzten Augenblick zuraunte: »Zum Tee bin ich im Haus der Herzogin.«

Walter lächelte Mauds schön geschwungenem Rücken hinterher. Er hatte sie gestern gesehen, und er würde sie morgen sehen! Aber er hatte Angst, sie heute nicht zu sehen.

Konnte er es wirklich keine vierundzwanzig Stunden mehr ohne sie aushalten? Walter hielt sich nicht für einen schwachen Menschen, aber Maud hatte ihn verzaubert, und er verspürte nicht das geringste Verlangen, diesem Zauber zu entkommen.

Es war Mauds unabhängiger Geist, den Walter so anziehend fand.

Die meisten Frauen seiner Generation schienen mit der passiven Rolle zufrieden zu sein, die die Gesellschaft ihnen zudachte. Sie kleideten sich hübsch, organisierten Partys und gehorchten ihren Ehemännern. Walter war von diesem Typ Frau gelangweilt. Maud ähnelte mehr den Frauen, die er in den Vereinigten Staaten kennengelernt hatte, während seiner Zeit an der deutschen Botschaft in Washington. Diese Frauen waren elegant und charmant, aber nicht unterwürfig. Von so einer Frau geliebt zu werden war geradezu unerträglich erregend.

Beschwingten Schrittes ging Walter die Piccadilly hinunter und blieb an einem Zeitungsstand stehen. Die britischen Zeitungen zu lesen war nie besonders angenehm. Die meisten waren antideutsch, besonders die fanatische *Daily Mail*. Sie redeten den Briten ein, sie seien von deutschen Spionen umgeben. Wie sehr Walter sich wünschte, dass es wahr wäre! Er hatte gut ein Dutzend Agenten in den Küstenstädten, die sich notierten, welche Schiffe dort ein- oder ausliefen – genau wie die Briten es in den deutschen Häfen taten –, aber von Tausenden Spitzeln und Zuträgern, von denen hysterische englische Zeitungsverleger spintisierten, konnte nun wirklich nicht die Rede sein.

Walter kaufte sich ein Exemplar von *The People*. Hier bestimmte der Ärger auf dem Balkan ausnahmsweise nicht die Schlagzeilen; die Briten sorgten sich mehr um Irland, wo schon seit Jahrhunderten eine protestantische Minderheit regierte, ohne die geringste Rücksicht auf die katholische Mehrheit zu nehmen. Sollte Irland die Unabhängigkeit erlangen, wäre es andersherum, und da beide Seiten, Protestanten wie Katholiken, bis an die Zähne bewaffnet waren, drohte ein Bürgerkrieg.

Ein einziger Absatz unten auf der Seite behandelte die »österreichisch-serbische Krise«. Wie immer hatten die Zeitungen nicht die leiseste Ahnung, was los war.

Als Walter gerade das Ritz betreten wollte, sprang Robert aus einer Motordroschke. Er trug eine schwarze Weste und eine schwarze Krawatte zum Zeichen der Trauer um den Erzherzog. Robert hatte zum Kreis um Erzherzog Franz Ferdinand gehört – progressive Denker nach Wiener Maßstäben, auch wenn sie in anderen Ländern eher als konservativ gegolten hätten. Walter wusste, dass Robert den Ermordeten und dessen Familie gemocht und respektiert hatte.

Sie gaben ihre Zylinder an der Garderobe ab und gingen gemeinsam in den Speisesaal. Walter hatte stets das Bedürfnis verspürt, Robert zu beschützen. Schon in ihrer Kindheit hatte er gewusst, dass sein Vetter anders war. Die Leute nannten solche Männer »weibisch«, aber das war zu grob vereinfachend, denn Robert war keineswegs eine Frau im Körper eines Mannes. Allerdings hatte er eine Reihe weiblicher Eigenschaften, weshalb Walter ihn stets mit einem Hauch von Ritterlichkeit behandelte.

Robert ähnelte Walter stark. Beide hatten dieselben gleichmäßigen Gesichtszüge und braune Augen, doch Roberts Haar war länger und sein Schnurrbart gewachst und gezwirbelt. »Wie stehen die Dinge mit Lady M?«, fragte er, als sie sich setzten. Robert wusste alles über die verbotene Liebe seines Vetters, denn Walter hatte sich ihm anvertraut.

»Sie ist wunderbar«, antwortete Walter. »Aber mein Vater kommt einfach nicht darüber hinweg, dass sie mit einem jüdischen Arzt in einer Armenklinik arbeitet.«

»Hm, das ist hart«, sagte Robert. »Seine Vorbehalte wären ja noch verständlich, wenn sie selbst Jüdin wäre …«

»Ich hatte gehofft, dass er mit ihr warm wird, wenn er sie hin und wieder bei gesellschaftlichen Ereignissen trifft und feststellt, dass sie die mächtigsten Männer des Landes zu ihren Freunden zählt, aber es klappt nicht.«

»Unglücklicherweise wird die Balkankrise die Spannungen in den …« Robert lächelte. »Entschuldige … den internationalen Beziehungen weiter verschärfen.«

Walter zwang sich zu einem Lachen. »Wir werden schon eine Lösung finden, egal was passiert.«

Robert schwieg, erweckte jedoch den Eindruck, als wäre er sich da nicht so sicher.

Bei walisischem Lamm und Kartoffeln mit Petersiliensoße gab Walter seinem Vetter die uneindeutigen Informationen weiter, die er von Anton bekommen hatte.

Robert hatte ebenfalls Neuigkeiten. »Wir haben herausgefunden, dass die Attentäter ihre Waffen und Bomben aus Serbien bekommen haben.«

»Verdammt«, sagte Walter.

Robert machte keinen Hehl aus seiner Wut. »Der Chef des serbischen Nachrichtendienstes persönlich hat sie zur Verfügung gestellt, und die Mörder haben in einem Park in Belgrad Schießen geübt.«

Walter sagte: »Nachrichtendienstler handeln manchmal eigenmächtig.«

»Oft. Und der geheime Charakter ihrer Arbeit hat zur Folge, dass sie häufig damit durchkommen.«

»Das beweist also nicht, dass die serbische Regierung hinter dem Anschlag steckt«, sagte Walter. »Und wenn man nüchtern darüber nachdenkt, wird deutlich, dass es für eine kleine, auf ihre Unabhängigkeit bedachte Nation wie Serbien Wahnsinn wäre, einen mächtigen Nachbarn zu provozieren.«

»Es ist sogar möglich, dass der serbische Nachrichtendienst gegen den ausdrücklichen Befehl der Regierung gehandelt hat«, räumte Robert ein, fügte dann aber entschlossen hinzu: »Aber das spielt letztlich keine Rolle. Österreich muss Maßnahmen gegen Serbien ergreifen.«

Genau das war Walters Befürchtung: Die Affäre konnte nicht länger als Verbrechen betrachtet werden, um das sich Polizei und Gerichte kümmerten. Die Situation war eskaliert, und nun musste ein Imperium eine kleine Nation bestrafen. Der österreichische Kaiser Franz Joseph war zu seiner Zeit ein großer Mann gewesen, konservativ und fromm, aber ein starker Führer seines Volkes. Mittlerweile war er vierundachtzig Jahre alt, und zu seiner autoritären Art gesellte sich Sturheit. Männer wie er glaubten alles zu wissen, nur weil sie alt waren. Walters Vater war genauso.

Mein Schicksal liegt in den Händen zweier Monarchen, dachte Walter, des russischen Zaren und des österreichischen Kaisers. Der eine ist dumm, der andere senil; trotzdem beherrschen sie mein und Mauds Schicksal und das von Millionen anderer Menschen in Europa. Was für ein Argument gegen die Monarchie!

Während des Essens dachte er angestrengt nach. Als der Kaffee serviert wurde, sagte er optimistisch: »Ich nehme an, ihr wollt Serbien eine Lektion erteilen, ohne dass sich ein anderes Land einmischt.«

Robert machte Walters Hoffnung sofort zunichte. »Im Gegenteil«, sagte er. »Mein Kaiser hat einen persönlichen Brief an deinen Kaiser geschrieben.«

Walter war erstaunt. Davon hatte er noch gar nichts gehört. »Wann?«

»Der Brief ist gestern übergeben worden.«

Wie alle Diplomaten hasste auch Walter es, wenn Monarchen direkt miteinander sprachen statt über ihre Minister. In einem solchen Fall konnte alles passieren. »Was hat er gesagt?«

»Dass Serbien als politische Macht vernichtet werden muss.«

»Nein!« Die Sache war schlimmer, als Walter befürchtet hatte. Schockiert fragte er: »Meint er das im Ernst?«

»Das hängt von der Antwort ab.«

Walter runzelte die Stirn. Kaiser Franz Joseph bat um die Unterstützung durch Kaiser Wilhelm – das war der eigentliche Sinn des Briefes. Die beiden Nationen waren verbündet; also war der deutsche Kaiser verpflichtet, seine Unterstützung zumindest zu bekunden. Die Frage war, wie er das tat: leidenschaftlich oder widerwillig, ermutigend oder zur Vorsicht mahnend.

»Ich vertraue darauf, dass Deutschland Österreich unterstützen wird«, sagte Robert ernst, »egal, wofür mein Kaiser sich entscheidet.«

»Ihr wollt doch wohl nicht, dass Deutschland Serbien angreift!«, protestierte Walter.

Robert erwiderte eingeschnappt: »Wir wollen die Versicherung, dass Deutschland seine Verpflichtungen als unser Verbündeter erfüllt.«

Walter hielt seine Ungeduld im Zaum. »Das Problem dabei ist nur, dass die Kriegsgefahr erhöht wird. Genauso, wie Russlands Solidaritätskundgebungen für Serbien die Aggressionen fördern. Es ist jetzt erst einmal viel wichtiger, dass alle sich beruhigen.«

»Ich bin mir nicht sicher, ob ich dir zustimmen kann«, erklärte Robert steif. »Österreich hat einen furchtbaren Schlag hinnehmen müssen. Der Kaiser kann das nicht einfach übergehen. Wer einem Riesen trotzt, der muss zerschmettert werden.«

»Lassen wir die Kuh im Dorf. Der Grundsatz der Verhältnismäßigkeit …«

Robert hob die Stimme. »Unser Thronfolger ist ermordet worden!« Ein paar Gäste am Nebentisch hoben den Kopf und runzelten die Stirn, als sie Deutsch in so wütendem Tonfall hörten. Robert senkte die Stimme, änderte aber nicht seinen Gesichtsausdruck. »Sprich du mir nicht von Verhältnismäßigkeit!«

Walter versuchte, ruhig zu bleiben. Für Deutschland wäre es dumm und gefährlich, sich in diesen Streit einzumischen, aber es hatte keinen Sinn, darüber mit Robert zu diskutieren. Außerdem hatte er die Aufgabe, Informationen zu sammeln und nicht, einen Streit vom

Zaun zu brechen. »Ich verstehe dich ja«, sagte er. »Sind alle in Wien dieser Meinung?«

»In Wien, ja«, antwortete Robert. »Tisza ist allerdings dagegen.« István Tisza war der ungarische Premierminister, der jedoch dem österreichischen Kaiser unterstand. »Er hat als Alternative die diplomatische Isolation Serbiens vorgeschlagen.«

»Das ist vielleicht nicht so dramatisch, dafür aber weniger riskant«, bemerkte Walter vorsichtig.

»Nein, das ist einfach nur schwach.«

Walter ließ die Rechnung kommen. Er war zutiefst beunruhigt von dem, was er gehört hatte. Aber er wollte keinen Streit mit Robert. Sie vertrauten und halfen einander, und daran durfte sich nichts ändern. Draußen, auf dem Bürgersteig, schüttelte Walter seinem Vetter die Hand und packte ihn am Ellbogen zum Zeichen unverbrüchlicher Kameradschaft. »Was auch geschieht, wir müssen zusammenhalten, Cousin«, sagte er. »Wir sind Verbündete, und das wird immer so bleiben.« Er ließ die Frage offen, ob er von ihnen beiden sprach oder von ihren Ländern. Sie trennten sich in Freundschaft.

Walter ging schnellen Schrittes durch den Green Park. Die Londoner genossen den Sonnenschein, doch über Walter türmten sich düstere Wolken auf. Er hatte gehofft, Deutschland und Russland würden sich aus der Balkankrise heraushalten, aber was er bis jetzt gehört hatte, deutete eher auf das Gegenteil hin. Als er den Buckingham Palace erreichte, wandte er sich nach links und ging über die Mall zum Hintereingang der deutschen Botschaft.

Walters Vater hatte ein Büro im Botschaftsgebäude und verbrachte ungefähr eine von drei Wochen hier. An der Wand hing ein Porträt von Kaiser Wilhelm, und auf dem Schreibtisch stand eine gerahmte Fotografie, die Walter in der Uniform eines Leutnants zeigte. Otto hielt irgendeine fein gearbeitete Töpferware in der Hand. Er sammelte englische Keramik und liebte es, auf die Jagd nach seltenen Stücken zu gehen. Walter schaute genauer hin und sah, dass es sich um eine Obstschüssel handelte, deren Kanten so fein gearbeitet waren, dass sie Flechtwerk glichen. Da er den Geschmack seines Vaters kannte, nahm er an, dass das Stück aus dem 18. Jahrhundert stammte.

Bei Otto war Gottfried von Kessel, ein Kulturattaché, den Walter nicht mochte. Von Kessel hatte dichtes, dunkles Haar, das zu einem Seitenscheitel frisiert war, und trug eine Brille mit dicken Gläsern. Er war genauso alt wie Walter und hatte ebenfalls einen Vater im diplomatischen Dienst, doch trotz ihrer vielen Gemeinsamkeiten waren sie nicht gerade Freunde. Für Walter war Gottfried einfach nur ein Stiefellecker.

Er nickte Gottfried zu, setzte sich und sagte: »Der österreichische Kaiser hat unserem Kaiser einen Brief geschrieben.«

»Das wissen wir«, sagte Gottfried.

Walter ignorierte ihn. Gottfried stichelte für sein Leben gern. »Zweifellos wird die Antwort Seiner Majestät freundschaftlich ausfallen«, wandte Walter sich an seinen Vater. »Aber von den Nuancen könnte verdammt viel abhängen.«

»Seine Majestät hat sich mir noch nicht anvertraut.«

»Aber das wird er.«

Otto nickte. »Genau solche Fragen bespricht er manchmal mit mir, das ist wahr.«

»Und wenn er zur Vorsicht mahnt, werden die Österreicher vielleicht nicht mehr ganz so kriegerisch auftreten.«

»Warum sollte er?«, meldete Gottfried sich zu Wort.

»Um zu vermeiden, dass Deutschland in einen Krieg um ein so wertloses Gebiet wie Serbien hineingezogen wird!«

»Wovor haben Sie denn Angst?«, fragte Gottfried verächtlich. »Vor der serbischen Armee?«

»Ich habe Angst vor der *russischen* Armee, und Sie sollten ebenfalls Angst davor haben«, erwiderte Walter. »Sie ist die größte Armee in der Geschichte, und …«

»Ich weiß«, sagte Gottfried.

Walter ignorierte die Unterbrechung. »Theoretisch kann der Zar binnen weniger Wochen sechs Millionen Mann ins Feld schicken, und …«

»Ich weiß.«

»… und das ist mehr als die Gesamtbevölkerung Serbiens.«

»Ich weiß.«

Walter seufzte. »Sie scheinen ja alles zu wissen, von Kessel. Wissen Sie auch, woher die Attentäter ihre Waffen und Bomben hatten?«

»Von slawischen Nationalisten, nehme ich an.«

»Und welche slawischen Nationalisten im Speziellen, nehmen Sie an?«

»Wer weiß?«

»Die Österreicher wissen es offenbar. Sie glauben, die Waffen kamen vom Chef des serbischen Nachrichtendienstes.«

Otto grunzte überrascht. »Das würde die Österreicher rachsüchtig stimmen.«

Gottfried sagte: »Österreich wird noch immer von seinem Kaiser regiert. Letzten Endes kann nur er einen Krieg befehlen.«

Walter nickte. »Nicht dass der Habsburger-Kaiser je einen Grund gebraucht hätte, erbarmungslos und brutal zu sein.«

»Wie soll man ein Reich sonst regieren?«

Walter schluckte den Köder nicht. »Außer dem ungarischen Premierminister, der kein sonderliches Gewicht hat, scheint niemand zur Vorsicht zu mahnen. Diese Rolle fällt also uns zu.« Walter stand auf. Er hatte seine Informationen weitergegeben und wollte nicht länger im selben Raum sein wie der dämliche Gottfried. »Wenn du mich jetzt entschuldigst, Vater. Ich möchte zum Tee im Hause der Herzogin von Sussex. Vielleicht höre ich ja dort, was man sich sonst noch in der Stadt erzählt.«

»Engländer empfangen sonntags keine Besucher«, sagte Gottfried.

»Ich habe eine Einladung«, erwiderte Walter und verließ das Zimmer, ehe er die Geduld verlor.

Er ging durch Mayfair in die Park Lane, wo der Herzog von Sussex seinen Palast hatte. Der Herzog spielte keine Rolle in der britischen Regierung, aber die Herzogin unterhielt einen politischen Salon. Als Walter im Dezember in London eingetroffen war, hatte Fitz ihn der Herzogin vorgestellt, die dafür gesorgt hatte, dass er überall eingeladen wurde.

Fitz betrat den Salon, verbeugte sich, schüttelte die füllige Hand der Herzogin und sagte: »Jeder in London will wissen, was in Serbien geschehen wird. Also bin ich gekommen, Hoheit, Sie danach zu fragen, auch wenn heute Sonntag ist.«

»Es wird keinen Krieg geben«, sagte die Herzogin. Sie schien sich nicht bewusst zu sein, dass Walter nur einen Scherz gemacht hatte. »Setzen Sie sich, und nehmen Sie sich eine Tasse Tee. Natürlich ist das mit dem Erzherzog und seiner Frau eine Tragödie, und ohne Zweifel wird man die Übeltäter bestrafen, aber es ist dumm zu glauben, solch große Nationen wie Deutschland und Großbritannien würden wegen Serbien in den Krieg ziehen.«

Walter wäre sich da auch gerne so sicher gewesen. Er nahm sich einen Stuhl in der Nähe von Maud, die glücklich lächelte. Lady Hermia nickte ihm zu. Gut ein Dutzend Personen befanden sich im Raum, darunter der Erste Lord der Admiralität, Winston Churchill. Der Dekor war prachtvoll, jedoch außer Mode: viel zu schwere Möbel und dicke Stoffe in einem Dutzend verschiedener Muster, und überall standen gerahmte Fotografien und Vasen mit getrockneten Gräsern.

Ein Diener reichte Walter eine Tasse Tee und bot ihm Milch und Zucker an. Walter war glücklich, in Mauds Nähe zu sein, aber wie immer wollte er mehr, und sofort überlegte er, wie er es schaffen könnte, mit ihr allein zu sein, und sei es nur für ein paar Minuten.

Die Herzogin sagte: »Das Problem ist natürlich die Schwäche der Türken.«

Die wichtigtuerische alte Fledermaus hat recht, dachte Walter. Das Osmanische Reich war auf dem absteigenden Ast, und ein konservativer Klerus widersetzte sich jeder Modernisierung. Über Jahrhunderte hinweg hatte der türkische Sultan für Ordnung auf dem Balkan gesorgt, von der griechischen Küste bis nach Ungarn, doch nun zogen die Türken sich Jahrzehnt für Jahrzehnt weiter zurück. Die benachbarten Großmächte, Österreich und Russland, versuchten, dieses Vakuum zu füllen. Zwischen Österreich und dem Schwarzen Meer lagen in einer Linie Bosnien, Serbien und Bulgarien. Vor fünf Jahren hatte Österreich die Kontrolle über Bosnien übernommen, und nun lag es im Streit mit dem mittleren der drei Länder, Serbien. Wenn die Russen auf die Landkarte schauten, sahen sie, dass Bulgarien der nächste Dominostein war, und dass Österreich irgendwann die Westküste des Schwarzen Meeres kontrollieren und dadurch den Überseehandel Russlands bedrohen würde.

Gleichzeitig dachten die Völker Österreich-Ungarns mehr und mehr darüber nach, dass sie sich eigentlich auch selbst regieren könnten … was der Grund dafür war, weshalb der bosnische Nationalist Gavrilo Princip in Sarajevo Erzherzog Franz Ferdinand erschossen hatte.

Walter sagte: »Es ist eine Tragödie für Serbien. Ich könnte mir denken, dass der serbische Premierminister kurz davorsteht, sich in die Donau zu stürzen.«

»Sie meinen die Wolga«, sagte Maud.

Walter schaute sie an, dankbar für die Gelegenheit, ihren Anblick in sich aufsaugen zu können. Sie hatte sich umgezogen. Nun trug sie ein dunkelblaues Teekleid über einer rosafarbenen Spitzenbluse, dazu einen rosa Filzhut mit blauem Pompon. »Nein, die meine ich gewiss nicht, Lady Maud«, sagte er.

»Die Wolga fließt durch Belgrad«, erklärte Maud, »und Belgrad ist die Hauptstadt von Serbien.«

Erneut wollte Walter widersprechen, zögerte dann aber. Maud wusste genau, dass die Wolga mehr als tausend Meilen von Belgrad entfernt war. Was hatte sie vor? »Ich widerspreche nur ungern jemandem, der so gut informiert ist wie Sie, Lady Maud«, sagte er. »Trotzdem …«

»Wir werden das nachschlagen«, unterbrach sie ihn. »Mein Onkel, der Herzog, verfügt über eine der größten Bibliotheken in London.« Sie stand auf. »Kommen Sie mit, dann werde ich es Ihnen beweisen.«

Das war kühn für eine wohlgeborene junge Dame, und so schürzte die Herzogin denn auch die Lippen.

Walter mimte ein hilfloses Schulterzucken und folgte Maud zur Tür.

Für einen Moment sah es so aus, als würde Lady Hermia sie begleiten, aber sie saß so bequem auf ihrem dick gepolsterten Stuhl mit einer Tasse in der Hand und einem Teller auf dem Schoß, dass es ihr dann doch zu mühsam erschien. »Bleibt nicht zu lange«, sagte sie leise und aß ein Stück Kuchen. Dann waren die beiden Verliebten aus dem Zimmer.

Maud ging vor Walter durch die Eingangshalle, wo zwei Lakaien wie Wachsoldaten standen. Vor einer Tür blieb sie stehen und wartete, bis Walter sie öffnete. In dem großen Raum, in den sie gelangten, herrschte Stille. Sie waren allein. Maud warf sich in Walters Arme. Er drückte sie an sich, und sie hob ihr Gesicht. »Ich liebe dich«, sagte sie und küsste ihn gierig.

Nach einer Minute löste sie sich atemlos von ihm. Walter schaute sie verliebt an. »Du bist wirklich unerhört«, sagte er. »Die Wolga fließt durch Belgrad?«

»Es hat doch funktioniert, oder?«

Walter schüttelte bewundernd den Kopf. »Das wäre mir nie eingefallen. Du bist wirklich klug.«

»Wir brauchen einen Atlas«, sagte sie. »Falls jemand hereinkommt.«

Walter ließ den Blick über die Regale schweifen. Dies hier war eher die Bibliothek eines Sammlers als die eines Lesers. Sämtliche Bücher hatten schmucke Einbände und sahen aus, als wären sie nie aufgeschlagen worden. In einer Ecke standen ein paar Nachschlagewerke. Walter zog einen Atlas heraus und schlug eine Karte des Balkans auf.

»Diese Krise …«, sagte Maud besorgt. »Sie wird uns doch nicht einander entfremden, oder?«

»Nicht, wenn ich es verhindern kann«, erwiderte Walter.

Er zog Maud hinter ein Bücherregal, sodass man sie beide nicht sofort sehen konnte, wenn jemand hereinkam, und küsste sie erneut. Maud war heute wunderbar gierig. Sie rieb seine Schultern, seine Arme und den Rücken, während sie seinen Kuss leidenschaftlich erwiderte und nur unterbrach, um zu flüstern: »Heb meinen Rock hoch.«

Walter schluckte. Davon hatte er geträumt. Er packte den Stoff und zog ihn hoch.

Maud sagte: »Und die Unterröcke …« Wieder griff Walter zu. »Nicht knittern.« Walter versuchte, den Stoff zu heben, ohne die Seide zu zerknittern, doch sie glitt ihm durch die Finger. Ungeduldig bückte Maud sich, packte Rock und Unterröcke am Saum und zog alles bis über die Hüfte hoch. »Fass mich an«, verlangte sie und schaute Walter in die Augen.

Walter hatte Angst, jemand könnte hereinkommen; zugleich waren seine Liebe und sein Verlangen viel zu groß, als dass er sich hätte zurückhalten können. Er schob die rechte Hand zwischen Mauds Beine und schnappte erschrocken nach Luft: Sie war dort nackt. Die Erkenntnis, dass sie geplant hatte, ihm dieses sinnliche Vergnügen zu bereiten, erregte ihn umso mehr. Sanft streichelte er sie, doch sie stieß ihre Hüfte gegen seine Hand, und er drückte härter zu. »Ja, so!«, keuchte sie. Walter schloss die Augen, doch Maud sagte: »Schau mich an, Liebling … schau mich an, während wir es tun …« Walter schlug die Augen wieder auf. Mauds Gesicht war gerötet, und sie atmete schwer mit geöffnetem Mund. Sie nahm seine Hand und führte sie, so wie er sie in der Opernloge geführt hatte. »Steck deinen Finger rein«, stöhnte sie und lehnte sich an seine Schulter. Walter spürte die Hitze ihres Atems durch seine Kleider, während Maud immer wieder gegen ihn stieß, bis sie tief in der Kehle ein leises Geräusch machte, das wie der gedämpfte Schrei eines Träumenden klang, bevor sie schlaff gegen ihn sank.

Walter hörte, wie die Tür sich öffnete. Dann flötete Lady Hermias Stimme: »Komm, Maud, meine Kleine. Wir müssen uns verabschieden.«

Walter zog die Hand zurück, und Maud strich rasch ihre Röcke glatt. Mit bebender Stimme sagte sie. »Ich fürchte, ich habe mich geirrt, Tante Herm. Herr von Ulrich hatte recht. Nicht die Wolga fließt durch Belgrad, sondern die Donau. Wir haben es gerade im Atlas entdeckt.«

Sie beugten sich über das Buch, als Lady Hermia um das Regal herumkam. »Die Donau. Ich habe es ja gleich gewusst«, sagte sie. »Männer haben in solchen Dingen fast immer recht, und Herr von Ulrich ist obendrein noch Diplomat. Als solcher muss er viele Dinge wissen, über die Frauen sich nicht den Kopf zu zerbrechen brauchen. Du solltest ihm nicht widersprechen, Maud.«

»Ja, da hast du wohl recht«, sagte Maud mit atemberaubender Unaufrichtigkeit.

Sie verließen die Bibliothek und gingen durch die Eingangshalle. Walter öffnete die Tür zum Salon. Lady Hermia ging als Erste hinein. Als Maud ihr folgte, blickte sie Walter tief in die Augen. Er hob die rechte Hand, steckte sich die Fingerspitze in den Mund und saugte daran.

So kann es nicht weitergehen, sagte sich Walter, als er zurück zur Botschaft ging. Er kam sich vor wie ein Pennäler. Maud war dreiundzwanzig und er achtundzwanzig, und trotzdem mussten sie auf kindische Tricks und Schliche zurückgreifen, nur um fünf Minuten alleine zu sein. Es wurde Zeit, dass sie heirateten.

Er würde Fitz um Erlaubnis bitten müssen. Mauds Vater war tot; also war ihr Bruder das Familienoberhaupt. Nur würde Fitz es ohne Zweifel vorziehen, dass Maud einen Engländer heiratete. Andererseits würde Fitz irgendwann nachgeben müssen, sonst musste er sich Sorgen machen, seine temperamentvolle Schwester nie unter die Haube zu bekommen.

Das Hauptproblem war somit sein Vater. Dieser wollte ihn mit einer tugendhaften preußischen Jungfer verheiraten, die zufrieden damit war, für den Rest ihres Lebens Erben zu gebären. Und wenn Otto von Ulrich sich etwas in den Kopf gesetzt hatte, ließ er sich durch nichts davon abbringen. Widerstand gab es bei ihm nicht – eine Eigenschaft, die ihn zu einem schneidigen Offizier gemacht hatte.

Ihm käme nie der Gedanke, sein Sohn könnte das Recht haben, sich seine Braut selbst auszusuchen. Natürlich hätte Walter es vorgezogen, von seinem Vater ermutigt und unterstützt zu werden. In jedem Fall freute er sich nicht über die unvermeidliche Konfrontation. Doch seine Liebe war eine viel stärkere Kraft als familiäres Pflichtbewusstsein.

Es war Sonntagabend, aber in London herrschte keine Ruhe. Zwar tagte das Parlament nicht, und die Mandarine von Whitehall waren auf ihre Anwesen in der Vorstadt zurückgekehrt, aber in den Palästen von Mayfair, den Gentlemen Clubs von St. James und den Botschaften wurde weiter Politik gemacht. Auf den Straßen erkannte Walter mehrere Parlamentsmitglieder, Staatssekretäre des Außenministeriums und europäische Diplomaten. Er fragte sich, ob Großbritanniens Vögel beobachtender Außenminister, Sir Edward Grey, wohl auch übers Wochenende in der Stadt geblieben war, anstatt in sein geliebtes Landhaus in Hampshire zu fahren.

Walter fand seinen Vater am Schreibtisch vor, wo er entschlüsselte Telegramme las. »Das ist jetzt vielleicht nicht der beste Zeitpunkt, dir meine Neuigkeit mitzuteilen, aber …«, begann Walter.

Otto grunzte und las weiter.

Walter wagte sich weiter vor. »Ich liebe Lady Maud.«

Otto hob den Blick. »Fitzherberts Schwester? Das dachte ich mir. Mein aufrichtiges Beileid.«

»Bitte, bleib ernst, Vater.«

»*Du* solltest ernst bleiben.« Otto warf die Papiere hin, in denen er las. »Maud Fitzherbert ist eine Suffragette und Rebellin. Sie ist für niemanden als Frau geeignet, schon gar nicht für einen deutschen Diplomaten aus gutem Hause. Ich will nichts mehr davon hören.«

Walter biss die Zähne zusammen und hielt seinen Zorn im Zaum. »Sie ist eine wunderbare Frau, und ich liebe sie. Also sprich gefälligst höflich von ihr, was immer du von ihr denkst.«

»Ich werde dir sagen, was ich von ihr denke« erwiderte Otto sorglos. »Sie ist grauenhaft.« Er schaute wieder auf die Telegramme.

Walters Blick fiel auf die durchbrochene Schüssel aus seines Vaters Sammlung. »Nein«, sagte er und ergriff das teure Stück. »Du wirst nicht sagen, was du denkst.«

»Sei vorsichtig mit der Schüssel.«

Jetzt hatte Walter die ungeteilte Aufmerksamkeit seines Vaters.

»Ich habe ein genauso großes Schutzbedürfnis gegenüber Lady Maud wie du für diesen Ramsch hier.«

»Ramsch? Soll ich dir sagen, wie viel …«

»Aber die Liebe ist viel stärker als die Gier eines Sammlers.« Walter warf das zerbrechliche Objekt in die Luft und fing es mit einer Hand wieder auf. Sein Vater stieß einen unartikulierten Schrei aus, doch Walter machte einfach weiter. »Wenn du Lady Maud beleidigst, tut mir das genauso weh, wie es dir wehtun würde, wenn ich bei diesem Ding danebengreife.«

»Unverschämter Bengel …«

Walter hob die Stimme, um seinen Vater zu übertönen. »Wenn du weiter auf meinen Gefühlen herumtrampelst, lass ich deine hässliche Suppenschüssel fallen.«

»Schon gut, ich habe verstanden. Jetzt stell sie wieder hin, um Himmels willen.«

Walter deutete dies als Nachgeben und stellte die Schüssel auf den Beistelltisch zurück.

Mit einem bösen Funkeln in den Augen sagte Otto: »Aber da ist noch etwas, was du in Betracht ziehen solltest … falls ich das sagen darf, ohne auf deinen Gefühlen herumzutrampeln.«

»Nur heraus damit.«

»Sie ist Engländerin.«

»Um Himmels willen!«, rief Walter. »Wohlgeborene Deutsche haben schon seit Ewigkeiten in den englischen Adel eingeheiratet. Prinz Albert von Sachsen-Coburg und Gotha hat Königin Viktoria geheiratet, und sein Enkel ist jetzt König von England. Und die Königin ist eine württembergische Herzogstochter!«

Otto hob ebenfalls die Stimme. »Die Dinge haben sich geändert! Die Engländer sind entschlossen, uns Deutsche kleinzuhalten. Sie freunden sich mit unseren Feinden an, mit Russland und Frankreich. Du würdest eine Feindin deines Vaterlandes heiraten!«

Walter wusste, wie die alte Garde dachte, aber was sein Vater da von sich gab, war absurd. »Es sollte keine Feindschaft zwischen unseren Völkern geben«, sagte er verzweifelt. »Dafür gibt es keinen Grund.«

»Die Russen, Franzosen und Engländer werden nie zulassen, dass wir mit ihnen gleichziehen.«

»Das stimmt nicht!« Walter bemerkte, dass er seinen Vater schon wieder anbrüllte, und riss sich zusammen. »Die Engländer glauben an den freien Handel. Sie erlauben uns, unsere Waren im gesamten Empire zu verkaufen.«

»Dann lies mal das hier.« Otto warf Walter eines der Telegramme zu. »Seine Majestät der Kaiser hat mich um einen Kommentar gebeten.«

Walter nahm das Telegramm. Es war der Entwurf einer Antwort auf den Brief des österreichischen Kaisers. Walter las das Schreiben mit wachsender Sorge. Es endete mit den Worten: »Seine Majestät Kaiser Franz Joseph kann jedoch versichert sein, dass Deutschland im Einklang mit seinen Bündnisverpflichtungen und seiner alten Freundschaft treu an der Seite Österreich-Ungarns steht.«

Walter war entsetzt. »Aber das ist eine Blankovollmacht für Österreich!«, rief er. »Sie können tun, was sie wollen, wir werden sie dabei unterstützen!«

»Es gibt ein paar Rahmenbedingungen.«

»Aber nicht viele. Ist der Brief schon unterwegs?«

»Nein, aber er ist genehmigt. Morgen wird er abgeschickt.«

»Können wir das noch verhindern?«

»Nein, und ich will es auch nicht.«

»Aber damit verpflichten wir uns, Österreich in einem Krieg gegen Serbien beizustehen.«

»Das ist auch nicht schlecht.«

»Wir können aber keinen Krieg gebrauchen!«, protestierte Walter. »Wir brauchen Wissenschaft, Handel und Industrie. Deutschland muss modernisiert werden. Es muss liberaler werden und wachsen. Wir wollen Frieden und Wohlstand.« Und wir brauchen eine Welt, fügte er stumm hinzu, in der ein Mann die Frau heiraten kann, die er liebt, ohne des Verrats bezichtigt zu werden.

»Hör zu«, sagte Otto von Ulrich. »Wir haben auf beiden Seiten mächtige Feinde, Frankreich im Westen und Russland im Osten, und sie sind eng befreundet. Wir können keinen Zweifrontenkrieg führen.«

Das wusste Walter. »Deshalb haben wir ja den Schlieffen-Plan«, sagte er. »Wenn wir gezwungen werden, in den Krieg zu ziehen, marschieren wir zunächst mit einer überlegenen Streitmacht in Frankreich ein, siegen in wenigen Wochen, und wenn der Westen dann gesichert ist, wenden wir uns gen Osten.«

»Das ist unsere einzige Hoffnung«, sagte Otto. »Aber als der Plan vor neun Jahren von der Heeresleitung angenommen wurde, hat unser Nachrichtendienst erklärt, die Russen bräuchten vierzig Tage für eine Mobilmachung. Damit hätten wir gut sechs Wochen gehabt, um Frankreich in die Knie zu zwingen. Seitdem aber haben die Russen ihr Eisenbahnnetz ausgebaut – mit Geld, das sie sich von Frankreich geliehen haben!« Otto schlug mit der Faust auf den Tisch. »Je schneller die Russen mobilmachen können, desto riskanter wird der Schlieffen-Plan, und das bedeutet«, mit dramatischer Geste richtete er den Finger auf Walter, »je schneller dieser Krieg kommt, desto besser für Deutschland!«

»Nein!« Warum begriff der alte Herr nicht, wie gefährlich ein solches Denken war? »Es bedeutet, dass wir für kleine Streitigkeiten friedliche Lösungen suchen müssen.«

»Friedliche Lösungen?« Otto schüttelte den Kopf. »Du bist jung und idealistisch. Du glaubst, auf jede Frage gibt es eine Antwort.«

»Du willst wirklich einen Krieg«, sagte Walter ungläubig. »Du willst ihn tatsächlich.«

»Niemand will einen Krieg«, widersprach Otto. »Aber manchmal ist er besser als die Alternative.«

Maud hatte von ihrem Vater ein Almosen geerbt: dreihundert Pfund im Jahr, was gerade ausreichte, um sich für die Saison einzukleiden. Fitz hingegen hatte den Titel bekommen, die Ländereien, die Häuser und fast das ganze Geld. So war es in England nun mal üblich. Aber das war es nicht, was Maud so ärgerte. Geld bedeutete ihr wenig; im Grunde brauchte sie nicht einmal die dreihundert Pfund. Fitz zahlte für alles, was sie begehrte; nach seiner Auffassung durfte ein Gentleman nicht knauserig sein.

Was Maud wirklich ärgerte, war, dass sie keine richtige Bildung genossen hatte. Sie war siebzehn gewesen, als sie verkündet hatte, an die Universität gehen zu wollen – woraufhin sie ausgelacht worden war. Wie sich herausstellte, musste man von einer erstklassigen Schule kommen und Prüfungen ablegen, bevor man an einer Universität zugelassen wurde. Doch Maud war nie auf einer Schule gewesen, und wenngleich sie mit den Mächtigen des Landes über Politik diskutieren konnte, hatten ihre Gouvernanten und Privatlehrer sie nie auf irgendeine Art von Prüfung vorbereitet. Tagelang hatte sie geweint und getobt. Selbst heute noch wurde sie übellaunig, wenn sie daran zurückdachte. Letztendlich hatte der Mangel an Bildung Maud zur Suffragette werden lassen. Sie kannte Mädchen, die nie eine ordentliche Ausbildung bekommen würden, solange man den Frauen das Wahlrecht vorenthielt.

Auch der Ehe hatte Maud lange Zeit skeptisch gegenübergestanden. Verpflichten Frauen sich mit der Heirat nicht vertraglich zu einem Leben in Sklaverei, hatte sie sich gefragt. Und was erhalten sie dafür als Gegenleistung? Zumindest auf die zweite Frage kannte Maud nun die Antwort, denn sie hatte nie zuvor etwas so intensiv empfunden wie ihre Liebe zu Walter. Einander berühren zu können, wann immer man wollte, musste der Himmel auf Erden sein.

Maud dachte oft darüber nach, wie ihr gemeinsames Leben aussehen würde. Ein paar Jahre lang würden sie vermutlich in verschiedenen Botschaften tätig sein und durch die Welt reisen: Paris, Rom, Budapest, vielleicht sogar weit in die Ferne: Addis Abeba, Tokio, Buenos Aires. Sie dachte an die biblische Geschichte von Ruth: »Wo du hingehst, dahin gehe auch ich.« Ihre Söhne würden lernen, Frauen als gleichberechtigt zu behandeln, und ihre Töchter würden zur Unabhängigkeit erzogen werden.

Später würden sie und Walter sich vielleicht in einem Stadthaus in Berlin niederlassen, sodass ihre Kinder gute deutsche Schulen besuchen konnten. Irgendwann würde Walter das Landgut seines Vaters erben, Zumwald in Ostpreußen. Und wenn sie alt waren und die Kinder aus dem Haus, würden sie mehr Zeit auf dem Land verbringen, Hand in Hand über das Gut schlendern, abends gemeinsam lesen und darüber sinnieren, wie die Welt sich seit ihrer Jugend verändert hatte.

Maud konnte kaum noch an etwas anderes denken. Sie saß in ihrem Büro in der Calvary Gospel Hall, starrte auf die Medikamentenpreisliste und musste daran denken, wie Walter vor der Salontür der Herzogin an seiner Fingerspitze gesaugt hatte. Allmählich fiel den Leuten auf, dass sie immer öfter in Gedanken versunken war. Dr. Greenward hatte sie sogar schon gefragt, ob sie sich nicht wohlfühle, und Tante Herm hatte sie ermahnt, nicht in den Tag hinein zu träumen.

Maud versuchte, sich auf das Bestellformular zu konzentrieren, wurde diesmal aber von einem Klopfen unterbrochen. Tante Herm steckte den Kopf durch die Tür und sagte: »Da ist jemand, der dich sehen möchte.« Sie blickte geradezu ehrfürchtig drein, als sie Maud eine Visitenkarte reichte.

GENERALMAJOR OTTO VON ULRICH
Attaché
Botschaft des Deutschen Reiches
Carlton House Terrace, London

»Du liebe Güte, Walters Vater!«, rief Maud.

»Was soll ich ihm sagen?«, flüsterte Tante Herm.

»Frag ihn, ob er Tee oder Sherry möchte, und führe ihn herein.«

Otto von Ulrich war förmlich gekleidet in einen schwarzen Frack mit Seidenrevers, weißer Pikeeweste und gestreifter Hose. Sein rotes Gesicht schwitzte in der Sommerhitze. Er war rundlicher als Walter und sah nicht so gut aus, doch beide hatten die gleiche militärisch straffe Körperhaltung.

Maud legte ihre gewohnt sorglose Art an den Tag. »Mein lieber Herr von Ulrich! Ist das ein förmlicher Besuch?«

»Ich möchte mit Ihnen über meinen Sohn reden«, entgegnete Otto. Sein Englisch war fast so gut wie Walters, obwohl er im Unterschied zu seinem Sohn einen hörbaren deutschen Akzent besaß.

»Sehr freundlich von Ihnen, so schnell auf den Punkt zu kommen«, erwiderte Maud mit einem Hauch von Spott, der Otto jedoch zu entgehen schien. »Bitte, nehmen Sie Platz. Lady Hermia wird Erfrischungen kommen lassen.«

»Walter stammt aus einem alten Adelsgeschlecht«, sagte Otto ohne Umschweife.

»Genau wie ich«, erwiderte Maud.

»Wir sind traditionsverhaftet, konservativ und fromm, vielleicht sogar ein bisschen altmodisch.«

»Genau wie meine Familie«, sagte Maud.

Das lief nicht so, wie Otto es geplant hatte. »Wir sind Preußen«, sagte er mit verzweifeltem Unterton.

»Ah«, sagte Maud, als verstünde sie jetzt endlich. »Und wir sind Angelsachsen.«

Sie focht mit ihm, als wäre es bloß ein intellektuelles Geplänkel, doch tief im Inneren hatte Maud schreckliche Angst. Warum war dieser Mann gekommen? Was bezweckte er damit? Maud hatte das untrügliche Gefühl, dass er nichts Gutes im Schilde führte. Er war gegen sie. Er würde versuchen, sich zwischen sie und Walter zu drängen.

Auf jeden Fall war er nicht zu Scherzen aufgelegt. »Deutschland und Großbritannien liegen im Streit. Die Engländer freunden sich mit unseren Feinden an, mit Frankreich und Russland. Somit ist auch Ihr Heimatland unser Feind.«

»Tut mir leid, dass Sie so denken. Viele sehen das allerdings anders.«

»Die Wahrheit wird nicht von einem Mehrheitsvotum bestimmt.« Maud bemerkte einen Hauch von Schärfe in Otto von Ulrichs Stimme. Er war es nicht gewohnt, kritisiert zu werden, erst recht nicht von einer Frau.

Dr. Greenwards Krankenschwester brachte Tee auf einem Tablett und schenkte ein. Otto schwieg, bis die Schwester gegangen war; dann sagte er: »In ein paar Wochen befinden wir uns möglicherweise im Krieg. Wenn wir nicht wegen Serbien in den Kampf ziehen, werden wir einen anderen *Casus Belli* finden. Früher oder später müssen Deutschland und Großbritannien um die Vorherrschaft in Europa kämpfen.«

»Es tut mir leid, dass Sie so pessimistisch sind.«

»Viele denken genauso.«

»Aber die Wahrheit wird nicht von einem Mehrheitsvotum bestimmt«, zitierte Maud Ottos eigene Worte.

Otto schaute verärgert drein. Offensichtlich erwartete er von ihr, dass sie ihm schweigend zuhörte. Und noch weniger gefiel es ihm, verspottet zu werden. Ungehalten sagte er: »Sie sollten mir lieber zuhören, denn was ich sage, betrifft auch Sie persönlich. Die meisten Deutschen betrachten Großbritannien als Feind. Wenn Walter eine Engländerin heiraten würde … Denken Sie doch nur über die Folgen nach!«

»Das habe ich bereits. Walter und ich haben ausführlich darüber gesprochen und sind der Ansicht …«

»Erstens«, unterbrach Otto sie, »würde er sich meine Missbilligung zuziehen. Eine englische Schwiegertochter könnte ich unmöglich in meiner Familie willkommen heißen.«

»Walter meint, Ihre Liebe zu ihm wird Ihnen helfen, Ihre Abneigung gegen mich zu überwinden. Oder ist das unmöglich?«

»Zweitens«, fuhr Otto fort, ohne auf Mauds Frage einzugehen, »würde seine Treue zum Kaiser infrage gestellt. Männer von Walters eigenem Rang und Ansehen würden ihm die Freundschaft aufkündigen. Er und seine Frau würden nicht mehr in den besten Häusern verkehren.«

Nun wurde auch Maud wütend. »Das kann ich nicht glauben. Nicht *alle* Deutschen können so engstirnig sein.«

Otto tat so, als würde er ihre Frechheit nicht bemerken. »Drittens geht es um Walters Karriere im Auswärtigen Amt. Er wird sich bewähren. Ich habe ihn auf Schulen und Universitäten in verschiedenen Ländern geschickt. Er spricht perfekt Englisch und passabel Russisch. Trotz seiner unreifen und idealistischen Ansichten halten seine Vorgesetzten große Stücke auf ihn. Sogar der Kaiser hat mehr als einmal freundlich zu ihm gesprochen. Eines Tages könnte er Außenminister sein.«

»Er ist brillant.«

»Aber wenn er Sie heiratet, ist seine Karriere ruiniert.«

»Das ist lächerlich!«, sagte Maud erzürnt.

»Meine liebe, junge Lady Maud, einem Mann, der mit einem Feind verheiratet ist, kann man nicht vertrauen.«

»Auch darüber haben Walter und ich gesprochen. Seine Treue würde nach wie vor Deutschland gelten. Meine Liebe zu Walter ist groß genug, dass ich damit leben könnte.«

»Walter könnte so sehr um die Familie seiner Frau besorgt sein, dass er seinem Heimatland nicht mehr von ganzem Herzen zu dienen vermag. Und selbst wenn dem nicht so wäre, könnte man ihm eine solche Haltung unterstellen.«

»Sie übertreiben«, sagte Maud, doch ihr Selbstvertrauen geriet immer mehr ins Wanken.

»Meinen Sie? Auf jeden Fall könnte er in keinem Bereich mehr arbeiten, in dem es um Geheimhaltung geht. Niemand würde in seinem Beisein vertrauliche Informationen diskutieren. Er wäre am Ende.«

»Er muss ja nicht im Militärnachrichtendienst arbeiten. Er kann sich anderen Gebieten der Diplomatie zuwenden.«

»Diplomatie verlangt in allen Bereichen nach Geheimhaltung. Und dann wäre da auch noch meine Position zu bedenken.«

Maud war überrascht. Sie und Walter hatten gar nicht an Ottos Karriere gedacht.

»Ich bin ein enger Vertrauter Seiner Majestät. Würde er mir weiterhin sein volles Vertrauen schenken, wenn mein Sohn mit einer feindlichen Ausländerin verheiratet ist?«

»Das sollte er.«

»Und er würde es vielleicht, wenn ich entschlossen handle und meinen Sohn enterbe.«

Maud schnappte nach Luft. »Das können Sie nicht tun.«

Otto hob die Stimme. »Ich wäre dazu verpflichtet!«

Maud schüttelte den Kopf. »Sie könnten auch anders entscheiden«, sagte sie verzweifelt. »Ein Mann hat immer eine Wahl.«

»Ich werde nicht alles opfern, was ich mir erkämpft habe – meine Position, meine Karriere, den Respekt meiner Landsleute – für ein *Mädchen*«, sagte Otto verächtlich.

Maud fühlte sich, als hätte er ihr ins Gesicht geschlagen.

Otto fuhr fort: »Aber Walter würde es tun.«

»Was wollen Sie damit sagen?«

»Wenn Walter Sie heiratet, verliert er seine Familie, sein Land und seine Karriere. Aber er würde es tun. Er hat seine Liebe zu Ihnen erklärt, ohne über die Konsequenzen nachgedacht zu haben. Früher oder später wird er begreifen, was für einen katastrophalen Fehler er begangen hat. Aber er betrachtet sich schon jetzt als inoffiziell verlobt mit Ihnen, und diese … Verlobung wird er niemals lösen. Dafür ist er viel zu sehr Ehrenmann. ›Mach nur, enterbe mich‹, wird er zu mir sagen. Würde er das nicht tun, würde er sich selbst als Feigling betrachten.«

»Das stimmt«, sagte Maud. Sie war verwirrt. Dieser schreckliche alte Mann sah die Wahrheit klarer als sie.

Otto fuhr fort: »Also müssen *Sie* die Beziehung beenden.«

Es traf sie wie ein Stich ins Herz. »Nein!«

»Das ist die einzige Möglichkeit, Walters Zukunft zu retten. Sie müssen ihn aufgeben.«

Maud öffnete den Mund, um zu protestieren, erkannte dann aber, dass der alte Mann recht hatte.

Otto beugte sich vor und fragte mit Nachdruck: »Werden Sie die Beziehung mit ihm beenden?«

Maud liefen Tränen über die Wangen. Sie wusste, was sie tun musste. Sie durfte Walters Leben nicht zerstören, nicht einmal um der Liebe willen. »Ja«, sagte sie schluchzend. Ihre Würde war dahin, aber das war ihr egal; der Schmerz war schier unerträglich. »Ja, ich werde die Beziehung beenden.«

»Versprechen Sie es mir?«

»Ja, ich verspreche es.«

Otto stand auf. »Danke, dass Sie mir zugehört haben.« Er verbeugte sich. »Ich wünsche Ihnen einen guten Tag.« Er ging hinaus.

Maud vergrub das Gesicht in den Händen.

KAPITEL 8

Mitte Juli 1914

In Ethels Haushälterinnenschlafzimmer auf Tŷ Gwyn gab es einen alten kippbaren Standspiegel. Der Holzrahmen knarrte, und das Glas war trüb, aber man konnte sich in ganzer Größe darin sehen. Für Ethel war er ein Luxus.

Sie betrachtete sich in dem Spiegel, als sie in Unterwäsche davorstand. Seit sie sich verliebt hatte, schien sie üppiger geworden zu sein. Sie hatte an Hüften und Taille ein wenig zugenommen, und ihre Brüste wirkten größer, vielleicht, weil Fitz sie so oft streichelte und drückte. Als sie an ihn dachte, schmerzten ihre Brustwarzen.

Fitz war an diesem Morgen mit Fürstin Bea und Lady Maud eingetroffen und hatte Ethel zugeflüstert, sie würden sich nach dem Mittagessen in der Gardeniensuite treffen. Ethel hatte Maud im Rosa Zimmer untergebracht und es damit entschuldigt, dass in der Suite, die Maud üblicherweise bezog, die Bodenbretter repariert werden müssten.

Ethel war in ihr Zimmer gegangen, um sich zu waschen und frische Unterwäsche anzuziehen. Sie liebte es, sich so für Fitz herzurichten, und konnte es kaum erwarten, dass er sie berührte und küsste. Sie malte sich aus, wie er vor Verlangen und Wonne stöhnte, dachte an seinen Duft und das sinnliche Gefühl, wenn seine Kleidung ihr über die Haut strich.

Als Ethel eine Schublade öffnete, um frische Strümpfe herauszunehmen, fiel ihr Blick auf einen Stapel sauberer weißer Baumwollstreifen – die Binden, die sie benutzte, wenn sie ihre Periode hatte. Ihr fiel ein, dass sie die Binden nicht gewaschen hatte, seit sie in dieses Zimmer gezogen war. Unversehens packte sie eisiges Entsetzen, und sie ließ sich schwerfällig auf das schmale Bett sinken. Es war Mitte Juli. Mrs. Jevons hatte das Zimmer Anfang Mai geräumt, vor ungefähr zehn Wochen. Während dieser Zeit hätte Ethel die Binden zweimal brauchen müssen.

»Nein«, sagte sie laut. »O Gott, nein.«

Ethel zwang sich, in Ruhe nachzudenken, und es gelang ihr, den zeitlichen Ablauf zu rekonstruieren: Der Besuch des Königs war im Januar gewesen. Sie, Ethel, war gleich darauf zur Haushälterin befördert worden, aber Mrs. Jevons war noch zu krank gewesen, um auszuziehen. Im Februar war Fitz nach Russland gereist und im März zurückgekehrt; danach hatten sie sich zum ersten Mal richtig geliebt. Im April war Mrs. Jevons wieder bei Kräften gewesen, und Fitz' Anwalt, Albert Solman, war aus London angereist, um ihre Rentenangelegenheiten zu regeln. Anfang Mai schließlich hatte Mrs. Jevons Tŷ Gwyn verlassen, und unmittelbar danach war Ethel in dieses Zimmer eingezogen und hatte den kleinen Stapel weißer Baumwollstreifen in die Schublade gelegt.

Es war zehn Wochen her, sosehr sie auch hin und her rechnete.

Wie oft hatten sie und Fitz sich in der Gardeniensuite getroffen? Wenigstens acht Mal, und nicht immer waren sie vorsichtig gewesen. Sie war so glücklich gewesen, mit ihm zu schlafen, dass sie in ihrer Ekstase die Augen vor der Gefahr verschlossen hatte. Und nun hatte es sie erwischt.

»Gott vergib mir«, sagte sie laut.

Sie musste an ihre Freundin Dilys Pugh denken, die sich ebenfalls ein Kind hatte machen lassen. Dilys hatte als Hausmädchen für Generaldirektor Jones' Frau gearbeitet und war damals mit Johnny Bevan gegangen. Heute waren die beiden verheiratet.

Was aber sollte aus Ethel werden? Sie konnte den Vater ihres Kindes nicht heiraten. Er war bereits verheiratet.

Ethel schüttelte den Kopf. Heute würden sie und Fitz sich nicht im Bett vergnügen. Sie mussten über die Zukunft reden. Aber was sollte sie sagen? Fitz hatte keine Kinder. Wie würde er reagieren? Glücklich? Entsetzt? Würde er sich freuen, oder würde es ihm peinlich sein? Würde er Ethel noch mehr lieben, weil sie ein Kind von ihm bekam, oder würde er sie hassen?

Ethel zog sich das schwarze Taftkleid der Haushälterin über, verließ ihre Dachkammer, ging über den schmalen Flur und stieg die Hintertreppe hinunter zum Westflügel. Die vertraute Tapete mit dem Gardenienmuster entfachte gegen ihren Willen ihr Verlangen, genauso, wie der Anblick ihrer Unterwäsche jedes Mal Fitz erregte.

Er war bereits da. In einem braunen Tweedanzug aus Kaschmirwolle stand er am Fenster, blickte über den sonnenbeschienenen Garten und rauchte eine Zigarre. Was für ein schöner Mann er ist, dachte Ethel wieder einmal.

»Ach, Teddy, ich bin so glücklich, dich zu sehen.« Sie umarmte ihn und genoss es, der einzige Mensch zu sein, der ihn Teddy nannte.

»Und ich freue mich, dich zu sehen«, sagte Fitz, verzichtete diesmal aber darauf, als Erstes ihre Brüste zu streicheln.

Sie küsste ihn aufs Ohr. »Ich muss dir etwas sagen.«

»Und ich dir. Darf ich zuerst?«

Ehe Ethel antworten konnte, löste er sich aus ihrer Umarmung und trat einen Schritt zurück. Eine düstere Vorahnung überkam sie. »Was ist?«

»Bea erwartet ein Kind.« Er zog an der Zigarre und stieß den Rauch wie einen Seufzer aus.

Zuerst begriff Ethel den Sinn seiner Worte nicht. »Was?«, fragte sie verdutzt.

»Fürstin Bea, meine Frau. Sie ist schwanger. Sie bekommt ein Kind.«

»Soll das heißen, du bist bei ihr gewesen, obwohl du mit mir zusammen warst?«, fragte Ethel mit auflodderndem Zorn.

Er blickte sie erschrocken an. Offenbar hatte er nicht damit gerechnet, sie könnte es ihm verübeln. »Das musste ich«, wandte er ein. »Ich brauche einen Erben.«

»Aber du hast gesagt, du liebst mich!«

»So ist es ja auch … selbst wenn wir jetzt nicht mehr zusammen sein können.«

»Nein!«, rief sie weinend. »Sag so etwas nicht, bitte nicht!«

»Sei leise!«

»Ich soll leise sein? Du gibst mir den Laufpass! Warum sollte es mir jetzt noch wichtig sein, ob die Leute es erfahren?«

»Für mich ist es wichtig.«

Ethel war in Tränen aufgelöst. »Teddy, bitte, ich liebe dich …«

»Ich muss ein guter Ehemann und ein guter Vater für mein Kind sein. Das musst du doch begreifen.«

»Begreifen? Zum Teufel damit!«, rief sie. »Wie kann dir das so leicht über die Lippen gehen? Du hast schon mehr Gefühl gezeigt, wenn ein Hund erschossen werden musste!«

»Das ist nicht wahr«, erwiderte er steif.

»Ich habe mich dir hingegeben! In diesem Zimmer, auf dem Bett dort!«

»Und ich werde es nie …« Er verstummte. Sein Gesicht, bisher zu einer Maske trotziger Selbstbeherrschung erstarrt, zeigte plötzlich Schmerz. Er wich ihrem Blick aus. »Ich werde es nie vergessen«, sagte er leise.

Ethel ging zu ihm. Als sie die Tränen auf seinen Wangen sah, verflog ihr Zorn. »Oh, Teddy, es tut mir leid.«

Er riss sich zusammen. »Du bedeutest mir sehr viel, aber ich muss meine Pflicht tun«, sagte er. Die Worte waren so kühl wie zuvor, aber seiner Stimme war seine Qual anzumerken.

Ethel war völlig verzweifelt. Dabei hatte sie ihm noch gar nicht gesagt, was sie zu sagen hatte. Sie wischte sich die Augen mit dem Ärmel ab, schniefte und schluckte. »Pflicht?«, fragte sie. »Du weißt noch nicht einmal die Hälfte.«

»Wovon redest du?«

»Ich bin ebenfalls schwanger.«

»O Gott.« Mechanisch schob er sich die Zigarre zwischen die Lippen, zog sie aber gleich wieder heraus. »Aber ich habe doch immer aufgepasst.«

»Anscheinend nicht gut genug.«

»Wie lange weißt du es schon?«

»Seit eben erst. Ich habe in meine Schublade geschaut und die sauberen Binden entdeckt.« Gequält verzog er das Gesicht. Offenbar wollte er nicht über solche Dinge reden. Nun, das würde er jetzt durchstehen müssen. »Ich habe ausgerechnet, dass ich den Fluch nicht bekommen habe, seit ich in Mrs. Jevons' altes Zimmer gezogen bin, und das ist zehn Wochen her.«

»Zehn Wochen? Dann ist es sicher. Zum Teufel!« Er führte die Zigarre an die Lippen, bemerkte, dass sie erloschen war, und ließ sie mit einem verärgerten Laut zu Boden fallen.

Ethel kam ein hoffnungsvoller Gedanke. »Vielleicht bekommst du zwei Erben.«

»Red keinen Unsinn«, entgegnete er schroff. »Ein Bastard kann nicht erben.«

»Oh«, sagte sie. »Mein Baby ist ein Bastard?«

Er blickte sie schuldbewusst an. »Tut mir leid«, sagte er. »Ich habe es nicht so gemeint.«

Ethel fühlte sich schrecklich verletzt. Warum sorgte er sich nicht um sie, nur um seine Frau? Bea würde es gut gehen: Sie war reich und verheiratet, und sie trug den geliebten, ehelichen Stammhalter des Fitzherbert-Clans unter dem Herzen.

»Gott behüte, dass Bea davon erfährt«, sagte er. »Ich glaube, der Schock wäre zu viel für sie.«

Ethel erinnerte sich an das Gerücht, Bea hätte im vergangenen Jahr eine Fehlgeburt erlitten. Das ganze Dienstbotenzimmer hatte von nichts anderem gesprochen. Wenn man Nina glauben durfte, der russischen Zofe, gab Bea die Schuld an der Fehlgeburt Fitz, weil er eine geplante Reise nach Russland abgesagt hatte.

»Also machst du dir vor allem Sorgen, die Nachricht von unserem Kind könnte deine Frau aufregen«, sagte Ethel mit Tränen in den Augen.

Er starrte sie an. »Ich möchte nicht, dass sie eine Fehlgeburt erleidet.«

Ihm schien gar nicht klar zu sein, wie herzlos er war.

»Zum Teufel mit dir!«, rief Ethel.

»Was erwartest du eigentlich von mir? Beas Kind könnte der Sohn sein, auf den ich gehofft habe, um den ich gebetet habe. Dein Kind ist weder von dir gewünscht noch von mir oder von sonst jemandem.«

»So siehst du das?«, sagte sie leise und brach wieder in Tränen aus.

»Ich muss darüber nachdenken«, sagte er. »Ich muss allein sein.« Er nahm sie bei den Schultern. »Wir sprechen morgen wieder. Bis dahin sag keinem etwas. Hast du verstanden?«

Sie nickte.

»Versprich es mir.«

»Ich versprech's.«

»Braves Mädchen«, sagte er und verließ den Raum.

Ethel bückte sich und hob die kalte Zigarre auf.

Sie sagte es niemandem, aber sie konnte auch nicht so tun, als wäre alles wie immer; deshalb schützte sie Übelkeit vor und ging zu Bett. Während sie allein dort lag, Stunde um Stunde, wich die Traurigkeit langsam der Sorge. Wovon sollten sie und ihr Kind leben?

Ihre Stelle auf Tŷ Gwyn würde sie verlieren. Das wäre selbst dann unabwendbar, wäre sie nicht vom Earl schwanger gewesen. Allein das schmerzte Ethel. Sie war so stolz gewesen, als man sie zur Haushälterin befördert hatte. Gramper sagte gerne und oft, Hochmut komme vor dem Fall. Er hatte recht behalten.

Ethel war nicht sicher, ob sie ins Haus ihrer Eltern zurückkehren konnte. Die Schande für die Familie würde ihren Vater ins Grab bringen – ein Gedanke, der Ethel fast so sehr beschäftigte wie ihre eigene Schande. In mancher Hinsicht würde es Dah noch mehr treffen als sie selbst. In solchen Dingen war er altmodisch und streng.

Aber Ethel wollte sowieso nicht als unverheiratete Mutter in Aberowen leben. Es gab schon zwei solche Frauen in der Stadt: Maisie Owen und Gladys Pritchard, traurige Gestalten ohne einen Platz in der Gemeinschaft. Sie waren alleinstehend, aber kein Mann interessierte sich für sie; sie waren Mütter, wohnten aber bei den Eltern, als wären sie noch Kinder; sie waren in keiner Kirche, keiner Kneipe, keinem Laden und keinem Verein willkommen.

Wie konnte sie, Ethel Williams, die immer geglaubt hatte, es weiter zu bringen als die anderen, auf die niedrigste Stufe überhaupt sinken?

Sie musste Aberowen verlassen. Sie war nicht einmal traurig darüber. Im Gegenteil, sie wäre froh, den düsteren Häuserreihen, den tristen kleinen Kapellen und den endlosen Streitigkeiten zwischen Bergarbeitern und Grubendirektion den Rücken zu kehren. Aber wohin sollte sie gehen? Und könnte sie ihren Teddy wiedersehen?

Als die Dunkelheit hereinbrach, lag Ethel noch immer wach und schaute durch das Fenster auf die Sterne. Endlich fasste sie einen Plan. Sie würde woanders ein neues Leben beginnen. Sie würde einen Ehering tragen und erzählen, ihr Mann sei verstorben. Sie würde jemanden suchen, der sich um das Kind kümmerte. Sie würde Arbeit finden und Geld verdienen. Sie würde ihr Kind auf die Schule schicken. Sie würde ein Mädchen bekommen, das spürte sie, und dieses Mädchen würde klug sein, würde Schriftstellerin werden oder Ärztin, oder vielleicht eine Vorkämpferin für die Rechte der Frauen wie Mrs. Pankhurst, die sich vor dem Buckingham Palace hatte verhaften lassen.

Ethel hatte geglaubt, nicht schlafen zu können, doch Erregung, Angst und Sorgen hatten sie erschöpft, und gegen Mitternacht fiel sie in einen tiefen, traumlosen Schlaf.

Die aufgehende Sonne weckte sie. Ethel freute sich wie immer auf den neuen Tag. Erst dann kam wie ein Sturzbach die Erinnerung, dass ihr altes Leben zu Ende war und dass sie sich mitten in einer Tragödie befand. Beinahe wäre sie wieder in Tränen ausgebrochen, kämpfte aber dagegen an. Den Luxus von Tränen konnte sie sich nicht leisten. Sie musste ein neues Leben beginnen.

Ethel zog sich an und ging hinunter ins Dienstbotenzimmer, wo sie verkündete, sich von der gestrigen Übelkeit erholt zu haben und ihr Tagewerk verrichten zu können.

Lady Maud schickte noch vor dem Frühstück nach ihr. Ethel stellte ein Frühstückstablett zusammen und trug es in das Rosa Zimmer. Maud saß in einem purpurnen Negligé aus Seide vor der Frisierkommode. Sie hatte geweint, was Ethels Mitgefühl weckte, obwohl sie genug eigene Sorgen hatte. »Was haben Sie denn, Mylady?«

»Ach, Williams, ich musste ihn aufgeben.«

Ethel vermutete, dass sie Walter von Ulrich meinte. »Aber wieso denn?«

»Sein Vater hat mich aufgesucht. Mir war nicht klar genug, dass Großbritannien und Deutschland Feinde sind. Wenn Walter mich heiratet, zerstört er seine Karriere – und die seines Vaters vermutlich gleich mit.«

»Aber jeder sagt doch, dass es keinen Krieg gibt, weil Serbien nicht wichtig genug ist.«

»Es wird Krieg geben. Wenn nicht jetzt, dann später. Und selbst wenn es doch nicht so weit kommt, genügt schon die Bedrohung.« Auf der Frisierkommode lag ein rosa Spitzenkragen. Maud zerrte nervös daran und riss den teuren Stoff auf, sodass Ethel im Stillen bereits ein paar Nähstunden veranschlagte. »Wäre Walter mit einer Engländerin verheiratet, würde man ihm im deutschen Außenministerium keine Geheimnisse mehr anvertrauen.«

Ethel schenkte Kaffee ein und reichte Maud eine Tasse. »Wenn Herr von Ulrich Sie wirklich liebt, wird er seine Arbeit aufgeben.«

»Aber das will ich nicht.« Maud ließ den Spitzenkragen in Ruhe und trank einen Schluck Kaffee. »Ich darf nicht schuld daran sein, dass seine Karriere zerstört wird. Das wäre keine Basis für eine Ehe.«

»Was sagt Herr Walter denn dazu?«, fragte Ethel.

»Ich habe nicht mit ihm gesprochen. Ich habe ihm einen Brief geschrieben und bin ihm aus dem Weg gegangen, wo ich nur konnte, bis es mir zu viel wurde und ich hierhergekommen bin.«

»Warum möchten Sie denn nicht mit ihm sprechen?«

»Weil ich weiß, was passieren würde. Er würde mich in die Arme nehmen und küssen, und dann gäbe ich nach.«

Das Gefühl kenne ich, dachte Ethel.

Maud seufzte. »Sie sind so still heute Morgen, Williams. Sie haben wahrscheinlich eigene Sorgen. Ist es so schlimm mit diesem Streik?«

»Ja, Mylady. Die ganze Stadt ist auf Hungerrationen.«

»Geben Sie den Kindern der Bergarbeiter immer noch zu essen?«

»Jeden Tag.«

»Das ist gut. Mein Bruder ist sehr großzügig.«

»Ja, Mylady.« Wenn es ihm passt.

»Sie sollten jetzt wieder an die Arbeit gehen. Danke für den Kaffee. Wahrscheinlich langweile ich Sie mit meinen Problemen.«

Impulsiv ergriff Ethel Mauds Hand. »Bitte sagen Sie das nicht. Sie sind immer gut zu mir gewesen. Es tut mir schrecklich leid wegen Herrn Walter, und ich hoffe, dass Sie mir immer Ihre Sorgen anvertrauen.«

»Das ist nett von Ihnen.« Wieder stiegen Maud Tränen in die Augen. »Ich danke Ihnen sehr.« Sie drückte Ethels Hand und ließ sie los.

Ethel nahm das Tablett und ging. Als sie in die Küche kam, fragte Peel, der Butler: »Haben Sie etwas ausgefressen?«

Das kann man wohl sagen, antwortete Ethel stumm. »Wieso fragen Sie?«

»Seine Lordschaft möchte Sie um halb elf in der Bibliothek sprechen.«

Also gab es ein offizielles Gespräch. Vielleicht ist es besser so, überlegte Ethel. Sie wären durch einen Schreibtisch getrennt; dann käme sie gar nicht erst auf die Idee, sich Fitz in die Arme zu werfen. So könnte sie auch die Tränen besser zurückhalten. Und sie musste gefasst sein, denn diese Auseinandersetzung bestimmte über ihr zukünftiges Leben.

Ethel würde Tŷ Gwyn vermissen. In den Jahren, die sie hier arbeitete, hatte sie die Villa und deren Einrichtung lieb gewonnen. Sie hatte gelernt, woran man einen Kandelaber erkannte, ein Büfett, eine Vitrine, einen Notenständer und vieles andere. Sie hatte die Intarsien studiert, die Girlanden und Schnörkel, und sie kannte die Schnitzereien, zum Beispiel die Füße, die wie Löwenklauen geformt waren, die einen

Ball umklammerten. Und sie wusste, dass jeder Raum in einem bestimmten Stil eingerichtet war: Barock, Neoklassizismus, Gotik.

Diese Welt würde ihr nun für immer verschlossen bleiben.

Nach einer Stunde machte Ethel sich auf den Weg zur Bibliothek. Die Bücher waren von Fitz' Ahnen gesammelt worden. Heute wurde der Raum kaum noch genutzt. Bea las nur französische Romane, Fitz las überhaupt nicht. Manchmal kamen Hausgäste der Ruhe wegen hierher, oder um das elfenbeinerne Schachspiel zu benutzen, das auf dem Tisch stand. An diesem Morgen waren die Jalousien halb geschlossen; Ethel hatte dies veranlasst, damit der Raum vor der Julisonne geschützt wurde und kühl blieb. Deshalb lag die Bibliothek nun im Halbdunkel.

Fitz saß auf einem grünen Ledersessel. Zu Ethels Erstaunen war auch Albert Solman zugegen, der Anwalt. Er trug einen schwarzen Anzug und ein Hemd mit steifem Kragen. Solman war Fitz' Generalbevollmächtigter: Er verwaltete das Vermögen, prüfte die Einkünfte aus Kohlekonzessionen und Pachten, beglich ausstehende Rechnungen, veranlasste die Lohnzahlungen an das Personal und kümmerte sich um Verträge jeder Art. Gelegentlich strengte er auch Klagen gegen Personen an, die Fitz zu betrügen versuchten. Ethel mochte diesen Mann nicht. Sie hielt ihn für einen Neunmalklugen. Vielleicht waren alle Anwälte so; sie wusste es nicht: Solman war der einzige, den sie je kennengelernt hatte.

Fitz erhob sich. Er wirkte verlegen. »Ich habe Mr. Solman ins Vertrauen gezogen.«

»Wieso?«, fragte Ethel. Sie hatte ihm versprechen müssen, niemandem von der Sache zu erzählen; deshalb kam es ihr wie ein Verrat vor, dass Fitz es seinem Anwalt anvertraut hatte.

Fitz schien sich tatsächlich zu schämen – ein seltener Anblick. »Solman wird dir sagen, was ich vorschlage.«

»Wieso?«, fragte Ethel noch einmal.

Fitz schaute sie flehend an, als wollte er ihr sagen: Bitte, mach es nicht noch schlimmer für mich.

Doch Ethel hatte kein Mitleid. Das alles war für sie nicht leicht, wieso sollte es ihm da besser ergehen? »Worum geht es denn?«, fragte sie herausfordernd. »Was traust du dich nicht, mir zu sagen?«

Fitz' an Überheblichkeit grenzendes Selbstbewusstsein war völlig von ihm abgefallen. »Ich überlasse es dem Anwalt, es dir zu erläutern«, sagte er und verließ zu Ethels Erstaunen die Bibliothek.

Als die Tür sich hinter Fitz geschlossen hatte, starrte sie Solman an und fragte sich: Wie kann ich mit einem Fremden über die Zukunft meines Kindes sprechen?

Solman lächelte sie an. »Offenbar sind Sie vom Pfad der Tugend abgekommen.«

Ethel war verletzt. »Haben Sie das auch zum Earl gesagt?«

»Natürlich nicht.«

»Warum nicht? Wenn es für mich gilt, was Sie sagen, dann gilt es auch für ihn. Es braucht zwei, um ein Kind zu machen.«

»Schon gut, wir brauchen nicht darauf einzugehen.«

»Dann tun Sie nicht so, als wäre ich allein es gewesen.«

»Wie Sie wünschen.«

Ethel setzte sich; dann schaute sie Solman wieder an. »Sie dürfen Platz nehmen, wenn Sie möchten«, sagte sie, als wäre sie die Dame des Hauses, die sich dem Butler gegenüber zu einer Freundlichkeit herabließ.

Solman errötete. Er wusste nicht, ob er sich setzen sollte, weil dies den Eindruck erwecken würde, als hätte er tatsächlich auf Ethels Erlaubnis gewartet; doch wenn er stehen blieb, erschien er wie ein Diener. Schließlich beschloss er, im Zimmer auf und ab zu schreiten. »Seine Lordschaft hat mich angewiesen, Ihnen ein Angebot zu unterbreiten«, sagte er. Das Auf- und Abgehen behagte ihm auch nicht; er gab es auf und blieb vor Ethel stehen. »Das Angebot ist großzügig. Ich rate Ihnen, nehmen Sie es an.«

Ethel sagte nichts. Schließlich wurde hier verhandelt, und damit kannte sie sich aus: Ihr Vater verhandelte ständig mit der Grubendirektion und versuchte, höhere Löhne, kürzere Schichten und bessere Schutzmaßnahmen zu erkämpfen. Einer seiner Grundsätze lautete: »Sprich nie, ehe du musst.« Also schwieg Ethel.

Solman blickte sie erwartungsvoll an. Als ihm klar wurde, dass sie nichts entgegnen würde, wirkte er verstimmt. »Seine Lordschaft ist bereit, Ihnen eine Pension von vierundzwanzig Pfund im Jahr zu bewilligen, zahlbar monatlich im Voraus«, fuhr er fort. »Ich finde, das ist sehr nett von ihm. Sind Sie nicht auch der Meinung?«

So ein lausiger Geizhals, dachte Ethel. Wie kann er so gemein zu mir sein? Vierundzwanzig Pfund im Jahr war der Lohn eines Hausmädchens und die Hälfte von dem, was Ethel als Haushälterin verdiente, und sie verlor obendrein freie Kost und Logis.

Warum eigentlich glaubten die Männer, sie kämen mit so etwas durch? Wahrscheinlich, weil es ihnen normalerweise gelang. Eine Frau hatte keine Rechte. Um ein Kind zu zeugen, brauchte es Mann und Frau, aber nur der Frau erwuchsen Pflichten daraus. Wie hatten die Frauen zulassen können, in eine solch schwache Position gedrängt zu werden? Es machte Ethel wütend.

Sie sagte noch immer nichts.

Solman zog einen Stuhl heran und setzte sich ganz nahe vor sie. »Sie müssen das Gute an der Sache sehen. Sie haben zehn Shilling die Woche …«

»Nicht ganz«, fiel sie ihm ins Wort.

»Nun, dann sagen wir eben sechsundzwanzig Pfund im Jahr, das sind zehn Shilling die Woche. Was sagen Sie dazu?«

Ethel sagte kein Wort.

»Für zwei oder drei Shilling bekommen Sie ein hübsches kleines Zimmer in Cardiff, und den Rest können Sie für sich ausgeben.« Er tätschelte ihr das Knie. »Und wer weiß, vielleicht finden Sie einen großzügigen Mann, der Ihnen das Leben ein wenig erleichtert … hm? Sie sind ein sehr hübsches Mädchen, wissen Sie.«

Ethel gab vor, nicht zu begreifen, was er meinte. Der Gedanke, die Geliebte eines widerlichen Anwalts wie Solman zu sein, stieß sie ab. Glaubte er wirklich, er könnte Teddys Platz einnehmen? Sie ging nicht auf seine Anzüglichkeit ein. »Gibt es Bedingungen?«, fragte sie kalt.

»Bedingungen?«

»Die an das Angebot des Earls geknüpft sind.«

Solman hüstelte. »Das Übliche.«

»Das Übliche? Sie haben so etwas schon einmal gemacht?«

»Nicht für Earl Fitzherbert«, beeilte er sich zu versichern.

»Aber für jemand anders.«

»Bleiben wir beim Thema, bitte.«

»Dann reden Sie weiter.«

»Sie dürfen weder den Namen des Earls auf die Geburtsurkunde setzen noch auf andere Weise preisgeben, dass er der Vater ist – ganz gleich, wem gegenüber. Das sind die Bedingungen.«

»Und Ihrer Erfahrung nach, Mr. Solman, sind Frauen mit diesen Bedingungen normalerweise einverstanden?«

»Aber ja.«

Natürlich, dachte Ethel voller Bitterkeit. Welche Wahl bleibt ihnen auch? Sie haben kein Recht auf irgendetwas, also nehmen sie, was sie kriegen können. »Ist sonst noch etwas?«

»Sobald Sie Tŷ Gwyn verlassen haben, dürfen Sie nicht mehr versuchen, sich mit Seiner Lordschaft in Verbindung zu setzen, auf welche Weise auch immer.«

Aha, dachte Ethel, er will weder mich noch sein Kind sehen. Enttäuschung stieg in ihr auf wie eine Flut aus Schwäche. Hätte sie nicht gesessen, sie wäre womöglich zusammengebrochen. Sie biss die Zähne zusammen, damit sie nicht weinte. Als sie sich halbwegs gefasst hatte, fragte sie: »Sonst noch was?«

»Ich glaube, das ist alles.«

Ethel erhob sich.

Solman sagte: »Sie müssen mir noch mitteilen, wohin die monatlichen Zahlungen gehen sollen.« Er nahm eine kleine silberne Schachtel aus der Tasche und zog eine Visitenkarte heraus.

»Nein«, sagte Ethel, als er ihr die Karte hinhielt.

»Aber Sie müssen wissen, wie Sie mich erreichen …«

»Nein, muss ich nicht«, erwiderte sie.

»Wie darf ich das verstehen?«

»Das Angebot ist nicht akzeptabel.«

»Seien Sie nicht dumm, Miss Williams …«

»Ich sage es noch einmal, Mr. Solman, damit auch wirklich alle Zweifel beseitigt sind: Das Angebot ist nicht akzeptabel. Meine Antwort lautet Nein. Ich werde nicht weiter mit Ihnen sprechen. Guten Tag.«

Ethel ging hinaus und knallte die Tür hinter sich zu.

Wieder in ihrem Zimmer, schloss sie ab und weinte sich die Seele aus dem Leib.

Wie konnte Teddy so grausam sein? Wollte er sie wirklich nie wiedersehen? Oder sein Kind? Glaubte er tatsächlich, dass alles, was zwischen ihnen geschehen war, mit vierundzwanzig Pfund im Jahr ausgelöscht werden könnte? Liebte er sie denn überhaupt nicht mehr? Hatte er sie je geliebt? War sie am Ende eine Närrin?

Sie hatte geglaubt, dass er sie liebte. Sie war sicher gewesen, dass sie ihm wenigstens ein bisschen bedeutete. Vielleicht hatte er ihr die ganze Zeit etwas vorgespielt und sie getäuscht, aber das glaubte sie nicht. Als Frau merkte man, ob ein Mann sich verstellte.

Wenigstens machte seine Hartherzigkeit ihr das Verhandeln leichter, denn nun brauchte sie auf seine Gefühle keine Rücksicht mehr zu nehmen. Sie konnte sich ganz darauf konzentrieren, für sich und das Kind das Beste herauszuschlagen. Ethel malte sich aus, wie Dah diese Angelegenheit geregelt hätte. Trotz der Gesetzeslage war eine Frau nicht ganz machtlos.

Fitz würde sich inzwischen Gedanken machen. Bestimmt hatte er damit gerechnet, dass sie sein Angebot annahm oder im schlimmsten Fall auf mehr Geld bestand; danach hätte er sein Geheimnis für sicher gehalten. Doch Ethel hatte Solman bewusst keine Gelegenheit gegeben, sie zu fragen, was sie wirklich wollte. Ihre wahren Absichten sollten vorerst im Dunkeln bleiben, damit Fitz ständig damit rechnen musste, sie könnte sich rächen, indem sie Bea von ihrer Schwangerschaft erzählte.

Ethel blickte durchs Fenster auf die Uhr am Stalldach. Es war kurz vor zwölf. Auf dem Rasen vor dem Haus bereitete das Personal das Mittagessen für die Bergarbeiterkinder vor. Fürstin Bea empfing die Haushälterin normalerweise um zwölf und brachte dann häufig Beschwerden vor: Entweder gefielen ihr die Blumen in der Halle nicht, oder die Livree der Diener war ungebügelt, oder die Farbe am Treppenabsatz blätterte ab. Die Haushälterin ihrerseits hatte Fragen zu stellen, was die Unterbringung von Gästen betraf, Ersatzbeschaffungen von Porzellan und Glas, die Einstellung und Entlassung von Küchen- und Zimmermädchen. Fitz kam meist gegen halb eins in den Morgensalon, um sich vor dem Mittagessen ein Glas Sherry zu genehmigen.

Und dann würde Ethel die Daumenschrauben anziehen.

Fitz schaute zu, wie die Kinder der Bergarbeiter sich für ihr Mittagessen anstellten – für sie die Hauptmahlzeit des Tages. Ihre Gesichter waren schmutzig, die Haare ungekämmt und die Kleidung zerlumpt, aber sie sahen glücklich aus. Kinder waren erstaunlich. Diese Jungen und Mädchen gehörten zu den Ärmsten im Land, und ihre Väter führten einen erbitterten Kampf, aber den Kindern war nicht die geringste Besorgnis anzumerken.

Seit er Bea geheiratet hatte, sehnte Fitz sich nach einem Kind. Bea hatte schon einmal eine Fehlgeburt erlitten, und Fitz hatte schreckliche Angst, es könnte sich wiederholen. Beim letzten Mal hatte sie sich aus Wut, dass er ihre Russlandreise absagen musste, in einen wahren Tobsuchtsanfall hineingesteigert. Wenn sie herausfand, dass er ihre Haushälterin geschwängert hatte, würde es noch schlimmer werden.

Und das schreckliche Geheimnis lag in den Händen eines Dienstmädchens.

Die Sorge ließ Fitz keine ruhige Minute. Welch grausame Strafe für seine Sünde! Unter anderen Umständen hätte er sich sogar ein bisschen gefreut, Nachwuchs mit Ethel zu haben. Er hätte Mutter und Kind in ein kleines Haus in Chelsea setzen und sie einmal in der Woche besuchen können. Bei diesem schmerzlichen Tagtraum durchfuhr ihn erneut ein Stich des Bedauerns und Verlangens. Er wollte Ethel nicht grob und ungerecht behandeln. Ihre Liebe war so süß gewesen … ihre sehnsüchtigen Küsse, ihre leidenschaftlichen Berührungen, die Hitze ihrer jugendlichen Begierde. Selbst als er ihr die schlechte Nachricht mitteilen musste, hatte er sich gewünscht, mit den Händen über ihren schlanken Körper fahren und spüren zu können, wie sie auf jene begierige Art seinen Hals küsste, die er so erregend fand. Doch er hatte sein Herz vor ihr verschließen müssen.

Ethel war die aufregendste Frau, die er je geküsst hatte, und sie war klug, humorvoll und verstand etwas von Politik; ihr Vater rede ständig über das politische Geschehen, hatte sie ihm erzählt. Außerdem bekam sie als Haushälterin auf Tŷ Gwyn die Zeitung des Earls, sobald der Butler sie ausgelesen hatte – eine Gewohnheit unter den Dienstboten, von der Fitz gar nichts gewusst hatte. Ethel hatte ihm unerwartete Fragen gestellt, die er nicht immer beantworten konnte, zum Beispiel, wer Ungarn vor den Österreichern beherrscht hatte. Das werde ich vermissen, dachte Fitz traurig.

Doch Ethel wollte sich einfach nicht so verhalten, wie man es von einer abgelegten Mätresse erwarten durfte. Solman war nach dem Gespräch mit ihr regelrecht erschüttert gewesen. Fitz hatte den Anwalt gefragt: »Was will sie denn nun?«, doch Solman hatte es ihm nicht sagen können. Nun hegte Fitz den schrecklichen Verdacht, Ethel könnte mit der ganzen Geschichte zu Bea gehen – aus dem moralisch verdrehten Wunsch heraus, dass die Wahrheit ans Licht kam.

Gott hilf mir, sie von meiner Frau fernzuhalten, betete er stumm.

Zu seinem Erstaunen sah er die kleine, rundliche Gestalt von Perceval Jones, Bürgermeister von Aberowen und Generaldirektor von Celtic Minerals, in Wanderstiefeln und grünen Knickerbockern auf sich zumarschieren. »Guten Morgen, Mylord«, sagte Jones und zog den braunen Filzhut.

»Morgen, Jones.« Als Chef von Celtic Minerals war Jones Hüter der ergiebigsten Quelle, aus der sich Fitz' Vermögen speiste; dennoch mochte er den Mann nicht.

»Schlechte Neuigkeiten, Mylord«, sagte Jones.

»Aus Wien, nicht wahr? Ich habe gehört, dass der österreichische Kaiser noch immer am Wortlaut seines Ultimatums an Serbien feilt.«

»Nicht aus Wien, Sir. Aus Irland. Die Nordiren werden die Selbstverwaltung nicht akzeptieren, weil sie dann zu einer Minderheit unter einer katholischen Regierung würden. Die Armee wird bereits rebellisch.«

Fitz runzelte die Stirn. Er hörte es nicht gern, wenn über Meuterei in der British Army gesprochen wurde. Steif entgegnete er: »Egal, was die Zeitungen schreiben, ich glaube nicht, dass britische Heeresoffiziere sich den Anweisungen ihrer Regierung widersetzen werden.«

»Das haben sie doch schon!«, rief Jones. »Was ist denn mit der Curragh-Meuterei?«

»Niemand hat sich Befehlen widersetzt.«

»Siebenundfünfzig Offiziere haben den Dienst quittiert, als sie den Befehl erhielten, gegen die Ulster Volunteers zu marschieren. Mag ja sein, dass Sie das nicht als Meuterei bezeichnen, Mylord, aber alle anderen tun es.«

Fitz grunzte. Jones hatte recht, leider. Englische Offiziere würden niemals auf ihre Kameraden schießen lassen, um einen Pöbelhaufen irischer Katholiken zu schützen. »Man hätte Irland nicht die Unabhängigkeit versprechen dürfen«, sagte er.

»Da stimme ich Ihnen vollkommen zu«, sagte Jones. »Aber das ist nicht der Grund meines Besuchs. Ich bin hier, weil ich mit Ihnen über das da sprechen wollte.« Er wies auf die Kinder, die an Klapptischen saßen und gekochten Kabeljau mit Frühlingskohl verspeisten. »Ich wollte, Sie würden damit aufhören.«

Fitz hasste es, wenn jemand unter seinem Stand ihm sagte, was er tun oder lassen sollte. »Ich will die Kinder von Aberowen nicht verhungern lassen, auch wenn ihre Väter die Schuld an ihrem Elend tragen.«

»Sie verlängern damit nur den Streik, Mylord.«

Dass er für jede Tonne geförderter Kohle eine Provision erhielt, bedeutete in Fitz' Augen noch lange nicht, dass er sich auf die Seite von Celtic Minerals stellen musste. Verärgert sagte er: »Der Streik ist Ihre Angelegenheit, Jones.«

»Aber das Geld nehmen Sie gern.«

Fitz war empört. »Was fällt Ihnen ein!«

Jones sagte zerknirscht: »Ich bitte um Verzeihung, Mylord. Das war eine unbedachte und höchst unpassende Bemerkung. Aber dieser Streik geht mir an die Nerven.«

Fitz war zwar nicht besänftigt, erwiderte aber in versöhnlichem Tonfall: »Also gut. Aber ich werde den Kindern weiterhin zu essen geben.«

»Dann sollten Sie wissen, Mylord, dass Bergarbeiter sehr starrsinnig sein können und in ihrem dummen Stolz die schlimmsten Entbehrungen ertragen. Aber wenn sie mit ansehen müssten, wie ihre Kinder hungern, würden sie nachgeben ….«

»Sie betreiben die Zeche doch weiter.«

»Mit drittklassigen ausländischen Arbeitern. Die meisten sind keine gelernten Bergarbeiter und fördern kaum etwas. Wir lassen sie hauptsächlich die Strecken instand halten und sich um die Ponys kümmern. Die Kohlenförderung liegt praktisch still.«

»Und warum haben Sie die Witwen aus ihren Häusern geworfen? Es waren nur sieben Frauen, und sie haben ihre Ehemänner in *Ihrer* verdammten Zeche verloren.«

»Hätte ich sie bleiben lassen, hätte ich ein gefährliches Beispiel gesetzt. Häuser werden nur an Bergarbeiter vermietet. Würden wir von diesem Grundsatz abweichen, wären wir am Ende nicht besser als die Vermieter von Elendsquartieren.«

Vielleicht hättet ihr dann keine Elendsviertel bauen sollen, dachte Fitz, schwieg aber, denn er wollte das Gespräch mit diesem eingebildeten kleinen Tyrannen nicht in die Länge ziehen. Er blickte auf die Uhr. Es war halb eins durch: Zeit für ein Glas Sherry. »Es hat keinen Sinn, Jones«, sagte er. »Ich werde nicht für Sie Ihre Kämpfe ausfechten. Guten Tag.«

Fitz ging zum Haus zurück. Jones war die geringste seiner Sorgen. Die wichtigste Frage war, was sollte er wegen Ethel unternehmen? Er musste Bea vor jeder Aufregung schützen. Dabei ging es ihm nicht nur darum, Gefahren für das ungeborene Kind abzuwenden, sondern um ihrer beider Zukunft, denn er hatte das Gefühl, die Schwangerschaft könnte einen Neuanfang für ihre Ehe bedeuten. Vielleicht führte das Kind ihn und Bea wieder zusammen und rief erneut die Wärme und Intimität wach, die in den ersten Jahren ihrer Ehe zwischen ihnen geherrscht hatten. Doch diese Hoffnung wäre zunichte, wenn Bea erfuhr, dass er sich mit der Haushälterin eingelassen hatte. Das würde sie zur Weißglut bringen.

Fitz war froh über die Kühle, die dank des Steinfußbodens und der Stichbalkendecke in der Halle herrschte. Das feudale Dekor stammte von seinem Vater. Das einzige Buch, das Papa je gelesen hatte – von der Bibel abgesehen –, war Gibbons *Verfall und Untergang des römischen Imperiums*. Fitz' Vater hatte geglaubt, dass das noch größere britische Weltreich den gleichen Weg in den Abgrund nehmen müsse wie das alte Rom, wenn der Adel nicht darum kämpfte, seine Institutionen zu erhalten, insbesondere die Royal Navy, die Kirche von England und die Konservative Partei. Für Fitz gab es keinen Zweifel, dass sein alter Herr recht hatte.

Ein Glas trockener Sherry vor dem Mittagessen war jetzt genau das Richtige. Das Getränk munterte ihn auf und regte seinen Appetit an. Mit dem angenehmen Gefühl der Vorfreude betrat Fitz den Morgensalon. Zu seinem Entsetzen erblickte er dort Ethel, die sich mit Bea unterhielt. Er blieb in der Tür stehen und starrte die Frauen entgeistert an. Worüber redeten sie? Kam er bereits zu spät? »Was geht hier vor?«, wollte er wissen.

Bea sah ihn erstaunt an und antwortete kühl: »Ich spreche mit der Haushälterin über Kissenbezüge. Hast du irgendwas Dramatisches erwartet?« Ihres russischen Akzents wegen rollte sie das »r« besonders stark.

Im ersten Augenblick wusste Fitz nicht, was er sagen sollte. Dann wurde ihm bewusst, dass er seine Frau und seine Mätresse anstarrte. Der Gedanke, mit beiden Frauen intim gewesen zu sein, beunruhigte ihn zutiefst. »Ich weiß es auch nicht«, sagte er und setzte sich mit dem Rücken zu ihnen an den Schreibtisch.

Die beiden Frauen führten ihr Gespräch weiter, in dem es tatsächlich um Kissenbezüge ging: Wie lange sie hielten, wie abgewetzte Bezüge geflickt und von Dienstboten benutzt werden konnten und ob es besser sei, Bezüge fertig bestickt zu kaufen oder lieber unverziert, um sie von den Hausmädchen besticken zu lassen. Doch Fitz' Nerven hatten sich immer noch nicht beruhigt. Diese kleine Szene – Herrin und Dienerin im trauten Gespräch – zeigte ihm auf drastische Weise, wie erschreckend einfach es für Ethel wäre, Bea die Wahrheit zu sagen. Das konnte so nicht weitergehen. Er musste etwas unternehmen.

Fitz nahm ein Blatt blaues Tŷ-Gwyn-Schreibpapier aus der Schublade, tauchte eine Feder ins Tintenfass und schrieb: »Wir treffen uns nach dem Mittagessen.« Er löschte die Tinte und schob das Blatt in ein Kuvert.

Ein paar Minuten später entließ Bea die Haushälterin. Als Ethel sich zum Gehen wandte, sprach Fitz sie an, ohne den Kopf zu drehen. »Kommen Sie bitte her, Williams.«

Sie trat neben ihn. Er roch den leichten Duft der parfümierten Seife – Ethel hatte zugegeben, sie tatsächlich von Bea stibitzt zu haben. Trotz seines Zorns war Fitz sich auf unangenehme Weise der Nähe ihrer schlanken, kräftigen Schenkel unter der schwarzen Seide ihres Kleides bewusst. Ohne sie anzuschauen, reichte er ihr den Briefumschlag. »Schicken Sie jemanden zum Tierarzt in der Stadt, eine Flasche dieser Pillen für die Hunde holen. Es ist ein Mittel gegen Zwingerhusten.«

»Sehr wohl, Mylord.« Ethel verließ das Zimmer.

In zwei Stunden wäre die Situation bereinigt.

Fitz schenkte sich einen Sherry ein. Auch Bea bot er ein Glas an, doch sie lehnte ab. Fitz setzte sich neben sie, und sie schenkte ihm ein freundliches Lächeln. »Wie fühlst du dich?«, fragte er.

»Morgens ist es abscheulich«, antwortete sie. »Aber das geht vorüber. Jetzt fühle ich mich gut.«

Fitz' Gedanken kehrten zu Ethel zurück. Sie hatte ihn in der Hand. Zwar hatte sie kein Wort gesagt, aber stillschweigend drohte sie ihm, Bea alles zu erzählen. Wie geschickt dieses kleine Biest war! Angesichts seiner Machtlosigkeit kochte Fitz vor Zorn. Es wäre ihm lieber gewesen, er hätte die ganze Sache noch vor dem Nachmittag beilegen können.

Sie speisten im kleinen Esszimmer, an einem Eichentisch mit kantigen Beinen, der aus einem mittelalterlichen Kloster stammen konnte. Bea berichtete, sie habe entdeckt, dass es Russen in Aberowen gebe. »Es sind mehr als hundert, sagt Nina.«

»Wahrscheinlich gehören sie zu den Streikbrechern, die Perceval Jones in die Stadt geholt hat«, entgegnete Fitz.

»Offenbar sind diese Leute hier geächtet. In den Läden und Lokalen werden sie nicht bedient.«

»Ich werde Reverend Jenkins bitten, darüber zu predigen, dass man seinen Nächsten auch dann lieben muss, wenn er Streikbrecher ist.«

»Kannst du den Ladenbesitzern nicht einfach befehlen, sie zu bedienen?«

Fitz lächelte. »Nein, meine Liebe, in diesem Land geht das nicht.«

»Aber diese Russen tun mir leid, und ich möchte mich gerne für sie einsetzen.«

Fitz war erfreut. »Das ist ein schöner Zug von dir. Was schwebt dir denn vor?«

»In Cardiff gibt es eine russisch-orthodoxe Kirche. Ich möchte einen Popen hierherrufen, damit er an einem Sonntag die Messe für sie liest.«

Fitz runzelte die Stirn. Bea war vor ihrer Heirat zur anglikanischen Kirche konvertiert, doch er wusste, dass sie sich insgeheim nach dem Glauben ihrer Kindheit sehnte. »Einverstanden«, sagte er.

»Danach könnten wir ihnen im Dienstbotenzimmer ein Mittagessen servieren.«

»Ein hübscher Gedanke, meine Liebe, aber es könnte ein ziemlich rauer Haufen sein.«

»Wir geben nur denen zu essen, die zum Gottesdienst kommen. Auf diese Weise schließen wir die Juden und die schlimmsten Unruhestifter aus.«

»Klug von dir! Natürlich könnte es sein, dass die Städter es dir verübeln …«

»… aber das bekümmert weder dich noch mich.«

Er nickte. »Wie du willst. Jones hat sich beschwert. Er meint, ich unterstütze den Streik, indem ich den Kindern zu essen gebe. Wenn du die Streikbrecher einlädst, kann zumindest niemand mehr behaupten, dass wir für eine der beiden Seiten Partei ergreifen.«

»Ich danke dir«, sagte Bea.

Die Schwangerschaft macht uns den Umgang miteinander jetzt schon leichter, dachte Fitz zufrieden.

Zum Essen trank er zwei Gläser Weißwein, doch seine Sorgen kehrten zurück, als er das Esszimmer verließ und sich auf den Weg zur Gardeniensuite machte. Ethel hielt sein Schicksal in ihren Händen. Sie war zwar ganz die weiche, gefühlsbetonte Frau, aber trotzdem ließ sie sich nicht sagen, was sie vorhatte. Er konnte sie nicht steuern, und das machte ihm Angst.

Sie war nicht in der Suite. Er blickte auf die Uhr: Viertel nach zwei. Er hatte geschrieben, er wolle sie nach dem Mittagessen sehen. Seltsam. Ethel musste doch wissen, wann der Kaffee serviert worden war, und hätte bereits auf ihn warten müssen. Beklommenheit erfasste ihn, dann Zorn: Wie konnte diese Dienstmagd ihn warten lassen! So ließ er sich nicht behandeln! Trotzdem wollte er die Frage keinen weiteren Tag ungeklärt lassen, nicht mal eine weitere Stunde, und so blieb er.

Ethel kam um halb drei.

Wütend fragte er: »Was fällt dir ein, mich auf die Folter zu spannen?«

»Und was fällt *dir* ein, diesen Anwalt vorzuschicken?«

»Ich … ich wollte nicht, dass Gefühle ins Spiel kommen.«

»Du hast sie wohl nicht alle!«, erwiderte Ethel. Fitz war schockiert. Das letzte Mal war er als Schuljunge so behandelt worden. »Ich bin mit deinem Kind schwanger«, fuhr sie fort. »Wie soll sich das denn ohne Gefühle abhandeln lassen?«

»Tut mir leid«, lenkte er ein. »Also gut, ich zahle dir das Doppelte …«

»Mach es nicht noch schlimmer, Teddy«, sagte sie, doch ihre Stimme war nun weicher. »Ich bin kein Pferdehändler, ich bin eine schwangere Frau.«

Er zeigte anklagend auf sie. »Du wirst nicht mit Bea sprechen, hast du verstanden? Das erlaube ich nicht!«

»Du kannst mir keine Befehle erteilen, Teddy. Ich habe keine Veranlassung, dir zu gehorchen.«

»Wie kannst du es wagen, in diesem Ton mit mir zu sprechen!«

»Halt den Mund und hör mir zu, dann sage ich's dir.«

Ihre Aufsässigkeit reizte ihn aufs Blut, doch er rief sich in Erinnerung, dass er sich nicht erlauben durfte, sie vor den Kopf zu stoßen, sonst rannte sie womöglich zu Bea. »Sprich bitte weiter«, sagte er.

»Du hast mich lieblos behandelt.«

Fitz kam sich mit einem Mal jämmerlich vor, denn er wusste, dass sie recht hatte, doch er versuchte, sich nichts anmerken zu lassen.

»Aber ich liebe dich noch immer zu sehr, als dass ich dein Glück zerstören möchte«, fuhr sie fort.

Fitz kam sich noch jämmerlicher vor.

»Ich möchte dir keinen Schaden zufügen …« Sie schluckte und wandte sich ab, und Fitz sah Tränen in ihren Augen. Er setzte zu einer Erwiderung an, doch sie gebot ihm mit erhobener Hand zu schweigen. »Du verlangst, dass ich meine Arbeit und mein Zuhause aufgebe. Dann aber musst du mir helfen, ein neues Leben zu beginnen.«

»Natürlich«, sagte er. »Wenn es dir *darum* geht …«

»Ich gehe nach London.«

»Gute Idee.« Dann würde niemand in Aberowen erfahren, dass sie ein Kind erwartete, geschweige denn, von wem.

»Du wirst mir ein kleines Haus kaufen. Nichts Besonderes – ein Haus in einem Arbeiterviertel genügt mir. Aber ich möchte sechs Zimmer, damit ich im Parterre wohnen und eine Mieterin aufnehmen kann. Von der Miete kann ich die Reparaturen bezahlen. Ich müsste dann trotzdem noch arbeiten gehen.«

»Das hast du klug durchdacht.«

»Du fragst dich jetzt sicher, wie viel es dich kostet, möchtest aber nicht fragen, weil ein Gentleman sich nicht nach dem Preis erkundigt.«

Da hatte sie recht.

»Ich habe in der Zeitung nachgeschaut«, sagte sie. »Ein Haus, wie ich es mir vorstelle, kostet ungefähr dreihundert Pfund. Wahrscheinlich kommst du damit billiger weg, als wenn du mir für den Rest meines Lebens zwei Pfund im Monat zahlst.«

Dreihundert Pfund waren für Fitz ein besseres Trinkgeld. Bea gab an einem einzigen Nachmittag bei Jeanne Paquin in Paris ähnliche Summen für Kleider aus. »Und du würdest versprechen, das Geheimnis zu wahren?«

»Ich verspreche dir noch viel mehr. Ich verspreche dir, unser Kind zu lieben und zu pflegen, in Glück und Gesundheit aufzuziehen und für eine Ausbildung zu sorgen, auch wenn *du* dir offenbar keine Gedanken darüber machst.«

Fitz wollte ungehalten reagieren, musste aber zugeben, dass sie recht hatte: An das Kind hatte er wirklich kaum gedacht. »Tut mir leid«, sagte er. »Ich mache mir zu große Sorgen wegen Bea.«

»Ich weiß.«

»Wann wirst du aufbrechen?«

»Morgen früh. Ich habe es genauso eilig wie du. Ich nehme den Zug nach London und mache mich sofort auf die Suche nach einem Haus. Wenn ich das Richtige gefunden habe, schreibe ich diesem Solman.«

»Hier.« Fitz zückte seine Brieftasche und reichte ihr zwei Fünfpfundnoten. »Davon kannst du dich irgendwo einmieten, während du nach einem Haus suchst.«

Ethel lächelte. »Du hast keine Ahnung, was das Leben so kostet, stimmt's, Teddy?« Sie gab ihm einen Schein zurück. »Fünf Pfund genügen.«

Er zog ein beleidigtes Gesicht. »Ich will nicht, dass du den Eindruck hast, ich würde dich übervorteilen.«

»Das tust du aber, Teddy«, sagte sie, und für einen Moment sah er die Wut hinter ihrer kühlen Fassade. »Nur nicht, was Geld angeht.«

»Aber wir wollten es doch beide!«, sagte er mit einem Blick auf das Bett.

»Aber nur ich bekomme ein Kind.«

»Bitte, lass uns nicht streiten. Ich werde Solman sagen, er soll tun, was du vorgeschlagen hast.«

Ethel reichte ihm die Hand. »Leb wohl, Teddy. Ich weiß, du wirst Wort halten.« Ihre Stimme klang gleichmütig, doch Fitz merkte ihr an, dass sie Mühe hatte, die Fassung zu wahren.

Ethel zum Abschied nur die Hand zu schütteln erschien ihm seltsam in Anbetracht der Tatsache, dass sie leidenschaftliche Stunden im Bett verbracht hatten. »Ja«, sagte er. »Ich halte mein Wort.«

»Bitte geh jetzt, schnell«, sagte Ethel und drehte sich zur Seite.

Fitz zögerte einen Augenblick; dann verließ er das Zimmer.

Als er über den Flur ging, war er erstaunt und beschämt, dass ihm unmännliche Tränen in die Augen traten. »Leb wohl, Ethel«, flüsterte er. »Gott segne und behüte dich.«

Ethel ging auf den Dachboden und stahl einen kleinen, abgenutzten Koffer, den niemand vermissen würde. Er hatte Fitz' Vater gehört. Das Familienwappen war ins Leder geprägt. Zwar war die Goldfarbe längst verschwunden, aber der Eindruck war noch zu erkennen. Ethel packte Strümpfe und Unterwäsche ein, dazu einen kleinen Vorrat von der Duftseife der Fürstin.

Als Ethel in dieser Nacht in ihrem Bett lag, wurde ihr klar, dass sie gar nicht nach London wollte. Sie hatte viel zu viel Angst, alleine durchstehen zu müssen, was ihr bevorstand. Lieber wollte sie bei ihrer Familie sein, zumal Mam ihr Ratschläge erteilen konnte, was Schwangerschaft und Geburt betraf. Es war besser, in vertrauter Umgebung zu leben, wenn das Kind zur Welt kam. Ihr Baby würde seine Großeltern und seinen Onkel Billy brauchen.

Am Morgen zog Ethel ein eigenes Kleid an, ließ die Tracht der Haushälterin am Nagel hängen und schlich sich in aller Frühe aus Tŷ Gwyn. Am Ende der Zufahrt blieb sie stehen und blickte zum Haus zurück, auf die vom Kohlenstaub dunklen Steine und die langen Fensterreihen, auf denen das Licht der aufgehenden Sonne funkelte. Sie musste daran denken, wie viel sie gelernt hatte, seitdem sie als Dreizehnjährige frisch von der Schule hierher nach Tŷ Gwyn gekommen war. Sie wusste nun, wie die Oberschicht lebte, wie sie speiste, wie sie sprach und sogar, wie sie dachte. Sie verstand etwas von Mode und von Kunst. Bei Gemälden und Möbeln sah sie auf den ersten Blick, aus welchem Jahrhundert und welcher Epoche sie stammen. Vor allem aber, dachte sie verbittert, hatte sie gelernt, dass man der Liebe nicht trauen durfte.

Ethel stieg den Hügelhang hinunter nach Aberowen und ging zur Wellington Row. Die Haustür ihrer Eltern war wie immer unverschlossen. Sie ging hinein. Das größte Zimmer, die Küche, war kleiner als der Vasenraum auf Tŷ Gwyn, der nur benutzt wurde, um Blumenschmuck herzurichten.

Mam knetete Brotteig. Als sie Ethels Koffer sah, hielt sie inne und fragte: »Was ist passiert?«

»Ich komme zu euch zurück«, sagte Ethel, stellte den Koffer ab und setzte sich an den Küchentisch. Sie schämte sich zu sehr, die Wahrheit zu sagen.

Mam erriet es dennoch. »Du bist entlassen worden!«

Ethel brachte es nicht über sich, ihr ins Gesicht zu sehen. »Ja. Tut mir leid, Mam.«

Mam wischte sich die Hände an einem Lappen ab. »Was hast du angestellt?«, fragte sie. »Raus mit der Sprache.«

Ethel seufzte. Warum sprach sie es nicht offen aus? »Ich habe mir ein Kind andrehen lassen.«

»O Gott.« Mam griff sich ans Herz. »Du verderbtes kleines Ding!«

Ethel kämpfte gegen die Tränen an. Sie hatte auf Mitgefühl gehofft, nicht auf Verdammung. »Ja, ich habe mich versündigt«, sagte sie, nahm den Hut ab und versuchte, Haltung zu wahren.

»Dir ist dein Umgang zu Kopf gestiegen, nicht wahr? Dass du in dem großen Haus arbeitest und Könige und Königinnen kennenlernst. Darüber hast du ganz vergessen, wie wir dich erzogen haben!«

»Wahrscheinlich hast du recht.«

»Es wird deinen Vater umbringen.«

»Er muss kein Kind zur Welt bringen«, erwiderte Ethel. »Er wird es überstehen.«

»Sei nicht frech! Es wird ihm das Herz brechen!«

»Wo ist er?«

»Auf einer Streiksitzung. Aber lenk jetzt nicht ab. Denk doch nur an seine Stellung hier in der Stadt! Ältester der Kapelle, Gewerkschaftssekretär, Ortsvorsitzender der Arbeiterpartei … wie soll er auf den Sitzungen den Kopf oben halten, wenn jeder denkt, seine Tochter ist 'ne Schlampe?«

Ethels Selbstbeherrschung bröckelte. »Es tut mir leid, dass ich ihm Schande bereite«, sagte sie und brach in Tränen aus.

Mams schlechte Laune schlug in Mitleid um. »Jaja«, seufzte sie. »Das ist mal wieder die älteste Geschichte der Welt.« Sie kam um den Tisch herum und drückte Ethels Kopf an ihre Brust. »Ist ja gut«, sagte sie leise, so wie damals, wenn Ethel sich als kleines Mädchen ein Knie aufgeschlagen hatte.

Nach einiger Zeit verebbte Ethels Schluchzen.

Mam gab sie frei und sagte: »Ich mach uns mal was Tee.« Auf dem Herd stand wie immer ein Wasserkessel, und Mam gab Teeblätter in eine Kanne, goss kochendes Wasser darüber und rührte mit einem Holzlöffel um. »Wann erwartest du das Kind?«

»Im Februar.«

»Im Februar.« Mam drehte sich vom Herd zu Ethel um. »Du meine Güte, ich werd Oma.«

Beide mussten lachen. Mam stellte Tassen hin und schenkte Tee ein. Ethel trank und fühlte sich gleich besser. »Hattest du schwere Geburten, Mam?«, fragte sie.

»Leichte Geburten gibt's keine, aber bei mir war's einfacher als bei den meisten anderen Frauen, hat meine Mutter gesagt. Trotzdem, seit Billys Geburt ist mein Rücken nicht mehr so wie vorher.«

Billy kam die Treppe herunter und fragte: »Hab ich da gerade meinen Namen gehört?« Zuerst war Ethel verwundert, dass er zu Hause war; dann fiel ihr ein, dass er wegen des Streiks ausschlafen konnte. Jedes Mal, wenn sie ihn sah, kam er ihr größer und breitschultriger vor. »Morgen, Ethel«, sagte Billy und küsste sie mit einem stachligen Schnurrbart. »Wieso der Koffer?« Er setzte sich an den Tisch, und Mam goss ihm Tee ein.

»Ich habe etwas Dummes angestellt, Billy«, sagte Ethel. »Ich bekomme ein Kind.«

Er starrte sie an, zu schockiert, um zu sprechen. Dann wurde er rot; ohne Zweifel dachte er an das, was sie getan haben musste, ehe sie schwanger geworden war. Verlegen senkte er den Blick und trank wieder von seinem Tee. Schließlich fragte er: »Wer is'n der Vater?«

»Den kennst du nicht.« Ethel hatte sich in der Nacht eine Geschichte zurechtgelegt. »Ein Diener, der mit einem Gast nach Tŷ Gwyn gekommen war. Jetzt ist er in der Armee.«

»Aber er steht zu dir.«

»Ich weiß nicht einmal, wo er ist.«

»Ich finde den Drecksack schon!«

Ethel legte ihm eine Hand auf den Arm. »Sei nicht wütend, Brüderchen. Wenn ich deine Hilfe brauche, bitte ich dich darum.«

Billy wusste offensichtlich nicht, was er sagen sollte. Rachedrohungen halfen eindeutig nicht weiter, und etwas anderes fiel ihm nicht ein. Er war verwirrt, aber er war ja auch gerade erst sechzehn.

Ethel erinnerte sich noch, wie Billy als Säugling war. Bei seiner Geburt war sie erst fünf gewesen, aber sie wusste noch heute, wie fasziniert sie von ihm gewesen war, von seiner Verletzlichkeit und Vollkommenheit. Bald habe ich selber ein wunderschönes, hilfloses Baby, dachte sie, wusste aber nicht, ob sie glücklich sein sollte oder verängstigt.

Billy sagte: »Dah wird dazu wohl was zu sagen haben.«

»Das macht mir die meisten Sorgen«, gestand Ethel. »Wenn ich doch nur irgendetwas tun könnte, damit es leichter für ihn wird.«

Gramper kam herunter. »Ham se dich rausgeschmissen?«, fragte er, als er den Koffer sah. »Warst wohl zu frech, watt?«

Mam sagte: »Sei jetzt bitte nicht grausam, Papa. Sie erwartet ein Kind.«

»Ach du je.« Gramper riss die Augen auf. »Hat dich einer von den feinen Pinkeln vernascht, watt? Wahrscheinlich der Earl selber, überraschen tät's mich nich'.«

»Papa!«, rief Mam.

»Gramper!«, sagte Ethel, bestürzt, dass er die Wahrheit so schnell erraten hatte.

»Ein Diener war's, der mit 'nem Hausgast gekommen ist«, sagte Mam. »Jetzt ist er in der Armee. Sie will nicht, dass wir ihn suchen tun.«

»Ach ja?«, sagte Gramper. Ethel merkte, dass er nicht überzeugt war, aber er bohrte nicht nach. Stattdessen sagte er: »Das is' die Italienerin in dir, Mädel. Deine Großmutter war auch so 'ne Heißblütige. Sie wär in Schwierigkeiten gekommen, hätt ich sie nich' geheiratet. Sie war's, die nich' bis zur Hochzeit warten wollte, und sie hat sogar …«

Mam unterbrach ihn: »Papa! Nicht vor den Kindern.«

»Was soll se denn jetz' noch erschrecken? Ich bin zu alt für Ammenmärchen. Junge Weiber wollen's nun mal mit jungen Kerlen treiben. Sie wollen's so sehr, dass sie's tun, ob verheiratet oder nich'. Jeder, wer watt anderes sagt, ist 'n Blödmann. Datt gilt auch für deinen Alten, Caramädel.«

»Versündige dich nicht, Papa!«, sagte Mam.

»Is' ja schon gut«, murrte Gramper. Er versank in Schweigen und trank seinen Tee.

Die Stille hielt an, bis Dah ins Zimmer kam. Mam blickte ihn überrascht an. »Du bist aber früh zurück!«, rief sie.

Er hörte den Unwillen in ihrer Stimme. »So wie du es sagst, hört es sich an, als wäre ich nicht willkommen.«

Mam stand vom Tisch auf und machte ihm Platz. »Ich mach frischen Tee.«

»Die Sitzung wurde abgesagt«, sagte Dah. Er stutzte, als er Ethels Koffer sah. »Was ist das?«

Ethel ließ ängstlich den Blick schweifen. In jedem Gesicht lag ein anderer Ausdruck: Bei Mam war es Angst, bei Billy Trotz und bei Gramper eine Art Schicksalsergebenheit. Schließlich blickte sie ihren Vater an. »Ich muss dir etwas sagen, Dah«, begann sie. »Du wirst wütend sein. Bitte glaub mir, es tut mir schrecklich leid.«

Dah zog ein finsteres Gesicht. »Was hast du getan?«

»Ich habe meine Stellung auf Tŷ Gwyn verloren.«

»Das muss dir nicht leidtun. Ich habe es nie gemocht, wie du vor diesen Schmarotzern buckeln musstest.«

»Ich bin aus einem bestimmten Grund gegangen.«

Dah kam näher und stellte sich vor sie hin, sodass er sie überragte. »Ein guter oder ein schlechter Grund?«

»Ich bin in Schwierigkeiten.«

Er musterte sie drohend. »Ich hoffe, das heißt nicht, was Mädchen manchmal meinen, wenn sie das sagen.«

Sie senkte den Blick starr auf den Tisch und nickte.

»Hast du …« Er hielt inne und suchte nach einem passenden Ausdruck. »Hast du einen Fehltritt begangen?«

»Aye.«

»Du sündhaftes Mädchen!«

Mam hatte sich ähnlich ausgedrückt. Ethel krümmte sich, obwohl sie nicht glaubte, dass Dah sie schlagen würde.

»Sieh mich an!«, sagte er.

Sie blickte durch einen Tränenschleier zu ihm auf.

»Du willst mir also sagen, dass du die Sünde der Unzucht auf dich geladen hast?«

»Tut mir leid, Dah …«

»Mit wem?«, brüllte er.

»Mit einem Diener.«

»Wie heißt er?«

»Teddy.« Der Name war heraus, ehe sie nachdenken konnte.

»Und weiter?«

»Das ist unwichtig.«

»Unwichtig? Was um alles in der Welt soll das bedeuten?«

»Er kam ins Haus, als sein Herr meinen Herrn besucht hat. Als ich erfuhr, dass ich in anderen Umständen bin, war er schon bei der Armee. Ich habe den Kontakt verloren.«

»Auf Besuch? Und den Kontakt hast du verloren?« Dahs Stimme erhob sich zu einem wütenden Gebrüll. »Soll das heißen, du bist nicht einmal mit ihm verlobt? Du hast mit ihm …« Er stockte, war nicht fähig, die abscheulichen Wörter hervorzubringen. »Du hast diese schmutzige Sünde *beiläufig* begangen?«

»Jetzt sei nicht wütend, Dah«, sagte Mam.

»Ich soll nicht wütend werden? Weswegen sollte ich dann *überhaupt* noch wütend werden?«

Gramper versuchte ihn zu beruhigen. »Jetz' mach mal halblang, Jung. Hat doch kein' Sinn, wenn du hier rumbrüllen tust.«

»Ich erinnere dich nicht gerne daran, Gramper, aber das ist mein Haus, und ich sage, was hier Sinn hat und was nicht.«

»Is' ja schon gut«, erwiderte Gramper friedvoll. »Ganz wieste wills'.«

Mam war noch nicht bereit nachzugeben. »Sag nichts, was du später bereust, Dah.«

Doch alle Versuche, Dahs Zorn zu beschwichtigen, machten ihn nur noch wütender. »Ich lasse mir von Frauen und alten Männern nichts vorschreiben!«, brüllte er und wies mit dem Finger auf Ethel. »Und ich dulde keine Sünderin in meinem Haus! Hinaus!«

Mam brach in Tränen aus. »Nein, bitte, sag das nicht!«

»Raus!«, brüllte er. »Und komm nie wieder!«

Mam sagte: »Aber dein Enkel …«

Billy erhob die Stimme. »Lässt du dir vom Wort Gottes etwas vorschreiben, Dah? Jesus sprach: ›Ich bin gekommen zu rufen die Sünder zur Buße, und nicht die Gerechten.‹ Lukasevangelium, Kapitel fünf, Vers zweiunddreißig.«

Dah fuhr zu ihm herum. »Ich will dir mal was sagen, du unwissender Bengel. Meine Großeltern waren nie verheiratet. Niemand weiß, wer mein Großvater war. Meine Großmutter ist so tief gesunken, wie eine Frau nur sinken kann.«

Mam schnappte nach Luft, Ethel war schockiert, und Billy blieb die Spucke weg. Nur Gramper schien die Geschichte schon zu kennen.

»Oh ja«, sagte Dah und senkte die Stimme. »Mein Vater ist in einem Haus von üblem Ruf aufgewachsen, wenn ihr wisst, was das ist. Ein Haus an den Kais von Cardiff, das von Matrosen besucht wurde. Eines Tages, als seine betrunkene Mutter ihn frei herumlaufen ließ, führte Gott der Herr seine kindlichen Schritte in die Sonntagsschule einer Kapelle, wo er Jesus kennenlernte. Am gleichen Ort lernte er dann Lesen und Schreiben und am Ende auch, seine eigenen Kinder als rechtschaffene Menschen aufzuziehen.«

Mam sagte leise: »Das hast du mir nie erzählt, David.« Sie sprach ihn nur selten mit seinem Taufnamen an.

»Ich hatte gehofft, nie wieder daran denken zu müssen.« Dahs Gesicht war zu einer Maske der Scham und des Zorns verzerrt. Er stützte sich auf den Tisch und starrte Ethel in die Augen. Seine Stimme sank zu einem Flüstern herab. »Als ich um deine Mutter warb, hielten wir einander nur die Hände, und ich küsste sie jeden Abend auf die Wange – bis zum Tag unserer Hochzeit.« Er schlug mit der Faust auf den Tisch, dass die Tassen klirrten. »Durch die Gnade Jesu Christi, unseres Herrn, zog meine Familie sich aus eigener Kraft aus der stinkenden Gosse.« Wieder erhob seine Stimme sich zu einem Brüllen. »Und wir kehren nie wieder dorthin zurück! Nie, nie, nie!«

Fassungsloses Schweigen breitete sich aus.

Dah blickte Mam an. »Schaff Ethel hier raus.«

Ethel erhob sich. »Mein Koffer ist gepackt, und ich habe ein bisschen Geld. Ich nehme den Zug nach London.« Sie blickte ihrem Vater fest in die Augen. »Ich werde die Familie nicht in die Gosse zerren.«

Billy nahm Ethels Koffer.

»Wohin willst du damit, Junge?«, fragte Dah.

»Ich bring Ethel zum Bahnhof«, sagte Billy. Er sah verängstigt aus.

»Lass sie ihren Koffer selber tragen.«

Billy bückte sich schon und wollte ihn abstellen, überlegte es sich dann aber anders. Ein trotziger Ausdruck erschien auf seinem Gesicht. »Ich bring sie zum Bahnhof«, wiederholte er.

»Du tust, was ich dir sage!«, fuhr Dah ihn an.

Billy sah noch immer ängstlich aus, doch jetzt erwachte sein Starrsinn. »Was willste denn tun? Mich auch aus dem Haus werfen und alles?«

»Ich lege dich übers Knie und verdresche dich«, erwiderte Dah. »Dazu bist du noch nicht zu groß.«

Billy war weiß im Gesicht, blickte Dah jedoch fest ins Auge. »Doch, bin ich«, entgegnete er. »Dafür bin ich schon zu groß.« Er nahm den Koffer in die linke Hand und ballte die rechte zur Faust.

Dah trat einen Schritt vor. »Ich werde dich lehren, mir mit der Faust zu drohen, Freundchen!«

»Nein!«, schrie Mam, stellte sich zwischen Vater und Sohn und stieß Dah vor die Brust. »Das reicht! Ich will keinen Kampf in meiner Küche.« Mit dem Finger zeigte sie auf Dahs Gesicht. »David Williams, du behältst deine Hände bei dir. Vergiss nicht, dass du Ältester der Bethesda-Kapelle bist. Was sollen die Leute denken?«

Das brachte ihn zur Besinnung.

Mam wandte sich Ethel zu. »Und du gehst jetzt besser. Billy wird dich begleiten. Beeil dich.«

Dah setzte sich an den Tisch.

Ethel küsste ihre Mutter. »Auf Wiedersehen, Mam.«

»Schreib mir«, sagte Mam.

Dah sagte: »Wage es ja nicht, an dieses Haus zu schreiben! Ich schmeiß deine Briefe ungeöffnet ins Feuer!«

Mam wandte sich weinend ab. Ethel verabschiedete sich von Gramper und ging hinaus. Billy folgte ihr.

Sie gingen die steilen Straßen hinunter zum Stadtzentrum. Ethel hielt den Blick auf den Boden gerichtet. Sie wollte mit niemandem sprechen, den sie kannte, und nicht gefragt werden, wohin sie fahre.

Am Bahnhof kaufte sie eine Fahrkarte nach Paddington.

»Tja« sagte Billy, als sie auf dem Bahnsteig standen, »zwei Schocks an einem Tag. Erst du, dann Dah.«

»Er hat das alles die ganzen Jahre für sich behalten«, sagte Ethel. »Kein Wunder, dass er so streng ist. Ich könnte ihm beinahe verzeihen, dass er mich rauswirft.«

»Ich nicht«, erwiderte Billy. »Unser Glaube dreht sich um Buße und Gnade, nicht darum, alles zu unterdrücken und die Menschen zu strafen.«

Der Zug aus Cardiff fuhr ein, und Ethel sah Walter von Ulrich aussteigen. Er fasste sich an den Hut, als er sie sah – eine freundliche Geste für einen Mann seines Standes; Gentlemen schenkten Dienstboten sonst kaum Beachtung. Für einen Moment war Ethel verwundert. Hatte Lady Maud nicht gesagt, sie hätte ihm den Laufpass gegeben? Vielleicht kam er, um sie zurückzugewinnen. Ethel wünschte ihm das Glück, das ihr selbst verwehrt geblieben war.

»Soll ich dir für unterwegs eine Zeitung kaufen?«, fragte Billy.

»Nein, danke«, sagte sie. »Ich glaube nicht, dass ich mich darauf konzentrieren könnte.« Plötzlich kam ihr ein Gedanke. »Sag mal, weißt du noch unseren Geheimcode, mit dem wir uns Nachrichten geschrieben haben, ohne dass Mam und Dah sie lesen konnten?«

Einen Augenblick sah Billy verwundert drein, dann erhellte sich sein Gesicht. »Oh, sicher.«

»Ich schreibe dir einen verschlüsselten Brief, den Dah nicht lesen kann.«

»Gut«, sagte Billy. »Schick mir den Brief über Tommy Griffiths.«

Stampfend, in eine riesige Dampfwolke gehüllt, fuhr der Zug ein. Billy umarmte Ethel. Sie konnte sehen, dass er tapfer gegen die Tränen kämpfte.

»Pass auf dich auf«, sagte sie. »Und kümmere dich um unsere Mam.«

»Aye«, sagte er und wischte sich mit dem Ärmel über die Augen. »Wir schaffen das schon. Sei vorsichtig in London.«

Ethel stieg in den Waggon und setzte sich ans Fenster. Eine Minute später fuhr der Zug ab. Während er an Geschwindigkeit zulegte, beobachtete sie die Seilscheiben oben im Förderturm, die bald darauf in der Ferne verschwanden. Sie fragte sich, ob sie Aberowen je wiedersehen würde.

Maud nahm mit Fürstin Bea im kleinen Esszimmer von Tŷ Gwyn ein spätes Frühstück ein. Die Fürstin war guter Laune. Normalerweise klagte sie über das Leben in Großbritannien, was Maud allerdings nicht nachvollziehen konnte, denn sie erinnerte sich aus der Zeit, die sie als Kind an der britischen Botschaft in Sankt Petersburg verbracht hatte, an ein Leben, das viel entbehrungsreicher gewesen war: Die Häuser waren kalt, die Menschen mürrisch, die öffentlichen Einrichtungen unzuverlässig und die Regierung das reinste Chaos.

Heute jedoch klagte Bea nicht. Sie war glücklich, bald Mutter zu werden. Sie äußerte sich sogar generös über Fitz. »Er hat meine Familie gerettet, weißt du«, sagte sie. »Er hat die Hypotheken für unser Anwesen bezahlt. Nur gibt es bis jetzt keinen Erben – mein Bruder hat keine Kinder. Stell dir vor, Andrejs und Fitz' Ländereien würden an irgendeinen entfernten Cousin fallen. Was für eine Tragödie das wäre!«

Für Maud wäre das überhaupt keine Tragödie, denn bei dem fraglichen entfernten Cousin konnte es sich durchaus um ihren Sohn handeln. Aber weil sie nie damit gerechnet hatte, ein Vermögen zu erben, verschwendete sie keinen Gedanken auf solche Dinge.

An diesem Morgen jedenfalls war Maud keine gute Gesellschaft, und das wusste sie. Lustlos nippte sie am Kaffee, knabberte nur am Toast und fühlte sich von der Tapete mit dem viktorianischen Muster aus verschlungenem Blattwerk, die Wände und Decke zierte, regelrecht niedergedrückt, obwohl sie diese Tapete ihr Leben lang kannte.

Maud hatte ihrer Familie nichts von ihrer Romanze mit Walter anvertraut; deshalb konnte sie niemandem erzählen, dass sie und Walter Schluss gemacht hatte, was wiederum zur Folge hatte, dass es niemanden gab, der ihr Trost spenden und Mitgefühl zeigen konnte. Nur die rührige kleine Haushälterin, Williams, kannte die Geschichte, aber das Mädchen schien verschwunden zu sein.

Maud las in der *Times* den Bericht über Lloyd Georges Ansprache beim Dinner auf Mansion House. Er war optimistisch, was die Balkankrise anging, und hatte erklärt, sie könne friedlich beigelegt werden. Maud hoffte, dass er recht hatte. Auch wenn sie Walter aufgegeben hatte, entsetzte sie der Gedanke, er könnte eine Uniform anlegen müssen und im Krieg getötet oder verstümmelt werden.

Sie las einen kurzen Bericht in der *Times* mit der Überschrift *Schreckgespenst Serbien* und fragte Bea, ob Russland Serbien gegen die Österreicher verteidigen würde. »Das hoffe ich nicht!«, rief Bea beunruhigt. »Ich möchte nicht, dass mein Bruder in den Krieg muss.«

Maud ließ den Blick durchs Esszimmer schweifen. Sie erinnerte sich, hier während der Schulferien mit Fitz und Walter gefrühstückt zu haben, als sie zwölf und die Jungen siebzehn waren. Beide hatten gewaltigen Appetit gehabt, erinnerte sie sich; jeden Morgen hatten sie Eier und Würstchen und Berge von Buttertoast verschlungen, ehe sie reiten oder im See schwimmen gegangen waren. Walter war schon damals eine faszinierende Erscheinung gewesen, gut aussehend und fremdartig zugleich. Er hatte sie mit einer Höflichkeit behandelt, als wäre sie in seinem Alter, was für ein kleines Mädchen sehr schmeichelhaft war. Heute wusste Maud, dass es eine subtile Art von jugendlichem Flirt gewesen war.

Noch während Maud ihren Gedanken nachhing, kam Peel, der Butler, ins Zimmer, und versetzte ihr einen Schock, als er zu Bea sagte: »Herr von Ulrich ist hier, Durchlaucht.«

Walter kann unmöglich hier sein, dachte Maud erschrocken. Ob es Robert war? Aber das war genauso unwahrscheinlich.

Im nächsten Moment trat Walter ins Zimmer.

Es verschlug Maud die Sprache.

»Was für eine angenehme Überraschung, Herr von Ulrich«, begrüßte Bea den Besucher.

Walter trug einen leichten Sommeranzug aus hellem blaugrauem Tweed. Seine blaue Atlaskrawatte hatte die gleiche Farbe wie seine

Augen. Maud wünschte sich, etwas anderes zu tragen als das schlichte cremefarbene Kleid, das an den Schultern weit und in der Taille eng geschnitten war – für ein Frühstück mit der Schwägerin vollkommen angemessen, nicht aber für Walters Augen.

»Verzeihen Sie mir den Überfall, Fürstin Bea«, sagte Walter. »Ich musste unser Konsulat in Cardiff aufsuchen. Eine ermüdende Angelegenheit. Es ging um deutsche Matrosen, die Schwierigkeiten mit der hiesigen Polizei bekommen haben.«

Das war natürlich völliger Unsinn. Walter war Militärattaché. Matrosen aus dem Gefängnis zu holen gehörte nicht zu seinen Aufgaben.

»Guten Morgen, Lady Maud«, sagte er und schüttelte ihr die Hand. »Welch entzückende Überraschung, Sie hier zu sehen.«

Das war noch größerer Unsinn, wie Maud wusste. Walter war ihretwegen hier. Sie hatte London zwar verlassen, damit er ihr nicht nachstellte, doch im Grunde ihres Herzens war sie glücklich, dass er beharrlich genug war, ihr zu folgen. Nervös erwiderte sie: »Guten Morgen. Wie geht es Ihnen?«

Bea sagte: »Trinken Sie ein Tässchen Kaffee, Herr von Ulrich. Der Earl ist ausgeritten, wird aber bald zurück sein.« Sie ging selbstverständlich davon aus, dass Walter gekommen war, um Fitz zu besuchen.

»Mit Vergnügen.« Walter setzte sich.

»Bleiben Sie zum Mittagessen?«

»Sehr gerne. Danach muss ich allerdings einen Zug nach London erwischen.«

Bea erhob sich. »Ich rede mit der Köchin.«

Walter sprang auf und zog ihren Stuhl zurück.

»Plaudern Sie ein wenig mit Lady Maud«, sagte Bea, ehe sie das Zimmer verließ. »Sie kann ein bisschen Aufheiterung gebrauchen. Sie macht sich Sorgen um die Weltlage.«

Walter zog die Augenbrauen hoch, als er Beas spöttischen Unterton bemerkte. »Nun, die internationale Situation macht vielen Menschen Sorgen«, bemerkte er.

Maud war verlegen. Auf der verzweifelten Suche nach passenden Worten tippte sie mit der Fingerspitze auf die *Times*. »Ob es stimmt, dass Serbien siebzigtausend Reservisten einberufen hat?«

»Ich bezweifle, dass sie dort so viele Reservisten haben«, erwiderte

Walter. »Trotzdem versucht Serbien, die Lage zu verschärfen. Man hofft, dass die Gefahr eines um sich greifenden Krieges Österreich vorsichtig macht.«

»Warum braucht Österreich so lange, um der serbischen Regierung seine Forderungen zu übermitteln?«

»Offiziell will man die Ernte abwarten, ehe man etwas unternimmt, das die Aufstellung von Truppen erforderlich machen könnte. Leider weiß Wien, dass der französische Präsident und sein Außenminister zurzeit in Russland sind, sodass es für die beiden Verbündeten gefährlich einfach ist, sich auf eine gemeinsame Reaktion zu einigen. Bevor Präsident Poincaré Sankt Petersburg verlässt, wird es keine österreichische Note geben.«

Wie scharf sein Verstand ist, dachte Maud bewundernd.

Unvermittelt ließ Walter die Maske förmlicher Höflichkeit fallen, blickte gequält drein und sagte: »Bitte, komm zu mir zurück.«

Maud öffnete den Mund, um zu antworten, brachte aber kein Wort hervor.

»Ich weiß, dass du mir den Laufpass gegeben hast, weil du nur mein Bestes willst«, sagte er niedergeschlagen, »aber so einfach ist das nicht. Ich liebe dich zu sehr.«

Endlich fand Maud ihre Stimme wieder. »Aber dein Vater …«

»Er muss sein Schicksal selbst in die Hand nehmen. Ich kann ihm nicht gehorchen, nicht in dieser Sache.« Walters Stimme sank zu einem Flüstern herab. »Ich könnte es nicht ertragen, dich zu verlieren.«

»Aber vielleicht hat dein Vater recht. Vielleicht sollte ein deutscher Diplomat keine englische Frau haben, wenigstens zurzeit nicht.«

»Dann schlage ich eine andere Laufbahn ein. Denn eine andere Frau, die ich so liebe wie dich, werde ich niemals finden.«

Tränen schimmerten in Mauds Augen.

Walter streckte den Arm aus und nahm ihre Hand. »Darf ich mit deinem Bruder sprechen?«

Sie knüllte ihre weiße Leinenserviette zusammen und tupfte sich die Tränen ab. »Sag noch nichts zu Fitz«, entgegnete sie. »Warte noch ein paar Tage, bis die Serbienkrise vorüber ist.«

»Das könnte länger dauern als ein paar Tage.«

»Dann überlegen wir uns etwas anderes.«

»Also gut. Wenn du es so willst.«

»Ich liebe dich, Walter. Was immer auch geschieht, ich möchte deine Frau werden.«

Er küsste ihre Hand. »Danke«, sagte er feierlich. »Du machst mich sehr glücklich.«

Angespanntes Schweigen herrschte im Haus der Williams in der Wellington Row, während Mam das Mittagessen kochte. Als dann alle zu Tisch saßen, redeten Dah, Billy und Gramper kaum ein Wort. In Billys Innerem wütete ein Zorn, den er nicht in Worte fassen konnte. Am Nachmittag stieg er den Hügel hinauf und machte einen meilenweiten einsamen Spaziergang.

Am nächsten Morgen kehrten seine Gedanken immer wieder zu der Geschichte von Jesus und der Ehebrecherin zurück. Als er in Sonntagskleidung wartend in der Küche saß, ehe er mit seinen Eltern und Gramper in die Bethesda-Kapelle ging, um dort das Brot zu brechen, nahm er seine Bibel, schlug das Johannesevangelium auf und blätterte zu Kapitel acht. Dann las er die Geschichte mehrere Male. Mit jedem Mal wurde ihm deutlicher, dass genau die gleiche Krise, wie sie in der Bibel geschildert wurde, seine eigene Familie getroffen hatte.

In der Kapelle dachte Billy noch immer darüber nach. Als er sich umblickte, sah er Freunde und Nachbarn: Mrs. Dai Ponies, John Jones the Shop, Mrs. Ponti und ihre beiden Söhne, Suet Hewitt … Sie alle wussten, dass Ethel am Tag zuvor Tŷ Gwyn verlassen und eine Zugfahrkarte nach London gekauft hatte. Obwohl sie den Grund dafür nicht kannten – erraten konnten sie ihn. In ihrem Inneren hatten sie Ethel bereits verurteilt. Jesus aber verurteilte sie nicht.

Während der Lieder und Stegreifgebete gelangte Billy zu der Überzeugung, dass der Heilige Geist ihn dazu anhielt, die Verse aus dem Johannesevangelium laut vorzulesen. Als die Stunde sich ihrem Ende zuneigte, erhob er sich und schlug seine Bibel auf.

Erstauntes Gemurmel war zu vernehmen. Billy war ein bisschen zu jung, um die Gemeinde im Gebet zu führen; andererseits gab es keine Alterseinschränkung: Der Heilige Geist konnte jeden erfüllen.

»Ein paar Verse aus dem Johannesevangelium«, sagte Billy mit bebender Stimme. »›Sie sprachen zu ihm: Meister, dies Weib ist ergriffen auf frischer Tat im Ehebruch.‹«

In der Bethesda-Kapelle wurde es schlagartig still. Niemand rührte sich, flüsterte oder hustete auch nur.

Billy las weiter: »›Mose aber hat uns im Gesetz geboten, solche zu steinigen; was sagst du? Das sprachen sie aber, ihn zu versuchen, auf dass sie eine Sache wider ihn hätten. Aber Jesus bückte sich nieder und schrieb mit dem Finger auf die Erde. Als sie nun anhielten, ihn zu fragen, richtete er sich auf und sprach zu ihnen ...‹«

Billy hielt inne und sah auf.

Er betonte jede Silbe, als er sagte: »›Wer unter euch ohne Sünde ist, der werfe den ersten Stein auf sie.‹«

Alle starrten ihn an. Niemand rührte sich.

Billy fuhr fort: »›Und bückte sich wieder nieder und schrieb auf die Erde. Da sie aber das hörten, gingen sie hinaus, von ihrem Gewissen überführt, einer nach dem andern, von den Ältesten bis zu den Geringsten; und Jesus ward gelassen allein und das Weib in der Mitte stehend. Jesus aber richtete sich auf; und da er niemand sah denn das Weib, sprach er zu ihr: Weib, wo sind sie, deine Verkläger? Hat dich niemand verdammt? Sie aber sprach: Herr, niemand.‹«

Billy sah von der Bibel auf. Den letzten Vers brauchte er nicht zu lesen; er kannte ihn auswendig. Er blickte in das steinerne Gesicht seines Vaters und sagte langsam und betont: »›Jesus aber sprach: So verdamme ich dich auch nicht; gehe hin und sündige hinfort nicht mehr.‹«

Nach längerem Schweigen klappte Billy die Bibel mit einem Knall zu, der in der Stille wie ein Böllerschuss hallte. »Das ist das Wort Gottes«, sagte er.

Billy setzte sich nicht, sondern ging zum Ausgang. Die Gemeinde starrte ihm hinterher und beobachtete, wie er die große Holztür öffnete und ins Freie trat.

Er kam nie wieder.

KAPITEL 9

Ende Juli 1914

Walter von Ulrich bekam den Ragtime einfach nicht hin.

Er konnte die Melodien spielen, aber das war einfach. Er konnte die Akkorde spielen, die meist aus Septimen gebildet wurden. Er konnte auch beides zugleich spielen, nur klang es eben nicht wie Ragtime. Der Rhythmus wollte sich ihm einfach nicht erschließen. Das Ergebnis seiner Bemühungen entsprach musikalisch eher dem, was eine Kapelle in einem Berliner Biergarten zustande brachte. Für jemanden, der perfekt Beethoven-Sonaten spielte, war das ganz schön deprimierend.

Maud hatte ihm den Ragtime an jenem Samstagmorgen auf Tŷ Gwyn beizubringen versucht, an dem Bechstein-Flügel im kleinen Salon mit den Topfpalmen, während die Sommersonne durch die hohen Fenster fiel. Hüfte an Hüfte hatten sie auf der Klavierbank gesessen, die Arme ineinander verschlungen, und Maud hatte über Walters Versuche gelacht. Es war ein Moment goldenen Glücks gewesen.

Doch Walters Stimmung hatte sich verdüstert, als Maud ihm erzählte, wie sein Vater sie gedrängt hatte, mit ihm Schluss zu machen. Hätte er seinen alten Herrn am Abend seiner Rückkehr nach London gesehen, es wäre zur Explosion gekommen. Aber Otto von Ulrich war nach Wien gefahren, und Walter hatte seinen Zorn herunterschlucken müssen. Seitdem hatte er seinen Vater nicht mehr zu Gesicht bekommen.

Walter hatte Mauds Vorschlag zugestimmt, ihre Beziehung geheim zu halten, bis die Balkankrise vorbei war. Fast vier Wochen waren seit dem Attentat in Sarajevo vergangen, doch der österreichische Kaiser hatte den Serben noch immer nicht die Note geschickt, über die er sich nun schon so lange den Kopf zerbrach. Die Verzögerung ließ in Walter die Hoffnung keimen, dass die Gemüter in Wien sich ein wenig abgekühlt und die gemäßigten Kräfte die Oberhand gewonnen hatten.

Während er an seinem Klavier im kleinen Salon seiner Junggesellenwohnung nahe der Piccadilly saß, dachte er darüber nach, dass Österreich weit mehr Möglichkeiten hatte, Serbien zu bestrafen und seinen verletzten Stolz zu heilen, als in den Krieg zu ziehen. Zum Beispiel könnten sie die Serben zwingen, anti-österreichische Zeitungen zu verbieten und die Nationalisten aus der Armee und öffentlichen Ämtern zu entfernen. Die Serben würden dem zustimmen. Das war zwar demütigend, aber immer noch besser als ein Krieg, den sie nicht gewinnen konnten.

Dann könnten auch die politischen Führer der europäischen Großmächte wieder durchatmen und sich auf ihre eigenen Probleme konzentrieren. Die Russen könnten ihren Generalstreik niederschlagen, die Engländer die aufsässigen Iren befrieden und die Franzosen den Mordprozess gegen Madame Caillaux genießen, die den Herausgeber des *Figaro* erschossen hatte, weil der Liebesbriefe ihres Gatten abgedruckt hatte.

Und Walter könnte Maud heiraten.

Darauf konzentrierte er seine ganze Energie. Je mehr er über die Schwierigkeiten nachdachte, desto entschlossener war er, sie zu überwinden. Nachdem er ein paar Tage über die freudlose Aussicht auf ein Leben ohne Maud nachgegrübelt hatte, war er umso sicherer gewesen, dass er sie heiraten wollte – egal, welchen Preis sie beide dafür zahlen mussten. Während Walter eifrig das diplomatische Spiel auf dem Schachbrett Europas verfolgte, schaute er sich jeden Zug zunächst einmal daraufhin an, welche Auswirkungen er für Maud und ihn hatte. Deutschland kam erst an zweiter Stelle.

Walter würde Maud heute Abend sehen, beim Dinner in Fitz' Stadthaus und auf dem Ball der Herzogin von Sussex. Er hatte bereits eine weiße Schleife und einen Frack angelegt. Nun wurde es Zeit, sich auf den Weg zu machen. Als er den Deckel des Klaviers schloss, klingelte es an der Tür. Der Diener kündigte Robert von Ulrich an.

Robert blickte wie immer säuerlich drein. Schon als sie gemeinsam in Wien studiert hatten, war er ein melancholischer, ja unglücklicher junger Mann gewesen. Seine Gefühle trieben ihn unwiderstehlich einer Minderheit in die Arme, die er als dekadent betrachtete, weil er dazu erzogen worden war: den Homosexuellen. Jedes Mal, wenn er von einem Abend nach Hause kam, den er mit Männern verbracht hatte, die genauso empfanden wie er, hatte er diesen Blick gehabt:

schuldbewusst und trotzig zugleich. Mit der Zeit hatte Robert herausgefunden, dass Homosexualität genau wie Ehebruch offiziell zwar verurteilt, inoffiziell aber toleriert wurde – zumindest in gehobenen Kreisen –, und so war er inzwischen im Reinen mit sich selbst und seiner Veranlagung. Demnach musste seine säuerliche Miene an diesem Abend einen anderen Grund haben.

»Ich habe gerade den Text der kaiserlichen Note gesehen«, kam er ohne Umschweife auf den Punkt.

Walters Herz tat einen hoffnungsvollen Hüpfer. Das war vielleicht die friedliche Lösung, auf die er gewartet hatte. »Was steht drin?«

Robert reichte ihm ein Blatt Papier. »Ich habe dir den Hauptteil kopiert.«

»Wurde die Note bereits an die serbische Regierung übergeben?«

»Ja, um sechs Uhr Belgrader Zeit.«

Die Note beinhaltete zehn Forderungen. Die ersten drei entsprachen dem, was Walter erwartet hatte, und er war erleichtert: Serbien sollte liberale Zeitungen verbieten, den Geheimbund mit Namen »Schwarze Hand« auflösen und die nationalistische Propaganda unterdrücken. Vielleicht hatten die Gemäßigten ja tatsächlich den Sieg davongetragen.

Auch der vierte Punkt sah auf den ersten Blick vernünftig aus – die Österreicher verlangten die Entfernung sämtlicher Nationalisten aus öffentlichen Ämtern –, aber da war ein übler Nachsatz: Die Österreicher wollten die Liste selbst zusammenstellen. »Das ist ein bisschen hart«, bemerkte Walter besorgt. »Die serbische Regierung kann nicht einfach jeden entlassen, den die Österreicher ihr diktieren.«

Robert zuckte mit den Schultern. »Ihnen wird nichts anderes übrig bleiben.«

»Da hast du wohl recht.« Um des Friedens willen hoffte Walter, dass die Serben sich darauf einlassen würden.

Aber es wurde noch schlimmer.

In Punkt fünf verlangten die Österreicher, dass die Serben bei der »Niederschlagung subversiver Kräfte« mit ihnen zusammenarbeiteten. Und in Punkt sechs, las Walter mit wachsender Verzweiflung, bestanden die Österreicher darauf, dass ihre Beamten an den serbischen Untersuchungen zum Attentat beteiligt wurden. »Dem kann Serbien unmöglich zustimmen!«, protestierte Walter. »Damit würde es seine Souveränität aufgeben.«

Roberts Gesicht verdüsterte sich noch mehr. »Wohl kaum«, erwiderte er gereizt.

»Kein Land der Welt würde diesen Bedingungen zustimmen.«

»Serbien schon. Es muss, sonst wird es vernichtet.«

»In einem Krieg?«

»Falls nötig.«

»Der ganz Europa erfassen würde!«

Mahnend hob Robert den Finger. »Nicht, wenn die anderen Regierungen besonnen bleiben.«

Im Gegensatz zu deiner, dachte Walter, schluckte die Erwiderung jedoch herunter und las weiter. Die restlichen Punkte waren auf arrogante Weise formuliert, aber die Serben konnten vermutlich damit leben: Verhaftung der Verschwörer, Maßnahmen gegen den Waffenschmuggel auf österreichisches Gebiet und ein Verbot anti-österreichischer Propaganda durch serbische Offizielle.

Aber da war noch eine Achtundvierzigstundenfrist für die Antwort.

»Meine Güte, das ist hart«, sagte Walter.

»Wer sich mit dem österreichischen Kaiser anlegt, muss mit Härte rechnen.«

»Ich weiß, ich weiß. Aber er lässt den Serben nicht einmal Spielraum, das Gesicht zu wahren.«

»Warum sollte er?«

Walter machte keinen Hehl mehr aus seiner Verzweiflung. »Um Himmels willen, *will* er denn Krieg?«

»Die Familie des Kaisers, das Haus Habsburg, hat seit Hunderten von Jahren über große Teile Europas geherrscht. Kaiser Franz Joseph weiß, dass Gott ihn dazu bestimmt hat, über die niederen slawischen Völker zu herrschen. Das ist seine Bestimmung.«

»Gott schütze uns vor Männern, die eine ›Bestimmung‹ haben«, murmelte Walter. »Hat meine Botschaft dieses Schreiben schon gesehen?«

»Das wird jede Minute passieren.«

Walter fragte sich, wie die anderen wohl reagieren würden. Würden sie es akzeptieren wie Robert? Oder wären sie außer sich wie er selbst? Würde es lautstarke internationale Proteste geben oder nur ein diplomatisches Schulterzucken? Heute Abend würde er es erfahren. Walter schaute auf die Kaminuhr. »Ich komme zu spät zum Dinner. Bist du nachher auch auf dem Ball der Herzogin von Sussex?«

»Ja. Ich sehe dich dann da.«

Sie verließen das Gebäude und trennten sich auf der Straße. Walter ging zu Fitz' Stadthaus, um dort zu dinieren. Er fühlte sich außer Atem, wie nach einem langen Lauf. Der Krieg, den er so sehr fürchtete, war ein ganzes Stück näher gerückt.

Walter traf gerade noch rechtzeitig ein, um sich vor Fürstin Bea in ihrem lavendelfarbenen Kleid zu verneigen und Fitz die Hand zu schütteln, der in seinem weißen Flügelkragen und mit der weißen Fliege umwerfend gut aussah; dann wurde auch schon zum Dinner gebeten. Walter war selig, dass man ihn dazu bestimmt hatte, Maud zum Tisch zu geleiten. Sie trug ein dunkelrotes Kleid aus einem weichen Stoff, der sich so eng um ihren Körper schmiegte, wie Walter es mochte. Als er ihr den Stuhl zurechtrückte, sagte er: »Was für ein attraktives Kleid.«

»Paul Poiret«, entgegnete sie und meinte damit einen Schneider, der so berühmt war, dass selbst Walter schon einmal von ihm gehört hatte. Sie senkte die Stimme. »Ich dachte mir schon, dass es dir gefällt.«

Die Bemerkung war nicht sonderlich intim; dennoch lief Walter ein wohliger Schauder über den Rücken, dem augenblicklich die Angst folgte, diese wunderbare Frau zu verlieren.

Fitz' Stadthaus war kein Palast, aber durchaus nobel. Der lange Speisesaal befand sich an der Straßenecke, sodass man aus den Fenstern auf zwei Durchgangsstraßen blicken konnte. Trotz des sonnigen Sommerabends brannten elektrische Kronleuchter, deren Licht sich auf den Kristallgläsern und dem Silberbesteck spiegelte, mit dem der Tisch eingedeckt war. Walter schaute sich die anderen weiblichen Gäste am Tisch an und staunte wieder einmal darüber, wie viel Brust Engländerinnen der Oberschicht beim Dinner zeigten.

Solche Beobachtungen sind pubertär, Walter, ermahnte er sich. Es war wirklich an der Zeit, dass er heiratete.

Kaum hatte er sich gesetzt, zog Maud einen Schuh aus und fuhr ihm mit dem Zeh das Hosenbein hinauf. Er lächelte sie an, doch sie sah auf den ersten Blick, dass er in Gedanken woanders war. »Was ist?«, fragte sie.

»Fange ein Gespräch über das österreichische Ultimatum an«,

murmelte er aus dem Mundwinkel. »Sag, du hättest gehört, die Note sei überstellt worden.«

Maud wandte sich an Fitz, der am Kopfende des Tisches saß. »Ich glaube, die Note des österreichischen Kaisers ist endlich in Belgrad abgegeben worden«, sagte sie. »Hast du etwas darüber gehört, Fitz?«

Fitz legte den Suppenlöffel beiseite. »Ich bin genauso klug wie du. Niemand weiß, was drinsteht.«

»Ich halte diese Note für ziemlich hart«, bemerkte Walter. »Die Österreicher bestehen darauf, aktiv in die serbischen Ermittlungen einzugreifen.«

Fitz schüttelte den Kopf. »Wenn der serbische Ministerpräsident zustimmt, kann er gleich seinen Rücktritt einreichen.«

Walter nickte. »Es ist beinahe so, als *wollte* Österreich den Krieg«, sagte er. Er war gefährlich nahe dran, sich unfreundlich über einen der Verbündeten Deutschlands zu äußern, aber er war besorgt genug, dass ihn das nicht kümmerte. Er schaute zu Maud. Sie war blass geworden. Auch sie hatte die Bedrohung sofort erkannt.

»Natürlich hat alle Welt Mitleid mit Franz Joseph«, sagte Fitz. »Nationalistische Umtriebe können ein Reich zum Einsturz bringen, wenn man nicht sofort gegensteuert.« Walter nahm an, Fitz dachte an die irische Unabhängigkeitsbewegung und die südafrikanischen Buren, die das britische Empire bedrohten. »Aber man knackt eine Nuss nicht mit einem Vorschlaghammer«, beendete Fitz seinen Kommentar.

Diener nahmen die Suppenschüsseln weg und schenkten einen anderen Wein ein, doch Walter rührte sein Glas nicht an. Der Abend versprach, lang zu werden, und er brauchte einen klaren Kopf.

Maud sagte leise: »Ich habe heute zufällig Premierminister Asquith getroffen. Er hat gesagt, es könnte zu einem wahren Armageddon kommen.« Sie wirkte verängstigt. »Ich habe ihm nicht geglaubt, aber jetzt muss ich erkennen, dass er vielleicht doch recht hat.«

»Davor haben wir alle Angst«, erklärte Fitz.

Walter war wieder einmal von Mauds Verbindungen beeindruckt. Ganz beiläufig verkehrte sie mit den mächtigsten Männern in London. Er erinnerte sich, dass Maud schon mit elf oder zwölf Jahren, als ihr Vater Minister in einer konservativen Regierung gewesen war, dessen Kabinettskollegen ausgefragt hatte, wenn diese nach Tŷ Gwyn gekommen waren, und schon damals hatten diese Männer ihr aufmerksam zugehört und ihre Fragen geduldig beantwortet.

Maud fuhr fort: »Positiv ist nur eines: Sollte es zu einem Krieg kommen, sieht Asquith keinen Grund, dass England daran teilnimmt.«

In Walter keimte wieder Hoffnung auf. Falls England sich aus dem Konflikt heraushielt, würde ein Krieg ihn vielleicht doch nicht von Maud trennen.

Fitz schaute Maud missbilligend an. »Wirklich?«, sagte er. »Selbst wenn Frankreich von Deutschland überrannt werden sollte?«

»Asquith sagt, wir werden uns auf die Zuschauerrolle beschränken«, antwortete Maud.

»Ich habe schon seit Langem befürchtet«, sagte Fitz in herrischem Tonfall, »dass die englische Regierung die Machtverhältnisse in Europa falsch einschätzt.« Als Konservativer misstraute er der liberalen Regierung, und Premierminister Asquith hasste er sogar, weil er das Oberhaus nachhaltig geschwächt hatte. Vor allem aber hatte Fitz keine Angst vor einem Krieg. Walter befürchtete sogar, Fitz könnte den Gedanken an eine bewaffnete Auseinandersetzung genauso genießen wie sein Vater Otto. Fitz nahm eher einen Krieg in Kauf als eine Schwächung der britischen Macht.

»Bist du sicher, dass ein deutscher Sieg über Frankreich das Machtgleichgewicht stören würde?«, fragte Walter. Ein solches Gespräch war heikel für eine Dinnerparty, aber die Angelegenheit war zu wichtig, um sie einfach unter Fitz' teuren Teppich zu kehren.

»Bei allem gebotenen Respekt deinem Land und Kaiser Wilhelm gegenüber«, antwortete Fitz, »aber Großbritannien kann nicht zulassen, dass Deutschland Frankreich kontrolliert.«

Walter versuchte, sich seinen Zorn nicht anmerken zu lassen. Ein deutscher Angriff auf Russlands Verbündeten Frankreich wäre ein Akt der Selbstverteidigung, aber die Engländer redeten, als würde Deutschland es darauf anlegen, ganz Europa zu erobern. Doch Walter zwang sich zu einem Lächeln und sagte: »Wir haben Frankreich schon vor dreiundvierzig Jahren besiegt, im Deutsch-Französischen Krieg. Damals hat Großbritannien auch nur zugeschaut. Und ihr habt nicht unter unserem Sieg gelitten.«

Maud warf ein: »Das hat Asquith auch gesagt.«

»Nur gibt es da einen Unterschied«, erwiderte Fitz. »1871 wurde Frankreich von Preußen und einer Allianz kleinerer deutscher Fürstentümer und Königreiche besiegt. Nach dem Krieg wurde aus dieser Allianz eine Nation, das moderne Deutschland – und ich bin sicher,

Walter, alter Freund, du stimmst mit mir überein, dass Deutschland heute viel beeindruckender ist als das alte Preußen.«

Männer wie Fitz sind gefährlich, überlegte Walter. Mit ihren tadellosen Manieren führen sie die Welt in den Untergang. Er versuchte, seinen freundlichen Tonfall beizubehalten. »Du hast natürlich recht. Nur ist ›beeindruckend‹ nicht das Gleiche wie ›feindselig‹.«

»Genau das ist die Frage, nicht wahr?«

Am anderen Ende des Tisches hüstelte Bea tadelnd. Zweifellos hielt sie dieses Thema in solch einer Gesellschaft für unangemessen. »Freuen Sie sich schon auf den Ball der Herzogin, Herr von Ulrich?«, fragte sie.

»Ich bin sicher, der Ball wird ganz wunderbar«, erwiderte er und wurde von Bea mit einem dankbaren Nicken belohnt.

Tante Herm warf ein: »Sie sind ein wundervoller Tänzer!«

Walter lächelte die alte Dame warmherzig an. »Vielleicht erweisen Sie mir ja die Ehre des ersten Tanzes, Lady Hermia.«

Sie fühlte sich geschmeichelt. »Du liebe Güte, ich bin doch viel zu alt dafür. Außerdem macht ihr jungen Leute Schritte, die es zu meiner Debütantinnenzeit noch gar nicht gab.«

»Die neueste Mode ist der Csardas, ein ungarischer Volkstanz. Ich könnte Ihnen die Schritte beibringen.«

»Also, *das* würde mit Sicherheit einen diplomatischen Zwischenfall verursachen«, warf Fitz ein. Es war zwar keine allzu lustige Bemerkung, aber alle lachten, und das Gespräch wandte sich weniger brisanten Themen zu.

Nach dem Dinner stiegen die Gäste in Droschken und fuhren die paar Hundert Meter bis zum herzoglichen Palast in der Park Lane.

Inzwischen war die Nacht hereingebrochen, und aus jedem Fenster fiel Licht – die Herzogin hatte sich schließlich doch dazu durchgerungen, elektrisches Licht installieren zu lassen. Walter stieg die Treppe hinauf und betrat den ersten von drei prachtvollen Empfangsräumen. Das Orchester spielte das populärste Stück der letzten Jahre, *»Alexander's Ragtime Band«*. Walters linke Hand zuckte im Takt der Musik.

Er hielt sein Versprechen, tanzte mit Tante Herm und hoffte, dass sie noch viele weitere Tanzpartner fand, damit sie müde wurde und in einem Nebenzimmer einschlief, sodass Maud ohne Gouvernante dastand. Walter ging es einfach nicht aus dem Kopf, was er und Maud vor wenigen Wochen in der Bibliothek dieses Hauses getrieben hatten. Seine Hände gierten danach, Maud zu berühren.

Aber zuerst die Arbeit, dann das Vergnügen. Walter verneigte sich vor Tante Herm, nahm ein Glas Champagner und drehte eine Runde durchs Haus. Er ging durch den Kleinen Ballsaal, den Salon und den Großen Ballsaal und sprach mit Gästen aus Politik und Diplomatie. Jeder Botschafter in London war eingeladen worden, und die meisten waren gekommen, darunter Walters Vorgesetzter, Fürst Lichnowsky. Zahlreiche Parlamentarier waren ebenfalls erschienen. Die meisten waren Konservative, wie die Herzogin, aber es gab auch ein paar Liberale, darunter mehrere Minister. Robert war in ein Gespräch mit Lord Remarc vertieft, einem Staatssekretär im Kriegsministerium. Labour-Abgeordnete waren keine zu sehen. Die Herzogin betrachtete sich zwar als weltoffen, aber alles hatte seine Grenzen.

Walter erfuhr, dass die Österreicher Kopien des Ultimatums an alle wichtigen Botschaften in Wien verteilt hatten. Das Schreiben würde nach London telegrafiert und noch in der Nacht übersetzt werden, sodass morgen früh der genaue Inhalt allgemein bekannt war. Die meisten Leute waren von den Forderungen schockiert, aber niemand wusste, was man in dieser Sache unternehmen sollte.

Gegen ein Uhr früh hatte Walter alles erfahren, was er erfahren konnte, und zog los, um Maud zu finden. Er stieg die Treppe hinunter und ging in den Garten, wo in einem Zelt ein üppiges Nachtbuffet angerichtet war: Die feine englische Gesellschaft ließ zu derartigen Anlässen Unmengen an Speisen und Getränken auffahren.

Walter fand Maud, die mit ein paar Weintrauben spielte. Gott sei Dank war Tante Herm nirgends zu sehen. »Wie könnt ihr Engländer nur so viel essen?«, bemerkte er. »Die meisten Leute hier verdrücken ein herzhaftes Frühstück, ein Mittagessen aus fünf oder sechs Gängen, Tee mit Sandwiches und Kuchen am Nachmittag und ein Abendessen mit mindestens acht Gängen. Muss man da mitten in der Nacht auch noch Suppe, gestopften Fasan, Hummer, Pfirsiche und Eiscreme auftischen?«

Maud lachte. »Du hältst uns für ein vulgäres Volk, nicht wahr?«

So war es zwar nicht, aber er zog sie gerne damit auf. »Lass uns ein bisschen über die englische Kultur philosophieren.«

Er nahm Maud am Arm und zog sie aus dem Zelt in den Garten. In den Bäumen hingen Lichterketten, die aber nur wenig Licht spendeten. Auf den gewundenen Pfaden, die zwischen den Sträucher hindurchführten, spazierten noch ein paar andere Paare; einige hielten im Dunkeln verstohlen Händchen. Walter sah Robert noch einmal mit Lord Remarc und fragte sich, ob sich da eine Romanze anbahnte.

»Was ist nun mit der englischen Kultur?«, fragte Maud.

»Die gibt es nicht mehr«, verulkte Walter sie. »Musik? Gilbert und Sullivan. Malerei? Eure Maler versuchen sich an rotwangigen Kindern mit Hundewelpen, während die französischen Impressionisten das Bild der Welt verändern. Oper? Was nicht aus Deutschland kommt, ist italienisch. Ballet? Russisch.«

»Und doch beherrschen wir die halbe Welt«, erwiderte Maud und lächelte spöttisch.

Walter nahm sie in die Arme. »Und du kannst Ragtime spielen.«

»Das ist leicht, wenn man erst einmal den Rhythmus hat.«

»Genau das finde ich so schwer.«

»Du brauchst Unterricht.«

Walter flüsterte ihr ins Ohr. »Würdest du es mir beibringen?« Das Flüstern wurde zu einem Stöhnen, als sie ihn küsste, und danach sprachen sie längere Zeit nicht mehr.

Das alles geschah in den frühen Morgenstunden des 24. Juli, einem Samstag. Als Walter am nächsten Abend ein weiteres Dinner und einen weiteren Ball besuchte, hieß es gerüchteweise, die Serben würden sämtlichen österreichischen Forderungen nachkommen. Lediglich bei den Punkten fünf und sechs wollten sie das eine oder andere klargestellt wissen. Erneut keimte Hoffnung in Walter auf. Wenn die Serben so zu Kreuze krochen, konnten die Österreicher die Antwort unmöglich zurückweisen. Es sei denn natürlich, sie waren fest zum Krieg entschlossen.

Samstag, bei Tagesanbruch, legte Walter auf dem Nachhauseweg einen Zwischenstopp in der Botschaft ein, um sich zu notieren, was er im Laufe des Abends erfahren hatte. Er saß gerade an seinem Schreibtisch, als der Botschafter persönlich, Fürst Lichnowsky, in makellosem Anzug und grauem Hut erschien. Erschrocken sprang Walter auf, verneigte sich und sagte: »Guten Morgen, Durchlaucht.«

»Sie sind früh dran, von Ulrich«, bemerkte der Botschafter. Dann sah er Walters Abendgarderobe und verbesserte sich: »Oder ziemlich spät.« Trotz seiner Falten war Lichnowsky noch immer gut aussehend mit seiner geschwungenen Nase über dem Schnurrbart.

»Ich wollte mir nur rasch notieren, was ich letzte Nacht an Gerüchten gehört habe. Kann ich Ihnen zu Diensten sein, Durchlaucht?«

»Ich bin zu Sir Edward Grey bestellt worden. Sie können mich begleiten und Notizen machen – vorausgesetzt, Sie haben noch einen anderen Mantel griffbereit.«

Walter war hocherfreut. Der britische Außenminister war einer der mächtigsten Männer auf Erden. Natürlich hatte Walter ihn in der kleinen Welt der Londoner Diplomaten schon getroffen, hatte aber nie mehr als ein paar Worte mit ihm gewechselt. Nun, nach der für Lichnowsky typischen beiläufigen Einladung, würde er bei einem informellen Treffen zweier Männer zugegen sein, die über das Schicksal Europas mitentschieden.

Gottfried von Kessel wird gelb vor Neid, freute sich Walter, tadelte sich aber sofort für diesen nichtigen Gedanken. Das Treffen könnte sich als entscheidend erweisen. Im Gegensatz zum österreichischen Kaiser wollte Außenminister Grey keinen Krieg. Ob es in dem Gespräch darum ging, den Krieg zu verhindern? Grey war schwer zu durchschauen. In welche Richtung tendierte er? Sollte er gegen den Krieg sein, würde Walter ihn nach besten Kräften unterstützen.

Für Notfälle wie diesen hing hinter Walters Tür stets ein frischer Cutaway am Haken. Er zog seinen Abendfrack aus und knöpfte den Cutaway über der weißen Weste zu. Dann nahm er sich ein Notizbuch und verließ im Gefolge des Botschafters das Gebäude.

In der frühmorgendlichen Kälte gingen die beiden Männer durch den St. James' Park. Walter erzählte seinem Vorgesetzten von dem Gerücht über die serbische Antwort auf Österreichs Ultimatum. Auch Lichnowsky hatte von einem Gerücht zu berichten. »Albert Ballin hat gestern Abend mit Winston Churchill diniert«, sagte er. Ballin, ein deutscher Großreeder, stand dem Kaiser sehr nahe, obwohl er Jude war. Churchill wiederum hatte das Oberkommando über die Royal Navy. »Ich würde zu gerne wissen, was die beiden sich zu sagen hatten.«

Offensichtlich fürchtete der Botschafter, der Kaiser könne ihn übergehen und den Briten via Albert Ballin Nachrichten zukommen lassen. »Ich werde versuchen, das herauszufinden, Durchlaucht«, sagte Walter, erfreut über die Gelegenheit, sich auszuzeichnen.

Sie betraten das Außenministerium, ein neoklassizistisches Gebäude, das Walter an eine Hochzeitstorte erinnerte. Sofort wurden sie in das prachtvolle Büro des Ministers geführt, das einen fantastischen Blick über den Park gewährte. Wir Briten sind das reichste Volk auf Erden, schien das Gebäude hinauszuschreien, und wir können mit euch anderen tun und lassen, was uns gefällt.

Sir Edward Grey war ein dünner Mann mit hagerem Gesicht. Er mochte keine Ausländer und reiste kaum einmal ins Ausland, was ihn aus britischer Sicht zum perfekten Außenminister machte. »Ich danke Ihnen, dass Sie gekommen sind«, sagte er höflich. Er war allein bis auf einen Schreiber mit einem Notizblock. Kaum hatten die Besucher Platz genommen, kam Grey auch schon auf den Punkt. »Wir müssen tun, was in unserer Macht steht, um die Lage auf dem Balkan zu beruhigen.«

Walter schöpfte neue Hoffnung. Das hörte sich gut an. Grey wollte keinen Krieg.

Lichnowsky nickte. Der Fürst gehörte der Friedensfraktion in der deutschen Regierung an. Er hatte ein scharf formuliertes Telegramm nach Berlin geschickt und darauf gedrängt, Österreich in die Schranken zu weisen. Er widersprach Walters Vater und anderen, die glaubten, je eher ein Krieg käme, desto besser sei es für Deutschland, weil dann verhindert würde, dass Frankreich und Russland weiter erstarkten.

Grey fuhr fort: »Was immer die Österreicher tun, es darf den Russen nicht so bedrohlich erscheinen, dass der Zar militärisch darauf reagieren muss.«

Ganz meine Meinung, pflichtete Walter ihm stumm bei.

Auch Lichnowsky schien diese Ansicht zu teilen. »Sie haben den Nagel auf den Kopf getroffen, wenn ich es so ausdrücken darf, Herr Außenminister.«

Doch Grey war nicht anfällig für Komplimente. »Mein Vorschlag lautet wie folgt: Sie und ich, also Deutschland und Großbritannien, sollten die Österreicher gemeinsam bitten, das Ultimatum zu verlängern.« Nachdenklich schaute er auf die Uhr an der Wand: Es war kurz nach sechs am frühen Morgen. »Die Österreicher haben eine Antwort für heute Abend um sechs verlangt, Belgrader Zeit. Sie können sich schwerlich weigern, den Serben noch einen weiteren Tag einzuräumen.«

Walter war enttäuscht. Er hatte gehofft, Grey habe einen Plan, die

Welt zu retten. Dieses Hinausschieben nutzte gar nichts, zumal die Österreicher nach Walters Einschätzung inzwischen so sehr auf den Krieg brannten, dass sie die eine deutsch-englische Bitte um Aufschub vermutlich zurückweisen würden.

»Eine ausgezeichnete Idee«, sagte Lichnowsky. »Ich werde es mit besonderer Empfehlung umgehend an Berlin weiterleiten.«

»Danke«, sagte Grey. »Sollte es scheitern, habe ich einen weiteren Vorschlag.«

Walter erschrak. Offenbar war Grey keineswegs davon überzeugt, dass die Österreicher den Serben mehr Zeit einräumten.

Grey fuhr fort: »Ich schlage vor, dass Großbritannien, Deutschland, Italien und Frankreich sich gemeinsam als Vermittler in diesem Konflikt anbieten. Sie könnten sich zu einer Vier-Mächte-Konferenz treffen, um eine Lösung auszuarbeiten, die Österreich zufriedenstellt, ohne Russland zu bedrohen.«

Das war schon mehr nach Walters Geschmack.

»Natürlich würde Österreich im Vorfeld niemals erklären, sich an die Beschlüsse einer solchen Konferenz zu halten«, fuhr Grey fort, »aber das ist auch nicht nötig. Wir könnten den österreichischen Kaiser jedoch bitten, wenigstens so lange nichts zu unternehmen, bis die Konferenz zu einem Ergebnis gekommen ist.«

Walter hätte am liebsten gejubelt. Die Österreicher würden schwerlich einen Plan ablehnen können, der von ihren Verbündeten *und* ihren Feinden kam.

Auch Lichnowsky machte einen zufriedenen Eindruck. »Ich werde es Berlin mit Nachdruck empfehlen.«

Grey sagte: »Ich danke Ihnen sehr, dass Sie so früh am Morgen zu mir gekommen sind.«

Lichnowsky wertete diese Bemerkung als Hinweis, dass er entlassen war, und stand auf. »Es war mir ein Vergnügen«, sagte er. »Werden Sie heute nach Hampshire fahren?«

Greys Freizeitbeschäftigungen waren das Fliegenfischen und die Vogelbeobachtung, und in seinem Landhaus am Fluss Itchen in Hampshire war er stets am glücklichsten.

»Heute Abend, hoffe ich«, antwortete er. »Wir haben wunderbares Angelwetter.«

»Ich hoffe, Sie haben einen erholsamen Sonntag«, sagte Lichnowsky.

Auf dem Weg zurück durch den Park sagte er zu Walter: »Diese Engländer sind wirklich erstaunlich. Europa steht am Rande eines Krieges, und der Außenminister geht angeln.«

Walter war hocherfreut. Grey schien keinen Sinn für die Dringlichkeit der Situation zu haben, war aber der Erste gewesen, der eine machbare Lösung vorgeschlagen hatte. Walter war ihm mehr als dankbar. Ich werde Grey zu meiner Hochzeit einladen und ihm in meiner Rede persönlich danken, beschloss er.

In der Botschaft traf Walter zu seinem Erstaunen seinen Vater an.

Otto von Ulrich winkte Walter in sein Büro. Gottfried von Kessel war ebenfalls dort. Walter hätte seinen Vater am liebsten sofort wegen Maud zur Rede gestellt, doch im Beisein von Kessels wollte er eine solch delikate Angelegenheit nicht zur Sprache bringen. Stattdessen fragte er: »Seit wann bist du hier?«

»Seit ein paar Minuten. Ich bin mit dem Nachtzug aus Paris gekommen. Was hast du mit dem Botschafter gemacht?«

»Sir Edward Grey hat uns einbestellt.« Walter genoss den neidischen Ausdruck auf von Kessels Gesicht.

»Und was hatte er zu sagen?«, fragte Otto.

»Er hat eine Vier-Mächte-Konferenz vorgeschlagen, um zwischen Österreich und Serbien zu vermitteln.«

»Zeitverschwendung«, bemerkte von Kessel.

Walter ignorierte ihn und fragte seinen Vater: »Was hältst du davon?«

Otto kniff die Augen zusammen. »Interessante Idee«, sagte er. »Grey ist geschickt.«

Walter konnte seinen Enthusiasmus nicht länger verbergen. »Glaubst du, der österreichische Kaiser wird zustimmen?«

»Auf keinen Fall.«

Von Kessel kicherte.

Walter war am Boden zerstört. »Aber warum nicht?«

»Nehmen wir einmal an«, antwortete Otto, »die Konferenz legt eine Lösung vor, und Österreich lehnt sie ab. Was dann?«

»Das hat Grey bedacht. Er hat gesagt, Österreich sei nicht verpflichtet, die Empfehlung der Konferenz zu übernehmen.«

Otto schüttelte den Kopf. »Natürlich nicht. Aber was dann? Wenn Deutschland an der Konferenz teilnimmt, die diesen Lösungsvorschlag unterbreitet, und Österreich lehnt unseren Vorschlag ab – wie sollen wir die Österreicher dann noch unterstützen, wenn sie in den Krieg ziehen?«

»Das wäre nicht möglich.«

»Eben. Und damit dürfte klar sein, was Grey mit diesem Vorschlag erreichen möchte: Er will einen Keil zwischen Deutschland und Österreich treiben.«

»Oh.« Walter kam sich dumm vor, nicht selbst darauf gekommen zu sein. Sein Optimismus verflog. Verzweifelt fragte er: »Wir werden Greys Friedensplan also nicht unterstützen?«

»Nie im Leben«, antwortete Otto.

Sir Edward Greys Vorschlag ging ins Leere, und so schauten Walter und Maud hilflos zu, wie die Welt mit jeder Stunde näher an den Abgrund rückte.

Der nächste Tag war ein Sonntag. Walter traf sich mit Anton. Wieder einmal wollte alle Welt wissen, was die Russen tun würden. Die Serben hatten fast sämtlichen österreichischen Forderungen zugestimmt; nur die beiden härtesten Klauseln wollten sie noch einmal überdenken. Doch die Österreicher hatten dies als inakzeptabel erklärt, und so machte Serbien seine kleine Armee mobil. Es würde zu Kämpfen kommen. Die Frage war nun: Mischte Russland sich ein?

Walter ging in die Kirche St.-Martin-in-the-Fields am Trafalgar Square, dem belebtesten Verkehrsknotenpunkt Londons. Die Kirche war ein Gebäude aus dem 18. Jahrhundert im palladianischen Stil, wie Walter inzwischen wusste. Seine Treffen mit Anton bescherten ihm nicht nur Informationen über die russischen Pläne, sondern auch Wissen über die Geschichte der englischen Architektur.

Er stieg die Stufen hinauf und ging zwischen den hohen Pfeilern hindurch ins Kirchenschiff. Besorgt schaute er sich um. Wenn Anton ausgerechnet jetzt kalte Füße bekam, wäre es der denkbar schlechteste Moment. Doch seine Sorgen waren unbegründet: Das Kircheninnere wurde von großen venezianischen Fenstern am östlichen Ende erhellt, und Walter entdeckte Anton sofort. Erleichtert setzte er sich neben den rachsüchtigen Spion – ein paar Sekunden bevor der Gottesdienst begann.

Wie immer sprachen sie nur, wenn gesungen wurde. »Der Ministerrat ist am Freitag zusammengekommen«, berichtete Anton.

Das wusste Walter bereits. »Und was haben sie beschlossen?«

»Nichts. Sie haben nur Empfehlungen abgegeben. Der Zar entscheidet.«

Auch das wusste Walter. Ungeduldig fragte er: »Und was haben sie empfohlen?«

»Dass vier russischen Militärbezirken gestattet werden soll, sich auf die Mobilmachung vorzubereiten.«

Das war der erste Vorbote des Krieges. »Nein!«, rief Walter unwillkürlich. Die Sänger in seiner Nähe drehten sich zu ihm um und starrten ihn an. Mühsam beruhigte Walter sich wieder. »Hat der Zar zugestimmt?«

»Er hat den Beschluss gestern ratifiziert.«

Verzweifelt fragte Walter: »Und welche vier Bezirke sind es?«

»Moskau, Kasan, Odessa und Kiew.«

Während der Gebete rief Walter sich eine Karte von Russland ins Gedächtnis. Moskau und Kasan lagen in der Mitte des riesigen Landes, mehr als tausend Meilen von den europäischen Grenzen entfernt, Odessa und Kiew aber im Südwesten, nahe dem Balkan. Während der nächsten Hymne sagte Walter: »Sie machen gegen Österreich mobil.«

»Es ist keine Mobilmachung«, erklärte Anton. »Es ist die *Vorbereitung* auf eine Mobilmachung.«

»Das habe ich schon verstanden«, sagte Walter geduldig. »Aber gestern haben wir noch über einen Angriff Österreichs auf Serbien gesprochen, einen begrenzten Balkankonflikt. Heute reden wir über Österreich und Russland und einen paneuropäischen Krieg.«

Die Hymne verhallte, und Walter wartete ungeduldig auf die nächste. Er war von einer frommen protestantischen Mutter erzogen worden, und es hatte ihm jedes Mal Gewissensbisse bereitet, Gottesdienste für seine nachrichtendienstliche Tätigkeit zu missbrauchen. Deshalb nutzte er die Zeit, ein kurzes Gebet zu sprechen und um Vergebung zu bitten.

Als die Gemeinde wieder zu singen begann, fragte Walter: »Warum diese Eile, sich auf den Krieg vorzubereiten?«

Anton zuckte mit den Schultern. »Die Generäle sagen zum Zaren: ›Jeder Tag Verzögerung verschafft dem Feind einen Vorteil.‹ Es ist immer dasselbe.«

»Erkennen sie denn nicht, dass diese Art Vorbereitung die Kriegsgefahr erhöht?«

»Soldaten wollen Kriege gewinnen, nicht vermeiden.«

Die Hymne endete, und auch der Gottesdienst neigte sich dem Ende zu. Als Anton aufstand, hielt Walter ihn am Arm fest. »Ich muss Sie öfter sehen«, sagte er.

Anton blickte ihn ängstlich an. »Das haben wir doch schon besprochen …«

»Das ist mir egal. Europa steht am Rande eines Krieges. Sie reden von russischen Vorbereitungen auf die Mobilmachung in vier Bezirken. Was, wenn sie auch *anderen* Bezirken die Erlaubnis erteilen? Und wann wird aus diesen Vorbereitungen Ernst? Ich brauche tägliche Berichte. Stündlich wäre noch besser.«

»Das Risiko kann ich nicht eingehen.« Anton versuchte, sich loszureißen.

Walter verstärkte seinen Griff. »Wir treffen uns von nun an jeden Morgen in der Westminster Abbey, bevor Sie in Ihre Botschaft gehen. An der Poet's Corner im südlichen Querschiff. Die Kirche ist so groß, dass niemand uns bemerken wird.«

»Kommt gar nicht infrage.«

Walter seufzte. Er würde dem Mann drohen müssen, was er niemals gerne tat, da es einen Rückzug des Spions bewirken konnte. Aber das Risiko musste er eingehen. »Wenn Sie morgen früh nicht dort sind, werde ich in Ihre Botschaft kommen und nach Ihnen fragen.«

Anton wurde kreidebleich. »Das können Sie nicht tun! Man würde mich umbringen!«

»Ich brauche diese Informationen. Ich versuche, einen Krieg zu verhindern.«

»Und ich hoffe, es *gibt* Krieg«, konterte der kleine Schreiber mit hasserfüllter Stimme. »Ich hoffe, mein Land wird von der deutschen Armee dem Erdboden gleichgemacht.« Walter starrte ihn erstaunt an. »Ich hoffe, der Zar wird abgeschlachtet, und seine ganze Familie mit ihm! Ich hoffe, sie fahren in die Hölle, wie sie es verdient haben!«

Er machte auf dem Absatz kehrt, eilte aus der Kirche und verschwand im Gewimmel auf dem Trafalgar Square.

Jeden Dienstagnachmittag war Fürstin Bea zur Teestunde daheim. Dann kamen ihre Freundinnen, um über die Feste zu sprechen, auf denen sie zu Gast gewesen waren, und ihre Tagesgarderobe zur Schau zu stellen. Maud und Tante Herm mussten ebenfalls erscheinen, denn beide waren arme Verwandte, die von Fitz' Großzügigkeit lebten. An diesem Tag fand Maud das Gespräch besonders geistlos, denn sie beschäftigte nur noch die Frage, ob es Krieg gab.

Der Morgensalon in der Villa in Mayfair war modern eingerichtet, denn Bea kannte die neuesten Trends in Sachen Raumgestaltung. Zueinander passende Sessel und Sofas aus Bambus standen in kleinen Gruppen zusammen; dazwischen war genug Platz, dass die Leute sich umherbewegen konnten. Die Polsterbezüge zeigten ein malvenfarbenes, stilles Muster, der Teppich war hellbraun. Die Wände waren nicht tapeziert, sondern in einem ruhigen Beige gestrichen. Das typisch viktorianische Durcheinander aus gerahmten Fotografien, Nippes, Kissen und Vasen gab es hier nicht. Hier stellte man seinen Wohlstand nicht zur Schau, indem man die Zimmer mit allen möglichen Dingen vollstopfte. Maud gefiel es.

Bea plauderte mit der Herzogin von Sussex; sie tratschten über die Mätresse des Premierministers, Venetia Stanley. Maud war der Ansicht, dass Bea sich lieber um ihren Bruder sorgen sollte: Wenn Russland in den Krieg zog, musste Fürst Andrej zum Militär. Doch nichts schien Beas Stimmung trüben zu können. Sie wirkte an diesem Tag sogar besonders gut gelaunt. Vielleicht hatte sie einen Liebhaber. In den höchsten Gesellschaftsschichten, wo viele Ehen arrangiert wurden, war so etwas nicht ungewöhnlich. Manchmal stießen Ehebrecherinnen auf Ablehnung – die Herzogin hätte eine solche Frau für immer von ihrer Gästeliste gestrichen –, andere jedoch sahen darüber hinweg. Allerdings hielt Maud Bea nicht für den Typ Frau, der Ehebruch beging.

Fitz war für eine Stunde dem Oberhaus entflohen und kam zum Tee. Walter traf gleich nach ihm ein. Beide waren sehr elegant in ihren grauen Anzügen mit zweireihigen Westen. Unwillkürlich stellte Maud sich beide Männer in Heeresuniform vor. Wenn der Krieg sich ausweitete, mussten sie vermutlich zu den Waffen und würden mit großer Wahrscheinlichkeit auf unterschiedlichen Seiten kämpfen. Sie wären Offiziere, doch beide würden sich keine sicheren Pöstchen in der Etappe verschaffen, sondern mit ihren Einheiten an vorderster

Front kämpfen. Maud durchlief es eiskalt: Die beiden Männer, die ihr alles bedeuteten, könnten am Ende sogar aufeinander schießen. Der Gedanke war ihr unerträglich.

Maud wich Walters Blick aus. Sie hatte den Eindruck, die hellsichtigeren Frauen in Beas Zirkel hätten bereits bemerkt, wie oft sie mit ihm sprach. Deren Verdächtigungen waren Maud egal – sie würden die Wahrheit bald genug erfahren –, aber sie wollte nicht, dass Fitz Gerüchte zu Ohren kamen, ehe er es offiziell erfuhr. Das hätte ihn gekränkt; deshalb versuchte Maud, sich ihre Gefühle nicht anmerken zu lassen.

Fitz setzte sich neben sie. Auf der Suche nach einem Gesprächsthema, das nichts mit Walter zu tun hatte, kam Maud auf Tŷ Gwyn und erkundigte sich: »Was ist eigentlich aus Williams geworden, deiner walisischen Haushälterin? Ich habe sie gar nicht mehr gesehen. Und als ich die anderen Dienstboten fragte, gaben sie mir ausweichende Antworten.«

»Ich musste Williams entlassen«, sagte Fitz.

»Ach?« Maud war überrascht. »Dabei hatte ich den Eindruck, du mochtest sie.«

»Nicht besonders.« Er wirkte verlegen.

»Womit hat sie sich denn deinen Unmut zugezogen?«

»Durch lasterhafte Lust, die gewisse Folgen hatte.«

Maud lachte. »Red nicht so geschwollen, Fitz! Du meinst, sie ist schwanger geworden?«

»Pssst, nicht so laut. Du weißt doch, wie die Herzogin ist.«

»Die arme Williams. Wer ist der Vater?«

»Glaubst du, ich hätte sie danach gefragt?«

»Nein, natürlich nicht. Ich hoffe nur, er steht zu ihr.«

»Woher soll ich das wissen? Sie ist Dienstbotin, um Himmels willen.«

»Normalerweise redest du nicht so herzlos über deine Dienstboten.«

»Unmoral darf man nicht belohnen.«

»Ich habe Williams gemocht. Sie war freundlicher und klüger als die meisten Damen der Gesellschaft.«

»Rede keinen Unsinn.«

Maud gab es auf. Aus irgendeinem Grund gab Fitz vor, Williams nicht leiden zu können. Aber er hatte es nie gemocht, sich zu erklären; deshalb hatte es keinen Sinn, ihn zu bedrängen.

Walter kam zu ihnen. Er balancierte ein Teegedeck und einen Teller mit einem Stück Kuchen in einer Hand. Er lächelte Maud zu, sprach aber Fitz an. »Du kennst doch Churchill?«

»Little Winston?«, fragte Fitz. »Oh ja. Er hat in meiner Partei angefangen, ist dann aber zu den Liberalen übergetreten. Trotzdem glaube ich, sein Herz schlägt noch immer konservativ.«

»Letzten Freitag hat er mit Albert Ballin zu Abend gegessen. Ich würde zu gern wissen, was Ballin zu sagen hatte.«

»Da kann ich dich erhellen, Winston hat mit jedem darüber gesprochen. Wenn es einen Krieg gibt, hat Ballin gesagt, verspricht Deutschland, nach seinem Sieg keine Territorialgewinne auf Kosten Frankreichs anzustreben – anders als beim letzten Mal, als es sich das Elsass und Lothringen genommen hat –, falls Großbritannien sich heraushält.«

»Danke für die Auskunft«, sagte Walter. »Das versuche ich seit Tagen herauszufinden.«

»Deine Botschaft ist nicht informiert?«

»Die Nachricht sollte offensichtlich die normalen diplomatischen Kanäle umgehen.«

Maud war beeindruckt. Der Vorschlag schien ihr eine hoffnungsvolle Möglichkeit für Großbritannien zu sein, sich einem europäischen Krieg zu entziehen. Vielleicht mussten Fitz und Walter doch nicht aufeinander schießen. »Was hat Winston geantwortet?«, fragte sie.

»Nur Unverbindliches«, antwortete Fitz. »Er hat das Gespräch dem Kabinett vorgetragen, aber es wurde nicht darüber diskutiert.«

Maud wollte sich gerade erbost nach dem Grund dafür erkundigen, als Robert von Ulrich erschien. Er war weiß im Gesicht, als hätte er soeben vom Tod eines geliebten Menschen erfahren. »Was ist denn mit Robert los?«, fragte Maud, wobei sie sich zu Bea neigte.

Robert wandte sich an sämtliche Anwesenden. »Österreich hat Serbien den Krieg erklärt«, verkündete er.

Einen Augenblick kam es Maud so vor, als stehe die Welt still. Niemand bewegte sich, niemand sprach. Maud starrte auf Roberts Lippen unter dem gewellten Bart und hoffte, sich verhört zu haben. In diesem Moment schlug die Uhr auf dem Kaminsims, und erstauntes Gemurmel erhob sich im Salon.

Maud traten Tränen in die Augen. Walter reichte ihr ein säuberlich gefaltetes weißes Taschentuch. Sie blickte Robert an und sagte: »Sie werden einrücken müssen.«

»Aber ja!«, entgegnete Robert forsch, wirkte aber ängstlich.

Fitz erhob sich. »Ich kehre ins Oberhaus zurück. Ich muss wissen, was vor sich geht.«

Auch andere Gäste verabschiedeten sich. Im allgemeinen Tumult sprach Walter leise Maud an. »Albert Ballins Vorschlag ist plötzlich zehnmal wichtiger geworden.«

Maud war der gleichen Ansicht. »Können wir irgendetwas tun?«

»Ich muss wissen, was die britische Regierung wirklich davon hält.«

»Dann werde ich versuchen, das herauszufinden.« Maud war froh, dass sie etwas zu tun hatte.

»Ich muss jetzt zurück in die Botschaft.«

Maud blickte Walter hinterher. Sie hätte ihm so gerne einen Abschiedskuss gegeben. Bedrückt ging sie nach oben auf ihr Zimmer, kleidete sich aus und sank aufs Bett. Bei dem Gedanken, dass Walter einrücken müsste, begann sie haltlos zu schluchzen, bis sie sich irgendwann in den Schlaf geweint hatte.

Als sie aufwachte, wurde es Zeit, sich für einen Besuch fertig zu machen. Maud war bei Lady Glenconner zu einer musikalischen Soiree eingeladen. Sie erwog, zu Hause zu bleiben; dann aber kam ihr der Gedanke, dass vielleicht der ein oder andere Minister ins Haus der Glenconners kam. Vielleicht erfuhr sie ja etwas, das Walter von Nutzen sein konnte. Maud stand auf und zog sich an.

Mit Tante Herm fuhr sie in Fitz' Kutsche durch den Hyde Park zur Queen Anne's Gate, wo die Glenconners wohnten. Unter den Gästen war Mauds alter Freund Johnny Remarc, ein Staatssekretär im Kriegsministerium; vor allem aber war Sir Edward Grey anwesend, der Außenminister. Sie beschloss, mit ihm über Albert Ballin zu sprechen.

Doch ehe sie Gelegenheit dazu bekam, setzte die Musik ein, und sie nahm Platz, um zuzuhören. Campbell McInnes sang Arien von Händel – ein deutscher Komponist, der den größten Teil seines Lebens in London verbracht hat, dachte Maud nicht ohne Ironie.

Während der Darbietung beobachtete sie verstohlen Sir Edward. Sie mochte ihn nicht besonders, denn er gehörte einer politischen Gruppierung an, die »Liberale Imperialisten« genannt wurde und traditionsverhafteter und konservativer war als der Rest der Partei. Dennoch empfand sie einen Hauch Sympathie für ihn. Er war nie besonders fröhlich gewesen; an diesem Abend jedoch wirkte sein stets blasses Gesicht äschern, als lastete das Gewicht der Welt auf seinen Schultern – was ja auch der Fall war.

McInnes sang wundervoll. Maud dachte mit Bedauern daran, wie sehr Walter diese Vorstellung genossen hätte.

Als die Musik verklungen war, fing Maud den Außenminister ab. »Mr. Churchill sagt«, sprach sie ihn an, »Sie hätten eine interessante Nachricht von Albert Ballin erhalten.« Sie sah, wie Greys Miene gefror, ließ aber nicht locker. »Wenn wir uns aus einem europäischen Krieg heraushalten, versprechen die Deutschen, kein französisches Gebiet zu annektieren, nicht wahr?«

»So ungefähr«, erwiderte Grey kühl.

Offenbar hatte sie ein unangenehmes Thema angeschnitten. Die Regeln des Anstands verlangten, dass sie es augenblicklich fallen ließ. Doch es war nicht nur ein diplomatisches Manöver; es ging darum, ob Fitz und Walter in den Krieg ziehen mussten. Maud hakte nach: »Wie ich hörte, geht es uns vor allem darum, dass das Gleichgewicht der Kräfte in Europa gewahrt bleiben soll; deshalb war ich der Ansicht, dass der Vorschlag von Herrn Ballin uns gerade recht käme. Habe ich mich da geirrt?«

»Allerdings«, sagte Grey und fügte unerwartet heftig hinzu: »Dieser Vorschlag ist infam!«

Bedrückt fragte sich Maud, wie Grey einen Vorschlag zurückweisen konnte, der ein wenig Hoffnung bot. »Aber warum?«, fragte sie. »Könnten Sie das einer Frau erklären, die die Zusammenhänge nicht so schnell erfasst wie Sie?«

»Ballins Vorschlag zu folgen würde Deutschland den Weg zur Invasion Frankreichs ebnen. Wir wären Komplizen. Es wäre Verrat an einem Freund.«

»Oh«, sagte Maud, »ich glaube, ich verstehe. Es wäre so, als würde jemand vorschlagen: ›Ich breche in das Haus deines Nachbarn ein, aber wenn du dich nicht einmischst, verspreche ich dir, es hinterher nicht niederzubrennen.‹ Könnte man es so sagen?«

Grey taute ein wenig auf. »Ein guter Vergleich«, entgegnete er mit einem Totenkopfgrinsen. »Ich werde ihn selbst verwenden.«

»Vielen Dank, Sir«, sagte Maud. Sie war bitter enttäuscht und wusste, dass es ihr anzusehen war, aber sie konnte nichts dagegen tun. Düster fügte sie hinzu: »Leider stehen wir dadurch gefährlich nahe vor einem Krieg.«

»Ich fürchte, da haben Sie recht«, sagte der Außenminister.

Das britische Parlament setzte sich aus zwei Kammern zusammen. Fitz gehörte dem Oberhaus an, dem House of Lords, in dem der Hochadel, die Bischöfe und die höheren Richter vertreten waren. Das House of Commons, das Unterhaus, bestand aus gewählten Volksvertretern, die als Members of Parliament oder »MPs« bekannt waren, den Parlamentsabgeordneten. Beide Kammern versammelten sich im Westminster Palace, dem für diesen Zweck errichteten neugotischen Bauwerk mit seinem berühmten Uhrenturm. Die Uhr wurde Big Ben genannt, obwohl dies eigentlich der Name der großen Glocke war, worauf Fitz gerne hinwies.

Als Big Ben am Mittwoch, dem 29. Juli, zur Mittagsstunde schlug, bestellten sich Fitz und Walter auf der Terrasse an der übel riechenden Themse einen Sherry vor dem Lunch. Fitz blickte wie immer zufrieden auf den Palast: Er war riesig, prachtvoll und solide, genau wie das Empire, das auf seinen Korridoren und in seinen Sälen regiert wurde. Das Gebäude sah aus, als würde es tausend Jahre halten – aber ob das Empire so lange überlebte? Fitz zitterte bei dem Gedanken an die Gefahren, denen es ausgesetzt war: Gewerkschaftler, die den Pöbel aufstachelten, streikende Bergarbeiter, der deutsche Kaiser, die Labour-Partei, die Iren, die Suffragetten – sogar seine eigene Schwester.

Doch er äußerte solche ernsten Gedanken nicht, schon gar nicht, da sein Gast Ausländer war. »Hier ist es wie in einem Club«, sagte er gut gelaunt. »Es gibt Bars, Speisesäle und eine recht gute Bibliothek, und nur die richtigen Leute werden eingelassen.« In diesem Augenblick ging ein Parlamentsabgeordneter der Labour-Partei mit einem liberalen Peer an ihnen vorüber, und Fitz fügte hinzu: »Manchmal schleicht sich das Pack allerdings am Türsteher vorbei.«

Walter platzte fast vor Neuigkeiten. »Hast du schon gehört?«, fragte er. »Kaiser Wilhelm hat eine Kehrtwende gemacht.«

Nein, Fitz hatte nicht davon gehört. »Inwiefern?«

»Er sagt, die serbische Antwort räume jeden Kriegsgrund aus, und Österreich müsse in Belgrad haltmachen.«

Fitz war gegenüber Friedensplänen misstrauisch. Sein Hauptanliegen war, dass Großbritannien seine Position als mächtigstes Land der Welt behielt. Er fürchtete, die liberale Regierung könnte sich aus einem törichten Glauben heraus, alle Nationen wären gleichermaßen souverän, diese Stellung aus den Händen gleiten lassen. Sir Edward Grey war ein solider Politiker, konnte jedoch vom linken Flügel seiner Partei – aller Wahrscheinlichkeit nach von Lloyd George geführt – ausmanövriert werden. Und dann war alles möglich.

»Belgrad als Faustpfand«, sagte er nachdenklich. Die serbische Hauptstadt lag an der Grenze; um sie einzunehmen, brauchte das österreichische Heer nur eine Meile weit auf feindliches Gebiet vorzurücken. Russland ließ sich vielleicht überzeugen, dies als Polizeiaktion zu betrachten, die keine Bedrohung darstellte. »Ich weiß nicht recht.«

Fitz wollte keinen Krieg, fand aber irgendwie Geschmack an der Aussicht. Ein Krieg würde ihm die Chance bieten, seinen Mut zu beweisen. Sein Vater hatte sich bei Seegefechten auszeichnen können, doch Fitz war nie im Kampf gewesen. Bestimmte Dinge aber *musste* man einfach tun, ehe man sich wirklich als Mann bezeichnen konnte; dazu gehörte auch, für König und Vaterland zu kämpfen.

Ein Diener in Hofkleidung – samtenen Kniehosen und weißen Seidenstrümpfen – sprach sie an »Guten Tag, Earl Fitzherbert. Ihre Gäste sind eingetroffen und haben sich unverzüglich in den Speisesaal begeben, Mylord.«

Nachdem der Bote verschwunden war, fragte Walter: »Wieso müssen die Leute sich so anziehen?«

»Aus Tradition«, erwiderte Fitz.

Sie tranken aus und machten sich auf den Weg. Auf dem Gang lag ein dicker roter Teppich, und die Wandvertäfelung war in Faltenfüllung gestaltet. Sie gingen zum Speisesaal für die Peers. Maud und Tante Herm saßen bereits am Tisch.

Das Mittagessen war Mauds Idee gewesen: Walter sei noch nie im Westminster Palace gewesen, hatte sie gesagt. Als Walter sich verbeugte und Maud ihn freundlich anlächelte, fragte sich Fitz, ob die beiden zarte Bande geknüpft hatten. Aber der Gedanke war absurd. Bei Maud war zwar mit allem zu rechnen, aber Walter war viel zu vernünftig, als dass er in Krisenzeiten eine englisch-deutsche Ehe in Betracht gezogen hätte. Außerdem verhielten sie sich eher wie Bruder und Schwester.

Als alle Platz genommen hatten, sagte Maud: »Ich war heute Morgen in deiner Säuglingsklinik, Fitz.«

Er zog die Brauen hoch. »*Meiner* Klinik?«

»Du zahlst dafür.«

»Wenn ich mich recht entsinne, hattest du zu mir gesagt, dass es im Eastend eine Klinik für alleinstehende Mütter geben sollte, und ich hatte dir beigepflichtet, und als Nächstes flatterten mir die Rechnungen auf den Schreibtisch.«

»Du bist sehr großzügig.«

Fitz erwiderte nichts darauf. Ein Mann in seiner Stellung hatte wohltätig zu sein, und da war es praktisch, dass Maud ihm die Arbeit abnahm. Er posaunte nicht herum, dass die meisten Mütter unverheiratet waren, um seine Tante, die Herzogin, nicht zu verletzen.

»Du errätst nie, wer heute Morgen gekommen ist«, fuhr Maud fort. »Williams, die ehemalige Haushälterin von Tŷ Gwyn.« Fitz durchlief es eiskalt. Maud fügte fröhlich hinzu: »Dabei haben wir erst gestern Abend von ihr gesprochen.«

Fitz bemühte sich, gelassen zu erscheinen. Wie die meisten Frauen konnte Maud in seinem Gesicht lesen, und er wollte nicht, dass sie erkannte, wie tief seine Beziehung zu Ethel wirklich gegangen war. Das wäre ihm peinlich gewesen.

Er wusste, dass Ethel in London lebte, in einem Haus in Aldgate, das Solman auf ihren Namen gekauft hatte. Aber warum hatte sie die Klinik aufgesucht? Ihr fehlte hoffentlich nichts? »Sie ist doch nicht krank, oder?«, fragte er und versuchte so zu klingen, als würde er sich nur aus Höflichkeit nach ihr erkundigen.

»Nichts Ernstes«, sagte Maud.

Fitz wusste, dass schwangere Frauen an vielen Wehwehchen litten. Bea hatte eine Blutung gehabt und war besorgt gewesen, doch Professor Rathbone hatte sie beruhigt: So etwas käme nach dem dritten Monat oft vor und habe in der Regel nichts zu bedeuten; sie solle sich nur nicht überanstrengen – als hätte bei Bea jemals diese Gefahr bestanden.

Walter sagte: »Ich kann mich an Williams erinnern, an ihre Locken und ihr freches Lächeln. Wer ist ihr Mann?«

»Ein Diener, der Tŷ Gwyn vor ein paar Monaten mit seinem Herrn besucht hat«, antwortete Maud. »Er heißt Teddy Williams.«

Fitz merkte, dass er rot anlief. Also nannte Ethel ihren erfundenen Ehemann Teddy! Er wünschte, Maud wäre ihr nicht begegnet. Er wollte Ethel vergessen. Doch sie ließ ihm keine Ruhe. Um seine Verlegenheit zu kaschieren, hielt er demonstrativ nach einem Kellner Ausschau.

Er sagte sich, er sollte nicht so empfindlich sein. Ethel war ein Dienstmädchen, er war ein Earl. Männer hohen Ranges hatten sich ihr Vergnügen stets überall dort genommen, wo sie es fanden. Das ging seit Jahrhunderten so, wahrscheinlich seit Jahrtausenden. Jede Gefühlsduselei in dieser Hinsicht war etwas für Dummköpfe.

Fitz wechselte das Thema, indem er wiederholte, was Walter über die Antwort des Kaisers gesagt hatte, zumal die Damen noch nichts davon gehört hatten.

»Du meine Güte«, sagte Maud und fügte inbrünstig hinzu: »Ich hoffe, Österreich kommt zur Vernunft!«

Fitz hob eine Augenbraue. »Warum so leidenschaftlich?«

»Ich will nicht, dass auf dich geschossen wird!«, rief sie. »Und ich will nicht, dass Walter unser Feind ist ...« Die Stimme versagte ihr.

Fitz musterte sie. O Gott, was sind Frauen sentimental, dachte er.

Walter sagte: »Wissen Sie zufällig, Lady Maud, wie der Vorschlag Seiner Majestät von Asquith und Grey aufgenommen wurde?«

Maud riss sich zusammen. »Grey ist der Ansicht, dass er zusammen mit der von ihm angeregten Vier-Mächte-Konferenz einen Krieg verhindern könnte.«

»Ausgezeichnet!«, rief Walter. »Darauf habe ich gehofft.« Er wirkte jungenhaft in seiner Begeisterung, und der Ausdruck in seinem Gesicht erinnerte Fitz an ihre gemeinsame Schulzeit. Genauso hatte Walter ausgesehen, als er bei der Schulabschlussfeier mit dem Musikpreis ausgezeichnet worden war.

Tante Herm fragte: »Haben Sie schon gelesen, dass diese schreckliche Madame Caillaux für unschuldig befunden wurde?«

Fitz sah sie erstaunt an. »Unschuldig? Aber sie hat den Mann erschossen! Sie ging in ein Geschäft, kaufte eine Waffe, lud sie, fuhr zur Redaktion des *Figaro*, bat um ein Gespräch mit dem Chefredakteur und erschoss ihn – wie kann sie da unschuldig sein?«

»Sie hat gesagt: ›Diese Waffen gehen ganz von allein los.‹«, erwiderte Tante Herm. »Ehrlich.«

Maud lachte.

»Die Geschworenen müssen sie gemocht haben«, sagte Fitz. Er ärgerte sich über Maud, weil sie gelacht hatte. Launische Geschworene stellten eine Bedrohung der öffentlichen Ordnung dar. Man konnte einen Mord doch nicht einfach hinnehmen. »Sehr französisch«, sagte er voller Abscheu.

»Ich bewundere Madame Caillaux«, sagte Maud.

Fitz grunzte missbilligend. »Wie kannst du so von einer Mörderin sprechen?«

»Ich glaube, es sollten mehr Leute Zeitungsredakteure erschießen«, sagte Maud unbekümmert. »Das würde dem Niveau der Berichterstattung guttun, könnte ich mir vorstellen.«

Walter war am nächsten Tag, einem Donnerstag, noch immer voller Hoffnung, als er zu Robert ging.

Der Kaiser zögerte, obwohl Männer wie Otto von Ulrich Druck machten. Der Kriegsminister, Erich von Falkenhayn, hatte die Mobilmachung verlangt, was die Lunte endgültig entzünden würde, doch der Kaiser hatte sich geweigert. Er glaubte, ein allgemeiner Konflikt könne vermieden werden, wenn die Österreicher in Belgrad haltmachten. Und als der russische Zar die allgemeine Mobilmachung befohlen hatte, hatte Wilhelm ihm ein persönliches Telegramm geschickt und ihn gebeten, seine Entscheidung noch einmal zu überdenken.

Die beiden Monarchen waren Vettern. Die Mutter des Kaisers und die Schwiegermutter des Zaren waren Schwestern gewesen, Töchter von Königin Viktoria. Kaiser und Zar kommunizierten auf Englisch und nannten einander »Nicky« und »Willy«. Und tatsächlich war Zar Nicky vom Telegramm seines Vetters Willy gerührt gewesen und hatte den Mobilmachungsbefehl zurückgezogen.

Wenn die beiden Herrscher standhaft blieben, stand Walter und Maud vielleicht doch noch eine glückliche Zukunft bevor – und Millionen anderer Menschen, die einfach nur in Frieden leben wollten.

Die österreichische Botschaft war eines der imposantesten Gebäude am vornehmen Belgrave Square. Walter wurde in Roberts Büro geführt. Sie teilten einander stets die neuesten Neuigkeiten mit. Es gab auch keinen Grund zur Heimlichtuerei: Ihre beiden Heimatländer waren enge

Verbündete. »Der Kaiser ist offenbar entschlossen, seinen Plan vom Faustpfand Belgrad durchzusetzen«, sagte Walter, als er Platz genommen hatte. »Dann können die restlichen Fragen in Ruhe geklärt werden.«

Robert teilte seinen Optimismus nicht. »Das wird nicht funktionieren.«

»Warum nicht?«

»Wir sind nicht bereit, in Belgrad haltzumachen.«

»Um Himmels willen!«, stieß Walter hervor. »Bist du sicher?«

»Die Minister in Wien werden morgen darüber diskutieren, aber ich fürchte, das Ergebnis steht bereits fest. Ohne Garantien Russlands können wir in Belgrad nicht haltmachen.«

»Garantien?«, erwiderte Walter entrüstet. »Erst müsst ihr aufhören zu kämpfen, *dann* können wir über die Probleme reden. Ihr könnt im Vorfeld keine Garantien verlangen!«

»Ich fürchte, das sehen wir anders«, sagte Robert steif.

»Aber wir sind eure Verbündeten. Wie könnt ihr unseren Friedensplan ablehnen?«

»Das ist leicht. Denk doch mal darüber nach. Was könnt ihr schon tun? Wenn Russland mobilmacht, seid ihr genauso bedroht wie wir und müsst ebenfalls mobilmachen.«

Walter wollte protestieren, sah aber ein, dass Robert recht hatte. War die russische Armee erst mobilisiert, war die Bedrohung viel zu groß.

Robert fuhr erbarmungslos fort: »Ihr müsst an unserer Seite kämpfen, ob ihr wollt oder nicht. Entschuldige, wenn ich mich arrogant anhöre, aber ich sage nur die Wahrheit.«

»Verdammt!«, rief Walter. Am liebsten wäre er in Tränen ausgebrochen. Bis jetzt hatte er sich an die Hoffnung geklammert, doch Roberts düstere Worte hatten sie zerschlagen. »Alles läuft falsch, nicht wahr?«, sagte er. »Diejenigen, die Frieden wollen, werden diesen Kampf verlieren.«

Robert blickte betrübt drein und sagte mit trauriger Stimme: »Das habe ich von Anfang an gewusst. Österreich muss angreifen.«

Walter stutzte. Bis jetzt hatte Robert immer optimistisch geklungen, wenn nicht sogar enthusiastisch. Was war der Grund für diesen Sinneswandel?

Vorsichtig wagte Walter sich weiter vor. »Du wirst London verlassen müssen.«

»Du auch.«

Walter nickte. Wenn Großbritannien in den Krieg eintrat, würde man alle österreichischen und deutschen Botschaftsangehörigen kurzfristig nach Hause rufen. Er senkte die Stimme. »Gibt es da … Gibt es jemanden, den du besonders vermissen wirst?«

Robert nickte. Tränen funkelten in seinen Augen.

Walter wagte eine Vermutung. »Lord Remarc?«

Robert lachte freudlos. »Ist das so offensichtlich?«

»Nur für jemanden, der dich kennt.«

»Dabei dachten Johnny und ich, wir wären diskret.« Kläglich schüttelte Robert den Kopf. »Na ja, wenigstens kannst du Maud heiraten.«

»Nein, kann ich nicht.«

»Warum nicht?«

»Eine Ehe zwischen einem Deutschen und einer Engländerin, wenn die beiden Völker im Krieg miteinander liegen? Niemand würde mehr etwas mit Maud zu tun haben wollen. Und das gilt auch für mich. Für mich wäre es ja egal, aber Maud würde ich ein solches Schicksal niemals aufbürden.«

»Macht es doch heimlich.«

»In London?«

»Heiratet in Chelsea. Da kennt euch niemand.«

»Muss man dafür nicht hier gemeldet sein?«

»Du musst einen Briefumschlag mit deinem Namen und einer hiesigen Adresse vorzeigen. Ich wohne in Chelsea. Ich kann dir einen Brief geben, der an ›Mr. von Ulrich‹ adressiert ist.« Robert kramte in einer Schreibtischschublade. »Ah, da hätten wir ja schon was. Eine Rechnung von meinem Schneider, adressiert an ›Von Ulrich, Esquire‹. Sie halten ›Von‹ für meinen Vornamen.«

»Vielleicht haben wir keine Zeit mehr.«

»Ihr könnt eine Sondergenehmigung bekommen.«

»O Gott.« Walter fühlte sich wie benommen. »Du hast recht. Das geht.«

»Du musst ins Rathaus.«

»Ja.«

»Soll ich dir den Weg zeigen?«

Walter dachte lange nach. »Ja, bitte«, sagte er dann.

»Die Generäle haben gesiegt«, sagte Anton. Er stand vor dem Grab von Edward dem Bekenner in der Westminster Abbey. Es war Freitag, der 31. Juli. »Der Zar hat gestern Nachmittag nachgegeben. Die Russen machen endgültig mobil.«

Das war ein Todesurteil. Walter lief es eiskalt über den Rücken.

»Das ist der Anfang vom Ende«, fuhr Anton fort, und Walter sah ein rachsüchtiges Funkeln in seinen Augen. »Die Russen halten sich für stark, weil ihre Armee die größte der Welt ist. Aber sie haben eine schwache Führung. Das ist das Armageddon!«

Walter hörte dieses Wort nun schon zum zweiten Mal in dieser Woche. Diesmal aber wusste er, dass es berechtigt war. In ein paar Wochen würde die russische Armee von sechs Millionen Mann – *sechs* Millionen – an den Grenzen Deutschlands und Ungarns stehen. Keine europäische Nation konnte solch eine Bedrohung ignorieren. Deutschland würde ebenfalls mobilmachen müssen. Der Kaiser hatte keine Wahl mehr.

Walter konnte nichts mehr tun. In Berlin drängte der Generalstab auf eine deutsche Mobilmachung, und der Kanzler, Theobald von Bethmann Hollweg, hatte für heute Mittag eine Entscheidung versprochen.

Walter musste sofort Berlin informieren. Eilig verabschiedete er sich von Anton und verließ die Kirche. So schnell er konnte, ging er durch die kleine Straße mit Namen Storey's Gate, eilte am Ostrand des St. James' Park entlang, stieg die Stufen am Denkmal für den Herzog von York hinauf und betrat die deutsche Botschaft.

Die Tür des Botschafters stand auf. Fürst Lichnowsky saß an seinem Schreibtisch; Otto von Ulrich stand neben ihm. Gottfried von Kessel telefonierte. Es waren ein Dutzend weitere Personen zugegen, und ständig kamen Schreiber in den Raum oder verließen ihn.

Walter atmete schwer. Keuchend fragte er seinen Vater: »Was ist los?«

»Berlin hat ein Telegramm von unserer Botschaft in Sankt Petersburg bekommen. Da steht einfach nur: ›Erster Tag der Mobilmachung 31. Juli.‹ Berlin versucht, die Meldung zu bestätigen.«

»Was macht von Kessel da am Telefon?«

»Er hält Verbindung mit Berlin, damit wir es sofort erfahren.«

Walter atmete tief durch und trat einen Schritt vor. »Durchlaucht«, sagte er zu Fürst Lichnowsky.

»Ja?«

»Ich kann die russische Mobilmachung bestätigen. Mein Informant hat mir vor weniger als einer Stunde davon berichtet.«

»In Ordnung.« Lichnowsky streckte die Hand nach dem Hörer aus, und von Kessel gab ihn ihm.

Walter schaute auf die Uhr. Es war zehn vor elf – in Berlin war es eine Stunde später, also kurz vor Mittag, der entscheidenden Stunde.

Lichnowsky sagte ins Telefon: »Die russische Mobilmachung ist von einer zuverlässigen Quelle hier bestätigt worden.«

Er hörte ein paar Augenblicke zu. Schweigen senkte sich herab. Niemand bewegte sich. »Jawohl«, sagte Lichnowsky schließlich. »Ich verstehe. Gut.«

Er legte auf. Das Klicken klang wie ein Donnerschlag. »Der Kanzler hat eine Entscheidung getroffen«, erklärte Lichnowsky; dann wiederholte er die Worte, vor denen Walter sich so sehr gefürchtet hatte: »Es herrscht drohende Kriegsgefahr. Bereiten Sie alles für den Beginn der Feindseligkeiten vor.«

KAPITEL 10

1.–3. August 1914

Maud war außer sich vor Sorge. Am Samstagmorgen saß sie im Frühstückszimmer des Hauses in Mayfair, bekam aber keinen Bissen herunter. Durch die hohen Fenster schien die Sommersonne. Das Dekor sollte beruhigend wirken – persische Teppiche, nilgrüne Wände, mittelblaue Vorhänge –, doch Maud war zutiefst verängstigt. Der Krieg kam, und niemand schien ihn aufhalten zu können, weder der deutsche Kaiser noch der Zar oder Sir Edward Grey.

Bea trat ins Zimmer. Sie trug ein duftiges Sommerkleid und einen Spitzenschal. Grout, der Butler, schenkte ihr mit weißen Handschuhen Kaffee ein, und sie nahm sich einen Pfirsich aus der Obstschale.

Maud blickte auf die Zeitung, war aber zu unruhig, um sich zu konzentrieren, und überflog nur die Schlagzeilen. Dann schob sie die Zeitung beiseite. Grout hob sie auf und faltete sie säuberlich zusammen. »Nur keine Sorge, Mylady«, sagte er. »Wir werden den Deutschen eine Abreibung verpassen, wenn es sein muss.«

Sie blickte ihn wütend an, sagte aber nichts. Mit Dienstboten zu streiten war sinnlos – am Ende stimmten sie einem aus Unterwürfigkeit sowieso zu.

Tante Herm wurde den Butler auf taktvolle Weise los. »Gewiss haben Sie recht, Grout«, sagte sie. »Wenn Sie so gut wären, noch warme Brötchen zu bringen?«

Fitz kam herein und erkundigte sich bei Bea nach ihrem Befinden. Sie zuckte mit den Schultern. Maud spürte, dass sich an der Beziehung zwischen den beiden irgendetwas verändert hatte, war aber zu abgelenkt, um darüber nachzudenken. Stattdessen erkundigte sie sich bei Fitz: »Was war gestern Abend?« Sie wusste, dass er mit führenden Konservativen in einem Landhaus namens Wargrave konferiert hatte.

»F. E. ist mit einer Nachricht von Winston gekommen.« F. E. Smith, ein konservativer Parlamentsabgeordneter, war ein enger Freund des liberalen Churchill. »Er hat eine liberal-konservative Koalitionsregierung vorgeschlagen.«

Maud war entsetzt. Meist wusste sie, was in liberalen Kreisen vor sich ging, aber dieses Ansinnen hatte Premierminister Asquith geheim gehalten. »Das ist ungeheuerlich!«, rief sie aus. »Dadurch wird Krieg noch wahrscheinlicher!«

Mit aufreizender Ruhe nahm Fitz sich Würstchen aus dem Wärmbehälter auf dem Büfett. »Der linke Flügel der Liberalen ist kaum besser als die Pazifisten. Ich könnte mir vorstellen, dass Asquith befürchtet, sie könnten versuchen, ihm die Hände zu binden. Er hat innerhalb seiner eigenen Partei nicht genügend Unterstützung, um sie zu überstimmen. An wen kann er sich um Hilfe wenden? Nur an die Konservativen. Daher der Vorschlag einer Koalition.«

Genau das war es, was Maud fürchtete. »Was hat Bonar Law zu dem Angebot gesagt?« Andrew Bonar Law war der führende Kopf der Konservativen.

»Er hat es abgelehnt.«

»Gott sei Dank.«

»Und ich habe ihn unterstützt.«

»Wieso? Möchtest du nicht, dass Bonar Law einen Sitz in der Regierung bekommt?«

»Ich hoffe auf mehr. Wenn Asquith Krieg will und Lloyd George eine linke Rebellion anzettelt, könnten die Liberalen zu stark gespalten werden, um noch regierungsfähig zu sein. Und was geschieht dann? Wir Konservative müssten die Regierung übernehmen – und Bonar Law wird Premierminister.«

Zornig erwiderte Maud: »Siehst du denn nicht, wie sich alles zum Krieg zu verschwören scheint? Asquith möchte eine Koalition mit den Konservativen, weil sie aggressiver sind. Wenn Lloyd George gegen Asquith rebelliert, übernehmen die Konservativen die Regierung. Jeder versucht Vorteile für sich herauszuschlagen, statt für den Frieden zu kämpfen!«

»Was ist mit dir?«, fragte Fitz. »Warst du gestern Abend auf Halkyn House?« Das Haus des Earls von Beauchamp war das Hauptquartier der Friedensfraktion.

Mauds Stimmung hellte sich auf. Es gab doch noch einen Hoffnungsschimmer. »Asquith hat für heute Morgen eine Kabinettssitzung einberufen.« An einem Samstag war so etwas ungewöhnlich. »Morkey und Burns verlangen eine Erklärung, dass Großbritannien unter keinen Umständen gegen Deutschland kämpft.«

Fitz schüttelte den Kopf. »Sie können die Frage nicht derart im Vorfeld beeinflussen. Grey würde zurücktreten.«

»Grey droht dauernd mit Rücktritt.«

Plötzlich ließ Bea das Messer fallen und gab einen eigenartigen Laut von sich.

»Was ist, Liebes?«, fragte Fitz besorgt.

Bea stand auf und hielt sich den Leib. Sie war bleich geworden. »Entschuldigt mich«, sagte sie und eilte aus dem Zimmer.

Maud erhob sich besorgt. »Ich kümmere mich um sie.«

»Nein, ich gehe«, sagte Fitz zu ihrem Erstaunen. »Frühstücke du weiter.«

Mauds Neugier erlaubte ihr nicht, es dabei zu belassen. Als Fitz zur Tür ging, fragte sie: »Leidet Bea an morgendlicher Übelkeit?«

Fitz blieb in der Tür stehen. »Sag es niemandem«, bat er.

»Das ist ja wunderbar! Ich freue mich so sehr für dich.«

»Danke.«

»Aber das Kind …« Maud versagte die Stimme.

»Ach!«, rief Tante Herm, die allmählich begriff. »Wie schön!«

Maud sprach mit Mühe weiter. »Wird das Kind in eine Welt geboren, die im Krieg liegt?«

»Oh je«, sagte Tante Herm. »Daran habe ich gar nicht gedacht.«

Fitz zuckte mit den Schultern. »Ein Neugeborenes kennt es nicht anders.«

Maud spürte, wie ihr die Tränen kamen. »Wann ist es so weit?«

»Im Januar«, antwortete Fitz. »Warum erregst du dich so?«

»Fitz«, sagte Maud. Sie weinte nun haltlos. »Ach Fitz, lebst du dann noch?«

Am Samstagmorgen brodelte es in der deutschen Botschaft. Im Büro des Botschafters führte Walter Telefonate, brachte Telegramme herein und nahm kurze Mitteilungen auf. Hätte er sich um seine Zukunft mit Maud nicht solche Sorgen gemacht, wäre es die aufregendste Zeit seines Lebens gewesen, doch er konnte den Kitzel, an einem großen internationalen Machtspiel teilzunehmen, nicht genießen, weil ihn die Angst quälte, dass er und die Frau, die er liebte, im Krieg zu Feinden würden.

Zwischen Kaiser Wilhelm und Zar Nikolaus gingen keine freundlichen Mitteilungen mehr hin und her. Am gestrigen Nachmittag hatte die deutsche Regierung Russland ein Ultimatum gestellt, in dem es zwölf Stunden Zeit erhielt, die Generalmobilmachung seines monströsen Heeres zu stoppen.

Der Termin war ohne Antwort aus Sankt Petersburg verstrichen.

Dennoch glaubte Walter noch immer, dass der Krieg auf Osteuropa begrenzt werden und England und Deutschland Freunde bleiben könnten. Botschafter Lichnowsky teilte seinen Optimismus. Selbst Asquith hatte gesagt, Frankreich und England könnten Zuschauer bleiben. Schließlich war die Zukunft Serbiens und des Balkans für beide Länder fast ohne Belang.

Frankreich war der Schlüssel. Berlin hatte am gestrigen Nachmittag ein zweites, an Paris gerichtetes Ultimatum gestellt, in dem Frankreich aufgefordert wurde, sich für neutral zu erklären. Die Hoffnung war sehr dünn, auch wenn Walter sich verzweifelt daran klammerte. Das Ultimatum lief zur Mittagsstunde ab. Währenddessen hatte der französische Generalstabschef Joseph Joffre die sofortige Mobilmachung der französischen Streitkräfte verlangt. Das Kabinett trat am Morgen zusammen, um darüber zu entscheiden. Wie in jedem Land bedrängten hohe Offiziere die ihnen übergeordnete Politik, die ersten Schritte in den Krieg zu gehen.

Die Frage, in welche Richtung Frankreich sich bewegen würde, war schwer zu beantworten.

Um Viertel vor elf, als Frankreich noch fünfundsiebzig Minuten Zeit blieben, erhielt Lichnowsky einen überraschenden Besuch von Sir William Tyrell, dem außenpolitisch erfahrenen Privatsekretär von Sir Edward Grey. Walter führte Tyrell sofort ins Büro des Botschafters. Fürst Lichnowsky bedeutete Walter zu bleiben.

Tyrell sprach Deutsch. »Der Außenminister hat mich gebeten, Sie wissen zu lassen, dass eine Ministerberatung, die in diesem Moment stattfindet, ihn vielleicht in die Lage versetzen wird, Ihnen eine Erklärung abzugeben.«

Der Satz war offensichtlich eingeübt, und Tyrell sprach fließend Deutsch, doch Walter begriff nicht, was er damit sagen wollte. Als er Lichnowsky anblickte, sah er, dass es dem Botschafter genauso erging.

Tyrell fuhr fort: »Eine Erklärung, die vielleicht hilfreich sein wird, um die große Katastrophe zu verhindern.«

Das hörte sich gut an, blieb aber vage. Walter hätte den Mann am liebsten aufgefordert, endlich konkret zu werden.

Lichnowsky antwortete mit der gleichen angestrengten diplomatischen Förmlichkeit. »Welchen Hinweis können Sie mir auf den Gegenstand dieser Erklärung geben, Sir William?«

Um Gottes willen, dachte Walter, wir reden hier über Leben und Tod!

Sir Williams Antwort war mit sorgfältiger Präzision formuliert: »Wenn Deutschland von einem Angriff auf Frankreich absieht, wäre es möglich, dass Frankreich und Großbritannien erörtern, ob sie wirklich verpflichtet sind, in dem osteuropäischen Konflikt zu intervenieren.«

Walter war so entsetzt, dass er den Bleistift fallen ließ. Keine Kriegsbeteiligung Frankreichs und Englands – das war es, was er wollte! Er blickte auf Lichnowsky. Der Botschafter wirkte ebenfalls erstaunt. »Das scheint eine große Hoffnung zu sein«, sagte er.

Tyrell mahnte ihn zur Vorsicht, indem er die Hand hob. »Bitte verstehen Sie, dass ich kein Versprechen geben kann.«

Das ist klar, dachte Walter, aber du bist auch nicht auf ein zwangloses Schwätzchen hierhergekommen.

»Dann lassen Sie mich einfach sagen«, entgegnete Lichnowsky, »dass Seine Majestät Kaiser Wilhelm und die deutsche Regierung einen Vorschlag zur Begrenzung des Krieges auf den Osten mit großem Interesse in Erwägung ziehen würden.«

»Ich danke Ihnen.« Tyrell erhob sich. »Ich werde Sir Edward dahingehend berichten.«

Walter führte Tyrell hinaus. Er empfand ein Hochgefühl. Wenn Frankreich und England sich nicht am Krieg beteiligten, würde seiner Heirat mit Maud nichts im Wege stehen. Oder war das nur ein Hirngespinst?

Er kehrte ins Büro des Botschafters zurück. Ehe sie Gelegenheit hatten, die Erklärung Tyrells zu erörtern, klingelte der Fernsprecher. Walter hob ab und hörte eine bekannte englische Stimme: »Hier spricht Grey. Dürfte ich Seine Exzellenz sprechen?«

»Selbstverständlich, Sir.« Walter reichte dem Botschafter den Hörer. »Sir Edward Grey.«

»Hier Lichnowsky, guten Morgen … Jawohl, Sir William ist gerade gegangen …«

Walter konnte den Blick nicht vom Botschafter nehmen, lauschte gespannt und versuchte in seinem Gesicht zu lesen.

»Ein sehr interessanter Vorschlag … Gestatten Sie mir, unsere Position deutlich zu machen. Deutschland hat keinen Grund für einen Streit mit Frankreich und Großbritannien.«

Offenbar sprach Grey über das Gleiche wie Tyrell. Und wie es aussah, war es den Engländern sehr ernst damit.

Lichnowsky sagte: »Die russische Generalmobilmachung ist eine unübersehbare Gefahr, stellt aber eine Bedrohung unserer Ostgrenze und der unseres Verbündeten Österreich-Ungarn dar. Wir haben Frankreich gebeten, seine Neutralität zu garantieren. Wenn Frankreich unserem Wunsch nachkommt – oder wenn Großbritannien die französische Neutralität garantieren kann –, gibt es keinen Grund für einen Krieg in Westeuropa. Ich danke Ihnen, Sir. Das ist perfekt. Ich rufe Sie heute Nachmittag um halb vier an.« Er hängte ein.

Dann sah er Walter an. Beide lächelten frohlockend. »Also wirklich«, sagte Lichnowsky, »damit hätte ich nicht gerechnet!«

Maud war auf Sussex House, wo eine Gruppe einflussreicher konservativer Abgeordneter und Peers sich im Morgensalon der Herzogin zum Tee versammelt hatten, als ein zornbebender Fitz eintrat. »Asquith und Grey bröckeln!«, rief er. Er zeigte auf eine silberne Kuchenplatte. »Sie bröckeln wie dieser zerdrückte Teekuchen! Sie werden unsere Freunde verraten. Ich schäme mich, Engländer zu sein.«

Maud hatte es befürchtet. Fitz ging keine Kompromisse ein. Er war der Ansicht, Großbritannien solle Befehle erteilen, und der Rest der Welt müsse gehorchen. Die Vorstellung, dass die Regierung Seiner Majestät mit anderen als Gleichgestellten verhandeln sollte, war ihm ein Gräuel. Und es gab erschreckend viele Menschen, die seine Meinung teilten.

»Fitz, mein Lieber«, sagte die Herzogin, »beruhige dich und erzähl uns, was geschehen ist.«

»Asquith hat heute Morgen einen Brief an Douglas geschickt«, sagte Fitz. Maud nahm an, dass er General Sir Charles Douglas meinte, den Chef des Imperialen Generalstabs. »Unser Premierminister wollte betonen, dass die Regierung niemals versprochen habe, im Fall eines Krieges gegen Deutschland britische Truppen nach Frankreich zu entsenden!«

Als einzige anwesende Liberale fühlte Maud sich verpflichtet, die Regierung in Schutz zu nehmen. »Aber es stimmt doch, Fitz. Asquith macht nur deutlich, dass uns nach wie vor alle Möglichkeiten offenstehen.«

»Was war dann der Sinn der vielen Gespräche, die wir mit dem französischen Militär geführt haben?«

»Es ging darum, Möglichkeiten auszuloten! Ausweichpläne zu erstellen! Gespräche sind keine Verträge – schon gar nicht in der internationalen Politik.«

»Aber Freunde bleiben Freunde. Großbritannien nimmt eine führende Stellung in der Welt ein. Als Frau verstehst du so etwas nicht unbedingt, aber man erwartet von uns, dass wir unseren Nachbarn zur Seite stehen. Als Gentlemen ist uns schon der leiseste Anklang von Falschheit ein Gräuel, und als Nation sollten wir genauso handeln.«

Exakt durch solches Gerede könnte Großbritannien doch noch in einen Krieg verwickelt werden, dachte Maud mit einem Anflug von Panik. Sie war einfach nicht imstande, ihrem Bruder die Gefahr deutlich zu machen. Ihre geschwisterliche Zuneigung war stets größer gewesen als ihre politischen Differenzen, aber jetzt waren sie beide so wütend, dass ein ernsthafter Streit zwischen ihnen entbrennen konnte. Und wenn Fitz sich mit jemandem entzweite, lenkte er nicht so schnell wieder ein. Dennoch war er es, der kämpfen müsste und vielleicht fiel, der erschossen oder aufgespießt oder in Stücke gerissen wurde – Fitz, und Walter ebenso. Wieso konnte Fitz das nicht sehen? Maud war zum Schreien zumute.

Während sie um angemessene Worte rang, meldete sich ein anderer Gast. Maud erkannte ihn als Auslandsredakteur der *Times*, einen Mann namens Steed. »Ich kann Ihnen sagen, dass die deutsch-jüdische internationale Finanzwelt auf schmutzige Art und Weise mein Blatt zwingen will, der Neutralität das Wort zu reden«, erklärte er.

Die Herzogin schürzte die Lippen: Die Sprache der Skandalpresse schätzte sie nicht.

»Was veranlasst Sie zu dieser Behauptung?«, wandte Maud sich kühl an Steed.

»Gestern hat Lord Rothschild an unsere Finanzredaktion geschrieben«, antwortete der Journalist. »Er verlangt, dass wir im Interesse des Friedens den deutschfeindlichen Ton unserer Artikel mäßigen.«

Maud kannte Natty Rothschild, ein Liberaler. Sie entgegnete: »Und was hält Lord Northcliffe von Rothschilds Ersuchen?« Northcliffe war Eigentümer der *Times*.

Steed grinste. »Er hat angeordnet, noch heute einen schärferen Artikel zu drucken.« Er nahm ein Exemplar der Zeitung vom Beistelltisch und schwenkte es. »Frieden ist nicht unser größtes Interesse«, zitierte er.

Maud konnte sich nichts Verachtenswerteres vorstellen, als vorsätzlich den Krieg zu unterstützen. Sie merkte Fitz an, dass selbst ihn das frivole Verhalten des Journalisten abstieß. Maud wollte gerade etwas sagen, als Fitz, der auch dem schlimmsten Scheusal mit vollendeter Höflichkeit begegnete, das Thema wechselte. »Ich habe den französischen Botschafter, Paul Cambon, soeben das Foreign Office verlassen sehen«, sagte er. »Der Mann war weiß wie ein Tischtuch. *Ils vont nous lâcher*, hat er gesagt: ›Sie werden uns im Stich lassen.‹ Er war gerade bei Grey gewesen.«

Die Herzogin fragte: »Was hat Grey denn gesagt, das Monsieur Cambon so aufregen konnte? Weißt du das?«

»Ja, Cambon selbst hat es mir erzählt. Offenbar sind die Deutschen bereit, Frankreich in Ruhe zu lassen, wenn Frankreich verspricht, sich aus dem Krieg herauszuhalten – und wenn die Franzosen dieses Angebot ausschlagen, wird Großbritannien sich nicht verpflichtet fühlen, Frankreich zu verteidigen.«

Maud tat der französische Botschafter leid, doch die Hoffnung, dass Großbritannien dem Krieg vielleicht doch fernbleiben könnte, ließ ihr Herz schneller schlagen.

»Aber Frankreich muss dieses Angebot zurückweisen«, erklärte die Herzogin. »Es hat einen Bündnisvertrag mit Russland, nach dem das eine Land dem anderen im Kriegsfall zur Seite stehen muss.«

»Genau!«, rief Fitz verärgert. »Welchen Sinn haben internationale Bündnisse, wenn man sie bei der ersten Krise bricht?«

»Unsinn«, erwiderte Maud. Es kümmerte sie nicht, dass sie grob zu ihrem Bruder war. »Internationale Bündnisse werden gebrochen, wann immer es vorteilhaft ist. Darum geht es hier gar nicht.«

»Und worum dann, bitte schön?«, fragte Fitz frostig.

»Ich glaube, Asquith und Grey versuchen nur, die Franzosen mit einer Prise Wirklichkeit zu ängstigen. Ohne unsere Hilfe können die Franzosen Deutschland nicht besiegen. Wenn Frankreich glaubt, es müsse allein in den Krieg ziehen, wird es sich vielleicht als Friedensstifter betätigen und seine russischen Verbündeten bewegen, von einem Krieg gegen Deutschland abzusehen.«

»Und was ist mit Serbien?«

»Selbst in diesem Stadium ist es für Russland und Österreich noch nicht zu spät, sich an einen Tisch zu setzen und für den Balkan eine Lösung auszuarbeiten, mit der beide leben können.«

Schweigen breitete sich aus; dann sagte Fitz: »Ich bezweifle, dass so etwas geschehen wird.«

»Aber wir müssen die Hoffnung am Leben erhalten!«, sagte Maud und hörte die Verzweiflung in ihrer Stimme. »Nicht wahr?«

Maud saß in ihrem Zimmer. Sie brachte nicht die nötige Energie auf, sich zum Abendessen umzukleiden. Ihr Dienstmädchen hatte ihr ein Kleid und Schmuck herausgelegt, doch Maud starrte beides nur an.

Während der Londoner Saison ging sie fast jeden Abend zu einer anderen Gesellschaft, zumal bei solchen Anlässen viel über Politik und Diplomatie geredet, mitunter sogar entschieden wurde. Doch heute Abend würde sie es nicht schaffen, intelligent und charmant zu sein und mächtige Männer dazu zu bringen, ihr anzuvertrauen, wie sie über verschiedene Dinge dachten. Und behutsame Versuche, die Ansichten dieser Gentlemen zu beeinflussen, ohne dass sie es merkten, wären heute völlig aussichtslos.

Walter würde in den Krieg ziehen. Er würde die Uniform anlegen und eine Waffe tragen, und feindliche Soldaten würden Granaten und Gewehrkugeln auf ihn feuern und versuchen, ihn zu töten oder so schwer zu verwunden, dass er nicht mehr kämpfen konnte. Es fiel Maud schwer, an etwas anderes zu denken. Sie stand kurz davor, in Tränen auszubrechen. Selbst ihrem Bruder gegenüber war sie schroff und abweisend geworden.

Es klopfte an der Tür. Grout stand draußen. »Herr von Ulrich ist da, Mylady«, meldete er.

Maud erschrak. Sie hatte gar nicht mit Walter gerechnet. Wieso war er gekommen?

Grout bemerkte ihr Erstaunen und fuhr fort: »Nachdem ich ihm sagte, mein Herr sei nicht zu Hause, hat er nach Ihnen gefragt.«

»Danke«, sagte Maud, schob sich an Grout vorbei und stieg die Treppe hinunter.

Grout rief ihr nach: »Herr von Ulrich ist im Gesellschaftsraum. Ich werde Lady Hermia bitten, sich zu Ihnen zu gesellen.« Grout wusste natürlich, dass Maud nicht mit einem jungen Mann allein sein durfte. Doch Tante Herm war nicht mehr die Schnellste; es würde ein paar Minuten dauern, bis sie hinzukam.

Maud eilte ins Gesellschaftszimmer und warf sich Walter in die Arme. »Was sollen wir tun?«, sagte sie erstickt. »Walter, was sollen wir nur tun?«

Er drückte sie an sich; dann blickte er ihr ernst in die Augen. Sein Gesicht war grau und verhärmt. Er sah aus, als hätte er gerade vom Tod eines nahen Verwandten erfahren. »Frankreich hat auf das deutsche Ultimatum nicht geantwortet«, sagte er.

»Hat man überhaupt nicht reagiert?«, fragte sie unter Tränen.

»Unser Botschafter in Paris hat auf einer Antwort bestanden. Die Nachricht von Premierminister Viviani lautete: ›Frankreich muss seine eigenen Interessen im Auge behalten.‹ Die Franzosen werden ihre Neutralität nicht garantieren.«

»Aber es könnte noch Zeit sein …«

»Nein. Frankreich hat die Mobilmachung beschlossen. Joffre hat die Diskussion für sich entschieden – so, wie das Militär sie in jedem Land für sich entschieden hat. Die Telegramme wurden heute Nachmittag um vier Uhr Pariser Zeit abgeschickt.«

»Ihr müsst doch irgendetwas tun können!«

»Deutschland hat keine Wahl mehr«, entgegnete er. »Mit Frankreich als Feind im Rücken, bewaffnet und mit dem Ziel vor Augen, Elsass-Lothringen zurückzugewinnen, können wir nicht gegen Russland kämpfen. Deshalb müssen wir Frankreich angreifen. Der Schlieffenplan wird bereits in die Tat umgesetzt. Auf den Berliner Straßen singt die Menge ›Heil dir im Siegerkranz‹.«

»Du musst zu deinem Regiment«, sagte Maud und konnte die Tränen nicht mehr zurückhalten.

»Natürlich.«

Sie wischte sich das Gesicht ab. Ihr Taschentuch war zu klein, bloß ein dummer Fetzen bestickter Batist. »Wann?«, fragte sie. »Wann musst du London verlassen?«

»In den nächsten Tagen noch nicht.« Er kämpfte nun selbst gegen die Tränen, sie sah es ihm an. »Gibt es überhaupt noch die Möglichkeit, Großbritannien aus dem Krieg herauszuhalten?«, fragte er. »Dann müsste ich wenigstens nicht gegen dein Land kämpfen.«

»Ich weiß es nicht. Morgen wissen wir mehr.« Maud zog ihn an sich. »Bitte halt mich fest.« Sie legte den Kopf an seine Schulter und schloss die Augen.

Fitz war wütend, als er am Sonntagnachmittag auf dem Trafalgar Square eine Kundgebung gegen den Krieg sah. Keir Hardie, der bekannte Labour-Abgeordnete im Parlament, hielt eine Rede. Er trug einen Tweedanzug – wie ein Wildhüter, dachte Fitz –, stand auf dem Sockel der Nelsonsäule und entweihte das Andenken des Seehelden, der für England gefallen war.

Hardie behauptete, der bevorstehende Krieg sei die größte Katastrophe der Menschheitsgeschichte. Er vertrat eine Bergbaugemeinde namens Merthyr, unweit von Aberowen gelegen. Hardie war der uneheliche Sohn eines Dienstmädchens und hatte als Bergmann gearbeitet, ehe er in die Politik gegangen war. Was wusste so einer schon vom Krieg?

Voller Abscheu ließ Fitz die Versammlung hinter sich und begab sich zum Tee zur Herzogin. In der großen Halle entdeckte er Maud, in ein Gespräch mit Walter vertieft. Zu Fitz' großem Bedauern trieb die Krise einen Keil zwischen ihn, Walter und Maud. Fitz liebte seine Schwester und mochte Walter, aber Maud war eine Liberale und Walter ein Deutscher; allein mit den beiden zu reden war in Zeiten wie diesen schwer genug. Dennoch bemühte Fitz sich nach besten Kräften um Liebenswürdigkeit, als er zu Maud sagte: »Ich habe gehört, in der Kabinettsitzung heute Morgen ging es hoch her.«

Sie nickte. »Churchill hat gestern Abend die Flotte mobilisiert, ohne sich mit irgendjemandem abzustimmen. John Burns ist heute Morgen aus Protest zurückgetreten.«

»Ich kann nicht behaupten, dass ich das bedaure.« Burns war ein alter Radikaler, der inbrünstigste Kriegsgegner unter den Ministern des Kabinetts. »Also haben die anderen Winstons Maßnahme gebilligt?«

»Widerstrebend.«

»Wir müssen auch für kleine Gefälligkeiten dankbar sein.« Fitz fand es schrecklich, dass in dieser Zeit der nationalen Bedrohung die Regierung in den Händen linksgerichteter Dilettanten lag.

Maud sagte: »Aber Greys Ersuchen, sich auf die Verteidigung Frankreichs festzulegen, wurde abgelehnt.«

»Diese Feiglinge«, sagte Fitz. Er wusste, dass er grob zu seiner Schwester war, doch er war zu verbittert, um sich zu zügeln.

»Nicht ganz«, erwiderte Maud gelassen. »Man hat beschlossen, die deutsche Marine daran zu hindern, den Ärmelkanal zu durchqueren, um Frankreich anzugreifen.«

Fitz' Stimmung hob sich ein wenig. »Na, das ist doch immerhin etwas.«

»Die deutsche Regierung hat daraufhin erklärt, sie hätte gar nicht die Absicht, Schiffe in den Ärmelkanal zu entsenden«, sagte Walter.

Fitz wandte sich an Maud. »Siehst du, wie das geht, wenn man sich behauptet?«

»Sei nicht so selbstgefällig, Fitz«, erwiderte sie. »Wenn es Krieg gibt, dann nur, weil Männer wie du sich nicht genug Mühe gegeben haben, ihn zu verhindern.«

»Ach ja?« Er war verärgert. »Nun, dann möchte ich dir etwas sagen. Gestern Abend habe ich im Brook's mit Sir Edward Grey gesprochen. Er hat Frankreich und Deutschland gebeten, die belgische Neutralität zu achten. Frankreich hat sofort zugestimmt.« Fitz blickte Walter herausfordernd an. »Die deutsche Antwort steht noch aus.«

»Das stimmt.« Walter zuckte entschuldigend mit den Schultern. »Mein lieber Fitz, du als Soldat wirst einsehen, dass wir diese Frage weder in der einen noch der anderen Richtung beantworten können, ohne zu verraten, was wir vorhaben.«

»Das verstehe ich durchaus. Aber vor diesem Hintergrund wüsste ich gern, weshalb meine Schwester mich für einen Kriegstreiber hält, dich aber für einen Friedensapostel.«

Maud wich der Frage aus. »Lloyd George ist der Ansicht, Großbritannien solle nur intervenieren, wenn das deutsche Heer das belgische Territorium auf substanzielle Weise verletzt, wie er sich ausgedrückt hat. Möglicherweise wird er bei der Kabinettssitzung heute Abend diesen Vorschlag unterbreiten.«

Fitz wusste, was das bedeutete. Zornig fragte er: »Also erteilen wir Deutschland die Erlaubnis, Frankreich durch die Südecke Belgiens hindurch anzugreifen?«

»Genau das heißt es, nehme ich an.«

»Ich habe es gewusst!«, schimpfte Fitz. »Diese Verräter. Sie versuchen sich aus ihrer Pflicht herauszuwinden. Sie werden alles tun, um Englands Kriegseintritt zu verhindern!«

»Ich hoffe, dass du recht hast«, sagte Maud.

Am Montagnachmittag musste Maud ins Unterhaus, um sich die Rede Sir Edward Greys vor den Parlamentsabgeordneten anzuhören. Diese Rede, da war man sich einig, würde einen Wendepunkt darstellen. Tante Herm begleitete Maud. Ausnahmsweise war sie froh über die beruhigende Gesellschaft der alten Dame.

An diesem Nachmittag entschied sich Mauds Schicksal genauso wie das Schicksal Tausender Männer im wehrfähigen Alter. Von dem, was Grey sagte und wie das Parlament reagierte, hing es ab, ob in ganz Europa Frauen zu Witwen und ihre Kinder vaterlos wurden oder nicht.

Maud war nicht mehr wütend; das Gefühl hatte sich möglicherweise abgenutzt. Sie hatte nur noch Angst. Krieg oder Frieden, Ehe oder Alleinsein, Leben oder Tod: Es ging um ihr Schicksal.

Wegen des Feiertages hatten die vielen Bankangestellten, städtischen Beamten, Anwälte, Börsenmakler und Verkäufer in der City frei. Die meisten schienen sich vor den Regierungsgebäuden Westminsters zusammengeschart zu haben in der Hoffnung, die Neuigkeiten als Erste zu erfahren. Der Chauffeur lenkte Fitz' siebensitzige Cadillac-Limousine langsam durch die Menschenmengen auf dem Trafalgar Square, der Whitehall und dem Parliament Square. Das Wetter war bedeckt, aber warm, und die modebewussteren jungen Männer trugen flache Strohhüte. Maud erhaschte einen Blick auf eine Werbetafel für den *Evening Standard*. Die Schlagzeile lautete: AM RANDE DER KATASTROPHE.

Die Menge jubelte, als der Wagen vor dem Westminster-Palast

hielt. Dann folgte ein leises, enttäuschtes Stöhnen, als der Limousine nur zwei Damen entstiegen, denn die Zuschauer wollten ihre Helden sehen, Männer wie Lloyd George und Keir Hardie.

Für Maud war der Palast die Verkörperung viktorianischer Sucht nach Prunk und Ornamentik. Der Stein war kunstvoll behauen; überall sah man Vertäfelungen in Faltenfüllung; die Bodenfliesen waren vielfarbig, die Glasscheiben bemalt und die Teppiche bunt gemustert.

Trotz des Feiertages fand eine Unterhaussitzung statt, und das Gebäude wimmelte von Abgeordneten und Peers, die meisten in der Parlamentarieruniform: schwarzer Cutaway und schwarzer Seidenzylinder. Nur die Labour-Abgeordneten trotzten der Kleiderordnung und waren in Tweed oder in Straßenanzügen erschienen.

Die Friedensfraktion bildete noch immer die Mehrheit im Kabinett. Lloyd George hatte seine Linie am Vorabend durchsetzen können, und die Regierung blieb untätig, solange Deutschland das belgische Hoheitsgebiet nur technisch verletzte.

Günstigerweise hatte Italien seine Neutralität erklärt und sie damit begründet, dass der Vertrag mit Österreich-Ungarn das Land lediglich dazu verpflichte, der Donaumonarchie in einem Verteidigungskrieg beizustehen, während der österreichische Angriff auf Serbien eindeutig ein Angriffskrieg sei. Bislang, fand Maud, waren die Italiener die Einzigen, die gesunden Menschenverstand bewiesen.

Fitz und Walter warteten in der achteckigen Central Lobby. Maud fragte sofort: »Habt ihr schon gehört, was bei der Kabinettssitzung heute Morgen geschehen ist?«

»Es gab drei weitere Rücktritte«, antwortete Fitz. »Morley, Simon und Beauchamp.«

Die drei Männer gehörten den Kriegsgegnern an. Maud fühlte sich entmutigt. »Lloyd George nicht?«

»Nein.«

»Merkwürdig.« Eine böse Vorahnung überkam sie. War die Friedensfraktion in sich gespalten? »Was hat Lloyd George vor?«

»Ich weiß es nicht«, sagte Walter, »aber ich kann es mir denken.« Er wirkte ernst. »Gestern Abend hat Deutschland freien Durchgang durch Belgien für unsere Truppen gefordert. Das belgische Kabinett hat von neun Uhr abends bis vier Uhr früh getagt, dann die Forderung zurückgewiesen und erklärt, Belgien werde kämpfen.«

Maud schnappte nach Luft. Das war eine Schreckensbotschaft.

Fitz sagte: »Also hat Lloyd George sich geirrt – das deutsche Heer wird nicht nur eine rein technische Verletzung des belgischen Hoheitsgebietes begehen.«

Walter schwieg, breitete nur in einer Gebärde der Hilflosigkeit die Hände aus.

Maud fürchtete, dass das brutale deutsche Ultimatum und der verwegene Trotz der belgischen Regierung die Position der Friedensfraktion im britischen Kabinett vielleicht untergraben hatten. Belgien und Deutschland wirkten nebeneinander zu sehr wie David und Goliath. Lloyd George besaß ein Näschen für die öffentliche Meinung: Hatte er gespürt, dass die Stimmung umschlug?

»Wir müssen auf unsere Plätze«, sagte Fitz.

Von einem unguten Gefühl erfüllt ging Maud durch eine kleine Tür und stieg die hohe Treppe hinauf, die zur Fremdengalerie führte. Von dort hatte man einen Blick ins Unterhaus, wo die souveräne Regierung des Britischen Empires tagte und Angelegenheiten von Leben und Tod für die 444 Millionen Menschen entschieden wurden, die unter britischer Herrschaft lebten. Jedes Mal, wenn Maud hierherkam, fiel ihr auf, wie klein es war: Das Unterhaus bot weniger Platz als eine durchschnittlich große Kirche in London.

Regierung und Opposition saßen einander auf gestuften Bankreihen gegenüber, getrennt von einer Lücke, die – der Überlieferung zufolge – zwei Schwertlängen maß, damit Kontrahenten nicht handgreiflich werden konnten. Bei den meisten Debatten war die Kammer beinahe leer; höchstens ein Dutzend Abgeordnete fläzten sich gemütlich auf der grünen Lederpolsterung. Heute jedoch waren die Bänke vollgepackt, und Abgeordnete, die keinen Platz mehr gefunden hatten, standen am Eingang. Nur die vordersten Reihen waren unbesetzt – jene Plätze, die traditionsgemäß auf der Regierungsseite für die Minister und auf der anderen Seite für die Oppositionsführer freiblieben.

Wie bedeutsam, dachte Maud, dass die heutige Debatte hier stattfindet und nicht im Oberhaus. Tatsächlich schauten außer Fitz viele andere Peers von der Galerie aus zu. Das Unterhaus besaß eine Autorität, die daher rührte, dass es vom Volk gewählt war – auch wenn nur wenig mehr als die Hälfte aller erwachsenen Männer und keine einzige Frau das Wahlrecht besaß. Asquith hatte einen guten Teil seiner Zeit als Premierminister im Kampf gegen das Oberhaus verwendet, insbesondere wegen Lloyd Georges Plan, allen alten Menschen eine kleine Rente zukommen zu lassen. Die Kämpfe waren manchmal heftig gewesen, doch jedes Mal hatte das Unterhaus den Sieg davongetragen. Den Grund dafür sah Maud in der Furcht des englischen Adels, die Französische Revolution könne sich auf britischem Boden wiederholen.

Die Vorderbänkler kamen herein. Maud erfasste auf Anhieb die Stimmung unter den Liberalen. Premierminister Asquith lächelte über eine Bemerkung des Quäkers Joseph Pease, und Lloyd George sprach mit Sir Edward Grey.

»O Gott«, murmelte Maud.

»Was ist?«, fragte Walter, der neben ihr saß.

»Sehen Sie doch«, antwortete Maud. »Alle sind die besten Freunde. Sie haben ihre Differenzen ausgeräumt.«

»Das können Sie ihnen doch nicht einfach so ansehen.«

»Doch, das kann ich.«

Der Parlamentspräsident erschien mit seiner altmodischen Perücke, setzte sich auf seinen erhöhten Stuhl und rief den Außenminister auf. Grey erhob sich. Sein hageres Gesicht war bleich und sorgenvoll.

Grey war kein begnadeter Redner. Er drückte sich zwar wortgewandt, aber umständlich aus. Dennoch drängten sich die Abgeordneten auf den Bänken, und die Besucher auf der überfüllten Galerie lauschten in gebanntem Schweigen. Alle warteten geduldig auf den Teil der Rede, auf den es ankam.

Der Außenminister sprach eine Dreiviertelstunde lang, ehe er zum ersten Mal Belgien erwähnte. Dann endlich legte er die Einzelheiten des deutschen Ultimatums dar, von dem Walter vor einer Stunde erzählt hatte. Die Abgeordneten waren wie elektrisiert. Maud bemerkte sofort, dass die Stimmung umschlug, wie sie es befürchtet hatte. Beide Gruppierungen innerhalb der Liberalen Partei – die konservativen Imperialisten und die linken Verteidiger der Rechte kleiner Staaten – zeigten sich empört.

Grey zitierte Gladstone, indem er fragte: »Kann unter den Umständen dieses Falles unser Land, mit Einfluss und Macht ausgestattet, wie es ist, still dabeistehen und Zeuge werden, wie das schlimmste Verbrechen begangen wird, das je die Seiten des Buches der Geschichte befleckt hat, und so zum Beteiligten an der Sünde werden?«

Was für ein Unsinn, dachte Maud. Eine Invasion Belgiens wäre nicht das schlimmste Verbrechen in der Geschichte. Was war mit dem Kanpur-Massaker an englischen Frauen und Kindern, um nur ein Beispiel zu nennen? Oder mit dem Sklavenhandel? Großbritannien mischte sich nicht jedes Mal ein, wenn ein Land überfallen wurde. Zu behaupten, dass solche Untätigkeit das britische Volk zu Mitsündern machte, war absurd.

Doch nur wenige Anwesende sahen die Dinge so wie Maud. Abgeordnete beider Seiten jubelten. Entgeistert starrte Maud auf die Vorderbank der Regierung: Sämtliche Minister, die sich am Vortag noch leidenschaftlich gegen den Krieg gewandt hatten, bekundeten nickend ihre Zustimmung – der junge Herbert Samuel, Lewis »Lulu« Harcout, der Quäker Joseph Pease, Vorsitzender der Friedensgesellschaft, und, was am schlimmsten war, Lloyd George. Dass er Grey unterstützte, konnte nur bedeuten, dass der politische Kampf vorüber war, begriff Maud voller Verzweiflung. Die deutsche Bedrohung Belgiens hatte die widerstreitenden Gruppierungen geeint.

Grey war nicht der Mann, der virtuos mit den Empfindungen seiner Zuhörerschaft spielen konnte wie Lloyd George, noch vermochte er wie ein Prophet des Alten Testaments zu klingen, worauf sich Churchill verstand; heute aber benötigte er diese Fähigkeit auch gar nicht: Die Tatsachen nahmen ihm die Arbeit ab. Maud wandte sich Walter zu und fragte mit zittriger Flüsterstimme: »Warum hat Deutschland das getan?«

Ein schmerzlicher Ausdruck legte sich auf Walters Gesicht, doch er antwortete in seiner gewohnt besonnenen Art: »Südlich von Belgien ist die deutsch-französische Grenze schwer befestigt. Würden wir dort angreifen, würden wir zwar siegen, aber es würde zu lange dauern. Russland hätte Zeit für die Generalmobilmachung und könnte uns in den Rücken fallen. Ein schneller Sieg ist nur garantiert, wenn wir durch Belgien marschieren.«

»Aber dann wäre es unabwendbar, dass Großbritannien gegen euch in den Krieg zieht!«

Walter nickte. »Aber das englische Heer ist klein. Ihr verlasst euch auf eure Marine, und ein Seekrieg steht nicht bevor. Unser Generalstab ist der Ansicht, dass England in einem Krieg kein großer Machtfaktor ist.«

»Bist du auch dieser Meinung?«

»Ich halte es nicht für klug, sich einen reichen und mächtigen Nachbarn zum Feind zu machen. Aber bei dieser Diskussion habe ich den Kürzeren gezogen.«

Wie so viele andere in den letzten beiden Wochen in ganz Europa, dachte Maud verzweifelt. Überall waren die Kriegsgegner ins Hintertreffen geraten. Österreich hatte Serbien angegriffen, als es sich hätte zurückhalten können; die Russen hatten mit der Generalmobilmachung begonnen, statt zu verhandeln; Deutschland hatte sich geweigert, an einer internationalen Konferenz teilzunehmen, um die Probleme beizulegen; Frankreich war die Möglichkeit geboten worden, neutral zu bleiben, doch es hatte die Gelegenheit ausgeschlagen. Und jetzt trat auch noch Großbritannien in den Konflikt ein, obwohl es ein Leichtes gewesen wäre, sich herauszuhalten.

Grey war nun am Schluss seiner Rede angelangt. »Ich habe dem Haus die wesentlichen Tatsachen vorgebracht. Falls wir gezwungen werden, rasch Stellung zu beziehen – was nicht unwahrscheinlich erscheint –, glaube ich, dass wir Unterstützung finden werden, sobald unser Land begreift, was auf dem Spiel steht. Ich bin überzeugt, dass wir uns der Entschlossenheit, dem Mut und den Siegeswillen des ganzen Landes sicher sein können.«

Grey setzte sich, bejubelt von allen Seiten. Eine Abstimmung hatte nicht stattgefunden – Grey hatte sie nicht einmal beantragt –, doch aus der Reaktion der Abgeordneten ging eindeutig hervor, dass sie zum Krieg bereit waren.

Der Oppositionsführer, Andrew Bonar Law, erhob sich und erklärte, die Regierung könne auf die Unterstützung der Konservativen zählen. Maud überraschte das nicht; die Konservativen waren von jeher kriegerischer als die Liberalen. Doch als sogar der politische Führer der irischen Nationalisten die Kriegstrommel rührte, kam Maud sich vor wie im Irrenhaus. War sie denn der einzige Mensch auf Erden, der den Frieden wollte?

Nur der Vorsitzende der Labour-Partei sperrte sich. »Ich glaube, der Premierminister irrt sich«, sagte Ramsay. »Ich glaube, die Regierung, die er vertritt und für die er spricht, irrt sich. Ich glaube, die Geschichte wird das Urteil fällen, dass *wir alle* uns geirrt haben.«

Doch niemand hörte ihm zu. Viele Abgeordnete verließen bereits den Saal. Auch die Galerie leerte sich. Fitz erhob sich, und die anderen folgten ihm, auch die seltsam teilnahmslose Maud. Es war der schlimmste Tag ihres Lebens. Ihr Land würde einen unnötigen Krieg führen; ihr Bruder und der Mann, den sie liebte, würden ihr Leben auf dem Schlachtfeld riskieren, und sie würde von ihrem Verlobten getrennt werden – vielleicht für immer. Alle Hoffnung schien verloren.

Plötzlich legte sich Walters Hand um ihren Arm, und er hielt sie zurück und ließ mehrere Personen vorbeigehen, bis Fitz außer Hörweite war. Dann sagte er etwas, das für Maud völlig unvorbereitet kam:

»Heirate mich.«

Maud schlug das Herz bis zum Hals. »Was?«, flüsterte sie. »Wie denn?«

»Heirate mich. Bitte. Gleich morgen.«

»Das geht doch nicht …«

»Ich habe eine Sondererlaubnis.« Er tätschelte die Brusttasche seines Jacketts. »Ich war am Freitag auf dem Standesamt in Chelsea.«

Mauds Gedanken überschlugen sich. »Wir hatten uns doch geeinigt, noch zu warten.« Kaum hatte sie den Satz ausgesprochen, hätte sie sich am liebsten auf die Zunge gebissen.

»Wir *haben* gewartet«, erwiderte Walter. »Die Krise ist vorüber. Deutschland und England werden morgen oder übermorgen im Krieg sein. Ich werde England verlassen müssen. Deshalb möchte ich dich heiraten, ehe ich abreise.«

»Wir wissen doch gar nicht, was kommt.«

»Das stimmt. Aber egal was die Zukunft bringt, ich möchte, dass du meine Frau wirst.«

»Aber …« Maud hielt inne. Wieso brachte sie einen Einwand nach dem anderen vor? Walter hatte recht. Niemand wusste, was kam, aber das spielte jetzt keine Rolle mehr. Sie wollte seine Frau werden, egal wie die Zukunft aussah.

Ehe Maud etwas sagen konnte, erreichten sie das untere Ende der Treppe und gelangten in die Central Lobby, die erfüllt war vom aufgeregten Gemurmel der Menge. Maud hatte den sehnlichen Wunsch, mit Walter zu reden, doch Fitz bestand ritterlich darauf, sie und Tante Herm aus der Menge zu geleiten. Auf dem Parliament Square setzte er die beiden Damen in ein Taxi. Der Fahrer ließ den Wagen an; der Motor rumpelte, und das Taxi fuhr davon.

Fitz und Walter blieben bei der Menge zurück, die darauf wartete, ihr Schicksal zu erfahren.

Walter will mich zur Frau! Maud hielt diesen Gedanken fest, während ihr Fragen über Fragen durch den Kopf schwirrten. Sollte sie auf Walters Wunsch eingehen, oder wäre es besser, noch abzuwarten? Wenn sie einwilligte, ihn morgen zu heiraten, wem sollte sie es sagen? Und wohin würden sie nach der Trauung gehen? Würden sie zusammen wohnen? Und wenn ja, wo?

An diesem Abend brachte ihr das Dienstmädchen vor dem Abendessen ein Briefkuvert auf einem silbernen Tablett. Es enthielt einen einzigen Bogen schweres, cremefarbenes Papier, das in blauer Tinte mit Walters präziser, steiler Handschrift bedeckt war.

Geliebte Maud!

Morgen um halb vier warte ich gegenüber von Fitz' Haus in einem Wagen auf Dich. Die erforderlichen beiden Trauzeugen bringe ich mit. Der Termin beim Standesbeamten ist um vier Uhr. Ich habe eine Suite im Hotel Hyde gemietet und die Zimmer bereits bezogen, sodass wir hinaufgehen können, ohne im Foyer warten zu müssen. Wir nennen uns Mr. und Mrs. Woolridge. Trage einen Schleier.

Ich liebe Dich.

Dein Verlobter W.

Mit bebender Hand legte Maud den Brief auf die polierte Mahagoniplatte der Frisierkommode. Ihr Atem ging schneller. Sie starrte auf die geblümte Tapete und versuchte, klar zu denken.

Walter hatte den Zeitpunkt gut ausgewählt: Am Nachmittag war alles ruhig, sodass sie, Maud, sich am ehesten unbemerkt aus dem Haus schleichen konnte. Nach dem Mittagessen machte Tante Herm ein Nickerchen, und Fitz war im Oberhaus.

Fitz durfte im Voraus nichts erfahren, denn er würde versuchen, sie aufzuhalten; er würde sie in ihr Zimmer einschließen. Er konnte sie sogar ins Irrenhaus einweisen lassen. Ein reicher Gentleman aus der Oberschicht stieß auf keine Schwierigkeiten, wenn er eine weibliche Verwandte wegsperren lassen wollte. Fitz bräuchte nur zwei Ärzte aufzutreiben, die bereit waren, ihm zu bestätigen, dass Maud verrückt sein müsse, wenn sie einen Deutschen heiraten wollte.

Maud beschloss, niemandem auch nur ein Sterbenswort zu sagen.

Der falsche Name und der Schleier deuteten darauf hin, dass auch Walter auf Heimlichkeit Wert legte. Das Hyde war ein diskretes Hotel in Knightsbridge, sodass kaum zu befürchten stand, dass sie jemandem begegneten, den sie kannten. Maud schauderte erwartungsvoll bei dem Gedanken, die Nacht mit Walter zu verbringen.

Aber was würden sie am nächsten Tag tun? Eine Ehe konnte man nicht für immer geheim halten. Walter müsste England in zwei bis drei Tagen verlassen. Würde sie ihn begleiten? Sie hatte Angst, es könnte seiner Karriere schaden. Wie konnte man darauf vertrauen, dass er alles für sein Land gab, wenn er mit einer Engländerin verheiratet war? Und wenn er kämpfte, wäre er nicht zu Hause – welchen Sinn hätte es da, mit ihm nach Deutschland zu gehen?

Es gab so viele Unsicherheiten, so viele Unbekannte; trotzdem war Maud voller freudiger Erwartungen. »Mrs. Woolridge«, sagte sie laut ins leere Schlafzimmer hinein und schlang entzückt die Arme um ihre Schultern.

KAPITEL 11

4. August 1914

Bei Sonnenaufgang stand Maud auf, setzte sich an die Frisierkommode und schrieb einen Brief. In ihrer Schublade hatte sie einen Stapel von Fitz' blauem Papier, und das silberne Tintenfass wurde jeden Tag aufgefüllt.

Mein Liebling,

begann sie und hielt inne, um nachzudenken.

Ihr Blick blieb an ihrem Abbild in dem ovalen Spiegel hängen. Ein finsterer Ausdruck krauste ihre Stirn und zog ihre Mundwinkel nach unten. Zwischen ihren Zähnen entdeckte sie ein Stückchen grünes Gemüse. Ihr Haar war zerzaust, ihr Nachthemd zerknittert. Wenn Walter mich jetzt sehen könnte, dachte Maud, würde er mich vielleicht gar nicht mehr heiraten wollen. Dann wurde ihr klar, dass er sie morgen früh genau so sehen würde, wenn sie sich an seinen Plan hielten. Der Gedanke war beängstigend und aufregend zugleich.

Sie schrieb:

Ja, ich möchte Dich heiraten, von ganzem Herzen
und mit ganzer Seele. Aber wie soll es danach weitergehen?
Wo sollen wir leben?

Sie hatte die halbe Nacht darüber nachgedacht. Die Hindernisse waren ihr riesig erschienen.

Wenn Du in Großbritannien bleibst, kommst Du in ein
Gefangenenlager. Wenn wir nach Deutschland gehen, werde ich
Dich nie sehen, weil Du nicht daheim bist, sondern im Feld.

Auf beiden Seiten des Kanals bereiteten die Verwandten ihnen möglicherweise größere Schwierigkeiten als die Behörden.

Wann sollen wir unseren Familien von der Heirat erzählen?
Bitte nicht vorher! Fitz würde eine Möglichkeit finden,
uns aufzuhalten. Und hinterher wird es Schwierigkeiten zwischen
ihm und Deinem Vater geben. Sag mir, wie Du darüber denkst.

Ich liebe Dich von ganzem Herzen.

Maud klebte den Umschlag zu und schrieb die Adresse seiner Wohnung darauf, eine Viertelmeile entfernt von hier. Dann klingelte sie, und kurz darauf klopfte ihr Dienstmädchen an die Tür, Sanderson, ein molliges Mädchen mit breitem Lächeln. Maud sagte: »Wenn Mr. Ulrich nicht zu Hause ist, gehen Sie zur deutschen Botschaft auf der Carlton House Terrace. Warten Sie auf seine Antwort. Haben Sie verstanden?«

»Jawohl, Mylady.«

»Es ist nicht nötig, dass andere Dienstboten davon erfahren.«

Ein besorgter Ausdruck legte sich auf Sandersons junges Gesicht. Viele Dienstmädchen waren in die Ränke ihrer Herrinnen eingeweiht, doch Maud hatte nie geheime Liebschaften gehabt, und Sanderson war Täuschung nicht gewöhnt. »Was soll ich Mr. Grout sagen, wenn er mich fragt, wo ich hingehe?«

Maud überlegte kurz. »Sagen Sie ihm, Sie müssten mir gewisse Damenartikel besorgen.« Die Peinlichkeit würde Grouts Wissbegier zügeln.

»Sehr wohl, Mylady.«

Sanderson ging, und Maud zog sich an.

Sie war nicht sicher, wie sie vor der Familie den Anschein von Normalität aufrechterhalten sollte. Auch wenn Fitz ihre Stimmung vielleicht nicht bemerkte – Männer nahmen so etwas selten wahr –, war Tante Herm nicht völlig mit Blindheit geschlagen.

Zur Frühstückszeit ging Maud nach unten, auch wenn sie zu angespannt war, als dass sie einen Bissen hätte essen können. Tante Herm aß einen Bückling, von dessen Geruch Maud beinahe übel wurde. Sie nippte an ihrem Kaffee.

Fitz kam eine Minute später herein. Er nahm sich einen Bückling vom Büfett und schlug die *Times* auf. Was tue ich normalerweise, überlegte Maud. Ich rede über Politik. Also muss ich es heute auch tun. »Hat sich gestern Abend noch irgendwas ereignet?«, fragte sie.

»Ich habe nach der Kabinettssitzung Winston getroffen«, antwortete Fitz. »Wir ersuchen die deutsche Regierung, ihr Ultimatum an Belgien zurückzuziehen.« Das Wort »ersuchen« betonte er verächtlich.

Maud schöpfte ein klein wenig Hoffnung. »Soll das heißen, wir haben es doch noch nicht ganz aufgegeben, auf Frieden hinzuarbeiten?«

»Nein, wir könnten es genauso gut sein lassen«, entgegnete er mürrisch. »Was immer in den Köpfen der Deutschen vorgeht, aufgrund einer höflichen Bitte werden sie es sich nicht anders überlegen.«

»Ein Ertrinkender klammert sich an jeden Strohhalm.«

»Wir klammern uns nicht an Strohhalme. Wir machen bloß die üblichen rituellen Schritte vor einer Kriegserklärung.«

Er hat recht, dachte Maud bestürzt. Sämtliche Regierungen würden behaupten wollen, der Krieg sei ihnen aufgezwungen worden, ohne dass sie ihn gewünscht hätten. Fitz ließ sich nicht anmerken, ob er sich der Gefahr bewusst war, dass sein diplomatisches Degengefuchtel ihm eine tödliche Wunde eintragen konnte. Maud wollte ihn beschützen und ihn gleichzeitig seines dummen Eigensinns wegen erwürgen.

Um sich abzulenken, blätterte sie den *Manchester Guardian* durch. Die Zeitung enthielt eine ganzseitige Anzeige der Neutralitätsliga mit der Parole: *Briten, tut eure Pflicht und haltet euer Land aus einem schändlichen, dummen Krieg heraus.* Maud war froh, dass es noch Menschen gab, die genauso dachten wie sie. Doch die Kriegsgegner hatten keine Chance.

Sanderson kam mit einem Umschlag auf einem silbernen Tablett. Erschrocken erkannte Maud die Handschrift Walters. Was dachte sich Sanderson dabei, dieses dumme Ding? Hatte sie nicht begriffen, dass die Antwort auf eine geheime Nachricht ebenfalls geheim sein musste?

Maud konnte Walters Brief unmöglich in Fitz' Beisein lesen. Mit gespielter Gleichgültigkeit, aber pochendem Herzen nahm sie ihn entgegen, legte ihn neben ihren Teller und bat Grout, ihr Kaffee nachzuschenken.

Um ihre Panik zu verbergen, blätterte sie in der Zeitung. Fitz zensierte ihre Post zwar nicht, hatte als Familienoberhaupt aber das Recht, jeden Brief zu lesen, der an eine weibliche Verwandte adressiert war, die in seinem Haus lebte. Keine achtbare Frau hätte etwas dagegen eingewendet.

Sie musste das Frühstück so rasch wie möglich beenden und den Brief ungeöffnet mitnehmen. Maud versuchte ein Stück Toast zu essen und zwang die Krümel ihre trockene Kehle hinunter.

Fitz blickte von der *Times* auf. »Liest du deinen Brief nicht?«, fragte er und fügte zu ihrem Entsetzen hinzu: »Sieht aus wie von Ulrichs Schrift.«

Ihr blieb keine Wahl. Sie öffnete das Kuvert mit einem sauberen Buttermesser und bemühte sich, eine unbeteiligte Miene zu wahren.

Geliebte!

Man hat allen Botschaftsangehörigen befohlen, ihre Sachen zu packen, die Rechnungen zu begleichen und sich bereitzuhalten, Großbritannien binnen weniger Stunden zu verlassen.

Du und ich, wir sollten niemanden in unseren Plan einweihen. Noch heute Nacht muss ich zurück in mein Heimatland, und Du wirst hier bleiben und bei Deinem Bruder wohnen. Alle sind sich einig, dass der Krieg nur wenige Wochen, höchstens ein paar Monate dauern wird. Sobald er zu Ende ist und wir dann noch leben, werden wir der Welt unsere frohe Botschaft verkünden und unser neues gemeinsames Leben beginnen.

Und nur für den Fall, dass wir den Krieg nicht überleben – lass uns bitte, bitte eine glückliche Nacht als Mann und Frau verbringen!

Ich liebe Dich.
W.

P. S.: Deutschland ist vor einer Stunde in Belgien einmarschiert.

Mauds Gedanken überschlugen sich. Eine geheime Heirat! Niemand würde davon wissen. Walters Vorgesetzte würden ihm nach wie vor vertrauen, wenn sie nicht von seiner Ehe mit der Bürgerin eines verfeindeten Landes erfuhren. Er könnte kämpfen, wie seine Ehre es verlangte, und sogar im Geheimdienst arbeiten. Dass ihr viele Männer weiterhin den Hof machen würden, weil sie sie für unverheiratet hielten, machte Maud nichts aus: Sie zeigte ihren Verehrern schon seit Jahren die kalte Schulter. Bis zum Kriegsende würden sie und Walter getrennt leben, aber das waren ja nur ein paar Monate.

Fitz riss sie aus ihren Gedanken. »Was schreibt er denn?«

Maud wusste nicht, was sie antworten sollte. Sie konnte, durfte Fitz nichts sagen. Was sollte sie ihm antworten? Sie schaute auf den Bogen aus schwerem, cremefarbenem Papier mit der steilen Handschrift und erblickte das Postskriptum. »Dass die Deutschen heute um acht Uhr morgens in Belgien einmarschiert sind.«

Fitz legte die Gabel hin. »Das war es dann also.« Ausnahmsweise wirkte sogar er schockiert.

Tante Herm rief: »Das arme kleine Belgien! Ich glaube, die Deutschen sind ganz schreckliche Tyrannen.« Hastig fügte sie hinzu: »Außer Herrn von Ulrich natürlich. Der ist charmant.«

»So viel zur höflichen Anfrage unserer Regierung«, sagte Fitz.

»Das ist Irrsinn«, stieß Maud verzweifelt hervor. »Tausende von Menschen werden in einem Krieg getötet, den niemand will.«

»Ich dachte, du würdest den Krieg unterstützen«, sagte Fitz. »Immerhin werden wir Frankreich verteidigen, die einzige andere echte Demokratie in Europa. Und unsere Gegner werden Deutschland und Österreich sein, deren gewählte Parlamente praktisch ohne Einfluss sind.«

»Aber unser Verbündeter ist Russland«, erwiderte Maud verbittert, »und wir kämpfen, um die brutalste und rückständigste Monarchie in ganz Europa zu erhalten.«

»Ich verstehe, was du meinst.«

»In der deutschen Botschaft wurden alle angewiesen, ihre Sachen zu packen. Vielleicht sehen wir Walter nicht mehr wieder.« Beiläufig legte sie den Brief weg, doch ihr Versuch war nicht von Erfolg gekrönt.

»Darf ich mal sehen?«, fragte Fitz.

Maud erstarrte. Sie konnte ihm den Brief unmöglich zeigen. Er würde sie nicht bloß einsperren: Wenn er den Satz über eine »glückliche Nacht las«, würde er Walter erschießen.

»Darf ich?«, wiederholte Fitz und streckte die Hand aus.

»Natürlich«, sagte Maud. Sie zögerte noch kurz, dann griff sie nach dem Brief. Im allerletzten Augenblick hatte sie eine Idee und stieß die Tasse um. Kaffee ergoss sich über das Briefpapier. »Oh, wie dumm!«, sagte sie, während sie mit Erleichterung beobachtete, wie der Kaffee die blaue Tinte verlaufen ließ.

Grout trat vor und machte sich daran, die Bescherung zu beseitigen. Maud tat, als wollte sie ihm helfen, hob den Brief auf und faltete ihn zusammen, sodass die Zeilen, die dem Kaffee bisher entkommen waren, ebenfalls verschmiert wurden. »Es tut mir leid, Fitz«, entschuldigte sie sich. »Aber es stand nicht mehr darin, als ich gesagt habe.«

»Schon gut.« Er wandte sich wieder seiner Zeitung zu.

Maud legte die Hände in den Schoß, damit niemand sah, wie sehr sie zitterten.

Das war erst der Anfang.

Das Haus allein zu verlassen würde für Maud nicht einfach sein. Wie alle Damen der besseren Gesellschaft konnte sie es sich nicht erlauben, ohne Begleitung irgendwohin zu gehen. Die Männer gaben vor, diese Regel diene dem Schutz ihrer weiblichen Familienangehörigen, doch in Wahrheit war es ein Werkzeug der Kontrolle, das zweifellos benutzt würde, bis die Frauen das Wahlrecht erlangten.

Maud hatte ihr halbes Leben lang Möglichkeiten gefunden, dieser Regel aus dem Weg zu gehen. Nun musste sie sich aus dem Haus schleichen, ohne gesehen zu werden, was ziemlich schwierig war. Zwar wohnten nur vier Familienangehörige in Fitz' Villa in Mayfair, aber es waren stets mindestens ein Dutzend Dienstboten im Haus.

Und dann musste sie über Nacht wegbleiben, ohne dass jemand es merkte.

Sie setzte ihren Plan methodisch und sorgsam in die Tat um.

»Ich habe Migräne«, sagte sie nach dem Mittagessen. »Würdest du mich beim Dinner entschuldigen, Bea?«

»Aber natürlich«, antwortete Bea. »Kann ich etwas tun? Soll ich nach Professor Rathbone schicken lassen?«

»Nein, danke, es ist nichts Ernstes.« Eine Migräne, die nichts Ernstes war, stellte eine gängige Umschreibung der Menstruationsbeschwerden dar, die jeder akzeptierte, ohne weiter darauf einzugehen.

So weit, so gut.

Maud ging hinauf in ihr Zimmer und klingelte nach ihrem Dienstmädchen. »Ich gehe zu Bett, Sanderson«, begann sie die Ansprache, die sie genau ausgearbeitet hatte. »Wahrscheinlich bleibe ich für den Rest des Tages hier. Bitte sagen Sie den anderen Dienstboten, dass ich unter keinen Umständen gestört werden möchte. Kann sein, dass ich nach Abendessen klingle, ich glaube es aber nicht: Ich fühle mich, als könnte ich rund um die Uhr durchschlafen.«

Damit sollte sichergestellt sein, dass ihre Abwesenheit für den Rest des Tages nicht bemerkt wurde.

»Fühlen Sie sich nicht wohl, Mylady?«, fragte Sanderson mit besorgtem Blick. Einige Damen hüteten regelmäßig das Bett, aber bei Maud kam es nur selten vor.

»Es sind die üblichen Regelbeschwerden, nur stärker als gewöhnlich.«

Maud merkte, dass Sanderson ihr nicht glaubte. Am gleichen Tag hatte sie das Dienstmädchen bereits mit einer geheimen Botschaft losgeschickt, was noch nie zuvor geschehen war. Sanderson wusste daher, dass etwas Ungewöhnliches vorging. Ein Dienstmädchen hatte seine Herrin jedoch nicht ins Kreuzverhör zu nehmen. Sanderson musste sich damit begnügen, verwundert zu sein.

»Und wecken Sie mich morgen früh nicht«, fügte Maud hinzu. Sie wusste nicht, wann sie zurückkehrte oder wie sie sich ungesehen ins Haus schleichen sollte.

Sanderson ging. Es war Viertel nach drei. Maud kleidete sich rasch aus. Dann blickte sie in ihren Schrank.

Sie war es nicht gewöhnt, ihre Kleider selbst auszuwählen; das erledigte normalerweise Sanderson. Ihr schwarzes Straßenkleid hatte einen Hut mit Schleier, aber sie konnte ja nicht in Schwarz zu ihrer Hochzeit gehen.

Sie blickte auf die Uhr über dem Kamin: zwanzig nach drei. Sie durfte keine Zeit verlieren.

Maud entschied sich für eine eng geschlossene weiße Spitzenbluse mit hohem Kragen, der ihren langen Hals betonte. Darüber trug sie ein Kleid in einem so blassen Himmelblau, dass es fast weiß erschien. Weil es nach der neuesten wagemutigen Mode geschnitten war, endete es einen oder zwei Zoll über ihren Knöcheln. Dazu kamen ein breitkrempiger dunkelblauer Strohhut mit einem Schleier in der gleichen Farbe und ein hübscher blauer Sonnenschirm mit weißem Rand.

Sie besaß einen Zugbeutel aus blauem Samt, der zu dem Kleid passte und in dem sie einen Kamm, eine kleine Flasche Parfüm und einen sauberen Schlüpfer verstaute.

Die Uhr schlug halb vier. Walter wartete bereits draußen. Das Herz schlug Maud bis zum Hals.

Sie ließ den Schleier herunter und betrachtete sich im Ganzfigurspiegel. Ein echtes Hochzeitskleid war es nicht gerade, aber für das Standesamt dürfte es angemessen sein, vermutete sie. Aber sie war noch nie bei einer Heirat vor einem Standesbeamten dabei gewesen; deshalb konnte sie es nicht mit Sicherheit sagen.

Sie nahm den Schlüssel aus dem Schloss, stellte sich an die geschlossene Tür und horchte. Auf keinen Fall wollte sie jemandem begegnen, der ihr Fragen stellen könnte. Wurde sie von einem Diener oder einem Putzjungen gesehen, spielte es keine Rolle, denn die männlichen Bediensteten interessierten sich kaum dafür, was sie tat, aber sämtliche Dienstmädchen würden mittlerweile wissen, dass sie angeblich krank war, und dann flog ihre Täuschung auf. Die Peinlichkeit war Maud ziemlich egal; viel mehr fürchtete sie, dass man versuchen würde, sie aufzuhalten.

Sie wollte gerade die Tür öffnen, als sie schwere Schritte hörte und Tabakrauch roch. Das musste Fitz sein, der seine Zigarre nach dem Mittagessen rauchte und zum Oberhaus oder zum White's Club aufbrach. Maud wartete ungeduldig.

Nachdem ein paar Augenblicke Schweigen geherrscht hatte, blickte sie hinaus auf den breiten Flur. Niemand zu sehen. Sie trat hinaus, schloss die Tür, sperrte sie ab und legte den Schlüssel in ihre Samttasche. Jeder, der ihre Tür zu öffnen versuchte, würde nun glauben, dass sie drinnen schlief.

Leise ging Maud den teppichbedeckten Flur hinunter zum oberen Ende der Treppe und blickte nach unten. Unter ihr, in der Halle, war niemand zu sehen. Rasch stieg sie die Stufen hinunter. Als sie den Treppenabsatz erreichte, hörte sie ein Geräusch und erstarrte. Die Tür zum Untergeschoss schwang auf, und Grout kam heraus. Maud hielt den Atem an. Ihr Blick haftete auf dem kahlen Fleck an Grouts Scheitel, während der Butler mit zwei Portweinkaraffen die Halle durchquerte. Er ging mit dem Rücken zur Treppe und verschwand im Esszimmer, ohne dass er zu Maud hinaufgeschaut hatte.

Kaum hatte die Tür sich hinter ihm geschlossen, als Maud alle

Vorsicht in den Wind schlug und das letzte Stück der Treppe hinunterrannte. Sie öffnete die Haustür, trat hindurch und schlug sie hinter sich zu. Im nächsten Moment wünschte sie sich, sie hätte die Tür leise geschlossen, aber nun war es zu spät.

Die ruhige Straße in Mayfair dörrte in der Augustsonne. Maud schaute in beide Richtungen und sah den Pferdewagen eines Fischhändlers, ein Kindermädchen, das einen Korbwagen schob, und einen Taxifahrer, der an seiner Motordroschke den Reifen wechselte. Hundert Yards entfernt stand auf der anderen Straßenseite ein weißes Automobil mit einem blauen Leinwanddach. Maud mochte Kraftwagen und erkannte den Benz 10/30 PS, der Walters Cousin Robert gehörte.

Als Maud die Straße überquerte, stieg Walter aus. Er trug einen hellgrauen Gesellschaftsanzug mit einer weißen Nelke. Er sah ihr in die Augen, und sie erkannte an seinem Gesichtsausdruck, dass er bis zu dieser Sekunde nicht sicher gewesen war, ob sie wirklich kommen würde. Der Gedanke trieb ihr eine Träne ins Auge.

Nun jedoch leuchtete sein Gesicht vor Entzücken. Wie eigentümlich und wunderbar, dachte sie, einem anderen Menschen solches Glück zu bringen.

Sie warf einen unruhigen Blick zum Haus zurück. Grout stand in der Tür und schaute verdutzt die Straße hinauf und hinunter. Er hatte offenbar gehört, wie Maud die Tür zugeknallt hatte.

Entschlossen richtete Maud den Blick nach vorn.

Endlich frei!

Walter küsste ihr die Hand. Sie wollte ihm einen richtigen Kuss geben, aber der Schleier war im Weg. Außerdem gehörte es sich nicht vor der Trauung, und man brauchte ja nicht sämtliche Anstandsregeln über Bord zu werfen.

Robert saß am Lenkrad. Er fasste sich grüßend an den grauen Zylinder. Walter vertraute ihm. Er wäre einer der Trauzeugen.

Walter öffnete die Tür, und Maud stieg in den Fond. Dort saß bereits jemand, und Maud erkannte die Haushälterin von Tŷ Gwyn. »Williams!«, rief sie aus.

Ethel lächelte. »Sie sollten jetzt lieber Ethel zu mir sagen«, sagte sie. »Ich bin Ihre Trauzeugin.«

»Natürlich, tut mir leid.« Aus einem Impuls heraus umarmte Maud sie. »Danke, dass Sie mitkommen.« Sie blickte Walter an. »Wie hast du Ethel gefunden?«

»Du hattest mir gesagt, sie sei zu deiner Klinik gekommen. Ich habe ihre Adresse von Dr. Greenward. Ich wusste, dass du ihr vertraust, weil du sie auf Tŷ Gwyn als Anstandsdame ausgesucht hattest.«

Ethel reichte Maud ein Blumensträußchen. »Ihr Brautstrauß.«

Es waren korallenrote Rosen – die Blume der Leidenschaft. Kannte Walter die Sprache der Blumen? »Wer hat sie ausgesucht?«

»Das war mein Vorschlag«, sagte Ethel. »Und Walter gefiel es, als ich ihm die Bedeutung erklärte.« Ethel errötete.

Maud begriff, dass Ethel wusste, wie leidenschaftlich sie waren, weil sie gesehen hatte, wie sie und Walter sich geküsst hatten. »Sie sind perfekt«, sagte Maud.

Ethel trug ein blassrosa Kleid, das neu aussah, und einen Hut, den weitere korallenrote Rosen schmückten. Walter musste dafür bezahlt haben.

Sie fuhren die Park Lane hinunter und näherten sich Chelsea. Meine Güte, ich heirate, dachte Maud. Und ohne rauschendes Fest und ermüdendes Zeremoniell. So war es auch viel besser – ohne Planung, ohne Gästeliste, ohne Speisefolge. Es gäbe keine Kirchenlieder, keine Ansprachen und keine betrunkenen Verwandten, die versuchten, sie zu küssen. Nur Braut, Bräutigam und zwei Menschen, die sie mochten und denen sie vertrauen konnten.

Maud vertrieb die Gedanken an die Zukunft, ihre Sorgen und Ängste. Europa war im Krieg, und alles konnte geschehen. Sie würde einfach den Tag genießen – und die Nacht.

Doch als sie die King's Road entlangfuhren, wurde Maud nervös. Um Mut zu fassen, ergriff sie Ethels Hand. Sie erlebte eine albtraumhafte Vision von Fitz, der ihnen in seinem Cadillac folgte und rief: »Halten Sie die Frau auf!« Maud schaute nach hinten. Natürlich war weder von Fitz noch von seinem Automobil etwas zu sehen.

Sie hielten vor der klassizistischen Fassade der Chelsea Town Hall. Robert nahm Mauds Arm und führte sie die Stufen zum Eingang hinauf. Walter folgte mit Ethel. Passanten blieben stehen und schauten ihnen nach. Ein Brautpaar war immer gern gesehen.

Im Inneren war das Gebäude auf viktorianische Art extravagant mit farbigen Bodenfliesen und Gipsreliefs an den Wänden verziert. Maud kam es passend vor, hier zu heiraten.

In der Eingangshalle mussten sie warten. Um halb vier hatte eine andere Trauung begonnen, die noch nicht zu Ende war. Zu viert standen sie in einem kleinen Kreis, doch niemandem fiel ein Gesprächsthema ein. Maud sog den Duft ihrer Rosen ein, der ihr zu Kopf stieg; sie fühlte sich ein wenig berauscht, als hätte sie ein Glas Champagner getrunken.

Ein paar Minuten später kam die andere Hochzeitsgesellschaft aus dem Trauzimmer. Die Braut trug ein Alltagskleid, der Bräutigam die Uniform eines Heeressergeanten. Vielleicht hatten auch sie sich wegen des Krieges zu einer raschen Heirat entschieden.

Maud und ihre Begleitung gingen hinein. Der Standesbeamte saß an einem schmucklosen Tisch. Er trug einen Gesellschaftsanzug und eine silbergraue Krawatte. In seinem Knopfloch steckte eine Nelke. Neben ihm saß ein Schreiber in einem Straßenanzug. Sie gaben ihre Namen als Mr. von Ulrich und Miss Maud Fitzherbert an. Maud hob den Schleier.

Der Standesbeamte fragte: »Würden Sie uns bitte einen Beleg Ihrer Identität vorlegen, Miss Fitzherbert?«

Maud wusste nicht, wovon er sprach.

Als der Beamte ihren fragenden Blick bemerkte, fügte er hinzu: »Ihre Geburtsurkunde vielleicht?«

Natürlich hatte Maud ihre Geburtsurkunde nicht dabei. Sie hatte nicht gewusst, dass sie benötigt wurde; außerdem hätte sie sich die Urkunde unmöglich beschaffen können, denn Fitz bewahrte sie zusammen mit anderen Familiendokumenten, beispielsweise seinem Testament, im Panzerschrank auf. Panik erfasste Maud bei dem Gedanken, die Hochzeit könnte platzen.

»Ich glaube, das hier genügt«, sagte Walter und zog ein frankiertes und abgestempeltes Briefkuvert aus der Tasche, das unter der Anschrift der Säuglingsklinik an Miss Maud Fitzherbert adressiert war. Walter musste diesen Brief mitgenommen haben, als er Dr. Greenward aufgesucht hatte. Wie klug er war.

Der Standesbeamte gab den Briefumschlag kommentarlos zurück und erklärte: »Es ist meine Pflicht, Sie an die ernste und bindende Natur des Gelöbnisses zu erinnern, das sie nun ablegen werden.«

Walter richtete sich kerzengerade auf. Jetzt ist es so weit, dachte Maud; jetzt gibt es kein Zurück mehr. Sie war sich ganz sicher, dass sie Walter heiraten wollte; vor allem war sie sich bewusst, dass sie das Alter von dreiundzwanzig Jahren erreicht hatte, ohne jemanden kennengelernt zu haben, den sie auch nur entfernt als Ehemann in Betracht gezogen hätte. Walter war anders als alle Männer, die Maud ihn ihrem Leben kennengelernt hatte. Sie wollte ihn oder keinen.

Der Standesbeamte sprach nun die Worte vor, die zuerst Walter wiederholen sollte. »Ich erkläre feierlich, dass ich von keinem rechtlichen Hindernis weiß, das mich, Walter von Ulrich, daran hindern könnte, Maud Elizabeth Fitzherbert zu der mir angetrauten Ehefrau zu nehmen.«

Maud beobachtete Walters Gesicht, als er sprach. Seine Stimme war fest und klar.

Als sie dann selbst sprach, betrachtete Walter sie mit feierlichem Ernst. Das mochte sie so an ihm. Die meisten Männer neigten zu Albernheiten, wenn sie mit Frauen sprachen. Walter jedoch verhielt sich ihr gegenüber genauso, als spräche er mit Robert oder Fitz. Und was noch ungewöhnlicher war: Er hörte sogar zu, wenn sie antwortete.

Als Nächstes kamen die Gelöbnisse. Walter schaute ihr dabei in die Augen, und diesmal hörte sie ein leichtes Zittern in seiner Stimme, das seine innere Bewegtheit verriet. Dann leistete Maud den gleichen Schwur: »Ich nehme die hier anwesenden Personen als Zeugen, dass ich, Maud Elizabeth Fitzherbert, dich, Walter von Ulrich, zu meinem rechtmäßig mir angetrauten Ehemann nehme.« Mauds Stimme war fest, sodass es ihr beinahe peinlich war, keine innere Regung zu zeigen, aber das wäre nicht ihr Stil gewesen. Sie zog es vor, kühl zu erscheinen, auch wenn sie es gar nicht war. Walter wusste das. Und mehr als jeder andere kannte er die Stürme der Leidenschaft, die in ihrem Inneren tobten.

»Haben Sie einen Ring?«, fragte der Standesbeamte. Maud hatte daran nicht einmal gedacht – aber Walter schon. Er zog einen schlichten goldenen Ehering aus der Westentasche, nahm Mauds Hand und steckte ihn ihr auf den Finer. Er musste die Größe geschätzt haben, doch der Ring passte fast genau, war vielleicht eine Nummer zu weit. Doch weil ihre Ehe geheim bleiben sollte, würde Maud den Ring ohnehin eine Zeit lang nicht tragen können, außer an diesem Tag.

»Hiermit erkläre ich Sie zu Mann und Frau«, sagte der Standesbeamte. »Sie dürfen die Braut jetzt küssen.«

Walter küsste sie sanft auf die Lippen. Maud legte den Arm um seine Taille und zog ihn an sich. »Ich liebe dich«, flüsterte sie.

Der Standesbeamte sagte: »Nun zur Heiratsurkunde. Vielleicht möchten Sie sich setzen, Mrs. Ulrich.«

Walter lächelte, Robert kicherte, und Ethel stieß einen leisen Freudenschrei aus. Alle setzten sich, und der Schreiber füllte die Heiratsurkunde aus. Walter gab den Beruf seines Vaters als Heeresoffizier an und Danzig als den Geburtsort. Maud nannte als ihren Vater George Fitzherbert, Landwirt von Beruf – bei Tŷ Gwyn wurde tatsächlich eine kleine Schafherde gehalten, daher war die Beschreibung nicht im eigentlichen Sinne falsch –, und als ihren Geburtsort London. Robert und Ethel unterzeichneten als Trauzeugen.

Als sie aus dem Trauzimmer durch die Eingangshalle gingen, wartete dort bereits eine weitere schöne Braut mit einem nervösen Bräutigam, um eine lebenslange Verpflichtung einzugehen. Während sie Arm in Arm die Stufen zum Wagen hinuntergingen, der am Straßenrand parkte, bewarf Ethel sie mit einer Handvoll Konfetti. Unter den Zuschauern bemerkte Maud eine junge Frau aus der Mittelschicht, ungefähr in ihrem Alter, die mit einem Paket aus einem Geschäft kam. Sie musterte Walter eingehend; dann richtete sie ihren Blick auf die Braut. Maud sah Neid in den Augen der Frau. Ja, dachte sie, ich habe ganz schön Glück gehabt.

Walter und Maud setzten sich wieder in den Fond des Automobils; Ethel fuhr diesmal auf dem Vordersitz mit. Als Robert losfuhr, nahm Walter Mauds Hand und küsste sie. Sie blickten einander in die Augen und lachten. Maud hatte Paare schon in ähnlicher Situation beobachtet und es immer für sentimental gehalten, doch jetzt erschien es ihr als das Natürlichste auf der Welt.

Wenige Minuten später trafen sie am Hotel Hyde ein. Maud ließ den Schleier herunter. Walter nahm ihren Arm, und sie gingen durch das Foyer zur Treppe. »Ich bestelle den Champagner«, sagte Robert.

Walter hatte die beste Suite genommen und mit Blumen schmücken lassen; es mussten hundert korallenrote Rosen sein. Maud kamen die Tränen, während Ethel nach Luft schnappte. Auf einem Büfett standen eine Schale Obst und eine Schachtel Pralinen. Durch die großen Fenster schien die Nachmittagssonne auf die bunt bezogenen Sessel und Sofas.

»Kommt, Leute, machen wir es uns gemütlich«, sagte Walter gut gelaunt.

Während Maud und Ethel die Suite inspizierten, kam Robert

herein, gefolgt von einem Kellner mit Champagner und Gläsern auf einem Tablett. Walter entkorkte die Flasche und schenkte ein. Als jeder ein Glas hatte, sagte Robert: »Ich möchte einen Toast ausbringen.« Er räusperte sich, und Maud erkannte belustigt, dass er zu einer Rede ansetzte.

»Mein Cousin Walter ist ein ungewöhnlicher Mann«, begann Robert. »Er wirkte immer schon älter als ich, obwohl wir gleichaltrig sind. Als wir zusammen in Wien studierten, habe ich ihn niemals betrunken gesehen. Während wir anderen in die Stadt zogen, um gewisse Etablissements zu besuchen, blieb Walter zu Hause und saß über seinen Büchern. Ich dachte damals, dass er möglicherweise zu den Männern gehört, die Frauen nichts abgewinnen können.« Robert lächelte schief. »Dabei bin ich selbst einer von dieser Sorte. Aber das ist eine andere Geschichte. Walter liebt seine Familie und seine Arbeit, und er liebt Deutschland. Aber noch nie hat er eine Frau geliebt – bis jetzt!« Robert grinste spitzbübisch. »Er hat sich verändert. Er kauft neue Krawatten. Er stellt mir Fragen darüber, wann man eine Frau küsst, ob Männer Eau de Cologne tragen und welche Farben ihm schmeicheln. Als wüsste *ich*, was Frauen mögen! Und das Allerschlimmste ist«, Robert machte eine dramatische Pause, »er spielt Ragtime.«

Alle lachten. Robert hob sein Glas. »Trinken wir auf die Frau, die solche Veränderungen hervorgebracht hat – die Braut!«

Sie tranken. Zu Mauds Erstaunen ergriff Ethel dann das Wort. »Es ist an mir, den Toast für die Braut auszubringen«, sagte sie, als hätte sie schon ihr Leben lang Reden gehalten. Wie kam ein Dienstmädchen aus Wales an ein solches Selbstvertrauen? Dann fiel Maud ein, dass Ethels Vater ein Prediger und politischer Aktivist war. Offenbar folgte die Tochter nun seinem Beispiel.

»Lady Maud ist anders als alle vornehmen Damen, denen ich je begegnet bin«, sagte Ethel. »Als ich auf Tŷ Gwyn als Küchenmädchen angefangen habe, war sie die Einzige von der ganzen Familie, die mich beachtet hat. Hier in London tuscheln die vornehmen Damen über den Verfall von Sitte und Moral, wenn junge, unverheiratete Frauen ein Kind bekommen, Lady Maud aber bietet ihnen praktische Hilfe an. Im Eastend verehrt man sie fast wie eine Heilige. Aber sie hat natürlich auch ihre Fehler.«

Was kommt jetzt, fragte sich Maud.

»Sie ist zu kühl, um auf einen normalen Mann anziehend zu wirken«, fuhr Ethel fort. »Sie hat sämtliche heiratsfähigen Männer Londons mit ihrer Schönheit und ihrem Charme in Bann geschlagen, um sie dann durch ihren nüchternen Verstand und ihren politischen Realitätssinn wieder zu verscheuchen. Mir ist schon vor längerer Zeit klar geworden, dass nur ein ganz besonderer Mann sie gewinnen könnte. Er müsste klug sein, aber vorurteilslos. Stark, aber nicht beherrschend. Ein Mann mit moralischen Grundsätzen, aber kein Moralapostel.« Ethel lächelte. »Ich dachte immer, einen solchen Mann gibt es nicht. Aber dann, im Januar, kam er im Bahnhofstaxi von Aberowen den Hügel hinauf nach Tŷ Gwyn.« Sie hob das Glas. »Auf den Bräutigam!«

Sie tranken wieder, und Ethel nahm Robert beim Arm. »Jetzt können Sie mich zum Essen ins Ritz ausführen, Robert«, sagte sie.

Walter schien überrascht zu sein. »Ich dachte, wir speisen hier alle zusammen.«

Ethel blickte ihn schelmisch an. »Seien Sie nicht blöd, Mensch«, sagte sie und ging zur Tür, wobei sie Robert mit sich zog.

»Gute Nacht«, sagte Robert, obwohl es erst sechs Uhr war. Sie gingen hinaus und schlossen die Tür.

Maud lachte. Walter sagte: »Diese Haushälterin ist wirklich sehr klug.«

»Ja, Ethel versteht mich«, sagte Maud. Sie ging zur Tür und drehte den Schlüssel um. »So«, sagte sie. »Auf ins Schlafzimmer.«

»Möchtest du dich allein ausziehen?«, fragte Walter, der plötzlich unruhig wirkte.

»Nicht unbedingt«, sagte Maud. »Du kannst mir dabei ja zuschauen.«

Er schluckte. Als er dann antwortete, klang seine Stimme heiser. »Gern«, sagte er und hielt die Schlafzimmertür auf. »Sehr gern.«

Trotz ihrer zur Schau gestellten Kühnheit war Maud schrecklich nervös, als sie sich auf die Bettkante setzte und die Schuhe abstreifte. Seit sie acht Jahre alt gewesen war, hatte niemand sie mehr unbekleidet gesehen. Im Vergleich zu den Frauen auf den Aktbildern im Museum hatte sie kleine Brüste und breite Hüften. Und zwischen ihren Beinen wuchs Haar, das die Gemälde nie zeigten. Würde Walter ihren Körper für hässlich halten?

Maud zog die Strümpfe herunter und nahm den Hut ab. Sie trug jetzt nur noch Kleid, Bluse und Unterwäsche. Nun kam der große Schritt. Maud erhob sich.

Walter, der bereits Jacke und Weste abgelegt hatte und an seiner Krawatte herumfummelte, hielt inne.

Rasch öffnete Maud ihr Kleid und ließ es zu Boden gleiten. Dann ließ sie den Unterrock fallen und zog sich die Spitzenbluse über den Kopf. In Unterwäsche stand sie vor ihm und beobachtete sein Gesicht.

»Du bist wunderschön«, flüsterte er.

Maud lächelte. Er sagte immer das Richtige.

Walter nahm sie in die Arme und küsste sie. Allmählich legte sie ihre Nervosität ab, war beinahe entspannt und genoss die Berührung seines Mundes auf dem ihren, seine weichen Lippen und seinen borstigen Schnurrbart. Sie streichelte seine Wange, zwickte ihm ins Ohrläppchen und fuhr mit der Hand an seinem Hals entlang, spürte alles mit erhöhter Wahrnehmung und dachte: Das gehört jetzt alles mir.

»Legen wir uns hin«, sagte Walter heiser.

»Nein, noch nicht.« Maud trat von ihm zurück. »Warte.« Sie nahm ihre Chemise ab und offenbarte, dass sie einen neumodischen Büstenhalter trug. Sie griff nach hinten, löste den Verschluss und warf den Büstenhalter zu Boden. Dann blickte sie Walter mit einem trotzigen Ausdruck an, als wollte sie sagen: Wehe, dir gefallen meine Brüste nicht!

»Sie sind wunderschön«, raunte Walter. »Darf ich sie küssen?«

»Du darfst alles, was du willst«, sagte sie und fühlte sich herrlich verdorben.

Er beugte den Kopf und küsste erst eine, dann die andere Brust. Mit den Lippen fuhr er dabei zärtlich über die Brustwarzen, die sich unversehens aufrichteten, als wäre kalte Luft ins Zimmer geweht. Maud hatte das plötzliche Verlangen, das Gleiche bei ihm zu tun, und fragte sich, ob er es als merkwürdig betrachten würde.

Walter hätte ihre Brüste ewig küssen können, doch sie schob ihn sanft weg. »Zieh alles aus«, sagte sie. »Beeil dich.«

Er streifte Schuhe, Strümpfe, Krawatte, Hemd, Unterhemd und Hose ab; dann zögerte er. »Ich bin auf einmal schüchtern«, sagte er grinsend. »Warum bloß?«

»Ich tue es zuerst«, sagte Maud. Sie löste die Schnur ihres Schlüpfers und zog ihn herunter. Als sie wieder aufblickte, war auch Walter nackt, und sie sah mit wohligem Erschrecken, dass sein Glied aus dem Schopf hellen Haares an seinen Lenden ragte. Sie erinnerte sich, wie sie es in der Oper durch seine Kleidung befühlt hatte; jetzt wollte sie es erneut berühren.

Walter fragte: »Sollen wir jetzt ins Bett gehen?«

Es klang so steif und förmlich, dass Maud kichern musste. Ein verletzter Ausdruck erschien auf seinem Gesicht, und sofort tat es ihr leid. »Ich liebe dich«, sagte sie, und seine Miene hellte sich auf. »Ja, lass uns ins Bett gehen.«

Zuerst lagen sie Seite an Seite, küssten sich und streichelten einander. Nach einiger Zeit fragte er: »Jetzt?«

Maud nickte und spreizte die Beine. Er legte sich auf sie und stützte sein Gewicht auf die Ellbogen. Sie war ganz starr vor angespannter Erwartung. Walter verlagerte sein Gewicht auf den linken Arm und griff zwischen ihre Beine. Maud spürte, wie seine Finger ihre feuchten Lippen öffneten; dann drängte etwas Großes, Hartes dagegen. Er drückte, und Maud schrie auf, als sie einen stechenden Schmerz verspürte.

»Tut mir leid«, sagte er. »Jetzt habe ich dir wehgetan. Aber irgendwie muss er ja rein …«

»Was stimmt denn nicht?«, fragte sie kläglich. »Ich dachte, das geht von allein.«

»Das dachte ich auch«, sagte er. »Aber ich habe keine Erfahrung.«

»Ich erst recht nicht.« Sie legte die Finger um sein Glied. Es gefiel ihr, wie es sich anfühlte, steif, aber seidig. Sie versuchte es in sich hineinzumanövrieren und hob die Hüften, um es leichter zu machen, doch im nächsten Moment zog er sich zurück und sagte: »Au! Entschuldige. Das hat jetzt mir wehgetan.«

»Glaubst du, du bist größer als andere?«, fragte sie zögernd.

»Nein. Beim Militär habe ich viele Männer nackt gesehen. Ich bin da unten Durchschnitt.«

Maud nickte. Das einzige andere Glied, das sie je gesehen hatte, war das von Fitz gewesen, und soweit sie sich erinnern konnte, war es in etwa so groß wie Walters. »Vielleicht bin ich zu eng«, sagte sie.

Er schüttelte den Kopf. »Mit sechzehn war ich mal auf der Burg von Roberts Familie in Ungarn zu Besuch. Da gab es ein Dienstmädchen, Greta. Sie war sehr … aufgeschlossen. Wir hatten keinen Geschlechtsverkehr, aber wir haben verschiedene Dinge ausprobiert. Ich habe sie so berührt, wie ich dich in der Bibliothek von Sussex House berührt habe … Du bist doch jetzt nicht wütend, weil ich dir davon erzähle?«

Sie küsste sein Kinn. »Überhaupt nicht.«

»Bei Greta war alles genau wie bei dir.«

»Was stimmt dann nicht?«

Er seufzte, schob sich von ihr herunter, zog sie an sich und küsste sie auf die Stirn. »Ich habe gehört, dass frisch verheiratete Paare manchmal Schwierigkeiten haben, weil sie nervös oder ängstlich sind. Wir müssen geduldig sein, einander lieben und sehen, was dann geschieht.«

»Aber wir haben nur eine Nacht!« Maud brach in Tränen aus.

Walter streichelte sie und sagte: »Schon gut, ist ja gut«, aber es nutzte nichts. Sie kam sich wie eine Versagerin auf ganzer Linie vor. Da hatte sie sich für so klug gehalten, weil sie ihrem Bruder entwischt war und Walter heimlich geheiratet hatte, und jetzt hatte sich alles zur Katastrophe gewendet. Sie war enttäuscht um ihretwillen; vor allem aber tat Walter ihr leid. Wie schlimm für ihn, achtundzwanzig Jahre lang zu warten, um dann eine Frau zu heiraten, die ihn nicht befriedigen konnte.

Wenn sie nur jemanden gehabt hätte, mit dem sie darüber reden könnte, am besten eine andere Frau … aber wen? Der Gedanke, Tante Herm um Rat anzugehen, war absurd. Manche Frauen weihten ihr Dienstmädchen in ihre Geheimnisse ein, doch Maud hatte nie eine so enge Beziehung zu Sanderson gehabt. Ethel Williams wäre die Richtige gewesen, aber sie war mit Robert davongegangen.

Walter setzte sich auf. »Lass uns das Abendessen und eine Flasche Wein bestellen«, sagte er. »Wir setzen uns als Mann und Frau an den Tisch und reden über dies und das. Später versuchen wir es dann noch mal.«

Maud hatte keinen Appetit und konnte sich nicht vorstellen, »über dies und das« zu sprechen, aber sie willigte ein, weil sie keine bessere Idee hatte. Niedergeschlagen kleidete sie sich wieder an. Auch Walter machte sich präsentabel, ging ins Nebenzimmer und klingelte nach einem Kellner. Maud hörte, wie er kalten Braten, Räucherfisch, Salat und eine Flasche Weißwein bestellte.

Sie setzte sich an ein offenes Fenster und blickte auf die Straße unten. Auf einer Zeitungstafel stand: BRITISCHES ULTIMATUM

AN DEUTSCHLAND. O Gott, vielleicht fiel Walter in diesem Krieg. Sie wollte nicht, dass er starb, ohne mit einer Frau geschlafen zu haben.

Walter rief sie, als das Essen gebracht worden war, und sie ging zu ihm ins Nebenzimmer. Der Kellner hatte eine weiße Tischdecke ausgebreitet und Teller mit Räucherlachs, aufgeschnittenem Kochschinken, grünem Salat, Tomaten, Gurken und Weißbrotscheiben darauf abgestellt. Maud war nicht hungrig, doch Walter zu Gefallen trank sie von dem Wein, den er ihr einschenkte, und aß einen Bissen Lachs.

Am Ende sprachen sie doch über dies und das. Walter erzählte von seiner Kindheit, von seiner Mutter und seiner Zeit in Eton. Maud erzählte von Hausgesellschaften auf Tŷ Gwyn, als ihr Vater noch gelebt hatte. Die mächtigsten Männer des Landes waren zu Gast gewesen, und ihre Mutter hatte bei der Zuweisung der Schlafräume beachten müssen, dass die Herren in der Nähe ihrer Mätressen nächtigen konnten.

Zuerst, stellte Maud fest, hatten sie und Walter Konversation betrieben, als wären sie zwei Leute, die sich kaum kannten. Aber schon bald stellte sich ihre gewohnte Vertraulichkeit ein, und sie sagte nur noch, was ihr in den Sinn kam. Der Kellner räumte das Abendessen ab, und sie gingen auf die Couch, wo sie weiterredeten und einander bei den Händen hielten. Sie spekulierten über das Sexualleben anderer Leute: ihrer Eltern, Fitz', Roberts, Ethels, sogar das der Herzogin. Maud hörte gebannt zu, als Walter von Männern wie Robert erzählte: wo sie sich trafen, wie sie einander erkannten, was sie taten. Sie küssten sich ganz so, wie andere Männer Frauen küssten, sagte Walter; außerdem taten sie das, was sie bei ihm in der Oper getan hatte, und noch mehr … Er behauptete, die Einzelheiten nicht zu wissen, doch Maud glaubte eher, dass er zu verlegen war, um davon zu sprechen.

Sie war erstaunt, als die Uhr auf dem Kaminsims Mitternacht schlug. »Lass uns zu Bett gehen«, sagte sie. »Ich möchte in deinen Armen liegen, selbst wenn es mit einigen Dingen nicht so läuft, wie es sein sollte.«

»Einverstanden.« Walter erhob sich. »Bist du mir böse, wenn ich vorher noch etwas erledige? Im Foyer steht ein Fernsprecher, den die Gäste benutzen dürfen. Ich würde gerne die Botschaft anrufen.«

»Geh nur.«

Er ließ sie allein. Maud ging zum Bad, kehrte in die Suite zurück, zog sich aus und legte sich nackt aufs Bett. Beinahe war es ihr egal, was nun geschah. Sie und Walter liebten einander und waren zusammen, und wenn das alles sein sollte, dann genügte es ihr.

Ein paar Minuten später kam Walter zurück. Sein Gesicht war düster, und sie wusste sofort, dass er schlechte Neuigkeiten hatte. »England hat Deutschland den Krieg erklärt«, sagte er. »Die Botschaft hat die Note vor einer Stunde erhalten. Der junge Nicolson hat sie aus dem Außenministerium mitgebracht und Fürst Lichnowsky aus dem Bett geholt.«

Sie beide hatten gewusst, dass es so weit kommen würde; dennoch traf es Maud wie ein Schlag. Sie sah, dass es Walter nicht anders erging.

Ohne nachzudenken, legte er seine Kleidung ab, als würde er sich schon seit Jahren ganz selbstverständlich vor ihr ausziehen. »Morgen reisen wir ab«, sagte er und zog die Unterhose herunter. Maud sah erstaunt, wie klein und verschrumpelt sein Glied im Normalzustand war. »Ich muss um zehn Uhr mitsamt Gepäck am Bahnhof Liverpool Street sein.«

Er schaltete das elektrische Licht aus und kam zu ihr ins Bett. Dann lagen sie Seite an Seite, ohne den anderen zu berühren, und einen schrecklichen Augenblick lang glaubte Maud, er würde einschlafen. Dann aber drehte er sich zu ihr um, nahm sie in die Arme und küsste sie auf den Mund. Wenngleich düstere Wolken über Europa aufzogen und obwohl die Angst sie beinahe lähmte, überkam Maud ein heftiges, unwiderstehliches Verlangen nach ihrem Mann. Es schien sogar, als machten ihre Sorgen und Ängste ihre Liebe zu Walter noch drängender, verzweifelter. Sie spürte, wie sein Glied anschwoll und an ihrem weichen Bauch hart wurde. Dann legte er sich auf sie, stützte sich wie zuvor auf den linken Arm und berührte sie mit der Rechten. Und wie vorhin schon tat es auch diesmal weh, aber nur einen Augenblick; dann verlor sie ihre Jungfräulichkeit, und endlich war er ganz in ihr, und sie umfingen einander in der ältesten Umarmung der Welt.

»Oh, Gott sei Dank … Gott sei Dank«, stöhnte sie. Dann wich die Erleichterung der Wonne, und sie bewegte sich im Rhythmus der Ekstase mit ihm.

Endlich waren sie in Liebe vereint.

Zweiter Teil

Der Krieg der Titanen

Ich bestimme hiermit: Das Deutsche Heer
[...]che Marine sind nach Maßgabe des Mobilm[...]
für das Deutsche Heer und die Kaiserliche Marine kriegs-
bereit aufzustellen.

Der 2. August 1914 wird als erster Mobilmachungstag
festgesetzt. Berlin, den 1. August 1914

Wilhelm
I.R.

KAPITEL 12

Anfang bis Ende August 1914

Katherina war verzweifelt. Als überall in Sankt Petersburg die Mobilmachungsplakate auftauchten, saß sie in Grigoris Zimmer, weinte, fuhr sich mit den Fingern durch das lange blonde Haar und schluchzte: »Was soll ich nur tun? Was soll ich nur tun?«

Grigori hätte sie am liebsten in die Arme genommen, ihre Tränen weggeküsst und ihr versprochen, nie von ihrer Seite zu weichen. Aber solch ein Versprechen konnte er nicht geben. Außerdem liebte Katherina seinen Bruder.

Grigori hatte seinen Militärdienst abgeleistet, war nun Reservist und theoretisch bereit für den Kriegseinsatz. Tatsächlich aber hatte ein Großteil seiner Ausbildung aus Marschieren und Straßenbau bestanden. Trotzdem rechnete er damit, zu den Ersten zu gehören, die einberufen wurden. Das machte ihn wütend. Der Krieg war dumm und sinnlos – wie alles, was Zar Nikolaus tat. In Bosnien war irgendein Adliger ermordet worden, und einen Monat später lagen Russland und Deutschland im Krieg miteinander! Tausende Arbeiter und Bauern würden auf beiden Seiten getötet werden, ohne dass irgendetwas dabei herauskam. Für Grigori ein weiterer Beweis, dass der russische Adel zu dumm war zum Herrschen.

Selbst wenn er überlebte, würde der Krieg seine Pläne zunichtemachen. Grigori sparte für eine weitere Überfahrt nach Amerika. Bei seinem Lohn in den Putilow-Werken würde es zwei bis drei Jahre dauern, bis er sich das Ticket leisten konnte; würde er die Überfahrt vom Armeesold bezahlen müssen, könnte er ewig warten.

Wie viele Jahre würde er die Ungerechtigkeit und Brutalität des zaristischen Regimes noch ertragen müssen?

Noch mehr Sorgen machte Grigori sich um Katherina. Was sollte aus ihr werden, wenn er in den Krieg ziehen musste? Sie teilte sich mit drei Mädchen ein Zimmer, das sie von dem kargen Lohn bezahlte, den sie in den Putilow-Werken dafür bekam, dass sie Gewehrmunition in Pappkartons packte. Aber wenn ihr Kind erst geboren war, konnte Katherina eine Zeit lang nicht mehr arbeiten. Wie sollte sie ohne Grigori für sich selbst und das Kind sorgen? Sie würde verzweifelt sein – und Grigori wusste, was viele Mädchen vom Lande in Sankt Petersburg taten, wenn sie verzweifelt waren. Möge Gott verhüten, dass sie ihren Körper auf der Straße verkaufen musste.

Einen Hoffnungsschimmer gab es: Grigori würde nicht gleich am ersten Tag eingezogen, nicht einmal in der ersten Woche. Den Zeitungen zufolge waren in den letzten Julitagen zweieinhalb Millionen Reservisten einberufen worden – aber das waren eben nur Zeitungsberichte. Es war unmöglich, so viele Männer in so wenigen Tagen zusammenzuziehen, einzukleiden und mit Zügen an die Front zu verfrachten. Das war nicht einmal in einem Monat zu schaffen. Deshalb wurden die Soldaten schubweise einberufen, einige früher, andere später.

Die ersten heißen Augusttage verstrichen, und Grigori glaubte schon, man hätte ihn vergessen. Es war ein verführerischer Gedanke und durchaus nicht abwegig: Selbst für russische Verhältnisse – was Ordnung und Verwaltung anging, war das Zarenreich ein Chaos – war die Armee in einem desolaten Zustand. Vermutlich würde man Tausende von Männern, die eigentlich hätten eingezogen werden müssen, schlichtweg übersehen.

Katherina hatte sich angewöhnt, morgens früh in Grigoris Zimmer zu kommen, wenn er Frühstück machte. Das war der Höhepunkt des Tages. Grigori war dann bereits gewaschen und angezogen, während Katherina – verschlafen, gähnend und mit verführerisch zerzaustem Haar – noch immer das Hemd trug, in dem sie geschlafen hatte. Das Hemd wurde ihr allmählich zu klein, da sie immer mehr an Gewicht zulegte. Grigori schätzte, dass sie inzwischen im vierten Monat schwanger war. Ihre Brüste und die Hüften waren größer geworden, und ihr Bauch hatte sich leicht, aber erkennbar gewölbt. Ihre üppigen Formen waren einfach wunderbar. Es kostete Grigori Mühe, sie nicht immerzu anzustarren.

Eines Tages kam Katherina ins Zimmer, als Grigori gerade zwei Hühnereier in eine Pfanne auf dem Herd schlug. Er gab sich nicht mehr mit Haferbrei zum Frühstück zufrieden; das ungeborene Kind seines Bruders brauchte gutes Essen, um stark und gesund zu werden, und meistens hatte Grigori irgendetwas Kräftiges, Nahrhaftes besorgt, das er mit Katherina teilen konnte: Schinken, Heringe oder ihre Lieblingswurst.

Katherina war immer hungrig. Sie saß am Tisch, schnitt sich eine dicke Scheibe Schwarzbrot ab und schlang es hinunter. Mit vollem Mund fragte sie: »Wenn ein Soldat fällt, wer bekommt dann seinen ausstehenden Sold?«

»In meinem Fall bekommt Lew das Geld«, antwortete Grigori, der Name und Adresse seines nächsten Verwandten angegeben hatte.

»Ob er schon in Amerika ist?«

»Bestimmt. Die Fahrt dauert doch keine acht Wochen.«

»Ich hoffe, er hat eine Arbeit gefunden.«

»Mach dir keine Sorgen, er kommt schon zurecht. Lew ist immer und überall beliebt.« Grigori verspürte einen Anflug von Wut auf seinen Bruder. Lew müsste jetzt eigentlich hier stehen! Lew müsste sich um Katherina und ihr ungeborenes Kind kümmern! Lew müsste sich wegen der Einberufung den Kopf zerbrechen! Stattdessen begann für ihn das neue Leben, auf das Grigori so lange gespart hatte. Und statt sich um den Mann zu sorgen, der bei ihr geblieben war, trauerte Katherina Lew hinterher, obwohl er sie im Stich gelassen hatte.

»Ja, Lew geht es bestimmt gut in Amerika«, sagte Katherina. »Trotzdem würde ich mir einen Brief von ihm wünschen.«

Grigori schabte Käse über die Eier und gab Salz hinzu. Traurig fragte er sich, ob sie je etwas aus Amerika hören würden. Lew war nie sonderlich sentimental gewesen; vielleicht hatte er beschlossen, seine Vergangenheit abzustreifen wie eine Schlange die alte Haut. Aber aus Rücksicht auf Katherina sprach Grigori diesen Gedanken nicht aus, denn sie hoffte immer noch, dass Lew sie zu sich holte.

»Ob du wohl in den Krieg musst?«, fragte sie. »Was glaubst du?«

»Nicht, wenn ich es verhindern kann. Wofür sollen wir denn kämpfen?«

»Na, für Serbien.«

Grigori verteilte die Eier mit einem Löffel auf zwei Teller und setzte sich an den Tisch. »Warum denn? Den Serben kann es egal sein, ob sie vom österreichischen Kaiser oder vom Zaren tyrannisiert werden.« Er machte sich über das Frühstück her. »Ich würde für dich kämpfen, für Lew, für mich selbst oder für dein Kind, aber für den Zaren? Nein.«

Katherina aß die Eier und wischte den Teller mit einer frischen Scheibe Brot sauber. »Sag mal, welche Jungennamen gefallen dir?«

»Mein Vater hieß Sergej, und mein Großvater Tichon.«

»Mir gefällt Michail«, sagte Katherina. »Wie der Erzengel.«

»Ja, der Erzengel. An den denken die meisten Leute. Deshalb ist der Name so beliebt.«

»Vielleicht sollte ich ihn Lew nennen … oder Grigori.«

Es würde Grigori sehr gefallen, wenn sein Neffe nach ihm benannt wurde; aber er wollte Katherina nicht bedrängen. »Lew ist ein schöner Name«, sagte er.

Die Fabriksirene heulte – ein hässliches Geräusch, das im gesamten Narwa-Distrikt zu hören war. Grigori stand auf, denn er musste um sechs Uhr an seinem Arbeitsplatz sein.

»Ich spüle die Teller«, sagte Katherina, deren Arbeit erst um sieben begann. Grigori küsste sie auf die Wange. Es war ein flüchtiger Kuss; dennoch genoss er die Weichheit ihrer Haut und ihren warmen, schwindelerregenden Duft. Dann setzte er die Kappe auf und ging. Trotz der frühen Stunde war die Sommerluft feucht und drückend. Schon nach wenigen strammen Schritten brach Grigori der Schweiß aus.

In den beiden Monaten seit Lews Abreise hatten Grigori und Katherina eine seltsame Art der Freundschaft und der gegenseitigen Nähe entwickelt: Sie verließ sich auf ihn, und er kümmerte sich um sie, obwohl beide etwas anderes wollten. Grigori wollte Liebe, keine Freundschaft. Und Katherina wollte Lew, nicht Grigori. Dennoch erfüllte es Grigori, sich um Katherina zu kümmern, die sonst niemanden hatte. Eine enge oder gar langfristige Beziehung war das natürlich nicht, aber derzeit konnte ohnehin niemand langfristig denken. In Grigoris Leben war nur eines unveränderlich: sein Wunsch, aus Russland zu fliehen und einen Weg in das Gelobte Land zu finden, nach Amerika.

Am Fabriktor hingen neue Mobilmachungsplakate, vor denen sich Gruppen von Männern versammelt hatten. Wer lesen konnte, las den anderen laut vor. Grigori stellte sich neben Isaak, den Kapitän der Werksfußballmannschaft, mit dem er gemeinsam in der Armee gedient hatte. Wie jedes Mal suchte Grigori auch an diesem Morgen ihre Einheit auf den Listen.

Und heute fand er sie.

Klar und deutlich stand dort: Narwa-Regiment.

Er überflog die Liste der Einberufenen und entdeckte seinen Namen.

Grigori sah ein, dass er sich die ganze Zeit etwas vorgemacht hatte. Wie hatte er glauben können, es bliebe ihm erspart, in den Krieg ziehen zu müssen? Er war fünfundzwanzig Jahre alt, gesund und stark, wie geschaffen für einen Soldaten. Natürlich würde er kämpfen.

Aber was würde mit Katherina geschehen? Und mit ihrem Kind?

Isaak fluchte laut. Sein Name stand ebenfalls auf der Liste.

Eine Stimme hinter ihnen sagte: »Kein Grund zur Sorge.«

Sie drehten sich um und erblickten die lange, dünne Gestalt von Kanin, dem Fertigungsleiter.

»Kein Grund zur Sorge? Was soll das heißen?«, erwiderte Grigori. »Katherina bekommt ein Kind von meinem Bruder. Wenn ich weg bin, gibt es keinen mehr, der sich um sie kümmert!«

»Ich war bei dem Mann, der in diesem Distrikt für die Mobilmachung verantwortlich ist«, sagte Kanin. »Er hat mir versprochen, für meine Arbeiter Ausnahmen zu machen. Nur die Unruhestifter müssen zur Armee.«

Hoffnung keimte in Grigori auf. Das klang zu schön, um wahr zu sein.

»Und was müssen wir dafür tun?«, wollte Isaak wissen.

»Ihr geht einfach nicht in die Kaserne, dann passiert gar nichts. Es ist alles geregelt.«

»Was soll das heißen – geregelt?«, fragte Isaak, den Kanins Antwort nicht zufriedenstellte.

»Die Armee übergibt der Polizei eine Liste mit den Namen von Männern, die sich nicht gemeldet haben. Dann werden diese Männer von der Polizei eingesammelt. Eure Namen werden nicht auf dieser Liste stehen, und das war's.«

Grigori konnte sich denken, wie die Sache gelaufen war: Kanin hatte entweder einen Beamten bestochen oder sich auf andere Weise gefällig gezeigt. »Das ist großartig«, sagte Grigori. »Danke.«

»Dankt mir nicht«, erwiderte Kanin. »Ich habe es für mich getan – und für Mütterchen Russland. Wir brauchen tüchtige Männer wie euch, um Züge zu bauen. Man darf euch nicht als Kugelfänger benutzen. Dafür reichen dumme Bauern. Die Regierung wird das irgendwann einsehen, und dann werden sie mir dankbar sein.«

Grigori und Isaak gingen durchs Tor. »Wir sollten Kanin vertrauen«, sagte Grigori. »Was haben wir schon zu verlieren?« Sie stellten sich an, um ein nummeriertes Metallplättchen in eine Kiste zu werfen und sich auf diese Weise für die Schicht anzumelden. »Hauptsache, wir müssen nicht den Kopf hinhalten.«

Isaak war nicht so recht überzeugt. »Ich wünschte, ich könnte mir sicher sein.«

Sie gingen zur Radfertigung. Grigori schob seine Sorgen beiseite und bereitete sich auf die Arbeit vor. Die Putilow-Werke produzierten mehr Züge denn je, denn die Armee musste damit rechnen, Lokomotiven und Waggons durch feindlichen Beschuss zu verlieren, sodass ständig Ersatz benötigt würde. Entsprechend groß war der Druck auf Grigori und seine Kollegen, mehr Räder zu produzieren.

Als Grigori die Fertigungshalle betrat, krempelte er die Ärmel hoch. Es war eine kleine Halle, und dank des Stahlofens war es hier auch im Winter warm; im Sommer jedoch war die Hitze schier unerträglich. Metall kreischte und klirrte, als es auf den Drehbänken geformt und poliert wurde.

Grigori sah Konstantin an der Drehmaschine stehen und stutzte. Irgendetwas stimmte da nicht. Konstantins Körperhaltung war angespannt, und sein Gesichtsausdruck war eine einzige Warnung. Isaak sah es ebenfalls. Er packte Grigori am Arm und sagte: »Was hat das zu bedeu…«

Er kam nicht dazu, den Satz zu beenden.

Eine Gestalt in schwarz-grüner Uniform sprang hinter dem Stahlofen hervor und schlug mit einem Holzhammer nach Grigori. Es war Grigoris eigenes Werkzeug, mit dem er Muster in den Formsand klopfte.

Grigori versuchte, dem Hieb auszuweichen, reagierte aber zu langsam. Obwohl er sich duckte, traf ihn der Hammerkopf an der Wange und schleuderte ihn zu Boden. Ein furchtbarer Schmerz schoss durch seinen Kopf. Er schrie laut auf. Es dauerte Sekunden, bis er wieder sehen konnte. Mühsam hob er den Blick und sah die stämmige Gestalt von Michail Pinsky, dem Reviervorsteher. Aus dem Augenwinkel sah er, wie Isaak von Pinskys Gehilfen, Ilja Koslow, und zwei anderen Polizisten überwältigt wurde.

Grigori stöhnte auf. Er hätte damit rechnen müssen. Nach der Auseinandersetzung im Februar war er viel zu billig davongekommen. Polizisten vergaßen so etwas nie.

Grigori blieb am Boden liegen. Er würde keinen Widerstand leisten, wenn es sich vermeiden ließ. Sollte Pinsky seine Rache haben. Vielleicht gab er dann Ruhe.

Doch schon eine Sekunde später war der gute Vorsatz vergessen.

Pinsky hob den Vorschlaghammer und schlug erneut zu. Grigori warf sich nach rechts, doch Pinsky passte seinen Schlag an, und das schwere Eichenholzwerkzeug traf Grigori an der linken Schulter. Er brüllte vor Schmerz und Wut. Während Pinsky versuchte, das Gleichgewicht wiederzuerlangen, sprang Grigori auf. Sein linker Arm war taub und schlaff, doch der rechte Arm gehorchte ihm noch. Grigori ballte die Faust, um sie Pinsky ins Gesicht zu schmettern.

Er führte den Schlag nie aus. Zwei Gestalten in schwarz-grünen Uniformen, die er bis jetzt nicht bemerkt hatte, erschienen wie Schatten neben ihm, packten seine Arme und hielten ihn fest. Vergebens versuchte Grigori, die Angreifer abzuschütteln. Durch einen Nebel aus Wut und Schmerz sah er, wie Pinsky erneut den Hammer hob und zuschlug. Der Schlag traf Grigori an der Brust. Er spürte, wie mehrere Rippen brachen. Der nächste Schlag war tiefer angesetzt und traf die Magengrube. Grigori verkrampfte sich und erbrach würgend sein Frühstück. Dann traf ein weiterer Schlag seinen Kopf, und für Sekunden wurde ihm schwarz vor Augen. Als er wieder sehen konnte, hing er schlaff im Griff der beiden Polizisten. Auch Isaak wurde von zwei Mann festgehalten.

»Hast du dich endlich beruhigt?«, fragte Pinsky.

Grigori spuckte Blut. Sein Körper war ein einziger Schmerz, und er konnte keinen klaren Gedanken fassen. Was war hier los? Pinsky hasste ihn, aber das allein konnte nicht der Grund für den brutalen Angriff sein. Hinzu kam, dass es für Pinsky nicht ganz ungefährlich war, in der Fabrik auf Grigori und Isaak loszugehen, inmitten von Arbeitern, die man nicht gerade als Freunde der Polizei bezeichnen konnte. Aus irgendeinem Grund musste Pinsky sich seiner Sache ziemlich sicher sein.

Pinsky packte den Vorschlaghammer und schien zu überlegen, ob er noch einmal zuzuschlagen sollte. Grigori verkrampfte sich in Erwartung der Schmerzen. Er hatte alle Mühe, nicht um Gnade zu winseln.

Dann, unvermittelt, fragte Pinsky: »Wie heißt du?«

Grigori versuchte zu sprechen, brachte aber nichts hervor außer einem Schwall Blut. Schließlich nuschelte er mühsam: »Grigori Sergejewitsch Peschkow.«

Pinsky schlug ihm in den Magen. Grigori stöhnte und würgte bittere Galle hervor. »Lügner!«, brüllte Pinsky. »Wie heißt du?« Wieder hob er den schweren Hammer.

Konstantin trat von der Drehmaschine weg und eilte zu Pinsky. »Herr Reviervorsteher, dieser Mann ist wirklich Grigori Sergejewitsch Peschkow!«, protestierte er. »Wir alle kennen ihn seit Jahren!«

»Lüg mich nicht an!«, zischte Pinsky und drohte mit dem Hammer. »Sonst bekommst du auch eine Kostprobe hiervon.«

Nun mischte sich Konstantins Mutter ein, Warja. »Das ist nicht gelogen, Michail Michailowitsch«, sagte sie. Dass sie seinen Vatersnamen kannte, verriet, dass Pinsky ihr nicht unbekannt war. »Dieser Mann ist der, der er behauptet zu sein.« Herausfordernd verschränkte sie die Arme vor ihrer üppigen Brust.

»Dann erklärt mir das hier«, sagte Pinsky und zog ein Stück Papier aus der Tasche. »Grigori Sergejewitsch Peschkow hat Sankt Petersburg vor zwei Monaten an Bord der *Erzengel Gabriel* verlassen.«

Kanin, der Fertigungsleiter, kam in die Halle. »Was ist los?«, rief er. »Warum wird hier nicht gearbeitet?«

Pinsky deutete auf Grigori. »Dieser Mann ist Lew Sergejewitsch Peschkow, Grigoris Bruder. Er wird wegen Polizistenmords gesucht.«

Alle schrien gleichzeitig los. Kanin hob die Hand, um Ruhe zu gebieten; dann sagte er: »Herr Reviervorsteher, ich kenne Grigori und Lew. Ich habe die beiden jahrelang fast jeden Tag gesehen. Sie sehen einander sehr ähnlich, aber ich kann Ihnen versichern, dass dieser Mann Grigori ist. Außerdem halten Sie die Arbeit in dieser Abteilung auf.«

»Wenn der hier Grigori ist«, erwiderte Pinsky im Tonfall eines Mannes, der noch ein Ass im Ärmel hat, »wer ist dann mit der *Erzengel Gabriel* gefahren?«

Kaum hatte er die Frage gestellt, wurde die Antwort offensichtlich. Es dauerte nicht lange, da dämmerte es auch Pinsky, und er stand dumm da.

Grigori sagte: »Man hat mir den Pass und den Fahrschein gestohlen.«

Pinsky lief rot an. »Und warum hast du das nicht bei der Polizei angezeigt?«

»Was hätte das genutzt? Lew hatte das Land bereits verlassen. Die Polizei hätte weder ihn noch mein Eigentum zurückbringen können.«

»Das macht dich zu einem Komplizen bei seiner Flucht.«

Wieder mischte Kanin sich ein. »Reviervorsteher Pinsky, Sie halten die Arbeit auf! Wenn es hier um Mord ginge, wäre das ein Grund, die Produktion zu unterbrechen, aber Sie selbst haben Ihren Irrtum zugegeben. Jetzt werfen Sie Peschkow nur noch vor, den Diebstahl einiger Dokumente nicht gemeldet zu haben. Ich muss Sie darauf hinweisen, dass unser Land sich im Krieg befindet, und Sie behindern den Bau von Lokomotiven, die von der russischen Armee dringend gebraucht werden. Wenn Sie Ihren Namen nicht in unserem nächsten Bericht an das Oberkommando sehen wollen, schlage ich vor, dass Sie hier so schnell wie möglich fertig werden.«

Pinsky starrte Grigori an. »In welcher Einheit bist du Reservist?«

Ohne nachzudenken, antwortete Grigori: »Im Narwa-Regiment.«

»Ha!«, rief Pinsky. »Die werden heute einberufen.« Er schaute zu Isaak. »Und du gehörst auch dazu, möchte ich wetten.«

Isaak schwieg.

»Lasst sie los«, befahl Pinsky seinen Männern.

Grigori schwankte, als die Polizisten ihn so plötzlich losließen, hielt sich aber auf den Beinen.

»Macht, dass ihr pünktlich in eure Kasernen kommt«, rief Pinsky, »sonst komme ich euch holen!« Er machte auf dem Absatz kehrt und ging mit dem letzten Rest von Würde, der ihm geblieben war, davon. Seine Männer folgten ihm.

Grigori ließ sich auf einen Hocker fallen. Er hatte furchtbare Kopfschmerzen; seine Rippen brannten, und in seinem Magen wühlte Übelkeit. Am liebsten hätte er sich in irgendeiner Ecke zusammengerollt und die Augen geschlossen. Nur eines hielt ihn wach: das brennende Verlangen, Pinsky und das System, das der Mann repräsentierte, zu vernichten. Eines Tages, schwor er sich, werden wir Pinsky, den Zaren und alles, wofür sie stehen, hinwegfegen.

Kanin sagte: »Ich hatte alles geregelt, damit die Armee euch nicht bekommt. Aber jetzt, wo die Polizei Druck macht … Ich fürchte, ich kann nichts mehr für euch tun.«

Grigori nickte düster. Das hatte er befürchtet. Pinsky hatte seinen brutalsten Schlag nicht mit dem Vorschlaghammer geführt, sondern indem er dafür gesorgt hatte, dass sie zur Armee mussten.

»Es tut mir leid, euch zu verlieren«, sagte Kanin. »Ihr wart gute Arbeiter.« Er war sichtlich betroffen, doch er war machtlos. Er schien noch etwas sagen zu wollen, warf dann aber nur hilflos die Hände in die Höhe und verließ die Radfertigung.

Warja kam mit einer Schüssel Wasser und einem sauberen Tuch zu Grigori und wusch ihm das Blut aus dem Gesicht. Warja war eine stämmige Frau, aber ihre großen Hände erwiesen sich als überraschend sanft. »Du solltest in die Baracken gehen«, sagte sie. »Such dir ein freies Bett, und leg dich ein Stündchen hin.«

»Nein«, erwiderte Grigori. »Ich gehe nach Hause.«

Warja zuckte mit den Schultern und ging zu Isaak, der nicht ganz so schwer verletzt war.

Mühsam stemmte Grigori sich hoch. Eine Zeit lang drehte sich alles um ihn, und Konstantin stützte ihn, sobald er ins Wanken geriet, doch schon bald konnte er alleine stehen.

Konstantin hob Grigoris Kappe auf und reichte sie ihm.

Mit unsicheren Schritten setzte Grigori sich in Bewegung. Er winkte ab, als man ihm Hilfe anbot. Allmählich wurde er wieder klar im Kopf, aber der Schmerz in seinen Rippen zwang ihn zur Vorsicht. Langsam suchte er sich einen Weg um Werkbänke und Drehmaschinen, Öfen und Pressen herum, bis er draußen war. Er hielt auf das Fabriktor zu.

Dort rannte Katherina ihm entgegen.

»Grigori!«, rief sie. »Du bist einberufen worden! Ich habe die Liste gesehen!« Erst jetzt sah sie sein verschwollenes Gesicht. »Mein Gott, was ist passiert?«

»Ich hatte eine Begegnung mit unserem Lieblingsreviervorsteher.«

»Pinsky, dieses Schwein! Du bist verletzt!«

»Die Wunden heilen.«

»Komm, ich bring dich nach Hause.«

Grigori war überrascht. Mit einem Mal hatten die Rollen sich umgekehrt. Katherina hatte noch nie angeboten, sich um ihn zu kümmern.

»Ich schaff das schon allein«, sagte er.

»Ich komme trotzdem mit.«

Katherina nahm seinen Arm, und gemeinsam gingen sie durch die engen Straßen und gegen den Strom der Arbeiter, die in die Fabrik drängten. Grigori hatte am ganzen Körper Schmerzen, und ihm war übel; umso angenehmer war es für ihn, Arm in Arm mit Katherina zu gehen, während eine trübe Sonne über den halb verfallenen Häusern und den schmutzigen Straßen aufging.

Doch der vertraute Weg kostete Grigori mehr Kraft, als er erwartet hatte. Als er endlich nach Hause kam, ließ er sich erschöpft aufs Bett fallen.

»Ich habe im Zimmer der Frauen eine Flasche Wodka versteckt«, sagte Katherina.

»Nein, danke. Ein Tee wäre mir lieber.«

Grigori besaß keinen Samowar; also kochte Katherina den Tee in einem Topf. Sie reichte Grigori einen Becher davon und gab einen Löffel Zucker hinzu. Nachdem er getrunken hatte, fühlte er sich ein wenig besser. »Das Schlimmste ist«, sagte er, »dass ich der Einberufung hätte entgehen können. Aber Pinsky hat geschworen, dafür zu sorgen, dass es mir nicht gelingt.«

Katherina setzte sich neben ihn aufs Bett und zog ein Flugblatt aus der Tasche. »Eins von den Mädchen hat mir das hier gegeben.«

Grigori schaute sich das Flugblatt an. Es sah offiziell aus, wie eine Regierungsbekanntmachung. Der Titel lautete »Hilfe für Soldatenfamilien«.

Katherina erklärte: »Als Frau eines Soldaten hat man ein Anrecht auf eine monatliche Unterstützung von der Armee. Und das gilt nicht nur für die Armen, sondern für alle.«

Verschwommen erinnerte Grigori sich, schon einmal davon gehört zu haben. Nur hatte er dem keine große Beachtung geschenkt, da es ihn ja nicht betraf.

Katherina fuhr fort: »Und da ist noch mehr. Als Soldatenfrau bekommt man billiges Brennmaterial, günstige Zugfahrkarten und Hilfe, wenn die Kinder in die Schule müssen.«

»Das ist gut«, sagte Grigori. Er wollte einfach nur schlafen. »Schön, dass die Armee so fürsorglich ist …«

»Aber man muss verheiratet sein.«

Augenblicklich war Grigori hellwach. Katherina dachte doch sicher nicht daran … »Warum sagst du mir das?«

»So, wie es jetzt ist, bekäme ich nichts.«

Grigori stützte sich auf den Ellbogen und betrachtete Katherina. Das Herz schlug ihm bis zum Hals.

Katherina sagte: »Wäre ich mit einem Soldaten verheiratet, wäre ich besser dran … und das Baby auch.«

»Aber du liebst Lew!«

»Ja.« Sie brach in Tränen aus. »Aber Lew ist in Amerika. Und er macht sich nicht einmal die Mühe, mir zu schreiben und sich zu erkundigen, wie es mir geht.«

»Und was willst du jetzt tun?« Grigori kannte die Antwort, aber er wollte sie hören.

»Ich will heiraten«, erklärte Katherina.

»Damit du die Unterstützung für Soldatenfrauen bekommst.«

Sie nickte und löschte damit den törichten Funken Hoffnung, den sie zuvor in Grigori entfacht hatte. »Es würde mir viel bedeuten«, sagte sie, »ein bisschen Geld zu haben, wenn das Baby kommt, erst recht, wo du ja bei der Armee sein wirst …«

»Ja«, sagte Grigori schweren Herzens.

»Und? Können wir heiraten?«, fragte Katherina. »Bitte.«

»Ja«, antwortete er. »Natürlich.«

✠

Fünf Paare heirateten gleichzeitig in der Kirche der Heiligen Jungfrau. Der Priester beeilte sich mit dem Lesen der Messe, und Grigori bemerkte mit einiger Verärgerung, dass der Pope niemandem in die Augen schaute. Vermutlich wäre ihm nicht einmal aufgefallen, wäre eine der Bräute ein Gorilla gewesen.

Grigori erstaunte das nicht allzu sehr. Wann immer er an einer Kirche vorbeiging, musste er an den Popen denken, der versucht hatte, den elfjährigen Lew zu missbrauchen. Später war Grigoris Verachtung für das Christentum durch die Vorträge, die er in Konstantins bolschewistischer Diskussionsgruppe gehört hatte, verstärkt worden.

So wie die anderen vier Paare wurden auch Grigori und Katherina im Schnellverfahren verheiratet. Die Männer trugen allesamt Uniform. Wegen der Mobilmachung war es zu einer wahren Flut von Anträgen auf Eheschließung gekommen, und die Kirche hatte Mühe, sie abzuarbeiten. Grigori hasste die Uniform als Symbol der Leibeigenschaft.

Er hatte niemandem von der Hochzeit erzählt. Für ihn war es kein Grund zum Feiern. Katherina hatte keinen Zweifel daran gelassen, dass sie die Ehe aus rein pragmatischen Gründen einging, um die Beihilfe der Armee zu bekommen. So bitter dieser Gedanke auch war – die Idee an sich war gut. Auf diese Weise hatte Grigori eine Sorge weniger, wenn er im Krieg war, denn für Katherinas finanzielle Sicherheit war gesorgt. Dennoch konnte er sich nicht von dem Gedanken lösen, dass die Hochzeit eine einzige Farce war.

Katherina schien es nicht so ernst zu sehen: Sämtliche jungen Frauen aus ihrem Mietshaus und ein paar Arbeiter aus den Putilow-Werken waren bei der Zeremonie anwesend.

Anschließend gab es eine Feier im Frauenzimmer ihres Hauses mit Bier, Wodka und einem Geiger, der beliebte Volkslieder spielte. Als die Leute immer betrunkener wurden, verschwand Grigori auf sein Zimmer, zog die Stiefel aus und legte sich in Uniform aufs Bett. Dann blies er die Kerze aus, sodass nur noch das trübe Licht der Straßenlaterne ins Zimmer fiel. Noch immer hatte er Schmerzen von Pinskys Schlägen. Sein linker Arm tat weh, wann immer er ihn benutzte, und seine Rippen stachen wie glühende Dolche, wenn er sich nur im Bett umdrehte.

Morgen würde er mit dem Zug nach Westen fahren. Jeden Tag konnte der Krieg losbrechen. Grigori hatte Angst; nur ein Verrückter hätte sich nicht gefürchtet. Aber er war klug und stark und würde sein Bestes geben, um am Leben zu bleiben, so wie er es seit dem Tod seiner Mutter getan hatte.

Grigori war noch wach, als Katherina ins Zimmer kam. »Du bist früh gegangen«, sagte sie mit leisem Vorwurf.

»Ich wollte mich nicht betrinken.«

Sie zog den Rock hoch.

Grigori konnte es kaum glauben, aber sie trug nichts darunter. Im Licht der Straßenlaterne starrte er auf Katherinas Körper, auf die wohlgeformten Schenkel, das blond gelockte Dreieck … Er war erregt und verwirrt zugleich.

»Was machst du da?«, fragte er.

»Ich will ins Bett, was sonst.«

»Nicht hier.«

Katherina trat sich die Schuhe von den Füßen. »Was redest du? Wir sind verheiratet.«

»Aber nur, damit du die Unterstützung bekommst.«

»Trotzdem hast du dir eine Gegenleistung verdient.« Katherina legte sich aufs Bett und küsste Grigori auf den Mund. Ihr Atem roch nach Wodka.

Grigori konnte nicht verhindern, dass Verlangen in ihm aufstieg und dass er vor Leidenschaft und Scham errötete. Dennoch gelang es ihm, ein ersticktes »Nein« hervorzubringen.

Katherina nahm seine Hand und legte sie auf ihre Brust. Gegen seinen Willen streichelte er sie, drückte sanft das weiche Fleisch, und seine Fingerspitzen fanden ihre Nippel durch den groben Stoff des Kleides. »Siehst du?«, sagte sie. »Du willst es auch.«

Der triumphierende Unterton in Katherinas Stimme ärgerte Grigori. »Natürlich will ich es«, erwiderte er. »Ich liebe dich, seit ich dich zum ersten Mal gesehen habe. Aber du liebst Lew.«

»Ach, du. Warum denkst du ständig an Lew?«

»Das habe ich mir angewöhnt, als ich plötzlich Vater und Mutter zugleich für ihn sein musste.«

»Wie auch immer, jetzt ist er ein erwachsener Mann, und er gibt keine Kopeke für dich oder mich. Er hat deinen Pass genommen, deinen Fahrschein und dein Geld und uns nur sein Kind gelassen.«

Katherina hatte recht. Lew war immer selbstsüchtig gewesen. »Man liebt seine Familie nicht, weil sie freundlich und rücksichtsvoll ist. Man liebt sie, weil sie eben Familie ist.«

»Jetzt gönn dir doch mal was«, sagte Katherina verärgert. »Morgen musst du zur Armee. Wenn du stirbst, willst du doch nicht bereuen, dass du mich nicht gefickt hast, wo du die Gelegenheit hattest, oder?«

Es war eine beinahe unwiderstehliche Versuchung für Grigori. Auch wenn Katherina angetrunken war – ihr Körper war warm und einladend. Und hatte er nicht das Recht auf eine Nacht voller Seligkeit?

Katherina strich mit der Hand sein Bein hinauf und packte sein steifes Glied. »Komm schon. Du hast mich geheiratet, da kannst du ruhig dein Recht einfordern.«

Genau da lag das Problem. Katherina liebte ihn nicht. Sie bot sich ihm als Bezahlung an für das, was er getan hatte. Das war Prostitution. Grigori fühlte sich beleidigt – so sehr, dass es an Wut grenzte. Und dass er sich danach verzehrte, der Versuchung nachzugeben, machte alles nur noch schlimmer.

Katherina rieb sein Glied. Wütend und erregt zugleich stieß Grigori sie von sich – heftiger, als er beabsichtigt hatte.

Katherina fiel aus dem Bett und schrie vor Zorn und Schmerz auf.

Das hatte Grigori nicht gewollt, doch er war zu wütend, um sich zu entschuldigen.

Katherina saß auf dem Boden, weinte und fluchte zugleich. Grigori widersetzte sich dem Impuls, ihr zu helfen. Schließlich rappelte sie sich auf und stand da, schwankend vom Wodka. »Du Schwein!«, schrie sie. »Wie kannst du nur so grausam sein!« Sie strich ihr Kleid glatt und bedeckte ihre wunderschönen Beine. »Was ist das für eine Hochzeitsnacht, in der der Mann seine Frau aus dem Bett wirft?«

Ihre Worte trafen Grigori mitten ins Herz, doch er rührte sich nicht und schwieg.

»Ich hätte nie gedacht, dass du so hartherzig sein kannst!«, keifte Katherina. »Fahr zur Hölle!« Sie schnappte sich ihre Schuhe, riss die Tür auf und stürmte aus dem Zimmer.

Grigori fühlte sich hundeelend. An seinem letzten Tag als Zivilist hatte er sich mit der Frau gestritten, die er anbetete. Sollte er jetzt in der Schlacht fallen, würde er als unglücklicher Mann sterben. Was für eine verdammte Welt. Was für ein jämmerliches Leben.

Er stand auf, um die Tür zu schließen. Dabei hörte er Katherina im Nebenzimmer, die den anderen mit trunkener Fröhlichkeit zurief: »Grigori ist so besoffen, dass er ihn nicht mehr hochkriegt. Gebt mir Wodka und lasst uns tanzen!«

Grigori schlug die Tür zu und warf sich aufs Bett.

Am nächsten Morgen erwachte Grigori in aller Frühe aus unruhigem Schlaf. Er wusch sich, zog seine Uniform an und aß ein paar Bissen Brot.

Als er den Kopf ins Zimmer der Frauen steckte, sah er, dass alle tief und fest schliefen. Der Boden war mit Flaschen übersät, und die Luft stank nach Tabakrauch und schalem Bier. Grigori starrte auf Katherina, die mit offenem Mund schlief. Dann verließ er das Haus, ohne zu wissen, ob er Katherina jemals wiedersehen würde. Doch er versuchte sich einzureden, dass es ihm egal sei.

Bald aber hellte seine Stimmung sich auf. Ein wenig ängstlich, aber auch voller gespannter Erwartung, fieberte er der Ankunft bei seinem Regiment entgegen, wo man ihn mit einer Waffe und Munition ausstatten würde. Doch erst einmal musste er den richtigen Zug finden und seine neuen Kameraden kennenlernen. Er schob die Gedanken an Katherina beiseite und konzentrierte sich ganz auf das Hier und Jetzt.

Zusammen mit Isaak und ein paar Hundert weiteren Reservisten stieg er bald darauf in den Zug, bekleidet mit einem neuen graugrünen Uniformhemd und dunkelblauer Hose. Wie alle anderen war auch Grigori mit einem Gewehr vom Typ Mosin-Nagant bewaffnet, das mit aufgepflanztem Bajonett so groß war wie er selbst. Die blauen Flecken, die der schwere Eichenholzhammer hinterlassen hatte, bedeckte die eine Hälfte seines Gesichts und ließ die anderen Männer glauben, er sei ein Straßenschläger, sodass sie ihn mit vorsichtigem Respekt behandelten. Der Zug dampfte aus Sankt Petersburg hinaus und ratterte über Felder und durch Wälder.

Die untergehende Sonne war die ganze Zeit vor ihnen, ein Stück nach rechts versetzt. Also fuhren sie in Richtung Südwesten, nach Deutschland. Doch was für Grigori offensichtlich war, schienen viele seiner Kameraden nicht zu wissen, denn als er es erwähnte, waren die meisten überrascht. Viele wussten gar nicht, wo Deutschland lag.

Es war erst das zweite Mal, dass Grigori mit dem Zug fuhr. Beim ersten Mal – er erinnerte sich lebhaft daran – war er elf gewesen. Seine Mutter hatte ihn und den kleinen Lew nach Sankt Petersburg gebracht. Sein Vater war ein paar Tage zuvor gehenkt worden, und Grigori war voller Angst und Trauer gewesen, zugleich aber neugierig und aufgeregt wegen der bevorstehenden Eisenbahnfahrt, so, wie es jedem Jungen in seinem Alter ergangen wäre. Der Ölgestank der Lokomotive, die riesigen Räder, die lärmende, polterige Kumpelhaftigkeit der Bauern in der dritten Klasse und die unfassbare Geschwindigkeit des Zuges – das alles war schrecklich faszinierend gewesen. Ein bisschen von dieser Aufregung und Faszination empfand Grigori auch jetzt, Jahre später, und irgendwie überkam ihn das Gefühl, zu einem großen Abenteuer aufzubrechen, so schrecklich und gefährlich es auch sein mochte.

Diesmal aber reiste er in einem Viehwaggon wie alle anderen auch, mit Ausnahme der Offiziere. In dem Waggon drängten sich gut vierzig Männer: blasse, misstrauisch dreinschauende Fabrikarbeiter aus Sankt Petersburg; langbärtige, bedächtig sprechende Bauern, die alles und jeden voller Neugier beäugten, sowie ein halbes Dutzend dunkeläugige, schwarzhaarige Juden.

Einer der Juden saß neben Grigori und stellte sich ihm als David vor. Sein Vater, erzählte er, stelle im Hinterhof seines Hauses Blecheimer her und ziehe dann von Dorf zu Dorf, um die Eimer zu verkaufen. Es gebe viele Juden in der Armee, sagte David, denn Juden könnten sich nur schwer vom Militärdienst freikaufen.

Sie alle unterstanden einem Sergeanten namens Iwanow, einem besorgt dreinblickenden Kerl, der ständig Befehle brüllte und dabei nicht mit Schimpfwörtern sparte. Für ihn schien jeder seiner Männer ein Bauer zu sein, die er als »Kuhficker« bezeichnete. Iwanow war ungefähr in Grigoris Alter, also zu jung, um schon im Russisch-Japanischen Krieg von 1904/05 gedient zu haben. Grigori vermutete, dass unter Iwanows rauer Fassade genauso viel Angst schlummerte wie bei allen anderen.

Alle paar Stunden hielt der Zug an einem kleinen Bahnhof auf dem Land, und die Männer stiegen aus. Manchmal bekamen sie Suppe und Bier, manchmal nur Wasser. Zwischen den Aufenthalten saßen sie auf dem Boden des dahinratternden Waggons. Iwanow ließ die Männer die Gewehre reinigen, ging mit ihnen noch einmal die verschiedenen militärischen Ränge durch und erklärte ihnen, wie man Offiziere ansprechen musste. Offiziere im Allgemeinen wurden »Euer Gnaden« genannt, während Generäle, die überdies ausnahmslos dem Adel entstammten, zusätzliche Ehrbezeichnungen erwarten durften, zum Beispiel »Exzellenz« oder »Durchlaucht«.

Grigori fragte den Sergeanten, zu welchem Teil der Armee sie eigentlich gehörten. Natürlich wusste er, dass sie im Narwa-Regiment dienten, doch niemand hatte ihm gesagt, welche Rolle dieses Regiment innerhalb der riesigen Armee spielte. Doch Iwanow schien die Frage nicht beantworten zu können, denn er sagte: »Das geht dich einen Scheißdreck an. Geh einfach da hin, wo man dich hinschickt, und tu, was man dir sagt.«

Nach anderthalb Tagen hielt der Zug in einem Ort mit Namen Ostrolenka. Grigori hatte noch nie von dieser Stadt gehört, aber er sah, dass die Bahnstrecke hier endete; vermutlich lag sie in der Nähe der deutschen Grenze. Hier wurden Hunderte von Eisenbahnwaggons entladen. Männer und Pferde schwitzten und keuchten, als sie Geschütze von den Waggons zogen; es wimmelte von Tausenden Soldaten, und übellaunige Offiziere suchten ihre Züge und Kompanien zusammen. Auf dem riesigen Areal mischten sich das Poltern von Pferdehufen und das Rumpeln schwerer Karren mit einem unablässigen Stimmengewirr, Geschrei und Gebrüll. Tonnen von Nachschub mussten auf Pferdewagen verfrachtet werden: Schweinehälften, Mehlsäcke, Bierfässer, Munitionskisten und Hafer für die Pferde.

Plötzlich entdeckte Grigori das verhasste Gesicht des Fürsten Andrej. Er trug eine prachtvolle Uniform mit so vielen Verzierungen und Abzeichen, dass Grigori nicht imstande war, das Regiment oder den Rang des Fürsten zu erkennen. Andrej ritt auf einem großen, haselnussbraunen Pferd. Ihm folgte ein Korporal mit einem Vogelkäfig, in dem ein Kanarienvogel saß.

Ich könnte ihn hier und jetzt erschießen, überlegte Grigori, und meinen Vater rächen. Aber das war natürlich ein dummer Gedanke. Dennoch strich Grigori über den Abzug seines Gewehrs, als Fürst und Vogel in der Menge verschwanden.

Das Wetter war heiß und trocken. In dieser Nacht schlief Grigori mit den anderen Männern aus seinem Waggon auf der nackten Erde. Sie alle bildeten einen Zug und würden auf absehbare Zeit zusammenbleiben. Am nächsten Morgen lernten sie ihren Offizier kennen, einen beunruhigend jungen Leutnant zweiten Grades mit Namen Tupolew. Er führte sie aus Ostrolenka hinaus nach Nordwesten.

Von Leutnant Tupolew erfuhr Grigori, dass sie zum XIII. Armeekorps gehörten, das von General Klujew befehligt wurde; das XIII. Korps wiederum war Teil der 2. Armee unter General Samsonow. Als Grigori diese Information an die anderen Männer weitergab, erschraken sie, denn die Zahl 13 bedeutete Unglück. Sergeant Iwanow schimpfte: »Ich habe dir doch gesagt, Peschkow, das geht dich nichts an, du verdammter Schwanzlutscher!«

Sie hatten sich noch nicht weit von der Stadt entfernt, als die befestigte Straße sich in einen Sandweg verwandelte, der durch einen Wald führte. Die Wagen fuhren sich fest, und die Kutscher mussten erkennen, dass ein einzelnes Pferd keinen voll beladenen Armeewagen durch den Sand ziehen konnte. Also wurden die Pferde umgespannt. Fortan zogen je zwei einen Wagen; dafür aber musste jeder zweite Wagen am Straßenrand zurückgelassen werden.

Sie marschierten den ganzen Tag und schliefen erneut unter den Sternen. Wieder ist ein Tag vergangen, sagte Grigori sich in der Stille der Nacht, und ich lebe noch immer und kann mich um Katherina und das Kind kümmern.

An Abend hatte Tupolew keine Befehle erhalten; also saßen die Männer den ganzen nächsten Morgen unter den Bäumen, was Grigori nur recht sein konnte. Seine Beine schmerzten vom Marsch am Tag zuvor, und seine neuen Stiefel drückten und rieben an den Füßen. Die Bauern jedoch waren es gewöhnt, den ganzen Tag auf den Beinen zu sein, und lachten über die verweichlichten Städter.

Gegen Mittag überbrachte ihnen ein Melder den Befehl, um acht Uhr aufzubrechen – mit anderen Worten, vier Stunden zuvor!

Die marschierenden Soldaten wurden nicht mit Wasser versorgt; also mussten sie aus Brunnen und Bächen trinken, an denen sie vorüberkamen. So lernten die Männer schon bald, bei jeder sich bietenden Gelegenheit zu trinken und ihre Feldflaschen zu füllen. Es gab keine Möglichkeit zum Kochen; die einzige Nahrung, die die Soldaten erhielten, waren knochentrockene, steinharte Kekse. Alle paar Meilen wurden sie überdies zu einem Wagen oder einer Lafette gerufen, die im Schlamm oder einer Sandgrube stecken geblieben war.

Sie marschierten bis Sonnenuntergang; dann schliefen sie erneut unter den Bäumen.

Gegen Mittag des dritten Tages verließen sie ein Waldstück und erblickten einen schmucken Bauernhof inmitten fast erntereifer Hafer- und Weizenfelder. Das Hauptgebäude war zwei Stockwerke hoch und besaß ein steiles Giebeldach. Im Hof gab es einen mit Beton ummantelten Brunnen; ein Stück entfernt stand ein niedriges Steingebäude, das ein Schweinestall zu sein schien, obwohl es sauber war. Der Hof sah wie das Heim eines wohlhabenden Bezirkshauptmanns aus oder wie der Besitz einer jungen Adligen. Alles war verriegelt und verschlossen, der Hof menschenleer.

Eine Meile weiter führte die Straße zum allgemeinen Erstaunen durch ein ganzes Dorf ähnlich schmucker Gebäude. Auch hier war keine Menschenseele zu erblicken. Mit einem Mal wurde Grigori klar, dass sie die Grenze zu Deutschland überschritten haben mussten: Das hier waren die feudalen Häuser deutscher Bauern, die mit ihren Familien und ihrem Vieh vor der anrückenden russischen Armee geflohen waren. Aber wo waren die Hütten der armen Bauern? Was hatte man mit dem Mist der Schweine und Kühe gemacht? Warum gab es hier keine schmutzigen Kuhställe mit geflickten Lehmwänden und löchrigen Dächern?

Die Soldaten jubelten. »Sie laufen vor uns weg!«, rief ein Bauer.

»Sie haben Angst vor uns. Wir werden Deutschland erobern, ohne einen einzigen Schuss abzufeuern!«

Aus Konstantins Diskussionsgruppe wusste Grigori, dass die Deutschen vorhatten, zuerst Frankreich zu besiegen und sich dann gegen Russland zu wenden. Die Deutschen dachten nicht im Traum daran, sich zu ergeben; sie warteten nur auf den richtigen Zeitpunkt, um zurückzuschlagen. Trotzdem war es eine Überraschung, dass sie diesen wunderschönen Landstrich ohne Gegenwehr aufgegeben hatten.

»Wie heißt dieser Teil von Deutschland, Euer Gnaden?«, erkundigte Grigori sich bei Leutnant Tupolew.

»Die Deutschen nennen es Ostpreußen.«

»Ist es der reichste Teil von Deutschland?«

»Ich glaube nicht«, antwortete der Leutnant. »Ich sehe keine Paläste.«

»Ist das einfache Volk in Deutschland reich genug, dass es in solchen Häusern leben kann?«

»Es scheint so.«

Offensichtlich wusste der junge Leutnant genauso wenig wie Grigori.

Nachdenklich marschierte Grigori weiter. Er hatte keine Ahnung gehabt, dass selbst die einfachen Deutschen so gut lebten. Wie mochte es bei einem so reichen Volk dann erst um die Schlagkraft der Armee bestellt sein?

Schließlich war es Isaak, der Grigoris Ängsten Ausdruck verlieh. »Unsere Armee hat jetzt schon Probleme, uns zu ernähren, dabei haben wir noch keinen einzigen Schuss abgefeuert«, sagte er leise. »Wie sollen wir da gegen einen Feind kämpfen, der so gut organisiert ist, dass bei ihm sogar die Schweine in Häusern aus Stein leben?«

Walter war erfreut über die Ereignisse in Europa. Alles deutete auf einen kurzen Krieg und einen schnellen Sieg für Deutschland hin. Vielleicht würde er Weihnachten schon wieder mit Maud vereint sein.

Solange er nicht fiel, hieß das. Doch wenn es ihn erwischte, würde er zumindest als glücklicher Mann sterben.

Wann immer er sich an die Nacht erinnerte, die er und Maud gemeinsam verbracht hatten, überkam ihn ein warmes Gefühl: Sie hatten keine der kostbaren Sekunden vergeudet, die ihnen vergönnt gewesen waren. Nachdem die anfänglichen Schwierigkeiten überwunden waren, hatten sie sich dreimal geliebt; jedes Mal hatten sie nachher nebeneinandergelegen, geredet und einander gestreichelt. Es waren Gespräche gewesen, wie Walter sie noch nie erlebt hatte. Er konnte Maud einfach alles sagen. Nie zuvor hatte er sich einem anderen Menschen so nahe gefühlt.

Erst gegen Sonnenaufgang hatten sie sich getrennt. Maud musste zurück ins Haus ihres Bruders und den Bediensteten vorschwindeln, sie hätte einen Morgenspaziergang gemacht; Walter musste in seine Wohnung, sich umziehen, eine Reisetasche packen und die Anweisung hinterlassen, dass der Rest seiner Besitztümer nach Berlin geschickt werden solle.

Im Taxi auf der Fahrt von Knightsbridge nach Mayfair hatten sie Händchen gehalten und nur wenig gesprochen. An der Ecke zu Fitz' Straße ließ Walter das Taxi halten, und Maud hatte ihn noch einmal mit verzweifelter Leidenschaft geküsst. Dann war sie fort gewesen, und Walter hatte sich gefragt, ob er sie je wiedersehen würde.

Der Krieg hatte vielversprechend begonnen. Die deutsche Armee war durch Belgien gestürmt. Weiter im Süden waren die Franzosen, die sich mehr von Sentiments als von Strategie leiten ließen, in Lothringen eingefallen, aber von der deutschen Artillerie in Grund und Boden geschossen worden und befanden sich auf dem Rückzug.

Japan hatte sich auf die Seite der Franzosen und Briten gestellt, sodass im Fernen Osten russische Einheiten frei geworden waren und nach Europa verlegt werden konnten. Aber zu Walters großer Erleichterung hatten die Amerikaner ihre Neutralität erklärt. Wie klein die Welt doch geworden war, sinnierte er: Japan lag so weit im Osten, wie man es sich nur vorstellen konnte, und Amerika im fernen Westen. Dieser Krieg umspannte die ganze Welt.

Dem deutschen Nachrichtendienst zufolge hatten die Franzosen eine wahre Flut von Telegrammen nach Sankt Petersburg geschickt und den Zaren angefleht, endlich anzugreifen. Sie hofften, die Deutschen auf diese Weise von Frankreich abzulenken. Tatsächlich hatten die Russen weit schneller reagiert, als allgemein erwartet worden war. Ihre 1. Armee hatte alle Welt überrascht, als sie nur zwölf Tage nach Beginn der Mobilmachung die deutsche Grenze überschritten hatte. Gleichzeitig war im Süden die 2. Armee vom Eisenbahnknotenpunkt

Ostrolenka aus vorgerückt. In einer Zangenbewegung marschierten beide Armeen auf Tannenberg zu, ohne dass ihnen Widerstand geleistet wurde.

Doch die untypische Erstarrung der Deutschen, die diesen Vormarsch ermöglicht hatte, endete schon bald. Der deutsche Oberbefehlshaber in diesem Gebiet, Generaloberst von Prittwitz und Gaffron, den seine Soldaten nur »den Dicken« nannten, war von der Heeresleitung klugerweise entlassen und durch zwei Befehlshaber ersetzt worden: den General der Infanterie Paul von Hindenburg, den man aus dem Ruhestand zurückgerufen hatte, und den Generalmajor Erich Ludendorff. Mit seinen neunundvierzig Jahren gehörte Ludendorff zu den jüngeren Generalen. Walter bewunderte ihn für seinen raschen Aufstieg und freute sich darauf, ihm als Nachrichtenoffizier dienen zu können.

Auf dem Weg von Belgien nach Preußen hielten sie am Sonntag, dem 23. August, kurz in Berlin an, wo Walter auf dem Bahnsteig ein paar Minuten mit seiner Mutter, Susanne von Ulrich, verbringen konnte. Ihre schmale Nase war von einer Sommererkältung gerötet. Vor Aufregung zitternd drückte sie ihren Sohn an sich. »Du bist in Sicherheit«, sagte sie erleichtert.

»Ja, Mutter, ich bin in Sicherheit.«

»Ich mache mir schreckliche Sorgen um Zumwald. Die Russen sind so nah.«

»Es wird schon nichts passieren.«

Aber so leicht ließ seine Mutter sich nicht beruhigen. »Ich habe mit der Kaiserin gesprochen.« Sie war mit Kaiserin Auguste Viktoria gut bekannt. »Und mehrere andere Damen ebenfalls.«

»Du solltest die kaiserliche Familie nicht behelligen«, tadelte Walter sie. »Sie haben schon genug Sorgen.«

Susanne schniefte. »Wir können unsere Güter doch nicht der russischen Armee überlassen!«

Walter fühlte mit ihr. Auch er hasste die Vorstellung, dass primitive russische Bauern und ihre barbarischen, die Knute schwingenden Herren sich über die gepflegten Weiden und Obsthaine der von Ulrich'schen Besitzungen hermachten. Die hart schuftenden deutschen Bauern mit ihren kräftigen Frauen, sauberen Kindern und fetten Kühen verdienten es, beschützt zu werden. War das nicht der Sinn eines jeden Krieges? Außerdem hatte Walter die Absicht, Maud eines

Tages mit nach Zumwald zu nehmen und ihr das Gut der Familie zu zeigen. »Ludendorff wird den russischen Vormarsch aufhalten, Mutter«, sagte er und hoffte, dass nicht bloß der Wunsch der Vater dieses Gedankens war.

Ehe seine Mutter etwas erwidern konnte, ertönte das Zugsignal, und nach einem Kuss auf die Wange stieg Walter wieder ein.

Als die Fahrt weiterging, hing er düsteren Gedanken nach. Er fühlte sich zum Teil mitverantwortlich für die Rückschläge der Deutschen an der Ostfront. Er hatte zu den Experten gehört, die vorhergesagt hatten, die Russen könnten unmöglich so kurz nach Beginn der Mobilmachung angreifen. Wann immer er daran dachte, wäre er vor Scham am liebsten im Boden versunken. Dennoch glaubte er, nicht ganz unrecht gehabt zu haben mit seiner Vermutung, dass die Russen schlecht vorbereitete, unterversorgte Truppen an die Front schickten.

Dieser Verdacht wurde verstärkt, als Walter später an diesem Sonntag mit dem Rest von Ludendorffs Gefolge in Ostpreußen eintraf. Berichten zufolge hatte die 1. Armee der Russen im Norden haltgemacht. Sie war nur wenige Kilometer auf deutsches Territorium vorgerückt, und die militärische Logik verlangte, den Vorstoß fortzusetzen. Worauf warteten sie also? Walter vermutete, dass ihnen schlicht der Proviant ausgegangen war.

Aber der südliche Arm der Zange stieß weiter vor, und Ludendorffs oberstes Ziel war es, ihn aufzuhalten.

Am folgenden Morgen – am Montag, dem 24. August – überbrachte Walter seinem Chef Ludendorff zwei russische Funksprüche, die der deutsche Nachrichtendienst abgefangen und übersetzt hatte.

Die erste Nachricht war um fünf Uhr dreißig an diesem Morgen von General Rennenkampf geschickt worden, dem Oberbefehlshaber der russischen 1. Armee, und enthielt die Marschbefehle für diesen Truppenteil. Rennenkampf hatte sich wieder in Bewegung gesetzt, doch statt sich nach Süden zu wenden, um sich mit der 2. Armee zu vereinen und den Kessel zu schließen, marschierte er unerklärlicherweise geradewegs nach Westen – auf einer Linie, die keine Bedrohung für die deutschen Streitkräfte darstellte.

Die zweite Nachricht war eine Stunde später von General Samsonow abgeschickt worden, dem Oberbefehlshaber der 2. Armee. Er befahl seinem XIII. und XV. Korps, dem deutschen XX. Korps nachzusetzen, das angeblich auf dem Rückzug war.

»Das ist erstaunlich«, sagte Ludendorff. »Wie sind wir an diese Information gekommen?« Er schien misstrauisch zu sein, als hätte er den Verdacht, Walter wolle ihn auf den Arm nehmen. Walter wiederum hatte das Gefühl, dass Ludendorff ihm, dem Angehörigen des alten Militäradels, misstraute.

»Kennen wir ihre Codes?«, fragte der Generalmajor.

»Sie benutzen keine Codes«, antwortete Walter.

»Sie übermitteln ihre Befehle in *Klartext?* Warum tun sie das, Teufel noch eins?«

»Auf der Grundlage von Vorkriegsberichten kann man vermuten, dass die Russen schlicht und einfach nicht mit dem Einsatz von Funktechnik gerechnet haben«, erklärte Walter. »Sie haben die Geräte zwar in ihren Einheiten, waren aber nicht auf deren Einsatz vorbereitet.«

»Warum benutzen sie dann keine Feldtelefone? Ein Anruf kann nicht abgefangen werden.«

»Ich nehme an, ihnen sind die Telefonkabel ausgegangen.«

Mit den nach unten gezogenen Mundwinkeln und dem vorstehenden Kinn erweckte Ludendorff stets den Eindruck, als würde er angriffslustig das Gesicht verziehen. »Das kann doch keine List sein?«

Walter schüttelte den Kopf. »Das halte ich für äußerst unwahrscheinlich. Die Russen sind ja kaum in der Lage, eine normale Kommunikation aufzubauen. Falsche Funksprüche abzusetzen ist ihnen genauso fern, wie zum Mond zu fliegen.«

Ludendorff beugte sich über die Karte auf dem Tisch vor ihm. Er war ein unermüdlicher Arbeiter, wurde aber oft von schrecklichen Zweifeln geplagt; Walter nahm an, dass er unter Versagensängsten litt. Ludendorff legte den Finger auf die Karte. »Samsonows XIII. und XV. Korps bilden das Zentrum der russischen Linie«, sagte er. »Wenn sie weiter vorrücken …«

Walter erkannte sofort, worauf der General hinauswollte: Die Russen konnten in einen Kessel gelockt werden.

»Auf unserer rechten Flanke haben wir François mit seinem I. Korps«, fuhr Ludendorff fort. »Im Zentrum steht Scholtz mit dem XX. Korps. Er hat sich zurückfallen lassen, ist aber nicht auf der Flucht, auch wenn die Russen das zu glauben scheinen. Links, allerdings fünfzig Kilometer weiter nördlich, haben wir Mackensen und das XVII. Korps. Mackensen behält den nördlichen Teil der russischen Zange im Auge. Aber wenn diese Russen in die falsche Richtung marschieren, können wir sie für den Augenblick außer Acht lassen und Mackensen einen Vorstoß nach Süden erlauben.«

»Ein klassisches Manöver«, bemerkte Walter. Es war ganz einfach; trotzdem hatte er es erst gesehen, als Ludendorff es ihm gezeigt hatte. Genau das, dachte er bewundernd, ist der Grund, weshalb Ludendorff General ist und ich nicht.

Ludendorff fuhr fort: »Aber das wird nur funktionieren, wenn Rennenkampf und seine 1. russische Armee weiter stur nach Westen marschieren.«

»Sie haben die abgefangenen Nachrichten gesehen, Herr General. Die russischen Befehle sind ausgegeben.«

»Wollen wir nur hoffen, dass Rennenkampf seine Meinung nicht noch ändert.«

✠

Grigoris Zug hatte keinen Proviant mehr, aber eine Wagenladung Spaten war gekommen, und so hoben die Männer einen Schützengraben aus. Sie gruben in Schichten und lösten einander nach einer halben Stunde ab, sodass es nicht allzu lange dauerte. Das Ergebnis sah zwar nicht sehr ordentlich aus, aber es erfüllte seinen Zweck.

Früher am Tag hatten Grigori, Isaak und ihre Kameraden eine verlassene deutsche Stellung überrannt. Dabei war Grigori aufgefallen, dass die Gräben der Deutschen in einer regelmäßigen Zickzacklinie verliefen, sodass die Sichtweite der Soldaten, die sich in diesen Gräben aufhielten, sehr begrenzt war. Leutnant Tupolew erklärte, dass man diese Grabenform einen Splittergraben nannte. Den genauen Sinn des Ganzen vermochte er nicht zu erkennen; deshalb befahl er seinen Männern auch nicht, das deutsche Muster zu kopieren. Grigori hingegen fragte sich, was die Deutschen sich dabei gedacht hatten.

Bis jetzt hatte er seine Waffe noch kein einziges Mal abgefeuert. Natürlich hatte er mehr als einmal Schussgeräusche gehört – Gewehr-, MG- und Artilleriefeuer –, und seine Einheit hatte bereits einen großen Teil deutschen Territoriums eingenommen, aber Grigori selbst hatte bis jetzt nicht auf den Feind geschossen, und ihm waren auch noch keine Kugeln um die Ohren geflogen. Wohin das XIII. russische Korps auch kam – die Deutschen waren bereits verschwunden.

Steckt irgendeine Logik dahinter, fragte sich Grigori. Nein. Im

Krieg war alles Chaos, wurde ihm klar. Niemand konnte mit Gewissheit sagen, wo genau sie sich aufhielten oder wo sich der Feind befand. Zwei Männer aus Grigoris Zug waren getötet worden, allerdings nicht von den Deutschen: Einer hatte sich versehentlich mit dem eigenen Gewehr ins Bein geschossen und war verblutet; der andere war von einem durchgehenden Pferd niedergetrampelt worden und hatte nie mehr das Bewusstsein wiedererlangt.

Seit Tagen hatten sie keinen Proviantwagen mehr gesehen. Ihre Notrationen waren aufgebraucht, sogar die Hartkekse. Seit gestern Morgen hatte keiner von ihnen mehr einen Bissen zu sich genommen. Nachdem die Männer den Graben ausgehoben hatten, schliefen sie mit hungrigen Mägen ein. Zum Glück war Sommer, sodass sie wenigstens nicht frieren mussten.

Das Gefecht begann bei Sonnenaufgang am nächsten Tag.

Es ging auf der linken Seite los, nicht weit von Grigori entfernt. Dort, wo die Granaten einschlugen, sah er Granatsplitter und Erde in die Luft fliegen. Seltsamerweise fürchtete er sich nicht. Er war nur hungrig und durstig, und alle Knochen taten ihm weh, aber Angst hatte er nicht. Ob es den Deutschen auch so ging?

Dann schlugen auch auf der rechten Seite die ersten Granaten ein, ein paar Meilen weiter im Norden, doch auf Grigoris Position blieb es ruhig.

»Das ist ja fast so, als wären wir im Auge eines Sturms«, sagte David, der jüdische Hausierer.

Kurz darauf wurde der Befehl zum Vorrücken erteilt. Müde kletterten die Soldaten aus dem Graben und marschierten los.

»Ich glaube, wir sollten dankbar sein«, sagte Grigori.

»Wofür?«, fragte Isaak.

»Marschieren ist besser als kämpfen. Dabei bekommen wir zwar Blasen an den Füßen, aber wir leben wenigstens noch.«

Am Nachmittag näherten sie sich einer Stadt, von der Leutnant Tupolew sagte, sie hieße Allenstein. Am Stadtrand nahmen sie Aufstellung und marschierten in Formation bis ins Stadtzentrum.

Zu ihrem Erstaunen herrschte in Allenstein ein fast normales Alltagsleben. Gut gekleidete deutsche Bürger gingen an diesem Donnerstagnachmittag ihrer ganz normalen Tätigkeit nach; sie gingen zur Post, kauften ein oder schoben Kinderwagen vor sich her. Grigoris Einheit machte in einem kleinen Park Rast. Die Männer setzten sich in den Schatten der Bäume. Tupolew ging zu einem Barbier in der Nähe und kehrte frisch rasiert und mit geschnittenen Haaren zurück. Isaak zog los, um Wodka zu kaufen, kam jedoch bald wieder und berichtete, die Armee habe vor allen Weinhandlungen Posten aufgestellt, um die Soldaten draußen zu halten.

Schließlich erschien ein Pferdefuhrwerk mit einem Fass frischem Wasser. Die Männer stellten sich an, um ihre Feldflaschen aufzufüllen. Als der Nachmittag in den Abend überging, trafen Wagen mit Brot ein, das man bei den örtlichen Bäckern requiriert hatte. Die Nacht brach an, und die Soldaten schliefen unter den Bäumen.

Bei Sonnenaufgang gab es kein Frühstück. Eine Kompanie wurde zurückgelassen, um die Stadt zu halten; Grigori und der Rest des Bataillons marschierten aus Allenstein hinaus in Richtung Südwesten und auf die Straße nach Tannenberg.

Obwohl sie bis jetzt noch nicht im Gefecht gewesen waren, bemerkte Grigori einen Stimmungswandel bei den Offizieren. Sie galoppierten die Kolonne hinauf und hinunter und diskutierten aufgeregt und mit erhobenen Stimmen; man schien sich uneins zu sein, denn ein Major deutete in die eine, ein Hauptmann in die andere Richtung. Grigori hörte fast ununterbrochen Geschützfeuer im Norden und Süden, auch wenn der Beschuss sich nach Osten zu verlagern schien, während die Einheit nach Westen marschierte.

»Wessen Artillerie ist das?«, fragte Sergeant Iwanow. »Unsere oder ihre? Und warum geht der Beschuss nach Osten, während wir nach Westen marschieren?« Dass Iwanow seine Aussage nicht mit Schimpfwörtern garnierte, ließ Grigori vermuten, dass der Sergeant sich Sorgen machte.

Ein paar Kilometer hinter Allenstein wurde ein ganzes Bataillon abgestellt, um die Nachhut zu bilden. Das überraschte Grigori, denn bis jetzt war er davon ausgegangen, dass der Feind vor ihnen war, nicht hinter ihnen. Was Grigori nicht wusste: Das XIII. Korps hatte die Front bereits hoffnungslos überdehnt.

Gegen Mittag wurde Grigoris Bataillon aus der Hauptkolonne herausgelöst. Während ihre Kameraden weiter in Richtung Südwesten zogen, wurden sie nach Südosten umgeleitet, auf einen breiten Pfad durch den Wald.

Und dort traf Grigori endlich auf den Feind.

Sie rasteten an einem Bach, und die Männer füllten ihre Feldflaschen auf. Grigori folgte dem Ruf der Natur und ging ein gutes Stück in den Wald hinein. Er stand hinter einer dicken Fichte, als er plötzlich links von sich ein Geräusch hörte. Erstaunt sah er ein paar Meter entfernt einen deutschen Kavalleristen, komplett mit Pickelhaube, auf einem schönen schwarzen Pferd. Der Deutsche schaute durch ein Fernglas zu der Stelle, wo Grigoris Einheit lagerte. Grigori fragte sich, was genau der Mann beobachtete, denn zwischen den Bäumen hindurch konnte er nicht allzu weit sehen. Vielleicht versuchte er herauszufinden, ob die Uniformen deutsch oder russisch waren. Reglos wie eine Statue in Sankt Petersburg saß er auf seinem Pferd. Doch das Tier war längst nicht so ruhig wie sein Reiter. Es trat von einem Huf auf den anderen und machte dabei Geräusche, die Grigori beunruhigten.

Vorsichtig knöpfte er sich die Hose zu, nahm sein Gewehr und wich zurück, sorgfältig darauf bedacht, stets einen Baum zwischen sich und dem Deutschen zu haben.

Plötzlich bewegte sich der Mann. Grigori erschrak, denn er glaubte, entdeckt worden zu sein. Aber der Deutsche wendete gekonnt sein Pferd und ritt in Richtung Westen.

Grigori rannte zu Sergeant Iwanow zurück. »Ich habe einen Deutschen gesehen!«, rief er.

»Wo?«

Grigori deutete in den Wald hinein. »Da drüben! Ich habe gepinkelt, und da saß er auf seinem Pferd!«

»Bist du sicher, dass es ein Deutscher war?«

»Er hatte eine Pickelhaube.«

»Was hat er getan?«

»Er hat durch ein Fernglas geschaut.«

»Ein Kundschafter!«, sagte Iwanow. »Hast du ihn abgeknallt?«

Erst da fiel Grigori wieder ein, dass es seine Aufgabe war, deutsche Soldaten zu töten, nicht vor ihnen wegzulaufen. »Ich dachte, ich sollte es Ihnen erst einmal sagen«, erwiderte er verlegen.

»Du Traumtänzer! Was meinst du, warum wir dir ein Gewehr gegeben haben?«, brüllte Iwanow.

Grigori schaute auf die geladene Waffe in seiner Hand und das bösartig aussehende Bajonett an seinem Gürtel. Natürlich hätte er schießen müssen. Was hatte er sich nur dabei gedacht? »Tut mir leid«, sagte er.

»Wegen deiner Blödheit weiß der Feind jetzt, wo wir sind!«, schimpfte Iwanow.

Grigori fühlte sich zutiefst gedemütigt. Eine solche Situation war während seiner Ausbildung zwar nie durchgespielt worden, aber er hätte es sich eigentlich selbst denken können.

»In welche Richtung ist er davongeritten?«, wollte Iwanow wissen.

Wenigstens diese Frage konnte Grigori beantworten. »Nach Westen.«

Iwanow drehte sich um und ging raschen Schrittes zu Leutnant Tupolew, der rauchend an einem Baum lehnte. Einen Augenblick später warf Tupolew die Zigarette weg und rannte zu Major Bobrow, einem gut aussehenden älteren Offizier mit welligem Silberhaar.

Danach ging alles sehr schnell. Sie hatten keine Artillerie, aber die Maschinengewehrabteilung lud ihre Waffen aus. Die sechshundert Männer des Bataillons verteilten sich auf einer gut neunhundert Meter langen Linie von Nord nach Süd. Ein paar Männer wurden vorausgeschickt. Dann rückte der Rest langsam nach Westen in Richtung der Nachmittagssonne vor, deren Licht durch das Blätterdach fiel.

Wenige Minuten später schlug die erste Granate ein. Mit lautem Kreischen flog sie heran, bohrte sich ein Stück hinter Grigori in den Boden und explodierte mit einem ohrenbetäubenden Dröhnen, das die Erde erbeben ließ.

»Der verdammte Reiter war Artilleriebeobachter!«, rief Tupolew. »Sie schießen auf die Position, an der wir gelagert haben. Ein Glück, dass wir losmarschiert sind.«

Aber die Deutschen dachten nicht nur praktisch, sondern auch logisch, und erkannten ihren Fehler. Das nächste Geschoss schlug bereits ein kleines Stück vor den anrückenden Russen ein.

Die Männer um Grigori wurden immer nervöser. Ständig schauten sie sich um, hielten die Gewehre schussbereit und waren dermaßen gereizt, dass sie sich bei der kleinsten Provokation mit den wildesten Flüchen bedachten. David starrte ständig nach oben, als könne er heranfliegende Granaten sehen und ihnen so ausweichen. Isaak hatte die gleiche kampfeslustige Miene aufgesetzt wie in Petersburg, wenn es bei einem Fußballspiel hart zur Sache ging. Das Wissen, dass der Feind sein Bestes gab, um sie zu töten, war bedrückend. Grigori fühlte sich, als hätte er soeben eine schreckliche

Nachricht bekommen, könne sich aber nicht erinnern, um was es dabei ging. Am liebsten hätte er sich ein Loch gegraben und sich darin versteckt.

Grigori fragte sich, was die Artilleristen sehen konnten. War da irgendwo auf einem Hügel ein Beobachter, der das Gelände mit einem dieser starken deutschen Ferngläser absuchte? Einen einzelnen Mann im Wald konnte man auf diese Weise nicht erspähen – bestimmt aber sechshundert, die sich in Formation zwischen den Bäumen hindurch bewegten.

In jedem Fall schienen die Deutschen zu der Ansicht gelangt zu sein, dass die Entfernung stimmte, denn mit einem Mal erfüllte ein grelles Kreischen die Luft, und mit markerschütterndem Krachen schlugen mehrere Granaten ein, einige davon genau im Ziel. Rechts und links von Grigori schossen Fontänen aus Erde, zerfetztem Holz und Körperteilen in die Höhe. Furchtbare Schreie erfüllten die Luft. Grigori bebte vor Angst. Er konnte nichts tun, konnte sich nicht einmal schützen: Entweder traf die nächste Granate ihn, oder sie traf nicht. Grigori beschleunigte seine Schritte, als würde es helfen, wenn man schneller lief. Seine Kameraden dachten offenbar genauso, denn auch sie liefen los, ohne den entsprechenden Befehl erhalten zu haben.

Grigori umklammerte mit verschwitzten Händen sein Gewehr und versuchte, die aufkeimende Panik in Schach zu halten. Weitere Granaten schlugen ein – vor und hinter ihm, rechts und links. Er rannte schneller.

Das Geschützfeuer wurde so schwer, dass Grigori die einzelnen Granateneinschläge nicht mehr auseinanderhalten konnte. Die Explosionen verschmolzen zu einem einzigen Donnern, das die Erde beben ließ, ein Lärm wie von hundert Expresszügen. Dann, von einer Sekunde zur anderen, endete der Beschuss. Augenblicke später erreichten Grigori und seine Kameraden eine breite Rodung. Warum feuerte die deutsche Artillerie nicht mehr?

Unvermittelt ratterte zwischen den Bäumen auf der anderen Seite der Rodung ein Maschinengewehr los. Mit Übelkeit erregender Angst erkannte Grigori, dass sie die feindlichen Linien erreicht hatten. So schnell er konnte, rannte er in den Wald zurück. Die Maschinengewehrkugeln zerrissen Blätter, zerfetzten Holz. Neben sich hörte Grigori einen gellenden Schrei und sah Tupolew fallen. Sofort rannte er zu dem Leutnant und kniete sich neben ihn. Gesicht und Brust des jungen Offiziers waren blutüberströmt. Entsetzt sah Grigori, dass ein Auge zerfetzt war. Tupolew versuchte, sich zu bewegen, und schrie dabei vor Schmerz. »O Gott, was soll ich tun?«, stieß Grigori hervor. »Was soll ich tun?« Eine Fleischwunde hätte er verbinden können, aber wie sollte er einem Mann helfen, der einen Schuss ins Auge abbekommen hatte?

Er spürte einen Schlag am Kopf und hob den Blick. Iwanow stürmte an ihm vorbei und brüllte: »Lauf weiter, Peschkow, du dämlicher Kuhficker!«

Grigori starrte Tupolew noch einen Moment an. Er hatte den Eindruck, als würde der Offizier nicht mehr atmen. Sicher war er sich zwar nicht, doch er sprang auf und rannte los.

Die deutschen Maschinengewehrschützen feuerten unerbittlich weiter, und Grigoris Angst verwandelte sich in Wut. Mit jeder feindlichen Kugel loderte sein Zorn heißer empor. Er wollte diese Bastarde töten, töten, töten! Ein paar Hundert Meter vor ihm, auf der anderen Seite der Rodung, sah er graue Uniformen und Pickelhauben. Er kniete sich hinter einen Baum, spähte um den Stamm herum, hob sein Gewehr, legte auf einen der Deutschen an und betätigte zum ersten Mal den Abzug.

Nichts. Erst dann fiel Grigori ein, dass seine Waffe noch gesichert war.

Da es bei der Mosin-Nagant nahezu unmöglich war, die Sicherung zu lösen, wenn man das Gewehr im Anschlag hatte, nahm Grigori die Waffe wieder herunter und drehte den großen Knopf, der den Schlagbolzen sicherte. Dabei ließ er den Blick in die Runde schweifen. Seine Kameraden hatten ebenfalls innegehalten und Deckung gesucht. Keiner war auf die Rodung und ins ungeschützte Freie gelaufen. Ein paar Männer schossen, andere luden nach; einige wanden sich schreiend unter Schmerzen am Boden, wieder andere rührten sich nicht mehr.

Wieder spähte Grigori um den Baumstamm herum, legte die Waffe zum zweiten Mal an und kniff die Augen zusammen, um besser zielen zu können. Er sah ein Gewehr aus einem Strauch ragen; darüber war eine Pickelhaube zu erkennen. Hass loderte in Grigori auf. Er schoss, lud durch, schoss und lud durch, so lange, bis das fünfschüssige Magazin leer war. Das deutsche Gewehr, auf das er zielte, wurde blitzschnell zurückgezogen, fiel aber nicht zu Boden. Grigori fluchte lautlos. Wie es aussah, hatte er danebengeschossen.

Mit zitternden Fingern öffnete er seine Munitionstasche und lud nach. Erneut lugte er um den Baum herum und entdeckte einen Deutschen, der durch eine Lücke zwischen den Bäumen rannte. Wieder leerte Grigori sein Magazin, aber der Mann lief weiter und verschwand hinter einem Gestrüpp von Setzlingen.

Einfach nur schießen reichte nicht, erkannte Grigori. Bei einem richtigen Gefecht war alles ganz anders als bei den paar Schießübungen, die er während seiner Ausbildung absolviert hatte. Alles war viel schwieriger. Er musste sich besser konzentrieren und kühlen Kopf bewahren.

Als Grigori nachlud, hörte er, wie ein weiteres Maschinengewehr das Feuer eröffnete. Um ihn herum schlugen die Kugeln ein, rissen krachend große Holzstücke aus den Baumstämmen, die gefährlich durch die Luft wirbelten. Grigori drückte sich mit dem Rücken an den Baum und zog die Beine an, um ein kleineres Ziel abzugeben. Sein Gehör sagte ihm, dass das MG sich ein gutes Stück links von ihm befand.

Als der Beschuss endete, brüllte Iwanow in die plötzliche, gespenstische Stille: »Schießt auf das MG, ihr dämlichen Tunten! Schießt, solange sie nachladen!« Grigori steckte den Kopf heraus, suchte nach dem MG-Nest und entdeckte die Lafette zwischen zwei großen Bäumen. Er zielte, hielt dann aber inne. Einfach nur schießen reicht nicht, ermahnte er sich noch einmal. Er hielt inne, atmete gleichmäßig, hielt den schweren Lauf so ruhig, wie er konnte, und wartete. Sekunden später bekam er eine Pickelhaube ins Visier. Er senkte den Lauf ein wenig ab, sodass er die Brust des Mannes sehen konnte.

Grigori feuerte.

Und verfehlte wieder sein Ziel. Der Deutsche schien den Schuss nicht einmal bemerkt zu haben. Grigori hatte keine Ahnung, wo die Kugel gelandet sein könnte.

Er schoss erneut, leerte abermals sein Magazin, ohne die geringste Wirkung zu erzielen. Es war zum Wahnsinnigwerden. Die Dreckskerle versuchten, ihn zu töten, und er schaffte es nicht, auch nur einen von ihnen zu treffen! Vielleicht war er zu weit weg. Oder er war einfach nur ein lausiger Schütze.

Das Maschinengewehr ratterte wieder los. Es regnete Blätter und Holzfetzen.

Major Bobrow kam zu seinen Leuten nach vorn, indem er auf allen vieren über den Waldboden kroch. »Männer!«, rief er. »Auf meinen Befehl stürmt ihr die MG-Stellung!«

Du bist wohl verrückt, dachte Grigori. Ohne mich!

Sergeant Iwanow wiederholte den Befehl: »Los, das MG-Nest stürmen! Wartet auf das Kommando!«

Major Bobrow richtete sich auf und rannte geduckt die Kampflinie hinunter. Grigori hörte, wie er den gleichen Befehl ein Stück entfernt noch einmal rief. Du verschwendest deinen Atem, dachte Grigori. Hältst du uns für Selbstmörder?

Das Rattern des Maschinengewehrs verstummte, und der Major richtete sich tollkühn zu voller Größe auf. Er hatte seine Mütze verloren, sodass sein silbernes Haar ihn zu einem perfekten Ziel machte. »Vorwärts!«, brüllte er.

Iwanow wiederholte den Befehl: »Los! Vorwärts, Männer! Vorwärts!«

Bobrow und Iwanow rannten aus der Deckung der Bäume hervor und stürmten auf das Maschinengewehrnest zu. Ohne auch nur eine Sekunde darüber nachzudenken, tat Grigori es ihnen nach. Er rannte auf die Rodung und versuchte dabei, sein unhandliches Gewehr nicht fallen zu lassen. Das feindliche MG schwieg. Doch die Deutschen schossen mit allem anderen, was sie hatten, und die Wirkung Dutzender Gewehre, die gleichzeitig feuerten, war kaum weniger verheerend als ein MG. Doch Grigori rannte weiter, voller Hass, Wut und Todesverachtung. Er sah, wie die deutschen MG-Schützen in verzweifelter Hast einen neuen Gurt einlegten; ihre Gesichter waren weiß von Furcht. Ein paar Russen warfen sich zu Boden und feuerten, doch Grigori rannte weiter auf die Feinde zu. Er war noch immer ein gutes Stück vom MG entfernt, als er drei Deutsche hinter einem Strauch entdeckte. Sie sahen erschreckend jung aus und starrten ihn verängstigt an. Grigori stürmte auf sie zu; sein Gewehr mit dem Bajonett hielt er wie eine mittelalterliche Lanze. Er hörte jemanden brüllen und erkannte, dass er selbst es war. Die drei jungen Soldaten rannten davon.

Grigori setzte ihnen nach, doch Hunger und Anspannung hatten ihn geschwächt, und so entkamen sie ihm mit Leichtigkeit. Nach gut hundert Metern hielt er erschöpft an. Überall um ihn herum flohen nun die Deutschen, und die Russen jagten ihnen nach. Die MG-

Mannschaft hatte ihre Waffe zurückgelassen. Grigori beobachtete die fliehenden Feinde, ohne zu schießen; im Augenblick hatte er nicht einmal die Kraft, sein Gewehr zu heben.

Major Bobrow brach aus dem Unterholz hervor und lief die russische Linie entlang.

»Vorwärts!«, brüllte er. »Lasst sie nicht entkommen! Tötet sie alle, sonst kommen sie wieder! Los, vorwärts!«

Müde trabte Grigori wieder los. Dann veränderte sich das Bild. Links von ihm kam es zu einem Tumult. Schüsse, Schreie und Flüche waren zu hören. Sekunden später kamen russische Soldaten aus dieser Richtung herangestürmt. Entsetzen spiegelte sich auf ihren Gesichtern. Sie liefen um ihr Leben. Bobrow, der inzwischen neben Grigori stand, stieß hervor: »Was, zum Teufel …«

Grigori erkannte, dass ihre Flanke angegriffen wurde.

Bobrow brüllte: »Die Stellung halten! In Deckung gehen! Feuer erwidern!«

Niemand hörte mehr auf ihn. Die Fliehenden stürmten in wilder Unordnung durch den Wald. Grigoris Kameraden schlossen sich ihnen an und rannten in Richtung Norden.

»Die Stellung halten!«, brüllte Bobrow mit überkippender Stimme und zog seine Pistole. »Haltet die Stellung, verdammt!« Er zielte auf die Soldaten, die an ihm vorbeistürmten. »Ihr feigen Schweine! Deserteure! Ich werde euch …« Ein Knall ließ Bobrow abrupt verstummen. Blut tränkte sein silbernes Haar, und er kippte haltlos zu Boden, von einer deutschen oder russischen Kugel getroffen.

Grigori wirbelte herum und rannte in die gleiche Richtung wie die anderen.

Auf allen Seiten wurde nun geschossen. Grigori wusste nicht, wer auf wen feuerte. Die Russen verteilten sich im Wald, und nach und nach verhallten die Kampfgeräusche. Grigori rannte, so weit seine Beine ihn trugen; dann stürzte er in welkes Laub und blieb schwer atmend liegen. Er konnte nicht mehr. Lange Zeit lag er einfach nur da, dachte an nichts, fühlte nichts. Irgendwann wurde ihm klar, dass er noch immer sein Gewehr dabeihatte. Seltsam. Warum hatte er es nicht einfach fallen lassen?

Schließlich stand er wankend auf. Erst jetzt bemerkte er, dass mit seinem rechten Ohr etwas nicht stimmte. Er griff danach und schrie vor Schmerz auf. Seine Finger waren voller Blut. Vorsichtig berührte er das Ohr noch einmal und stellte zu seinem Entsetzen fest, dass ein großer Teil davon fehlte. Irgendwann hatte eine Kugel ihm das Ohrläppchen abgerissen, ohne dass er es bemerkt hatte.

Grigori überprüfte sein Gewehr. Das Magazin war leer. Er lud nach und sicherte die Waffe, auch wenn er nicht wusste, warum. Er traf ja sowieso nicht.

Grigori vermutete, dass seine Kameraden in einen Hinterhalt geraten waren. Man hatte sie herangelockt, bis sie umzingelt waren; dann hatten die Deutschen die Falle zuschnappen lassen.

Was sollte er tun? Niemand war zu sehen; also konnte er keinen Offizier um Befehle bitten. Aber er konnte auch nicht bleiben, wo er war. Seine Einheit war auf dem Rückzug, so viel stand fest; also sollte auch er zurückweichen. Und falls von den russischen Truppen noch etwas übrig war, dann im Osten.

Grigori drehte sich um, sodass er die untergehende Sonne im Rücken hatte, und ging los. So leise er konnte, bewegte er sich durch den Wald, da er nicht wusste, wo die Deutschen steckten. Er fragte sich, ob das ganze Korps, vielleicht sogar die ganze Armee vernichtet worden war, und ihm wurde bewusst, dass er in diesem Wald durchaus verhungern konnte.

Nach einer Stunde machte er Halt, um aus einem Bach zu trinken. Er überlegte, ob er seine Wunde auswaschen sollte, beschloss dann aber, sie lieber nicht anzurühren. Nachdem er getrunken hatte, rastete er kurz, indem er sich auf den Boden hockte und die Augen schloss. Bald würde die Dunkelheit hereinbrechen. Zum Glück war es trocken, und er konnte auf dem Boden schlafen.

Grigori war halb eingedöst, als er plötzlich ein Geräusch hörte. Als er die Augen öffnete, sah er entsetzt, dass keine zehn Meter von ihm entfernt ein deutscher Kavallerist langsam zwischen den Bäumen hindurchritt. Der Mann hatte Grigori nicht bemerkt.

Leise und vorsichtig griff Grigori nach seinem Gewehr, entsicherte es, kniete sich hin und zielte sorgfältig auf den Rücken des Deutschen. Der Mann war nun knapp fünfzehn Meter von ihm entfernt, im Nahbereich für einen Schuss mit dem Gewehr.

Im letzten Moment meldete sich der sechste Sinn des Deutschen, und er drehte sich im Sattel um.

Grigori drückte ab.

Der Schuss krachte ohrenbetäubend durch die Stille des Waldes.

Das Pferd machte einen Satz nach vorne. Der Deutsche kippte zur Seite und schlug auf dem Boden auf, doch ein Fuß blieb im Steigbügel hängen. Das Pferd schleifte ihn hundert Meter durchs Unterholz, wurde dann langsamer und blieb stehen.

Grigori lauschte, falls der Schuss die Aufmerksamkeit anderer erregt hatte. Er hörte nichts; nur eine sanfte Abendbrise ließ die Blätter rascheln.

Vorsichtig näherte Grigori sich dem Pferd, hob das Gewehr und zielte auf den Deutschen, doch seine Vorsicht war unbegründet. Der Mann rührte sich nicht mehr. Sein Gesicht war nach oben gekehrt, die Augen weit aufgerissen, und seine Pickelhaube lag neben ihm. Er hatte kurz geschnittenes blondes Haar und schöne grüne Augen. Er konnte durchaus der Mann sein, den Grigori schon früher am Tag gesehen hatte. Sicher war er sich allerdings nicht. Lew hätte es gewusst; er hätte sich an das Pferd erinnert.

Grigori öffnete die Satteltaschen. In einer befanden sich eine Karte und ein Fernglas, in der anderen eine Wurst und ein Stück Schwarzbrot. Grigori, der kurz vor dem Verhungern stand, biss ein Stück Wurst ab. Sie war stark mit Pfeffer, Knoblauch und Kräutern gewürzt. Der Pfeffer ließ Grigoris Wangen glühen, und ihm brach der Schweiß aus. Er kaute schnell, schluckte und stopfte sich dann ein Stück Brot in den Mund. Das Essen war so gut, dass er hätte weinen können. Grigori stand da, lehnte an der Flanke des großen Pferdes und aß, so schnell er konnte, während der Mann, den er erschossen hatte, mit toten grünen Augen zu ihm hinaufstarrte.

✠

»Wir schätzen, Herr General, dass dreißigtausend Russen gefallen sind«, sagte Walter zu Ludendorff. Er versuchte, sich seine Freude nicht allzu deutlich anmerken zu lassen, aber der deutsche Sieg war überwältigend, und er bekam das Grinsen einfach nicht aus dem Gesicht.

Ludendorff hingegen konnte sich sehr wohl beherrschen. »Gefangene?«

»Nach der letzten Zählung ungefähr zweiundneunzigtausend.«

Das war eine schier unglaublich hohe Zahl, doch Ludendorff nahm sie fast beiläufig zur Kenntnis. »Generale?«

»General Samsonow hat sich erschossen. Wir haben seine Leiche.

Martos, Befehlshaber des russischen XV. Korps, wurde gefangen genommen. Außerdem haben wir fünfhundert Geschütze erbeutet.«

»Zusammengefasst«, sagte Ludendorff und hob den Blick, »ist die russische 2. Armee also vernichtet worden. Sie existiert nicht mehr.«

Walter grinste immer breiter. »Jawohl, Herr General.«

Ludendorff erwiderte das Lächeln nicht. Er wedelte mit dem Stück Papier, das er studiert hatte. »Was diese Nachricht hier umso ironischer macht.«

»Herr General?«

»Man schickt uns Verstärkungen.«

Walter war erstaunt. »Was? Bitte, verzeihen Sie, Herr General … Verstärkungen?«

»Ich bin genauso überrascht wie Sie. Drei Korps und eine Kavalleriedivision.«

»Von wo denn?«

»Aus Frankreich, wo wir jeden Mann brauchen, wenn der Schlieffen-Plan gelingen soll.«

Walter erinnerte sich, dass Ludendorff mit seinem gewohnten Eifer und seiner Genauigkeit an den Details des Schlieffen-Plans mitgearbeitet hatte, sodass er exakt wusste, was man in Frankreich brauchte, bis hin zum letzten Mann, zum letzten Pferd und zur letzten Kugel. »Aber warum?«, fragte Walter.

»Ich weiß es nicht, aber ich kann es mir denken.« Ludendorffs Stimme bekam einen verbitterten Beiklang. »Die Gründe sind politischer Natur. Freifrauen und Gräfinnen haben der Kaiserin in Berlin die Ohren voll gejammert, weil ihre Güter und Besitzungen von den Russen überrannt werden. Und die Oberste Heeresleitung hat dem Druck nachgegeben.«

Walter spürte, wie er errötete. Seine eigene Mutter gehörte zu den Frauen, die Kaiserin Auguste Viktoria bedrängt hatten. Dass diese Frauen sich Sorgen machten und nach Schutz verlangten, war verständlich, aber dass die Armee ihrem Flehen nachgab und damit den Erfolg der gesamten Kriegsstrategie aufs Spiel setzte, war unverzeihlich. »Genau das will die Entente!«, sagte Walter mit aufkeimendem Zorn. »Die Franzosen haben die Russen überredet, mit einer nur teilweise kampfbereiten Armee bei uns einzumarschieren, in der Hoffnung, wir würden in Panik geraten, Truppen an die Ostfront verlegen und somit unsere Kräfte in Frankreich entscheidend schwächen!«

»So ist es. Die Franzosen sind auf der Flucht. Sie sind uns zahlenmäßig unterlegen und geschlagen. Ihre einzige Hoffnung war die, dass wir uns ablenken lassen … und genau dieser Wunsch ist jetzt erfüllt worden.«

»Also haben die Russen trotz unseres großen Sieges im Osten einen entscheidenden strategischen Vorteil für ihre Alliierten im Westen errungen«, sagte Walter.

»Ja«, bestätigte Ludendorff. »So ist es.«

KAPITEL 13

September bis Dezember 1914

Fitz erwachte vom Schluchzen einer Frau.

Zuerst glaubte er, es wäre Bea. Dann erinnerte er sich, dass seine Frau in London war und er in Paris. Neben ihm lag keine dreiundzwanzigjährige schwangere Fürstin im Bett, sondern ein neunzehnjähriges französisches Serviermädchen mit dem Gesicht eines Engels.

Fitz stützte sich auf einen Ellbogen und betrachtete sie, die langen blonden Wimpern, das hübsche Gesicht, die rosigen, tränenfeuchten Wangen. »*J'ai peur*«, schluchzte sie. »Ich hab Angst.«

Fitz strich ihr übers Haar. »*Calme-toi*«, sagte er. »Beruhige dich.« Von Frauen wie Gini hatte er mehr Französisch gelernt als während seiner ganzen Schulzeit. Gini war die Kurzform von Ginette, aber selbst das klang wie erfunden. Wahrscheinlich trug sie in Wahrheit einen ganz prosaischen Namen. Françoise, zum Beispiel.

Der Morgen war schön, und durch das offene Fenster wehte ein warmer Wind in Ginis Zimmer. Fitz hörte keinen Geschützdonner, kein Stiefelgetrampel auf den Pflastersteinen. »Noch ist Paris nicht gefallen, *chérie*«, murmelte er besänftigend, erweckte damit aber nur weitere Schluchzer.

Er blickte auf die Armbanduhr. Halb neun. Um zehn Uhr musste er unbedingt wieder am Hotel sein.

»Wenn die Deutschen kommen«, fragte Gini, »kümmerst du dich dann um mich?«

»Natürlich«, sagte er und unterdrückte aufkeimende Schuldgefühle. Wenn er konnte, würde er ihr helfen, aber oberste Priorität hatte es nicht.

»Kommen sie?«, fragte Gini mit leiser Stimme.

Fitz hätte es gerne gewusst. Das deutsche Heer war doppelt so stark wie vom französischen Geheimdienst vorhergesagt. Unaufhaltsam hatte es jede Schlacht gewonnen und Nordostfrankreich im Sturm erobert. Nun stand die Menschenlawine nördlich von Paris – wie weit genau im Norden, würde Fitz in den nächsten Stunden erfahren.

»Es heißt, die Stadt wird gar nicht verteidigt«, schluchzte Gini. »Stimmt das?«

Auch auf diese Frage wusste Fitz keine Antwort. Wenn Paris Widerstand leistete, würde die deutsche Artillerie die Stadt in Schutt und Asche legen. Die weltberühmten Bauwerke würden vom Antlitz der Erde verschwinden, in den breiten Boulevards würden Granattrichter klaffen, und die Bistros und Boutiquen würden in Trümmer sinken. Beinahe wünschte man sich die französische Kapitulation, damit diese einzigartige Stadt dem Bombardement entging. »Vielleicht wäre es das Beste für dich«, sagte Fitz und fügte lächelnd hinzu: »Dann angelst du dir einen dicken preußischen General, *Frollein*.«

»Ich will aber keinen Preußen.« Ihre Stimme sank zu einem Flüstern herab. »Ich liebe dich.«

Vielleicht sagte sie die Wahrheit; vielleicht sah sie in ihm aber auch nur die Fahrkarte, mit der sie aus Paris herauskam. Jeder, der die Möglichkeit hatte, verließ die Stadt, aber einfach war es nicht. Die meisten privaten Automobile waren requiriert worden, und auch die Eisenbahnen konnten jederzeit in Beschlag genommen werden, sodass man die zivilen Passagiere mitten im Nirgendwo aus den Waggons scheuchte. Für eine Taxifahrt nach Bordeaux zahlte man fünfzehnhundert Franc, den Preis für ein kleines Haus.

»Vielleicht kommt es gar nicht so weit«, sagte Fitz. »Die Deutschen werden erschöpft sein. Sie sind seit einem Monat auf dem Vormarsch und haben ununterbrochen gekämpft. Sie können nicht ewig so weitermachen.«

Beinahe glaubte er es selbst. Die Franzosen hatten harte Rückzugsgefechte geliefert. Das Heer war abgekämpft, ausgehungert und demoralisiert, aber es hatten sich nur wenige französische Soldaten gefangen nehmen lassen, und kaum ein Geschütz war in Feindeshand gefallen. Der unerschütterliche französische Oberbefehlshaber, Général Joffre, hatte die Entente-Kräfte zusammengehalten und sich auf eine Linie südöstlich von Paris zurückgezogen, wo die Armeen sich neu formierten. Außerdem hatte er ohne Erbarmen hohe französische Offiziere abgelöst, die seine Erwartungen enttäuscht hatten: zwei Armeeoberbefehlshaber, sieben Armeekorpskommandeure und Dutzende andere.

Doch die Deutschen wussten nichts davon. Fitz hatte entschlüsselte deutsche Funkmeldungen gelesen, die auf ein Überschätzen der eigenen Möglichkeiten hindeuteten. Die deutsche Oberste Heeresleitung hatte sogar Truppen aus Frankreich abgezogen und sie als Verstärkungen nach Ostpreußen entsandt. Fitz hielt es für möglich, dass die OHL damit einen Fehler begangen hatte. Die Franzosen waren noch nicht am Ende.

Bei den Briten war er sich da nicht so sicher.

Das britische Expeditionskorps, kurz BEF, bestand nur aus fünfeinhalb Divisionen; Frankreich führte siebzig Divisionen ins Feld. Die Briten hatten bei Mons tapfer gekämpft, hatten aber in nur fünf Tagen fünfzehntausend ihrer insgesamt hunderttausend Mann verloren und den Rückzug angetreten.

Auch die Welsh Rifles gehörten zur BEF, aber Fitz war nicht bei ihnen. Als man ihn als Verbindungsoffizier nach Paris geschickt hatte, war er anfangs enttäuscht gewesen: Er hatte an der Seite seiner Männer kämpfen wollen und auf den Befehl über eine Kompanie gehofft. Wahrscheinlich betrachteten die Generale ihn als einen Amateur, den man auf einen Posten abschieben musste, an dem er kein Unheil anrichten konnte. Aber Fitz kannte Paris und sprach Französisch; deshalb ließ sich kaum bestreiten, dass er für seinen Posten qualifiziert war.

Wie sich herausstellte, waren seine Aufgaben wichtiger, als er angenommen hatte. Die Beziehungen zwischen den französischen Befehlshabern und ihren britischen Gegenstücken waren gefährlich schlecht. Das britische Expeditionskorps wurde von einem reizbaren Kleinkrämer befehligt, dessen Name – ein wenig verwirrend – French lautete. Schon früh hatte Field Marshal Sir John French sich am Verhalten Général Joffres gestoßen, das er als mangelnden Willen zur Abstimmung auslegte, und zu schmollen begonnen. Fitz versuchte mit allen Mitteln, trotz der feindseligen Stimmung den Austausch von Informationen und Aufklärungsergebnissen zwischen den Stäben der beiden Entente-Oberbefehlshaber aufrechtzuerhalten.

Die Angelegenheit war peinlich und beschämend, und Fitz war bestürzt über die kaum verhohlene Verachtung einiger hoher französischer Offiziere gegenüber den Briten. Vor einer Woche hatten sich die ohnehin gespannten Beziehungen dramatisch verschlechtert. Sir John hatte Joffre mitgeteilt, seine Truppen bräuchten zwei Tage Erholung. Am nächsten Tag hatte er den Ruhebedarf auf zehn Tage erhöht. Die Franzosen waren entsetzt gewesen, und Fitz hatte sich für sein Vaterland geschämt.

Er hatte bei seinem direkten Vorgesetzten Colonel Hervey, dem kriecherischen Adjutanten Sir Johns, Protest eingelegt, doch seine Beschwerde war auf Entrüstung gestoßen und abschlägig beschieden worden. Am Ende hatte Fitz mit Lord Remarc telefoniert, dem Staatssekretär im Kriegsministerium. Sie waren in Eton zusammen zur Schule gegangen; Remarc gehörte zu Mauds klatschsüchtigen Freunden. Fitz hatte es nicht gefallen, hinter dem Rücken seiner Vorgesetzten tätig zu werden, aber der Kampf um Paris stand so sehr auf Messers Schneide, dass er überzeugt war, handeln zu müssen. Patriotismus war keine einfache Sache, so viel hatte er gelernt.

Seine Beschwerde hatte eingeschlagen wie eine Bombe. Premierminister Asquith entsandte umgehend den neuen Kriegsminister, Lord Kitchener, nach Paris, und vorgestern war Sir John von seinem Chef zusammengestaucht worden. Fitz hoffte sehr, dass French in Kürze abgelöst würde. Und selbst wenn es nicht so weit kam, war der Field Marshal vielleicht wenigstens aus seiner Lethargie gerissen worden.

Fitz würde es bald herausfinden.

Er drehte sich von Gini weg und setzte die Füße auf den Boden.

»Gehst du schon?«, fragte sie.

Er stand auf. »Ich muss zum Dienst.«

Sie trat die Bettdecke beiseite. Fitz betrachtete ihre makellosen Brüste. Als sie seinen Blick bemerkte, lächelte sie unter Tränen und spreizte einladend die Beine.

Er widerstand der Versuchung. »Mach Kaffee, *chérie*«, bat er.

Sie streifte sich einen blassgrünen seidenen Morgenmantel über und setzte Wasser auf, während Fitz sich ankleidete. Am Abend zuvor hatte er in der Gesellschaftsuniform seines Regiments in der britischen Botschaft gespeist, danach aber die augenfällige scharlachrote Uniformjacke durch einen kurzen Smoking ersetzt, ehe er sich unters einfache Volk mischte.

Gini reichte ihm starken Kaffee in einer großen Tasse, die an eine Schale erinnerte. »Ich warte heute Abend im Club Albert auf dich«, sagte sie. Die Nachtclubs hatten offiziell geschlossen, genauso die Theater und Lichtspielhäuser. Selbst in den *Folies Bergère* blieb es dunkel. Die Cafés schlossen um acht, die Restaurants um halb zehn. Trotzdem war es nicht leicht, das Nachtleben einer Großstadt sozusagen abzustellen, und findige Typen wie Albert hatten rasch illegale Lokale eröffnet, in denen sie Champagner zu Erpresserpreisen servierten.

»Ich versuche, um Mitternacht dort zu sein«, sagte Fitz. Der Kaffee war bitter, spülte aber die letzten Spuren seiner Schläfrigkeit fort. Er gab Gini einen Sovereign, eine britische Goldmünze. Es war eine großzügige Bezahlung für eine einzige Nacht, und in Zeiten wie diesen wurde Gold stets dem Papiergeld vorgezogen.

Als er Gini zum Abschied küsste, klammerte sie sich an ihn. »Du bist doch heute Nacht dort?«, fragte sie.

Sie tat ihm leid. Ihre Welt fiel in Trümmer, und sie wusste nicht, was sie tun sollte. Fitz hätte sie gerne unter seine Fittiche genommen und ihr versprochen, sich um sie zu kümmern, aber das konnte er nicht. Er hatte eine schwangere Frau, und wenn Bea sich aufregte, verlor sie vielleicht das Kind. Aber selbst als Junggeselle würde er sich nur der Lächerlichkeit preisgegeben haben, wenn er sich ein französisches Flittchen aufgehalst hätte. Außerdem war Gini nur eine von Millionen Parisern. Jeder hatte Angst, nur die Toten nicht. »Ich tue, was ich kann«, sagte er und löste sich aus ihren Armen.

Sein blauer Cadillac parkte am Straßenrand. An der Motorhaube war ein kleiner Union Jack angebracht. Auf den Straßen waren nur wenige Privatfahrzeuge zu sehen, die meisten mit Stander – gewöhnlich eine Trikolore oder eine Rotkreuzflagge –, der anzeigte, dass sie für wichtige Kriegsaufgaben verwendet wurden.

Um den Wagen von London hierherzubekommen, hatte Fitz rücksichtslos seine Verbindungen ausnutzen und ein kleines Vermögen an Bestechungsgeldern zahlen müssen, aber er war froh, die Mühe auf sich genommen zu haben. Er musste täglich zwischen dem britischen und dem französischen Hauptquartier wechseln, und es war eine große Erleichterung, nicht darauf angewiesen zu sein, täglich von Oberkommandos, die unter Materialknappheit litten, einen Wagen oder ein Pferd zu erbetteln.

Fitz ließ den Motor an und fuhr los. Auf den Pariser Straßen herrschte kaum Verkehr. Selbst die Busse waren requiriert worden und brachten nun Nachschub an die Front. Fitz musste anhalten, als vor ihm eine große Schafherde eine Straße überquerte, vermutlich auf dem Weg zum Ostbahnhof, von wo die Tiere mit dem Zug zu den Feldküchen geschafft wurden.

Ihm fiel eine kleine Menschenmenge auf, die sich vor einem Plakat versammelt hatte, das an der Mauer des Palais Bourbon hing. Fitz hielt an und stieg aus. Auf dem Plakat stand zu lesen:

ARMEEN VON PARIS!
BÜRGER VON PARIS!

Fitz' Blick schweifte zum unteren Ende der Bekanntmachung. Sie war von Général Galliéni unterzeichnet, dem Militärgouverneur der Stadt. Man hatte Galliéni, einen ruppigen alten Veteranen, aus dem Ruhestand geholt. Er war berüchtigt dafür, dass sich bei seinen Stabsbesprechungen niemand setzen durfte: Er glaubte, im Stehen kämen die Leute schneller zu einer Entscheidung.

Der Text seiner Bekanntmachung war kurz und knapp, wie es typisch für ihn war:

> Die Regierung der Republik hat Paris verlassen, um der nationalen Verteidigung neuen Antrieb zu verleihen.

Fitz war entsetzt. Die Regierung war geflohen! In den letzten Tagen hatte es immer wieder Gerüchte gegeben, dass Minister sich nach Bordeaux absetzen wollten, doch die Politiker hatten gezögert und die Hauptstadt nicht im Stich lassen wollen. Jetzt aber waren sie fort. Das ließ nichts Gutes ahnen.

Der Rest der Bekanntmachung war in trotzigem Tonfall gehalten:

> Ich wurde mit der Aufgabe betraut, Paris gegen den Angreifer zu verteidigen.

Aha, dachte Fitz, Paris ergibt sich also doch nicht. Die Stadt wird kämpfen. Gut! Das lag gewiss im britischen Interesse. Wenn die französische Hauptstadt schon fallen musste, sollte sich der Feind ihre Eroberung wenigstens teuer erkaufen.

> Diese Pflicht werde ich mit aller Kraft erfüllen.

Fitz konnte nicht anders, er musste lächeln. Gott segne die alten Haudegen.

Die Leute ringsum schienen gemischte Gefühle zu haben. Aus manchen Kommentaren sprach Bewunderung. Galliéni sei ein Kämpfer, sagte jemand; er werde nicht zulassen, dass Paris fiel. Andere äußerten sich realistischer. Die Regierung habe sie im Stich gelassen, schimpfte eine Frau; und das bedeute, dass die Deutschen noch heute, spätestens morgen einmarschierten. Ein Mann mit einem Aktenkoffer berichtete, er habe seine Frau und seine Kinder zu seinem Bruder aufs Land geschickt. Eine gut gekleidete Frau sagte, sie bewahre dreißig Kilo getrocknete Bohnen in ihrem Küchenschrank auf.

Fitz fand, dass der britische Beitrag zu den Kriegsanstrengungen der Entente cordiale, zu dem auch er seinen kleinen Teil leistete, soeben noch wichtiger geworden sei.

Erfüllt vom Gefühl drohenden Untergangs fuhr er weiter zum Ritz.

Im Foyer seines Lieblingshotels ging er sofort in eine Telefonzelle, rief die britische Botschaft an und hinterließ für den Fall, dass die Neuigkeit die Rue du Faubourg St. Honoré noch nicht erreicht hatte, eine Nachricht an den Botschafter, in der er von Galliénis Bekanntmachung berichtete.

Als er aus der Telefonzelle trat, begegnete er Colonel Hervey.

Hervey warf einen Blick auf Fitz' Smoking und fuhr ihn an: »Major Fitzherbert! Was soll dieser Aufzug, zum Teufel?«

»Guten Morgen, Colonel«, erwiderte Fitz, ohne auf die Frage einzugehen; schließlich war offenkundig, dass er die Nacht woanders verbracht hatte.

»Es ist neun Uhr morgens! Wussten Sie nicht, dass wir im Krieg sind?«

Eine weitere Frage, die keiner Antwort bedurfte. Kühl entgegnete Fitz: »Kann ich etwas für Sie tun, Sir?«

Hervey war ein Tyrann, der jeden hasste, den er nicht einschüchtern konnte.

»Zügeln Sie Ihre Unverschämtheit, Major«, sagte er. »Wir haben alle Hände voll zu tun mit verdammten Besuchern aus London, die sich in alles einmischen.«

Fitz zog eine Braue hoch. »Lord Kitchener ist Kriegsminister, Sir.«

»Die Politiker sollen uns gefälligst unsere Pflicht tun lassen. Aber jemand mit Freunden ganz oben hat sie in helle Aufregung versetzt.« Er blickte Fitz an, als verdächtige er ihn, aber ihm fehlte der Mut, es auszusprechen.

»Es kann Sie doch kaum überrascht haben, wenn das Kriegsministerium sich Gedanken macht«, erwiderte Fitz. »Zehn Tage Ruhe, wo die Deutschen vor den Toren stehen!«

»Die Männer sind erschöpft!«

»In zehn Tagen ist der Krieg vielleicht zu Ende. Wozu sind wir hier, wenn nicht zur Rettung von Paris?«

»Kitchener hat Sir John im entscheidenden Augenblick von seinem Hauptquartier getrennt«, ereiferte Hervey sich.

»Sir John hatte es aber nicht sehr eilig, zur Truppe zurückzukehren«, erwiderte Fitz. »Mir ist aufgefallen, dass er am fraglichen Abend hier im Ritz gespeist hat.« Er wusste, dass er unverschämt war, konnte sich aber nicht zügeln.

»Gehen Sie mir aus den Augen«, sagte der Adjutant.

Fitz machte auf dem Absatz kehrt und ging nach oben.

Er war längst nicht so gelassen, wie er sich gab. Nichts hätte ihn dazu bringen können, vor einem Idioten wie Hervey zu katzbuckeln; andererseits war ihm eine erfolgreiche militärische Laufbahn sehr wichtig. Ihm war der Gedanke zuwider, die Leute könnten sagen, er sei nicht der Mann, der sein Vater gewesen war. Hervey nützte dem Heer nicht allzu viel, weil er seine Zeit und Energie damit vergeudete, seine Günstlinge zu fördern und gegen seine Rivalen zu intrigieren. Zugleich konnte er Männer ruinieren, die sich auf andere Dinge konzentrierten – zum Beispiel darauf, den Krieg zu gewinnen.

In düstere Gedanken versunken, badete Fitz, rasierte sich und kleidete sich in die Khakiuniform eines Majors der Welsh Rifles. Da er wusste, dass er bis zum Abendessen vielleicht nichts mehr zwischen die Zähne bekam, bestellte er sich ein Omelette und Kaffee auf seine Suite.

Um Punkt zehn Uhr begann sein Dienst, und er verbannte Herveys Niederträchtigkeiten aus seinen Gedanken. Lieutenant Murray, ein scharfsinniger junger Schotte, kam aus dem britischen Hauptquartier und brachte Berichte der morgendlichen Luftaufklärung zusammen mit dem Staub der Landstraßen in Fitz' Suite.

Fitz übersetzte das Dokument rasch ins Französische und schrieb in seiner klaren, geschwungenen Schrift den Bericht auf blassblaues Hotel-Ritz-Papier. Jeden Morgen überflogen britische Flugzeuge die deutschen Stellungen und erkundeten, in welche Richtung die feindlichen Verbände sich bewegten. Zu Fitz' Aufgaben gehörte es, die Berichte schnellstmöglich an Général Galliéni zu übermitteln.

Als Fitz wieder das Foyer durchquerte, sprach ihn der Chefportier an: Er werde am Telefon verlangt.

Die Stimme, die mit den Worten »Fitz, bist du das?« aus dem Hörer drang, klang fern und verzerrt, doch zu seinem Erstaunen gehörte sie ohne Zweifel seiner Schwester Maud.

»Wie hast du das denn geschafft?«, fragte er. Nur die Regierung und das Militär konnten von London aus Paris erreichen.

»Ich rufe aus Johnny Remarcs Büro im Kriegsministerium an.«

»Schön, deine Stimme zu hören«, sagte Fitz. »Wie geht es?«

»Hier machen sich alle schreckliche Sorgen«, erwiderte Maud. »Zuerst haben die Zeitungen immer nur gute Neuigkeiten gedruckt. Aber wer sich in Geografie auskennt, der konnte schnell erkennen, dass die Deutschen nach jedem Sieg der tapferen Franzosen wieder fünfzig Meilen tiefer nach Frankreich vorgedrungen waren. Am Sonntag hat die *Times* dann eine Sonderausgabe veröffentlicht. Ist das nicht seltsam? Die Tageszeitung ist voller Lügen, sodass die Wahrheit in einer Sonderausgabe erscheinen muss.«

Sie versuchte geistreich und zynisch zu sein, aber Fitz spürte die Angst und die Wut dahinter. »Was stand denn in dieser Sonderausgabe?«

»Es wurde von unserer ›gebrochenen Armee auf dem Rückzug‹ berichtet. Asquith ist außer sich vor Wut. Jetzt rechnen alle jeden Tag damit, dass Paris fällt.« Ihre Fassade bekam Risse, und sie sagte schluchzend: »Fitz, dir wird doch nichts passieren?«

Er konnte seine Schwester nicht anlügen. »Das weiß ich nicht. Die französische Regierung ist jetzt in Bordeaux. Sir John French wurde gerügt, ist aber noch hier.«

»Sir John hat sich beim Kriegsministerium beschwert, dass Lord Kitchener in der Uniform eines Feldmarschalls nach Paris gekommen ist. Das sei ein Verstoß gegen die Etikette, da der Lord nun Minister und folglich Zivilist sei.«

»Er zerbricht sich den Kopf über Etikette? Du lieber Himmel! Warum hat man ihn nicht abgelöst?«

»Johnny sagt, das würde wie ein Eingeständnis unseres Versagens aussehen.«

»Und wie sieht es aus, wenn die Deutschen in Paris einmarschieren?«

»Ach, Fitz!« Maud brach in Tränen aus. »Was soll nur aus dem Baby werden, das Bea erwartet … deinem Kind?«

»Wie geht es Bea?«, fragte Fitz und dachte schuldbewusst daran, wo er die Nacht verbracht hatte.

Maud schniefte. Ein wenig ruhiger antwortete sie: »Bea sieht großartig aus, und sie leidet auch nicht mehr ständig an Übelkeit.«

»Sag ihr, dass ich sie vermisse.«

Die Störungen in der Leitung übertönten seine Worte, und ein paar Sekunden lang hörte Fitz eine andere Stimme; dann verschwand sie wieder. Das bedeutete, dass sie jede Sekunde getrennt werden konnten.

Als er Maud wieder hörte, klang ihre Stimme kläglich. »Ach, Fitz, wann hört das auf?«

»Innerhalb der nächsten Tage«, antwortete er. »So oder so.«

»Pass auf dich auf!«

»Natürlich.«

Die Leitung war tot.

Fitz hängte ein, gab dem Chefportier ein Trinkgeld, trat hinaus auf die Place Vendôme, stieg in seinen Wagen und fuhr davon. Mauds Bemerkungen über Bea hatten ihn nervös gemacht. Fitz war bereit, für sein Land zu sterben, und hoffte, dass er sich als tapfer erwies, falls es so weit kam, aber unendlich viel wichtiger war ihm, sein Baby zu sehen. Er wurde zum ersten Mal Vater und wünschte sich nichts so sehr, wie sein Kind kennenzulernen und zu sehen, wie es lernte und aufwuchs. Er wollte ihm helfen, erwachsen zu werden. Sein Sohn oder seine Tochter sollte auf keinen Fall ohne Vater aufwachsen müssen.

Fitz überquerte die Seine und näherte sich den Les Invalides, einem Komplex aus Militärbauten. Galliéni hatte sein Hauptquartier unweit davon in einer Schule aufgeschlagen, die Lycée Victor-Duruy hieß und ein wenig abseits der Straße hinter Bäumen stand. Der Zugang wurde von Posten in hellblauen Uniformjacken und roten Hosen mit roten Mützen bewacht, die viel schmucker aussahen als die britischen Soldaten in ihrem schlammfarbenen Khaki. Die Franzosen hatten noch nicht begriffen, dass die Treffgenauigkeit moderner Gewehre den Soldaten zwang, mit der Landschaft zu verschmelzen, wenn er überleben wollte.

Fitz war bei den Posten gut bekannt und konnte sofort eintreten. Das Gebäude war ein Mädchengymnasium gewesen; die Wände hingen voller Zeichnungen von Schoßtieren und Blumen, und auf beiseitegelegten Tafeln standen durchkonjugierte lateinische Verben. Die Gewehre der Posten und die Stiefeltritte der Offiziere erschienen wie ein Affront gegen die stille, dezente Vornehmheit derer, die zuvor diese Flure durchschritten hatten.

Fitz ging sofort in den Lageraum. Kaum war er eingetreten, bemerkte er die aufgeregte Stimmung. An einer Wand hing eine große Karte von Zentralfrankreich, auf der die Stellungen der einzelnen Armeen mit Nadeln markiert waren. Galliéni war ein großer, dünner Mann, der trotz des Prostatakrebses, der ihn im Februar gezwungen hatte, seinen Abschied zu nehmen, kerzengerade dastand. Nachdem er nun wieder Uniform trug, blickte er durch seinen Kneifer aggressiv auf die Karte.

Fitz salutierte, tauschte einen Händedruck mit seinem Gegenstück in Galliénis Stab, Colonel Dupuys, und erkundigte sich leise nach dem Stand der Dinge.

»Wir verfolgen von Kluck«, antwortete Dupuys.

Galliéni verfügte über eine Staffel aus neun alten Flugzeugen, mit denen er die Bewegungen des vorrückenden deutschen Heeres beobachten ließ. Generaloberst Alexander von Kluck war Befehlshaber der 1. deutschen Armee – dem deutschen Verband, der Paris am nächsten war.

»Was gibt es Neues, *mon colonel?*«, fragte Fitz.

»Zwei Berichte.« Dupuys wies auf die Karte. »Unsere Luftaufklärung sagt, dass von Kluck nach Südosten marschiert, auf die Marne zu.«

Damit war bestätigt, was die britischen Aufklärer gemeldet hatten. Ihre Marschroute führte die 1. Armee östlich an Paris vorbei. Und da von Kluck den rechten deutschen Flügel befehligte, würde das bedeuten, dass die gesamte Streitmacht an der Stadt vorbeizog. Entkam Paris am Ende doch noch?

Dupuys fuhr fort: »Außerdem haben wir den Bericht eines Spähreiters, der auf das Gleiche hindeutet.«

Fitz nickte nachdenklich. »Die deutsche Militärdoktrin sieht vor, zuerst das feindliche Heer zu vernichten und dann die Städte in Besitz zu nehmen.«

»Aber sehen Sie es denn nicht?«, fragte Dupuys aufgeregt. »Die Deutschen entblößen ihre Flanke!«

Daran hatte Fitz gar nicht gedacht; er war ganz mit dem Schicksal von Paris beschäftigt gewesen. Nun allerdings erkannte er, dass Dupuys recht hatte, und begriff, dass dies der Grund für die aufgeregte Stimmung war: Wenn die Aufklärung recht hatte, hatte von Kluck einen Kardinalfehler begangen. Die Flanke einer Armee war verwundbarer als ihre Spitze. Ein Flankenangriff war wie ein Dolchstoß in den Rücken.

Wie konnte von Kluck ein solcher Fehler unterlaufen? Offenbar hielt er die Franzosen für zu schwach, um einen Gegenangriff zu unternehmen.

Aber da irrte er sich.

Fitz sprach Galliéni auf Französisch an. »Ich glaube, das hier wird Sie sehr interessieren, *mon général*«, sagte er und reichte ihm den Umschlag. »Unser Luftaufklärungsbericht von heute Morgen.«

»Aha!«, rief Galliéni.

Fitz trat an die Karte. »Wenn Sie gestatten, *mon général?*«

Galliéni nickte. Die Briten waren nicht beliebt, aber jede Information wurde gebraucht.

Fitz warf einen Blick auf das Original in englischer Sprache und sagte: »Unsere Leute haben von Klucks Armee in dieser Gegend lokalisiert.« Er steckte eine weitere Nadel in die Karte. »Und sie marschiert in diese Richtung.« Damit bestätigte er die Annahmen der Franzosen.

Einen Augenblick herrschte Schweigen im Lageraum.

»Also ist es wahr«, sagte Dupuys dann in die Stille hinein. »Sie haben ihre Flanke entblößt.«

Général Galliénis Augen hinter dem Kneifer funkelten. »Dann ist jetzt die Zeit für einen Angriff gekommen.«

Um drei Uhr morgens war Fitz in pessimistischer Stimmung. Er lag neben Ginis schlankem Körper, nachdem sie Sex gehabt hatten, vermisste seine Frau, hatte Gewissensbisse und sah schwarz, was die militärische Lage anging: Bestimmt erkannte von Kluck seinen Fehler und schwenkte mit seiner Armee herum. Dann war es um Paris geschehen.

Doch am nächsten Morgen – es war Freitag, der 4. September – setzte von Kluck zum Entzücken der französischen Verteidiger seinen Marsch nach Südosten fort. Sofort erteilte Général Joffre den Befehl, die französische 6. Armee am nächsten Morgen aus Paris abrücken zu lassen und von Klucks Nachhut anzugreifen.

Die Briten jedoch zogen sich weiterhin zurück.

Als Fitz sich an diesem Abend im Club Albert mit Gini traf, war er verzweifelt. »Das ist unsere letzte Chance«, erklärte er ihr bei einem Champagnercocktail, der seine schlechte Stimmung kein bisschen aufbesserte. »Die Deutschen sind erschöpft, ihre Nachschublinien weit auseinandergezogen. Wenn wir ihnen jetzt einen harten Schlag versetzen, bringen wir ihren Vormarsch vielleicht zum Stehen.«

Gini saß auf einem Barhocker und schlug ihre langen Beine übereinander, wobei ihre Seidenstrümpfe wisperten. »Aber warum bist du so trübsinnig?«

»Weil wir Briten ausgerechnet jetzt auf dem Rückzug sind. Wenn Paris fällt, werden wir für immer Schande auf uns laden.«

»Général Joffre muss mit Sir John sprechen und verlangen, dass die Briten kämpfen! Du musst selbst mit Joffre reden!«

»Joffre empfängt einen kleinen britischen Major gar nicht erst. Außerdem würde er es wahrscheinlich für irgendeinen Winkelzug Sir Johns halten. Und ich säße tief in der Tinte … nicht dass es mir etwas ausmachen würde.«

»Dann sprich mit einem seiner Ratgeber.«

»Ich kann nicht einfach ins Große Hauptquartier des französischen Heeres spazieren und erklären, dass die Briten Frankreich verraten.«

»Aber du könntest in Ruhe ein Wort mit Général Lourceau sprechen, ohne dass jemand davon erfährt.«

»Und wie?«

»Er sitzt da drüben.«

Fitz folgte Ginis Blick und sah einen Franzosen von ungefähr sechzig Jahren in Zivilkleidung, der mit einer jungen Frau in einem roten Kleid an einem Tisch saß.

»Er ist sehr freundlich«, fügte Gini hinzu

»Du kennst ihn?«

»Wir waren eine Zeit lang befreundet, aber er mochte Lizette lieber.«

Fitz zögerte. Erneut widerstrebte es ihm, hinter dem Rücken seiner Vorgesetzten zu agieren. Doch für solche Rücksichtnahmen war jetzt nicht der richtige Moment. Paris stand auf dem Spiel. Er musste tun, was er konnte.

»Stell mich ihm vor«, sagte er.

»Warte einen Moment.« Gini glitt anmutig vom Barhocker und schwang die Hüften im Rhythmus des Klaviers, das Ragtime spielte, während sie den Club durchquerte, bis sie zum Tisch des Générals kam. Sie küsste ihn auf den Mund, lächelte seiner Begleiterin zu und setzte sich. Nach einem kurzen ernsten Gespräch winkte sie Fitz herbei.

Lourceau erhob sich, und die beiden Männer schüttelten sich die Hände. »Es ist mir eine Ehre, Sie kennenzulernen, *mon général*«, sagte Fitz.

»Für ein ernsthaftes Gespräch ist hier nicht die richtige Umgebung«, erwiderte Lourceau, »aber Gini sagte, es sei sehr dringend, was Sie mir zu berichten haben.«

»Das kann man wohl sagen«, erwiderte Fitz und nahm Platz.

Am nächsten Morgen fuhr Fitz zum britischen Feldlager bei Melun, fünfundzwanzig Meilen südöstlich von Paris, und erfuhr zu seinem Entsetzen, dass sich das britische Expeditionskorps noch immer zurückzog.

Vielleicht war seine Nachricht nicht zu Joffre durchgedrungen. Oder Joffre hatte sie erhalten, war aber der Ansicht, nichts unternehmen zu können.

Fitz betrat Vaux-le-Pénil, das prachtvolle Schloss aus der Zeit Ludwig XV., das Sir John French als Hauptquartier diente. In der Eingangshalle traf er auf Colonel Hervey. »Darf ich fragen, Sir, warum wir uns zurückziehen, wenn unsere Verbündeten einen Gegenangriff starten?«, erkundigte er sich, so höflich er konnte.

»Nein, das dürfen Sie nicht«, erwiderte Hervey.

Fitz unterdrückte seinen Zorn und ließ nicht locker. »Die Franzosen vermuten, sie und die Deutschen sind gleich stark. Deshalb könnte unser Expeditionskorps, so klein es auch ist, den Ausschlag geben.«

Hervey lachte höhnisch. »Ach ja, glauben die Franzosen das? Das kann ich mir vorstellen!« Er klang, als hätte Frankreich kein Recht, die Hilfe seines Verbündeten zu beanspruchen.

Fitz spürte, wie ihm die Selbstbeherrschung entglitt. »Paris könnte verloren gehen, weil wir Angst haben.«

»Hüten Sie Ihre Zunge, Major!«

»Wir wurden hierhergeschickt, um Paris zu retten, Sir. Das könnte die Entscheidungsschlacht sein.« Gegen seinen Willen hob Fitz die Stimme. »Wenn Paris verloren geht und Frankreich gleich mit, wie sollen wir dann in der Heimat erklären, dass wir uns im entscheidenden Moment *ausgeruht* haben?«

Statt eine Antwort zu geben, starrte Hervey über Fitz' Schulter hinweg. Als Fitz sich umdrehte, sah er eine massige Gestalt in französischer Generalsuniform, die sich schwerfällig voranbewegte. Die schwarze Jacke war über dem gewölbten Bauch aufgeknöpft, die rote Hose saß schlecht, und die rot-goldene Mütze war tief in die Stirn gezogen. Farblose Augen unter grau melierten Brauen musterten Fitz und Hervey. Fitz erkannte Général Joffre.

Als der französische Oberkommandierende und seine Entourage an ihnen vorbei waren, fragte Hervey: »Sind Sie dafür verantwortlich?«

Fitz, zu stolz zum Lügen, antwortete: »Möglich.«

»Darüber reden wir noch.« Hervey kehrte Fitz den Rücken zu und eilte Joffre hinterher.

Sir John French empfing Joffre in einem kleinen Raum, in dem nur wenige Offiziere zugegen waren. Fitz gehörte nicht dazu; er wartete im Offizierskasino. Die ganze Zeit fragte er sich, was Joffre sagen würde und ob er Sir John überzeugen konnte, den schmachvollen britischen Rückzug abzubrechen und am Gegenangriff teilzunehmen.

Die Antwort bekam er zwei Stunden später von Lieutenant Murray. »Joffre hat alles versucht«, berichtete der Lieutenant. »Er hat gebettelt, er hat geweint und angedeutet, die britische Ehre könne für immer besudelt werden. Es hat gewirkt. Morgen schwenken wir nach Norden.«

Fitz grinste breit. »Halleluja!«

Es dauerte keine Minute, und Colonel Hervey kam herein. Fitz erhob sich aus Höflichkeit.

»Sie sind zu weit gegangen, Major«, sagte Hervey. »Général Lourceau hat mir erzählt, was Sie getan haben. Er war wohl in dem Glauben, Ihnen damit etwas Gutes zu tun.«

»Warum sollte ich es abstreiten«, erwiderte Fitz. »Zumal das Ergebnis beweist, dass ich das Richtige getan habe.«

»Hören Sie mir gut zu, Fitzherbert.« Hervey senkte die Stimme. »Sie sind am Ende. Sie haben einen Vorgesetzten hintergangen. An Ihrem Namen klebt ein Makel, den Sie nie mehr loswerden. Sie werden nicht mehr befördert, und wenn der Krieg noch ein ganzes Jahr dauert. Über den Rang eines Majors werden Sie niemals herauskommen!«

»Danke für Ihre Offenheit, Colonel«, entgegnete Fitz. »Aber ich bin zur Army gegangen, um Schlachten zu gewinnen, keine Dienstgrade.«

Sir Johns Vormarsch am Sonntag war beschämend vorsichtig, fand Fitz, doch zu seiner Erleichterung genügte es, um von Kluck zu zwingen, der Bedrohung zu begegnen, indem er Truppen entsandte, die er anderswo nicht entbehren konnte. Der deutsche Generaloberst kämpfte nach zwei Richtungen, nach Westen und nach Süden, und das war der Albtraum jedes Kommandeurs.

Am Montagmorgen erwachte Fitz nach einer Nacht in einer Decke auf dem kahlen Boden des Schlosses. Gut gelaunt und zuversichtlich frühstückte er im Offizierskasino; dann wartete er ungeduldig auf die Rückkehr der Aufklärungsflugzeuge von ihrer Morgenpatrouille. Krieg war entweder wütender Sturmlauf oder sinnlose Untätigkeit. Auf dem Gelände des Schlosses stand eine Kirche, die angeblich aus dem Jahr 1000 stammte; Fitz hatte sie sich angesehen, konnte aber nicht begreifen, was die Leute an alten Kirchen fanden.

Die Besprechung der Aufklärungsergebnisse fand in einem prächtigen Salon statt, von dem aus man auf den Park und den Fluss blickte. Von üppigem Dekor des achtzehnten Jahrhunderts umgeben, saßen die Offiziere auf Klappstühlen an einem billigen Brettertisch. Sir John French hatte ein vorspringendes Kinn, und sein Mund unter dem weißen Walrossschnurrbart schien ständig zu einem Ausdruck gekränkten Stolzes verzogen zu sein.

Die Flieger meldeten, dass vor den britischen Truppen freies Gelände lag, da die deutschen Kolonnen nach Norden marschierten.

Fitz war begeistert. Der Gegenangriff der Entente-Mächte war unerwartet gekommen und hatte von Klucks Armee offenbar im Schlaf überrascht. Natürlich würden die Deutschen sich sehr bald neu formieren, doch im Moment schienen sie Schwierigkeiten zu haben.

Fitz erwartete, dass Sir John einen raschen Vorstoß befahl, doch zu seiner Enttäuschung blieb der Kommandeur des britischen Expeditionskorps bei den begrenzten Zielen, die zuvor schon gesetzt worden waren.

Fitz übersetzte den Bericht ins Französische und stieg in seinen Wagen. Die fünfundzwanzig Meilen nach Paris fuhr er so rasch, wie es im Strom der Lastwagen, Personenfahrzeuge und Pferdekarren möglich war, die mit Menschen vollgestopft und hoch mit Gepäck beladen die Stadt nach Süden verließen, um den Deutschen zu entkommen.

In Paris musste er wegen einer Abteilung dunkelhäutiger algerischer Soldaten warten, die quer durch die Stadt von einem Bahnhof zum anderen marschierten. Ihre Offiziere ritten auf Maultieren und trugen leuchtend rote Umhänge Während die Algerier vorbeizogen, schenkten Frauen ihnen Blumen und Obst, und Kaffeehausbesitzer brachten ihnen kalte Getränke.

Als die Straße wieder frei war, fuhr Fitz zum Hôtel des Invalides weiter und brachte seinen Bericht in die Schule.

Erneut bestätigte die britische Aufklärung die französischen Erkenntnisse: Mehrere deutsche Verbände zogen sich zurück. »Wir müssen den Druck erhöhen!«, sagte der alte Général. »Wo sind die Engländer?«

Fitz ging zur Karte und zeigte ihm die Position der Briten und die Marschziele, die sie auf Befehl Sir Johns bis zum Abend erreichen sollten.

»Das reicht nicht!«, rief Galliéni verärgert. »Sie müssen aggressiver vorgehen! Sie müssen angreifen, damit von Kluck zu sehr mit Ihnen beschäftigt ist, als dass er seine Flanke verstärken könnte. Wann werden Sie die Marne überschreiten?«

Fitz konnte es nicht sagen. Er schämte sich. Zwar pflichtete er Galliéni bei, so ätzend dessen Bemerkungen auch waren, wollte es aber nicht zugeben; deshalb sagte er nur: »Ich werde Sir John mit äußerster Deutlichkeit darauf hinweisen, *mon général*.«

Galliéni jedoch überlegte bereits, wie er die britische Müdigkeit kompensieren konnte. »Wir werden heute Nachmittag die 7. Division des IV. Armeekorps entsenden, um Maunourys 6. Armee am Ourcq zu verstärken«, sagte er entschieden.

Sofort machte sein Stab sich daran, die Befehle niederzuschreiben.

»*Mon général*«, sagte Colonel Dupuys, »wir haben nicht genug Züge, um alle bis heute Abend dorthin zu bringen.«

»Dann nehmen Sie Automobile«, entgegnete Galliéni.

»Automobile?« Dupuys sah ihn verblüfft an. »Wo sollen wir so viele Automobile hernehmen?«

»Mieten Sie Taxis!«

Alle im Raum starrten ihn an. Hatte der Général den Verstand verloren?

»Rufen Sie den Polizeipräfekten an«, befahl Galliéni. »Sagen Sie ihm, er soll seinen Männern befehlen, jedes Taxi in der Stadt anzuhalten, die Fahrgäste hinauszuwerfen und die Wagen hierherzuschicken. Wir stopfen sie mit Soldaten voll und schicken sie aufs Schlachtfeld.«

Fitz grinste, als ihm klar wurde, dass Galliéni es tatsächlich ernst meinte. Aber genau diese Haltung mochte er: Tun wir, was nötig ist – Hauptsache, wir siegen!

Dupuys zuckte mit den Schultern und ging zu einem Telefon. »Holen Sie mir auf der Stelle den Polizeipräfekten an den Apparat«, befahl er.

Das muss ich sehen, sagte sich Fitz.

Er ging hinaus und zündete sich eine Zigarre an. Lange brauchte er nicht zu warten. Ein paar Minuten später kam ein rotes Renault-Taxi über den Pont Alexandre III, umfuhr den großen Rasen und parkte vor dem Hauptgebäude. Zwei weitere Wagen folgten, dann ein Dutzend, dann einhundert.

Nach zwei Stunden standen mehrere Hundert gleich aussehende rote Taxis vor dem Hôtel des Invalides. Fitz hatte so etwas noch nie gesehen.

Die Fahrer lehnten an ihren Wagen, rauchten Pfeife und unterhielten sich angeregt, während sie auf Anweisungen warteten. Jeder Fahrer hatte eine andere Theorie, weshalb man sie hier zusammengezogen hatte.

Schließlich kam Dupuys aus der Schule und überquerte die Straße mit einem Sprechrohr in der einen und einem Stapel Requirierungsformulare des Heeres in der anderen Hand. Er stieg auf die Motorhaube eines Taxis, und die Fahrer verstummten.

»Der Militärgouverneur von Paris benötigt fünfhundert Taxis für eine Fahrt von hier nach Blagny«, sagte er durch das Megafon.

Die Fahrer starrten ihn in ungläubigem Schweigen an.

»Jeder Wagen nimmt fünf Soldaten auf und fährt sie nach Nanteuil.«

Nanteuil lag dreißig Meilen im Osten, dicht hinter der Front. Die Fahrer begriffen allmählich, sahen einander an und nickten grinsend. Fitz vermutete, dass sie sich freuten, zu den Kriegsanstrengungen beitragen zu können, besonders auf solch ungewöhnliche Weise.

»Bitte nehmen Sie eines dieser Formulare, ehe Sie losfahren, und füllen Sie es aus. Damit können Sie nach Ihrer Rückkehr Ihre Bezahlung einfordern.«

Stimmengewirr erhob sich. Sie wurden sogar bezahlt! Die Begeisterung der Fahrer wuchs noch mehr.

»Sobald fünfhundert Wagen losgefahren sind, gebe ich Anweisungen an die nächsten fünfhundert. *Vive Paris! Vive la France!*«

Die Fahrer brachen in lauten Jubel aus und drängten sich um Dupuys, um ein Formular zu bekommen. Fitz half eifrig, die Papiere zu verteilen.

Bald setzten die kleinen Fahrzeuge sich in Bewegung, wendeten vor dem großen Gebäude und überquerten im Sonnenschein die Brücke, begeistert hupend – eine lange, hellrote Rettungsleine für die Streitkräfte an der Front.

✠

Das britische Expeditionskorps brauchte drei Tage, um fünfundzwanzig Meilen zu marschieren. Fitz konnte es nicht fassen. Drei Tage! Bei ihrem Vormarsch war das Expeditionskorps auf keinen nennenswerten Widerstand gestoßen: Hätte es sich schneller bewegt, hätte es vielleicht einen entscheidenden Schlag führen können.

Doch am Morgen des 9. September, einem Mittwoch, fand Fitz den Stab Galliénis in optimistischer Stimmung vor. Von Kluck zog sich zurück. »Die Deutschen haben Angst!«, rief Colonel Dupuys.

Fitz glaubte nicht, dass die Deutschen Angst hatten, zumal die Karte eine plausiblere Erklärung zeigte: Die Briten, so langsam und zögerlich sie auch voranmarschierten, waren in eine Lücke eingedrungen, die sich zwischen der 1. und 2. deutschen Armee geöffnet hatte und entstanden war, als von Kluck seine Verbände nach Westen gezogen hatte, um sich dem Angriff aus Richtung Paris entgegenzustellen. »Wir haben einen Schwachpunkt gefunden, und jetzt treiben wir einen Keil hinein«, sagte Fitz, und seine Stimme bebte vor hoffnungsvoller Erwartung.

Die Deutschen hatten bislang jede Schlacht gewonnen. Auf der anderen Seite waren ihre Nachschubwege überdehnt, ihre Soldaten erschöpft und ihre Truppenstärke reduziert, weil die Verbände in Ostpreußen verstärkt werden mussten. Die Franzosen hingegen hatten in diesem Frontabschnitt großzügigen Entsatz erhalten und brauchten sich um Nachschub kaum Gedanken zu machen, da sie auf heimischem Territorium kämpften.

Doch Fitz' Hoffnungen kehrten sich ins Gegenteil um, als die Briten fünf Meilen nördlich der Marne haltmachten. Wieso stoppte Sir John den Vormarsch? Es hatte kaum Widerstand gegeben!

Doch die Deutschen schienen die Zögerlichkeit der Briten nicht zu bemerken, denn sie setzten ihren Rückzug fort. Wieder keimte im Lyzeum Hoffnung auf.

Als vor den Schulfenstern die Schatten der Bäume länger wurden und die letzten Berichte des Tages eintrafen, breitete sich in Galliénis Stab ein gedämpftes Hochgefühl aus, das sich in Jubel verwandelte, als die Deutschen am Abend auf der Flucht waren.

Fitz konnte es kaum glauben. Die Verzweiflung von vor einer Woche war zu Hoffnung geworden. Er saß auf einem Stuhl, der für ihn zu niedrig war, und starrte auf die Karte an der Wand. Vor sieben Tagen war die deutsche Linie wie das Sprungbrett für ihren letzten Angriff erschienen; jetzt erschien sie wie eine Mauer, vor der sie mit dem Rücken standen.

Als die Sonne hinter dem Eiffelturm versank, hatte die Entente zwar noch keinen echten Sieg errungen, aber zum ersten Mal seit Wochen war der deutsche Vormarsch zum Stillstand gekommen.

Dupuys umarmte Fitz und küsste ihn auf beide Wangen, und diesmal störte Fitz sich nicht allzu sehr daran.

»Wir haben sie aufgehalten«, sagte Galliéni, und zu Fitz' Überraschung schimmerten Tränen hinter dem Kneifer des alten Générals. »Wir haben sie aufgehalten.«

Schon bald nach der Marneschlacht hob man auf beiden Seiten Schützengräben aus.

Die Septemberwärme wich dem kalten, deprimierenden Oktoberregen. Der Stillstand am östlichen Ende der Front breitete sich unaufhaltsam nach Westen aus, so, wie Lähmung immer mehr den Körper eines Sterbenden erfasst.

Die entscheidende Schlacht des Herbstes war der Kampf um die belgische Stadt Ypern am westlichen Ende der Front, zwanzig Meilen von der Küste. Das deutsche Heer setzte alles auf eine Karte, um die Flanke des britischen Expeditionskorps zu umgehen und es vom Nachschub abzuschneiden. Vier Wochen lang tobten die Kämpfe. Im Unterschied zu allen anderen bisherigen Gefechten war die Ypernschlacht statisch: Die Soldaten beider Seiten suchten in Schützengräben Deckung vor der feindlichen Artillerie und kamen nur zu selbstmörderischen Vorstößen gegen die feindlichen Maschinengewehrnester hervor. Das britische Expeditionskorps wurde am Ende von Verstärkungen gerettet, darunter ein Armeekorps indischer Sepoys mit braunen Gesichtern, die in ihren Tropenuniformen vor Kälte bibberten. Als die Schlacht vorüber war, beklagte Großbritannien fünfundsiebzigtausend Tote, und das Expeditionskorps war zerschlagen, doch die Entente hatte Abwehrstellungen von der Schweizer Grenze bis zum Ärmelkanal errichtet, und der deutsche Vormarsch war endgültig zum Erliegen gekommen.

Am 24. Dezember befand Fitz sich im britischen Hauptquartier in St. Omer unweit von Calais und wälzte düstere Gedanken. Ihm ging nicht aus dem Kopf, wie aalglatt er und andere Offiziere den Männern versichert hatten, sie wären zu Weihnachten wieder zu Hause. Jetzt schien es, als könnte der Krieg noch ein Jahr oder sogar länger dauern. Die feindlichen Heere hockten Tag für Tag in ihren Stellungen bei schlechter Verpflegung, bekamen Ruhr, Fußbrand und Läuse und erschlugen vereinzelt die Ratten, die sich an den Leichen, von denen das Niemandsland übersät war, dick und fett fraßen. Fitz war es einst sehr einleuchtend erschienen, weshalb Großbritannien in den Krieg ziehen musste, doch heute vermochte er sich dieser Gründe nicht mehr zu erinnern.

An diesem Tag endete der Regen, und das Wetter kühlte ab. Sir

John French warnte alle Einheiten vor, dass der Feind eine Weihnachtsoffensive beabsichtige. Diese Warnung war bloß vorgetäuscht, das wusste Fitz: Sie gründete sich auf keinerlei Aufklärungsergebnisse. In Wahrheit wollte der Field Marshal nur nicht, dass die Männer am Weihnachtstag in ihrer Wachsamkeit nachließen.

Jeder Soldat sollte ein Geschenk von Prinzessin Mary erhalten, der siebzehnjährigen Tochter des Königspaars. Es bestand aus einer geprägten Messingdose, die Tabak und Zigaretten, eine Fotografie der Prinzessin und einen Weihnachtsgruß des Königs enthielt. Nichtraucher, Sikhs und Krankenschwestern bekamen Geschenke ohne Tabakwaren, dafür Schokolade oder Bonbons. Fitz half, die Dosen bei Einheiten der Welsh Rifles zu verteilen. Am Abend, als es zu spät war, um in den relativen Komfort von St. Omer zurückzukehren, fand er sich im Gefechtsstand des 4. Bataillons wieder, einem feuchten Unterstand eine Viertelmeile hinter der Kampflinie. Dort las er eine Sherlock-Holmes-Geschichte und rauchte eine der kurzen, dünnen Zigarren, an die er sich gewöhnt hatte. Sie waren längst nicht so gut wie seine Panatelas, doch wann fand er schon einmal genügend Zeit, um eine lange Zigarre zu rauchen. Bei ihm war Murray, den man nach der Ypernschlacht zum Captain befördert hatte. Fitz war weiterhin Major: Hervey hielt sein Versprechen.

Bald nach Anbruch der Dunkelheit hörte Fitz zu seinem Erstaunen vereinzeltes Gewehrfeuer. Wie sich herausstellte, hatten die Männer Lichter gesehen und angenommen, der Feind versuche einen Überraschungsangriff. Tatsächlich handelte es sich bei den Lichtern um bunte Laternen, mit denen die Deutschen ihre Schulterwehren schmückten.

Murray, der eine Zeit lang in der vordersten Linie gewesen war, sprach von den indischen Einheiten, die den benachbarten Abschnitt verteidigten. »Die armen Kerle sind in Sommeruniform erschienen, weil ihnen jemand gesagt hat, der Krieg wäre vorüber, ehe es kalt wird«, sagte er. »Aber ich möchte Ihnen etwas sagen, Fitz: Not macht sogar farbige Muschkoten erfinderisch. Können Sie sich erinnern, wie wir das Kriegsministerium gebeten haben, uns Minenwerfer zu geben, wie die Deutschen sie haben? Diese Dinger, die eine Granate über die Schulterwehren schleudern? Nun, die Inder haben sich aus alten gusseisernen Rohrstücken selbst welche gebaut. Sieht aus wie ein verstopfter Abfluss in einem Kneipenlokus, funktioniert aber!«

Am Morgen lag ein eiskalter Nebel über den Stellungen, und der Boden war hart gefroren. Beim ersten Licht begannen Fitz und Murray die Geschenke der Prinzessin zu verteilen. Einige Männer drängten sich um Kohlenfeuer, erklärten aber, dankbar für den Frost zu sein, der immer noch besser sei als der Schlamm, besonders für alle, die an Fußbrand litten. Ein paar Männer unterhielten sich im walisischen Dialekt, bemerkte Fitz, doch einem Offizier gegenüber sprachen sie stets Englisch.

Die deutsche Linie in vierhundert Metern Abstand lag unter einem Morgennebel verborgen, der die gleiche Farbe besaß wie die deutschen Uniformen, ein verblasstes Grün, das Feldgrau genannt wurde. Fitz hörte leise Musik: Die Deutschen sangen Weihnachtslieder. Er kannte sich nicht besonders aus, vermeinte aber, »Stille Nacht« zu erkennen, das längst auch ins Englische übersetzt worden war.

Er kehrte zu den anderen Offizieren in den Unterstand zurück, wo sie ein karges Frühstück aus altbackenem Brot und Büchsenfleisch zu sich nahmen. Danach trat er ins Freie, um zu rauchen. In seinem ganzen Leben hatte er sich noch nie so erbärmlich gefühlt. Er dachte an das Frühstück, das jetzt auf Tŷ Gwyn serviert wurde: heiße Würstchen, frische Eier, gefüllte Nieren, geräucherter Bückling, Buttertoast und köstlich duftender Kaffee mit Sahne. Er sehnte sich nach sauberer Unterwäsche, einem gebügelten weißen Hemd und einem weichen Wollanzug. Er wollte am lodernden Kaminfeuer im Morgensalon sitzen und nichts Besseres zu tun haben, als die banalen Witze im *Punch* zu lesen.

Murray kam aus dem Unterstand. »Sie werden am Telefon verlangt, Major«, sagte er. »Das Hauptquartier.«

Fitz war überrascht. Jemand hatte sich große Mühe gemacht, ihn zu finden. Er hoffte, dass es nicht um irgendeine neue Streitigkeit ging, die zwischen Franzosen und Briten aufgeflammt war, während er den Weihnachtsmann gespielt hatte. Die Stirn sorgenvoll gerunzelt, duckte er sich in den Eingang und nahm den Hörer des Feldtelefons. »Fitzherbert.«

»Guten Morgen, Major«, hörte er eine Stimme, die er nicht kannte. »Hier Captain Davies. Sie kennen mich nicht, aber ich wurde gebeten, Ihnen eine Nachricht aus der Heimat auszurichten.«

Von zu Hause? Fitz hoffte, dass es keine schlechten Neuigkeiten waren. »Sehr freundlich von Ihnen, Captain«, sagte er. »Wie lautet die Nachricht?«

»Ihre Frau hat einem gesunden Jungen das Leben geschenkt, Sir. Mutter und Sohn geht es gut.«

»Oh!« Fitz musste sich unvermittelt auf eine Kiste setzen. Das Kind hätte noch gar nicht kommen sollen – es war eine oder zwei Wochen zu früh. Waren Frühgeburten nicht immer kränklich? Aber er hatte gehört, dass der Säugling bei guter Gesundheit war. Und Bea ebenfalls.

Fitz hatte einen Sohn, die Grafschaft einen Erben!

»Sind Sie noch da, Major?«, fragte Captain Davies.

»Ja, ja«, sagte Fitz. »War nur ein bisschen erschrocken. Er ist früh dran.«

»Da Weihnachten ist, Sir, dachten wir, die Neuigkeit würde Sie ein wenig aufheitern.«

»So ist es auch, das können Sie mir glauben!«

»Ich möchte Ihnen als Erster meinen Glückwunsch aussprechen, Sir.«

»Sehr freundlich von Ihnen«, sagte Fitz. »Danke sehr. Ich …« Doch Captain Davies hatte bereits aufgelegt.

Es dauerte einen Augenblick; dann bemerkte Fitz, dass die anderen Offiziere im Unterstand ihn schweigend musterten. Schließlich fragte einer von ihnen: »Gute oder schlechte Neuigkeiten?«

»Gute!«, rief Fitz. »Wunderbare sogar. Ich bin Vater geworden.«

Sie schüttelten ihm die Hand und schlugen ihm auf den Rücken. Murray holte die Whiskyflasche hervor, und trotz der frühen Stunde tranken sie auf die Gesundheit des Jungen. »Wie soll er heißen?«, fragte Murray.

»Viscount Aberowen, solange ich lebe«, sagte Fitz; dann wurde ihm klar, dass Murray nicht nach dem Titel, sondern dem Namen des Jungen gefragt hatte. »George, nach meinem Vater, und William nach meinem Großvater. Beas Vater hieß Pjotr Nikolajewitsch, also fügen wir das vielleicht auch noch an.«

Murray wirkte belustigt. »George William Peter Nicholas Fitzherbert, Viscount Aberowen«, sagte er. »An Namen wird es ihm nie mangeln!«

Fitz nickte gutmütig. »Und das, wo er wahrscheinlich bloß sieben Pfund wiegt.«

Er platzte fast vor Stolz und guter Laune und hätte die Neuigkeit am liebsten überall verbreitet. »Ich glaube, ich gehe zur vordersten Linie«, sagte er, als sie den Whisky getrunken hatten, »und spendiere den Männern ein paar Zigarren.«

In Hochstimmung verließ er den Unterstand und folgte dem Laufgraben. Die Geschütze schwiegen, und die Luft roch frisch und sauber, solange man nicht an einer Latrine vorbeiging. Fitz stellte fest, dass er nicht an Bea dachte, sondern an Ethel. Hatte sie schon entbunden? War sie glücklich in ihrem Haus, das von dem Geld gekauft war, das sie von ihm erpresst hatte? Obwohl Fitz noch immer die Härte erschreckte, die Ethel bei der Verhandlung mit ihm gezeigt hatte, konnte er nicht vergessen, dass das Kind, das sie trug, sein Kind war. Er hoffte, dass sie es genauso unbeschadet zur Welt brachte wie Bea ihren Jungen.

All diese Gedanken verflogen, als er zur ersten Linie gelangte. Kaum bog er um die Ecke in den Kampfgraben, als er erschrocken stehen blieb.

Niemand war zu sehen.

Er folgte dem Graben und bog um einen Knick, dann noch einen. Immer noch war niemand zu sehen. Es war wie in einer Gespenstergeschichte oder auf einem jener Schiffe, die man unbeschädigt im Meer treibend fand, ohne dass eine Menschenseele an Bord war.

Es musste eine Erklärung geben. Hatte ein Angriff stattgefunden, von dem Fitz aus irgendeinem Grund nichts wusste?

Ihm kam der Gedanke, über die Schulterwehr zu blicken.

Aber das war nicht ungefährlich. Viele Männer fielen gleich an ihrem ersten Tag an der Front, nur weil sie meinten, einmal rasch einen Blick über die Grabenkrone werfen zu müssen.

Fitz nahm einen der Feldspaten mit kurzem Griff, die man Schanzwerkzeug nannte. Ganz langsam hob er das Blatt über den oberen Rand der Schulterwehr. Als nichts geschah, stieg er auf den Schützenauftritt und hob vorsichtig den Kopf, bis er durch die schmale Lücke zwischen Schulterwehr und Spatenblatt hindurchblicken konnte.

Er konnte kaum glauben, was er sah.

Sämtliche Männer standen in der Trichterwüste des Niemandslandes, aber sie kämpften nicht. Sie standen in Gruppen beisammen und redeten.

Und an ihrem Aussehen war irgendetwas Merkwürdiges. Fitz

brauchte einen Augenblick, bis er ihm klar wurde, dass einige Uniformen khakibraun und andere feldgrau waren.

Die Männer sprachen mit dem Feind.

Fitz ließ das Schanzwerkzeug fallen, hob den Kopf ganz über die Schulterwehr und erblickte Hunderte von Soldaten, Briten und Deutsche bunt gemischt, so weit er nach links und rechts sehen konnte.

Was ging da vor?

Fitz eilte zur nächsten Grabenleiter, stieg über die Schulterwehr und schritt über die aufgewühlte Erde. Die Männer zeigten sich gegenseitig Fotografien von ihren Familien und ihren Liebsten in der Heimat, reichten Zigaretten herum und versuchten, miteinander zu sprechen, indem sie Dinge sagten wie: »Ich Robert, wer du?«

Fitz sah zwei Sergeanten, einen britischen und einen deutschen, die in ein Gespräch vertieft waren. Er klopfte dem Briten auf die Schulter. »He, Sie«, sagte er. »Was tun Sie da, zum Teufel?«

Der Sergeant antwortete in dem gutturalen Dialekt, der auf den Kais von Cardiff gesprochen wurde. »Ich weiß nicht, wie's passiert ist, Sir, nicht genau. Ein paar von den Jerrys kamen ins Niemandsland, unbewaffnet, und riefen: ›Frohe Weihnachten!‹, dann tat einer von unsern Jungs das Gleiche, und sie gingen aufeinander zu, und eh man sich's versah, sind alle losmarschiert.«

»Aber es ist niemand in den Kampfgräben!«, rief Fitz verärgert. »Sehen Sie denn nicht, dass es eine Kriegslist sein könnte?«

Der Sergeant blickte die Linie hinauf und hinunter. »Nee, Sir, wenn ich ehrlich bin, kann ich nicht sagen, dass ich das seh«, erwiderte er kühl.

Fitz musste dem Mann recht geben. Wie sollte der Feind sich den Umstand zunutze machen, dass die Frontkämpfer beider Seiten sich verbrüderten?

Der Sergeant wies auf den Deutschen. »Das ist Hans Braun, Sir«, sagte er. »War mal Kellner im Hotel Savoy in London. Spricht Englisch!«

Der deutsche Unteroffizier salutierte vor Fitz. »Freut mich, Ihre Bekanntschaft zu machen, Major«, sagte er auf Englisch. »Frohe Weihnachten, Sir.« Er sprach mit schwächerem Akzent als der Sergeant aus Cardiff. Er hielt Fitz eine Flasche hin. »Möchten Sie einen Schluck Schnaps?«

»Gütiger Himmel«, entgegnete Fitz.

Unternehmen konnte er nichts. Selbst mit Unterstützung der Unteroffiziere wie dieses walisischen Sergeants wäre es schwierig gewesen, aber ohne ihre Hilfe war es ein Ding der Unmöglichkeit. Fitz beschloss, den Vorfall lieber einem Vorgesetzten zu melden und das Problem auf ihn abzuwälzen.

Doch ehe er sich zum Gehen wenden konnte, hörte er, wie sein Name gerufen wurde. »Fitz! Fitz! Bist du es wirklich?«

Die Stimme war ihm vertraut. Er drehte sich um und sah einen deutschen Hauptmann auf sich zukommen. Als der Mann vor ihm stehen blieb, erkannte er ihn. »Von Ulrich?«, rief er erstaunt.

»Genau der!« Walter packte Fitz' Hand und schüttelte sie kräftig. Er war schmaler geworden, und seine helle Haut wirkte wettergegerbt. Wahrscheinlich habe ich mich auch verändert, dachte Fitz.

»Das ist unglaublich«, sagte Walter, »was für ein Zufall!«

»Ich bin froh zu sehen, dass du gesund bist und dass es dir gut geht«, sagte Fitz. »Obwohl ich mich offiziell wahrscheinlich darüber ärgern sollte.«

»Danke, gleichfalls!«

»Was unternehmen wir denn jetzt?« Fitz wies auf die fraternisierenden Soldaten. »Ich finde es beunruhigend.«

»Ich auch. Morgen wollen sie vielleicht nicht mehr auf ihre neuen Freunde schießen.«

»Und was soll nun werden?«

»Wir brauchen eine Schlacht, damit alles wieder seinen normalen Gang geht. Wenn beide Seiten am Morgen das Trommelfeuer eröffnen, dauert es nicht lange, und der alte Hass ist wieder da.«

»Ich hoffe, du hast recht.«

»Wie geht es dir so, alter Freund?«

Fitz lächelte. »Ich bin Vater geworden. Bea hat einen Jungen zur Welt gebracht. Hier, nimm eine Zigarre.«

Sie gaben einander Feuer. Walter berichtete, dass er an der Ostfront gewesen war. »Die Russen sind ein korrupter Haufen«, sagte er voller Abscheu. »Die Offiziere verkaufen die Verpflegung ihrer Männer auf dem Schwarzmarkt und lassen sie hungern und frieren. Halb Ostpreußen trägt russische Armeestiefel, während die russischen Soldaten barfuß gehen.«

Fitz erzählte von Paris. »Dein Lieblingsrestaurant, Les Voisins, hat noch geöffnet«, sagte er.

Die Soldaten begannen derweil ein Fußballspiel, Großbritannien gegen Deutschland. Uniformmützen und Pickelhauben dienten als Torpfosten. »Nun sieh dir das an«, sagte Fitz. »Ich muss das melden.«

»Ich auch«, entgegnete Walter. »Aber sag mir noch, wie geht es Lady Maud?«

»Gut, nehme ich an.«

»Ich möchte mich ihr ausdrücklich empfehlen, mit meinen besten Wünschen.«

Fitz merkte auf, so nachdrücklich hatte Walter diese im Grunde alltägliche Bemerkung ausgesprochen. »Aber gern«, sagte er. »Gibt es einen besonderen Grund?«

Walter wandte den Blick ab. »Kurz bevor ich aus London abgereist bin, habe ich mit ihr getanzt, auf Lady Westhamptons Ball. Das war das letzte Mal, dass ich etwas Zivilisiertes getan habe, bevor dieser *verdammte* Krieg ausbrach.« Das »verdammt« sprach er deutsch aus. Seine Stimme bebte; für Walter war es höchst ungewöhnlich, dass er Englisch mit Deutsch mischte. Vielleicht setzte die Weihnachtsstimmung auch ihm zu.

Walter fuhr fort: »Es würde mich freuen, wenn sie wüsste, dass ich am Weihnachtsfest mit meinen Gedanken bei ihr war.« Er blickte Fitz mit feuchten Augen an. »Würdest du ihr das ausrichten, alter Freund?«

»Mach ich«, versprach Fitz. »Ich bin sicher, sie wird sich sehr darüber freuen.«

KAPITEL 14

Februar 1915

»Ich bin beim Arzt gewesen«, sagte die Frau neben Ethel. »Ich hab zu ihm gesagt, meine Möse juckt.«

Der ganze Raum lachte. Sie waren im Dachgeschoss eines kleinen Hauses in Ostlondon, unweit von Aldgate. Dicht an dicht saßen zwanzig Frauen auf beiden Seiten eines langen Arbeitstischs vor Nähmaschinen. Heizung gab es nicht, und das eine Fenster war geschlossen, um die Februarkälte draußen zu halten. Die Bodenbretter waren nackt; der alte, weiß getünchte Gips bröckelte von den Wänden, und stellenweise waren die Putzträger zu sehen. Wenn zwanzig Frauen die gleiche Luft atmeten, wurde sie zwar stickig, aber nicht wärmer, sodass alle bei der Arbeit Hut und Mantel trugen.

Die Frauen hatten gerade eine Pause begonnen, und die Pedale unter ihren Füßen standen kurzzeitig still. Neben Ethel saß Mildred Perkins, eine waschechte Londonerin. Sie war in Ethels Alter und ihre Mieterin. Ohne ihre vorstehenden Vorderzähne wäre sie eine Schönheit gewesen. Ihre Spezialität waren schlüpfrige Witze. Mildred fuhr fort: »Der Doktor sagt, so was sollten Sie nicht sagen, das ist ein schmutziges Wort.«

Ethel grinste. Mildred sorgte für Augenblicke der Fröhlichkeit, die einzigen Lichtblicke in ihrem düsteren, zwölfstündigen Arbeitstag. Nie zuvor hatte Ethel Leute so reden gehört. Auf Tŷ Gwyn war das Hauspersonal vornehm gewesen; Londonerinnen hingegen nahmen kein Blatt vor den Mund. Die Näherinnen waren eine bunt gemischte Truppe, was Alter und Herkunft anging, und stammten aus aller Herren Länder. Auch zwei Flüchtlinge aus dem besetzten Belgien waren darunter. Einige sprachen kaum Englisch. Sie hatten nur eines gemeinsam: Sie waren verzweifelt genug, um die Arbeit als Näherin anzunehmen.

»Was soll ich denn sonst sagen, Herr Doktor, frag ich. Eine Dame, sagt er, sollte vom Intimbereich reden.«

Sie nähten Uniformen für die British Army – Tausende davon, Jacken und Hosen. Tag für Tag kamen große Pappkartons voller Arme, Rückenteile und Beine aus grobem khakifarbenem Stoff von der Manufaktur eine Straße weiter und wurden hier zusammengenäht. Anschließend gingen sie in eine andere kleine Manufaktur, wo die Knopflöcher gesetzt und die Knöpfe angenäht wurden. Es war Akkordarbeit; die Frauen wurden danach bezahlt, wie viele Uniformen sie fertig nähten.

»Er fragt: Juckt der Intimbereich ständig, Mrs. Perkins, oder nur ab und zu?«

Mildred hielt inne. Die Frauen warteten auf die Pointe.

»Nein, Herr Doktor, sag ich zu ihm, der Intimbereich juckt nur beim Pissen.«

Die Frauen giggelten.

Ein dünnes Mädchen von zwölf Jahren kam durch die Tür. Sie trug eine lange Stange über der Schulter, an der genau zwanzig große Henkelbecher aus Steingut hingen. Sie senkte die Stange vorsichtig auf den Arbeitstisch. Die Becher enthielten Tee, Kakao, klare Brühe oder dünnen Kaffee. Jede Frau hatte ihren eigenen Becher. Zweimal täglich, am Vormittag und am Nachmittag, gaben sie Allie, dem Mädchen, ihre Pennys und Halfpennys, und Allie ließ die Becher im Café nebenan auffüllen.

Die Frauen tranken, reckten sich und rieben sich die Augen. Die Arbeit war nicht so hart wie Kohlemachen, fand Ethel, aber es war schon ermüdend, wenn man stundenlang über die Maschine gebeugt saß und die Naht im Auge behalten musste. Alles musste stimmen. Der Chef, Mannie Litov, prüfte jedes einzelne Stück; wenn es nicht korrekt genäht war, wurde man nicht dafür bezahlt. Doch Ethel hatte den Verdacht, dass Litov die fehlerhaften Uniformen trotzdem weiterschickte.

Nach fünf Minuten kam Mannie in den Arbeitsraum, klatschte in die Hände und sagte: »Los jetzt, weiter geht's, zurück an die Arbeit.« Die Näherinnen tranken ihre Becher leer und beugten sich wieder über den Tisch.

Mannie war zwar ein Sklaventreiber, aber wenigstens nicht der Schlimmste von allen, sagten die anderen Frauen. Wenigstens betatschte er keine seiner Arbeiterinnen und wurde nie zudringlich. Er war um die dreißig und hatte dunkle Augen und einen schwarzen Bart.

Sein Vater war ein Schneider, der aus Russland stammte und auf der Mile End Road einen Laden eröffnet hatte, wo er billige Anzüge für Bankangestellte und Boten der Börsenmakler fertigte. Mannie hatte das Handwerk von seinem Vater gelernt und dann ein ehrgeizigeres Unternehmen eröffnet.

Der Krieg war gut fürs Geschäft. Zwischen August und Weihnachten hatten sich eine Million Männer freiwillig gemeldet, und jeder benötigte eine Uniform. Mannie suchte händeringend Näherinnen. Zum Glück hatte Ethel auf Tŷ Gwyn den Umgang mit einer Nähmaschine erlernt.

Ethel brauchte den Job. Ihr Haus war zwar bezahlt, und sie bekam Miete von Mildred, aber sie musste für die Zeit nach der Geburt ihres Kindes Geld zurücklegen. Ihre Suche nach Arbeit allerdings war von Enttäuschung und hilfloser Wut geprägt gewesen.

Obwohl den Frauen mittlerweile fast alle Arbeitsstellen offenstanden, konnte von Gleichbehandlung keine Rede sein, wie Ethel schnell hatte erfahren müssen. Jobs, in denen Männer drei oder vier Pfund die Woche verdienten, wurden Frauen für ein Pfund Lohn in der Woche angeboten, und selbst dann noch mussten die Arbeiterinnen sich Feindseligkeiten und Schikanen gefallen lassen. Männliche Fahrgäste in Bussen weigerten sich, einer Schaffnerin ihre Fahrkarte zu zeigen; männliche Schlosser gossen den Frauen Öl in die Werkzeugkästen, und Arbeiterinnen durften die Kneipe neben dem Fabriktor nicht betreten. Noch wütender machte es Ethel, dass die gleichen Männer die gleichen Frauen als faul und nachlässig beschimpften, wenn sie ihre Kinder in Lumpen herumlaufen ließen.

Am Ende hatte Ethel widerwillig einen Job in einer Branche angenommen, die von jeher Frauen beschäftigt hatte, hatte jedoch geschworen, das ungerechte System zu ändern, ehe sie starb.

Ethel rieb sich den Rücken. In einer oder zwei Wochen kam ihr Kind zur Welt, und sie musste jeden Tag damit rechnen, nicht mehr arbeiten zu können. Mit geschwollenem Bauch war das Nähen mühsam; das Schlimmste aber war die Müdigkeit, die sie ständig zu übermannen drohte.

Zwei weitere Frauen kamen durch die Tür. Eine trug einen Verband um eine Hand. Die Näherinnen stachen sich regelmäßig an den Nadeln oder schnitten sich an den scharfen Scheren, mit denen sie die Stoffe zurechtschnitten.

»Hör mal, Mannie«, sagte Ethel zum Chef, »du solltest einen Erste-Hilfe-Kasten hier haben. Verbandszeug, eine Flasche Jod und ein paar andere Sachen in einer Blechdose.«

»Denkst du, ich könnte Geld scheißen?« Das war Mannies Standardantwort auf jede solche Anregung, die von seinen Arbeiterinnen kam.

»Aber du verlierst jedes Mal Geld, wenn eine von uns sich verletzt, bares Geld«, erwiderte Ethel im Tonfall der Vernunft. »Hier sind gerade zwei Frauen fast eine Stunde lang nicht an ihren Maschinen gewesen, weil sie mit Schnittwunden zur Apotheke mussten.«

Die Frau mit dem Verband sagte grinsend: »Außerdem musste ich im Dog and Duck ’nen Schluck trinken, wegen meinen Nerven.«

Mannie entgegnete sarkastisch: »Wahrscheinlich soll ich auch noch ’ne Flasche Gin in den Rotkreuzkasten stellen.«

Ethel ging gar nicht darauf ein. »Ich stell dir eine Liste zusammen und finde heraus, was die Sachen kosten. Dann kannst du es dir noch mal überlegen, hm?«

»Ich verspreche gar nichts«, sagte Mannie. Wenn es um Verpflichtungen ging, war diese Aussage für ihn das Äußerste an Entgegenkommen.

»Also gut.« Ethel wandte sich wieder ihrer Nähmaschine zu.

Stets war sie es, die Mannie um kleine Verbesserungen bei der Arbeit bat oder protestierte, wenn er nachteilige Änderungen einführen wollte, wie etwa, dass die Näherinnen das Schärfen ihrer Scheren selbst bezahlen sollten. Ohne es beabsichtigt zu haben, hatte sie unter den Näherinnen die Rolle übernommen, die ihr Vater in Aberowen unter den Bergleuten spielte.

Draußen vor dem schmutzigen Fenster ging der kurze Nachmittag bereits zu Ende. Die letzten drei Stunden des Arbeitstags fand Ethel jedes Mal am schlimmsten. Ihr Rücken tat weh, und von den Deckenlampen bekam sie Kopfschmerzen.

Doch wenn es Abend wurde, zog es sie keineswegs nach Hause. Der Gedanke, lange Stunden allein verbringen zu müssen, war jedes Mal deprimierend.

Als Ethel nach London gekommen war, hatte sie die Aufmerksamkeit etlicher junger Männer erregt. Sie hatte zwar keinem von ihnen echte Zuneigung entgegengebracht, hatte sich aber ins Lichtspielhaus, ins Varieté, zu Gesangsabenden und in die Wirtschaft einladen lassen; einen hatte sie sogar geküsst, allerdings ohne große Leidenschaft. Außerdem hatten sie alle das Interesse an ihr verloren, kaum dass ihre Schwangerschaft sichtbar geworden war. Ein hübsches Mädchen war das eine, eine junge Frau mit Kind etwas ganz anderes.

Zum Glück fand an diesem Abend eine Parteizusammenkunft statt. Ethel war der Unabhängigen Arbeiterpartei, Ortsgruppe Aldgate, kurz nach dem Kauf ihres Hauses beigetreten. Oft fragte sie sich, was ihr Vater davon halten würde. Hätte er sie genauso aus der Partei werfen lassen, wie er sie aus seinem Haus geworfen hatte? Oder wäre er insgeheim stolz auf sie gewesen? Sie würde es wohl nie erfahren.

Als Rednerin des heutigen Abends war die Suffragette Sylvia Pankhurst angekündigt, eine der führenden Vorkämpferinnen für das Frauenwahlrecht. Der Krieg hatte die berühmte Familie Pankhurst gespalten. Emmeline, die Mutter, hatte beschlossen, den Feldzug für die Dauer des Krieges zu unterbrechen. Die eine Tochter, Christabel, stand dabei hinter ihr; die andere Tochter jedoch, Sylvia, setzte ihre Arbeit fort. Ethel stand auf Sylvias Seite, denn Frauen wurden im Krieg genauso unterdrückt wie im Frieden, und niemand würde sie gerecht behandeln, wenn sie nicht endlich das Wahlrecht erhielten.

Auf dem Bürgersteig vor dem Haus verabschiedete Ethel sich von den anderen Frauen. Auf den von Gaslicht beleuchteten Straßen wimmelte es von Arbeitern, die auf dem Heimweg waren, von Leuten, die ihr Abendessen nach Hause trugen, und von Nachtschwärmern, die bis zum Morgen durchmachten. Ein Hauch warmer Luft kam aus der offenen Tür des Dog and Duck. Ethel konnte die Frauen verstehen, die den ganzen Abend in Kneipen verbrachten: Sie waren gemütlicher als die meisten Wohnungen, und man hatte nette Gesellschaft und das billige Betäubungsmittel namens Gin.

Neben dem Pub war ein Krämerladen namens Lippmann's, der jedoch geschlossen hatte: Wegen des deutschen Namens war er von einer Meute fanatischer Patrioten verwüstet worden, und jetzt hatte man die Fenster mit Brettern vernagelt. Ironischerweise gehörte das Geschäft einem Juden aus Glasgow, dessen Sohn bei der Highland Light Infantry diente.

Ethel stieg in einen Bus. Sie musste nur zwei Haltestellen weiter, war aber zum Laufen zu müde.

Das Treffen fand in der Calvary Gospel Hall statt, wo Lady Maud ihre Kinderklinik unterhielt. Ethel war nach Aldgate gekommen, weil es das einzige Viertel Londons war, von dem sie je gehört hatte; Maud hatte es oft erwähnt.

Die Hall wurde von Gasglühstrümpfen an den Wänden fröhlich erhellt, und ein Kohleofen mitten im Raum nahm der Luft die Kälte. Vor einem Tisch und einem Rednerpult standen Reihen aus billigen Klappstühlen. Ethel wurde vom Parteisekretär begrüßt, Bernie Leckwith, einem gutmütigen, gelehrtenhaften, pedantischen Mann. Heute jedoch wirkte er besorgt. »Unsere Rednerin hat abgesagt«, erklärte er.

Ethel war enttäuscht. »Und was machen wir jetzt?«, fragte sie und schaute sich im Raum um. »Hier sind mindestens schon fünfzig Leute.«

»Sie schicken uns eine Ersatzrednerin, aber die ist noch nicht da. Außerdem weiß ich nicht, ob es überhaupt Sinn hat. Die Frau ist nicht mal Parteimitglied.«

»Wer ist es denn?«

»Sie heißt Fitzherbert, Lady Maud Fitzherbert.« Missbilligend fügte Bernie hinzu: »Wenn ich recht verstanden habe, ist ihre Familie mit Kohle reich geworden.«

Ethel lachte. »Kaum zu glauben!«, rief sie. »Ich habe mal für sie gearbeitet.«

»Ist sie eine gute Rednerin?«

»Keine Ahnung.«

Ethel freute sich auf das Wiedersehen. Seit jenem schicksalhaften Dienstag, an dem Maud und Walter von Ulrich in den Stand der Ehe getreten waren und Großbritannien Deutschland den Krieg erklärt hatte, war sie Fitz' Schwester nicht mehr begegnet. Ethel besaß noch immer das Kleid, das Walter ihr gekauft hatte. Sorgsam in Seidenpapier gehüllt, hing es in ihrem Schrank. Es war aus zarter rosa Seide; Ethel hatte nie etwas Schöneres besessen. Im Augenblick passte sie natürlich nicht hinein. Außerdem war es viel zu kostbar, um es zu einem Treffen der Arbeiterpartei zu tragen. Den Hut hatte Ethel ebenfalls noch; sie bewahrte ihn in der Originalschachtel aus dem Laden auf der Bond Street auf.

Dankbar, die Füße vom Gewicht ihres schwangeren Körpers entlasten zu können, setzte sie sich und wartete darauf, dass die Versammlung begann. Nie würde sie vergessen, wie sie nach der Trauung mit Walters gut aussehendem Cousin Robert von Ulrich im Ritz gespeist hatte. Als sie ins Restaurant gekommen war, hatten mehrere Frauen sie mit teils bösen, teils verächtlichen Blicken gemustert, was in Ethel den Verdacht geweckt hatte, dass man ihr trotz des teuren Kleides ansehen konnte, dass sie aus der Arbeiterschicht kam. Aber das war ihr im Grunde gleichgültig gewesen. Robert hatte Ethel mit scharfzüngigen Bemerkungen über Kleidung und Schmuck der anderen Frauen zum Lachen gebracht, und sie hatte ihm ein wenig über das Leben in einer walisischen Bergarbeiterstadt erzählt, das ihm fremder gewesen zu sein schien als der Alltag der Eskimos.

Wo sie alle jetzt wohl sein mochten? Walter und Robert waren im Krieg, Walter beim deutschen, Robert beim österreichischen Heer, doch Ethel hatte keine Ahnung, ob sie noch lebten. Von Fitz wusste sie auch nicht mehr. Sie vermutete, dass er mit seinen Welsh Rifles in Frankreich war, konnte sich aber nicht sicher sein. Jedes Mal las sie die Verlustliste in der Zeitung und suchte voller Angst nach dem Namen Fitzherbert. Sie hasste Fitz dafür, wie er sie behandelt hatte; dennoch empfand sie stets tiefe Dankbarkeit, wenn sein Name nicht auf der Liste stand.

Sie hätte Verbindung mit Maud halten können, indem sie die Mittwochsklinik besuchte, aber wie hätte sie ihr Erscheinen erklären sollen? Ihr fehlte nichts; nur im Juli hatte sie sich einmal über Blutflecken in ihrer Unterwäsche erschreckt, aber Dr. Greenward hatte ihr versichert, dass sie sich deswegen keine Sorgen zu machen brauchte.

Wenigstens hatte Maud sich in dem halben Jahr nicht verändert. Als sie hereinkam, war sie so spektakulär gekleidet wie immer und trug einen riesigen breitkrempigen Hut mit einer langen Feder, die aus dem Hutband ragte wie der Mast einer Jacht. Plötzlich kam Ethel sich in ihrem alten braunen Straßenmantel so abgerissen vor wie eine Bettlerin.

Maud entdeckte sie und kam herüber. »Hallo, Williams! Entschuldigung, ich wollte sagen, Ethel. Was für eine erfreuliche Überraschung!«

Ethel schüttelte ihr die Hand. »Sie werden entschuldigen, wenn ich nicht aufstehe«, sagte sie und klopfte sich leicht auf den geschwollenen Bauch. »Im Augenblick könnte ich nicht mal für den König aufstehen.«

»Bleiben Sie schön sitzen«, erwiderte Maud. »Sagen Sie, könnten wir uns nach der Versammlung ein paar Minuten unterhalten?«

»Natürlich, sehr gern.«

Maud ging an den Tisch, und Bernie eröffnete die Versammlung. Wie viele Einwohner des Londoner Eastends war er russischer Jude. Tatsächlich waren nur wenige Eastender Briten, und von denen waren ein großer Teil Waliser, Schotten und Iren. Vor dem Krieg hatten hier viele Deutsche gelebt; nun wimmelte das Eastend von belgischen Flüchtlingen. Im Eastend kamen sie von Bord der Schiffe; deshalb siedelten sie sich dort auch an.

Obwohl sie einen besonderen Gast hatten, bestand Bernie darauf, zunächst die Entschuldigungen für Abwesenheit abzuarbeiten, das Protokoll der letzten Versammlung zu verlesen und andere ermüdende Routineangelegenheiten zu erledigen. Er arbeitete in der Bibliotheksabteilung der Stadtteilverwaltung und besaß von daher einen ausgeprägten Ordnungssinn.

Nachdem er Maud vorgestellt hatte, begann diese ihren Vortrag. Sie redete selbstbewusst und kenntnisreich über die Unterdrückung der Frau. »Frauen und Männer sollten für die gleiche Arbeit auch die gleiche Bezahlung erhalten«, sagte sie. »Doch uns Frauen wird immer wieder gesagt, ein Mann müsse mehr verdienen, weil er eine Familie zu ernähren habe.«

Mehrere Männer im Publikum nickten nachdrücklich: Genau das sagten sie immer.

»Aber was ist dann mit einer *Frau*, die eine Familie zu versorgen hat?«

Unter den Frauen erhob sich zustimmendes Gemurmel.

»Letzte Woche habe ich in Acton eine junge Frau kennengelernt, die von zwei Pfund in der Woche ihre fünf Kinder zu ernähren und zu kleiden versucht, während ihr Mann, der sie sitzen gelassen hat, beim Schiffsschraubenbau in Tottenham vier Pfund zehn Shilling verdient und sein ganzes Geld in der Kneipe lässt!«

»Ja, so ist das!«, rief eine Frau hinter Ethel.

»Und erst neulich habe ich mit einer Frau aus Bermondsey gesprochen, deren Mann bei Ypern gefallen ist. Sie muss vier Kinder großziehen, erhält aber nur einen Frauenlohn.«

»Eine Schande!«, riefen mehrere Damen.

»Wenn ein Fabrikbesitzer einem Mann für das Drehen von Kolbenbolzen einen Shilling pro Stück zahlen kann, dann kann er einer Frau doch das Gleiche zahlen.«

Die Männer ruckten unruhig auf ihren Stühlen.

Maud ließ einen stählernen Blick über die Zuhörer schweifen. »Und wenn ich höre, wie sogar Sozialisten gegen eine gleiche Bezahlung beider Geschlechter Einwände erheben, so kann ich ihnen nur entgegnen: Wollt ihr gierigen Fabrikbesitzern erlauben, Frauen als billige Arbeitskräfte auszubeuten?«

Eine Frau von Mauds Herkunft musste viel Mut und Entschlossenheit aufbringen, um solche Ansichten zu vertreten. Hinzu kam, dass sie Maud um ihre schönen Kleider und ihren flüssigen Redestil beneidete. Vor allem aber hatte Maud den Mann heiraten können, den sie liebte.

Nach der Rede nahmen die männlichen Parteimitglieder Maud ins Kreuzverhör. Der Schatzmeister der Ortsgruppe, ein rotgesichtiger Schotte namens Jock Reid, wollte wissen: »Wie können Sie nach dem Stimmrecht für Frauen rufen, wenn unsere Jungs in Frankreich sterben?« Reid fand lautstarke Zustimmung.

»Ich bin froh, dass Sie das ansprechen«, erwiderte Maud, »denn Fragen wie diesen liegen vielen Männern und Frauen am Herzen. Ich möchte mit einer Gegenfrage antworten: Sollten während des Krieges die politischen Aktivitäten denn nicht weitergehen? Sollten keine Versammlungen der Arbeiterpartei mehr stattfinden? Sollten Gewerkschaften nicht mehr gegen die Ausbeutung der Arbeiter kämpfen? Hat die Konservative Partei für die Dauer des Krieges dichtgemacht? Sind Ungerechtigkeit und Unterdrückung vorübergehend aufgehoben worden? Ich sage Nein, Genosse! Wir dürfen nicht zulassen, dass die Feinde des Fortschritts sich den Krieg zunutze machen. Er darf nicht zum Vorwand der Traditionalisten werden, uns an die Kandare zu nehmen. Wie Mr. Lloyd George sagt: *Business as usual.*«

Nach der Versammlung gab es Tee – natürlich von den Frauen gekocht –, und Maud setzte sich zu Ethel. Sie streifte die Handschuhe ab und nahm Tasse und Untertasse aus blauem Steingut in ihre weichen, glatten Hände. Ethel, die es für unfreundlich gehalten hätte, hätte sie Maud die Wahrheit über Fitz anvertraut, trug stattdessen die neueste Version ihrer erfundenen Sage von »Teddy Williams« vor, dem Vater ihres Kindes, der mittlerweile in Frankreich gefallen sei. »Ich erzähle den Leuten, Teddy und ich wären verheiratet gewesen«, sagte sie und berührte den billigen Ring, den sie trug. »Obwohl das in Zeiten wie diesen ja gar nicht mehr so wichtig ist. Bevor die Jungs in den Krieg ziehen, wollen die Mädchen ihnen was Gutes tun, ob sie verheiratet sind oder nicht.« Sie senkte die Stimme. »Von Walter haben Sie wohl nichts gehört …?«

»Oh doch.« Maud lächelte. »Haben Sie in der Zeitung vom Weihnachtswaffenstillstand gelesen?«

»Ja, natürlich. Deutsche und Briten haben sich gegenseitig Geschenke gemacht und im Niemandsland Fußball gespielt. Eine Schande, dass sie es nicht dabei belassen haben. Jetzt kämpfen sie längst wieder.«

»Ja. Jedenfalls, beim Weihnachtswaffenstillstand haben Fitz und Walter sich getroffen!«

Ethel konnte es kaum glauben. »Im Ernst?«

»Ja! Natürlich weiß Fitz noch nicht, dass wir verheiratet sind, und Walter musste vorsichtig sein mit dem, was er sagte. Aber er hat mir ausrichten lassen, dass er an Weihnachten an mich gedacht hat.«

Ethel drückte Mauds Hand. »Also geht es ihm gut!«

»Er war an der Schlacht um Ostpreußen dabei, und jetzt ist er in Frankreich an der Front, aber er wurde nicht verwundet.«

»Gott sei Dank. Aber jetzt werden Sie wohl so schnell nicht wieder von ihm hören, nicht wahr? So ein Glück hat man nicht zweimal.«

»Ich fürchte, das stimmt. Meine einzige Hoffnung ist, dass Walter in ein neutrales Land geschickt wird, nach Schweden oder in die Vereinigten Staaten, von wo aus er mir schreiben kann. Andernfalls muss ich warten, bis der Krieg zu Ende ist.«

»Und was ist mit dem Earl?«

»Fitz geht es gut. Die ersten Kriegswochen war er in Paris stationiert und hat sich ein schönes Leben gemacht.«

Während ich bei Ausbeutern und Pfennigfuchsern nach Arbeit suchen musste, dachte Ethel zornig.

Maud fuhr fort: »Fürstin Bea hat einen Jungen zur Welt gebracht.«

»Oh, wie schön! Fitz wird glücklich sein, einen Erben zu haben.«

»Wir alle sind glücklich«, entgegnete Maud, und Ethel merkte, dass sie zwar Rebellin war, aber dennoch Aristokratin blieb.

Die Versammlung löste sich auf. Auf Maud wartete ein Taxi, und sie verabschiedeten sich. Bernie Leckwith stieg mit Ethel in den Bus. »Die Frau war besser, als ich dachte«, sagte er. »Oberschicht zwar, aber ganz in Ordnung. Und freundlich, besonders zu dir. Wahrscheinlich hast du die Familie ganz gut kennengelernt, als du für sie gearbeitet hast.«

Du ahnst nicht mal die Hälfte davon, antwortete Ethel im Stillen.

Sie wohnte in einer ruhigen Straße, gesäumt von kleinen Reihenhäusern, die alt, aber solide waren. Hier waren hauptsächlich Facharbeiter, Handwerker und Vorarbeiter mit ihren Familien zu Hause. Bernie brachte Ethel bis zur Haustür. Sie wusste, dass er sie gern geküsst hätte, und spielte mit dem Gedanken, es ihm zu erlauben, und sei es nur aus Dankbarkeit, dass er der einzige Mann auf der Welt war, der sie noch anziehend fand. Dann aber siegte der gesunde Menschenverstand: Sie wollte Bernie keine falschen Hoffnungen machen. »Gute Nacht, Genosse!«, sagte sie fröhlich und ging ins Haus.

Im Obergeschoss war es still, kein Licht brannte: Mildred und ihre beiden Töchter schliefen schon. Ethel zog sich aus und ging zu Bett. So müde sie auch war – ihre Gedanken kamen nicht zur Ruhe, und sie fand keinen Schlaf. Nach einiger Zeit stand sie wieder auf und machte Tee.

Sie beschloss, ihrem Bruder zu schreiben, klappte die Briefmappe auf und begann.

An meine liebe junge Schwester Libby!

Nach ihrem Kindercode zählte nur jedes dritte Wort; in den Namen wurden die Buchstaben durcheinandergewürfelt, und Grammatik war Nebensache. Was Ethel geschrieben hatte, hieß also: *Lieber Billy!*

Sie erinnerte sich, dass sie immer erst die Nachricht geschrieben und dann erst die Lücken aufgefüllt hatte. Deshalb schrieb sie:

Sitze hier einsam und fühle mich erbärmlich.

Dann wandelte sie den Text in die verschlüsselte Schrift aus ihrer Kinderzeit um.

Sobald ich sitze, sehe ich hier durch das einsame trübe Fenster, und dann eben fühle ich Arme mich weder wirklich erbärmlich noch froh.

Als Kind hatte sie das Spiel geliebt, sich irgendeine Botschaft auszudenken, um die echte Nachricht darin zu verstecken. Zusammen mit

Billy hatte sie nützliche Tricks ersonnen, zum Beispiel, dass ausgestrichene Wörter zählten, unterstrichene Wörter dagegen nicht.

Ethel beschloss, erst den ganzen Brief zu schreiben und ihn dann zu verschlüsseln.

> Die Straßen von London sind nicht mit Gold gepflastert, jedenfalls nicht in Aldgate.

Sie beschloss, Billy offen von ihren Sorgen zu schreiben und die Wahrheit nicht zu verheimlichen.

> Ich habe mich immer für was Besonderes gehalten, frag mich nicht, warum. Sie glaubt, sie ist für Aberowen zu schade, haben sie über mich gesagt, und sie hatten recht.

Ethel musste ihre Tränen wegblinzeln, als sie an diese Zeit dachte – an die frische Dienstmädchentracht, das gute Essen im blitzsauberen Dienstbotenzimmer und an den schlanken, schönen Körper, den sie damals gehabt hatte.

> Aber guck mich jetzt an. Ich schufte jeden Tag zwölf Stunden in Mannie Litovs Tretmühle. Ich habe jeden Abend Kopfweh und ständig Rückenschmerzen. Ich bekomme ein Kind, das keiner will. Und mich will erst recht keiner, nur ein langweiliger Bücherwurm mit Brille.

Längere Zeit saugte sie nachdenklich am Ende des Bleistifts; dann schrieb sie:

> Ich könnte genauso gut tot sein.

✠

An jedem zweiten Sonntag im Monat kam ein orthodoxer Pope aus Cardiff mit dem Zug das Tal hinauf nach Aberowen, den Koffer voll sorgsam in Tücher eingeschlagener Ikonen und Kerzenleuchter, um für die Russen im Ort die Göttliche Liturgie zu feiern.

Lew Peschkow hasste Popen, besuchte den Gottesdienst aber jedes

Mal, denn nur so durfte man hinterher am Mittagessen teilnehmen. Das Ritual wurde im Lesesaal der Stadtbücherei abgehalten, einer Carnegie-Bibliothek, die einer Plakette im Foyer zufolge von einer Spende des amerikanischen Philanthropen errichtet worden war. Lew konnte zwar lesen, begriff aber nicht, wie man Vergnügen daran finden konnte. Die Zeitungen waren an schweren hölzernen Halterungen befestigt, damit die Leser sie nicht mitgehen ließen, und wohin man auch blickte, sah man Schilder, die um Ruhe baten. Wer konnte hier schon Spaß bekommen?

Eigentlich mochte Lew gar nichts an Aberowen.

Pferde waren überall gleich, aber er hasste die Arbeit unter Tage: Von morgens bis abends war es halbdunkel, als gäbe es keine Tageszeiten, und von dem Kohlenstaub, der dick in der Luft hing, musste man husten. Und über Tage regnete es andauernd Noch nie hatte Lew so viel Regen gesehen. Er kam nicht als Gewitter oder Wolkenbruch, worauf dann ein klarer Himmel und trockenes Wetter folgten; er war ein ununterbrochenes Nieseln, das den ganzen Tag, manchmal die ganze Woche vom Himmel kam, sodass die Nässe einem langsam die Hosenbeine hinaufkroch und sich auf dem Hemdrücken sammelte.

Der Streik war im August zu Ende gegangen, nach Ausbruch des Krieges, und die Bergarbeiter waren wieder an die Arbeit gegangen. Die meisten hatten ihren alten Job zurückbekommen und waren wieder in ihre alten Häuser gezogen. Ausnahmen hatte man nur bei denen gemacht, die von der Bergwerksdirektion als Unruhestifter betrachtet wurden; die meisten von ihnen dienten jetzt bei den Welsh Rifles. Die Witwen, denen man die Häuser gekündigt hatte, waren woanders untergekommen. Und Streikbrecher wurden nicht mehr geschnitten: Die Einheimischen waren zu dem Schluss gelangt, dass auch die Ausländer nur vom kapitalistischen System ausbeutet wurden.

Doch Lew war nicht aus Sankt Petersburg geflohen, um sich in Wales unter Tage abzurackern. Natürlich war Großbritannien besser als Russland: Hier waren Gewerkschaften erlaubt, die Polizei konnte nicht alles tun und lassen, was sie wollte, und sogar Juden besaßen Rechte. Gleichzeitig wollte Lew sich nicht mit einem Leben voll zermürbender Arbeit in einem Bergarbeiternest am Rande des Nirgendwo begnügen. Das war es nicht, wovon er und Grigori geträumt hatten. Hier war nicht Amerika.

Selbst wenn Lew versucht gewesen wäre, in Aberowen zu bleiben –

er schuldete es Grigori, weiterzumachen. Er wusste, dass er seinem Bruder übel mitgespielt hatte, und er hatte sich geschworen, ihm das Geld für seine Fahrkarte zu schicken. In seinem kurzen Leben war Lew schon mehr als einmal wortbrüchig geworden, hatte aber die feste Absicht, diesmal Wort zu halten.

Das Geld für die Überfahrt von Cardiff nach New York hatte er fast schon zusammen. Es lag unter einer Fliese in der Küche seines Hauses an der Wellington Row versteckt, zusammen mit seinem Revolver und dem Pass seines Bruders. Von seinem Wochenlohn hatte er die Summe natürlich nicht gespart; der Lohn reichte gerade für Bier und Tabak. Nein, Lews Ersparnisse stammten aus dem wöchentlichen Kartenspiel.

Mit Spirja arbeitete er nicht mehr zusammen. Der junge Mann hatte Aberowen nach wenigen Tagen verlassen und war nach Cardiff zurückgekehrt, um sich leichtere Arbeit zu suchen. Doch einen gierigen Menschen zu finden war niemals schwer, und Lew hatte sich mit einem Steiger namens Rhys Price angefreundet. Lew sorgte dafür, dass Price häufig gewann, und hinterher teilten sie den Gewinn. Wichtig war dabei, es nicht zu übertreiben: Hin und wieder musste auch ein anderer gewinnen. Wenn die Kumpel merkten, was vor sich ging, bedeutete es nicht nur das Ende des Kartenbetrugs; sie würden Lew wahrscheinlich totschlagen. Deshalb wuchsen seine Ersparnisse nur langsam, und er konnte es sich nicht leisten, eine kostenlose Mahlzeit auszuschlagen.

Der Pope wurde stets vom Automobil des Earls am Bahnhof abgeholt. Man fuhr ihn nach Tŷ Gwyn, wo er Sherry und Kuchen bekam. Wenn Fürstin Bea auf dem Herrensitz weilte, begleitete sie den Popen zur Bibliothek und betrat den Lesesaal unmittelbar vor ihm, was ihr ersparte, allzu lange mit gewöhnlichen Menschen in einem Raum zu warten.

Heute zeigte die große Uhr an der Wand des Lesesaals wenige Minuten nach elf, als Bea eintrat. Zum Schutz gegen die Februarkälte trug sie Hut und Mantel aus weißem Pelz. Lew unterdrückte einen Schauder: Er konnte sie nicht anschauen, ohne das grenzenlose Entsetzen eines Sechsjährigen zu empfinden, der zusehen muss, wie sein Vater gehenkt wird.

Der Pope folgte in einem cremefarbenen Gewand mit goldener Schärpe. Heute wurde er zum ersten Mal von einem anderen Mann im Ornat eines Priesterschülers begleitet – in dem Lew zu seinem Entsetzen seinen früheren Komplizen Spirja erkannte.

Lews Gedanken überschlugen sich, während die beiden Geistlichen die fünf Brotlaibe vorbereiteten und den Rotwein für den Gottesdienst verwässerten. Hatte Spirja zu Gott gefunden und sich geändert? Oder war das Priestergewand für ihn nur ein neuer Deckmantel, um zu stehlen und zu betrügen?

Der Pope sang den Segen. Einige der frommeren Männer hatten einen Chor gebildet – was ihre walisischen Nachbarn von Herzen guthießen –, und nun sangen sie das erste Amen. Lew bekreuzigte sich, als die anderen es taten, war mit den Gedanken aber ganz bei Spirja. Einem Geistlichen sähe es ähnlich, die Wahrheit auszuplaudern und alles zu verderben: keine Kartenspiele mehr, keine Fahrkarte nach Amerika, kein Geld für Grigori.

Lew rief sich den letzten Tag auf der *Erzengel Gabriel* ins Gedächtnis, als er Spirja gedroht hatte, ihn über Bord zu werfen. Vielleicht dachte Spirja gerade ebenfalls daran. Lew wünschte sich, er hätte ihn nicht so gedemütigt.

Während des Gottesdienstes musterte er Spirja und versuchte, in dessen Gesicht zu lesen. Als er nach vorn ging, um das Abendmahl zu empfangen, suchte er nach dem Blick seines alten Freundes, doch Spirja ließ sich durch nichts anmerken, ob er Lew überhaupt erkannt hatte: Der Priesterschüler war völlig in das Ritual versunken, oder tat zumindest so.

Nach dem Gottesdienst fuhren die beiden Geistlichen mit der Prinzessin im Automobil davon, und die ungefähr dreißig russisch-orthodoxen Gläubigen folgten zu Fuß. Lew fragte sich, ob Spirja ihn ansprechen und wie er sich dann verhalten würde. Würde er so tun, als hätten sie nie betrogen und falschgespielt? Oder plauderte er alles aus und beschwor den Zorn der Bergarbeiter auf Lews Haupt herab? Würde er für sein Schweigen einen Preis verlangen?

Lew war versucht, die Stadt auf der Stelle zu verlassen. Alle ein bis zwei Stunden ging ein Zug nach Cardiff. Hätte er mehr Geld gehabt, er hätte sofort die Flucht ergriffen, doch was er besaß, reichte nicht für die Fahrkarte nach New York, und so schlurfte er aus der Stadt den Hügel hinauf zum Mittagessen im Palast des Earls.

Sie aßen im Dienstbotenquartier unter der Treppe. Das Essen war herzhaft: Lammeintopf mit so viel Brot, wie man vertilgen konnte, dazu Bier, um alles hinunterzuspülen. Die nicht mehr ganz so junge russische Zofe Nina gesellte sich zu ihnen und dolmetschte. Sie mochte Lew und sorgte dafür, dass er mehr Bier bekam als die anderen.

Der Pope aß mit der Fürstin, aber Spirja kam ins Dienstbotenzimmer und nahm neben Lew Platz. Lew setzte sein gewinnendstes Lächeln auf. »Alter Freund! Was für eine Überraschung!«, rief er auf Russisch. »Meinen Glückwunsch!«

Spirja blieb ungerührt. »Spielst du noch immer Karten, mein Sohn?«, entgegnete er.

Lew senkte die Stimme. »Ich halte die Klappe, wenn du auch die Klappe hältst. Abgemacht?«

»Wir sprechen nach dem Essen darüber.«

Lew wusste weder aus noch ein. Worauf zielte Spirja ab – auf Rechtschaffenheit oder Erpressung?

Nach dem Essen ging Spirja zur Hintertür hinaus, und Lew folgte ihm. Wortlos führte Spirja ihn zu einem weißen Rundbau, der wie ein griechischer Miniaturtempel aussah. Von der erhöhten Plattform sah man sofort, wenn jemand näher kam. Es nieselte, und das Wasser perlte an den Marmorsäulen ab. Lew schüttelte sich den Regen von der Mütze und setzte sie wieder auf.

Spirja sagte: »Erinnerst du dich noch, was du auf dem Schiff getan hast, als ich dich fragte, was du tun würdest, wenn ich dir nicht die Hälfte des Geldes abgebe?«

Lew hatte Spirja über die Reling gedrückt und gedroht, ihm den Hals zu brechen und seine Leiche ins Meer zu werfen. »Nein, das weiß ich nicht mehr«, log er.

»Spielt auch keine Rolle«, sagte Spirja. »Ich wollte dir nur vergeben.«

Also Rechtschaffenheit, dachte Lew erleichtert.

»Was wir damals getan haben, war Sünde«, fuhr Spirja fort. »Ich habe gebeichtet und Absolution erhalten.«

»Dann frage ich deinen Popen nicht, ob er Lust auf ein Kartenspiel hat.«

»Lass die Scherze.«

Lew wollte Spirja bei der Kehle packen, wie er es auf dem Schiff getan hatte, aber Spirja machte nicht mehr den Eindruck, als würde er sich einschüchtern lassen. Ironischerweise hatte ausgerechnet das Priesterkleid ihm Mumm verliehen.

Spirja fuhr fort: »Ich sollte dein Verbrechen denen offenbaren, die du beraubt hast.«

»Sie würden es dir nicht danken.«

»Mein Priestergewand wird mich schützen.«

Lew schüttelte den Kopf. »Von denen, die wir übers Ohr gehauen haben, waren die meisten arme Juden. Sie erinnern sich wahrscheinlich, dass Popen mit einem Lächeln auf den Lippen zugesehen haben, wie die Kosaken sie zusammengeschlagen haben. In deinem Gewand treten sie dich vielleicht umso eifriger tot.«

Ein Schatten des Zorns zog über Spirjas junges Gesicht hinweg, doch er zwang sich zu einem wohlwollenden Lächeln. »Ich mache mir größere Sorgen um dich, mein Sohn. Nur ungern würde ich Gewalt gegen dich wecken.«

Lew wusste, wann ihm gedroht wurde. »Was wirst du tun?«

»Das hängt von deinem Verhalten ab.«

»Wirst du den Mund halten, wenn ich aufhöre?«

»Wenn du beichtest, aufrichtig bereust und deinen Sünden abschwörst, wird Gott dir vergeben – und dann steht es mir nicht zu, dich zu bestrafen.«

Und du kommst unbeschadet davon, dachte Lew. »Also gut, ich tu's«, sagte er. Kaum hatte er den Satz beendet, begriff er, dass er zu schnell eingelenkt hatte.

Mit seinen nächsten Worten bestätigte Spirja, dass er so leicht nicht zu täuschen war. »Ich werde es nachprüfen«, sagte er. »Und sollte ich herausfinden, dass du dein Versprechen vor mir und Gott gebrochen hast, werde ich deinen Opfern deine Verbrechen offenbaren.«

»Und sie werden mich umbringen. Gute Arbeit, Vater.«

»Es ist der beste Ausweg aus einem moralischen Dilemma, mein Sohn. Mein Pope ist der gleichen Ansicht. Also schlag ein oder lass es.«

»Mir bleibt ja keine Wahl.«

»Gott segne dich, mein Sohn«, sagte Spirja.

Lew ging davon.

Er verließ Tŷ Gwyn und kehrte durch den Regen nach Aberowen zurück. Er kochte vor Wut. Typisch Pope, dachte er, einem Mann die Möglichkeit zu nehmen, etwas aus sich zu machen. Spirja ging es jetzt gut; er bekam bis an sein Lebensende Essen, Kleidung und Unterkunft von der Kirche und den Hunger leidenden Gläubigen bezahlt, die Geld spendeten, das sie gar nicht entbehren konnten. Für den Rest seines Lebens hätte Spirja nichts weiter zu tun, als den Gottesdienst zu feiern und die Chorknaben zu befingern.

Was sollte er, Lew, nun anfangen? Wenn er das Kartenspiel aufgab, brauchte er ewig, um genug Geld für seine Überfahrt zu sparen. Er wäre dazu verurteilt, sich noch jahrelang eine halbe Meile unter der Erde um die Grubenponys zu kümmern. Und niemals könnte er sein Versprechen einlösen und Grigori das Geld für die Überfahrt nach Amerika schicken.

Auf Nummer sicher gegangen war er noch nie.

Er marschierte zum Two Crowns. In Wales wurde der Sabbat geheiligt, und Kneipen durften an Sonntagen nicht öffnen, doch in Aberowen nahm man es mit den Vorschriften nicht so genau. Im Ort gab es nur einen Polizisten, und der hatte sonntags frei, wie die meisten Leute. Um den Anschein zu wahren, hielt das Two Crowns die Vordertür geschlossen, aber die Stammgäste kamen durch die Küche herein, und das Geschäft lief wie an jedem anderen Tag.

An der Theke standen die Ponti-Brüder, Joey und Johnny. Sie tranken Whisky, was ungewöhnlich war. Bergarbeiter begnügten sich normalerweise mit Bier. Whisky war ein Getränk für die Reichen, und im Two Crowns hielt eine Flasche wahrscheinlich von einem Weihnachtsfest zum nächsten.

Lew bestellte sich einen Krug Bier und sprach den älteren Bruder an. »Aye, aye, Joey.«

»Aye, aye, Grigori.« Lew benutzte noch immer den Namen seines Bruders, der im Pass stand.

»Hast wohl was zu feiern, Joey?«

»Aye. Ich und der Junge, wir waren gestern nach Cardiff, Boxen gucken.«

Die Brüder sahen selbst wie Boxer aus, fand Lew: zwei breitschultrige, stiernackige junge Männer mit riesigen Pranken. »Und, war es gut?«, fragte er.

»Darkie Jenkins gegen Roman Tony. Wir haben auf Tony gesetzt, weil er Italiener ist wie wir. Bei dreizehn zu eins. Er hat Jenkins nach drei Runden auf die Bretter geschickt.«

Lew hatte manchmal seine Schwierigkeiten mit dem Englischen, aber was »dreizehn zu eins« bedeutete, wusste er. Er sagte: »Ihr solltet mitkommen und Karten spielen. Ihr habt ...« Er zögerte; dann fiel ihm der Ausdruck wieder ein. »Ihr habt eine Glückssträhne.«

»Nee, ich will's nich' so schnell verlieren, wie ich's gewonnen hab«, sagte Joey.

Doch als die Runde sich eine halbe Stunde später in dem Schuppen zusammenfand, waren Joey und Johnny dabei. Der Rest der Spielrunde setzte sich aus Russen und Walisern zusammen.

Sie spielten eine einheimische Art des Poker namens Three-Card Brag. Lew mochte das Spiel. Die Spieler erhielten nur drei Karten, mehr wurden nicht ausgegeben, und man konnte auch nicht austauschen; dadurch ging das Spiel sehr schnell. Wenn ein Spieler den Einsatz erhöhte, musste der nächste im Kreis sofort mitziehen – er konnte nicht im Spiel bleiben, indem er nur den Originaleinsatz bot –, also wuchs der Pot sehr schnell an. So ging es weiter, bis nur zwei Spieler übrig waren, von denen einer schließlich die Runde beenden konnte, indem er den vorherigen Einsatz verdoppelte, was seinen Gegner zwang, sein Blatt aufzudecken. Das beste Blatt war ein Dreier, den man Prial nannte, und der höchste Prial wiederum bestand aus drei Dreien.

Lew hatte einen angeborenen Instinkt für Wahrscheinlichkeiten und hätte beim Kartenspiel auch ohne Täuschung gewonnen, doch das ging ihm zu langsam.

Der Geber der Karten wechselte mit jedem Spiel um einen Spieler nach links, sodass Lew die Karten nur ab und zu manipulieren konnte, eben wenn er an der Reihe war. Aber es gab tausend Möglichkeiten zu betrügen, und Lew hatte einen einfachen Code entwickelt, der es Rhys ermöglichte, unauffällig darauf aufmerksam zu machen, wann er ein gutes Blatt hatte. Lew ging dann jedes Mal mit, egal, was er auf der Hand hatte, sodass der Einsatz in die Höhe schnellte. Meistens stiegen die anderen aus, und Lew verlor an Rhys.

Als heute zum ersten Mal gegeben wurde, beschloss Lew, dass dieses Spiel sein letztes sein sollte. Wenn er die Ponti-Brüder ausnahm, konnte er wahrscheinlich seine Fahrkarte nach Amerika kaufen. Am nächsten Sonntag würde Spirja sich erkundigen, ob Lew noch immer dem Laster des Kartenspiels frönte. Zu diesem Zeitpunkt wollte Lew längst auf See sein.

Während der nächsten beiden Stunden schaute Lew zu, wie Rhys' Gewinn wuchs, und sagte sich, dass Amerika mit jedem Penny näher komme. Normalerweise zog er niemanden gern bis aufs Hemd aus, denn er wollte, dass die Leute beim nächsten Mal wiederkamen. Heute aber war der richtige Tag, um aufs Ganze zu gehen.

Als es draußen dunkel wurde, kam er ans Geben. Er legte Joey Ponti drei Asse hin und Rhys drei Dreien. In diesem Spiel schlug eine Drei ein Ass. Sich selbst gab er ein Paar Könige, eine Rechtfertigung, hoch zu bieten. Er bot mit, bis Joey beinahe pleite war – er wollte keine Schuldscheine. Mit seinem letzten Geld zwang Joey Rhys, ihm sein Blatt zu zeigen. Der Ausdruck auf Joeys Gesicht, als er den Dreien-Prial sah, war komisch und erbarmungswürdig zugleich.

Rhys strich das Geld ein. Lew erhob sich und sagte: »Ich bin blank.« Das Spiel endete, und sie gingen an die Theke zurück, wo Rhys eine Runde spendierte, um die Verlierer zu trösten. Die Ponti-Brüder bestellten sich wieder Bier, und Joey sagte: »Tja, wie gewonnen, so zerronnen, nicht wahr?«

Ein paar Minuten später ging Lew nach draußen, und Rhys folgte ihm. Im Two Crowns gab es keine Toilette; deshalb erleichterten sich die Männer auf dem Weg hinter der Scheune. Die einzige Beleuchtung stammte von einer fernen Straßenlaterne. Rhys reichte Lew rasch seine Hälfte des Gewinns, teils in Münzen, teils in den neuen farbigen Banknoten, grün für ein Pfund, braun für zehn Shilling.

Lew wusste genau, was ihm zustand. Das Rechnen fiel ihm genauso leicht wie das Abschätzen von Chancen beim Kartenspiel. Er würde das Geld später zählen, war aber sicher, dass Rhys ihn nicht betrügen würde. Der Mann hatte es ein einziges Mal versucht: Lew hatte festgestellt, dass er fünf Shilling zu wenig bekommen hatte – eine Summe, die ein unaufmerksamer Mann vielleicht übersehen hätte. Daraufhin war er zu Rhys ins Haus gegangen, hatte ihm den Revolverlauf in den Mund geschoben und den Hahn gespannt. Rhys hatte sich vor Angst in die Hose gemacht. Danach hatte das Geld stets auf den Halfpenny genau gestimmt.

Lew stopfte sich das Geld in die Manteltasche und kehrte in die Kneipe zurück.

Wo er Spirja entdeckte.

Spirja trug diesmal kein Priestergewand, sondern den gleichen Mantel wie auf dem Schiff. Er stand an der Bar, trank aber nicht, sondern sprach ernst mit einer kleinen Gruppe Russen, darunter einige aus der Spielrunde.

Sofort bemerkte er Lews Blick.

Lew machte auf dem Absatz kehrt und ging hinaus, doch er wusste, dass es zu spät war.

Mit schnellen Schritten ging er davon und den Hügel hinauf zur Wellington Row. Spirja würde ihn verraten, da war er sicher. Wahrscheinlich erklärte er in diesem Augenblick, mit welchen Tricks Lew beim Kartenspiel betrog und dennoch als Verlierer dastand. Die Männer wären zornig, und die Ponti-Brüder würden ihr Geld zurückhaben wollen.

Als sich Lew seinem Haus näherte, kam ihm jemand mit einem Koffer entgegen. Im Lampenschein erkannte er den Nachbarssohn, der Billy-with-Jesus gerufen wurde. »Aye, aye, Billy«, sagte er.

»Aye, aye, Grigori.«

Der Junge schien die Stadt verlassen zu wollen. Lew war neugierig. »Wo fährst du hin?«

»Nach London.«

Lews Interesse erwachte. »Mit welchem Zug?«

»Sechs Uhr nach Cardiff.« Wer von Aberowen nach London wollte, musste in Cardiff umsteigen.

»Wie spät haben wir jetzt?«

»Zwanzig vor.«

»Dann gute Reise.« Lew ging ins Haus. Er würde mit dem gleichen Zug fahren wie Billy, beschloss er.

Er drehte das elektrische Licht in der Küche an, hob die Fliese und nahm seine Ersparnisse aus dem Versteck, den Pass mit dem Namen und dem Bild seines Bruders, eine Schachtel Patronen und seinen Revolver, einen Nagant M1895, den er von einem Hauptmann des russischen Heeres beim Kartenspiel gewonnen hatte. Er prüfte die Patronen in der Trommel; die Waffe war voll geladen. Er stopfte sich das Geld, den Pass und die Waffe in die Manteltaschen.

Oben entdeckte er Grigoris Pappkoffer mit dem Kugelloch. Dort hinein packte er die Munition, sein zweites Hemd, die andere Garnitur Unterwäsche und zwei Päckchen Spielkarten.

Eine Uhr besaß er nicht, aber er schätzte, dass fünf Minuten vergangen waren, seit er Billy gesehen hatte. Damit blieb ihm eine Viertelstunde, um zum Bahnhof zu gelangen, und das genügte.

Von der Straße draußen hörte er die Stimmen mehrerer Männer.

Er wollte keinen Kampf. Er war zäh, die Bergarbeiter aber auch. Selbst wenn er siegte, verpasste er den Zug. Natürlich konnte er den

Revolver benutzen, aber in diesem Land nahm die Polizei die Fahndung nach Mördern ernst, selbst wenn das Opfer niemand Wichtiges gewesen war. Zumindest würden die Passagiere an den Kais in Cardiff überprüft, und er hätte es schwer, sich ein Ticket zu kaufen. Auf jeden Fall wäre es das Beste, wenn er die Stadt verließ, ohne dass es zu Gewalttätigkeiten kam.

Lew ging zur Hintertür hinaus und eilte den Weg entlang, so leise er es mit seinen schweren Stiefeln vermochte. Die Erde war schlammig, wie fast immer in Wales; deshalb machte er kaum ein Geräusch.

Am Ende des Weges bog er in eine Gasse ein und trat dann ins Licht. Das Abortgebäude mitten auf der Straße schützte ihn vor der Entdeckung durch jemanden, der vor seinem Haus stand. Er eilte davon.

Zwei Straßen weiter wurde ihm klar, dass sein Weg ihn am Two Crowns vorbeiführte. Er blieb stehen und dachte einen Augenblick nach. Er kannte die Stadt; die einzige andere mögliche Strecke zum Bahnhof hätte es erforderlich gemacht, dass er zurückging. Aber die Männer, deren Stimmen er gehört hatte, konnten noch immer in der Nähe seines Hauses sein.

Lew musste es mit dem Two Crowns riskieren. Er folgte einer weiteren Gasse und gelangte auf den Weg, der hinter der Kneipe vorbeiführte.

Als er an den Schuppen kam, in dem sie Karten gespielt hatten, hörte er Stimmen und konnte zwei Männer ausmachen, die sich im Licht der Straßenlaterne am anderen Ende des Weges abzeichneten. Lew lief die Zeit davon, aber er blieb stehen und wartete. Er hielt sich nahe an einem hohen Holzzaun, damit er nicht so deutlich zu sehen war.

Die Männer schienen ewig dort stehen zu wollen. »Na los«, flüsterte er. »Wollt ihr nicht wieder ins Warme?« Der Regen tropfte von seiner Mütze und lief ihm in den Nacken und den Rücken hinunter.

Endlich gingen die Männer zurück ins Haus, und Lew trat aus seiner Deckung und eilte voran. Ohne Zwischenfall kam er an der Scheune vorbei, doch als er sich entfernte, hörte er erneut Stimmen. Er fluchte. Die Gäste tranken seit dem Mittag Bier; mittlerweile mussten sie regelmäßig den Weg aufsuchen. Er hörte, wie jemand ihm hinterher rief: »Aye, Kumpel.« »Kumpel« war ihr Wort für Freund. Wenn es benutzt wurde, hatte man ihn noch nicht erkannt.

Lew tat so, als hätte er nichts gehört, und ging weiter.

Hinter sich hörte er ein gemurmeltes Gespräch. Die meisten Wörter waren unverständlich, aber er glaubte, einen Mann sagen zu hören: »Sah aus wie ein Russki.« Russische Kleidung unterschied sich von britischer, und Lew vermutete, dass die Männer im Licht der Straßenlaterne, der er sich rasch näherte, den Schnitt seiner Jacke und die Form seiner Mütze erkennen konnten. Dennoch, Männer, die hinten aus der Kneipe kamen, hatten normalerweise ein dringendes Bedürfnis, und er rechnete nicht damit, dass sie ihm folgten, ehe sie ihre Blasen geleert hatten.

Lew bog in die nächste Gasse ab und verschwand aus dem Blickfeld. Leider bezweifelte er, dass er auch aus den Gedanken der Männer verschwunden wäre. Spirja musste mittlerweile seine Geschichte erzählt haben, und irgendjemandem dürfte bald dämmern, was es zu bedeuten hatte, wenn ein russisch gekleideter Mann mit einem Koffer in der Hand eilig in Richtung Stadtzentrum wollte.

Er musste den Zug bekommen.

Lew rannte los.

Die Bahnlinie folgte dem Talgrund; deshalb führte der Weg zum Bahnhof stetig bergab. Lew rannte leichtfüßig und mit langen Schritten. Über die Dächer hinweg konnte er bereits die Lichter des Bahnhofs erkennen. Als er näher kam, sah er den Rauch aus dem Schornstein eines Zuges, der bereits am Bahnsteig stand.

Lew rannte über den Platz in die Schalterhalle. Die Zeiger der großen Uhr standen auf einer Minute vor sechs. Er eilte an den Fahrkartenschalter und fischte Geld aus der Tasche. »Eine Fahrkarte bitte«, sagte er.

»Wohin darf es heute Abend denn gehen?«, fragte der Beamte freundlich.

Lew wies drängend auf den Bahnsteig. »Für den Zug da!«

»Er hält in Aberdare, Pontypridd …«

»Cardiff!« Lew hob den Blick. Der Minutenzeiger schob sich mit einem leichten Zittern auf die Position der vollen Stunde.

»Einzelfahrschein oder Rückfahrkarte?«, fragte der Beamte in aller Seelenruhe.

»Einzelne Fahrt, und schnell!«

Lew hörte die Pfeife. Verzweifelt sah er die Münzen in seiner Hand durch. Er kannte den Fahrpreis – er war im letzen halben Jahr zweimal in Cardiff gewesen – und legte Geld auf den Teller.

Der Zug fuhr an.

Der Beamte hielt ihm die Fahrkarte hin.

Lew riss sie ihm aus der Hand und drehte sich um.

»Vergessen Sie nicht Ihr Wechselgeld!«, rief der Beamte.

Lew eilte die wenigen Schritte zur Barriere. »Fahrkarte bitte«, sagte der Kontrolleur, als hätte er nicht gerade erst gesehen, wie Lew die Fahrkarte gekauft hatte.

Lew blickte an der Barriere vorbei und sah, wie der Zug Geschwindigkeit aufnahm.

Der Kontrolleur lochte die Fahrkarte. »Möchten Sie Ihr Wechselgeld nicht?«, fragte er.

Die Tür der Schalterhalle flog auf, und die Ponti-Brüder stürmten herein. »Haben wir dich, du Dreckskerl!«, brüllte Joey und stürmte auf Lew zu.

Lew überraschte ihn, indem er auf ihn zutrat und ihm die Faust mitten ins Gesicht schlug. Joey blieb wie angewurzelt stehen. Johnny prallte von hinten gegen seinen Bruder, und beide brachen in die Knie.

Lew riss dem Kontrolleur seine Fahrkarte aus der Hand und rannte auf den Bahnsteig. Der Zug fuhr schon ziemlich schnell. Ein kurzes Stück rannte Lew neben ihm her. Plötzlich öffnete sich eine Tür, und Lew blickte in das freundliche Gesicht von Billy-with-Jesus.

»Spring!«, rief der Junge.

Lew sprang hoch und bekam einen Fuß auf die Stufe. Billy packte seinen Arm. Einen Augenblick lang schwankten sie, während Lew verzweifelt versuchte, sich in den Waggon zu wuchten. Dann bekam Billy die Oberhand und zerrte Lew ins Innere.

Lew ließ sich dankbar auf einen Sitz sinken.

Billy zog die Tür zu und setzte sich ihm gegenüber.

»Danke«, sagte Lew.

»Das haste aber knapp abgepasst«, sagte Billy.

»Aber ich hab's geschafft«, erwiderte Lew grinsend. »Alles andere ist unwichtig.«

Am nächsten Morgen erkundigte Billy sich an der Paddington Station nach dem Weg nach Aldgate. Ein freundlicher Londoner gab ihm in rascher Folge detaillierte Anweisungen, und Billy fand jedes Wort vollkommen unverständlich. Er bedankte sich bei dem Mann und verließ das Bahnhofsgebäude.

Er war noch nie in London gewesen, wusste aber, dass Paddington im Westen lag und die armen Leute im Osten wohnten, also ging er in Richtung der Vormittagssonne.

Die Stadt war noch größer, als er sie sich vorgestellt hatte, viel geschäftiger und verwirrender als Cardiff, aber er genoss sie: ihren Lärm, ihren wimmelnden Verkehr, ihre Menschenmassen und vor allem ihre Geschäfte. Nie hätte er gedacht, dass es auf der Welt so viele Läden geben könnte. Wie viel Geld wird wohl jeden Tag in den Londoner Geschäften ausgegeben, fragte er sich. Es mussten Tausende Pfund sein, wenn nicht gar Millionen.

Billy empfand ein fast berauschendes Gefühl der Freiheit. Hier kannte ihn niemand. In Aberowen – oder auch bei seinen gelegentlichen Abstechern nach Cardiff – musste er stets damit rechnen, dass Freunde oder Verwandte ihn sahen. In London könnte er Hand in Hand mit einem bildhübschen Mädchen die Straße entlanggehen, und seine Eltern würden es nie erfahren. Nicht dass er es vorhatte, aber der Gedanke, dass es möglich wäre, und die Tatsache, dass hier so viele hübsche, gut angezogene Mädchen umherliefen – beides machte ihn geradezu schwindlig.

Nach einer Weile entdeckte er einen Bus, auf dessen Vorderseite »Aldgate« geschrieben stand, und er sprang hinein. Ethel hatte Aldgate in ihrem Brief erwähnt.

Nachdem Billy ihren Brief entschlüsselt hatte, war er sehr besorgt gewesen. Natürlich konnte er darüber nicht mit seinen Eltern sprechen. Er hatte gewartet, bis sie zum Abendgottesdienst in die Bethesda-Kapelle gegangen waren, die er ja nicht mehr besuchte; dann hatte er einen Zettel geschrieben:

Liebe Mam!

Ich mache mir Sorgen um unsere Eth und bin weg, um sie zu suchen. Entschuldige, dass ich mich so davonschleiche, aber ich wollte keinen Aufstand.

Dein Dich liebender Sohn Billy

Da es Sonntag gewesen war, hatte er bereits gebadet und sich rasiert und trug seine beste Kleidung, einen schäbigen abgelegten Anzug seines Vaters, aber er hatte ein sauberes weißes Hemd an und eine schwarze Krawatte. Im Wartesaal des Cardiffer Bahnhofs hatte er gedöst und am frühen Montagmorgen den ersten Zug bekommen.

Der Busschaffner sagte Billy Bescheid, als sie Aldgate erreichten, und er stieg aus. Aldgate war ein armes Viertel mit baufälligen Mietskasernen, Straßenhändlern, die gebrauchte Kleidung verhökerten, und barfüßigen Kindern, die in übel riechenden Treppenhäusern spielten. Billy wusste nicht, wo Ethel wohnte – in oder auf ihrem Brief hatte keine Absenderadresse gestanden. Billys einziger Hinweis war der Satz: »Ich schufte jeden Tag zwölf Stunden in Mannie Litovs Tretmühle.«

Er freute sich schon darauf, Ethel zu erzählen, was in Aberowen alles geschehen war. Aus der Zeitung wusste sie bestimmt schon, dass der Streik für die Witwen gescheitert war. Billy schäumte noch immer vor Wut, wenn er nur daran dachte. Die Bosse konnten sich so hundsgemein aufführen, weil sie sämtliche Karten in der Hand hielten. Ihnen gehörten die Bergwerke und die Häuser, und sie taten so, als gehörten die Menschen ihnen ebenfalls. Aufgrund verschiedener komplizierter Bestimmungen hatten die meisten Bergarbeiter kein Wahlrecht, und Aberowens Parlamentsabgeordneter war ein Konservativer, der sich grundsätzlich auf die Seite der Minengesellschaft stellte. Tommy Griffiths' Vater sagte, ohne eine Revolution wie die in Frankreich würde sich niemals etwas ändern. Billys Dah sagte, sie bräuchten eine Labour-Regierung. Wer von ihnen recht hatte, konnte Billy nicht sagen.

Er ging zu einem jungen Mann, der ganz freundlich aussah, und fragte: »Sag mal, kennst du den Weg zu Mannie Litovs Laden?«

Der Mann antwortete in einer Sprache, die wie Russisch klang.

Billy versuchte es bei einem anderen und geriet diesmal an einen Engländer, der ihm antwortete, von Mannie Litov habe er noch nie gehört. Aldgate war nicht wie Aberowen, wo jeder, den man auf der Straße ansprach, den Weg zu jedem Geschäft in der Stadt kannte. Er war so weit gekommen – und hatte das viele Geld für die Bahnfahrkarte ausgegeben –, und jetzt sollte es zwecklos gewesen sein?

Noch war Billy nicht bereit aufzugeben. Auf der belebten Straße hielt er nach englisch aussehenden Menschen Ausschau, die irgendetwas arbeiteten, Werkzeug trugen oder Karren schoben. Ohne Erfolg fragte er fünf weitere Männer; dann kam er zu einem Fensterputzer, der auf einer Leiter stand und zu ihm hinunterblickte.

»Mannie Litov?«, wiederholte der Mann, wobei es ihm gelang, »Litov« zu sagen, ohne das T auszusprechen; stattdessen machte er einen Kehllaut, der wie ein leises Husten klang. Er fügte etwas hinzu, das Billy nicht verstand.

»Entschuldigung«, sagte er höflich. »Wie war das?«

Der Mann antwortete mit dem gleichen unverständlichen Idiom.

»Äh … ja, wahrscheinlich«, sagte Billy, der Verzweiflung nahe.

Der Fensterputzer nickte. Als er wieder sprach, glaubte Billy etwas zu verstehen.

»Geradeaus?«, wiederholte er. »Eine Viertelmeile?«

Der Mann nickte wieder und sprach weiter.

»Nach rechts?«

»Ark Rav Rahd.«

»Ark Rav Road?«

Erneutes Kopfnicken.

Der Straßenname erwies sich Oak Grove Road. Ein Grove, ein Wäldchen, war dort allerdings nirgendwo zu sehen, und Eichen gab es schon gar nicht. Die Straße war eine schmale, gewundene Schlucht zwischen baufälligen Backsteinbauten, in der es von Menschen, Pferden und Handkarren wimmelte. Zwei weitere Nachfragen führten Billy zu einem Haus, das sich zwischen die Kneipe Dog and Duck und einen vernagelten Laden quetschte, der Lippmann's hieß. Die Haustür stand offen. Billy stieg die Treppe ins Obergeschoss hinauf und kam in einen Raum, in dem ungefähr zwanzig Frauen Uniformen für das britische Heer nähten.

Die Frauen arbeiteten weiter, traten ihre Pedale und schienen Billy gar nicht zu bemerken, bis schließlich eine von ihnen sagte: »Komm rein, mein Schatz, wir fressen dich nicht … aber wenn ich's mir richtig überlege, probier ich vielleicht mal.« Alle kicherten laut.

»Ich suche Ethel Williams«, sagte Billy.

»Sie is' nich' hier«, erwiderte die Frau.

»Warum nicht?«, fragte er besorgt. »Ist sie krank?«

»Was geht's dich an?« Die Frau stand von ihrer Nähmaschine auf. »Ich bin Mildred – und wer bist du?«

Billy starrte sie an. Sie war trotz ihrer Hasenzähne hübsch. Sie trug leuchtend roten Lippenstift, und unter ihrem Hut lugten helle Löckchen hervor. Sie hatte sich in einen dicken, formlosen grauen Mantel gehüllt; trotzdem sah er den Schwung ihrer Hüften, als sie auf ihn zukam. Billy war zu sehr von ihr gebannt, als dass er hätte antworten können.

Sie fragte: »Sag mal, du bist doch wohl nicht das Schwein, das sie dickgemacht hat und das dann abgehauen is'?«

Billy fand seine Stimme wieder. »Ich … bin ihr Bruder.«

»Was!«, rief sie. »Heilige Scheiße, du bist Billy?«

Billy fiel die Kinnlade herunter. So hatte er noch keine Frau reden hören.

Sie musterte ihn mit furchtlosem Blick. »Ja, du bist ihr Bruder, ich kann's sehen, aber du siehst älter aus als wie sechzehn.« Ihre Blicke gingen Billy durch und durch, sodass ihm ganz heiß wurde. »Du has' die gleichen dunklen Augen und ihr lockiges Haar.«

»Wo kann ich sie finden?«, fragte Billy.

Sie schaute ihn herausfordernd an. »Ich weiß zufällig, dass ihre Familie nich' rausfinden soll, wo sie wohnt.«

»Sie hat Angst vor meinem Vater«, entgegnete Billy. »Aber mir hat sie einen Brief geschickt. Ich hab mir Sorgen um sie gemacht, deshalb bin ich mit dem Zug hierhergekommen.«

»Den ganzen weiten Weg von diesem Kaff in Wales, von wo sie herkommt?«

»Es ist kein Kaff!«, erwiderte Billy beleidigt. Dann zuckte er mit den Schultern und sagte: »Na ja, wahrscheinlich schon.«

»Ich find deinen Dialekt süß«, sagte Mildred. »Hört sich an, als würde einer singen.«

»Weißt du, wo Ethel wohnt?«

»Wie haste den Laden hier gefunden?«

»Sie hat geschrieben, sie arbeitet für Mannie Litov in Aldgate.«

»Du bist ja 'n richtiger kleiner Sherlock Holmes, was?«, entgegnete Mildred mit einem Unterton widerwilliger Bewunderung.

»Wenn du mir nicht sagst, wo sie ist, sagt's mir jemand anders«, erklärte Billy zuversichtlicher, als ihm zumute war. »Ich fahre nicht heim, bevor ich sie nicht gesehen hab.«

»Sie wird mich umbringen, aber das is' schon in Ordnung«, sagte Mildred. »Nutley Street Nummer dreiundzwanzig.«

Billy bat sie um eine Wegbeschreibung. Er fragte auch, ob sie langsam sprechen könne.

»Du brauchst dich nich' zu bedanken«, sagte sie, als Billy sich verabschiedete. »Hauptsache, du beschützt mich, wenn Ethel mich umbringen kommt.«

»Geht klar«, sagte Billy und stellte sich vor, wie aufregend es wäre, Mildred vor irgendetwas zu beschützen.

Die anderen Frauen johlten Abschiedsgrüße und warfen Billy Küsschen zu, was ihm schrecklich peinlich war.

Die Nutley Street war eine Oase der Ruhe. Die Bauweise der Reihenhäuser kannte Billy schon aus anderen Londoner Straßenzügen. Sie waren viel größer als die Häuser der Bergarbeiter und hatten einen kleinen Vorgarten, statt dass die Eingangstür unmittelbar an die Straße grenzte. Einen Eindruck von Ordnung und Stetigkeit erzeugten Reihen aus Schiebefenstern mit zwölf Glasscheiben, die an der gesamten Häuserzeile gleich waren.

Billy klopfte an die Tür von Nummer 23, aber niemand öffnete.

Seine Besorgnis wuchs. Warum war Ethel nicht zur Arbeit gegangen? War sie krank? Und wenn, warum war sie dann nicht zu Hause?

Durch den Briefkastenschlitz sah er einen Flur mit gebohnertem Boden und einen Kleiderständer mit einem alten braunen Mantel, den er wiedererkannte. An einem kalten Tag wie diesem konnte Ethel nicht ohne ihren Mantel auf die Straße gegangen sein.

Billy trat nahe ans Fenster und versuchte hindurchzublicken, konnte aber nicht durch die Tüllgardine schauen.

Er ging zur Tür zurück und spähte noch einmal durch den Briefkastenschlitz. Im Inneren des Hauses hatte sich nichts verändert, aber diesmal hörte er etwas: ein lang gezogenes, schmerzvolles Stöhnen. Billy legte den Mund an den Briefkastenschlitz und rief: »Eth! Bist du das? Ich bin's, Billy! Ich bin hier draußen!«

Längeres Schweigen; dann war wieder das Stöhnen zu vernehmen.

»Hölle und Verdammnis«, fluchte Billy.

Die Tür hatte ein Zylinderschloss. Also wurde das Schließblech wahrscheinlich mit zwei Schrauben am Rahmen gehalten. Billy schlug mit dem Handballen gegen die Tür. Sie wirkte nicht besonders kräftig, und er hielt das Holz für billige Fichte. Außerdem war es viele Jahre alt. Er lehnte sich zurück, hob das rechte Bein und trat mit dem Absatz seines schweren Bergarbeiterschuhs gegen die Tür. Es krachte und splitterte. Billy trat noch mehrmals zu, aber die Tür ließ sich noch immer nicht öffnen.

Wenn er nur einen Hammer dabeihätte!

Billy blickte die Straße hinauf und hinunter in der Hoffnung, einen Handwerker mit Werkzeug zu sehen, doch bis auf zwei Jungen mit schmutzigen Gesichtern, die ihn gespannt beobachteten, war niemand zu sehen.

Er ging den kurzen Weg zum Gartentor, drehte sich um, rannte auf die Tür zu und rammte sie mit der rechten Schulter. Krachend flog sie auf. Billy stürzte ins Haus, rappelte sich auf, rieb sich die schmerzende Schulter und drückte die aufgebrochene Tür zu. Im Haus war es still. »Eth?«, rief er. »Wo bist du?«

Das Stöhnen setzte wieder ein, und Billy folgte dem Geräusch in das vordere Zimmer im Erdgeschoss. Es war das Schlafzimmer einer Frau mit Nippsachen auf dem Kaminsims und einem geblümten Vorhang am Fenster. Auf dem Bett war Ethel. Sie trug ein graues Kleid, das sie wie ein Zelt bedeckte. Sie lag nicht etwa, sondern hockte auf Händen und Knien und stöhnte.

»Was ist denn los, Eth?«, fragte Billy mit vor Angst kieksender Stimme.

Ethel holte Luft. »Das Kind kommt.«

»Ach du je! Ich hol 'nen Doktor.«

»Zu spät, Billy. Herr Jesus, tut das weh!«

»O Gott, du stirbst mir hier doch nicht weg?«

»Nein, Billy … Kinderkriegen ist nun mal so. Komm her und halte meine Hand.«

Billy kniete sich neben das Bett, und Ethel umschloss seine Finger mit der Hand. Sie stöhnte wieder auf und verstärkte den Griff. Das Stöhnen war länger und schmerzvoller als zuvor, und sie umfasste Billys Hand so fest, dass er Angst bekam, sie könnte ihm die Knochen brechen. Ihr Stöhnen endete mit einem Aufschrei. Dann keuchte sie, als wäre sie eine Meile gerannt.

Nach einer Weile sagte sie: »Tut mir leid, Billy, aber du musst mir unter den Rock gucken.«

»Oh!«, rief er. »Ja, klar, versteh schon.« In Wahrheit verstand er gar nichts, hielt es aber für besser zu tun, was ihm gesagt wurde. Er hob den Saum von Ethels Kleid. »Ach du je!«, rief er. Das Bettlaken unter ihr war blutgetränkt. Mitten in der Lache lag etwas Kleines, Rosiges, das von Schleim bedeckt war. Billy erkannte einen großen runden Kopf mit geschlossenen Augen, zwei winzige Arme und zwei Beine. »Da is' ein Baby!«, rief er.

»Heb es hoch, Billy«, keuchte Ethel.

»Was, ich?«, fragte er. »Ja … na gut.« Er beugte sich übers Bett. Eine Hand schob er unter den Kopf des Säuglings, die andere unter seinen winzigen Po. Er sah, dass es ein Junge war. Das Baby war schleimig und glitschig, aber Billy gelang es, den Kleinen aufzuheben. Eine Schnur verband ihn noch immer mit Ethel.

»Hast du es?«, fragte sie.

»Aye«, sagte er. »Ich hab ihn. Es ist ein Junge.«

»Atmet er?«

»Weiß nicht. Woran sehe ich das?« Billy kämpfte gegen die Panik. »Nee, der atmet nicht … glaub ich jedenfalls.«

»Klatsch ihm auf den Po, aber nicht zu fest.«

Billy drehte das Baby um, hielt es vorsichtig mit einer Hand und schlug ihm aufs Hinterteil. Augenblicklich öffnete der Säugling den Mund, holte Luft und schrie protestierend. Billy war entzückt. »Nun guck dir das an!«, rief er.

»Halte ihn kurz fest, bis ich mich umgedreht habe.« Ethel brachte sich in eine sitzende Haltung und zog ihr Kleid herunter. »Jetzt gib ihn mir.«

Billy reichte ihn vorsichtig weiter. Ethel hielt das Kind in der Armbeuge und wischte sein Gesicht mit dem Ärmel sauber. »Er ist wunderschön«, sagte sie.

Billy war sich da nicht so sicher.

Die Schnur am Nabel des Säuglings war blau und glatt gewesen, aber jetzt verschrumpelte sie und wurde blass. Ethel sagte: »Guck mal in die Schublade da drüben und gib mir die Garnrolle und die Schere.«

Ethel band die Nabelschnur mit zwei Knoten ab und schnitt sie zwischen den Knoten durch. »So«, sagte sie. Sie knöpfte ihr Kleid über dem Busen auf. »Das braucht dir jetzt nicht mehr peinlich sein nach allem, was du schon gesehen hast.« Sie nahm eine Brust heraus und steckte dem Baby die Brustwarze in den Mund. Der Kleine begann zu saugen.

Sie hatte recht: Billy war es nicht peinlich. Noch vor einer Stunde wäre er beim Anblick der nackten Brust seiner Schwester zur Salzsäule erstarrt, doch jetzt erschien ihm ein derartiges Schamgefühl unangebracht. Er empfand nichts als grenzenlose Erleichterung, dass es dem Baby gut ging. Er ließ es nicht aus den Augen, beobachtete es beim Trinken und bestaunte die winzigen Finger. Er hatte das Gefühl, Zeuge eines Wunders geworden zu sein. Erst jetzt bemerkte er, dass sein Gesicht feucht von Tränen war, und er fragte sich, wann er geweint hatte, denn er konnte sich gar nicht daran erinnern.

Ziemlich bald schlief der Kleine ein. Ethel knöpfte ihr Kleid zu. »Gleich waschen wir ihn«, sagte sie und schloss die Augen. »Mein Gott«, sagte sie. »Ich habe nicht gewusst, dass es so wehtut.«

Billy fragte: »Wer ist der Vater?«

»Earl Fitzherbert«, antwortete sie. Dann riss sie die Augen auf. »Oh, verflixt, das wollte ich dir gar nicht sagen.«

»Das Dreckschwein!«, stieß Billy hervor. »Ich bring ihn um!«

KAPITEL 15

Juni bis September 1915

Als das Schiff im Hafen von New York einlief, war Lew Peschkow der Gedanke gekommen, dass Amerika vielleicht doch nicht ganz so wunderbar sei, wie sein Bruder Grigori gesagt hatte. Innerlich hatte er sich auf eine schreckliche Enttäuschung vorbereitet, was sich jedoch als Fehleinschätzung erwies, denn Amerika war genau so, wie Lew es sich erhofft hatte: reich, geschäftig, aufregend und frei.

Drei Monate später, an einem heißen Nachmittag im Juni, arbeitete Lew in einem Hotel in Buffalo im Stall und striegelte das Pferd eines Gastes. Das Hotel gehörte Joseph Vyalow, der eine Zwiebelkuppel auf die alte Central Tavern gesetzt und sie in »Hotel Sankt Petersburg« umbenannt hatte – vielleicht in nostalgischer Erinnerung an die Stadt, die er als Kind verlassen hatte.

Wie viele russische Emigranten in Buffalo arbeitete auch Lew für Vyalov, hatte den Mann aber noch nie gesehen, und sollte er ihn einmal kennenlernen, hätte er nicht gewusst, was er sagen sollte. Die Wjalows in Russland hatten Lew betrogen und ihn in Cardiff ausgesetzt, und das wurmte ihn noch immer. Andererseits hatten ihn die Papiere der Sankt Petersburger Wjalows problemlos durch die Einwanderungskontrolle gebracht, und als er den Namen in einer Bar an der Canal Street erwähnt hatte, hatte er sofort einen Job erhalten.

Seit nunmehr einem Jahr sprach Lew jeden Tag Englisch – seit er in Cardiff gelandet war –, und er beherrschte die Sprache beinahe fließend. Die Amerikaner sagten, er habe einen britischen Akzent, und sie kannten einige der Ausdrücke nicht, die er in Aberowen gelernt hatte. Aber er konnte alles sagen, was er sagen wollte, und die Mädchen fanden es großartig, wenn er sie mit einem britischen »meine Liebe« ansprach.

Ein paar Minuten vor sechs, kurz vor Feierabend, kam Lews Freund Nick in den Hof, eine Zigarette im Mundwinkel. »Fatima«, sagte er und sog mit übertriebenem Genuss den Rauch ein. »Türkischer Tabak. Wunderbar.«

Nicks vollständiger Name lautete Nikolaj Davidowitsch Fomek; hier wurde er bloß Nick Forman genannt. Gelegentlich übernahm er bei Lews Kartenspielen die Rolle, die früher Spirja und Rhys Price übernommen hatten; hauptsächlich aber war er ein Dieb.

»Wie viel?«, fragte Lew.

»Im Laden fünfzig Cent für eine Dose mit hundert Zigaretten. Für dich … sagen wir, zehn Cent. Verkauf sie für einen Vierteldollar.«

Lew wusste, dass Fatima eine beliebte Marke war. Es würde kein Problem sein, die Zigaretten zum halben Preis zu verkaufen. Er schaute sich auf dem Hof um. Sein Boss war nirgends zu sehen. »In Ordnung.«

»Wie viele willst du? Ich hab einen ganzen Koffer voll.«

Lew hatte einen Dollar in der Tasche. »Zwanzig Dosen«, sagte er. »Einen Dollar kriegst du jetzt und einen später.«

»Ich gebe keinen Kredit.«

Lew grinste und legte Nick die Hand auf die Schulter. »Komm schon, Kumpel, du kannst mir vertrauen. Wir sind doch Freunde, oder nicht?«

»Also gut, zwanzig. Ich bin gleich wieder zurück.«

Lew suchte sich einen alten Futtersack. Nick kehrte mit zwanzig länglichen grünen Dosen zurück, auf deren Deckeln eine verschleierte Frau zu sehen war. Lew steckte die Dosen in den Sack und reichte Nick einen Dollar. »Es ist mir immer wieder eine Freude, einem anderen Russen zur Hand zu gehen«, sagte Nick und schlenderte davon.

Lew reinigte Striegelbürste und Hufkratzer. Um fünf nach sechs verabschiedete er sich vom Stallknecht und ging in Richtung First Ward. Es machte ihn ein bisschen nervös, einen Futtersack durch die Straßen zu tragen, und er überlegte sich, was er sagen sollte, wenn ein Cop ihn anhielt und ihn fragte, was in dem Sack steckte. Doch allzu groß waren Lews Sorgen nicht. Er konnte sich aus jeder Situation herausreden.

Er ging zu einer großen, gut besuchten Bar mit Namen Irish Rover, drängte sich durch die Menge, bestellte einen Krug Bier und trank durstig die Hälfte davon in einem Zug. Dann setzte er sich zu einer Gruppe von Arbeitern, die je zur Hälfte aus Polen und Engländern bestand. Er wartete ein paar Augenblicke; dann fragte er: »Raucht hier jemand Fatimas?«

Ein kahler Mann mit Lederschürze antwortete: »Ja. Ich rauch dann und wann eine.«

»Möchtest du eine Dose zum halben Preis? Fünfundzwanzig Cent für hundert Zigaretten.«

»Und was stimmt nicht mit den Glimmstängeln?«

»Jemand hat sie verloren, und jemand anders hat sie gefunden.«

»Hört sich nicht ganz koscher an.«

»Ich sag dir was: Leg dein Geld auf den Tisch. Ich nehme es mir erst, wenn du's mir erlaubst.«

Nun war das Interesse der Männer geweckt. Der Kahle kramte in der Hosentasche und zog einen Vierteldollar hervor. Lew nahm eine Dose aus dem Sack und reichte sie dem Glatzkopf. Der öffnete sie und entdeckte ein kleines, rechteckiges, gefaltetes Stück Papier, das eine Fotografie zeigte. »He«, rief der Mann, »da ist sogar 'ne Baseballkarte!« Er schob sich eine Zigarette zwischen die Lippen und zündete sie an. »Also gut«, sagte er zu Lew. »Nimm dir deinen Vierteldollar.«

Ein anderer Mann schaute Lew über die Schulter. »Wie viel?«, fragte er. Lew sagte es ihm, und der Mann kaufte zwei Dosen.

In der nächsten halben Stunde verkaufte Lew seine sämtlichen Zigaretten. Er war zufrieden. In weniger als einer Stunde hatte er aus zwei Dollar fünf gemacht. Auf der Arbeit brauchte er anderthalb Tage, um drei Dollar zu verdienen. Vielleicht würde er morgen noch ein paar gestohlene Dosen von Nick kaufen.

Lew bestellte sich noch ein Bier, trank es und verließ die Bar. Den leeren Sack ließ er auf dem Boden liegen. Draußen wandte er sich in Richtung Lovejoy District, einer armen Gegend, wo die meisten Russen lebten, zusammen mit Italienern und Polen. Auf dem Heimweg, überlegte Lew, könnte er sich ein Steak kaufen und mit Kartoffeln braten. Oder er könnte Marga zum Tanzen ausführen. Oder sich einen neuen Anzug besorgen.

Eigentlich sollte ich das Geld ja sparen, um Grigori einen Fahrschein nach Amerika zu kaufen, dachte er beschämt und wohl wissend, dass er es ohnehin nicht tun würde. Drei Dollar waren nur ein Tropfen auf den heißen Stein. Was Lew brauchte, war ein Hauptgewinn. Dann könnte er Grigori alles Geld auf einmal schicken, bevor er in Versuchung geraten konnte, es anderweitig auszugeben.

Lew wurde aus seinen Gedanken gerissen, als jemand ihm auf die Schulter tippte.

Sein Herz setzte einen Schlag aus. Als er sich umdrehte, rechnete er damit, eine Polizeiuniform zu sehen, aber der Mann war kein Cop, sondern ein kräftig gebauter Kerl im Overall, mit gebrochener Nase und aggressivem Gesichtsausdruck. Lew verspannte sich. So ein Mann hatte für gewöhnlich nur eine Funktion: die des Knochenbrechers.

»Wer hat dir gesagt, dass du Kippen im Irish Rover verkaufen sollst?«, wollte der Mann wissen.

»Ich will nur ein bisschen was dazuverdienen«, erwiderte Lew mit einem Lächeln. »Ich hab doch niemanden beleidigt, oder?«

»War es Nick Forman? Ich hab gehört, Nick hat sich einen Wagen Zigaretten geschnappt.«

Lew hatte nicht vor, diese Information einem Fremden zu geben. »Nick? Ich kenne keinen Nick.«

»Weißt du nicht, dass der Irish Rover Mister V gehört?«

In Lew stieg Zorn auf. Mister V musste Joseph Vyalow sein. Seine Stimme wurde schärfer. »Dann stellt ein Schild auf.«

»Niemand verkauft etwas in Mister Vs Bars, es sei denn, er sagt es einem.«

Lew zuckte mit den Schultern. »Das wusste ich nicht.«

»Dann will ich dir was geben, damit du's nicht vergisst«, sagte der Mann und schwang die Faust.

Lew hatte mit dem Schlag gerechnet und sprang einen Schritt zurück. Die Faust des Schlägers ging ins Leere, und er kam aus dem Gleichgewicht. Lew trat ihm mit voller Wucht gegen das Schienbein, doch es reichte bei Weitem nicht, um den Knochen zu brechen. Der Mann brüllte vor Wut, schlug erneut zu und verfehlte sein Ziel abermals.

Es brachte nicht viel, so einem Burschen ins Gesicht zu schlagen; Typen wie er waren in Straßenkämpfen abgehärtet und steckten so was weg. Deshalb trat Lew ihm zwischen die Beine. Der Kerl brüllte auf, klappte nach vorn und fing sich einen Tritt in den Bauch ein. Der Schläger öffnete und schloss den Mund wie ein Fisch auf dem Trockenen. Lew trat ihm die Beine weg, und er knallte auf den Rücken. Ehe er wieder Luft bekam, zielte Lew sorgfältig und trat ihm aufs Knie. Der Schläger kreischte und wälzte sich hin und her.

Vor Anstrengung keuchend sagte Lew: »Richte Mister V von mir aus, er soll höflicher sein.«

Schwer atmend ging er weiter. Hinter sich hörte er jemanden sagen: »He, Ilya, was ist passiert?«

Zwei Straßen weiter ging Lews Atem wieder normal, und sein Herzschlag hatte sich beruhigt. Zum Teufel mit Joseph Vyalow, dachte er. Der Bastard hat mich übers Ohr gehauen, und ich lasse mich von seinen Schlägern nicht einschüchtern.

Vyalov würde nicht wissen, wer Ilya zusammengeschlagen hatte. Im Irish Rover kannte niemand Lew. Vyalov würde stinkwütend sein, konnte aber nichts unternehmen.

Freudige Erregung erfasste Lew. Er hatte Vyalovs Knochenbrecher zu Boden geschickt, ohne einen Kratzer abzubekommen.

Da Lew die Taschen noch immer voller Geld hatte, kaufte er sich zwei Steaks und eine Flasche Gin, ehe er nach Hause ging. Er wohnte in einer Straße, an der sich heruntergekommene Ziegelhäuser reihten, die in kleine Wohnungen unterteilt waren. Vor der Tür des Nachbarhauses saß Marga auf der Treppe und feilte sich die Nägel. Marga war ein hübsches, schwarzhaariges, russisches Mädchen von neunzehn Jahren mit einem verführerischen Lächeln. Sie arbeitete als Kellnerin, hoffte aber auf eine Karriere als Sängerin. Lew hatte ihr ein paar Mal etwas zu trinken gekauft und sie einmal geküsst – ein Kuss, den sie leidenschaftlich erwidert hatte.

»Hi, Kid!«, rief er.

»Wen nennst du hier ein Kind?«

»Was machst du heute Abend, Kid?«

»Ich habe eine Verabredung«, antwortete Marga.

Lew wusste nicht, ob er ihr glauben sollte. Marga würde niemals zugeben, dass sie nichts vorhatte. »Sag dem Kerl ab«, sagte er. »Er riecht aus dem Mund.«

Sie grinste. »Du weißt ja nicht mal, um wen es geht.«

»Komm mit.« Lew hob seine Papiertüte. »Ich brate Steak.«

»Ich denk drüber nach.«

»Bring Eis mit.« Lew ging ins Haus.

Seine Wohnung war kärglich für amerikanische Verhältnisse, aber Lew kam sie geradezu riesig und luxuriös vor. Sie hatte ein Wohnschlafzimmer und eine Küche mit fließendem Wasser und elektrischem Licht – und das alles gehörte ihm allein! In Sankt

Petersburg hätten in so einer Wohnung zehn oder mehr Leute gewohnt.

Lew zog sein Jackett aus, krempelte die Ärmel hoch und wusch sich Hände und Gesicht in der Spüle. Er hoffte, Marga würde kommen. Sie gehörte zu jener Art von Mädchen, die immer lachten, tanzten oder feierten, ohne sich allzu viel Gedanken über die Zukunft zu machen.

Lew schälte und schnitt ein paar Kartoffeln; dann stellte er die Pfanne auf den Ofen und gab einen Klumpen Schmalz hinein. Während die Kartoffeln brieten, kam Marga mit einem Krug Eis herein. Sie machte Drinks aus Gin und Zucker.

Lew nippte an seinem Getränk und gab Marga dann einen flüchtigen Kuss auf den Mund. »Schmeckt gut!«, sagte er.

»Du bist ja frech«, erwiderte sie, aber das war keine wirkliche Beschwerde. Lew begann sich zu fragen, ob er sie später vielleicht ins Bett bekommen würde.

Er machte sich an die Steaks. »Ich bin beeindruckt«, sagte Marga. »Nicht viele Männer können kochen.«

»Mein Vater ist gestorben, als ich sechs Jahre alt war, und als meine Mutter starb, war ich elf«, erklärte Lew. »Ich bin von meinem Bruder großgezogen worden. Wir haben gelernt, alles selbst zu machen … nicht dass wir in Russland je ein Steak gehabt hätten.«

Marga fragte ihn nach Grigori, und Lew erzählte ihr beim Abendessen von seinem Leben. Die meisten Mädchen waren von der Geschichte der beiden mutterlosen Jungen gerührt, die Tag für Tag kämpfen mussten, in einer Eisenbahnfabrik schufteten und sich ein Bett teilten. Wohlweislich aber ließ Lew jenen Teil der Geschichte aus, als er seine schwangere Freundin im Stich gelassen hatte.

Ihren zweiten Drink nahmen sie im Wohnschlafzimmer. Als sie mit dem dritten begannen, war es draußen bereits dunkel geworden, und Marga saß auf Lews Schoß. Zwischen den Schlucken küsste Lew sie. Als sie ihren Mund für seine Zunge öffnete, legte er ihr die Hand auf die Brust.

In diesem Moment flog die Tür auf.

Marga schrie.

Drei Männer stürmten ins Zimmer. Marga sprang von Lews Schoß. Sie schrie noch immer. Einer der Männer schlug ihr mit dem Handrücken auf den Mund und sagte: »Halt's Maul, Schlampe.« Marga rannte zur Tür, beide Hände auf die blutenden Lippen gepresst. Die Männer ließen sie laufen.

Lew sprang auf und schlug nach dem Mann, der Marga die Ohrfeige verpasst hatte. Er landete einen guten Treffer, direkt über dem Auge des Kerls. Dann packten ihn die anderen beiden an den Armen. Sie waren stark, und Lew konnte sich nicht befreien. Während die beiden ihn festhielten, schlug der erste Mann, der offenbar ihr Anführer war, ihm erst ins Gesicht und dann mehrmals in den Bauch. Lew spie Blut und erbrach sein Steak.

Als er schwach genug war, schleppten sie ihn die Treppe hinunter und aus dem Haus. Ein blauer Hudson stand mit laufendem Motor am Bürgersteig. Die Männer warfen Lew im Fond auf den Boden. Zwei von ihnen setzten sich zu ihm und stellten die Füße auf ihn; und der dritte stieg vorne ein und setzte sich ans Lenkrad.

Lew hatte viel zu schreckliche Schmerzen, um noch darüber nachzudenken, wohin sie fuhren. Wahrscheinlich arbeiteten die Schläger für Vyalov. Aber wie hatten sie ihn gefunden? Und was würden sie mit ihm anstellen? Er versuchte, sich nicht der Angst zu ergeben.

Nach ein paar Minuten hielt der Wagen an, und Lew wurde herausgezerrt. Sie standen vor einem Lagerhaus. Die Straße war menschenleer und dunkel. Lew konnte den See riechen; also befanden sie sich nah am Ufer. Hier war ein guter Ort, jemanden zu ermorden, erkannte er mit düsterem Fatalismus. Hier gab es keine Zeugen, und die Leiche konnte im Eriesee versenkt werden, in einen Sack gestopft und mit ein paar Ziegelsteinen beschwert.

Die Männer schleppten Lew ins Gebäude. Er versuchte, sich zusammenzureißen. Es war die schlimmste Situation, in der er je gesteckt hatte. Diesmal war er nicht sicher, ob er sich noch würde herausreden können. Warum mache ich so was eigentlich, fragte er sich.

Das Lagerhaus war voller neuer Reifen; jeweils fünfzehn, zwanzig Stück waren aufeinandergestapelt. Die Männer zerrten Lew zu einem Stapel am anderen Ende der Halle und zu einer Tür, die von einem weiteren stämmigen Kerl bewacht wurde. Der Mann hob die Hand, um die Tür aufzuhalten.

Niemand sagte ein Wort.

Nach einer Minute bemerkte Lew: »Sieht aus, als müssten wir länger warten. Hat jemand ein paar Karten dabei?«

Niemand lachte oder lächelte auch nur.

Schließlich öffnete sich die Tür, und Nick Forman kam heraus. Seine Oberlippe war geschwollen, ein Auge geschlossen. Als er Lew sah, sagte er: »Ich musste es tun. Sie hätten mich sonst getötet.«

Also haben die Kerle Nick zum Reden gebracht, dachte Lew.

Ein dünner Mann mit Brille erschien in der Tür zum Büro. Vyalov konnte es nicht sein, da war Lew sicher; der Kerl war viel zu dürr. »Bring ihn rein, Theo«, sagte der Mann.

»Geht klar, Mr. Niall«, erwiderte der Anführer der Schlägertruppe.

Das Büro erinnerte Lew an die Bauernkate, in der er das Licht der Welt erblickt hatte. Es war viel zu warm, und die Luft war voller Rauch. In einer Ecke stand ein kleiner Tisch mit Ikonen.

Hinter einem stählernen Schreibtisch saß ein Mann mittleren Alters mit ungewöhnlich breiten Schultern. Er trug einen teuer aussehenden Anzug mit Kragen und Krawatte; an der Hand, in der er die Zigarette hielt, funkelten zwei Ringe. »Was ist das für ein verdammter Gestank?«, fragte er.

»Tut mir leid, Mister W. Das ist Kotze«, antwortete Theo. »Er hat Ärger gemacht, und wir mussten ihn ein bisschen beruhigen. Dabei ist er sein Abendessen wieder losgeworden.«

»Lasst ihn los.«

Die Männer gehorchten, blieben aber in der Nähe.

Mister V musterte Lew. »Ich habe deine Nachricht bekommen«, sagte er. »Ich soll also höflicher sein, ja?«

Lew nahm allen Mut zusammen. Er würde nicht winselnd auf den Knien sterben. »Sind Sie Joseph Vyalov?«, fragte er.

»Teufel noch mal, du hast wirklich Nerven«, sagte der Mann. »Mich zu fragen, wer ich bin.«

»Ich habe nach Ihnen gesucht.«

»*Du* hast nach *mir* gesucht?«

»Die Familie Wjalow hat mir einen Fahrschein von Sankt Petersburg nach New York verkauft und mich dann in Cardiff ausgesetzt«, sagte Lew.

»Und?«

»Ich will mein Geld zurück.«

Vyalov starrte ihn mehrere Sekunden an; dann brach er in lautes Gelächter aus. »Irgendwie gefällst du mir«, sagte er. »Ich kann einfach nicht anders.«

Lew hielt den Atem an. Hieß das, Vyalov würde ihn doch nicht umbringen?

»Hast du eine Arbeit?«, fragte Vyalov.

»Ich arbeite für Sie.«

»Wo?«

»Im Hotel Sankt Petersburg, im Stall.«

Vyalov nickte. »Ich glaube, wir können dir etwas Besseres anbieten.«

Im Juni 1915 kam Amerika dem Krieg wieder einen Schritt näher.

Gus Dewar war stocksauer. Er war nicht der Meinung, dass die Vereinigten Staaten sich in den europäischen Krieg einmischen sollten. Das amerikanische Volk dachte genauso, auch Präsident Woodrow Wilson. Aber irgendwie rückte die Gefahr trotzdem immer näher.

Die Krise kam im Mai, als ein deutsches U-Boot die *Lusitania* torpedierte, ein britisches Schiff, das einhundertdreiundsiebzig Tonnen Gewehre, Patronen und Granaten transportierte. Aber es hatte auch zweitausend Passagiere an Bord, darunter einhundertachtundzwanzig US-Bürger.

Die Amerikaner waren dermaßen schockiert, als hätte es ein Attentat gegeben. Die Zeitungen überschlugen sich förmlich vor Entrüstung. »Die Leute verlangen das Unmögliche von Ihnen!«, sagte Gus aufgebracht zum Präsidenten im Oval Office. »Sie wollen, dass Sie sich den Deutschen gegenüber hart zeigen, aber nicht in den Krieg ziehen!«

Wilson nickte zustimmend. Er schaute von seiner Schreibmaschine auf und sagte: »Es gibt keine Regel, die besagt, die öffentliche Meinung müsse logisch sein.«

Gus fand die Ruhe seines Chefs bewundernswert, war aber auch ein wenig genervt. »Was wollen Sie tun?«

Wilson lächelte und entblößte seine schlechten Zähne. »Haben Sie je gehört, Gus, Politik sei ein einfaches Geschäft?«

Am Ende schickte Wilson eine strenge Note an die deutsche Regierung und verlangte, dass die Angriffe auf Zivilschiffe sofort aufhören müssten. Er und seine Berater hofften, die Deutschen würden diesem Ansinnen zustimmen. Sollten sie sich jedoch als störrisch erweisen, war eine Eskalation kaum zu verhindern. Es war ein gefährliches Spiel und dermaßen riskant, dass Gus bei Weitem nicht so ruhig bleiben konnte, wie Wilson es zu sein schien.

Während die diplomatischen Telegramme über den Atlantik huschten, fuhr Wilson zu seinem Sommersitz in New Hampshire. Gus reiste nach Buffalo, wo er in der elterlichen Villa an der Delaware Avenue wohnte. Sein Vater besaß zwar ein Haus in Washington, aber dort lebte Gus in seiner eigenen Wohnung; in Buffalo hingegen genoss er den Luxus eines Hauses, das von seiner Mutter geführt wurde: die Silberschüssel mit Rosenblütenblättern auf dem Nachttisch, die warmen Brötchen zum Frühstück und die bei jedem Essen frischen weißen Tischdecken. Außerdem hing sein Anzug jeden Morgen frisch gewaschen und gebügelt im Schrank. Das Haus war bewusst schlicht möbliert im Biedermeierstil – eine hausbackene deutsche Kunstrichtung, die gerade eine Renaissance erlebte. Im Esszimmer hing an jeder Wand ein stilvolles Gemälde, und auf dem Tisch stand ein dreiarmiger Leuchter.

Gus war den ersten Tag zu Hause, als seine Mutter beim Mittagessen zu ihm sagte: »Ich nehme an, du willst wieder in die Slums und dir Boxkämpfe anschauen.«

»Am Boxen ist doch nichts Schlimmes«, erwiderte Gus. Boxen war seine große Leidenschaft. Als Achtzehnjähriger hatte er es sogar selbst einmal versucht. Seine langen Arme hatten ihm ein paar Siege beschert, doch ihm fehlte der Killerinstinkt.

»Das ist schrecklich *canaille*«, sagte seine Mutter abschätzig, einen snobistischen Ausdruck benutzend, den sie in Europa aufgeschnappt hatte und der »Unterschicht« bedeutete.

»Ich möchte mal an etwas anderes denken als an internationale Politik.«

»Heute Nachmittag wird im Albright ein Vortrag über Tizian gehalten, sogar mit Bildern aus einer Laterna magica«, sagte seine Mutter. Die Albright Art Gallery, ein weißes klassizistisches Gebäude im Delaware Park, gehörte zu den bedeutendsten kulturellen Institutionen Buffalos.

Gus war umgeben von Renaissancegemälden aufgewachsen; besonders die Porträts von Tizian mochte er. Aber er war nicht allzu sehr an diesem Vortrag interessiert. Andererseits war das genau die Art von Veranstaltung, auf der sich die wohlhabenden jungen Männer und Frauen der Stadt gerne zeigten, sodass die Möglichkeit bestand, dort alte Freundschaften zu erneuern.

Das Albright befand sich ein Stück die Delaware hinauf und war mit dem Automobil in kurzer Zeit zu erreichen. Gus betrat die Säulenhalle und suchte sich einen Platz. Wie erwartet befanden sich mehrere Leute im Publikum, die er kannte.

Gus ergatterte einen Platz neben einem umwerfend hübschen jungen Mädchen, das ihm irgendwie bekannt vorkam. Er lächelte sie unverbindlich an, und sie sagte gut gelaunt: »Sie haben vergessen, wer ich bin, nicht wahr, Mr. Dewar?«

Gus kam sich dumm vor. »Äh … Ich war eine längere Zeit nicht in der Stadt.«

»Ich bin Olga Vyalov.« Sie streckte ihre weiß behandschuhte Hand aus.

»Ja, natürlich«, sagte Gus. Olgas Vater war ein russischer Emigrant, dessen Karriere als Rausschmeißer in einer Bar in der Canal Street begonnen hatte. Mittlerweile gehörte ihm die Straße. Er war Stadtrat und eine Stütze der russisch-orthodoxen Gemeinde. Gus hatte Olga schon mehrere Male getroffen, erinnerte sich aber nicht daran, dass sie so bezaubernd war. Olga war um die zwanzig, mit weißer Haut und blauen Augen. Sie trug eine rosa Weste mit hohem Kragen und einen Glockenhut mit pinkfarbenen Seidenblumen.

»Ich habe gehört, Sie arbeiten für den Präsidenten«, sagte sie. »Was halten Sie von Mr. Wilson?«

»Ich bewundere ihn sehr«, antwortete Gus. »Er ist ein pragmatischer Politiker, hat aber nie seine Ideale aufgegeben.«

»Es ist sicher sehr aufregend, im Zentrum der Macht zu sein.«

»Aufregend schon, aber seltsamerweise fühlt es sich gar nicht wie das Machtzentrum an. In einer Demokratie ist der Präsident dem Willen des Volkes unterworfen.«

»Aber er tut doch sicher nicht *nur*, was die Öffentlichkeit von ihm verlangt.«

»Das nicht. Präsident Wilson sagt immer, für einen Politiker sei die öffentliche Meinung das, was für einen Seemann der Wind ist. Ein Seemann nutzt den Wind, um sein Schiff in die ein oder andere Richtung fahren zu lassen, aber er steuert nie direkt dagegen.«

Olga seufzte. »Ich hätte so etwas auch gerne studiert, aber mein Vater wollte mich nicht aufs College lassen.«

Gus grinste. »Wahrscheinlich hat er geglaubt, Sie würden dort nur Gin trinken und Zigaretten rauchen.«

»Und Schlimmeres, da bin ich mir sicher«, sagte sie. Das war eine riskante Bemerkung für eine unverheiratete junge Frau, und Gus war seine Überraschung offenbar anzusehen, denn Olga sagte: »Oh, jetzt habe ich Sie schockiert. Tut mir leid.«

»Nein, im Gegenteil.« Tatsächlich war Gus wie verzaubert. Um sie zum Weiterreden zu animieren, fragte er: »Was würden Sie denn studieren, wenn Sie aufs College dürften?«

»Geschichte.«

»Ich liebe Geschichte. Irgendeine bestimmte Epoche?«

»Ich würde gerne meine eigene Vergangenheit verstehen. Warum musste mein Vater Russland verlassen? Warum ist Amerika so viel besser? Es muss Gründe dafür geben.«

»Oh ja.« Gus war fasziniert, dass ein so hübsches Mädchen seine intellektuelle Neugier teilte. Plötzlich hatte er eine Vision von ihnen beiden als verheiratetem Paar, im Ankleidezimmer nach einer Party, wo sie über internationale Politik diskutierten, er im Pyjama, während sie sich ohne Eile Schmuck und Kleider auszog ... Dann sah er Olgas Blick, und ihn überkam das Gefühl, sie wusste, was er gerade gedacht hatte. Verlegen suchte er nach irgendetwas, was er hätte sagen können, brachte aber kein Wort hervor.

Dann kam der Vortragende, und Schweigen senkte sich über das Auditorium.

Gus genoss den Vortrag mehr, als er erwartet hatte. Der Sprecher hatte Autochromplatten von einigen Gemälden Tizians angefertigt, und mit seiner Laterna magica projizierte er sie nun auf eine große weiße Leinwand.

Als der Vortrag zu Ende war, hätte Gus zu gerne noch ein bisschen mit Olga geplaudert, bekam aber nicht die Gelegenheit, denn Chuck Dixon, den er aus der Schule kannte, trat zu ihnen. Chuck besaß einen lässigen Charme, um den Gus ihn beneidete. Sie waren gleich alt, fünfundzwanzig, doch in Chucks Gegenwart fühlte Gus sich jedes Mal wie ein ungelenker Schuljunge. »Olga, Sie müssen meinen Vetter kennenlernen«, sagte Chuck in jovialem Tonfall. »Er hat Sie die ganze Zeit angestarrt.« Er lächelte Gus freundlich an. »Tut mir wirklich leid, dich solch bezaubernder Gesellschaft zu berauben, Dewar, aber du kannst sie nicht den ganzen Nachmittag für dich allein beanspruchen.« Besitzergreifend legte er Olga den Arm um die Hüfte und führte sie davon.

Gus fühlte sich in der Tat beraubt. Er hatte sich so gut mit Olga verstanden. Normalerweise fiel ihm das erste Gespräch mit einem Mädchen immer schwer; bei Olga aber war es anders. Und nun hatte ausgerechnet Chuck Dixon, der in der Schule der größte Versager gewesen war, sie sich geschnappt wie einen Drink vom Tablett eines Kellners und war mit ihr entschwunden.

Während Gus nach anderen Bekannten Ausschau hielt, kam ein einäugiges Mädchen namens Rosa Hellman zu ihm. Als er Rosa das erste Mal gesehen hatte – bei einer Gala für das Buffalo Symphony Orchestra, in dem ihr Bruder spielte –, hatte er geglaubt, sie würde ihm zuzwinkern. Tatsächlich aber hielt Rosa ein Auge ständig geschlossen. Ihr Gesicht war leidlich hübsch, was den Makel aber nur noch deutlicher hervorhob. Außerdem war Rosa stets wie zum Trotz besonders stilsicher gekleidet. An diesem Tag trug sie einen Strohhut, den sie sich auf kesse Weise schief aufgesetzt hatte; sie sah damit richtig niedlich aus.

Bei ihrer letzten Begegnung hatte Rosa als Redakteurin bei einer kleinen, radikalen Zeitung mit Namen *The Buffalo Anarchist* gearbeitet, und so fragte Gus nun: »Interessieren Anarchisten sich auch für Kunst?«

»Ich arbeite jetzt für den *Evening Advertiser*«, erwiderte Rosa.

Gus war überrascht. »Kennt der Verleger Ihre politischen Ansichten?«

»Meine Ansichten sind nicht mehr ganz so extrem wie früher, aber er kennt meine Geschichte.«

»Wahrscheinlich hat er sich gesagt, wenn die junge Dame sogar bei einer Anarchistenzeitung Erfolg hat, muss Sie sehr tüchtig sein.«

»Mir sagte er, er habe mir die Stelle gegeben, weil ich mehr *cojones* hätte als seine männlichen Reporter.«

Gus wusste, dass Rosa gerne schockierte; dennoch klappte ihm die Kinnlade herunter.

Rosa lachte. »Trotzdem lässt er mich über Kunstausstellungen und Modenschauen berichten.« Sie wechselte das Thema. »Wie ist es eigentlich so, im Weißen Haus zu arbeiten?«

Gus war sich bewusst, dass alles, was er jetzt sagte, am nächsten Tag in der Zeitung stehen konnte. »Unglaublich aufregend«, antwortete er. »Mr. Wilson ist ein großer Präsident. Der größte, den wir je hatten.«

»Wie können Sie so etwas sagen? Er steht gefährlich kurz davor, uns in einen europäischen Krieg zu verwickeln.«

Rosas Haltung war typisch für deutschstämmige Amerikaner, die das Geschehen naturgemäß aus deutscher Sicht betrachteten; waren sie obendrein Linke, wollten sie den Zaren beseitigt sehen – eine Meinung, die allerdings auch viele Leute vertraten, die weder deutsch noch links waren. Vorsichtig erwiderte Gus: »Wenn deutsche U-Boote amerikanische Staatsbürger töten, kann der Präsident nicht ...« Er wollte sagen: »einfach ein Auge zukneifen«, zögerte aber, errötete und sagte schließlich: »Er kann das nicht einfach so hinnehmen.«

Rosa schien seine Verlegenheit nicht zu bemerken. »Aber die Briten blockieren die deutschen Häfen. Das ist ein klarer Verstoß gegen das Völkerrecht und hat zur Folge, dass deutsche Frauen und Kinder verhungern. Gleichzeitig herrscht in Frankreich ein Patt: Beide Seiten haben sich in den letzten sechs Monaten kaum einen Zoll bewegt. Die Deutschen *müssen* britische Schiffe versenken, sonst verlieren sie den Krieg.«

Rosa legte ein beeindruckendes Verständnis für komplexe Zusammenhänge an den Tag; deshalb genoss Gus Dewar es ja auch so sehr, mit ihr zu reden. »Ich habe Völkerrecht studiert«, sagte er. »Im Grunde handeln die Briten gar nicht illegal. Seeblockaden wurden zwar in der Londoner Erklärung von 1909 geächtet, aber diese Übereinkunft wurde nie ratifiziert.«

So leicht gab Rosa sich nicht geschlagen. »Vergessen wir mal die juristischen Feinheiten. Die Deutschen haben die Amerikaner gewarnt, nicht an Bord britischer Passagierschiffe zu reisen. Sie haben sogar Zeitungsanzeigen geschaltet, um Himmels willen! Was sollen sie denn sonst noch tun? Nehmen wir mal an, wir befänden uns im Krieg mit Mexiko, und die *Lusitania* sei ein mexikanisches Schiff voller Waffen gewesen, mit denen amerikanische Soldaten getötet werden sollen. Hätten wir sie durchgelassen?«

Das war eine gute Frage, und Gus wusste keine vernünftige Antwort darauf. »Nun ja«, sagte er, »Außenminister Bryan stimmt Ihnen darin zu.« William Jennings Bryan hatte nach Wilsons Note an die Deutschen seinen Rücktritt eingereicht. »Er meinte, wir müssten die

Amerikaner lediglich davor warnen, nicht auf Schiffen Krieg führender Parteien zu reisen.«

Rosa wollte ihn noch nicht vom Haken lassen. »Bryan hat erkannt, dass Wilson ein großes Risiko eingegangen ist«, sagte sie. »Wenn die Deutschen jetzt keinen Rückzieher machen, können wir einen Krieg mit ihnen kaum vermeiden.«

Gus würde einer Reporterin gegenüber niemals zugeben, dass er diese Ansicht teilte. Wilson hatte von den Deutschen verlangt, sämtliche Angriffe auf Handelsschiffe sofort einzustellen, Reparationen zu zahlen und dafür zu sorgen, dass so etwas nicht mehr vorkommt ... mit anderen Worten: Die Deutschen sollten den Briten die Freiheit der Meere zugestehen, während ihre eigenen Schiffe aufgrund der Blockade in den Häfen gehalten wurden. Es war kaum vorstellbar, dass irgendeine Regierung solchen Forderungen nachkam. »Aber die Öffentlichkeit steht hinter dem Präsidenten.«

»Die Öffentlichkeit kann sich irren.«

»Aber der Präsident kann das nicht einfach ignorieren. Schauen Sie ... Was Wilson macht, ist ein Drahtseilakt. Er will uns aus dem Krieg heraushalten, gleichzeitig aber auch vermeiden, dass Amerika auf dem internationalen Parkett als Schwächling dasteht. Ich finde, für den Augenblick hat er den richtigen Weg gefunden.«

»Und in Zukunft?«

Das war die besorgniserregende Frage. »Die Zukunft kann niemand voraussehen«, antwortete Gus, »nicht einmal Woodrow Wilson.«

Rosa lachte. »Eine typische Politikerantwort. Sie werden es in Washington weit bringen.« Jemand sprach sie an, und sie wandte sich von Gus ab.

Gus schlenderte weiter. Er fühlte sich ein bisschen wie nach einem Boxkampf, der unentschieden ausgegangen war.

Ein Teil des Publikums wurde zum Tee mit dem Vortragenden eingeladen. Gus gehörte zu diesen Privilegierten, weil seine Mutter eine Mäzenin des Museums war. Er ließ Rosa zurück und ging in ein Privatzimmer. Als er es betrat, entdeckte er zu seiner Freude Olga. Zweifellos spendete auch ihr Vater Geld.

Gus nahm sich eine Tasse Tee und ging zu ihr. »Sollten Sie mal in Washington sein, würde ich mich freuen, Ihnen das Weiße Haus zeigen zu dürfen«, sagte er.

»Könnten Sie mich auch dem Präsidenten vorstellen?«

Am liebsten hätte Gus gesagt: *Ja! Alles!* Stattdessen zögerte er, etwas zu versprechen, was er vielleicht nicht würde halten können. »Unter Umständen«, sagte er. »Es hängt davon ab, wie beschäftigt er ist. Sitzt er erst mal hinter seiner Schreibmaschine und fängt an, Reden und Presseerklärungen zu tippen, darf ihn niemand stören.«

»Ich war sehr traurig, als seine Frau gestorben ist«, sagte Olga. Ellen Wilson war vor gut einem Jahr verstorben, kurz nach Kriegsausbruch in Europa.

Gus nickte. »Der Präsident war am Boden zerstört.«

»Aber wie ich höre, macht er bereits einer wohlhabenden Witwe den Hof.«

Gus wurde unbehaglich zumute. Es war ein offenes Geheimnis in Washington, dass Wilson sich bis über beide Ohren in die üppige Mrs. Edith Galt verliebt hatte, und das nur acht Monate nach dem Tod seiner Frau. Der Präsident war achtundfünfzig, seine Angebetete einundvierzig. Zurzeit weilten sie gemeinsam in New Hampshire. Gus gehörte zu der kleinen Gruppe, die wusste, dass Wilson seiner Angebeteten vor einem Monat einen Heiratsantrag gemacht hatte, doch Mrs. Galt hatte ihm noch keine Antwort gegeben.

Gus fragte: »Wer hat Ihnen das erzählt?«

»Stimmt es denn?«

Zu gerne hätte er sie mit seinem intimen Wissen beeindruckt, doch er widerstand der Versuchung. »Über solche Dinge kann ich nicht sprechen«, sagte er widerwillig.

»Ach, wie schade. Ich hatte gehofft, Sie könnten mir ein paar Gerüchte anvertrauen.«

»Tut mir leid, Sie enttäuschen zu müssen.«

»Seien Sie nicht dumm.« Olga berührte seinen Arm, und ein Kribbeln huschte über seine Haut. »Morgen Nachmittag gebe ich eine Tennisparty«, sagte sie. »Spielen Sie?«

Gus spielte sogar recht gut. »Ja. Ich liebe Tennis.«

»Und? Kommen Sie?«

»Es wäre mir eine Freude.«

Lew lernte an nur einem Tag Autofahren. Die andere wichtige Fertigkeit eines Chauffeurs, das Wechseln kaputter Reifen, beherrschte er nach ein paar Stunden. Am Ende der Woche konnte er außerdem Tanken, Öl wechseln und die Bremsen einstellen. Und sollte der Wagen nicht fahren, wusste er, wie man die Batterie oder eine verstopfte Treibstoffleitung überprüfte.

Pferde seien das Transportmittel der Vergangenheit, hatte Joseph Vyalov ihm gesagt. Stallburschen wurden schlecht bezahlt; es gab einfach zu viele davon. Chauffeure aber waren selten und verdienten gut.

Außerdem wolle Vyalov einen Fahrer, der gleichzeitig als Leibwächter fungieren konnte.

Vyalovs Wagen war ein brandneuer Packard Twin Six, eine siebensitzige Limousine. Andere Chauffeure waren beeindruckt. Das Modell war erst vor ein paar Wochen auf den Markt gekommen, und sein Zwölfzylindermotor erregte den Neid der Fahrer des Cadillac V8.

Nur von Vyalovs ultramodernem Haus war Lew nicht sehr beeindruckt. Für ihn war es der größte Kuhstall der Welt. Es war lang und niedrig, mit breiten, überhängenden Dachkanten. Der Gärtner erklärte ihm, es sei ein »Prärie-Haus« und die neueste Mode.

»Wenn ich so ein großes Haus hätte, müsste es auch wie ein Palast aussehen«, sagte Lew.

Er dachte darüber nach, Grigori zu schreiben und ihm alles über Buffalo, seine Arbeit und das Auto zu berichten; aber er zögerte. Gerne hätte er gesagt, dass er bereits Geld für Grigoris Überfahrt beiseitegelegt hatte, aber das stimmte nicht; er hatte gar nichts gespart. Doch sobald er ein kleine Summe beisammenhatte, würde er schreiben; das schwor er sich. Grigori wiederum konnte Lew nicht schreiben, weil er dessen Adresse nicht kannte.

Die Familie Vyalov bestand aus drei Personen: Joseph, seiner Frau Lena, die nur selten sprach, und Olga, einer hübschen Tochter, die ungefähr in Lews Alter war. Vyalov war fest entschlossen, Olga zu einer geachteten jungen Frau zu erziehen und in die gesellschaftliche Elite Buffalos zu verheiraten. Seiner Frau gegenüber war er stets aufmerksam und höflich, auch wenn er die meisten Abende mit seinen Leuten verbrachte, und seine Tochter behandelte er liebevoll, aber streng. Häufig fuhr er mittags nach Hause, um mit Lena und Olga zu essen. Nach dem Mittagessen machten er und Lena dann ein Nickerchen.

Wenn Lew darauf wartete, Joseph wieder in die Stadt zu fahren, sprach er manchmal mit Olga. Obwohl der Vater es ihr streng verboten hatte, rauchte sie gerne Zigaretten – vorzugsweise in der Garage, ein für Olga idealer Rückzugsort auf dem väterlichen Besitz, weil Joseph kaum einmal hierherkam. Dann saß sie auf dem Rücksitz des Packard, im Seidenkleid auf dem duftigen Leder, während Lew sich an die Tür lehnte, ein Fuß auf dem Trittbrett, und mit ihr plauderte. Dabei war er sich bewusst, wie gut er in der Chauffeursuniform aussah, die Kappe flott nach hinten geschoben.

Schon nach kurzer Zeit fand er heraus, dass man Olga am besten schmeichelte, indem man ihr sagte, dass sie Klasse hatte, dass sie sich wie eine Prinzessin bewegte, wie eine Präsidentengattin redete und sich wie eine modebewusste Pariserin kleidete. Olga war ein Snob, genau wie ihr Vater. Von Berufs wegen war Joseph kaum mehr als ein Schläger, doch Lew war aufgefallen, wie kultiviert, ja beinahe unterwürfig er wurde, wenn er mit Männern von hohem gesellschaftlichem Rang sprach, Bankdirektoren zum Beispiel oder Kongressabgeordneten.

Lew hatte Olga rasch durchschaut. Sie war ein wohlbehütetes, reiches Mädchen, das keine Möglichkeit hatte, ihre natürlichen romantischen und sexuellen Triebe auszuleben. Anders als die jungen Frauen, die Lew in den Elendsvierteln von Sankt Petersburg gekannt hatte, konnte Olga sich nicht aus dem elterlichen Haus stehlen, um sich in der Dämmerung mit einem Jungen zu treffen und sich in den Schatten eines Ladeneingangs von ihm befummeln zu lassen. Sie war zwanzig und noch immer Jungfrau. Es war sogar möglich, dass sie noch nie geküsst worden war.

Lew verfolgte das Tennisspiel aus der Ferne und genoss den Anblick von Olgas schlankem Körper, besonders das Hüpfen ihrer Brüste unter dem leichten Baumwollkleid, wenn sie über den Platz rannte. Sie spielte gegen einen sehr großen Mann in weißer Flanellhose, der Lew irgendwie bekannt vorkam. Er sah ihn sich genauer an und erinnerte sich schließlich, wo er den Mann schon einmal gesehen hatte: in den Putilow-Werken. Lew hatte ihm einen Dollar abgeluchst, und Grigori hatte ihn gefragt, ob Joseph Vyalov wirklich eine große Nummer in Buffalo sei. Wie hieß der Bursche noch mal? Ähnlich wie eine Whiskeymarke … Dewar? Ja, richtig. Gus Dewar.

Gut ein halbes Dutzend junger Leute verfolgte das Spiel, die Mädchen in bunten Sommerkleidern, die Männer mit Strohhüten. Mrs.

Vyalov saß mit einem zufriedenen Lächeln unter einem Sonnenschirm. Eine Dienerin servierte Limonade.

Nachdem Gus Dewar das Match gewonnen hatte, gingen er und Olga vom Tenniscourt. Augenblicklich nahm ein anderes Paar ihren Platz ein. Kühn nahm Olga eine Zigarette von ihrem Gegner an. Lew beobachtete, wie Dewar sie ihr anzündete. Zu gerne wäre er einer aus dieser Clique junger Leute gewesen, die in sportlicher Kleidung Tennis spielten und Limonade tranken.

Ein wilder Schlag der Spielerin ließ den Ball in seine Richtung fliegen. Lew hob ihn auf, doch statt ihn zurückzuwerfen, brachte er ihn zum Platz und reichte ihn der Frau. Dabei schaute er zu Olga. Sie war in ein Gespräch mit Dewar versunken und redete auf jene kokette Art mit ihm, wie sie es immer mit Lew in der Garage tat. Lew überkam ein Anflug von Eifersucht. Am liebsten hätte er dem großen Kerl eins in die Schnauze gehauen. Dann drehte Olga sich in Lews Richtung, und er schenkte ihr sein charmantestes Lächeln, doch sie wandte sich ab, als hätte sie ihn gar nicht gesehen. Die anderen jungen Leute ignorierten ihn sowieso, als wäre er Luft.

Was ist so schlimm daran, tröstete sich Lew. Warum sollte ein Mädchen nicht freundlich zum Chauffeur sein, wenn sie heimlich in der Garage rauchte, und ihn dann wie ein Möbelstück behandeln, wenn sie mit ihren Freunden zusammen war? Trotzdem fühlte Lew sich in seinem Stolz verletzt.

Er wandte sich ab und sah Olgas Vater, der sich über den Kiesweg dem Tennisplatz näherte. Vyalov trug einen Geschäftsanzug mit Weste. Lew nahm an, dass er die Gäste seiner Tochter begrüßen wollte, ehe er wieder in die Stadt fuhr.

Nur wenn er Olga rauchen sah, dann war die Hölle los!

Lew kam eine Idee. Mit raschen Schritten war er bei Olga und pflückte ihr mit einer schnellen Bewegung die Zigarette aus den Fingern.

»He!«, protestierte sie.

Gus Dewar musterte Lew stirnrunzelnd und fragte: »Was soll das denn?«

Lew drehte sich um und schob sich die Zigarette zwischen die Lippen. Einen Augenblick später sah Vyalov ihn. »Was tust du hier?«, fragte er gereizt. »Hol meinen Wagen.«

»Jawohl, Sir«, sagte Lew.

»Und nimm den Glimmstängel aus dem Maul, wenn du mit mir redest.«

Lew drückte die Zigarette aus und ließ den Stummel in seiner Tasche verschwinden. »Tut mir leid, Mr. Vyalov, Sir. Ich habe mich vergessen.«

»Dass mir das nicht noch mal vorkommt.«

»Jawohl, Sir.«

»Jetzt mach, dass du wegkommst.«

Lew eilte davon, blickte jedoch über die Schulter: Die jungen Männer waren aufgesprungen, und Vyalov schüttelte allen großmütig die Hand. Olga schaute schuldbewusst drein und stellte ihre Freunde vor. Erleichtert, nicht erwischt worden zu sein, warf sie einen dankbaren Blick zu Lew.

Lew zwinkerte ihr zu und ging weiter.

In Ursula Dewars Salon gab es nur wenige dekorative Gegenstände, doch jeder war auf seine eigene Weise kostbar für sie: ein Marmorkopf von Elie Nadelman, eine Erstausgabe der Geneva Bible, eine einzelne Rose in einer Kristallvase und ein gerahmtes Foto ihres Großvaters, der eines der ersten Kaufhäuser in Amerika eröffnet hatte. Als Gus um achtzehn Uhr den Salon betrat, saß Ursula in einem seidenen Abendkleid auf der Couch und las einen neuen Roman mit dem Titel *The Good Soldier*.

»Wie ist das Buch?«, fragte Gus.

»Sehr gut. Seltsam, wenn man bedenkt, dass der Autor angeblich ein Riesenfeigling ist.«

Gus mixte ihr einen Drink. Er war nervös. In meinem Alter sollte ich keine Angst mehr vor meiner Mutter haben, dachte er. Aber sie konnte sehr verletzend sein.

Gus reichte ihr den Drink.

»Danke«, sagte sie. »Genießt du deinen Sommerurlaub?«

»Sehr.«

»Das freut mich. Ich hatte schon befürchtet, du könntest gar nicht schnell genug in das aufregende Washington und ins Weiße Haus zurückkehren.«

Genau damit hatte Gus tatsächlich gerechnet, aber die Ferien hatten ein paar unerwartete Freuden für ihn bereitgehalten. »Sobald der Präsident zurück ist, werde ich auch wieder zurückkehren. Aber bis dahin werde ich meinen Spaß haben.«

»Glaubst du, der Präsident wird Deutschland den Krieg erklären?«

»Ich hoffe nicht. Die Deutschen sind bereit, einen Rückzieher zu machen, aber wir Amerikaner sollen der Entente keine Waffen mehr liefern.«

»Und? Werden wir den Deutschen diesen Wunsch erfüllen?« Wie ungefähr die Hälfte der Bevölkerung Buffalos war auch Ursula deutscher Abstammung, doch wenn sie »wir« sagte, meinte sie die USA.

»Natürlich nicht. Die Waffenlieferungen an Großbritannien bringen unseren Rüstungsfabriken ein Heidengeld ein.«

»Dann stecken wir also in einer Sackgasse.«

»Noch nicht. Wir tanzen noch umeinander herum. In der Zwischenzeit hat Italien sich auf die Seite der Entente geschlagen, als wollten sie uns daran erinnern, wie groß der Druck auf die neutralen Staaten ist.«

»Wird das irgendetwas bewirken?«

»Kaum.« Gus atmete tief durch. »Ich habe heute Nachmittag Tennis bei den Vyalovs gespielt«, sagte er. Seine Stimme klang nicht so beiläufig, wie er es sich erhofft hatte.

»Hast du gewonnen?«

»Ja. Wusstest du schon, dass die Vyalovs ein Prärie-Haus haben?«

»Typisch neureich.«

»Ich nehme an, wir waren auch mal ›neureich‹, oder nicht? Als dein Großvater sein Geschäft eröffnet hat.«

»Ich finde es ermüdend, wenn du wie ein Sozialist redest, Angus, auch wenn ich weiß, dass du es nicht so meinst.« Sie nippte an ihrem Drink. »Hmmm … wundervoll.«

Gus atmete noch einmal tief durch. »Mutter, würdest du mir einen Gefallen tun?«

»Natürlich. Wenn ich kann.«

»Es wird dir nicht gefallen.«

»Um was geht es denn?«

»Ich möchte, dass du Mrs. Vyalov zum Tee einlädst.«

Langsam, vorsichtig stellte seine Mutter das Glas beiseite. »Ich verstehe«, sagte sie.

»Willst du mich gar nicht nach dem Grund fragen?«

»Das ist nicht nötig«, erwiderte sie. »Es gibt nur einen möglichen Grund. Ich habe ihre atemberaubend schöne Tochter schon gesehen.«

»Sei nicht so fies. Vyalov ist einer der bedeutendsten Bürger der Stadt und sehr wohlhabend. Und Olga ist ein Engel.«

»Und wenn schon kein Engel, dann zumindest eine Christin.«

»Die Vyalovs sind russisch-orthodox«, sagte Gus. Wenn er schon einmal damit angefangen hatte, sagte er sich, konnte er genauso gut gleich alle schlechten Nachrichten aufs Tapet bringen. »Sie gehen in die Peter-und-Paul-Kirche in der Ideal Street.« Die Dewars gehörten der episkopalen Kirche an.

»Gott sei Dank sind sie keine Juden.« Mutter hatte die größte Angst davor gehabt, Gus würde Rachel Abramow heiraten, die er sehr gern, Gott sei Dank aber nie geliebt hatte. »Ich nehme an, wir können von Glück sagen, dass Olga nicht hinter deinem Geld her ist.«

»Wohl kaum. Vyalov ist noch wesentlich reicher als Vater.«

»Da bin ich mir sicher, auch wenn ich es nicht genau weiß.« Für Frauen wie Ursula schickte es sich nicht, sich mit Geldfragen zu beschäftigen. Gus nahm zwar an, dass Frauen ihres Standes das Vermögen des Gatten bis auf den letzten Cent kannten, nur mussten sie Unwissenheit vortäuschen.

Seine Mutter war nicht so verärgert, wie Gus befürchtet hatte. »Und?«, hakte Gus nervös nach. »Tust du mir den Gefallen?«

»Natürlich. Ich werde Mrs. Vyalov eine entsprechende Einladung zukommen lassen.«

Gus hätte jubeln können, doch ein letzter Rest Furcht war geblieben. »Aber lade bitte nicht deine versnobten Freundinnen ein, sonst könnte Mrs. Vyalov sich unterlegen fühlen.«

»Ich habe keine versnobten Freundinnen.«

Diese Bemerkung war zu lächerlich, als dass Gus sie eines Kommentars gewürdigt hätte. »Wie wär's mit Mrs. Fischer? Und Tante Gertrude?«

»Meinetwegen.«

»Danke, Mutter.« Gus war erleichtert. »Ich weiß, dass Olga nicht die Braut ist, die du dir für mich erträumt hast, aber glaub mir, du wirst sie binnen kürzester Zeit ins Herz geschlossen haben.«

»Mein lieber Sohn, du bist fast sechsundzwanzig Jahre alt. Vor fünf Jahren hätte ich vielleicht noch versucht, dir die Ehe mit der Tochter eines zwielichtigen Geschäftsmannes auszureden; aber in letzter Zeit habe ich mich immer häufiger gefragt, ob ich überhaupt noch Enkelkinder bekomme. Selbst wenn du eine geschiedene polnische Kellnerin heiraten wolltest, wäre mein erster Gedanke der, ob sie noch jung genug ist, Kinder zu bekommen.«

»Nicht so stürmisch, Mutter. Olga hat noch nicht eingewilligt, mich zu heiraten. Um ehrlich zu sein, ich habe sie bis jetzt noch nicht einmal gefragt.«

»Na und? Wie sollte sie dir schon widerstehen?« Ursula stand auf und küsste Gus auf die Wange. »Jetzt mach mir noch einen Drink.«

»Du hast mir das Leben gerettet, Lew!«, sagte Olga. »Vater hätte mich umgebracht.«

Lew grinste. »Ich hab ihn kommen sehen und musste schnell handeln.«

»Ich bin dir so dankbar!« Olga küsste ihn auf den Mund.

Lew war überrascht. Doch bevor er die Situation ausnutzen konnte, löste Olga sich von ihm. Dennoch hatte er das Gefühl, als habe sich ihr Verhältnis soeben dramatisch verändert. Ein wenig bange schaute er sich in der Garage um, doch es war niemand zu sehen.

Olga zog eine Packung Zigaretten aus der Tasche und schob sich einen Glimmstängel zwischen die Lippen. Lew gab ihr Feuer. Es war eine intime Geste, die Olga zwang, den Kopf zu senken, sodass Lew ihre Lippen anstarren konnte. Es war romantisch und sinnlich zugleich.

Olga ließ sich auf der Rückbank des Packard zurücksinken und blies den Rauch in die Luft. Lew stieg ein und setzte sich neben sie. Sie beschwerte sich nicht. Er zündete auch sich selbst eine Zigarette an. Eine Zeit lang saßen sie im Halbdunkel, und der Zigarettenrauch mischte sich mit dem Geruch von Öl und Leder und dem blumigen Duft, den Olga aufgelegt hatte.

Schließlich sagte Lew in die Stille hinein: »Ich hoffe, du hast deine Tennisparty genossen.« Kühn war er zum Du gewechselt, doch es schien Olga nichts auszumachen.

Sie seufzte. »Alle Jungen in der Stadt haben Angst vor meinem Vater. Sie glauben, er würde sie erschießen, wenn sie mich küssen.«

»Und? Würde er?«

Olga lachte. »Vermutlich.«

»Also, ich hab keine Angst vor ihm.« Das kam der Wahrheit zumindest nahe. Natürlich kannte auch Lew Angst; nur ignorierte er sie meist und vertraute auf seine Fähigkeit, sich aus jeder Situation herauswinden zu können.

Olga schaute ihn skeptisch an. »Wirklich?«

»Deshalb hat er mir ja den Job gegeben.« Auch das war nur einen Schritt von der Wahrheit entfernt. »Frag ihn.«

»Vielleicht tu ich's.«

»Gus Dewar scheint dich sehr zu mögen.«

»Mein Vater wäre glücklich, würde ich ihn heiraten.«

»Warum?«

»Er ist reich. Seine Familie gehört zum Geldadel von Buffalo, und sein Vater ist Senator.«

»Tust du immer, was dein Vater will?«

Nachdenklich zog Olga an der Zigarette. »Ja«, antwortete sie und blies den Rauch raus.

»Ich liebe es, deine Lippen zu beobachten, wenn du rauchst«, bemerkte Lew.

Olga erwiderte nichts, schaute ihn nur zweideutig an.

Das genügte Lew als Einladung. Er küsste sie.

Olga gab ein leises Stöhnen von sich und drückte schwach die Hand auf seine Brust, doch ihr Widerstand war nicht ernst gemeint. Lew warf seine Zigarette aus dem Wagen und legte die Hand auf ihren Busen. Olga packte sein Handgelenk, als wolle sie die Hand wegreißen; stattdessen drückte sie sie fester auf ihre Brust.

Lew berührte Olgas geschlossene Lippen mit der Zunge. Olga wich vor ihm zurück und schaute ihn erschrocken an. Lew wurde klar, dass sie diese Art zu küssen noch nicht kannte. Sie war wirklich unerfahren. »Das ist schon okay«, sagte er. »Vertrau mir.«

Olga warf nun ebenfalls die Zigarette weg, zog Lew zu sich, schloss die Augen und küsste ihn mit offenem Mund.

Danach ging alles sehr schnell. Olgas Verlangen hatte etwas Drängendes, Verzweifeltes. Lew, der schon mit vielen Frauen zusammen gewesen war, hielt es für klug, Olga das Tempo bestimmen zu lassen. Eine zögerliche Frau konnte man nicht drängen, und eine ungeduldige ließ sich nicht zurückhalten. Als Lew seinen Weg durch Olgas Unterwäsche gefunden hatte und die sanfte Wölbung ihres Geschlechts streichelte, wurde sie so erregt, dass sie vor Leidenschaft schluchzte. Wenn es wirklich stimmte, dass sie zwanzig geworden war, ohne von einem der schüchternen Jünglinge Buffalos auch nur geküsst worden zu sein, hatte sich vermutlich eine Menge in ihr angestaut, vermutete Lew. Olga konnte gar nicht schnell genug die Hüfte heben, damit er ihr die Unterhose herunterziehen konnte. Als er sie zwischen die Beine küsste, schrie sie auf vor Lust und fassungslosem Erstaunen. Sie musste noch Jungfrau sein, doch Lew war viel zu erregt, als dass er einen Gedanken daran verschwendet hätte.

Olga legte sich zurück, einen Fuß auf dem Sitz, den anderen auf dem Boden, den Rock über der Hüfte und die Beine gespreizt. Ihr Mund war geöffnet, und ihr Atem ging schwer. Sie starrte Lew mit großen Augen an, als er sich die Hose aufknöpfte. Vorsichtig drang er in sie ein. Er wusste, wie leicht man einem Mädchen wehtun konnte, aber Olga packte seine Hüfte und zog ihn ungeduldig in sich hinein, als fürchtete sie, im letzten Augenblick um das betrogen zu werden, was sie so unbedingt wollte. Lew spürte, wie ihre Jungfräulichkeit sich ihm kurz widersetzte; dann war es um selbige geschehen, begleitet von einem leisen Keuchen Olgas, als der Schmerz so schnell verflog, wie er gekommen war. Olga bewegte sich in ihrem eigenen Rhythmus. Erneut überließ Lew ihr die Führung, denn er fühlte, dass sie einem Ruf folgte, dem sie sich nicht verweigern konnte.

Noch nie war der Liebesakt für Lew so aufregend gewesen. Einige Mädchen waren erfahren, andere waren ungeduldig und wollten gefallen, und wieder andere waren darauf bedacht, den Mann zu befriedigen, bevor sie ihre eigene Erfüllung suchten. Doch Lew hatte noch nie eine so ungezügelte Gier erlebt wie bei Olga, was ihn über alle Maßen entflammte.

Er hielt sich zurück. Olga schrie laut auf, und er drückte ihr die Hand auf den Mund, damit sie niemanden auf dem Anwesen alarmierte. Sie buckelte wie ein Pony, vergrub dann das Gesicht an seiner Schulter. Mit einem erstickten Schrei erreichte sie den Höhepunkt, dicht gefolgt von Lew.

Er schob sich von ihr herunter und setzte sich auf den Boden. Olga lag regungslos da und keuchte. Eine Minute sagte keiner ein Wort. Schließlich setzte Olga sich auf. »Mein Gott«, stieß sie hervor. »Ich wusste gar nicht, dass es *so* ist.«

»Normalerweise ist es auch nicht *so*«, erwiderte Lew.

Es folgte eine lange, nachdenkliche Pause; dann sagte Olga mit leiser Stimme: »Was habe ich getan?«

Lew antwortete nicht.

Olga hob ihre Unterhose auf und streifte sie über. Einen Augenblick saß sie noch ruhig da; dann schnappte sie nach Luft und stieg aus.

Lew wartete, dass sie irgendetwas sagte, doch es kam nichts. Olga ging zur Hintertür der Garage, öffnete sie und verschwand.

Doch am nächsten Tag war sie wieder zur Stelle.

✠

Edith Galt nahm den Heiratsantrag Präsident Wilsons am 29. Juni an. Im Juli kehrte der Präsident kurzfristig ins Weiße Haus zurück. »Ich muss für ein paar Tage wieder nach Washington«, sagte Gus zu Olga, als sie durch den Zoo von Buffalo schlenderten.

»Was heißt das, für ein paar Tage?«

»Solange der Präsident mich braucht.«

»Wie aufregend!«

Gus nickte. »Es ist der beste Job der Welt. Aber das heißt auch, dass ich nicht mein eigener Herr bin. Sollte die Krise mit Deutschland eskalieren, könnte es lange dauern, bis ich wieder in Buffalo bin.«

»Wir werden dich vermissen.«

»Und ich werde dich vermissen. Wir haben uns so gut angefreundet, seit ich wieder zurückgekommen bin.« Sie waren auf dem See im Delaware Park Boot gefahren und in Crystal Beach schwimmen gegangen; sie waren mit einem Dampfer den Fluss bis Niagara hinaufgetuckert und dann über den See auf die kanadische Seite gefahren, und sie hatten jeden zweiten Tag Tennis gespielt – immer mit einer Gruppe junger Freunde und unter dem wachsamen Blick einer aufmerksamen Mutter. Heute begleitete Mrs. Vyalov sie ebenfalls. Sie ging ein paar Schritte hinter ihnen und unterhielt sich mit Chuck Dixon.

»Ist dir eigentlich klar«, fuhr Gus fort, »wie sehr ich dich vermissen werde?«

Olga lächelte, erwiderte aber nichts.

»Das war der glücklichste Sommer meines Lebens«, sagte Gus.

»Bei mir auch«, erwiderte sie und ließ ihren rot-weiß gepunkteten Sonnenschirm kreisen.

Das freute Gus, obwohl er nicht genau wusste, ob es seine Gesellschaft war, die Olga so glücklich machte. Er durchschaute sie nicht. Olga schien sich jedes Mal zu freuen, ihn zu sehen, und sie unterhielt sich gerne mit ihm, manchmal stundenlang. Aber Gus hatte kein Anzeichen dafür gesehen, dass Olgas Gefühle für ihn mehr als nur freundschaftlich waren. Natürlich durfte kein anständiges Mädchen so etwas zeigen, jedenfalls nicht, bevor sie verlobt war; dennoch hätte Gus es gerne gesehen. Aber genau das machte einen Teil von Olgas Anziehungskraft aus.

Gus erinnerte sich lebhaft daran, dass Caroline Wigmore ihm ihre Bedürfnisse stets in aller Deutlichkeit mitgeteilt hatte. In letzter Zeit dachte er oft an Caroline, die einzige andere Frau, die er bis jetzt geliebt hatte. Aber wenn Caroline ihm hatte sagen können, was sie wollte, warum konnte Olga es dann nicht? Anderseits war Caroline eine verheiratete Frau und Olga ein behütetes Mädchen.

Gus blieb vor der Bärengrube stehen. Beide schauten durch die Gitterstäbe auf den kleinen Braunbären, der auf seinen Hinterbeinen saß und zu ihnen hinaufstarrte.

»Ich frage mich, ob jeder unserer Tage so glücklich sein wird«, bemerkte Gus.

»Warum nicht?«, erwiderte Olga.

War das eine Ermutigung? Gus schaute sie an. Olga schien es gar nicht zu bemerken; sie beobachtete den Bären. Gus ließ den Blick über ihre blauen Augen, ihre rosa Wangen und die zarte weiße Haut ihres Halses schweifen. »Ich wollte, ich wäre Tizian«, sagte er. »Dann würde ich dich malen.«

Olgas Mutter und Chuck schlenderten vorbei, sodass die beiden jungen Leute allein waren.

Endlich drehte Olga sich zu ihm um, und Gus glaubte, so etwas wie Zuneigung in ihren Augen zu erkennen. Das gab ihm Mut. Wenn der Präsident das tun kann, wo er kaum ein Jahr verwitwet war, konnte er es auch.

»Ich liebe dich, Olga«, sagte er.

Sie schwieg, blickte ihn aber weiterhin an.

Gus schluckte. Wieder einmal durchschaute er sie nicht. Er fragte: »Besteht die Möglichkeit … Darf ich hoffen, dass auch du mich eines Tages lieben wirst?« Mit angehaltenem Atem starrte er sie an. In diesem Augenblick hielt Olga sein Leben in den Händen.

Sie schwieg noch immer. Was sie wohl dachte? Schätzte sie ihn ab, oder zögerte sie nur, bevor sie eine Entscheidung fürs Leben traf?

Schließlich lächelte sie und sagte: »Oh ja.«

Gus konnte es kaum glauben. »Wirklich?«

Sie lachte glücklich. »Wirklich.«

Er nahm ihre Hand. »Liebst du mich?«

Sie nickte.

»Du musst es sagen.«

»Ja, Gus, ich liebe dich.«

Er küsste ihre Hand. »Ich werde mit deinem Vater reden, bevor ich nach Washington gehe.«

Olga lächelte. »Ich weiß, was er sagen wird.«

»Danach könnten wir es bekannt geben.«

»Ja.«

»Oh, danke!«, sagte Gus leidenschaftlich. »Du hast mich sehr glücklich gemacht.«

Am nächsten Morgen schaute Gus in Joseph Vyalovs Büro vorbei und bat ihn förmlich um die Hand seiner Tochter. Vyalov zeigte sich hocherfreut. Obwohl Gus mit dieser Antwort gerechnet hatte, war er anschließend dennoch erleichtert.

Gus war auf dem Weg zum Bahnhof, um nach Washington zu fahren; deshalb einigten sie sich darauf, das Ereignis zu feiern, sobald er zurück war. In der Zwischenzeit würde er Olga ihrer und seiner Mutter überlassen, damit sie die Hochzeit planen konnten.

Als Gus leichten Schrittes die Central Station an der Exchange Street betrat, lief Rosa Hellman ihm über den Weg. Sie trug einen roten Hut und eine kleine Reisetasche. »Hallo«, sagte Gus. »Darf ich Ihnen mit Ihrem Gepäck behilflich sein?«

»Nein, danke. Es ist nicht schwer. Ich war nur einen Tag fort. Ich hatte ein Bewerbungsgespräch bei einer Nachrichtenagentur.«

Gus hob die Augenbrauen. »Ging es um einen Job als Reporterin?«

»Ja. Und ich habe ihn bekommen.«

»Ich gratuliere! Verzeihen Sie, wenn ich überrascht klinge … Ich dachte nur, dort würde man keine weiblichen Schreiber einstellen.«

»Es ist zwar ungewöhnlich, aber nicht einmalig. Die *New York Times* hat schon 1869 ihre erste Reporterin eingestellt. Sie hieß Maria Morgan.«

»Was genau werden Sie tun?«

»Ich arbeite als Assistentin des Korrespondenten in Washington. Das Liebesleben des Präsidenten hat mich zu der Überzeugung gebracht, dass man eine Frau dort gut gebrauchen kann. Männer übersehen gerne romantische Geschichten.«

Gus fragte sich, ob Rosa erwähnt hatte, dass sie mit einem von Wilsons engsten Beratern bekannt war. Er vermutete es: Reporter waren niemals scheu. Zweifellos hatte ihr das geholfen, den Job zu bekommen. »Ich bin gerade auf dem Weg zurück nach Washington«, sagte Gus. »Ich nehme an, wir werden uns dort jetzt öfter sehen.«

»Ich hoffe es.«

»Übrigens, ich habe ebenfalls gute Neuigkeiten«, sagte Gus glücklich. »Ich habe Olga Vyalov einen Heiratsantrag gemacht, und sie hat ihn angenommen. Wir werden heiraten.«

Rosa schaute ihn lange an. Dann sagte sie: »Sie Narr.«

Gus hätte schockierter nicht sein können. Offenen Mundes starrte er sie an.

»Sie verdammter Narr«, sagte Rosa und ging davon.

Am 19. August starben zwei weitere Amerikaner, als ein deutsches U-Boot ein britisches Passagierschiff versenkte, die *Arabic*.

Gus taten die Opfer leid, aber vor allem entsetzte ihn, wie die USA unaufhaltsam in den europäischen Konflikt hineingezogen wurden. Gus hatte das Gefühl, der Präsident stehe kurz davor, den Krieg zu erklären. Gus wollte in einer Welt des Friedens und des Glücks heiraten; stattdessen fürchtete er nun die Grausamkeiten und Zerstörungen des Krieges.

Auf Wilsons Anweisung steckte Gus ein paar ausgewählten Reportern, der Präsident stehe kurz davor, die diplomatischen Beziehungen zu Deutschland abzubrechen. Gleichzeitig versuchte der neue Außenminister, Robert Lansing, einen Deal mit dem deutschen Botschafter auszuhandeln, Graf Johann von Bernstorff. Aber das konnte schrecklich schiefgehen. Möglicherweise durchschauten die Deutschen Wilsons Bluff und widersetzten sich ihm. Was würde der Präsident dann tun? Unternahm er nichts, würde er dumm dastehen. Wilson sagte Gus, ein Abbruch der diplomatischen Beziehungen müsse nicht zwangsläufig zu einem Krieg führen. Dennoch hatte Gus das schreckliche Gefühl, dass die Krise rasch außer Kontrolle geriet.

Aber der deutsche Kaiser wollte keinen Krieg mit Amerika, und zu Gus' Erleichterung hatte Wilsons Spiel Erfolg. Ende August versprachen die Deutschen, keine Passagierschiffe mehr ohne Vorwarnung anzugreifen. Das war zwar nicht rundum zufriedenstellend, beendete aber die Pattsituation.

Die amerikanischen Zeitungen zeigten sich enthusiastisch. Am 2. September las Gus dem Präsidenten triumphierend einen Absatz aus einer Lobeshymne vor, die an diesem Tag in der New Yorker *Evening Post* erschienen war. »Ohne ein einziges Regiment zu mobilisieren oder eine Flotte zusammenzustellen, sondern allein von der standhaften Überzeugung erfüllt, das Richtige zu tun, hat er die Kapitulation der stolzesten, überheblichsten und am besten bewaffneten Nation der Welt erzwungen.«

»Noch haben die Deutschen nicht kapituliert«, erwiderte der Präsident.

An einem Abend Ende September brachten sie Lew in das Lagerhaus, zogen ihn nackt aus und fesselten ihm die Hände auf den Rücken. Dann kam Vyalov aus seinem Büro. »Du Hund«, rief er. »Du tollwütiger Köter!«

»Was habe ich denn getan?«, flehte Lew.

»Du weißt genau, was du getan hast, du Stück Dreck«, brüllte Vyalov.

Lew hatte furchtbare Angst. Wenn Vyalov ihm nicht zuhörte, konnte er sich auch nicht herausreden.

Vyalov zog sein Jackett aus und krempelte die Ärmel hoch. »Bring sie her«, sagte er.

Norman Niall, sein dürrer Buchhalter, eilte ins Büro und kam mit einer Knute zurück.

Lew starrte die Knute an. Traditionell wurden in Russland Verbrecher damit bestraft. Die Knute bestand aus einem langen Holzschaft und drei ineinander verflochtenen Lederriemen mit Eisenkugeln in der Spitze. Lew war noch nie ausgepeitscht worden, aber er hatte es gesehen. Auf dem Land war es die übliche Strafe bei Diebstahl und Ehebruch. In Sankt Petersburg wiederum wurde die Knute häufig bei politischen Straftätern eingesetzt. Zwanzig Schläge konnten einen Mann verkrüppeln, und spätestens nach hundert Schlägen war er tot.

Vyalov, der noch immer seine Weste mit der goldenen Uhrkette trug, packte die Knute mit festem Griff. Niall kicherte, und Ilja und Theo schauten interessiert zu.

Lew duckte sich, kehrte Vyalov den Rücken zu und drückte sich gegen einen Reifenstapel. Die Peitsche traf mit grässlichem Knall seinen Körper, biss ihn in Hals und Schultern, und Lew schrie vor Schmerz.

Vyalov schlug erneut zu. Diesmal tat es noch mehr weh.

Lew konnte nicht glauben, wie dumm er gewesen war. Er hatte die jungfräuliche Tochter eines mächtigen und gewalttätigen Mannes gefickt. Was hatte er sich nur dabei gedacht? Warum konnte er nie der Versuchung widerstehen?

Wieder schlug Vyalov zu. Diesmal versuchte Lew, dem Hieb auszuweichen. Die Riemen streiften ihn nur; dennoch schnitten sie in sein Fleisch. Er versuchte wegzukommen, doch Vyalovs Männer stießen ihn lachend und grölend zurück.

Erneut hob Vyalov die Peitsche, hielt inne, als Lew ihm auszuweichen versuchte, und ließ die Peitschenschnur dann herabzischen. Diesmal traf sie Lews Beine. Blut spritzte aus den Wunden. Als Vyalov abermals zuschlug, sprang Lew verzweifelt zur Seite, stolperte und stürzte auf den Betonboden. Während er schreiend auf dem Rücken lag und zusehends an Kraft verlor, peitschte Vyalov seinen Bauch und seine Schenkel. Lew rollte sich herum. Todesangst hatte ihn gepackt, und die Schmerzen waren viel zu groß, als dass er hätte aufstehen können. Immer wieder schlug sein Peiniger zu. Lew musste all seine Kraft mobilisieren, um ein kleines Stück auf allen vieren zu kriechen; dann rutschte er in seinem eigenen Blut aus, und wieder zischte die Peitsche herab. Seine Schreie verstummten; er hatte keine Luft mehr. Er war sicher, dass Vyalov ihn zu Tode prügeln würde, und sehnte das Ende herbei.

Doch Vyalov verweigerte ihm die Erlösung. Er ließ die Knute fallen und keuchte vor Anstrengung. »Ich sollte dich umbringen«, sagte er, nachdem er wieder zu Atem gekommen war, »aber ich kann nicht.«

Lew konnte es kaum glauben. Er lag in seinem eigenen Blut und starrte seinen Peiniger an.

»Sie ist schwanger«, sagte Vyalov.

Trotz seiner Angst und der Schmerzen versuchte Lew, klar zu denken. Sie hatten Kondome benutzt; man konnte sie in jeder großen amerikanischen Stadt kaufen. Lew benutzte immer eines … nur in der Garage hatte er es nicht getan, beim ersten Mal, als er nicht damit gerechnet hatte … und später, als Olga ihn in dem riesigen Haus herumgeführt hatte, als niemand da gewesen war, und als sie sich in dem großen Bett im Gästezimmer geliebt hatten … und einmal im Garten nach Einbruch der Dunkelheit …

Tatsächlich hatten sie mehr als einmal ohne Kondom miteinander geschlafen, erkannte Lew.

»Sie sollte den Jungen von Senator Dewar heiraten«, sagte Vyalov, und Lew hörte Bitterkeit und Wut in der rauen Stimme. »Mein Enkel hätte Präsident werden können.«

Sosehr Schmerzen und Angst ihm das Hirn vernebelten – Lew wurde klar, dass die Hochzeit zwischen Olga und Dewar abgesagt werden musste. Gus Dewar würde kein Mädchen heiraten, das mit dem Kind eines anderen schwanger war, egal wie sehr er sie liebte. Es sei denn …

Mühsam krächzte Lew: »Sie muss das Kind doch nicht bekommen. Es gibt Ärzte in der Stadt …«

Vyalov schnappte sich die Knute wieder, und Lew duckte sich. »Denk nicht mal daran!«, brüllte Vyalov. »Das verstößt gegen Gottes Willen!«

Lew war erstaunt. Zwar fuhr er die Vyalovs jeden Sonntag zur Kirche, hatte bis jetzt aber geglaubt, sie wollten nur den Schein wahren. Schließlich war der Mann ein Verbrecher. Und nun reizte der bloße Gedanke an eine Abtreibung ihn bis aufs Blut, weil es seine religiösen Empfindungen verletzte. Seltsamerweise schien das bei Gewalt, Betrug und Erpressung nicht der Fall zu sein.

»Kannst du dir vorstellen, was für eine Demütigung das für mich ist?«, rief Vyalov. »Jede Zeitung der Stadt hat bereits über die Verlobung berichtet.« Er lief knallrot an und hob die Stimme zu einem Brüllen. »Was soll ich Senator Dewar sagen? Ich habe die Kirche schon gebucht! Ich habe das Büfett bestellt! Die Einladungen sind bereits in der Druckerei! Ich sehe schon Mrs. Dewar, diese arrogante alte Kuh, wie sie hinter ihrer faltigen Hand über mich lacht. Und das alles wegen eines Scheiß-Chauffeurs!«

Wieder hob er die Knute, doch anstatt zuzuschlagen, schleuderte er sie wütend zur Seite. »Ich kann dich nicht umbringen.« Er wandte sich Theo zu. »Bring das Stück Dreck zu einem Arzt«, befahl er. »Lass ihn zusammenflicken. Er wird meine Tochter heiraten.«

KAPITEL 16

Juni 1916

»Können wir reden, Junge?«, fragte Billys Vater.

Billy war erstaunt. Fast zwei Jahre lang, seit er nicht mehr in die Bethesda-Kapelle kam, hatten sie kaum ein Wort miteinander gesprochen. In dem kleinen Haus in der Wellington Row hing immer Spannung in der Luft. Billy hatte beinahe vergessen, wie es war, leise Stimmen in der Küche reden und lachen zu hören, oder auch die lauten Stimmen während der leidenschaftlichen Streitereien, die sie früher oft ausgefochten hatten. Dass es dies alles nicht mehr gab, hatte sehr dazu beigetragen, dass Billy in die Army eingetreten war.

Nun aber klang Dah beinahe unterwürfig. Sorgsam musterte Billy das Gesicht seines Vaters, doch es lag keine Aggression darin, keine Herausforderung, nur eine Bitte.

Dennoch, Billy war nicht bereit, nach Dahs Pfeife zu tanzen. »Worüber reden?«, fragte er.

Dah öffnete den Mund zu einer scharfen Erwiderung, riss sich dann aber sichtlich zusammen. »Ich bin stolz gewesen«, sagte er. »Und Stolz ist eine Sünde. Vielleicht warst auch du stolz, Billy, aber das musst du selbst mit dem Herrgott abmachen, und es entschuldigt nicht mein Verhalten.«

»Hast du zwei Jahre gebraucht, um das zu begreifen?«

»Ich hätte noch länger gebraucht, wärst du nicht zur Armee gegangen.«

Billy und Tommy hatten sich im vergangenen Jahr freiwillig gemeldet und dabei geschwindelt, was ihr Alter anging. Sie waren dem 8. Bataillon der Welsh Rifles beigetreten, das als die »Aberowen Pals« bekannt war. Solche »Pals' Battalions« waren eine neue Erfindung: Männer aus der gleichen Stadt kamen in die gleiche Einheit, wurden zusammen ausgebildet und gingen zusammen in den Kampf, an der

Seite von Kameraden, mit denen sie aufgewachsen waren. Die Militärs versprachen sich davon eine Stärkung der Moral.

Billys »Pals« waren ein Jahr lang geschliffen worden, in einem neuen Ausbildungslager bei Cardiff. Billy hatte es Spaß gemacht. Die Ausbildung war einfacher als die Arbeit unter Tage und viel weniger gefährlich. Auch wenn es oft schrecklich langweilig gewesen war – ihre »Ausbildung« hatte oft darin bestanden, die Zeit totzuschlagen –, konnten sie Sport treiben, Spiele spielen und die Kameradschaft innerhalb einer Gruppe junger Männer erfahren. In einer der langen Phasen der Untätigkeit hatte Billy wahllos ein Buch in die Hand genommen und Shakespeares *Macbeth* gelesen. Zu seiner Überraschung fand er die Geschichte fesselnd und die Verse auf eigenartige Weise faszinierend. Einem jungen Mann wie ihm, der ungezählte Stunden damit verbracht hatte, das Englisch aus dem siebzehnten Jahrhundert zu verstehen, die Sprache der protestantischen Bibel, fiel Shakespeares Sprache nicht schwer. Mittlerweile hatte Billy das Gesamtwerk gelesen, manche Dramen sogar mehrmals.

Nun war die Ausbildung zu Ende, und die Pals hatten zwei Tage Urlaub bekommen, ehe es nach Frankreich gehen sollte. Dah sagte sich wohl, dass er Billy vielleicht zum letzten Mal lebend zu Gesicht bekam. Deshalb überwand er seinen Stolz und bat um eine Aussprache.

Billy blickte auf die Uhr. Er war nur in die Wellington Row gekommen, um sich von seiner Mutter zu verabschieden. Er hatte vor, seinen Urlaub in London zu verbringen, bei seiner Schwester Ethel und ihrer attraktiven Mieterin. Mildreds hübsches Gesicht, ihre roten Lippen und ihre Hasenzähne waren Billy lebhaft in Erinnerung geblieben, seit sie ihn damals mit der Bemerkung »Heilige Scheiße, du bist Billy?« schockiert hatte. Sein Tornister stand neben der Tür auf dem Boden, gepackt und reisefertig. Sein gesamter Shakespeare war darin. Am Bahnhof wartete Tommy.

»Ich muss den Zug kriegen«, sagte er.

»Es fahren genug Züge«, entgegnete Dah. »Setz dich, Billy … bitte.«

Es war Billy unangenehm, seinen Vater in dieser Stimmung zu erleben. Dah mochte selbstgerecht, überheblich und schroff sein, aber er war auch stark. Deshalb wollte Billy nicht mit ansehen, wie Dah sich schwach gab.

Gramper saß auf seinem gewohnten Stuhl und hörte zu. »Sei jetz' 'n guter Junge, Billy«, redete er ihm zu. »Gib deinem Dah wenigstens die Chance, ne?«

»Na gut.« Billy setzte sich an den Küchentisch.

Mam kam aus der Spülküche ins Zimmer.

Einen Augenblick herrschte Schweigen. Billy wurde klar, dass er dieses Haus vielleicht nie wieder betreten würde. Als er aus dem Ausbildungslager heimgekommen war, hatte er zum ersten Mal die Enge des Hauses bemerkt, seine Finsternis und wie schwer der Kohlenstaub und die Kochdünste in der Luft hingen. Vor allem aber fiel ihm nach den ungezwungenen Frotzeleien in der Kaserne auf, dass er in seinem Elternhaus zu einer strenggläubigen und engstirnigen Ehrsamkeit erzogen worden war, die vieles von dem erstickte, was menschlich und ganz natürlich war. Dennoch stimmte Billy der Gedanke traurig, sein Elternhaus für immer zu verlassen. Und dabei ging es weniger um das Gebäude, sondern vielmehr um das Leben, das er hinter sich ließ. Hier war sein Leben einfach, geordnet und übersichtlich gewesen: Er hatte an Gott geglaubt, hatte seinem Vater gehorcht und den Kollegen in der Grube blindes Vertrauen geschenkt. Die Minenbesitzer waren die Bösen, die Gewerkschaft die Guten, und der Sozialismus versprach eine leuchtende Zukunft. Aber so einfach war das Leben nicht. Selbst wenn er in die Wellington Row zurückkehrte – er könnte nie mehr der Junge sein, der hier einmal gewohnt hatte.

Dah faltete die Hände, schloss die Augen und sagte: »O Herr, hilf deinem Diener, bescheiden und sanftmütig zu sein, wie Jesus Christus es war, dein eingeborener Sohn.« Er schlug die Augen wieder auf und fuhr fort: »Warum hast du das getan, Billy? Warum hast du dich freiwillig gemeldet?«

»Weil wir Krieg haben. Und ob es uns gefällt oder nicht, wir müssen kämpfen.«

»Aber begreifst du denn nicht …« Dah hielt inne und hob begütigend die Hände. »Du glaubst doch nicht etwa, was in den Zeitungen steht? Dass alle Deutschen Bösewichter sind, die Nonnen vergewaltigen?«

»Nein«, sagte Billy. »Alles, was die Zeitungen über die Bergarbeiter geschrieben haben, war gelogen. Wie könnte man da erwarten, dass sie über die Deutschen die Wahrheit schreiben?«

»So wie ich es sehe, ist es ein Krieg der Kapitalisten, der nichts mit den Arbeitern zu tun hat«, sagte Dah. »Aber du kannst natürlich anderer Ansicht sein.«

Billy war erstaunt, wie sehr sein Vater sich um Versöhnlichkeit bemühte. Nie zuvor hatte er Dah sagen hören: Aber du kannst natürlich anderer Ansicht sein. »Ich weiß nicht viel über den Kapitalismus«, entgegnete Billy, »aber wahrscheinlich hast du recht. Trotzdem, die Deutschen müssen aufgehalten werden. Sie glauben, sie hätten das Recht, über die ganze Welt zu herrschen.«

»Wir sind Briten«, erwiderte Dah. »Unser Empire ist gigantisch. Wir herrschen über mehr als vierhundert Millionen Menschen. Die wenigsten davon haben das Wahlrecht. Diese Menschen haben in ihrem eigenen Land nichts zu sagen. Frag mal den Durchschnittsbriten, was er davon hält. Er wird dir antworten, dass es unsere Bestimmung ist, über niedere Völker zu herrschen.« Dah breitete die Hände zu einer Gebärde aus, die besagte: Ist das nicht offensichtlich? »Billy-Boy, es sind nicht die Deutschen, die glauben, sie sollten die Welt beherrschen – wir sind es!«

Billy seufzte. Er war ja der gleichen Meinung. »Aber wir werden angegriffen. Der Krieg mag aus den falschen Gründen geführt werden, aber wir müssen trotzdem kämpfen.«

»Wie viele Menschen sind in den letzten beiden Jahren gestorben?«, fragte Dah. »Millionen!« Er hob die Stimme, aber nicht so sehr aus Wut, sondern aus Trauer. »Und das wird so weitergehen, solange junge Männer bereit sind, sich *trotzdem* gegenseitig umzubringen, wie du dich ausdrückst.«

»Das geht so lange weiter, bis jemand gesiegt hat, würde ich sagen.«

»Du willst nur nicht, dass die Leute glauben, du hättest Angst«, warf Mam ein. »Stimmt's?«

»Nein«, erwiderte Billy, obwohl seine Mutter den Nagel auf den Kopf getroffen hatte. Wie üblich hatte sie ihm ins Herz geblickt. Fast zwei Jahre lang hatte Billy sich anhören müssen, dass gesunde junge Männer wie er Feiglinge seien, wenn sie nicht kämpften. So stand es in den Zeitungen; die Leute in den Läden und in den Kneipen sagten es; Rekrutierungssergeanten verhöhnten auf der Straße junge Zivilisten, und im Stadtzentrum von Cardiff reichten hübsche junge Mädchen jedem jungen Mann, der keine Uniform trug, eine weiße Feder als Zeichen, dass sie ihn der Feigheit verdächtigten. Billy wusste, dass es Propaganda war, aber es setzte ihm dennoch zu. Er hätte es nicht ertragen können, für einen Feigling gehalten zu werden.

Er stellte sich vor, wie er den Mädchen mit den weißen Federn sagte, dass ein Bergmann gefährlicher lebe als ein Soldat. Von den Truppen an der Front abgesehen war es für die meisten Soldaten weniger wahrscheinlich, getötet oder verletzt zu werden, als für einen Bergarbeiter. Und die Kohle wurde gebraucht. Die Schiffe der Navy benötigten sie als Brennstoff. Die Regierung hatte sogar ausdrücklich erklärt, Bergleute sollten sich nicht zum Militär melden. Aber nichts von alledem bedeutete etwas. Erst seit Billy die kratzige khakifarbene Uniform, die neuen Stiefel und die Schirmmütze trug, fühlte er sich besser.

Dah sagte: »Es heißt, Ende des Monats gibt es einen großen Durchbruch.«

Billy nickte. »Die Offiziere schweigen, aber sonst redet jeder darüber. Wahrscheinlich sollen deshalb so schnell mehr Männer nach drüben geschafft werden.«

»In den Zeitungen steht, es könnte die Schlacht sein, die das Ruder herumwirft. Der Anfang vom Ende des Krieges.«

»Hoffen wir's.«

»Jetzt solltet ihr jedenfalls genug Munition haben, dank Lloyd George.«

»Aye.« Im letzten Jahr waren die Granaten knapp geworden. Die Munitionskrise hätte Premierminister Asquith beinahe das Amt gekostet. Er hatte eine Koalitionsregierung gebildet, den neuen Posten des Munitionsministers geschaffen und ihn dem populärsten Kabinettsmitglied gegeben, David Lloyd George. Seitdem hatte die Munitionsproduktion nie gekannte Höhen erreicht.

»Pass auf dich auf«, sagte Dah.

»Und spiel nicht den Helden«, sagte Mam. »Überlass das denen, die den Krieg angefangen haben … der Oberschicht, den Konservativen, den Offizieren. Tu, was man dir sagt, aber nicht mehr.«

»Krieg is' Krieg«, sagte Gramper. »Da kann man nich' auf Nummer sicher gehen.«

Sie verabschiedeten sich von ihm, erkannte Billy, und kämpfte die aufwallenden Tränen nieder. »Na gut dann«, sagte er und stand auf.

Gramper klopfte ihm auf die Schulter. Mam küsste ihn. Dah schüttelte ihm die Hand; dann gab er einem Impuls nach und umarmte ihn. Billy konnte sich nicht erinnern, wann Dah so etwas zum letzten Mal getan hatte.

»Gott segne und behüte dich, Billy«, sagte Dah. Er hatte Tränen in den Augen.

Billy hatte alle Mühe, die Selbstbeherrschung zu wahren. »Tja dann … macht's gut«, sagte er und nahm seinen Tornister. Er hörte, wie seine Mutter schluchzte. Ohne zurückzuschauen, verließ er das Haus und schloss hinter sich die Tür. Dann atmete er tief durch und sammelte sich, ehe er die steile Straße hinunter zum Bahnhof ging.

Auf ihrem Weg zum Meer schlängelt sich die Somme von Osten nach Westen durch Frankreich. Die Front, die von Norden nach Süden verlief, überquerte den Fluss nicht weit von Amiens entfernt. Südlich davon wurde die Linie der Entente bis zur Schweizer Grenze von französischen Truppen gehalten. Nördlich davon lagen zumeist englische Einheiten oder Truppen aus dem Commonwealth.

Von hier aus verlief eine Hügelkette mehr als dreißig Kilometer weit nach Nordwesten. Die deutschen Schützengräben in diesem Abschnitt waren tief in die Hänge getrieben worden. Aus einem solchen Graben heraus beobachtete Major Walter von Ulrich die britischen Stellungen durch einen starken Zeiss-Feldstecher.

Es war ein sonniger Frühsommertag. Die Luft war mild, Vögel zwitscherten in den Bäumen. In einem Obstgarten in der Nähe, der dem Trommelfeuer bislang entgangen war, blühten tapfer die Apfelbäume. Der Mensch ist das einzige Lebewesen, das seine Artgenossen zu Millionen abschlachtet und das Land in eine Wüste aus Granattrichtern und Stacheldrahtverhauen verwandelt, dachte Walter düster und wälzte apokalyptische Gedanken. Gut möglich, dass das Menschengeschlecht sich selbst auslöschte und die Welt den Vögeln und Bäumen überließ. Vielleicht wäre es das Beste.

Walter wandte sich wieder praktischen Dingen zu. Die überhöhte Position besaß viele Vorteile. Die Engländer mussten bergauf angreifen. Noch nützlicher war es, dass die Deutschen alles sehen konnten, was die Briten taten.

Walter war sicher, dass sie einen Großangriff vorbereiteten. Ein solches Unterfangen ließ sich kaum verbergen. Monatelang hatten die Engländer die Straßen und Eisenbahngleise in diesem vormals verschlafenen Winkel des ländlichen Frankreichs ausgebaut. Jetzt nutzten sie diese neuen Nachschubwege, um Hunderte schwerer Geschütze, Tausende von Pferden und Zehntausende von Männern heranzuschaffen. Hinter den Linien spien Lastwagenkolonnen und lange Reihen von Eisenbahnwaggons unermüdlich Munitionskisten, Wasserfässer und Heuballen aus.

Walter richtete seine Linsen auf eine Gruppe Fernmelder, die einen schmalen Graben aushoben und von einer großen Trommel etwas abrollten, bei dem es sich unverkennbar um Telefonkabel handelte. Sie müssen sich große Hoffnungen machen, überlegte Walter. Der Aufwand an Männern, Material und Mühe war gewaltig und konnte nur gerechtfertigt sein, wenn die Engländer sicher waren, zu einer kriegsentscheidenden Offensive anzutreten. Walter hoffte, dass sie recht hätten – so oder so.

Wann immer er ins Feindesland blickte, dachte er an Maud. Das Bild, das er in seiner Brieftasche trug, hatte er aus dem *Tatler* ausgeschnitten. Es zeigte Maud in einem schlichten Ballkleid im Hotel Savoy; die Überschrift lautete: *Lady Maud Fitzherbert, stets nach der neuesten Mode gekleidet.* Walter vermutete, dass Maud im Moment nicht viel zum Tanzen kam. Er fragte sich, ob sie sich an den Kriegsanstrengungen beteiligte wie seine Schwester Greta in Berlin, die Schwerverwundeten in den Lazaretten kleine Pakete mit Leckereien brachte. Oder hatte sie sich wie seine Mutter aufs Land zurückgezogen und pflanzte auf ihren Blumenbeeten Kartoffeln, um der Lebensmittelknappheit entgegenzuwirken?

Walter wusste nicht, ob auch in England die Lebensmittel knapp waren. Die deutsche Handelsflotte lag aufgrund der englischen Seeblockade in den Häfen fest, und seit fast zwei Jahren hatte Deutschland auf dem Seeweg keine Waren mehr erhalten. England hingegen erhielt nach wie vor Lieferungen aus Amerika. Deutsche U-Boote griffen immer wieder den transatlantischen Schiffsverkehr an, aber die Seekriegsleitung verzichtete im Moment auf den uneingeschränkten U-Boot-Krieg, weil man befürchtete, dass die USA sonst in den Krieg eintraten. Aus allen diesen Gründen vermutete Walter, dass Maud nicht so hungrig war wie er. Außerdem erging es ihm als Soldat besser als der deutschen Zivilbevölkerung. In einigen Städten hatte es schon Streiks und Protestmärsche gegen die Lebensmittelknappheit gegeben.

Walter hatte Maud nicht geschrieben, und sie nicht ihm. Zwischen Deutschland und England gab es keinen Postverkehr mehr. Nur wenn einer von ihnen in ein neutrales Land reiste – in die Vereinigten Staaten, zum Beispiel, oder nach Schweden –, konnte er von dort einen Brief schicken. Doch diese Gelegenheit hatte sich bislang weder ihm geboten noch Maud, wie es schien.

Es war eine Tortur für Walter, nicht zu wissen, wie es ihr ging. Ihn quälte die Angst, sie könnte krank in einem Hospital liegen, ohne dass er etwas davon ahnte. Er sehnte das Ende des Krieges herbei, damit er zu ihr konnte. Natürlich wünschte er sich Deutschlands Sieg, doch bisweilen war es ihm beinahe egal gewesen, solange es nur Maud gut ging. Sein schlimmster Albtraum war, dass er nach Kriegsende nach London reiste und dort erfahren müsste, dass sie tot war.

Er schob diesen schrecklichen Gedanken beiseite, senkte den Feldstecher, stellte die Optik auf nahe Entfernung und musterte die Stacheldrahtverhaue auf der deutschen Seite des Niemandslandes. Es gab zwei Sperrgürtel von je fünf Metern Tiefe. Der Draht war mit Eisenstangen fest im Boden verankert, sodass er kaum zu bewegen war. Er bildete eine abschreckend wehrhafte Barriere.

Walter stieg vom Schützenauftritt hinunter und ging über eine lange Holztreppe in einen tief gelegenen Unterstand. Der Nachteil der Stellungen am Hügel war, dass die Schützengräben für die feindliche Artillerie besser einzusehen waren; um diesen Nachteil auszugleichen, waren die Unterstände in diesem Abschnitt tief in den Kreideboden getrieben worden – so tief, dass praktisch nur ein Volltreffer durch die schwersten englischen Granaten etwas ausrichten konnte. In den Unterständen war ausreichend Platz, um während des Trommelfeuers jedem Mann der Grabenbesatzung Schutz zu bieten. Einige Unterstände waren miteinander verbunden, sodass es einen Fluchtweg gab, falls das Trommelfeuer den Eingang verschüttete.

Walter setzte sich auf eine Holzbank und nahm sein Notizbuch hervor. Ein paar Minuten lang trug er in Stichpunkten ein, was er gesehen hatte. Sein Bericht würde andere Aufklärungsbefunde bestätigen. Agenten hatten gewarnt, es stehe etwas bevor, was die Engländer einen »großen Durchbruch« nannten.

Durch das Labyrinth von Laufgräben begab Walter sich nach hinten. Es gab drei Linien von Schützengräben, jeweils zwei bis drei Kilometer voneinander getrennt; wurde man aus der ersten Linie gedrängt, konnte man in die zweite zurückweichen, und notfalls in die dritte. Was immer auch geschieht, dachte Walter voller Genugtuung, einen schnellen Sieg gibt es für die Engländer nicht.

Er erreichte sein Pferd und ritt zum Hauptquartier der 2. Armee, das er um die Mittagszeit erreichte. Im Offizierskasino begegnete er zu seiner Überraschung seinem Vater, der als Generalmajor im Generalstab diente und nun von einem Schlachtfeld zum anderen eilte, so, wie er in Friedenszeiten von einer europäischen Hauptstadt zur nächsten gereist war. Sein mönchsartiger Haarkranz war so kurz geschnitten, dass er kahlköpfig aussah, aber er wirkte rege und fröhlich. Der Krieg bekam ihm gut. Er mochte die Anspannung und Eile, die Notwendigkeit rascher Entscheidungen und das Gefühl andauernden Notstands.

Von Maud sprach er nie.

»Was hast du gesehen?«, fragte er Walter.

»In den nächsten Wochen wird es in dieser Region zu einer Großoffensive kommen.«

Otto wiegte skeptisch den Kopf. »Der Somme-Abschnitt ist der am besten verteidigte Teil unserer Front. Wir haben den Höhenvorteil und drei Linien. Man greift seinen Feind an seiner schwächsten Stelle an, nicht an der stärksten – das wissen sogar die Engländer.«

Walter berichtete, was er vorhin beobachtet hatte: die Lastwagen, die Züge und die Fernmelder, die Feldtelefonleitungen legten.

»Das ist bloß eine Ablenkung«, erwiderte Otto. »Würde hier wirklich die Offensive beginnen, würden die Engländer sich viel mehr Mühe geben, ihre Anstrengungen zu verschleiern. Hier wird nur ein Scheinangriff stattfinden, gefolgt von der echten Offensive weiter nördlich, in Flandern.«

Walter entgegnete: »Was glaubt Falkenhayn?« General der Infanterie Erich von Falkenhayn war seit fast zwei Jahren Chef des Generalstabs.

Sein Vater lächelte.

»Er glaubt, was ich ihm sage.«

Als nach dem Mittagessen Kaffee serviert wurde, wandte Maud sich an Lady Hermia: »Tante, wüsstest du, wie du im Notfall Fitz' Anwalt erreichst?«

Tante Herm blickte sie mit mildem Entsetzen an. »Was sollte ich denn mit einem Anwalt zu schaffen haben, Liebes?«

»Das weiß man nie.« Maud wandte sich dem Butler zu, der soeben die Kaffeekanne auf einen dreifüßigen silbernen Untersetzer stellte. »Grout, seien Sie so gut und bringen Sie mir ein Blatt Papier und einen Stift.« Grout ging hinaus und kehrte mit dem Schreibzeug zurück. Maud schrieb Namen und Adresse des Familienanwalts auf.

»Wozu brauche ich das?«, fragte Tante Herm.

»Könnte sein, dass ich heute Nachmittag festgenommen werde«, sagte Maud vergnügt. »Wenn das geschieht, dann bitte ihn, dass er herkommt und mich aus dem Gefängnis holt.«

»Was?«, rief Tante Herm. »Das kann nicht dein Ernst sein!«

»Ich glaube auch nicht, dass es so weit kommt«, sagte Maud. »Ist nur für alle Fälle …« Sie küsste ihre Tante und verließ das Zimmer.

Tante Herms Haltung machte Maud rasend, aber bei den meisten Frauen war es nicht anders. Allein schon den Namen des Familienanwalts zu kennen galt als undamenhaft, geschweige denn, die Rechte zu kennen, die einem von Gesetzes wegen zustanden. Kein Wunder, dass die Frauen gnadenlos ausgebeutet werden konnten.

Maud setzte sich den Hut auf, zog Handschuhe und einen leichten Sommermantel an, verließ das Haus und stieg in den Bus nach Aldgate.

Sie fuhr allein. Seit Kriegsausbruch nahm man es mit den Aufsichtsregeln nicht mehr so genau; es war kein Skandal mehr, als unverheiratete Frau tagsüber ohne Begleitung unterwegs zu sein. Tante Herm missbilligte dies, konnte Maud aber schwerlich einsperren, noch konnte sie sich an Fitz wenden, der in Frankreich war. Daher musste sie die Situation zähneknirschend akzeptieren.

Maud war Redakteurin von *The Soldier's Wife*, einer Zeitung mit kleiner Auflage, die sich für eine bessere Behandlung der Angehörigen von Feldsoldaten einsetzte. Ein konservativer Parlamentsabgeordneter hatte das Blatt als »schändliche Plage für die Regierung« bezeichnet, ein Zitat, das postwendend im Impressum jeder weiteren Ausgabe groß herausgestellt wurde. Mauds Antrieb in ihrem Feldzug nährte sich von ihrer Empörung über die Unterdrückung der Frau und ihrem Entsetzen über die sinnlosen Gräuel des Krieges. Sie finanzierte die Zeitung aus ihrer schmalen Erbschaft, auf die sie kaum angewiesen war: Fitz zahlte für alles, was sie brauchte.

Ethel Williams war Geschäftsführerin der Zeitung. Bereitwillig hatte sie die Kleidermanufaktur verlassen, um ihre Rolle in Mauds Feldzug zu übernehmen, für die sie obendrein besser bezahlt wurde. Ethel empfand den gleichen Zorn wie ihre Chefin, doch ihre Begabungen lagen auf anderem Gebiet. Maud erlebte die Politik gleichsam von oben; auf gesellschaftlichem Parkett begegnete sie führenden Politikern und sprach mit ihnen über aktuelle Probleme. Ethel kannte eine andere politische Welt: die Nationale Gewerkschaft der Kleidermacher, die Unabhängige Arbeiterpartei, Streiks, Aussperrungen und Straßenmärsche.

Wie verabredet trafen Maud und Ethel sich vor der Zweigstelle der Soldiers' and Sailors' Families Association in Aldgate. Vor dem Krieg hatte diese Wohltätigkeitsorganisation, die sich um die Angehörigen von Heeres- und Marinesoldaten kümmerte, wohlhabenden Damen die Gelegenheit verschafft, Soldatenfrauen in Geldnot durch Rat und Tat zu helfen. Mittlerweile hatte die Organisation eine andere, eher verwaltende Funktion. Der Staat zahlte jeder Soldatengattin mit zwei Kindern, die wegen des Krieges von ihrem Mann getrennt war, ein Pfund und einen Shilling die Woche. Das war nicht viel – ungefähr die Hälfte von dem, was ein Bergmann verdiente –, aber es reichte, um Millionen Frauen und Kinder vor schrecklicher Armut zu bewahren. Die Soldiers' and Sailors' Families Association verwaltete dieses Trennungsgeld.

Doch das Geld wurde nur an Frauen mit »guter Führung« ausgezahlt; es kam vor, dass die wohltätigen Damen keinen Penny herausrückten, wenn Frauen sich weigerten, ihren Rat zu befolgen, was Kindererziehung, Haushalt, den verderblichen Einfluss von Varietés und ähnlichen Etablissements und den Genuss von Gin betraf.

Maud teilte zwar die Ansicht, dass die Frauen ohne Gin besser dran wären, aber das gab niemandem das Recht, sie zu einem Leben in Armut zu verdammen. Maud erfasste heißer Zorn bei dem Gedanken, dass Angehörige der Mittelschicht, die ein üppiges Leben führten, sich ein moralisches Urteil über Soldatenfrauen anmaßten und ihnen die Mittel vorenthielten, ihre Kinder zu ernähren. Hätten Frauen das Wahlrecht, würde das Parlament diesen Machtmissbrauch nicht gestatten, davon war Maud überzeugt.

Bei Ethel standen ein Dutzend Frauen aus der Arbeiterschicht sowie ein Mann, Bernie Leckwith, Sekretär der Unabhängigen

Arbeiterpartei in Aldgate, die Mauds Zeitung und ihre Kampagnen unterstützte.

Als Maud zu der Gruppe auf dem Gehsteig trat, sprach Ethel gerade mit einem jungen Mann, der ein Notizbuch in der Hand hielt. »Das Trennungsgeld ist keine wohltätige Spende«, sagte Ethel. »Soldatenfrauen haben ein Recht auf diese Unterstützung. Müssen Sie als Journalist Ihren Lebenswandel überprüfen lassen, ehe Sie Ihr Gehalt bekommen? Oder fragt man Mr. Asquith, wie viel Madeira er so trinkt, bevor ihm seine Diäten als Parlamentsabgeordneter ausgezahlt werden? Die Frauen haben einen Anspruch auf das Geld, als wäre es ihr Lohn.«

Ethel hat ihre Stimme gefunden, dachte Maud zufrieden. Sie drückte sich einfach und prägnant aus. Vielleicht hatte sie dieses Talent von ihrem Vater geerbt, dem Prediger.

Der Journalist musterte Ethel bewundernd. Es sah beinahe so aus, als hätte er sich in sie verguckt. Beinahe entschuldigend sagte er: »Ihre Gegnerinnen sind der Ansicht, eine Soldatenfrau sollte keine Unterstützung erhalten, wenn sie ihrem Mann untreu ist.«

»Überprüfen Sie denn auch die Männer?«, erwiderte Ethel empört. »Ich glaube, in Frankreich und Mesopotamien und überall sonst, wo unsere Männer kämpfen, gibt es Häuser von schlechtem Ruf. Notiert die Army die Namen aller verheirateten Männer, die solche Häuser besuchen, und entzieht ihnen dann ihren Sold? Ehebruch ist eine Sünde, aber noch lange kein Grund, die Sünderin in Armut zu stürzen und ihre Kinder hungern zu lassen.«

Ethel hielt Lloyd, ihren kleinen Sohn, an der Hand. Er war nun sechzehn Monate alt, hatte schönes dunkles Haar und grüne Augen und war so hübsch wie seine Mutter. Maud streckte die Hände zu ihm aus, und er kam giggelnd auf sie zugewankt. Ein Anflug von Sehnsucht überkam sie. Beinahe wünschte sie sich, in der einen Nacht, die sie mit Walter verbracht hatte, schwanger geworden zu sein, egal, welche Scherereien es nach sich gezogen hätte. Seit dem Weihnachtsgruß hatte sie nichts mehr von Walter gehört. Sie wusste nicht einmal, ob er überhaupt noch lebte. Vielleicht war sie längst Witwe. Immer wieder, wie ein Blitz aus heiterem Himmel, stürmten schreckliche Gedanken auf sie ein, sodass sie Mühe hatte, nicht die Fassung zu verlieren.

Ethel wandte sich vom Journalisten ab und stellte Maud einer jungen Frau vor, an deren Rockzipfel sich zwei Kinder festhielten. »Das ist Jayne McCulley, von der ich dir erzählt habe.« Jayne hatte ein hübsches Gesicht und entschlossen blickende Augen.

Maud schüttelte ihr die Hand. »Ich hoffe, wir können heute Gerechtigkeit für Sie durchsetzen, Mrs. McCulley.«

»Das ist sehr nett von Ihnen, Madam. Vielen, vielen Dank.« Das altgewohnte ehrerbietige Verhalten starb selbst innerhalb egalitärer politischer Bewegungen einen sehr langsamen Tod.

»Sind wir dann so weit?«, fragte Ethel.

Maud gab ihr ihren Sohn zurück, und geschlossen überquerte die kleine Gruppe die Straße und ging zum Eingang des Verwaltungsgebäudes.

Im Empfangsbereich saß eine Frau mittleren Alters hinter einem Schreibtisch. Als sie die Menge erblickte, erschien ein panischer Ausdruck auf ihrem Gesicht.

Maud trat auf sie zu. »Sie brauchen keine Angst zu haben. Mrs. Williams und ich sind gekommen, um Mrs. Hargreaves zu sprechen, Ihre Chefin.«

Die Empfangsdame stand auf. »Ich sehe nach, ob sie da ist«, sagte sie nervös.

»Sie ist da«, erklärte Ethel. »Ich hab sie vor einer halben Stunde zur Tür reingehen sehen.«

Die Empfangsdame huschte davon.

Die Frau, mit der sie zurückkam, ließ sich nicht so leicht einschüchtern. Mrs. Hargreaves war eine stämmige Mittvierzigerin, gekleidet in ein französisches Kostüm, zu dem sie einen modischen, von einer großen, gebügelten Schleife gezierten Hut trug. Ihrer korpulenten Figur wegen blieb vom kontinentalen Chic des Ensembles zwar nicht viel übrig, fand Maud gehässig, aber Mrs. Hargreaves besaß jene Art Selbstbewusstsein, die sich auf viel Geld stützte. Besonders augenfällig war ihre große Nase. »Ja?«, fragte sie grob.

Im Kampf um die Gleichheit der Frau musste man nicht nur gegen Männer, sondern manchmal auch gegen Frauen kämpfen, wie Maud wusste; deshalb sagte sie frei heraus: »Ich bin zu Ihnen gekommen, weil es mich betrübt, wie Sie Mrs. McCulley behandelt haben.«

Mrs. Hargreaves wirkte erschrocken. Ohne Zweifel lag es daran, dass sie Maud aufgrund ihrer Sprechweise augenblicklich als der Oberschicht zugehörig erkannte. »Ich fürchte«, sagte sie, und ihre

Stimme klang nicht mehr so überheblich wie zuvor, »es ist ausgeschlossen, dass ich über Einzelfälle rede.«

»Nun, Mrs. McCulley hat mich gebeten, mit Ihnen zu sprechen, und als Beweis ist sie gleich mitgekommen.«

»Erinnern Sie sich denn nicht an mich, Mrs. Hargreaves?«, fragte Jayne McCulley.

»Doch, ja. Sie waren sehr unhöflich zu mir.«

Jayne wandte sich an Maud. »Ich habe ihr gesagt, sie soll ihre Nase nicht in die Angelegenheiten anderer Leute stecken.«

Die Frauen kicherten bei dem Hinweis auf Mrs. Hargreaves' überdimensionales Riechorgan. Mrs. Hargreaves errötete.

Maud sagte: »Aber Sie können doch keinen Antrag auf Trennungsgeld ablehnen, weil die Antragstellerin unhöflich zu Ihnen war.« Sie bezwang ihren Zorn und bemühte sich um einen Tonfall eisiger Missbilligung. »Das ist Ihnen doch klar, oder?«

Mrs. Hargreaves reckte trotzig das Kinn vor. »Mrs. McCulley wurde im Dog and Duck gesehen, einer verrufenen Kaschemme, sowie in der Stepney Music Hall. Und beide Male in Begleitung eines jungen Mannes. Das Trennungsgeld ist für Frauen mit tadellosem Lebenswandel bestimmt. Oder soll der Staat unzüchtiges Verhalten finanzieren?«

Maud hätte die Frau am liebsten erwürgt. »Sie scheinen Ihre Macht zu überschätzen. Sie sind nicht befugt, Zahlungen auf einen bloßen Verdacht hin zu verweigern.«

Mrs. Hargreaves' Selbstsicherheit schwand mehr und mehr dahin.

Ethel warf ein: »Ich nehme an, Ihr Mann ist zu Hause, Mr. Hargreaves, oder nicht?«

»Nein, das ist er nicht«, erwiderte sie rasch. »Er ist bei der Army in Ägypten.«

»Oh!«, rief Ethel. »Dann bekommen Sie ja auch Trennungsgeld.«

»Darum geht es hier nicht.«

»Kommt jemand zu Ihnen ins Haus, Mrs. Hargreaves, um Ihren Lebenswandel zu überprüfen? Ihren Konsum an Sherry? Ihr Verhältnis zum Lieferburschen Ihres Krämers?«

»Wie können Sie es wagen!«

»Ihre Empörung ist verständlich«, sagte Maud, »aber vielleicht verstehen Sie nun besser, weshalb Mrs. McCulley auf Ihre Fragen so reagiert hat, wie es der Fall war.«

Mrs. Hargreaves hob die Stimme. »Das ist absurd … überhaupt nicht zu vergleichen!«

»Nicht zu vergleichen?«, erwiderte Maud. »Mr. McCulley setzt sein Leben für sein Vaterland aufs Spiel, genau wie Ihr Mann. Sowohl Sie als auch Mrs. McCulley beanspruchen Trennungsgeld. Sie aber maßen sich das Recht an, Mrs. McCulleys Verhalten zu kritisieren und ihr das Geld vorzuenthalten, während über Sie niemand urteilt. Wieso nicht? So manche Offiziersfrau trinkt zu viel.«

»Und Ehebruch begehen sie auch«, sagte Ethel.

»Das genügt!«, rief Mrs. Hargreaves erbost. »Ich lasse mich nicht beleidigen!«

»Jayne McCulley auch nicht«, warf Ethel ein.

»Der Mann, mit dem Mrs. McCulley gesehen wurde«, sagte Maud, »war ihr Bruder. Er hatte zwei Tage Heimaturlaub, ehe er zurück nach Frankreich musste. Mrs. McCulley wollte, dass er sich ein wenig amüsiert, ehe er wieder in die Schützengräben muss. Deshalb ist sie mit ihm in die Gaststätte und ins Varieté gegangen.«

Mrs. Hargreaves blickte verlegen drein, gab sich aber trotzig. »Dann hätte sie es mir sagen sollen. Und jetzt muss ich Sie bitten, das Gebäude zu verlassen.«

»Da Sie nun die Wahrheit wissen, gehe ich davon aus, dass Sie Mrs. McCulleys Antrag bewilligen.«

»Wir werden sehen.«

»Ich bestehe darauf, dass es hier und jetzt geschieht.«

»Unmöglich.«

»Vorher gehen wir nicht.«

»Dann rufe ich die Polizei.«

»Nur zu.«

Mrs. Hargreaves zog sich zurück.

Ethel wandte sich an den jungen Journalisten. »Wo ist Ihr Fotograf?«

»Draußen.«

Sie warteten ein paar Minuten; dann kam ein stämmiger Polizeibeamter mittleren Alters ins Gebäude. »Bitte, meine Damen«, sagte er. »Machen Sie keine Schwierigkeiten. Gehen Sie friedlich nach Hause.«

Maud trat vor. »Ich bleibe.«

»Wer sind Sie, Madam?«

»Lady Maud Fitzherbert. Wenn Sie mich hier raushaben wollen, müssen Sie mich tragen.«

»Wenn Sie darauf bestehen«, sagte der Polizist und hob sie hoch. Als sie das Gebäude verließen, blitzte der Fotoapparat.

»Hast du keine Angst?«, fragte Mildred.

»Doch«, gab Billy zu. »'n bisschen schon.«

Mit Mildred konnte er sich gut unterhalten. Sie schien ohnehin alles zu wissen, was es über ihn zu wissen gab. Sie hatte ein oder zwei Jahre bei seiner Schwester gewohnt, und Frauen erzählten sich immer alles. Trotzdem, irgendwie gab Mildred ihm ein gutes Gefühl. In Aberowen versuchten die Mädchen immer, die Jungen zu beeindrucken, sagten Dinge nur um der Wirkung willen und betrachteten sich ständig im Spiegel, aber Mildred war einfach nur sie selbst. Manchmal sagte sie unfassbare Dinge und brachte Billy zum Lachen. Er hatte das Gefühl, ihr alles anvertrauen zu können.

Und ihre Anziehungskraft auf Billy war geradezu überwältigend. Es lag nicht an ihrem hellen lockigen Haar oder ihren blauen Augen, sondern an ihrer verwegenen Art, mit der sie ihn in Bann schlug. Andererseits war da der Altersunterschied: Mildred war vierundzwanzig, er noch nicht ganz achtzehn. Sie schien welterfahren zu sein; andererseits war sie ganz offen an Billy interessiert, und das schmeichelte ihm sehr. Er schmachtete sie sehnsüchtig an und hoffte, dass er eine Gelegenheit bekam, mit ihr allein zu reden. Ob er es wagen konnte, ihre Hand zu berühren? Den Arm um sie zu legen? Sie vielleicht sogar zu küssen?

Sie saßen an dem schmucklosen Tisch in Ethels Küche: Billy, Tommy, Ethel und Mildred. Der Abend war warm, und die Tür zum Garten hinter dem Haus stand offen. Auf dem Fliesenboden spielten Mildreds zwei kleine Mädchen mit Lloyd. Enid und Lillian waren drei und vier Jahre, aber Billy konnte sie immer noch nicht auseinanderhalten. Der Kinder wegen hatten die Frauen nicht ausgehen wollen, und so waren Billy und Tommy losgezogen und hatten in der Kneipe ein paar Flaschen Bier geholt.

»Das wird schon gehen«, sagte Mildred zu Billy. »Du bist schließlich ausgebildet worden.«

»Aye.« Viel Zuversicht hatte die Ausbildung Billy allerdings nicht eingeflößt. Sie waren viel marschiert, hatten viel salutiert und mit dem Bajonett geübt. Er hatte aber nicht das Gefühl, dass ihm beigebracht worden war, wie man überlebt.

»Wenn die Deutschen alle nur Vogelscheuchen an Holzpfählen sind«, sagte Tommy, »können wir sie ja mit unseren Bajonetten aufspießen.«

»Aber ihr könnt doch mit euren Gewehren schießen, oder nicht?«

Eine Zeit lang hatten sie mit rostigen, schadhaften Gewehren geübt, in die »D. P.« eingestanzt war – »Drill Purposes«, »nur für Ausbildungszwecke« –, was bedeutete, dass mit diesen Waffen nicht geschossen werden konnte. Dann aber hatte jeder von ihnen ein Zylinderverschlussgewehr vom Typ Lee-Enfield mit abnehmbarem Magazin für zehn .303-Patronen erhalten.

Billy erwies sich als ziemlich guter Schütze. Er konnte das Magazin in deutlich weniger als einer Minute leeren und trotzdem ein menschengroßes Ziel auf dreihundert Yards treffen. Das Lee-Enfield-Gewehr war für seine hohe Feuergeschwindigkeit berühmt, hatte man den Rekruten gesagt: Der Weltrekord lag bei achtunddreißig Schuss in der Minute.

»Die Ausrüstung ist schon in Ordnung«, sagte Billy zu Mildred. »Wegen den Offizieren mach ich mir Sorgen. Bisher hab ich noch keinen kennengelernt, auf den ich mich unter Tage bei einem Notfall verlassen würde.«

»Die richtigen Kerle werden alle in Frankreich sein«, erklärte Mildred optimistisch. »Die Wichser lassen sie zu Hause, die Neuen ausbilden.«

Billy lachte über ihre Wortwahl. Sie kannte überhaupt keine Hemmungen. »Ich hoffe, du hast recht.«

Billys größte Angst war, dass er davonrannte, sobald die Deutschen auf ihn schossen. Diese Demütigung wäre für ihn schlimmer als eine Verwundung. Manchmal bereitete ihm dieser Gedanke so schreckliche Bauchschmerzen, dass er sich wünschte, der gefürchtete Augenblick käme endlich, damit er Bescheid wusste, so oder so.

»Jedenfalls bin ich froh, dass du die verdammten Deutschen abknallst«, sagte Mildred. »Das sind allesamt Frauenschänder.«

Tommy erwiderte: »An deiner Stelle würde ich nicht alles glauben, was in der *Daily Mail* steht. Die wollen dir auch weismachen, dass

Gewerkschafter Vaterlandsverräter sind. Aber das ist nicht wahr. Die meisten Genossen aus meinem Ortsverein haben sich freiwillig gemeldet. Vielleicht sind die Deutschen gar nicht so schlimm, wie die *Mail* sie darstellen tut.«

»Wahrscheinlich hast du recht.« Mildred wandte sich wieder Billy zu. »Hast du *Der Tramp* gesehen?«

»Aye, ich liebe Charlie-Chaplin-Filme.«

Ethel nahm ihren Sohn auf. »Sag Onkel Billy gute Nacht.« Der Kleine strampelte in ihren Armen; er wollte nicht ins Bett.

Billy erinnerte sich an Lloyds Geburt, und wie er den Mund geöffnet und geschrien hatte. Jetzt wirkte er schon so groß und kräftig. »Gute Nacht, Lloyd«, sagte er.

Ethel hatte ihn nach Lloyd George genannt. Billy wusste als Einziger, dass er auch einen Mittelnamen hatte: Fitzherbert. So stand es in seiner Geburtsurkunde, aber Ethel hatte es sonst niemandem erzählt.

Zu gerne hätte Billy Earl Fitzherbert vor den Lauf seines Lee-Enfield-Gewehrs bekommen.

Ethel meinte: »Er sieht aus wie Gramper, findest du nicht auch?«

Billy entdeckte keine Ähnlichkeit. »Das sag ich dir, sobald er sich einen Schnurrbart wachsen lässt.«

Mildred brachte ihre Töchter ebenfalls ins Bett. Dann gingen Ethel und Tommy Austern kaufen, die sie zum Abendessen zubereiten wollten, und ließen Billy mit Mildred allein.

Kaum waren die anderen fort, sagte Billy: »Ich mag dich sehr, Mildred.«

»Ich mag dich auch«, antwortete sie, und Billy schob seinen Stuhl neben sie und küsste sie.

Sie erwiderte den Kuss mit Begeisterung.

Billy küsste nicht zum ersten Mal. Er hatte mehrere Mädchen in der hintersten Reihe des Majestic geküsst, dem Kino auf der Cwm Street. Sie hatten immer gleich die Münder geöffnet, und so machte auch er es jetzt.

Mildred schob ihn sanft von sich weg. »Nicht so schnell«, sagte sie. »Mach es so.« Sie küsste Billy mit geschlossenem Mund, indem sie ihm mit den Lippen über die Wange, die Lider und den Hals strich, ehe sie seine Lippen fand. Es war seltsam, aber es gefiel Billy sehr. Mildred sagte: »Mach das Gleiche bei mir.« Billy befolgte ihre Anweisungen. »Jetzt das«, sagte sie, und er spürte die Spitze ihrer Zunge auf seinen Lippen, die sie so leicht berührte, wie es nur ging. Wieder machte er es ihr nach. Dann zeigte sie ihm noch eine andere Art zu küssen, indem sie ihm am Hals und an den Ohrläppchen knabberte. Billy hätte ewig so weitermachen können.

Als sie innehielten, um Atem zu schöpfen, streichelte sie seine Wange und sagte: »Du lernst schnell.«

»Du bist wunderschön«, sagte Billy.

Er küsste sie wieder und knetete ihre Brüste. Sie ließ ihn ein Weilchen gewähren, doch als er heftiger zu atmen begann, nahm Mildred seine Hand weg. »Werd mir nicht zu scharf«, sagte sie. »Die anderen kommen jeden Moment zurück.«

Da hörte Billy auch schon die Haustür. »Oh, verflixt«, sagte er.

»Hab Geduld«, wisperte Mildred.

»Geduld? Ich muss morgen nach Frankreich!«

»Noch ist ja nicht morgen.«

Billy fragte sich noch immer, was sie meinte, als Ethel und Tommy hereinkamen.

Sie aßen zu Abend und tranken das Bier. Ethel erzählte ihnen die Geschichte von Jayne McCulley und davon, wie Lady Maud von einem Polizisten aus dem Gebäude getragen worden war. Sie ließ es wie eine lustige Episode klingen, doch Billy platzte vor Stolz auf seine Schwester und den Mut, mit dem sie für die Rechte armer Frauen eintrat. Sie war sogar Geschäftsführerin einer Zeitung und die Freundin von Lady Maud! Billy war entschlossen, eines Tages ebenfalls für die einfachen Leute zu kämpfen. Das hatte er auch an seinem Vater immer schon bewundert. Dah war engstirnig und starrsinnig, aber er hatte sich sein Leben lang für die Werktätigen eingesetzt.

Die Dunkelheit brach herein, und Ethel verkündete, es sei Schlafenszeit. Mit Kissen bereitete sie für Billy und Tommy provisorische Betten auf dem Küchenboden. Sie wünschten einander eine gute Nacht und zogen sich zurück.

Billy lag wach und fragte sich, was Mildred mit »Noch ist ja nicht morgen« gemeint hatte. Vielleicht war es ein Versprechen gewesen, ihn morgen noch einmal zu küssen, ehe er losmusste, um den Zug nach Southampton zu erwischen. Doch sie schien irgendwie mehr angedeutet zu haben. Konnte es sein, dass sie ihn heute Abend noch einmal sehen wollte?

Der Gedanke, zu ihr ins Zimmer zu gehen, erregte Billy so sehr, dass er nicht einschlafen konnte. Mildred würde ein Nachthemd tragen, und unter der Bettdecke würde ihr Körper sich warm anfühlen, wenn er ihn berührte. Er stellte sich Mildreds Gesicht auf dem Kissen vor und beneidete den Kissenbezug, weil der ihre Wange streicheln durfte.

Als Tommys Atem regelmäßig ging, schlüpfte Billy aus dem Bett.

»Wo gehst du hin?«, fragte Tommy. Offenbar schlief er doch nicht so fest, wie Billy geglaubt hatte.

»Aufs Klo«, flüsterte Billy. »Das viele Bier.«

Tommy grunzte und drehte sich um.

In Unterwäsche schlich Billy die Treppe hinauf. Vom Flur oben gingen drei Türen ab. Er zögerte. Was, wenn er Mildred falsch verstanden hatte? Am Ende schrie sie noch los, wenn er plötzlich im Zimmer stand. Wie peinlich ihm das gewesen wäre.

Nein, dachte er, sie ist nicht der Typ, der schreit.

Er öffnete die erste Tür, an die er kam. Von der Straße fiel schwaches Licht ins Zimmer, und er sah ein schmales Bett mit den blonden Köpfen zweier kleiner Mädchen auf dem Kissen. Leise schloss er die Tür wieder. Er kam sich vor wie ein Einbrecher.

Er versuchte es an der nächsten Tür. In diesem Zimmer brannte eine Kerze, und Billys Augen brauchten einen Moment, um sich an das unstete Licht zu gewöhnen. Diesmal sah er ein größeres Bett, und auf dem Kissen lag nur ein Kopf. Mildreds Gesicht war ihm zugewandt, aber er konnte nicht sehen, ob ihre Augen offen waren. Er wartete auf ihren Protest, hörte aber keinen Laut.

Er trat ins Zimmer und schloss die Tür hinter sich.

»Mildred?«, flüsterte er.

Mit lauter Stimme antwortete sie: »Das wurde aber auch Zeit. Komm schnell zu mir.«

Billy glitt zwischen die Laken und legte die Arme um sie. Mildred trug kein Nachthemd, wie Billy es erwartet hätte. Mit schwindelerregendem Schock erkannte er, dass sie nackt war.

Plötzlich war er nervös. »Ich hab noch nie …«

»Na und?«, unterbrach sie ihn. »Dann bist du eben meine erste Jungfrau.«

Im Juni 1916 wurde Major the Earl Fitzherbert zum 8. Bataillon der Welsh Rifles versetzt. Er erhielt den Befehl über die B-Kompanie, die aus 128 Mann und vier Lieutenants bestand. Noch nie hatte er Männer in der Schlacht geführt, und insgeheim war er beunruhigt und von Selbstzweifeln geplagt.

Fitz war bereits in Frankreich, während das Bataillon sich noch in England befand. Es umfasste zum großen Teil Männer, die gerade erst ihre Ausbildung hinter sich hatten, aber sie wurden durch mehrere erfahrene Soldaten in den Zügen verstärkt, erklärte der Brigadekommandeur, als er Fitz einwies. Das Berufsheer, das 1914 nach Frankreich entsandt worden war, existiere nicht mehr – über die Hälfte der Männer sei gefallen – und hier hätten sie es mit Kitcheners New Army zu tun. »Aberowen Pals« hieß Fitz' Bataillon. »Die meisten Ihrer Leute kennen Sie wahrscheinlich«, sagte der Brigadekommandeur, der nicht zu wissen schien, wie breit die Kluft war, die einen Earl von einem Bergarbeiter trennte.

Fitz erhielt seine Befehle zur gleichen Zeit wie ein halbes Dutzend anderer Offiziere, und er gab im Kasino eine Runde aus, um es zu feiern. Der Captain, dem die A-Kompanie zugeteilt worden war, hob das Whiskyglas. »Fitzherbert?«, sagte er. »Sie müssen der Kohlebesitzer sein. Ich bin Gwyn Evans, der Krämer. Wahrscheinlich kaufen Sie Ihre Bettlaken und Handtücher bei mir.«

Heutzutage gab es viele solcher anmaßenden Geschäftsleute in der Army. Es war typisch für ein solches Individuum, einen Ton anzuschlagen, als wären sie Gleichgestellte, die sich nur in unterschiedlichen Branchen betätigten. Fitz wusste allerdings auch, dass die organisatorischen Fähigkeiten solcher Geschäftsleute von der Army geschätzt wurden. Und indem er sich einen Krämer nannte, übte der Captain sich ein wenig in falscher Bescheidenheit: Der Name Gwyn Evans prangte an Kaufhäusern in sämtlichen größeren Ortschaften von Südwales. Auf seiner Lohnliste standen viel mehr Männer, als der A-Kompanie angehörten. Das Komplizierteste, was Fitz je organisiert hatte, war ein Kricketspiel gewesen, und die beängstigende Komplexität der Kriegsmaschinerie führte ihm seine Unerfahrenheit lebhaft vor Augen.

»Das ist der Angriff, auf den man sich in Chantilly geeinigt hat, nehme ich an«, sagte Evans.

Fitz wusste, wovon Evans sprach. Im Dezember war Sir John

French endlich abgelöst worden, und General Sir Douglas Haig hatte den Oberbefehl über alle britischen Heeresverbände in Frankreich übernommen. Ein paar Tage später hatte Fitz – noch als Verbindungsoffizier – an einer Entente-Konferenz bei Chantilly teilgenommen. Die Franzosen hatten für das Jahr 1916 eine Großoffensive an der Westfront vorgeschlagen, und die Russen hatten eingewilligt, einen ähnlichen Durchbruch im Osten zu versuchen.

Evans fuhr fort: »Nach allem, was ich gehört habe, wollen die Franzosen vierzig Divisionen stellen, wir fünfundzwanzig. Aber so rasch wird es nicht dazu kommen.«

Fitz mochte dieses negative Gerede nicht, er war schon unruhig genug, aber Evans hatte leider recht. »Das liegt an Verdun«, sagte er. Seit der Einigung im Dezember hatte Frankreich bei der Verteidigung der Festungsstadt Verdun eine Viertelmillion Mann verloren und konnte deshalb nur wenige Divisionen für die Somme erübrigen.

Evans sagte: »Was immer der Grund ist, wir sind jedenfalls auf uns gestellt.«

»Ich bin mir nicht sicher, ob das einen Unterschied macht«, sagte Fitz mit einem Gleichmut, den er nicht einmal ansatzweise empfand. »Wir werden an unserem Frontabschnitt angreifen, egal was die Franzosen tun.«

»Das sehe ich anders«, widersprach Evans mit einem Selbstbewusstsein, das an Unverschämtheit grenzte. »Der französische Rückzug setzt große deutsche Reserven frei, die als Entsatz in unseren Abschnitt verlegt werden können.«

»Das wird nicht möglich sein. Wir werden uns zu schnell bewegen.«

»Glauben Sie wirklich, Sir?«, erwiderte Evans kühl, und wieder blieb der Captain nur einen Schritt von der Respektlosigkeit entfernt. »Wenn wir den Stacheldraht der ersten deutschen Linie durchbrochen haben, müssen wir noch die zweite und dritte hinter uns bringen.«

Allmählich ärgerte Fitz sich über Evans. Solches Gerede untergrub die Moral. »Unsere Artillerie wird den Stacheldraht in Fetzen schießen«, sagte er.

»Also, ich habe die Erfahrung gemacht, dass Artilleriegeschosse gegen Stacheldrahtverhaue nicht allzu wirksam sind. Ein Schrapnell schleudert Stahlkugeln umher …«

»Ich weiß, was ein Schrapnell ist, vielen Dank.«

Evans beachtete es nicht. »… also muss es ein paar Yards über und vor dem Ziel explodieren, sonst hat es keine Wirkung. So genau schießen unsere Geschütze aber nicht. Und eine Sprenggranate detoniert, wenn sie den Boden berührt. Ein Volltreffer schleudert den Stacheldraht oft nur hoch, und dann fällt er unbeschädigt wieder runter.«

»Sie unterschätzen die Wirkung unseres Trommelfeuers.« Fitz' Zorn auf Evans wurde durch den nagenden Verdacht verschärft, der Captain könnte recht haben. Und dieser Verdacht wiederum machte Fitz noch nervöser, als er ohnehin schon war. »Da drüben wird nichts übrig bleiben. Die deutschen Gräben werden vollständig vernichtet.«

»Hoffentlich haben Sie recht. Wenn die Deutschen sich während des Trommelfeuers in ihren Unterständen verkriechen und danach mit ihren Maschinengewehren wieder rauskommen, werden unsere Männer niedergemäht.«

»Sie scheinen nicht zu begreifen«, erwiderte Fitz verärgert. »In der Geschichte der Kriegführung hat es noch nie ein vergleichbares Bombardement gegeben. An unserer Front steht alle zwanzig Yards ein Geschütz. Wir werden mehr als eine Million Granaten abfeuern. Da drüben bleibt nichts und niemand am Leben!«

»Nun, in einer Sache sind wir uns jedenfalls einig«, sagte Captain Evans. »Dass es so etwas noch nie gegeben hat. Deshalb kann auch keiner von uns sagen, ob es funktioniert.«

✠

Mit einem großen roten Hut mit Bändern und Straußenfedern erschien Lady Maud vor dem Amtsgericht von Aldgate und wurde wegen öffentlicher Ruhestörung mit einer Guinea Strafe belegt. »Ich hoffe, das kommt Premierminister Asquith zu Ohren«, sagte sie zu Ethel, als sie den Gerichtssaal verließen.

Ethel war nicht allzu optimistisch. »Wir haben keine Möglichkeit, ihn zum Handeln zu bewegen«, sagte sie. »Daran wird sich nichts ändern, solange die Frauen nicht endlich die Macht bekommen, eine Regierung abzuwählen.« Die Suffragetten hatten vorgehabt, die Frage des Frauenstimmrechts zum großen Thema der Allgemeinen Wahl von 1915 zu machen, aber das Kriegsparlament hatte die Wahlen verschoben. »Vielleicht müssen wir warten, bis der Krieg zu Ende ist.«

»Nicht unbedingt«, entgegnete Maud. Sie blieben stehen, um sich auf den Stufen des Gerichts ablichten zu lassen. Anschließend begaben sie sich zur Redaktion des *The Soldier's Wife*. »Asquith kämpft um den Zusammenhalt der liberal-konservativen Koalition«, sagte Maud. »Bricht sie auseinander, muss es eine Wahl geben. Und dann schlägt unsere Stunde.«

Ethel war überrascht. Sie hatte die Frage des Frauenwahlrechts für todgeweiht gehalten. »Wieso?«

»Die Regierung hat ein Problem. Nach dem derzeitigen System können Soldaten im Kriegsdienst nicht wählen, weil sie keine Hausbesitzer sind. Vor dem Krieg hat das keine große Rolle gespielt, weil nur einhunderttausend Mann in der Army dienten. Heute sind es mehr als eine Million. Die Regierung kann es nicht wagen, diese Männer bei einer Wahl auszuschließen – Männer, die für ihr Land kämpfen und sterben. Das gäbe einen Aufstand.«

»Aber wenn sie das System reformieren, wie könnten sie die Frauen dann außen vor lassen?«

»Im Augenblick sucht Asquith, dieser rückgratlose Halunke, nach einer Möglichkeit, genau das zu tun.«

»Aber das geht doch nicht! Frauen leisten genauso ihren Beitrag zu den Kriegsanstrengungen wie Männer. Sie stellen Munition her, kümmern sich in Frankreich um die Verwundeten … sie tun fast alle Arbeiten, die früher nur von Männern getan wurden.«

»Asquith hofft, sich aus diesem Streit herauswinden zu können.«

»Dann müssen wir zusehen, dass es ihm nicht gelingt.«

Maud lächelte. »Ganz genau«, sagte sie. »Ich glaube, das wird unsere nächste Kampagne.«

✠

»Ich bin zum Barras gegangen, um aus der Besserung rauszukommen«, sagte George Barrow. Er lehnte an der Reling des Truppentransporters, der unter Dampf Southampton verließ. Mit »Besserung« meinte er eine Erziehungsanstalt für jugendliche Straftäter. »Ich kam wegen Einbruch dran, als ich sechzehn war, und hab drei Jahre gekriegt. Nach einem Jahr wollte ich dem Direktor seinen Schwanz nicht mehr lutschen, also hab ich gesagt, dass ich mich freiwillig melde. Er hat mich zum Rekrutierungsbüro gebracht, und das war's dann.«

Billy musterte ihn. George hatte eine krumme Nase, ein verstümmeltes Ohr und eine Narbe auf der Stirn. Er sah aus wie ein abgetakelter Boxer. »Wie alt bist du jetzt?«, fragte Billy.

»Siebzehn.«

Man durfte der Army erst mit achtzehn beitreten und musste neunzehn sein, ehe man nach Übersee gehen konnte – offiziell jedenfalls. Doch die Army verstieß ständig gegen beide Bestimmungen. Die Rekrutierungssergeanten und Stabsärzte erhielten eine Halfcrown für jeden Mann, der für tauglich befunden wurde, und erhoben nur selten Einwände, wenn ein Junge behauptete, er wäre älter, als er zu sein schien. Im Bataillon gab es einen Jungen namens Owen Bevin, der wie fünfzehn aussah.

»War das 'ne Insel, an der wir gerade vorbeigefahren sind?«, fragte George.

»Aye«, sagte Billy. »Die Isle of Wight.«

»Ach so«, sagte George. »Ich dachte, das wär Frankreich.«

Die Reise endete am kommenden frühen Morgen in Le Havre, wo sie von Bord gingen. Billy trat von der Gangway und setzte zum ersten Mal im Leben den Fuß auf fremdes Land. Genau genommen war es kein Land, sondern Pflastersteine, auf denen man in den genagelten Soldatenschuhen nur schlecht marschieren konnte. Die Männer zogen durch die Stadt, beobachtet von einer teilnahmslosen französischen Bevölkerung. Billy hatte Geschichten von hübschen jungen Französinnen gehört, die den eintreffenden Briten um den Hals fielen, doch hier sah er nur apathische Frauen mittleren Alters mit Kopftüchern.

Sie marschierten zu einem Lager, wo sie die Nacht verbrachten. Am nächsten Morgen stiegen sie in den Zug. Im Ausland zu sein war weniger aufregend, als Billy sich erhofft hatte. Alles wirkte zwar anders, aber nicht sehr. Wie England bestand auch Frankreich vor allem aus Feldern und Dörfern, Straßen und Bahngleisen. Die Felder wurden meist nicht von Hecken, sondern von Zäunen eingefriedet, und die Bauernhäuser waren größer und solider, aber damit hatte es sich auch schon. Die neugierige Erwartung, die Billy erfüllt hatte, verpuffte rasch.

Am Abend erreichten sie ihre Quartiere in einem großen neuen Militärlager aus provisorisch errichteten Unterkünften.

Billy war zum Corporal ernannt worden und führte nun einen acht

Mann starken Trupp, zu dem Tommy, der junge Owen Bevin sowie George Barrow aus der Besserungsanstalt gehörten. Außerdem war der rätselhafte Robin Mortimer dabei, der nur Private war, ein einfacher Soldat, obwohl er mindestens dreißig zu sein schien. Allerdings hatte er die Zusatzausbildung zum »Bomber« erhalten, zum Handgranatenwerfer, und wenn sie in den Einsatz gingen, würde er an seinem speziellen Gurtzeug zehn »Mills-Bomben« mit sich führen, fast ein Kilo schwere Handgranaten. Als sie mit gut tausend Mann in der großen Kantine bei Brot und Marmelade saßen, sprach Billy ihn an. »Sag mal, Robin, wir sind hier alle neu, aber du scheinst mehr Erfahrung zu haben. Was hast du denn so erlebt?«

Mortimer antwortete in der dialektbehafteten Redeweise des gebildeten Walisers, benutzte jedoch die Sprache der Gosse. »Das geht dich 'n Scheißdreck an, Taffy«, sagte er, stand auf und setzte sich an einen anderen Platz.

Billy zuckte mit den Schultern. »Taffy« war keine allzu schlimme Beleidigung, zumal sie von einem anderen Waliser kam, denn es war die umgangssprachliche Bezeichnung für jemanden, der aus Wales stammte.

Vier Gruppen bildeten einen Zug. Billys Sergeant war Elijah Jones, zwanzig Jahre alt, der Sohn von John Jones the Shop. Er galt als Veteran, weil er schon ein ganzes Jahr an der Front diente. Jones gehörte der Bethesda-Kapelle an, und Billy kannte ihn seit der Schule, wo er wegen seines alttestamentarischen Namens »Prophet« Jones genannt worden war.

Prophet hatte das kurze Gespräch mit Mortimer gehört. »Dem stoß ich Bescheid, Billy«, sagte er. »Der ist ein hochnäsiger alter Mistkerl. So kann er mit seinem Gruppenführer nicht reden!«

»Warum ist er so?«

»Er war früher Major. Ich weiß nicht, was er verbrochen hat, aber er kam vors Kriegsgericht und hat sein Offizierspatent verloren. Und weil er kriegsdiensttauglich war, haben sie ihn sofort als Private wieder eingezogen. Das machen sie mit allen Offizieren, die sich was zuschulden kommen lassen.«

Nach dem Tee lernten sie ihren Zugführer kennen, Second Lieutenant James Carlton-Smith, der im gleichen Alter war wie Billy. Er war steif und verlegen und schien viel zu jung zu sein, um über irgendjemanden das Kommando zu führen. »Männer«, sagte er mit ersticktem Oberschichtenakzent, »es ist mir eine Ehre, Ihr Zugführer zu sein, und ich weiß, dass Sie in der bevorstehenden Schlacht tapfer wie Löwen kämpfen werden.«

»Dämliche Warze«, brummte Mortimer.

Billy wusste, dass einfache Leutnants manchmal »Warzen« genannt wurden, allerdings nur von anderen Offizieren.

Carlton-Smith stellte sodann den Chef der B-Kompanie vor, Major the Earl Fitzherbert.

»Hol's der Teufel!«, stieß Billy hervor. Offenen Mundes starrte er auf den Mann, den er mehr hasste als alles auf der Welt. Fitzherbert stellte sich auf einen Stuhl, um zur angetretenen Kompanie zu sprechen. Er trug eine maßgeschneiderte Khakiuniform mit den Kronen eines Majors an den Ärmelaufschlägen und hielt einen Gehstock aus Eschenholz in der Hand, wie einige Offiziere ihn bei sich führten. Er sprach mit dem gleichen Akzent wie Carlton-Smith und gab ähnliche Plattitüden von sich. Billy konnte sein Pech kaum fassen. Was machte Fitz denn hier? Französische Dienstmädchen schwängern? Es war ein unerträglicher Gedanke, dass dieser hoffnungslose Taugenichts sein Kompaniechef sein sollte.

Als die Offiziere gegangen waren, sprach Prophet leise mit Billy und Mortimer. »Lieutenant Carlton-Smith ist noch vor einem Jahr in Eton gewesen«, sagte er. Eton war eine Nobelschule; auch Fitz hatte sie besucht.

»Und warum ist er jetzt Offizier?«, fragte Billy.

»In Eton war er Popper, Vertrauensschüler.«

»Na toll«, sagte Billy. »Dann sind wir ja sicher wie in Abrahams Schoß.«

»Er weiß nicht viel vom Krieg, hat aber genug Verstand, sich nicht in alles einzumischen. Also sind wir aus dem Schneider, solange wir ihn im Auge behalten. Wenn er irgendwas Dämliches tun will, sagt mir Bescheid.« Er blickte Mortimer ruhig an. »Du weißt ja, wie das ist, nicht wahr?«

Mortimer nickte verbissen.

»Ich zähl auf dich.«

Ein paar Minuten später wurde »Licht aus« befohlen. Pritschen gab es nicht, nur Strohsäcke, die in Reihen auf dem Boden lagen. Billy lag wach und dachte voller Bewunderung daran, wie Elijah Jones, der Prophet, mit Mortimer umgegangen war: Er machte einen schwierigen Untergebenen unschädlich, indem er ihn auf seine Seite zog. Ähnlich hätte auch Dah einen Unruhestifter behandelt.

Billy war nicht müde, und draußen war es noch hell; trotzdem schlief er sofort ein, wurde dann aber von entsetzlichem Lärm aus dem Schlaf gerissen. Es hörte sich an, als würde ein Unwetter direkt über ihnen toben. Aber durch die regenstreifigen Fenster war kein Flackern von Blitzen zu sehen. Es war kein Unwetter.

»Herr im Himmel, was war das denn?«, fragte Tommy erschrocken.

Mortimer steckte sich eine Zigarette an. »Geschützfeuer«, sagte er. »Unsere eigene Artillerie. Willkommen in Frankreich, Taffy.«

Billy hörte gar nicht hin. Er beobachtete Owen Bevin im Bett gegenüber. Owen saß aufrecht, einen Zipfel seiner Decke im Mund, und weinte.

Maud träumte, dass Lloyd George ihr unter den Rock griff, worauf sie ihm eröffnete, sie sei mit einem Deutschen verheiratet, was zur Folge hatte, dass Lloyd George die Polizei rief, die nun erschien, um Maud zu verhaften, und die sich Zugang ins Haus verschaffen wollte, indem sie gegen das Schlafzimmerfenster hämmerte.

Bestürzt setzte Maud sich auf. Es dauerte einen Moment, bis sie begriff, wie verrückt der Gedanke war, dass die Polizei, selbst wenn sie jemanden verhaften wollte, gegen das Fenster eines im ersten Stock gelegenen Schlafzimmers klopfte. Der Traum verblasste, der Lärm aber blieb. Außerdem war ein tiefes Rumpeln zu vernehmen wie von einem Zug, der in der Ferne vorbeifuhr.

Maud knipste die Nachttischlampe ein. Die silberne Jugendstiluhr auf dem Kaminsims verriet ihr, dass es vier Uhr morgens war. Hatte es ein Erdbeben gegeben? Eine Explosion in einer Munitionsfabrik? Ein Zugunglück?

Sie warf die bestickte Bettdecke zurück, stand auf, zog die schweren, grün und marineblau gestreiften Vorhänge beiseite und blickte aus dem Fenster auf die Straße. Im ersten Morgenlicht sah sie eine junge Frau in einem roten Kleid, wahrscheinlich eine Prostituierte auf dem Nachhauseweg, die besorgt mit dem Milchmann sprach, der auf dem Bock seines einspännigen Wagens saß. Sonst war niemand zu sehen. Mauds Fenster jedoch klapperte weiter, ohne dass es einen sichtbaren Grund dafür gegeben hätte. Kein Lüftchen rührte sich.

Sie zog einen Morgenmantel aus geflammter Seide über ihr Nachthemd und blickte in den Standspiegel. Ihr Haar war zerzaust; ansonsten aber sah sie hinreichend respektabel aus. Sie trat hinaus auf den Flur.

Mit einer Nachthaube auf dem Kopf stand Tante Herm bei Sanderson, Mauds Dienstmädchen, deren rundes Gesicht blass war vor Angst. Dann kam auch schon Grout, der Butler, die Treppe herauf. »Guten Morgen, Lady Maud«, sagte er mit unerschütterlicher Höflichkeit. »Guten Morgen, Lady Hermia. Kein Grund zur Besorgnis. Das sind die Geschütze.«

»Welche Geschütze?«, fragte Maud.

»Die Geschütze in Frankreich, Mylady.«

Das britische Trommelfeuer hielt eine Woche an.

Eigentlich sollte es nur fünf Tage dauern, doch zu Fitz' Bestürzung war nur an einem dieser Tage gutes Wetter. Trotz des Sommers herrschten niedrige Wolken und Regen vor, und beides erschwerte es der Artillerie, zielgenau zu feuern. Die Aufklärungsflugzeuge konnten aus dem gleichen Grund die Ergebnisse nicht sichten und der Artillerie helfen, ihre Treffgenauigkeit zu verbessern. Dadurch wurde es schwierig, deutsche Batterien zu beschießen, denn die Deutschen verlegten ihre Geschütze immer wieder, sodass die britischen Granaten harmlos in aufgegebene Stellungen einschlugen.

Fitz saß bedrückt in dem feuchten Bataillonsgefechtsstand, rauchte eine Zigarre und versuchte den unablässigen Donner zu überhören. Weil es keine Luftaufnahmen gab, organisierten er und andere Kompaniechefs Spähtrupps zu den feindlichen Gräben. Dabei sah man den Feind wenigstens mit eigenen Augen. Doch Spähtrupps waren ein gefährliches Unterfangen, und wer zu lange fortblieb, kehrte nie zurück. Deshalb konnten die Männer nur einen hastigen Blick auf einen kurzen Abschnitt der deutschen Linie werfen und mussten dann schnellstens in die eigenen Gräben zurück.

Zu Fitz' maßloser Verärgerung brachten die Männer widersprüchliche Berichte mit. Einige deutsche Gräben waren zerstört, andere intakt. Einige Stacheldrahtverhaue waren offen, andere nicht. Am meisten beunruhigte ihn, dass mehrere Spähtrupps von feindlichem Beschuss vertrieben worden waren. Wenn die Deutschen noch schießen konnten, hatte die Artillerie eindeutig nicht ihre Aufgabe erfüllt, die feindlichen Stellungen zu pulverisieren.

Fitz wusste, dass die britische 4. Armee während des Trommelfeuers genau zwölf deutsche Gefangene gemacht hatte. Sie waren ausnahmslos verhört wurden, doch es war zum Mäusemelken: Ihre Aussagen waren widersprüchlich. Einige erklärten, ihre Unterstände seien vernichtet, andere, dass ihre Kameraden sicher unter der Erde hockten, während die Briten über ihnen ihre Munition verschwendeten.

Was die Wirkung ihrer Granaten anging, waren die Briten schließlich so unsicher, dass Haig den auf den 29. Juni angesetzten Angriff verschob. Doch das Wetter blieb schlecht.

»Der Angriff wird noch einmal verschoben werden müssen«, sagte Captain Evans am Morgen des 30. Juni beim Frühstück.

»Unwahrscheinlich«, erwiderte Fitz.

»Wir können nicht angreifen, ehe wir nicht die Bestätigung erhalten, dass die feindlichen Verteidigungsanlagen zerstört sind«, sagte Evans. »Das ist ein Grundsatz der Belagerungskriegführung.«

Fitz wusste, dass man sich im Frühstadium der Planung auf dieses Prinzip geeinigt, es später aber hatte fallen lassen. »Seien Sie realistisch«, entgegnete er. »Wir planen diese Offensive seit einem halben Jahr. Das ist unsere größte Unternehmung im Jahr 1916. Unsere gesamten Anstrengungen sind hineingeflossen. Wie könnte sie abgeblasen werden? Haig müsste seinen Abschied nehmen. Es könnte sogar das Ende der Regierung Asquith bedeuten.«

Evans schien sich über diese Bemerkung zu ärgern. Seine Wangen röteten sich, und er hob die Stimme. »Lieber soll die Regierung stürzen, als dass wir unsere Männer gegen Maschinengewehrnester anstürmen lassen.«

Fitz schüttelte den Kopf. »Sehen Sie sich die Millionen Tonnen Nachschub an, die hierher geschafft wurden, die Straßen und Eisenbahntrassen, die wir gebaut haben, die Hunderttausende Männer, die ausgebildet und bewaffnet von England hierher gebracht wurden. Was sollen wir tun – alles wieder nach Hause verfrachten?«

Evans schwieg lange, ehe er erwiderte: »Sie haben natürlich recht,

Major.« So beschwichtigend seine Worte waren, aus seiner Stimme klang kaum gezügelte Wut. »Wir schicken sie nicht nach Hause«, sagte er mit zusammengebissenen Zähnen. »Wir begraben sie hier.«

Gegen Mittag hörte es zu regnen auf, und die Sonne kam durch. Kurz darauf verbreitete sich an der Linie die Nachricht: Morgen greifen wir an.

KAPITEL 17

1. Juli 1916

Walter von Ulrich war in der Hölle.

Sieben Tage und Nächte hatten sie unter britischem Trommelfeuer gelegen. In den deutschen Gräben sahen die Männer zehn Jahre älter aus als noch vor einer Woche. Sie kauerten sich in ihre Unterstände, von Menschenhand geschaffene Höhlen hinter den Gräben, aber der Lärm war auch dort noch ohrenbetäubend, und ständig bebte der Boden unter ihren Füßen. Am schrecklichsten aber war, dass ein Volltreffer durch einen »schweren Koffer«, eine Granate vom größten Kaliber, auch den stärksten Unterstand zerstören konnte.

Wann immer der Beschuss endete, kletterten die Männer hinaus in die Schützengräben, bereit, den Großangriff zurückzuschlagen, mit dem jeder rechnete. Sobald sie sich vergewissert hatten, dass die Engländer nicht vorrückten, inspizierten sie die Schäden und entdeckten zerstörte Schützengräben, von der Erde verschüttete Eingänge zu Unterständen und – an einem traurigen Nachmittag – eine zerschmetterte Feldküche voll zerbrochenem Geschirr, tropfenden Marmeladendosen und Schmierseife. Müde schaufelten sie die Erde weg, flickten die Schützenauftritte mit neuen Planken und forderten Nachschub an.

Aber der Nachschub kam nicht. Nur wenig Material erreichte die vorderste Linie, denn feindliches Trommelfeuer machte jede Bewegung zu einem Himmelfahrtskommando. Die Männer hungerten und dürsteten. Walter hatte schon mehr als einmal schmutziges Regenwasser aus Granattrichtern getrunken.

Zwischen den Feuerüberfällen konnten die Männer nicht in den Unterständen bleiben. Sie mussten in die Schützengräben und die Engländer erwarten. Posten hielten ständig Wache. Die anderen saßen in den Eingängen der Unterstände, bereit, entweder die Treppe hinunterzurennen und unter der Erde Deckung zu suchen, sobald das

Trommelfeuer wieder einsetzte, oder zu den Schulterwehren zu eilen, um die Stellung zu verteidigen, sobald der Angriff begann. Die Maschinengewehre mussten jedes Mal nach unten getragen, dann wieder hinaufgeschleppt und in ihre Nester zurückgebracht werden.

Wenn das Trommelfeuer ruhte, schossen die Briten mit Grabenmörsern, der englischen Variante der deutschen Minenwerfer. Obwohl die kleinen Bomben beim Abfeuern nur wenig Lärm machten, enthielten sie genug Sprengstoff, um die Knüppelverkleidung der Schützenauftritte splittern zu lassen. Aber die Werfergranaten kamen langsam und im hohen Bogen über das Niemandsland geflogen; man konnte sie kommen sehen und in Deckung gehen. Walter war von einer solchen Granate verfehlt worden, gerade weit genug, dass er unverletzt geblieben war, aber der Einschlag hatte Erde über sein Essen gespritzt und ihn gezwungen, einen Teller Erbsensuppe mit Einlage wegzuschütten. Die Suppe war die letzte warme Mahlzeit gewesen, die er bekommen hatte; inzwischen war sein Hunger so gewaltig, dass er sie mitsamt Schmutz und Erde heißhungrig hinuntergeschlungen hätte.

Und die Granaten waren nicht alles. Der Abschnitt hatte einen Gasangriff hinter sich. Zwar waren die Männer mit Gasmasken ausgerüstet, aber die Grabensohle war nun übersät mit den Kadavern von Ratten, Mäusen und anderem Kleingetier, die am Chlor zugrunde gegangen waren. Und die Gewehrläufe hatten eine grünlich schwarze Färbung angenommen.

Kurz nach Mitternacht in der siebten Nacht des Trommelfeuers ließ der Beschuss nach. Walter beschloss, allein auf Spähtrupp zu gehen.

Er setzte eine Wollmütze auf und rieb sich zur Tarnung Erde ins Gesicht. Er nahm seine Pistole, eine P08, wie sie an deutsche Offiziere und Unteroffiziere ausgegeben wurde, zog das Magazin aus dem Griff und überprüfte es. Es war voll geladen.

Walter stieg eine Leiter hinauf und kletterte über die Schulterwehr – bei Tag ein todesverachtendes Unternehmen, in der Dunkelheit jedoch relativ ungefährlich. Geduckt eilte er die sanfte Steigung hinunter zum deutschen Stacheldrahtverhau. In dem Draht befand sich eine Lücke, die einem deutschen Maschinengewehrnest freies Schussfeld erlaubte. Auf den Knien kroch Walter hindurch.

Er fühlte sich an die Abenteuergeschichten erinnert, die er als Schuljunge verschlungen hatte. Normalerweise handelten sie von tapferen jungen Deutschen, die von Indianern bedroht wurden, von Pygmäen mit Blasrohren oder von verschlagenen englischen Spionen. Die Helden hatten sich fast ständig durch Unterholz, Dschungel und Präriegras kämpfen müssen.

Hier gab es kaum noch Vegetation. Nach anderthalb Jahren Krieg waren nur noch wenige Flecken Gras und vereinzelte Büsche in einer Öde aus Schlamm und Granattrichtern übrig. Hier und da ragte gespenstisch ein kleiner Baum empor. Das machte alles noch schlimmer, weil es keine Deckung gab. Es war eine mondlose Nacht, doch die Landschaft wurde hin und wieder vom Blitz einer Detonation oder vom grellen unerbittlichen Licht einer Leuchtkugel erhellt. Immer dann konnte Walter sich nur flach auf den Boden werfen und regungslos liegen bleiben. Wenn er dabei zufällig in einem Trichter lag, hatte er Glück gehabt. Andernfalls blieb ihm nur die Hoffnung, dass niemand in seine Richtung blickte.

Im Boden lagen zahlreiche englische Blindgänger. Nach Walters Schätzung zündete ein gutes Drittel der englischen Munition nicht. Er wusste, dass die Munitionsversorgung in den Händen Lloyd Georges lag; vermutlich räumte dieser Demagoge der Produktionszahl einen höheren Stellenwert ein als der Qualität. In Deutschland würde man einen solchen Fehler nicht begehen.

Als Walter den englischen Stacheldraht erreichte, kroch er seitwärts daran entlang, bis er eine Lücke fand. Dann schob er sich hindurch.

Schließlich sah er die englische Linie als schmierigen schwarzen Pinselstrich vor einem dunkelgrauen Himmel. Er legte sich auf den Bauch und versuchte, geräuschlos weiterzurobben. Er musste so nahe an die Linie wie möglich, denn er wollte hören, was die Männer in den Gräben redeten.

Beide Seiten schickten nachts Spähtrupps ins Niemandsland. Walter wählte dafür normalerweise ein paar Soldaten aus, die sich ausreichend langweilten, um sich auf ein – wenn auch gefährliches – Abenteuer einzulassen. Manchmal ging er selbst, teils um zu zeigen, dass er bereit war, das eigene Leben zu riskieren, teils weil seine eigenen Beobachtungen in der Regel genauer waren.

Er lauschte, ob er ein Husten oder Stimmengemurmel hören konnte, oder auch nur einen Darmwind, gefolgt von einem erleichterten Seufzer. Doch vor ihm schien ein vollkommen stiller Abschnitt zu liegen. Er wandte sich nach links, robbte fünfzig Meter und hielt inne. Diesmal vernahm er ein ihm unbekanntes Geräusch, das wie entferntes Motorbrummen klang.

Walter robbte weiter, wobei er darauf achtete, die Orientierung zu behalten. In der Dunkelheit verlor man leicht den Richtungssinn. Eines Nachts, nach langem Robben, war er an eine Stelle am Stacheldraht gelangt, die er eine halbe Stunde zuvor passiert hatte: Er war im Kreis gekrochen.

Plötzlich hörte er eine Stimme auf Englisch sagen: »Hier drüben.« Er erstarrte. Abgeblendetes Taschenlampenlicht tanzte in sein Sichtfeld wie ein Glühwürmchen. In dem schwachen Schein konnte er drei Soldaten mit englischen Tellerhelmen ausmachen, dreißig Meter entfernt. Er wollte sich schon von ihnen wegrollen, sagte sich aber, dass die Bewegung ihn verraten hätte. Er zog die Pistole: Wenn er schon hier sterben sollte, nahm er wenigstens ein paar Engländer mit in den Tod. Der Sicherungshebel befand sich links über dem Griff. Mit dem Daumen schob er ihn hoch und nach vorn. Das Geräusch kam Walter so laut wie ein Donnerschlag vor, aber die Engländer schienen es nicht zu hören.

Zwei von ihnen trugen eine Rolle Stacheldraht. Walter vermutete, dass sie eine Stelle ausbesserten, die am Tag von der deutschen Artillerie zerfetzt worden war. Vielleicht sollte ich sie erschießen, überlegte er – eins, zwo, drei –, denn morgen versuchen die Kerle, *mich* umzubringen. Doch er hatte Wichtigeres zu tun; deshalb feuerte er nicht, als die Männer ihn passierten und in der Finsternis verschwanden.

Walter sicherte die P08 wieder, schob sie in die Pistolentasche am Koppel und kroch näher zum englischen Graben.

Die Geräusche wurden lauter. Walter blieb still liegen, lauschte und erkannte, dass es die Laute vieler Menschen waren. Das Geräusch setzte sich aus Füßescharren, Kleiderrascheln, Schnaufen, Gähnen und Rülpsen zusammen, in das sich ein gelegentliches, leises, in autoritärem Tonfall gesprochenes Wort mischte.

Walter erschrak. Es mussten Hunderte Männer sein, die er da hörte. In letzter Zeit hatten die Engländer breitere Gräben ausgehoben, als sollten große Mengen Nachschub darin gelagert werden oder als sollten die Gräben als Unterstände für schwere Geschütze dienen. Nun aber hatte es den Anschein, als wären die Gräben dazu gedacht, riesige Menschenmengen aufzunehmen.

Walter musste sichergehen.

Er kroch weiter voran. Er musste in den Graben blicken – aber wie sollte er das anstellen, ohne entdeckt zu werden?

Als er hinter sich eine Stimme hörte, blieb ihm fast das Herz stehen.

Er drehte sich um und erblickte wieder das Glühwürmchen-Taschenlampenlicht. Das Stacheldrahtkommando kehrte zurück! Rasch drückte er sich in den Schlamm und zog die Pistole.

Die Engländer beeilten sich, ohne sich große Mühe zu geben, leise zu sein. Sie waren froh, dass sie ihren Befehl ausgeführt hatten, und wollten jetzt nur noch in die Sicherheit des Grabens. Sie kamen Walter zwar nahe, schauten aber nicht in seine Richtung.

Plötzlich kam ihm eine Idee. Kaum waren die Männer an ihm vorbei, sprang er auf. Wenn jetzt jemand mit dem Licht leuchtete und ihn entdeckte, würde es so aussehen, als gehörte er zu der Gruppe.

Walter folgte den Männern. Er bezweifelte, dass sie seine Schritte deutlich genug hörten, um sie von ihren eigenen unterscheiden zu können. Tatsächlich warf keiner der Männer einen Blick zurück.

Walter spähte zur Quelle der Geräusche hinüber. Er konnte nun in den Graben blicken. Zuerst waren nur wenige Lichtpunkte auszumachen, die wahrscheinlich von Taschenlampen herrührten. Doch seine Augen gewöhnten sich allmählich an die Lichtverhältnisse, und kurz darauf wusste er, was er da sah.

Zigtausend Männer.

Walter schlug das Herz bis zum Hals. Der breite Graben, dessen Zweck bisher nicht klar gewesen war, entpuppte sich nun als Bereitschaftsgraben. Die Engländer zogen hier ihre Soldaten für den großen Durchbruch zusammen. Sie standen wartend da, voller nervöser Unruhe, während das Licht der Offizierstaschenlampen auf Bajonetten und Stahlhelmen funkelte. Es waren Reihen um Reihen schwer bewaffneter Soldaten. Walter versuchte zu zählen: Zehn Reihen zu zehn Männern machten einhundert, das Gleiche noch einmal machte zweihundert, vierhundert, achthundert … allein in seinem Blickfeld standen sechzehnhundert Mann, und die Reihen setzten sich zu beiden Seiten in die Dunkelheit fort.

Der Sturmangriff würde bald beginnen.

Walter musste so schnell wie möglich zu den eigenen Linien zurück. Wenn die Artillerie jetzt das Feuer eröffnete, konnte sie Tausende feindlicher Soldaten gleich hier töten, hinter den englischen Linien, wo sie auf den Angriffsbefehl warteten. Eine Gelegenheit wie diese schickte der Himmel … oder vielleicht auch die Teufel, die in diesem Krieg die Würfel warfen. Sobald Walter die eigenen Linien erreichte, musste er die Division verständigen.

Eine Leuchtkugel stieg zischend in die Luft. In ihrem Licht erblickte Walter einen englischen Posten, der über die Schulterwehr blickte, das Gewehr schussbereit, und ihn anstarrte.

Walter warf sich zu Boden und vergrub sein Gesicht im Schlamm.

Ein Schuss krachte. Dann rief jemand aus dem Stacheldrahtkommando: »Tu nicht schießen, du blöder Hund, wir sind's nur!« Der Akzent erinnerte Walter auf Anhieb an den des Personals auf Fitz' Landsitz in Wales; vermutlich lag ihm eine walisische Einheit gegenüber.

Die Leuchtkugel erlosch. Walter sprang auf und rannte in Richtung der deutschen Linien. Von der Leuchtkugel geblendet, würde der Posten noch ein paar Sekunden lang nichts sehen können. Walter rannte so schnell wie noch nie im Leben; er rechnete damit, dass das Gewehr jeden Augenblick wieder feuerte. Nach kurzer Zeit erreichte er den britischen Stacheldrahtverhau und ließ sich dankbar auf die Knie sinken. Eilig kroch er durch eine Lücke weiter. Wieder stieg eine Leuchtkugel zischend in den schwarzen Himmel. Walter befand sich noch immer in Gewehrschussweite, war aber nicht mehr so leicht auszumachen. Er warf sich flach auf den Boden. Die Leuchtkugel stand direkt über ihm; ein Klümpchen brennendes Magnesium schlug nur einen Meter neben seiner Hand zu Boden. Doch es fiel kein Schuss.

Kaum war die Leuchtkugel ausgebrannt, sprang Walter auf und rannte den Rest des Weges zu den deutschen Linien zurück.

Drei Kilometer hinter der vordersten britischen Linie wartete Fitz voller Unruhe, während das Bataillon sich kurz nach zwei Uhr morgens formierte. Fitz hatte befürchtet, die Männer, die frisch aus dem Ausbildungslager kamen, könnten ihm Schande bereiten, doch sie überraschten ihn angenehm. Sie waren in gedämpfter Stimmung, befolgten aber bereitwillig ihre Befehle.

Der Brigadekommandeur hielt den Männern vom Pferderücken aus eine kurze Ansprache. Dabei wurde er von einem Sergeanten, der neben dem Pferd stand, von unten mit einer Taschenlampe angeleuchtet, sodass er wie der Finsterling in einem amerikanischen Spielfilm aussah. »Unsere Artillerie hat die deutschen Verteidiger ausgelöscht«, sagte der Kommandeur. »Wenn ihr die andere Seite erreicht, findet ihr dort nichts als tote Deutsche.«

Eine walisische Stimme in der Nähe murmelte wie aus dem Nichts: »Schon toll, wie die Deutschen auf uns schießen können, wo sie doch tot sind.«

Fitz musterte die Reihen, um den Sprecher ausfindig zu machen, doch es war zu dunkel.

Der Brigadekommandeur fuhr fort: »Nehmt ihre Gräben ein und haltet sie! Die Feldküchen folgen euch und bringen euch warmes Abendessen.«

Die B-Kompanie marschierte, von den Sergeants geführt, in Richtung Schlachtfeld, wobei sie die Felder überquerten, um die Straßen für motorisierte Fahrzeuge freizuhalten. Als sie aufbrachen, sangen sie *»Guide Me O Thou Great Jehovah«*. Nachdem sie in der Dunkelheit verschwunden waren, hallten ihre Stimmen noch ein paar Minuten durch die Nacht.

Fitz kehrte zum Bataillonsgefechtsstand zurück. Dort wartete ein offener Lastwagen, um die Offiziere zur vordersten Linie zu fahren. Fitz saß neben Lieutenant Roland Morgan, dem Sohn des Bergwerksdirektors von Aberowen, der in seiner Kompanie den ersten Zug befehligte.

Obwohl Fitz sein Möglichstes tat, schwarzseherisches Gerede zu unterbinden, fragte er sich, ob der Brigadekommandeur die Lage nicht zu rosig darstellte. Kein Heer hatte jemals eine solche Offensive eröffnet, und niemand konnte mit Sicherheit sagen, wie die Sache verlaufen würde. Das einwöchige Trommelfeuer hatte die Verteidigungsanlagen des Feindes jedenfalls nicht zerstört, wie der Kommandeur behauptet hatte: Die angeblich vernichteten Deutschen schossen noch immer zurück – so, wie der Soldat im Dunkeln es spöttisch hervorgehoben hatte. Fitz selbst hatte eine entsprechende Meldung an den Generalstab geschickt, worauf niemand anders als Colonel Hervey ihn gefragt hatte, ob er Angst habe. Nun machte Fitz sich umso mehr Sorgen: Wenn der Generalstab die Augen vor schlechten Neuigkeiten verschloss, würden viele Männer sterben.

Wie um seine Überlegung zu bestätigen, schlug hinter ihnen eine

Granate in die Straße ein. Als Fitz über die Schulter blickte, sah er Teile eines Lastwagens durch die Luft wirbeln. Ein Personenwagen, der dem Laster gefolgt war, raste in den Graben; ein anderer Laster fuhr auf ihn auf. Die Szene war grauenhaft, aber der Fahrer des Lkw, in dem Fitz saß, hielt, wie es Vorschrift war, nicht an. Die Verwundeten mussten den Sanitätern überlassen werden.

Weitere Granaten schlugen links und rechts in die Felder. Die Deutschen beschossen nicht die britische Linie selbst, sondern die Wege dorthin. Sie mussten bemerkt haben, dass die große Offensive bevorstand – solch gewaltige Bewegungen von Menschen und Material ließen sich vor dem deutschen Geheimdienst kaum verbergen –, und nun schalteten sie mit tödlicher Effizienz Truppenteile aus, die noch nicht einmal die Front erreicht hatten. Fitz kämpfte eine Anwandlung von Panik nieder, aber seine Angst blieb. Die B-Kompanie schaffte es vielleicht gar nicht bis aufs Schlachtfeld.

Ohne weiteren Zwischenfall erreichte Fitz den Bereitstellungsraum. Hier waren schon mehrere Tausend Mann versammelt und unterhielten sich leise, auf ihre Gewehre gestützt. Fitz hörte, dass einzelne Züge bereits durch Artilleriebeschuss dezimiert waren. Wütend und verzweifelt fragte er sich, ob seine Kompanie überhaupt noch existierte. Dann aber trafen zu seiner Erleichterung die Aberowen Pals unversehrt ein und formierten sich. Fitz führte sie die letzten hundert Yards zum Bereitschaftsgraben an der vordersten Linie.

Nun blieb nichts mehr zu tun, als auf die Stunde null zu warten. Im Graben stand Wasser, und bald waren Fitz' Wickelgamaschen durchtränkt. Singen war nicht mehr erlaubt, denn es konnte in den feindlichen Gräben gehört werden. Auch Rauchen war verboten. Ein paar Männer beteten. Ein hochgewachsener Soldat nahm sein Soldbuch hervor und begann, im matten Licht von Sergeant Elijah Jones' Taschenlampe die für das Testament freigelassene Seite auszufüllen. Er schrieb mit der linken Hand, und Fitz erkannte ihn als Morrison, einen ehemaligen Diener auf Tŷ Gwyn und linkshändigen Schlagmann der Cricketmannschaft.

Die Dämmerung kam früh, denn die Sommersonnenwende lag erst wenige Tage zurück. Im ersten Licht des neuen Tages zogen einige Männer Fotografien hervor, blickten darauf oder küssten sie. Fitz kam es sentimental vor, und er zögerte, es den Männern nachzumachen, doch nach einer Weile tat er es doch. Sein Foto zeigte seinen

Sohn George, den alle nur »Boy« nannten. Er war jetzt anderthalb Jahre alt, aber die Fotografie war an seinem ersten Geburtstag aufgenommen worden. Bea hatte ihn offenbar ins Studio eines Fotografen mitgenommen, denn hinter dem kleinen Kerl sah man den wenig geschmackvollen Hintergrund einer Blumenwiese. In seinem weißen Kinderkleid und der weißen Schottenmütze sah Boy nicht gerade wie ein Junge aus, aber er war gesund und munter. Wenn Fitz heute fiel, würde Boy die Grafschaft erben.

Bea und Boy sind sicher in London, sagte sich Fitz. Es war Juli, und die Saison nahm ihren gewohnten Lauf, wenn auch in kleinerem Maßstab. Dennoch – junge Mädchen mussten ihr Debüt machen. Wie sonst sollten sie passende Ehemänner kennenlernen?

Der Himmel wurde heller; dann ging die Sonne auf. Die aufgepflanzten Bajonette der Aberowen Pals blitzten im Licht des neuen Tages. Die meisten dieser Männer waren noch nie im Gefecht gewesen; nun stand ihnen eine schreckliche Feuertaufe bevor. Es ging um alles oder nichts.

Mit dem ersten Licht begann massives britisches Trommelfeuer. Die Geschützbedienungen gaben alles: Vielleicht wurden mit dieser letzten Kraftanstrengung die deutschen Stellungen ja doch noch zerstört. Wahrscheinlich betete General Haig genau darum.

Die Aberowen Pals gehörten nicht zur ersten Angriffswelle, doch Fitz ging nach vorn, um das Geschehen auf dem Schlachtfeld zu beobachten. Seine Kompanie ließ er unter dem Befehl seines Stellvertreters zurück. Er schob sich durch die Reihen wartender Männer zum vordersten Kampfgraben, stellte sich dort auf einen Schützenauftritt und spähte durch ein Guckloch zwischen den Sandsäcken der Schulterwehr.

Die Strahlen der aufgehenden Sonne vertrieben die Morgennebel. Der blaue Himmel war fleckig vom dunklen Rauch der krepierenden Granaten. Fitz sah, dass es ein wunderschöner französischer Sommertag wurde. »Gutes Wetter, um Deutsche zu töten«, sagte er zu niemand im Besonderen.

Er blieb an der Front, bis die Stunde null näher rückte. Er wollte sehen, was aus der ersten Angriffswelle wurde. Vielleicht konnte er etwas daraus lernen. Obwohl Fitz seit fast zwei Jahren als Offizier in Frankreich diente, führte er heute zum ersten Mal Männer in die Schlacht, was ihn unruhiger machte als der Gedanke an den Tod.

Jedem Mann wurde eine Ration Rum zugeteilt. Fitz trank seinen Anteil. Er spürte, wie er trotz des Alkohols immer angespannter wurde. Stunde null war um sieben Uhr dreißig. Als sieben Uhr verstrich, wurden die Männer unruhig.

Um sieben Uhr zwanzig verstummten die britischen Geschütze. »Nein!«, brüllte Fitz. »Noch nicht! Das ist zu früh!« Natürlich hörte ihn niemand, doch sein Entsetzen kannte keine Grenzen. Die Deutschen wüssten, dass ein Angriff bevorstand. Sie würden nun aus ihren Unterständen stürzen, die Maschinengewehre heraufbringen und in Stellung gehen. Es war unfassbar: Die englische Artillerie ließ dem Feind volle zehn Minuten, um sich vorzubereiten! Sie hätte bis zum letzten Augenblick weiterfeuern müssen, bis um sieben Uhr neunundzwanzig und neunundfünfzig Sekunden!

Aber jetzt war nichts mehr zu machen.

Fitz fragte sich verzweifelt, wie viele Männer wegen dieser Dummheit sterben würden.

Sergeanten brüllten Befehle, und die Männer um Fitz stiegen die Leitern hinauf und kletterten über die Grabenkronen. Auf der eigenen Seite der britischen Stacheldrahtverhaue nahmen sie Aufstellung. Sie waren ungefähr vierhundert Meter von der vordersten deutschen Linie entfernt, aber noch schoss der Feind nicht. Zu Fitz' Erstaunen brüllten die Sergeanten: »In Reihe angetreten – stillgestanden!« Die Männer richteten sich aus wie auf dem Exerzierplatz und korrigierten sorgsam die Abstände zueinander, bis sie so perfekt aufgereiht standen wie Kegel auf einer Kegelbahn. Für Fitz war dies der pure Wahnsinn – die Deutschen erhielten dadurch noch mehr Zeit, sich bereit zu machen.

Um sieben Uhr dreißig schrillte eine Trillerpfeife. Sämtliche Signalgeber senkten die Flaggen, und die erste Reihe rückte vor.

Die Männer rannten nicht, denn sie hatten schwer an ihrer Ausrüstung zu schleppen: zweihundert Schuss Gewehrmunition, eine wasserdichte Zeltbahn, Nahrung, Trinkwasser. Sie bewegten sich im Laufschritt, platschten durch die Granattrichter und durchquerten die Lücken im britischen Stacheldrahtverhau. Wie befohlen schlossen sie dann wieder die Reihen und marschierten Schulter an Schulter durch das Niemandsland.

Als sie es zur Hälfte hinter sich gelassen hatten, eröffneten die deutschen Maschinengewehrschützen das Feuer.

Fitz sah die Männer fallen, eine Sekunde ehe seine Ohren das vertraute Rattern der Maxims vernahmen. Einer brach zusammen, dann ein Dutzend, dann zwanzig.

»O Gott!«, rief Fitz, während die Männer fielen, fünfzig, hundert, immer mehr. Fassungslos starrte er auf das Blutbad. Einige Männer warfen die Arme hoch, wenn sie getroffen wurden; andere schrien oder zuckten; wieder andere erschlafften und kippten um wie Mehlsäcke.

Es übertraf Fitz' schrecklichste Befürchtungen. Es war noch viel schlimmer, als der pessimistische Gwyn Evans vorhergesagt hatte. Kein einziger Mann erreichte den deutschen Stacheldraht.

Wieder schrillte die Pfeife, und die zweite Angriffsreihe rückte vor.

Private Robin Mortimer war wütend. »Das ist Irrsinn«, stieß er hervor, als sie das Rattern der Maschinengewehre hörten. »Wir hätten im Dunkeln rübergehen sollen. Man kann das Niemandsland nicht bei strahlendem Sonnenschein durchqueren. Die schießen ja nicht mal einen Nebelvorhang! Das ist Selbstmord, verdammte Scheiße!«

Die Männer im Bereitschaftsgraben waren nervös. Billy machte der Verfall der Moral unter den Aberowen Pals Sorgen. Auf dem Marsch von ihrem Quartier zur vordersten Linie hatten sie ihren ersten Artillerieschlag erlebt. Sie selbst hatten zwar keinen Volltreffer abbekommen, aber Bataillone vor und hinter ihnen waren massakriert worden. Und was beinahe noch schlimmer war: Die Männer waren an Reihen frisch ausgehobener Gruben vorbeigekommen, allesamt genau sechs Fuß tief, und hatten erkannt, dass es Massengräber waren, die auf die Gefallenen des heutigen Tages warteten.

»Der Wind steht heute ungünstig für Nebel«, sagte Prophet Jones. »Deshalb wird auch kein Gas eingesetzt.«

»Völliger Irrsinn«, brummte Mortimer.

George Barrow sagte unbekümmert: »Die da oben wissen schon, was sie tun. Die sind zum Befehlen erzogen. Überlasst es denen, sag ich euch.«

Das konnte Tommy Griffiths nicht durchgehen lassen. »Wie kannst du so was sagen, wo sie dich in eine Besserungsanstalt gesteckt haben?«

»Leute wie mich müssen sie in den Knast stecken«, erwiderte George unerschütterlich. »Sonst würde jeder klauen. Am Ende würde ich dann noch selber ausgeraubt!«

Alle lachten, nur der mürrische Mortimer nicht.

Major Fitzherbert kehrte mit grimmiger Miene und einem Krug Rum zurück. Lieutenant Carlton-Smith goss allen eine Ration in das Kochgeschirr, das sie ihm hinhielten. Billy trank ohne Genuss. Der hochprozentige Alkohol heiterte die Männer auf, aber nicht sehr lange.

Nur einmal in seinem bisherigen Leben hatte Billy sich so jämmerlich gefühlt: An seinem ersten Tag auf der Zeche, als Rhys Price ihn unter Tage allein gelassen hatte und seine Grubenlampe erloschen war. Damals hatte ihm eine Vision geholfen. Leider erschien der Herr Jesus nur Jungen mit fiebriger Fantasie, nicht nüchtern denkenden Männern. Heute war Billy auf sich allein gestellt.

Die schlimmste Prüfung war fast gekommen, war vielleicht nur noch Minuten entfernt. Würde er die Nerven behalten? Wenn er versagte, wenn er sich am Boden zusammenrollte, die Augen zusammengekniffen, oder in Tränen ausbrach, oder davonrannte, würde er die Scham für den Rest seines Lebens nicht mehr los. Lieber wollte er sterben. Aber sah er das auch noch so, wenn erst geschossen wurde?

Alle traten ein paar Schritte vor.

Billy zückte seine Brieftasche. Mildred hatte ihm ein Foto von sich geschenkt. Auf dem Bild trug sie Mantel und Hut, doch Billy hätte sie lieber so in Erinnerung behalten, wie er sie an dem Abend gesehen hatte, als er zu ihr ins Schlafzimmer gegangen war.

Was sie jetzt wohl tat? Es war Samstag. Wahrscheinlich saß sie in Mannie Litovs Tretmühle, nähte Uniformen zusammen und heiterte die anderen Frauen mit ihren anzüglichen Geschichten auf.

Mildred. Die ganze Zeit dachte Billy an sie. Ihre gemeinsame Nacht war eine Fortsetzung der Lektion im Küssen gewesen. Mildred hatte ihn davon abgehalten, die Dinge anzugehen wie ein Stürmer vor dem Tor; sie hatte ihm langsamere, spielerische Zärtlichkeiten beigebracht, die ungeheuer lustvoll gewesen waren, mehr, als Billy es sich je vorgestellt hätte. Sie hatte seinen Peter geküsst und ihn gebeten, sie ebenfalls an den intimsten Stellen zu küssen. Sie hatte ihm gezeigt, wie er es tun musste, und in Ekstase aufgeschrien. Am Ende hatte sie aus der Nachttischschublade ein Kondom genommen. Billy hatte noch nie eines gesehen, obwohl die Jungs davon gesprochen hatten; »Pariser« oder »Mündungsschoner« nannten sie die Dinger. Mildred hatte es ihm übergestreift, und selbst das war erregend gewesen.

Heute erschien Billy die Nacht mit Mildred wie ein Tagtraum. Immer wieder musste er sich ins Gedächtnis rufen, dass dies alles wirklich geschehen war. Seine Erziehung hatte Billy in keiner Weise auf Mildreds unbeschwerte, lustvolle Einstellung zum Sex vorbereitet; es war für ihn wie eine Offenbarung gewesen. Seine Eltern und die meisten Leute in Aberowen hätten Mildred als »unanständige Frau« bezeichnet – zwei Kinder und keine Spur von einem Ehemann. Billy war es egal, und wenn Mildred sechs Kinder gehabt hätte. Sie hatte ihm das Tor zum Paradies aufgestoßen, und er sehnte sich danach, es noch einmal zu durchschreiten. Mehr als alles andere wollte er den heutigen Tag überleben, damit er Mildred wiedersah und noch eine Nacht mit ihr verbringen konnte.

Als die Pals vorrückten und sich den vordersten Graben näherten, bemerkte Billy, dass er schwitzte.

Owen Bevin brach in Tränen aus. Billy sagte schroff: »Reiß dich zusammen, Private Bevin. Flennen hilft jetzt auch nichts.«

Owen schluchzte: »Ich will nach Hause.«

»Ich auch, Junge, ich auch.«

»Bitte, Corporal, ich hätt nie gedacht, dass es so sein würde.«

»Wie alt bist du überhaupt?«

»Sechzehn.«

»Teufel noch mal«, sagte Billy. »Wie hat man dich denn angeworben?«

»Ich hab dem Doktor gesagt, wie alt ich bin, und er sagte: ›Geh und komm morgen früh wieder. Du bist groß für dein Alter, vielleicht bist du morgen achtzehn.‹ Dann zwinkerte er mir zu, und da hab ich gewusst, dass ich lügen muss.«

»So ein Hundesohn«, schimpfte Billy und musterte Owen. Der Junge war auf dem Schlachtfeld vollkommen nutzlos. Er zitterte am ganzen Körper.

Billy wandte sich an Lieutenant Carlton-Smith. »Sir, Bevin ist erst sechzehn, Sir.«

»Was? Mein Gott!«, sagte der Zugführer.

»Er sollte nach hinten geschickt werden. Er ist 'ne Gefahr für uns alle.«

»Ich weiß nicht …« Carlton-Smith wirkte unschlüssig, beinahe hilflos.

Billy war sicher, dass Prophet Jones irgendetwas eingefallen wäre. Prophet dachte voraus und versuchte immer, Problemen vorzubeugen. Carlton-Smith hingegen schien nicht zu wissen, was er tat; dabei war er Offizier und Zugführer.

Nach kurzem Nachdenken ging Carlton-Smith zu Fitzherbert und redete leise mit ihm. Der Major schüttelte ablehnend den Kopf, und Carlton-Smith zuckte hilflos mit den Schultern.

Billys Erziehung erlaubte es ihm nicht, eine Grausamkeit einfach durchgehen zu lassen. »Der Junge ist erst sechzehn, Sir!«

»Das hätte er früher sagen sollen«, erwiderte Fitzherbert. »Und Sie reden nicht, ehe Sie angesprochen werden, Corporal!«

Billy wusste, dass Fitzherbert ihn nicht erkannte. Schließlich war er nur einer von Hunderten Männern gewesen, die in den Kohleminen des Earls geschuftet hatten. Fitzherbert hatte keine Ahnung, dass er Ethels Bruder vor sich hatte. Dennoch ärgerte Billy sich über die beiläufige Ablehnung. »Das ist gegen das Gesetz«, sagte er halsstarrig. Unter anderen Umständen wäre Fitzherbert der Erste gewesen, der über Respekt vor dem Gesetz salbaderte.

»Das zu beurteilen liegt bei mir«, entgegnete Fitzherbert gereizt. »Deshalb bin ich hier der Offizier.«

Billy kochte innerlich. Fitzherbert und Carlton-Smith funkelten ihn in ihren maßgeschneiderten Uniformen an, während er in seinem armseligen, kratzigen Khaki vor ihnen stand. Offenbar glaubten die beiden, ihnen wäre alles erlaubt.

Prophet ergriff das Wort. »Wie ich sehe, haben Sie heute Morgen Ihren Gehstock vergessen, Major Fitzherbert. Soll ich Bevin zum Bataillon zurückschicken, damit er ihn für Sie holt?«

Das war ein Kompromiss, der es jedem erlaubte, das Gesicht zu wahren. Gut gemacht, Prophet, dachte Billy.

Doch Fitzherbert ging nicht darauf ein. »Machen Sie sich nicht lächerlich«, sagte er.

Plötzlich rannte Bevin los. Er drängte sich durch die Männer hinter ihnen und war im nächsten Moment verschwunden. Seine Flucht war so überstürzt, dass ein paar Männer lachten.

»Der kommt nicht weit«, sagte Fitzherbert. »Und wenn man ihn erwischt, wird es nicht sehr komisch.«

»Er ist noch ein Junge!«, rief Billy.

Fitzherbert starrte ihn an. »Wie heißen Sie?«

»Williams, Sir.«

Fitzherbert wirkte erschrocken, fasste sich aber rasch. »Es gibt Hunderte von Williams«, sagte er. »Wie ist Ihr Vorname?«

»William, Sir. Man nennt mich Billy Twice.«

Fitzherbert starrte ihn an.

Er weiß es, dachte Billy und starrte zurück. Er weiß, dass ich Ethels Bruder bin.

Fitzherbert sagte: »Noch ein Wort, Corporal William Williams, und Sie landen vor dem Kriegsgericht.«

Plötzlich war ein schrilles Pfeifen zu hören. Billy zog den Kopf ein, als es hinter ihnen auch schon ohrenbetäubend krachte. Ein Sturm brach los: Erdklumpen und Holzsplitter wirbelten umher. Billy hörte Schreie. Erst jetzt bemerkte er, dass er auf dem Boden lag, ohne dass er hätte sagen können, ob er umgerissen worden war oder sich hingeworfen hatte. Irgendetwas Schweres traf ihn am Kopf und prallte vom Helm ab. Er fluchte wild. Dann knallte neben seinem Gesicht ein Soldatenstiefel auf den Boden. In dem Stiefel steckte ein Fuß.

»O Jesus Christus!«, rief Billy und stemmte sich hoch. Er schien unverletzt zu sein. Er blickte sich nach den Männern seiner Gruppe um und sah, wie Tommy, George Barrow und Mortimer sich aufrappelten und nach vorn stürmten. Die vorderste Linie erschien plötzlich wie ein Fluchtweg.

Major Fitzherbert brüllte: »Bleibt auf euren Plätzen, Männer!«

Prophet Jones rief: »Alles zurück, alles zurück!«

In diesem Moment ertönte wieder ein schrilles Heulen; dann schlug die nächste Granate ein, diesmal ein Stück weiter entfernt. Billy hörte den Knall, spürte die Druckwelle und sah einen Regen aus Trümmern und Körperteilen.

Jetzt hielt die Männer nichts mehr. Sie sprangen aus dem Bereitschaftsgraben und rannten los. Billy und seine Gruppe schlossen sich ihnen an. Fitzherbert, Carlton-Smith und Roland Morgan brüllten sie an, zu bleiben, wo sie waren, aber niemand hörte auf sie. Die Männer versuchten, Abstand zwischen sich und jenen Bereich zu bringen, in dem die Granaten einschlugen. Erst als sie an den britischen Stacheldrahtverhau gelangten, wurden sie langsamer und blieben am Rand des Niemandslandes stehen.

Die Offiziere machten das Beste aus der Situation und folgten ihnen. »In Reihe antreten!«, brüllte Fitzherbert.

Billy sah Prophet an. Der Sergeant zögerte; dann willigte er ein. »Alle Mann antreten!«, rief er.

Tommy stieß Billy an. »Guck mal da.«

»Was?«

»Hinter dem Stacheldraht.«

Billy blickte hin und erlebte den Schock seines Lebens. Der Boden war übersät mit Leichen in Khakiuniformen. Einige waren fürchterlich entstellt, andere lagen friedlich da, als schliefen sie, und wieder andere lagen wie Liebende ineinander verschlungen im blutigen Schlamm.

Es waren Tausende.

»O Jesus, hilf uns«, flüsterte Billy.

Ihm war übel. Was war das für eine Welt? Was konnte Gott damit bezwecken, dass er so etwas zuließ?

Die A-Kompanie war bereits angetreten; hinter ihr nahm nun der erste Zug der B-Kompanie Aufstellung. Billy und der Rest des zweiten Zuges schlurften hinter ihnen an ihre Plätze.

Billys Entsetzen schlug in Wut auf Fitzherbert und seinesgleichen um. Versager wie er führten hier das Kommando. Sie trugen die Schuld an diesem Gemetzel. Diese Hurensöhne sollten erschossen werden, dachte Billy wutentbrannt.

Dann gellte eine Pfeife. Die A-Kompanie setzte sich in Bewegung, gefolgt vom ersten Zug unter Lieutenant Morgan. Schließlich blies auch Carlton-Smith seine Pfeife, und Billy ging in Laufschritt über.

Sekunden später eröffneten die deutschen Maschinengewehre das Feuer.

Vor Billy wurden die Männer des ersten Zuges unter Lieutenant Morgan niedergemäht, ohne dass sie auch nur einen Schuss abgefeuert hatten. Es war keine Schlacht, es war ein Massaker. In Billy stieg Trotz auf. Wieder hatten die Offiziere versagt, also mussten die Mannschaften ihre eigenen Entscheidungen treffen. Zur Hölle mit den Befehlen.

»Volle Deckung!«, rief er und warf sich in einen Granattrichter. Die Trichterwände waren schlammig, und am Grund stand stinkendes Wasser, aber Billy drückte sich dankbar auf die lehmige Erde, während die Kugeln über den Trichter hinwegzischten. Im nächsten

Moment warf Tommy sich neben ihm in den Schlamm, dann der Rest der Gruppe, und schließlich Männer aus anderen Trupps, die nachahmten, was Billys Leute taten.

Fitzherbert stürmte an dem Trichter vorbei. »Weiter, Männer, bewegt euch!«, brüllte er.

Billy sagte leise: »Wenn der Drecksack so weitermacht, knall ich ihn ab.«

In diesem Augenblick wurde Fitzherbert von MG-Kugeln getroffen. Blut schoss aus seiner Wange, und ein Bein knickte ihm weg. Er brach zusammen und lag regungslos da.

Weder Lieutenant Carlton-Smith noch Sergeant Jones waren zu sehen. Die anderen Männer der Gruppe blickten Billy fragend an. Er war nur Corporal, aber sie erwarteten von ihm, dass er ihnen sagte, was sie jetzt tun sollten.

Billy wandte sich an Mortimer, den ehemaligen Offizier. »He, Mortimer. Hast du ’ne Ahnung, was wir …«

»Lass mich in Ruhe, Taffy!«, fuhr Mortimer ihn an. »Du bist hier der Gruppenführer.«

Billy sah ein, dass er sich irgendetwas einfallen lassen musste. Zurückführen würde er die Männer nicht. Dann hätten alle, die gefallen waren, ihr Leben umsonst gelassen. Andererseits hatte Billy nicht die Absicht, ins MG-Feuer zu laufen.

Ganz ruhig, ermahnte er sich. Als Erstes musst du dir einen Überblick verschaffen.

Er nahm den Helm ab, hielt ihn auf Armeslänge von sich und hob ihn über den Trichterrand, um festzustellen, ob ein Deutscher dieses Loch im Visier hatte. Nichts geschah.

Vorsichtig hob Billy den Kopf über den Rand und rechnete beinahe damit, dass man ihm den Schädel wegschoss. Mit angehaltenem Atem ließ er den Blick über das Niemandsland schweifen und blickte über den deutschen Stacheldrahtverhau auf die vorderste Linie, die in einen Hügelhang gegraben war. Aus Lücken in den Schulterwehren ragten Gewehrläufe.

»Wo ist das verdammte Maschinengewehr?«, fragte er Tommy.

»Keine Ahnung.«

Die C-Kompanie stürmte an dem Trichter vorbei. Ein paar Männer nahmen Deckung; die anderen blieben in der Reihe. Sofort ratterte das Maschinengewehr wieder los und mähte die Männer nieder.

»Verdammte Scheiße!« Wütend und verzweifelt hielt Billy nach dem feindlichen MG Ausschau.

»Ich hab ihn!«, sagte Tommy.

»Wo?«

»Da hinten, bei den Sträuchern an der Hügelkuppe.«

»Ich kann's nicht sehen!«

»Siehst du, wo deine Sichtlinie den deutschen Graben kreuzt?«

»Aye.«

»Von da ein Stück weiter rechts.«

»Wie weit? Ah, gut, ich sehe die Schweine!« Vor Billy, ein wenig nach rechts versetzt, ragte etwas, das wie ein eiserner Schutzschild aussah, über die Grabenkrone, und dort war auch der Lauf eines Maxim-Maschinengewehrs zu sehen. Billy glaubte, neben dem MG drei deutsche Helme erkennen zu können, war sich aber nicht sicher.

Die MG-Schützen konzentrierten ihr Feuer auf die Lücke im englischen Stacheldrahtverhau, erkannte Billy. Immer wieder feuerten sie auf die Männer, die sich von dieser Stelle aus vorwärtsbewegten. Billy erkannte, dass man die MG-Schützen aus einer anderen Richtung angreifen musste. Wenn seine Gruppe sich schräg durchs Niemandsland bewegte, könnten sie das MG von der rechten Seite attackieren, während die Deutschen nach links schauten.

Billy prägte sich einen Weg ein, auf dem er und seine Leute drei große Trichter als Deckung nutzen konnten; der dritte Trichter befand sich unmittelbar hinter einem zerschossenen Abschnitt des deutschen Stacheldrahtverhaus. Was Billy vorhatte, war ein Himmelfahrtskommando und hatte mit militärischer Taktik nichts zu tun, aber Taktik hatte an diesem Morgen schon Tausende Männer das Leben gekostet, also zur Hölle damit.

Billy duckte sich wieder und schaute die Männer ringsum an. George Barrow war trotz seiner Jugend ein guter Gewehrschütze mit ruhiger Hand. »Wenn das MG das nächste Mal feuert, machst du dich schussbereit. Sobald die Deutschen zu schießen aufhören, feuerst du auf ihre Stellung. Mit einem bisschen Glück gehen sie in Deckung. Ich renne zu dem Trichter da vorn. Du hast zehn Schuss – lass dir eine halbe Minute Zeit. Bis die Deutschen wieder die Köpfe heben, bin ich im nächsten Loch.« Er blickte die anderen an. »Wartet bis zur nächsten Feuerpause und lauft dann los, während Tommy euch Feuerschutz gibt. Beim dritten Mal gebe ich dann Feuerschutz, und Tommy kann uns folgen.«

Die D-Kompanie stürmte ins Niemandsland. Wieder begann das Maschinengewehr zu rattern. Gleichzeitig feuerten Gewehre und Minenwerfer. Diesmal jedoch gab es weniger Opfer, weil mehr Männer in Granattrichtern Deckung suchten, statt in den Kugelhagel zu rennen.

Gleich ist es so weit, dachte Billy. Er hatte den Männern gesagt, was er vorhatte; jetzt gab es kein Zurück mehr. Er biss die Zähne zusammen. Lieber sterben, denn als Feigling zu leben, sagte er sich.

Das MG-Feuer verstummte.

Augenblicklich sprang Billy auf. Jetzt war er ein deutliches Ziel. Er duckte sich und rannte los.

Hinter sich hörte er Barrow schießen. Sein Leben lag jetzt in der Hand eines Siebzehnjährigen aus einer Besserungsanstalt. George feuerte in gleichmäßigem Rhythmus: Peng, zwo, drei – Peng, zwo, drei – Peng. Genau wie befohlen.

So schnell er es mit seinem halben Zentner Sturmgepäck vermochte, hetzte Billy über das Feld. Seine Schuhe klebten im Schlamm, sein Atem ging in heiseren Stößen, seine Brust schmerzte, aber er dachte nur: Du musst schneller rennen! Nie war er dem Tod näher gewesen als in diesen Sekunden.

Als er noch zwei Yards vom Trichter entfernt war, sprang er hinein, wobei er das Gewehr hochhielt; er sah aus wie ein Rugbyspieler, der einen Gegner packt und zu Boden reißt. Billy landete auf dem Trichterrand und stürzte nach vorn in den Schlamm. Er konnte kaum glauben, dass er noch lebte.

Er hörte raues Jubelgeschrei. Seine Leute applaudierten ihm. Kaum zu glauben, dachte Billy, dass sie inmitten dieses Blutbads so ausgelassen sein können. Wie eigenartig die Menschen sind.

Als Billy wieder zu Atem gekommen war, blickte er vorsichtig über den Trichterrand. Er war gut hundert Yards gerannt. Das gesamte Niemandsland auf diese Weise zu durchqueren würde einige Zeit in Anspruch nehmen. Aber alles andere wäre Selbstmord gewesen.

Das Maschinengewehr ratterte wieder los. Als es verstummte, begann Tommy zu feuern. Er folgte Georges Beispiel und machte zwischen den Schüssen kurze Pausen. Der Rest der Gruppe kletterte über den Trichterrand und rannte, was das Zeug hielt. Als die Männer den Granattrichter, in dem Billy lag, fast erreicht hatten, wurde Joey Ponti durch einen Kopfschuss getötet. George Barrow hob den Leichnam auf und trug ihn weiter. Billy fragte sich, wo Joeys kleiner Bruder Johnny war: Seit sie den Bereitschaftsgraben verlassen hatten, hatte er ihn nicht mehr gesehen. Ich werde es ihm selber sagen müssen, dachte Billy. Johnny hatte seinen großen Bruder vergöttert.

Als die zehnte und letzte Kugel in Tommys Magazin verschossen war, hatte Billys gesamte Gruppe im Trichter Deckung gefunden.

»Hierher!«, rief er und winkte seine Leute zum vorderen Trichterrand. Die deutsche MG-Stellung lag hügelaufwärts, und Billy fürchtete, der Feind könnte in die hintere Hälfte des Granattrichters schauen.

Nun galt es, die Deutschen in Deckung zu zwingen, damit auch Tommy zum Trichter rennen konnte. Billy legte sein Gewehr am Trichterrand auf und nahm das MG ins Visier. Nach einer Weile schossen die Deutschen wieder. Als das MG verstummte, eröffnete Billy das Feuer. Kaum hatte er den ersten Schuss abgegeben, nahmen die deutschen Infanteristen im Schützengraben ihn unter Beschuss. »Helft mir!«, rief er seinen Leuten zu. Sie hoben die Waffen über den Trichterrand und feuerten, was die Gewehre hergaben.

Billy schickte ein Stoßgebet zum Himmel, dass Tommy es schaffte. Er war ihm wichtiger als der Rest seiner Gruppe zusammen. Billy hielt das Gewehr so ruhig, wie er konnte, und verschoss etwa alle fünf Sekunden eine Patrone. Feuern, durchladen, feuern, durchladen. Ob er jemanden traf oder nicht, spielte keine Rolle, solange er die Deutschen zwang, die Köpfe unten zu halten, während Tommy zu ihnen gerannt kam.

Als der Schlagbolzen klickend auf die leere Kammer traf, warf Tommy sich neben Billy in den Schlamm.

»O Gott«, keuchte er. »Wie oft müssen wir das denn noch machen?«

»Zwei Mal, fürchte ich«, sagte Billy und lud sein Gewehr nach. »Dann sind wir entweder so dicht an den Deutschen dran, dass wir die Mills-Bomben werfen können, oder wir sind im Arsch.«

»Bitte fluch jetzt nicht, Billy«, sagte Tommy, ohne eine Miene zu verziehen. »Du weißt, wie sehr ich das hasse.«

Billy lachte leise und wunderte sich im selben Augenblick darüber. Da liege ich in einem Granattrichter, dachte er, und die halbe deutsche Armee schießt auf mich, und ich lache. Gott hilf mir.

»Wir machen es jetzt anders«, sagte er. »Es läuft immer nur einer, und die anderen geben ihm Feuerschutz. Das dauert zwar länger, ist aber sicherer. Mortimer«, wandte er sich an den »Bomber« seiner Gruppe, »verteil deine Handgranaten, damit die anderen werfen können, falls du nicht durchkommst.« Mortimer gehorchte mit saurer Miene und teilte seine zehn Mills-Bomben auf: Billy und Tommy bekamen je zwei, die restlichen Männer der Gruppe jeweils eine, und die letzten zwei behielt er selbst.

Wie Billy es befohlen hatte, rannten sie zum nächsten Granattrichter weiter: Bei jedem Mann, der um sein Leben lief, gaben die anderen Sperrfeuer und hielt die Deutschen nieder, so gut es ging. Im nächsten Granattrichter trieben drei in Khaki gekleidete Leichen im schlammigen Wasser. Sie mussten zur ersten Angriffswelle gehört haben. Billy fragte sich, wie sie so weit gekommen waren. Offenbar hatten die MGs beim ersten Schwenk mehrere Männer verfehlt, um sie dann beim Zurückschwenken niederzumähen.

Andere Gruppen näherten sich nun der deutschen Linie, indem sie eine ähnliche Taktik verfolgten. Entweder machten sie es Billys Gruppe nach, oder – was wahrscheinlicher war – sie hatten die gleiche Überlegung angestellt und den idiotischen Befehl, in Reihe zum Sturmangriff anzutreten, aufgegeben und eine klügere Methode des Vorrückens entwickelt. Dies hatte obendrein den Vorteil, dass die Deutschen nicht mehr allein das Geschehen bestimmten. Da sie nun selbst unter Beschuss lagen, konnten sie ihren erbarmungslosen Feuersturm nicht aufrechterhalten.

Vielleicht war das auch der Grund, weshalb Billys Gruppe es ohne Verluste bis in den letzten Granattrichter schaffte. Sie bekamen sogar einen Mann dazu, denn neben Billy lag ein völlig Fremder.

»Wo kommst du denn her?«, fragte Billy verwundert.

»Ich hab meine Gruppe verloren«, antwortete der Mann. »Ihr scheint zu wissen, was ihr tut, deshalb bin ich euch gefolgt. Ich hoffe, ihr habt nichts dagegen.«

Billy glaubte den Akzent den Mannes zu erkennen: Er schien Kanadier zu sein.

»Bist du 'n guter Werfer?«, fragte Billy.

»Glaub schon. War auf der Highschool in der Baseballmannschaft.«

»Gut. Wenn ich es sage, versuchst du, das MG-Nest mit einer Mills-Bombe zu treffen. Hier.« Billy reichte dem Kanadier eine seiner beiden Handgranaten.

Dann befahl er Spotty Llewellyn und Alun Pritchard, ihre Mills-Bomben zu werfen, während der Rest der Gruppe ihnen Feuerschutz gab. Wieder warteten sie ab, bis das MG verstummte. »Jetzt!«, brüllte Billy und richtete sich auf.

Aus dem deutschen Graben kam vereinzeltes Gewehrfeuer. Spotty und Alun hatten Angst vor den Kugeln und warfen ihre Handgranaten überhastet, sodass keine den fünfzig Yards entfernten Graben erreichte; stattdessen detonierten beide, ohne Schaden anzurichten. Billy fluchte: Sie hatten das Maschinengewehr nicht einmal beschädigt. Wie zum Hohn eröffnete es sofort wieder das Feuer. Im nächsten Moment schrie Spotty und führte einen grässlichen, zuckenden Tanz auf, als er von Kugeln durchsiebt wurde.

Billy fühlte sich seltsam ruhig, als er den Stift aus seiner Handgranate zog. Er brauchte eine Sekunde, um sich auf sein Ziel zu konzentrieren, und streckte den Arm weit nach hinten aus. Unterbewusst nahm er wahr, dass der Kanadier es ihm gleichtat. Das MG ratterte und spuckte und schwenkte auf sie ein.

Sie warfen gleichzeitig.

Beide Granaten fielen unweit der MG-Stellung in den Graben. Dann krachte es zweimal dicht nacheinander. Billy sah, wie der Lauf des Maschinengewehrs durch die Luft wirbelte, und jubelte triumphierend. Er hob den Arm, brüllte: »Attacke!«, und stürmte den Hang hinauf.

Ein berauschendes Hochgefühl erfüllte ihn wie eine Droge. Er war sich kaum noch darüber im Klaren, dass er in Gefahr schwebte, und hatte keine Vorstellung, wie viele Deutsche im Graben in diesem Moment das Gewehr auf ihn anlegten. Seine Leute folgten ihm. Mortimer warf seine Handgranaten, und die anderen taten es ihm nach. Zwei oder drei Mills-Bomben verfehlten den Graben, die anderen aber landeten darin und krepierten.

Billy erreichte die Schulterwehr. Dort erst wurde ihm bewusst, dass er sich zum Werfen das Gewehr übergehängt hatte. Bis er schussbereit war, konnte ein Deutscher ihn beliebig abknallen.

Doch im Graben lebte kein Deutscher mehr.

Die Handgranaten hatten entsetzlich gewütet. Auf dem Boden lagen Leichen und Leichenteile. Falls es Überlebende gab, hatten sie sich zurückgezogen. Billy sprang in den Graben und nahm das Gewehr in beide Hände. Aber er brauchte die Waffe nicht. Er sah niemanden, auf den er schießen konnte.

Tommy sprang neben ihm auf die schlammige Erde. »Wir haben es geschafft!«, rief er. »Wir haben einen deutschen Graben eingenommen!«

In Billy stieg wilde Freude auf. Der Feind hatte versucht, ihn zu töten, stattdessen hatte er den Feind getötet. Dieses Gefühl verlieh ihm eine tiefe Befriedigung. »Ja«, sagte er. »Wir haben es geschafft.«

Billy und seine Leute vergewisserten sich, dass keine feindlichen Soldaten im Hinterhalt lauerten. Die Gewehre im Anschlag, kundschafteten sie die anderen Gräben aus, fanden aber niemanden.

Die Qualität der deutschen Befestigungen beeindruckte Billy. Als Bergmann besaß er ein Auge für so etwas. Die Wände waren mit Reisigbündeln und Flechtmatten bewehrt, die Grabenknicke rechtwinklig, die Unterstände mit ihren ordentlichen Türrahmen und Holztreppen erstaunlich tief – zwanzig, manchmal dreißig Fuß unter der Erde. Kein Wunder, dass so viele Deutsche das einwöchige Trommelfeuer überlebt hatten.

Die Deutschen legten ihre Gräben offenbar netzartig an, mit Laufgräben, die als Verbindungen zwischen den Kampfgräben und Versorgungsstellen weiter hinten dienten. Das Netz endete an der Hügelkuppe. Von dort konnte Billy in sämtliche Richtungen blicken. Links von ihnen, auf der anderen Seite eines Geländestücks, das von Granaten zerpflügt war, hatten andere britische Soldaten inzwischen den nächsten Abschnitt eingenommen; rechts endete das Grabensystem, und der Boden fiel zu einem kleinen Tal mit einem Bach ab.

Billy blickte nach Osten in Feindesgebiet. Er wusste, dass eine oder zwei Meilen entfernt ein weiteres Grabensystem wartete – die zweite deutsche Linie. Er hätte seine Gruppe weiterführen können, zögerte jedoch. Er sah keine anderen britischen Einheiten vorrücken und vermutete, dass seine Männer den Großteil ihrer Munition verschossen hatten. Jeden Augenblick, nahm er an, würden Nachschublaster über die Trichterlandschaft gefahren kommen und frische Munition sowie neue Befehle bringen.

Er blickte zum Himmel. Es war Mittag. Seit gestern Abend hatten die Männer nichts gegessen. »Lasst uns nachsehen, ob die Deutschen irgendwas zum Futtern dagelassen haben«, sagte er. Suet Hewitt ließ er als Wachtposten auf der Hügelkuppe zurück, falls ein deutscher Gegenangriff erfolgte.

Sie fanden nicht viel Essbares. Wie es aussah, wurden die deutschen

Soldaten nicht besonders gut verpflegt. Sie entdeckten altes Schwarzbrot und harte Wurst, die an Salami erinnerte. Obwohl Deutschland für sein Bier berühmt war, fanden sie keinen Tropfen.

Der Brigadekommandeur hatte versprochen, dass Feldküchen den vorrückenden Truppen folgen würden, doch als Billy ungeduldig über das alte Niemandsland zurückblickte, sah er kein einziges Versorgungsfahrzeug.

Er und seine Männer setzten sich und aßen ihre Rationen: harte Kekse und Corned Beef.

Billy war klar, dass er einen Bericht schreiben musste. Doch ehe er sich daranmachen konnte, änderte die deutsche Artillerie ihr Ziel. Anfangs hatte sie das britische Hinterland beschossen, jetzt belegte sie das Niemandsland mit Granaten und pflügten regelrecht den Boden um. Vulkane aus Erde brachen zwischen der britischen und der alten deutschen Linie aus dem Boden. Rauch waberte über dem brennenden Land. Das Bombardement war so intensiv, das niemand lebend nach hinten gelangt wäre.

Zum Glück mieden es die Geschütze, auf die deutsche Linie zu schießen. Vermutlich wussten die deutschen Artilleristen nicht genau, welche Abschnitte von den Briten eingenommen worden waren und welche sich noch in eigener Hand befanden.

Billys Gruppe saß fest. Ohne Munition konnten sie nicht vorrücken, und solange der Beschuss anhielt, gab es kein Zurück. Doch nur Billy schien sich um ihre Lage zu sorgen. Die anderen begannen, nach Souvenirs zu suchen. Sie nahmen Klappmesser, Mützenabzeichen und die Schulterstücke eines gefallenen Leutnants an sich. George Barrow durchsuchte sämtliche toten Deutschen und nahm ihnen Armbanduhren und Eheringe ab. Tommy erbeutete die 9-Millimeter-Pistole eines Offiziers und eine Schachtel Patronen. In einem Unterstand fanden sie sogar eine Pickelhaube, wie sie bei den deutschen Fronttruppen nicht mehr üblich waren, seit man sie im Frühjahr mit eigenartig geformten Stahlhelmen ausgerüstet hatte.

Allmählich machte sich Müdigkeit unter den Männern breit. Das konnte wenig überraschen: Die ganze Nacht waren sie auf den Beinen gewesen. Billy teilte zwei Posten ein und ließ die anderen dösen. Er war enttäuscht. An seinem ersten Tag im Feld hatte er einen kleinen Sieg errungen, und nun gab es niemanden, dem er davon erzählen konnte.

Als es Abend wurde, ließ der Beschuss nach. Billy überlegte, ob sie sich zurückziehen sollten, denn alles andere schien wenig Sinn zu ergeben. Aber er musste befürchten, bei einem Rückzug der Feigheit vor dem Feind angeklagt zu werden. Man wusste nie, wozu Offiziere fähig waren.

Schließlich nahmen die Deutschen ihm die Entscheidung ab. Suet Hewitt, der Posten auf der Hügelkuppe, beobachtete, wie sie von Osten anrückten. Billy sah eine größere Truppe – fünfzig bis hundert Mann – im Laufschritt durch das Tal näher kommen. Durch das massive Sperrfeuer beim »Trichterspringen« hatten Billys Leute ihre zweihundert Gewehrpatronen pro Mann fast verschossen. Ohne Nachschub an Munition aber konnten sie das Terrain, das sie eingenommen hatten, nicht verteidigen. Billy hatte nur noch die Patronen im Magazin seines Lee-Enfield-Gewehrs.

Doch wenn sie sich zurückzogen, machte man es ihnen vielleicht zum Vorwurf.

Schließlich rief Billy seine Handvoll Männer zusammen. »Also gut, Jungs«, sagte er. »Feuer frei, und wenn ihr keine Munition mehr habt, dann haut ab.«

Billy feuerte seine letzten Kugeln auf die vorrückenden Deutschen, obwohl sie noch eine halbe Meile außer Schussweite waren; dann setzte er sich mit seinen Leuten ab. Durch die deutschen Gräben und über das Niemandsland eilten sie in Richtung der untergehenden Sonne, sprangen über die Toten hinweg und wichen den Sanitätern aus, die die Verwundeten einsammelten. Aber niemand schoss auf sie.

Als Billy die britische Seite erreichte, sprang er in einen Graben, der vollgestopft war mit Toten, Verwundeten und erschöpften Überlebenden. Er sah Major Fitzherbert mit blutüberströmtem Gesicht auf einer Trage liegen, doch er hatte die Augen offen, lebte und atmete. Um den wär's nicht schade gewesen, dachte Billy. Viele Männer saßen oder lagen im Schlamm und starrten ins Leere, benommen vom Schock und gelähmt von Erschöpfung. Die Offiziere versuchten den Abmarsch der Männer in die rückwärtigen Gräben und den Abtransport der Gefallenen zu organisieren. Ein Gefühl des Triumphs war nirgends zu spüren. Niemand ging nach vorn, und die Offiziere schauten nicht einmal aufs Schlachtfeld. Die große Offensive war gescheitert.

Die verbliebenen Männer aus Billys Gruppe folgten ihm in den Graben.

»Was für eine Pleite«, sagte Billy. »Was für eine verdammte Pleite.«

Eine Woche später wurde Owen Bevin wegen Feigheit vor dem Feind und Desertion vor das Kriegsgericht gestellt.

Er erhielt die Möglichkeit, sich vor Gericht von einem Offizier verteidigen zu lassen, der als »Freund des Angeklagten« fungieren sollte, aber Bevin lehnte ab. Da auf seine Vergehen die Todesstrafe stand, ging man davon aus, dass er auf »nicht schuldig« plädierte, doch Bevin sagte kein Wort zu seiner Verteidigung. Das Verfahren dauerte keine Stunde. Bevin wurde schuldig gesprochen und zum Tode verurteilt.

Die Unterlagen wurden zur Überprüfung an das Große Hauptquartier geschickt. Der Oberkommandierende bestätigte die Todesstrafe. Zwei Wochen später stand Bevin mit einer schwarzen Augenbinde auf einer schlammigen französischen Viehweide vor dem Erschießungskommando.

Einige der Männer mussten absichtlich danebengeschossen haben, denn nachdem die Salve abgefeuert war, lebte Bevin noch. Der Offizier, der das Erschießungskommando befehligte, trat näher, zog seinen Revolver und jagte dem Jungen aus nächster Nähe zwei Kugeln in die Stirn.

Endlich starb Owen Bevin.

KAPITEL 18

Ende Juli 1916

Seit Billy in Frankreich war, dachte Ethel viel über Leben und Tod nach. Sie wusste, dass sie ihn vielleicht niemals wiedersehen würde, und war froh, dass er seine Unschuld an Mildred verloren hatte. »Ich hab deinem Brüderchen erlaubt, bei mir ein ganz böser Junge zu sein«, hatte Mildred unbekümmert erzählt. »Süßer Bursche. Habt ihr davon noch mehr unten in Wales?« Doch Ethel hatte den Eindruck, dass Mildreds Gefühle für Billy nicht so oberflächlich waren, wie sie vorgab, denn Mildreds kleine Töchter, Enid und Lillian, baten seit Neuestem bei ihren Abendgebeten, der liebe Gott möge über Onkel Billy in Frankreich wachen und ihn gesund nach Hause bringen.

Ein paar Tage später bekam Lloyd eine schlimme Lungenentzündung. Von Angst und Verzweiflung geplagt, wiegte Ethel ihn in den Armen, während er nach Luft rang. Sie fürchtete um sein Leben, und dies umso mehr, als ihre Eltern Lloyd nie gesehen hatten. Kaum ging es ihm besser, beschloss Ethel, mit ihm nach Aberowen zu fahren.

Sie kehrte genau zwei Jahre nach ihrer Flucht aus dem elterlichen Haus zurück.

Es regnete in Aberowen. Die Stadt hatte sich kaum verändert, kam Ethel aber schrecklich trostlos vor. In den ersten einundzwanzig Jahren ihres Lebens war Aberowen ihre Heimat gewesen, aber erst jetzt, nach zwei Jahren in London, fiel ihr die Tristesse dieser Bergarbeiterstadt auf, in der alles grau in grau war – die Häuser, die Straßen, die Bergehalden und die deprimierenden niedrigen Regenwolken, die über den Hügelkamm heranzogen.

Ethel fühlte sich müde, als sie am Nachmittag am Bahnhof aus dem Zug stieg. Ein achtzehn Monate altes Kind auf eine ganztägige Bahnreise mitzunehmen war kein Zuckerschlecken. Lloyd hatte sich zwar gut benommen und die Mitreisenden durch sein Giggeln und sein Lächeln bezaubert, doch er musste im rüttelnden und schwankenden Waggon sein Fläschchen bekommen; in der stinkenden Zugtoilette mussten ihm die Windeln gewechselt werden, und wenn er unleidlich wurde, musste Ethel ihn in den Schlaf singen – alles in einem Abteil, in dem Fremde zuschauten.

Mit Lloyd im Arm und einem kleinen Koffer in der Hand verließ Ethel den Bahnhof und nahm die Steigung der Clive Street in Angriff. Bald schon keuchte sie. London war eben; in Aberowen aber konnte man kaum irgendwohin, ohne eine steile Straße hinauf- oder hinuntersteigen zu müssen.

Ethel wusste nicht, was in Aberowen alles geschehen war, seit sie die Stadt verlassen hatte. Ihre einzige Nachrichtenquelle war Billy gewesen, und Männer taugten einfach nicht zum Klatsch und Tratsch. Ohne Zweifel war sie selbst eine Zeit lang das Gesprächsthema Nummer eins gewesen. Aber es mussten sich in den letzten zwei Jahren noch weitere, neue Skandale zugetragen haben.

Ethels Rückkehr war jedenfalls *die* Neuigkeit des Tages. Viele Frauen starrten sie mit unverhohlener Neugier an, als sie mit Lloyd über die Straßen ging. Sie wusste, was die Frauen dachten: Ethel Williams, die sich stets für etwas Besseres gehalten hatte, kam in einem alten braunen Kleid nach Aberowen zurück, ein Kind an der Hand, aber keinen Mann. Hochmut kommt vor dem Fall, würden sie später sagen und ihre Häme notdürftig als Mitgefühl kaschieren.

Ethel ging zur Wellington Row, aber nicht zum Haus ihrer Eltern. Schließlich hatte Dah ihr befohlen, sich nie mehr zu Hause blicken zu lassen. Ethel hatte an Tommy Griffiths' Mutter geschrieben, die wegen der hitzigen politischen Äußerungen ihres Mannes »Mrs. Griffiths Socialist« genannt wurde. (Auf der gleichen Straße wohnte auch eine »Mrs. Griffiths Church«.) Die Griffiths waren keine Kirchgänger und missbilligten die harte religiöse Linie, die Ethels Vater vertrat. Ethel hatte Tommy damals über Nacht in London bei sich aufgenommen, und Mrs. Griffiths revanchierte sich gern. Tommy war ihr einziges überlebendes Kind; deshalb hatte sie ein Bett frei, solange er bei der Army war.

Dah und Mam wussten nicht, dass Ethel kam.

Mrs. Griffiths hieß Ethel willkommen und war hellauf begeistert von Lloyd. Sie hatte eine Tochter gehabt, die heute in Ethels Alter gewesen wäre und die an Keuchhusten gestorben war. Ethel konnte sich noch an sie erinnern: ein blondes Mädchen namens Gwenny.

Ethel fütterte Lloyd und wechselte ihm die Windeln; dann setzte sie sich auf eine Tasse Tee zu Mrs. Griffiths in die Küche. Mrs. Griffiths bemerkte ihren Ehering. »Also doch verheiratet?«, fragte sie.

»Verwitwet«, sagte Ethel. »Er ist bei Ypern gefallen.«

»Ach, wie schade.«

»Er war ein Mr. Williams, deshalb konnte ich meinen Namen behalten.«

Die Geschichte würde sich in der Stadt verbreiten. Einige Leute würden anzweifeln, ob es tatsächlich einen Mr. Williams gegeben hatte und ob er wirklich Ethels Ehemann gewesen war. Aber es spielte keine Rolle, ob man ihr glaubte. Eine Frau, die vorgab, verheiratet zu sein, war akzeptabel; nur eine Mutter, die eingestand, unverheiratet zu sein, galt als schamlose Dirne. Die Leute von Aberowen hatten ihre Prinzipien.

»Wann willst du zu deiner Mam?«, fragte Mrs. Griffiths.

Ethel hatte keine Ahnung, wie ihre Eltern reagieren würden. Vielleicht wurde sie auf der Stelle davongejagt; vielleicht verziehen sie ihr alles; vielleicht fanden sie eine Möglichkeit, zwar ihre Sünde zu verdammen, ihr selbst aber zu verzeihen. »Ich weiß es nicht«, sagte Ethel. »Ich bin schrecklich nervös.«

Mrs. Griffiths musterte sie mitfühlend. »Es stimmt schon, dein Dah kann ein richtiger Tatar sein. Trotzdem hat er dich lieb.«

»Das sagen die Leute immer. Dein Vater hat dich lieb, sagen sie. Aber wenn er mich aus dem Haus wirft, weiß ich wirklich nicht, wie man das Liebhaben nennen kann.«

»Die Leute sind manchmal vorschnell, wenn ihr Stolz verletzt wird«, erwiderte Mrs. Griffiths beschwichtigend. »Besonders Männer.«

Ethel stand auf. »Jedenfalls hat es keinen Sinn, die Sache noch länger hinauszuschieben.« Sie hob Lloyd vom Fußboden hoch. »Komm, mein Schatz. Es wird Zeit, dass du deine Großeltern kennenlernst.«

»Viel Glück«, sagte Mrs. Griffiths.

Das Haus der Williams war nur wenige Türen weiter. Ethel hoffte, dass ihr Vater nicht zu Hause wäre. Auf diese Weise bliebe ihr wenigstens ein bisschen Zeit mit ihrer Mutter, die weniger streng war.

Ethel überlegte, ob sie anklopfen sollte, sagte sich dann aber, dass es albern wäre, und ging direkt ins Haus.

Sie betrat die Küche, in der sie so viel Zeit verbracht hatte. Ihre Eltern waren beide nicht da, aber Gramper döste auf seinem Stuhl. Er schlug die Augen auf, schaute verblüfft drein und sagte dann voller Wärme: »Aber datt is' ja unsere Eth!«

»Hallo, Gramper.«

Er stand auf und kam zu ihr. Er war noch gebrechlicher geworden: Er musste sich am Tisch festhalten, nur um das kleine Zimmer zu durchqueren. Er küsste sie auf die Wange und richtete seine Aufmerksamkeit dann auf Lloyd. »Na, wer is' datt denn?«, fragte er entzückt. »Is' datt etwa mein erstes Urenkelchen?«

»Das ist Lloyd«, sagte Ethel.

»Schöner Name!«

Lloyd verbarg sein Gesicht an Ethels Schulter. »Er ist schüchtern.«

»Oh, er hat Angst vorm fremden alten Mann mit 'm weißen Schnurrbart. Na, der Racker wird sich schon an den alten Gramper gewöhnen. Setz dich. Erzähl.«

»Wo ist Mam?«

»Zum Coop, Marmelade holen.« Das örtliche Lebensmittelgeschäft war ein Konsumgenossenschaftsladen, der einen Teil seines Gewinns an seine Kunden weitergab. Es gab viele solche Läden in Südwales; trotzdem wusste niemand, wie man Co-op richtig aussprechen sollte. »Is' gleich wieder da.«

Ethel setzte Lloyd auf den Fußboden. Er begann, das Zimmer zu erkunden, und wankte unsicher von einer Griffmöglichkeit zur nächsten, ein bisschen wie Gramper. Ethel erzählte von ihrer Arbeit als Geschäftsführerin von *The Soldier's Wife:* von den Absprachen mit dem Drucker, dem Verteilen der Zeitungsbündel, dem Abholen unverkaufter Exemplare und wie man Leute dazu brachte, Anzeigen zu schalten. Gramper war furchtbar stolz, was seine Enkelin so alles konnte.

Während sie sich unterhielten, löste Gramper seine Uhrkette von der Weste und ließ sie an der Hand baumeln, ohne Lloyd anzuschauen. Der Junge starrte auf die glänzende Kette und griff danach. Gramper ließ ihn gewähren. Schon bald stützte Lloyd sich auf Grampers Knie, wobei er die Taschenuhr neugierig untersuchte.

Ethel fühlte sich in dem alten Haus seltsam fremd. Sie hatte erwartet, es würde angenehm vertraut sein wie ein altes Paar Stiefel, die man viele Jahre lang getragen hatte, aber sie war unsicher und unruhig. Immer wieder blickte sie auf die verblassten Stickereien mit den abgedroschenen Bibelzitaten und fragte sich, wieso ihre Mutter sie seit Jahrzehnten nicht ausgetauscht hatte.

»Hast du etwas von Billy gehört?«, fragte sie Gramper.

»Nee. Du?«

»Nicht, seit er nach Frankreich ist.«

»Wahrscheinlich isser in dieser großen Schlacht an der Somme.«

»O Gott, hoffentlich nicht. Es soll schrecklich sein.«

»Aye, grässlich, wennste den Gerüchten glaubst.«

Und mehr als Gerüchte gab es nicht, denn die Zeitungsberichte blieben absichtlich vage. Doch in den britischen Lazaretten lagen zahlreiche Verwundete, und ihre Berichte über die militärische Unfähigkeit der Führung und blutige Gemetzel waren in aller Munde.

Mam kam ins Zimmer. »Alle standen im Laden herum und redeten, als hätten sie nichts Besseres zu … oh!« Sie verstummte mitten im Satz. »Oh, gütiger Himmel, ist das unsere Eth?« Sie brach in Tränen aus.

Ethel nahm sie in die Arme.

Gramper sagte: »Guck mal, Cara, datt is' dein Enkelsohn Lloyd.«

Mam wischte sich die Augen und hob den Kleinen hoch. »Ist der schön!«, sagte sie. »Diese Locken! Er sieht genauso aus wie Billy damals.«

Lloyd beäugte Mam furchtsam; dann begann er zu weinen.

Ethel nahm ihn ihrer Mutter ab. »In letzter Zeit ist er ein richtiges Muttersöhnchen«, sagte sie entschuldigend.

»Das ist in dem Alter bei allen so«, erwiderte Mam. »Koste es aus, das ändert sich bald.«

»Wo ist Dah?«, fragte Ethel und versuchte, nicht allzu beklommen zu klingen.

Mam wirkte mit einem Mal angespannt. »Er ist zu 'ner Gewerkschaftsversammlung nach Caerphilly.« Sie schaute auf die Uhr. »Er müsste jeden Augenblick zum Tee kommen, wenn er den Zug nicht verpasst hat.«

Ethel durchschaute ihre Mutter: Sie hoffte, dass Dah später käme. Insgeheim wünschte Ethel sich das auch. Sie wollte mehr Zeit mit ihrer Mutter verbringen, ehe es zur Konfrontation kam.

Mam setzte Tee auf und stellte einen Teller mit gezuckerten walisischen Keksen auf den Tisch. Ethel nahm einen. »Die habe ich seit zwei Jahren nicht gegessen«, sagte sie. »Lecker.«

Gramper sagte fröhlich: »Nee, watt is' datt schön! Jetzt hab ich meine Tochter, meine Enkelin und mein' Urenkel alle im gleichen

Zimmer um mich rum. Kann ’n Mann vom Leben mehr verlangen?« Er nahm sich einen Keks.

Ethel musste daran denken, dass manche Leute nichts von dem Leben halten würden, das Gramper führte – den ganzen Tag in seinem einzigen Anzug in einer verqualmten Küche sitzen. Doch er war dankbar für sein Los, und wenigstens heute war er ein glücklicher Mann.

Dann kam Dah.

Mam war gerade mitten im Satz: »Einmal, ich war in deinem Alter, hatte ich auch die Gelegenheit, nach London zu gehen, aber dein Gramper sagte …«

Die Tür ging auf, und sie verstummte. Dah kam von der Straße herein. Er trug den Anzug, den er immer zu Versammlungen anzog, und eine flache Bergmannsmütze. Vom Weg die Steigung hinauf schwitzte er. Er machte einen Schritt ins Zimmer, blieb stehen und erstarrte.

»Guck mal, wer da ist«, sagte Mam gezwungen fröhlich. »Ethel und dein Enkelsohn.« Ihr Gesicht war weiß vor Anspannung.

Dah sagte kein Wort. Er nahm nicht die Mütze ab.

Ethel sagte: »Tag, Dah. Das ist Lloyd.«

Er blickte sie nicht an.

Gramper sagte: »Der Racker sieht dir ähnlich, Dai-Boy. Der Mund … siehste, was ich mein’?«

Lloyd spürte die Feindseligkeit im Raum und begann zu weinen.

Noch immer sagte Dah kein Wort. Ethel begriff, dass sie einen Fehler begangen hatte, ihn zu überfallen. Doch sie hatte verhindern wollen, dass er ihr untersagte, ins Haus zu kommen. Nun erkannte sie, dass sie ihn durch ihren Überfall in die Defensive gedrängt hatte. Er wirkte wie ein Mann, der mit dem Rücken zur Wand stand. Und Dah in die Ecke zu drängen war immer schon ein Fehler gewesen.

Sein Gesicht nahm einen starrsinnigen Ausdruck an. Er blickte seine Frau an und sagte: »Ich habe keinen Enkel.«

»Ach, komm schon«, sagte Mam mit flehendem Unterton.

Dahs Miene blieb unbewegt. Er rührte sich nicht, versuchte krampfhaft, den Blick auf Ethel zu vermeiden, starrte seine Frau an und sagte kein Wort. Er schien auf irgendetwas zu warten, und Ethel begriff mit einem Mal, dass er sich nicht vom Fleck rühren würde, ehe sie nicht gegangen war. Sie begann zu schluchzen.

»Ach, verdammich«, sagte Gramper.

Ethel nahm Lloyd auf. »Es tut mir leid, Mam«, sagte sie schluchzend. »Ich dachte, vielleicht…« Ihr versagte die Stimme. Lloyd in den Armen, schob sie sich an ihrem Vater vorbei. Er gönnte ihr keinen Blick.

Ethel eilte aus dem Haus und schlug die Tür hinter sich zu.

Am Morgen, nachdem die Männer in die Grube eingefahren und die Kinder zur Schule geschickt worden waren, machten die Frauen ihre gewohnten Arbeiten im Freien: Sie wischten den Gehsteig, fegten die Stufe vor der Haustür oder putzten die Fenster. Einige gingen einkaufen oder machten andere Besorgungen.

Ethel beobachtete die Frauen. Hin und wieder, ging es ihr durch den Kopf, müssen sie die Welt außerhalb ihrer Häuschen sehen, damit sie nicht vergessen, dass sich nicht das ganze Leben innerhalb der vier Wände ihrer Bruchbuden abspielt.

Sie lehnte im Sonnenschein neben der Haustür von Mrs. Griffiths Socialist an der Wand. Überall die Straße hinauf und hinunter hatten die Hausfrauen irgendeinen Grund gefunden, sich an der Sonne aufzuhalten. Lloyd spielte mit einem Ball. Er hatte beobachtet, wie andere Kinder Bälle warfen, und versuchte, es ihnen nachzumachen, aber es gelang ihm nicht; bei ihm war das Zusammenspiel von Schulter und Arm, Handgelenk und Fingern noch unkoordiniert. Er ließ den Ball entweder zu spät los, sodass er keinen Schwung hatte, oder zu früh, sodass er manchmal über seine Schulter nach hinten kullerte. Trotzdem versuchte er es unermüdlich und schien sogar begeistert von sich selbst zu sein.

Es wollte Ethel nicht in den Kopf, wie ihr Vater so einen süßen kleinen Jungen zurückweisen konnte. Lloyd hatte ihm doch nichts getan! Sie selbst war eine Sünderin, das sah sie ja ein, aber das traf auch auf die meisten anderen Menschen zu. Doch Gott vergab ihnen ihre Sünden. Weshalb also maßte Dah sich an, so eisern bei seinem Urteil zu bleiben? Es machte Ethel wütend und traurig zugleich.

Der Junge von der Post kam auf seinem Pony die Straße herauf und band es am Aborthäuschen fest. Er hieß Geraint Jones und war noch nicht im wehrfähigen Alter. Seine Arbeit bestand darin, Pakete und Telegramme auszuliefern, aber heute schien er keine Pakete dabeizuhaben. Ethel fröstelte plötzlich, als hätte sich eine Wolke vor die Sonne geschoben. Auf der Wellington Row waren Telegramme selten und bedeuteten zumeist schlechte Nachrichten.

Geraint ging die Steigung hinunter und entfernte sich von Ethel. Ihr fiel ein Stein vom Herzen: Das Telegramm war nicht für ihre Familie.

Ihre Gedanken schweiften zu einem Brief von Lady Maud. Ethel und Maud hatten gemeinsam mit anderen Frauen eine Kampagne begonnen mit dem Ziel, dass bei jeder Diskussion über eine Wahlrechtsreform für Soldaten auch das Frauenstimmrecht zur Sprache kam. Mittlerweile hatten sie genügend öffentliche Aufmerksamkeit erregt, dass Premierminister Asquith dieser Frage nicht mehr ausweichen konnte.

Maud hatte Ethel geschrieben, Asquith sei ihrem Vorstoß ausgewichen, indem er das Problem an einen Ausschuss delegiert habe. Aber das sei schon in Ordnung, schrieb Maud, denn statt theatralischer Reden im Unterhaus gäbe es nun Debatten im kleinen Kreis. Vielleicht siegte ja der gesunde Menschenverstand. Im Augenblick versuchte Maud herauszufinden, mit welchen Leuten Asquith den Ausschuss besetzte.

Ein paar Türen weiter kam Gramper aus dem Haus der Williams, setzte sich auf das niedrige Fensterbrett und zündete seine erste Pfeife des Tages an. Er entdeckte Ethel und winkte lächelnd.

Auf der anderen Seite begann Minnie Ponti, die Mutter von Joey und Johnny, einen Teppich auszuklopfen. Der aufwirbelnde Staub brachte sie zum Husten.

Mrs. Griffiths kam mit einer Schaufel Asche aus dem Küchenherd auf die Straße und schüttete sie in ein Schlagloch.

Ethel fragte sie: »Kann ich mich nützlich machen? Ich könnte für dich zum Co-op gehen, wenn du was brauchst.« Sie hatte bereits die Betten gemacht und das Frühstücksgeschirr abgewaschen.

»Ja, gerne«, sagte Mrs. Griffiths. »Ich mach dir eine Liste.« Keuchend lehnte sie sich an die Hauswand. Sie war eine schwere Frau, und jede Bewegung strengte sie an.

Ethel sah, dass am unteren Ende der Straße die Leute zusammenliefen. Stimmen wurden erhoben. Plötzlich gellte ein Schrei. Ethel und Mrs. Griffiths tauschten einen Blick. Dann nahm Ethel ihren

Sohn auf, und beide Frauen eilten die Straße hinunter, um zu sehen, was auf der anderen Seite des Aborthäuschens vor sich ging.

Als Erstes sah Ethel eine kleine Gruppe Frauen, die sich um Mrs. Pritchard scharten. Mrs. Pritchard jammerte aus vollem Halse. Die anderen Frauen versuchten sie zu beruhigen. Aber sie war nicht die Einzige: Stumpy Pugh, ein ehemaliger Kohlehauer, der bei einem Bergbruch ein Bein verloren hatte, saß mitten auf der Straße, als hätte man ihn niedergeschlagen. Zwei Nachbarn standen links und rechts von ihm. Auf der anderen Seite der Straße stand Mrs. John Jones the Shop schluchzend in der Tür, ein Blatt Papier in der Hand.

Ethel sah Geraint, den Postjungen, wie er kreidebleich und den Tränen nahe die Straße überquerte und an eine andere Tür klopfte.

»Telegramme vom Kriegsministerium«, sagte Mrs. Griffiths. »O Herr, steh uns bei.«

»Die Schlacht an der Somme«, flüsterte Ethel. »Die Aberowen Pals sind dabei.«

»Alun Pritchard muss tot sein, und Clive Pugh, und Prophet Jones … er war Sergeant. Seine Eltern waren so stolz auf ihn …«

»Die arme Mrs. Jones the Shop. Ihr anderer Sohn ist bei der Grubenexplosion unter den Berg gekommen.«

»O Herr, lass meinen Tommy gesund sein«, betete Mrs. Griffiths, obwohl ihr Mann ein berüchtigter Atheist war. »O Herr, verschone Tommy.«

»Und Billy«, sagte Ethel und fügte hinzu, nur in Lloyds winziges Öhrchen geflüstert: »Und deinen Daddy.«

Geraint trug einen Segeltuchsack über der Schulter. Ethel fragte sich voller Angst, wie viele Telegramme noch darin sein mochten. Der Junge ging kreuz und quer die Straße entlang, von einer Hausnummer zur nächsten, ein Todesengel mit Briefträgermütze.

Als er am Aborthäuschen vorbeiging und zur oberen Hälfte der Straße gelangte, standen alle auf den Gehsteigen. Die Frauen hatten ihre Arbeit unterbrochen und warteten. Auch Ethels Eltern waren herausgekommen; Dah war noch nicht zur Arbeit gegangen. Still und bleich standen sie neben Gramper.

Geraint trat auf Mrs. Llewellyn zu. Ihr Sohn Arthur musste tot sein. »Spotty« hatten ihn alle genannt, erinnerte sich Ethel. Jetzt brauchte der arme Junge sich um seine Pickel keine Gedanken mehr zu machen.

Mrs. Llewellyn hielt die Hände vor sich ausgestreckt, als könnte sie Geraint auf diese Weise abwehren. »Nein!«, schrie sie. »Nein, bitte nicht!«

Geraint hielt ihr das Telegramm hin. »Ich kann's nich' ändern, Mrs. Llewellyn«, sagte er. Er war erst siebzehn. »Da steht vorn Ihre Adresse drauf, sehn Sie?«

Noch immer wollte sie das Kuvert nicht annehmen. »Nein!«, rief sie, wandte sich ab und vergrub das Gesicht in den Händen.

Die Lippen des Jungen bebten. »Bitte nehmen Sie's«, sagte er. »Ich muss noch so viele abliefern. Und im Amt liegen noch mehr … Hunderte. Es is' schon zehn, und ich weiß nicht, wie ich das alles vor heut Abend erledigen soll. Bitte.«

Mrs. Llewellyns Nachbarin, Mrs. Parry Price, sagte: »Ich nehm's für sie an. Ich hab keine Söhne.«

»Vielen, vielen Dank, Mrs. Price«, sagte Geraint und konnte endlich weitergehen.

Er zog ein weiteres Telegramm aus seiner Tasche, blickte auf die Adresse und ging am Haus der Griffiths' vorbei. »O Gott, ich danke dir«, sagte Mrs. Griffiths inbrünstig. »Mein Tommy lebt, dem Herrn sei Dank.« Vor Erleichterung brach sie in Tränen aus. Ethel nahm Lloyd an die andere Hand und legte den freien Arm um sie.

Der Bote trat auf Minnie Ponti zu. Sie schrie nicht, aber die Tränen liefen ihr das Gesicht hinunter. »Welcher?«, fragte sie mit brüchiger Stimme. »Joey oder Johnny?«

»Weiß ich auch nich', Mrs. Ponti«, antwortete Geraint. »Sie müssen gucken, was da drinsteht.«

Sie riss den Umschlag auf. »Ich kann es nicht sehen!«, sagte sie schluchzend, rieb sich die Augen, versuchte, die Tränen loszuwerden, und schaute wieder hin. »Giuseppe!«, sagte sie. »Mein Joey ist tot … mein armer kleiner Joey!«

Mrs. Ponti wohnte fast am Ende der Straße. Mit pochendem Herzen wartete Ethel ab, ob Geraint zum Haus ihrer Eltern ging oder nicht. Lebte Billy, oder war er tot?

Der Bote wandte sich von der weinenden Mrs. Ponti ab. Er blickte über die Straße und schaute Dah, Mam und Gramper an, die ihn mit schrecklicher Vorahnung wie gelähmt anstarrten. Er schaute in seine Tasche und hob den Blick.

»Das war alles für die Wellington Row«, sagte er.

Ethel verlor fast den Boden unter den Füßen. Billy lebte.

Sie schaute ihre Eltern an. Mam weinte. Gramper versuchte, seine Pfeife wieder anzuzünden, aber seine Hände zitterten zu sehr.

Dah nahm nicht den Blick von ihr. Den Ausdruck in seinem Gesicht vermochte Ethel nicht zu deuten. Dah war tief bewegt, doch sie wusste nicht zu sagen, wovon.

Er machte einen einzigen Schritt auf sie zu.

Viel war es nicht, aber es genügte. Ethel hob Lloyd hoch und rannte auf Dah zu.

Er schloss beide in die Arme. »Billy lebt«, sagte er. »Und du auch.«

»Ach, Dah«, schluchzte Ethel. »Es tut mir so leid, dass ich dich enttäuscht habe.«

»Denk nicht mehr dran«, sagte er und klopfte ihr auf den Rücken, wie er es immer getan hatte, wenn sie sich als kleines Mädchen die Knie aufgeschlagen hatte. »Ist schon gut. Es wird alles wieder gut.«

Ein interkonfessioneller Gottesdienst war bei den Christen von Aberowen ein seltenes Ereignis, so viel wusste Ethel. Unter Walisern wurden dogmatische Differenzen niemals als zweitrangig betrachtet. Die eine Gruppe lehnte das Weihnachtsfest ab, weil die Bibel keinen Anhaltspunkt liefere, wann die Geburt Jesu sich ereignet hatte. Andere untersagten die Teilnahme an den Wahlen, weil der Apostel Paulus geschrieben hat: »Unser Wandel aber ist im Himmel.« Und keiner von ihnen schien gerne an der Seite von Menschen beten zu wollen, die anderer Ansicht waren.

Nach dem Telegramm-Mittwoch jedoch schienen solche Unterschiede sich wenigstens für kurze Zeit verwischt zu haben.

Der anglikanische Pfarrer von Aberowen, Reverend Thomas Ellis-Thomas, schlug einen gemeinsamen Trauergottesdienst vor. Zweihundertelf Telegramme waren an jenem Mittwoch ausgeliefert worden, und da die Schlacht noch immer im Gange war, trafen jeden Tag eine oder zwei neue traurige Mitteilungen ein. In jeder Straße in der Stadt hatte jemand einen geliebten Menschen verloren, und in den dicht an dicht stehenden Häusern der Bergmannssiedlung traf man alle paar Meter auf eine trauernde Familie.

Die Methodisten, Baptisten und Katholiken stimmten dem Vorschlag des anglikanischen Pfarrers zu. Die kleineren Gemeinschaften hätten es wahrscheinlich vorgezogen, unter sich zu bleiben: die Full Gospel Baptists, die Zeugen Jehovas, die Evangelikalen der Wiederkunft Christi und die Bethesda-Kapelle. Ethel merkte ihrem Vater an, dass er mit sich rang. Aber niemand wollte versäumen, was der größte Gottesdienst in der Geschichte der Stadt zu werden versprach, und am Ende nahmen alle daran teil. Aberowen hatte keine Synagoge, aber unter den Gefallenen war der junge Jonathan Goldman, und so erschienen auch die Handvoll praktizierender Juden in der Stadt, obwohl man ihrem Glauben in keiner Weise entgegenkam.

Der Gottesdienst wurde am Sonntagnachmittag um halb drei im Stadtpark gehalten, den alle »The Reck« nannten – die Kurzform für Recreation Ground, Freizeitgelände. Der Stadtrat hatte ein behelfsmäßiges Podest errichten lassen, auf dem die Geistlichen stehen konnten. Der Tag war schön und sonnig, und so kamen dreitausend Besucher.

Ethel ließ den Blick über die Menge schweifen. Perceval Jones war mit Zylinder erschienen. Er war nicht nur Bürgermeister von Aberowen, sondern auch Parlamentsabgeordneter der Stadt. Außerdem war er Bataillonskommandeur ehrenhalber der Aberowen Pals und hatte die Rekrutierungskampagne geleitet. Mehrere andere Direktoren von Celtic Minerals waren bei ihm – als hätten sie irgendeinen Anspruch auf den Heldenmut der Gefallenen, dachte Ethel verärgert. Auch Maldwyn »Gone-to-Merthyr« Morgan erschien mit seiner Frau; aber die beiden hatten jedes Recht darauf, hier zu sein, denn ihr Sohn Roland war ebenfalls an der Somme geblieben.

Dann entdeckte sie Fitz.

Zuerst erkannte sie ihn nicht. Sie sah Fürstin Bea in schwarzem Kleid und mit Hut, gefolgt von einem Kindermädchen, das den kleinen Viscount Aberowen trug, einen Jungen im gleichen Alter wie Lloyd. Bea wurde von einem Mann auf Krücken begleitet, der ein Bein in Gips hatte und einen Verband um den Kopf trug, der das linke Auge bedeckte. Ethel musste lange hinsehen, bis sie erkannte, dass sie Fitz vor sich hatte. Sie stieß einen unterdrückten Schrei aus.

»Was ist?«, fragte Mam.

»Sieh nur, der Earl!«

»Ist er das? Meine Güte, der arme Mann.«

Ethel starrte ihn an. Sie liebte ihn nicht mehr; er war zu grausam zu ihr gewesen. Aber gleichgültig war er ihr auch nicht. Sie erinnerte sich nur zu gut daran, wie sie das Gesicht unter dem Verband mit Küssen bedeckt und den kräftigen, nun so schrecklich geschundenen Leib liebkost hatte. Fitz war eitel – die verzeihlichste seiner Schwächen –, und Ethel wusste, dass ihn das Entsetzen bei jedem Blick in den Spiegel mehr schmerzte als seine Wunden.

»Ich möchte wissen, warum er nicht zu Hause geblieben ist«, sagte Mam. »Die Leute hätten doch Verständnis dafür gehabt.«

Ethel schüttelte den Kopf. »Er ist zu stolz. Er hat die Männer in den Tod geführt. Er musste hierherkommen.«

»Du kennst ihn gut«, sagte Mam mit einem Ausdruck, bei dem Ethel sich fragte, ob sie die Wahrheit ahnte. »Er will bestimmt, dass die Leute sehen, dass auch solche wie er gelitten haben. Ich glaube, das ist ihm wichtig.«

Ethel nickte. Mam hatte recht. Fitz war überheblich und neigte zur Willkür; zugleich verlangte es ihn nach der Achtung der kleinen Leute.

Dai Chops, der Sohn des Metzgers, kam zu ihnen. »Schön, dass du wieder in Aberowen bist, Ethel«, sagte er.

Er war ein kleiner Mann in einem ordentlichen Anzug. »Wie geht es dir, Dai?«, fragte Ethel.

»Sehr gut, danke. Morgen läuft der neue Charlie-Chaplin-Film an. Magst du Chaplin?«

»Ich habe keine Zeit fürs Kino.«

»Warum lässt du den Kleinen morgen Abend nicht bei deiner Mam und kommst mit?«

Dai hatte im Palace Cinema in Cardiff einmal die Hand unter Ethels Rock geschoben. Das war fünf Jahre her, aber sie sah ihm an, dass er es nicht vergessen hatte. »Nein, danke, Dai«, sagte sie bestimmt.

Doch er gab sich noch nicht geschlagen. »Noch arbeite ich unter Tage, aber ich übernehme das Geschäft, wenn Dah sich aufs Altenteil begibt.«

»Schön, dass es dir gut geht.«

»Viele Männer würden ein Mädchen mit einem Kind nicht mal anschauen«, sagte er. »Aber ich bin anders.«

Das war ziemlich herablassend, doch Ethel beschloss, nicht beleidigt zu sein. »Auf Wiedersehen, Dai. Nett von dir, dass du mich gefragt hast.«

Er lächelte bedauernd. »Du bist immer noch das schönste Mädchen, das ich je getroffen hab.« Er tippte sich an die Mütze und ging davon.

»Was stimmt nicht mit ihm?«, fragte Mam erbost. »Du brauchst 'nen Mann, und er ist 'ne gute Partie!«

Ja, was stimmt nicht mit ihm, überlegte Ethel. Er war ein bisschen klein, aber diesen Mangel glich er durch seinen Charme aus. Er hatte gute Zukunftsaussichten und war bereit, das Kind eines anderen Mannes anzunehmen. Warum also hast du sofort gewusst, dass du nicht mit ihm ins Kino gehen willst, fragte sich Ethel. Glaubst du insgeheim noch immer, dass du für Aberowen zu schade bist?

Für die Honoratioren waren in der ersten Reihe Stühle aufgestellt worden. Fitz und Bea setzten sich neben Perceval Jones und Maldwyn Morgan, und der Gottesdienst begann.

Ethel war religiös, aber längst nicht so fromm wie Dah. Aber einen Gott musste es ja wohl geben. Allerdings vermutete Ethel, dass dieser Gott vernünftiger war, als ihr Vater es sich vorstellte. Dahs flammende Ablehnung der etablierten Kirchen hatte sich auf Ethel lediglich als milde Abneigung gegen Heiligenstatuen, Weihrauch und Latein vererbt. In London ging sie am Sonntagmorgen gelegentlich in die Calvary Gospel Hall, vor allem, weil der Pfarrer ein leidenschaftlicher Sozialist war, der es gestattete, dass seine Kirche für Mauds Klinik und für Treffen der Arbeiterpartei benutzt wurde.

Natürlich gab es im The Reck keine Orgel; daher brauchten die Puritaner ihre Einwände gegen Musikinstrumente nicht zu unterdrücken. Von Dah wusste Ethel, dass es Streit gegeben hatte, wer den Gesang anleiten sollte – eine Rolle, die in dieser Stadt wichtiger war als das Predigen. Am Ende wurde der Männerchor von Aberowen nach vorn gestellt, und der Chorleiter, der keiner speziellen Kirche angehörte, war für die Musik verantwortlich.

Es begann mit Händels »Er wird seine Herde weiden wie ein Hirte«, einem beliebten Choral aus dem »Messias« mit herrlichem mehrstimmigem Gesang, den die Gemeinde fehlerlos absolvierte. Als sich bei der Zeile »Er wird die Lämmer in seinen Arm sammeln« Hunderte von Tenorstimmen über den Park erhoben, wurde Ethel bewusst, wie sehr sie diese Musik in London vermisst hatte.

Der katholische Priester las den 129. Psalm, *»De Profundis«*, auf Latein. Er sprach, so laut er konnte, wurde am Rand der Menge aber kaum noch verstanden. Der anglikanische Pfarrer las das Totengebet aus dem *Book of Common Prayer*, der Agende der Anglikanischen Kirche. Dilys Jones, ein junger Methodist, sang »Liebe, komm herab zur Erde«, ein Kirchenlied von Charles Wesley. Der baptistische Pfarrer las aus dem 1. Korintherbrief, Kapitel 15, die Verse 20 bis zum Ende.

Die Freikirchen schließlich sollten durch einen Prediger vertreten werden, und die Wahl war auf Ethels Dah gefallen. Er begann, indem er einen einzelnen Vers aus dem Brief des Paulus an die Römer, Kapitel 8, vorlas: »›So nun der Geist des, der Jesum von den Toten auferweckt hat, in euch wohnt, so wird auch derselbe, der Christum von den Toten auferweckt hat, eure sterblichen Leiber lebendig machen um deswillen, dass sein Geist in euch wohnt.‹«

Dah hatte eine kräftige Stimme, die deutlich über den ganzen Park trug. Ethel war stolz auf ihn. Diese Ehre untermauerte seine Stellung als einer der wichtigsten Männer der Stadt, als spirituelle und politische Autorität. Außerdem sah er gut aus: Mam hatte ihm im Laden von Gwyn Evans in Merthyr eine neue schwarze Krawatte aus Seide gekauft.

Als Dah über die Auferstehung und das Leben nach dem Tod sprach, schweiften Ethels Gedanken ab. Das alles hatte sie schon einmal gehört. Sie nahm an, dass es ein Leben nach dem Tod gab, war sich allerdings nicht sicher. Aber das würde sie ja früh genug herausfinden. Erst als leichte Unruhe in der Menge entstand, horchte Ethel auf. Offenbar war Dah von den üblichen Themen abgewichen. Sie hörte ihn sagen: »… und so hat unser Land beschlossen, in den Krieg zu ziehen. Ich hoffe nur, jeder Abgeordnete hat sein Gewissen aufrichtig befragt und zu Gott dem Herrn gebetet, ihm den rechten Weg zu weisen. Dennoch bleibt die Frage: Wer hat diese Männer ins Parlament gebracht?«

Jetzt wird er politisch, dachte Ethel. Sehr gut, Dah! Dann vergeht dem anglikanischen Pfarrer wenigstens sein selbstgerechtes Grinsen.

»Grundsätzlich kann jeder Mann in unserem Land zum Militärdienst herangezogen werden. Aber nicht jedem Mann ist es gestattet, sich an der Entscheidung zu beteiligen, ob er überhaupt in den Krieg ziehen will!«

Aus der Menge erhoben sich zustimmende Rufe.

»Die Wahlrechtsbestimmungen schließen mehr als die Hälfte aller Männer in diesem Land aus!«

Ethel rief: »Und alle Frauen!«

»Still jetzt!«, ermahnte Mam sie. »Dein Dah ist am Predigen, nicht du.«

»Mehr als zweihundert junge Männer aus Aberowen sind am ersten Julitag an den Ufern der Somme gefallen. Wie ich hörte, lagen die britischen Gesamtverluste an diesem Tag bei über fünfzigtausend!«

Die Zuhörer schnappten entsetzt nach Luft. Nur sehr wenige Anwesende hatten diese Zahl gekannt. Dah wusste sie von Ethel; Maud hatte sie von ihren Freunden im Kriegsministerium erfahren.

»Fünfzigtausend Verluste, davon zwanzigtausend Gefallene«, fuhr Dah fort. »Und die Schlacht geht immer noch weiter. Tag für Tag werden mehr junge Männer geopfert.« In der Menge erhoben sich zornige Stimmen, gingen jedoch in Rufen der Zustimmung unter. Dah bat um Ruhe, indem er die Hand hob. »Ich sage nicht, wer daran schuld ist. Ich sage nur: Solch ein Gemetzel kann nicht gerecht sein, wenn Männern zuvor verweigert wurde, sich für oder gegen den Krieg zu entscheiden.«

Der anglikanische Pfarrer trat vor, um Dah zu unterbrechen, und Perceval Jones versuchte vergebens, auf das Podium zu klettern.

Aber Dah war fast fertig. »Wenn wir jemals wieder gefragt werden, ob wir in einen Krieg ziehen wollen, darf es nicht ohne die Zustimmung des *ganzen* Volkes geschehen.«

»Aller Männer und aller Frauen!«, rief Ethel, doch ihre Stimme ging im Jubel der Bergleute unter.

Ein paar Männer standen nun vor Dah und brüllten auf ihn ein, doch seine Stimme übertönte den Lärm. »Nie wieder werden wir Krieg auf Anweisung einer Minderheit beginnen!«, donnerte er. »Nie wieder! Nie wieder! Nie wieder!«

Er setzte sich, während der Beifall wie ein Gewittersturm toste.

KAPITEL 19

Juli bis Oktober 1916

Kowel war ein Eisenbahnknotenpunkt in jenem Teil Russlands, der einst Polen gewesen war, nahe der alten Grenze zu Österreich-Ungarn. Die russische Armee sammelte sich zwanzig Meilen östlich der Stadt, an den Ufern des Flusses Stochid. Das ganze Gebiet war ein Sumpf, Hunderte von Quadratmeilen groß und von schmalen Pfaden durchzogen. Grigori fand einen Flecken trockenen Boden und befahl seinem Zug, ein Lager aufzuschlagen. Sie hatten keine Zelte – Major Azow hatte sie vor drei Monaten an eine Kleiderfabrik in Pinsk verkauft und erklärt, im Sommer bräuchten die Männer keine Zelte, und im Winter wären sie ohnehin alle tot.

Wie durch ein Wunder lebte Grigori noch. Er war zum Sergeanten befördert worden, sein Freund Isaak zum Korporal. Tatsächlich waren die Männer, die die Kämpfe von 1914 überlebt hatten, inzwischen fast alle Unteroffiziere. Grigoris Bataillon war dezimiert, verlegt und verstärkt worden, bevor es wieder dezimiert wurde, und so weiter und so fort. Man hatte die Männer überall hingeschickt, nur nicht nach Hause.

In den vergangenen zwei Jahren hatte Grigori viele Feinde getötet: mit dem Gewehr, mit dem Bajonett, sogar mit bloßen Händen. Den meisten war er nahe genug gewesen, um sie sterben zu sehen. Einige seiner Kameraden hatten Albträume davon bekommen, besonders die Gebildeten, nicht aber Grigori. Er war in der archaischen Welt eines Bauerndorfes aufgewachsen und hatte als Waisenkind auf den Straßen von Sankt Petersburg überlebt. Gewalt bescherte ihm keine Albträume.

Was ihn schockierte, waren die Dummheit, Gefühllosigkeit und Verderbtheit der Offiziere. An der Seite der herrschenden Klasse zu leben und zu kämpfen hatte Grigori zu einem Revolutionär gemacht.

Und er musste überleben. Er war der Einzige, der sich um Katherina kümmerte.

Grigori schrieb ihr regelmäßig. Gelegentlich bekam auch er einen Brief in der ordentlichen Schrift eines Schulmädchens, aber mit sehr vielen Rechtschreibfehlern und Streichungen. Grigori bewahrte jeden dieser Briefe auf. Zu einem Bündel zusammengebunden trug er sie in seinem Rucksack bei sich. Wenn er einmal längere Zeit keinen neuen Brief bekam, las er die alten.

In ihrem ersten Brief hatte Katherina ihm berichtet, dass sie einen Jungen zur Welt gebracht hatte, Wladimir, Lews Sohn, inzwischen achtzehn Monate alt. Grigori sehnte sich danach, den Jungen zu sehen. Lebhaft erinnerte er sich an Lew, als der noch ein Baby gewesen war. Ob Wladimir das gleiche unwiderstehliche Lächeln besaß? Inzwischen hatte er wohl schon Zähne und würde laufen und die ersten Worte sprechen können. Grigori hätte dem Kleinen zu gerne beigebracht, »Onkel Grischka« zu sagen.

Oft dachte er an die Nacht, als Katherina in sein Bett gekommen war. In seinen Tagträumen änderte er manchmal den Lauf der Dinge. Dann stieß er sie nicht mehr von sich weg, sondern nahm sie in die Arme, küsste ihren weichen Mund und machte Liebe mit ihr. Aber er war sich stets bewusst, dass ihr Herz im wirklichen Leben seinem Bruder gehörte.

Grigori hatte nichts von Lew gehört, obwohl dieser bereits zwei Jahre fort war. Ob Lew in Amerika irgendetwas Schlimmes widerfahren war? Lews Fehler und Schwächen hatten ihn mehr als einmal in Schwierigkeiten gebracht, auch wenn er stets zu wissen schien, wie er sich wieder daraus befreite. Lews Leichtsinn war ein Produkt seiner Erziehung. Er hatte von der Hand in den Mund gelebt und nie Disziplin gelernt, denn Grigori war ein armseliger Vaterersatz gewesen. Er wünschte sich, er hätte seine Sache besser gemacht, aber er war damals ja selbst noch ein Kind gewesen.

Das Ende vom Lied war jedenfalls, dass Katherina und ihr Söhnchen niemanden hatten, der sich um sie kümmerte – bis auf Grigori. Deshalb war er fest entschlossen, am Leben zu bleiben, trotz der erschreckenden Unfähigkeit der militärischen Führung und der chaotischen Zustände in der russischen Armee. Eines Tages wollte Grigori zu Katherina und Wladimir zurück.

Den Befehl über die russische Südwestfront hatte General Brussilow, der im Gegensatz zu vielen anderen Generälen Berufssoldat war; die anderen waren zumeist Höflinge. Unter Brussilows Befehl hatten die Russen im Juni einige Geländegewinne gemacht und die Österreicher vor sich hergetrieben. Grigori und seine Männer kämpften hart, wenn die Befehle auch nur ansatzweise Sinn ergaben. Ansonsten richteten sie ihre ganze Energie darauf, aus der Schusslinie zu bleiben – eine Kunst, auf die Grigori sich inzwischen ziemlich gut verstand und die ihm die Loyalität seines Zuges eingebracht hatte.

Im Juli verlangsamte sich der russische Vorstoß, wie jedes Mal aufgrund von Nachschubmangel. Doch nun waren Verstärkungen eingetroffen, darunter mehrere Garderegimenter, denen Elitesoldaten angehörten, die körperlich größten und härtesten russischen Kämpfer. Anders als die normalen Armeesoldaten trugen sie schmucke dunkelgrüne Uniformen und neue Stiefel. Aber sie hatten einen miserablen Befehlshaber, General Besobrasow, ein weiterer Höfling. Grigori hatte das untrügliche Gefühl, dass Besobrasow es niemals schaffen würde, Kowel einzunehmen, egal wie groß und stark seine Soldaten sein mochten.

Bei Sonnenaufgang brachte Major Azow die Befehle. Er war ein großer, schwerer Mann in eng sitzender Uniform, und meist waren seine Augen so früh am Morgen blutunterlaufen. Leutnant Kirilow begleitete ihn. Der Leutnant rief die Sergeanten zu sich, und Azow befahl ihnen, den Fluss zu überqueren und durch den Sumpf nach Westen zu marschieren. Die Österreicher hatten Stellungen im Sumpf, hatten sich aber nicht eingegraben, denn der Boden war zu schlammig.

Grigori sah jetzt schon die drohende Katastrophe: Die Österreicher, die ihre Stellungen wahrscheinlich mit Bedacht ausgewählt hatten, würden ihnen in sicherer Deckung auflauern. Die Russen hingegen würden sich als kompakte Menschenmasse auf den Sumpfpfaden vorwärtsbewegen und auf dem schlammigen Untergrund nicht schnell genug vorankommen. Der Feind würde sie massakrieren.

Außerdem ging ihnen die Munition aus.

»Euer Gnaden«, sagte Grigori, »wir brauchen Munition.«

Für einen Mann seiner Körperfülle bewegte Azow sich erstaunlich schnell. Ohne Vorwarnung schmetterte er Grigori die Faust auf den Mund. Brennender Schmerz raste durch Grigoris Lippen, und er taumelte nach hinten. »Das sollte dich eine Zeit lang zum Schweigen bringen«, sagte Azow. »Ihr werdet Munition bekommen, wenn eure Offiziere sagen, dass ihr sie braucht.« Er drehte sich zu den anderen um. »Bildet eine Schützenlinie! Rückt vor, sobald ihr das Signal hört!«

Grigori rappelte sich auf. Er schmeckte Blut. Vorsichtig betastete er sein Gesicht und stellte fest, dass er einen Zahn verloren hatte. Er verfluchte seine Unvorsichtigkeit. Er hätte es besser wissen müssen. Offiziere schlugen bei der geringsten Provokation zu. Grigori konnte von Glück sagen, dass Azow kein Gewehr dabeigehabt hatte, sonst hätte er den Kolben ins Gesicht bekommen.

Grigori rief seinen Zug zusammen und ließ die Männer sich in Reihe aufstellen. Er wollte sich zurückhalten und die anderen vorgehen lassen, doch zu seiner großen Enttäuschung schickte Azow seine Kompanie als eine der ersten los, und Grigoris Zug fand sich in der vordersten Reihe wieder.

Er musste sich etwas einfallen lassen.

Grigori watete in den Fluss. Die fünfunddreißig Männer seines Zuges folgten ihm. Das Wasser war kalt, aber das Wetter war sonnig und warm, sodass es den Männern nicht allzu viel ausmachte, nass zu werden. Grigori bewegte sich langsam, und seine Leute taten es ihm nach. Sie blieben hinter ihm und warteten ab, was er tun würde.

Der Stochid war breit und flach; als sie das andere Ufer erreichten, waren sie nicht mal bis zur Hüfte nass. Zufrieden stellte Grigori fest, dass einsatzfreudigere Männer sie bereits überholt hatten.

Auf dem schmalen Pfad durch den Sumpf musste Grigoris Zug genauso schnell marschieren wie alle anderen, und Grigori konnte sich nicht wie geplant zurückfallen lassen. Allmählich machte er sich Sorgen. Er wollte nicht, dass seine Männer in diesen Menschenmassen feststeckten, wenn die Österreicher das Feuer eröffneten.

Nach gut einer Meile verengte sich der Pfad, und das Marschtempo wurde langsamer, da die Männer sich nun in Einzelreihe durch den Engpass zwängen mussten. Grigori erkannte die Gelegenheit: Als würde die Verzögerung ihn ungeduldig machen, verließ er den Pfad und stapfte durch den Schlamm, gefolgt von seinen Männern. Der Zug hinter ihnen schloss auf und füllte die so entstandene Lücke.

Das Wasser reichte Grigori bis zur Brust, und der Schlamm war klebrig. Durch diesen Sumpf konnte man nur langsam marschieren, und wie Grigori erwartet hatte, fielen sie immer weiter zurück.

Dann wurden sie von Leutnant Kirilow entdeckt. »Ihr da!«, brüllte er wütend. »Zurück auf den Weg!«

»Jawohl, Euer Gnaden!«, rief Grigori zurück. Doch anstatt zu gehorchen, führte er seine Männer immer weiter weg und tat dabei so, als suche er nach festem Boden.

Der Leutnant fluchte und gab es auf.

Grigori ließ den Blick genauso sorgfältig über das Gelände vor ihm schweifen wie die Offiziere, allerdings aus einem anderen Grund: Die Offiziere suchten nach den Österreichern, Grigori nach einem Versteck.

Er stapfte weiter und ließ sich von Hunderten Soldaten überholen. Sollten die eingebildeten Gardesoldaten ruhig das Kämpfen übernehmen!

Gegen Vormittag krachten weiter vorne die ersten Schüsse. Die Vorhut war auf den Feind getroffen. Es wurde Zeit, sich eine Zuflucht zu suchen.

Grigori gelangte an eine kleine Anhöhe. Hier war der Boden trockener. Der Rest von Major Azows Kompanie war nun weit vorne und nicht mehr zu sehen. Auf der Kuppe rief Grigori seinen Männern zu: »In Deckung! Feindstellung links vor uns!«

Aber es gab keine Feindstellung, und seine Männer wussten es. Doch sie legten sich auf den Boden, duckten sich hinter Büsche und Bäume und zielten mit ihren Gewehren den Hang hinunter. Um sicherzugehen, feuerte Grigori einen Schuss in ein Gebüsch knapp zweihundert Meter vor ihnen – für den Fall, dass dort wirklich Österreicher lauerten. Aber das Feuer wurde nicht erwidert.

Solange wir hier bleiben, dachte Grigori zufrieden, sind wir in Sicherheit. Nun hatte er zwei Möglichkeiten: Die wahrscheinlichere war, dass in ein paar Stunden die ersten russischen Soldaten mit ihren Verwundeten zurückgestolpert kamen, den Feind dicht auf den Fersen. In diesem Fall würde Grigori sich mit seinen Leuten dem Rückzug anschließen. Oder Grigori gelangte gegen Abend zu der Erkenntnis, dass die Russen das Gefecht gewonnen hatten, und würde seinen Zug nach vorne führen, um gemeinsam mit den anderen den Sieg zu feiern.

Bis dahin bestand das Problem darin, weiter so zu tun, als befänden sie sich im Gefecht mit einer österreichischen Stellung. Es war langweilig, stundenlang auf dem Boden zu liegen und in die Gegend zu starren, vorgeblich auf der Suche nach dem Feind. In einer solchen

Situation ließen die Männer sich nur allzu schnell dazu hinreißen, zu essen, zu trinken, zu rauchen, Karten zu spielen oder ein Nickerchen zu machen, und das machte natürlich die Illusion eine kämpfenden Einheit zunichte.

Aber bevor sie es sich bequem machen konnten, erschien Leutnant Kirilow ein Stück rechts von Grigori auf der anderen Seite des Teichs. Grigori stöhnte: Das konnte alles zunichtemachen. »Was macht ihr da?«, brüllte Kirilow.

»Kopf runter, Euer Gnaden!«, rief Grigori zurück.

Isaak feuerte sein Gewehr ab, und Grigori duckte sich. Sofort schoss auch Kirilow auf den vermeintlichen Feind und zog sich dann auf dem gleichen Weg zurück, den er gekommen war.

Isaak lachte leise. »Das klappt jedes Mal.«

Grigori war sich da nicht so sicher. Kirilow hatte verärgert dreingeschaut, als hätte er gewusst, dass man ihn täuschte; nur konnte er sich noch nicht so recht entscheiden, was er dagegen unternehmen sollte.

Grigori lauschte auf den Gefechtslärm weiter vorne. Er schätzte, dass der Kampf gut eine Meile entfernt stattfand und sich nicht verlagerte.

Die Sonne stieg höher und trocknete die nassen Uniformen. Allmählich bekam Grigori Hunger, und so kaute er auf einem Hartkeks aus seinem Proviantbeutel, sorgfältig darauf bedacht, die wunde Stelle zu meiden, wo Azows Faust ihn getroffen hatte.

Dann sah Grigori deutsche Flugzeuge tief über das Gelände weiter vorne fliegen. Dem Geräusch nach zu urteilen, beharkten sie mit ihren Maschinengewehren die Truppen am Boden. Die auf den viel zu schmalen, verschlammten Pfaden zusammengedrängten Garderegimenter mussten ein leichtes Ziel abgeben. Wahrscheinlich spielt sich dort ein grauenhaftes Gemetzel ab. Grigori war doppelt froh, dass er und seine Männer nicht in dieser Hölle waren.

Zur Mitte des Nachmittags schien der Kampflärm näher zu kommen. Die Russen wurden zurückgedrängt. Grigori machte sich bereit, seinen Männern zu befehlen, sich dem Rückzug anzuschließen – aber noch war es nicht so weit. Er wollte keinen Verdacht erregen. Sich langsam zurückzuziehen war fast genauso wichtig wie ein langsames Vorrücken.

Links und rechts sah Grigori mehrere einzelne Männer, die durch den Sumpf in Richtung Fluss wateten; einige waren offensichtlich verwundet. Der Rückzug hatte begonnen, aber noch waren die russischen Truppen nicht in wilder Flucht.

Plötzlich hörte Grigori ein Wiehern. Ein Reiter! Also war ein Offizier in der Nähe. Sofort eröffnete Grigori das Feuer auf die vorgeblichen Österreicher. Seine Männer folgten seinem Beispiel. Nach mehreren Salven schaute Grigori sich um und sah Major Azow auf seinem großen grauen Pferd durch den Schlamm traben. Azow stauchte eine Gruppe zurückweichender Soldaten an und befahl ihnen, ins Gefecht zurückzukehren. Sie stritten mit dem Major, bis dieser seine Pistole zog und auf die Männer richtete, woraufhin sie widerwillig kehrtmachten.

Azow steckte die Waffe weg und kam im Schritt zu Grigori geritten. »Was macht ihr Esel denn hier?«, wollte er wissen.

Grigori blieb auf dem Boden liegen, rollte sich auf die Seite und schob mit gespielter Eile sein letztes Magazin ins Gewehr. »Feindstellung, Euer Gnaden. Da vorne in dem Wäldchen«, sagte er. »Sie sollten lieber vom Pferd steigen. Die können Sie sehen.«

Azow blieb im Sattel. »Und was macht ihr? Versteckt ihr euch vor ihnen?«

»Seine Gnaden Leutnant Kirilow hat uns befohlen, die Feinde auszuschalten. Ich habe eine Gruppe losgeschickt, um sie von den Flanken anzugreifen, während wir unseren Leuten Feuerschutz geben.«

Azow stutzte. »Und warum schießt der Feind nicht zurück?«

»Wir haben ihn festgenagelt.«

Der Major schüttelte den Kopf. »Er hat sich zurückgezogen … falls er überhaupt je dagewesen ist.«

»Der Feind ist noch da drüben, Euer Gnaden. Noch vor einem Augenblick hat er uns mit schwerem Feuer eingedeckt.«

»Da ist niemand!« Azow hob die Stimme. »Feuer einstellen! Ihr da! Stellt das Feuer ein!«

Grigoris Männer gehorchten und schauten zum Major.

»Auf mein Zeichen greift ihr an!«, befahl er und zog seine Pistole.

Grigori wusste nicht, was er tun sollte. Die Schlacht war offensichtlich katastrophal verlaufen, und nachdem es ihm gelungen war, sich den ganzen Tag aus dem Gemetzel herauszuhalten, wollte er jetzt, da alles vorbei war, nicht mehr das Leben seiner Männer riskieren. Aber sich offen einem Offizier zu widersetzen war gefährlich.

In diesem Augenblick brach eine Gruppe Soldaten aus dem Wäldchen hervor, von dem Grigori behauptet hatte, dass sich dort eine feindliche Stellung befände. Grigori starrte die Soldaten fassungslos an. Allerdings waren sie keine Österreicher, wie er an den Uniformen auf den ersten Blick erkannte: Es waren Russen auf dem Rückzug.

Azow versteifte sich im Sattel. »Diese feigen Deserteure!«, kreischte er. »Macht sie nieder!« Er feuerte mit der Pistole auf die sich nähernden Russen.

Grigoris Männer war ratlos. Offiziere drohten oft damit, Soldaten zu erschießen, die widerstrebend in den Kampf zogen, doch Grigoris Leute hatten noch nie den Befehl erhalten, die eigenen Kameraden anzugreifen. Rat suchend schauten sie zu ihrem Sergeanten.

Azow richtete die Pistole auf Grigori. »Angriff!«, brüllte er. »Erschießt diese Verräter!«

Grigori traf eine Entscheidung. »Los, Männer!«, rief er und rappelte sich auf, kehrte den näher kommenden Russen den Rücken zu und schaute nach rechts und links. »Ihr habt den Herrn Major gehört!« Kaum hatte Grigori geendet, schwang er sein Gewehr herum und zielte auf Azow: Wenn er schon auf die eigenen Leute schießen musste, dann lieber auf einen Offizier als auf einen Soldaten.

Azow starrte ihn mit weit aufgerissenen Augen an.

Grigori feuerte.

Der erste Schuss traf Azows Pferd, das ins Wanken geriet. Die plötzliche Bewegung rettete Grigori das Leben, denn als Azow nun feuerte, ging die Kugel daneben.

Mit fliegenden Fingern lud Grigori durch und schoss erneut, verfehlte aber das Ziel. Er fluchte. Wenn Azow jetzt zum Schuss kam …

Doch der Major kämpfte noch immer mit seinem Pferd und konnte nicht zielen. Grigori folgte den schnellen Bewegungen mit dem Visier, schoss ein drittes Mal und traf Azow in die Brust. Er beobachtete, wie der Major langsam vom Pferd rutschte. Als der schwere Körper in einer Schlammpfütze landete, verspürte er boshafte Befriedigung.

Das Pferd wankte davon und setzte sich plötzlich wie ein Hund auf die Hinterbeine.

Grigori ging zu Azow. Der Major lag auf dem Rücken im Schlamm und starrte zum Himmel. Er rührte sich nicht, lebte aber noch. Blut strömte rechts aus seiner Brust. Grigori schaute sich um. Die fliehenden Soldaten waren noch zu weit entfernt, als dass sie hätten sehen können, was geschah, und Grigoris eigene Leute waren absolut vertrauenswürdig – er hatte ihnen oft genug das Leben gerettet. Grigori drückte Azow den Gewehrlauf auf die Stirn. »Das ist für all die guten Männer, die du umgebracht hast, du mörderischer Hund«, zischte er, verzog das Gesicht und fletschte die Zähne. »Und für meinen Schneidezahn«, fügte er hinzu und drückte ab.

Azows Körper erschlaffte.

Grigori schaute zu seinen Männern. »Der Major ist nach tapferem Kampf im Feindfeuer gefallen«, sagte er. »Rückzug!«

Die Männer jubelten und rannten los.

Grigori ging zu dem Pferd. Das Tier versuchte aufzustehen, war aber zu schwer verletzt. Grigori drückte ihm die Gewehrmündung hinter das Ohr und feuerte seine letzte Kugel ab. Das Pferd fiel zur Seite und rührte sich nicht mehr.

Grigori empfand mehr Mitleid für das Pferd als für Major Azow.

Dann rannte er seinen fliehenden Männern hinterher.

✠

Nachdem die Brussilow-Offensive sich totgelaufen hatte, wurde Grigori in die Hauptstadt zurückversetzt, die inzwischen in Petrograd umbenannt worden war, da Sankt Petersburg zu deutsch klang. Offenbar wurden im Kampf gestählte Truppen benötigt, um die Familie und die Minister des Zaren vor den wütenden Bürgern zu beschützen. Die Überreste des Bataillons wurden in das 1. Maschinengewehrregiment eingegliedert, und Grigori zog in die Kaserne am Sampsonjewski-Prospekt auf der Wyborger Seite, einer Arbeitergegend mit Fabriken und Elendsvierteln. Das 1. Maschinengewehrregiment wurde gut verpflegt und untergebracht; auf diese Weise wollte man sicherstellen, dass die Männer bereit waren, das verhasste Regime zu verteidigen.

Grigori war froh, zurück zu sein; trotzdem erfüllte ihn die Aussicht, Katherina wiederzubegegnen, mit Unbehagen. Zwar sehnte er sich danach, sie zu sehen, ihre Stimme zu hören und ihr Kind, seinen Neffen, im Arm zu halten. Doch sein Verlangen nach ihr beunruhigte ihn. Ja, sie war seine Ehefrau, aber nur auf dem Papier. In Wahrheit hatte sie sich für Lew entschieden, und ihr Sohn war Lews Kind. Grigori hatte kein Recht, sie zu lieben. Er spielte sogar mit dem Gedanken, ihr gar nicht zu sagen, dass er zurück war. In einer Stadt mit mehr als zwei Millionen Einwohnern war es unwahrscheinlich, dass sie sich zufällig über den Weg liefen. Doch das hätte er nur schwerlich ertragen können.

Am ersten Tag nach seiner Ankunft durfte Grigori die Kaserne nicht verlassen, sosehr es ihn auch schmerzte, dass er nicht zu Katherina durfte. Stattdessen nahmen er und Isaak am Abend Kontakt zu den anderen Bolschewiken in der Kaserne auf. Grigori erklärte sich einverstanden, eine Diskussionsgruppe aufzubauen.

Am nächsten Morgen wurde sein Zug einer Abteilung zugeteilt, die während eines Banketts das prunkvolle Heim von Fürst Andrej bewachen sollte, Grigoris ehemaligem Herrn. Der Fürst lebte in einem rot-gelben Palast am Englischen Ufer der Newa. Gegen Mittag traten die Soldaten auf den Stufen an. Regenwolken verdunkelten die Stadt, doch aus sämtlichen Fenstern des Palasts fiel Licht. Hinter dem Glas, eingerahmt von Samtvorhängen wie eine Bühne im Theater, eilten livrierte Diener mit Tabletts voller Delikatessen, Obst und edlen Getränken umher. Im Foyer spielte ein kleines Orchester; die Musik war bis nach draußen zu hören. Große, funkelnde Automobile fuhren an der Treppe vor; Diener eilten herbei, um den illustren Gästen die Tür zu öffnen. Die Männer trugen Frack und Zylinder, die Frauen Pelz. Auf der anderen Straßenseite sammelte sich eine kleine Zuschauermenge.

Es war eine vertraute Szene, doch einen Unterschied gab es: Jedes Mal, wenn jemand aus einem Auto stieg, buhten und höhnten die Zuschauer. Früher hätte die Polizei den Mob mit Schlagstöcken binnen einer Minute auseinandergeknüppelt, nun aber gab es keine Polizei, und die Gäste stiegen so rasch wie möglich zwischen den Soldaten hindurch die Stufen hinauf und verschwanden im Innern des Palasts.

Die Leute hatten jedes Recht, den Adel zu verspotten, der diesen Krieg zu einer solchen Katastrophe hatte werden lassen. Sollte es Ärger geben, würde Grigori sich auf die Seite der Menge schlagen. Auf jeden Fall würde er nicht auf die Zivilisten schießen. Er war überzeugt, dass viele seiner Kameraden ähnlich dachten.

Wie konnten die Aristokraten in Zeiten wie diesen nur solch verschwenderische Feste feiern? Halb Russland hungerte, und selbst den Soldaten an der Front wurden die Rationen gekürzt. Männer wie Fürst Andrej hätten es verdient, im Bett totgeschlagen zu werden. Grigori hätte nicht gezögert, ihn genauso zu erschießen wie Major Azow.

Die Wagenprozession endete ohne Zwischenfall. Den Zuschauern wurde langweilig, und sie zogen davon. Grigori verbrachte den Nachmittag damit, in die Gesichter der Frauen zu blicken, die auf der Straße vorbeikamen. Wider besseres Wissen hoffte er, Katherina darunter zu entdecken. Als die Gäste des Fürsten sich schließlich auf den Heimweg machten, war es dunkel und kalt. Niemand stand mehr auf der Straße, und es gab keine Buhrufe und Spottgesänge mehr.

Anschließend wurden die Soldaten an die Hintertür gerufen, wo sie die Reste des Festmahls bekamen, die die Diener übrig gelassen hatten: Fleisch- und Fischstücke, kaltes Gemüse, halb gegessene Brotlaibe, Äpfel und Birnen. Aus Zeit- und Platzgründen wurden die Speisen auf unappetitliche Weise vermischt: Schinken war mit Fischpâté beschmiert, Obst lag in Bratensoße, und Brot war mit Zigarrenasche eingestaubt. Doch in den Gräben hatten die Männer schon Schlimmeres gegessen, und da ihre letzte Mahlzeit ein Frühstück aus Haferbrei und Pökelfisch gewesen war, langten sie hungrig zu.

Kein einziges Mal sah Grigori das verhasste Gesicht von Fürst Andrej. Und das war vielleicht auch besser.

Wieder in der Kaserne gaben sie ihre Waffen ab und bekamen den Abend frei. Grigori freute sich: Endlich hatte er Gelegenheit, Katherina zu besuchen. Er ging zur Hintertür der Kasernenküche und erbettelte sich ein wenig Brot und Fleisch für sie; ein Sergeant hatte gewisse Privilegien. Dann polierte er seine Stiefel und machte sich auf den Weg.

Wyborg, der Standort der Kaserne, befand sich im Nordosten der Stadt; Katherina wohnte im Südwesten – vorausgesetzt, sie hatte noch Grigoris alte Wohnung in der Nähe der Putilow-Werke.

Grigori ging über den Sampsonjewski-Prospekt und die Newa ins Stadtzentrum. Ein paar der exquisiten Läden für die Reichen der Stadt waren noch geöffnet, und die Schaufenster erstrahlten in elektrischem Licht; doch viele Geschäfte hatten bereits geschlossen, darunter die einfachen Läden für das gemeine Volk, in denen es nur wenig zu kaufen gab. Im Schaufenster eines Bäckers zum Beispiel stand nur ein schimmeliger Kuchen; auf einem handgeschriebenen Schild stand zu lesen: »Brot erst morgen wieder.«

Auf dem breiten Newski-Prospekt erinnerte Grigori sich daran, wie er an jenem schicksalhaften Tag im Jahre 1905 mit seiner Mutter hier gewesen war – an dem Tag, als die Soldaten des Zaren Maminka erschossen hatten. Nun war er selbst zaristischer Soldat. Aber er würde niemals auf Frauen und Kinder schießen. Und sollte der Zar so etwas noch einmal befehlen, könnte es ihn und seine Kamarilla Kopf und Kragen kosten.

Grigori sah ungefähr ein Dutzend wild dreinblickende junge Männer in schwarzen Mänteln und Kappen, die ein Porträt von Zar Nikolaus trugen, das ihn als jungen Mann zeigte. Damals hatte der Zar noch volles schwarzes Haar und einen dichten schwarzen Bart gehabt. Die Schwarzgekleideten nannten sich »Schwarzhunderter« und waren eine Bande radikaler Nationalisten, die eine Rückkehr zu einem goldenen Zeitalter propagierten, als der Zar noch unangefochten der Vater seines Volkes gewesen war und Russland sich nicht mit Liberalen, Sozialisten und Juden hatte herumschlagen müssen. Ihre Zeitungen wurden von der Regierung finanziert und ihre Pamphlete in den Kellern der Polizei gedruckt – jedenfalls den Informationen zufolge, die den Bolschewiken von ihren Informanten bei der Polizei zugespielt worden waren.

Einer der Männer rief: »Lang lebe der Zar!« Die anderen blieben stehen, nahmen die Kappen ab und jubelten. Mehrere Passanten hoben ebenfalls die Hüte.

Grigori, der einer solchen Gruppe noch nie über den Weg gelaufen war, ging mit verachtungsvollem Blick an ihnen vorbei, doch einer rief ihm zu: »He, du da! Warum nimmst du nicht die Kappe ab?«

Grigori ging einfach weiter, doch ein anderer packte ihn am Arm. »Was bist du? Ein Jude?«, fragte der Mann. »Runter mit der Kappe!«

Leise sagte Grigori: »Fass mich noch einmal an, und ich reiß dir deinen verdammten Kopf ab, du großkotziger Bengel.«

Der junge Mann wich eingeschüchtert zurück und hielt Grigori ein Flugblatt hin. »Lies das, Freund«, sagte er. »Dann weißt du, wie die Juden unsere Soldaten verraten.«

»Geh mir aus dem Weg, sonst stopf ich dir dein Flugblatt in den Arsch«, erwiderte Grigori.

Auf der Suche nach Unterstützung blickte der junge Kerl zu seinen Kameraden hinüber, aber die waren inzwischen damit beschäftigt, einen Mann mit Pelzmütze zu verprügeln.

Grigori ging unbehelligt weiter. Als er an der Tür eines vernagelten Geschäfts vorbeikam, sprach ihn eine Frau an. »He, großer Junge«, sagte sie. »Für einen Rubel kannst du mich ficken.« Ihre Worte waren die typische Anmache einer Prostituierten, doch ihre Stimme überraschte Grigori: Sie klang kultiviert. Er musterte die Frau, die er auf Mitte dreißig schätzte. Sie trug einen langen Mantel, den sie nun öffnete, um ihm zu zeigen, dass sie trotz der Kälte nichts darunter trug. Sie hatte einen großen Busen und einen runden Bauch.

In Grigori stieg Begierde auf. Seit Jahren war er nicht mehr mit einer Frau zusammen gewesen. Die Grabennutten waren schmutzig und voller Krankheiten; diese Frau jedoch schien reinlich zu sein.

Sie schloss den Mantel wieder. »Was ist nun?«

»Ich habe kein Geld«, sagte Grigori.

»Was ist da drin?« Sie nickte zu dem Sack, den er bei sich trug.

»Etwas zu essen.«

»Ich mach's für einen Laib Brot«, sagte die Frau. »Meine Kinder hungern.«

»Und wo gehen wir hin?«

»Ins Hinterzimmer des Ladens hier.«

»In Ordnung«, sagte Grigori. Wenigstens würde er dann nicht mehr ganz so wild auf eine Frau sein, wenn er Katherina wiedersah.

Die Frau führte Grigori ins Haus und verriegelte die Tür hinter ihnen. Sie gingen durch den leeren Laden in ein angrenzendes Zimmer. In dem schwachen Licht, das von der Straße hereinfiel, sah Grigori eine Matratze auf dem Boden.

Die Frau drehte sich zu ihm um und öffnete den Mantel wieder. Grigori starrte auf ihr dunkles Schamhaar. Sie streckte die Hand aus. »Zuerst das Brot, Sergeant.«

Grigori fischte einen großen Laib Schwarzbrot aus seinem Sack und reichte ihn der Frau.

»Ich bin gleich wieder da«, sagte sie.

Sie lief die Treppe hinauf und öffnete eine Tür. Grigori hörte die Stimme eines Kindes; dann hustete ein Mann. Es war ein abgehacktes, hässliches Rasseln. Kurz waren gedämpfte Stimmen zu hören. Schließlich öffnete die Tür sich wieder, und die Frau kam die Treppe herunter.

Sie zog ihren Mantel aus, legte sich auf die Matratze und spreizte die Beine. Grigori ließ sich neben ihr nieder und legte die Arme um sie. Sie hatte ein attraktives, kluges Gesicht, in das sich jedoch Falten gegraben hatten. »Oh, du bist so stark!«, keuchte sie.

Grigori streichelte ihre weiche Haut, doch mit einem Mal war ihm die Lust vergangen. Das hier war erbärmlich: das leere Geschäft, der kranke Ehemann, die hungrigen Kinder und die falsche Koketterie der Frau.

Sie öffnete Grigoris Hose und packte seinen schlaffen Penis. »Möchtest du, dass ich dir einen blase?«

»Nein.« Er setzte sich aufrecht hin und gab ihr den Mantel. »Zieh dich an.«

Mit banger Stimme sagte sie: »Du kannst das Brot nicht wiederhaben, es ist schon halb gegessen.«

Er schüttelte den Kopf. »Was ist mit euch passiert?«

Die Frau zog den Mantel wieder an und knöpfte ihn zu. »Hast du was zu rauchen?«

Grigori reichte ihr eine Zigarette und zündete auch sich selbst eine an.

Die Frau blies den Rauch aus. »Wir hatten ein Schuhgeschäft – hohe Qualität zu niedrigen Preisen für Kunden aus der Mittelschicht. Mein Mann ist ein guter Kaufmann, und wir hatten unser Auskommen.« Ihre Stimme nahm einen verbitterten Tonfall an. »Aber seit zwei Jahren kauft in dieser Stadt keiner mehr Schuhe, vom Adel abgesehen.«

»Habt ihr denn nichts unternommen?«

»Natürlich.« In ihren Augen flackerte Zorn. »Glaubst du, wir hätten unser Schicksal einfach hingenommen? Mein Mann fand heraus, dass er Soldatenstiefel für die Hälfte der Summe fertigen kann, die von der Armee gezahlt wird. Die kleinen Schumacherbetriebe, die unseren Laden versorgt haben, waren ganz versessen auf neue Aufträge. Also ist mein Mann zum Zentralen Komitee für Kriegsindustrie gegangen.«

»Was ist das?«

»Du warst wohl lange weg, was? Heutzutage wird hier alles von irgendeinem unabhängigen Komitee geregelt, weil die Regierung nichts mehr zustande bringt. Das Zentrale Komitee für Kriegsindustrie versorgt die Armee ... jedenfalls war es so, als Poliwanow noch Kriegsminister war.«

»Was ist schiefgegangen?«

»Wir haben den Auftrag bekommen. Mein Mann hat seine Ersparnisse aufgebraucht, um die Schuhmacher zu bezahlen. Aber dann hat der Zar Poliwanow gefeuert.«

»Warum?«

»Poliwanow hat gewählte Arbeitervertreter im Komitee zugelassen. Deshalb hat die Zariza ihn offenbar als Revolutionär betrachtet. Jedenfalls wurde unser Auftrag zurückzogen, und wir waren pleite.«

Grigori schüttelte den Kopf. »Und ich dachte, nur die Befehlshaber an der Front wären verrückt.«

»Wir haben alles Mögliche versucht, uns über Wasser zu halten. Mein Mann war bereit, jede Arbeit anzunehmen … Kellner, Bahnfahrer, Straßenarbeiter. Aber es wurde niemand mehr eingestellt. Da ist mein Mann vor Sorge krank geworden.«

»Und deshalb bietest du jetzt deinen Körper an.«

»Ich kann das nicht besonders gut, ich weiß. Aber manche Männer sind sehr nett … Männer wie du. Andere dagegen …« Sie schauderte und wandte den Blick ab.

Grigori rauchte seine Zigarette zu Ende und stand auf. »Ich muss los.«

Die Frau erhob sich ebenfalls. »Danke«, sagte sie. »Ich habe es dir zu verdanken, dass ich bis morgen nicht wieder auf die Straße muss.« Sie stellte sich auf die Zehenspitzen und hauchte Grigori einen Kuss auf die Lippen. »Danke, Sergeant.«

Grigori ging hinaus.

Es war kälter geworden. Er eilte durch die Straßen zum Narwa-Distrikt. Die Frau des Ladenbesitzers hatte seine Begierde entfacht, und so meldete sein Verlangen sich wieder, kaum dass er an Katherina dachte. Ihm kam der Gedanke, dass nicht nur er, sondern auch sie körperliche Bedürfnisse hatte. Zwei Jahre waren eine lange Zeit für eine junge Frau, sie ohne Liebe durchzustehen. Katherina war erst dreiundzwanzig. Und sie hatte wenig Grund, Grigori oder Lew treu zu sein. Außerdem war sie sehr verführerisch. Vielleicht war sie heute Abend nicht allein.

Der Gedanke erfüllte Grigori mit Entsetzen.

Er ging an den Gleisen entlang zu seinem alten Haus. Bildete er es sich nur ein, oder war die Straße wirklich noch schäbiger als vor zwei Jahren? Seit seiner Einberufung schien nichts repariert, angestrichen oder auch nur gereinigt worden zu sein. Grigori sah eine Schlange vor der Bäckerei an der Ecke, obwohl der Laden geschlossen war.

Er hatte noch immer seinen Schlüssel. Ängstlich betrat er das Haus und stieg die Treppe hinauf. Hoffentlich ertappte er Katherina nicht mit einem Mann. Mit einem Mal wünschte er sich, er hätte ihr im Voraus eine Nachricht geschickt, um sicherzugehen, sie allein anzutreffen.

Er klopfte an.

»Wer ist da?«

Der Klang ihrer Stimme trieb Grigori beinahe die Tränen in die Augen. »Ein Besucher«, sagte er barsch und öffnete die Tür.

Katherina stand am Ofen. Sie ließ den Topf fallen, den sie in der Hand gehalten hatte, verschüttete die Milch darin und schlug die Hände vor den Mund. Ein leiser Schrei drang über ihre Lippen.

»Ich bin's nur«, sagte Grigori.

Neben Katherina saß ein kleiner Junge auf dem Boden, einen Blechlöffel in der Hand. Bis gerade hatte er offenbar auf einer leeren Dose herumgetrommelt. Nun starrte er Grigori erschrocken an; dann begann er zu weinen.

Katherina hob ihn hoch. »Nicht weinen, Walodja«, sagte sie und wiegte ihn auf den Armen. »Du brauchst keine Angst zu haben.« Der Kleine verstummte, und Katherina sagte: »Das ist dein Papa.«

Grigori wusste nicht, ob es ihm gefiel, wenn Wladimir ihn als Vater sah, aber jetzt war nicht die Zeit, darüber zu reden. Er trat ins Zimmer und zog die Tür hinter sich zu. Dann schloss er Katherina und den Jungen in die Arme und küsste erst das Kind, dann Katherina auf die Stirn, ehe er einen Schritt zurücktrat und die beiden betrachtete. Katherina war nicht mehr das junge Mädchen mit dem frischen Gesicht, das er vor den Annäherungsversuchen des Reviervorstehers Pinsky gerettet hatte. Sie war dünner geworden und sah müde und abgespannt aus.

Seltsamerweise sah das Kind Lew kein bisschen ähnlich. Es war nicht so hübsch wie Lew, noch hatte es sein gewinnendes Lächeln. Stattdessen besaß Walodja die blauen Augen und den intensiven Blick, den Grigori jedes Mal sah, wenn er in den Spiegel schaute.

Grigori lächelte. »Er ist wunderschön.«

»Was ist mit deinem Ohr passiert?«, fragte Katherina.

Grigori berührte das Narbengewebe, das von seinem rechten Ohr übrig war. »Das meiste davon habe ich in Ostpreußen verloren.«

»Und dein Zahn?«

»Ich hatte Ärger mit einem Offizier, aber der ist jetzt tot. Zu guter Letzt war ich der Bessere.«

»Du bist nicht mehr so hübsch wie damals.«

Hübsch? Katherina hatte ihn früher nie als hübsch bezeichnet. »Ach, das sind nur kleine Wunden. Ich kann von Glück sagen, dass ich noch lebe.«

Grigori schaute sich in seinem alten Zimmer um. Vieles hatte sich verändert, auch wenn es meist nur kleine Dinge waren. Auf dem Kaminsims, wo Grigori und Lew ihre Pfeifen, den Tabak und die Streichhölzer aufbewahrt hatten, standen nun eine Blumenvase, eine Puppe und eine Farbpostkarte von Mary Pickford. Vor dem Fenster hing ein Vorhang. Er war zwar nur aus Stofffetzen genäht, aber Grigori hatte nie einen Vorhang besessen. Auch fiel ihm der frische Geruch auf. Früher hatte die Luft von Tabakrauch, gekochtem Kohl und Männerschweiß gestanden, nun roch alles sauber.

Katherina wischte die verschüttete Milch auf. »Ich habe Walodjas Abendessen verschüttet«, sagte sie. »Was soll ich ihm jetzt zu essen geben? Meine Brüste haben keine Milch mehr.«

»Hier …« Grigori holte eine Wurst, einen Kohlkopf und ein Glas Marmelade aus seinem Sack. »Aus der Kasernenküche.«

Katherina öffnete das Marmeladenglas und fütterte Wladimir mit einem Löffel. Er aß und fragte: »Mehr?«

Katherina aß selbst einen Löffel und gab dann wieder dem Kind etwas. »Das ist wie im Märchen«, sagte sie. »So gutes Essen! Jetzt muss ich nicht wieder vor der Bäckerei schlafen.«

Grigori furchte die Stirn. »Was meinst du damit?«

»Es gibt nie genug Brot. Sobald die Bäckerei aufmacht, ist schon alles verkauft. Man bekommt nur Brot, wenn man sich früh genug in die Schlange stellt. Wenn du nicht vor Mitternacht da bist, hast du am Morgen keine Chance.«

»Mein Gott.« Grigori entsetzte die Vorstellung, dass Katherina auf der Straße schlafen musste. »Was ist mit Walodja?«

»Eines der anderen Mädchen passt auf ihn auf, wenn ich weg bin. Aber mittlerweile schläft er sowieso die ganze Nacht.«

Kein Wunder, dass die Frau des Schuhhändlers sich mir für einen Laib Brot angeboten hat, überlegte Grigori. Vermutlich hatte er sogar zu viel bezahlt. »Wie kommst du zurecht?«

»In der Fabrik bekomme ich zwölf Rubel pro Woche.«

Grigori war verwirrt. »Aber das ist ja das Doppelte von dem, was du verdient hast, als ich gegangen bin!«

»Damals lag die Miete für dieses Zimmer bei vier Rubel, jetzt sind es acht. Damit bleiben mir vier Rubel für alles andere. Und ein Sack Kartoffeln hat damals einen Rubel gekostet, jetzt zahlt man sieben Rubel.«

»Sieben Rubel für einen Sack Kartoffeln!« Grigori war entsetzt. »Wie sollen die Leute da noch leben?«

»Alle müssen hungern. Die Kinder werden krank und sterben. Die Alten werden immer schwächer. Es wird jeden Tag schlimmer, und niemand tut etwas.«

Grigori war bestürzt. Als er auf den Schlachtfeldern leiden musste, hatte er sich mit dem Gedanken getröstet, dass es Katherina und dem Kind besser ging als ihm, dass sie eine warme Unterkunft und genug Geld hatten, um sich ernähren zu können. Aber das war ein schrecklicher Irrtum gewesen. Es machte ihn wütend, dass Katherina ihren kleinen Sohn hier lassen musste, während sie draußen auf der Straße schlief, um ein Stück Brot zu ergattern.

Sie setzten sich an den Tisch, und Grigori schnitt die Wurst mit seinem Messer. »Eine Tasse Tee wäre jetzt nicht schlecht«, sagte er.

Katherina lächelte. »Ich habe seit einem Jahr keinen Tee mehr gehabt.«

»Ich bringe dir welchen aus der Kaserne mit.«

Katherina aß die Wurst. Grigori bemerkte, dass es ihr schwerfiel, nicht zu schlingen. Er hob sich den kleinen Wladimir auf den Schoß und fütterte ihn mit Marmelade. Ein Gefühl der Zufriedenheit überkam ihn. Wie oft hatte er sich eine solche Szene an der Front vorgestellt! Das gemütliche Zimmer, das Essen, der kleine Junge und Katherina. Nun war dieser Traum wahr geworden. »Das ist doch gar nicht mal so schwer«, dachte er laut.

»Was meinst du?«

»Du und ich, wir sind gesund und stark und können hart arbeiten. Und ich bin mit dem zufrieden, was ich jetzt habe: ein Zimmer, etwas zu essen und am Ende des Tages ein bisschen Ruhe. So sollte es jeden Tag für uns sein, wenn der Krieg zu Ende ist.«

»Aber die Lage ist schlecht«, sagte Katherina. »Wir wurden von den Helfern der Deutschen bei Hofe verraten.«

»Wie das?«

»Du weißt doch, dass die Zariza Deutsche ist.«

»Ja.« Die Frau des Zaren war als Prinzessin Alix von Hessen und bei Rhein im Deutschen Reich geboren worden.

»Und Stürmer ist offensichtlich auch ein Deutscher.«

Grigori zuckte mit den Schultern. Soweit er wusste, war Ministerpräsident Stürmer in Russland geboren. Viele Russen hatten deutsche Namen, und umgekehrt. Seit Jahrhunderten lebten die beiden Volksgruppen nun schon nebeneinander und vermischten sich.

»Und Rasputin ist ebenfalls prodeutsch.«

»Wirklich?« Grigori hatte immer geglaubt, der verrückte Mönch sei lediglich daran interessiert, die Damen bei Hofe zu verführen und so viel Einfluss und Macht zu erlangen, wie er nur konnte.

»Sie stecken alle unter einer Decke. Stürmer wurde von den Deutschen dafür bezahlt, die Bauern auszuhungern. Der Zar telefoniert mit seinem Vetter, Kaiser Wilhelm, und verrät ihm, wo unsere Truppen als Nächstes angreifen werden. Rasputin will, dass wir kapitulieren. Und die Zariza und ihre Hofdame Anna Wyrobowa schlafen beide gleichzeitig mit Rasputin.«

Grigori kannte die meisten dieser Gerüchte, glaubte aber nicht an eine prodeutsche Einstellung des Zarenhofes. Der Zar und sein Umfeld waren bloß dumm und unfähig. Aber viele Soldaten glaubten diese Geschichten, und wenn man Katherina zuhörte, schien dies auch für viele Zivilisten zu gelten. Umso wichtiger war die Aufgabe der Bolschewiken, die wahren Gründe bekannt zu machen, warum Russland den Krieg verlor und die Menschen hungerten.

Aber nicht heute Nacht. Als Wladimir gähnte, stand Grigori auf, wiegte den Jungen auf den Armen und ging auf und ab, während Katherina redete. Sie erzählte ihm vom Leben in der Fabrik, von den anderen Mietern im Haus und allen Leuten, die er kannte. Reviervorsteher Pinsky war inzwischen Leutnant bei der Ochrana, der politischen Polizei; er jagte gefährliche Liberale und Demokraten. Tausende von Waisenkindern vegetierten auf den Straßen und kämpften mit Diebstahl und Prostitution gegen Hunger und Kälte. Konstantin, Grigoris bester Freund in den Putilow-Werken, war inzwischen Mitglied des Stadtsowjets der Bolschewiken. Und die einzige Familie, die immer reicher wurde, waren die Wjalows: Egal wie groß der Mangel war, sie konnten einem stets Wodka und Kaviar, Zigaretten und Schokolade besorgen.

Grigori betrachtete Katherinas breiten Mund und die vollen Lippen. Es war eine Freude, sie reden zu sehen. Sie hatte ein entschlossenes Kinn und kühne blaue Augen, doch für Grigori hatte sie immer schon verletzlich ausgesehen.

Wladimir schlief ein, von Grigoris Wiegen und Katherinas Stimme eingelullt. Vorsichtig legte Grigori den Jungen in das kleine Bett, das Katherina in einer Ecke für ihn gebaut hatte. Es war bloß ein mit Lumpen gefüllter Sack mit einer Decke, doch Wladimir kuschelte sich behaglich zusammen und steckte den Daumen in den Mund.

Eine Kirchenglocke läutete zur neunten Abendstunde. »Wann musst du wieder zurück sein?«, fragte Katherina.

»Um zehn«, antwortete Grigori. »Ich sollte jetzt lieber gehen.«

»Noch nicht.« Katherina legte ihm die Arme um den Hals und küsste ihn.

Es war ein wundervoller Augenblick. Ihre Lippen waren süß und weich. Kurz schloss Grigori die Augen und atmete den Duft ihrer Haut ein. Dann löste er sich von ihr. »Es wäre nicht richtig«, sagte er.

»Sei nicht dumm.«

»Du liebst Lew.«

Sie schaute ihm in die Augen. »Ich war ein Bauernmädchen, zwanzig Jahre alt und neu in der Stadt. Mir haben Lews schicke Klamotten gefallen, seine Zigaretten, sein Wodka und seine lockere Art. Er war charmant und lustig, und er sah gut aus. Aber jetzt bin ich dreiundzwanzig, und ich habe ein Kind – und wo ist Lew?«

Grigori zuckte mit den Schultern. »Das wissen wir nicht.«

»Aber du bist hier.« Katherina streichelte Grigori über die Wange. Er wusste, dass er sie wieder hätte wegstoßen sollen, aber er konnte nicht. »Du zahlst die Miete, und du bringst meinem kleinen Sohn Essen«, sagte sie. »Glaubst du, ich weiß nicht, was für eine Närrin ich wäre, würde ich Lew lieben und nicht dich? Ist dir nicht klar, dass ich es inzwischen besser weiß? Kannst du nicht verstehen, dass ich gelernt habe, dich zu lieben?«

Grigori starrte sie an. Er konnte nicht glauben, was er da hörte.

Ihre blauen Augen schauten ihn verführerisch an. »Ja, es stimmt«, sagte sie. »Ich liebe dich.«

Grigori schloss die Augen, nahm Katherina in die Arme und ergab sich seiner Lust.

KAPITEL 20

November bis Dezember 1916

Ethel Williams las beklommen die Gefallenenliste in der Zeitung. Dort standen mehrere Williams, aber kein Corporal William Williams von den Welsh Rifles. Mit einem stillen Dankgebet faltete sie die Zeitung zusammen, reichte sie Bernie Leckwith und setzte den Kessel für den Kakao auf.

Dass Billy noch lebte, konnte sie nicht mit Sicherheit sagen. Vielleicht war er in den letzten Tagen oder Stunden gefallen. Die Erinnerung an den schrecklichen Tag der Telegramme in Aberowen verfolgte sie. Noch immer sah sie die vor Angst und Trauer verzerrten Gesichter der Frauen vor sich – Gesichter, die für immer die Spuren der grausamen Neuigkeiten tragen würden, die sie an diesem Tag erfahren hatten. Ethel schämte sich, froh gewesen zu sein, dass Billy nicht unter den Toten war.

Und noch immer kamen Telegramme nach Aberowen. Die Schlacht an der Somme hatte nicht an jenem ersten Tag geendet. Den ganzen Juli, August, September und Oktober hindurch warf die British Army ihre jungen Soldaten ins Niemandsland, wo sie von Maschinengewehren niedergemäht wurden. Immer wieder bejubelten die Zeitungen einen Sieg; die Telegramme jedoch zeichneten ein ganz anderes Bild.

Wie an den meisten Abenden saß Bernie in Ethels Küche. Der kleine Lloyd mochte seinen »Onkel«. Meist saß er auf Bernies Schoß, und Bernie las ihm laut aus der Zeitung vor. Lloyd begriff zwar kaum, was die Wörter bedeuteten, aber es schien ihm trotzdem zu gefallen. Heute Abend jedoch war Bernie aus irgendeinem Grund unruhig und schenkte Lloyd keinerlei Beachtung.

Mildred kam mit einer Teekanne herunter. »Leihst du uns einen Löffel Tee, Ethel?«, bat sie.

»Bedien dich. Du weißt ja, wo er ist. Oder möchtest du lieber eine Tasse Kakao?«

»Nee, lass mal, von Kakao muss ich die ganze Nacht furzen. 'n Abend, Bernie, was macht die Revolution?«

Bernie sah von der Zeitung auf und lächelte. Er mochte Mildred. Jeder mochte sie. »Die Revolution verzögert sich ein bisschen«, sagte er.

Mildred löffelte Teeblätter in ihre Kanne. »Was von Billy gehört?«

»In letzter Zeit nichts«, sagte Ethel. »Und du?«

»Schon zwei Wochen nicht mehr.«

Es war jedes Mal Ethel, die morgens die Post hereinholte; deshalb wusste sie, dass Billy regelmäßig an Mildred schrieb. Ethel vermutete, dass es sich um Liebesbriefe handelte. Warum sonst sollte ein junger Mann der Mieterin seiner Schwester schreiben? Mildred erwiderte Billys Gefühle offenbar: Sie fragte regelmäßig, ob Ethel etwas Neues von ihm wisse, und gab sich dabei einen gleichgültigen Anstrich, der ihre Besorgnis aber nicht zu überdecken vermochte.

Ethel mochte Mildred, war sich aber nicht sicher, ob Billy mit seinen achtzehn Jahren die Verantwortung für eine dreiundzwanzigjährige Frau und zwei Stieftöchter übernehmen konnte. Sicher, Billy war immer schon außergewöhnlich reif und verantwortungsbewusst gewesen, und ehe der Krieg zu Ende war, konnte er leicht ein paar Jahre älter geworden sein. Wie auch immer, Ethel wollte nur eines: dass er lebend nach Hause kam. Dagegen verblasste alles andere.

Ethel sagte: »Gott sei Dank steht sein Name nicht auf der heutigen Verlustliste.«

»Ich frag mich, wann er mal Urlaub kriegt.«

»Er ist erst fünf Monate weg.«

Mildred setzte die Teekanne ab. »Darf ich dich was fragen, Ethel?«

»Sicher.«

»Ich überlege, mich selbstständig zu machen … als Näherin, meine ich.«

Ethel war überrascht. Mildred war mittlerweile Vorarbeiterin in Mannie Litovs Manufaktur, sodass sie mehr verdiente als früher.

Mildred fuhr fort: »Ich habe eine Freundin, die mir Aufträge vermitteln kann. Ich müsste Hüte verzieren … Schleier anbringen, Bänder, Federn, Perlen und so. Das erfordert Können und wird viel besser bezahlt, als Uniformen zusammenzunähen.«

»Hört sich großartig an.«

»Es ist nur so, dass ich zu Hause arbeiten müsste, anfangs zumindest. Auf lange Sicht möchte ich gerne andere Mädchen beschäftigen und eine kleine Werkstatt haben.«

»Du planst wirklich voraus!«

»Das muss man auch. Wenn der Krieg vorbei ist, will keiner mehr Uniformen haben.«

»Stimmt.«

»Also hast du nichts dagegen, wenn ich die Zimmer oben als Werkstatt benutze? Wenigstens eine Zeit lang?«

»Natürlich nicht. Ich wünsche dir viel Glück!«

»Danke.« Impulsiv küsste sie Ethel auf die Wange, nahm die Teekanne und ging hinaus.

Lloyd rieb sich gähnend die Augen. Ethel hob ihn auf und brachte ihn im vorderen Zimmer zu Bett. Eine Zeit lang betrachtete sie ihn liebevoll, während er einschlief. Wie jedes Mal rührte sie die Hilflosigkeit des Jungen. Wenn du groß bist, Lloyd, ist die Welt besser geworden, versprach sie ihm im Stillen. Dafür werden wir sorgen.

Sie kehrte in die Küche zurück und versuchte Bernie aus seiner trüben Laune zu holen.

»Es sollte mehr Kinderbücher geben«, sagte sie.

Er nickte. »Ich fänd's gut, wenn jede Bibliothek eine kleine Ecke mit Kinderbüchern hätte.« Er redete, ohne von der Zeitung aufzublicken.

»Wenn ihr Bibliothekare das einrichtet, ermutigt es die Verlage vielleicht, mehr solche Bücher herauszubringen.«

»Das hoffe ich.«

Ethel legte Kohle nach und schenkte ihnen beiden Kakao ein. Dass Bernie sich so zurückhaltend gab, war ungewöhnlich. Normalerweise waren diese Abende mit ihm sehr gemütlich. Sie waren zwei Außenseiter, eine Waliserin und ein Jude, obwohl es London weder an Walisern noch an Juden mangelte. Was immer der Grund war – in den beiden Jahren, die Ethel nun in London lebte, war Bernie ihr ein enger Freund geworden, ähnlich wie Mildred und Maud.

Sie ahnte, was in ihm vorging. Am Vorabend hatte ein aufgeweckter junger Gastredner von der Fabian-Gesellschaft vor der Ortsgruppe der Unabhängigen Arbeiterpartei zum Thema »Sozialismus nach dem Krieg« gesprochen. Ethel hatte mit dem Redner diskutiert, und er hatte offenbar großes Gefallen an ihr gefunden. Nach der Versammlung hatte er offen mit ihr geflirtet, obwohl jeder wusste, dass er verheiratet war. Ethel hatte seine Aufmerksamkeit genossen, ohne die Sache ernst zu nehmen. Aber vielleicht war Bernie eifersüchtig.

Ethel beschloss, ihm seine Ruhe zu lassen, und öffnete am Küchentisch einen großen Umschlag voller Briefe, die Soldaten an der Front geschrieben hatte. Leserinnen des *Soldier's Wife* schickten die Briefe ihrer Männer an die Zeitung, die für jeden Abdruck einen Shilling zahlte. Die Briefe gaben ein genaueres Bild vom Leben an der Front wider als alles, was in der regulären Presse stand. Die meisten Artikel im *Soldier's Wife* stammten von Maud, aber die Sache mit den Briefen war Ethels Idee gewesen, und sie war für die Seite zuständig, die zur beliebtesten Rubrik des Blattes geworden war.

Man hatte ihr einen besser bezahlten Job als Vollzeitorganisatorin bei der Nationalen Gewerkschaft der Kleidermacher angeboten, aber Ethel hatte abgelehnt. Sie wollte bei Maud bleiben und weiter politisch arbeiten.

Sie las ein halbes Dutzend Briefe; dann seufzte sie und blickte Bernie an. »Man sollte eigentlich meinen, dass die Leute sich gegen den Krieg auflehnen müssten.«

»Aber sie tun es nicht«, erwiderte er. »Sieh dir nur die Wahlergebnisse an.«

Im Monat zuvor hatte es in Ayrshire eine Neuwahl gegeben, da der Parlamentsabgeordnete der Grafschaft verstorben war. Der konservative Kandidat, Lieutenant General Hunter-Weston, der an der Somme gekämpft hatte, war gegen Reverend Chalmers angetreten, ein Mitglied der Friedenspartei. Der Heeresoffizier hatte mit überwältigender Mehrheit gewonnen: 7149 gegen 1300 Stimmen.

»Es liegt an den Zeitungen«, sagte Ethel erzürnt. »Was richtet unser kleines Blatt schon gegen die Propaganda der verdammten Northcliffe-Presse aus?« Lord Northcliffe, einem glühenden Militaristen, gehörten die *Times* und die *Daily Mail*.

»Es liegt nicht nur an den Zeitungen«, sagte Bernie. »Es liegt am Geld.«

Bernie achtete sehr auf die Staatsfinanzen, was eigentümlich erschien bei einem Mann, der nie mehr als ein paar Shilling besessen hatte. Ethel erkannte eine Möglichkeit, ihn aus seiner Verdrossenheit zu reißen, und fragte: »Wie meinst du das?«

»Vor dem Krieg hat der Staat ungefähr eine halbe Million Pfund am Tag ausgegeben – für das Militär, die Gerichte und Gefängnisse, für Bildung, Pensionen, Verwaltung der Kolonien, für alles eben.«

»So viel!« Ethel lächelte ihn voller Zuneigung an. »Das ist eine von diesen Statistiken, die mein Vater immer im Kopf hat.«

Bernie trank von seinem Kakao; dann fuhr er fort: »Rate mal, wie viel wir im Moment ausgeben.«

»Das Doppelte? Eine Million am Tag? Aber nein, das wäre unmöglich.«

»Unmöglich? Hast du eine Ahnung. Der Krieg kostet unser Land fünf Millionen Pfund am Tag, das Zehnfache der normalen Kosten.«

Ethel war entsetzt. »Wo haben wir denn so viel Geld her?«

»Da liegt das Problem. Wir leihen es uns.«

»Aber wir haben jetzt seit über zwei Jahren Krieg. Wir müssen uns Unsummen geborgt haben … fast viertausend Millionen Pfund!«

»In dieser Größenordung, ja. Die Ausgaben von normalerweise fünfundzwanzig Jahren.«

»Wie sollen wir das jemals zurückzahlen?«

»Wir können es nicht zurückzahlen. Eine Regierung, die versuchen würde, die Steuern in ausreichendem Maße zu erhöhen, müsste eine Revolution auslösen.«

»Und was wird geschehen?«

»Wenn wir den Krieg verlieren, sind unsere Gläubiger bankrott, vor allem die Amerikaner. Wenn wir siegen, lassen wir es von den Deutschen bezahlen. ›Reparationen‹ ist das Wort dafür.«

»Und wie zahlen sie es?«

»Indem sie verhungern. Aber es kümmert niemanden, was aus den Verlierern eines Krieges wird. Außerdem haben die Deutschen 1871 das Gleiche mit den Franzosen gemacht.« Er stand auf und stellte seine Tasse in die Spüle. »Deshalb können wir keinen Frieden mit Deutschland schließen. Wer würde dann die Rechnung bezahlen?«

Ethel konnte es nicht fassen. »Und deshalb müssen wir immer mehr junge Männer nach Frankreich schicken, damit sie dort in den Schützengräben sterben. Weil wir die Rechnung nicht zahlen können. Was ist das für eine grauenhafte Welt, in der wir leben.«

»Wir werden es ändern.«

Bernie war der Ansicht, dass eine Revolution nötig sei, um eine Veränderung herbeizuführen. Doch Ethel hatte über die Französische Revolution gelesen und wusste, dass solche Dinge nicht immer so verliefen, wie die Leute es beabsichtigten. Dennoch war sie fest entschlossen, dass Lloyd es besser haben sollte.

Schweigend saßen sie eine Zeit lang beisammen; dann stand Bernie auf. Er ging zur Tür, als wollte er sich auf den Heimweg machen, überlegte es sich dann aber anders. »Dieser Redner gestern Abend war interessant.«

»Aye«, sagte Ethel.

»Und clever.«

»Ja, clever war er.«

»Ethel … vor zwei Jahren hast du mir gesagt, du wolltest Freundschaft und keine Liebesaffäre.«

»Es tut mir sehr leid, dass ich deine Gefühle verletzt habe, Bernie.«

»Das braucht dir nicht leidzutun. Unsere Freundschaft ist das Beste, was ich je hatte.«

Er setzte sich wieder zu ihr an den Tisch.

»Du hast gesagt, ich würde das ganze schmusige Liebeszeug bald vergessen, und wir wären nur gute Freunde. Aber da hast du dich geirrt.« Er beugte sich im Stuhl vor. »Je besser ich dich kennenlerne, desto mehr liebe ich dich.«

Ethel sah die Sehnsucht in seinen Augen und empfand tiefe Traurigkeit, dass sie seine Gefühle nicht erwidern konnte. »Du bist mir auch sehr teuer«, sagte sie, »aber nicht auf diese Weise.«

»Welchen Zweck hat es, allein zu sein? Wir mögen uns. Wir sind ein so gutes Team! Wir haben die gleichen Ideale, die gleichen Ziele, ähnliche Ansichten – wir gehören zusammen.«

»Eine Ehe ist mehr als das.«

»Ich weiß. Und ich sehne mich danach, dich in die Arme zu nehmen.« Er bewegte die Hand, als wollte er sie ausstrecken und Ethel berühren, doch sie schlug die Beine übereinander und wandte sich auf ihrem Stuhl ab. Bernie zog die Hand zurück, und ein bitteres Lächeln verzerrte sein sonst so liebenswürdiges Gesicht. »Mir ist klar, dass ich nicht der stattlichste Mann bin, dem du je begegnet bist. Aber ich glaube, nie hat jemand dich mehr geliebt als ich.«

Da hat er recht, dachte sie traurig. Begehrt hatten sie viele Männer, und einer hatte sie verführt, aber keiner hatte die geduldige Ergebenheit Bernies gezeigt. Wenn sie ihn heiratete, konnte sie sicher sein, dass er immer für sie da wäre. Und irgendwo in ihrem Inneren sehnte sie sich danach.

Als Bernie ihr Zögern spürte, sagte er: »Heirate mich, Ethel. Ich liebe dich. Ich werde mein Leben darauf verwenden, dich glücklich zu machen. Mehr wünsche ich mir nicht.«

Brauchte sie überhaupt einen Mann? Sie war nicht unglücklich. Lloyd machte ihr ständig Freude mit seinen kindlichen Späßen und seiner grenzenlosen Neugier. Er genügte ihr.

Bernie sagte: »Der kleine Lloyd braucht einen Vater.«

Ethel überkam ein Anflug von Schuldgefühl. Bernie spielte diese Rolle jetzt schon zeitweise. Sollte sie Bernie um Lloyds willen heiraten? Noch war es nicht zu spät, dem Jungen beizubringen, Bernie »Daddy« zu nennen.

Das aber würde bedeuten, die winzige Hoffnung aufzugeben, noch einmal die überwältigende Leidenschaft zu finden, die sie mit Fitz erlebt hatte. Noch immer loderte Verlangen in ihr auf, wenn sie nur daran dachte. Aber was habe ich aus dieser Affäre eigentlich gewonnen, fragte sie sich, als sie versuchte, trotz ihrer Empfindungen objektiv zu denken. Ich bin von Fitz enttäuscht und von meiner Familie verstoßen worden und musste in eine andere Stadt gehen. Ich will das nicht noch einmal.

Sosehr sie mit sich rang, sie konnte sich nicht überwinden, Bernies Antrag anzunehmen. »Lass mich darüber nachdenken«, bat sie.

Er strahlte. Für ihn war es eine positivere Antwort, als er zu hoffen gewagt hatte. »Denk so lange nach, wie du willst«, sagte er. »Ich warte auf dich.«

Sie brachte ihn zur Tür und öffnete. »Gute Nacht, Bernie.«

»Gute Nacht, Ethel.« Er beugte sich vor, und sie hielt ihm die Wange zum Kuss hin. Seine Lippen verharrten einen Augenblick auf ihrer Haut. Sie wich augenblicklich zurück. Er fasste sie beim Handgelenk. »Ethel …«

»Schlaf gut, Bernie«, sagte sie.

Er zögerte, dann nickte er. »Du auch«, sagte er und ging.

In der Wahlnacht im November 1916 hielt Gus Dewar seine politische Karriere für beendet.

Er war im Weißen Haus, nahm Anrufe entgegen und leitete Nachrichten an Präsident Wilson weiter, der mit seiner zweiten Frau Edith in Shadow Lawn weilte, dem neuen Sommersitz des Präsidenten in New Jersey. Jeden Tag wurden per Post Briefe nach Shadow Lawn geschickt, doch es kam vor, dass der Präsident die Information schneller benötigte.

Gegen neun Uhr an diesem Abend war klar, dass der republikanische Kandidat, ein Richter am Obersten Gerichtshof mit Namen Charles Evans Hughes, vier Staaten, bei denen das Ergebnis auf der Kippe stand, für sich gewonnen hatte: New York, Indiana, Connecticut und New Jersey.

Dennoch erkannte Gus die Wahrheit erst, als ein Bote ihm die Morgenausgaben der New Yorker Zeitungen brachte und er die Schlagzeilen sah:

HUGHES AUF DEM WEG ZUR PRÄSIDENTSCHAFT

Gus war schockiert. Er hatte fest daran geglaubt, dass Woodrow Wilson siegen würde. Schließlich hatten die Wähler nicht vergessen, wie geschickt er die Lusitania-Krise gehandhabt hatte. Es war ihm gelungen, den Deutschen gegenüber hart zu sein und dennoch neutral zu bleiben. Der Wahlslogan für Wilsons Kampagne war: »Er hielt uns vom Krieg fern.«

Hughes hatte Wilson den Vorwurf gemacht, Amerika nicht auf den Krieg vorbereitet zu haben, doch dieser Schuss war nach hinten losgegangen. Nach der brutalen Niederschlagung des Osteraufstands in Dublin durch die Briten waren die Amerikaner entschlossener denn je, neutral zu bleiben. Die Briten behandelten die Iren nicht besser als die Deutschen die Belgier. Warum sollte Amerika sich da auf ihre Seite schlagen?

Nachdem Gus die Zeitungen gelesen hatte, lockerte er seine Krawatte und setzte sich auf die Couch im Arbeitszimmer neben dem Oval Office. Die Aussicht, das Weiße Haus verlassen zu müssen, beunruhigte ihn. Für Wilson zu arbeiten war zu einer festen Größe in seinem Leben geworden. Sein Liebesleben war eine einzige Katastrophe, aber wenigstens wusste er, dass er für den Präsidenten der Vereinigten Staaten noch einen Wert hatte.

Gus' Sorge war jedoch nicht nur von Selbstsucht geprägt. Wilson war entschlossen, eine internationale Ordnung zu schaffen, in der Kriege vermieden werden konnten. So wie in den USA Nachbarschaftsstreitigkeiten nicht mehr mit Sechsschüssern geklärt wurden, so musste eine Zeit kommen, da Nationen ihren Streit einem unabhängigen Urteil unterwarfen. Der britische Außenminister, Sir Edward Grey, hatte in einem Brief an Wilson den schon recht alten Begriff »Völkerbund« verwendet, und dem Präsident hatte dieses Wort gefallen.

Hätte Gus daran mitarbeiten können, so etwas Großartiges zu schaffen, hätte sein Leben einen Sinn gehabt. Doch nun sah es so aus, als würde sich dieser Traum zerschlagen. Enttäuscht schlief Gus ein.

Früh am nächsten Morgen wurde er von einem Telegramm geweckt, in dem stand, dass Wilson den Staat Ohio gewonnen habe – einen Arbeiterstaat, in dem Wilsons Kampagne für den Achtstundentag sehr gut angekommen war. Dann kam auch aus Kansas eine Siegesmeldung. Wilson war wieder im Rennen. Kurz darauf gewann er Minnesota, wenn auch nur mit weniger als tausend Stimmen Vorsprung.

Es ist doch noch nicht vorbei, dachte Gus und fasste neuen Mut.

Am Mittwochabend führte Wilson mit 264 zu 254 Wahlmännern. Doch ein Staat, Kalifornien, hatte noch kein Ergebnis bekannt gegeben, und Kalifornien stellte nicht weniger als dreizehn Wahlmänner. Alles hing vom Ausgang in Kalifornien ab.

Gus' Telefon verstummte. Es gab nicht mehr viel für ihn zu tun. In Los Angeles kam die Auszählung nur schleppend voran. Jede ungeöffnete Wahlurne wurde von bewaffneten Demokraten bewacht, die nach wie vor glaubten, nur durch Betrug die Wahl von 1876 verloren zu haben.

Das Ergebnis aus Kalifornien war immer noch nicht eingetroffen, als ein Anruf aus der Lobby kam, dass Gus einen Besucher habe. Zu seinem Erstaunen war es Rosa Hellman, die ehemalige Redakteurin des *Buffalo Anarchist*. Gus freute sich. Er hatte immer schon gerne mit Rosa geredet.

Kurz dachte er daran, dass ein Anarchist Präsident McKinley im Jahre 1901 in Buffalo erschossen hatte; aber Präsident Wilson war weit weg in New Jersey; also ließ er Rosa ins Arbeitszimmer führen. Sie trug einen roten Mantel. Als Gus ihr heraushalf, roch er ihr blumiges Parfüm.

»Als wir uns das letzte Mal gesehen haben, sagten Sie mir, was für ein verdammter Narr ich sei, mich mit Olga Vyalov zu verloben«, sagte Gus, als er Rosas Mantel an die Garderobe hing.

Sie schaute verlegen drein. »Ich entschuldige mich dafür.«

»Nicht doch. Sie hatten ja recht.« Er wechselte das Thema. »So … Sie arbeiten jetzt also für eine Nachrichtenagentur?«

»Ja.«

»Als Korrespondentin in Washington.«

»Nein, ich bin nur die einäugige Assistentin.«

Bis jetzt hatte sie ihre Behinderung nie erwähnt. Gus zögerte; dann sagte er: »Ich habe mich immer gefragt, warum Sie keine Augenklappe tragen. Jetzt freut es mich. Auch mit einem geschlossenen Auge sind Sie eine wunderschöne Frau.«

»Danke. Sie sind sehr freundlich. Was genau machen Sie eigentlich für den Präsidenten?«

»Außer ans Telefon zu gehen, wenn es klingelt? Ich lese Mr. Wilson die unverbindlich formulierten Berichte des Außenministeriums vor und sage ihm dann die Wahrheit.«

»Zum Beispiel?«

»Unseren Botschaftern in Europa zufolge hat die Offensive an der Somme einige ihrer Ziele erreicht, wobei beide Seiten schwere Verluste hinnehmen mussten. Es ist fast unmöglich, diese Information zu widerlegen, und sie sagt dem Präsidenten gar nichts. Also ist es an mir, ihm zu erklären, dass die Somme eine einzige Katastrophe für die Briten war.« Er zuckte mit den Schultern. »Jedenfalls sah meine Aufgabe bisher so aus, denn meine Karriere könnte bald vorbei sein.« Gus verbarg seine wahren Gefühle. Eine mögliche Niederlage Wilsons war zu schrecklich für ihn.

Rosa nickte. »In Kalifornien werden noch einmal die Stimmen gezählt. Fast eine Million Menschen haben dort gewählt, aber es fehlen ungefähr fünftausend.«

»So viel hängt von einer so kleinen Zahl ungebildeter Menschen ab.«

»Das ist Demokratie.«

Gus lächelte. »Das ist eine fürchterliche Art, ein Land zu regieren, aber alles andere ist noch schlimmer.«

»Wenn Wilson siegt, was wird dann sein oberstes Ziel sein?«

»Inoffiziell?«

»Natürlich.«

»Frieden in Europa«, antwortete Gus ohne zu zögern.

»Wirklich?«

»Er hat den Slogan ›Er hielt uns vom Krieg fern‹ nie so recht gemocht, zumal die Angelegenheit nicht ausschließlich in seinen Händen liegt. Wir könnten immer noch in den Krieg hineingezogen werden, ob wir wollen oder nicht.«

»Und was kann er tun?«

»Er wird beide Seiten unter Druck setzen, um einen Kompromiss zu finden.«

»Und kann ihm das gelingen?«

»Ich weiß es nicht.«

»Aber dieses Gemetzel an der Somme kann so doch nicht weitergehen.«

»Das liegt bei Gott allein.« Gus wechselte wieder das Thema. »Erzählen Sie mir, was es in Buffalo Neues gibt.«

Rosa schaute ihn offen an. »Wollen Sie auch von Olga hören, oder ist es Ihnen zu peinlich?«

Gus wandte sich ab. Was könnte peinlicher sein? Zuerst hatte er einen Brief von Olga bekommen, in dem sie die Verlobung aufgelöst hatte. Sie hatte sich demütigst entschuldigt, aber keine Erklärung dafür gegeben. Gus hatte das nicht akzeptieren wollen, zurückgeschrieben und verlangt, sie persönlich zu sehen. Er konnte es nicht verstehen; deshalb nahm er an, dass jemand sie unter Druck setzte. Doch später an jenem Tag hatte seine Mutter durch ihr Klatschweiber-Netzwerk herausgefunden, dass Olga den Chauffeur ihres Vaters heiraten sollte. »Aber warum?«, hatte Gus gequält gefragt, und seine Mutter hatte geantwortet: »Mein lieber Junge, es gibt nur einen Grund, warum ein Mädchen den Chauffeur heiratet.« Gus hatte sie verständnislos angestarrt, und schließlich war seine Mutter mit der Sprache herausgerückt: »Das Mädchen muss schwanger sein.« Es war der demütigendste Augenblick in Gus' Leben gewesen, und selbst ein Jahr später zuckte er noch immer vor Schmerz zusammen, wenn er daran dachte.

Rosa konnte in Gus' Gesicht lesen, was in ihm vorging. »Ich hätte sie nicht erwähnen sollen. Tut mir leid.«

Gus sagte sich, er könne genauso gut erfahren, was alle anderen ohnehin schon wussten. Sanft berührte er Rosas Hand. »Danke, dass Sie so offen sind. Das gefällt mir. Und ja, ich bin neugierig, was Olga betrifft.«

»Nun, sie haben in der russisch-orthodoxen Kirche an der Ideal Street geheiratet, und der Empfang hat im Statler Hotel stattgefunden. Sechshundert Leute waren eingeladen, und Joseph Vyalov hat den Ball- *und* den Speisesaal gemietet und jedem Kaviar serviert. Es war die prunkvollste Hochzeit in der Geschichte von Buffalo.«

»Wie ist Olgas Mann?«

»Er heißt Lew Peschkow. Ein gut aussehender und charmanter Bursche, aber ein Blick genügt, und man weiß, dass er ein Gauner ist. Und jetzt ist er der Schwiegersohn eines der reichsten Männer der Stadt.«

»Und das Kind?«

»Ein Mädchen, Darja, aber sie nennen sie Daisy. Sie ist im März geboren worden. Und Lew ist natürlich kein Chauffeur mehr. Ich glaube, er leitet jetzt einen von Vyalovs Nachtclubs.«

Sie sprachen eine Stunde miteinander; dann führte Gus sie nach unten und ließ ihr ein Taxi bestellen.

Früh am nächsten Morgen bekam Gus das Ergebnis aus Kalifornien per Telegramm. Wilson hatte mit 3777 Stimmen Vorsprung gewonnen. Er war als Präsident wiedergewählt worden.

Gus war außer sich vor Freude. Sie hatten vier weitere Jahre Zeit, ihre Ziele zu erreichen. In vier Jahren konnten sie die Welt verändern.

Gus starrte noch immer auf das Telegramm, als das Telefon klingelte.

Er nahm ab und hörte den Mann in der Vermittlung sagen: »Ein Anruf aus Shadow Lawn. Der Präsident will mit Ihnen sprechen, Mr. Dewar.«

»Danke.«

Einen Augenblick später hörte Gus die vertraute Stimme Wilsons. »Guten Morgen, Gus.«

»Ich gratuliere, Mr. President.«

»Danke. Packen Sie Ihre Koffer. Ich möchte, dass Sie nach Berlin fahren.«

✠

Als Walter von Ulrich im Fronturlaub nach Hause kam, gab seine Mutter ein Fest für ihn.

Es wurden nicht mehr viele Feste in Berlin gefeiert. Selbst für eine wohlhabende Frau mit einflussreichem Mann war es schwer, genug Speisen für eine Festtafel zu bekommen. Außerdem ging es Susanne von Ulrich nicht gut: Sie war abgemagert und litt unter chronischem Husten. Aber sie wollte Walter unbedingt etwas Gutes tun.

Otto besaß einen erlesenen Weinkeller, den er vor dem Krieg angelegt hatte. Susanne entschied sich für einen Nachmittagsempfang, damit sie kein Abendessen auftischen musste. Sie servierte kleine Häppchen von geräuchertem Fisch und Käse auf Toast; den Mangel an Essen machte sie mit einem unbegrenzten Vorrat an Magnumflaschen Champagner wett.

Walter war ihr für ihre Mühen dankbar, aber ihm war nicht wirklich nach Feiern zumute. Er hatte zwei Wochen Fronturlaub, und er wünschte sich nur ein weiches Bett, trockene Kleidung und die Möglichkeit, den ganzen Tag im eleganten Salon des Stadthauses seiner Eltern herumzulungern, aus dem Fenster zu schauen, an Maud zu denken oder an seinem Steinway-Flügel zu sitzen und Schuberts »Frühlingsglaube« zu spielen: »Nun muss sich alles, alles wenden.«

Wie naiv er und Maud sich im August 1914 doch versprochen hatten, Weihnachten würden sie sich wiedersehen! Das war nun schon zwei Jahre her, und Walter sehnte sich nach ihrem liebreizenden Gesicht. Und es würde vermutlich noch zwei weitere Jahre dauern, bis Deutschland den Krieg gewonnen hatte. Walters größte Hoffnung bestand darin, dass Russland zusammenbrach, sodass das deutsche Reich all seine Kräfte für einen entscheidenden Schlag im Westen konzentrieren konnte.

Inzwischen hatte Walter manchmal Schwierigkeiten, sich Mauds Aussehen in Erinnerung zu rufen. Dann schaute er sich das alte, verblasste Zeitungsfoto an, das er ständig bei sich trug. *Lady Maud Fitzherbert, stets nach der neuesten Mode gekleidet*, lautete der Untertitel. Ein Fest ohne Maud konnte er nicht genießen. Während er sich zurechtmachte, wünschte er sich, seine Mutter hätte sich die Mühe gespart.

Das Haus wirkte trist. Sie hatten nicht mehr genug Diener, um alles blitzsauber zu halten. Die Männer dienten im Heer oder in der Marine, und die Frauen waren zu Straßenbahnschaffnerinnen und Postbotinnen geworden. Nur die älteren Diener waren Walters Mutter geblieben, und die hatten große Mühe, die Ansprüche ihrer Herrin zu erfüllen. Und das Haus war nicht nur schmuddelig, es war auch kalt. Die Kohleration reichte nicht aus, um die Zentralheizung in Betrieb zu nehmen. Deshalb hatte Walters Mutter Öfen im Foyer, dem

Speisezimmer und dem Salon aufstellen lassen, doch die schafften es nicht, die Novemberkälte zu vertreiben.

Trotzdem heiterte es Walter auf, als die kalten Zimmer sich mit jungen Leuten füllten und im Foyer eine Kapelle zu spielen begann. Greta, seine jüngere Schwester, hatte ihre Freunde eingeladen. Walter wurde bewusst, wie sehr er das gesellschaftliche Leben vermisst hatte. Er sah gerne Mädchen in schönen Kleidern und Männer in tadellosen Anzügen. Er genoss das Scherzen, Flirten und die Gerüchteküche. Er hatte es geliebt, als Diplomat zu arbeiten; dieses Leben passte zu ihm. Charmant zu sein und Small Talk fielen ihm leicht.

Das Haus der Familie von Ulrich hatte keinen Ballsaal, aber die Leute begannen im Foyer zu tanzen. Walter tanzte mehrere Male mit Gretas bester Freundin, Monika von der Helbard, einem großen, gertenschlanken Rotschopf mit langem Haar. Sie erinnerte Walter an die jungen Frauen auf den Gemälden der britischen Maler, die sich selbst als Präraffaeliten bezeichneten.

Er holte Monika ein Glas Champagner und setzte sich zu ihr. Sie fragte ihn, wie es in den Gräben sei – eine Frage, die jeder stellte. Üblicherweise antwortete Walter dann, das Leben sei hart, aber die Männer frohen Mutes, und schlussendlich würden sie siegen. Doch Monika sagte er aus irgendeinem Grund die Wahrheit. »Das Schlimmste ist die Sinnlosigkeit«, erklärte er. »Seit zwei Jahren sind wir in den gleichen Stellungen, auch wenn wir hier und da mal ein paar Meter gewinnen oder verlieren, und ich kann mir nicht vorstellen, wie die Oberste Heeresleitung das ändern will. Uns ist kalt; wir haben Hunger; wir sind krank von Husten, Fußbrand und Bauchschmerzen, und wir langweilen uns zu Tode … für nichts.«

»In den Zeitungen steht ganz etwas anderes«, sagte Monika. »Wie traurig.« Mitfühlend drückte sie Walters Arm. Die Berührung ging durch ihn hindurch wie ein leichter elektrischer Schlag. Seit zwei Jahren hatte ihn keine Frau mehr berührt, die nicht zu seiner Familie gehörte. Plötzlich musste er daran denken, wie wunderbar es wäre, Monika in die Arme zu nehmen, ihren warmen Körper an sich zu drücken und ihre Lippen zu küssen. Sie schaute ihn mit ihren bernsteinfarbenen Augen offen an, und nach einem Augenblick erkannte er, dass sie seine Gedanken gelesen hatte. Frauen wussten häufig, was Männer dachten; das hatte Walter inzwischen herausgefunden. Er war verlegen, aber Monika schien es nichts auszumachen, und das erregte ihn noch mehr.

Jemand trat zu ihnen, und Walter hob verärgert den Blick. Er nahm an, der Mann wollte Monika zum Tanz auffordern. Dann erkannte er das vertraute Gesicht. »Mein Gott!«, sagte er. Sofort fiel ihm der Name wieder ein. Wie alle Diplomaten hatte auch Walter ein hervorragendes Namensgedächtnis. Auf Englisch sagte er: »Gus Dewar, nicht wahr?«

Gus antwortete auf Deutsch: »In der Tat, aber wir können ruhig Deutsch sprechen. Wie geht es Ihnen?«

Walter erhob sich und schüttelte Dewar die Hand. »Darf ich Ihnen Freiin Monika von der Helbard vorstellen? Monika, das ist Gus Dewar, Berater von Präsident Woodrow Wilson.«

»Es freut mich, Sie kennenzulernen, Mr. Dewar«, sagte Monika. »Ich werde die Herren jetzt allein lassen.«

Walter schaute ihr mit einer Mischung aus Schuld und Bedauern hinterher. Für einen Moment hatte er vergessen, dass er verheiratet war.

Dann drehte er sich wieder zu Gus um. Er hatte den Amerikaner auf Anhieb gemocht, als sie sich in Tŷ Gwyn zum ersten Mal begegnet waren. Gus sah seltsam aus mit seinem großen Kopf auf dem langen, dünnen Leib, aber er besaß einen außergewöhnlich scharfen Verstand. Damals war er frisch aus Harvard gekommen und hatte eine charmante Schüchternheit an den Tag gelegt, doch nach zwei Jahren im Weißen Haus hatte er deutlich an Selbstbewusstsein zugelegt. Der formlose Schnitt seines Anzugs, wie die Amerikaner ihn bevorzugten, stand ihm ausgezeichnet. »Ich freue mich, Sie zu sehen«, sagte Walter. »Nicht viele Leute machen dieser Tage Urlaub hier.«

»Ich bin eigentlich nicht auf Urlaub hier«, erwiderte Gus.

Walter wartete, dass der Amerikaner weitersprach. Als er schwieg, hakte er nach: »Weshalb dann?«

»Sagen wir, ich stecke den Zeh ins Wasser, um zu sehen, ob es warm genug für den Präsidenten ist.«

Es war also halboffiziell. »Verstehe.«

»Um gleich auf den Punkt zu kommen …« Gus zögerte erneut, und Walter wartete geduldig. Schließlich fuhr Gus mit leiser Stimme fort: »Präsident Wilson möchte, dass die Deutschen und die Alliierten Friedensverhandlungen einleiten.«

Walters Puls beschleunigte sich, doch skeptisch hob er die Augenbraue. »Er hat *Sie* geschickt, um *mir* das zu sagen?«

»Sie wissen ja, wie das ist. Der Präsident kann eine öffentliche Zurückweisung nicht riskieren, weil es ihn schwach aussehen ließe. Natürlich könnte er unseren Botschafter hier in Berlin anweisen, mit Ihrem Außenminister zu sprechen. Aber dann würde das Ganze offiziell, und früher oder später würde es an die Öffentlichkeit gelangen. Also hat er seinen jüngsten Berater – mich – gebeten, nach Berlin zu gehen und meine Kontakte zu nutzen, die ich 1914 geknüpft habe.«

Walter nickte. In der Welt der Diplomatie geschah so etwas oft. »Wenn ich Sie abblitzen lasse, muss das niemand wissen.«

»Und selbst wenn es herauskommen sollte, haben zwei unbedeutende junge Männer bloß ein wenig Eigeninitiative gezeigt.«

Das ergab Sinn und erregte Walters Interesse. »Was genau will Mr. Wilson?«

Gus atmete tief durch. »Sollte der Kaiser den Alliierten eine Friedenskonferenz vorschlagen, wird Präsident Wilson ihn öffentlich unterstützen.«

Walter konnte seine Aufregung nur mit Mühe im Zaum halten. Dieses unerwartete Privatgespräch könnte die Welt verändern. War es wirklich möglich, den Albtraum in den Gräben zu beenden? Konnte er Maud vielleicht schon in Monaten wiedersehen, nicht erst in Jahren? Walter ermahnte sich, kühlen Kopf zu wahren. Das vorsichtige Ausstrecken halbdiplomatischer Fühler führte nur selten zu einem konkreten Ergebnis. Trotzdem war er enthusiastisch. »Das ist ein bemerkenswertes Angebot, Gus«, sagte er. »Sind Sie sicher, dass Wilson es auch so meint?«

»Absolut. Er hat es nach dem Wahlsieg als Erstes zu mir gesagt.«

»Und wo liegt sein Motiv?«

»Er will Amerika nicht in den Krieg führen, und es besteht noch immer die Gefahr, dass wir beteiligt werden. Der Präsident will den Frieden. Und er will eine neue internationale Ordnung, um sicherzustellen, dass es nie wieder zu einem solchen Krieg kommt.«

»Das wäre in aller Interesse«, sagte Walter. »Was soll ich tun?«

»Reden Sie mit Ihrem Vater.«

»Ihm könnte der Vorschlag nicht gefallen.«

»Dann müssen Sie Ihre Überzeugungskraft einsetzen.«

»Ich werde mein Bestes tun. Kann ich Sie in der amerikanischen Botschaft erreichen?«

»Nein. Das ist ein Privatbesuch. Ich wohne im Hotel Adlon.«

»Natürlich«, sagte Walter und lächelte. Das Adlon war eines der besten Hotels der Stadt, galt sogar als eines der luxuriösesten der Welt. Voller nostalgischer Gefühle dachte Walter an die letzten Friedensjahre zurück. »Ob wir jemals wieder die beiden jungen Männer sein werden, deren größte Sorge es war, die Aufmerksamkeit des Kellners zu erregen, um noch eine Flasche Champagner zu bestellen?«

Gus nahm die Frage ernst. »Nein. Diese Tage werden wohl nie wiederkommen … jedenfalls nicht zu unseren Lebzeiten.«

Walters Schwester, Greta, trat zu ihnen. Sie hatte lockiges blondes Haar, das sie auf aufreizende Weise zu schütteln pflegte. »Warum schaut ihr so düster drein?«, fragte sie fröhlich. »Kommen Sie, Mr. Dewar. Lassen Sie uns tanzen.«

Gus' Stimmung hellte sich auf. »Mit Vergnügen.«

Greta führte ihn davon.

Walter kehrte ebenfalls zur Feier zurück, doch während er mit Freunden und Verwandten plauderte, war er in Gedanken bei Gus Dewars Vorschlag und der Frage, wie er ihn am besten fördern konnte. Wenn er mit seinem Vater sprach, musste er darauf achten, nicht zu eifrig zu erscheinen, denn das würde nur den Widerstand Otto von Ulrichs erregen. Walter beschloss, die Rolle des neutralen Boten zu spielen.

Nachdem die Gäste gegangen waren, fing Susanne von Ulrich ihren Sohn im Salon ab. Der Raum war im Rokokostil dekoriert, den altmodische Deutsche noch immer bevorzugten. »Diese Monika von der Helbard ist wirklich reizend«, bemerkte Susanne.

»Sehr charmant«, pflichtete Walter ihr bei.

Seine Mutter trug keinen Schmuck. Sie leitete das Goldsammelkomitee und hatte ihre sämtlichen Juwelen verkauft, nur ihren Trauring hatte sie behalten. »Ich muss sie wieder einladen, das nächste Mal mit ihren Eltern. Ihr Vater ist Freiherr von der Helbard.«

»Ich weiß.«

»Eine bemerkenswerte Familie. Sie sind von altem Adel.«

Walter ging zur Tür. »Wann erwartest du Vater zurück?«

»Bald. Komm, setz dich, Walter, und sprich ein bisschen mit mir.«

Walter erkannte, dass er zu offensichtlich hatte verschwinden wollen. Der Grund dafür war, dass er in Ruhe über Dewars Vorschlag nachdenken wollte. Er war seiner Mutter gegenüber unhöflich gewesen, doch er liebte sie; deshalb würde er jetzt Buße tun. »Mit Vergnügen, Mutter.« Er setzte sich ihr gegenüber. »Danke, dass du dieses Fest für mich gegeben hast. Es war wundervoll.«

Susanne nickte, wechselte aber das Thema. »Dein Vetter Robert wird vermisst«, sagte sie. »Er ist während der Brussilow-Offensive verschwunden.«

»Ich weiß. Vielleicht haben die Russen ihn gefangen genommen.«

»Oder er ist tot. Und dein Vater ist sechzig Jahre alt. Du könntest bald Graf von Ulrich sein.«

Walter ließ sich durch diese Aussicht nicht verführen. Heutzutage waren Adelstitel immer weniger wert. Tatsächlich könnte ein Grafentitel sich nach dem Krieg sogar als Nachteil erweisen, selbst wenn Walter stolz darauf war.

Aber wie auch immer, er wollte den Titel jetzt noch nicht. »Es gibt noch keine Bestätigung, dass Robert gefallen ist.«

»Natürlich nicht. Aber du musst dich vorbereiten.«

»Inwiefern?«

»Du solltest heiraten.«

»Oh!« Walter war überrascht, obwohl er es hätte kommen sehen müssen.

»Du brauchst einen Erben, der den Titel übernehmen kann, wenn du stirbst. Und du könntest schon bald sterben. Auch wenn ich jeden Tag bete …« Sie verstummte und schloss für einen Moment die Augen, um die Fassung wiederzuerlangen. »… auch wenn ich jeden Tag bete, dass der Herr dich beschützt, wäre es doch das Beste, du würdest so schnell wie möglich einen Sohn zeugen.«

Susanne hatte Angst, ihren Sohn zu verlieren. Umgekehrt hatte Walter Angst, seine Mutter könnte sterben. Er schaute sie liebevoll an. Sie war blond und hübsch wie Greta, und vielleicht war sie früher auch so lebhaft gewesen. Tatsächlich strahlte ihr Gesicht in diesem Augenblick, und ihre Wangen waren von der Feier und dem Champagner gerötet. Allerdings geriet sie heutzutage schon beim Treppensteigen außer Atem. Sie brauchte Ruhe und musste vor Kummer und Schmerz bewahrt werden, so gut es ging. Aber der Krieg ließ das nicht zu. Nicht nur Soldaten sterben in diesem Konflikt, dachte Walter besorgt.

»Bitte, denk über Monika nach«, sagte Susanne.

Walter verzehrte sich danach, ihr von Maud zu erzählen. »Monika ist ein wunderbares Mädchen, aber ich liebe sie nicht. Ich kenne sie ja kaum.«

»Dafür ist keine Zeit! Im Krieg kann man solche Feinheiten außer Acht lassen. Triff dich mit ihr. Du hast noch zehn Tage Fronturlaub. Triff dich jeden Tag mit ihr. An deinem letzten Urlaubstag könntest du ihr einen Heiratsantrag machen.«

»Was ist mit ihren Gefühlen? Vielleicht will sie mich gar nicht.«

»Sie mag dich.« Susanne wandte den Blick ab. »Und sie wird tun, was ihre Eltern sagen.«

Walter wusste nicht, ob er belustigt oder verärgert sein sollte. »Du und Monikas Mutter, ihr habt das alles schon eingefädelt, nicht wahr?«

»Wir leben in schrecklichen Zeiten. Du könntest in drei Monaten verheiratet sein. Dein Vater wird dafür sorgen, dass du für die Hochzeit und für die Flitterwochen Sonderurlaub bekommst.«

»Hat er das gesagt?« Normalweise hasste es Otto von Ulrich, wenn Soldaten ihre Verbindungen spielen ließen, um sich Privilegien zu sichern.

»Er weiß, wie wichtig ein Erbe ist.«

Walters Vater war also schon überredet worden. Wie lange das wohl gedauert hatte? Otto von Ulrich gab sich nicht so leicht geschlagen.

Walter versuchte, ruhig sitzen zu bleiben. Es war eine beinahe unmögliche Situation für ihn. Da er mit Maud verheiratet war, durfte er nicht einmal den Anschein erwecken, an einer Ehe mit Monika interessiert zu sein; zugleich durfte er nichts von Maud erzählen. »Es tut mir leid, dich enttäuschen zu müssen, Mutter, aber ich werde Monika von der Helbard nicht um ihre Hand bitten.«

»Aber warum nicht?«, rief Susanne verzweifelt.

Walter kam sich mies vor. »Ich wünschte, ich könnte dich glücklich machen. Mehr kann ich nicht dazu sagen.«

Sie blickte ihn streng an. »Dein Vetter Robert hat nie geheiratet, aber in seinem Fall hat das keinen von uns überrascht. Ich hoffe, bei dir gibt es kein Problem derselben Art …«

Die Bezugnahme auf Roberts Homosexualität machte Walter verlegen. »Mutter, bitte! Ich weiß genau, worauf du anspielst, aber ich kann dich beruhigen. Was das angeht, bin ich nicht wie Robert.«

Sie wandte den Blick ab. »Tut mir leid, dass ich es erwähnt habe. Aber was ist dann der Grund? Du bist dreißig Jahre alt!«

»Es ist nun mal schwer, die Richtige zu finden.«

»So schwer wohl kaum.«

»Ich suche nach einer Frau, die so ist wie du.«

»Jetzt ziehst du mich auf«, sagte sie verärgert.

Walter hörte eine Männerstimme vor der Tür. Einen Augenblick später kam sein Vater ins Zimmer. Er trug Uniform und rieb sich die kalten Hände. »Es wird schneien«, verkündete er, küsste seine Frau und nickte Walter zu. »Ich nehme an, das Fest war ein Erfolg, ja? Ich konnte leider nicht kommen. Heute Nachmittag hat eine Besprechung die andere gejagt.«

»Es war großartig«, sagte Walter. »Mutter hat aus dem Nichts die schönsten Köstlichkeiten gezaubert, und der Perrier-Jouët war hervorragend.«

»Welchen Jahrgang hattet ihr?«

»Den 1899er.«

»Ihr hättet den 92er nehmen sollen.«

»Davon ist nicht mehr viel da.«

»Aha.«

»Ich hatte ein faszinierendes Gespräch mit Gus Dewar.«

»Ich erinnere mich an ihn … Das ist doch der Amerikaner, dessen Vater Präsident Wilson nahesteht, nicht wahr?«

»Der Sohn steht dem Präsidenten jetzt sogar noch näher. Gus arbeitet im Weißen Haus.«

»Was hatte er zu sagen?«

Susanne stand auf. »Ich lasse euch Männer dann mal allein.«

Otto und Walter erhoben sich.

»Bitte, denk darüber nach, was ich gesagt habe, Walter, Liebling«, sagte Susanne, ehe sie hinausging.

Einen Augenblick später kam der Butler mit einem Glas goldenem Brandy. Otto nahm das Glas entgegen. »Du auch einen?«, fragte er Walter.

»Nein, danke. Ich hatte genug Champagner.«

Otto von Ulrich trank den Brandy und streckte die Beine zum Feuer hin aus. »So, der junge Dewar ist also gekommen … Hat er eine Nachricht mitgebracht?«

»Streng vertraulich.«

»Natürlich.«

Walter konnte nicht viel Zuneigung für seinen Vater empfinden. Ihre Streitgespräche waren stets zu leidenschaftlich und sein Vater zu unbeugsam. Otto von Ulrich war engstirnig, vertrat überholte Ansichten und war keinen Vernunftgründen zugänglich. An diesen Fehlern hielt er mit einer genüsslichen Hartnäckigkeit fest, die Walter als abstoßend empfand. Und die Konsequenz seiner Dummheit – die Konsequenz der Dummheit seiner ganzen Generation – war das Gemetzel an der Somme. Das konnte Walter seinem Vater nicht vergeben.

Dennoch sprach er in freundlichem Tonfall mit ihm, denn dieses Gespräch sollte so ruhig und angenehm wie möglich verlaufen. »Der amerikanische Präsident will nicht in den Krieg hineingezogen werden«, begann Walter.

»Gut.«

»Er möchte, dass wir Frieden schließen.«

»Ha!« Ottos Spott war nicht zu überhören. »Was für eine billige Masche, uns besiegen zu wollen! Der Mann hat Nerven!«

Walter verzweifelte ob dieser unvermittelten Häme, gab jedoch nicht auf und wählte seine Worte mit Bedacht. »Unsere Feinde behaupten, der deutsche Militarismus und das deutsche Säbelrasseln hätten diesen Krieg verursacht, aber das stimmt natürlich nicht.«

»Da hast du allerdings recht«, sagte Otto. »Die russische Mobilmachung hat unsere Ostgrenze bedroht, die französische Mobilmachung die Grenze im Westen. Der Schlieffen-Plan war die einzig mögliche Lösung.« Wie üblich redete Otto, als hätte er einen Halbwüchsigen vor sich.

Walter erwiderte geduldig: »Ich weiß. Ich kann mich erinnern, wie du gesagt hast, das sei ein Verteidigungskrieg, die Antwort auf eine unerträgliche Bedrohung. Wir mussten Deutschland schützen.«

Falls Otto überrascht war, die üblichen Klischees, mit denen der Krieg gerechtfertigt wurde, aus dem Munde seines Sohnes zu hören, zeigte er es nicht. »Korrekt«, sagte er.

»Und wir *haben* Deutschland geschützt«, sagte Walter und spielte seinen Trumpf aus: »Und jetzt haben wir unsere Ziele erreicht.«

Sein Vater war überrascht. »Was meinst du damit?«

»Die Bedrohung besteht nicht mehr. Die russische Armee ist vernichtet, und das Regime des Zaren steht kurz vor dem Zusammenbruch. Wir haben Belgien erobert, sind in Frankreich eingefallen und haben gegen die Franzosen und ihre britischen Verbündeten ein Patt erkämpft. Wir haben geschafft, was wir uns vorgenommen haben. Wir haben Deutschland beschützt.«

»Ein Triumph.«

»Was wollen wir dann noch?«

»Den totalen Sieg!«

Walter beugte sich im Stuhl vor und schaute seinem Vater in die Augen. »Warum?«

»Unsere Feinde müssen für ihre Taten büßen! Sie müssen Reparationen zahlen, möglicherweise Grenzkorrekturen hinnehmen und Zugeständnisse in den Kolonien machen.«

»Aber das waren nicht unsere ursprünglichen Kriegsziele.«

Otto blieb unbeeindruckt. »Nein, aber jetzt haben wir so viel Kraft und Geld aufgewendet und die Leben so vieler guter, junger deutscher Männer geopfert, dass wir etwas dafür verlangen *müssen*.«

Das war ein schwaches Argument, aber Walter wusste, dass jeder Versuch, seinen Vater von dessen Meinung abzubringen, zum Scheitern verurteilt war. Außerdem hatte er bereits erklärt, Deutschland habe seine Kriegsziele erreicht. Jetzt versuchte er es auf einem anderen Weg. »Hältst du einen totalen Sieg wirklich für möglich?«

»Ja!«

»Im Februar sind wir mit allen unseren Kräften gegen die Festung von Verdun angerannt, konnten sie aber nicht einnehmen. Die Russen haben uns im Osten angegriffen, und die Briten haben alles, was sie haben, in die Offensive an der Somme geworfen. Diese gewaltigen Anstrengungen beider Seiten haben nichts an der Pattsituation geändert.«

Widerwillig räumte Otto ein: »Bis jetzt nicht.«

»Das hat auch die Oberste Heeresleitung eingesehen. Seit August, als man Falkenhayn entlassen hat und Ludendorff zum Stabschef ernannt wurde, haben wir unsere Taktik von Angriff zu Verteidigung in der Tiefe geändert. Wie sollen wir mit einer solchen Taktik den totalen Sieg erringen?«

»Durch den uneingeschränkten U-Boot-Krieg!«, erwiderte Otto. »Die Alliierten werden durch Lieferungen aus Amerika unterstützt, während unsere Häfen von der Royal Navy blockiert werden. Wir müssen ihre Lebensader durchtrennen, dann werden sie nachgeben.«

Walter wollte sich nicht auf weitere Diskussionen einlassen, doch da er nun damit begonnen hatte, beschloss er weiterzumachen. »Das würde Amerika mit Sicherheit in den Krieg hineinziehen«, sagte er. »Weißt du, wie stark die Armee der Vereinigten Staaten ist?«

»Es sind nur etwa hunderttausend Mann, aber …«

»Korrekt. Sie können noch nicht einmal Mexiko befrieden! Amerika stellt keine Bedrohung für uns dar.«

Wie viele Männer seiner Generation war Otto von Ulrich nie in Amerika gewesen. Diese Männer wussten einfach nicht, wovon sie sprachen. »Die Vereinigten Staaten sind ein großes Land und sehr reich«, sagte Walter, der innerlich vor hilfloser Wut kochte; doch er sprach weiter in gelassenem Tonfall, um den Anschein einer freundlichen Diskussion zu wahren. »Sie können ihre Armee problemlos ausbauen.«

»Aber nicht so schnell. Es wird sie mindestens ein Jahr kosten. Bis dahin haben Briten und Franzosen längst kapituliert.«

Walter nickte. »Wir hatten diese Diskussion früher schon, Vater«, sagte er in versöhnlichem Tonfall, »wie jeder, der sich mit Strategie beschäftigt. Beide Sichtweisen haben etwas für sich.«

Das konnte Otto schlecht leugnen; also grunzte er nur missbilligend.

Walter fuhr fort: »Wie auch immer … Es liegt nicht an mir zu entscheiden, wie Deutschland auf dieses informelle Angebot aus Amerika reagiert.«

Otto verstand, worauf sein Sohn hinauswollte. »Und auch nicht an mir.«

»Präsident Wilson hat erklärt, wenn Deutschland den Alliierten formell Friedensgespräche vorschlägt, wird er den Vorschlag öffentlich unterstützen. Da ist es wohl unsere Pflicht, die Botschaft an unseren Souverän weiterzuleiten.«

»Allerdings«, bestätigte Otto. »Der Kaiser muss entscheiden.«

✠

Walter schrieb Maud einen Brief auf einem schlichten Blatt Papier ohne Briefkopf.

Liebste!

Es ist Winter in Deutschland und in meinem Herzen.

Er schrieb auf Englisch und gab weder seine Adresse an, noch nannte er Mauds Namen.

Ich kann Dir gar nicht sagen, wie sehr ich Dich liebe und vermisse.

Walter wusste nicht recht, wie er sich ausdrücken sollte. Der Brief könnte einem neugierigen Polizisten in die Hände fallen; deshalb musste Walter dafür sorgen, dass man weder ihn noch Maud identifizieren konnte.

Ich gehöre zu den Millionen von Männern, die von den Frauen getrennt sind, die sie lieben. Der eisige Nordwind weht durch unser aller Seelen …

Er musste versuchen, einen Brief zu schreiben, wie Tausende von Soldaten sie von der Front in die Heimat an ihre Liebsten schickten.

Meine Welt ist kalt und trist ohne Dich, und für Dich mag es nicht anders sein. Wie schwer es ist, die Trennung ertragen zu müssen!

Zu gern hätte Walter von seiner Arbeit beim Frontnachrichtendienst erzählt und von seiner Mutter, die ihn mit Monika verheiraten wollte, vom Nahrungsmangel in Berlin und sogar von dem Buch, das er zurzeit las, *Buddenbrooks*, die Geschichte einer Kaufmannsfamilie. Aber er hatte Angst, Maud und sich selbst dadurch in Gefahr zu bringen.

Ich kann nicht viel sagen, aber Du sollst wissen, dass ich Dir treu bin …

Er hielt inne und dachte schuldbewusst an sein Verlangen, Monika zu küssen. Aber er hatte diesem Verlangen ja nicht nachgegeben.

… und den heiligen Versprechen, die wir einander gegeben haben, als wir das letzte Mal zusammen waren.

Deutlicher konnte er nicht auf ihre Ehe eingehen. Er wollte nicht, dass jemand, der diese Zeilen las, die Wahrheit ahnte.

Jeden Tag denke ich voller Sehnsucht an den Augenblick, da wir uns wiedersehen, uns in die Augen schauen und in die Arme schließen.

Bis dahin vergiss mich nicht!

Ohne den Brief zu unterschreiben, steckte Walter ihn in einen Umschlag und schob ihn in die Brusttasche seines Jacketts.

Es gab keinen Postdienst zwischen Deutschland und England.

Walter verließ sein Zimmer, ging nach unten, zog den Mantel an, setzte den Hut auf und trat hinaus auf die eisigen Straßen von Berlin.

Er traf Gus Dewar in der Bar des Adlon. Das Hotel hatte sich einen Schatten seiner Vorkriegswürde bewahrt. Die Kellner trugen Frack, und ein Streichquartett spielte in der Bar, doch es gab keine importierten Getränke – keinen Scotch, keinen Brandy und keinen englischen Gin –, also bestellten sie sich ein Kirschwasser.

»Und?«, fragte Gus neugierig. »Wie ist die Nachricht aufgenommen worden?«

Walter war voller Hoffnung, obwohl er wusste, dass allzu großer Optimismus unangebracht war, und wollte seine Aufregung herunterspielen. Was er Gus zu berichten hatte, war zwar erfreulich, aber keine Sensation. »Der Kaiser schreibt an den Präsidenten.«

»Ausgezeichnet! Und was?«

»Ich habe den Entwurf gesehen. Ich fürchte, der Tonfall ist nicht allzu versöhnlich.«

»Was meinen Sie damit?«

Walter schloss die Augen, versuchte, sich zu erinnern, und zitierte dann, so gut er konnte: »›Der furchtbarste Krieg der Geschichte tobt nun schon seit zweieinhalb Jahren. In diesem Konflikt haben Deutschland und seine Verbündeten ihre unzerstörbare Stärke bewiesen. Unsere unerschütterlichen Linien halten den endlosen Angriffen stand. Die Ereignisse der letzten Zeit haben überdies gezeigt, dass auch ein Fortsetzen des Krieges unsere Widerstandskraft nicht zu brechen vermag.‹ Und so geht es immer weiter.«

»Hm. Jetzt verstehe ich, was Sie mit ›unversöhnlichem Tonfall‹ meinen.«

»Irgendwann kommt die Note dann auf den Punkt.« Walter rief sich den nächsten Teil ins Gedächtnis. »Es heißt weiter: ›Im Bewusstsein unserer militärischen und wirtschaftlichen Stärke sind wir bereit, den uns aufgezwungenen Kampf, bis zum Ende auszufechten.‹ Und nun kommt der wichtige Teil: ›Zugleich sind wir von dem Wunsch beseelt, dem Blutvergießen und den Schrecken ein Ende zu bereiten, und schlagen deshalb vor, in Friedensverhandlungen einzutreten.‹«

Gus war hocherfreut. »Das ist ja großartig! Er sagt Ja!«

»Pssst!« Walter blickte sich nervös um, doch niemand schien sie bemerkt zu haben. Das Streichquartett übertönte ihre Stimmen.

»Tut mir leid«, sagte Gus.

»Aber Sie haben natürlich recht.« Walter zeigte kurz seine eigene Freude, indem er lächelte. »Der Tonfall ist arrogant und kriegerisch, aber nichtsdestoweniger schlägt der Kaiser Friedensgespräche vor.«

»Ich kann Ihnen gar nicht sagen, wie dankbar ich Ihnen bin.«

Walter hob warnend die Hand. »Ich will offen zu Ihnen sein. Mächtige Männer im Umfeld des Kaisers, die gegen einen Frieden sind, haben diesem Vorschlag nur zynisch zugestimmt, weil sie in den Augen des amerikanischen Präsidenten gut aussehen wollen. Außerdem sind sie überzeugt, dass die Alliierten den Vorschlag ohnehin ablehnen werden.«

»Dann lassen Sie uns hoffen, dass diese Leute sich irren.«

»Amen.«

»Wann wird der Vorschlag unterbreitet?«

»Man diskutiert noch immer den genauen Wortlaut. Sobald das vom Tisch ist, wird die Note dem amerikanischen Botschafter hier in Berlin übergeben, zusammen mit der Bitte, sie an die alliierten Regierungen weiterzuleiten.« Dieser diplomatische Weg war notwendig, weil Länder, die miteinander im Krieg lagen, offiziell nicht kommunizieren konnten.

»Ich sollte nach London reisen«, sagte Gus. »Vielleicht kann ich ja etwas dafür tun, dass der Vorschlag wohlwollend aufgenommen wird.«

»Ich hatte gehofft, dass Sie das sagen. Ich möchte Sie aber noch um einen weiteren Gefallen bitten, wenn es Ihnen nichts ausmacht.«

»Nach allem, was Sie für mich getan haben? Alles und jederzeit!«

»Es ist etwas Persönliches.«

»Kein Problem.«

»Und es verlangt von mir, Sie in ein Geheimnis einzuweihen.«

Gus lächelte. »Faszinierend!«

»Ich möchte, dass Sie Lady Maud Fitzherbert einen Brief von mir übergeben.«

»Ah.« Gus blickte nachdenklich drein. Er wusste, dass es nur einen Grund geben konnte, weshalb Walter Maud unter dem Siegel der Verschwiegenheit schrieb. »Ich kann mir denken, warum die Sache diskret gehandhabt werden muss. Wie gesagt, kein Problem.«

»Sollte Ihr Gepäck durchsucht werden, wenn Sie Deutschland verlassen oder in England einreisen, dann sagen Sie, dass es der Liebesbrief eines Amerikaners in Deutschland an seine Verlobte in London ist. In dem Brief finden sich keine Namen oder Adressen.«

»Verstanden.«

»Ich danke Ihnen.« Walter seufzte erleichtert. »Ich kann Ihnen gar nicht sagen, wie viel mir das bedeutet.«

Am Samstag, dem 2. Dezember, fand auf Tŷ Gwyn eine Jagdgesellschaft statt. Earl Fitzherbert und Fürstin Bea wurden in London aufgehalten; daher fungierten Fitz' Freund Bing Westhampton und Lady Maud als Gastgeber.

Vor dem Krieg hatte Maud Feste wie dieses stets genossen. Natürlich feuerte eine Frau kein Gewehr ab, aber Maud liebte es, das Haus voller Gäste zu haben. Sie freute sich auf den mittäglichen Imbiss, wenn die Damen sich zu den Herren gesellten, und sie genoss das romantische Kaminfeuer und das herzhafte Essen, wenn sie abends zum Herrenhaus zurückkehrten. Aber diesmal war alles anders: Solange Soldaten in den Schützengräben litten und starben, konnte Maud ein Ereignis wie die Jagdgesellschaft nicht aus vollen Zügen genießen. Zwar war niemandem damit gedient, sich vom Krieg das Leben verdüstern zu lassen, aber so war es nun einmal. Maud setzte ihr strahlendstes Lächeln auf und ermutigte jeden, beim Essen und Trinken ordentlich zuzugreifen, doch als sie das Krachen der Schrotflinten hörte, kehrten augenblicklich die Gedanken an die blutigen Schlachtfelder zurück. Sie rührte das Essen nicht an, und auch das Glas mit Fitz' erlesenem altem Wein wurde abgeräumt, ohne dass sie daran genippt hätte.

In diesen Tagen und Wochen hasste Maud jede Mußestunde; es war angenehmer, sich durch Arbeit von den sorgenvollen Gedanken an Walter abzulenken. Lebte er überhaupt noch? Die Schlacht an der Somme jedenfalls war endlich vorüber. Fitz sagte, Deutschland habe dort eine halbe Million Mann verloren. Ob Walter einer dieser Gefallenen war? Oder lag er irgendwo in einem Lazarett, verwundet, verstümmelt?

Doch die englischen Zeitungen konnten nicht verhehlen, dass die gewaltigen Anstrengungen der British Army im Kriegsjahr 1916 einen Geländegewinn von jämmerlichen sieben Meilen erbracht hatten. Die Deutschen hatten eher Grund zur Freude. Leise und nur im kleinsten Kreis äußerte Fitz, für Großbritannien wäre es am besten, wenn die Vereinigten Staaten in den Krieg eintreten würden.

Vielleicht, überlegte Maud, feiert Walter ja die deutschen Erfolge. Vielleicht erholte er sich gerade in einem Berliner Bordell von den Kämpfen an der Front, eine Flasche Schnaps in der Hand und den Arm um ein hübsches blondes Fräulein geschlungen. Ein wenig gehässig sagte sich Maud, dass es ihr in diesem Fall lieber sei, er läge verwundet im Lazarett, doch im nächsten Augenblick schämte sie sich für diesen Gedanken.

Unter den Gästen auf Tŷ Gwyn war auch Gus Dewar. Beim Tee sprach er Maud an. Wie alle Männer trug er Knickerbocker – weite Tweedhosen, die unter dem Knie zusammengeknöpft waren –, nur standen sie dem hochgewachsenen Amerikaner überhaupt nicht. Er sah darin beinahe lächerlich aus. Als er durch den überfüllten Morgensalon zu Maud herüberkam, balancierte er vorsichtig eine Teetasse.

Maud unterdrückte ein Seufzen. Wenn ein unverheirateter Mann sie ansprach, hegte er zumeist romantische Gedanken, und sie musste ihn loswerden, ohne auch nur die Andeutung zu machen, dass sie verheiratet war – und das war nicht immer einfach. Schon jetzt waren so viele Junggesellen aus der Oberschicht im Krieg gefallen, dass selbst die unattraktivsten Kandidaten sich Chancen bei ihr ausrechneten: jüngere Söhne bankrotter Barone, schmächtige Geistliche mit Mundgeruch, sogar Homosexuelle, die eine Ehefrau suchten, damit sie ihnen einen Anstrich von Achtbarkeit verlieh.

Nicht dass Gus Dewar ein schlechter Kandidat gewesen wäre. Zwar sah er nicht besonders gut aus und ließ die natürliche Eleganz von Männern wie Walter und Fitz vermissen, aber er hatte einen scharfen Verstand und hehre Ideale; außerdem teilte er Mauds leidenschaftliches Interesse am Weltgeschehen. Und seine Tapsigkeit in physischer Hinsicht und seine Unbeholfenheit auf gesellschaftlichem Parkett, vermischt mit seiner amerikanischen Unbekümmertheit, verliehen ihm sogar einen gewissen Charme. Wäre Maud ungebunden gewesen, hätte er vielleicht Chancen bei ihr gehabt.

Dewar zog seine langen Beine an, als er sich neben sie auf das gelbe Seidensofa setzte. »Es ist mir ein Vergnügen, wieder auf Tŷ Gwyn zu sein«, sagte er.

Maud nickte. Nie würde sie das dramatische Wochenende im Januar 1914 vergessen, als der König Tŷ Gwyn besucht hatte und als das schreckliche Grubenunglück in Aberowen geschehen war. Doch zu ihrer Schande musste sie sich eingestehen, dass sie sich am lebhaftesten an die Küsse erinnerte, die sie mit Walter getauscht hatte. Wie töricht sie gewesen waren, es bei diesen Küssen zu belassen.

»Warum sind die Männer bloß so dumm, in den Krieg zu ziehen?«, sagte sie. »Warum kämpfen sie weiter, wenn der Preis an Menschenleben jeden denkbaren Nutzen längst um ein Vielfaches überstiegen hat? Die British Army hat bereits eine Million Mann verloren. Allein an der Somme sind vierhunderttausend Mann gefallen. Trotzdem schreiben die meisten Zeitungen noch immer von einem großen britischen Sieg. Jeder Versuch einer realistischen Einschätzung erhält das Etikett ›unpatriotisch‹. Aber die meisten Menschen in unserem Land haben begriffen, dass wir keine großen militärischen Fortschritte machen.«

»Die deutsche Seite wird vielleicht bald Friedensgespräche vorschlagen«, meinte Gus.

»Hoffentlich.«

»Ich glaube schon. Wahrscheinlich wird eine offizielle Eingabe der Deutschen nicht mehr lange auf sich warten lassen. Was meinen Sie, wie ein solches Angebot aufgenommen würde?«

»Positiv, könnte ich mir vorstellen«, sagte Maud, wog ihre nächsten Worte aber sorgfältig ab, denn sie wusste, dass Gus dem inneren Zirkel um den amerikanischen Präsidenten angehörte. »Vor zehn Tagen hat das Kabinett über ein Papier von Lord Lansdowne debattiert, dem ehemaligen konservativen Außenminister. Lansdowne hat die Meinung vertreten, wir könnten den Krieg nicht gewinnen.«

Gus zündete sich eine Zigarette an. »Davon wusste ich gar nichts.«

»Das Papier war geheim.«

»Und wie wurde es aufgenommen?«

»Soviel ich weiß, hat Lansdowne vier mächtige Verbündete gefunden: Außenminister Grey, Schatzkanzler McKenna, den Präsidenten des Handelsausschusses, Runciman, und den Premierminister selbst.«

Auf Gus' Gesicht erschien ein hoffnungsvoller Ausdruck. »Das ist ja großartig!«

»Ja, zumal jetzt auch dieser aggressive Winston Churchill fort ist. Vom katastrophalen Fehlschlag seines Lieblingsprojekts, der Dardanellen-Expedition, hat er sich politisch nie erholt.«

»Und wer hat sich gegen Lansdownes Vorschlag ausgesprochen?«

»David Lloyd George, der Kriegsminister und populärste Politiker des Landes. Außerdem Lord Robert Cecil, der Blockademinister, Arthur Henderson, der Generalzahlmeister und Chef der Labour-Partei, sowie Arthur Balfour, der Erste Lord der Admiralität und Marineminister.«

»Ich habe das Interview gelesen, das Lloyd George den Zeitungen gegeben hat. Er sagte, er will einen Kampf bis zum Sieg durch Knockout.«

»Ja. Und leider steht die Mehrheit hinter ihm, zumal die Öffentlichkeit kaum Gelegenheit hat, einen anderen Standpunkt zu hören. Wer sich gegen den Krieg ausspricht, wie etwa Bertrand Russell, der Philosoph, muss mit Schikanen rechnen.«

»Was hat das Kabinett denn nun beschlossen?«

»Nichts. Bei Asquith enden die Kabinettssitzungen häufig ohne konkretes Ergebnis. Viele Leute beklagen sich über seine Unentschlossenheit.«

»Ich bin sicher, dass dieses Friedensangebot nicht auf taube Ohren stoßen wird.«

In diesem Moment kam Fitz ins Zimmer. Er trug schwarz-graue Londoner Kleidung und schien gerade erst aus dem Zug gestiegen zu sein. Er trug eine Augenklappe und ging am Stock. Alle Blicke waren auf ihn gerichtet. »Es tut mir leid, Sie enttäuscht zu haben«, sagte er in die Runde. »Letzte Nacht musste ich in London bleiben. Die Hauptstadt ist wegen der neuesten politischen Entwicklungen in Aufruhr.«

»Welche Entwicklungen?«, fragte Gus. »Wir haben heute noch keine Zeitungen bekommen.«

»Lloyd George hat gestern an Asquith geschrieben und verlangt, unsere Kriegführung zu ändern. Er fordert, dass in Zukunft sämtliche Entscheidungen von einem allmächtigen Kriegsrat aus drei Ministern getroffen wird.«

»Und wird Asquith dem zustimmen?«, fragte Gus.

»Natürlich nicht. Er hat Lloyd George geantwortet, sollte jemals ein solcher Kriegsrat gebildet werden, müsse der Premierminister den Vorsitz führen.«

Bing Westhampton, Fitz' verschmitzter Freund, saß auf einer Fensterbank, die Füße hochgelegt. »Dann ist die Sache vom Tisch«, sagte er. »Jeder Ausschuss, bei dem Asquith den Vorsitz führt, ist genauso entscheidungsmüde wie das Kabinett.« Er sah sich Verzeihung heischend um. »Ich bitte sämtliche anwesenden Minister um Entschuldigung.«

»Nein, du hast recht«, sagte Fitz. »Dieser Brief stellt Asquiths Führungsrolle infrage, zumal Max Aitken, ein Freund von Lloyd George, die Geschichte an sämtliche Zeitungen weitergegeben hat. Ein Kompromiss ist nicht mehr möglich. Jetzt wird bis zum Knockout gekämpft, wie Lloyd George es ausdrücken würde. Bekommt er seinen Willen nicht, muss er zurücktreten. Bekommt er ihn, muss Asquith gehen, und dann brauchen wir einen neuen Premierminister.«

Maud begegnete Gus' Blick. Sie wusste, dass sie beide das Gleiche dachten: Solange Asquith in der Downing Street das Sagen hatte, gab es noch Aussicht auf Frieden. Ging jedoch der kriegslüsterne Lloyd George als Sieger aus dem Streit hervor, würde ein Friedensabkommen in weite Ferne rücken.

In der Halle läutete der Gong und verkündete den Gästen, dass es Zeit wurde, in die Abendgarderobe zu wechseln. Die Teegesellschaft löste sich auf. Maud ging auf ihr Zimmer. Ihr Kleid war bereits ausgelegt worden. Sie hatte es in Paris für die Londoner Saison 1914 gekauft. Nun zog sie das Teekleid aus und schlüpfte in einen seidenen Morgenrock. Nach ihrem Dienstmädchen klingeln wollte sie nicht, dann hatte sie wenigstens ein paar Minuten für sich allein.

Sie setzte sich an die Frisierkommode und betrachtete ihr Gesicht im Spiegel. Sie war jetzt sechsundzwanzig, und das ließ sich nicht mehr verhehlen. Hübsch war sie ohnehin nie gewesen, und durch die Härten der Kriegszeit hatte sie das Wenige an mädchenhafter Weichheit, das ihr geblieben war, auch noch eingebüßt, sodass die herbe Strenge ihres Gesichts deutlicher hervortrat. Was würde Walter denken, wenn er sie sah, falls er jemals aus dem Krieg heimkehrte? Maud berührte ihre Brüste. Wenigstens sie waren noch fest. Als sie an Walter dachte, wurden ihre Brustwarzen hart. Sie fragte sich, ob sie Zeit hätte …

Jemand klopfte an die Tür, und Maud senkte schuldbewusst die Hände. »Wer ist da?«

Die Tür öffnete sich, und Gus Dewar trat ins Zimmer.

Maud sprang auf, zog sich den Morgenrock straff um den Körper und sagte abweisend: »Verlassen Sie bitte auf der Stelle mein Zimmer, Mr. Dewar.«

»Keine Angst«, entgegnete er. »Ich muss Sie unter vier Augen sprechen.«

»Ich wüsste nicht, weshalb wir …«

»Ich habe in Berlin mit Walter gesprochen.«

Maud verstummte erschrocken und starrte Gus an. Wie konnte er von ihr und Walter wissen?

»Er hat mir einen Brief für Sie mitgegeben.« Gus griff in seine Tweedjacke und zog ein Kuvert hervor.

Mit bebender Hand nahm Maud es entgegen.

»Er sagte, er hätte weder Ihren noch seinen Namen benutzt, weil er befürchten musste, dass der Brief an der Grenze gelesen wird. Aber Sie können beruhigt sein, niemand hat mein Gepäck durchsucht.«

Maud hielt den Brief unschlüssig in der Hand. Sosehr sie sich danach gesehnt hatte, von ihrem Mann zu hören, so sehr ängstigte sie der Gedanke an schlechte Neuigkeiten. Wenn Walter nun eine Geliebte hatte und sie, Maud, in dem Brief um Verständnis bat? Oder hatte er vielleicht sogar eine Deutsche geheiratet und schrieb ihr nun, um sie zu bitten, ihre Ehe geheim zu halten? Vielleicht hatte er sogar schon die Scheidung eingereicht.

Maud riss den Umschlag auf und las.

Liebste!

Es ist Winter in Deutschland und in meinem Herzen. Ich kann Dir gar nicht sagen, wie sehr ich Dich liebe und vermisse.

Mauds Augen füllten sich mit Tränen. »Danke, Mr. Dewar, dass Sie mir den Brief gebracht haben.«

Er trat zögernd einen Schritt auf sie zu. »Schon gut«, sagte er und legte ihr die Hand auf den Arm.

Maud versuchte den Brief zu Ende zu lesen, doch Tränen verschleierten ihr den Blick. »Ich bin sehr glücklich«, sagte sie weinend und legte den Kopf an Gus' Schulter.

Er zog sie an sich. »Alles wird gut«, sagte er.

Maud brach in Tränen aus.

KAPITEL 21

Dezember 1916

Fitz tat Dienst in der Admiralität in Whitehall, doch er wünschte sich eine andere Aufgabe. Er wollte wieder zu den Welsh Rifles in Frankreich. Sosehr er die Schützengräben hasste – den Schmutz, die Nässe, die ständige Gefahr für Leib und Leben –, er fühlte sich nicht wohl dabei, sicher und behaglich in London zu sitzen, während andere ihr Leben riskierten. Der Gedanke, man könnte ihn für einen Feigling halten, war ihm unerträglich. Die Ärzte beharrten jedoch auf ihrer Diagnose, dass sein Bein noch nicht kräftig genug sei, und die Army ließ ihn nicht zu seinem Bataillon zurück.

Weil Fitz Deutsch sprach, hatte Smith-Cumming vom Secret Service Bureau – der Mann, der sich »C« nannte – ihn dem Marinenachrichtendienst empfohlen, und er war vorübergehend einer Abteilung zugeteilt worden, die man Room 40 nannte. Einen Schreibtischposten hatte Fitz sich am allerwenigsten gewünscht, stellte jedoch zu seinem Erstaunen fest, dass die Arbeit im Rahmen der Kriegsanstrengungen von überragender Bedeutung war.

Am ersten Kriegstag war ein Postschiff namens *CS Alert* in die Nordsee vorgedrungen, hatte die deutschen Seekabel vom Meeresgrund hinaufgezogen und durchtrennt. Mit diesem klugen Schachzug hatte Großbritannien den Feind gezwungen, seine Nachrichten per Funk zu übermitteln, und Funksignale konnten abgefangen werden. Nur war es nicht so einfach, die Nachrichten zu lesen, denn die Deutschen sendeten sie grundsätzlich verschlüsselt. In Room 40 versuchte man, die deutschen Codes zu knacken.

Fitz arbeitete mit Leuten zusammen, von denen manche einen höchst merkwürdigen Eindruck machten und nicht sehr militärisch auftraten; sie hatten genug damit zu tun, das Kauderwelsch zu entschlüsseln, das die Lauschposten an der Küste auffingen. Fitz verstand sich nicht besonders gut auf die Kunst des Decodierens –

er vermochte nicht einmal den Mörder in einer Sherlock-Holmes-Geschichte zu erraten –, aber er konnte die entschlüsselten Texte ins Englische übersetzen. Und was noch entscheidender war: Dank seiner Kampferfahrung konnte er beurteilen, welche Nachrichten wichtig waren.

Nicht dass es viel ausmachte: Ende 1916 verlief die Westfront fast genauso wie zu Beginn des Jahres, trotz gewaltiger Anstrengungen auf beiden Seiten, dem unerbittlichen deutschen Ansturm gegen Verdun und der noch verlustreicheren britischen Offensive an der Somme. Die Entente brauchte dringend moralischen Auftrieb. Würden die USA in den Krieg eintreten, könnten sie das Gleichgewicht entscheidend ändern, aber bisher gab es keinen Hinweis darauf.

In sämtlichen Heeren ergingen die Befehle am späten Abend oder im Morgengrauen; daher begann Fitz in aller Frühe und arbeitete intensiv bis Mittag. Am Mittwoch nach der Jagdgesellschaft verließ er die Admiralität um halb eins und nahm ein Taxi nach Hause. Von Whitehall nach Mayfair ging es bergauf, und obwohl der Weg nicht weit war, bedeutete er für Fitz eine zu große Anstrengung.

Die drei Damen, mit denen er zusammenwohnte – Bea, Maud und Tante Herm –, nahmen gerade zum Mittagessen Platz. Fitz reichte Grout, dem Butler, seinen Gehstock und die Uniformmütze und gesellte sich zu den Ladys. Nach der nüchternen Zweckmäßigkeit seines Büros erfreute er sich an seinem Zuhause: den prächtigen Möbeln, der leisen, diskreten Dienerschaft, dem französischen Porzellangeschirr auf der schneeweißen Tischdecke.

Er fragte Maud nach den Neuigkeiten aus der Politik. Zwischen Asquith und Lloyd George tobte die Schlacht. Gestern war Asquith mit dramatischem Getöse als Premierminister zurückgetreten. Fitz machte sich Sorgen: Er war zwar kein Bewunderer des Liberalen Asquith, aber was, wenn der neue Mann durch oberflächliches Gerede über Frieden verführt wurde?

»Der König hat Bonar Law empfangen«, sagte Maud. Andrew Bonar Law war Parteivorsitzender der Konservativen. Das letzte Überbleibsel königlicher Macht in der britischen Politik war das Recht des Monarchen, einen Premierminister zu ernennen; allerdings musste sein Kandidat die Unterstützung des Parlaments gewinnen.

»Was ist geschehen?«, fragte Fitz.

»Bonar Law hat das Amt des Premierministers abgelehnt.«

Fitz warf den Kopf in den Nacken. »Wie konnte er den König zurückweisen?« Er war der Meinung, ein Mann sollte seinem König gehorchen, erst recht ein Konservativer.

»Bonar Law hält Lloyd George für den richtigen Mann im Amt des Premierministers. Aber den will der König nicht.«

»Das will ich auch nicht hoffen«, warf Bea ein. »Lloyd George ist kaum besser als ein Sozialist.«

»Das ist wahr«, sagte Fitz. »Aber er hat mehr Mumm in den Knochen als der ganze Rest der Bande zusammen. Er würde wenigstens ein bisschen Schwung in die Kriegsanstrengungen bringen.«

»Ich fürchte nur«, sagte Maud, »er würde die Gelegenheit zu einem Friedensschluss nicht nützen.«

»Frieden?«, erwiderte Fitz. »Ich glaube nicht, dass man sich im Moment Gedanken darüber machen muss.« Er versuchte, nicht hitzig zu klingen, aber defätistisches Gerede über Frieden ließ ihn stets an die Soldaten denken, die gefallen waren: die jungen Lieutenants Morgan und Carlton-Smith, die vielen Aberowen Pals, sogar der jämmerliche Owen Bevins, der vor dem Exekutionskommando gestorben war. Sollte ihr Opfer vergebens gewesen sein? Allein der Gedanke erschien ihm blasphemisch. Er zwang sich zu einem beiläufigen Tonfall, als er entgegnete: »Es kann erst Frieden geben, nachdem die eine oder andere Seite gesiegt hat.«

In Mauds Augen loderte Zorn auf, doch sie zügelte sich. »Vielleicht bekommen wir von beidem das Beste: energische Führung des Krieges durch einen Kriegsrat mit Lloyd George als Vorsitzendem und einen staatsmännischen Premierminister wie Arthur Balfour, der einen Frieden aushandelt, falls wir ihn wünschen.«

»Hm.« Fitz gefiel die Idee nicht, doch Maud verstand es, Dinge so auszudrücken, dass man ihr nur schwer widersprechen konnte. »Was habt ihr heute Nachmittag vor?«, wechselte er das Thema.

»Tante Herm und ich fahren ins Eastend. Wir halten eine Veranstaltung für Soldatenfrauen ab, servieren ihnen Tee und Gebäck – von dir bezahlt, Fitz, danke sehr! – und versuchen, ihnen bei der Lösung ihrer schlimmsten Probleme zu helfen.«

»Die da wären?«

Tante Herm antwortete. »Meist geht es darum, eine saubere Wohnung zu bekommen und eine verlässliche Aufsichtsperson für die Kinder zu finden.«

Fitz war belustigt. »Du überraschst mich, Tantchen. Früher hast du Mauds Abenteuer im Eastend missbilligt.«

»Es ist Krieg«, erwiderte Lady Hermia. »Wir alle müssen helfen, wo wir nur können.«

Aus einem Impuls heraus sagte Fitz: »Vielleicht sollte ich euch begleiten. Es würde den Frauen guttun, wenn sie sehen, dass ein Earl genauso leicht von einer Kugel getroffen werden kann wie ein Schauermann.«

Maud musterte ihn verdutzt. »Sicher, gern, wenn du möchtest.«

Fitz bemerkte, dass sie wenig begeistert war. Ohne Zweifel wurde in ihrem Club über linksgerichteten Unsinn debattiert – Frauenwahlrecht und ähnlicher Quatsch. Doch fernhalten konnte sie ihn nicht; schließlich zahlte er für alles.

Nach dem Mittagessen machten sie sich fertig. Fitz ging in den Ankleideraum seiner Frau. Beas frühzeitig ergraute Zofe Nina half ihr aus dem Kleid, das sie zum Mittagessen getragen hatte. Bea murmelte etwas auf Russisch, und Nina antwortete in derselben Sprache, was Fitz ärgerte, weil es dazu angetan schien, ihn absichtlich von der Unterhaltung auszuschließen. In der Hoffnung, dass die Frauen glaubten, er könne alles verstehen, sagte er auf Russisch zu der Zofe: »Lassen Sie uns bitte allein.« Nina knickste und verließ das Zimmer.

»Ich habe Boy noch gar nicht gesehen«, sagte Fitz. Er hatte das Haus früh am Morgen verlassen. »Ich will noch ins Kinderzimmer, ehe sein heutiger Spaziergang beginnt.«

»Im Augenblick geht er nicht hinaus«, erwiderte Bea besorgt. »Er hustet ein wenig.«

Fitz runzelte die Stirn. »Gerade dann muss er an die frische Luft.«

Zu seinem Erstaunen schien Bea plötzlich den Tränen nahe. »Ich ängstige mich um ihn«, sagte sie. »Du und Andrej, ihr riskiert beide euer Leben im Krieg, und Boy ist vielleicht alles, was mir bleibt.«

Ihr Bruder Andrej war verheiratet, aber kinderlos. Wenn Andrej und Fitz starben, hätte Bea in der Tat niemanden an Familie außer Boy. Dies erklärte auch, weshalb sie das Kind so sehr bemutterte.

»Trotzdem«, sagte Fitz. »Es tut ihm nicht gut, wenn er verzärtelt wird.«

»Das Wort kenne ich nicht«, entgegnete sie schmollend.

»Du weißt sehr gut, was ich meine.«

Bea stieg aus ihrem Unterrock. Ihre Figur war üppiger als früher.

Fitz beobachtete, wie sie ihre Strumpfbänder löste und stellte sich vor, in ihre weichen Oberschenkel zu beißen.

Sie bemerkte seinen Blick. »Ich bin müde«, sagte sie. »Ich muss ein Stündchen schlafen.«

»Ich könnte dir Gesellschaft leisten.«

»Ich dachte, du möchtest dich mit deiner Schwester unter das gemeine Volk mischen.«

»Nicht unbedingt.«

»Tut mir leid, ich muss unbedingt ruhen.«

Fitz erhob sich, um zu gehen, besann sich dann aber eines anderen. Er war verärgert und fühlte sich abgewiesen. »Es ist lange her, dass du mich in deinem Bett willkommen geheißen hast.«

»Ich habe die Tage nicht gezählt.«

»Ich schon. Und wir sprechen von Wochen, nicht von Tagen.«

»Das tut mir leid. Aber die vielen Sorgen, weißt du.« Wieder stand sie kurz davor, in Tränen auszubrechen.

Fitz wusste, dass sie um ihren Bruder fürchtete, und er bemitleidete sie für ihre hilflose Angst, doch Millionen Frauen machten das Gleiche durch wie Bea, und wer von Adel war, hatte die Pflicht, Härte zu zeigen. »Als ich in Frankreich war, hast du dir angewöhnt, an Gottesdiensten in der russischen Botschaft teilzunehmen, nicht wahr?« In London gab es keine russisch-orthodoxe Kirche, aber in der Botschaft befand sich eine Kapelle.

»Wer hat dir das verraten?«, fragte Bea.

»Das spielt keine Rolle.« Er hatte es von Tante Herm erfahren. »Vor unserer Heirat hatte ich dich gebeten, zur Kirche von England zu konvertieren, und das hast du getan.«

Bea wich seinem Blick aus. »Was kann es schaden, wenn ich einen oder zwei Gottesdienste besuche«, erwiderte sie ruhig. »Falls ich dich damit verletzt habe, tut es mir leid.«

Fitz traute ausländischen Geistlichen nicht über den Weg. »Sagt der Pope, dass es eine Sünde ist, Lust zu verspüren, wenn du mit deinem Mann im Bett liegst?«

»Selbstverständlich nicht! Aber wenn du fort bist, fühle ich mich so einsam, so weit weg von allem, womit ich aufgewachsen bin, dass es für mich ein Trost ist, russische Kirchenlieder zu hören.«

Sie tat Fitz leid. Es musste wirklich schwer für sie sein. Er selbst konnte sich nicht vorstellen, auf Dauer in einem fremden Land zu leben. Außerdem wusste er aus Gesprächen mit anderen verheirateten Männern, dass es nicht ungewöhnlich war, wenn eine Frau sich den Avancen ihres Gatten widersetzte, nachdem sie ein Kind bekommen hatte.

Doch Fitz verschloss sein Herz vor Beas Nöten. Jeder musste Opfer bringen. Sie sollte dankbar sein, dass sie nicht gegen Maschinengewehrfeuer anstürmen musste. »Ich bin der Meinung, dass ich meine Pflichten dir gegenüber erfüllt habe«, sagte er. »Als wir geheiratet haben, habe ich die Schulden deiner Familie beglichen. Ich habe russische und englische Experten beauftragt, die Neuorganisation euerer Güter zu planen.« Die Fachleute hatten Andrej geraten, Sümpfe trockenzulegen, um mehr Ackerland zu gewinnen, und nach Kohle und anderen Bodenschätzen suchen zu lassen, aber nichts war geschehen. »Es ist nicht meine Schuld, dass Andrej jede Gelegenheit verstreichen lässt, die sich ihm bietet.«

»Ich weiß, Fitz«, sagte Bea. »Du hast alles getan, was du versprochen hast.«

»Und jetzt bitte ich dich, deine Pflicht zu tun. Du und ich, wir müssen Erben in die Welt setzen. Wenn Andrej kinderlos stirbt, wird unser Sohn zwei riesige Besitztümer erben. Er wird einer der größten Grundeigentümer der Welt sein. Wir müssen mehr Söhne haben für den Fall, dass Boy etwas zustößt – was Gott verhüten möge.«

Bea schlug die Augen nieder. »Ich kenne meine Pflicht.«

Fitz kam sich unaufrichtig vor. Er sprach von einem Erben, und alles, was er gesagt hatte, war die Wahrheit, aber er verschwieg ihr, wie sehr es ihn danach verlangte, ihren weichen nackten Leib auf dem Laken ausgebreitet liegen zu sehen, weiß auf weiß, während ihr blondes Haar über die Kissen quoll. Mit Mühe verdrängte er dieses Bild. »Wenn du deine Pflicht kennst, dann erfülle sie bitte. Wenn ich das nächste Mal in dein Schlafzimmer komme, erwarte ich, als der liebende Ehemann empfangen zu werden, der ich bin.«

»Ja, Fitz.«

Er ging – froh, sich durchgesetzt zu haben und zugleich von dem unguten Gefühl erfüllt, einen Fehler begangen zu haben. Es war absurd: Er hatte Bea erklärt, wie und wo sie vom rechten Weg abkam, und sie hatte seinen Tadel akzeptiert, wie es zwischen Mann und Frau sein sollte; dennoch empfand er nicht die Befriedigung, die ihm angemessen erschien.

Fitz verdrängte Bea aus seinen Gedanken, als er sich mit Maud und Tante Herm in der Halle traf. Er setzte die Uniformmütze auf und schaute in den Spiegel, wandte den Blick aber rasch wieder ab. Dieser Tage versuchte er nicht allzu oft über sein Äußeres nachzudenken. Die Kugel hatte die Muskeln seiner linken Gesichtshälfte geschädigt, und das Augenlid hing ständig herab. Obwohl die Entstellung nur geringfügig war, würde seine Eitelkeit sich nie davon erholen. Wenigstens konnte er sich glücklich schätzen, dass sein Augenlicht nicht beeinträchtigt war.

Der blaue Cadillac war noch in Frankreich, aber es war Fitz gelungen, sich einen anderen zu beschaffen. Sein Chauffeur kannte den Weg; offenbar fuhr er Maud nicht zum ersten Mal ins Eastend. Eine halbe Stunde später hielten sie vor der Calvary Gospel Hall, einer schäbigen kleinen Kapelle mit Wellblechdach, die aus Aberowen hierher hätte versetzt sein können. Fitz fragte sich, ob der Pastor am Ende Waliser sei.

Die Teeparty war bereits im Gange, das Bethaus voller junger Frauen mit ihren Kindern. Es roch schlimmer als in einem Kasernenschlafsaal, und Fitz musste der Versuchung widerstehen, sich ein Taschentuch vor die Nase zu halten.

Maud und Herm machten sich umgehend an die Arbeit. Maud empfing die Frauen nacheinander im Büro, während Herm als Vorzimmerdame fungierte. Fitz hinkte von einem Tisch zum nächsten und fragte die Frauen, wo ihre Männer dienten und was sie erlebt hatten. Ihre Kinder tollten währenddessen auf dem Fußboden herum. Junge Frauen wurden oft verlegen, wenn Fitz mit ihnen sprach, und fanden keine Worte, doch diese Gruppe ließ sich nicht so leicht aus der Fassung bringen. Die Frauen fragten ihn sogar, mit welcher Einheit er gekämpft habe und wie er verwundet worden sei.

Fitz hatte mit der Hälfte der Besucherinnen gesprochen, als er Ethel entdeckte.

Ihm war aufgefallen, dass sich am hinteren Ende des Saales zwei Bürotüren befanden; das eine Büro gehörte Maud, und einen Moment lang hatte Fitz sich beiläufig gefragt, wer wohl den anderen Büroraum benutzte. Als er zufällig dorthin schaute, öffnete sich die Tür, und Ethel kam heraus.

Er war ihr zwei Jahre lang nicht begegnet, aber sie hatte sich kaum verändert. Ihre dunklen Locken wogten bei jedem Schritt, und ihr

Lächeln strahlte wie der Sonnenschein. Wie bei allen Frauen in diesem Saal außer Maud und Herm war ihr schlichtes Kleid abgetragen, aber sie besaß noch die gleiche schlanke Figur wie früher, und Fitz konnte nicht anders: Er stellte sich den zierlichen Körper vor, den er so gut gekannt hatte. Auch ohne dass sie ihn anschaute, wirkte ihr Zauber auf ihn wie eh und je. Es kam ihm vor, als wäre überhaupt keine Zeit vergangen, seit sie sich kichernd und küssend auf dem Bett der Gardeniensuite gewälzt hatten.

Ethel unterhielt sich mit dem einzigen anderen Mann im Saal, einer gebeugt gehenden Gestalt in dunkelgrauem Straßenanzug aus schwerem Tuch, die an einem Tisch saß und Eintragungen in einem großen Buch vornahm. Der Mann trug eine dicke Brille; trotzdem sah Fitz die Ergebenheit in seinen Augen, als er zu Ethel hochschaute. Sie redete ungezwungen und freundlich mit ihm, und Fitz fragte sich, ob sie und dieser Mann verheiratet waren.

Unvermittelt drehte Ethel sich um und bemerkte Fitz' Blick. Sie zog die Augenbrauen hoch, und ihr Mund bildete ein O der Überraschung. Sie trat einen Schritt zurück und stieß gegen einen Stuhl, auf dem eine Frau saß, die mit verärgerter Miene zu ihr hinaufblickte. »Entschuldigung«, sagte Ethel leise, ohne die Frau anzuschauen.

Fitz erhob sich von seinem Stuhl, was ihm mit seinem verletzten Bein nicht leichtfiel, und sah Ethel dabei unverwandt an. Sie wirkte unschlüssig, war sich offenbar unsicher, ob sie zu ihm gehen oder in die Sicherheit ihres Büros fliehen sollte. »Wie schön, dich zu sehen, Ethel«, sagte Fitz. Seine Worte drangen nicht durch den lauten Saal bis zu ihr, aber sie sah wahrscheinlich, wie seine Lippen sich bewegten, und erriet, was er sagte.

Dann gab sie sich einen Ruck und kam auf ihn zu.

»Guten Tag, Lord Fitzherbert«, sagte sie förmlich, und ihr melodischer walisischer Akzent ließ die alltägliche Wendung klingen wie ein Lied. Sie reichte ihm die Hand. Ihre Haut fühlte sich rau an.

Fitz schloss sich ihr auf dem Rückzug in die Förmlichkeit an. »Wie geht es Ihnen, Mrs. Williams?«

Ethel zog sich einen Stuhl heran und nahm Platz. Als auch Fitz sich wieder setzte, wurde ihm klar, dass sie sich geschickt auf eine Stufe mit ihm gestellt hatte, ohne Nähe herzustellen.

»Ich habe Sie beim Gottesdienst im Park von Aberowen gesehen«, sagte sie. »Es hat mir sehr leidgetan …« Ihre Stimme schwankte. Sie senkte den Blick und setzte neu an. »Es hat mir leidgetan zu sehen, dass Sie verwundet sind. Ich hoffe, Ihre Genesung macht Fortschritte.«

»Langsam, aber sicher.« Er spürte, dass ihre Anteilnahme aufrichtig war. Trotz allem, was er ihr angetan hatte, schien sie ihn nicht zu hassen.

»Wie haben Sie sich die Verletzungen zugezogen?«

Fitz hatte die Geschichte schon so oft erzählt, dass sie ihn langweilte. »Es war am ersten Tag an der Somme. Wir gingen über die Schulterwehr, durchquerten unseren Stacheldrahtverhau und drangen ins Niemandsland vor. Dann weiß ich nur noch, dass ich mit teuflischen Schmerzen auf der Trage lag.«

»Mein Bruder hat gesehen, wie Sie angeschossen wurden.«

Fitz erinnerte sich an den aufsässigen Corporal William Williams. »Tatsächlich? Was ist aus ihm geworden?«

»Seine Gruppe hat einen deutschen Graben erobert, musste ihn aber wieder aufgeben, als ihnen die Munition ausging.«

»Wurde er ausgezeichnet?«

»Nein. Der Colonel sagte, er hätte den Graben bis zum letzten Mann verteidigen müssen. Billy erwiderte: ›So, wie Sie es getan haben?‹, und wurde angeklagt.«

Fitz war nicht überrascht. Williams bedeutete Ärger. »Und was tun Sie hier?«

»Ich arbeite mit Ihrer Schwester zusammen.«

»Davon hat sie mir gar nichts erzählt.«

Ethel blickte ihn fest an. »Sie glaubt wohl nicht, dass Neuigkeiten über frühere Dienstboten Sie interessieren.«

Fitz wusste, dass es eine Spitze war, aber er überging sie. »Und was arbeiten Sie?«

»Ich bin geschäftsführende Redakteurin des *Soldier's Wife*. Ich sorge für den Druck und die Auslieferung und erledige die Redaktion der Leserbriefseite. Und ich kümmere mich um die finanziellen Dinge.«

Fitz war beeindruckt. Für eine ehemalige Haushälterin war das ein gewaltiger Schritt nach oben. »Mit ›finanzielle Dinge‹ meinen Sie wahrscheinlich mein Geld?«

»Nein, bestimmt nicht. Maud ist da sehr genau. Sie weiß, dass es Ihnen nichts ausmacht, für Tee und Kuchen zu bezahlen und für die ärztliche Behandlung von Soldatenkindern, aber sie würde von Ihrem Geld niemals Aufklärungsschriften gegen den Krieg finanzieren.«

Fitz genoss es, Ethels Gesicht beim Reden zu beobachten, und hielt das Gespräch in Gang. »Ihre Zeitung beschäftigt sich mit Propaganda gegen den Krieg?«

»Wir diskutieren öffentlich, wovon Sie nur im Geheimen sprechen: von der Möglichkeit eines Friedens.«

Sie hatte recht. Fitz wusste, dass führende Politiker der beiden großen Parteien von Frieden sprachen, und das ärgerte ihn. Doch er wollte keinen Streit mit Ethel. »Ihr Held, Lloyd George, ist der Ansicht, wir sollten härter kämpfen.«

»Wird er Premierminister? Was meinen Sie?«

»Der König will ihn nicht. Aber er ist der vielleicht Einzige, der das Parlament einen kann.«

»Ich befürchte eher, dass er den Krieg in die Länge zieht.«

Maud kam aus ihrem Büro, und Fitz sah, dass die Teeparty sich allmählich auflöste. Die Frauen spülten das Geschirr und trieben ihre Kinder zusammen. Zu seinem Erstaunen sah er Tante Herm einen Stapel schmutziger Teller tragen. Wie der Krieg die Menschen veränderte!

Fitz richtete den Blick wieder auf Ethel. Sie war noch immer die attraktivste Frau, der er je begegnet war. Er gab einem plötzlich Impuls nach und fragte mit gesenkter Stimme: »Treffen wir uns morgen?«

Sie wirkte erschrocken. »Wozu?«, fragte sie leise.

»Ja oder nein?«

»Wo?«

»Victoria Station. Um eins. An der Treppe zu Bahnsteig drei.«

Ehe sie antworten konnte, trat der Mann mit der dicken Brille zu ihnen, und Ethel machte sie bekannt. »Earl Fitzherbert, darf ich Ihnen Mr. Bernie Leckwith vorstellen, Sekretär der Unabhängigen Arbeiterpartei in Aldgate.«

Fitz schüttelte ihm die Hand. Leckwith war noch keine dreißig. Fitz vermutete, dass seine schlechten Augen ihn vor dem Militärdienst bewahrt hatten.

»Tut mir leid, dass Sie verwundet sind, Lord Fitzherbert«, sagte Leckwith mit Cockneyakzent.

»Ich bin nur einer von Tausenden und kann von Glück sagen, dass ich noch lebe.«

»Hätten wir an der Somme irgendetwas anders machen können, um die Katastrophe zu vermeiden – was meinen Sie? Hätten wir mehr Männer und Munition gebraucht, wie die Generäle behaupten? Eine flexiblere Taktik? Eine bessere Absprache, wie die Politiker sagen?«

Nach kurzem Nachdenken antwortete Fitz: »Ich glaube nicht, dass irgendetwas davon uns den Sieg gebracht hätte. Die Offensive war von Anfang an zum Scheitern verurteilt. Aber wir mussten es versuchen.«

Leckwith nickte, als sähe er seine eigene Ansicht bestätigt. Sie verließen die Kapelle. Fitz half Tante Herm und Maud in den wartenden Wagen; dann stieg er selbst ein, und der Chauffeur fuhr los.

Fitz musste immer noch an Ethels erstaunliche Karriere denken. Vor nicht allzu langer Zeit hatte sie noch Kopfkissenbezüge auf Tŷ Gwyn gezählt. Heute war sie Geschäftsführerin einer Zeitung, die trotz ihrer geringen Größe von altgedienten Ministern als Stachel im Fleisch der Regierung betrachtet wurde.

Aber wie sah ihre Beziehung zu dem klugen Mr. Leckwith aus?

Am Trafalgar Square ließ Fitz den Fahrer halten und stieg aus. »Ich muss noch einmal ins Büro«, sagte er zu Maud, hinkte zum alten Admiralitätsgebäude und stieg die Treppen hinauf. Sein Schreibtisch stand im diplomatischen Teil des Gebäudes, in dem sich auch Room 40 befand. Sub-Lieutenant Carver, ein Marineoffizier, der in Cambridge Latein und Griechisch studiert hatte und seine sprachlichen Fertigkeiten nun zur Entschlüsselung deutscher Funksprüche einsetzte, meldete Fitz, dass im Laufe des Nachmittags wie üblich nur wenige Nachrichten eingegangen seien. Allerdings gebe es Neuigkeiten aus der Politik.

»Und welche?«, fragte Fitz.

»Der König hat Lloyd George zu sich gebeten«, antwortete Carver.

Den ganzen nächsten Morgen war Ethel wütend auf Fitz. Wie konnte er es wagen, ein Treffen vorzuschlagen, als wäre nichts gewesen? Mehr als zwei Jahre hatte er nichts von sich hören lassen. Und als sie sich dann begegnet waren, hatte er nicht einmal nach Lloyd gefragt, seinem eigenen Sohn. Er war noch immer der gleiche selbstsüchtige, gedankenlose Blender wie früher.

Dennoch war Ethel in einen Strudel gestürzt. Fitz hatte sie mit seinen faszinierenden grünen Augen angeschaut und ihr Fragen über ihr Leben gestellt, die bei Ethel den Eindruck erweckt hatten, als würde sie ihm etwas bedeuten, trotz aller gegenteiligen Beweise. Außerdem war er aufgrund seiner Verwundungen nicht mehr der attraktive Verführer von einst.

Ethel beschloss, sich dennoch mit ihm zu treffen.

Um zwölf verließ sie die Redaktion – zwei kleine Räume über einer Druckerei, die sie mit der Unabhängigen Arbeiterpartei teilte – und stieg in den Bus. Maud war an diesem Vormittag nicht im Büro, sodass Ethel sich keine Ausflüchte einfallen lassen musste. Die Fahrt von Aldgate nach Victoria mit Bus und U-Bahn zog sich hin, und Ethel erreichte den Treffpunkt erst ein paar Minuten nach eins, doch Fitz wartete noch im Bahnhof auf sie. Er stand in seinem Tweedanzug da, als wollte er aufs Land verreisen, und blickte ihr entgegen.

»Ich hatte schon Angst, du versetzt mich.«

»Ich weiß nicht, weshalb ich gekommen bin«, entgegnete sie. »Warum hast du mich um ein Treffen gebeten?«

»Ich möchte dir etwas zeigen.« Fitz nahm ihren Arm und führte sie aus dem Bahnhof. Ethel wunderte sich über seine Kühnheit. Was, wenn sie einem seiner Freunde begegneten? Wahrscheinlich gaben die Herren dann vor, einander nicht zu kennen; in Fitz' Kreisen wurde von einem Mann nicht erwartet, dass er es nach mehreren Ehejahren mit der Treue noch allzu genau nahm.

Sie fuhren ein paar Haltestellen mit dem Bus und stiegen im heruntergekommenen Vorort Chelsea aus, einem Künstlerviertel. Ethel ließ den Blick schweifen. Irgendwie wirkte Chelsea noch immer wie das Dorf auf dem Lande, das es vor hundert Jahren tatsächlich gewesen war. Die älteren Gebäude waren niedrige Cottages und Bauernhäuser mit großen Gärten und Obsthainen. Zurzeit sah man nicht viel Grün; trotzdem hatte die Gegend etwas Ländliches.

»Hast du schon mal eine Parlamentsdebatte verfolgt?«, fragte Fitz, als er Ethel eine Straße entlangführte, an der sich kleine Villen reihten.

»Nein, aber es würde mich sehr interessieren.«

»Dann müsstest du von einem Abgeordneten oder einem Peer eingeladen werden. Soll ich es einrichten?«

»Das wäre nett.«

Fitz freute sich über ihr Interesse. »In Ordnung. Vielleicht erlebst du Lloyd George in Aktion. Er stellt heute seine Regierungsmannschaft zusammen. Ich nehme an, heute Abend küsst er als Premierminister die Hand des Königs.«

»Politik ist ein seltsames Geschäft«, sagte Ethel. »Seit ich alt genug bin, um die Zeitung zu lesen, wünsche ich mir Lloyd George als Premierminister, und jetzt, wo es so weit ist, macht es mir Angst.«

»Wieso?«

»Weil er den Krieg befürwortet. Seine Ernennung könnte die letzte Hoffnung auf Frieden zerstören. Aber lass uns von etwas anderem reden.« Sie ließ den Blick in die Runde schweifen. »Was möchtest du mir eigentlich zeigen?«

»Das hier.« Fitz öffnete ein Gartentor und ließ ihr den Vortritt. Sie betraten das Grundstück eines zweistöckigen Häuschens, das ein Stück abseits der Straße in einem verwilderten Garten stand. Fitz zog einen Schlüssel aus der Tasche und öffnete. Sie traten ein, und er führte Ethel durch Zimmer, die mit schäbigen alten Möbeln vollgestellt waren.

»Warum zeigst du mir das alles?«, fragte Ethel. »Wem gehört dieses Haus?«

»Dir«, antwortete er. »Wenn du es willst.«

Sie blickte ihn fassungslos an.

»Du könntest mit dem Jungen hier wohnen«, sagte er. »Das Haus wurde jahrelang von einer alten Dame bewohnt, der ehemaligen Haushälterin meines Vaters, die vor ein paar Monaten gestorben ist. Du könntest es nach deinem Geschmack mit neuen Möbeln einrichten.«

»*Ich* soll hier wohnen?«, fragte Ethel. »Als was?«

Er schwieg.

»Als deine Geliebte?«, fragte sie.

»Du könntest ein Kindermädchen haben, zwei Hausmädchen und einen Gärtner. Sogar ein Automobil mit Chauffeur.«

Das alles interessierte Ethel nicht. Das Einzige, was sie lockte, war die Aussicht auf Fitz.

Er deutete ihren nachdenklichen Blick falsch. »Ist dir das Haus zu klein? Wäre dir irgendetwas in Kensington lieber? Möchtest du einen Butler und eine Haushälterin? Ich gebe dir alles, was du willst. Ohne dich ist mein Leben leer.«

Sie sah ihm an, dass er es ernst meinte. Doch sie wusste aus bitterer Erfahrung, wie rasch er es sich anders überlegen konnte.

Fitz schien ihre Gedanken zu lesen, denn er nahm sie in die Arme. Ethel hob das Gesicht, und Fitz küsste sie voller Leidenschaft. Sie ergab sich ganz diesem Kuss. Sie war lange, sehr lange nicht geküsst worden und fühlte sich wie eine halb verdurstete Reisende in der Wüste. Sie streichelte seinen Nacken und drückte die Brüste gegen ihn, wobei sie spürte, dass er genauso verzweifelt war wie sie.

»Nun?«, fragte Fitz, nachdem sie sich voneinander gelöst hatten. »Hast du dich entschieden?«

»Das geht nicht so schnell«, antwortete Ethel, von widerstreitenden Gefühlen erfüllt, ging zur Tür und drehte sich noch einmal zu ihm um. »Ich muss nachdenken.«

»Denke so lange nach, wie du willst«, sagte er. »Ich warte auf dich.«

Ethel schloss die Tür und floh.

In der Nationalgalerie am Trafalgar Square stand Gus Dewar vor Rembrandts letztem Selbstportrait, dem »Selbstbildnis mit dreiundsechzig«, als eine Frau neben ihm plötzlich sagte: »Ein außergewöhnlich hässlicher Kerl.«

Gus wandte sich um und erkannte zu seinem Erstaunen Maud Fitzherbert.

»Ich?«, fragte er. »Oder Rembrandt?«

Sie lachte.

Gemeinsam schlenderten sie durch die Galerie. »Was für ein reizender Zufall, Ihnen hier zu begegnen«, sagte Gus.

»Um ehrlich zu sein, ich habe Sie ins Museum gehen sehen und bin Ihnen gefolgt«, erwiderte Maud und senkte die Stimme. »Ich wollte fragen, weshalb Deutschland noch nicht das Friedensangebot gemacht hat, das Sie angekündigt hatten.«

Gus zuckte mit den Schultern. »Vielleicht hat man es sich anders überlegt. Hier wie dort gibt es eine Kriegs- und eine Friedensfraktion. Vielleicht hat die Kriegsfraktion die Oberhand gewonnen und den Kaiser umgestimmt.«

»Aber man muss doch erkennen, dass die Ereignisse auf den Schlachtfeldern keinen Einfluss auf den Ausgang des Krieges haben!«, sagte Maud hitzig. »Haben Sie heute Morgen die Zeitung gelesen? Die Deutschen haben Bukarest eingenommen.«

Gus nickte. Rumänien war im August in den Krieg eingetreten. Eine Zeit lang hatte Großbritannien darauf gehofft, der neue Verbündete könnte einen wirksamen Schlag gegen den Feind landen, doch im September waren die Deutschen in Rumänien einmarschiert, und nun war die Hauptstadt gefallen. »Jetzt haben die Deutschen Zugriff auf das rumänische Öl.«

»Ja«, sagte Maud. »Es ist jedes Mal das Gleiche – ein Schritt vor, ein Schritt zurück. Wann begreifen wir das endlich?«

»Und die Ernennung Lloyd Georges zum Premierminister dürfte auch kein Schritt in Richtung Frieden sein«, sagte Gus.

»Vielleicht doch.«

»Wie das? Lloyd George gilt als Kriegsbefürworter. Ausgerechnet er soll Frieden stiften?«

»Wer weiß? Der Mann ist unberechenbar. Ihm wäre eine völlige Kehrtwendung zuzutrauen. Überraschen würde er damit nur diejenigen, die so naiv waren, ihm Unbeweglichkeit zu unterstellen.«

»Dann gibt es also noch Hoffnung?«

»Ich glaube schon. Trotzdem wünschte ich, wir hätten eine Frau als Premierminister.«

Gus bezweifelte, dass es jemals so weit kommen würde.

»Ich wollte Sie noch etwas anderes fragen«, sagte Maud und blieb stehen.

Gus wandte sich ihr zu und ertappte sich dabei, wie er ihr Gesicht musterte, die hohen Jochbeine, den langen Hals, die vollen Lippen und die großen grünen Augen, die die Härte ihrer Züge milderten. »Alles, was Sie möchten«, sagte er.

»Was hat Walter Ihnen gesagt?«

Gus' Gedanken kehrten zu dem erstaunlichen Gespräch an der Bar des Hotels Adlon in Berlin zurück. »Er sagte, er sei gezwungen, mich in ein Geheimnis einzuweihen, hat mir aber nicht gesagt, um was es sich dabei handelt.«

»Wahrscheinlich glaubte er, Sie wüssten es auch so.«

»Ich nehme an, Walter ist in Sie verliebt. Und als ich Ihnen auf Tŷ Gwyn den Brief gegeben habe, konnte ich an Ihrer Reaktion erkennen, dass Sie seine Liebe erwidern.« Gus lächelte. »Er kann sich glücklich schätzen, wenn ich das hinzufügen darf.«

Gus las in ihrem Gesicht so etwas wie Erleichterung. Offenbar war das noch nicht das ganze Geheimnis. Vielleicht waren die beiden verlobt.

Sie gingen weiter. Maud überraschte Gus erneut, als sie unvermittelt fragte: »Sind Sie je verliebt gewesen, Mr. Dewar?«

Die Frage war sehr persönlich, aber er beantwortete sie trotzdem. »Ja. Zweimal. Eine der beiden Frauen war verheiratet.«

»Hat diese Frau Sie geliebt?«

»Ja.«

»Was ist geschehen?«

»Ich bat sie, ihren Mann zu verlassen. Wahrscheinlich sind Sie jetzt schockiert; ich könnte es verstehen. Jedenfalls, diese Frau war ein besserer Mensch als ich und hat mein unmoralisches Angebot zurückgewiesen.«

»So leicht bin ich nicht zu schockieren. Und die andere Frau?«

»Sie kam aus Buffalo, meiner Heimatstadt. Wir waren verlobt, aber sie hat dann einen anderen geheiratet.«

»Das tut mir leid. Vielleicht hätte ich nicht fragen sollen. Jetzt habe ich sicher schmerzhafte Erinnerungen geweckt.«

»Sehr schmerzhafte.«

»Dann wissen Sie, welchen Kummer die Liebe einem bringen kann?«

»Oh ja.«

»Aber vielleicht gibt es ja doch Frieden, und mein Kummer hat bald ein Ende.«

»Ich wünsche es Ihnen sehr, Lady Maud«, sagte Gus.

✠

Tagelang plagte Ethel sich mit Fitz' Angebot herum. Wenn sie frierend im Garten stand und mit der Mangel die Wäsche auswrang, stellte sie sich vor, in dem schönen Häuschen in Chelsea zu wohnen, während Lloyd im Garten umhertollte, beaufsichtigt von einem wachsamen Kindermädchen. Fitz hatte gesagt, er gäbe ihr alles, was sie wollte, und Ethel wusste, dass er die Wahrheit sagte, was das anging. Er würde ihr das Haus überschreiben. Er würde sie in die Schweiz mitnehmen und nach Südfrankreich. Wenn sie sich darauf versteifte, konnte sie ihn sogar dazu bringen, ihr eine jährliche Leibrente zu zahlen, sodass sie selbst dann, wenn sie ihn irgendwann langweilte, ein Auskommen hätte. Aber sie würde schon dafür sorgen, dass sie ihm nie langweilig wurde.

Genau das war der Punkt. Genau deshalb fand sie den Vorschlag beschämend und abstoßend. Sie wäre eine Frau, die für den Geschlechtsverkehr bezahlt wurde, nichts anderes als eine Prostituierte. Sie könnte ihre Eltern niemals nach Chelsea einladen; sie würden sofort erraten, dass ihre Tochter sich von einem reichen Mann aushalten ließ.

Aber würde ihr das wirklich so viel ausmachen? Wahrscheinlich nicht – wenn da nicht noch andere Dinge gewesen wären: Wie sollte sie als Geliebte eines Millionärs weiterhin für die Rechte der Arbeiterinnen eintreten? Ihre politische Karriere wäre zu Ende, bevor sie begonnen hatte. Sie würde den Kontakt zu Bernie und Mildred verlieren; selbst eine Begegnung mit Maud wäre peinlich.

Aber wer war sie, dass sie vom Leben so viel verlangte? Sie war Ethel Williams, geboren im Haus eines Bergmanns. Und nun wurde ihr ein sorgenfreies Leben angeboten. Wie konnte sie da die Nase rümpfen? Stattdessen sollte sie sich glücklich schätzen.

Außerdem war da Lloyd. Er hätte eine Erzieherin, und später würde Fitz ihm den Besuch einer Privatschule ermöglichen. Er würde innerhalb der Elite aufwachsen und ein privilegiertes Leben führen. Hatte sie ein Recht, ihm das zu verweigern?

Ethel war einer Antwort noch immer nicht näher gekommen, als sie in dem Büro, das sie mit Maud teilte, die Zeitungen aufschlug und von einem anderen aufregenden Angebot erfuhr: Am 12. Dezember hatte der deutsche Reichskanzler Theobald von Bethmann Hollweg Friedensgespräche mit der Entente vorgeschlagen.

Ethel konnte es kaum glauben. Sollte ein Frieden wirklich möglich sein? Würde Billy endlich nach Hause kommen?

Zwar hatte der französische Ministerpräsident die deutsche Note als geschickten Schachzug abgetan, und der russische Außenminister verurteilte gar Deutschlands »verlogene Vorschläge«, doch Ethel war überzeugt, dass die britische Reaktion den Ausschlag geben würde.

Doch Lloyd George verweigerte mit dem Hinweis auf eine Halsentzündung jede öffentliche Ansprache. Im Dezember litt halb London unter Husten und Schnupfen; dennoch vermutete Ethel, dass der

Premierminister nur Zeit zum Nachdenken wollte. Sie wertete dies als gutes Zeichen, denn als sofortige Reaktion wäre nur eine Ablehnung infrage gekommen. Alles andere gab Grund zur Hoffnung. Vielleicht dachte der Premierminister tatsächlich über einen Frieden nach.

Währenddessen warf Präsident Wilson das ganze Gewicht Amerikas für den Frieden in die Waagschale. Er schlug vor, dass zur Vorbereitung von Friedensgesprächen sämtliche Krieg führenden Mächte ihre Kriegsziele bekannt geben sollten.

»Das hat die Regierungen in Verlegenheit gebracht«, sagte Bernie Leckwith am gleichen Abend. »Sie wissen nicht mehr, weshalb sie den Krieg überhaupt angefangen haben. Sie kämpfen nur noch, weil sie siegen wollen.«

Ethel erinnerte sich, was Mrs. Dai Ponies damals über den Bergarbeiterstreik gesagt hatte: »Wenn Männer erst zu kämpfen anfangen, haben sie nur noch das Siegen im Kopf.«

Im Lauf der nächsten Tage musste Ethel erkennen, dass Bernie recht hatte. Präsident Wilsons Vorschlag traf auf taube Ohren. Das machte Ethel noch wütender. Wie konnten die europäischen Nationen diesen schrecklichen Krieg weiterführen, wenn sie nicht einmal wussten, wofür sie kämpften?

Ende der Woche organisierte Bernie eine öffentliche Debatte über die deutsche Friedensnote. Als Ethel am Morgen des Tages aufwachte, an dem die Diskussion stattfinden sollte, stand ihr Bruder in seiner khakifarbenen Uniform an ihrem Bett. »Billy!«, rief sie. »Du bist am Leben!«

»Und eine Woche auf Fronturlaub«, sagte er. »Steh schon auf, du faule Kuh.«

Ethel sprang aus dem Bett, zog sich einen Morgenmantel über das Nachthemd und schloss ihren Bruder in die Arme. »Oh, Billy, ich bin so froh, dich zu sehen.« Sie bemerkte die drei Winkel an seinem Ärmel. »Du bist Sergeant!«

»Aye.«

»Wie bist du ins Haus gekommen?«

»Mildred hat mir aufgemacht. Ich bin schon seit gestern Abend hier.«

»Wo hast du geschlafen?«

Scheu antwortete er: »Oben.«

Ethel grinste. »Bei Mildred?«

»Ich mag sie.«

»Ich auch«, sagte Ethel. »Mildred ist in Ordnung. Willst du sie heiraten?«

»Ja, wenn ich den Krieg überlebe.«

»Der Altersunterschied macht dir nichts aus?«

»Mildred ist dreiundzwanzig. Richtig alt wäre sie, wenn sie dreißig wäre oder so.«

»Und die Mädchen?«

Billy zuckte mit den Schultern. »Sie sind liebe Kinder, aber selbst wenn sie's nicht wären, nähme ich's für Mildred in Kauf.«

»Du liebst sie wirklich.«

»Das ist nicht schwer.«

»Sie hat ein kleines Geschäft aufgemacht. Du hast oben bestimmt die vielen Hüte gesehen.«

»Aye. Und es läuft gut, sagt sie.«

»Das ist schön. Sie arbeitet hart. Ist Tommy bei dir?«

»Er war mit mir auf dem Schiff, aber jetzt ist er mit dem Zug nach Aberowen.«

Lloyd wachte auf, sah den fremden Mann im Zimmer und fing an zu weinen. Ethel nahm ihn hoch und beruhigte ihn. »Komm in die Küche«, sagte sie zu Billy. »Ich mache uns Frühstück.«

Billy setzte sich und las die Zeitung, während Ethel Porridge zubereitete. Plötzlich sagte Billy: »Teufel noch mal.«

»Was ist?«

»Ich sehe gerade, dass der verdammte Fitzherbert sein großes Maul nicht halten kann.« Er schaute Lloyd an, als könnte der Junge über die gehässige Erwähnung seines Vaters beleidigt sein.

Ethel blickte Billy über die Schulter und las:

FRIEDEN: APPELL EINES SOLDATEN

»Fallt uns nicht in den Rücken!«

Verwundeter Earl äußert sich

Gestern wurde im Oberhaus eine bewegende Rede gegen den jüngsten Vorstoß des deutschen Reichskanzlers in Sachen Friedensgespräche gehalten. Der Redner, Earl Fitzherbert, ein Major der Welsh Rifles, erholt sich derzeit in London von den Verwundungen, die er in der Schlacht an der Somme erlitten hat.

Lord Fitzherbert erklärte: »Wer mit Deutschland Friedensgespräche führt, verrät alle tapferen Männer, die in diesem Krieg gefallen sind. Wir sind nach wie vor überzeugt, einen großartigen Triumph erringen zu können, vorausgesetzt, niemand fällt uns in den Rücken.«

In seiner Uniform, mit einer Augenklappe und auf einen Gehstock gestützt, gab der Earl vor der Kammer ein beeindruckendes Bild ab. Alle lauschten ihm in gebanntem Schweigen und brachen in Jubel aus, nachdem er geendet hatte.

In diesem Stil ging es weiter. Ethel war entsetzt. Es war nur Schmus, würde seine Wirkung aber nicht verfehlen. Normalerweise trug Fitz die Augenklappe nicht; offenbar hatte er sie der Wirkung wegen übergestreift. Seine Rede würde den Befürwortern des Friedens einen schweren Schlag versetzen.

Ethel frühstückte mit Billy; dann zog sie Lloyd und sich an und ging hinaus. Billy wollte den Tag mit Mildred verbringen, hatte aber versprochen, am Abend bei der Diskussionsrunde zu erscheinen.

Als Ethel in der Redaktion des *Soldier's Wife* eintraf, sah sie, dass sämtliche Zeitungen über Fitz' Rede berichteten. Mehrere Blätter hatten sie zum Thema eines Leitartikels gemacht. Trotz unterschiedlicher Meinungen waren alle sich einig, dass Fitz einen Coup gelandet hatte.

»Wie kann jemand etwas dagegen haben, über Frieden auch nur zu *reden?*«, fragte Ethel.

»Das kannst du ihn selbst fragen«, erwiderte Maud. »Ich habe ihn für heute Abend eingeladen, und er hat zugesagt.«

Ethel war erstaunt. »Man wird ihm einen warmen Empfang bereiten!«

»Das will ich doch sehr hoffen.«

Den ganzen Tag arbeiteten die beiden Frauen an einer Sonderausgabe des *Soldier's Wife* mit der Schlagzeile: DIE GEFAHR EINES FRIEDENS IST GERING. Maud gefiel die Ironie, während Ethel sie für zu subtil hielt. Am späten Nachmittag holte sie ihren Sohn bei der Kinderfrau ab, brachte ihn nach Hause, machte ihm Essen und steckte ihn ins Bett. Mildred, die keine politischen Versammlungen besuchte, würde auf den Jungen aufpassen.

Die Calvary Gospel Hall füllte sich bereits, als Ethel eintraf. Bald gab es nur noch Stehplätze. Unter den Zuhörern waren viele Heeres- und Marinesoldaten in Uniform. Bernie führte den Vorsitz. Er begann mit einer Ansprache, die trotz ihrer Kürze langweilig war; rednerisches Talent konnte man Bernie nicht nachsagen. Dann rief er den ersten Vortragenden auf, einen Philosophen von der Universität Oxford.

Ethel kannte die Argumente für einen Friedensschluss besser als der Gelehrte, sodass sie Gelegenheit hatte, die beiden Männer, die um sie warben, auf dem Podium zu beobachten. Fitz, der Aristokrat, war das Produkt von Jahrhunderten in Reichtum und Kultur. Wie stets war er vorbildlich gekleidet. Sein Haar war sorgfältig geschnitten, die Hände weiß, die Fingernägel sauber. Bernie, der Jude, war das Produkt von Dutzenden Generationen verfolgter gesellschaftlicher Außenseiter, die nur deshalb überlebt hatten, weil sie klüger gewesen waren als alle, die ihnen nachgestellt hatten. Er trug seinen einzigen Anzug aus dicker dunkelgrauer Serge. Ethel hatte Bernie noch nie anders gesehen: Bei warmem Wetter zog er einfach das Jackett aus.

Das Publikum hörte schweigend zu. Die Arbeiterbewegung war gespalten, was einen Friedenschluss anging. Ramsay MacDonald, der am 3. August 1914 vor dem Parlament gegen eine bewaffnete Auseinandersetzung zu Felde gezogen war, hatte seinen Rücktritt eingereicht, als der Krieg erklärt worden war. Seitdem hatten die Abgeordneten der Labour-Partei den Krieg unterstützt, was auch für die meisten ihrer Wähler galt. Doch Labour-Anhänger gehörten zu den skeptischsten Angehörigen der Arbeiterschicht; es gab eine starke Minderheit, die Frieden wollte.

Fitz begann mit den stolzen Traditionen Großbritanniens. »Über Jahrhunderte hinweg haben wir das Gleichgewicht der Macht in Europa aufrechterhalten, und das nicht durch Gewalt, sondern indem wir uns mit den schwächeren Nationen verbündet haben. Auf diese Weise konnten wir verhindern, dass eine der europäischen Nationen eine beherrschende Stellung erringen konnte. Der deutsche Reichskanzler hat nichts zu den Bedingungen einer Friedenslösung gesagt, aber jedes Gespräch darüber muss vom gegenwärtigen Zustand ausgehen. Käme es jetzt zum Friedensschluss, wäre Frankreich gedemütigt und müsste Gebietsverluste hinnehmen. Belgien würde zu einem Satellitenstaat. Deutschland würde den Kontinent durch seine Militärmacht beherrschen. Wir dürfen nicht zulassen, dass es so weit kommt! Wir müssen bis zum Sieg kämpfen!«

Als die Diskussion begann, sagte Bernie: »Earl Fitzherbert ist als Privatmann hier, nicht als Heeresoffizier, und er hat mir sein Wort gegeben, dass Soldaten im Publikum keine Nachteile erleiden, egal welche Meinung sie bei ihrer Wortmeldung vertreten. Anderenfalls hätten wir den Earl heute Abend gar nicht erst eingeladen.«

Die erste Frage stellte Bernie selbst. Wie üblich war es eine gute Frage. »Wird es Europa destabilisieren, wenn Frankreich gedemütigt wird und Gebiete verliert, Lord Fitzherbert?«

Fitz nickte.

»Wenn hingegen Deutschland gedemütigt wird und Elsass-Lothringen verliert, was ohne Zweifel geschehen würde«, brachte Bernie seine nächste Frage vor, »wird Europa dadurch stabilisiert?«

Ethel konnte sehen, dass Fitz für einen Moment aus dem Konzept gebracht war. Er hatte nicht damit gerechnet, dass er es im Eastend mit solch scharfsinnigen Gegnern zu tun bekam. Intellektuell konnte er Bernie nicht das Wasser reichen. Ethel bedauerte ihn ein wenig.

»Woher kommt der Unterschied?«, fragte Bernie, und die Friedensfraktion in der Zuhörerschaft murmelte zustimmend.

Fitz fing sich rasch wieder. »Der Unterschied kommt daher«, sagte er, »dass Deutschland der Aggressor ist – brutal, militaristisch und grausam. Würden wir jetzt Frieden schließen, würden wir dieses Gebaren belohnen und Deutschland ermutigen, es in Zukunft zu wiederholen.«

Das brachte ihm Jubel vom anderen Teil des Publikums ein, und Fitz hatte sein Gesicht gewahrt, aber das Argument war schwach, und Maud erhob sich, um es auszusprechen. »Am Ausbruch des Krieges war nicht nur eine einzelne Nation schuld«, sagte sie. »Es hat sich eingebürgert, Deutschland verantwortlich zu machen, und unsere militaristischen Zeitungen verbreiten dieses Märchen. Wir erinnern uns an Deutschlands Einmarsch in Belgien und sprechen davon, als wäre er ohne jede Provokation erfolgt. Nur scheinen wir darüber vergessen zu haben, dass an Deutschlands Grenze sechs Millionen russische Soldaten mobilisiert wurden. Wir scheinen vergessen zu haben, dass Frankreich sich geweigert hat, seine Neutralität zu garantieren.« Einige Männer buhten sie aus, was Ethel aber nicht verwunderte: Man wurde selten gelobt, wenn man den Leuten sagte, dass die Dinge nicht so einfach sind, wie sie gerne glauben. »Ich behaupte nicht, dass Deutschland unschuldig wäre«, rief Maud. »Ich sage vielmehr, *kein* Land ist unschuldig. Ich sage, dass wir nicht kämpfen, um Europa zu stabilisieren, um Belgiens Rechte zu schützen oder um den deutschen Militarismus zu bestrafen. Wir kämpfen, weil unser Stolz es uns verbietet, einen Fehler einzugestehen!«

Ein Soldat in Uniform stand auf, und Ethel erkannte mit Stolz ihren Bruder Billy. »Ich habe an der Somme gekämpft«, begann er, und im Publikum wurde es still. »Ich möchte erzählen, wieso wir dort so viele Männer verloren haben.« Als Ethel aus ihm die kräftige Stimme und die ruhige Überzeugung ihres Vaters hörte, wurde ihr klar, dass Billy einen großartigen Prediger abgegeben hätte. »Uns wurde von unseren Offizieren gesagt«, er streckte den Arm aus und wies anklagend auf Fitz, »der Sturmangriff würde ein Spaziergang sein.«

Ethel sah, wie Fitz unbehaglich auf seinem Stuhl hin und her rutschte.

Billy fuhr fort: »Uns wurde gesagt, dass unsere Artillerie die feindlichen Stellungen vernichtet hätte, die Gräben dem Erdboden gleichgemacht und die Unterstände verschüttet, sodass wir nur tote Deutsche vorfinden würden, wenn wir auf die andere Seite kämen.«

Billy sprach nicht die Personen auf dem Podium an, bemerkte Ethel, sondern blickte sich um, bestrich das Publikum mit einem zwingenden Blick und sorgte dafür, dass aller Augen auf ihn gerichtet waren.

»Warum hat man uns so etwas weisgemacht?«, fragte Billy. Nun schaute er Fitz direkt an und sprach mit deutlicher Betonung. »Wieso diese vielen Unwahrheiten?«

Aus dem Publikum erhob sich zustimmendes Gemurmel. Ethel sah, wie Fitz' Gesicht dunkel anlief. Sie wusste, dass für einen Aristokraten wie ihn der Vorwurf der Lüge die schlimmste aller Beleidigungen war. Billy wusste es ebenfalls.

»Die deutschen Stellungen waren nicht vernichtet«, rief Billy. »Das wussten wir in dem Moment, als wir in deutsches Maschinengewehrfeuer liefen!«

Die Reaktionen des Publikums wurden lauter. »Schande!«, rief jemand.

Fitz erhob sich, um zu antworten, doch Bernie sagte: »Einen Augenblick, bitte. Lord Fitzherbert, lassen Sie den Sprecher zu Ende reden.« Fitz setzte sich und schüttelte nachdrücklich den Kopf.

Billy hob die Stimme. »Haben unsere Offiziere durch Luftaufklärung und Spähtrupps überprüft, wie groß der Schaden war, den unsere Artillerie den deutschen Linien tatsächlich zugefügt hatte? Und wenn nicht, wieso nicht?«

Wieder erhob sich Fitz. Er kochte vor Wut. Im Publikum wurde gejubelt und gebuht zugleich. Fitz ergriff das Wort. »Sie begreifen das nicht …«

Doch Billy sprach noch lauter. »Falls die Offiziere die Wahrheit kannten«, rief er, »warum haben sie uns dann etwas anderes erzählt?«

Fitz begann zu brüllen, und das halbe Publikum fiel ein, aber Billys Stimme übertönte dennoch alle anderen. »Ich stelle nur eine ganz einfache Frage: Sind unsere Offiziere Narren, oder sind sie Lügner?«

Ethel erhielt einen Brief in Fitz' kräftiger, selbstbewusster Handschrift auf seinem teuren Wappenpapier. Das Treffen in Aldgate sprach er nicht an; stattdessen lud er sie für den folgenden Tag – Dienstag, den 19. Dezember – in den Westminster Palace ein, um sich auf der Galerie des Unterhauses Lloyd Georges Antrittsrede als Premierminister anzuhören. Ethel war schrecklich aufgeregt. Sie hätte nie geglaubt, den Westminster Palace jemals von innen zu sehen, geschweige denn, ihren Helden reden zu hören.

»Was glaubst du, weshalb hat er dich eingeladen?«, fragte Bernie an diesem Abend und traf damit wie üblich den Nagel auf den Kopf.

Ethel wusste keine plausible Antwort. Unverfälschte Freundlichkeit war nie Fitz' Art gewesen. Er konnte großzügig sein, wenn es ihm passte. Deshalb fragte Bernie sich mit seinem guten Gespür, ob Fitz im Gegenzug etwas von ihr erwartete.

Bernie war mehr Verstandesmensch, als dass er sich von Gefühlen und Ahnungen leiten ließ; dennoch hatte er gespürt, dass zwischen Fitz und Ethel irgendeine Verbindung bestand, und nun reagierte er darauf, indem er zutraulich wurde. Die Veränderung war nicht dramatisch, denn Bernie neigte nicht zu so etwas, doch er hielt Ethels Hand einen Augenblick länger als üblich, rückte ihr ein bisschen näher, als ihr angenehm war, tätschelte ihr die Schulter, wenn er mit ihr sprach, und hielt sie am Ellbogen fest, als sie eine Stufe hinunterstiegen. Es waren instinktive kleine Gesten und Berührungen, aus einem Gefühl der Unsicherheit geboren, mit denen Bernie ihr zu verstehen gab, dass sie ihm gehörte. Es fiel Ethel schwer, nicht jedes Mal zusammenzuzucken: Fitz hatte sie auf grausame Weise an die Empfindungen erinnert, die sie Bernie eben *nicht* entgegenbrachte.

Maud kam am Dienstag um halb elf in die Redaktion, und die beiden Frauen arbeiteten den ganzen Vormittag zusammen. Maud konnte die Titelseite der nächsten Ausgabe nicht schreiben, ehe Lloyd George seine Rede gehalten hatte, doch es gab genug andere Dinge zu erledigen: Stellenanzeigen, Gesuche nach Kinderfrauen, Hinweise zur Gesundheit von Mutter und Kind aus der Feder von Dr. Greenward, Rezepte und Leserbriefe.

»Fitz ist stocksauer wegen dieser Versammlung«, berichtete Maud.

»Ich hatte dich gewarnt, dass sie es ihm nicht leicht machen«, entgegnete Ethel.

»Das ist ihm egal. Aber Billy hat ihn einen Lügner genannt.«

»Bist du sicher, dass er sich nicht deshalb ärgert, weil Billy das Streitgespräch für sich entschieden hat?«

Maud lächelte wehmütig. »Vielleicht hast du recht.«

»Ich hoffe nur, dass er Billy deshalb jetzt nicht schikaniert.«

»So etwas würde er niemals tun«, sagte Maud überzeugt. »Dann würde er sein Wort brechen.«

In einem Café an der Mile End Road aßen sie zu Mittag. *Ein guter Halt für Automobilisten*, stand auf dem Schild, und es wimmelte von Lastwagenfahrern. Maud wurde vom Personal fröhlich begrüßt. Sie aßen Pastete mit Rindfleisch und Austern; die billigen Austern dienten dazu, das rar gewordene Rindfleisch zu ersetzen.

Danach fuhren sie mit dem Bus durch ganz London ins Westend. Als Ethel zu Big Ben hinaufblickte, zeigte die große Uhr halb vier. Lloyd Georges Rede war für vier Uhr angesetzt. Es lag in seiner Hand, den Krieg zu beenden und Millionen Menschen das Leben zu retten. Was würde er tun?

Lloyd George war stets für den kleinen Mann eingetreten. Vor dem Krieg hatte er sich Schlachten mit dem Oberhaus und dem König geliefert, um Renten einzuführen. Ethel wusste nur zu gut, was dies für alte Leute bedeutete, die keinen Penny besaßen. An dem ersten Tag, an dem Renten gezahlt wurden, hatte sie alte Bergleute – einst starke Männer, die nun gebeugt gingen und zitterten – aus dem Postamt von Aberowen kommen und weinen sehen vor Glück, dass sie nicht mehr völlig mittellos waren. Auf diese Weise war Lloyd George zum Helden der Arbeiterklasse geworden, denn das Oberhaus hatte das Geld für den Bau von Kriegsschiffen ausgeben wollen.

Würde ich seine Rede verfassen, überlegte Ethel, würde ich schreiben: »Es gibt Augenblicke im Leben eines Mannes und einer Nation, wo es richtig ist zu sagen: Ich habe mein Äußerstes getan. Deshalb werde ich meine Bemühungen aufgeben und einen anderen Weg einschlagen. Soeben habe ich einen Waffenstillstand für sämtliche britischen Armeen in Frankreich und Belgien angeordnet. Die Waffen schweigen!«

Möglich wäre es. Die Franzosen wären zwar außer sich, müssten sich aber am Waffenstillstand beteiligen oder das Risiko eingehen, dass Großbritannien einen Separatfrieden schloss und Frankreich der sicheren Niederlage überließ. Der Friedensschluss würde Frankreich und Belgien schwer treffen, aber nicht so schwer wie der Verlust von weiteren Millionen Menschenleben.

Das wäre die Tat eines großen Staatsmanns gewesen – und das Ende von Lloyd Georges politischer Laufbahn: Niemand würde den Mann wiederwählen, der den Krieg verloren hatte. Aber was für ein Abgang es wäre!

Fitz wartete in der Central Lobby. Gus Dewar war bei ihm. Der Amerikaner war offensichtlich genauso gespannt wie alle anderen, wie Lloyd George auf die Friedensinitiative reagieren würde.

Sie stiegen die lange Treppe zur Galerie hinauf und nahmen ihre Plätze ein, die ihnen einen Blick in den Plenarsaal gewährten. Rechts von Ethel saß Fitz, links Gus. Unter ihnen waren die Reihen grüner Lederbänke bereits bis auf den letzten Platz mit Abgeordneten besetzt; nur die wenigen Plätze in der vordersten Reihe, traditionell für das Kabinett reserviert, hatte man freigelassen.

»Unter den Abgeordneten ist keine einzige Frau«, sagte Maud mit lauter Stimme.

Ein Saaldiener in formeller Hofkleidung mit samtenen Kniehosen und weißen Strümpfen zischte beflissen: »Ruhe bitte!«

Unten im Saal trat nun ein Hinterbänkler ans Rednerpult, doch kaum jemand hörte ihm zu. Alles wartete auf den neuen Premierminister. Fitz sagte leise zu Ethel: »Dein Bruder hat mich beleidigt.«

»Ach, du Ärmster«, erwiderte Ethel. »Hat er deine Gefühle verletzt?«

»Männer haben schon aus geringfügigeren Gründen Duelle ausgefochten.«

»Endlich mal eine vernünftige Idee für das zwanzigste Jahrhundert.«

Ihr Spott berührte Fitz nicht. »Weiß Billy, wer Lloyds Vater ist?«

Ethel zögerte. Sie wollte es ihm nicht verraten, aber lügen wollte sie auch nicht.

Ihr Zögern war beredt genug. »Ich verstehe«, sagte Fitz. »Das erklärt seine wüste Beschimpfung.«

»Ich glaube nicht, dass du nach einem persönlichen Grund suchen musst«, erwiderte sie. »Was an der Somme passiert ist, genügt voll und ganz, um Soldaten wütend zu machen, findest du nicht?«

»Man sollte ihn wegen Aufsässigkeit vors Kriegsgericht stellen.«

»Aber du hast versprochen …«

»Ja«, fiel er ihr schroff ins Wort. »Leider.«

Lloyd George kam in den Saal.

Er war eine kleine, schmale Gestalt in formellem Anzug mit zu langem, ein wenig ungekämmtem Haar. Sein buschiger Schnauzbart war nun vollkommen weiß. Er war dreiundfünfzig, doch seine Schritte hatten etwas Jugendliches, Federndes. Als er sich setzte und irgendetwas zu einem Hinterbänkler sagte, sah Ethel das Lächeln, das ihr von Zeitungsfotos vertraut war.

Um zehn nach vier begann er mit seiner Rede. Seine Stimme klang ein wenig rau, was er mit der Bemerkung entschuldigte, er habe einen wunden Hals. Dann begann er kurz und bündig: »Ich erscheine heute vor dem Unterhaus mit der schrecklichsten Pflicht, die je auf die Schultern eines Menschen gefallen ist.«

Das ist ein guter Anfang, überlegte Ethel. Wenigstens würde er die deutsche Note nicht als Trick oder Ablenkung abtun wie die Franzosen und Russen.

»Jeder Mann oder jede Gruppe von Männern, der oder die willkürlich oder ohne triftigen Grund einen entsetzlichen Konflikt wie diesen in die Länge ziehen würde, würde sich ein Verbrechen aufbürden, von der sie ein ganzes Meer nicht reinwaschen könnte.«

Das ist ein biblisches Element, dachte Ethel, eine baptistische Anspielung auf das Reinwaschen von den Sünden.

Doch dann machte er, ganz wie ein Prediger, eine Kehrtwendung. »Jeder Mann oder jede Gruppe von Männern, der oder die aus Müdigkeit oder Verzweiflung heraus einen Kampf aufgäben, ohne dass das Ziel erreicht wäre, dem dieser Kampf dient, würden sich der kostspieligsten Feigheit schuldig machen, die je ein Staatsmann auf sich geladen hat.«

Ethel wurde unruhig. In welche Richtung würde der Premierminister sich bewegen? Sie dachte an den schrecklichen Tag der Telegramme in Aberowen und sah wieder die Gesichter der Hinterbliebenen vor sich. Gerade Lloyd George würde doch wohl nicht zulassen, dass solches Leid weiterging, wenn er es verhindern konnte? Welchen Sinn hätte Politik dann überhaupt?

Der Premierminister zitierte Abraham Lincoln: »Wir haben diesen Krieg zu einem Zweck angenommen, einem würdigen Zweck, und der Krieg wird enden, wenn dieser Zweck erreicht ist.«

Das war ein schlechtes Vorzeichen. Ethel hätte ihn gerne gefragt, was dieser Zweck sei. Woodrow Wilson hatte die gleiche Frage gestellt und noch keine Antwort erhalten. Auch jetzt wurde keine Antwort gegeben, denn Lloyd George erklärte: »Werden wir diesen Zweck erreichen, indem wir das Angebot des deutschen Reichskanzlers annehmen? Das ist die einzige Frage, die wir uns stellen müssen.«

Ethel kam sich hilflos vor. Wie sollte diese Frage diskutiert werden, wenn niemand wusste, worin der Sinn dieses Krieges bestand?

Lloyd George hob die Stimme wie ein Prediger, der ansetzt, über die Hölle zu sprechen. »Auf Einladung Deutschlands, das sich als siegreich erklärt, in eine Konferenz einzutreten, ohne zu wissen, welche Vorschläge es machen wird …« Er hielt inne und blickte in den Saal, zuerst auf die Liberalen rechts von ihm und hinter sich, dann hinüber zu den Konservativen auf der anderen Seite. »In eine solche Konferenz einzuwilligen würde bedeuten, den Kopf in eine Schlinge zu stecken, während Deutschland das Seil in den Händen hält!«

Von den Abgeordneten erhob sich lautstarke Zustimmung.

Lloyd George lehnte das Friedensangebot ab!

Neben Ethel vergrub Gus Dewar das Gesicht in den Händen.

Ethel fragte laut: »Was ist mit Alun Pritchard, getötet an der Somme?«

Der Saaldiener sagte: »Ruhe bitte!«

Ethel erhob sich. »Sergeant Prophet Jones, tot!«, rief sie.

Fitz sagte: »Um Gottes willen, setzen Sie sich!«

Unten im Saal redete Lloyd George weiter; nur ein oder zwei Abgeordnete blickten zur Galerie hinauf.

»Clive Pugh!«, rief Ethel aus vollem Hals.

Zwei Saaldiener näherten sich ihr von beiden Seiten.

»Spotty Llewellyn!«

Die Saaldiener packten Ethel bei den Armen.

»Joey Ponti!«, schrie sie; dann zerrte man sie zur Tür hinaus.

KAPITEL 22

Januar bis Februar 1917

Walter von Ulrich träumte, in einer Pferdekutsche auf dem Weg zu Maud zu sein. Die Kutsche fuhr bergab, wurde gefährlich schnell und sprang über die unebene Straßenoberfläche. Er rief: »Langsamer! Langsamer!«, doch der Fahrer konnte ihn über das Donnern der Hufe hinweg, das einem Automotor seltsam ähnlich klang, nicht hören. Trotz dieser Absonderlichkeit hatte Walter Angst, die Kutsche würde umstürzen, sodass er Maud nie erreichte. Erneut rief er dem Fahrer zu, langsamer zu fahren, und erwachte von seinem eigenen Schrei.

Er saß in einem Automobil, einem Mercedes 37/95 Doppel-Phaeton, der in mäßigem Tempo über eine unebene Straße in Schlesien fuhr. Sein Vater saß neben ihm und rauchte eine Zigarre. Früh an diesem Morgen waren sie aus Berlin aufgebrochen, beide in dicke Pelzmäntel gehüllt – es war ein offener Wagen –, und nun waren sie auf dem Weg ins Hauptquartier der Ostfront.

Walters Traum war leicht zu deuten: Die Entente hatte das Friedensangebot, für das er so hart gearbeitet hatte, voller Häme zurückgewiesen. Diese Ablehnung wiederum hatte das deutsche Militär gestärkt, das den uneingeschränkten U-Boot-Krieg fortführen wollte. Jedes Schiff sollte versenkt werden – ob militärisch oder zivil, Passagierschiff oder Frachter, Kriegsteilnehmer oder neutral –, um Großbritannien auszuhungern. Die Politiker wiederum, allen voran der Reichskanzler, fürchteten, dies sei der sichere Weg zur Niederlage, denn es würde die Vereinigten Staaten in den Krieg ziehen, doch die U-Boot-Befürworter trugen bei der Diskussion den Sieg davon. In welche Richtung der Kaiser tendierte, hatte er durch die Ernennung Arthur Zimmermanns zum Außenminister deutlich gemacht.

Und nun träumte Walter, bergab ins Unglück zu rasen. Er war der Ansicht, dass die Vereinigten Staaten die größte Gefahr für Deutschland darstellten. Das Ziel der deutschen Politik hätte darin bestehen müssen, die USA aus dem Krieg herauszuhalten. Sicher, Deutschland wurde durch die Seeblockade der Briten ausgehungert. Aber die Russen konnten nicht mehr lange durchhalten, und wenn sie kapitulierten, würde Deutschland die reichen West- und Südwestgebiete des Russischen Reiches überrennen, mit ihren riesigen Getreidefeldern und unerschöpflichen Ölquellen. Und die gesamte deutsche Armee würde sich auf die Westfront konzentrieren können. Das war ihre einzige Hoffnung.

Aber würde das auch der Kaiser erkennen?

Heute wurde die endgültige Entscheidung getroffen.

Das Licht einer trüben Wintersonne fiel auf ein verschneites Land. So weit weg vom Kampfgeschehen kam Walter sich wie ein Drückeberger vor. »Ich hätte schon vor Wochen an die Front zurückkehren sollen«, sagte er.

»Aber die Heeresleitung will dich offensichtlich in Deutschland sehen«, erwiderte sein Vater. »Man schätzt dich als Nachrichtenspezialisten.«

»In Deutschland gibt es Scharen alter Männer, die diese Arbeit mindestens genauso gut erledigen können wie ich. Hast du etwa deine Beziehungen spielen lassen?«

Otto von Ulrich zuckte mit den Schultern. »Wenn du heiraten und einen Sohn zeugen würdest, könntest du dich versetzen lassen, wohin du willst.«

Walter riss ungläubig die Augen auf. »Du hältst mich in Berlin fest, um mich zu zwingen, Monika von der Helbard zu heiraten?«

»Das liegt nicht in meiner Macht. Aber es könnte sein, dass es in der Obersten Heeresleitung Männer gibt, die ebenfalls die Notwendigkeit sehen, edle Blutlinien zu erhalten.«

Das war hinterhältig, und Walter wollte protestieren, doch in diesem Augenblick bog der Wagen um eine Kurve, fuhr durch einen reich verzierten Torbogen und eine lange, von Bäumen gesäumte Auffahrt hinauf, an deren Ende ein eindrucksvolles Gebäude stand.

»Schloss Pleß?«, fragte Walter.

»Korrekt.«

»Es ist gewaltig.«

»Dreihundert Zimmer.«

Sie stiegen aus dem Wagen und betraten eine Halle, die in ihrer Größe an einen Bahnhof erinnerte. Die Wände waren mit den Köpfen von Keilern verziert, umrahmt von roter Seide, und eine gewaltige Marmortreppe führte zu den Staatsgemächern im ersten Stock. Walter hatte sein halbes Leben in prachtvollen Gemäuern verbracht, aber dieses Schloss war außergewöhnlich.

Ein Generalmajor trat auf sie zu, und Walter erkannte von Henscher, einen alten Kameraden seines Vaters. »Wenn du dich beeilst, hast du noch Zeit, dich zu waschen und zurechtzumachen«, sagte er mit freundlichem Drängen zu Otto von Ulrich. »Du wirst in vierzig Minuten im Speisesaal erwartet.« Er schaute zu Walter. »Das muss dein Sohn sein.«

Otto sagte: »Er gehört zum Nachrichtendienst.«

Walter salutierte.

»Ich weiß. Ich habe seinen Namen auf die Liste gesetzt.« Der General wandte sich an Walter. »Wenn ich recht informiert bin, kennen Sie Amerika.«

»Ich habe drei Jahre in unserer Botschaft in Washington gearbeitet, Herr General.«

»Gut. Ich war noch nie in den Vereinigten Staaten. Ihr Vater auch nicht. Tatsächlich gilt das für die meisten Männer hier … mit der bemerkenswerten Ausnahme unseres neuen Außenministers.«

Vor zwanzig Jahren war Zimmermann aus China über die Vereinigten Staaten nach Deutschland zurückgekehrt. Er war mit dem Zug von San Francisco nach New York gefahren; aufgrund dieser Erfahrung galt er als Experte für Amerika. Walter sagte nichts dazu.

Von Henscher fuhr fort: »Minister Zimmermann hat mich gebeten, Sie beide in einer bestimmten Frage zu konsultieren.« Walter fühlte sich geschmeichelt; zugleich war er verwirrt. Warum wollte der neue Außenminister seine Meinung hören? »Aber dafür haben wir später noch Zeit.« Von Henscher winkte einem Lakaien in altmodischer Livree, der die beiden von Ulrichs zu einem Schlafzimmer führte.

Eine halbe Stunde später standen sie im Speisesaal, der zu einem Konferenzraum umgebaut worden war. Walter schaute sich um und sah zu seinem maßlosen Erstaunen, dass fast alle Mächtigen Deutschlands versammelt waren, darunter der Reichskanzler, der sechzigjährige Theobald von Bethmann Hollweg, dessen kurz geschnittenes Haar fast weiß geworden war.

Die meisten hohen Militärs des Reiches saßen an einem langen Tisch. Für niederrangige Offiziere und Beamte, darunter auch Walter, standen harte Stühle an der Wand. Eine Ordonnanz verteilte Kopien eines 200-seitigen Memorandums. Walter schaute sich das Schriftstück über die Schulter seines Vaters hinweg an. Es war eine Auflistung der Tonnagen, die in britischen Häfen ein- und ausliefen, Warentabellen und Frachtraum, der durchschnittliche Kalorienwert britischer Mahlzeiten und sogar eine Berechnung, wie viel Wolle die Briten für einen Damenrock verarbeiteten.

Die Versammelten warteten zwei Stunden; dann kam Kaiser Wilhelm in den Saal. Er trug eine Generalsuniform. Alle sprangen auf. Seine Majestät sah blass und übellaunig aus. In ein paar Tagen würde er seinen achtundfünfzigsten Geburtstag feiern. Wie immer hielt er seinen verkümmerten linken Arm reglos an der Seite. Es fiel Walter schwer, das Gefühl der Loyalität und des Stolzes wiederzuerwecken, das er als Kind stets empfunden hatte, wenn von Wilhelm II. die Rede gewesen war. Er konnte nicht mehr so tun, als wäre der Kaiser der weise Vater seines Volkes; Wilhelm war zu offensichtlich ein gewöhnlicher Mann, den die Ereignisse überwältigt hatten. Inkompetent, verwirrt und unglücklich, war er ein lebendes Argument gegen die Erbmonarchie.

Der Kaiser ließ den Blick durch den Raum schweifen und nickte einigen seiner Günstlinge zu, darunter Otto von Ulrich. Dann setzte er sich und winkte Henning von Holtzendorff, dem weißbärtigen Chef des Admiralstabes.

Der Admiral zitierte aus dem Memorandum die Zahl der U-Boote, die die Marine aufbieten konnte, die Schiffstonnage, die die Alliierten zum Überleben brauchten sowie den Zeitaufwand für den Feind, versenkte Schiffe zu ersetzen. »Meinen Berechnungen zufolge können wir sechshunderttausend Tonnen pro Monat versenken«, sagte der Admiral. Das war eine beeindruckende Zahl, die durch entsprechende Informationen gestützt zu werden schien. Doch Walter war skeptisch: Der Admiral schien ihm zu präzise und seiner Sache zu sicher zu sein. Ein Krieg war nicht berechenbar.

Von Holtzendorff deutete auf ein Dokument, das mit einer Schleife zugebunden war; vermutlich beinhaltete es den kaiserlichen Befehl zum uneingeschränkten U-Boot-Krieg. »Wenn Majestät meinem Plan heute zustimmt, garantiere ich, dass die Alliierten in exakt fünf Monaten kapitulieren werden.« Er setzte sich wieder.

Der Kaiser schaute zum Kanzler. Walter war sicher, jetzt eine realistischere Einschätzung zu hören. Theobald von Bethmann Hollweg war nun schon seit sieben Jahren Reichskanzler, und im Unterschied zum Herrscher verstand er die Komplexität internationaler Beziehungen.

Der Kanzler sprach düster von Amerikas Kriegseintritt und den unkalkulierbaren Ressourcen der USA an Männern, Kriegsmaterial und Geld. Als Beleg zitierte er die Meinung jedes Deutschen von Rang, der mit den Vereinigten Staaten vertraut war. Doch zu Walters Enttäuschung wirkte er dabei wie resigniert. Offenbar glaubte von Bethmann Hollweg, dass der Kaiser seine Entscheidung bereits getroffen hatte. Sollte dieser Beschluss nur noch abgesegnet werden? War Deutschland bereits dem Untergang geweiht?

Während der Reichskanzler sprach, blickte der Kaiser ungeduldig drein, gab hin und wieder einen unwilligen Laut von sich und verzog missbilligend das Gesicht. Von Bethmann Hollweg wurde immer unsicherer. »Wenn die Militärführung einen U-Boot-Krieg für essenziell hält«, sagte er, »bin ich nicht in der Position, ihr zu widersprechen. Andererseits …«

Er sollte den Satz nie zu Ende bringen. Von Holtzendorff sprang auf und unterbrach ihn. »Ich gebe Ihnen mein Wort als Marineoffizier, Majestät, dass kein Amerikaner je den Fuß auf den Kontinent setzen wird!«

Das ist absurd, dachte Walter. Was hatte denn das Wort eines Marineoffiziers damit zu tun? Aber es kam beim Kaiser besser an als jede Statistik. Wilhelms Miene hellte sich auf, und mehrere Anwesende nickten zustimmend.

Von Bethmann Hollweg schien sich geschlagen zu geben. Er sank förmlich auf dem Stuhl zusammen; die Anspannung wich aus seinem Gesicht, und in resigniertem Tonfall sagte er: »Wenn der Erfolg gesichert ist, müssen wir das tun.«

Der Kaiser machte eine knappe Geste, und von Holtzendorff schob das mit der Schleife versehene Dokument über den Tisch.

Nein, dachte Walter, wir dürfen eine solch schicksalhafte Entscheidung nicht auf der Basis derart unzureichender Gründe treffen!

Der Kaiser griff zur Feder und unterschrieb.

Dann legte er die Feder beiseite und erhob sich.

Erneut sprangen alle auf.

Das kann doch nicht das Ende sein, dachte Walter.

Der Kaiser verließ den Raum. Die Spannung löste sich; überall begannen Gespräche und Diskussionen. Bethmann Hollweg blieb sitzen und starrte auf den Tisch. Er sah aus wie ein Mann, der sich in ein ungnädiges Schicksal fügte. Er murmelte irgendetwas vor sich hin. Walter trat näher an ihn heran, um zu hören, was er sagte. Es war Latein: *Finis Germaniae* – das Ende Deutschlands.

Generalmajor von Henscher sagte zu Otto von Ulrich: »Wenn du mit mir kommst, können wir gemeinsam zu Mittag essen. Sie auch, junger Mann.« Er führte Vater und Sohn in ein Nebenzimmer, wo ein Büfett auf sie wartete.

Schloss Pleß diente dem Kaiser als Residenz; entsprechend reichhaltig war das Essen. Walter füllte seinen Teller mit kaltem Huhn, Kartoffelsalat und Weißbrot.

»Außenminister Zimmermann hat mit der heutigen Entscheidung gerechnet«, sagte von Henscher. »Jetzt will er wissen, was wir tun können, um die Amerikaner zu entmutigen.«

Das wird uns kaum gelingen, dachte Walter. Wenn wir amerikanische Schiffe versenken und amerikanische Bürger ertränken, werden die Vereinigten Staaten zurückschlagen.

Der Generalmajor fuhr fort: »Können wir zum Beispiel eine Protestbewegung unter den 1,3 Millionen Amerikanern organisieren, die in Deutschland geboren wurden?«

Walter stöhnte innerlich auf. »Auf gar keinen Fall«, antwortete er. »Jeder, der so etwas für möglich hält, ist einem Ammenmärchen aufgesessen.«

»So redet man nicht mit einem Vorgesetzten!«, sagte sein Vater scharf.

Von Henscher hob beruhigend die Hand. »Lass den Jungen seine Meinung äußern, Otto. Sie interessiert mich. Warum sagen Sie das, Herr Major?«

Walter antwortete: »Diese Deutschen in den USA hegen keine allzu liebevollen Gefühle für ihr Vaterland. Warum, glauben Sie wohl, haben sie ihre Heimat verlassen? Sie mögen ja Bratwurst essen und Bier trinken, aber sie sind Amerikaner und werden für Amerika kämpfen.«

»Was ist mit den Iren in den USA?«

»Für sie gilt das Gleiche. Natürlich hassen sie die Briten, aber wenn unsere U-Boote Amerikaner töten, werden sie uns noch mehr hassen.«

Otto fragte gereizt: »Wie soll Präsident Wilson uns denn den Krieg erklären? Er hat doch gerade erst die Wahl gewonnen, weil er Amerika bis jetzt herausgehalten hat!«

Walter zuckte mit den Schultern. »In vielerlei Hinsicht macht es das sogar einfacher für den Präsidenten. Wenn er uns den Krieg erklärt, wird die amerikanische Bevölkerung überzeugt sein, er hätte keine andere Wahl gehabt.«

»Was könnte ihn davon abhalten?«, fragte von Henscher.

»Schutz für Schiffe neutraler Staaten …«

»Das kommt nicht infrage«, unterbrach ihn sein Vater. »Die Marine will den uneingeschränkten U-Boot-Krieg, und Seine Majestät hat ihn ihr zugestanden.«

Von Henscher sagte: »Wenn innenpolitische Fragen Wilson nicht beunruhigen, besteht dann vielleicht die Möglichkeit, dass außenpolitische Probleme ihn ablenken könnten?« Er blickte Otto an. »Mexiko zum Beispiel.«

Otto lächelte. »Du denkst an die *Ypiranga*, nicht wahr? Ich muss gestehen, das war ein kleiner Triumph aggressiver Diplomatie.«

Walter hatte die Schadenfreude seines Vaters wegen dieses Vorfalls, bei dem es um eine Schiffsladung deutscher Waffen ging, die an Mexiko geliefert werden sollten, nie geteilt. Otto und seine Spießgesellen hatten Präsident Wilson dumm aussehen lassen – aber das würden sie noch bereuen.

»Und jetzt?«, fragte von Henscher.

»Der größte Teil der US-Armee ist entweder in Mexiko oder an der Grenze stationiert«, erklärte Walter. »Vorgeblich jagen sie einen Banditen mit Namen Pancho Villa, der jenseits der Grenze in großem Stil Überfälle verübt. Präsident Carranza ist außer sich vor Wut, weil eine fremde Macht seine Grenzen verletzt, aber er kann nicht viel dagegen tun.«

»Wenn er Hilfe von uns bekäme, würde das etwas daran ändern?«

Walter dachte nach. Ein solcher diplomatischer Unfug war ihm zu riskant, doch es war seine Pflicht, die Frage so akkurat wie möglich zu beantworten. »Die Mexikaner stehen auf dem Standpunkt, dass man ihnen Texas, Neu Mexiko und Arizona geraubt hat. Sie träumen davon, diese Territorien zurückzugewinnen, genauso, wie die Franzosen Elsass-Lothringen zurückhaben wollen. Und Präsident Carranza ist möglicherweise dumm genug, so etwas für möglich zu halten.«

Rasch warf Otto ein: »Auf jeden Fall würde ein solcher Versuch die Aufmerksamkeit der Amerikaner von Europa ablenken.«

»Eine Zeit lang«, pflichtete Walter ihm widerwillig bei. »Langfristig jedoch könnte unsere Einmischung jene Amerikaner stärken, die an der Seite der Alliierten in den Krieg eintreten wollen.«

»Wir sind eher an den kurzfristigen Auswirkungen interessiert«, sagte Otto von Ulrich. »Du hast von Holtzendorff gehört: Unsere U-Boote werden die Alliierten binnen fünf Monaten in die Knie zwingen. So lange wollen wir die Amerikaner lediglich beschäftigen.«

»Was ist mit Japan?«, fragte von Henscher. »Könnte man sie dazu bringen, den Panamakanal oder Kalifornien anzugreifen?«

»Nach realistischer Einschätzung dürfte damit kaum zu rechnen sein«, erklärte Walter. Die Diskussion driftete immer mehr ins Fantastische ab.

Doch von Henscher zeigte sich hartnäckig. »Trotzdem würde allein schon die Drohung eines solchen Angriffs amerikanische Truppen an die Westküste binden.«

»Das wäre möglich.«

Otto von Ulrich tupfte sich die Lippen mit einer Serviette ab. »Das ist alles sehr interessant, aber jetzt entschuldigt mich bitte. Ich muss nachsehen, ob Seine Majestät meine Dienste benötigt.«

Die Männer erhoben sich. »Wenn ich offen sprechen darf, Herr General …«, sagte Walter.

Otto seufzte, doch von Henscher erwiderte: »Bitte.«

»Ich halte das alles für gefährlich. Wenn herauskommt, dass die deutsche Führung auch nur daran gedacht hat, den Konflikt in Mexiko zu schüren und die japanische Aggression im Pazifik zu fördern, würde es die amerikanische Öffentlichkeit so sehr in Wut versetzen, dass die Kriegserklärung nur umso schneller erfolgen würde, wenn nicht sofort.« Er zögerte unmerklich. »Verzeihen Sie, wenn ich das Offensichtliche ausspreche, aber dieses Gespräch sollte streng geheim bleiben.«

»Sie haben selbstverständlich recht«, sagte von Henscher und lächelte seinen Freund Otto an. »Ihr Vater und ich gehören zwar einer älteren Generation an, aber das eine oder andere wissen wir dennoch. Sie können sich auf unsere Diskretion verlassen.«

Es freute Fitz, dass Lloyd George das deutsche Friedensangebot zurückgewiesen hatte, und er war stolz darauf, welche Rolle er dabei gespielt hatte. Doch als alles vorbei war, überkamen ihn Zweifel.

Er überdachte die Situation, als er am Morgen des 17. Januar, einem Mittwoch, die Piccadilly entlang zur Admiralität hinkte. Friedensgespräche hätten für die Deutschen die Gelegenheit sein können, ihre Ziele gewissermaßen durch die Hintertür zu erreichen und ihre Herrschaft über Belgien, den Nordosten Frankreichs und Teile Russlands zu legitimieren. Hätte Großbritannien sich an solchen Gesprächen beteiligt, wäre dies dem Eingeständnis einer Niederlage gleichgekommen. Aber gesiegt hatten die Briten auch nicht. Lloyd Georges Begriff des »Knock-out« gefiel den Zeitungsverlegern und war in vielen Schlagzeilen zu lesen, obwohl jeder nüchtern denkende Mensch wusste, dass es Tagträumerei war: Der Krieg würde sich hinziehen, vielleicht noch ein Jahr, vielleicht länger. Was, wenn niemand diesen Krieg gewinnen konnte? Würde das sinnlose Sterben dann so lange weitergehen, bis die Gegner ausgeblutet waren?

Und wenn Großbritannien den Krieg verlor? Eine Finanzkrise wäre die Folge. Arbeitslosigkeit, Not, Verelendung. Dann würden die Arbeiter das Wort von Ethels Vater aufnehmen und behaupten, ihnen wäre nie gestattet worden, über den Krieg abzustimmen. Die Wut des Volkes auf seine Herrscher wäre grenzenlos. Protestmärsche würden in gewaltsame Aufstände ausarten. Vor wenig mehr als hundertzwanzig Jahren hatten die Pariser ihren König und einen Großteil ihres Adels hingerichtet. Würden die Londoner es genauso machen? Fitz stellte sich vor, wie er auf einem Karren zum Schafott gefahren wurde, an Händen und Füßen gefesselt, während die Menge ihn anspuckte und verhöhnte. Schlimmer noch: Er sah, wie auch Maud, Tante Herm, Bea und Boy dieses Schicksal widerfuhr. Schaudernd verschloss sich Fitz vor diesen albtraumhaften Gedanken.

Was ist Ethel doch für ein kleiner Hitzkopf, dachte er stattdessen mit einer Mischung aus Bewunderung und Bedauern. Als man sie während der Rede Lloyd Georges wegen ihrer Zwischenrufs von der Galerie gezerrt hatte, war er vor Scham wie erstarrt gewesen; schließlich hatte er sie als Gast mitgebracht. Zugleich hatte er sich mehr denn je zu ihr hingezogen gefühlt.

Er war ihr hinausgefolgt und hatte sie in der Central Lobby eingeholt. Und was war geschehen? Sie hatte ihn beschimpft, hatte ihn und seinesgleichen der mutwilligen Verlängerung eines sinnlosen Krieges bezichtigt – beinahe so, als hätte Fitz jeden Soldaten, der in Frankreich gefallen war, persönlich ermordet.

Die Auseinandersetzung war das Ende seiner Pläne gewesen, Ethel in dem Haus in Chelsea unterzubringen. Fitz hatte ihr ein paar kurze Briefe geschrieben, doch sie hatte nicht darauf geantwortet. Die Enttäuschung hatte ihn tief getroffen. Wenn er an die Nachmittage dachte, die er mit Ethel in diesem Liebesnest hätte verbringen können, schmerzte der Verlust ihn umso mehr.

Aber Fitz konnte sich trösten: Bea hatte sich seinen Tadel zu Herzen genommen. Sie hieß ihn wieder in ihrem Schlafzimmer willkommen, in aufreizender Nachtwäsche, und bot ihm ihren verlockenden Leib dar wie kurz nach der Heirat.

Die Gedanken ganz bei seiner fügsamen Fürstin und der widerspenstigen Aktivistin, betrat Fitz die Admiralität und fand auf seinem Schreibtisch ein teilweise entschlüsseltes deutsches Telegramm vor. Es war überschrieben:

> Berlin an Washington. W. 158. 16. Januar 1917.

Fitz schaute nach, von wem die Depesche stammte. Da stand:

> Zimmermann.

Eine Depesche des deutschen Außenministers an den deutschen Botschafter in den Vereinigten Staaten! Fitz' Interesse war geweckt. Mit einem Bleistift begann er eine Rohübersetzung und setzte Kreuze und Fragezeichen ein, wo die Codegruppen noch nicht entschlüsselt waren.

> Streng geheim. Zur persönlichen Information Seiner Exzellenz, dem Kaiserlichen Botschafter in (?Mexiko?) mit xxxx auf sicherer Route zu übermitteln.

Die Fragezeichen bedeuteten einen Codeblock, dessen Bedeutung nicht feststand. Die Decodierer waren auf Vermutungen angewiesen. Wenn sie recht hatten, war die Depesche für den deutschen Botschafter in Mexiko bestimmt und über die Botschaft in Washington gesendet worden.

Mexiko? Merkwürdig, dachte Fitz.

Der folgende Satz war vollständig entschlüsselt.

> Beginn des uneingeschränkten U-Boot-Krieges auf den ersten Februar festgesetzt Stop

»Mein Gott!«, stieß Fitz hervor. Diese Entwicklung war mit Schrecken erwartet worden. Hier war nun die Bestätigung, noch dazu mit Datum. Diese Neuigkeit würde ein Ruhmesblatt für Room 40 sein.

> Bemühen uns trotzdem die Vereinigten Staaten neutral zu halten xxxx Stop Sollte das nicht … machen wir (?Mexiko?) einen Bündnisvorschlag auf folgender Basis: … Kriegführung … Friedensschluss und …

»Ein Bündnis mit Mexiko?«, fragte sich Fitz. »Das ist ja starker Tobak. Die Amerikaner werden außer sich sein!«

> Sie werden den Präsidenten … so geheim wie möglich in Kenntnis setzen … (?Ausbruch des?) Krieges mit den Vereinigten Staaten … (?Japan?) … vermitteln soll Stop Machen Sie dem Präsidenten deutlich dass … Unterseeboote … England binnen weniger Monate zum Friedensschluss zu zwingen Stop Bestätigen Sie Empfang.

Fitz sah auf und begegnete dem Blick des jungen Carver, dessen Gesicht vor Begeisterung und Aufregung gerötet war, wie Fitz jetzt erst bemerkte.

»Sie lesen bestimmt die Zimmermann-Depesche«, sagte der Sub-Lieutenant.

»Soweit sie decodiert ist«, entgegnete Fitz. Er fühlte sich genauso euphorisch wie Carver, konnte es aber besser verbergen. »Warum ist der Text so lückenhaft?«

»Die Depesche ist in einem neuen Code verschlüsselt, den wir noch nicht vollständig geknackt haben. Aber die Nachricht ist jetzt schon eine Sensation, finden Sie nicht?«

Fitz blickte wieder auf seine Rohübersetzung. Carver übertrieb keineswegs: Die Depesche deutete darauf hin, dass Deutschland versuchte, Mexiko zu einem Bündnis gegen die USA zu bewegen. Es war tatsächlich eine Sensation.

Diese Depesche könnte den amerikanischen Präsidenten dazu bewegen, Deutschland den Krieg zu erklären.

»Sie haben recht«, sagte Fitz. »Ich werde damit sofort zu Blinker Hall gehen.« Captain William Reginald Hall, Direktor des Marinenachrichtendienstes, litt unter einem chronischen Tick am Auge; deshalb nannte man ihn »Blinker«, den ›Blinzler‹. »Wie sind die Aussichten, dass wir eine vollständige Entschlüsselung bekommen?«

»Wir werden noch mehrere Wochen brauchen, um den neuen Code zu knacken.«

Fitz grunzte verstimmt. Die Rekonstruktion neuer Codes auf der Grundlage der ersten, meist dürftigen Informationen musste mit äußerster Sorgfalt vonstattengehen; da konnte man nicht einfach schneller machen.

Carver fuhr fort: »Aber mir fällt auf, dass die Depesche von Washington nach Mexiko weitergeleitet werden soll. Auf dieser Route wird ein alter diplomatischer Code verwendet, den wir schon vor über einem Jahr entschlüsselt haben. Vielleicht können wir uns eine Kopie des weitergeleiteten Telegramms besorgen.«

»Sie haben recht!«, rief Fitz aufgeregt. »Wir haben einen Agenten im Telegrafenamt von Mexiko-Stadt.« Er überlegte. »Wenn wir diese Depesche der Welt offenbaren …«

»Das können wir nicht«, unterbrach Carver ihn besorgt.

»Wieso nicht?«

»Weil die Deutschen dann nicht nur wüssten, dass wir ihren Funkverkehr abhören, sondern auch, wie gut wir uns auf das Decodieren verstehen.«

Fitz sah ein, dass Carver recht hatte. Es war das alte Dilemma geheimer Aufklärung: Wie nutzte man die Ergebnisse, ohne die Quelle zu gefährden? »Aber diesmal ist es so wichtig, dass wir das Risiko vielleicht auf uns nehmen sollten«, sagte Fitz.

»Das bezweifle ich. Unsere Abteilung ist zu wichtig, da wird man uns keiner Gefahr aussetzen.«

»Verdammt! Wir können doch nicht auf so etwas Bedeutsames stoßen, um es dann nicht benutzen zu dürfen!«

Carver zuckte mit den Schultern. »So etwas kommt in diesem Job leider vor.«

Doch Fitz wollte es nicht akzeptieren. Amerikas Kriegseintritt könnte den Sieg der Entente bedeuten, und diese Aussicht war jedes Opfer wert. Andererseits kannte er das Militär gut genug, um zu wissen, dass bestimmte Leute zum Schutz einer Abteilung mehr Mut und Erfindungsreichtum an den Tag legten als bei der Verteidigung einer Redoute. Er musste Carvers Einwand ernst nehmen. »Wir brauchen eine Legende«, sagte er.

»Behaupten wir einfach, die Amerikaner hätten das Telegramm abgefangen«, schlug Carver vor.

Fitz nickte. »Es soll von Washington nach Mexiko-Stadt weitergeleitet werden, also könnten wir sagen, die US-Regierung habe es von Western Union bekommen.«

»Western Union könnte damit nicht ganz einverstanden sein …«

»Zum Teufel mit Western Union! Also, wie setzen wir dieses Wissen mit größtmöglicher Wirkung ein? Gibt unsere Regierung es bekannt? Überlassen wir es den Amerikanern? Oder soll eine dritte Partei die Deutschen herausfordern?«

Carver hob die Hände. »Das kann ich Ihnen auch nicht sagen.«

»Ich wüsste da etwas …«, sagte Fitz. Ihm war plötzlich eine Idee gekommen. »Und ich weiß auch, wer uns helfen wird.«

✠

Fitz traf sich im The Ring, einem Box-Dinner-Restaurant in Südlondon, mit Gus Dewar.

Zu Fitz' Erstaunen hatte Dewar sich als Freund des Boxsports erwiesen. Als Teenager hatte er in Buffalo Hinterhof-Boxkämpfe besucht, und auch während seiner Europareise 1914 hatte er sich in einigen Hauptstädten Preiskämpfe angesehen. Allerdings war es kein Wunder, dass Dewar mit seiner Begeisterung hinter dem Berg hielt: Bei einer Teestunde in Mayfair war Boxen kein sonderlich populäres Gesprächsthema.

Wie auch immer, im The Ring waren alle Gesellschaftsschichten vertreten: Gentlemen im Abendanzug mischten sich unter Hafenarbeiter in zerlumpten Jacken. In jeder Ecke nahm ein illegaler Buchmacher Wetten entgegen, während die Kellner schwere Tabletts mit

Bier in Pintgläsern an die Tische schleppten. In der Luft hing dick der Rauch von Zigarren, Pfeifen und Zigaretten. Im ganzen Raum gab es weder Sitzplätze noch Frauen.

Fitz fand Gus in ein Gespräch mit einem Londoner mit gebrochener Nase vertieft. Sie diskutierten über den amerikanischen Boxer Jack Johnson, den ersten schwarzen Schwergewichtsweltmeister, dessen Heirat mit einer weißen Frau zu Lynchaufrufen vonseiten konservativer christlicher Prediger geführt hatte. Der Londoner hatte Gus verärgert, indem er den Mordaufruf gegen Johnson gutgeheißen hatte.

Fitz hegte die geheime Hoffnung, dass Gus sich in Maud verlieben könnte. Sie passten gut zusammen. Beide waren Intellektuelle, beide waren liberal, beide nahmen alles Mögliche furchtbar ernst, und beide steckten ihre Nasen ständig in Bücher. Die Dewars entstammten einem kleinen gesellschaftlichen Kreis, den man in den USA als »Altes Geld« bezeichnete und der einer amerikanischen Aristokratie am nächsten kam.

Darüber hinaus waren Gus und Maud Fürsprecher des Friedens. Maud war stets leidenschaftlich für die Beendigung des Krieges eingetreten, ohne dass Fitz sagen konnte, was eigentlich der Grund dafür war. Und Gus vergötterte seinen Mr. President Woodrow Wilson, der erst vor einem Monat für einen »Frieden ohne Sieg« eingetreten war – eine Formulierung, die nicht nur Fitz, sondern auch den größten Teil der britischen und französischen Führung auf die Palme gebracht hatte.

Doch die vielen Übereinstimmungen zwischen Gus und Maud, die Fitz bemerkt hatte, schienen zu nichts zu führen. Fitz hatte seine Schwester von Herzen gern, fragte sich aber, ob mit ihr etwas nicht stimmte. Wollte sie als alte Jungfer sterben?

Fitz eiste Gus von dem Mann mit der gebrochenen Nase los und stellte ihm die Frage nach Mexiko.

»Eine einzige Katastrophe«, sagte Gus. »Wilson hat General Pershing und seine Truppen zurückgezogen. Es ist ein Versuch, Präsident Carranza zu beschwichtigen. Aber es hat nicht geklappt. Carranza will nicht einmal darüber reden, wie die Grenze gesichert werden soll. Weshalb fragen Sie?«

»Das verrate ich Ihnen später«, erwiderte Fitz. »Der nächste Kampf beginnt.«

Während sie zuschauten, wie ein Boxer namens Benny the Yid einem gewissen Bald Albert Collins den Rest an Verstand aus dem Hirn prügelte, beschloss Fitz, das Thema des deutschen Friedensangebotes gänzlich außen vor zu lassen. Er wusste, dass Gus untröstlich war über das Scheitern der Wilson'schen Friedensinitiative. Der Amerikaner zermarterte sich das Hirn, ob er die Angelegenheit klüger hätte handhaben können oder ob er irgendetwas hätte unternehmen können, um den Plan seines Präsidenten voranzutreiben – einen Plan, den Fitz von vornherein als zum Scheitern verurteilt angesehen hatte, weil keine Seite wirklich einen Frieden wollte.

In der dritten Runde ging Bald Albert zu Boden und blieb dort.

»Sie haben mich gerade noch rechtzeitig erwischt«, sagte Gus. »Ich bin fast schon auf dem Weg in die Heimat.«

»Freuen Sie sich auf die Vereinigten Staaten?«

»Wenn ich jemals dort ankomme. Ich könnte unterwegs von einem U-Boot versenkt werden.«

Genau wie in der abgefangenen Zimmermann-Depesche angekündigt, hatte Deutschland den uneingeschränkten U-Boot-Krieg am 1. Februar wieder aufgenommen. Die USA waren verstimmt darüber, aber nicht so sehr, wie Fitz es sich erhofft hatte. »Präsident Wilsons Reaktion auf die U-Boot-Geschichte ist erstaunlich mild«, sagte er.

»Er hat die diplomatischen Beziehungen zu Deutschland abgebrochen. Das würde ich nicht gerade als mild bezeichnen.«

»Aber den Krieg erklärt hat er nicht«, sagte Fitz verbittert. Maud, Ethel und ihre Pazifistenfreunde hatten vollkommen richtiggelegen mit ihrer Einschätzung, dass es in absehbarer Zukunft keine Hoffnung auf einen Sieg gab, jedenfalls nicht ohne fremde Hilfe. Fitz war sicher gewesen, der deutsche U-Boot-Terror würde zum Kriegseintritt der USA führen, doch bisher war er ausgeblieben.

»Offen gestanden«, erwiderte Gus, »ich glaube, dass Präsident Wilson jetzt bereit wäre, Deutschland den Krieg zu erklären, zumal er alle Mittel ausgeschöpft hat. Aber er wurde vor allem deshalb wiedergewählt, weil er der Mann ist, der die USA aus dem Krieg herausgehalten hat. Umschwenken kann er nur, wenn er von einer Woge öffentlicher Begeisterung in den Krieg getragen wird.«

»Nun, ich habe da etwas, das ihm helfen könnte«, sagte Fitz.

Gus zog eine Braue hoch.

»Seit meiner Verwundung gehöre ich einer Einheit an, die abgefangene deutsche Funksprüche entschlüsselt.« Fitz zog ein Blatt Papier, das mit seiner eigenen Handschrift bedeckt war, aus der Tasche. »Ihre Regierung wird dieses Schreiben in den nächsten Tagen offiziell erhalten. Ich zeige es Ihnen jetzt schon, weil wir einen Rat brauchen, wie wir die Sache handhaben sollen.« Er reichte Gus das Blatt.

Der britische Agent in Mexiko-Stadt hatte die weitergeleitete Nachricht mittlerweile im alten Code in die Hände bekommen, sodass auf dem Blatt nun die vollständig entschlüsselte Zimmermann-Depesche stand.

Sie lautete:

Washington an Mexiko, 19. Januar 1917

Wir beabsichtigen, am 01. Februar uneingeschränkten U-Boot-Krieg zu beginnen. Man wird versuchen, Amerika trotzdem neutral zu halten. Für den Fall, dass dies nicht gelingt, schlagen wir Mexiko auf folgender Grundlage Bündnis vor.

Gemeinsame Kriegführung.

Gemeinsamer Friedensschluss.

Großzügige finanzielle Unterstützung und Einverständnis unsererseits, dass Mexiko in Texas, Neu Mexiko und Arizona an die Vereinigten Staaten verlorenes Gebiet zurückerobert. Regelung im Einzelnen Euer Hochwohlgeboren überlassen.

Euer Hochwohlgeboren wollen Vorstehendes Präsidenten streng geheim eröffnen, sobald Kriegsausbruch mit Vereinigten Staaten feststeht, und Anregung hinzufügen, Japan von sich aus zu sofortigem Beitritt einzuladen und gleichzeitig zwischen uns und Japan zu vermitteln.

Bitte Präsidenten darauf hinweisen, dass rücksichtslose Anwendung unserer U-Boote jetzt Aussicht bietet, England in wenigen Monaten zum Frieden zu zwingen.

Gus las die ersten Zeilen, wobei er sich das Blatt dicht vor die Augen hielt, um im trüben Licht des Boxrings besser sehen zu können. »Ein Bündnis?«, sagte er. »Mein Gott!«

Fitz schaute sich um. Ein neuer Kampf hatte begonnen, und der Lärm der Menge war zu laut, als dass jemand in der Nähe Gus hätte belauschen können.

Der Amerikaner las weiter. »Texas zurückerobern?«, fragte er ungläubig. Dann rief er verärgert: »Japan einladen?« Er sah von dem Papier auf. »Das ist unfassbar!«

Genau diese Reaktion hatte Fitz sich erhofft. Nun musste er seine Hochstimmung bezähmen. »Unfassbar ist das richtige Wort«, sagte er salbungsvoll.

»Die Deutschen bieten Mexiko eine Bezahlung an, damit es in die USA einmarschiert!«

»Jawohl.«

»Und es bittet Mexiko zu versuchen, Japan zu einem Beitritt zu diesem Bündnis zu bewegen!«

»Genau.«

»Warten Sie nur, wenn das herauskommt!«

»Darüber wollte ich mit Ihnen reden. Wir müssen dafür sorgen, dass es auf eine Weise veröffentlicht wird, die für Ihren Präsidenten günstig ist.«

»Wieso legt die britische Regierung es nicht einfach der ganzen Welt offen?«

Fitz begriff, dass Gus nicht weit genug dachte. »Aus zwei Gründen«, sagte er. »Zum einen sollen die Deutschen nicht erfahren, dass wir ihre Funksprüche decodieren können. Zum anderen könnte man uns unterstellen, die Depesche gefälscht zu haben.«

Gus nickte. »Natürlich. Verzeihen Sie. Ich war zu wütend, als dass ich noch klar denken konnte. Schauen wir uns das Ganze in Ruhe an.«

»Wenn möglich, sollten Sie behaupten, dass die US-Regierung eine Kopie des Telegramms von Western Union erhalten hat.«

»Wilson wird niemals lügen.«

»Dann beschaffen Sie sich eine Kopie von Western Union, und schon ist es keine Lüge mehr.«

Gus nickte. »Das müsste zu machen sein. Was das zweite Problem angeht – wer könnte das Telegramm veröffentlichen, ohne dass es heißt, es wäre eine Fälschung?«

»Der Präsident persönlich, würde ich sagen.«

»Das wäre eine Möglichkeit, aber …«

»Aber Sie haben eine bessere Idee?«

»Ja«, sagte Gus. »Ich glaube schon.«

Ethel und Bernie heirateten in der Calvary Gospel Hall. Beide machten sich nicht besonders viel aus Glaubensfragen, und beide mochten den Pastor.

Seit dem Tag von Lloyd Georges Rede hatte Ethel jeden Kontakt zu Fitz eingestellt. Sein öffentlicher Widerstand gegen den Frieden hatte sie auf schmerzliche Weise an seine wahre Natur erinnert. Er stand für alles, was sie verabscheute: Tradition, Rückwärtsgewandtheit, Ausbeutung der Arbeiterklasse, unverdienten Reichtum. Sie konnte unmöglich die Geliebte eines solchen Mannes werden und schämte sich, dass sie auch nur in Versuchung gewesen war, in das Haus in Chelsea einzuziehen. Ihr wahrer Seelengefährte, das wurde Ethel klar, war Bernie.

Ethel trug das rosa Seidenkleid und den geblümten Hut, die Walter ihr zu Mauds Hochzeit gekauft hatte. Brautjungfern gab es keine, aber Mildred und Maud waren Trauzeuginnen. Ethels Eltern kamen mit dem Zug aus Aberowen. Billy war an der Front und konnte leider keinen Urlaub bekommen. Klein-Lloyd trug ein Pagenkostüm in Himmelblau mit Messingknöpfen, das Mildred ihm eigens zu diesem Anlass geschneidert hatte, und eine kleine Mütze.

Bernie überraschte Ethel, indem er mit einer Familie aufwartete, von der niemand gewusst hatte. Seine ältliche Mutter sprach nur Jiddisch und murmelte während des ganzen Gottesdienstes vor sich hin. Sie wohnte bei Bernies wohlhabendem älterem Bruder Theo, dem eine Fahrradfabrik in Birmingham gehörte, wie Mildred herausfand, als sie mit ihm flirtete.

Nach der Trauung wurden im Bethaus Tee und Kuchen serviert. Alkoholische Getränke gab es nicht, was Dahs und Mams Gefallen fand, und Raucher mussten nach draußen gehen. Mam küsste Ethel und sagte: »Ich bin trotzdem froh, dass du endlich verheiratet bist.« Das Wörtchen *trotzdem* trägt eine ganz schöne Last in sich, dachte Ethel, denn es bedeutete: »Gratuliere – auch wenn du ein gefallenes Mädchen bist, einen unehelichen Sohn hast, dessen Vater niemand kennt, einen Juden heiratest und in London lebst, dem modernen Sodom und Gomorrha.« Doch Ethel akzeptierte Mams eingeschränkten Segen, schwor sich aber, so etwas niemals zu ihrem eigenen Kind zu sagen.

Mam und Dah hatten sich billige Tagesrückfahrkarten gekauft und mussten früh aufbrechen, um ihren Zug zu erwischen. Als die meisten Gäste gegangen waren, zogen die Übriggebliebenen auf ein paar Gläschen ins Dog and Duck.

Als Lloyds Bettzeit kam, gingen Ethel und Bernie nach Hause. Am Morgen hatte Bernie die wenigen Kleidungsstücke und zahlreichen Bücher, die er besaß, auf einen Handwagen geladen und von seiner Mietwohnung zu Ethels Haus gekarrt.

Damit sie eine Nacht allein verbringen konnten, ließen sie Lloyd oben bei Mildreds Töchtern schlafen, was Lloyd als besonderen Vorzug betrachtete. Dann tranken Ethel und Bernie in der Küche einen Kakao und gingen zu Bett.

Ethel hatte ein neues Nachthemd. Bernie zog einen sauberen Pyjama an. Als er sich neben sie ins Bett legte, brach ihm vor Nervosität der Schweiß aus. Ethel strich ihm über die Wange. »Auch wenn ich ein sündhaftes Frauenzimmer bin, habe ich keine große Erfahrung«, sagte sie. »Nur mit meinem ersten Mann, und das auch nur wenige Wochen, dann musste er einrücken.« Sie hatte Bernie nichts von Fitz erzählt und wollte es auch niemals tun. Nur Billy und Albert Solman, Fitz' Anwalt und Bevollmächtigter, kannten die Wahrheit.

»Da bist du besser dran als ich«, sagte Bernie, doch sie spürte, wie die Spannung bereits ein wenig von ihm abfiel. »Über ein paar schnelle Nummern bin ich nie hinausgekommen.«

»Wie hießen die Mädchen?«

»Ach, das willst du doch gar nicht wissen.«

Sie grinste. »Doch, will ich. Wie viele waren es? Sechs? Zehn? Zwanzig?«

»Gütiger Himmel, nein! Drei. Die Erste war Rachel Wright, auf der Schule. Hinterher sagte sie, jetzt müssten wir heiraten, und ich glaubte ihr. Was habe ich mir Sorgen gemacht!«

Ethel kicherte. »Und was ist geschehen?«

»In der nächsten Woche hat sie es mit Micky Armstrong getrieben, und ich war aus dem Schneider.«

»War es schön mit ihr?«

»Ich glaube schon. Ich war erst sechzehn. Ich wollte vor allem sagen können, dass ich es mal gemacht hatte.«

Sie küsste ihn sanft. »Wer kam als Nächste?«

»Carol McAllister, eine Nachbarin. Ich habe ihr einen Shilling gezahlt. Es war ziemlich kurz – ich glaube, sie wusste, was sie tun und sagen musste, damit es schnell vorüber war. Spaß hatte sie nur am Geldkassieren.«

Ethel runzelte missbilligend die Stirn. Doch dann erinnerte sie sich an das Haus in Chelsea und daran, dass sie in Erwägung gezogen hatte, das Gleiche zu tun wie Carol McAllister. Ihr war nicht ganz wohl, als sie fragte: »Wer war die Letzte?«

»Eine ältere Frau, meine Vermieterin. Sie kam nachts zu mir ins Bett, als ihr Mann verreist war.«

»War es schön mit ihr?«

»Wunderbar. Ich hatte eine glückliche Zeit.«

»Was ging schief?«

»Ihr Mann wurde misstrauisch, und ich musste umziehen.«

»Und dann?«

»Dann habe ich dich kennengelernt und jedes Interesse an anderen Frauen verloren.«

Sie küssten sich. Schließlich schob Bernie ihr Nachthemd hoch und legte sich auf sie. Er war sanft und darauf bedacht, ihr nicht wehzutun.

Als sie später nebeneinanderlagen, war Ethel von tiefer Zuneigung für Bernie erfüllt. Sie war ihm dankbar für seine Freundlichkeit, Klugheit und seine Ergebenheit ihr und ihrem Sohn gegenüber.

Vielleicht, ging es ihr durch den Kopf, wirst du doch noch eine glückliche Frau.

Die Röcke der Damen hatten sich verändert, bemerkte Gus Dewar. Sie zeigten nun Knöchel. Vor zehn Jahren hätte man einen Blick auf die Fußknöchel noch als anstößig empfunden; heute war es normal. Vielleicht bedeckten Frauen ihre Nacktheit ja nur, um sich verführerischer zu machen, nicht sittsamer.

Rosa Hellman trug einen dunkelroten Mantel, der von der Taille abwärts modisch in Falten fiel. Er war mit schwarzem Pelz besetzt, was in Washington, zumal im Februar, vermutlich recht angenehm war. Ihr grauer Hut war klein und rund, mit rotem Hutband und einer Feder. Nicht sehr praktisch, aber seit wann konnte man das von den Hüten amerikanischer Frauen behaupten?

»Die Einladung ehrt mich«, sagte Rosa, und Gus war sich nicht ganz sicher, ob sie sich über ihn lustig machte. »Sie sind gerade erst aus Europa zurückgekommen, nicht wahr?«

Sie aßen im Speisesaal des Willards Hotel zu Mittag, zwei Querstraßen östlich des Weißen Hauses. Gus hatte Rosa aus einem bestimmten Grund eingeladen. »Ich habe eine Story für Sie«, sagte er, kaum dass sie bestellt hatten.

»Nein, wirklich? Lassen Sie mich raten. Der Präsident wird sich von Edith scheiden lassen und Mary Peck heiraten.«

Gus runzelte die Stirn. Während seiner ersten Ehe hatte Präsident Wilson ein bisschen mit Mary Peck geflirtet. Gus hatte seine Zweifel, dass sie wirklich Ehebruch begangen hatten, doch Wilson war dumm genug gewesen, Mrs. Peck Briefe zu schreiben, in denen er ein wenig mehr Zuneigung zum Ausdruck gebracht hatte, als sittsam war. Das war in Washington allgemein bekannt, doch es war nie etwas darüber gedruckt worden.

»Ich rede hier von etwas Ernstem«, erklärte Gus in strengem Tonfall.

»Oh, tut mir leid«, sagte Rosa und setzte ein derart übertrieben ernstes Gesicht auf, dass Gus am liebsten laut gelacht hätte.

»Ich stelle nur eine Bedingung«, sagte er. »Sie dürfen niemandem verraten, dass Sie diese Information direkt aus dem Weißen Haus bekommen haben.«

»In Ordnung.«

»Ich werde Ihnen ein Telegramm des deutschen Außenministers Arthur Zimmermann an den deutschen Gesandten in Mexiko zeigen.«

Erstaunt riss Rosa die Augen auf. »Wo haben Sie das her?«

»Von Western Union«, log Gus.

»Ist es nicht verschlüsselt?«

»Codes können geknackt werden.« Gus reichte ihr eine maschinengeschriebene Kopie der vollständigen englischen Übersetzung.

»Ist das vertraulich?«, fragte Rosa.

»Nein. Aber behalten Sie bitte für sich, woher Sie es haben.«

»Okay.« Sie las. Es dauerte nicht lange, und ihr stand der Mund offen. »Gus«, sagte sie und hob den Blick, »ist das echt?«

»Haben Sie mich je als Scherzbold kennengelernt?«

Rosa las weiter. »Die Deutschen wollen die Mexikaner dafür bezahlen, dass sie in Texas einfallen?«

»Das sagt zumindest Herr Zimmermann.«

»Das ist keine Story, Gus, das ist die Schlagzeile des Jahrhunderts!«

Gus gestattete sich ein leichtes Lächeln und versuchte, nicht so triumphierend dreinzublicken, wie ihm zumute war. »Ich habe mir schon gedacht, dass Sie so etwas sagen.«

»Handeln Sie aus Eigeninitiative oder auf Anweisung des Präsidenten?«

»Glauben Sie, ich würde so etwas ohne Zustimmung von ganz oben tun?«

»Wahrscheinlich nicht. Mann! Das kommt also von Präsident Wilson direkt zu mir …«

»Inoffiziell.«

»Aber woher soll ich wissen, dass es echt ist? Allein auf der Grundlage eines Fetzens Papier und Ihres Wortes kann ich keine Story schreiben.«

Gus hatte mit diesem Einwand gerechnet. »Außenminister Lansing wird Ihrem Chef die Authentizität persönlich bestätigen – vorausgesetzt, das Gespräch bleibt vertraulich.«

»Das genügt mir.« Rosa schaute noch einmal auf das Papier. »Meine Güte, das ändert alles. Können Sie sich vorstellen, was das amerikanische Volk sagen wird, wenn das publik wird?«

»Ich glaube, das amerikanische Volk wird ein bisschen mehr dazu neigen, gegen Deutschland in den Krieg zu ziehen.«

»Dazu *neigen?*«, erwiderte Rosa. »Die Leute werden Schaum vor dem Mund haben! Wilson wird den Krieg erklären *müssen*.«

Gus schwieg.

Rosa schaute ihn an und versuchte, sein Schweigen zu deuten. »Oh, ich verstehe. Deshalb geben Sie das Telegramm frei. Der Präsident *will* Deutschland den Krieg erklären.«

Sie hatte vollkommen recht. Gus lächelte. Er genoss dieses kleine Spiel mit einer klugen Frau. »Das habe ich nicht gesagt.«

»Aber dieses Telegramm wird das amerikanische Volk so sehr aufbringen, dass es nach Krieg verlangt. Und Wilson wird sich nicht vorwerfen lassen müssen, sein Wahlversprechen gebrochen zu haben; schließlich wurde er von der öffentlichen Meinung zur Änderung seines politischen Kurses gezwungen.«

Rosa, erkannte Gus, war sogar ein wenig *zu* klug für seine Zwecke. Besorgt fragte er: »Das ist aber nicht die Story, die Sie schreiben werden, oder?«

Sie lächelte. »Nein. Ich nehme nur nicht alles so einfach hin. Sie wissen ja, dass ich mal Anarchistin gewesen bin.«

»Und jetzt?«

»Jetzt bin ich Reporterin, und es gibt nur eine Art, diese Story zu schreiben.«

Gus war erleichtert.

Der Kellner brachte ihnen das Essen: gedünsteten Lachs für Rosa, Steak und Kartoffelbrei für ihn. Doch bevor sie ihr Essen auch nur anrührte, stand Rosa auf. »Ich muss in die Redaktion zurück.«

Gus war überrascht. »Was ist mit Ihrem Essen?«

»Meinen Sie das ernst?«, erwiderte sie. »Ich bekomme doch jetzt nichts mehr herunter! Ist Ihnen denn nicht klar, was Sie getan haben?«

Gus war sich da ziemlich sicher; trotzdem erwiderte er: »Sagen Sie's mir.«

»Sie haben Amerika soeben in den Krieg geschickt.«

Gus nickte. »Ich weiß. Gehen Sie, und schreiben Sie Ihre Story.«

»He«, sagte Rosa. »Danke, dass Sie mich dafür ausgesucht haben.«

Einen Augenblick später war sie verschwunden.

KAPITEL 23

März 1917

In diesem Winter war es kalt in Petrograd, und überall herrschten Hunger und Knappheit. Das Thermometer vor der Kaserne des 1. Maschinengewehrregiments lag einen ganzen Monat lang bei fünfzehn Grad unter null. Die Bäcker buken nur noch Brot, keinen Kuchen und keine Plätzchen mehr, und auch das nicht mehr lange, denn das Mehl ging aus. Bewaffnete Wachen standen vor der Tür der Kasernenküche, denn viele Soldaten versuchten, sich eine Extraration zu erbetteln oder zu stehlen.

An einem bitterkalten Tag Anfang März bekam Grigori eine Ausgangserlaubnis für den Nachmittag und beschloss, den kleinen Wladimir zu besuchen. Während Katherina auf der Arbeit war, kümmerte sich die Hauswirtin um den Jungen. Grigori zog seinen Armeemantel an und ging auf die eisigen Straßen hinaus. Auf dem Newski-Prospekt bemerkte er ein Bettelkind, ein Mädchen von ungefähr neun Jahren, das in dem frostigen Wind an einer Hausecke stand. Irgendetwas irritierte Grigori an ihr, und er runzelte die Stirn, als er an ihr vorbeiging. Augenblicke später wurde ihm klar, was ihn so sehr gestört hatte: Der Blick des Mädchens war eine einzige sexuelle Herausforderung gewesen. Grigori war dermaßen schockiert, dass er im Schritt innehielt. Wie konnte sie in diesem Alter schon eine Hure sein? Er machte kehrt, um das Mädchen zur Rede zu stellen, doch sie war verschwunden.

Besorgt setzte Grigori seinen Weg fort. Natürlich wusste er, dass es Männer gab, die Sex mit Kindern wollten; das hatte er schon vor Jahren erfahren müssen, als er und Lew diesen Popen um Hilfe gebeten hatten. Aber das Bild des Mädchens mit dem kläglichen und zugleich lockenden Blick, der so unzweideutig »Wie wär's mit uns beiden, Süßer?« gesagt hatte, zerriss ihm schier das Herz. Am liebsten hätte Grigori um sein Heimatland geweint. Wir machen unsere Kinder zu Huren, dachte er. Kann es schlimmer werden?

Grigori war düsterer Stimmung, als er seine alte Wohnung erreichte. Kaum hatte er das Haus betreten, hörte er Wladimir schreien. Er stieg zu Katherinas Zimmer hinauf und fand das Kind allein vor, das Gesicht rot und vom Weinen verzerrt. Grigori hob den Jungen hoch und wiegte ihn auf den Armen.

Das Zimmer war sauber und ordentlich und roch nach Katherina. Grigori kam fast jeden Sonntag her, und dann nahm alles seinen gewohnten Gang: Morgens gingen sie spazieren, und mittags kamen sie zurück und kochten etwas von dem Essen, das Grigori aus der Kaserne mitbrachte, wann immer er die Gelegenheit hatte. Anschließend machte Wladimir ein Nickerchen, und Grigori und Katherina schliefen miteinander. Sonntag für Sonntag verbrachte Grigori in diesem Zimmer seine glücklichsten Stunden.

Wladimirs Quengeln wurde zu einem anhaltenden, kläglichen Jammern. Den Jungen auf dem Arm, machte Grigori sich auf die Suche nach der Hauswirtin, die eigentlich auf den Kleinen hätte aufpassen sollen. Er entdeckte sie in der Waschküche, einem niedrigen Anbau hinter dem Haus, wo sie nasse Bettlaken durch die Mangel drehte. Die Hauswirtin war eine Frau von vielleicht fünfzig Jahren, die ihr graues Haar mit einem Kopftuch zurückgebunden hatte. Als Grigori 1914 zur Armee gegangen war, war sie wohlgenährt gewesen; nun war ihr Hals dürr, und ihre Wangen hingen als faltige Lappen herab. Selbst Hauswirtinnen hungerten in Zeiten wie diesen.

Sie blickte erschrocken und schuldbewusst drein, als sie Grigori sah.

»Haben Sie den Kleinen nicht schreien hören?«, fragte Grigori vorwurfsvoll.

»Ich kann ihn ja nicht den ganzen Tag herumtragen«, verteidigte sich die Hauswirtin und drehte sich wieder zur Mangel um.

»Vielleicht hat er Hunger.«

»Er hat seine Milch bekommen«, erwiderte sie rasch – zu rasch für Grigoris Empfinden. Wahrscheinlich hatte sie die Milch selbst getrunken. Am liebsten hätte er das Weib erwürgt.

In der kalten Luft der unbeheizten Waschküche bemerkte Grigori, dass Wladimirs weiche Babyhaut Hitze ausstrahlte. »Ich glaube, er hat Fieber«, sagte er. »Haben Sie die Temperatur denn nicht bemerkt?«

»Bin ich jetzt auch noch seine Ärztin?«

Wladimir hörte zu weinen auf und fiel in eine Art Trägheit, die

Grigori noch mehr beunruhigte. Normalerweise war Wladimir ein lebhaftes Kind, neugierig und ausgelassen, doch nun hing er still in Grigoris Armen, das Gesicht gerötet, die Augen aufgerissen.

Grigori legte ihn wieder in das Bett, das Katherina in der Zimmerecke für ihn gebaut hatte. Er nahm einen Krug von Katherinas Regal, verließ das Haus und ging zu dem Gemischtwarenladen in der Nachbarstraße, wo er ein wenig Milch, Zucker in einem Stück Papier und einen Apfel kaufte.

Als er zurückkehrte, war Wladimirs Zustand unverändert.

Grigori machte die Milch warm, löste den Zucker darin auf und bröckelte altes, hartes Brot hinein. Dann fütterte er Wladimir mit der Mischung. Er erinnerte sich, dass seine Mutter auch Lew mit einem solchen Brei gefüttert hatte, wenn er als kleiner Junge krank gewesen war.

Wladimir aß; offensichtlich hatte er Hunger und Durst. Als kein Brot und keine Milch mehr übrig waren, schnitt Grigori den Apfel mit seinem Taschenmesser in dünne Scheiben. Eine Scheibe aß er selbst; den Rest bot er Wladimir mit den Worten an: »Eine für mich, eine für dich.« Doch was sonst stets für Heiterkeit bei dem Jungen sorgte, wirkte diesmal nicht; Wladimir war teilnahmslos und ließ die Apfelscheibe aus dem Mund fallen.

Es gab keinen Arzt in der Nähe – Grigori hätte ihn ohnehin nicht bezahlen können –, doch ein paar Straßen weiter wohnte eine Hebamme. Sie hieß Magda und war die hübsche Frau von Grigoris altem Freund Konstantin, der mittlerweile Sekretär des bolschewistischen Komitees in den Putilow-Werken geworden war. Grigori und Konstantin spielten Schach, wann immer sie die Gelegenheit hatten, wobei Grigori der bessere Spieler war.

Grigori zog Wladimir eine saubere Windel an und wickelte ihn in die Decke von Katherinas Bett, bis nur noch die Augen und die Nase zu sehen waren. Dann trat er mit dem Jungen hinaus in die Kälte.

Konstantin und Magda lebten in einer Zweizimmerwohnung zusammen mit Magdas Tante, die auf ihre drei Kinder aufpasste. Grigori befürchtete, Magda könne bei einer Entbindung sein, doch er hatte Glück: Sie war zu Hause. Die Hebamme war eine kluge, gutherzige Frau, auch wenn sie bisweilen schroff auftrat. Sie fühlte Wladimirs Stirn und erklärte: »Er hat eine Infektion.«

»Schlimm?«

»Hustet er?«

»Nein.«

»Wie ist sein Stuhlgang?«

»Er hat Durchfall.«

Magda zog Wladimir aus und besah sich ihn. »Ich nehme an, Katherinas Brüste haben keine Milch«, sagte sie.

»Woher weißt du das?«, fragte Grigori erstaunt.

»Das ist nicht ungewöhnlich. Wenn eine Frau selbst nichts zu essen bekommt, kann sie kein Kind stillen. Von nichts kommt nichts. Deshalb ist das Kind auch so dünn.«

Grigori war gar nicht aufgefallen, dass Wladimir zu dünn war.

Magda drückte mit dem Finger auf Wladimirs Bauch. Sofort jammerte er los. »Der Bauch ist entzündet«, sagte Magda.

Ängstlich fragte Grigori: »Er wird doch wieder gesund?«

»Ich glaube schon. Kinder bekommen ständig irgendwelche Infektionen, und normalerweise überleben sie's.«

»Was können wir tun?«

»Du musst seine Stirn mit lauwarmem Wasser kühlen, bis die Temperatur heruntergeht. Und gib ihm so viel zu trinken, wie er will. Mach dir keine Sorgen, ob er isst oder nicht. Füttere lieber Katherina, damit sie wiederum den Jungen füttern kann. Er braucht vor allem Muttermilch.«

Grigori trug Wladimir wieder nach Hause. Unterwegs kaufte er noch ein wenig Milch und machte sie auf dem Feuer warm. Dann flößte er sie Wladimir mit einem Teelöffel ein. Der Kleine aß alles auf. Anschließend erwärmte Grigori Wasser in einem Topf und wusch dem Jungen die Stirn mit einem feuchten Lappen. Es schien tatsächlich zu helfen. Die Röte wich aus Wladimirs Wangen, und seine Atmung normalisierte sich.

Die größten Sorgen waren von Grigori abgefallen, als Katherina um halb acht nach Hause kam, müde und durchgefroren. Sie brachte einen Kohlkopf und ein paar Gramm Schweinefett mit. Grigori kochte einen Eintopf daraus, während Katherina sich erst einmal ausruhte. Er erzählte ihr von Wladimirs Fieber, der nachlässigen Hauswirtin und Magdas Empfehlungen.

»Was soll ich denn tun?«, sagte Katherina verzweifelt. »Ich muss doch in die Fabrik. Es gibt sonst niemanden, der auf Walodja aufpassen könnte.«

Grigori fütterte den Jungen mit Brühe und legte ihn schlafen. Anschließend aßen er und Katherina und gingen dann ins Bett. »Lass mich nicht zu lange schlafen«, bat Katherina. »Ich muss mich für Brot anstellen.«

»Ich gehe für dich«, sagte Grigori. »Du ruhst dich aus.« Er würde zu spät in die Kaserne kommen, aber das würde schon ohne Folgen bleiben: Die Offiziere hatten dieser Tage viel zu viel Angst vor Meuterei, als dass sie wegen solcher Lappalien einen Aufstand machten.

Katherina nahm Grigori beim Wort und schlief ein.

Als Grigori die Kirchenuhr zur zweiten Stunde läuten hörte, zog er seine Stiefel an und warf sich den Mantel über. Wladimir schien ruhig und tief zu schlafen. Grigori verließ das Haus und ging zur Bäckerei. Zu seiner Überraschung hatte sich dort bereits eine lange Schlange gebildet, und er musste erkennen, dass er trotz der nächtlichen Stunde zu spät gekommen war. Gut hundert Menschen warteten bereits. Eingemummelt bis zum Kinn, traten sie im Schnee von einem Fuß auf den anderen. Jemand hatte Stühle und Hocker mitgebracht, und ein geschäftstüchtiger junger Bursche verkaufte Brei aus einer Kohlepfanne und spülte die schmutzigen Schüsseln im Schnee. Hinter Grigori stellten sich noch ein Dutzend weitere Leute in die Schlange.

Während sie warteten, tauschten sie Gerüchte aus, diskutierten und schimpften. Zwei Frauen, die vor Grigori standen, stritten sich darüber, wer für den Brotmangel verantwortlich sei. Die eine behauptete, die Deutschen bei Hof seien schuld, während die andere erklärte, die Juden würden das Mehl horten.

»Habt ihr mal daran gedacht, wer dieses Land regiert?«, mischte Grigori sich in das Gespräch ein. »Wenn ein Bus umkippt, gebt ihr ja auch dem Fahrer die Schuld, weil der die Verantwortung trägt. Die Juden herrschen nicht über uns, und auch nicht die Deutschen, sondern der Zar und der Adel.« Das war die Botschaft der Bolschewiken.

»Wer soll uns denn sonst regieren, wenn nicht der Zar?«, erwiderte die jüngere der beiden Frauen argwöhnisch. Sie trug eine gelbe Pelzmütze.

»Wir sollten uns selbst regieren«, antwortete Grigori, »so wie es die Leute in Frankreich und Amerika tun.«

»Also, ich weiß nicht …«, sagte die ältere Frau. »Aber so, wie es ist, kann es auch nicht weitergehen.«

Um fünf Uhr öffnete die Bäckerei. Eine Minute später verbreitete sich die Nachricht in der Schlange, dass die Ration auf einen Laib pro Person beschränkt sei. »Die ganze Nacht anstehen für ein verdammtes Brot!«, rief die Frau mit der gelben Pelzmütze.

Es dauerte eine Stunde, bis Grigori sich zum Anfang der Schlange vorgearbeitet hatte. Die Frau des Bäckers ließ nur jeweils einen Kunden herein. Die ältere der beiden Frauen, die vor Grigori standen, verschwand im Laden; dann erschien die Bäckersfrau und verkündete: »Das war alles! Kein Brot mehr!«

Die Frau mit der gelben Mütze rief: »Nein, bitte! Nur noch eins!«

Die Bäckerin schaute sie mit versteinerter Miene an. Vermutlich war die Frau nicht die Erste, die sich aufs Betteln verlegte. »Haben Sie nicht gehört? Es gibt kein Brot mehr! Ich kann nicht verkaufen, was ich nicht habe!«

Die letzte Kundin kam mit einem Brot unter dem Arm aus dem Laden und eilte davon.

Die Frau mit der gelben Mütze brach in Tränen aus.

Die Bäckersfrau schlug die Tür zu.

Grigori drehte sich um und ging.

✠

Am Donnerstag, dem 8. März, kam der Frühling nach Petrograd, doch das Russische Reich hielt eisern am Kalender des Julius Cäsar fest, sodass man hier erst den 23. Februar zählte. Im Rest Europas galt schon seit dreihundert Jahren der modernere gregorianische Kalender.

Der Temperaturanstieg fiel mit dem Internationalen Frauentag zusammen; die Arbeiterinnen in den Textilfabriken waren in Streik getreten und marschierten aus den Industrievorstädten ins Stadtzentrum, um dort gegen die Schlangen beim Anstehen um Lebensmittel, gegen den Krieg und den Zaren zu demonstrieren. Inzwischen war Brot rationiert worden, aber das schien den Mangel nur verschlimmert zu haben.

Wie alle Militäreinheiten in der Stadt wurde auch das 1. Maschinengewehrregiment abkommandiert, um die Polizei und die Kosaken bei der Aufrechterhaltung der Ordnung zu unterstützen. Was wohl passiert, fragte sich Grigori, würde man den Soldaten befehlen, auf die Demonstranten zu schießen? Würden sie gehorchen? Oder würden sie ihre Gewehre auf die Offiziere richten? Im Jahre 1905 hatten die Soldaten gehorcht und auf die Arbeiter geschossen; seitdem hatte das russische Volk ein Jahrzehnt unter Tyrannei und Repressionen, Krieg und Hunger gelitten.

Doch es gab keinen Aufstand. Als Grigori und seine Einheit an jenem Abend in die Kaserne zurückkehrten, hatten sie keinen einzigen Schuss abgegeben.

Am Freitag schlossen sich weitere Arbeiter dem Streik an.

Der Zar hielt sich im Armeehauptquartier in Mogilew auf, vierhundert Meilen von Petrograd entfernt. Die Verantwortung für die Hauptstadt trug der Kommandeur des Militärdistrikts Petrograd, General Chabalow. Er beschloss, die Demonstranten vom Stadtzentrum fernzuhalten, indem er auf den Brücken Soldaten postierte. Grigoris Abteilung wurde in der Nähe der eigenen Kaserne eingesetzt. Sie bewachten die Sampsonjewski-Brücke, die über die Newa in die Stadt führte. Doch der Fluss war noch immer zugefroren, und so gingen die Demonstranten der Armee aus dem Weg, indem sie einfach über das Eis marschierten – sehr zur Freude der sie beobachtenden Soldaten, von denen die meisten mit den Demonstranten sympathisierten, so wie Grigori.

Die Streiks waren nicht von einer der politischen Parteien organisiert worden. Den Bolschewiken – genau wie den anderen revolutionären Parteien auch – blieb nichts anderes übrig, als der Arbeiterklasse hinterherzulaufen.

Wieder einmal blieb Grigoris Einheit von Straßenkämpfen verschont, aber das war nicht überall so. Als Grigori am Samstagabend in die Kaserne zurückkehrte, erfuhr er, dass die Polizei gewaltsam gegen die Demonstranten vor dem Bahnhof am Newski-Prospekt eingeschritten war. Überraschenderweise hatten die Kosaken die Demonstranten vor der Polizei verteidigt. Die Männer sprachen von den »Genossen Kosaken«. Grigori war da skeptisch: Die Kosaken kannten keine Treue; sie liebten nur den Kampf.

Am Sonntagmorgen wurde Grigori um fünf Uhr geweckt, lange vor Sonnenaufgang. Beim Frühstück machte das Gerücht die Runde, der Zar habe General Chabalow angewiesen, den Streiks und Protestmärschen »mit allen Mitteln« ein Ende zu bereiten.

Nach dem Frühstück bekamen die Sergeanten ihre Befehle. Jeder Zug sollte einen anderen Punkt der Stadt bewachen, nicht nur Brücken, sondern auch Kreuzungen, Bahnhöfe und Postämter. Die einzelnen Stellungen würden per Feldtelefon miteinander verbunden sein. Die Hauptstadt des Reiches sollte gesichert werden wie eine eroberte Feindesstadt. Am schlimmsten jedoch war, dass das Regiment an bestimmten kritischen Punkten Maschinengewehre aufstellen sollte.

Als Grigori die Befehle an seine Männer weitergab, zeigten diese sich entsetzt. Isaak fragte: »Wird der Zar wahrhaftig befehlen, sein eigenes Volk mit Maschinengewehren niederzumähen?«

»Und wenn es so ist«, fügte Grigori die nächste Frage an, »werden die Soldaten ihm gehorchen?«

Grigoris wachsende Aufregung ging mit Angst einher. Die Streiks machten ihm Mut, denn er wusste, dass das russische Volk sich gegen seine Herrscher erheben musste. Anderenfalls würde der Krieg fortdauern, die Menschen würden verhungern, und der kleine Wladimir würde nie ein besseres Leben führen als Grigori und Katherina. Es war diese Überzeugung, die Grigori dazu veranlasst hatte, der Partei beizutreten. Andererseits hegte er die Hoffnung, dass die Revolution ohne Blutvergießen verlief, wenn die Soldaten die Befehle verweigerten. Doch als man nun seinem eigenen Regiment befahl, auf den Straßen Petrograds Maschinengewehrstellungen zu errichten, war diese Hoffnung dahin.

War es überhaupt möglich, dass das russische Volk sich der zaristischen Herrschaft entledigte? Manchmal erschien es Grigori wie eine Fantasterei. Doch andere Nationen hatten solche Revolutionen bereits hinter sich; dort hatte das Volk seine Unterdrücker vom Thron gestürzt. Sogar die Engländer hatten einst einem ihrer Könige den Kopf abgeschlagen.

Petrograd ist wie ein Topf voll Wasser auf einer heißen Herdplatte, dachte Grigori: Rauch steigt auf, und ein paar Blasen blubbern. Die Oberfläche strahlt sengende Hitze aus, doch das Wasser kocht einfach nicht über.

Grigoris Zug wurde zum Taurischen Palast Katherinas II. geschickt, in den das zahnlose russische Parlament, die Staatsduma, gezogen war. Der Morgen verlief ruhig: Selbst Hungernde schliefen sonntags gerne länger. Doch das Wetter blieb sonnig, und gegen Mittag kamen sie aus den Vorstädten, zu Fuß und in Straßenbahnen. Einige versammelten sich im großen Park vor dem Taurischen Palast. Nicht alle waren Fabrikarbeiter, wie Grigori bemerkte. Auch Männer und Frauen aus der Mittelschicht waren darunter, ebenso Studenten, sogar ein paar offensichtlich wohlhabende Kaufleute. Einige hatten ihre Kinder mitgebracht. War das wirklich eine politische Demonstration, oder machten die Leute einfach nur einen Spaziergang im Park? Grigori vermutete, dass sie es selbst nicht wussten.

Am Eingang zum Palast erblickte er einen gut gekleideten jungen Mann, dessen attraktives Gesicht er von Zeitungsfotos kannte: Es war der Deputierte der Trudowiki, Alexander Fjodorowitsch Kerenski. Die Trudowiki waren eine gemäßigte Splittergruppe der Sozialrevolutionäre. Grigori fragte ihn, was drinnen vor sich ging. »Der Zar hat die Duma formell aufgelöst«, berichtete Kerenski.

Grigori schüttelte angewidert den Kopf. »Typisch«, sagte er. »Wie immer werden diejenigen unterdrückt, die sich beschweren. Dabei sollte man sich lieber um den Grund für die Beschwerden kümmern.«

Kerenski musterte ihn aufmerksam. Offenbar hatte er von einem einfachen Soldaten keine solche Analyse erwartet. »Das stimmt«, sagte er. »Jedenfalls, wir Deputierten haben beschlossen, den Erlass des Zaren zu missachten.«

»Was wird jetzt geschehen?«

»Die meisten Leute glauben, die Demonstrationen werden aufhören, sobald die Behörden die Versorgung mit Nahrungsmitteln wiederaufnehmen«, sagte Kerenski und ging zurück ins Gebäude.

Grigori fragte sich, ob die Gemäßigten das wirklich glaubten. Wenn die Behörden Brot liefern konnten, warum hatten sie es dann überhaupt erst rationiert? Aber die Gemäßigten schienen sich ohnehin mehr mit Hoffnungen als mit Tatsachen zu beschäftigen.

Am frühen Nachmittag war Grigori überrascht, die lächelnden Gesichter von Katherina und Wladimir in der Menge zu entdecken. Normalerweise verbrachte er den Sonntag mit den beiden, doch heute war er davon ausgegangen, sie gar nicht erst zu sehen. Zu Grigoris großer Erleichterung sah Wladimir gesund und zufrieden aus. Offensichtlich hatte der Junge die Krankheit überwunden. Für Katherina wiederum war es warm genug, dass sie den Mantel offen trug und ihre üppige Figur zeigte. Grigori wünschte sich, sie in den Armen halten zu können. Als sie ihn anlächelte, überkam ihn ein solches Verlangen, dass es beinahe unerträglich für ihn wurde. Er hasste es, auf Katherinas sonntägliche Umarmung verzichten zu müssen.

»Woher hast du gewusst, dass ich hier bin?«, fragte er.

»Ich habe geraten und Glück gehabt.«

»Ich freue mich, dich zu sehen, aber im Stadtzentrum ist es gefährlich!«

Katherina schaute zu der Menschenmenge, die durch den Park schlenderte. »Also, für mich sieht das ziemlich sicher aus.«

Grigori konnte es nicht bestreiten. Nichts deutete auf irgendwelchen Ärger hin.

Mutter und Kind gingen zum gefrorenen See, um über das Eis zu spazieren. Grigori beobachtete gerührt, wie Wladimir neben seiner Mutter herwatschelte und nach ein paar Schritten hinfiel. Katherina hob ihn hoch, tröstete ihn und ging weiter. Sie sahen so verletzlich aus …

Als sie zurückkehrten, sagte Katherina, sie wolle Wladimir jetzt nach Hause bringen, damit er seinen Mittagsschlaf halten könne.

»Geh durch die Nebenstraßen«, riet Grigori. »Und halte dich von Menschenmengen fern. Ich weiß nicht, was geschehen wird.«

»Ist gut.«

»Versprochen?«

»Versprochen.«

Grigori sah kein Blutvergießen an diesem Tag, doch am Abend, in der Kaserne, hörte er auch andere Geschichten: Auf dem Snamenskaja-Platz hatte man den Soldaten befohlen, auf die Demonstranten zu feuern. Vierzig Menschen waren erschossen worden. Grigori spürte, wie sich eine kalte Hand um sein Herz krampfte. Katherina könnte getötet worden sein, nur weil sie die Straße überquert hatte!

Andere waren genauso aufgebracht wie Grigori, und in der Kantine kochten die Emotionen hoch. Bald war die Atmosphäre so aufgeladen, dass Grigori auf einen Tisch stieg, die Soldaten zur Ordnung rief und sie aufforderte, der Reihe nach zu sprechen. Binnen kurzer Zeit verwandelte sich das Abendessen in eine politische Veranstaltung. Als Ersten rief Grigori seinen Freund Isaak auf, den alle vom Fußballplatz kannten.

»Ich bin zur Armee gegangen, um Deutsche zu töten, keine Russen«, erklärte Isaak, und die Soldaten grölten zustimmend. »Die Demonstranten sind unsere Brüder und Schwestern, unsere Mütter und Väter – und ihr einziges Verbrechen besteht darin, Brot zu verlangen!«

Grigori kannte alle Bolschewiken im Regiment und rief mehrere von ihnen als Sprecher auf; zugleich achtete er sorgfältig darauf, auch andere zu benennen, um nicht voreingenommen zu erscheinen. Normalerweise waren die Männer äußerst vorsichtig, wenn es darum ging, ihre Meinung kundzutun, denn alles, was sie sagten, wurde gemeldet, sodass es zu entsprechenden Bestrafungen kam. An diesem Tag aber schien das niemanden zu kümmern.

Der Sprecher, der den nachhaltigsten Eindruck hinterließ, war Jakow, ein großer Mann mit Schultern wie ein Bär. Mit Tränen in den Augen stieg er neben Grigori auf den Tisch. »Als man uns den Schießbefehl erteilt hat, wusste ich nicht, was ich tun sollte«, sagte Jakow. Er schien seine Stimme nicht heben zu können, und so breitete sich Schweigen aus, denn alle wollten hören, was er zu sagen hatte. »Ich habe gebetet, ›Herr, führe mich‹, und habe auf mein Herz gehört, doch Gott hat mir nicht geantwortet.« Die Männer schwiegen weiter. »Ich habe mein Gewehr gehoben«, sagte Jakow. »Der Hauptmann hat gerufen: ›Feuer! Feuer!‹ Aber auf wen sollte ich schießen? In Galizien wussten wir wenigstens, wer der Feind war, denn sie haben auf uns geschossen. Doch heute, auf dem Platz, da hat uns niemand angegriffen. Die Menge bestand zum größten Teil aus Frauen, einige mit Kindern, und selbst die Männer hatten keine Waffen.«

Jakow verstummte. Alle Anwesenden waren wie erstarrt, als fürchteten sie, jede Bewegung könne den Zauber brechen. Schließlich hakte Isaak nach: »Was ist dann geschehen, Jakow Davidowitsch?«

»Ich habe den Abzug betätigt«, sagte Jakow. Tränen strömten ihm über die Wangen und in den buschigen schwarzen Bart. »Ich habe nicht mal gezielt. Der Hauptmann hat mich angeschrien, und da habe ich einfach geschossen, damit er das Maul hält. Aber ich habe eine Frau getroffen … fast noch ein Mädchen von vielleicht neunzehn Jahren. Sie hatte einen grünen Mantel an. Ich habe ihr in die Brust geschossen, und das Blut … es hat den ganzen Mantel getränkt, rot auf grün. Dann ist sie hingefallen.« Nun weinte er ungehemmt, und seine Stimme war nur noch ein Schluchzen. »Ich habe mein Gewehr fallen lassen und versucht, zu ihr zu laufen und ihr zu helfen, aber die Menge hat sich auf mich gestürzt, hat mich geschlagen und getreten, auch wenn ich es kaum gespürt habe.« Er wischte sich mit dem Ärmel über das Gesicht. »Jetzt kriege ich bestimmt Ärger, weil ich mein Gewehr verloren habe.« Wieder machte er eine lange Pause. »Neunzehn

Jahre«, sagte er dann. »Ich glaube, das Mädchen muss ungefähr neunzehn gewesen sein …«

Grigori hatte nicht bemerkt, dass die Tür sich geöffnet hatte, doch plötzlich stand Leutnant Kirilow da. »Runter von dem verdammten Tisch, Jakow!«, brüllte er; dann starrte er Grigori an. »Und du auch, Peschkow, du Unruhestifter!« Er drehte sich um und sprach zu den Männern, die an den langen Tischen saßen. »Ab in eure Unterkünfte! Alle!«, befahl er. »Wer in einer Minute noch hier sitzt, bekommt die Knute zu spüren!«

Niemand rührte sich. Trotzig starrten die Männer ihren Leutnant an. Grigori fragte sich, ob so wohl eine Meuterei begann.

Doch Jakow war viel zu sehr in seinem Schmerz versunken, als dass er erkannt hätte, für welch dramatischen Augenblick er gesorgt hatte. Unbeholfen stieg er vom Tisch, und die Spannung löste sich. Einige der Männer in der Nähe Kirilows erhoben sich. Sie sahen wütend aus, aber auch ängstlich. Trotzig blieb Grigori noch ein paar Augenblicke auf dem Tisch stehen. Dann musste er erkennen, dass der Zorn der Männer noch nicht ausreichte, um sich gegen einen Offizier zu erheben; also stieg auch er vom Tisch. Die Männer verließen den Raum. Kirilow blieb stehen, wo er war, ließ den Blick schweifen und starrte jeden Einzelnen düster an.

Grigori kehrte in die Unterkunft zurück. Kurz darauf läutete die Kasernenglocke zum Zeichen, dass das Licht gelöscht werden sollte. Als Sergeant hatte Grigori das Privileg, in einem mit Vorhängen abgetrennten Teil des Schlafsaals zu schlafen. Er konnte die Männer mit leisen Stimmen sprechen hören.

»Ich werde nicht auf Frauen schießen«, sagte einer.

»Ich auch nicht.«

Eine dritte Stimme sagte: »Aber wenn ihr es nicht tut, wird irgendein Bastard von Offizier euch wegen Befehlsverweigerung erschießen.«

»Ich schieß einfach daneben«, sagte eine andere Stimme.

»Und wenn sie es bemerken?«

»Ihr müsst nur direkt über die Köpfe zielen, dann kann es keiner mit Gewissheit sagen.«

»Dann tue ich das«, sagte eine weitere Stimme.

»Ich auch.«

»Ich auch.«

Wir werden sehen, dachte Grigori und schlief ein. Im Dunkeln war es leicht, kühne Reden zu schwingen. Bei Tageslicht sah alles ganz anders aus.

Am Montag marschierte Grigoris Zug das kurze Wegstück über den Sampsonjewski-Prospekt bis zur Brücke, wo man ihnen befahl, keine Demonstranten ins Stadtzentrum zu lassen. Die Brücke war gut vierhundert Meter lang und ruhte auf massiven Steinsockeln im gefrorenen Fluss.

Es war der gleiche Auftrag, wie die Männer ihn schon am Freitag erhalten hatten, doch die Befehle lauteten diesmal anders.

Leutnant Kirilow wies Grigori ein. In letzter Zeit redete er, als hätte er ständig schlechte Laune, und vielleicht stimmte das auch: Vermutlich missfiel es den Offizieren genauso wie den Mannschaften, auf die eigenen Landsleute schießen zu müssen. »Kein Demonstrant darf ins Stadtzentrum, weder über die Brücke noch über das Eis. Verstanden? Ihr werdet auf jeden schießen, der sich euren Anweisungen widersetzt.«

Grigori ließ sich seine Verachtung nicht anmerken. »Jawohl, Euer Gnaden!«

Kirilow wiederholte die Befehle und verschwand dann. Grigori vermutete, dass er Angst hatte. Zweifellos befürchtete er, für alles verantwortlich gemacht zu werden, was nun geschehen würde, egal ob seine Männer die Befehle befolgten oder nicht.

Was Grigori anging, so hatte er nicht die Absicht, den Befehlen zu gehorchen. Er würde sich von den Anführern der Demonstranten in eine Diskussion verwickeln lassen und einfach nicht hinschauen, wenn die anderen das Eis überquerten, so wie er es schon am Freitag gemacht hatte.

Allerdings schloss sich früh am Morgen eine Polizeiabteilung seinem Zug an. Mit Entsetzen stellte Grigori fest, dass ausgerechnet sein alter Feind Michail Pinsky Kommandeur dieser Polizeieinheit war. Pinsky litt sichtlich nicht unter Nahrungsmangel. Sein rundes Gesicht war feister denn je, und seine Polizeiuniform spannte am Bauch. Er hatte ein Megafon dabei. Von seinem Kumpan Koslow war keine Spur zu sehen.

»Ich kenne dich«, sagte Pinsky zu Grigori. »Du hast in den Putilow-Werken gearbeitet!«

»Bis Sie dafür gesorgt haben, dass ich eingezogen wurde«, erwiderte Grigori.

»Dein Bruder ist ein Mörder, aber er ist nach Amerika geflohen.«

»Das sagen Sie.«

»Niemand wird heute hier den Fluss überqueren.«

»Das werden wir sehen.«

»Ich erwartete die uneingeschränkte Kooperation deiner Männer! Ist das klar?«

»Haben Sie Angst?«, fragte Grigori.

»Vor diesem Pöbel? Red keinen Unsinn!«

»Angst vor der Zukunft, meine ich. Nehmen wir an, die Revolutionäre setzen sich durch. Was werden sie wohl mit Ihnen anstellen? Sie haben Ihr Leben lang auf die Schwachen eingeprügelt, haben Frauen gequält und sich bestechen lassen. Haben Sie keine Angst vor Rache?«

Pinsky richtete den behandschuhten Finger auf Grigori. »Ich werde dich wegen subversiven Geredes melden«, brüllte er und stapfte davon.

Grigori zuckte mit den Schultern. So einfach war es für die Polizei nicht. Sie konnte nicht mehr ohne Weiteres jeden verhaften, dessen Gesicht ihnen nicht passte. Wenn man ihn, Grigori, festnahm, würden Isaak und die anderen meutern, und das wussten die Beamten.

Der Tag begann ruhig. Grigori wusste, dass ohnehin nur wenige Arbeiter unterwegs waren. Viele Fabriken hatten geschlossen, weil sie keine Kohle für ihre Dampfmaschinen und Hochöfen mehr bekamen. In anderen Betrieben wurde gestreikt. Die Arbeiter verlangten höhere Löhne, um die ständig steigenden Preise zahlen zu können; außerdem wollten sie mehr Sicherheit und Wärme an ihren oft gefährlichen und bitterkalten Arbeitsplätzen. Heute jedoch kam es Grigori so vor, als würde überhaupt niemand zur Arbeit gehen. Aber als es auf den Vormittag zuging, sah er, wie eine große Menschenmenge – Männer und Frauen in zerlumpter Arbeiterkleidung – sich über den Sampsonjewski-Prospekt näherte.

Grigori befehligte dreißig Mannschaftsdienstgrade und zwei Korporale. Er hatte die Männer in vier Reihen quer auf der Brücke postiert und den Durchgang auf diese Weise versperrt. Pinsky verfügte ungefähr über die gleiche Zahl an Männern; die eine Hälfte war zu Fuß, die andere beritten. Er ließ sie zu beiden Seiten der Straße Aufstellung nehmen.

Besorgt behielt Grigori die sich nähernde Menschenmenge im Auge. Er hatte keine Ahnung, was geschehen würde. Auf sich alleine gestellt, hätte er ein Blutvergießen verhindern können, indem er nur pro forma Widerstand geleistet und die Demonstranten dann durchgelassen hätte. Aber wie würde Pinsky sich verhalten?

Die Demonstranten kamen näher. Es waren Hunderte, Tausende. Die meisten trugen rote Armbänder oder Schleifen. Auf ihren Bannern stand »Nieder mit dem Zaren« und »Brot, Frieden und Land«. Das war kein Protestmarsch mehr, erkannte Grigori. Es war eine Massenbewegung geworden.

Je näher die Demonstranten kamen, desto größer wurde die Anspannung unter Grigoris Männern.

Schließlich trat Grigori den Demonstranten entgegen. Zu seinem Erstaunen ging Warja an ihrer Spitze, Konstantins Mutter. Sie hatte ihr graues Haar mit einem Kopftuch zurückgebunden und trug eine rote Fahne. »Grigori Sergejewitsch!«, sagte sie freundlich. »Wirst du auf mich schießen?«

»Nein«, antwortete Grigori. »Aber ich kann nicht für die Polizei sprechen.«

Obwohl Warja stehen geblieben war, gingen die anderen weiter, vorwärtsgeschoben von den Tausenden hinter ihnen. Grigori hörte, wie Pinsky seinen Reitern den Befehl zum Vorrücken erteilte. Diese berittenen Polizisten, Pharaonen genannt, waren die meistgehasste Einheit der Polizeistreitkräfte. Ihre Bewaffnung bestand aus Peitschen und Knüppeln.

Warja sagte: »Wir wollen nur unseren Lebensunterhalt verdienen und unsere Familien ernähren können. Möchtest du das nicht auch, Grigori?«

Die Demonstranten traten Grigoris Soldaten nicht entgegen und versuchten auch nicht, an ihnen vorbei die Brücke zu überqueren. Pinskys Pharaonen ritten nervös den Treidelpfad hinunter, als wollten sie den Weg auf das Eis versperren, doch es waren nicht genug, um eine geschlossene Barriere zu bilden. Die Demonstranten warteten ab. Es war eine gefährliche Pattsituation.

Leutnant Pinsky hob das Megafon vor den Mund. »Geht zurück!«, brüllte er. Das Megafon war nicht mehr als ein kegelförmiges Stück Blech, und es verstärkte seine Stimme kaum. »Ihr dürft nicht ins Stadtzentrum. Kehrt geordnet an eure Arbeitsplätze zurück. Das ist ein polizeilicher Befehl! Zurück mit euch!«

Niemand wich zurück; die meisten Demonstranten hörten Pinsky nicht einmal, doch es wurde laut gebuht und geschimpft. Plötzlich kam ein Stein aus der Menge geflogen. Er traf ein Pferd. Das Tier erschrak so heftig, dass der Reiter beinahe aus dem Sattel gestürzt wäre. Zornig richtete er sich auf, riss an den Zügeln und drosch mit der Peitsche auf das Pferd ein. Die Menge lachte, was den Reiter noch wütender machte, doch er bekam das Pferd schließlich unter Kontrolle.

Ein tapferer Demonstrant nutzte die Ablenkung, duckte sich an einem Polizeireiter vorbei und rannte aufs Eis. Mehrere Leute zu beiden Seiten der Brücke folgten seinem Beispiel. Die Pharaonen, die nur darauf gewartet hatten, packten ihre Peitschen und Knüppel, rissen ihre Pferde herum und griffen an. Mehrere Demonstranten stürzten zu Boden, doch viele kamen durch, was den anderen Mut machte. Nach wenigen Sekunden rannten mehr als dreißig Leute über das Eis.

Für Grigori war es eine glückliche Entwicklung. Er konnte behaupten, er habe den Befehl befolgt, die Demonstranten am Passieren der Brücke zu hindern; er habe sie allerdings nicht davon abhalten können, das Eis zu überqueren, weil es zu viele gewesen seien.

Pinsky sah das anders.

Er drehte sich zu den bewaffneten Polizisten um und rief: »Legt an!«

»Nein!«, schrie Grigori, aber es war zu spät. Die Polizisten knieten sich hin und legten an. Die Demonstranten in der ersten Reihe versuchten zurückzuweichen, aber der Druck, den die Masse von hinten ausübte, war zu stark. Einige rannten zum Fluss. Sie wollten ihr Glück lieber im Kampf gegen Pharaonen versuchen, als sich hilflos den Gewehrschüssen auszusetzen.

»Feuer!«, rief Pinsky.

Die Schüsse prasselten wie Feuerwerk, gefolgt von Angst- und Schmerzschreien, als Demonstranten tot oder verwundet zu Boden fielen.

Grigori fühlte sich um zwölf Jahre zurückversetzt. Er sah sich wieder auf dem Schlossplatz, umgeben von Hunderten betender Männer und Frauen, die auf dem Boden knieten, während ihnen eine lange Kette von Soldaten mit angelegten Gewehren gegenüberstand. Grigori sah wieder seine Mutter vor sich, die mit dem Gesicht nach unten im blutigen Schnee lag. Im Geiste hörte er den elfjährigen Lew schreien: »Sie ist tot! Maminka ist tot! Oh, liebe Maminka!«

»Nein«, sagte Grigori laut. »Das lasse ich nicht noch einmal zu.« Er entsicherte sein Gewehr und hob es an die Schulter.

Die Menge schrie und floh in sämtliche Richtungen. Wer zu Boden stürzte, wurde niedergetrampelt. Die Pharaonen waren völlig außer Kontrolle und schlugen blindlings zu, während die Polizisten zu Fuß willkürlich in die Menge feuerten.

Grigori zielte sorgfältig auf Pinsky. Er war kein guter Schütze, und Pinsky war mehr als sechzig Meter von ihm entfernt, aber eine kleine Chance hatte er.

Er drückte ab.

Pinsky rief weiter in sein Megafon.

Grigori fluchte. Er hatte vorbeigeschossen. Er zielte erneut, hielt diesmal tiefer – der Rückstoß riss das Gewehr jedes Mal ein kleines Stück nach oben – und feuerte erneut.

Wieder daneben.

Das Blutvergießen nahm seinen Fortgang, als die Polizisten wahllos auf die fliehenden Frauen und Kinder feuerten.

Grigori hatte fünf Schuss im Magazin. Eine der fünf Kugeln musste einfach treffen. Er schoss zum dritten Mal.

Pinsky stieß einen schrillen Schmerzensschrei aus, verstärkt von seinem Megafon. Sein rechtes Knie knickte ein. Er ließ das Megafon fallen und stürzte zu Boden.

Grigoris Männer folgten seinem Beispiel und attackierten die Polizei. Einige schossen; andere benutzten ihre Gewehre wie Knüppel, wieder andere rissen die Pharaonen von ihren Pferden. Die Demonstranten schöpften Mut und schlossen sich den Soldaten an. Einige, die bereits auf dem Eis waren, machten kehrt.

Die Wut des Mobs war unbeschreiblich, und so kam es zu hässlichen Szenen. Solange die Leute sich erinnern konnten, waren die Polizisten Petrograds üble Schläger gewesen, undiszipliniert, grausam und unbeherrscht, und nun nahm das Volk Rache. Polizisten, die auf dem Boden lagen, wurden zusammengetreten oder niedergetrampelt.

Diejenigen, die noch standen, wurden umgerissen; dann prügelten die Leute auf sie ein. Den Pharaonen schoss man die Pferde unter dem Hintern weg. Der Widerstand der Polizeikräfte währte nur kurz; dann ergriffen sie die Flucht – zumindest die, die noch in der Lage dazu waren.

Grigori sah, wie Pinsky sich aufrappelte. Er zielte erneut, wollte diesen Bastard ein für alle Mal erledigen, doch ein Pharao machte ihm einen Strich durch die Rechnung: Der Reiter hob seinen Kommandeur hoch, warf ihn über den Hals des Pferdes und galoppierte davon.

Grigori schaute den fliehenden Polizeikräften hinterher.

Erst jetzt wurde ihm bewusst, dass er noch nie so tief im Dreck gesteckt hatte.

Sein Zug hatte gemeutert. In direktem Widerspruch zu ihren Befehlen hatten sie die Polizei angegriffen, nicht die Demonstranten. Und er, Grigori, hatte seine Leute angeführt, indem er auf Pinsky geschossen hatte – und der hatte zu allem Überfluss überlebt, sodass er Meldung machen konnte. Es gab nichts zu vertuschen; eine Entschuldigung war unmöglich, die Bestrafung unvermeidlich. Grigori hatte sich des Verrats schuldig gemacht. Man würde ihn vor ein Kriegsgericht stellen und hinrichten.

Trotzdem war er glücklich.

Warja drängte sich durch die Menge. Ihr Gesicht war blutverschmiert, aber sie lächelte. »Was jetzt, Sergeant?«

Grigori beschloss, sich seiner Strafe nicht kampflos zu ergeben. Der Zar mordete sein Volk, und jetzt schoss das Volk zurück. »Zur Kaserne«, sagte er. »Bewaffnen wir die Arbeiter.« Er schnappte sich Warjas rote Fahne. »Folgt mir!«

Er marschierte über den Sampsonjewski-Prospekt. Seine Männer folgten ihm, angeführt von Isaak. Die Menschenmenge schloss sich ihnen an. Grigori wusste nicht, was geschehen würde oder was er tun sollte, aber er brauchte keinen Plan: An der Spitze dieser Menge war nichts unmöglich.

Die Wache öffnete das Kasernentor für die Soldaten, konnte es gegen den Druck der Demonstranten dann aber nicht wieder schließen. Grigori kam sich unverwundbar vor, als er die Menschenmenge über den Exerzierplatz und zum Arsenal führte. Leutnant Kirilow kam aus der Kommandantur, sah die Menge und rannte los. »Ihr da!«, rief er. »Halt! Bleibt sofort stehen!«

Grigori beachtete ihn nicht.

Kirilow blieb stehen und zog seinen Revolver. »Halt!«, schrie er noch einmal. »Bleibt stehen, oder ich schieße!«

Zwei oder drei Männer aus Grigoris Zug hoben ihre Gewehre und schossen auf den Leutnant. Er wurde von mehreren Kugeln getroffen und sank blutend zu Boden.

Grigori rückte weiter vor.

Das Arsenal wurde von zwei Soldaten bewacht, doch keiner der beiden versuchte, Grigori aufzuhalten. Mit den letzten zwei Kugeln in seinem Magazin zerschoss er das Schloss der schweren Holztür. Die Menge drängte ins Arsenal, um an die Waffen zu gelangen. Einige von Grigoris Männern übernahmen das Kommando, öffneten Kisten voller Gewehre und Pistolen und verteilten sie zusammen mit Munition.

Jetzt ist es so weit, dachte Grigori. Das ist die Revolution! Er war in Hochstimmung, aber ein Rest von Angst blieb dennoch.

Er nahm sich zwei Nagant-Revolver, wie sie an Offiziere ausgegeben wurden, lud sein Gewehr nach und füllte seine Taschen mit Munition. Er galt jetzt als Verbrecher, also brauchte er Waffen.

Die restlichen Soldaten in der Kaserne schlossen sich der Plünderung des Arsenals an, und bald waren alle bis an die Zähne bewaffnet.

Mit Warjas Fahne in der Hand führte Grigori die Menge aus der Kaserne. Das Ziel solcher Demonstrationszüge war stets das Stadtzentrum gewesen, und diesmal war es nicht anders. Mit Isaak, Jakow und Warja marschierte Grigori an der Spitze des Zuges über die Brücke und hielt auf das geschäftige Herz von Petrograd zu. Er hatte das Gefühl zu träumen; er konnte nicht glauben, was geschah und wie schnell alles gegangen war. Jahrelang hatte er davon gesprochen, sich dem Regime zu widersetzen, und heute *tat* er es. Er erinnerte sich an die Worte des alten Mannes, nachdem Maminka von Soldaten des Zaren erschossen worden war. »Möge dir ein langes Leben beschieden sein«, hatte der Mann gesagt, als Grigori mit seiner toten Mutter auf den Armen den Schlossplatz verlassen hatte. »Lange genug, dass du dich rächen kannst. Lass den blutrünstigen Zaren für die Gräuel bezahlen.«

Vielleicht wird dein Wunsch jetzt erfüllt, Väterchen, dachte Grigori aufgeregt.

Die Männer des 1. Maschinengewehrregiments waren nicht die einzigen Soldaten, die an diesem Morgen gemeutert hatten. Als Grigori und seine Leute das andere Ufer der Newa erreichten, sahen sie zu ihrer Freude viele weitere Soldaten, die zum Zeichen des Widerstandes gegen die alte Ordnung ihre Mützen umgedreht hatten und ihre Mäntel offen trugen. Die meisten hatten überdies rote Armbinden oder Schleifen angelegt, was sie als Revolutionäre auswies. Requirierte Kraftwagen fuhren umher; Gewehre ragten aus den Fenstern, und lachende Mädchen saßen auf den Knien der Soldaten in den Fahrzeugen. Die Absperrungen des gestrigen Tages waren verschwunden. Das Volk hatte die Straße übernommen.

Grigori sah eine Weinhandlung, bei der das Fenster und die Tür eingeschlagen waren. Ein Soldat und ein Mädchen kamen heraus, in beiden Händen Flaschen. Nebenan hatte ein Kaffeehausbesitzer Teller mit Räucherfisch und Wurst nach draußen gebracht; nun stand er mit einer roten Schleife am Revers ängstlich da und forderte die Soldaten auf, sich zu bedienen. Offenbar wollte der Mann verhindern, dass sein Laden genauso geplündert wurde wie die benachbarte Weinhandlung.

Die Stimmung wurde immer ausgelassener, je näher sie dem Stadtzentrum kamen. Es gab bereits mehrere Betrunkene, obwohl erst Mittag war. Die Mädchen küssten jeden, der eine rote Armbinde trug. Grigori sah einen Soldaten, der in aller Öffentlichkeit die großen Brüste einer kichernden Frau mittleren Alters begrapschte. Ein paar Mädchen hatten sich Uniformen angezogen und stapften mit viel zu großen Schirmmützen und Stiefeln über die Straße.

Ein blitzblanker Rolls-Royce fuhr über die Straße. Die Menge versuchte, ihn aufzuhalten. Der Chauffeur trat aufs Gaspedal, doch irgendjemand öffnete die Tür und riss ihn heraus. Die Menschen rempelten einander, als sie versuchten, ins Innere des Wagens zu kommen. Grigori sah Graf Malakowski, einen der Direktoren der Putilow-Werke, vom Rücksitz springen. Er musste daran denken, wie verzaubert Malakowski von Fürstin Bea gewesen war, als diese das Werk besucht hatte. Die Menge jubelte, ließ den Grafen aber unbehelligt, als er davonrannte, den Pelzkragen hochgeschlagen. Neun oder zehn Personen drängten sich nun in den teuren Wagen, und einer fuhr wild hupend los.

An der nächsten Ecke machte sich eine Handvoll Leute einen Spaß daraus, einen großen dünnen Mann mit Filzhut und im zerschlissenen Mantel eines Angestellten aus der Mittelschicht zu quälen. Ein Soldat stieß ihn mit dem Gewehrkolben; eine alte Frau spie ihm ins Gesicht, und ein junger Bursche in Arbeiterkleidung schleuderte ihm eine Handvoll Dreck ins Gesicht. »Lasst mich vorbei!«, rief der Mann und bemühte sich, autoritär zu klingen, doch die Leute lachten nur. Mit einem Mal erkannte Grigori den Mann: Es war Kanin, der Fertigungsleiter aus den Putilow-Werken. Kanin rutschte der Hut vom Kopf, und Grigori sah, dass er kahl geworden war.

Grigori drängte sich durch den Mob. »Lasst den Mann!«, rief er. »Er ist Ingenieur! Ich habe mit ihm gearbeitet!«

Kanin erkannte Grigori. »Danke, Peschkow«, sagte er. »Ich versuche nur, zum Haus meiner Mutter zu kommen. Ich will sehen, wie es ihr geht.«

Grigori drehte sich zu den Leuten um. »Lasst den Mann vorbei. Ich bürge für ihn.« Er sah eine Frau mit einem roten Band – vermutlich aus einer Schneiderei gestohlen – und bat sie, ein Stück davon abzuschneiden. Die Frau tat ihm den Gefallen, und Grigori band Kanin das Band um den linken Arm. Die Menge jubelte.

»Jetzt sind Sie sicher«, sagte Grigori.

Kanin schüttelte ihm die Hand und ging davon. Niemand hielt ihn mehr auf.

Grigoris Gruppe gelangte auf den Newski-Prospekt, die breite Einkaufsstraße, die vom Winterpalast bis zum Alexander-Newski-Kloster führte. Der Prospekt war voller Menschen, die aus Flaschen tranken, aßen, tanzten, grölten, sich küssten und in die Luft feuerten. Bei den Restaurants, die noch geöffnet hatten, hingen Schilder in den Fenstern, auf denen zu lesen stand: »Kostenloses Essen für Revolutionäre« oder »Iss, was du willst, und zahle, was du kannst«. In viele Läden war eingebrochen worden; überall lagen Glassplitter auf den Pflastersteinen. Eine der verhassten Straßenbahnen, die viel zu teuer waren für Arbeiter, war mitten auf der Straße umgestürzt worden; ein Renault war hineingekracht.

Grigori hörte einen Schuss; aber da überall in die Luft gefeuert wurde, kümmerte es ihn anfangs nicht. Dann aber geriet Warja neben ihm ins Wanken und stürzte. Grigori und Jakow knieten sich neben sie. Warja schien das Bewusstsein verloren zu haben. Die beiden Männer drehten den schweren Körper um und sahen auf den ersten

Blick, dass sie Warja nicht mehr helfen konnten: Eine Kugel war in ihre Stirn eingedrungen; ihre Augen waren tot und leer.

Grigori gestattete sich keine Trauer, weder um Warja noch um ihren Sohn Konstantin, seinen besten Freund. Auf dem Schlachtfeld hatte er gelernt, dass später immer noch Zeit zu trauern war. Aber war dies hier ein Schlachtfeld? Und wer sollte ein Interesse daran haben, Warja zu töten? Doch der Schuss schien gezielt gewesen zu sein; es machte nicht den Eindruck, als wäre Warja vom Querschläger eines Feiernden getroffen worden.

Einen Moment später beantwortete die Frage sich von selbst. Jakow kippte nach vorn. Er blutete aus der Brust. Sein schwerer Körper schlug mit einem dumpfen Laut auf den Pflastersteinen auf.

Grigori wich erschrocken vor den zwei Leichen zurück, duckte sich, machte sich zu einem möglichst kleinen Ziel und hielt nach Deckung Ausschau.

Er hörte einen weiteren Schuss und sah, wie ein Soldat mit einem roten Tuch um die Mütze die Hände vor den Bauch schlug. Dann fiel er schreiend zu Boden und lag zuckend da.

Irgendwo verbarg sich ein Heckenschütze und feuerte gezielt auf die Revolutionäre!

Grigori rannte los und warf sich hinter den umgestürzten Straßenbahnwagen.

Eine Frau schrie, dann noch eine. Die Menschen sahen die blutenden Verletzten und rannten davon.

Grigori hob den Kopf und suchte die umliegenden Gebäude ab. Der Schütze musste ein Polizist sein, aber wo steckte er? Grigori hatte den Eindruck gehabt, dass die Schüsse von der anderen Straßenseite gekommen waren. Die Gebäude leuchteten im Licht der Nachmittagssonne. Da war ein Hotel, ein Juwelier mit geschlossenen Stahlfensterläden, eine Bank und an der Ecke eine Kirche. Offene Fenster waren nicht zu sehen; also musste der Schütze sich auf einem Dach verstecken. Doch auf den Dächern in der Nähe gab es keine Deckung … außer auf dem Dach der Kirche, einem barocken Gebäude mit Türmchen, Brüstungen und einer Zwiebelkuppel.

Wieder krachte ein Schuss. Eine Frau in Arbeiterkleidung schrie auf, griff sich an die Schulter und stürzte zu Boden. Grigori war sicher, dass der Schuss von der Kirche gekommen war, aber er hatte kein Mündungsfeuer gesehen.

Wie auch immer – das hier war Krieg.

In der näheren Umgebung war der Newski-Prospekt wie leer gefegt.

Grigori zielte mit seinem Gewehr auf die Dachbrüstung. Wäre er an der Stelle des unsichtbaren Schützen gewesen, hätte er sich da oben verschanzt, da man von dort die gesamte Straße im Blick hatte. Wachsam hielt Grigori nach irgendetwas Ausschau, das ihm die Position des Schützen verraten konnte. Aus dem Augenwinkel sah er zwei weitere Gewehre, die in die gleiche Richtung zielten wie er. Sie gehörten Soldaten, die in der Nähe Deckung gesucht hatten.

Ein Sergeant und ein Mädchen wankten betrunken über die Straße. Das Mädchen tanzte und hob ihr Kleid, um ihre Knie zu entblößen, während ihr Freund sich um sie drehte. Dabei hielt er sich den Gewehrkolben an den Hals wie eine Violine. Beide trugen rote Armbänder. Mehrere Leute riefen ihnen Warnungen zu, doch die beiden schienen sie nicht zu hören. Als sie an der Kirche vorbeikamen, krachten zwei Schüsse, und der Soldat und das Mädchen wurden zu Boden geschleudert.

Wieder sah Grigori kein Mündungsfeuer; dennoch feuerte er wütend auf die Brüstung, bis sein Magazin leer war. Der Heckenschütze musste auf dem Bauch liegen, ein Stück vom Dachrand entfernt, sodass der Lauf nicht darüber hinausragte.

Dieser hinterhältige Bastard musste aufgehalten werden. Er hatte bereits Warja, Jakow, zwei Soldaten und ein unschuldiges Mädchen ermordet.

Es gab nur eine Möglichkeit, an den Schützen heranzukommen: Grigori musste aufs Dach.

Er lud nach und feuerte wieder auf die Brüstung. Wie erwartet taten die beiden anderen Soldaten es ihm gleich. In der Hoffnung, dass der Heckenschütze sich unter dem Beschuss geduckt hatte, sprang Grigori auf, stürmte aus seiner Deckung hervor und rannte auf die andere Straßenseite, wo er sich an das Schaufenster einer Buchhandlung drückte – eines der wenigen Geschäfte, die nicht geplündert worden waren.

Grigori hielt sich in den Nachmittagsschatten der Gebäude, als er die Straße entlang zur Kirche huschte. Eine Gasse trennte das Gotteshaus von der Bank nebenan. Geduldig wartete Grigori ein paar Minuten, bis das Schießen erneut einsetzte; dann rannte er über die Gasse und drückte sich mit dem Rücken an die Ostwand der Kirche.

Hatte der Heckenschütze ihn laufen sehen? Ahnte er, was Grigori vorhatte? Er wusste es nicht.

Er hielt sich weiterhin dicht an der Wand, bog um die Ecke der Kirche und gelangte an eine kleine Tür. Sie war unverschlossen, da heute Sonntag war und die Kirchen geöffnet hatten. Grigori schlüpfte ins Innere.

Es war eine prachtvolle Kirche, reich geschmückt mit rotem, grünem und gelbem Marmor. Im Augenblick fand kein Gottesdienst statt, aber ungefähr zwanzig, dreißig Gläubige beteten mit gesenkten Köpfen. Grigori schaute sich um und suchte nach einer Tür, die zu einer Treppe führte. Nichts zu sehen. Er rannte durch das Kircheninnere. Wenn er sich nicht beeilte, würden noch mehr Unschuldige sterben.

Ein junger Pope mit prachtvollem schwarzem Haar und makelloser weißer Haut sah Grigoris Gewehr und öffnete den Mund, um zu protestieren, doch Grigori beachtete ihn gar nicht und lief weiter.

Im Vorraum entdeckte er endlich eine kleine Holztür. Grigori öffnete sie und sah eine Wendeltreppe, die nach oben führte. Hinter ihm sagte eine Stimme: »Bleib stehen, mein Sohn. Was tust du da?«

Grigori drehte sich um und sah den jungen Popen. »Führt diese Treppe zum Dach?«

»Ich bin Vater Michail. Du darfst keine Waffen in das Haus Gottes bringen.«

»Auf dem Dach ist ein Heckenschütze.«

»Er ist Polizeibeamter.«

»Sie wissen von ihm?« Grigori starrte den Popen ungläubig an. »Ist Ihnen klar, dass er Menschen tötet?«

Der Pope antwortete nicht.

Grigori rannte die Treppe hinauf.

Ein kalter Wind wehte von oben herunter. Vater Michail stand offenbar auf der Seite der Polizei. Ob der Pope den Schützen warnen konnte? Wohl kaum – es sei denn, er rannte winkend auf die Straße, was ihn vermutlich das Leben koste würde.

Nach einem langen Aufstieg in einem nahezu dunklen Schacht sah Grigori eine weitere Tür.

Als seine Augen sich auf gleicher Höhe mit dieser Tür befanden, öffnete er sie mit der linken Hand einen Spalt, während er in der rechten nach wie vor das Gewehr hielt. Helles Sonnenlicht fiel hindurch.

Grigori stieß die Tür auf.

Niemand war zu sehen.

Zum Schutz vor der Sonne kniff Grigori die Augen zusammen und suchte den kleinen Bereich ab, den er durch die Tür hindurch einsehen konnte. Er befand sich im Glockenturm. Die Tür öffnete sich nach Süden. Der Newski-Prospekt wiederum befand sich nördlich der Kirche. Der Heckenschütze war auf der anderen Seite – es sei denn, er hatte seine Stellung verlegt, um seinem Jäger aufzulauern.

Vorsichtig stieg Grigori eine weitere Stufe hinauf, dann noch eine, und steckte den Kopf hinaus.

Nichts geschah.

Grigori trat durch die Tür.

Unter seinen Füßen fiel das Dach leicht zu einer Regenrinne ab, die an der Brüstung entlangverlief. Holzbohlen erlaubten es den Arbeitern, sich auf dem Dach zu bewegen, ohne auf die Schindeln zu treten. Hinter Grigori ragte der Glockenstuhl empor.

Das Gewehr im Anschlag, schlich er um den Turm herum.

Von der ersten Ecke aus konnte er westlich den Newski-Prospekt hinunterblicken. In der klaren, hellen Luft reichte sein Blick bis zur Admiralität mit ihrer goldenen Spitze. In größerer Entfernung wimmelte es auf der Straße von Menschen, in unmittelbarer Nähe jedoch war sie vollkommen leer. Der Heckenschütze musste noch bei der Arbeit sein.

Grigori lauschte, hörte aber keine Schüsse.

Er schob sich weiter den Turm entlang und spähte um die nächste Ecke. Nun konnte er die gesamte Nordseite der Kirche einsehen. Er war sicher gewesen, den Schützen hier vorzufinden, flach auf dem Boden liegend und das Gewehr durch die Brüstung geschoben; aber da war niemand. Jenseits der Brüstung sah Grigori die breite Straße tief unten, wo Menschen sich in Hauseingänge und hinter Ecken duckten, während sie darauf warteten, was geschah.

Einen Sekundenbruchteil später krachte das Gewehr des Heckenschützen. Ein Schrei, der unten von der Straße heraufdrang, verriet Grigori, dass der Mann sein Ziel getroffen hatte.

Der Schuss war vom Turm gekommen.

Grigori blickte nach oben. Der Glockenturm hatte glaslose Fenster und wurde an den Ecken von kleineren Türmchen eingerahmt. Der

Schütze war irgendwo dort oben und feuerte aus einer der vielen Öffnungen. Zum Glück hatte Grigori sich dicht an der Wand gehalten, wo der Schütze ihn nicht hatte sehen können.

Grigori schlich zurück in den Turm. In dem engen Treppenhaus fühlte sein Gewehr sich ungewohnt groß und unhandlich an. Er legte es ab und zog eine seiner Handwaffen. Ihr Gewicht verriet ihm, dass sie nicht geladen war. Grigori fluchte lautlos: Einen Nagant-Revolver zu laden war eine langwierige Angelegenheit. Er holte einen Munitionskarton aus seiner Manteltasche und schob sieben Patronen nacheinander durch die ungünstig angebrachte Ladeöffnung in die Revolvertrommel. Dann spannte er den Hahn, ließ sein Gewehr zurück und stieg leise die Wendeltreppe weiter hinauf. Er bewegte sich mit gleichmäßigem, ruhigem Schritt, denn er befürchtete, angestrengtes Atmen könne ihn verraten. Den Revolver hielt er nach oben gerichtet, die Treppe hinauf.

Plötzlich roch er Tabakrauch.

Der Heckenschütze rauchte eine Zigarette. Doch der Geruch war so weit verteilt, dass Grigori nicht sicher sein konnte, wo genau der Mann sich befand.

Vor und über sich sah er flirrendes Sonnenlicht. Grigori schlich weiter, den Revolver schussbereit. Das Licht fiel durch eines der offenen Fenster. Dort war der Schütze nicht.

Grigori stieg weiter hinauf. Wieder sah er Licht. Der Zigarettengeruch wurde stärker. Bildete Grigori es sich nur ein, oder konnte er mit einem Mal die Präsenz des Schützen ein paar Schritte weiter die Wendeltreppe hinauf spüren?

Und wenn ja, konnte der Mann auch ihn erspüren?

Unvermittelt hörte Grigori, wie jemand die Luft einsog. Er erschrak so sehr, dass er um ein Haar abgedrückt hätte. Dann wurde ihm klar, dass der Mann nur an der Zigarette gezogen hatte. Es folgte ein leises, zufriedenes Geräusch, als er den Rauch ausstieß.

Grigori zögerte. Er wusste nicht, in welche Richtung der Schütze schaute oder wohin er seine Waffe gerichtet hatte. Wenn der Kerl noch einmal feuerte, würde er es wissen. Das aber konnte einen weiteren Toten bedeuten. Ein Opfer wie Jakow und Warja, deren Blut nun auf die kalten Pflastersteine strömte. Andererseits, wenn Grigori scheiterte, wie viele Menschen würde der Heckenschütze heute Nachmittag dann noch umbringen?

Grigori zwang sich zur Geduld. Es war wie auf dem Schlachtfeld:

Man rannte nicht einfach zu einem verwundeten Kameraden und opferte sich damit selbst. Ein solches Risiko ging man nur ein, wenn es keine andere Möglichkeit mehr gab.

Grigori hörte einen weiteren Atemzug, gefolgt von einem langsamen Ausatmen. Einen Augenblick später flog ein ausgetretener Zigarettenstummel die Treppe hinunter, prallte von der Wand ab und landete vor Grigoris Füßen. Dann war zu hören, wie ein Mann auf engem Raum seine Körperhaltung veränderte. Grigori vernahm ein leises Murmeln. Es waren fast nur Flüche: »Schweine … Revolutionäre … stinkende Juden … krankes Pack … dreckige Huren …« Der Heckenschütze machte sich bereit, wieder zu töten.

Wenn Grigori ihn jetzt aufhielt, würde er zumindest *ein* Leben retten.

Er stieg eine Stufe hinauf.

Das Gemurmel hielt an: »Vieh … Sklaven … Diebe und Verbrecher …« Die Stimme klang seltsam vertraut.

Grigori machte einen weiteren Schritt und sah die Füße des Mannes, die in nagelneuen, glänzenden Polizeistiefeln steckten. Es waren kleine Stiefel; der Schütze konnte demnach kein großer Mann sein. Er hatte sich auf ein Knie niedergelassen, die stabilste Position zum Schießen. Nun sah Grigori, dass der Mann in einem der Ecktürmchen hockte, sodass er in drei verschiedene Richtungen feuern konnte.

Noch ein Schritt, dachte Grigori, und ich kann ihn erwischen.

Er stieg eine weitere Stufe hinauf, doch vor Anspannung verlor er den Halt, geriet ins Stolpern und ließ seinen Revolver fallen. Laut polternd fiel die Waffe auf die Stufe.

Der Heckenschütze stieß einen lauten, ängstlichen Fluch aus und schaute sich um.

Erstaunt erkannte Grigori den Mann: Es war niemand anders als Ilja Koslow, Pinskys Kumpan.

Grigori versuchte, sich seinen Revolver zu schnappen, griff jedoch daneben. Quälend langsam polterte die Waffe weiter die Treppe hinunter, eine Stufe nach der anderen, bis sie außerhalb von Grigoris Reichweite liegen blieb.

Koslow drehte sich um, doch bei seiner Körperhaltung ging das nicht so schnell.

Grigori fand währenddessen sein Gleichgewicht wieder und stieg weiter die Stufen hinauf.

Koslow versuchte verzweifelt, sein Gewehr herumzudrehen. Es war ein gewöhnliches Mosin-Nagant, allerdings mit Zielfernrohr. Die Waffe war lang, und Koslow konnte sie nicht schnell genug auf Grigori richten. Mit drei langen Sätzen war Grigori am Gegner. Koslow feuerte zwar noch, doch die Kugel prallte harmlos von der gekrümmten Wand des Treppenhauses ab.

Mit erstaunlicher Behändigkeit sprang Koslow auf. Er war ein hässlicher Kerl mit kleinem Kopf und bösartigem Gesicht, und Grigori vermutete, dass er nicht nur aus politischen Gründen zum Heckenschützen geworden war; wahrscheinlich wollte er sich auf diese Weise an all den großen Jungs – und Mädchen – rächen, die ihn sein Leben lang herumgestoßen hatten.

Grigori bekam das Gewehr zu fassen, und die beiden Männer rangen in der Enge des kleinen Turms um den Besitz der Waffe, unmittelbar neben dem offenen Fenster. Grigori hörte aufgeregtes Rufen. Offenbar war der Kampf von der Straße aus zu sehen.

Grigori war größer und stärker als sein Gegner, und er wusste, dass er das Gewehr früher oder später an sich bringen würde. Das wusste auch Koslow – und plötzlich ließ er die Waffe los. Grigori taumelte zurück. Blitzschnell zog der Polizist seinen kurzen Holzknüppel, schlug zu, traf Grigori am Kopf und hob den Knüppel zu einem weiteren Schlag. Grigori riss das Gewehr hoch, und diesmal traf der Knüppel den Lauf. Bevor Koslow abermals zuschlagen konnte, ließ Grigori die Waffe fallen, packte den Gegner mit beiden Händen am Kragen und hob ihn hoch.

Der Mann war leicht. Kurz hielt Grigori ihn über dem Boden in der Schwebe; dann schleuderte er ihn mit aller Kraft aus dem Fenster.

Schier unendlich langsam segelte Koslow durch die Luft. Das Sonnenlicht schimmerte auf dem grünen Besatz seiner Uniform, als er über die Brüstung des Kirchendachs flog. Ein lang gezogener Schrei puren Entsetzens durchschnitt die Stille. Dann schlug Koslow mit einem Knall auf dem Pflaster auf, der sogar noch oben im Glockenturm zu hören war, und der Schrei verstummte abrupt.

Nach kurzer Stille brandete lauter Jubel auf.

Jetzt erst wurde Grigori klar, dass die Leute *ihn* bejubelten. Sie sahen eine Polizeiuniform auf dem Boden und eine Militäruniform im Turm, und allein das verriet ihnen, was geschehen war. Grigori sah, wie die Leute aus ihren Verstecken kamen, zu ihm hinaufschauten, riefen und applaudierten. Er war ein Held.

Grigori war unwohl. Im Krieg hatte er viele Menschen getötet, und es machte ihm nichts mehr aus, einen Gegner zu beseitigen; dennoch fiel es ihm schwer, einen Tod zu feiern, auch wenn Koslow ihn zweifellos verdient hatte. Grigori blieb noch eine Zeit lang am Fenster stehen und ließ die Leute applaudieren, auch wenn es ihn seltsam nervös machte. Dann duckte er sich wieder in den Turm und stieg die Wendeltreppe hinunter.

Auf dem Weg nach unten nahm er das Gewehr und seinen Revolver mit. Als er unten ins Kircheninnere trat, wartete Vater Michail auf ihn. Der Pope schaute ihn ängstlich an. Grigori richtete den Revolver auf ihn. »Ich sollte dich erschießen«, sagte er. »Der Heckenschütze, den du aufs Dach gelassen hast, hat zwei meiner Freunde getötet und mindestens noch drei weitere Leute. Du hast das zugelassen! Du bist ein mörderischer Teufel!«

Der Pope riss entsetzt die Augen auf. Dass jemand ihn einen Teufel schimpfte, verschlug ihm die Sprache. Doch Grigori brachte es nicht über sich, einen unbewaffneten Zivilisten zu erschießen, und so verzog er nur angewidert das Gesicht und ging hinaus.

Die Männer seines Zuges warteten auf ihn und grölten, als Grigori hinaus ins Sonnenlicht trat. Er konnte sie nicht davon abhalten, ihn auf die Schultern zu heben und wie einen Triumphator die Straße hinunterzutragen.

Von seinem erhöhten Aussichtspunkt aus sah Grigori, dass die Atmosphäre sich verändert hatte. Die Leute waren jetzt noch betrunkener, und in fast jedem Hauseingang lagen Wodkaleichen. Erstaunt sah er, dass Männer und Frauen in den Nebenstraßen mehr taten, als sich nur zu küssen: Es waren widerliche Szenen trunkener Wollust. Und alle waren bewaffnet. Offensichtlich waren auch andere Arsenale, vielleicht sogar Waffenfabriken geplündert worden. An jeder Kreuzung oder Straßeneinmündung waren Kraftwagen ineinandergefahren; Sanitäter und Ärzte kümmerten sich um die Verletzten. Kinder und Erwachsene waren auf den Straßen. Besonders die Halbwüchsigen hatten ihren Spaß: Sie stahlen Essen, rauchten Zigaretten und spielten in stehen gelassenen Automobilen.

Grigori sah eine Pelzhandlung, die soeben mit professionell anmutender Effizienz geplündert wurde. Er entdeckte Trofim, einen ehemaligen Kumpan von Lew, der mit einem Arm voller Pelze aus dem Laden kam und sie auf einen Handkarren lud. Ein anderer der ehemaligen Freunde Lews stand Schmiere: der korrupte Polizist Fjodor, der sich einen Bauernmantel über die Uniform geworfen hatte. Die Verbrecher der Stadt nutzten die Revolution auf ihre Weise.

Nach einiger Zeit setzten Grigoris Männer ihn ab. Allmählich wurde es dunkel, und auf den Straßen brannten Freudenfeuer. Menschen versammelten sich um sie, tranken und grölten Lieder.

Angewidert beobachtete Grigori, wie ein Junge von ungefähr zehn Jahren einem volltrunkenen Soldaten die Pistole wegnahm. Es war eine deutsche Luger, eine Beutewaffe. Der Junge hielt sie mit beiden Händen, grinste und richtete sie auf den Mann am Boden. Grigori ging auf den Jungen zu, um ihm die Waffe abzunehmen, doch da drückte das Kind schon ab und jagte dem Betrunkenen eine Kugel in die Brust. Entsetzt ließ der Junge die Pistole fallen.

Bevor Grigori auf den Vorfall reagieren konnte, hörte er lautes Stöhnen und fuhr herum. In der Tür eines geschlossenen Hutladens hatte ein Pärchen in aller Öffentlichkeit Geschlechtsverkehr. Die Frau stand mit dem Rücken an der Wand, hatte ihren Rock bis über die Hüfte gehoben und die Beine gespreizt. Der Mann, der die Uniform eines Korporals trug, stand mit gekrümmten Knien zwischen ihren Beinen, die Hose offen, und stieß zu. Grigoris Zug stand um die beiden herum und feuerte sie an.

Der Mann schien zum Höhepunkt zu kommen. Rasch zog er sich zurück, wandte sich ab und schloss die Hose, während die Frau ihren Rock herunterließ. Ein Soldat mit Namen Igor sagte: »He, warte! Jetzt bin ich dran!« Er zog der Frau den Rock hoch und entblößte ihre weißen Beine.

Wieder jubelten die anderen.

»Nein!«, sagte die Frau und versuchte, ihn von sich wegzustoßen. Sie war betrunken, aber nicht hilflos.

Igor war ein kleiner, drahtiger Kerl, der unerwartet kräftig war. Er stieß die Frau gegen die Wand und packte ihre Handgelenke. »Komm schon«, keuchte er. »Ein Soldat ist so gut wie der andere.«

Der Mann, der soeben mit der Frau Geschlechtsverkehr gehabt hatte, rief: »He, du Arsch, lass sie in Ruhe!«

»Du hattest schon deinen Spaß. Jetzt bin ich dran«, erwiderte Igor und knöpfte sich die Hose auf.

Grigori war angewidert. »Aufhören!«, brüllte er.

Igor starrte ihn herausfordernd an. »Gibst du mir diesen Befehl als Sergeant, Grigori Sergejewitsch?«

»Nicht als Sergeant, sondern als Mensch!«, erwiderte Grigori. »Komm schon, Igor. Du siehst doch, dass sie dich nicht will. Es gibt genug andere Frauen.«

»Ich will aber die hier!« Igor schaute sich um. »Wir alle wollen nur die hier. Stimmt's, Leute?«

Grigori trat einen Schritt vor und stemmte die Hände in die Hüften. »Seid ihr Männer oder Hunde?«, rief er. »Die Frau hat Nein gesagt!« Er legte den Arm um den wutschnaubenden Igor. »Sag mir, Genosse: Wo kann man hier was zu trinken bekommen?«

Igor grinste. Die Soldaten grölten, und die Frau schlüpfte davon.

Grigori sagte: »Da ist ein kleines Hotel drüben auf der anderen Straßenseite. Sollen wir den Besitzer mal fragen, ob er Wodka hat?«

Wieder jubelten die Männer, und alle drängten in das Hotel.

In der Eingangshalle servierte ein verängstigter Hotelier Freibier. Grigori war es recht: Mit Bier brauchte es länger, sich zu betrinken.

Grigori nahm sich ein Glas und trank einen Schluck. Seine anfängliche Freude war völlig verflogen. Er fühlte sich, als wäre er nach einem rauschhaften Hochgefühl plötzlich wieder nüchtern geworden. Was mit der Frau in dem Hauseingang geschehen war, hatte ihn angeekelt. Und der Vorfall mit dem kleinen Jungen, der den Betrunkenen erschossen hatte, war geradezu albtraumhaft gewesen. Revolution bedeutete nicht einfach nur, die Ketten abzuschütteln. Das Volk zu bewaffnen war gefährlich, und betrunkene Soldaten waren unberechenbar. Selbst die scheinbar harmlose Freiheit, im Überschwang der Freude des Sieges jemanden zu küssen, hatte binnen weniger Stunden beinahe dazu geführt, dass Grigoris gesamter Zug eine Frau vergewaltigt hätte.

So konnte es nicht weitergehen.

Die Ordnung musste wiederhergestellt werden. Natürlich wollte Grigori die alten Zeiten nicht wieder zurück. Der Zar hatte ihnen Hunger und Armut beschert, eine brutale Polizei und Soldaten ohne Stiefel. Aber es musste doch auch Freiheit ohne Chaos geben.

Grigori murmelte eine Entschuldigung, er müsse pinkeln, und stahl sich von seinen Männern fort. Er ging auf dem gleichen Weg, den er gekommen war, über den Newski-Prospekt zurück. Das Volk hatte die heutige Schlacht gewonnen. Die Polizei des Zaren und die Offiziere waren besiegt worden. Doch wenn dies nur zu Exzessen und Gewaltorgien führte, würde es nicht lange dauern, bis die Leute wieder nach dem alten Regime riefen.

Wer hatte denn nun das Sagen? Die Duma hatte dem Zaren getrotzt und sich geweigert, auseinanderzugehen – jedenfalls nach dem zu urteilen, was Kerenski gestern Grigori erzählt hatte. Das Parlament war zwar so gut wie machtlos, aber es repräsentierte die Demokratie. Grigori beschloss, sich zum Taurischen Palast zu begeben, um den neuesten Stand der Dinge zu erfahren.

Er ging nach Norden zum Fluss und dann in Richtung Osten. Als er den Sitz der Duma erreichte, war es Nacht. Die Fassade des Palasts zierten Dutzende von Fenstern, und in jedem brannte Licht. Mehrere Tausend Menschen hatten die gleiche Idee wie Grigori gehabt; der große Vorplatz war voller Soldaten und Arbeiter.

Ein Mann mit einem Sprechrohr machte eine Ankündigung. Er wiederholte sie immer wieder. Grigori arbeitete sich nach vorne, um den Mann hören zu können.

»Die Arbeiterdeputierten des Kriegsindustriekomitees sind aus dem Gefängnis Kresty entlassen worden«, rief der Mann. »Gemeinsam mit anderen Genossen haben sie ein Provisorisches Exekutivkomitee des Sowjets der Arbeiterdeputierten gebildet.«

Grigori hörte es mit Zufriedenheit. Ein Sowjet war ein Rat von Volksrepräsentanten. Im Jahre 1905 hatte es ebenfalls einen Sowjet gegeben. Grigori war damals sechzehn Jahre alt gewesen, aber er wusste, dass die Abgeordneten des Sowjets von Arbeitern gewählt worden waren und Streiks organisiert hatten. Der Sowjet hatte damals einen charismatischen Führer gehabt, Lew Davidowitsch Trotzki, der erst in die Verbannung gegangen war und dann ins Exil, wo er sich bis heute befand, soviel Grigori bekannt war.

»Das alles wird in einer Sonderausgabe einer neuen Zeitung, der *Iswestija*, offiziell verkündet. Das Exekutivkomitee hat eine Kommission zur Nahrungsmittelversorgung gebildet, um sicherzustellen, dass sämtliche Arbeiter und Soldaten ausreichend ernährt werden. Gleichzeitig wird eine Militärkommission die Revolution verteidigen.«

Von der Duma kein Wort. Die Menge jubelte, doch Grigori fragte sich, ob die Soldaten die Befehle dieser selbst ernannten Militärkommission befolgen würden. Wo blieb die Demokratie?

Seine Frage wurde mit dem letzten Satz der Ankündigung beantwortet: »Das Komitee appelliert an die Arbeiter und Soldaten, schnellstmöglich Sowjetdeputierte zu wählen und diese in den Taurischen Palast zu schicken, um sich an der neuen Revolutionsregierung zu beteiligen!«

Genau das hatte Grigori hören wollen. Die neue Revolutionsregierung ... Ein Sowjet der Arbeiter und Soldaten. Nun würde es Veränderungen ohne Chaos geben, ohne Blut und Tränen! Voller Begeisterung verließ Grigori den Vorplatz und machte sich auf den Weg zurück in die Kaserne. Früher oder später würden die Männer wieder in ihre Unterkünfte kommen. Grigori konnte es kaum erwarten, ihnen die Neuigkeiten mitzuteilen.

Zum ersten Mal im Leben würden sie alle zur Wahl gehen.

✠

Am Morgen des nächsten Tages versammelte sich das 1. Maschinengewehrregiment auf dem Exerzierplatz, um seinen Vertreter im Petrograder Sowjet zu wählen. Isaak schlug Sergeant Grigori Sergejewitsch Peschkow vor.

Er wurde ohne Gegenkandidaten gewählt.

Grigori freute sich. Er kannte das Leben der Soldaten und Arbeiter, und er würde den Ölgeruch wahren Lebens in die Korridore der Macht bringen. Nie würde er seine Wurzeln vergessen, nie einen Zylinder tragen. Nun hatte er wirklich die Gelegenheit, ein besseres Leben für Katherina und Wladimir zu schaffen.

Rasch ging er über die Sampsonjewski-Brücke, diesmal allein, und hielt auf den Taurischen Palast zu. Sein wichtigstes Ziel war ganz profan: Brot. Katherina, Wladimir und die restlichen zweieinhalb Millionen Einwohner von Petrograd mussten essen. Doch nun, da Grigori Verantwortung übernommen hatte – zumindest glaubte er das –, schüchterte es ihn immer mehr ein. Die Bauern und Müller auf dem Land mussten den Bäckern in Petrograd schnellstens mehr Mehl schicken; das aber würden sie nicht tun, solange sie nicht dafür bezahlt wurden. Wie sollte der Sowjet das Geld dafür aufbringen? Allmählich erschien es Grigori, als würden mit dem Sturz der Regierung die Probleme erst richtig anfangen.

Der Palast bestand aus einem langen Mittelstück und zwei Flügeln.

Grigori fand heraus, dass sowohl die Duma als auch der Sowjet tagten. Passenderweise war die Duma – das alte Mittelstandsparlament – im rechten Flügel untergebracht, der Sowjet im linken. Aber wer besaß die Macht? Niemand konnte es sagen. Also muss diese Frage als Erstes geklärt werden, sagte sich Grigori ungeduldig, bevor man sich den handfesten Problemen zuwenden kann.

Auf den Stufen des Palastes sah Grigori eine spindeldürre Gestalt mit buschigem schwarzem Haar: Konstantin. Erschrocken fiel Grigori auf, dass er noch nicht einmal versucht hatte, Konstantin vom Tod seiner Mutter Warja zu berichten; aber er sah sofort, dass Konstantin es bereits wusste: Neben seiner roten Armbinde trug er ein schwarzes Band um den Hut.

Grigori umarmte ihn. »Ich habe es gesehen«, sagte er.

»Hast du den Heckenschützen der Polizei getötet?«

»Ja.«

»Danke, Grigori! Aber die wirkliche Rache wird die Revolution sein.«

Konstantin war einer von zwei gewählten Deputierten der Putilow-Werke. Im Laufe des Nachmittags trafen immer mehr Abgeordnete ein, bis sich am frühen Abend mehr als dreitausend im riesigen Katherinensaal drängten. Fast alle waren Soldaten. Soldaten waren in Regimenter, Kompanien und Züge organisiert; wahrscheinlich, vermutete Grigori, fiel es ihnen deshalb leichter, Wahlen zu organisieren, als den Fabrikarbeitern, von denen viele überdies von ihren Arbeitsplätzen ausgesperrt waren. Einige Deputierte waren nur von ein paar Dutzend Leuten gewählt worden, andere von Tausenden. Demokratie war nicht so einfach, wie es manchmal den Eindruck machte.

Jemand schlug vor, den Rat offiziell in »Petrograder Sowjet der Arbeiter und Soldaten« umzubenennen, und der Vorschlag wurde mit donnerndem Applaus angenommen. Verfahrensregeln schien es nicht zu geben: keine offiziellen Anträge, keine Abstimmungen. Die Leute standen einfach auf und sprachen, oft mehr als einer zur gleichen Zeit. Auf dem Podium schrieben mehrere Männer mit, die verdächtig nach Angehörigen der Mittelschicht aussahen. Grigori nahm an, dass es sich dabei um Mitglieder des Exekutivkomitees handelte, das gestern gebildet worden war. Immerhin führte jemand inmitten dieses Chaos Protokoll.

Trotz des besorgniserregenden Durcheinanders herrschte unbändige Freude. Alle hatten das Gefühl, eine siegreiche Schlacht geschlagen zu haben. Was immer sonst geschehen würde, sie schufen eine neue Welt.

Doch niemand sprach über Brot.

Enttäuscht über das Gerangel und die Untätigkeit des Sowjets verließen Grigori und Konstantin schließlich den Katherinensaal und gingen durch den Palast, um herauszufinden, was die Duma plante. Unterwegs sahen sie Soldaten mit roten Armbinden, die Nahrung und Munition für eine Belagerung bunkerten.

Natürlich, dachte Grigori, der Zar wird sich nicht einfach in sein Schicksal fügen. Irgendwann wird er versuchen, die Herrschaft mit Gewalt zurückzuerlangen, und wenn das geschieht, wird dieses Gebäude hier zweifellos als Erstes angegriffen.

Im rechten Flügel stießen sie auf Graf Malakowski, einen der Direktoren der Putilow-Werke. Er war Abgeordneter einer rechten Partei; dennoch sprach er freundlich mit Grigori und Konstantin. Er erzählte ihnen, dass schon wieder ein Komitee gebildet worden war, das Provisorische Komitee der Dumaabgeordneten zur Wiederherstellung der Öffentlichen Ordnung. Trotz des lächerlichen Titels hatte Grigori das Gefühl, dass die Duma auf diese Art und Weise die Kontrolle übernehmen wollte. Seine Sorgen wuchsen, als Graf Malakowski ihm berichtete, das Komitee habe Oberst Engelhardt zum Stadtkommandanten von Petrograd ernannt.

»Ja«, sagte Malakowski sichtlich zufrieden, »und sie haben sämtlichen Soldaten befohlen, in die Kasernen zurückzukehren und die Befehle ihrer Vorgesetzten zu befolgen.«

»Was?« Grigori war schockiert. »Aber damit wäre die revolutionäre Bewegung zunichtegemacht! Die Offiziere des Zaren würden die Kontrolle wiedererlangen!«

»Die Abgeordneten der Duma halten das, was geschehen ist, nicht für eine Revolution.«

»Dann sind sie Idioten!«, stieß Grigori wütend hervor.

Malakowski hob die Nase und ging davon.

Konstantin teilte Grigoris Wut. »Das ist eine verdammte Konterrevolution!«, fluchte er.

»Und die muss aufgehalten werden«, sagte Grigori.

Sie eilten in den linken Flügel zurück. In dem großen Saal versuchte gerade jemand, die Debatte in geordnete Bahnen zu lenken.

Grigori sprang auf das Podium. »Ich muss etwas Wichtiges melden!«, rief er.

»Das muss jeder«, erwiderte der Mann müde, der sich als Sprecher versuchte. »Aber was soll's, mach nur.«

»Die Duma befiehlt die Soldaten in die Kasernen zurück … und verlangt von ihnen, die Autorität der Offiziere anzuerkennen!«

Protestierendes Gebrüll unter den Deputierten.

»Genossen!«, rief Grigori und versuchte, den Lärm zu übertönen. »Wir werden die alten Verhältnisse *nicht* wieder akzeptieren!«

Donnernder Applaus.

»Die Bevölkerung dieser Stadt braucht Brot. Unsere Frauen müssen sich auf den Straßen wieder sicher fühlen können. Die Fabriken müssen wieder geöffnet werden, und die Mühlen müssen arbeiten, aber *nicht* wie früher!«

Jetzt hörten die Deputierten ihm aufmerksam zu; sie wussten nicht so recht, worauf Grigori hinauswollte.

»Wir Soldaten müssen Vorbilder sein. Angehörige der Bourgeoisie zu verprügeln, Frauen auf der Straße zu belästigen und Geschäfte zu plündern ist keine Revolution! Wir müssen in unsere Kasernen zurückkehren, wieder nüchtern werden und weiter unsere Pflicht erfüllen, *aber* …« Er legte eine dramatische Pause ein. »Unter unseren Bedingungen!«

Zustimmendes Raunen durchlief die Reihen der Deputierten.

»Und was für Bedingungen sollen das sein?«, fragte jemand.

Ein anderer rief: »Nur noch gewählte Komitees sollen Befehle ausgeben, keine Offiziere mehr!«

»Schluss mit ›Euer Gnaden‹ und ›Euer Exzellenz‹«, sagte wieder ein anderer. »Ab sofort heißt es nur noch ›Hauptmann‹ oder ›General‹.«

»Und kein Salutieren mehr!«, rief jemand.

Grigori wusste nicht, was er tun sollte. Jeder hatte irgendeinen Vorschlag. Er konnte sie sich unmöglich alle anhören, und merken konnte er sie sich erst recht nicht.

Der Sprecher kam ihm zu Hilfe. »Hiermit schlage ich vor, dass jeder, der Vorschläge hat, zu Genosse Sokolow geht, um sie von ihm aufschreiben zu lassen.« Grigori wusste, dass Nikolai Sokolow ein linksgerichteter Anwalt war. Das war ein Glückfall, denn sie brauchten jemanden, der ihre Erklärungen korrekt ausformulierte.

Der Sprecher fuhr fort: »Wenn ihr euch darauf geeinigt habt, was ihr wollt, könnt ihr euren Vorschlag dem Sowjet vorlegen. Der wird dann eine Erklärung abgeben.«

»Gut.« Grigori sprang vom Podium. Sokolow saß an einem kleinen Tisch an der Wand. Grigori und Konstantin gingen zu ihm, gefolgt von mehr als einem Dutzend Deputierter.

»Also gut«, sagte Sokolow. »An wen soll die Erklärung gerichtet sein?«

Grigori war verwirrt. Er wollte sagen: »An die Welt«, doch ein Soldat kam ihm zuvor: »An die Garnison des Petrograder Militärbezirks.«

Ein anderer sagte: »An alle Soldaten der Garde, der Armee und der Artillerie.«

»Und an die Flotte«, fügte wieder ein anderer hinzu.

»Sehr gut«, sagte Sokolow und begann zu schreiben. »Ich nehme an, das Ganze soll sofort umgesetzt werden?«

»Ja.«

»Und an die Arbeiter von Petrograd zur Kenntnisnahme geschickt werden?«

Grigori wurde ungeduldig. »Jaja«, sagte er und ließ den Blick schweifen. »Wer war das noch mal, der die gewählten Komitees vorgeschlagen hat?«

»Das war ich«, antwortete ein Soldat mit grauem Schnurrbart. Er saß auf der Tischkante direkt vor Sokolow. »Alle Truppen sollen sofort Komitees wählen«, diktierte er.

Sokolow schrieb weiter und murmelte vor sich hin: »In allen Kompanien, Bataillonen und Regimentern …«

Jemand fügte hinzu: »Depots, Batterien, Geschwadern, Festungen …«

Der Mann mit dem grauen Schnurrbart sagte: »Wer noch keine Deputierten gewählt hat, muss es sofort nachholen.«

»Stimmt«, sagte Grigori ungeduldig. »Und jetzt: Alle Waffen, einschließlich Panzerwagen, unterstehen dem Befehl der Komitees, nicht der Offiziere.«

Mehrere Soldaten stimmten ausdrücklich zu.

»Sehr gut«, sagte Sokolow.

Grigori fuhr fort: »Eine Militäreinheit untersteht dem Sowjet der Arbeiter und Soldaten und seinen Komitees.«

Zum ersten Mal hob Sokolow den Blick. »Damit würde der Sowjet die Armee kontrollieren.«

»Ja«, bestätigte Grigori. »Die Befehle der Duma dürfen nur befolgt werden, wenn sie denen des Sowjets nicht widersprechen.«

Sokolow schaute Grigori weiterhin an. »Damit wäre die Duma genauso machtlos, wie sie immer war. Früher war sie den Launen des Zaren unterworfen, jetzt dem Willen des Sowjets.«

»Genau«, sagte Grigori.

»Dann ist der Sowjet also das höchste Gremium.«

»Schreib«, forderte Grigori ihn auf.

Und Sokolow schrieb.

Jemand sagte: »Offiziere dürfen andere Ränge nicht mehr misshandeln.«

»Gut«, sagte Sokolow.

»Und sie dürfen sie nicht mehr ansprechen, als wären sie Kinder oder Tiere.«

Grigori hielt diese Klauseln für völlig unwichtig. »Das Dokument braucht einen Titel«, sagte er.

»Was schlägst du vor?«, fragte Sokolow.

»Wie hießen die bisherigen Anweisungen des Sowjets?«

»Es gab keine«, antwortete Sokolow. »Das ist die erste.«

»Dann nennen wir ihn Befehl Nummer eins.«

✠

Es vermittelte Grigori ein Gefühl tiefer Zufriedenheit, sein erstes Gesetz als gewählter Abgeordneter verabschiedet zu haben. Während der nächsten beiden Tage folgten weitere, und Grigori ging mehr und mehr in der Arbeit der Revolutionsregierung auf. Doch die ganze Zeit dachte er auch an Katherina und Wladimir, und am Donnerstagabend bekam er endlich Gelegenheit, sich davonzustehlen und nach den beiden zu sehen.

Sein Herz war voller dunkler Vorahnung, als er durch die Vorstadt ging. Katherina hatte ihm versprochen, jedem Ärger aus dem Weg zu gehen, aber die Frauen von Petrograd glaubten, dies sei nicht nur die Revolution der Männer, sondern auch ihre. Schließlich hatte ja auch alles am Internationalen Frauentag begonnen.

Doch Grigoris Mutter war bei der gescheiterten Revolution von

1905 gestorben. Falls Katherina beschlossen hatte, mit Wladimir ins Stadtzentrum zu gehen, um zu sehen, was los war, hätte sie sich großen Gefahren ausgesetzt. Viele Unschuldige waren gestorben – erschossen von der Polizei, von der Menge niedergetrampelt, von betrunkenen Soldaten überfahren oder von Querschlägern getroffen, als die Freudenschüsse abgegeben worden waren. Als Grigori das alte Haus betrat, hatte er Angst, einer der Mieter würde ihm mit düsterem Gesicht und Tränen in den Augen entgegentreten und ihm zurufen: Es ist etwas Schreckliches passiert!

Grigori stieg die Treppe hinauf, klopfte an die Tür und trat ein. Katherina sprang auf und warf sich ihm in die Arme. »Du lebst!«, sagte sie und küsste ihn leidenschaftlich. »Ich habe mir solche Sorgen gemacht! Ich weiß nicht, was wir ohne dich tun würden.«

»Es tut mir leid, dass ich nicht früher kommen konnte«, sagte Grigori. »Aber ich bin jetzt Sowjetdeputierter.«

»Deputierter!« Katherina strahlte stolz. »Mein Mann!« Sie drückte ihn an sich.

Grigori bemerkte, dass er sie tatsächlich beeindruckt hatte. Das war noch nie der Fall gewesen. »Ein Deputierter ist bloß der Repräsentant des Volkes, das ihn gewählt hat«, erklärte er bescheiden.

»Aber das Volk wählt immer die Klügsten und Zuverlässigsten.«

»Nun ja, sie versuchen es zumindest.«

Das Zimmer wurde schummrig von einer Öllampe beleuchtet. Grigori legte ein Paket auf den Tisch. Dank seines neuen Status hatte er keine Probleme, an Essen aus der Kasernenküche zu kommen. »Da sind auch ein paar Streichhölzer und eine Decke«, sagte er.

»Danke.«

»Ich hoffe, du bist im Haus geblieben. Auf den Straßen ist es immer noch gefährlich. Ein paar von uns machen Revolution, aber andere führen sich auf wie Tiere.«

»Ich war kaum draußen. Ich habe darauf gewartet, von dir zu hören.«

»Wie geht es unserem kleinen Jungen?« Wladimir schlief in der Ecke.

»Er vermisst seinen Vater.«

Sie meinte Grigori. Es war zwar nicht Grigoris Wunsch, dass Wladimir ihn Vater nannte, doch er hatte Katherinas Willen akzeptiert. Es war sehr unwahrscheinlich, dass einer von ihnen Lew je wiedersehen würde – seit über drei Jahren hatten sie kein Wort mehr von ihm gehört –, also würde Wladimir wohl nie die Wahrheit erfahren. Vielleicht war das auch besser so.

»Tut mir leid, dass er schläft«, sagte Katherine. »Er sieht dich so schrecklich gerne.«

»Ich spreche morgen früh mit ihm.«

»Du kannst über Nacht bleiben? Das ist ja wunderbar!«

Grigori setzte sich, und Katherina kniete sich vor ihn und zog ihm die Stiefel aus. »Du siehst müde aus«, bemerkte sie.

»Das bin ich auch.«

»Lass uns ins Bett gehen. Es ist spät.«

Sie öffnete sein Hemd, und er lehnte sich zurück. »General Chabalow versteckt sich in der Admiralität«, sagte er. »Wir hatten Angst, er würde die Bahnhöfe zurückerobern, aber er hat es nicht einmal versucht.«

»Warum nicht?«

Grigori zuckte mit den Schultern. »Feigheit. Der Zar hat Iwanow befohlen, auf Petrograd zu marschieren und eine Militärregierung einzusetzen, doch Iwanows Männer haben gemeutert, und die Aktion wurde abgeblasen.«

Katherina runzelte die Stirn. »Hat die alte herrschende Klasse einfach aufgegeben?«

»Sieht so aus. Seltsam, nicht wahr? Aber es wird offensichtlich nicht zur Konterrevolution kommen.«

Sie gingen ins Bett, Grigori in Unterwäsche, Katherina noch immer im Kleid. Sie hatte sich noch nie nackt vor ihm gezeigt. Es war eine Eigenart von ihr, die er akzeptiert hatte.

»Was wird als Nächstes geschehen?«, fragte sie.

»Es wird eine Verfassunggebende Versammlung geben, gewählt nach dem viergleisigen Wahlrecht.«

»Was bedeutet ›viergleisig‹?«

»Universal, direkt, geheim und gleich. In der Zwischenzeit beruft die Duma eine Provisorische Regierung.«

»Wer wird sie führen?«

»Lwow.«

Katherina setzte sich auf. »Ein Fürst? Warum denn das?«

»Sie wollen das Vertrauen aller Klassen.«

»Zum Teufel mit allen Klassen!« Katherinas Empörung machte sie noch schöner, als sie ohnehin schon war, denn der Zorn brachte Farbe in ihre Wangen und ließ ihre Augen funkeln. »Die Arbeiter und Soldaten haben die Revolution gemacht! Was brauchen wir da das Vertrauen anderer?«

Diese Frage hatte auch Grigori schon beschäftigt, doch die Antwort hatte ihn überzeugt. »Wir brauchen Großbürger, um die Fabriken wieder zu öffnen, und Großhändler, um die Stadt zu versorgen. Und auch die Kaufleute müssen ihre Läden wieder aufmachen.«

»Und was ist mit dem Zaren?«

»Die Duma verlangt seine Abdankung. Sie haben zwei Delegierte nach Pskow geschickt, um es ihm zu sagen.«

Katherina riss die Augen auf. »Abdankung? Der Zar? Aber das wäre das Ende.«

»Ja.«

»Ist das möglich?«

»Ich weiß es nicht«, antwortete Grigori. »Morgen werden wir es herausfinden.«

✠

Am Freitag verlief die Debatte im Katherinensaal des Taurischen Palasts vollkommen planlos. Zwei-, dreitausend Männer und ein paar Frauen drängten sich im Saal. Die Luft war voller Tabakrauch und dem Geruch ungewaschener Soldatenleiber. Alle warteten, was der Zar jetzt tun würde.

Die Debatte wurde häufig durch Bekanntmachungen unterbrochen. Oft waren sie alles andere als dringend – ein Soldat stand auf und verkündete, sein Bataillon habe ein Komitee gegründet und den Oberst verhaftet. Manchmal waren es noch nicht einmal Bekanntmachungen, sondern bloß Aufrufe, die Revolution zu verteidigen.

Doch Grigori wusste sofort, dass irgendetwas geschehen war, als ein grauhaariger Sergeant mit rotem Gesicht und außer Atem aufs Podium sprang, ein Stück Papier in der Hand, und Ruhe verlangte.

Langsam und laut las er vor: »Der Zar hat ein Dokument unterzeichnet …«

Schon nach diesen wenigen Worten brandete Jubel auf.

Der Sergeant hob die Stimme: »… in dem er auf seine Krone verzichtet …«

Der Jubel wurde zu einem Tosen. Grigori war wie elektrisiert. Stimmte das wirklich? War der Traum wahr geworden?

Der Sergeant hob Schweigen gebietend die Hand. Er war noch nicht fertig.

»… wegen der schlechten Gesundheit seines dreizehnjährigen Sohnes Alexej hat der Zar seinen jüngeren Bruder zu seinem Nachfolger bestimmt, den Großfürsten Michail.«

Der Jubel verwandelte sich in Protestgeheul. »Nein!«, rief Grigori, doch seine Stimme ging im Geschrei Tausender unter.

Erst nach Minuten wurde es wieder ruhiger; dann war von draußen lautes Gebrüll zu vernehmen. Die Menge im Hof musste die gleiche Nachricht erhalten haben und nahm sie genauso entrüstet auf.

Grigori sagte zu Konstantin: »Die Provisorische Regierung darf das nicht akzeptieren.«

»Ganz meine Meinung«, erwiderte Konstantin. »Lass uns gehen und es ihnen sagen.«

Sie verließen den Sowjet und durchquerten den Palast. Die Minister der neu gebildeten Regierung trafen sich im selben Raum, in dem vor ihnen das Provisorische Komitee zur Wiederherstellung der Öffentlichen Ordnung getagt hatte – tatsächlich waren es fast dieselben Mitglieder. Sie diskutierten bereits über die Erklärung des Zaren.

Pawel Miljukow war aufgestanden. Der gemäßigte Minister mit dem funkelnden Monokel argumentierte, dass die Monarchie als Symbol der Legitimität erhalten bleiben müsse. »Das ist doch Pferdescheiße«, knurrte Grigori. Die Monarchie symbolisierte Unfähigkeit, Grausamkeit und Niederlage, aber keine Legitimität. Glücklicherweise dachten andere genauso. Kerenski, der inzwischen Justizminister war, schlug vor, Großfürst Michail anzuweisen, die Krone abzulehnen, und zu Grigoris großer Erleichterung stimmte die Mehrheit dem Vorschlag zu.

Kerenski und Fürst Lwow wurden aufgefordert, sich umgehend zum Großfürsten zu begeben. Miljukow starrte sie durch sein Monokel an und erklärte: »Ich werde sie als Repräsentant der Minderheit begleiten!«

Grigori nahm an, dass diese lächerliche Idee sofort zurückgewiesen würde, doch zu seinem Erstaunen willigten die anderen Minister ein. Nun erhob sich Grigori. Ohne darüber nachgedacht zu haben, erklärte er: »Und ich werde die Minister als Beobachter des Petrograder Sowjets begleiten.«

»Meinetwegen«, sagte Kerenski resignierend.

Sie verließen den Palast durch eine Seitentür und stiegen in zwei wartende Renault-Limousinen. Der Dumapräsident, der fette Rodsjanko, begleitete sie ebenfalls. Grigori konnte kaum glauben, wie ihm geschah. Er war Teil einer Delegation, die einem Kronprinzen befehlen würde, die Krone abzulehnen und darauf zu verzichten, Zar zu werden. Dabei war er vor weniger als einer Woche noch hilflos von einem Tisch geklettert, weil Leutnant Kirilow es ihm befohlen hatte. Die Welt veränderte sich so schnell, dass man kaum mithalten konnte.

Grigori war noch nie im Hause eines reichen Aristokraten gewesen. Für ihn war es so, als würde er eine Traumwelt betreten. Das große Gebäude war mit Reichtümern nur so vollgestopft. Wo Grigori auch hinschaute, sah er prachtvolle Vasen, wunderschön ausgestaltete Uhren, Silberleuchter und mit Edelsteinen geschmückte Ornamente. Hätte er sich eine goldene Schüssel geschnappt und wäre damit hinausgerannt, um sie zu verscherbeln, hätte er sich davon ein Haus zulegen können, nur dass derzeit niemand goldene Schüsseln kaufte: Die Menschen wollten Brot.

Fürst Georgi Lwow, ein silberhaariger Mann mit langem, buschigem Bart, war weder von der Pracht beeindruckt noch vom Ernst seiner Mission eingeschüchtert, doch alle anderen wirkten verängstigt. Sie warteten in einem Salon, betrachteten stirnrunzelnd die antiken Porträts und scharrten mit den Füßen auf dem dicken Teppich.

Und dann erschien Großfürst Michail. Er war ein frühzeitig kahl gewordener Mann von achtunddreißig Jahren mit einem kleinen Schnurrbart. Zu Grigoris Erstaunen wirkte er noch viel nervöser als die Delegation. Er war schüchtern und verwirrt, auch wenn er nach wie vor hochmütig das Kinn gehoben hatte. Schließlich brachte er genug Mut auf, um zu fragen: »Was haben Sie mir zu sagen?«

Lwow antwortete: »Wir sind gekommen, Sie zu bitten, die Krone abzulehnen.«

»O Gott«, sagte Michail. Er schien nicht zu wissen, was er tun sollte.

Kerenski sagte unmissverständlich: »Das Volk von Petrograd hat mit Zorn auf die Entscheidung Seiner Majestät des Zaren reagiert. Ein großes Kontingent Soldaten marschiert bereits auf den Taurischen Palast. Es wird zu einem gewalttätigen Aufstand kommen, gefolgt von Bürgerkrieg – es sei denn, wir verkünden *sofort*, dass Sie auf die Thronfolge verzichtet haben.«

»O Gott«, sagte Michail noch einmal.

Der Großfürst war mit Geistesgaben nicht gerade gesegnet, erkannte Grigori. Aber das verwunderte ihn nicht. Hätten diese Leute etwas im Kopf, stünden sie jetzt nicht kurz davor, den russischen Thron zu verlieren.

Miljukow erklärte: »Kaiserliche Hoheit, ich repräsentiere die Minderheit in der Provisorischen Regierung. Wir sind der Meinung, dass die Monarchie das einzig gültige Machtsymbol darstellt.«

Michail schaute ihn noch verwirrter an. Was dieser Mann jetzt am wenigsten gebrauchen kann, dachte Grigori, ist die Möglichkeit, eine Wahl treffen zu können. Das macht die Sache für ihn nur umso schlimmer. Der Großfürst bat: »Dürfte ich mit Rodsjanko unter vier Augen sprechen? Nein, Sie müssen nicht gehen … Wir werden uns in den Nebenraum zurückziehen.«

Nachdem der designierte Zar und der dicke Dumapräsident gegangen waren, diskutierten die anderen leise miteinander. Mit Grigori sprach niemand. Er war der einzige Angehörige der Arbeiterklasse im Salon, und er hatte das Gefühl, als hätten die anderen Angst vor ihm, als vermuteten sie – zutreffend –, dass er Pistole und Munition in der Uniformtasche bei sich trug.

Rodsjanko kam zurück. »Der Großfürst hat mich gefragt, ob wir für seine Sicherheit garantieren könnten, wenn er der neue Zar würde«, erklärte er. Es widerte Grigori an, dass der Großfürst zuerst an sich und erst dann an sein Land gedacht hatte, doch es überraschte ihn nicht. »Ich habe ihm geantwortet, dass wir nicht dazu in der Lage wären«, fuhr Rodsjanko fort.

Kerenski hakte nach: »Und?«

»Er wird sich gleich wieder zu uns gesellen.«

Nach einer scheinbar endlosen Pause kehrte Großfürst Michail zurück. Die Delegation verstummte. Stille breitete sich aus.

Schließlich verkündete Michail: »Ich habe beschlossen, die Krone abzulehnen.«

Grigoris Herz setzte einen Schlag aus. Acht Tage, dachte er. Vor acht Tagen sind die Frauen aus Wyborg über die Sampsonjewski-Brücke marschiert, und heute ist die Herrschaft der Romanows zu Ende.

Kerenski schüttelte dem Großfürsten die Hand und sagte irgendetwas Bombastisches, doch Grigori hörte gar nicht zu.

Wir haben es geschafft, dachte er. Wir haben eine Revolution gemacht.

Wir haben den Zaren gestürzt.

Er erinnerte sich an die Worte seiner Mutter an ihrem Todestag: »Ich werde nicht eher ruhen, bis Russland eine Republik ist.«

Dein Wunsch ist in Erfüllung gegangen, Maminka, dachte Grigori. Jetzt kannst du in Frieden ruhen.

✠

In Berlin öffnete Otto von Ulrich eine Magnumflasche Perrier-Jouët vom Jahrgang 1892.

Die von Ulrichs hatten die von der Helbards zum Mittagessen eingeladen: Freiherr Konrad, Monikas Vater, und Freifrau Eva, ihre Mutter. Eva von der Helbard war eine elegante Frau, die ihr graues Haar extravagant frisiert trug. Vor dem Essen trieb sie Walter in eine Ecke und erzählte ihm, Monika sei eine ausgezeichnete Violinistin und auf der Schule in allen Fächern die Klassenbeste gewesen. Aus dem Augenwinkel sah Walter seinen Vater mit Monika sprechen; er nahm an, dass sie sich ihrerseits Berichte aus seiner schulischen Vergangenheit anhören musste.

Walter ärgerte sich über seine Eltern, weil sie ihm weiterhin mit aller Gewalt Monika aufzwingen wollten. Die Tatsache, dass er sich sehr von ihr angezogen fühlte, machte das Ganze noch schlimmer. Monika von der Helbard war intelligent und schön. Ihr Haar war stets sorgfältig frisiert, aber Walter malte sich immer wieder gerne aus, wie sie nachts die Haarnadeln herausnahm und den Kopf schüttelte, sodass ihre üppigen Locken um ihre schmalen Schultern wogten. Dagegen fiel es ihm in letzter Zeit schwer, sich Maud vorzustellen.

Otto von Ulrich hob sein Glas zu dem Trinkspruch: »Lebe wohl, Zar!«

»Du überraschst mich, Vater«, sagte Walter gereizt. »Feierst du wirklich den Sturz eines rechtmäßigen Herrschers durch einen Mob aus Fabrikarbeitern und meuternden Soldaten?«

Otto lief rot an. Walters Schwester, Greta, tätschelte ihrem Vater beruhigend den Arm. »Hör einfach nicht hin«, sagte sie. »Walter sagt das nur, um dich zu ärgern.«

Konrad von der Helbard bemerkte: »Während meiner Zeit an unserer Botschaft in Petrograd habe ich den Zaren kennengelernt.«

»Und?«, fragte Walter. »Wie haben Sie ihn eingeschätzt?«

Monika antwortete für ihren Vater, wobei sie Walter verschwörerisch angrinste. »Vater hat immer gesagt«, erklärte Monika, »wäre der Zar in eine andere Familie hineingeboren, hätte er es mit viel Mühe vielleicht zum Postboten gebracht.«

»Das ist die Tragödie der Erbmonarchie.« Walter drehte sich zu seinem Vater um. »Aber du stehst der Demokratie in Russland doch sicher ablehnend gegenüber, oder?«

»Demokratie?«, erwiderte Otto verächtlich. »Wir werden sehen. Wir wissen nur, dass es sich bei dem neuen Ministerpräsidenten um einen liberalen Aristokraten handelt.«

Monika fragte Walter: »Glauben Sie, dass Fürst Lwow Frieden mit uns schließen wird?«

Das war die Frage der Stunde. »Ich hoffe es«, antwortete Walter und bemühte sich, nicht auf Monikas Busen zu starren. »Wenn wir all unsere Truppen von der Ostfront nach Frankreich verlegen könnten, würden wir die Entente überrennen.«

Monika hob ihr Glas und schaute Walter über den Rand hinweg in die Augen. »Dann lassen Sie uns darauf anstoßen.«

In einem kalten, feuchten Graben im Nordosten Frankreichs tranken Billy und seine Männer Gin.

Die Flasche hatte Robin Mortimer hervorgezaubert, der degradierte Offizier. »Die habe ich mir aufgespart«, sagte er.

»Da brat mir doch einer 'nen Storch«, sagte Billy und benutzte damit eine von Mildreds Lieblingsredewendungen. Mortimer war ein sauertöpfischer Schnorrer; er hatte noch nie jemandem einen Drink ausgegeben.

Mortimer verteilte den Gin auf die Kochgeschirre. »Auf die verdammte Revolution!«, sagte er. Die Männer tranken und ließen sich nachschenken.

Billy war bereits bester Laune gewesen, bevor er einen Schluck getrunken hatte, denn die Russen hatten bewiesen, dass man Tyrannen tatsächlich stürzen konnte.

Die Männer sangen gerade »*The Red Flag*«, als Earl Fitzherbert durch den Graben gehumpelt kam. Er war inzwischen zum Colonel befördert worden und arroganter als je zuvor. »Hört sofort mit dem Lärm auf!«, fuhr er die Männer an.

Das Singen verebbte.

Billy sagte: »Wir feiern den Sturz des russischen Zaren!«

Wütend erklärte Fitz: »Der Zar war ein legitimer Herrscher. Die Verbrecher, die ihn abgesetzt haben, hätten den Strang verdient. Hört sofort auf mit dem Gegröle!«

Die Verachtung, die Billy ohnehin für Fitz empfand, nahm bedrohliche Ausmaße an. »Der Zar war ein Tyrann, der seine Untertanen zu Tausenden ermorden ließ. Alle zivilisierten Völker sollten heute feiern.«

Fitz schaute sich Billy genauer an. Er trug keine Augenklappe mehr, aber sein linkes Lid hing noch immer herab, was ihn in seiner Sehfähigkeit jedoch nicht zu behindern schien. »Sergeant Williams. Ich hätte es mir denken können. Ich kenne Sie und Ihre Familie.«

Und wie du die kennst, dachte Billy.

»Ihre Schwester agitiert für den sogenannten Frieden.«

»Ihre auch, Sir«, erwiderte Billy. Robert Mortimer lachte auf und verstummte abrupt.

»Noch so eine Frechheit, Williams«, sagte Fitz, »und wir sehen uns vor dem Kriegsgericht wieder.«

»Bitte um Vergebung, Sir«, sagte Billy.

»Und jetzt beruhigt euch, Männer. Und keinen Gesang mehr!« Fitz humpelte davon.

Billy murmelte: »Es lebe die Revolution.«

Fitz tat so, als hätte er ihn nicht gehört.

✠

In London kreischte Fürstin Bea: »Nein!«

»Bitte, beruhige dich«, sagte Maud, die ihr soeben die schreckliche Neuigkeit überbracht hatte.

»Das können sie nicht tun!«, kreischte Bea. »Sie können unseren geliebten Zaren doch nicht zum Abdanken zwingen! Er ist der Vater seines Volkes!«

»Vielleicht ist es besser so …«

»Ich glaube dir das alles nicht! Das sind infame Lügen!«

Die Tür ging auf, und Grout steckte den Kopf ins Zimmer. Er sah besorgt aus.

Bea schnappte sich eine japanische Vase mit einem Arrangement aus getrockneten Gräsern und schleuderte sie mit aller Kraft gegen die Wand. Sie zerbarst mit lautem Knall.

Maud klopfte Bea auf die Schulter. »Ist ja gut«, sagte sie. Sie wusste nicht, was sie sonst sagen oder tun sollte. Es freute sie, dass der Zar gestürzt worden war; zugleich tat Bea ihr leid, für die eine Welt zusammenbrach.

Grout winkte mit dem Finger, und ein ängstlich dreinblickendes Stubenmädchen kam ins Zimmer. Der Butler deutete auf die zerbrochene Vase, und es machte sich daran, die Scherben zusammenzufegen.

Der Tisch war zum Tee gedeckt worden: Tassen, Teller, Teekannen, Milch- und Sahnekrüge, Zuckerschüsseln. Mit einer einzigen, weit ausholenden Armbewegung schleuderte Bea alles zu Boden. »Diese Revolutionäre werden alle umbringen!«

Der Butler kniete sich hin und begann die Bescherung zu beseitigen.

»Reg dich doch nicht so auf«, sagte Maud.

Bea brach in Tränen aus. »Die arme Zariza! Und ihre Kinder! Was wird nun aus ihnen?«

»Du solltest dich ein bisschen hinlegen«, schlug Maud vor. »Komm, ich bringe dich in dein Zimmer.« Sie nahm Beas Ellbogen, und sie ließ sich wegführen.

»Das ist das Ende«, schluchzte Bea, »das Ende von allem.«

»Aber, aber«, sagte Maud. »Vielleicht ist es ja ein Neuanfang.«

Ethel und Bernie verbrachten ihre Flitterwochen in Aberowen. Ethel genoss es, Bernie die Schauplätze ihrer Kindheit zu zeigen: die Grube, die Kapelle, die Schule. Sie führte ihn sogar durch Tŷ Gwyn – Fitz und Bea waren nicht da –, allerdings nicht in die Gardeniensuite.

Sie wohnten bei den Griffiths, die Ethel wieder Tommys Zimmer angeboten hatten. Beide hielten sich in Mrs. Griffiths Küche auf, als deren Mann Len, der Atheist und revolutionäre Sozialist, hereinstürmte und mit einer Zeitung wedelte. »Der Zar hat abgedankt!«, rief er.

Alle jubelten und klatschten. Schon seit einer Woche hatten sie immer wieder von Unruhen in Petrograd gehört, und Ethel hatte sich bereits gefragt, wie das wohl enden würde.

»Wer hat die Macht übernommen?«, fragte Bernie.

»Eine Provisorische Regierung unter Fürst Lwow«, antwortete Len.

»Dann ist es also nicht gerade ein Triumph für den Sozialismus«, bemerkte Bernie säuerlich.

»Nein.«

Ethel sagte: »Kopf hoch, Männer. Eins nach dem anderen. Lasst uns ins Two Crowns gehen und feiern. Ich werde Lloyd so lange bei Mrs. Ponti lassen.«

Die Frauen setzten ihre Hüte auf, und alle gingen in den Pub. Binnen einer Stunde war der Schankraum zum Bersten voll. Ethel staunte, als sie Dah und Mam in die Kneipe kommen sah. Mrs. Griffith entdeckte die beiden ebenfalls. »Was, zum Teufel, machen die denn hier?«, sagte sie.

Ein paar Minuten später kletterte Ethels Vater auf einen Stuhl und verlangte Ruhe. »Ich weiß, dass einige von euch überrascht sind, mich hier zu sehen, aber besondere Ereignisse verlangen nach besonderen Maßnahmen.« Er hob ein Pintglas. »Ich habe meine lebenslangen Gewohnheiten nicht geändert, aber der Wirt war so nett, mir ein Glas Leitungswasser zu geben.« Alle lachten. »Ich bin hier, um mit meinen Nachbarn den Triumph in Russland zu feiern.« Er hob das Glas. »Auf die Revolution!«

Alle jubelten und tranken.

»Sieh einer an«, sagte Ethel. »Mein Dah im Two Crowns … Ich hätte nie gedacht, dass ich das mal erlebe.«

✠

In Joseph Vyalovs ultramodernem Prärie-Haus in Buffalo schenkte sich Lew Peschkow einen Drink aus dem Cocktailkabinett ein. Wodka trank er nicht mehr. Seit er bei seinem reichen Schwiegervater lebte, hatte er Geschmack an teurem Whisky gefunden. Es gefiel ihm, wie die Amerikaner ihn tranken, mit Eiswürfeln.

Was Lew weniger gefiel, war der Umstand, dass er bei seinen Schwiegereltern wohnte. Es wäre ihm lieber gewesen, er und Olga hätten ein eigenes Haus gehabt. Aber Olga mochte es so, wie es war, und ihr Vater bezahlte alles. Solange Lew kein eigenes Vermögen hatte, saß er hier fest.

Joseph las die Zeitung, und Lena nähte. Lew hob das Glas in ihre Richtung. »Lang lebe die Revolution!«, sagte er ausgelassen.

»Pass auf, was du sagst«, ermahnte ihn Joseph. »Das ist schlecht fürs Geschäft.«

Olga kam herein. »Gib mir bitte ein Glas Sherry, Liebling«, sagte sie.

Lew unterdrückte ein Stöhnen. Olga liebte es, ihn um kleine Gefälligkeiten zu bitten, und vor ihren Eltern konnte er nicht Nein sagen. Er goss süßen Sherry in ein kleines Glas und reichte es Olga, wobei er sich wie ein Kellner verneigte. Sie lächelte ihm dankbar zu; die Ironie entging ihr offensichtlich.

Lew trank einen Schluck Scotch, genoss den Geschmack auf der Zunge und das Brennen in der Kehle.

Mrs. Vyalov sagte: »Die arme Zariza und ihre Kinder. Was werden sie jetzt tun?«

»Würde mich nicht wundern, wenn der Mob sie allesamt totschlägt«, sagte Joseph.

»Die armen Menschen! Was hat der Zar diesen Revolutionären denn nur angetan, dass sie so mit ihm umspringen?«

»Diese Frage kann ich beantworten«, meldete Lew sich zu Wort. Er wusste, dass er den Mund halten sollte, aber er konnte nicht – besonders nicht mit dem warmen Gefühl des Whiskys im Magen. »Als ich elf war, kam es in der Fabrik, in der meine Mutter gearbeitet hat, zu einem Streik.«

Mrs. Vyalov schüttelte missbilligend den Kopf. Sie hielt nichts von Streiks.

»Die Polizei hat die Kinder der Streikenden zusammengetrieben. Ich werde es nie vergessen. Ich hatte furchtbare Angst.«

»Warum hat die Polizei euch denn zusammengetrieben?«, fragte Mrs. Vyalov.

»Damit sie uns verprügeln konnte«, sagte Lew. »Auf den Hintern, mit Stöcken, um unseren Eltern eine Lektion zu erteilen.«

Mrs. Vyalov war kreidebleich geworden. Gewalt gegen Kinder und Tiere war ihr unerträglich.

»Das haben der Zar und sein Regime mir angetan, Mutter«, sagte Lew und klimperte mit dem Eis in seinem Glas. »Deshalb trinke ich auf die Revolution.«

»Was meinen Sie, Gus?«, fragte Präsident Wilson. »Sie sind der Einzige hier, der schon einmal in Petrograd gewesen ist. Was wird jetzt geschehen?«

»Ich hasse es, wie ein Beamter des Außenministeriums zu reden, aber es könnte so oder so ausgehen«, antwortete Gus.

Der Präsident lachte. Sie befanden sich im Oval Office. Wilson saß hinter seinem Schreibtisch; Gus stand davor. »Kommen Sie«, forderte Wilson ihn auf. »Stellen Sie ruhig mal eine Vermutung an. Werden die Russen sich aus dem Krieg zurückziehen oder nicht? Das ist die wichtigste Frage des Jahres.«

»Okay. Sämtliche Minister der neuen Regierung gehören unheimlich klingenden Parteien an, die Begriffe wie ›sozialistisch‹ oder ›revolutionär‹ im Namen tragen. In Wahrheit aber sind die Mitglieder dieser Parteien Handwerker und Kaufleute aus der Mittelschicht. Was sie wirklich wollen, ist eine bürgerliche Revolution, die ihnen wirtschaftliche Freiheit verschafft. Das Volk aber will Brot, Frieden und Grund und Boden: Brot für die Fabrikarbeiter, Frieden für die Soldaten und Grund und Boden für die Bauern. Für Männer wie Lwow und Kerenski hat nichts davon wirklich einen Reiz. Um nun Ihre Frage zu beantworten, Mr. President … Ich glaube, Lwows Regierung wird versuchen, die Verhältnisse nach und nach zu ändern. Vor allem werden sie den Krieg weiterführen. Doch die Arbeiter werden nicht zufrieden sein.«

»Und wer wird am Ende siegen?«

Gus erinnerte sich an seine Reise nach Sankt Petersburg und an den Mann, der ihnen in den Putilow-Werken das Gießen eines Eisenbahnrades demonstriert hatte. Später hatte Gus diesen Mann wegen eines Mädchens mit einem Cop kämpfen sehen. Den Namen des Mannes hatte er zwar vergessen, aber er sah ihn noch deutlich vor sich: die breiten Schultern, die starken Arme, der verkrüppelte Finger, vor allem die wilden, entschlossenen blauen Augen. »Das russische Volk«, antwortete Gus. »Das russische Volk wird schlussendlich siegen.«

KAPITEL 24

April 1917

An einem milden Tag am Frühlingsanfang ging Walter mit Monika von der Helbard im Garten des Stadthauses ihrer Eltern in Berlin spazieren. Es war ein prachtvolles Haus, und der Garten war groß. Einst hatte es hier sogar einen Tennispavillon, eine Rasenfläche für Bowling, eine Pferdekoppel und einen Kinderspielplatz mit Schaukel und Rutsche gegeben. Walter konnte sich erinnern, wie er als Kind hierhergekommen war und geglaubt hatte, im Paradies zu sein. Heute gab es hier keine Idylle mehr: Sämtliche Pferde, bis auf die ältesten, waren von der Armee requiriert worden; Hühner scharrten auf den Pflastersteinen der breiten Terrasse; im Tennispavillon mästete Monikas Mutter ein Schwein, und Ziegen grasten auf der Bowlingbahn. Gerüchten zufolge melkte die Freifrau sie höchstpersönlich.

Allerdings schlugen die alten Bäume gerade aus, die Sonne schien, und Walter trug nur Weste und Hemd. Das Jackett hatte er sich über die Schulter geworfen. Würde seine Mutter ihn so sehen, wäre sie nicht gerade davon angetan, aber sie hielt sich im Haus auf und plauderte mit der Freifrau. Greta, Walters Schwester, war zunächst mit ihm und Monika spazieren gegangen, hatte sich dann aber entschuldigt und die beiden allein gelassen – noch so eine Sache, über die Walters Mutter missbilligend die Nase gerümpft hätte, zumindest in der Theorie.

Monika besaß einen Hund mit Namen Pierre, einen Pudel mit langen Beinen, ein sehr elegantes Tier. Pierre hatte lockiges rostbraunes Fell und hellbraune Augen, und Walter entdeckte immer wieder eine Ähnlichkeit zwischen dem Tier und Monika.

Walter gefiel, wie Monika mit dem Hund umging. Sie tätschelte ihn nicht, stopfte ihn nicht mit Essensresten voll und redete nicht mit Babystimme zu ihm, wie andere Mädchen es taten. Sie ließ ihn einfach neben sich herlaufen und warf gelegentlich einen Tennisball, den er apportieren konnte.

»Das mit den Russen ist enttäuschend«, bemerkte sie.

Walter nickte. Die Regierung des Fürsten Lwow hatte verkündet, den Kampf fortsetzen zu wollen. Die Ostfront würde also nicht entlastet werden; folglich kamen keine Verstärkungen nach Frankreich, und der Krieg würde sich weiter in die Länge ziehen. »Unsere einzige Hoffnung ist, dass Lwows Regierung stürzt und die Friedensfraktion die Herrschaft übernimmt«, sagte Walter.

»Ist das wahrscheinlich?«

»Schwer zu sagen. Die linken Revolutionäre verlangen noch immer Brot, Frieden und Land. Die Regierung hat eine demokratische Wahl zu einer Verfassunggebenden Versammlung versprochen – aber wer wird sie gewinnen?« Walter hob einen Zweig auf und warf ihn für Pierre. Der Hund sprang dem Stück Holz hinterher und brachte es stolz wieder zurück. Walter bückte sich, um dem Tier den Kopf zu tätscheln. Als er sich wieder aufrichtete, war Monika ganz nahe an ihn herangetreten.

»Ich mag dich, Walter«, sagte sie und schaute ihn mit ihren bernsteinfarbenen Augen an. »Ich habe das Gefühl, dass uns die Gesprächsthemen niemals ausgehen.«

Walter empfand genauso, und er wusste, dass sie ihn gewähren ließe, würde er jetzt versuchen, sie zu küssen.

Er trat einen Schritt zurück. »Ich mag dich auch«, sagte er. »Und ich mag deinen Hund.« Er lachte, um ihr zu zeigen, dass es als Scherz gemeint war.

Dennoch sah er, dass sie verletzt war. Sie biss sich auf die Lippe und wandte sich von ihm ab. Sie war so kühn gewesen, wie es einer wohlerzogenen Frau nur möglich war, und Walter hatte ihr eine Abfuhr erteilt.

Sie gingen weiter. Nach langem Schweigen sagte Monika: »Ich würde zu gerne wissen, was dein Geheimnis ist.«

Meine Güte, dachte Walter, sie ist wirklich clever. »Ich habe keine Geheimnisse«, log er. »Du?«

»Keine, die es wert wären, erzählt zu werden.« Sie wischte ihm irgendetwas von der Schulter. »Eine Biene«, sagte sie.

»Es ist noch zu früh für Bienen.«

»Vielleicht bekommen wir ja einen frühen Sommer.«

»So warm ist es nun auch wieder nicht.«

Monika tat so, als würde sie zittern. »Du hast recht. Es ist kalt. Würdest du mir eine Stola bringen? Wenn du in die Küche gehst und das Mädchen fragst, holt sie eine.«

»Natürlich.« Es war zwar kein bisschen kalt, doch ein wohlerzogener Herr wies solch eine Bitte nie ab, egal wie launisch sie erscheinen mochte. Monika wollte offensichtlich ein Minütchen für sich allein haben. Walter schlenderte zum Haus zurück. Er musste Monikas Avancen zurückweisen; aber es tat ihm leid, ihr wehzutun. Sie passten wirklich gut zusammen – da hatten ihre Mütter recht –, und Monika konnte offenbar nicht verstehen, warum Walter sie immer wieder zurückwies.

Walter betrat das Haus und stieg in den Keller hinunter, wo er ein älteres Hausmädchen in schwarzem Kleid und mit Rüschenhaube antraf. Sie zog los, ihm eine Stola zu holen.

Walter wartete in der Eingangshalle. Das Haus war im modernen Jugendstil dekoriert, der mit seinen eher gedeckten Farben einen optischen Gegensatz zum üppigen Barock in Walters Elternhaus bildete. Die von Säulen gesäumte Eingangshalle bestand fast gänzlich aus grauem Marmor, und den Boden schützte ein hellbrauner Teppich.

Walter hatte das Gefühl, als wäre Maud eine Million Kilometer von ihm entfernt auf einem anderen Planeten. In gewisser Hinsicht war sie das auch, denn die Welt würde nie mehr dieselbe sein wie vor dem Krieg. Walter hatte seine Frau seit fast drei Jahren weder gesehen noch von ihr gehört. Vielleicht sah er sie nie wieder.

Obwohl sie niemals aus seinen Gedanken verschwunden war – nie würde er die Leidenschaft vergessen, die sie geteilt hatten –, musste er sich zu seiner Verzweiflung eingestehen, dass er sich an die Details ihrer gemeinsamen Zeit nicht erinnern konnte: Was Maud getragen hatte und wo sie gewesen waren, als sie sich geküsst oder Händchen gehalten hatten, oder was sie gegessen und getrunken und worüber sie sich auf den scheinbar endlosen Londoner Partys unterhalten hatten. Manchmal kam ihm der Gedanke, in gewisser Weise habe der Krieg ihn und Maud geschieden. Doch solche Gedanken schob Walter stets rasch beiseite; sie waren beschämend illoyal.

Das Mädchen brachte ihm eine gelbe Kaschmirstola. Walter kehrte zu Monika zurück, die mit Pierre zu ihren Füßen auf einem Baumstumpf saß. Walter reichte ihr die Stola, und sie legte sie sich um die

Schultern. Die Farbe stand ihr; sie ließ ihre Augen funkeln und ihre Haut glühen.

Monika hatte einen seltsamen Ausdruck auf dem Gesicht, als sie Walter seine Börse reichte. »Die muss dir aus dem Jackett gefallen sein.«

»Oh. Danke.« Walter schob die Börse zurück in die Innentasche seines Jacketts, das er sich noch immer über die Schulter geworfen hatte.

»Lass uns ins Haus zurückgehen«, sagte Monika.

»Wie du willst.«

Monikas Stimmung hatte sich verändert. Vielleicht hatte sie beschlossen, ihre Avancen aufzugeben. Oder war etwas anderes geschehen?

Walter kam ein erschreckender Gedanke. War seine Börse wirklich aus dem Jackett gefallen? Oder hatte Monika sie sich gegriffen wie ein Taschendieb, als sie ihm die vermeintliche Biene von der Schulter gewischt hatte? »Monika«, sagte Walter, blieb stehen und wandte sich ihr zu, »hast du in meine Börse geschaut?«

»Du hast gesagt, du hättest keine Geheimnisse«, erwiderte sie und wurde knallrot.

Monika musste den Zeitungsausschnitt gesehen haben, den Walter stets bei sich trug: *Lady Maud Fitzherbert, stets nach der neuesten Mode gekleidet.* »Das war sehr ungehörig von dir«, tadelte er sie. Vor allem aber war er wütend auf sich selbst. Er hätte das verfängliche Foto nicht behalten sollen. Wenn Monika dessen Bedeutung zu erkennen vermochte, konnten es auch andere. Man würde ihn unehrenhaft aus dem Heer entlassen. Vielleicht würde man ihn sogar des Verrats anklagen, ihn einsperren oder gar erschießen.

Er war dumm gewesen. Aber er wusste auch, dass er dieses Foto nie würde wegwerfen können. Es war alles, was er von Maud hatte.

Monika legte ihm die Hand auf den Arm. »Ich habe so etwas noch nie getan, in meinem ganzen Leben nicht, und ich schäme mich dafür. Aber du musst wissen, dass ich verzweifelt war. Ach, Walter, ich könnte mich so leicht in dich verlieben, und ich weiß, dass du dich auch in mich verlieben könntest … Ich sehe es in deinen Augen und daran, wie du lächelst, wenn du mich siehst. Aber du hast nichts gesagt!« Tränen standen ihr in den Augen. »Das hat mich ganz verrückt gemacht!«

»Es tut mir leid.« Walters Zorn war verflogen. Monika hatte allen Anstand über Bord geworfen und öffnete ihm ihr Herz. Er war schrecklich traurig um sie – schrecklich traurig um sie beide.

»Ich musste einfach wissen, warum du dich immer wieder von mir abgewendet hast. Jetzt weiß ich es. Diese Frau ist wunderschön. Sie ähnelt mir sogar ein wenig.« Sie wischte sich die Tränen ab. »Sie hatte einfach nur das Glück, dich eher zu finden als ich …« Monika schaute ihn mit ihren durchdringenden, bernsteinfarbenen Augen an. »Ich nehme an, du bist verlobt.«

Walter konnte niemanden anlügen, der so ehrlich zu ihm gewesen war. Er wusste nicht, was er sagen sollte.

Monika erriet den Grund für sein Zögern. »O Gott!«, rief sie. »Du bist verheiratet, nicht wahr?«

Walter sah seine Felle davonschwimmen. »Wenn die Leute das herausfinden, stecke ich in ernsten Schwierigkeiten.«

»Ich weiß.«

»Ich hoffe, ich kann darauf vertrauen, dass du mein Geheimnis bewahrst.«

»Wie kannst du daran zweifeln?«, erwiderte Monika. »Du bist der beste Mann, den ich in meinem Leben kennengelernt habe. Ich würde nie etwas tun, das dir schadet. Kein Wort kommt über meine Lippen!«

»Danke. Ich weiß, dass du dein Versprechen halten wirst.«

Monika wandte den Blick ab und kämpfte wieder gegen die Tränen an. »Lass uns hineingehen.«

In der Eingangshalle sagte sie: »Geh du vor. Ich muss mir das Gesicht waschen.«

»Ist gut.«

»Ich hoffe …« Monika brach die Stimme, und ein Schluchzen stieg aus ihrer Kehle empor. »Ich hoffe, diese Frau weiß, wie viel Glück sie gehabt hat«, flüsterte sie. Dann drehte sie sich um und verschwand in einem Nebenzimmer.

Walter zog sein Jackett wieder an und riss sich zusammen. Dann stieg er die Marmortreppe hinauf. Der Salon war im gleichen verhaltenen Stil wie der Rest des Hauses gehalten, mit hellem Holz und blau-grünen Vorhängen. Monikas Eltern hatten einen besseren Geschmack als seine, musste er gestehen.

Seine Mutter schaute ihn an und wusste sofort, dass etwas nicht stimmte. »Wo ist Monika?«, wollte sie in scharfem Tonfall wissen.

Walter hob eine Augenbraue und schaute sie an. Es war so gar nicht ihre Art, eine Frage zu stellen, auf die die Antwort lauten konnte: »Auf der Toilette.« Offensichtlich war sie angespannt. Mit ruhiger Stimme antwortete Walter: »Sie wird sich gleich wieder zu uns gesellen.«

»Sieh dir das mal an«, sagte sein Vater und wedelte mit einem Stück Papier. »Das hat man mir gerade aus Zimmermanns Amt geschickt. Diese russischen Revolutionäre wollen durch Deutschland reisen. Die haben wirklich Nerven!« Er hatte bereits ein paar Gläser Kirschwasser getrunken und war entsprechend aufgedreht.

Walter fragte höflich: »Was für Revolutionäre, Vater?« Es kümmerte ihn nicht wirklich, doch er war froh, das Gespräch weg von Monika lenken zu können.

»Die in Zürich! Martow, Lenin und die ganze Bande. Nach dem Sturz des Zaren herrscht in Russland angeblich Meinungs- und Redefreiheit; deshalb wollen sie wieder nach Hause. Aber sie können nicht dorthin!«

Monikas Vater, Konrad von der Helbard, bemerkte nachdenklich: »Ja, das stimmt. Wenn man aus der Schweiz nach Russland will, muss man wohl oder übel durch Deutschland. Auf jeder anderen Strecke müsste man Frontlinien überqueren. Aber es fahren doch noch Dampfer über die Nordsee von England nach Norwegen und Schweden, nicht wahr?«

»Ja«, antwortete Walter, »aber diese Leute würden es nie riskieren, über England zu reisen. Die Briten haben Trotzki und Bucharin interniert, und in Frankreich oder Italien würde es ihnen sogar noch schlimmer ergehen.«

»Dann sitzen sie fest wie Ratten in der Falle!«, verkündete Otto triumphierend.

Walter fragte: »Was wirst du dem Außenminister raten, Vater?«

»Dass er die Bitte zurückweisen soll, was denn sonst? Wir wollen schließlich nicht, dass dieser Abschaum unser Volk verseucht. Wer weiß, welchen Ärger diese Teufel in Deutschland anzetteln würden.«

»Lenin und Martow …«, murmelte Walter. »Martow gehört zu den Menschewiken, aber Lenin ist Bolschewik.« Der deutsche Nachrichtendienst hatte lebhaftes Interesse an russischen Revolutionären.

Otto sagte: »Bolschewiken, Menschewiken, Sozialisten, Revolutionäre … das ist doch alles dasselbe Pack.«

»Nein, ist es nicht«, widersprach Walter. »Die Bolschewiken sind die härtesten.«

Monikas Mutter erklärte mit Entschiedenheit: »Ein Grund mehr, sie von Deutschland fernzuhalten.«

Walter ignorierte die Bemerkung. »Und wichtiger noch ... Die Bolschewiken im Ausland neigen dazu, noch radikaler zu sein als die in Russland. Die Petrograder Bolschewiken unterstützen die Provisorische Regierung von Fürst Lwow, ihre Genossen in Zürich nicht.«

»Woher weißt du so etwas?«, wollte seine Schwester Greta wissen.

Walter wusste es, weil er die Berichte deutscher Spione in der Schweiz gelesen hatte, die die Post der Revolutionäre abgefangen hatten. Doch er antwortete: »Vor ein paar Tagen hat Lenin eine Rede in Zürich gehalten, in der er die Provisorische Regierung abgelehnt hat.«

Otto von Ulrich machte ein abschätziges Geräusch, doch Konrad von der Helbard beugte sich vor. »Was haben Sie im Sinn, junger Mann?«

Walter erklärte: »Indem wir den Bolschewiken die Fahrt durch Deutschland verweigern, schützen wir Russland vor deren subversiven Ideen.«

Seine Mutter schaute verwirrt drein. »Erklär mir das bitte.«

»Ich schlage vor, dass wir diesen gefährlichen Männern helfen, wieder nach Hause zu kommen. Sind sie erst einmal dort, werden sie versuchen, die russische Regierung zu unterminieren und damit deren Kriegstüchtigkeit schwächen. Oder sie reißen die Macht gleich ganz an sich und schließen Frieden mit uns. So oder so – Deutschland kann nur gewinnen.«

Schweigen setzte ein, als alle darüber nachdachten. Dann lachte Otto von Ulrich laut auf und klatschte in die Hände. »Das ist mein Sohn!«, rief er. »Offensichtlich hat er doch etwas von seinem alten Herrn gelernt!«

Meine Liebste,

Zürich ist eine kalte Stadt an einem See,

schrieb Walter,

> doch die Sonne scheint auf das Wasser, auf die bewaldeten Hügel um uns her und auf die Alpen in der Ferne. Die Straßen sind schachbrettartig angeordnet, es gibt keine Kurven. Kaum zu glauben, aber die Schweizer sind noch mehr auf Ordnung bedacht als die Deutschen! Ich wünschte, Du wärest hier, geliebte Freundin, so wie ich wünschte, Du wärest überall an meiner Seite!!!

Die Ausrufezeichen sollten dem Zensor bei der Post den Eindruck vermitteln, der Schreiber sei ein aufgedrehtes junges Mädchen. Obwohl Walter sich in der neutralen Schweiz befand, achtete er noch immer sorgfältig darauf, dass niemand anhand des Briefes Adressat und Absender identifizieren konnte.

> Ich frage mich, ob Du wohl unter der ungewollten Aufmerksamkeit aufdringlicher Junggesellen zu leiden hast. Jemand, der so wunderschön und charmant ist wie Du, kann sich dem wohl schwerlich entziehen. Ich habe das gleiche Problem. Natürlich besitze ich weder Schönheit noch Charme; dennoch macht man auch mir Avancen. Meine Mutter hat einen Ehegatten für mich ausgesucht, einen Busenfreund meiner Schwester, eine Person, die ich schon ewig kenne und mag. Eine Zeit lang war es sehr schwer, und ich fürchte, diese Person hat herausgefunden, dass ich eine Freundschaft hege, die eine Ehe ausschließt. Allerdings glaube ich, dass unser Geheimnis sicher ist.

Sollte ein Zensor sich die Mühe machen, so weit zu lesen, würde er zu dem Schluss kommen, dass der Brief von einer Lesbierin an eine andere gerichtet war. Zu dem gleichen Schluss würde wohl auch jeder in England gelangen, der den Brief in die Hände bekam. Aber das war egal. Ohne Zweifel wurde Maud, eine Feministin und mit sechsundzwanzig Jahren scheinbar noch unverheiratet, ohnehin entsprechender sexueller Präferenzen verdächtigt.

> In ein paar Tagen werde ich in Stockholm sein, einer weiteren kalten Stadt am Wasser, und Du kannst mir einen Brief ins dortige Grand Hotel schicken.

Auch Schweden war neutral, weshalb dort auch noch Post aus England einging.

Ich würde mich unglaublich freuen, von Dir zu hören!!

Bis dahin, mein wunderbarer Liebling, erinnere Dich an Deine geliebte

Waltraud

Am Freitag, dem 6. April 1917, erklärten die Vereinigten Staaten Deutschland den Krieg.

Walter hatte damit gerechnet, trotzdem war es ein Schlag für ihn. Amerika war reich, stark und demokratisch – einen schlimmeren Feind konnte Walter sich nicht vorstellen. Nun bestand Deutschlands einzige Hoffnung im Zusammenbruch Russlands. Nur so hätte das Reich die Chance, an der Westfront einen entscheidenden Sieg zu erringen, bevor die Amerikaner auf der Bildfläche erschienen.

Drei Tage später trafen sich zweiunddreißig russische Revolutionäre im Exil in einem Hotel in Zürich: Männer, Frauen und ein Kind, ein vierjähriger Junge mit Namen Robert. Von dort gingen sie zum Bahnhof, um in einen Zug Richtung Heimat zu steigen.

Walter hatte schon befürchtet, dass sie nicht gehen würden. Martow, der Menschewikenführer, hatte sich geweigert, Zürich ohne Erlaubnis der Provisorischen Regierung zu verlassen – eine seltsam demütige Haltung für einen Revolutionär. Die Erlaubnis war nicht gekommen, doch Lenin und die Bolschewiken hatten beschlossen, trotzdem zu gehen. Walter war sehr darauf bedacht, dass nichts und niemand die Reise noch verhindern würde, und so begleitete er die Russen zum Bahnhof und stieg mit ihnen in den Zug.

Das ist also Deutschlands Geheimwaffe, dachte Walter. Zweiunddreißig Unruhestifter und Ausgestoßene, die die russische Regierung stürzen wollen. Gott stehe uns bei!

Wladimir Iljitsch Uljanow, genannt Lenin, war sechsundvierzig Jahre alt. Er war von kleiner, kantiger Gestalt und kleidete sich ordentlich, aber nicht elegant; er war zu beschäftigt, um Zeit auf sein Aussehen zu verschwenden. Lenin war einst rothaarig gewesen, hatte sein Haar aber schon frühzeitig verloren; nun war nur noch ein schmaler Kranz davon übrig. Dazu kam ein sauber geschnittener Spitzbart, rot mit grauen Streifen. Bei ihrer ersten Begegnung hatte er Walter nicht sonderlich beeindruckt. Lenin besaß weder Charme noch Ausstrahlung.

Walter spielte einen untergeordneten Beamten des Auswärtigen Amts, dessen Aufgabe darin bestand, sich um die praktischen Fragen der Fahrt durch Deutschland zu kümmern. Lenin hatte ihn aufmerksam gemustert. Offensichtlich ahnte der Bolschewikenführer, dass Walter nicht für das Außenministerium, sondern für den Nachrichtendienst tätig war.

Sie fuhren nach Schaffhausen an die Grenze, wo sie in einen deutschen Zug umstiegen. Alle sprachen ein wenig Deutsch; sie hatten ja auch lange genug in der deutschsprachigen Schweiz gelebt. Lenin selbst beherrschte die Sprache sogar recht gut. Er besaß ein bemerkenswertes Talent für Sprachen, erkannte Walter. Lenin sprach fließend Französisch, passabel Englisch, und er las Aristoteles auf Altgriechisch. Wenn er sich entspannen wollte, setzte er sich in eine Ecke und nahm ein Fremdsprachenwörterbuch in die Hand.

In Gottmadingen wechselten sie den Zug erneut. Diesmal wurden die Waggons versiegelt, als würden die Insassen unter einer Seuche leiden. Drei der vier Türen wurden fest verriegelt. Die vierte Tür befand sich neben Walters Schlafabteil. Diese Abschottung sollte nur die deutschen Behörden beruhigen, notwendig war sie nicht: Die Russen hatten nicht die geringste Absicht zu fliehen; sie wollten nach Hause.

Lenin und seine Frau Nadja hatten ein Abteil für sich, doch die anderen teilten sich je eins zu viert. So viel zum Thema Gleichheit, dachte Walter mit bitterer Ironie.

Als der Zug von Süd nach Nord durch Deutschland rollte, spürte Walter mit zunehmender Deutlichkeit, welche Charakterstärke sich hinter Lenins farblosem Äußeren verbarg. Lenin war weder an Essen, Trinken, irgendwelchen Bequemlichkeiten oder Besitz interessiert. Bei ihm drehte sich alles nur um Politik, von morgens bis abends. Ständig diskutierte er über Politik, schrieb über Politik, dachte über Politik nach und machte sich Notizen. Walter fiel auf, dass Lenin bei Diskussionen stets mehr zu wissen schien als seine Genossen, es sei denn, das Thema hatte nichts mit Russland oder Politik zu tun; in solchen Fällen war er schrecklich uninformiert.

Außerdem war Lenin der reinste Spaßverderber. Am ersten Abend erzählte der bebrillte, junge Karl Radek im Nachbarabteil Witze. »Ein Mann sagt: ›Nikolaus ist ein Schwachkopf‹, und wird dafür verhaftet. Er sagt zu dem Polizisten: ›Ich habe einen anderen Nikolaus gemeint, nicht unseren geliebten Zaren.‹ Darauf der Polizist: ›Lügner! Wenn du von einem Schwachkopf sprichst, kannst du nur den Zaren meinen!‹« Radeks Gefährten grölten vor Lachen. Da kam Lenin aus seinem Abteil. Wütend funkelte er die Männer an und befahl ihnen, still zu sein.

Lenin mochte auch keinen Tabakrauch. Er selbst hatte das Rauchen vor dreißig Jahren aufgegeben, weil seine Mutter darauf bestanden hatte. Aus Respekt vor ihm rauchten die anderen nur auf der Toilette am Ende des Waggons. Da in der Toilette jedoch kein Platz für zweiunddreißig Leute war, stand dort ständig eine lange Schlange, und es kam zu Streitereien. Lenin richtete seinen bemerkenswerten Intellekt darauf, dieses Problem zu lösen. Er zerschnitt ein paar Blätter Papier und gab jedem zwei verschiedene Billets. Mit dem einen konnte man die Toilette für das benutzen, wofür sie gedacht war; mit dem anderen – von denen es deutlich weniger gab – konnte man rauchen. Danach wurden die Schlangen merklich kürzer, und die Streitereien endeten. Walter war belustigt. Es funktionierte, und alle waren glücklich, und das ohne Diskussion oder auch nur den Versuch einer gemeinsamen Entscheidungsfindung. Innerhalb dieser Gruppe war Lenin der wohlwollende Diktator.

Sollte er je an wahre Macht gelangen – würde er das Russische Reich dann genauso regieren? Und würde er es überhaupt so weit schaffen? Falls nicht, verschwendete Walter seine Zeit.

Ihm fiel nur eine Möglichkeit ein, Lenins Aussichten zu verbessern, und er beschloss, entsprechende Schritte zu unternehmen.

In Berlin stieg er aus dem Zug und erklärte, er sei gleich wieder zurück, um die Russen auch auf dem letzten Stück der Reise zu begleiten. »Dann lassen Sie sich nicht zu viel Zeit«, sagte einer von ihnen. »Wir fahren in einer Stunde weiter.«

»Ich werde mich beeilen«, erwiderte Walter. Der Zug würde erst dann weiterfahren, wenn Walter es befahl, aber das wussten die Russen nicht.

Der Zug stand auf einem Nebengleis im Potsdamer Bahnhof, und Walter brauchte nur wenige Minuten von dort bis zum Auswärtigen

Amt in der Wilhelmstraße. Im geräumigen Büro seines Vaters stand ein schwerer Schreibtisch aus Mahagoni; an der Wand hing ein Porträt des Kaisers, und in seinem verglasten Kabinett bewahrte Otto von Ulrich seine Keramiksammlung auf, einschließlich der Obstschale aus dem 18. Jahrhundert, die er bei seinem letzten Besuch in London gekauft hatte. Wie Walter gehofft hatte, saß sein Vater am Schreibtisch.

»An Lenins Überzeugungen kann kein Zweifel bestehen«, berichtete er seinem Vater beim Kaffee. »Er sagt, sie hätten zwar das Symbol der Unterdrückung beseitigt, den Zaren, nicht aber die russische Gesellschaft verändert. Es ist den Arbeitern nicht gelungen, die Macht an sich zu reißen; der wahre Herrscher ist immer noch das Bürgertum. Außerdem hasst Lenin Kerenski auch aus persönlichen Gründen – warum genau, weiß ich nicht.«

»Aber kann er die Provisorische Regierung stürzen?«

Walter breitete hilflos die Arme aus. »Er ist hochintelligent, entschlossen und der geborene politische Führer, und er hat nie etwas anderes getan, als zu arbeiten. Aber die Bolschewiken sind nur eine kleine Partei unter mindestens einem Dutzend anderer, die sich um die Macht streiten. Da ist es unmöglich zu sagen, wer schlussendlich die Oberhand behalten wird.«

»Dann war alle Mühe also umsonst.«

»Es sei denn, wir helfen den Bolschewiken in den Sattel.«

»Und wie?«

Walter atmete tief durch. »Wir müssen ihnen Geld geben.«

»*Was?*« Otto war außer sich. »Die deutsche Regierung soll sozialistische Revolutionäre finanzieren?«

»Für den Anfang schlage ich hunderttausend Rubel vor«, fuhr Walter sachlich fort. »Vorzugsweise in Zehn-Rubel-Goldmünzen, wenn du die bekommen kannst.«

»Dem würde der Kaiser niemals zustimmen.«

»Muss man es ihm denn sagen? Zimmermann könnte das doch auch genehmigen.«

»Das würde er nie tun.«

»Bist du sicher?«

Otto von Ulrich schaute seinen Sohn schweigend an und dachte nach.

Dann sagte er: »Ich werde ihn fragen.«

Nach drei Tagen im Zug verließen die Russen Deutschland. In Sassnitz kauften sie sich Fahrscheine für die Überfahrt über die Ostsee nach Südschweden. Walter begleitete sie weiterhin. Die Schiffsreise war rau, und alle waren seekrank mit Ausnahme von Lenin und Sinowjew, die auf Deck einen wütenden politischen Streit ausfochten und den schweren Seegang überhaupt nicht zu bemerken schienen.

Sie nahmen den Nachtzug nach Stockholm, wo der sozialistische Bürgermeister ihnen ein Willkommensfrühstück servierte. Walter quartierte sich im Grand Hotel ein. Er hoffte, dort einen Brief von Maud vorzufinden, jedoch vergeblich.

Walter war so enttäuscht, dass er sich am liebsten ins kalte Wasser der Bucht gestürzt hätte. Das war die einzige Gelegenheit in fast drei Jahren gewesen, mit seiner Frau zu kommunizieren, und irgendetwas war schiefgegangen. Hatte sie seinen Brief überhaupt bekommen?

Leidvolle Gedanken quälten ihn. Liebte sie ihn noch? Hatte sie ihn vergessen? Gab es vielleicht einen neuen Mann in ihrem Leben? Walter tappte völlig im Dunkeln.

Radek und der gut gekleidete schwedische Sozialist schleppten den widerwilligen Lenin in die Abteilung für Herrenbekleidung des örtlichen Kaufhauses. Die genagelten Bergstiefel, die der Russe bis jetzt getragen hatte, verschwanden. Lenin bekam einen Mantel mit Samtkragen und einen neuen Hut. Jetzt, erklärte Radek, sehe er endlich auch wie jemand aus, der sein Volk führen könne.

Als an diesem Abend die Dunkelheit hereinbrach, gingen die Russen zum Bahnhof und stiegen in einen Zug nach Finnland. Walter würde die Gruppe hier verlassen, doch er begleitete sie noch auf den Bahnsteig. Bevor der Zug abfuhr, traf er sich noch einmal allein mit Lenin.

Sie saßen in einem Abteil, dessen schwache Beleuchtung Lenins Glatze glänzen ließ. Walter war angespannt. Er durfte sich jetzt keinen Fehler erlauben. Es wäre sinnlos, Lenin anzuflehen oder zu beknien, da war er sicher. Auch einschüchtern konnte man den Mann nicht. Nur kalte Logik konnte ihn überzeugen.

Walter hatte eine Rede vorbereitet. »Die deutsche Regierung hilft Ihnen, nach Hause zurückzukehren«, sagte er. »Sie wissen natürlich, dass wir das nicht aus Menschenfreundlichkeit tun, aber …«

Lenin unterbrach ihn in fließendem Deutsch. »Sie glauben, das sei zum Schaden Russlands!«, fuhr er ihn an.

Walter widersprach ihm nicht. »Und doch haben Sie unsere Hilfe akzeptiert.«

»Für den Erfolg der Revolution! Das ist das einzige Maß für richtig oder falsch.«

»Ich habe mir schon gedacht, dass Sie das sagen.« Walter hatte einen schweren Koffer dabei, den er nun abstellte. »Im falschen Boden dieses Koffers finden Sie hunderttausend Rubel in Scheinen und Münzen.«

»Was?« Normalerweise war Lenin nicht so leicht aus der Fassung zu bringen, doch diesmal war er überrascht. »Wofür?«

»Für Sie.«

Lenin schaute beleidigt drein. »Wollen Sie mich bestechen?«, fragte er empört.

»Bestimmt nicht«, antwortete Walter. »Wir müssen Sie nicht bestechen. Ihre Ziele stimmen mit unseren überein. Sie fordern den Sturz der Provisorischen Regierung und ein Ende des Krieges.«

»Wofür ist das Geld dann?«

»Für Propaganda. Um Ihnen zu helfen, Ihre Botschaft zu verbreiten. Auch wir wollen diese Botschaft verbreitet sehen. Frieden zwischen Deutschland und Russland.«

»Damit Sie Ihren kapitalistisch-imperialistischen Krieg gegen Frankreich gewinnen können!«

»Wie ich bereits sagte, helfen wir Ihnen nicht aus Menschenfreundlichkeit … und das erwarten Sie wohl auch kaum von uns. Hier geht es allein um praktische Politik. Im Augenblick stimmen Ihre Interessen mit unseren überein, das ist alles.«

Lenin schaute genauso drein wie früher am Tag, als Radek ihn gezwungen hatte, sich neue Kleidung zuzulegen: Er hasste die Vorstellung, konnte aber nicht leugnen, dass es gute Gründe dafür gab.

Walter fuhr fort: »Wir werden Ihnen jeden Monat noch einmal die gleiche Summe zukommen lassen … natürlich nur so lange, wie Sie aktiv den Frieden fördern.«

Es folgte ein längeres Schweigen.

Dann sagte Walter: »Sie haben gesagt, der Erfolg der Revolution sei das einzige Maß für richtig oder falsch. Wenn das stimmt, sollten Sie das Geld nehmen.«

Draußen auf dem Bahnsteig schrillte eine Pfeife.

Walter erhob sich. »Ich muss jetzt gehen. Auf Wiedersehen und viel Glück.«

Lenin starrte auf den Koffer, antwortete aber nicht.

Walter verließ das Abteil und stieg aus.

Auf dem Bahnsteig drehte er sich noch einmal um und schaute zu Lenins Abteil. Beinahe rechnete er damit, dass das Fenster aufgerissen wurde und der Koffer herausgeflogen kam.

Wieder ertönte ein Pfiff, gefolgt von einem Zugsignal. Die Waggons ruckten und setzten sich in Bewegung. Langsam dampfte der Zug aus dem Bahnhof … mit Lenin, den anderen russischen Exilanten und dem Geld.

Walter zog ein Taschentuch aus der Brusttasche und wischte sich die Stirn ab. Trotz der Kälte schwitzte er.

Walter ging vom Bahnhof am Ufer entlang zum Grand Hotel. Es war dunkel, und von der Ostsee wehte ein kalter Wind. Walter hätte sich eigentlich freuen sollen: Er hatte Lenin bestochen! Stattdessen empfand er ein schales Gefühl. Und dass er nichts von Maud gehört hatte, deprimierte ihn mehr, als es der Fall hätte sein sollen. Es konnte ein Dutzend Gründe dafür geben, weshalb sie ihm keinen Brief geschickt hatte. Er durfte nicht gleich das Schlimmste annehmen. Aber er war so nahe daran gewesen, sich in Monika zu verlieben – warum sollte Maud es nicht genauso ergangen sein? Walter befürchtete, dass sie ihn vergessen hatte. Er beschloss, sich an diesem Abend zu betrinken.

An der Rezeption reichte man ihm eine maschinengeschriebene Notiz:

> Melden Sie sich bitte in Suite 201. Dort hat jemand eine Nachricht für Sie.

Walter nahm an, dass ein Mitarbeiter des Auswärtigen Amts auf ihn wartete. Vielleicht hatten sie ja beschlossen, Lenin doch nicht zu unterstützen. Nun, dafür war es jetzt zu spät.

Walter stieg die Stufen hinauf und klopfte an die Tür von Suite 201. Drinnen fragte eine gedämpfte Stimme auf Deutsch: »Ja?«

»Walter von Ulrich.«

»Kommen Sie herein. Es ist offen.«

Walter trat ein und schloss die Tür hinter sich. Die Suite wurde schummrig von Kerzen erhellt. »Jemand hat eine Nachricht für mich?« Walter blinzelte ins Zwielicht.

Eine Gestalt erhob sich von einem Stuhl. Es war eine Frau; sie hatte ihm den Rücken zugekehrt, doch irgendetwas an ihr ließ sein Herz einen Schlag aussetzen. Sie drehte sich zu ihm um.

Es war Maud.

Walter klappte der Mund auf. Es verschlug ihm die Sprache.

»Hallo, Walter«, sagte Maud.

Dann war ihre Selbstbeherrschung dahin, und sie warf sich ihm in die Arme.

Ihr vertrauter Duft stieg ihm in die Nase. Er küsste ihr Haar und strich ihr über den Rücken. Sprechen konnte er nicht aus Angst, in Tränen auszubrechen. Er drückte sie an sich und konnte kaum glauben, dass sie es wirklich war, dass er sie tatsächlich in den Armen hielt und berührte – sie, nach der er sich fast drei Jahre lang verzehrt hatte. Maud blickte zu ihm auf. In ihren Augen schimmerten Tränen. Walter musterte ihr Gesicht, sog den Anblick in sich auf. Maud war genau so, wie er sie in Erinnerung hatte, und doch anders: dünner, mit feinen Fältchen unter den Augen. Aber da war noch immer dieser vertraute, feste, kluge Blick.

Sie sagte auf Englisch: »Betrachtet er so prüfend mein Gesicht, als wollt er's zeichnen.«

Walter lächelte. »Wir sind nicht Hamlet und Ophelia. Geh also bitte nicht ins Kloster.«

»Gott, was habe ich dich vermisst.«

»Und ich dich. Ich habe auf einen Brief gehofft, aber das … Wie hast du das geschafft?«

»Ich habe im Passamt angegeben, einen skandinavischen Politiker treffen zu wollen, um mich mit ihm über das Frauenwahlrecht zu unterhalten. Dann habe ich mich auf einer Party mit dem Innenminister unterhalten und ihm was ins Ohr geflüstert.«

»Wie bist du hierhergekommen?«

»Es fahren noch Passagierschiffe.«

»Aber das ist zu gefährlich. Unsere U-Boote versenken alles, was schwimmt.«

»Ich weiß, aber das Risiko war es mir wert. Ich war verzweifelt.« Sie brach in Tränen aus.

»Komm, setz dich.« Den Arm noch immer um Mauds Hüfte gelegt, führte Walter sie durch das Zimmer zur Couch.

»Nein«, sagte Maud, bevor sie sich setzen konnten. »Vor dem Krieg haben wir schon zu lange gewartet.« Sie nahm Walters Hand und führte ihn ins Schlafzimmer. Ein Feuer prasselte im Kamin. »Lass uns keine Zeit verschwenden. Komm ins Bett.«

✠

Grigori und Konstantin gehörten zur Abordnung des Petrograder Sowjets, die am Abend des 16. April zum Finnischen Bahnhof ging, um Lenin in der Heimat willkommen zu heißen.

Die meisten Leute hatten Lenin noch nie gesehen. Den größten Teil der letzten siebzehn Jahre hatte er entweder in Verbannung oder im Exil verbracht. Grigori war elf Jahre alt gewesen, als Lenin das Land verlassen hatte. Aber er kannte seinen Ruf – wie offensichtlich auch Tausende andere, die sich am Bahnhof versammelt hatten, um ihn zu begrüßen. Warum so viele, fragte sich Grigori. Vielleicht waren sie mit der Provisorischen Regierung unzufrieden, genau wie er, misstrauten den bürgerlichen Ministern und waren wütend, weil der Krieg noch nicht zu Ende war.

Der Finnische Bahnhof befand sich auf der Wyborger Seite in der Nähe der Textilfabriken und der Kaserne des 1. Maschinengewehrregiments. Auf dem Platz hatte sich eine gewaltige Menschenmenge versammelt. Grigori rechnete nicht mit Verrat; dennoch hatte er Isaak befohlen, ein paar Mann sowie Panzerwagen zur Sicherung mitzubringen. Auf dem Bahnhofsdach war ein Suchscheinwerfer angebracht, dessen Lichtkegel im Dunkeln über die Menge huschte.

Im Bahnhofsgebäude wimmelte es von Arbeitern und Soldaten, die rote Fahnen und Banner schwenkten. Eine Militärkapelle spielte. Zwanzig Minuten vor Mitternacht stellten sich zwei Marineeinheiten zur Ehrenformation am Bahnsteig auf. Die Delegation des Sowjets wartete in dem großen, prächtigen Wartesaal, der einst für den Zaren und die kaiserliche Familie reserviert gewesen war, doch Grigori ging zu der Menge auf den Bahnsteig hinaus.

Es ging auf Mitternacht zu, als Konstantin mit ausgestrecktem

Arm den Bahnsteig hinunterzeigte. Grigori entdeckte die fernen Scheinwerfer eines Zuges. Ein erwartungsvolles Raunen ging durch die Menge der Wartenden. Dann dampfte der Zug in den Bahnhof und kam zischend zum Stehen. Er trug die Nummer 293.

Nach einer Pause stieg ein kleiner, stämmiger Mann aus einem der Waggons. Er trug einen zweireihigen Wollmantel und einen Homburger. Das kann unmöglich Lenin sein, dachte Grigori. Der würde bestimmt nicht die Kleidung der Oberschicht tragen … oder doch? Eine junge Frau trat vor und reichte dem Mann einen Blumenstrauß. Er nahm ihn mit einem unfreundlichen Stirnrunzeln entgegen.

Das *war* Lenin.

Hinter ihm erschien Lew Kamenew, den das Zentralkomitee der Bolschewiken an die Grenze geschickt hatte, um sich dort mit Lenin zu treffen, falls es Probleme geben sollte. Aber man hatte Lenin ohne Schwierigkeiten einreisen lassen. Nun bedeutete ihm Kamenew, dass sie in den kaiserlichen Wartesaal gehen sollten.

Doch anstatt Kamenew zu folgen, kehrte Lenin ihm rüde den Rücken zu und wandte sich an die Menge. »Genossen!«, rief er. »Man hat euch getäuscht! Ihr habt die Revolution gemacht, aber die Verräter in der Provisorischen Regierung haben euch um deren Früchte betrogen!«

Kamenew wurde kreidebleich. Fast jeder Politiker der Linken unterstützte die Provisorische Regierung, anstatt sie anzugreifen – zumindest vorläufig.

Grigori aber freute sich. Er glaubte nicht an die Demokratie der Bourgeoisie. Das Parlament, dessen Gründung der Zar 1905 zugelassen hatte, war bloß Blendwerk gewesen. Kaum waren die Unruhen vorüber und alle gingen wieder zur Arbeit, hatte die Duma ihre Macht verloren. Genauso wurde die Provisorische Regierung geführt. Und endlich hatte jemand den Mut, es auszusprechen.

Grigori und Konstantin folgten Lenin und Kamenew in den Wartesaal. Die Menge drängte sich hinter ihnen durch den Eingang, bis der Raum zum Bersten gefüllt war. Der Vorsitzende des Petrograder Sowjets, der fast kahle, rattengesichtige Nikolos Tscheidse, trat vor. Er schüttelte Lenin die Hand. »Im Namen des Petrograder Sowjets und der Revolution heißen wir Sie in Russland willkommen«, sagte er. »Aber …«

Grigori hob die Brauen und schaute zu Konstantin hinüber. Dieses

»Aber« kam unangemessen früh in der Willkommensrede. Konstantin zuckte mit den knochigen Schultern.

»Aber wir glauben, dass die Hauptaufgabe der revolutionären Demokratie im Augenblick darin besteht, die Revolution gegen alle Angriffe zu verteidigen.« Tscheidse legte eine kurze Pause ein und betonte dann: »Ob von außen oder von innen.«

Konstantin murmelte: »Das ist keine Begrüßung, das ist eine Warnung.«

»Um dieses Ziel zu erreichen, bedarf es der Einigkeit aller Revolutionäre. Wir hoffen, dass Sie diese Ziele in Übereinstimmung mit uns ebenfalls verfolgen werden.«

Einige Mitglieder der Delegation applaudierten höflich.

Lenin wartete kurz, ehe er antwortete. Er blickte in die Gesichter um ihn her, ehe er hinauf zur prunkvoll verzierten Decke schaute. Dann kehrte er Tscheidse den Rücken zu – eine absichtliche Beleidigung – und wandte sich an die Menge.

»Genossen, Soldaten, Matrosen, Arbeiter!«, rief er und schloss bewusst die bürgerlichen Parlamentarier aus. »Ich grüße euch als Vorhut der Armee aller Proletarier weltweit. Heute – oder vielleicht morgen – wird der europäische Imperialismus zusammenbrechen. Eure Revolution hat eine neue Ära eingeläutet. Es lebe die Weltrevolution!«

Die Leute jubelten. Grigori war verwirrt. Sie hatten gerade erst eine Revolution in Petrograd gemacht, und deren Ausgang stand noch infrage. Wie konnte da jemand von *Welt*revolution reden? Doch die Idee gefiel ihm; sie gefiel ihm sogar sehr. Lenin hatte recht: Alle Völker sollten sich gegen die Herrschenden erheben, die so viele Menschen in einem sinnlosen Krieg in den Tod geschickt hatten.

Lenin ließ die Abordnung stehen und marschierte auf den Platz hinaus. Lauter Jubel brandete auf. Isaaks Soldaten hoben Lenin auf das Dach eines Panzerwagens. Der Suchscheinwerfer wurde auf ihn gerichtet. Er nahm den Hut ab.

Seine Stimme war ein monotones Bellen, doch seine Worte waren elektrisierend. »Die Provisorische Regierung hat die Revolution verraten!«, rief er.

Erneuter Jubel. Grigori war erstaunt. Ihm war gar nicht bewusst gewesen, wie viele Menschen genauso dachten wie er.

»Dieser Krieg ist ein imperialistischer Krieg. Wir wollen nichts mit diesem schändlichen Abschlachten zu tun haben. Durch den Sturz des Kapitals können wir einen demokratischen Frieden erreichen!«

Der Jubel wurde noch lauter, tosender.

»Wir wollen nicht die Lügen und Falschheiten eines bourgeoisen Parlaments! Die einzig mögliche Regierungsform ist ein Sowjet der Arbeiterdeputierten. Sämtliche Banken müssen verstaatlicht und der Kontrolle der Sowjets unterstellt werden. Aller private Grund und Boden muss konfisziert werden. Und sämtliche Offiziere in der Armee müssen gewählt werden!«

Genau dieser Meinung war auch Grigori. Er fiel in den Jubel ein.

»Es lebe die Revolution!«

Die Menge geriet außer Rand und Band.

Lenin kletterte vom Dach herunter und stieg in den Panzerwagen, der im Schritttempo losfuhr. Die Menge folgte ihm und schwenkte rote Fahnen. Die Militärkapelle schloss sich dem Zug an und spielte einen Marsch.

Grigori sagte: »Das ist mein Mann!«

»Meiner auch«, erklärte Konstantin.

Sie folgten der Prozession.

KAPITEL 25

Mai und Juni 1917

Der Nachtclub Monte Carlo in Buffalo sah bei Tageslicht wie eine Bruchbude aus, doch Lew Peschkow liebte ihn. Das Holz war zerkratzt; die Farbe bröckelte ab; die Polster waren fleckig, und der Teppich war voller Brandlöcher. Aber für Lew war der Club das Paradies. Als er hereinkam, küsste er das Garderobenmädchen, gab dem Türsteher eine Zigarre und sagte dem Barmann, der sich gerade mit einer Kiste abschleppte: »Lass sie ja nicht fallen!«

Der Job eines Nachtclubmanagers war wie geschaffen für Lew. Seine Hauptaufgabe war, dafür zu sorgen, dass niemand etwas mitgehen ließ. Weil er selbst Dieb war, wusste er genau, wie man so etwas anstellte. Ansonsten musste er nur dafür sorgen, dass die Bar genug Getränke vorrätig hatte und dass auf der Bühne eine ordentliche Band spielte. Neben seinem Gehalt bekam er kostenlos Zigaretten und so viele Drinks, wie er trinken konnte, ohne umzukippen. Er trug stets formelle Abendkleidung, in der er sich wie ein Fürst vorkam. Joseph Vyalov mischte sich nicht in die Führung des Monte Carlo ein. Solange der Laden Gewinn abwarf, hatte Lews Schwiegervater kein Interesse an dem Club. Nur dann und wann tauchte einer seiner Schläger auf und schaute sich die Show an.

Lew hatte nur ein Problem: seine Frau.

Olga hatte sich verändert. Damals, im Sommer 1915, war sie ein paar Wochen lang die reinste Sexmaschine gewesen; ständig hatte sie ihn gewollt. Aber das war untypisch für sie gewesen, wie Lew inzwischen wusste.

Seit sie geheiratet hatten, war sie mit allem unzufrieden. Sie wollte, dass er jeden Tag badete, eine Zahnbürste benutzte und nicht mehr furzte. Sie mochte weder Tanzen noch Trinken, und sie verlangte von Lew, nicht zu rauchen. Nie kam sie in den Club. Sie schliefen in getrennten Betten. Sie bezeichnete ihn als Proletarier. »Ich *bin* ja auch

Proletarier«, hatte er eines Tages zu ihr gesagt. »Deshalb war ich ja der Chauffeur.«

Doch Olga schimpfte und hetzte weiter.

Also hatte Lew Marga engagiert.

Seine alte Flamme war gerade auf der Bühne und probte eine Nummer mit der Band, während zwei schwarze Frauen mit Kopftüchern die Tische und den Boden putzten. Marga trug ein enges Kleid und roten Lippenstift. Lew hatte ihr einen Job als Tänzerin gegeben, ohne zu wissen, ob sie wirklich gut war. Aber wie sich herausstellte, war sie nicht nur gut, sie war eine Naturgewalt. Der Song, den sie gerade probte, war mehr als nur zweideutig. Es ging um eine Frau, die verzweifelt darauf wartete, dass ihr Mann endlich kam.

Lew wusste genau, was Marga meinte.

Er schaute ihr zu, bis sie fertig war. Dann stieg Marga von der Bühne und küsste ihn auf die Wange. Lew holte zwei Flaschen Bier und folgte ihr in die Garderobe. »Das ist ein toller Song«, sagte er.

»Danke.« Marga setzte sich die Flasche an den Mund, legte den Kopf zurück und trank. Lew betrachtete ihre roten Lippen, die sich verführerisch um den Flaschenhals schlossen. Marga bemerkte, dass er sie beobachtete. Sie schluckte und grinste. »Erinnert dich das an was?«

»Darauf kannst du wetten.« Lew umarmte sie und fuhr mit der Hand gierig über ihren Körper. Nach ein paar Minuten kniete Marga sich hin, knöpfte Lews Hose auf und besorgte es ihm mit dem Mund. Darin war sie ein Ass – die Beste, die Lew je gehabt hatte. Entweder gefiel es ihr wirklich, oder sie war die größte Schauspielerin Amerikas. Lew schloss die Augen und stöhnte vor Lust.

Die Tür ging auf, und Joseph Vyalov kam herein.

»Es stimmt also!«, polterte er.

Zwei seiner Schläger, Ilja und Theo, folgten ihm.

Lew bekam Panik. Rasch versuchte er, seine Hose zuzuknöpfen und sich gleichzeitig zu entschuldigen.

Marga sprang auf und wischte sich den Mund ab. »Sie sind in meiner Garderobe!«, protestierte sie.

»Und du bist in meinem Nachtclub«, erwiderte Vyalov, »aber nicht mehr lange. Du bist gefeuert.« Er drehte sich zu Lew um. »Solange du mit meiner Tochter verheiratet bist, fickst du keine Angestellten!«

Trotzig sagte Marga: »Er hat mich nicht gefickt, falls Ihnen das entgangen sein sollte.«

Vyalov schlug ihr auf den Mund. Marga schrie auf und taumelte zurück. Ihre Lippe blutete. »Du bist gefeuert«, wiederholte Vyalov. »Verpiss dich.«

Marga schnappte sich ihre Tasche und machte, dass sie wegkam.

Vyalov schaute zu Lew. »Du Arschloch«, sagte er. »Habe ich nicht genug für dich getan?«

»Tut mir leid, Pa«, murmelte Lew. Er hatte schreckliche Angst vor seinem Schwiegervater. Joseph Vyalov war zu allem fähig. Leute, die sein Missfallen erregten, konnten ausgepeitscht, gefoltert, verstümmelt, sogar ermordet werden. Vyalov kannte keine Gnade und fürchtete sich nicht vor dem Gesetz. Auf seine Weise war er genauso mächtig wie der Zar.

»Erzähl mir jetzt bloß nicht, dass es das erste Mal gewesen ist«, sagte Vyalov. »Ich höre diese Gerüchte schon, seit ich dir den Job hier gegeben habe.«

Lew schwieg. Die Gerüchte stimmten. Es hatte noch mehr Frauen gegeben, allerdings nicht mehr, seit er Marga engagiert hatte.

»Ich werde dich versetzen«, sagte Vyalov.

»Was meinst du damit?«

»Du wirst nicht mehr hier im Club arbeiten. Zu viele Mädchen.«

Lew verließ der Mut. Er liebte das Monte Carlo. »Aber was soll ich dann tun?«

»Mir gehört eine Gießerei unten am Hafen. Da arbeiten keine Frauen. Der Chef liegt im Krankenhaus. Du wirst den Laden beaufsichtigen.«

»Eine Gießerei?«, hakte Lew ungläubig nach. »Ich?«

»Du hast doch in den Putilow-Werken gearbeitet.«

»Im Pferdestall!«

»Und in einem Kohlenbergwerk.«

»Auch da mit Pferden.«

»Dann kennst du ja die Umgebung.«

»Ja, und ich hab sie gehasst!«

»Habe ich dich gefragt, ob es dir gefällt? Himmel, ich hab dich gerade mit heruntergelassener Hose erwischt. Du kannst von Glück sagen, dass ich mir nichts Schlimmeres für dich ausgedacht habe.«

Lew hielt den Mund.

»Geh raus, und steig in den verdammten Wagen«, befahl Vyalov.

Lew verließ die Garderobe und ging durch den Club. Vyalov folgte ihm. Lew konnte kaum glauben, dass er nie mehr hierher zurückkommen sollte. Der Barmann und die Garderobiere starrten ihn an; sie spürten, dass irgendetwas nicht stimmte. Vyalov sagte zum Barkeeper: »Du hast heute Nacht das Sagen hier, Iwan.«

»In Ordnung, Boss.«

Vyalovs Packard Twin Six wartete am Bürgersteig. Ein neuer Chauffeur stand stolz daneben, ein Junge aus Kiew. Der Portier öffnete Lew die Tür zum Fond. Wenigstens fahre ich hinten, dachte Lew.

Er lebte wie ein russischer Adliger, wenn nicht sogar besser, und das gab ihm auch jetzt ein wenig Trost. Er und Olga bewohnten einen ganzen Flügel des riesigen Prärie-Hauses. Reiche Amerikaner beschäftigten zwar nicht so viele Diener wie Russen, aber ihre Häuser waren sauberer und heller als die Paläste in Petrograd. Sie hatten moderne Badezimmer, Kühlschränke, Staubsauger und eine Zentralheizung. Das Essen war gut. Vyalov teilte die Vorliebe der russischen Aristokratie für Champagner nicht, aber auf der Anrichte stand stets Whisky. Und Lew hatte sechs Anzüge.

Wann immer er sich von seinem gewalttätigen Schwiegervater unterdrückt fühlte, erinnerte er sich an seine Tage in Petrograd: an das kleine Zimmer, das er sich mit Grigori geteilt hatte, an den billigen Wodka, das derbe Schwarzbrot und die fade Kohlsuppe. Er wusste noch, wie er sich ausgemalt hatte, was für ein Luxus es wäre, mit der Straßenbahn oder dem Omnibus zu fahren, anstatt überallhin zu Fuß gehen zu müssen. Er streckte die Beine im Fond von Vyalovs Limousine aus, schaute auf seine seidenen Socken und die blank geputzten schwarzen Schuhe und sagte sich, dass er eigentlich dankbar sein sollte.

Vyalov stieg nach ihm ein; dann fuhren sie zum Ufer. Vyalovs Gießerei erwies sich als eine kleinere Version der Putilow-Werke: die gleichen heruntergekommenen Gebäude mit eingeworfenen Fenstern, die gleichen hohen Schornsteine, der gleiche schwarze Rauch und die gleichen Arbeiter mit verdreckten Gesichtern. Lew verließ der Mut.

»Die Fabrik nennt sich ›Buffalo Metal Works‹, aber hier wurde nur eines produziert«, erklärte Vyalov. »Ventilatoren.« Sie fuhren durch die schmale Toreinfahrt. »Vor dem Krieg habe ich mit diesem Laden hier Geld verloren. Nachdem ich ihn gekauft hatte, musste ich den

Arbeitern erst mal den Lohn kürzen, um den Betrieb am Laufen zu halten. Aber in letzter Zeit gehen die Geschäfte immer besser. Unsere Auftragsliste ist lang. Inzwischen bauen wir Flugzeugpropeller, Schiffsschrauben und Kühlaggregate für Panzerwagen. Jetzt wollen die Arbeiter mehr Lohn, aber ich muss erst ein bisschen von dem zurückbekommen, was ich investiert habe, bevor ich wieder Geld weggeben kann.«

Lew fürchtete sich davor, hier zu arbeiten, doch seine Angst vor Vyalov war noch größer. Er durfte auf keinen Fall scheitern. Lew beschloss, nicht derjenige zu sein, der den Arbeitern höheren Lohn versprach.

Vyalov führte ihn durch das Werk. Lew wünschte sich, etwas anderes zu tragen als seinen Smoking. Aber das Innere der Fabrik ähnelte ganz und gar nicht den Putilow-Werken. Hier war es deutlich sauberer, und es liefen auch keine Kinder herum. Abgesehen von den Öfen wurde alles mit Strom betrieben. Während in Russland zwölf Mann einen Dampfkessel mit einem Flaschenzug hoben, reichte hier ein elektrisch betriebener Kran, um eine tonnenschwere Schiffsschraube in die Höhe zu befördern.

Vyalov deutete auf einen kahlköpfigen Mann, der Kragen und Krawatte unter seinem Overall trug. »Das ist dein Feind«, erklärte er. »Brian Hall. Der hiesige Gewerkschaftsboss.«

Lew musterte Hall. Der Mann stellte soeben eine riesige Presse ein. Er strahlte etwas Kämpferisches aus. Und tatsächlich: Als er den Blick hob und Lew und Vyalov sah, starrte er sie herausfordernd an, als wollte er sie fragen: Sucht ihr Ärger?

Vyalov rief über den Maschinenlärm hinweg: »Komm mal her, Hall.«

Der Mann ließ sich Zeit. Er legte sein Werkzeug in die Kiste zurück und wischte sich die Hände an einem Lappen ab, ehe er herüberkam.

Vyalov sagte: »Das ist dein neuer Boss, Lew Peschkow.«

»Hallo«, sagte Hall zu Lew und drehte sich dann zu Vyalov um. »Peter Fisher hat heute Morgen einen Stahlsplitter ins Gesicht bekommen. Er musste ins Krankenhaus.«

»Tut mir leid«, sagte Vyalov. »Jobs in der Metallindustrie sind nun mal gefährlich. Aber es wird ja niemand gezwungen, hier zu arbeiten.«

»Der Splitter hat sein Auge nur knapp verfehlt!«, sagte Hall entrüstet. »Wir brauchen Schutzbrillen.«

»Seit mir die Fabrik gehört, hat noch niemand ein Auge verloren.«

Hall gehörte offensichtlich zu den aufbrausenden Typen, denn er stieß hervor: »Sollen wir warten, bis einer von uns blind ist, ehe wir Brillen bekommen?«

»Gute Idee. Dann weiß ich wenigstens, dass ihr sie wirklich braucht.«

»Auch ein Mann, der noch nie ausgeraubt wurde, baut ein Schloss in seine Tür!«

»Aber das bezahlt er selbst.«

Hall nickte, als hätte er nichts anderes erwartet, und kehrte mit einem Seufzer an seine Maschine zurück.

»Die wollen immer irgendwas«, sagte Vyalov zu Lew.

Lew kam zu dem Schluss, dass Vyalov ihn als harten Hund einsetzen wollte. Na, wie man das machte, wusste er. In Petrograd wurden alle Fabriken so geführt.

Sie verließen das Werk und fuhren die Delaware Avenue hinauf. Lew vermutete, dass sie zum Mittagessen nach Hause fuhren. Vyalov wäre nie auf den Gedanken gekommen, Lew zu fragen, ob ihm das recht war: Vyalov entschied immer für alle anderen mit.

Im Haus zog Lew die Schuhe aus, die schmutzig waren von dem Kurzbesuch in der Fabrik, und tauschte sie gegen ein Paar bestickte Slipper, die Olga ihm zu Weihnachten geschenkt hatte. Dann ging er ins Kinderzimmer. Olgas Mutter Lena war bei Daisy.

»Schau mal, Daisy«, sagte Lena, »da ist dein Papa!«

Lews Tochter war inzwischen vierzehn Monate alt und machte ihre ersten Schritte. Sie wankte durchs Zimmer auf Lew zu, grinste begeistert, fiel hin und begann zu weinen. Lew hob sie hoch und küsste sie. Früher hatte er sich nicht im Mindesten für Kinder oder Babys interessiert, aber Daisy hatte sein Herz im Sturm erobert. Wenn sie bockig war und nicht ins Bett wollte und wenn niemand sie beruhigen konnte, nahm er sie auf die Arme, flüsterte ihr Koseworte zu und sang Verse aus russischen Volksliedern für sie, bis ihr die Augen zufielen und sie in seinen Armen schlief.

Lena sagte: »Sie sieht genau wie ihr hübscher Daddy aus.«

Lew fand, dass Daisy bloß wie ein Baby aussah, aber er widersprach seiner Schwiegermutter nicht. Lena Vyalov vergötterte ihn.

Sie flirtete mit ihm, berührte ihn häufig und küsste ihn bei jeder Gelegenheit. Sie hatte sich in ihn verliebt, auch wenn sie selbst ohne Zweifel glaubte, ihm lediglich familiäre Zuneigung entgegenzubringen.

Auf der anderen Seite des Zimmers saß ein junges russisches Mädchen mit Namen Polina. Sie war das Kindermädchen, aber nur auf dem Papier: Olga und Lena kümmerten sich die meiste Zeit selbst um Daisy. Nun reichte Lew Polina das Baby. Dabei schaute Polina ihm tief in die Augen. Sie war eine klassische russische Schönheit mit blondem Haar und hohen Wangenknochen. Kurz fragte sich Lew, ob er mit ihr wohl eine Affäre haben könnte und damit durchkommen würde. Polina hatte ihr eigenes, wenn auch winziges Schlafzimmer. Konnte er sich dort hineinschleichen, ohne dass jemand es bemerkte? Es wäre das Risiko wahrscheinlich wert. In ihrem Blick loderte Leidenschaft.

Olga kam ins Zimmer, und sofort fühlte Lew sich schuldig. »Was für eine Überraschung!«, sagte sie, als sie ihn sah. »Ich habe dich gar nicht vor drei Uhr erwartet.«

»Dein Vater hat mich versetzt«, erklärte Lew säuerlich. »Ich leite jetzt die Gießerei.«

»Aber warum? Ich dachte, du würdest im Club gut zurechtkommen.«

»Ich weiß nicht warum«, log Lew.

»Vielleicht will er vermeiden, dass du eingezogen wirst«, sagte Olga. Präsident Wilson hatte Deutschland den Krieg erklärt und würde bald die Wehrpflicht einführen. »Man wird die Fabrik als kriegswichtig einstufen. Daddy will nicht, dass du zur Armee gehst, das ist der Grund.«

Lew wusste aus den Zeitungen, dass örtliche Komitees die Rekrutierung übernahmen. Dass Vyalov einen seiner Männer in dieses Komitee schicken würde, stand außer Frage, und der Bursche würde dann alles so deichseln, wie Vyalov es wollte. So lief es in dieser Stadt.

Lew jedenfalls fiel ein Stein vom Herzen. Er brauchte eine Erklärung für seinen neuen Job, die nichts mit Marga zu tun hatte, und Olga hatte sie ihm gerade geliefert. »Natürlich«, sagte er. »Ich nehme an, das ist der Grund dafür.«

Daisy sagte: »Dadda.«

»Kluges Mädchen!«, lobte Polina.

Lena sagte: »Ich bin sicher, du wirst in der Fabrik gute Arbeit leisten.«

Lew schenkte ihr sein breitestes amerikanisches Grinsen. »Ich werde mein Bestes tun.«

✠

Gus Dewar glaubte, bei seiner Mission in Europa, auf die der Präsident ihn geschickt hatte, versagt zu haben.

»Versagt?«, sagte Woodrow Wilson. »Himmel, nein! Sie haben die Deutschen dazu gebracht, ein Friedensangebot zu unterbreiten. Es ist nicht Ihre Schuld, dass die Engländer und Franzosen geantwortet haben, die Deutschen sollten sich dieses Angebot in den Hintern schieben. Sie können ein Pferd zum Wasser führen, aber trinken muss es schon von allein.«

Trotzdem ließ sich nicht bestreiten, dass es Gus nicht gelungen war, die beiden Seiten auch nur zu Vorgesprächen zusammenzubringen. Deshalb war er nun umso eifriger darauf bedacht, bei der nächsten großen Aufgabe, die Wilson ihm gab, zu glänzen.

»Die Buffalo Metal Works sind wegen eines Streiks geschlossen«, sagte der Präsident. »Wir haben Schiffe, Flugzeuge und Militärfahrzeuge, die wegen fehlender Propeller, Schrauben und Ventilatoren aus Buffalo nicht fertig gebaut werden können. Sie kommen aus Buffalo, Gus. Fahren Sie dorthin, und sorgen Sie dafür, dass dort weitergearbeitet wird.«

Am ersten Abend nach seiner Rückkehr nach Buffalo ging Gus zum Dinner bei Chuck Dixon, der einst mit ihm um die Gunst von Olga Vyalov konkurriert hatte. Chuck und seine frischgebackene Frau Doris besaßen ein viktorianisches Haus an der Elmwood Avenue, die parallel zur Delaware verlief, und Chuck fuhr jeden Tag mit der Belt-Linie zur Bank seines Vaters.

Doris war ein hübsches Mädchen, das Olga ein bisschen ähnlich sah. Als Gus die beiden Frischvermählten beobachtete, dachte er bei sich, wie gerne auch er so häuslich leben würde. Einst hatte er davon geträumt, morgens neben Olga aufzuwachen, aber das war vor zwei Jahren gewesen; nun, da Olgas Zauber verflogen war, zog er eine Junggesellenwohnung an der 16th Street in Washington einem gemeinsamen Bett mit ihr vor.

Als sie sich zu Steak und Kartoffelbrei an den Tisch setzten, fragte Doris: »Was ist eigentlich aus Präsident Wilsons Versprechen geworden, wir würden nie in den Krieg eintreten?«

»Man muss ihm zugutehalten«, antwortete Gus, »dass er sich drei Jahre lang um Frieden bemüht hat. Die verfeindeten Parteien wollten ihm aber nicht zuhören.«

»Das heißt aber noch lange nicht, dass wir uns am Krieg beteiligen müssen.«

Chuck sagte ungeduldig: »Liebling, die Deutschen versenken amerikanische Schiffe!«

»Dann sagt den amerikanischen Schiffen, sie sollen sich vom Kriegsgebiet fernhalten!« Doris schaute verärgert drein, und Gus vermutete, dass die beiden diese Diskussion schon früher geführt hatten. Ohne Zweifel wurde Doris' Wut von der Furcht genährt, Chuck könne eingezogen werden.

Für Gus waren diese Themen viel zu komplex, als dass man sie einfach in »Richtig« oder »Falsch« hätte einordnen können. In versöhnlichem Tonfall sagte er: »Okay, das ist eine Alternative, und der Präsident hat darüber nachgedacht. Aber das hieße, zu akzeptieren, von den Deutschen gesagt zu bekommen, wohin amerikanische Schiffe fahren dürfen und wohin nicht.«

Chuck war empört. »Wir dürfen uns weder von den Deutschen noch von sonst jemandem herumschubsen lassen!«

Aber Doris zeigte sich hartnäckig. »Wenn dadurch das Leben von Amerikanern gerettet wird, warum nicht?«

»Die meisten Amerikaner denken wie Chuck«, erklärte Gus.

»Das macht es nicht richtiger.«

»Wilson glaubt, ein Präsident müsse mit der öffentlichen Meinung so umgehen wie ein Seemann mit dem Wind. Er muss sie benutzen, darf sich aber nie gegen sie stellen.«

»Warum brauchen wir dann die Wehrpflicht? Das macht amerikanische Männer zu Sklaven.«

Chuck meldete sich wieder zu Wort. »Hältst du es denn nicht für gerecht, dass alle eine gleich große Verantwortung für ihr Land übernehmen und kämpfen?«

»Wir haben eine Berufsarmee. Diese Männer haben sich freiwillig gemeldet.«

Gus sagte: »Wir haben eine Armee von hundertdreißigtausend

Mann. In einem Krieg ist das gar nichts. Wir brauchen mindestens eine Million.«

»Umso mehr werden sterben«, sagte Doris.

»In der Bank sind wir verdammt froh, dass wir in den Krieg ziehen, das kann ich dir sagen«, erklärte Chuck. »Wir haben eine Menge Geld an amerikanische Firmen verliehen, die die Entente unterstützen. Sollten die Deutschen siegen und die Tommys und Froschfresser ihre Schulden nicht bezahlen, stecken wir alle in Schwierigkeiten.«

Doris blickte nachdenklich drein. »Das habe ich nicht gewusst.«

Chuck tätschelte ihr die Hand. »Mach dir keine Sorgen, Liebling. So weit kommt es nicht. Die Alliierten werden siegen. Erst recht, wenn die Vereinigten Staaten an ihrer Seite kämpfen.«

Gus sagte: »Es gibt noch einen Grund, warum wir kämpfen müssen. Wenn der Krieg zu Ende ist, werden die USA als gleichberechtigte Partner an den Friedensgesprächen teilnehmen können. Das mag jetzt noch nicht so wichtig erscheinen, aber es ist Wilsons Traum, einen Völkerbund zu gründen, der zukünftige Konflikte ohne Blutvergießen lösen soll.« Er schaute Doris an. »Das muss Ihnen doch gefallen.«

»Sicher.«

Chuck wechselte das Thema. »Was führt dich eigentlich nach Buffalo, Gus? Abgesehen davon, dass du uns, dem gemeinen Volk, die Entscheidungen des Präsidenten übermittelst.«

Gus erzählte ihnen von dem Streik, wobei er so gelassen blieb wie bei Dinnerpartys üblich; in Wahrheit aber machte er sich große Sorgen. Die Buffalo Metal Works waren von entscheidender Bedeutung für die Kriegsanstrengungen, und er war nicht sicher, ob es ihm gelingen würde, die Beschäftigten des Unternehmens wieder zum Arbeiten zu überreden. Kurz vor seiner Wiederwahl hatte Wilson einen landesweiten Streik der Eisenbahnarbeiter beendet, und nun schien er zu glauben, dass die Einmischung der Politik in ökonomische Konflikte etwas ganz Normales war. Für Gus aber bedeutete es eine ungeheure Verantwortung.

»Du weißt doch, wem die Fabrik gehört, oder?«, fragte Chuck.

Gus hatte nachgesehen. »Vyalov.«

»Und weißt du auch, wer den Laden für ihn schmeißt?«

»Nein.«

»Sein neuer Schwiegersohn, Lew Peschkow.«

»Oh«, sagte Gus. »Das ist mir neu.«

Lew war stinkwütend wegen des Streiks. Die Gewerkschaft versuchte, seine Unerfahrenheit auszunutzen. Er war sicher, dass Brian Hall und dessen Kumpane von der Gewerkschaft ihn für schwach hielten. Na, denen würde er das Gegenteil beweisen!

Lew hatte versucht, vernünftig zu sein. »Mister V muss das Geld reinholen, das er in den schlechten Jahren verloren hat«, hatte er Hall erklärt.

»Und die Arbeiter müssen hereinholen, was *sie* durch die Lohnkürzungen verloren haben«, hatte Hall erwidert.

»Das ist nicht das Gleiche.«

»Nein, ist es nicht«, hatte Hall ihm beigepflichtet. »Vyalov ist reich, und die Arbeiter sind arm. Für die ist es viel härter.« Die Schlagfertigkeit des Mannes würde Lew noch in den Wahnsinn treiben.

Lew wollte unbedingt die Gunst seines Schwiegervaters zurückerlangen. Es war gefährlich, wenn ein Mann wie Joseph Vyalov längere Zeit unzufrieden mit einem war. Das Problem war nur, dass Lew lediglich auf seinen Charme zurückgreifen konnte, und der verfing bei Vyalov nicht.

Allerdings unterstützte Vyalov ihn, was die Fabrik betraf. »Manchmal musst du die Leute einfach streiken lassen«, hatte er zu Lew gesagt. »Man darf ihnen nur nicht nachgeben. Sitz es aus. Wenn den Leuten der Magen knurrt, werden sie wieder vernünftig.« Andererseits wusste er nur zu gut, wie schnell Vyalov seine Meinung wieder ändern konnte.

Lew hatte einen Plan, den Streik schneller zu beenden. Er würde sich die Macht der Presse zunutze machen.

Lew war Mitglied im Jachtclub von Buffalo. Das hatte er seinem Schwiegervater zu verdanken, der ihn dort eingeführt hatte. Die meisten führenden Geschäftsleute Buffalos waren Mitglieder, darunter auch Peter Hoyle, Herausgeber des *Buffalo Evening Advertiser*. Eines Nachmittags sprach Lew den Zeitungsmann im Clubhaus an der Porter Avenue an.

Der *Advertiser* war ein konservatives Blatt, das Stabilität propagierte und Ausländern, Negern und Sozialisten die Schuld an allem Übel gab. Hoyle, eine imposante Gestalt mit schwarzem Schnurrbart, war ein guter Freund von Vyalov. »Hallo, mein junger Peschkow«, sagte er jovial. »Wie ich höre, hat der Präsident Cam Dewars Sohn geschickt, um Ihren Streik zu beenden.«

»Das mag sein, aber ich habe noch nichts von ihm gehört.«

»Ich kenne Dewar. Er ist naiv. Sie brauchen sich keine Sorgen zu machen.«

Lew stimmte ihm zu. Er hatte Gus Dewar 1914 in Petrograd einen Dollar abgeknüpft, und vergangenes Jahr hatte er ihm genauso lässig die Verlobte geklaut. »Ich wollte mit Ihnen über den Streik sprechen«, sagte er und setzte sich Hoyle gegenüber in einen Sessel.

»Der *Advertiser* hat die Streikenden bereits als unamerikanische Sozialisten und Revolutionäre verurteilt«, sagte Hoyle. »Oder können wir sonst noch etwas tun?«

»Ja. Stellen Sie diese Leute als feindliche Agenten bloß«, antwortete Lew. »Sie halten die Produktion von Fahrzeugen auf, die unsere Jungs in Europa brauchen werden. Gleichzeitig sind die Arbeiter von der Armee freigestellt.«

»Das ist ein interessanter Punkt.« Hoyle runzelte die Stirn. »Aber wir wissen noch nicht, wie genau man die Wehrpflicht umsetzen wird.«

»Kriegswichtige Betriebe werden mit Sicherheit davon befreit.«

»Das stimmt.«

»Trotzdem verlangen die Arbeiter mehr Geld. Viele Leute würden sich mit weniger zufriedengeben, wenn sie der Armee auf diese Weise aus dem Weg gehen könnten.«

Hoyle zog ein Notizbuch aus seinem Jackett und begann zu schreiben. »Weniger Geld für einen Job, der einem die Wehrpflicht erspart …«, murmelte er.

»Vielleicht wollen Sie ja fragen, auf wessen Seite diese Leute stehen.«

»Das hört sich nach einer Schlagzeile an.«

Lew war freudig überrascht. Das war ja einfach gewesen!

Hoyle schaute von seinem Notizbuch auf. »Ich nehme an, Mister V weiß von unserem Gespräch?«

Mit dieser Frage hatte Lew nicht gerechnet. Er grinste, um seine Verwirrung zu verbergen. Wenn er verneinte, das wusste Lew, würde Hoyle die ganze Sache fallen lassen. »Ja, natürlich«, log er. »Tatsächlich war es sogar seine Idee.«

Vyalov bat Gus, sich im Jachtclub mit ihm zu treffen. Brian Hall hingegen schlug eine Konferenz im Gewerkschaftsbüro vor. Beide wollten mit Gus auf ihrem eigenen Territorium reden, wo sie sich sicher fühlten. Als Kompromiss mietete Gus ein Konferenzzimmer im Statler Hotel.

Lew Peschkow hatte die Streikenden als Wehrdienstverweigerer attackiert, und der *Advertiser* hatte seine Kommentare unter der Schlagzeile AUF WESSEN SEITE STEHEN DIESE LEUTE? abgedruckt. Nach einem Blick in die Zeitung hatte Gus das Entsetzen gepackt. Durch solch aggressives Gerede würde der Konflikt nur eskalieren. Aber Lews Bemühungen hatten sich als Schuss nach hinten erwiesen. Die Zeitungen vom heutigen Tag berichteten von einem wahren Proteststurm der Arbeiter in anderen kriegswichtigen Betrieben. Der Vorschlag, sie sollten aufgrund ihres Status auf Lohn verzichten, entfachte ihren Zorn, und dass man sie als Feiglinge beschimpfte, machte sie umso wütender. Lews Ungeschick gab Gus neuen Mut, doch er wusste, dass Vyalov sein wirklicher Feind war, und das wiederum machte ihn nervös.

Gus legte sämtliche Zeitungen auf den Tisch im Konferenzzimmer. Obenauf legte er ein populäres Blatt, das in seiner Schlagzeile fragte: UND? WIRST *DU* DICH FREIWILLIG MELDEN, LEW?

Gus hatte Brian Hall eine Viertelstunde früher einbestellt als Vyalov. Der Gewerkschaftsführer erschien auf die Sekunde genau. Er trug einen modischen Anzug und einen grauen Filzhut. Das ist eine gute Taktik, dachte Gus. Es war ein Fehler, geringwertiger zu erscheinen, nur weil man die Arbeiter repräsentierte. Auf seine Art war Hall genauso respekteinflößend wie Vyalov.

Hall sah die Zeitungen und grinste. »Der junge Lew hat einen Fehler gemacht«, sagte er mit sichtlicher Zufriedenheit. »Er hat sich eine Menge Ärger eingebrockt.«

»Die Presse zu manipulieren ist ein gefährliches Spiel«, sagte Gus und kam direkt auf den Punkt. »Sie verlangen eine Lohnerhöhung von einem Dollar pro Tag.«

»Das sind nur zehn Cent mehr als meine Leute verdient haben, bevor Vyalov die Fabrik gekauft hat, und …«

»Vergessen Sie's«, unterbrach ihn Gus und legte mehr Mut an den

Tag, als er verspürte. »Wenn ich Ihnen fünfzig Cent geben kann, nehmen Sie dann an?«

Hall musterte ihn misstrauisch. »Ich werde es mit meinen Leuten besprechen.«

»Nein«, sagte Gus. »Sie müssen es jetzt entscheiden.« Er betete, dass man ihm seine Nervosität nicht ansah.

Hall blieb zurückhaltend. »Hat Vyalov dem zugestimmt?«

»Überlassen Sie Vyalov mir. Fünfzig Cent ... Nehmen Sie's oder lassen Sie's bleiben.« Gus widerstand dem Verlangen, sich die Stirn abzuwischen.

Hall musterte Gus eingehend. Hinter dem kampflustigen Äußeren schien sich ein kluger Kopf zu verbergen. Schließlich sagte Hall: »Wir nehmen das Angebot an ... vorerst.«

»Danke.« Gus verkniff sich einen erleichterten Seufzer. »Möchten Sie einen Kaffee?«

»Gern.«

Gus drehte sich um, froh, sein Gesicht verbergen zu können, und klingelte nach dem Kellner.

Joseph Vyalov und Lew Peschkow kamen herein. Gus schüttelte ihnen nicht die Hände. »Setzen Sie sich«, sagte er kurz angebunden.

Vyalovs Blick wanderte zu den Zeitungen auf dem Tisch, und ein Anflug von Zorn huschte über sein Gesicht. Gus nahm an, dass Lew wegen der Schlagzeilen bereits jede Menge Ärger bekommen hatte.

Er versuchte, Lew nicht anzustarren. Dieser Kerl war der Chauffeur, der seine Verlobte verführt hatte; aber davon durfte Gus sein Urteil nicht beeinflussen lassen. Dabei hätte er Lew Peschkow am liebsten in die Schnauze gehauen. Sollte dieses Treffen jedoch erfolgreich verlaufen, wäre der Ausgang weit demütigender für Lew als ein Schlag ins Gesicht – und viel befriedigender für Gus.

Ein Kellner erschien. Gus sagte: »Bringen Sie meinen Gästen bitte Kaffee und einen Teller Schinkensandwiches.« Absichtlich fragte er niemanden, was er haben wollte. Woodrow Wilson hatte das auch oft so bei Leuten gemacht, die er einschüchtern wollte.

Gus setzte sich und öffnete eine Aktenmappe, die ein leeres Blatt Papier enthielt. Gus tat so, als würde er es lesen.

Lew setzte sich und sagte: »Also, Gus, der Präsident hat Sie geschickt, um mit uns zu verhandeln.«

Gus hob den Blick und musterte Lew, ohne ein Wort zu sagen. Der

Bursche sieht gut aus, dachte er, aber auch unzuverlässig und schwach. Als Lew unsicher zu werden begann, antwortete Gus schließlich: »Haben Sie völlig den Verstand verloren?«

Lew war dermaßen schockiert, dass er tatsächlich den Stuhl zurückschob, als fürchte er einen Schlag ins Gesicht.

Gus verlieh seiner Stimme einen schroffen Beiklang. »Amerika befindet sich im Krieg. Der Präsident wird nicht mit Ihnen *verhandeln*.« Er schaute zu Brian Hall. »Oder mit Ihnen«, sagte er, obwohl er vor zehn Minuten bereits einen Deal mit Hall ausgehandelt hatte. Schließlich blickte er zu Joseph Vyalov. »Nicht einmal mit Ihnen.«

Vyalov musterte ihn mit festem Blick. Im Gegensatz zu seinem Schwiegersohn ließ er sich nicht einschüchtern. Allerdings war der Ausdruck belustigter Herablassung, mit dem er das Zimmer betreten hatte, aus seinen Augen verschwunden. Nach einer langen Pause fragte er: »Warum sind Sie dann hier?«

»Ich bin hier, um Ihnen zu sagen, was passieren wird«, antwortete Gus in unverändertem Tonfall. »Und wenn ich fertig bin, werden Sie es akzeptieren.«

Lew sagte: »Hä?«

»Halt den Mund, Lew«, befahl Vyalov. »Reden Sie weiter, Dewar.«

»Sie werden den Arbeitern eine Lohnerhöhung von fünfzig Cent pro Tag anbieten«, sagte Gus und schaute Hall an. »Und Sie werden das Angebot annehmen.«

Hall blickte ihn ausdruckslos an und erwiderte: »Ach ja?«

»Und ich will, dass Ihre Leute noch heute Mittag die Arbeit wieder aufnehmen.«

Vyalov fragte: »Und warum sollten wir tun, was Sie sagen?«

»Wegen der Alternative.«

»Die da wäre?«

»Der Präsident wird Soldaten schicken, um die Fabrik zu übernehmen und sämtliche fertigen Produkte an die Käufer zu liefern. Dann wird der Betrieb mit Armeeingenieuren weitergeführt. Nach dem Krieg können Sie den Laden zurückhaben.« Er drehte sich zu Hall um. »Und Ihre Leute bekommen dann vielleicht ihre Jobs zurück.« Gus wünschte sich, er hätte vorher mit dem Präsidenten darüber gesprochen, aber jetzt war es zu spät.

»Hat er das Recht dazu?«, fragte Lew erstaunt.

»Unter Kriegsrecht, ja«, antwortete Gus.

»Das sagen Sie«, erwiderte Vyalov skeptisch.

»Bringen Sie uns doch vor Gericht«, forderte Gus ihn heraus. »Glauben Sie allen Ernstes, irgendein Richter in diesem Land würde sich auf Ihre Seite stellen – und damit auf die unserer Feinde?« Er lehnte sich zurück und schaute die drei Männer mit einer Arroganz an, die er nicht empfand. Ob er damit durchkam? Würden sie ihm glauben? Oder würden sie seinen Bluff durchschauen, ihn auslachen und sitzen lassen?

Schweigen breitete sich aus. Halls Gesicht blieb ausdruckslos; Vyalov schaute nachdenklich drein, und Lew war offenbar schlecht geworden.

Schließlich drehte Vyalov sich zu Hall um. »Wären Sie bereit, sich mit fünfzig Cents zufriedenzugeben?«

Hall antwortete: »Unter diesen Umständen, ja.«

Vyalov drehte sich wieder zu Gus um. »Dann akzeptieren wir.«

»Ich danke Ihnen, Gentlemen.« Gus klappte den Aktenordner zu und versuchte, das Zittern seiner Hände zu unterdrücken. »Ich werde dem Präsidenten Bericht erstatten.«

Der Sonntag war sonnig und warm. Lew sagte zu Olga, er müsse in die Fabrik, doch er fuhr zu Marga, die in einem kleinen Zimmer in Lovejoy wohnte. Sie umarmten sich, aber als Lew ihre Bluse aufknöpfte, sagte sie: »Lass uns in den Humboldt-Park gehen.«

»Ich würde lieber ficken.«

»Später. Geh mit mir in den Park. Wenn wir zurückkommen, zeige ich dir was ganz Besonderes – etwas, das wir noch nie gemacht haben.«

Lew schluckte vor Vorfreude. »Warum muss ich denn warten?«

»Es ist ein so schöner Tag.«

»Und wenn man uns sieht?«

»Ach was. Da sind bestimmt eine Million Leute.«

»Trotzdem …«

»Du hast wohl Angst vor deinem Schwiegervater?«

»Teufel, nein!«, widersprach Lew. »Ich bin der Vater seiner Enkeltochter. Was soll er mir denn antun? Mich erschießen?«

»Ich ziehe mich rasch um.«

»Ich warte im Wagen. Würde ich zusehen, wie du dich ausziehst, könnte ich mich nicht mehr beherrschen.«

Lew hatte ein neues Cadillac-Coupé für drei Personen. Es war zwar nicht der protzigste Wagen der Stadt, aber ein guter Anfang. Er setzte sich hinters Steuer und zündete sich eine Zigarette an. Natürlich hatte er Angst vor Vyalov, aber er war sein Leben lang Risiken eingegangen. Schließlich war er nicht Grigori. Und bis jetzt war es für ihn ja auch ganz gut gelaufen. Er saß in seinem eigenen Auto, trug einen eleganten blauen Sommeranzug und würde gleich mit einem hübschen Mädchen in den Park fahren. Das Leben war schön.

Lew hatte noch nicht fertig geraucht, als Marga auch schon aus dem Haus kam und neben ihm in den Wagen stieg. Sie trug ein wagemutiges, ärmelloses Kleid und hatte das Haar nach neuester Mode über den Ohren aufgewickelt.

Lew fuhr zum Humboldt-Park auf der East Side. Er und Marga setzten sich auf eine Parkbank, genossen den Sonnenschein und schauten den Kindern zu, die im Teich spielten. Lew konnte nicht aufhören, Margas nackte Arme zu berühren. Er liebte die neidischen Blicke der anderen Männer. Sie ist das hübscheste Mädchen im Park, dachte er, und sie ist mit mir hier. Wenn das nichts ist!

»Tut mir leid wegen deiner Lippe«, sagte er. Margas Unterlippe war von Vyalovs Schlag noch immer angeschwollen. Es sah ziemlich sexy aus.

»Ist ja nicht deine Schuld«, sagte Marga. »Dein Schwiegervater ist ein Schwein.«

»Da hast du recht.«

»Das Hot Spot hat mir sofort einen Job angeboten. Ich fange an, sobald ich wieder singen kann.«

»Geht's denn noch nicht?«

Marga betastete vorsichtig ihren Mund. »Die Lippen tun immer noch weh.«

Lew beugte sich zu ihr. »Lass sie mich küssen, dann geht es dir gleich besser.« Marga wandte ihm das Gesicht zu, und er küsste sie so zärtlich, dass er sie kaum berührte.

»Ein bisschen fester darfst du schon«, sagte sie.

Lew grinste. »Okay, wie ist es damit?« Er küsste sie erneut, und diesmal streichelte er mit der Zungenspitze die Innenseite ihrer Lippe.

Nach einer Minute sagte sie: »Das ist auch okay.« Und sie kicherte.

»Na dann …« Dieses Mal steckte Lew ihr die Zunge ganz in den Mund. Marga erwiderte seinen Kuss voller Gier, so wie immer, legte die Hand hinter Lews Kopf und streichelte seinen Nacken. Er hörte jemanden sagen: »Widerlich«, und fragte sich, ob die Passanten wohl seine Erektion sehen konnten.

Lew lächelte Marga an und sagte: »Wir schockieren die braven Bürger.« Er schaute auf, um zu sehen, ob sie noch immer jemand beobachtete, und blickte in die Augen seiner Frau Olga.

Sie starrte ihn fassungslos an, und ihre Lippen formten ein stummes O.

Neben ihr stand ihr Vater in Anzug, Weste und Strohhut. Er trug Daisy auf dem Arm. Eine weiße Haube schützte Lews Tochter vor der Sonne. Das Kindermädchen, Polina, folgte ihnen.

Olga sagte: »Lew! Was … Wer ist sie?«

Lew hätte sich vielleicht sogar aus dieser Situation herausreden können, wäre Vyalov nicht bei seiner Tochter gewesen.

Er stand auf. »Olga, ich … ich weiß nicht, was ich sagen soll.«

Vyalov zischte: »Sag am besten gar nichts!«

Olga brach in Tränen aus.

Vyalov drückte Daisy dem Kindermädchen in die Arme. »Bring meine Enkelin sofort in den Wagen.«

»Jawohl, Mr. Vyalov.«

Vyalov packte Olgas Arm und zog sie weg. »Geh mit Polina, Liebling.«

Olga schlug die Hand vor die Augen, um ihre Tränen zu verbergen, und folgte dem Kindermädchen.

Lew ballte die Fäuste. Sollte Vyalov ihn schlagen, würde er kämpfen. Vyalov war wie ein Bulle gebaut, aber er war zwanzig Jahre älter. Außerdem war Lew größer als Vyalov, und in den Elendsvierteln von Petrograd hatte er gelernt, ums Überleben zu kämpfen. Er würde sich nicht von diesem Mann verprügeln lassen.

Vyalov las Lews Gedanken. »Ich kämpfe nicht gegen dich«, sagte er. »Dafür ist es zu spät.«

Lew wollte fragen: »Was willst du dann?«, bekam aber den Mund nicht auf.

Vyalov schaute zu Marga. »Ich hätte dir die Zähne einschlagen sollen«, sagte er.

Marga schnappte sich ihre Tasche, öffnete sie, schob die Hand hinein und ließ sie dort. »Wenn du dich nur einen Zoll auf mich zubewegst, jag ich dir eine Kugel in den Wanst, du russisches Bauernschwein, so wahr mir Gott helfe!«, stieß sie hervor.

Lew konnte nicht umhin, ihren Mut zu bewundern. Nur wenige Leute hatten den Mumm, Joseph Vyalov zu bedrohen.

Vyalovs Gesicht verdunkelte sich vor Wut, aber er wandte sich von Marga ab und schaute zu Lew. »Weißt du, was du tun wirst?«

Was kam jetzt?

Lew schwieg.

Vyalov sagte: »Du wirst dich zur verdammten Armee melden.«

Lew lief es eiskalt über den Rücken. »Das meinst du nicht ernst, oder?«

»Wann habe ich das letzte Mal etwas gesagt, das ich nicht ernst meinte?«

»Ich gehe nicht zur Armee. Wie willst du mich dazu zwingen?«

»Entweder meldest du dich freiwillig, oder du wirst eingezogen.«

Marga platzte heraus: »Das können Sie nicht tun!«

»Doch, kann er«, sagte Lew verzweifelt. »Er kann in dieser Stadt fast alles.«

»Und weißt du was?«, sagte Vyalov. »Du magst ja mein Schwiegersohn sein, aber ich hoffe, dass man dir eine Kugel verpasst.«

Chuck und Doris Dixon gaben Ende Juni eine Gartenparty. Gus kam mit seinen Eltern. Alle Männer trugen Anzüge, die Frauen Sommerkleider und extravagante Hüte – eine farbenfrohe Nachmittagsgesellschaft. Es gab Sandwiches und Bier, Limonade und Kuchen. Ein Clown verteilte Süßigkeiten, und ein Lehrer in Shorts organisierte für die Kinder Sackhüpfen, Eierlaufen und andere Spiele.

Doris wollte wieder mit Gus über den Krieg reden. »Es gibt Gerüchte, die französische Armee habe gemeutert«, sagte sie.

Gus wusste, dass die Wahrheit sogar noch schlimmer war: In vierundfünfzig französischen Divisionen war es zu Meutereien gekommen; zwanzigtausend Mann waren desertiert. »Ich nehme an, deshalb haben die Franzosen ihre Taktik von Offensive auf Defensive umgestellt«, erwiderte er unverfänglich.

»Anscheinend behandeln die französischen Offiziere ihre Männer mies.« Doris genoss schlechte Kriegsnachrichten, da die ihre Antikriegsposition stärkten. »Und die Nivelle-Offensive war eine Katastrophe.«

»Die Ankunft der amerikanischen Truppen wird die Franzosen schon wieder auf Vordermann bringen.« Die ersten Amerikaner waren bereits nach Frankreich unterwegs.

»Aber bis jetzt haben wir nur eine eher symbolische Streitmacht geschickt. Ich hoffe, das bedeutet, wir werden auch nur eine kleine Rolle bei den Kämpfen spielen.«

»Nein, das bedeutet es nicht. Wir müssen eine Million Mann rekrutieren, ausbilden und bewaffnen. Das geht nicht sofort. Aber nächstes Jahr werden wir Hunderttausende schicken.«

Doris schaute Gus über die Schulter und sagte: »Da kommt auch schon einer unserer neuen Rekruten.«

Gus drehte sich um und sah die Familie Vyalov: Joseph und Lena mit Olga, Lew und einem kleinen Mädchen. Lew trug eine Armeeuniform. Er sah schneidig aus, blickte jedoch säuerlich drein.

Gus war peinlich berührt, doch sein Vater, der die öffentliche Maske eines US-Senators aufgesetzt hatte, schüttelte Joseph herzlich die Hand und sagte etwas, das den Mann zum Lachen brachte. Mutter sprach freundlich mit Lena und bewunderte das Baby. Gus erkannte, dass seine Eltern dieses Zusammentreffen erwartet hatten; dass er und Olga einst verlobt gewesen waren, wollten sie für diesen Tag anscheinend vergessen.

Gus nickte Olga höflich zu. Sie errötete.

Lew war so frech wie eh und je. »So, Gus, ist der Präsident zufrieden mit Ihnen, weil Sie den Streik so rasch beendet haben?«

Die anderen hörten die Frage und verstummten. Jeder wollte Gus' Antwort mitbekommen.

»Er ist sehr zufrieden, dass Sie so vernünftig waren«, antwortete Gus taktvoll. »Wie ich sehe, sind Sie der Army beigetreten.«

»Ich habe mich freiwillig gemeldet«, sagte Lew. »Ich mache eine Ausbildung zum Offizier.«

»Und? Wie finden Sie es?«

Plötzlich wurde Gus sich bewusst, dass er und Lew ein Publikum hatten. Die Vyalovs, die Dewars und die Dixons – alle standen im Kreis um sie herum. Alle warteten gespannt.

»Ich werde mich schon an die Army gewöhnen«, sagte Lew. »Was ist mit Ihnen?«

»Was soll mit mir sein?«

»Melden Sie sich auch freiwillig? Immerhin haben Sie und Ihr Präsident uns in diesen Krieg geführt.«

Gus schwieg, doch er schämte sich. Lew hatte recht.

»Natürlich können Sie immer noch darauf warten, dass Sie eingezogen werden«, drehte Lew das Messer in der Wunde. »Aber man weiß ja nie, vielleicht haben Sie Glück. Wie auch immer, wenn Sie wieder in Washington sind, nehme ich an, dass Ihr Präsident eine Ausnahme für Sie machen kann.« Er lachte.

Gus schüttelte den Kopf. »Nein«, sagte er. »Ich habe bereits darüber nachgedacht. Sie haben recht. Ich gehöre der Regierung an, die die Wehrpflicht eingeführt hat. Da kann ich mich ihr nicht entziehen.«

Gus sah seinen Vater nicken, als hätte er damit gerechnet; doch seine Mutter sagte: »Aber Gus, du arbeitest für den Präsidenten! Besser kann man unserem Land in diesem Krieg gar nicht dienen.«

Lew sagte: »Ich finde, das könnte man auch als Feigheit auslegen.«

»Genau«, erwiderte Gus. »Also werde ich nicht nach Washington zurückkehren. Dieser Teil meines Lebens ist vorerst abgeschlossen.«

Er hörte seine Mutter schluchzen: »Gus, nein!«

»Ich habe bereits mit General Clarence gesprochen«, sagte er. »Ich trete in die Army ein.«

Seine Mutter brach in Tränen aus.

KAPITEL 26

Mitte Juni 1917

Ethel hatte nie über Frauenrechte nachgedacht, bis sie an jenem schicksalhaften Tag in der Bibliothek von Tŷ Gwyn gestanden hatte, schwanger und auf sich allein gestellt, während der schmierige Anwalt Solman ihr erklärte, wie ihre Zukunft aussah: Sie würde sich die besten Jahre ihres Lebens abmühen, um Fitz' Sprössling zu ernähren und zu versorgen; der Vater aber hätte keinerlei Verpflichtung, ihr in irgendeiner Weise beizustehen. Diese Ungerechtigkeit hatte Ethel so wütend gemacht, dass sie Solman am liebsten umgebracht hätte.

Während sie sich in London nach Arbeit umschaute, war ihr Zorn weiter angefacht worden. Eine Stelle bekam sie nur, wenn kein Mann die Arbeit machen wollte, und selbst dann bot man ihr nur die Hälfte des Lohns, den ein Mann bekommen hätte, oder noch weniger.

Doch in ihrem zornigen Eintreten für die Rechte der Frauen war Ethel in den Jahren, die sie unter den hart schuftenden, bettelarmen Frauen im Londoner Eastend verbracht hatte, so hart wie Beton geworden.

Männer erzählten gerne das Ammenmärchen von der Arbeitsteilung innerhalb der Familie, wonach der Mann das Geld nach Hause brachte, während die Frau sich um Heim und Kinder kümmerte. Die Wirklichkeit sah anders aus. Die meisten Frauen, die Ethel kannte, arbeiteten zwölf Stunden am Tag und kümmerten sich anschließend trotzdem noch um Haus und Kinder. Unterernährt und überarbeitet, wohnten sie in Absteigen und trugen Lumpen, konnten aber trotzdem Lieder singen, lachen und ihre Kinder lieben. Nach Ethels Meinung hatte jede dieser Frauen ein zehnmal größeres Recht, zur Wahl zu gehen, als irgendein Mann.

Sie hatte diese Ansicht nun schon so lange vertreten, dass sie sich merkwürdig fühlte, als das Frauenwahlrecht Mitte 1917 in greifbare Nähe rückte. Es war so wie damals, wenn sie als kleines Mädchen gefragt hatte: »Wie ist es im Himmel?«, ohne je eine befriedigende Antwort erhalten zu haben.

Mitte Juni hatte das Parlament eine Debatte beschlossen. »Sie ist das Ergebnis zweier Kompromisse«, sagte Ethel aufgeregt zu Bernie, als sie den Bericht in der *Times* gelesen hatte. »Der Ausschuss, den Asquith einberufen hat, um der Frage auszuweichen, hat alles versucht, einen Streit zu vermeiden.«

Bernie gab Lloyd Frühstück, indem er ihn mit Toaststückchen fütterte, die er in gesüßten Tee getaucht hatte. »Ich nehme an, die Regierung befürchtet, Frauen könnten sich wieder an Geländer ketten.«

Ethel nickte. »Und wenn sich Politiker in eine solche Auseinandersetzung hineinziehen lassen, wirft man ihnen vor, dass sie sich nicht auf einen siegreichen Kriegsausgang konzentrieren. Deshalb hat der Ausschuss beschlossen, das Wahlrecht nur Frauen über dreißig zu geben. Außerdem müssen sie Hausbesitzerinnen oder die Ehefrauen von Hausbesitzern sein. Das bedeutet, ich bin zu jung.«

»Das war der erste Kompromiss«, sagte Bernie. »Und der zweite?«

»Maud sagt, das Kabinett sei geteilter Meinung gewesen.« Das Kriegskabinett bestand aus vier Ministern und dem Premier, Lloyd George. »Curzon ist selbstverständlich gegen uns.« Earl Curzon, Leader des Oberhauses, war stolz darauf, Frauenfeind zu sein. Er war Präsident der Liga zum Widerstand gegen das Suffragettentum. »Gleiches gilt für Milner. Aber Henderson unterstützt uns.« Arthur Henderson war Vorsitzender der Labour-Partei, deren Abgeordnete das Frauenwahlrecht befürworteten, auch wenn viele Labour-Anhänger dagegen waren. »Bonar Law steht auf unserer Seite, ist aber ein unsicherer Verbündeter.«

»Zwei für uns, zwei dagegen. Und Lloyd George will jeden glücklich machen, wie immer.«

»Der Kompromiss besteht darin, dass es eine freie Abstimmung gibt.« Damit würde die Regierung ihre Anhänger vom Fraktionszwang befreien.

»Dann ist es also nicht die Schuld der Regierung, egal was geschieht.«

»Niemand hat Lloyd George je Naivität vorgeworfen.«

»Aber er hat euch eine Chance gegeben.«

»Mehr aber auch nicht. Wir müssen kräftig die Werbetrommel rühren.«

»Ich glaube, die Einstellung hat sich zugunsten der Frauen geändert«, sagte Bernie optimistisch. »Die Regierung ist versessen darauf, Frauen in die Industrie zu bekommen, um die Männer zu ersetzen, die in Frankreich kämpfen. Deshalb hat sie viel Trara gemacht, wie großartig sich Frauen als Busfahrerinnen und in Munitionsfabriken schlagen. Da ist es natürlich nicht mehr so einfach, Frauen als minderwertig hinzustellen.«

»Ich hoffe, du hast recht«, sagte Ethel inbrünstig.

Sie waren seit vier Monaten verheiratet, und Ethel bereute ihre Entscheidung keine Sekunde. Bernie war klug und warmherzig. Sie hatten die gleichen Überzeugungen und Ziele und arbeiteten gemeinsam daran, sie zu erreichen. Bernie würde wahrscheinlich bei der nächsten Parlamentswahl als Labour-Kandidat für Aldgate antreten, wann immer das sein mochte: Wie vieles andere musste auch die Wahl bis zum Ende des Krieges warten. Bernie gäbe einen guten Abgeordneten ab, denn er war intelligent und fleißig. Allerdings wusste Ethel nicht, ob die Labour-Partei Aldgate für sich gewinnen konnte. Der derzeitige Abgeordnete war Liberaler, aber seit der letzten Wahl im Jahre 1910 hatte sich viel verändert. Selbst wenn das Frauenwahlrecht nicht durchkam, gaben die anderen Vorschläge des Ausschusses einer viel größeren Zahl von Männern aus der Arbeiterschaft – potenziellen Labour-Wählern – das Recht, zur Wahl zu gehen.

Bernie war ein guter Ehemann, doch Ethel musste sich zu ihrer Schande eingestehen, gelegentlich begehrlich an Fitz zu denken, an seine weichen Hände, seinen geschliffenen Akzent, den Duft seines Herrenparfüms, auch wenn man ihn weder als warmherzig noch als Intellektuellen bezeichnen konnte, und obwohl ihre Ansichten gegensätzlicher nicht hätten sein können.

Doch sie war jetzt Ethel Leckwith. Jeder nannte sie und Bernie in einem Atemzug, so wie man von Pferd und Wagen oder Brot und Butter sprach.

Ethel zog Lloyd die Schuhe an und brachte ihn zur Kinderfrau; dann ging sie ins Büro des *Soldier's Wife*. Der Himmel war wolkenlos, und Ethel war voller Hoffnung. Wir können die Welt verändern, dachte sie. Einfach ist es nicht, aber machbar. Mauds Zeitung würde die Arbeiterinnen aufrütteln, den Gesetzesantrag für das Frauenwahlrecht zu unterstützen und bei den Abgeordneten genau darauf zu achten, auf welcher Seite sie standen.

Die Redaktion bestand aus zwei kleinen Zimmern über einer Druckerei. Maud war bereits da und saß an einem alten, fleckigen Tisch. Dass sie so früh kam, lag zweifellos an den Nachrichten. Sie trug ein fliederfarbenes Sommerkleid und einen Hut, der an einen Zweispitz erinnerte und aus dem eine übertrieben lange Feder ragte. Ihre Garderobe stammte zum größten Teil aus der Zeit vor dem Krieg, war aber trotzdem elegant. Maud wirkte zu edel für die schäbige Umgebung, ungefähr so wie ein Rennpferd auf einem Bauernhof.

»Wir müssen ein Extrablatt herausbringen«, sagte sie, wobei sie sich auf einem Block Notizen machte. »Ich schreibe die Titelseite.«

Ethel war ganz aufgeregt. Endlich wurde gehandelt, statt herumzureden. Sie nahm auf der anderen Seite des Tisches Platz. »Ich kümmere mich um die übrigen Seiten«, sagte sie. »Was hältst du von einer Kolumne ›Wie unsere Leserinnen helfen können‹?«

»Gute Idee. ›Kommen Sie zu unseren Versammlungen, wenden Sie sich an Ihren Abgeordneten, schreiben Sie einen Brief an eine Zeitung‹, und dergleichen.«

»Ich lasse mir etwas einfallen.« Ethel zückte einen Bleistift und holte einen Schreibblock aus der Schublade.

»Wir müssen die Frauen gegen diesen Gesetzesantrag mobilisieren«, sagte Maud.

Ethel erstarrte, den Bleistift in der Hand. »Wie bitte? Hast du *gegen* gesagt?«

»Selbstverständlich. Die Regierung will nur so tun, als gebe sie den Frauen das Wahlrecht, um es gleichzeitig den meisten von uns vorzuenthalten.«

Ethel blickte über den Tisch und sah die Schlagzeile, die Maud geschrieben hatte: KEINE STIMME FÜR DIESEN BETRUG! »Augenblick mal.« Ethel betrachtete es keineswegs als Betrug. »Das mag ja nicht alles sein, was wir wollen, aber es ist besser als nichts.«

Maud blickte sie zornig an. »Es ist schlimmer als nichts. Dieser Gesetzesantrag gibt nur vor, die Frauen den Männern gleichzustellen.«

Maud beharrte zu sehr auf Prinzipien. Natürlich war es falsch, wann man zuließ, dass jüngere Frauen diskriminiert wurden, aber es ging jetzt erst einmal darum, eine historische Chance zu nutzen. »Aber Maud«, sagte Ethel, »manchmal muss eine Reform schrittweise erfolgen. Auch die Männer haben das Stimmrecht nur nach und nach erhalten. Selbst jetzt kann bloß etwa die Hälfte von ihnen wählen, und …«

Maud unterbrach sie schroff: »Hast du mal darüber nachgedacht, wer die Frauen sind, denen das Stimmrecht verweigert wird?«

»Natürlich«, sagte Ethel beschwichtigend. »Ich bin ja eine davon.«

Maud bemühte sich nicht im Mindesten um Milde. »Die Mehrheit der Arbeiterinnen in den Munitionsfabriken – ein wichtiger Teil unserer Kriegsanstrengungen – wäre zu jung, um zu wählen. Gleiches gilt für die meisten Sanitäterinnen und Krankenschwestern, die an der Front ihr Leben für verwundete Soldaten aufs Spiel setzen. Nicht einmal Kriegerwitwen, die weiß Gott ein schreckliches Opfer gebracht haben, dürften wählen, bloß weil sie zur Untermiete wohnen. Siehst du denn nicht, dass dieser Gesetzesantrag Frauen zu einer Randgruppe in der Wählerschaft machen soll?«

»Du möchtest dich *gegen* den Antrag aussprechen?«

»Natürlich!«

»Das ist verrückt.« Ethel war bestürzt, ihrer Freundin und Kampfgefährtin mit solchem Nachdruck widersprechen zu müssen. »Tut mir leid, aber ich sehe nicht, wie wir Parlamentsabgeordnete bitten können, gegen etwas zu stimmen, das wir seit Jahrzehnten fordern.«

»Genau das tun wir eben *nicht!*«, rief Maud mit wachsendem Zorn. »Wir kämpfen für die Gleichberechtigung, aber das ist keine Gleichberechtigung. Wenn wir auf diese List hereinfallen, werden wir für eine weitere Generation an den Rand gedrängt!«

»Es geht nicht darum, auf eine List hereinzufallen«, erwiderte Ethel gereizt. »So leicht lasse ich mich nicht täuschen. Ich weiß, was du sagen willst, aber du liegst falsch.«

»Ach, wirklich?«, entgegnete Maud steif. Ethel staunte, wie ähnlich sie Fitz sein konnte: Bruder und Schwester stemmten sich mit dem gleichen Eigensinn gegen die Meinungen anderer.

Ethel sagte: »Überleg doch nur, was die Propaganda der anderen Seite daraus machen wird. ›Wir wussten schon immer, dass Frauen sich nicht entscheiden können‹, werden sie sagen. ›Deshalb sollten sie auch nicht wählen dürfen.‹ Sie werden sich wieder über uns lustig machen.«

»Unsere Öffentlichkeitsarbeit muss eben besser sein als ihre Propaganda«, erwiderte Maud. »Wir müssen die Situation jedem so deutlich machen, wie es nur geht.«

Ethel schüttelte den Kopf. »So einfach ist das nicht. Du vergisst die Emotionen, die mit hineinspielen. Wir müssen zuerst die Barriere niederreißen, die Frauen grundsätzlich vom Wahlrecht ausschließt. Dann werden sich weitere Zugeständnisse nach und nach von allein ergeben – die Herabsetzung des Wahlalters und dergleichen. Das musst du doch sehen.«

»Nein, das sehe ich nicht«, erwiderte Maud frostig. »Der Gesetzesantrag ist ein Schritt zurück. Wer ihn unterstützt, verrät unsere Sache.«

Ethel war verletzt. »Das kannst du doch nicht ernst meinen.«

»Belehre du mich nicht, was ich ernst meinen soll und was nicht!«

»Wir haben zwei Jahre zusammen gearbeitet und gekämpft«, sagte Ethel, Tränen in den Augen. »Denkst du wirklich, ich verrate unseren Kampf um das Frauenwahlrecht, nur weil ich anderer Meinung bin?«

Maud war unerbittlich. »Ja!«

»Also gut«, sagte Ethel. Und weil sie nicht wusste, was sie sonst tun sollte, verließ sie das Zimmer.

Fitz hatte bei seinem Schneider sechs neue Anzüge in Auftrag gegeben. Die alten waren ihm zu weit geworden und machten ihn älter, als er war. Er zog seine neue Abendkleidung an: einen schwarzen Frack mit weißer Weste und einen Eckenkragen mit weißer Fliege. So ist es schon besser, sagte er sich, als er sich im Spiegel seines Ankleideraums betrachtete. Er ging hinunter in den Salon. Im Haus kam er schon ohne Gehstock zurecht. Maud reichte ihm ein Glas Madeira.

»Wie geht es dir?«, fragte Tante Herm.

»Die Ärzte sagen, das Bein wird besser, aber nur langsam.« Fitz war im Frühjahr an die Front zurückgekehrt, aber die Kälte und Nässe der Schützengräben hatte sich als zu anstrengend für ihn erwiesen; nun stand er wieder auf der Liste der Rekonvaleszenten und arbeitete für den Nachrichtendienst.

»Ich weiß, dass du lieber im Feld wärst«, sagte Maud. »Aber wir sind weiß Gott nicht traurig darüber, dass du die Kämpfe im Frühjahr verpasst hast.«

Fitz nickte. Die Nivelle-Offensive war fehlgeschlagen, Général Nivelle seines Kommandos enthoben worden. Die französischen Soldaten meuterten; sie verteidigten ihre Schützengräben, weigerten sich jedoch, auf Befehl vorzurücken. Bislang war 1917 für die Entente ein weiteres schlechtes Jahr gewesen.

Doch Maud lag falsch, wenn sie glaubte, dass Fitz lieber an der Front wäre. Seine Arbeit in Room 40 war vermutlich wichtiger als die Kämpfe in Frankreich. Man befürchtete, deutsche U-Boote könnten die Versorgung Großbritanniens in den Würgegriff nehmen. Doch Room 40 konnte herausfinden, wo sich die U-Boote befanden, und Schiffe vorwarnen. Durch diese Erkenntnisse – in Verbindung mit der Taktik, Schiffe in von Zerstörern geschützten Geleitzügen fahren zu lassen –, büßten die deutschen U-Boote viel an Wirksamkeit ein. Es war ein Triumph, von dem jedoch nur wenige wussten.

Gefahr drohte nun aus Russland. Der Zar war entthront, und in dem riesigen Land konnte alles geschehen. Bislang hielten die Gemäßigten das Heft in der Hand, aber blieb es so? Nicht nur Beas Familie und Boys Erbe waren bedroht: Wenn die Extremisten in Russland die Regierungsgewalt übernahmen, schlossen sie womöglich Frieden, sodass Hunderttausende deutscher Soldaten von der Front im Osten abgezogen werden konnten, um in Frankreich zu kämpfen.

»Wenigstens haben wir Russland nicht verloren«, sagte Fitz.

»Noch nicht«, erwiderte Maud. »Die Deutschen hoffen auf den Triumph der Bolschewisten, das weiß jeder.«

Während sie sprach, trat Fürstin Bea ein. Sie trug ein tief ausgeschnittenes Kleid aus silbriger Seide und Brillantschmuck. Fitz und Bea gingen an diesem Abend zuerst auf ein Dinner, anschließend auf einen Ball: In London war Saison. Als Bea Mauds Bemerkung hörte, sagte sie: »Unterschätzt nicht das russische Zarenhaus. Es kann noch immer zu einer Gegenrevolution kommen. Denn was hat das russische Volk schließlich gewonnen? Die Arbeiter hungern nach wie vor, die Soldaten sterben noch immer, und der deutsche Vormarsch ist nicht ins Stocken geraten.«

Grout kam mit einer Flasche Champagner ins Zimmer. Er öffnete sie geräuschlos und schenkte Bea ein Glas ein. Wie immer nahm sie einen Schluck und stellte das Glas achtlos ab.

»Fürst Lwow hat bekannt gegeben«, sagte Maud, »dass Frauen bei der Wahl zur Verfassunggebenden Versammlung ein Stimmrecht haben werden.«

»Wenn es je so weit kommt«, meinte Fitz. »Die Provisorische Regierung gibt viel bekannt, aber hört ihr jemand zu? Wenn ich es recht verstanden habe, hat jedes Dorf einen eigenen Sowjet gewählt und regelt seine Angelegenheiten selbst.«

»Man stelle sich vor!«, rief Bea. »Diese abergläubischen, ungebildeten Bauern tun so, als würden sie regieren!«

»Das ist gefährlich«, sagte Fitz, den das Thema wütend machte. »Die Leute haben keine Vorstellung, wie leicht sie in Anarchie und Barbarei abgleiten könnten.«

Maud entgegnete: »Was für eine Ironie es wäre, wenn Russland am Ende demokratischer ist als Großbritannien.«

»Das Parlament wird eine Debatte über das Frauenwahlrecht führen«, sagte Fitz.

»Nur für Frauen über dreißig, die Hausbesitzerinnen sind oder Ehefrauen von Hausbesitzern.«

»Trotzdem musst du doch froh sein über den Fortschritt, den du erzielt hast. In einer Zeitschrift habe ich zu diesem Thema einen Artikel deiner Genossin Ethel gelesen.« Fitz war wie vom Donner gerührt gewesen, als er im Salon seines Clubs gesessen und in den *New Statesman* geblickt hatte, nur um festzustellen, dass er die Worte seiner ehemaligen Haushälterin las. Dabei war ihm der unangenehme Gedanke gekommen, dass er selbst vermutlich nicht in der Lage gewesen wäre, einen solch prägnanten und stichhaltigen Artikel zu verfassen. »Sie führt an, die Frauen sollten das Angebot akzeptieren, denn wenig ist besser als gar nichts.«

»Ich fürchte, da bin ich anderer Ansicht«, erwiderte Maud eisig. »Ich werde nicht abwarten, bis ich dreißig bin, ehe man mich zur menschlichen Rasse zählt.«

»Habt ihr euch gestritten?«

»Wir haben uns geeinigt, getrennte Wege zu gehen.«

Fitz konnte Maud ihren Zorn ansehen. Um die aufgeheizte Atmosphäre abzukühlen, wandte er sich an Lady Hermia. »Wenn das Parlament den Frauen das Wahlrecht gibt, Tante, wem würdest du deine Stimme geben?«

»Ich weiß nicht, ob ich überhaupt wählen sollte«, antwortete Tante Herm. »Wäre das nicht ein bisschen gewöhnlich?«

Maud wirkte verärgert, Fitz jedoch grinste. »Würden alle Damen aus guter Familie so denken, kämen sämtliche Wählerinnen aus der Arbeiterschicht, und dann würden die Sozialisten ins Unterhaus einziehen«, sagte er.

»Ach du je«, sagte Herm. »Dann gehe ich wohl doch lieber wählen.«

»Würdest du Lloyd George unterstützen?«

»Einen Anwalt aus Wales? Ganz gewiss nicht.«

»Vielleicht Bonar Law, den Parteiführer der Konservativen?«

»Das nehme ich an.«

»Aber er ist Kanadier.«

»Ach du je!«

»So ist das nun mal, wenn man ein Empire hat. Gesindel aus aller Welt glaubt, dass es dazugehört.«

Das Kindermädchen kam mit Boy ins Zimmer. Er war nun zweieinhalb Jahre alt, ein pummeliger Knabe mit dem dichten hellen Haar seiner Mutter. Er lief zu Bea, und sie setzte ihn sich auf den Schoß. Er krähte: »Ich hab Porridge gekriegt, und Nursie hat den Zucker fallen lassen!«, und lachte. Im Kinderzimmer war es das Ereignis des Tages gewesen.

Wenn Bea den Jungen bei sich hatte, ging es ihr am besten, erkannte Fitz. Ihr Gesicht wurde weich, und sie streichelte und küsste Boy voller Zärtlichkeit. Nach einer Minute wand er sich von ihrem Schoß und watschelte zu Fitz. »Wie geht es meinem kleinen Soldaten?«, fragte Fitz. »Wirst du groß und erschießt Deutsche?«

»Peng! Peng!«, rief Boy.

Fitz sah, dass dem Jungen die Nase lief. »Hat er einen Schnupfen, Jones?«, fragte er gereizt.

Das Kindermädchen sah ihn ängstlich an. Sie war ein junges Ding aus Aberowen, aber sie hatte eine abgeschlossene Berufsausbildung. »Nein, Mylord, da bin ich sicher – wir haben Juni.«

»Es gibt auch eine Sommergrippe.«

»Boy ging es den ganzen Tag großartig. Ihm läuft halt nur die Nase.«

»So, so.« Fitz zog ein Taschentuch aus der Innentasche seines Abendanzugs und wischte Boys Nase sauber. »Hat er mit armen Kindern gespielt?«

»Nein, Sir, überhaupt nicht.«

»Auch nicht im Park?«

»Da, wo wir hingehen, sind nur Kinder aus gutem Hause. Ich passe da genau drauf auf.«

»Das will ich hoffen. Der Junge ist Erbe des Titels der Fitzherberts und wird obendrein vielleicht ein russischer Fürst.« Fitz stellte Boy wieder auf den Boden, und der Kleine stolperte zum Kindermädchen zurück.

Grout erschien wieder und brachte auf einem silbernen Tablett einen Briefumschlag. »Ein Telegramm, Mylord«, sagte er. »Es ist an die Fürstin adressiert.«

Fitz bedeutete Grout mit einer Geste, Bea das Telegramm zu reichen. Mit besorgter Miene – im Krieg machten Telegramme jeden nervös – riss Bea das Kuvert auf, überflog das Blatt Papier und stieß einen Schrei des Entsetzens aus.

Fitz sprang auf. »Was ist?«

»Mein Bruder!«

»Ist er … tot?«

»Nein, aber verwundet.« Sie brach in Tränen aus. »Sie haben ihm den Arm abgenommen. O Gott, der arme Andrej!«

Fitz nahm das Telegramm. Er las, dass Fürst Andrej sich nach der Verwundung nach Bulownir zurückgezogen hatte, seinem Landsitz im Bezirk Tambow südöstlich von Moskau. Hoffentlich wird Andrej wirklich gesund, dachte er besorgt. Viele Männer starben am Wundbrand, den nicht einmal eine Amputation zuverlässig verhindern konnte.

»Es tut mir furchtbar leid, meine Liebe«, sagte Fitz. Maud und Herm standen neben Bea und versuchten sie zu trösten. »Hier steht, dass ein Brief folgt, aber Gott allein weiß, wie lange er unterwegs sein wird.«

»Ich muss wissen, wie es ihm geht!«, schluchzte Bea.

Fitz sagte: »Ich werde den britischen Botschafter bitten, sich zu erkundigen.« Ein Earl hatte auch im Zeitalter der Demokratie noch gewisse Vorrechte.

»Wir bringen dich auf dein Zimmer, Bea«, sagte Maud.

Bea nickte und erhob sich.

»Ich gehe trotzdem zu Lord Silvermans Abendgesellschaft«, sagte Fitz. »Bonar Law wird dort sein.« Fitz hatte das Ziel, eines Tages Minister in einer konservativen Regierung zu werden, und er war dankbar für jede Gelegenheit, mit dem Parteiführer zu sprechen. »Aber den Ball lasse ich aus und komme auf direktem Weg nach Hause.«

Bea nickte und gestattete, dass sie nach oben gebracht wurde.

Grout kam ins Zimmer. »Der Wagen steht bereit, Mylord.«

Auf der kurzen Fahrt zum Belgrave Square brütete Fitz über den

Neuigkeiten. Fürst Andrej hatte es nie verstanden, die Ländereien der Familie zu verwalten. Wahrscheinlich würde er nun seine Verkrüppelung als Entschuldigung anführen, dass er sich noch weniger als zuvor um das Geschäftliche kümmerte. Der Besitz würde noch mehr herunterkommen. Doch von London aus, fünfzehnhundert Meilen entfernt, konnte Fitz nichts dagegen unternehmen – ein ärgerlicher und zugleich besorgniserregender Gedanke. Überall lauerte die Anarchie hinter der nächsten Ecke, und die Nachlässigkeit von Adligen wie Andrej war die große Chance der Revolutionäre.

Als Fitz das Haus Silvermans erreichte, war Andrew Bonar Law bereits anwesend, wie auch Perceval Jones, der Parlamentsabgeordnete für Aberowen und Generaldirektor von Celtic Minerals. Jones war ein arroganter Laffe, doch heute Abend platzte er schier vor Stolz, sich in einer solch erlesenen Gesellschaft zu bewegen. Er sprach mit Lord Silverman, ohne die Hände aus den Taschen zu nehmen, während sich eine massige goldene Uhrkette über seine pralle Weste spannte.

Fitz hätte es nicht überraschen sollen: Das Dinner war politischer Natur, und Jones war ein aufsteigender Stern in der Konservativen Partei. Zweifellos hoffte auch er, Minister zu werden, falls Bonar Law das Amt des Premiers erhielt. Gleichzeitig aber war es ein wenig so, als würde man beim Jagdball seinen Stallmeister treffen, und Fitz hatte das ungute Gefühl, der Bolschewismus könnte London in die Klauen bekommen – allerdings nicht durch Revolution, sondern klammheimlich.

Bei Tisch erklärte Jones zu Fitz' Entsetzen, er sei für das Frauenwahlrecht.

»Warum denn das?«, fragte Fitz.

»Wir haben in den Wahlkreisen eine Umfrage durchgeführt«, erwiderte Jones, und Fitz sah, dass Bonar Law nickte. »Man ist mit zwei zu eins für den Vorschlag.«

»Als Konservative?«, fragte Fitz ungläubig.

»Ganz recht, Mylord.«

»Aber wieso?«

»Das Gesetz würde das Stimmrecht nur Frauen über dreißig gewähren, wenn sie Hausbesitzerin sind oder die Ehefrau eines Hausbesitzers. Der größte Teil der Fabrikarbeiterinnen, die ohnehin meist zu jung sind, wären ausgeschlossen, genau wie diese grauenhaften weiblichen Intellektuellen und die unverheirateten Frauen, die im Haus eines anderen wohnen.«

Fitz war bestürzt. Er hatte es immer für eine Frage des Prinzips gehalten, dass das Wahlrecht den Männern vorbehalten blieb. Doch für einen Emporkömmling und neureichen Geschäftemacher wie Jones spielten Prinzipien keine Rolle. Fitz hatte noch nie über die Folgen nachgedacht, die das Gesetz auf die Zusammensetzung der Wählerschaft hätte. »Ich sehe immer noch nicht …«

»Die meisten neuen Wählerinnen wären reife Mütter aus Familien der Mittelschicht.« In vulgärer Manier tippte Jones sich an die Nase. »Das ist die konservativste Bevölkerungsgruppe im ganzen Land, Mylord. Dieses Gesetz verschafft unserer Partei sechs Millionen zusätzliche Stimmen.«

»Also wollen Sie das Frauenwahlrecht unterstützen?«

»Das müssen wir. Wir brauchen die konservativen Frauen. Bei der nächsten Wahl können drei Millionen Arbeiter zum ersten Mal ihre Stimme abgeben. Viele davon kommen aus der Army, und die meisten stehen nicht auf unserer Seite. Aber unsere neuen Wählerinnen sind zahlreicher.«

»Aber das Prinzip, um Himmels willen!«, protestierte Fitz, obwohl er spürte, dass er die Schlacht verlor.

»Das Prinzip?«, entgegnete Jones. »Wir haben es mit praktischer Politik zu tun.« Fitz ärgerte sich über Jones' herablassendes Lächeln. »Andererseits waren Sie ja immer schon Idealist, Mylord.«

»Wir alle sind Idealisten«, warf Lord Silverman ein, um den Konflikt zu mildern, wie es sich für einen guten Gastgeber gehört. »Deshalb sind wir in der Politik. Menschen, die keine Ideale haben, ist alles gleich. Wir jedoch müssen uns der Realität von Wahlen und öffentlicher Meinung stellen.«

Fitz wollte sich nicht als unpraktischen Träumer etikettiert sehen und erwiderte: »Das ist sicherlich richtig. Dennoch berührt die Frage nach der Stellung der Frau das Herz des Familienlebens, von dem ich immer glaubte, es wäre einem Konservativen besonders wichtig.«

»Die Frage ist noch offen«, sagte Bonar Law. »Die Abgeordneten können frei abstimmen. Sie werden ihrem Gewissen folgen.«

Fitz nickte ergeben, und Silverman wandte sich einem anderen Thema zu und berichtete über die Meuterei des französischen Heeres.

Den Rest des Dinners verhielt Fitz sich still. Er fand es beunruhigend, dass dieses Gesetz sowohl bei Ethel Leckwith als auch bei Perceval Jones Zustimmung fand. Es bestand die gefährliche Möglichkeit, dass der Gesetzesvorschlag durchkam. Fitz war der festen Überzeugung, dass Konservative die tradierten Werte verteidigen sollten, anstatt sich kurzfristigen wahltaktischen Überlegungen zu beugen; er hatte jedoch erkannt, dass Bonar Law anderer Ansicht war und wollte nicht dabei beobachtet werden, wie er aus der Reihe tanzte.

Unmittelbar nach Bonar Law verließ er Lord Silvermans Villa, kehrte nach Hause zurück und ging sofort nach oben. Er kleidete sich aus, zog ein seidenes Nachthemd über und ging in Beas Zimmer.

Sie saß mit einer Tasse Tee im Bett. Er sah, dass sie geweint hatte, aber sie hatte sich das Gesicht gepudert und trug ein geblümtes Nachthemd und ein rosafarbenes, gestricktes Bettjäckchen mit Puffärmeln. Fitz erkundigte sich nach ihrem Befinden.

»Mir geht es ganz schrecklich«, sagte sie. »Außer Andrej habe ich keine Familie mehr.«

»Ich weiß.« Ihre Eltern waren tot, und sie hatte keine anderen nahen Verwandten. »Das ist beunruhigend. Aber Andrej beißt sich schon durch.«

Bea stellte Tasse und Untertasse ab. »Ich habe viel nachgedacht, Fitz.«

Aus ihrem Munde waren das sehr ungewöhnliche Worte.

»Bitte, halte meine Hand«, sagte sie.

Fitz umschloss ihre Linke mit beiden Händen. Bea sah schön aus, und trotz des traurigen Gesprächsthemas regte sich seine Lust. Er spürte ihre Ringe – einen Diamantreif zur Verlobung und den goldenen Hochzeitsring –, und ihn überkam das Verlangen, ihre Hand in den Mund zu nehmen und in den fleischigen Daumenballen zu beißen.

Bea sagte: »Ich möchte, dass du mich nach Russland mitnimmst.«

Er war so verblüfft, dass er ihre Hand losließ. »Wie bitte?«

»Sage bitte nicht gleich Nein, überlege es dir«, sagte sie. »Ich weiß, dass es gefährlich ist. Trotzdem sind derzeit Hunderte von Briten in Russland: Diplomaten an der Botschaft, Geschäftsleute, Offiziere und Soldaten des Heeres an unseren Militärmissionen, Journalisten und viele andere.«

»Und was ist mit Boy?«

»Ich lasse ihn nur ungern zurück, aber Jones ist ein sehr gutes Kindermädchen, Hermia betet den Jungen an, und Maud weiß im Notfall vernünftige Entscheidungen zu treffen.«

»Wir bräuchten Visa …«

»Ein Wort von dir ins richtige Ohr genügt. Meine Güte, du hast gerade mit wenigstens einem Kabinettsmitglied zu Abend gegessen.«

Sie hatte recht. »Das Außenministerium wird mich wahrscheinlich bitten, einen Bericht über die Reise zu schreiben, zumal wir aufs Land fahren, wohin unsere Diplomaten sich nur selten wagen.«

Bea nahm wieder seine Hand. »Mein einziger lebender Blutsverwandter ist schwer verwundet und könnte sterben. Ich muss ihn sehen. Bitte, Fitz, ich flehe dich an.«

In Wahrheit war Fitz ihrer Bitte gar nicht so abgeneigt, wie sie glaubte. Seine Einschätzung von »gefährlich« hatte sich in den Schützengräben radikal verändert. Eine Reise nach Russland war nicht ohne Risiko, aber im Vergleich dazu ein Spaziergang. Dennoch zögerte er. »Ich kann deinen Wunsch verstehen«, sagte er. »Ich werde Erkundigungen einziehen.«

Bea fasste es als Zustimmung auf. »Oh, ich danke dir!«

»Dank mir noch nicht. Lass mich erst in Erfahrung bringen, ob die Reise machbar ist.«

»Also gut«, sagte sie, aber er merkte ihr an, dass das Ergebnis für sie bereits feststand.

Er stand auf und ging zur Tür. »Ich muss mich zum Schlafen fertig machen.«

»Wenn du deine Toilette beendet hast, komm bitte wieder. Ich möchte, dass du mich hältst.«

Fitz lächelte. »Natürlich.«

Am Tag der Parlamentsdebatte über das Frauenwahlrecht organisierte Ethel in einem Saal in der Nähe des Westminster-Palasts eine Kundgebung.

Sie arbeitete mittlerweile bei der Nationalen Gewerkschaft der Kleidermacher. Ethels Hauptaufgabe bestand im Anwerben von Arbeiterinnen in den Tretmühlen des Eastends, aber die Gewerkschaft hielt es für richtig, nicht nur am Arbeitsplatz, sondern auch auf nationaler Ebene für ihre Mitglieder einzutreten.

Das Ende ihrer Beziehung zu Maud stimmte Ethel traurig. Vielleicht hatte diese Freundschaft zwischen der Schwester eines Earls und seiner ehemaligen Haushälterin von vornherein etwas Künstliches an sich gehabt, doch Ethel hatte gehofft, sie könnten die Klassenschranken überwinden. Im Grunde ihres Herzens war Maud wahrscheinlich stets davon ausgegangen – ohne sich dessen bewusst zu sein –, dass sie zum Befehlen geboren sei, Ethel hingegen zum Gehorchen.

Ethel hatte gehofft, die Abstimmung im Parlament fände vor dem Ende der Kundgebung statt, damit sie das Ergebnis noch bekannt geben konnte, aber die Debatte zog sich hin, und die Versammlung musste um zehn Uhr abends abgebrochen werden. Ethel und Bernie gingen in eine Gaststätte in Whitehall, wo Labour-Abgeordnete verkehrten, und warteten auf Neuigkeiten.

Es war elf Uhr durch, und der Wirt wollte gerade schließen, als zwei Abgeordnete in die Gaststätte stürmten. Einer von ihnen entdeckte Ethel. »Wir haben gesiegt!«, rief er. »*Ihr* habt gesiegt! Ihr Frauen.«

Sie konnte es kaum glauben. »Der Antrag wurde gebilligt?«

»Mit überwältigender Mehrheit. Dreihundertsiebenundachtzig zu siebenundfünfzig!«

»Wir haben gewonnen!« Ethel küsste Bernie. »Gewonnen!«

»Gut gemacht«, sagte er. »Genieße deinen Sieg. Du hast ihn verdient.«

Den Sieg begießen konnten sie nicht, denn sie bekamen nichts mehr zu trinken. Neue Bestimmungen, die im Krieg erlassen worden waren, zwangen die Gaststätten, zu bestimmten Stunden zu schließen. Dadurch sollte die Produktivität der arbeitenden Klasse gesteigert werden. Ethel und Bernie gingen über die Whitehall, um einen Bus nach Hause zu nehmen.

Als sie an der Haltestelle warteten, jubelte Ethel außer sich vor Freude: »Ich kann es kaum fassen. Nach all den Jahren – das Stimmrecht für Frauen!«

Ein Passant hörte sie, ein großer Mann in Abendgarderobe, der an einem Stock ging.

Ethel erkannte Fitz.

»Nicht so voreilig«, sagte er. »Im Oberhaus kommt ihr damit nicht durch.«

KAPITEL 27

Juni bis September 1917

Walter von Ulrich kletterte aus dem Graben und nahm all seinen Mut zusammen, bevor er sich anschickte, das Niemandsland bis zur russischen Linie zu überqueren.

Junges Gras und Wildblumen wuchsen in den Granattrichtern. Es war ein milder Sommerabend in einem Landstrich, der einst zu Polen und dann Russland gehört hatte. Nun war diese Gegend von deutschen Truppen besetzt.

Walter trug einen unauffälligen Mantel über der Uniform eines Gefreiten. Gesicht und Hände hatte er mit Schlamm beschmiert. Dazu trug er eine weiße Kappe wie eine Parlamentärsfahne. Bevor er losging, lud er sich eine Kiste auf die Schulter.

Keine Bange, beschwor er sich. Es führt zu nichts, Angst zu haben.

Die russischen Stellungen waren im Zwielicht nur schwach zu erkennen. Seit Wochen schon wurde nicht mehr geschossen, und Walter glaubte, der Feind würde seine Annäherung eher mit Neugier als mit Misstrauen verfolgen.

Wenn er sich irrte, war er tot.

Die Russen bereiteten eine Offensive vor. Deutsche Aufklärungsflugzeuge und Kundschafter berichteten von frischen Truppen und Unmengen von Munition, die an die Front gebracht wurden. Von russischen Soldaten, die sich halb verhungert den Deutschen in der Hoffnung auf eine Mahlzeit ergeben hatten, waren diese Meldungen bestätigt worden.

Diese Beweise für die bevorstehende Offensive bedeuteten eine große Enttäuschung für Walter. Er hatte gehofft, die neue russische Regierung würde nicht mehr in der Lage sein, den Krieg weiterzuführen. In Petrograd verlangten Lenin und die Bolschewiken lautstark den Frieden und publizierten eine Flut von Zeitungen und Flugblättern, bezahlt mit deutschem Geld.

Das russische Volk wollte den Krieg nicht mehr. Eine Erklärung von Außenminister Pawel Miljukow, dass Russland noch immer einen entscheidenden Sieg anstrebe, hatte erneut wütende Soldaten und Arbeiter auf die Straßen getrieben. Der theatralische junge Kriegsminister Kerenski, der für die erwartete neue Offensive verantwortlich zeichnete, hatte in der Armee die Prügelstrafe wieder eingeführt und die Autorität der Offiziere wiederhergestellt. Aber würden die russischen Soldaten kämpfen? Genau das mussten die Deutschen in Erfahrung bringen, und dafür riskierte Walter nun sein Leben.

Die Vorzeichen waren gemischt. In einigen Frontabschnitten hatten die russischen Soldaten weiße Flaggen gehisst und einseitig den Waffenstillstand erklärt. In anderen Abschnitten wiederum wirkte alles ruhig und diszipliniert.

Genau einen solchen Abschnitt wollte Walter nun erkunden.

Er war endlich aus Berlin weggekommen. Wahrscheinlich hatte Monika von der Helbard ihren Eltern geradeheraus gesagt, dass es keine Hochzeit geben würde. Wie auch immer – Walter war wieder an der Front und mit der Aufgabe betraut, Informationen über den Feind zu sammeln.

Er rückte die Kiste auf seiner Schulter zurecht. Mittlerweile konnte er gut ein halbes Dutzend Köpfe aus dem Graben vor ihm ragen sehen. Sie trugen Mützen; russische Soldaten hatten keine Helme. Die Russen starrten ihn an, richteten aber nicht ihre Waffen auf ihn – noch nicht.

Walter hatte eine fatalistische Einstellung zum Tod. Er glaubte, nach der wundervollen Nacht in Stockholm als glücklicher Mann zu sterben. Aber er würde es natürlich vorziehen, am Leben zu bleiben, denn er wollte ein Leben mit Maud und wollte Kinder mit ihr haben. Und er hoffte, dieses Leben in einem wohlhabenden, demokratischen Deutschland führen zu können. Dazu aber musste Deutschland den Krieg gewinnen, und das wiederum bedeutete, dass Walter auf diese gefährliche Mission gehen musste, um seinen Beitrag zu leisten. Ihm blieb keine Wahl.

Dennoch zog sich ihm der Magen zusammen, als er in Schussweite kam. Es war leicht für einen Soldaten, das Gewehr anzulegen und abzudrücken. Genau dafür waren sie schließlich hier.

Walter hatte kein Gewehr und hoffte, dass die Russen es bemerkten. Allerdings hatte er sich eine P08 hinten in den Gürtel geschoben, aber diese Waffe konnten die feindlichen Soldaten nicht sehen.

Jetzt ist es jede Sekunde so weit, ging es Walter durch den Kopf. Ob man den Schuss wohl hört, der einen niederstreckt? Am meisten fürchtete er sich davor, verwundet zu werden und elendig zu verbluten oder in einem von Schmutz starrenden Feldhospital Wundbrand zu bekommen.

Kurz darauf konnte er die Gesichter der Russen erkennen, und er sah Belustigung, Staunen und Verwunderung darin. Besorgt hielt er nach Anzeichen von Furcht Ausschau, denn das war die größte Gefahr: Bei einem verängstigten Soldaten bestand die Gefahr, dass er feuerte, nur um die unerträgliche Spannung loszuwerden.

Bald hatte Walter nur noch zehn Meter vor sich; dann erreichte er den Grabenrand. »Seid gegrüßt, Genossen«, sagte er auf Russisch, stellte die Kiste ab und hielt dem nächstbesten Soldaten die Hand hin. Instinktiv ergriff der Mann sie und half Walter, in den Graben zu springen. Eine kleine Gruppe scharte sich um ihn.

»Ich bin gekommen, um euch eine Frage zu stellen«, sagte Walter.

Die meisten gebildeten Russen sprachen Deutsch, doch bei den Soldaten handelte es sich zum größten Teil um Bauern, von denen nur sehr wenige eine Fremdsprache beherrschten. Als Junge hatte Walter auf Drängen seines Vaters als Teil seiner Kadettenausbildung Russisch gelernt, um später im Heer oder im diplomatischen Dienst Karriere zu machen. Er hatte seine Russischkenntnisse nur selten benutzt, war sich aber sicher, dass er die Sprache noch gut genug beherrschte, um seine Mission zu einem erfolgreichen Ende zu bringen.

»Aber erst trinken wir etwas«, sagte er, hob die Kiste in den Graben, riss sie auf und nahm eine Flasche Schnaps heraus. Er öffnete sie, trank einen kräftigen Schluck, wischte sich über den Mund und reichte die Flasche an einen der Soldaten weiter, einen hochgewachsenen Korporal von achtzehn oder neunzehn Jahren. Der Mann grinste, trank ebenfalls und reichte die Flasche seinerseits weiter.

Unauffällig schaute Walter sich die Umgebung an. Der Graben war schlecht konstruiert. Die Wände waren schräg und nicht mit Balken verstärkt. Der Boden war uneben und besaß keine Laufplanken, obwohl der Schlamm jetzt, im Sommer, allgegenwärtig war. Außerdem verlief der Graben nicht gerade, was allerdings ein Vorteil war, denn es minderte die Wirkung direkter Artillerietreffer. Das Schlimmste war der Gestank. Offensichtlich machten die Männer sich nicht die Mühe, zur Latrine zu gehen. Was stimmte nur nicht mit den Russen? Alles, was sie machten, war Pfusch, schlecht organisiert und halb fertig.

Während die Flasche die Runde machte, erschien ein Sergeant. »Was ist hier los, Fjodor Igorowitsch?«, fragte er den Korporal. »Warum redest du mit einem deutschen Kuhficker?«

Fjodor rieb sich den üppigen, auf den Wangen gezwirbelten Schnurrbart. Aus irgendeinem Grund trug er eine Marinemütze, die keck auf seinem Kopf saß. »Der Mann ist in Ordnung«, sagte er. »Kommen Sie, trinken Sie einen Schluck, Sergeant Iwanow.«

Der Sergeant nahm die Flasche und trank, war aber nicht so umgänglich wie seine Männer. Er schaute Walter misstrauisch an. »Was machst du hier?«

Walter hatte die Worte auswendig gelernt. »Im Namen der deutschen Arbeiter, Soldaten und Bauern frage ich euch, warum ihr gegen uns kämpft.«

Nach einem Augenblick verwunderten Schweigens entgegnete Fjodor: »Warum kämpft ihr gegen *uns?*«

Walter hatte auch darauf die Antwort parat. »Wir haben keine andere Wahl. Unser Land wird noch immer vom Kaiser regiert. Wir haben noch keine Revolution gemacht, aber ihr. Der Zar hat die Macht verloren. Russland wird jetzt vom Volk regiert. Deshalb bin ich gekommen, um euch, das Volk, zu fragen: Warum kämpft ihr gegen uns?«

Fjodor blickte Iwanow an und sagte: »Diese Frage stellen wir uns auch immer wieder.«

Iwanow zuckte nur mit den Schultern.

Weitere Männer aus dem Graben gesellten sich zu ihnen. Walter öffnete eine zweite Flasche und ließ den Blick über die ausgemergelten, zerlumpten, schmutzigen Gestalten schweifen, die sich gar nicht schnell genug betrinken konnten.

»Was wollen die Russen?«, fragte er.

Gleich mehrere Männer antworteten:

»Land.«

»Frieden.«

»Freiheit.«

»Mehr Schnaps!«

Walter holte eine dritte Flasche aus der Kiste. Was ihr wirklich braucht, dachte er, sind Seife, Essen und neue Stiefel.

»Ich möchte in mein Dorf zurück«, erklärte Fjodor. »Dort wird gerade das Land des Fürsten aufgeteilt. Ich will dafür sorgen, dass meine Familie einen gerechten Anteil bekommt.«

Walter fragte: »Unterstützt ihr eine politische Partei?«

»Die Bolschewiken!«, rief ein Soldat. Die anderen jubelten.

Walter war zufrieden. »Seid ihr Parteimitglieder?«

Sie schüttelten die Köpfe.

»Ich habe immer die Sozialrevolutionäre unterstützt«, sagte Fjodor, »aber sie haben uns im Stich gelassen.« Seine Kameraden nickten zustimmend. »Kerenski hat sogar die Prügelstrafe wieder eingeführt.«

»Und er hat eine Sommeroffensive befohlen«, sagte Walter. Nicht weit entfernt stand ein Stapel Munitionskisten, doch er schaute ganz bewusst nicht hin aus Angst, die Aufmerksamkeit der Russen auf das Offensichtliche zu lenken: dass er ein Spion war. »Wir können es von unseren Flugzeugen aus sehen«, fügte er hinzu.

Fjodor wandte sich an Iwanow. »Warum müssen wir eigentlich angreifen, Sergeant?«, fragte er. »Wir können doch genauso gut aus unseren jetzigen Stellungen Frieden schließen.«

Im Graben erhob sich zustimmendes Raunen.

Walter fragte: »Was werdet ihr tun, wenn der Angriffsbefehl kommt?«

»Wir werden ihn auf einem Treffen des Soldatenkomitees besprechen«, antwortete Fjodor.

»Red keinen Mist«, tadelte Iwanow ihn. »Soldatenkomitees dürfen keine Befehle mehr diskutieren.«

Missbilligendes Murren war zu vernehmen, und jemand am Rand der Gruppe sagte: »Das werden wir ja sehen, Genosse Sergeant.«

Die Menge wuchs noch immer an. Walter gab den Männern seine letzten zwei Flaschen. Als Erklärung für die Neuankömmlinge verkündete er: »Die Deutschen wünschen sich den Frieden genauso wie das russische Volk. Wenn ihr uns nicht angreift, greifen wir euch auch nicht an.«

»Darauf trinke ich!«, rief einer der Neuankömmlinge, und wieder brandete Jubel auf.

Walter befürchtete, der Lärm könne die Aufmerksamkeit eines

Offiziers erregen. Ob er die Russen dazu bringen konnte, trotz des Schnapses leise zu sein? Aber es war bereits zu spät. Eine laute, befehlsgewohnte Stimme fragte: »Was ist hier los? Was habt ihr jetzt wieder ausgeheckt?« Die Menge teilte sich, um einen großen Mann in Majorsuniform durchzulassen. Der Major musterte Walter von oben bis unten. »Wer bist du?«, fragte er unfreundlich.

Walter durchlief es eiskalt. Wahrscheinlich würde der Offizier ihn gefangen nehmen; ihm blieb gar nichts anderes übrig. Und dem deutschen Nachrichtendienst war bekannt, wie die Russen Gefangene behandelten. Walter wusste, dass ihn ein langsamer Tod durch Hunger und Kälte erwartete.

Er rang sich ein Lächeln ab und bot seine letzte, ungeöffnete Flasche an. »Trinken Sie einen Schluck, Herr Major.«

Der Offizier ignorierte ihn und drehte sich zu Sergeant Iwanow um. »Was glauben Sie eigentlich, was Sie hier tun?«

Iwanow ließ sich nicht einschüchtern. »Die Männer hatten heute kein Mittagessen, Euer Gnaden. Da konnte ich ihnen wohl kaum ’nen Schluck verweigern.«

»Sie hätten den Mann gefangen nehmen müssen!«

Fjodor sagte: »Wir können ihn nicht gefangen nehmen … jetzt nicht mehr, nachdem wir seinen Schnaps getrunken haben.« Er lallte bereits. »Das wäre nicht gerecht.«

Der Major starrte Walter an. »Du bist ein Spion! Ich sollte dir deinen verdammten Schädel wegpusten.« Er legte die Hand auf die Pistole an seinem Gürtel.

Die Soldaten brüllten protestierend. Der Major schaute weiterhin wütend drein, nahm aber die Hand von der Waffe. Offenbar wollte er keinen Streit mit seinen Männern riskieren.

Walter versuchte, die Gunst des Augenblicks zu nutzen. »Ich sollte jetzt lieber gehen. Euer Major hat schlechte Laune. Denkt daran: Wenn ihr nicht kämpft, kämpfen wir auch nicht.«

Nun kam der Augenblick der größten Gefahr. Walter kletterte aus dem Graben, ging ein paar Schritte, drehte sich noch einmal um, winkte und ging weiter. Dabei kam er sich vor, als hätte ihm jemand eine Zielscheibe auf den Rücken gemalt. In der hereinbrechenden Dunkelheit würde es nicht lange dauern, bis er außer Sicht war. Nur noch wenige Meter, und er hätte es geschafft. Es kostete ihn alle Willenskraft, nicht loszurennen; dadurch würde er wahrscheinlich einen

Schuss provozieren. Er biss die Zähne zusammen und ging mit gleichmäßigen Schritten zwischen Blindgängern hindurch.

Eine Ewigkeit schien vergangen zu sein, als Walter einen Blick zurück wagte. Ihm fiel ein Stein vom Herzen: Er konnte den russischen Graben nicht mehr sehen. Das bedeutete, dass die Russen ihn nicht mehr sehen konnten. Er war in Sicherheit.

Es war ein Risiko gewesen, aber es hatte sich gelohnt: Die Informationen, die er mitbrachte, waren wertvoll. Obwohl an diesem Frontabschnitt keine weißen Fahnen wehten, waren die Russen nicht in der Verfassung, eine Schlacht zu schlagen. Die Männer waren unzufrieden und rebellisch, sodass die Offiziere Mühe hatten, die Disziplin aufrechtzuerhalten. Der Sergeant war darauf bedacht gewesen, die Soldaten nicht zu verärgern, und der Major hatte es nicht einmal gewagt, Walter gefangen zu nehmen. Die Moral der russischen Truppen schien am Boden zu sein.

Walter gelangte in Sichtweite der deutschen Linien. Er rief seinen Namen und eine vereinbarte Parole; dann sprang er in den Graben. Ein Leutnant salutierte vor ihm. »War Herr Major erfolgreich?«

»Ja«, antwortete Walter. »Sehr sogar.«

Katherina war im sechsten Monat schwanger. Träge lag sie auf dem Bett in Grigoris altem Zimmer. Sie trug nur ein dünnes Hemd. Das Fenster stand offen und ließ die warme Juliluft und den Lärm der Züge ins Zimmer, die nur einen Steinwurf weit am Haus vorbeidonnerten.

Grigori zeichnete mit dem Finger die Umrisse von Katherinas Körper nach: von der Schulter über eine Brust und zu den Rippen; von dort zu ihrem sanft gewölbten Bauch und ihren Schenkeln hinunter. Früher waren seine Beziehungen zu Frauen immer nur von kurzer Dauer gewesen. Für ihn war es eine neue, erregende Erfahrung, nach dem Sex neben einer Frau zu liegen und ihren Körper zu berühren, nachdem die Begierde gestillt war. »Die Schwangerschaft macht dich noch schöner«, sagte er leise, um Wladimir nicht zu wecken.

Seit zweieinhalb Jahren hatte Grigori für das Kind seines Bruders die Vaterrolle übernommen. Nun würde er ein eigenes Kind bekommen. Grigori musste an das Land denken, in dem das Kind aufwachsen würde, und an die bewegten letzten Wochen und Monate. Das Allerwichtigste für ihn war, dass sein Sohn in Freiheit aufwuchs. Aus irgendeinem Grund war Grigori überzeugt, dass es ein Junge wurde. Russland musste vom Volk regiert werden, nicht von einem bürgerlichen Parlament oder einer Koalition aus Geschäftsleuten und Generälen, die die alten Zeiten wieder aufleben lassen wollten, wenn auch in neuem Gewand.

Ob Lenin das Land in die Zukunft führen konnte? Grigori mochte den Mann nicht besonders. Lenin war ein Hitzkopf. Aber er arbeitete härter als irgendjemand sonst; er dachte sorgfältig über alles nach, und seine Entscheidungen waren bisher jedes Mal richtig gewesen. Niemand legte so viel unerschütterliche Entschlossenheit an den Tag. Lenin war ein Tyrann, aber er hatte die Bolschewiken zur führenden Partei gemacht. Ohne ihn würde die Revolution in einem Sumpf aus Kompromissen versinken.

Aber in der Provisorischen Regierung gab es Anzeichen, dass man gegen Lenin vorgehen wollte. Die rechte Presse hatte ihn sogar beschuldigt, ein deutscher Spion zu sein. Der Vorwurf war natürlich lächerlich, aber es traf zu, dass Lenin über eine geheime Geldquelle verfügte. Grigori, der bereits vor dem Krieg Bolschewik gewesen war, gehörte inzwischen zum inneren Kreis um Lenin; deshalb wusste er, dass das Geld aus Deutschland kam. Wenn das bekannt wurde, würde es das Misstrauen gegen die Partei weiter schüren.

Grigori war gerade eingedöst, als er Schritte im Flur hörte, gefolgt von einem lauten Klopfen an der Tür. »Wer ist da?«, rief er mürrisch und zog sich die Hose an. Wladimir wachte auf und fing an zu weinen.

Eine Männerstimme sagte drängend: »Grigori? Mach auf!«

Grigori öffnete. Draußen stand Isaak.

»Du?« Grigori war verwirrt. »Was ist los?«

»Es wurden Haftbefehle gegen Lenin, Sinowjew und Kamenew erlassen!«

Grigori lief es eiskalt über den Rücken. »Dann müssen wir sie warnen.«

»Draußen steht ein Armeewagen.«

»Ich zieh mir schnell die Stiefel an.«

»Ich warte unten.« Isaak ging voraus. Katherina, die alles stumm verfolgt hatte, hob den weinenden Wladimir hoch und drückte ihn tröstend an sich. Rasch zog Grigori sich an, küsste die beiden und rannte die Treppe hinunter.

Er sprang neben Isaak in den Wagen und sagte: »Lenin ist der Wichtigste.« Sinowjew und Kamenew waren Revolutionäre mit Leib und Seele, aber Lenin war Kopf und Herz der Bewegung. »Ihn müssen wir als Ersten warnen. Fahr zum Haus seiner Schwester.«

Isaak fuhr, so schnell er konnte. Grigori hielt sich fest, als der Wagen rumpelnd und schwankend um eine Ecke bog. »Wie hast du das herausgefunden?«, fragte er.

»Ein Bolschewik im Justizministerium hat es mir gesteckt.«

»Wann wurden die Haftbefehle ausgestellt?«

»Heute Morgen.«

»Verdammt, hoffentlich kommen wir rechtzeitig.«

Isaak fuhr zur Schirokaja-Straße und hielt vor einem Mietshaus. Grigori sprang aus dem Wagen und klopfte an die Wohnungstür der Familie Jelisarow. Anna Jelisarowa, Lenins ältere Schwester, öffnete. Sie war Mitte fünfzig; ihr ergrauendes Haar trug sie in der Mitte gescheitelt. Grigori kannte sie schon länger. Sie arbeitete bei der *Prawda*.

»Ist er da?«, fragte Grigori.

»Ja. Warum? Was ist passiert?«

Grigori fiel ein Stein vom Herzen. Er war nicht zu spät. »Er soll verhaftet werden«, sagte er und betrat die Wohnung.

»Was sagst du da?« Erschrocken schloss Anna die Tür hinter ihm. »Walodja!«, rief sie ihren Bruder bei seinem Kosenamen. »Komm schnell!«

Lenin erschien. Wie immer trug er einen schäbigen dunklen Anzug mit Stehkragen und Krawatte. Grigori erklärte ihm kurz und knapp die Situation.

»Ich muss untertauchen«, sagte Lenin.

Anna fragte besorgt: »Willst du nicht ein paar Sachen packen?«

»Nein, zu riskant. Du kannst sie mir hinterherschicken. Ich lasse dich wissen, wo ich bin.« Er schaute zu Grigori. »Danke für die Warnung, Grigori Sergejewitsch. Hast du einen Wagen?«

»Ja.«

Ohne ein weiteres Wort verließ Lenin das Haus. Grigori folgte ihm auf die Straße und beeilte sich, ihm die Wagentür zu öffnen. »Es wurden auch Haftbefehle für Sinowjew und Kamenew ausgestellt«, berichtete er, als Lenin einstieg.

»Dann bleib hier, geh in die Wohnung zurück und ruf sie an«, sagte Lenin. »Mark Timofejewitsch hat ein Telefon und weiß, wo sie sind.« Er warf die Tür zu, beugte sich vor und sagte etwas zu Isaak, das Grigori nicht hören konnte. Isaak fuhr los.

Grigori hob den Blick. Eine Gruppe von Männern kam aus dem Haus auf der anderen Straßenseite. Einige trugen Anzüge, andere Polizeiuniformen. Zu seinem Entsetzen entdeckte Grigori seinen alten Feind Michail Pinsky unter ihnen. Zwar war die Ochrana, die zaristische Geheimpolizei, abgeschafft worden, aber wie es aussah, führten Männer wie Pinsky die Arbeit der Ochrana unter dem Befehl der Armee weiter. Bestimmt waren Pinsky und seine Spießgesellen wegen Lenin gekommen, und sie hatten ihn nur deshalb verpasst, weil sie zuerst im falschen Gebäude gewesen waren.

Grigori verschwand wieder im Haus. Die Tür der Jelisarows stand noch immer offen. In der Wohnung hielten sich Anna, ihr Ehemann Mark Timofejewitsch Jelisarow, ihr Pflegesohn Gora und die Dienerin der Familie auf, ein Bauernmädchen namens Anjuschka. Alle schauten entsetzt auf Grigori, als der die Tür hinter sich schloss. »Er ist noch rechtzeitig weggekommen«, berichtete er. »Aber die Polizei ist schon draußen. Wir müssen Sinowjew und Kamenew anrufen.«

Jelisarow eilte zu dem Telefon, das auf einem kleinen Tisch stand, und gab der Vermittlung eine Nummer durch.

Jemand hämmerte gegen die Tür.

Grigori blickte die anderen an und legte den Finger auf die Lippen.

Anna führte Anjuschka und das Kind rasch in den hinteren Teil der Wohnung.

Eine schroffe Stimme auf dem Flur sagte: »Aufmachen, oder wir schlagen die Tür ein! Wir haben einen Durchsuchungsbefehl!«

»Wer ist da?«, fragte Grigori.

»Die Polizei! Macht auf!«

Grigori hörte, wie Jelisarow ins Telefon sagte: »Ist gut … ja. Sag ihm, er soll sich verstecken … ja, die Polizei steht vor meiner Tür.« Dann legte er auf und nickte Grigori zu.

Grigori öffnete und trat einen Schritt zurück.

Pinsky stürmte ins Zimmer, gefolgt von mehreren Beamten. »Wo ist Lenin?«

Grigori antwortete: »Lenin? Hier gibt es keinen, der so heißt.«

Pinsky starrte ihn an. »Du!«, stieß er hervor. »Ich wusste schon immer, dass du ein Unruhestifter bist.«

Jelisarow trat vor und sagte mit ruhiger Stimme: »Zeigen Sie mir den Durchsuchungsbefehl.«

Widerwillig reichte Pinsky ihm ein Blatt Papier.

Lenins Schwager überflog das Schreiben. »Hochverrat?«, sagte er. »Das ist lächerlich!«

»Lenin ist ein deutscher Agent«, erwiderte Pinsky. Mit zusammengekniffenen Augen schaute er Jelisarow an. »Sie sind doch sein Schwager, oder?«

Jelisarow gab ihm das Papier zurück. »Der Mann, nach dem Sie suchen, ist nicht hier«, sagte er.

Pinsky fuhr herum und packte Grigori am Kragen. »Du hast ihn gewarnt, stimmt's? Was tust du überhaupt hier?«

»Ich bin Deputierter des Petrograder Sowjets und repräsentiere das 1. Maschinengewehrregiment. Wenn Sie nicht wollen, dass das Regiment Ihrem Hauptquartier einen Besuch abstattet, sollten Sie Ihre Finger von meiner Uniform nehmen.«

Pinsky ließ ihn los. »Wir werden uns trotzdem umsehen«, sagte er.

Hinter dem Telefon stand ein Bücherregal. Pinsky riss ein halbes Dutzend Bücher heraus und warf sie auf den Boden. Dann winkte er den Polizisten, die Wohnung zu durchsuchen. »Nehmt den Laden auseinander«, befahl er.

✠

In einem kleinen russischen Dorf drückte Walter einem freudig überraschten Bauern für dessen Kleidung – einen verdreckten Schafsledermantel, einen Leinenkittel, eine weite, grobe Hose und Schuhe aus geflochtener Birkenrinde – eine Goldmünze in die Hand. Dann stutzte Walter sich das Haar mit einer Küchenschere und ließ den sprießenden Bart stehen. Er kaufte einen Sack Zwiebeln, stopfte eine Ledertasche mit zehntausend Rubeln in Münzen und Scheinen hinein und ließ die Tasche unter den Zwiebeln verschwinden.

Vor Einbruch der Nacht schmierte er sich Hände und Gesicht mit Schlamm ein; dann durchquerte er in der Bauernkleidung und mit dem Sack über der Schulter das Niemandsland, gelangte durch die russischen Linien und marschierte zum nächsten Bahnhof, wo er sich eine Fahrkarte dritter Klasse kaufte.

Er gab sich aggressiv und starrte jeden, der sich ihm mehr als drei Schritte näherte, drohend an, als fürchtete er, der Betreffende wolle ihm den Zwiebelsack wegnehmen – was in vielen Fällen vermutlich sogar stimmte. Zur Abschreckung trug Walter ein großes Messer bei sich, rostig, aber scharf, das er gut sichtbar in seinem Gürtel trug. Außerdem hatte er einen Revolver unter dem Mantel versteckt; die Waffe hatte er einem gefangenen russischen Offizier abgenommen.

Einmal wurde Walter von einem Polizisten angesprochen. Er grinste nur dümmlich und bot dem Mann eine Zwiebel an, worauf dieser angewidert das Gesicht verzog und ihm seine Ruhe ließ. Hätte der Polizist darauf bestanden, einen genaueren Blick in den Sack zu werfen, hätte Walter ihn getötet.

Er kaufte immer nur Fahrscheine für kurze Strecken, nie länger als drei oder vier Stationen, denn kein Bauer fuhr mehrere Hundert Kilometer, um seine Zwiebeln an den Mann zu bringen. Die ganze Zeit blieb Walter angespannt und wachsam, zumal seine Verkleidung nicht besonders gut war. Jeder, der länger als ein paar Sekunden mit ihm sprach, würde sofort wissen, dass er keinen Bauern vor sich hatte. Und wäre Walters Tarnung aufgeflogen, hätte es seinen sicheren Tod bedeutet. Doch trotz der beständigen Drohung langweilte er sich bald. Aber er konnte nichts tun. Eine Zeitung zu lesen hätte ihn auf der Stelle verraten. Er musste sogar darauf achten, nicht auf Fahrpläne zu schauen oder mehr als nur einen Blick auf Plakate zu werfen, denn die meisten russischen Bauern waren Analphabeten.

Während Walter in einem halben Dutzend Zügen durch die schier endlosen russischen Weiten fuhr, erging er sich in Tagträumereien von der modernen Villa, in der er und Maud nach dem Krieg leben würden.

Walters Reise endete in Petrograd.

In Berlin hatte ein schwedischer Sozialist arrangiert, dass ein Kontaktmann der Bolschewiken jeden Tag zwischen achtzehn und neunzehn Uhr am Warschauer Bahnhof in Petrograd auf Walter warten sollte. Walter traf bereits am Mittag ein und nutzte die Gelegenheit, sich in der Stadt umzuschauen.

Was er sah, schockierte ihn.

Kaum hatte er den Bahnhof verlassen, wurde er von Prostituierten bestürmt, die sich ihm anboten: Frauen und Männer, Erwachsene und Kinder. Walter floh über eine Kanalbrücke in Richtung Norden zum Stadtzentrum. Die meisten Läden waren geschlossen, viele aufgegeben. Schaufenster waren eingeschlagen und geplündert; Glassplitter funkelten auf den Bürgersteigen. Walter sah Scharen von Betrunkenen und wurde Zeuge mehrerer brutaler Schlägereien. Hin und wieder sah er ein Automobil oder eine Pferdekutsche, wobei die Fahrgäste sich hinter Vorhängen verbargen. Die meisten Einwohner waren ausgemergelt, zerlumpt und gingen barfuß. Hier war es noch viel schlimmer als in Berlin.

Walter sah Soldaten, einzeln oder in Gruppen, die keinerlei Disziplin mehr zu haben schienen: Sie zogen lärmend durch die Straßen, lungerten mit offenen Uniformen auf ihren Posten herum und unterhielten sich rauchend und trinkend mit Zivilisten. Offensichtlich konnten die Männer tun und lassen, was sie wollten. Walter fühlte sich in dem Eindruck bestätigt, den er bei seinem gefährlichen Besuch im russischen Schützengraben gewonnen hatte: Diese Männer wollten nicht mehr kämpfen.

Niemand sprach ihn an, und die wenigen Polizisten schenkten ihm kaum Beachtung. Er war nur eine von unzähligen heruntergekommenen Gestalten, die durch eine verfallende Stadt streiften, in der es kaum noch Ordnung gab.

Gegen achtzehn Uhr kam Walter zum Bahnhof zurück. Kurz darauf entdeckte er seinen Kontaktmann, einen Sergeanten, der ein rotes Band um sein Gewehr gebunden hatte. Bevor Walter sich ihm zu erkennen gab, betrachtete er den Mann. Er war eine beeindruckende Gestalt, nicht groß, aber mit breiten Schultern und kräftig. Ihm fehlten das halbe rechte Ohr, ein Schneidezahn und der Ringfinger der linken Hand.

Der Russe wartete mit der Geduld eines Veteranen, doch sein Blick war scharf, und seinen blauen Augen schien nichts zu entgehen. Als hätte er Walters Blicke gespürt, wandte der Russe sich ihm unvermittelt zu, schaute ihn an und nickte ihm zu. Dann drehte er sich um und ging davon. Walter folgte ihm in einen großen Raum voller Tische und Stühle. Beide Männer setzten sich.

»Sergeant Grigori Peschkow?«, fragte Walter.

Grigori nickte. »Wer Sie sind, weiß ich.«

Walter schaute sich in dem Raum um. In einer Ecke zischte ein Samowar, und eine alte Frau mit Kopftuch verkaufte Räucherfisch. Ungefähr zwanzig Leute saßen an den Tischen. Niemand verschwendete auch nur einen Blick auf den Soldaten und den zerlumpten Bauern, der offensichtlich darauf hoffte, einen Sack Zwiebeln verkaufen zu können. Ein junger Mann in blauem Arbeiterhemd kam in den Raum, setzte sich an einen Tisch, zündete sich eine Zigarette an und schlug die *Prawda* auf. Irgendwie machte der Mann einen verdächtigen Eindruck auf Walter.

Er blickte Grigori an. »Könnte ich etwas zu essen bekommen?«, fragte er. »Ich stehe kurz vor dem Verhungern, aber ein Bauer kann sich die Preise hier wahrscheinlich nicht leisten.«

Grigori nickte und holte einen Teller Schwarzbrot, Heringe und zwei Gläser gezuckerten Tee. Walter machte sich hungrig darüber her. Grigori beobachtete ihn einige Zeit; dann sagte er: »Kaum zu glauben, dass man Sie für einen Bauern gehalten hat. Ich sehe Ihnen den Großbürger auf hundert Schritt Entfernung an.«

»Woran?«

»Allein schon daran, wie Sie essen und sich den Mund abtupfen, auch wenn Sie es mit einem Lumpen statt mit einer Leinenserviette tun. Ein richtiger Bauer schaufelt das Essen in sich hinein und schlürft den Tee.«

Immerhin habe ich drei Tage in euren verdammten Zügen überlebt, dachte Walter. Ich würde gern mal sehen, ob du das in Deutschland schaffen würdest. »Erzählen Sie mir, wie es den Bolschewiken geht«, sagte er.

»Gut«, antwortete Grigori. »Gefährlich gut. In den letzten Monaten sind Tausende in die Partei eingetreten. Leo Trotzki hat zugesagt, uns zu unterstützen. Sie sollten ihn mal hören. Der Mann ist großartig.«

Offenbar hatte Grigori in Trotzki seinen Helden gefunden. Aber auch die Deutschen wussten, dass er ein begnadeter Redner war. Es wäre ein großer Erfolg für die Bolschewiken, sollte es ihnen tatsächlich gelungen sein, Trotzki auf ihre Seite zu ziehen. »Im letzten Februar hatten wir zehntausend Mitglieder, jetzt sind wir zweihunderttausend«, verkündete Grigori stolz.

»Können Sie denn politisch etwas bewirken?«

»Wir haben eine gute Chance, die Wahl zur Verfassunggebenden Versammlung zu gewinnen«, sagte Grigori.

»Wann finden die Wahlen statt?«

»Im September. Sie wurden immer wieder verschoben.«

»Warum?«

Grigori seufzte. »Zuerst hat die Provisorische Regierung einen Rat einberufen, der sich zwei Monate später endlich darauf geeinigt hat, einen zweiten Rat aus sechzig Mitgliedern einzurichten, um ein Wahlgesetz zu entwerfen.«

»Warum dieser Aufwand?«

Zorn spiegelte sich auf Grigoris Gesicht. »Angeblich, damit die Rechtmäßigkeit der Wahl nicht angefochten werden kann. Aber das ist nicht der wahre Grund. Die konservativen Parteien ziehen das Verfahren in die Länge, weil sie genau wissen, dass sie verlieren werden.«

»Und warum glauben Sie, dass die Bolschewiken gewinnen?«

»Wir sind die einzige Partei, die fest zum Frieden entschlossen ist«, antwortete Grigori. »Und dank unserer Zeitungen und Flugblätter weiß das auch jeder.«

»Was haben Sie damit gemeint, dass es Ihnen ›gefährlich‹ gut geht?«

»Wir sind der größte Feind der Regierung. Gegen Lenin wurde bereits Haftbefehl erlassen. Er hält sich versteckt, führt aber noch immer die Partei.«

Walter glaubte Grigori aufs Wort: Wenn Lenin die Partei aus Zürich hatte führen können, konnte er es auch aus einem Versteck in Russland.

»Gibt es sonst noch etwas?«, fragte Walter.

Grigori schüttelte den Kopf.

Walter war erleichtert. Wenn Peschkow ihn nicht belogen hatte, besaß er nun die Informationen, auf die er aus gewesen war. Sein Auftrag erfüllt. Jetzt musste er nur noch nach Hause kommen.

Mit dem Fuß schob er den Sack mit den zehntausend Rubeln über den Boden zu Grigori hinüber. Dann leerte er sein Teeglas und stand auf. »Lassen Sie sich Ihre Zwiebeln schmecken«, sagte er und ging zur Tür. Aus dem Augenwinkel sah er, wie der Mann im Arbeiterhemd die *Prawda* zusammenfaltete und aufstand.

Walter kaufte sich einen Fahrschein nach Luga und stieg in den Zug. Er betrat einen Dritter-Klasse-Waggon und drängte sich durch die Fahrgäste, eine bunt gemischte Gruppe: trinkende, grölende Soldaten; eine jüdische Familie, die ihre Habseligkeiten in Bündeln bei sich trug, und ein paar Bauern mit leeren Käfigen; vermutlich hatten sie Hühner in der Stadt verkauft. Am anderen Ende des Waggons blieb Walter stehen und schaute zurück.

Der Mann im Blauhemd kam ins Abteil. Er ließ Walter keine Sekunde lang aus den Augen. Walter beobachtete, wie der Mann sich rücksichtslos mit den Ellbogen zwischen den Fahrgästen hindurchdrängte. Er schien sich seiner Sache sicher zu sein. Dafür gab es nur eine Erklärung: Der Mann war Polizist.

Walter sprang aus dem Zug und verließ den Bahnhof, so schnell er konnte. Er erinnerte sich an seine Erkundungstour vom Nachmittag und hielt auf den Kanal zu. Es war Sommer; deshalb war es jetzt am Abend noch hell. Walter hoffte, seinen Verfolger abgehängt zu haben, doch als er über die Schulter blickte, sah er, dass der Mann im Blauhemd ihn immer noch verfolgte. Offenbar war er fest entschlossen, sich Grigoris Zwiebeln verkaufenden Bauernfreund genauer anzuschauen.

Walter wusste, dass die Russen ihn als Spion an die Wand stellen würden, wenn sie die Wahrheit herausfanden. Er rannte los. Er befand sich in einem ärmeren Stadtviertel. Hier gab es heruntergekommene Hotels und schäbige Kneipen, wie man sie in vielen Großstädten in der Bahnhofsgegend fand. Walter gelangte zu einer Ziegelei unmittelbar am Kanal. Der Hof war von einer hohen Mauer umgeben und mit einem Eisengittertor verschlossen; auf dem angrenzenden Grundstück stand ein heruntergekommenes Lagerhaus. Walter rannte von der Straße und über die freie Fläche vor dem Lagerhaus und kletterte über die Mauer der Ziegelei. Dann schaute er sich hastig nach einem Versteck um, huschte hinter einen mannshohen Stapel Ziegelsteine, zog den Revolver aus dem Gürtel und spannte den Hahn.

Sekunden später sah er den Polizisten über die Mauer klettern.

Der Mann war dünn, von durchschnittlicher Größe und trug einen schmalen Schnurrbart. Er wirkte jetzt unsicher. Vermutlich war ihm klar geworden, dass er seine Zielperson nicht mehr nur verfolgte, sondern dass er selbst Teil einer Verfolgungsjagd geworden war.

Er zog eine Waffe.

Walter schob den Lauf seines Revolvers durch eine Lücke zwischen den Ziegelsteinen und zielte auf das Blauhemd, aber der Mann war noch nicht nahe genug, dass Walter ihn mit Sicherheit hätte treffen können.

Ein paar Sekunden stand der Mann unschlüssig da und schaute sich um. Er wusste offensichtlich nicht, was er als Nächstes tun sollte. Schließlich drehte er sich um und ging langsam in Richtung Kanal, wobei er den Blick wachsam in die Runde schweifen ließ. Walter folgte ihm und hielt sich stets in Deckung, duckte sich hinter Ziegelsteinstapel und Baumaschinen und kam dem Mann dabei immer näher. Er wollte kein Feuergefecht, das die Aufmerksamkeit anderer Polizisten hätte erregen können: Er musste den Gegner mit ein, zwei Schüssen niederstrecken und dann schleunigst verschwinden.

Als der Polizist den Kanal erreichte, war Walter nur noch zehn Meter von ihm entfernt. Der Mann näherte sich einer kleinen Anlegestelle und blickte suchend den Kanal hinauf und hinunter.

Walter trat aus seiner Deckung hervor und visierte den Rücken des Blauhemds an.

In diesem Augenblick drehte der Mann sich um und starrte genau in die Mündung von Walters Waffe.

Er schrie.

Es war ein hoher, schriller Schrei voller Todesangst, wie Walter ihn noch nie gehört hatte. Er wusste, dass er diesen Schrei sein Leben lang nicht vergessen würde.

Er drückte ab. Der Schrei verstummte abrupt. Eine Sekunde lang stand der Mann schwankend da; dann fiel er zu Boden, als hätte jemand ihm die Beine weggetreten. Walter ging zu ihm und schaute in sein Gesicht: Die Augen starrten leer und tot zum Himmel.

Walter zerrte den Leichnam zum Kanal und schob Ziegelsteine in die Kleidung des Toten, um ihm zusätzliches Gewicht zu verleihen. Dann wuchtete er den Leichnam über die niedrige Brüstung und ließ ihn ins Wasser fallen.

Das Blauhemd versank.

Walter machte, dass er wegkam.

✠

Grigori war auf einer Sitzung des Petrograder Sowjets, als die Konterrevolution begann.

Er machte sich Sorgen, war aber nicht überrascht. Je beliebter die Bolschewiken wurden, desto gnadenloser wurden die Gegenmaßnahmen der Regierung. Die Partei gewann einen Gebietssowjet nach dem anderen, und bei den Wahlen zum Petrograder Stadtrat hatten die Bolschewiken dreißig Prozent der Stimmen erhalten. Die Regierung, die inzwischen von Kerenski geführt wurde, hatte darauf reagiert, indem sie Trotzki verhaften ließ und die reichsweiten Wahlen zur Verfassunggebenden Versammlung abermals verschob, genau wie die Bolschewiken es prophezeit hatten, was ihnen zusätzliche Glaubwürdigkeit verlieh.

Dann war die Armee am Zug.

General Kornilow war ein kahl geschorener Kosak »mit dem Herzen eines Löwen und dem Hirn eines Schafs«; so jedenfalls hatte General Alexejew ihn charakterisiert. Am 9. September befahl Kornilow seinen Truppen, gegen Petrograd zu marschieren.

Der Sowjet reagierte sofort. Die Deputierten gründeten ein Komitee zur Bekämpfung der Konterrevolution. Aber ein Komitee, das wusste Grigori, konnte nicht viel ausrichten, und so ergriff er auf der Versammlung das Wort. Als Deputierter des 1. Maschinengewehrregiments war er ein geachteter Mann, dem man respektvoll zuhörte, vor allem wenn es um militärische Fragen ging. »Ein Komitee ist sinnlos«, rief Grigori leidenschaftlich, »erst recht, wenn die Mitglieder nur Reden schwingen. Wenn die letzten Berichte stimmen, sind Kornilows Truppen nicht mehr weit von den Stadtgrenzen entfernt. Sie können nur mit Gewalt aufgehalten werden.« Grigori trug stets seine Uniform und hatte immer sein Gewehr und die Pistole dabei. »Das Komitee ist nutzlos, wenn es nicht die Arbeiter und Soldaten Petrograds gegen die meuternde Armee mobilisiert!«

Nach hitzigen Diskussionen kam man überein, dass dem Komitee drei Menschewiken, drei Sozialrevolutionäre und drei Bolschewiken angehören sollten, darunter Grigori. Doch alle wussten, dass letztlich nur die Bolschewiken zählten.

Kaum war so entschieden worden, verließen die Mitglieder des Komitees den Saal. Grigori war nun seit sechs Monaten Politiker; in dieser Zeit hatte er gelernt, wie das System funktionierte. Deshalb ignorierte er die offizielle Entscheidung und forderte stattdessen ein Dutzend geeignete Leute auf, dem Komitee beizutreten, darunter Konstantin von den Putilow-Werken und Isaak vom 1. Maschinengewehrregiment.

Der Sowjet war vom Taurischen Palast ins Smolny-Institut gezogen, eine ehemalige Schule für höhere Töchter. Das Komitee tagte in einem ehemaligen Klassenzimmer, umgeben von gerahmten Stickereien und kindlichen Aquarellbildern.

Nachdem die Versammlung eröffnet war, fragte der Vorsitzende: »Haben wir einen ersten Antrag?«

»Jawohl, Genosse Vorsitzender«, meldete Grigori sich zu Wort. »Als Erstes müssen die Soldaten Petrograds gegen die Meuterer von General Kornilow mobilisiert werden. Ich schlage vor, dass Korporal Isaak Iwanowitsch eine Liste der größten Kasernen zusammenstellt und die Namen verlässlicher Revolutionsführer in jeder dieser Kasernen vermerkt. Nachdem wir auf diese Weise unsere Verbündeten bestimmt haben, sollten wir ihnen ein Schreiben zukommen lassen, sie unserem Befehl unterstellen und sie anweisen, sich auf den Kampf gegen die Meuterer vorzubereiten. Wenn Isaak Iwanowitsch sofort mit der Arbeit beginnt, haben wir die Liste in wenigen Minuten.«

Grigori hielt inne und ließ den Blick schweifen. Die Anwesenden nickten zustimmend.

»Danke«, sagte Grigori, während Isaak sich bereits daranmachte, die Liste zu erstellen. »Zweitens«, fuhr er dann fort, »müssen wir eine Botschaft nach Kronstadt schicken.« Die Festung Kronstadt, eine Insel gut zwanzig Kilometer vor der Küste, war berüchtigt für die brutale Behandlung von Matrosen, besonders von Rekruten. Vor sechs Monaten hatten die Matrosen sich gegen ihre Peiniger gewandt und mehrere Offiziere gefoltert und getötet. Inzwischen war die Festung eine Hochburg der Radikalen. »Die Matrosen müssen sich bewaffnen, nach Petrograd marschieren und sich ebenfalls unserem Befehl unterstellen.« Grigori deutete auf einen bolschewistischen Deputierten, von dem er wusste, dass er gute Kontakte zu den Matrosen unterhielt. »Genosse Gleb, wirst du das übernehmen?«

Gleb nickte. »Ich setze einen Brief auf, den unser Vorsitzender unterschreiben muss. Anschließend werde ich ihn persönlich nach Kronstadt bringen.«

»Gut«, sagte Grigori. »Drittens: Wir müssen die Fabrikarbeiter in Einheiten organisieren und sie bewaffnen. Gewehre und Munition besorgen wir uns aus Arsenalen und Waffenfabriken. Die meisten Arbeiter werden grundlegende militärische Fähigkeiten und Disziplin lernen müssen. Die Gewerkschaften und die Roten Garden könnten sich gemeinsam dieser Aufgabe annehmen.« Die Roten Garden bestanden aus bewaffneten, revolutionären Arbeitern und Soldaten.

Nicht alle waren Bolschewiken, zumeist aber befolgten sie die Anweisungen bolschewistischer Komitees. »Ich schlage vor, dass Genosse Konstantin, der Deputierte der Putilow-Werke, diese Aufgabe übernimmt. Er kennt die Gewerkschaftsführer jeder größeren Fabrik.«

Konstantin nickte. »Ich stelle sofort eine Liste zusammen.« Natürlich würde er bolschewistischen Gewerkschaftsführern den Vorzug geben; sie waren die derzeit fähigsten Leute.

Grigori fuhr fort: »Viertens: Die Eisenbahnergewerkschaft muss alles tun, um General Kornilows Vormarsch zu behindern. Obwohl einige Truppenteile über die Straße vorrücken, wird der Großteil mit der Bahn kommen, einschließlich des Nachschubs. Die Gewerkschaft kann dafür sorgen, dass es zu Verzögerungen kommt. Genosse Viktor, kann das Komitee sich darauf verlassen, dass du dich um diese Sache kümmerst?«

Viktor, ein Deputierter der Eisenbahner, nickte. »Ich werde sofort ein Komitee einsetzen, dass die Behinderungen auf sämtlichen Eisenbahnstrecken organisiert.«

»Danke. Zu guter Letzt«, sagte Grigori, »sollten wir andere Städte ermutigen, Komitees wie dieses einzuberufen. Die Revolution muss im ganzen Land verteidigt werden. Vielleicht können einige von euch bereits Vorschläge machen, welche Städte wir kontaktieren sollten.«

Das war eine bewusste Ablenkung, doch die anderen fielen darauf herein. Froh, dass sie etwas zu tun hatten, riefen die Komiteemitglieder Städtenamen in die Runde. Dies sorgte dafür, dass sie Grigoris wichtigere Vorschläge durchgehen ließen, ohne Diskussionen vom Zaun zu brechen. Nicht eine Sekunde lang dachten sie darüber nach, was es bedeutete, das Volk zu bewaffnen.

Isaak und Gleb setzten ihre Briefe auf und ließen sie ohne weitere Diskussion vom Vorsitzenden unterzeichnen. Konstantin stellte seine Liste von Gewerkschaftsführern zusammen und schickte ihnen seine Botschaften, während Viktor sich daranmachte, die Eisenbahner zu organisieren.

Anschließend diskutierte das Komitee über den Wortlaut des Briefes an die Nachbarstädte. Grigori schlich sich davon. Er hatte bekommen, was er wollte. Die Verteidigung Petrograds und die Revolution waren auf dem besten Weg, und die Bolschewiken gaben dabei die Richtung vor.

Als Nächstes brauchte Grigori verlässliche Informationen über die konterrevolutionären Streitkräfte. Näherten sich wirklich schon Truppen den südlichen Vorstädten Petrograds? Falls ja, musste schneller gehandelt werden, als es dem schwerfälligen Komitee möglich war.

Grigori ging vom Smolny-Institut über die Brücke und das kurze Stück bis zu seiner Kaserne. Dort bereiteten die Männer sich bereits auf den Kampf gegen Kornilows Einheiten vor. Grigori besorgte sich einen Panzerwagen, einen Fahrer sowie drei zuverlässige Revolutionssoldaten und fuhr durch die Stadt nach Süden.

Der Herbstnachmittag ging in den Abend über, als sie durch die Vorstädte fuhren und nach den Meuterern suchten. Nach mehreren Stunden erfolgloser Suche kam Grigori zu dem Schluss, dass die Berichte über General Kornilows Fortschritte übertrieben waren. Dann aber entdeckten sie ein Infanterieregiment Kornilows, das sich in einer Schule einquartiert hatte.

Grigori überlegte, ob er in die Kaserne zurückfahren sollte, um dem 1. Maschinengewehrregiment den Befehl zu erteilen, auszurücken und anzugreifen. Aber vielleicht gab es ja eine andere, bessere Möglichkeit. Grigori kam eine Idee. Sie war riskant, könnte aber ein Blutvergießen vermeiden.

Grigori wollte versuchen, den Kampf durch Worte zu gewinnen.

Sie fuhren an einem apathischen Wachmann vorbei auf den Schulhof, und Grigori stieg aus. Vorsichtshalber pflanzte er das Bajonett auf. Dann warf er sich das Gewehr über die Schulter und versuchte, einen möglichst gelassenen Eindruck zu machen.

Mehrere Soldaten kamen auf ihn zu. Ein Oberst fragte: »Was tust du hier, Sergeant?«

Grigori beachtete ihn nicht und wandte sich stattdessen an einen Korporal. »Ich muss mit dem Vorsitzenden eures Komitees sprechen, Genosse.«

»In diesem Regiment gibt es keine Soldatenkomitees, *Genosse*«, stieß der Oberst wütend hervor. »Mach, dass du wieder in deinen Wagen kommst, und verschwinde.«

Doch der Korporal sagte mit einer Mischung aus Trotz und Angst: »Ich war Vorsitzender des Komitees in meiner Kompanie, Sergeant … bevor die Komitees verboten wurden.«

Das Gesicht des Obersts verdunkelte sich vor Zorn.

Es war eine Mini-Revolution, erkannte Grigori. Wer würde siegen? Der Oberst oder der Korporal?

Immer mehr Soldaten drängten herbei.

»Dann sag mir«, wandte Grigori sich an den Korporal, »warum ihr gegen die Revolution marschiert.«

»Das tun wir nicht«, widersprach der Korporal. »Wir sind hier, um die Revolution zu verteidigen.«

»Dann hat man euch belogen!« Grigori drehte sich um und hob die Stimme, als er sich an die Umstehenden wandte. »Der Ministerpräsident, Genosse Kerenski, hat General Kornilow entlassen, aber Kornilow will nicht gehen! Deshalb hat er euch geschickt, um Petrograd anzugreifen!«

Missbilligendes Raunen durchlief die Reihen der Soldaten.

Der Oberst blickte unsicher drein. Er wusste, dass Grigori die Wahrheit sagte. »Genug von diesen Lügen«, stieß er dann hervor. »Mach, dass du wegkommst, Sergeant, sonst schieße ich dich über den Haufen.«

»Lassen Sie die Finger von Ihrer Waffe, Oberst«, erwiderte Grigori kalt. »Ihre Männer haben ein Recht auf die Wahrheit.« Er ließ den Blick über die noch immer anwachsende Menge schweifen. »Auch mir gefällt nicht alles, was Kerenski getan hat. Er hat die Todesstrafe und die Prügelstrafe wieder eingeführt. Aber er ist unser Revolutionsführer, während euer General die Revolution vernichten will.«

»Das ist eine Lüge!«, rief der Oberst. »Dieser Sergeant ist Bolschewik! Und jeder weiß, dass die Bolschewiken von Deutschland bezahlt werden!«

»Wem sollen wir denn jetzt glauben?«, fragte der Korporal. »Du, Sergeant, sagst dies, und der Oberst sagt das.«

»Glaubt keinem von uns«, erwiderte Grigori. »Findet die Wahrheit selbst heraus.« Wieder hob er die Stimme. »Ihr braucht euch nicht in dieser Schule zu verstecken. Geht in die Fabriken und fragt die Arbeiter dort. Redet mit den Soldaten auf der Straße. Dann werdet ihr die Wahrheit schnell genug erfahren.«

Der Korporal nickte. »Gute Idee.«

»Ihr werdet nichts dergleichen tun!«, rief der Oberst wütend. »Ihr bleibt hier! Das ist ein Befehl!«

Das war ein Fehler, dachte Grigori und rief: »Euer Oberst will nicht, dass ihr euch davon überzeugt, was Wahrheit und was Lüge ist. Ist das nicht der beste Beweis, dass er lügt?«

Der Oberst legte die Hand auf die Pistole. »Das ist Meuterei, Sergeant.«

»Meuterei? Wenn ein entlassener General gegen die Hauptstadt marschiert, seine Truppen sich aber weigern, die rechtmäßige Regierung anzugreifen, wer ist dann der Meuterer? Niemand anders als der verräterische General! Und alle Offiziere wie Sie, Oberst, die versuchen, seine Befehle umzusetzen!«

Der Oberst zog seine Waffe. »Mach, dass du wegkommst, Sergeant.« Er drehte sich zu seinen Leuten um. »Zurück in die Schule mit euch! Versammelt euch in der Halle! Und vergesst nicht: Ungehorsam wird mit dem Tod bestraft. Ich werde jeden erschießen, der nicht gehorcht.«

Er richtete seine Waffe auf den Korporal.

Grigori sah, dass die Soldaten dem Offizier gehorchen würden. Es gab nur einen Ausweg: Er musste den Oberst töten. Dazu musste er allerdings schnell sein, sonst war er ein toter Mann.

Grigori riss sich das Gewehr von der Schulter und rammte dem Oberst das Bajonett mit aller Kraft in die Seite. Die Spitze drang durch den Stoff tief ins Fleisch. Der Oberst stieß einen durchdringenden Schrei aus und wankte, fiel aber nicht. Trotz des Schocks und der Schmerzen schwang er seine Waffe herum und drückte ab, doch der Schuss ging ins Leere.

Grigori stieß das Bajonett tiefer in den Körper des Mannes und drehte es nach oben in Richtung Herz. Das Gesicht des Obersts verzerrte sich vor Schmerz. Vergeblich versuchte er, die Pistole noch einmal in Anschlag zu bringen. Ein Zittern durchlief seinen Körper, und mit einem dumpfen Stöhnen fiel er zu Boden, die Waffe noch in der Hand.

Grigori riss das Bajonett aus der Wunde des zuckenden Mannes, dem die Pistole aus den Fingern glitt.

Alle starrten auf den Oberst, der sich in stummer Qual auf dem Rasen des Schulhofs wand. Grigori entsicherte sein Gewehr, zielte auf das Herz des Sterbenden und feuerte zweimal aus nächster Nähe. Der Oberst bäumte sich krampfhaft auf, erschlaffte und rührte sich nicht mehr.

»Sie haben recht gehabt, Herr Oberst«, sagte Grigori. »Darauf steht die Todesstrafe.«

Fitz und Bea nahmen den Zug von Moskau. Sie wurden von Beas russischer Zofe Nina und Fitz' Kammerdiener Jenkins begleitet, einem ehemaligen Boxchampion, der nicht eingezogen worden war, weil er keine zehn Meter weit sehen konnte.

In Bulownir, dem kleinen Bahnhof unweit des Landguts von Fürst Andrej, stiegen sie aus dem Zug. Fitz' Experten hatten vorgeschlagen, dass Andrej hier eine kleine Stadt bauen solle, mit Sägewerk, Getreidespeichern und einer Mühle; doch nichts dergleichen war geschehen. Die Bauern mussten ihre Erzeugnisse wie in alten Zeiten zwanzig Meilen weit zum alten Marktflecken karren.

Andrej ließ sie von einer offenen Kutsche abholen. Der mürrische Kutscher schaute zu, wie Jenkins die schweren Koffer hinten auf das Gefährt wuchtete. Als sie dann über einen Feldweg zwischen Weiden und Äckern hindurchrumpelten, erinnerte Fitz sich an seinen ersten Besuch in Bulownir. Damals war er als frischgebackener Ehemann der Fürstin gekommen, und die Dörfler hatten jubelnd am Straßenrand gestanden. Diesmal war alles ganz anders. Die Feldarbeiter hoben kaum den Blick, als die Kutsche vorbeirollte, und in den Dörfern und Weilern kehrten die Bewohner ihnen absichtlich den Rücken zu.

Fitz war wütend über diese Respektlosigkeit, doch seine Laune besserte sich rasch, als er das alte, von Wind und Wetter gezeichnete, beeindruckende Gebäude sah, das von der Nachmittagssonne in buttergelbes Licht getaucht wurde. Eine kleine Schar makellos gekleideter Diener flatterte aus dem Haupteingang wie Gänse auf dem Weg zum Trog, verteilte sich um die Kutsche, öffnete Türen und kümmerte sich um das Gepäck. Andrejs Verwalter, Georgi, küsste Fitz die Hand und sagte einen Satz auf Englisch, den er offenbar auswendig gelernt hatte: »Willkommen in Ihrem russischen Heim, Earl Fitzherbert.«

Die Villen russischer Edelleute waren oft überaus prunkvoll, aber heruntergekommen, und Bulownir bildete da keine Ausnahme. Die hohe Eingangshalle musste dringend renoviert werden; der kostbare Kronleuchter war staubig, und ein Hund hatte auf den Marmorboden gepinkelt. Fürst Andrej und Fürstin Valerija warteten unter einem großen Porträt von Beas Großvater, der streng auf sie hinunterblickte.

Bea eilte zu Andrej und umarmte ihn.

Valerija war eine klassische Schönheit mit gleichmäßigen Gesichtszügen und dunklem, elegant frisiertem Haar. Sie schüttelte Fitz die Hand und sagte auf Französisch: »Danke, dass ihr gekommen seid. Wir sind sehr froh, euch zu sehen.«

Als Bea sich von Andrej gelöst und sich die Tränen abgewischt hatte, bot Fitz ihm seine Hilfe an. Andrej gab ihm die linke Hand; der rechte Ärmel seiner Jacke hing schlaff herab. Er war blass und dünn, und in seinem schwarzen Bart waren graue Strähnen, obwohl er erst dreiunddreißig Jahre alt war. »Ich kann dir gar nicht sagen, wie froh ich bin, euch zu sehen«, sagte er.

»Stimmt etwas nicht?«, fragte Fitz, ebenfalls auf Französisch.

»Komm mit in die Bibliothek. Valerija wird Bea hinaufbringen.«

Sie nickten den Frauen zu und begaben sich in einen verstaubten Raum voller Regale mit alten, in Leder gebundenen Büchern, die offenbar nicht allzu oft gelesen wurden. »Ich habe Tee bestellt«, sagte Andrej. »Ich fürchte, Sherry haben wir nicht.«

Fitz nickte und ließ sich auf einen Stuhl sinken. Sein verletztes Bein schmerzte von der langen Reise. »Nun sag schon, was ist los?«

»Bist du bewaffnet?«

»Ja. Ich habe meinen alten Dienstrevolver im Gepäck.« Fitz besaß einen Webley Mark V, den er 1914 bekommen hatte.

»Du solltest ihn ständig bei dir tragen. Ich tue es auch.« Andrej öffnete sein Jackett und zeigte das Holster an seinem Gürtel.

»Warum?«

»Die Bauern haben ein Komitee gebildet. Diese verfluchten Sozialrevolutionäre haben ihnen Flausen in den Kopf gesetzt. Nun behaupten sie, sie hätten das Recht, sich jedes Stück Land zu nehmen, das ich nicht selbst bearbeite, und es unter sich aufzuteilen.«

»Gab es diese Diskussion nicht schon einmal?«

»Ja, zu Zeiten meines Großvaters. Damals haben wir drei aufsässige Bauern gehängt, und damit war die Sache erledigt. Aber die aufrührerischen Ideen sterben nicht, sie schlafen immer nur, und irgendwann erwachen sie wieder.«

»Was hast du getan, um für Ruhe zu sorgen?«

»Ich habe den Dummköpfen erklärt, dass ich für sie meinen rechten Arm hergegeben habe, um sie vor den Deutschen zu verteidigen. Das hat sie zum Schweigen gebracht – bis vor ein paar Tagen, als ein halbes Dutzend Bauern vom Militärdienst zurückgekehrt sind. Sie behaupten, sie seien entlassen worden, aber ich bin sicher, sie sind desertiert. Leider kann man es nicht überprüfen.«

Fitz nickte. Die Kerenski-Offensive war gescheitert, und die Deutschen und Österreicher hatten einen Gegenangriff gestartet. Die russische Armee war zusammengebrochen, und nun marschierten die Deutschen auf Petrograd. Tausende russischer Soldaten hatten das Schlachtfeld verlassen und waren nach Hause gegangen.

»Sie haben ihre Gewehre mitgebracht. Außerdem sind sie mit Pistolen bewaffnet, die sie wahrscheinlich Offizieren gestohlen oder deutschen Gefangenen weggenommen haben. Es gibt da einen Korporal, Fjodor Igorowitsch – er scheint der Anführer zu sein. Ein widerlicher Kerl voller verrückter, subversiver Ideen. Er hat zu Georgi gesagt, er verstehe nicht, warum ich überhaupt noch Land für mich beanspruche, ganz zu schweigen von der Brache.«

»Man muss sich wirklich fragen, was in der Armee geschieht.« Fitz schüttelte den Kopf. »Man sollte doch meinen, dass die Männer Disziplin und Gehorsam lernen, aber das genaue Gegenteil scheint der Fall zu sein.«

»Ich fürchte, heute Morgen hat sich die Lage zugespitzt«, fuhr Andrej fort. »Korporal Fjodors jüngerer Bruder, Iwan Igorowitsch, hat sein Vieh auf meine Weide getrieben. Georgi hat es herausgefunden, und wir haben uns gemeinsam auf den Weg gemacht, um Iwan einen Denkzettel zu verpassen. Wir haben sein Vieh auf die Straße getrieben. Daraufhin hat er versucht, das Tor wieder zu schließen, um uns davon abzuhalten. Ich hatte eine Schrotflinte dabei, und die habe ich ihm über den Kopf gezogen. Die meisten Bauerntrampel haben Schädel, so hart wie Kanonenkugeln, aber Iwan nicht. Er war auf der Stelle tot. Jetzt nutzen die Sozialisten das aus, um die Bauern aufzuhetzen.«

Fitz verbarg seine Abscheu. Er missbilligte die in Russland übliche Praxis, Menschen niederen Standes zu prügeln, und es überraschte ihn nicht, dass solche Übergriffe zu Aufruhr führten. »Hast du jemandem davon erzählt?«

»Ich habe eine Nachricht in die Stadt geschickt und um die Entsendung einer Polizei- oder Militäreinheit gebeten, damit die Ordnung aufrechterhalten wird. Aber bis jetzt ist mein Bote nicht zurück.«

»Also sind wir auf uns selbst angewiesen.«

»Ja. Sollte sich die Lage weiter zuspitzen, müssen wir die Frauen in Sicherheit bringen.«

Fitz war verzweifelt. Das war schlimmer, als er erwartet hatte. Wenn es so weiterging, konnte es sie alle das Leben kosten. Er erkannte, dass es ein Fehler gewesen war, hierherzukommen. Er musste Bea schnellstmöglich von hier wegbringen.

Fitz stand auf. »Ich sollte jetzt gehen und mich zum Dinner umziehen.«

Andrej nickte und führte ihn in sein Zimmer hinauf. Jenkins hatte die Abendgarderobe bereits ausgepackt und bügelte sie noch einmal. Fitz zog sich aus. Er kam sich wie ein Narr vor. Er hatte Bea und sich selbst in Gefahr gebracht. Zwar hatte er einen Eindruck von der Situation in Russland gewonnen, doch der Bericht, den er darüber schreiben würde, war das Risiko kaum wert. Fitz beschloss, gleich morgen früh den ersten Zug zu nehmen.

Sein Revolver lag in einer Schublade des Schrankkoffers. Fitz überprüfte Hammer und Trommel, klappte die Waffe auf und schob die Patronen hinein. In einem Dinnerjacket konnte man die Waffe nicht verstecken, also steckte er sie in die Hosentasche, auch wenn diese dabei unschön ausgebeult wurde. Er wies Jenkins an, die Reisekleidung zu verstauen; dann ging er in Beas Zimmer. Sie stand in Unterwäsche vor dem Spiegel und probierte eine Halskette an. Sie sah üppiger aus als gewöhnlich, besonders ihre Brust und die Hüften. Fitz fragte sich, ob sie schwanger war, zumal ihr an diesem Morgen in Moskau, auf der Fahrt zum Bahnhof, plötzlich übel geworden war.

Beas Zimmer lag auf der Vorderseite des Hauses, und über den Park und die Felder hinweg konnte man bis zum nächsten Dorf sehen. Als Fitz' Blick zum Fenster fiel, erstarrte er. Mehr als hundert Bauern näherten sich durch den Park der Villa. Obwohl noch Tag war, trugen viele von ihnen Fackeln. Einige hatten Gewehre dabei.

»Oh, Scheiße«, stieß Fitz hervor.

Bea war schockiert. »Fitz! Hast du vergessen, dass ich hier bin?«

»Sieh dir das an.«

Bea kam ans Fenster und schnappte nach Luft. »O Gott!«

Fitz rief: »Jenkins! Jenkins, sind Sie da?« Er öffnete die Verbindungstür. Der Kammerdiener war gerade dabei, den Reiseanzug aufzuhängen, und schaute Fitz erschrocken an. »Wir sind in großer Gefahr«, sagte Fitz drängend. »In fünf Minuten müssen wir von hier verschwunden sein. Laufen Sie zum Stall, rasch! Lassen Sie anspannen, und bringen Sie die Kutsche so schnell wie möglich zur Hintertür.«

Jenkins ließ den Anzug fallen und rannte los.

Fitz drehte sich zu Bea um. »Wirf dir einen Mantel über, und schnapp dir ein Paar Schuhe, in denen du rennen kannst. Dann geh in die Küche und warte dort auf mich.«

Er musste ihr zugutehalten, dass sie nicht hysterisch wurde, sondern tat, was er sagte.

Fitz humpelte zu Andrejs Schlafzimmer. Doch er traf weder seinen Schwager noch Valerija an. Er ging nach unten. Georgi und einige der männlichen Diener waren in der Eingangshalle. Sie wirkten verängstigt.

Fitz traf Fürst und Fürstin im Salon an. Auf dem Tisch standen ein Sektkühler mit einer Flasche Champagner und zwei volle Gläser, doch die beiden tranken nicht. Andrej stand vor dem Kamin, Valerija am Fenster, von wo aus sie den näher kommenden Mob beobachtete. Fitz trat neben sie. Die Bauern hatten nun fast die Tür erreicht. Einige trugen Schusswaffen bei sich, die meisten aber nur Messer, Hämmer und Sensen.

»Georgi wird versuchen, mit ihnen zu reden«, sagte Andrej. »Sollte das scheitern, muss ich selbst zu ihnen sprechen.«

»Um Himmels willen, Andrej!«, rief Fitz. »Die Zeit zu reden ist vorbei. Wir müssen verschwinden! Jetzt sofort!«

Bevor Andrej etwas erwidern konnte, hörten sie laute Stimmen am Eingang.

Fitz ging zur Tür und öffnete sie einen Spalt. Er sah Georgi, den Verwalter, der mit einem jungen Mann diskutierte, dessen buschiger Schnurrbart bis über die Wangen reichte. Fitz vermutete, dass es sich um Fjodor Igorowitsch handelte. Die beiden waren von einer Gruppe Männern und Frauen umringt; einige von ihnen hielten Fackeln in den Händen. Immer mehr drängten durch den Haupteingang herein. Ihr bäuerlicher Akzent war schwer zu verstehen, doch ein Satz wurde immer wieder laut wiederholt: »Wir wollen mit dem Fürsten sprechen!«

Als Andrej diese Worte hörte, drängte er sich an Fitz vorbei in die Eingangshalle. Der Mob grölte und buhte, als Andrej in Abendgarderobe erschien. Er hob die Stimme. »Wenn ihr auf der Stelle verschwindet«, rief er, »kommt ihr ohne allzu große Schwierigkeiten davon.«

Fjodor antwortete wütend: »Du bist derjenige, der in Schwierigkeiten steckt! Du hast meinen Bruder ermordet!«

Fitz hörte, wie Valerija mit ruhiger Stimme sagte: »Mein Platz ist an der Seite meines Mannes.« Bevor er sie daran hindern konnte, ging sie in die Halle.

»Ich wollte nicht, dass Iwan stirbt«, rief Andrej. »Außerdem würde er noch leben, hätte er nicht gegen das Gesetz verstoßen und sich mir, seinem Fürsten, widersetzt!«

Mit einer plötzlichen Bewegung drehte Fjodor das Gewehr und schmetterte Andrej den Kolben ins Gesicht.

Andrej taumelte zurück und drückte sich die Hand auf die Wange.

Die Bauern johlten.

Fjodor rief: »Das hast du auch mit Iwan gemacht, du Schwein!« Er hob das Gewehr über den Kopf. Scheinbar eine Ewigkeit schwebte die Waffe wie ein Henkersbeil in der Luft. Dann schlug er mit aller Kraft zu und traf Andrej am Kopf. Ein Übelkeit erregendes Krachen war zu hören. Wie vom Blitz getroffen, fiel Andrej zu Boden.

Valerija schrie auf.

Fitz, der durch den Türspalt schaute, zog seinen Revolver, entsicherte ihn und zielte auf Fjodor, doch die Bauern drängten sich um ihn, traten Andrej und schlugen auf ihn ein. Valerija versuchte, zu ihm zu gelangen, schaffte es aber nicht, sich durch den wütenden Mob zu drängen.

Ein Bauer schlug mit einer Sichel nach dem Porträt von Beas Großvater und zerschnitt die Leinwand. Ein anderer feuerte mit einer Schrotflinte auf den Kronleuchter, der in tausend Stücke zersprang, sodass ein Kristallregen auf den Teppich niederging. Flammen schlugen aus einem Vorhang, den jemand in Brand gesetzt hatte.

Auf dem Schlachtfeld hatte Fitz gelernt, dass Kühnheit manchmal nüchterner Berechnung weichen musste. Er wusste, dass er Andrej nicht mehr vor dem Mob retten konnte, vielleicht aber Valerija.

Er steckte den Revolver weg und trat in die Eingangshalle. Der Mob richtete seine Aufmerksamkeit auf den am Boden liegenden Andrej. Valerija versuchte immer noch, zu ihm zu gelangen, und schlug hilflos mit den Fäusten auf die Schultern der Bauern vor ihr ein. Fitz packte sie um die Hüfte, hob sie hoch und trug sie in den Salon zurück. Sein verletztes Bein brannte wie Feuer unter der Last, aber er biss die Zähne zusammen.

»Lass mich los!«, rief Valerija. »Ich muss Andrej helfen!«

»Wir können nichts mehr für ihn tun«, sagte Fitz. Er verlagerte seinen Griff, warf sich seine Schwägerin über die Schulter und nahm so die Last von seinem Bein. In diesem Moment zischte eine Kugel so nahe an ihm vorbei, dass er sie hören konnte. Er schaute zurück und sah einen grinsenden Soldaten, der mit einer Pistole auf ihn zielte.

Fitz hörte einen zweiten Schuss und spürte den Einschlag. Kurz glaubte er, getroffen worden zu sein, doch da war kein Schmerz. Eine Sekunde später sprang er durch die Verbindungstür ins Speisezimmer.

»Sie hauen ab!«, hörte Fitz den Soldaten rufen. »Lasst sie nicht entkommen!«

Fitz brach in dem Augenblick durch die Tür, als eine weitere Kugel in den Rahmen einschlug. Zum Glück waren gemeine Soldaten nicht im Umgang mit Pistolen ausgebildet. So schnell er konnte, humpelte Fitz an dem mit Silber und Kristall gedeckten Tisch vorüber, an dem sie hatten dinieren wollen. Er hörte, dass mehrere Soldaten seine Verfolgung aufgenommen hatten. Am anderen Ende des Raumes führte eine Tür in die Küche. Fitz eilte durch einen schmalen Gang. In der Küche standen eine Köchin und mehrere Küchenhilfen und drängten sich verängstigt aneinander. Fürstin Bea war nirgends zu sehen.

Fitz erkannte, dass seine Verfolger so dicht hinter ihm waren, dass eine weitere Flucht sinnlos war. Sobald sie freies Schussfeld hatten, war er ein toter Mann. Er musste etwas tun, um sie aufzuhalten.

Kurz entschlossen setzte er Valerija ab. Sie wankte, und Fitz sah Blut auf ihrem Kleid. Offenbar war sie von einer Kugel getroffen worden, aber sie war bei Bewusstsein. Fitz setzte sie auf einen Stuhl und drehte sich zum Gang um. Der grinsende Soldat rannte auf ihn zu und feuerte wild. Ihm folgten vier weitere grölende Gestalten, doch in dem schmalen Flur war nur Platz für jeweils eine Person. Hinter ihnen, im Speisezimmer und im Salon, sah Fitz Flammen lodern.

Er zog seinen Webley. Es war eine Waffe mit Spannabzug, sodass er feuern konnte, ohne den Hahn zu spannen. Er verlagerte sein Gewicht auf das gesunde Bein, zielte auf den Bauch des heranstürmenden Soldaten und drückte ab. Die Waffe krachte, und der Mann fiel vor Fitz auf den gefliesten Boden. In der Küche kreischten die Frauen.

Fitz schaltete noch zwei weitere Verfolger aus; ein vierter Mann jedoch huschte ins Speisezimmer, ehe Fitz auf ihn schießen konnte.

Fitz schmetterte die Küchentür zu. Die Verfolger würden jetzt ins Stocken geraten und überlegen, wie sie sich vergewissern konnten, ob er ihnen auflauerte. Das verschaffte Fitz die Zeit, die er brauchte.

Er hob Valerija hoch, die inzwischen das Bewusstsein verloren hatte. Fitz war noch nie in der Küche dieses Hauses gewesen, ging aber zielsicher zur hinteren Tür. Durch einen weiteren Flur gelangten sie zu den Lagerräumen und zur Waschküche. Von dort führte eine Tür nach draußen.

Fitz trat hinaus und schnappte nach Luft. Sein Bein schmerzte höllisch. Aber da stand die Kutsche. Jenkins saß bereits auf dem Bock, und Bea wartete in der offenen Kabine. Nina hockte neben ihr und schluchzte. Ein ängstlich dreinblickender Stallbursche hielt die Pferde an der Leine.

Fitz hob die bewusstlose Valerija ins Innere der Kutsche, stieg hinter ihr ein und rief Jenkins zu: »Los!«

Jenkins knallte mit der Peitsche. Der Stallbursche sprang zur Seite, und die Kutsche raste davon.

Fitz blickte Bea an. »Alles in Ordnung?«

Sie nickte. »Und was ist mit dir?«

»Ich bin unverletzt. Aber ich fürchte um das Leben deines Bruders.« In Wahrheit war er sich ziemlich sicher, dass Andrej bereits tot war, wollte es ihr aber nicht sagen.

Bea blickte auf ihre Schwägerin. »Was ist passiert?«

»Eine Kugel muss sie erwischt haben.« Fitz schaute sich Valerija genauer an. Ihr Gesicht war kreidebleich, und sie atmete nicht mehr. »O Gott!«, stieß er hervor.

»Sie ist tot, nicht wahr?«, fragte Bea.

»Du musst jetzt sehr tapfer sein.«

»Ja.« Bea ergriff die leblose Hand ihrer Schwägerin. »Arme Valerija.«

Die Kutsche jagte rumpelnd die Auffahrt hinunter und an dem kleinen Haus vorbei, in dem Beas Mutter nach dem Tod ihres Mannes gelebt hatte. Fitz schaute ein letztes Mal zur Villa zurück. Vor der Hintertür stand eine kleine Gruppe wütender Verfolger. Einer von ihnen legte das Gewehr an. Fitz drückte Beas Kopf hinunter und duckte sich.

Als er wieder den Blick hob, waren sie bereits außer Schussweite. Bauern und Diener strömten aus sämtlichen Türen. Hinter den Fenstern war flackerndes Licht zu sehen: Das Innere der Villa stand in Flammen. Rauch quoll aus dem Haupteingang. Eine grelle Stichflamme schlug aus einem Fenster und setzte den Efeu in Brand.

Sekunden später rumpelte die Kutsche über eine Hügelkuppe und auf der anderen Seite den Hang hinunter.

Das alte Haus verschwand aus ihrem Blickfeld.

KAPITEL 28

Oktober und November 1917

Zornig stieß Walter hervor: »Admiral von Holtzendorff hat uns versprochen, die Briten wären in fünf Monaten ausgehungert. Das ist jetzt neun Monate her.«

»Er hat halt einen Fehler gemacht«, sagte sein Vater.

Walter schluckte eine verächtliche Bemerkung hinunter.

Sie befanden sich in Otto von Ulrichs Büro im Auswärtigen Amt in Berlin. Otto saß auf einem reich beschnitzten Stuhl an seinem Schreibtisch. An der Wand hinter ihm hing ein Porträt von Kaiser Wilhelm I., dem Großvater des derzeitigen Monarchen, den man im Spiegelsaal zu Versailles zum ersten Hohenzollern-Kaiser ausgerufen hatte.

Die Erklärungsversuche seines Vaters machten Walter noch wütender. »Der Admiral hat sein Wort als Offizier gegeben, dass kein Amerikaner Europa erreicht«, sagte er. »Unseren Berichten zufolge sind im Juni aber vierzehntausend Amerikaner in Frankreich gelandet. So viel zum Wort eines Offiziers «

Die Bemerkung schmerzte Otto. »Der Admiral hat getan, was er als das Beste für sein Land erachtet hat«, sagte er gereizt. »Mehr kann man nicht tun.«

Walter hob die Stimme. »Ach ja? Und ob er mehr tun kann! Wie wäre es zum Beispiel, wenn er keine falschen Versprechungen mehr macht? Wenn ein Mann etwas nicht mit Sicherheit weiß, sollte er nicht so tun, als wäre alles klar. Entweder sagt er die Wahrheit, oder er sollte den Mund halten.«

»Holtzendorff hat den besten Rat gegeben, den er geben konnte.«

Diese schwache Argumentation reizte Walters Zorn noch mehr. »So viel Demut hätte er zeigen sollen, *bevor* er den Mund aufgemacht hat! Aber da war nichts davon zu hören. Du warst doch in Schloss Pleß. Du weißt, was passiert ist. Holtzendorff hat sein Wort gegeben.

Er hat den Kaiser in die Irre geführt. Er hat die Amerikaner in den Krieg gegen Deutschland hineingezogen. Einen schlechteren Dienst kann man seinem Kaiser kaum leisten.«

»Offenbar willst du, dass er seine Demission einreicht. Aber wer sollte seinen Platz einnehmen?«

»Demission?«, rief Walter. »Ich will, dass er sich die Pistole in den Mund steckt und abdrückt.«

Otto von Ulrich blickte seinen Sohn streng an. »So etwas sagt man nicht.«

»Sein Tod wäre nur ein schwacher Trost für alle, die wegen seines Hochmuts und seiner Dummheit gestorben sind.«

»Euch jungen Leuten mangelt es an gesundem Menschenverstand.«

»Du hältst *mir* einen Mangel an gesundem Menschenverstand vor? Du und deine Generation, *ihr* habt Deutschland in einen Krieg geführt, der Millionen das Leben gekostet hat. Einen Krieg, den wir nach drei Jahren noch immer nicht gewonnen haben.«

Otto von Ulrich wandte den Blick ab. Dass Deutschland den Krieg noch nicht gewonnen hatte, konnte er schlecht leugnen. In Frankreich herrschte nach wie vor ein Patt, und der uneingeschränkte U-Boot-Krieg hatte die Versorgung der Entente-Mächte keineswegs unterbrochen; stattdessen hungerte die Royal Navy mit ihrer Seeblockade Deutschland aus. »Wir müssen abwarten, was in Petrograd geschieht«, sagte Otto. »Wenn Russland sich aus dem Krieg zurückzieht, wird sich das Gleichgewicht der Kräfte entscheidend verändern.«

»Ganz recht«, sagte Walter. »Jetzt hängt alles von den Bolschewiken ab.«

✠

Anfang Oktober gingen Grigori und Katherina zu Magda, der Hebamme.

Wladimir ritt auf Grigoris Schultern. Der Junge war inzwischen fast drei Jahre und entwickelte allmählich eine eigene Persönlichkeit. Auf seine kindliche Art war er klug und ernst; darin glich er mehr Grigori als Lew, seinem charmanten, aber missratenen Vater. Ein kleines Kind ist wie eine Revolution, überlegte Grigori: Macht man erst den Anfang, weiß man nie, wie es ausgeht.

General Kornilows Konterrevolution war zerschlagen worden, ehe sie richtig angefangen hatte. Die Eisenbahnergewerkschaft hatte dafür gesorgt, dass der Großteil von Kornilows Truppen weit vor Petrograd stecken geblieben war. Der General selbst war gefangen und inhaftiert worden.

Grigori hatte als der Mann, der Kornilows Armee zur Umkehr bewegt hatte, eine gewisse Berühmtheit erlangt. Zwar wehrte er sich jedes Mal gegen diese Übertreibung, was seinen Ruf aber noch mehr förderte. Inzwischen war er ins Zentralkomitee der Bolschewiken gewählt worden.

Trotzki kam aus dem Gefängnis frei; die Bolschewiken gewannen die Wahl in Moskau mit einundfünfzig Prozent der Stimmen, und die Zahl der Parteimitglieder wuchs auf dreihundertfünfzigtausend.

Grigori hatte das erregende Gefühl, dass in Russland nun alles möglich war – einschließlich einer totalen Katastrophe. Jeden Tag konnte die Revolution scheitern. Das war Grigoris größte Angst, denn es würde bedeuten, dass sein Kind in einem Russland aufwachsen würde, das nicht besser war als das alte Zarenreich. Grigori dachte an die Meilensteine seiner Kindheit: an die Hinrichtung seines Vaters, an den Tod seiner Mutter vor dem Winterpalast, an den Popen, der dem kleinen Lew die Hose heruntergezogen hatte, und an die harte Arbeit in den Putilow-Werken. Er wollte seinem Kind ein anderes Leben ermöglichen.

»Lenin ruft zum bewaffneten Aufstand auf«, sagte er nun zu Katherina. Zwar versteckte Lenin sich noch immer außerhalb der Stadt, schrieb aber eine Flut wütender Briefe, in denen er die Partei zum Handeln drängte.

»Ich glaube, damit hat er recht«, erwiderte Katherina. »Alle haben die Nase voll von Regierungen, die von Demokratie reden, aber nichts dafür tun, dass die Leute wieder Brot bekommen.«

Katherina sprach aus, was die meisten Arbeiter dachten.

Magda und ihr Mann Konstantin erwarteten sie bereits. Magda hatte Tee aufgesetzt.

»Tut mir leid, dass ich keinen Zucker habe«, entschuldigte sie sich. »Aber es ist seit Wochen keiner mehr zu kriegen.«

»Ich kann es gar nicht erwarten, bis das hier vorbei ist«, sagte Katherina und zeigte auf ihren schwangeren Leib. »Ich bin es leid, das Gewicht mit mir herumzuschleppen.«

Magda tastete Katherinas Bauch ab und sagte, dass es in zwei Wochen so weit sei.

»Hoffentlich wird es nicht so schlimm wie bei Wladimir«, erwiderte Katherina. »Damals hatte die Hebamme, eine sibirische Hexe namens Xenia, mir ein schwere Geburt vorhergesagt.«

»Ich kenne Xenia«, sagte Magda. »Sie ist sehr erfahren, aber streng.«

»Das kann man wohl sagen.«

»Ich muss jetzt gehen«, sagte Konstantin, der zum Smolny-Institut wollte. Zwar tagte der Sowjet nicht ständig, aber es gab stets Treffen irgendwelcher Komitees und Ausschüsse. Kerenskis Provisorische Regierung war inzwischen so schwach, dass der Sowjet allein aus diesem Grund die Macht im Staat besaß.

»Stimmt es, dass Lenin wieder in der Stadt ist?«, fragte Konstantin.

»Ja«, sagte Grigori. »Er ist gestern Abend zurückgekommen.«

»Wo wohnt er?«

»Das ist geheim. Die Polizei ist immer noch hinter ihm her.«

»Was hat ihn zur Rückkehr bewegt?«

»Wie werden es morgen erfahren. Er hat das Zentralkomitee einberufen.«

Konstantin machte sich auf den Weg, um die nächste Bahn ins Stadtzentrum zu erwischen. Grigori brachte Katherina nach Hause. Ehe er sich auf den Rückweg in die Kaserne machte, sagte sie: »Jetzt, wo ich weiß, dass Magda bei mir sein wird, fühle ich mich besser.«

»Das ist gut.« Grigori kam eine Geburt gefährlicher vor als ein bewaffneter Aufstand.

»Und du wirst ja auch da sein, nicht wahr?«, fügte Katherina hinzu.

»Aber nicht in diesem Zimmer«, sagte Grigori nervös.

»Natürlich nicht. Aber du wirst draußen auf und ab gehen, aber auch das wird mir Sicherheit geben.«

»Gut.«

»Du wirst doch da sein?«

»Ja«, antwortete Grigori. »Was immer auch geschieht, ich werde da sein.«

Als er eine Stunde später in die Kaserne kam, herrschte dort das nackte Chaos. Auf dem Exerzierplatz versuchten Offiziere, Waffen und Munition auf Wagen zu verladen, doch ohne viel Erfolg: Jedes noch so unbedeutende Komitee tagte im Augenblick oder bereitete sich darauf vor. »Jetzt hat Kerenski den Vogel abgeschossen!«, rief Isaak. »Er will uns an die Front schicken.«

Grigori erstarrte. »Wen meinst du mit ›uns‹?«

»Die gesamte Garnison von Petrograd. Die Befehle sind gerade eingetroffen. Wir sollen unseren Platz mit den Frontsoldaten tauschen.«

»Warum denn das?«

»Um den deutschen Vorstoß aufzuhalten.« Die Deutschen hatten die Inseln vor Riga eingenommen und marschierten nun auf Petrograd.

»Das ist doch Schwachsinn!«, stieß Grigori hervor. »Es ist bloß der Versuch, die Autorität des Sowjets zu untergraben.« Aber es war ein geschickter Schachzug, wie Grigori zugeben musste: Wenn die Truppen in Petrograd durch Rückkehrer von der Front ersetzt wurden, würde es Tage, vielleicht Wochen dauern, bis neue Komitees und Sowjetdeputierte gewählt worden waren. Und diesen neuen Männern würde die Erfahrung von sechs Monaten politischer Kämpfe fehlen. Alles würde noch einmal von vorn anfangen.

»Was sagen die Männer dazu?«, fragte Grigori.

»Sie sind stinkwütend. Sie sagen, Kerenski soll mit Friedensverhandlungen beginnen, statt sie in den fast sicheren Tod zu schicken.«

»Werden sie sich weigern, Petrograd zu verlassen?«

»Ich weiß es nicht. Auf jeden Fall wäre es hilfreich, wenn der Sowjet sie unterstützt.«

»Ich kümmere mich darum.«

Grigori fuhr mit einem Panzerwagen und zwei Leibwächtern zum Smolny-Institut. Die politische Entwicklung schien ein Rückschlag zu sein, konnte sich aber auch als Vorteil erweisen: Bis jetzt hatten nicht alle Einheiten die Bolschewiken unterstützt, aber Kerenskis Versuch, sie an die Front zu schicken, könnte dies ändern. Je länger Grigori darüber nachdachte, desto mehr gelangte er zu der Überzeugung, dass Kerenski einen schweren Fehler begangen hatte.

Das Smolny-Institut war ein prachtvolles Gebäude, eine ehemalige Schule für höhere Töchter. Zwei Maschinengewehrschützen aus Grigoris Regiment bewachten den Haupteingang. Rotgardisten versuchten, die Identität eines jeden zu überprüfen, der kam oder ging, doch der Andrang war so groß, dass die Kontrollen nicht allzu genau waren. Auf dem Hof herrschten chaotische Geschäftigkeit und ein schreckliches Gedränge. Grigori sah Panzerwagen und Motorräder, Personenwagen und Laster, die sich um den wenigen verfügbaren Platz stritten.

Grigori stieg eine breite Treppe zu einer Kolonnade hinauf und betrat den Raum, in dem das Exekutivkomitee des Sowjets tagte. Soeben riefen die Menschewiken die Soldaten der Garnison auf, sich auf den Marsch an die Front vorzubereiten. Grigori überkam die Angst, dass ihm die Revolution zwischen den Fingern zerrann.

Er tat sich mit den anderen Bolschewiken im Komitee zusammen, um eine militantere Resolution zu entwerfen. Trotzki meldete sich zu Wort. »Es gibt nur eine Möglichkeit, Petrograd gegen die Deutschen zu verteidigen«, sagte er. »Wir müssen die Arbeiter mobilisieren.«

»So, wie wir es schon beim Kornilow-Putsch gemacht haben«, schloss Grigori sich ihm an. »Wir brauchen wieder ein Militärkomitee, das die Verteidigung der Stadt übernimmt.«

Trotzki kritzelte rasch einen Entwurf auf ein Blatt Papier und brachte den Antrag ein.

Die Menschewiken waren außer sich. »Damit würden wir ein zweites Oberkommando neben dem der Armee schaffen!«, erklärte Mark Broido. »Niemand kann zwei Herren dienen.«

Angewidert beobachtete Grigori, wie die meisten Mitglieder des Komitees ihm zustimmten. Dem Antrag der Bolschewiken wurde nicht stattgegeben. Trotzki war geschlagen. Verzweifelt verließ Grigori den Raum. Würden die Soldaten nach diesem Rückschlag weiterhin treu zum Sowjet stehen?

Am Nachmittag trafen sich die Bolschewiken in Zimmer 26 und beschlossen, die Entscheidung nicht zu akzeptieren. Stattdessen kamen sie überein, ihren Antrag am Abend, auf der Sitzung des Gesamtsowjets, noch einmal einzubringen.

Diesmal siegten die Bolschewiken bei der Abstimmung.

Grigori fiel ein Stein vom Herzen. Der Sowjet hatte den Soldaten den Rücken gestärkt und ein neues Oberkommando eingesetzt.

Wieder waren sie der Macht einen Schritt näher gekommen.

Am nächsten Tag schlichen sich ein optimistischer Grigori und die anderen führenden Bolschewiken einzeln oder zu zweit aus dem Smolny-Institut, sorgfältig darauf bedacht, nicht die Aufmerksamkeit der Geheimpolizei zu erregen, und machten sich auf den Weg zu einem Treffen des Zentralkomitees in der großen Wohnung einer Genossin namens Galina Flakserman.

Grigori war nervös und kam zu früh. Er ging noch einmal um den Block und hielt nach Polizeispitzeln Ausschau, sah aber niemanden, der ihm verdächtig vorgekommen wäre. Im Inneren des Gebäudes kundschaftete er die verschiedenen Ausgänge aus – es gab drei – und entschied sich für einen als schnellstmöglichen Fluchtweg.

Die Bolschewiken versammelten sich an dem großen Esstisch. Viele trugen Ledermäntel, die für sie inzwischen zu einer Art Uniform geworden waren. Lenin war noch nicht erschienen; also fingen sie ohne ihn an. Grigori sorgte sich um ihn – vielleicht war er verhaftet worden –, doch um zehn kam er, verkleidet mit einer Perücke, die ihn beinahe lächerlich aussehen ließ.

Doch an der Resolution, die Lenin in die Diskussion einbrachte, war ganz und gar nichts Lächerliches: Er rief zum bewaffneten Aufstand unter Führung der Bolschewiken auf, um die Provisorische Regierung zu stürzen und die Macht zu übernehmen.

Grigori jubelte innerlich. Natürlich sehnte jeder einen bewaffneten Aufstand herbei, doch die meisten Revolutionäre hielten es für verfrüht. Nun aber sagte der Mächtigste von ihnen: »Die Zeit ist reif!«

Lenin redete eine Stunde lang. Wie immer sprach er laut, schlug mit der Faust auf den Tisch und beschimpfte jeden, der ihm widersprach. Doch wie immer war Lenin überzeugend. Sein Wissen war enorm, sein politischer Instinkt beneidenswert, und nur wenige vermochten der Schärfe seiner Logik etwas entgegenzusetzen.

Grigori stand von Anfang an auf Lenins Seite: Das Wichtigste war jetzt, die Macht zu ergreifen und dem Abflauen der Revolution entgegenzuwirken. Alle anderen Probleme konnten warten.

Aber würden die anderen zustimmen?

Sinowjew sprach sich dagegen aus. Normalerweise ein auffallend gut aussehender Mann, hatte auch er sein Aussehen verändert, um die Polizei in die Irre zu führen. Er hatte sich einen Bart wachsen lassen und sein üppiges, lockiges Haar geschnitten. Sinowjew hielt

Lenins Strategie für zu riskant. Er hatte die Befürchtung, ein Aufstand würde ihren Gegnern den Vorwand für einen Militärputsch liefern. Stattdessen verlangte er, die Partei solle sich auf den Sieg bei den Wahlen zur Verfassunggebenden Versammlung konzentrieren.

Diese Argument machte Lenin wütend. »Die Provisorische Regierung wird niemals landesweite Wahlen abhalten!«, rief er. »Wer das glaubt, ist ein Narr!«

Trotzki und Josef Stalin, der georgische Revolutionär, unterstützten die Idee eines Aufstands; doch Trotzki verärgerte Lenin, als er erklärte, sie sollten damit bis zum Allrussischen Sowjetkongress warten, der in zehn Tagen zusammenkam.

Grigori hielt Trotzkis Vorschlag für vernünftig, doch Lenin überraschte ihn mit einem lauten und entschiedenen »Nein!«.

»Aber wir werden sehr wahrscheinlich die Mehrheit der Abgeordneten stellen«, argumentierte Trotzki, »und …«

»Wenn der Kongress eine Regierung bildet, wird das zwangsläufig eine Koalition sein!«, unterbrach Lenin ihn wütend. »Und die Bolschewiken, die man in diese Regierung lässt, werden dem zentristischen Flügel angehören. Wer sollte sich so etwas wünschen – außer einem konterrevolutionären Verräter?«

Trotzki lief angesichts dieser Beleidigung rot an, doch er zog es vor zu schweigen.

Grigori erkannte, dass Lenin recht hatte. Wie immer hatte er weiter gedacht als alle anderen. In einer Koalitionsregierung würden die Menschewiken als Erstes fordern, einen Gemäßigten an die Spitze der Regierung zu setzen, und das hieß: jeden außer Lenin.

Mit einem Mal erkannte Grigori, dass Lenin nur auf eine Art Ministerpräsident werden konnte.

Die Diskussion dauerte bis tief in die Nacht. Schließlich sprachen sich die Delegierten mit zehn gegen zwei Stimmen für einen bewaffneten Aufstand aus.

Allerdings setzte Lenin sich nicht in allen Punkten durch. Ein genaues Datum wurde nicht festgesetzt.

Nach dem Treffen wärmte Galina einen Samowar an und brachte Käse, Wurst und Brot für die hungrigen Revolutionäre.

Als Kind hatte Grigori auf dem Gut von Fürst Andrej einmal den Höhepunkt einer Hirschjagd erlebt. Die Hunde hatten den Hirsch unmittelbar vor dem Dorf gestellt, und alle hatten es sich angeschaut. Die Hunde hatten dem sterbenden Hirsch die Eingeweide herausgerissen, und die Jäger auf ihren Pferden feierten mit einem guten Brandy. Doch selbst da hatte das todgeweihte Tier einen letzten Versuch unternommen, sich zu wehren: Es hatte mit seinem mächtigen Geweih zugestoßen, einen Hund aufgespießt und einem anderen den Leib aufgeschlitzt. Dann war der Hirsch auf die blutdurchtränkte Erde gesunken und hatte die Augen geschlossen.

Grigori dachte bei sich, dass Ministerpräsident Kerenski, der Führer der Provisorischen Regierung, genau wie dieser Hirsch war: Alle wussten, dass er am Ende war, nur er selbst nicht.

Als die bittere Winterkälte Petrograd fest im Griff hatte, erreichte die Krise ihren Höhepunkt.

Das Verteidigungskomitee, das man bereits kurz nach seiner Einsetzung in »Militärrevolutionäres Komitee« umbenannt hatte, wurde von dem charismatischen Trotzki dominiert. Mit seiner großen Nase, der hohen Stirn und den hervortretenden Augen sah Trotzki nicht gerade gut aus, aber er war charmant und konnte überzeugen. Während Lenin tobte und schrie, überzeugte und verführte Trotzki. Trotzdem vermutete Grigori, dass Trotzki genauso hart war wie Lenin; nur konnte er es besser verbergen.

Am Montag, dem 5. November nach dem neuen Kalender, zwei Tage vor Beginn der Tagung des Allrussischen Sowjetkongresses, besuchte Grigori eine Massenveranstaltung, die das Revolutionäre Militärkomitee für sämtliche Truppen in der Peter-und-Paul-Festung veranstaltete. Die Veranstaltung begann mittags und dauerte den ganzen Nachmittag. Hunderte von Soldaten debattierten auf dem Platz vor der Festung über Politik, während ihre Offiziere hilflos vor Wut schäumten. Dann erschien Trotzki, begleitet von donnerndem Applaus. Nachdem die Männer ihm zugehört hatten, sprachen sie sich dafür aus, den Befehlen des Komitees zu folgen, nicht den Anweisungen der Regierung: Trotzki statt Kerenski.

Als er sich auf den Heimweg machte, wurde Grigori klar, wie gefährlich die Situation war: Die Regierung konnte unmöglich zulassen, dass jemand anders die Kontrolle über Militäreinheiten übernahm. Die Geschütze der Peter-und-Paul-Festung lagen dem Winterpalast unmittelbar gegenüber, in dem die Provisorische Regierung ihren Hauptsitz hatte. In jedem Fall, überlegte Grigori, würde Kerenski sich nicht einfach geschlagen geben und abdanken.

Am nächsten Tag kündigte Trotzki Vorsichtsmaßnahmen gegen einen möglichen konterrevolutionären Putsch der Armee an. Er befahl den Roten Garden und den Truppenverbänden, die dem Sowjet treu ergeben waren, die Brücken, Bahnhöfe und Polizeireviere zu besetzen; außerdem das Post- und Telegrafenamt, die Telefonvermittlung und die Staatsbank.

Grigori war an Trotzkis Seite und verwandelte dessen Befehlsflut in detaillierte Anweisungen für die einzelnen Einheiten. Anschließend wurden sie per Pferd, Fahrrad oder Automobil in der ganzen Stadt verteilt. Nach Grigoris Meinung kamen Trotzkis »Vorsichtsmaßnahmen« schon sehr nahe an einen Putsch heran.

Zu seinem großen Erstaunen, aber auch zu seiner Freude gab es kaum Widerstand.

Ein Spion berichtete, Ministerpräsident Kerenski habe das Vorparlament – jenes Organ, das so kläglich bei dem Versuch gescheitert war, eine Verfassunggebende Versammlung einzuberufen – um ein Vertrauensvotum gebeten. Das Vorparlament hatte sich geweigert, aber das interessierte kaum noch jemanden. Kerenski war am Ende – einer von vielen unfähigen Politikern, die versucht hatten, über Russland zu herrschen, und die dabei gescheitert waren. Nun hockte Kerenski wieder im Winterpalast, wo sein machtloses Kabinett weiterhin so tat, als würde es das Land regieren.

Lenin versteckte sich in der Wohnung der Genossin Margarita Fofanowa. Aus Furcht, er könne verhaftet werden, hatte das Zentralkomitee ihn angewiesen, sich nicht in der Stadt blicken zu lassen. Grigori war einer der wenigen, die Lenins Aufenthaltsort kannten.

Um acht Uhr abends traf Margarita im Smolny-Institut mit einem Brief von Lenin ein, in dem er den Bolschewiken befahl, sofort mit dem bewaffneten Aufstand zu beginnen.

»Was glaubt er eigentlich, was wir hier tun?«, sagte Trotzki gereizt.

Grigori jedoch teilte Lenins Ansicht: Die Bolschewiken hatten noch nicht wirklich das Heft in die Hand genommen. Sobald der Allrussische Kongress zusammentrat, würde er sämtliche Macht an sich reißen. Das Ergebnis wäre eine weitere Regierung, die auf Kompromissen beruhte.

Der Kongress sollte um zwei Uhr am nächsten Tag zur ersten Sitzung zusammentreten. Nur Lenin schien die Dringlichkeit der Situation zu verstehen, dachte Grigori verzweifelt. Lenin wurde hier gebraucht, im Zentrum der Ereignisse.

Grigori beschloss, ihn holen zu gehen.

Die Nacht war so bitterkalt, dass Grigori den Nordwind sogar durch den Ledermantel seiner Sergeantenuniform spürte. Im Stadtzentrum ging es erschreckend normal zu: Gut gekleidete Angehörige der Mittelschicht kamen aus den Theatern und gingen in die hell erleuchteten Restaurants, während Bettler sie bedrängten und an den Ecken Huren lächelten. Grigori nickte einem Genossen zu, der ein Pamphlet Lenins mit dem Titel »Werden die Bolschewiken die Macht erlangen?« verkaufte. Grigori brauchte die Broschüre nicht. Er kannte bereits die Antwort auf diese Frage.

Margaritas Wohnung lag am Nordende von Wyborg. Grigori konnte nicht dorthin fahren; er musste befürchten, dabei die Aufmerksamkeit auf Lenins Versteck zu lenken. Also nahm er vom Finnischen Bahnhof aus die Straßenbahn. Die Fahrt war lang. Grigori fragte sich die meiste Zeit, ob Lenin sich weigern würde, mit ihm zu kommen. Doch zu seiner großen Erleichterung musste Lenin nicht lange zugeredet werden.

»Ich fürchte, ohne dich werden die Genossen den letzten, entscheidenden Schritt nicht tun«, sagte Grigori. Mehr brauchte es nicht.

Lenin schrieb einen Zettel, damit Margarita nicht auf den Gedanken kam, er sei verhaftet worden:

Ich bin dorthin gegangen, schrieb er, *wohin du immer gewollt hast. Iljitsch.*

Die Parteimitglieder nannten Lenin bei seinem Vatersnamen: Iljitsch.

Grigori überprüfte seine Pistole, während Lenin die Perücke und eine Arbeitermütze aufsetzte und sich den schäbigen Mantel überwarf. Dann machten sie sich auf den Weg.

Grigori schaute sich ständig wachsam um. Er hatte Angst, sie könnten auf eine Polizei- oder Armeestreife stoßen, die Lenin erkannte. Er beschloss, sofort zu schießen, damit Lenin gar nicht erst in Gefahr geriet.

In der Straßenbahn waren sie die einzigen Fahrgäste. Lenin fragte die Schaffnerin, was sie von den neuesten politischen Entwicklungen halte.

Als sie zu Fuß vom Finnischen Bahnhof in die Stadt gingen, hörten sie Hufgetrappel und suchten Deckung, als ein Trupp Kadetten an ihnen vorüberritt – junge Burschen, die offensichtlich Ärger suchten.

Um Mitternacht lieferte Grigori seinen Schützling erleichtert im Smolny-Institut ab.

Lenin ging sofort in Zimmer Nr. 36 und rief das Zentralkomitee der Bolschewiken zusammen. Trotzki berichtete, dass die Rotgardisten inzwischen fast alle Schlüsselstellen der Stadt in der Hand hatten; aber das reichte Lenin nicht. Aus symbolischen Gründen, argumentierte er, müssten die revolutionären Einheiten auch den Winterpalast übernehmen und die Minister der Provisorischen Regierung verhaften. Erst das würde die Menschen davon überzeugen, dass die Macht endgültig und unumkehrbar an die Revolutionäre übergegangen war.

Grigori wusste, dass Lenin recht hatte.

Und alle anderen wussten es auch.

Trotzki machte sich sofort daran, die Übernahme des Winterpalasts zu planen.

In dieser Nacht ging Grigori nicht zu Katherina nach Hause.

✠

Sie durften keine Fehler machen.

Der letzte Akt der Revolution würde alles entscheiden; das wusste Grigori. Er sorgte dafür, dass die Befehle eindeutig waren und ihre Ziele rechtzeitig erreichten.

Der Plan war nicht allzu kompliziert, doch Grigori machte sich Sorgen, dass Trotzkis Zeitplan allzu optimistisch war. Die Hauptstreitmacht würde aus revolutionären Matrosen bestehen. Der Großteil kam aus Helsingfors, der Hauptstadt des Großfürstentums Finnland. Sie brachen um drei Uhr morgens auf. Weitere Soldaten kamen aus Kronstadt, der Seefestung zwanzig Meilen vor der Küste.

Der Angriff sollte Punkt Mittag beginnen.

Wie auf dem Schlachtfeld würde die Attacke mit Artilleriefeuer beginnen: Die Geschütze der Peter-und-Paul-Festung würden über den Fluss feuern und die Mauern des Palastes einreißen. Dann sollten die Seeleute und Soldaten das Gebäude übernehmen. Trotzki erklärte, um zwei Uhr, wenn der Sowjetkongress zusammenkäme, sei alles vorbei.

Lenin wollte bei der Eröffnung verkünden, dass die Bolschewiken die Macht bereits übernommen hatten. Es war die einzige Möglichkeit, zu verhindern, dass wieder eine unentschlossene, inkompetente Kompromissregierung eingesetzt wurde. Vor allem ließ sich nur auf diese Weise sicherstellen, dass Lenin das Sagen hatte.

Grigori sorgte sich nur, dass es nicht so schnell ging, wie Trotzki hoffte.

Die Sicherheitsmaßnahmen im Winterpalast waren erbärmlich, sodass Grigori bei Sonnenaufgang Isaak zur Erkundung hineinschicken konnte. Isaak berichtete, dass sich ungefähr dreihundert Regierungssoldaten im Gebäude aufhielten. Sollten diese Männer gut organisiert sein und tapfer kämpfen, würde es zu einer gewaltigen Schlacht kommen.

Isaak fand außerdem heraus, dass Kerenski die Stadt verlassen hatte. Weil die Roten Garden die Bahnhöfe kontrollierten, hatte er jedoch nicht mit dem Zug fahren können; stattdessen hatte er einen Kraftwagen requiriert. »Was ist das für ein Ministerpräsident, der in seiner eigenen Hauptstadt nicht einmal einen Zug bekommen kann?«, spottete Isaak.

»Stimmt«, sagte Grigori sichtlich zufrieden. »Aber er ist weg und wird wohl nicht wiederkommen.«

Doch als es Mittag wurde und weit und breit kein Matrose zu sehen war, meldete Grigoris Pessimismus sich zurück.

Grigori überquerte die Brücke zur Peter-und-Paul-Festung, um sicherzustellen, dass die Geschütze feuerbereit waren. Zu seinem Entsetzen stellte er fest, dass es sich bei den Kanonen der Festung um Museumsstücke handelte, die ausschließlich der Schau dienten und gar nicht abgefeuert werden konnten. Grigori befahl Isaak, sich um einsatzbereite Artillerie zu kümmern. Dann eilte er zum Smolny-Institut zurück, um Trotzki zu informieren, dass sie bereits deutlich hinter dem Zeitplan lagen. Der Rotgardist an der Tür sagte: »Jemand hat dich gesucht, Genosse. Irgendetwas von wegen einer Hebamme …«

»Darum kann ich mich jetzt nicht kümmern«, erwiderte Grigori.

Die Ereignisse überschlugen sich. Grigori erfuhr, dass die Rotgardisten den Mariinsky-Palast eingenommen und das Vorparlament ohne Blutvergießen aufgelöst hatten. Die inhaftierten Bolschewiken wurden befreit. Trotzki hatte allen Truppen außerhalb Petrograds befohlen zu bleiben, wo sie waren, und die Soldaten gehorchten ihm und nicht ihren Offizieren. Lenin wiederum verfasste ein Manifest, das mit den Worten begann: »An die Bürger Russlands: Die Provisorische Regierung ist gestürzt!«

»Aber der Angriff hat doch noch gar nicht begonnen«, sagte Grigori zu Trotzki. »Und ich weiß auch nicht, wie wir es bis drei Uhr schaffen sollen.«

»Mach dir keine Sorgen«, erwiderte Trotzki. »Wir können die Eröffnung des Kongresses hinauszögern.«

Grigori kehrte auf den Schlossplatz vor dem Winterpalast zurück. Um zwei Uhr nachmittags sah er endlich den Minenleger *Amur* die Newa hinauffahren. Tausend Matrosen aus Kronstadt standen an Deck, und die Arbeiter Petrograds jubelten ihnen vom Ufer aus zu.

Hätte Kerenski daran gedacht, Minen in dem schmalen Kanal verlegen zu lassen, hätte er die Matrosen aus der Stadt halten und die Revolution besiegen können, wurde Grigori mit Schrecken klar. Aber es gab keine Minen, und die Matrosen in ihren schwarzen Jacken gingen mit ihren Gewehren an Land. Grigori bereitete sich darauf vor, sie um den Winterpalast herum in Stellung zu bringen. Doch zu seiner Verzweiflung traten bald neue Schwierigkeiten auf: Isaak fand zwar ein Geschütz und ließ es unter erheblichen Mühen in Stellung bringen, musste dann aber feststellen, dass er keine geeignete Munition für das Geschütz hatte. Gleichzeitig errichteten die Regierungstruppen im Palast Barrikaden.

Wütend fuhr Grigori zum Smolny-Institut zurück, wo gerade eine Krisensitzung des Petrograder Sowjets eröffnet werden sollte. In der riesigen, in jungfräulichem Weiß gestrichenen Aula der ehemaligen Mädchenschule drängten sich Hunderte von Deputierten. Grigori ging auf die Bühne und setzte sich neben Trotzki. »Der Angriff hat sich durch eine Reihe von Problemen hinausgezögert, Genosse«, sagte er.

Trotzki nahm die schlechten Nachrichten mit bemerkenswerter Ruhe auf. Lenin hätte einen Tobsuchtsanfall bekommen. »Wann kannst du den Palast stürmen?«, wollte Trotzki von Grigori wissen.

»Um sechs Uhr.«

Trotzki nickte und wandte sich wieder der Versammlung zu. »Im Namen des Militärrevolutionären Komitees erkläre ich, dass die Provisorische Regierung nicht mehr existiert!«, rief er.

Ein Jubelsturm setzte ein. Grigori hoffte nur, dass er diese Lüge wahr machen konnte.

Als der Jubel verebbte, zählte Trotzki die Leistungen der Roten Garde auf: die Einnahme der Bahnhöfe und weiterer Schlüsselstellen in nur einer Nacht sowie die Auflösung des Vorparlaments. Außerdem verkündete er, dass mehrere Minister bereits verhaftet worden seien. »Der Winterpalast wurde noch nicht eingenommen, doch sein Schicksal wird sich bald entscheiden!«, gab Trotzki bekannt. Wieder brandete Jubel auf.

Ein Abweichler rief: »Du greifst dem Willen des Kongresses vor, Genosse!«

Trotzkis Antwort kam so schnell, dass er mit dieser Kritik gerechnet zu haben schien: »Es ist der Aufstand der Arbeiter und Soldaten, der dem Kongress vorgreift«, erwiderte er.

Plötzlich durchlief ein Raunen die Reihen der Deputierten. Viele von ihnen erhoben sich. Grigori blickte zur Tür und sah den Grund dafür: Lenin kam herein. Die Deputierten brachen in Jubel aus, als Lenin auf die Bühne stieg. Dann standen er und Trotzki lächelnd Seite an Seite, verbeugten sich und nahmen den Beifall für einen Staatsstreich entgegen, der noch gar nicht stattgefunden hatte.

Die Matrosen aus Helsingfors ließen immer noch auf sich warten, und auch Isaaks Geschütz in der Festung war noch nicht feuerbereit. Bei Einbruch der Nacht setzte kalter Nieselregen ein. Grigori hatte den Sitzungssaal verlassen und stand am Rande des Schlossplatzes, vor sich den Winterpalast und hinter sich das Generalstabsgebäude, als er einen Trupp Kadetten aus dem Palast kommen sah. Ihre Abzeichen verrieten, dass sie zur Michailowski-Artillerieschule gehörten. Sie verließen den Palast mit vier Feldgeschützen. Grigori ließ sie ziehen.

Um sieben Uhr befahl er einer Einheit aus Soldaten und Matrosen, die Kontrolle über das Generalstabsgebäude zu übernehmen, was ihnen ohne Gegenwehr gelang.

Um acht Uhr beschlossen zweihundert Kosaken, die zum Wachdienst am Palast eingeteilt waren, in ihre Kaserne zurückzukehren. Grigori ließ sie durch die Absperrungen. Diese auf den ersten Blick ärgerlichen Verzögerungen waren letztendlich ein Vorteil: Die Zahl der Verteidiger nahm immer weiter ab.

Kurz vor zehn meldete Isaak, dass das Geschütz in der Peter-und-Paul-Festung endlich einsatzbereit sei. Grigori befahl, eine Übungsgranate ohne Sprengkopf abzufeuern. Wie erwartet flohen daraufhin weitere Soldaten aus dem Palast.

Konnte es wirklich so einfach sein?

Draußen auf dem Wasser ertönte der Alarm an Bord der *Amur*. Grigori blickte den Fluss hinunter und sah die Lichter näher kommender Schiffe. Sein Herz setzte einen Schlag aus. War es Kerenski doch noch gelungen, im allerletzten Moment regierungstreue Truppen in die Hauptstadt zu bringen? Dann aber ertönte Jubel auf dem Deck der *Amur*, und Grigori wusste, dass es sich bei den Neuankömmlingen um die Männer aus Helsingfors handeln musste.

Als die Schiffe sicher vor Anker lagen, gab Grigori Befehl, mit dem Angriff zu beginnen – endlich.

Kanonendonner ließ die Erde erzittern. Mehrere Geschosse explodierten in der Luft und tauchten die Schiffe auf dem Fluss und den belagerten Palast in gleißendes Licht. Grigori sah einen Treffer im dritten Stock und fragte sich, ob jemand in dem Raum dort gewesen war. Zu seinem Erstaunen fuhren die Straßenbahnen weiter über die nahen Brücken, als wäre nichts geschehen.

Natürlich ging es hier nicht zu wie auf einem Schlachtfeld. An der Front feuerten stets Hunderte von Geschützen, manchmal Tausende. Hier waren es nur vier. Entsprechend lang waren die Intervalle zwischen den einzelnen Schüssen, und es war erschreckend, wie viele Granaten harmlos in den Fluss einschlugen.

Grigori befahl, das Feuer einzustellen, und schickte mehrere Trupps zur Aufklärung in den Palast. Bei ihrer Rückkehr berichteten sie, dass die wenigen verbliebenen Wachen keinen Widerstand leisteten.

Kurz nach Mitternacht führte Grigori ein größeres Kontingent in den Palast. Wie der Plan es vorsah, verteilten die Männer sich im Gebäude, liefen die prachtvollen dunklen Gänge entlang, schalteten jeden Gegner aus und suchten nach Ministern und Regierungsmitgliedern. Der Palast wirkte mittlerweile wie eine heruntergekommene Kaserne. Die Matratzen der Soldaten lagen auf den Parkettböden vergoldeter Staatsgemächer, und überall sah man Zigarettenkippen, Brotkrumen und leere Flaschen mit französischen Etiketten, die die Wachen sich vermutlich aus den Kellern des Zaren besorgt hatten. Grigori hörte vereinzelte Schüsse, doch viel gekämpft wurde offenbar nicht.

Im Erdgeschoss fand sich kein Minister. Grigori kam der Gedanke, dass die Regierung sich vielleicht davongemacht hatte, und für einen Moment befiel ihn Panik. Er wollte Trotzki und Lenin nicht berichten müssen, dass ihm Kerenskis Clique durch die Finger geschlüpft war.

Begleitet von Isaak und zwei weiteren Männern rannte Grigori die breite Treppe in den nächsten Stock hinauf. Gemeinsam stießen sie die große Doppeltür eines Besprechungszimmers auf. Und dort endlich fanden sie, was von der Provisorischen Regierung übrig war: Ein kleines Häuflein verängstigter Männer in Anzügen und Krawatten saß an einem Tisch und in Sesseln im Raum verteilt. Sie alle starrten die Bolschewiken mit großen Augen an.

Schließlich nahm einer von ihnen seinen Mut zusammen und sagte: »Wir sind die Provisorische Regierung. Was wollen Sie?«

Grigori erkannte Alexander Konowalow, einen reichen Textilfabrikanten und Kerenskis Stellvertreter.

»Sie alle sind verhaftet«, sagte er. Es war ein wundervoller Augenblick, den Grigori in vollen Zügen genoss. Er drehte sich zu Isaak um. »Schreib ihre Namen auf.« Grigori kannte sie alle und zählte sie der Reihe nach auf: »Konowalow, Nikitin, Tereschenko …« Als die Liste vollständig war, befahl er: »Lass sie in die Peter-und-Paul-Festung schaffen, und sperr sie dort ein. Ich gehe ins Smolny und überbringe Lenin und Trotzki die gute Nachricht.«

Grigori verließ das Gebäude. Als er auf den Schlossplatz gelangte, blieb er kurz stehen und dachte an seine Mutter. Genau hier war sie vor zwölf Jahren gestorben, erschossen von der Garde des Zaren. Grigori drehte sich um und schaute auf den riesigen Palast mit seinen weißen Säulen und den Hunderten von Fenstern, auf denen sich das Mondlicht spiegelte. Plötzlich überkam ihn heiße Wut, und er schüttelte die Faust in Richtung des Palasts. »Jetzt habt ihr bekommen, was ihr verdient, ihr Teufel«, sagte er laut. »Das ist dafür, dass ihr meine Mutter ermordet habt!«

Grigori wartete, bis er sich wieder beruhigt hatte. Dann sprang er in seinen staubgrauen Panzerwagen, der neben einer eingerissenen Barrikade wartete. »Bring mich zum Smolny«, wies er den Fahrer an.

Während der kurzen Fahrt genoss Grigori den Triumph. Jetzt haben wir *wirklich* gewonnen, dachte er. Wir sind die Sieger. Das Volk hat seine Unterdrücker gestürzt.

Nachdem er vor dem Smolny-Institut aus dem Wagen gestiegen war, eilte er die Stufen hinauf und in die große Aula, die aus allen Nähten platzte. Der Sowjetkongress hatte begonnen. Trotzki hatte die

Eröffnung nicht mehr hinauszögern können. Tabakrauch waberte um die Kronleuchter. Auf der Bühne saßen die Mitglieder des Präsidiums. Grigori kannte die meisten von ihnen. Die Bolschewiken hatten vierzehn der fünfundzwanzig Sitze. Das bedeutete, dass sie die meisten Abgeordneten stellten. Doch zu Grigoris Entsetzen hatte Kamenew den Vorsitz, ein Gemäßigter, der gegen einen bewaffneten Aufstand gestimmt hatte. Wie Lenin geahnt hatte, arbeitete der Kongress auf einen weiteren schwächlichen Kompromiss hin.

Grigori ließ den Blick über die Deputierten schweifen und entdeckte Lenin in der ersten Reihe. Er ging zu dem Mann neben ihm und sagte: »Ich muss mit Iljitsch reden. Überlass mir deinen Stuhl.« Der Mann schaute ihn verärgert an, erhob sich aber.

Grigori flüsterte Lenin ins Ohr: »Der Winterpalast ist in unserer Hand.« Dann nannte er die Namen der verhafteten Minister.

»Zu spät«, erwiderte Lenin düster.

Genau das hatte Grigori befürchtet. »Was geht hier vor?«

Lenin legte die Stirn in Falten. »Martow hat einen Antrag eingebracht.« Julius Martow war Lenins alter Feind. Er hatte schon immer eine Sozialdemokratische Arbeiterpartei Russlands nach dem Vorbild der britischen Labour-Partei angestrebt, die mit demokratischen Mitteln für die Rechte der Arbeiterklasse kämpfte. Nach einem Streit mit Lenin im Jahre 1903 hatte sich die SDAPR in Lenins Bolschewiken und Martows Menschewiken gespalten. »Er fordert ein Ende der Straßenkämpfe und Verhandlungen zur Bildung einer demokratischen Regierung.«

»Verhandlungen?«, erwiderte Grigori ungläubig. »Wir haben gerade erst die Macht übernommen!«

»Wir haben den Antrag unterstützt«, sagte Lenin in sachlichem Tonfall.

Grigori konnte es nicht glauben. »Warum?«

»Hätten wir uns widersetzt, hätten wir verloren. Wir stellen dreihundert von insgesamt sechshundertsiebzig Delegierten. Wir sind bei Weitem die größte Partei, aber wir haben nicht die absolute Mehrheit.«

Grigori fluchte in sich hinein. Der Coup war zu spät gekommen. Es würde wieder eine von Kompromissen bestimmte Koalition geben, und die Menschen würden weiterhin verhungern oder an der Front sterben.

»Aber sie greifen uns trotzdem an«, fügte Lenin hinzu.

Der Mann, der gerade redete, war Grigori unbekannt; trotzdem hörte er ihm zu. »Diese Kongress ist einberufen worden, um über eine neue Regierung zu diskutieren, aber was erleben wir hier?«, rief der Mann wütend. »Eine kleine Gruppe hat die Macht bereits auf unverantwortliche Art an sich gerissen, anstatt die Entscheidungen dieses Kongresses abzuwarten! Wir müssen die Revolution vor diesem Wahnsinn retten!«

Ein Proteststurm der Bolschewiken folgte diesen Worten. Grigori hörte Lenin rufen: »Schwein! Bastard! Verräter!«

Kamenew rief den Kongress zur Ordnung.

Doch auch der nächste Redner war den Bolschewiken und ihrem Staatsstreich extrem feindlich gesinnt, und so ging es weiter. Lew Chintschuk, ein Menschewik, rief zu Verhandlungen mit der Provisorischen Regierung auf, und die darauf folgende Entrüstung der Delegierten fiel so heftig aus, dass Chintschuk einige Minuten nicht weiterreden konnte. Schließlich brüllte er über den Lärm hinweg: »Wir verlassen diesen Kongress!« Dann stapfte er aus dem Saal.

Grigori wusste, welche Taktik sie damit fuhren. Die Menschewiken würden sagen, nach ihrem Rückzug habe der Kongress keine Autorität mehr. »Deserteure!«, brüllte jemand, und andere fielen in den Ruf ein.

Grigori war angewidert. Sie hatten so lange auf diesen Kongress gewartet. Die Delegierten repräsentierten den Willen des russischen Volkes. Doch nun fiel er auseinander.

Grigori schaute zu Lenin. Zu seinem Erstaunen funkelten Lenins Augen vor Freude. »Großartig«, sagte er. »Wir sind gerettet! Ich hätte nie damit gerechnet, dass sie so einen Fehler begehen würden.«

Grigori hatte keine Ahnung, wovon der Mann redete. Hatte er den Verstand verloren?

Der nächste Redner war Michail Gendelman, ein führender Sozialrevolutionär. Er sagte: »In Anbetracht der verbrecherischen Machtergreifung durch die Bolschewiken sehen wir uns nicht mehr in der Lage, mit ihnen zusammenzuarbeiten. Deshalb verlässt auch die Fraktion der Sozialrevolutionäre diesen Kongress!« Er ging hinaus, und seine Genossen folgten ihm. Die verbliebenen Delegierten pöbelten sie an und buhten.

Grigori war wie erstarrt. Gerade noch hatte er einen gewaltigen

Triumph gefeiert, und nun ging alles in die Brüche. Wie war das möglich?

Doch Lenin schaute sogar noch zufriedener drein.

Mehrere Soldatendeputierte sprachen sich zu Grigoris Freude *für* den bolschewistischen Putsch aus, was aber nichts daran änderte, dass er keine Ahnung hatte, worauf Lenins gute Laune zurückzuführen war. Lenin kritzelte etwas auf einen Notizblock. Während Rede auf Rede folgte, korrigierte er das Geschriebene und formulierte es neu. Schließlich reichte er Grigori zwei Blatt Papier. »Das muss dem Kongress zur sofortigen Annahme vorgelegt werden«, sagte er.

Es war eine lange Erklärung, voll der üblichen Rhetorik, doch Grigori fand sofort den Schlüsselsatz: »Hiermit beschließt der Kongress, die Regierungsgewalt in die eigene Hand zu nehmen.«

Genau das, was Grigori wollte.

»Soll Trotzki das vortragen?«, fragte er.

»Nein, nicht Trotzki.« Offenbar war Lenin der Meinung, dass Trotzki schon genug Ruhm eingeheimst hatte. Er schaute die Männer – und die eine Frau – auf der Bühne der Reihe nach an. »Lunatscharski«, sagte er schließlich.

Grigori brachte Lunatscharski den Text, der daraufhin dem Vorsitzenden winkte. Ein paar Minuten später rief Kamenew Lunatscharski auf. Dieser erhob sich und trug Lenins Worte vor.

Auf jeden Satz folgte lauter Jubel.

Dann rief der Vorsitzende zur Abstimmung.

Und jetzt verstand Grigori endlich, warum Lenin so zufrieden war: Ohne die Menschewiken und Sozialrevolutionäre hatten die Bolschewiken eine überwältigende Mehrheit im Saal. Sie konnten tun und lassen, was sie wollten. Kompromisse waren nicht mehr nötig.

Es kam zur Abstimmung. Nur zwei Delegierte stimmten gegen den Antrag.

Die Bolschewiken hatten die Macht und nun auch die Legitimität.

Der Vorsitzende beendete die Sitzung um fünf Uhr nachmittags am 8. November 1917 neuer Zeitrechnung.

Die Russische Revolution hatte gesiegt. Die Bolschewiken waren an der Macht.

Grigori verließ den Saal hinter Josef Stalin und einem weiteren Mann. Stalins Gefährte trug einen Ledermantel und einen Patronengürtel wie viele Bolschewiken, aber irgendetwas an ihm ließ bei

Grigori die Alarmglocken schrillen. Als der Mann sich zu Stalin umdrehte, erkannte Grigori ihn, und ein Schauder des Entsetzens lief ihm über den Rücken.

Es war Michail Pinsky.

Er hatte sich der Revolution angeschlossen.

✠

Grigori war zu Tode erschöpft. Seit zwei Nächten hatte er nicht mehr geschlafen. Es hatte so viel zu tun gegeben, dass er gar nicht bemerkt hatte, wie schnell die Zeit verflogen war. Die Panzerwagen waren die unbequemsten Fahrzeuge, in denen er je gereist war; dennoch schlief er tief und fest, als er in einem dieser Fahrzeuge nach Hause gebracht wurde. Als Isaak ihn weckte, sah er, dass sie vor seinem Haus standen. Grigori fragte sich, ob Katherina wusste, was geschehen war. Wenn nicht, würde es ihm eine Freude sein, ihr vom Triumph der Revolution zu erzählen.

Grigori ging ins Haus und schlurfte müde die Treppe hinauf. Licht fiel unter der Tür hindurch. »Ich bin's«, sagte er und betrat die Wohnung.

Katherina saß im Bett und hielt einen winzigen Säugling in den Armen.

Grigori strahlte vor Freude. »Das Kind ist da!«, rief er. »Er ist wunderschön!«

»Es ist ein Mädchen.«

»Ein Mädchen!«

»Du hast versprochen, hier zu sein«, sagte Katherina mit leisem Vorwurf.

»Ich konnte doch nicht wissen, wann es so weit ist!«, verteidigte sich Grigori und betrachtete das neugeborene Mädchen. »Sie hat dunkles Haar wie ich. Wie sollen wir sie nennen?«

»Ich habe dir eine Nachricht geschickt.«

Plötzlich erinnerte Grigori sich an den Rotgardisten, der ihm mitgeteilt hatte, jemand suche ihn. Irgendetwas von wegen einer Hebamme, hatte der Mann gesagt. »Tut mir leid«, sagte Grigori. »Ich war sehr beschäftigt.«

»Magda war bei einer anderen Entbindung«, sagte Katherina. »Ich musste Xenia rufen.«

»War es schlimm?«

»Ein Vergnügen war es nicht«, antwortete Katherina spöttisch.

»Das tut mir leid«, wiederholte Grigori, »aber es sind große Dinge geschehen. Die Revolution hat gesiegt, Katherina! Wir haben die Macht übernommen! Die Bolschewiken bilden die Regierung!« Er beugte sich zu ihr, um sie zu küssen.

»Das dachte ich mir schon«, sagte Katherina und drehte den Kopf weg.

KAPITEL 29

März 1918

Walter stand auf dem Dach einer kleinen mittelalterlichen Kirche im Dorf Villefranche-sur-Oise, nicht weit von St. Quentin entfernt. Eine Zeit lang hatte das hinter der Front gelegene Dorf den deutschen Truppen zur Erholung gedient, und die französischen Bewohner hatten das Beste daraus gemacht. Wann immer möglich, hatten sie den Besatzern Omelettes und Wein verkauft. »*Malheur la guerre*«, sagten sie jedes Mal. »*Pour nous, pour vous, pour tout le monde!*« Ein schrecklicher Krieg – für uns, für euch, für die ganze Welt. Seitdem hatten kleinere Vorstöße der Alliierten die französischen Zivilisten vertrieben. Die Hälfte aller Gebäude war zerstört, und das Dorf lag nun wesentlich näher an der Front. Jetzt diente es nicht mehr der Erholung, sondern der Truppenaufstellung.

Unten, auf der schmalen Straße, die durch das Dorfzentrum führte, marschierten deutsche Soldaten in Viererreihen. Seit Stunden schon zogen sie hier durch, Tausende und Abertausende. Sie sahen müde, aber zufrieden aus, auch wenn sie wussten, dass es an die Front ging. Die Männer waren aus dem Osten hierher versetzt worden, und Frankreich im März war eine deutliche Verbesserung gegenüber Polen im Februar, egal was einen sonst noch erwartete.

Der Anblick stimmte Walter froh. Diese Männer waren durch den Waffenstillstand zwischen Deutschland und Russland für die Westfront frei geworden. Vor ein paar Tagen hatten die Verhandlungsführer in Brest-Litowsk einen Friedensvertrag unterzeichnet. Russland war aus dem Krieg. Walter hatte eine große Rolle dabei gespielt, indem er Lenin und die Bolschewiken unterstützt hatte. Dies hier war jetzt das triumphale Ergebnis seiner Mühen.

Die deutsche Armee in Frankreich verfügte nun über 192 Divisionen im Gegensatz zu 129 im vergangenen Jahr, und die meisten neuen Einheiten kamen von der Ostfront. Zum ersten Mal konnten die

Deutschen mehr Männer aufbieten als die Alliierten, die dem deutschen Nachrichtendienst zufolge insgesamt 173 Divisionen ins Feld führten. In den letzten dreieinhalb Jahren hatte man dem deutschen Volk oft versprochen, der Sieg stehe kurz bevor, aber diesmal glaubte sogar Walter daran.

Er teilte allerdings nicht den Glauben seines Vaters, dass die Deutschen anderen Völkern überlegen waren. Andererseits betrachtete er eine deutsche Dominanz in Europa als durchaus förderlich. Die Franzosen besaßen eine Reihe außergewöhnlicher Talente – das Kochen und Malen, die Mode und den Wein –, aber auf die Staatsführung verstanden sie sich nach Walters Auffassung nicht besonders. Das französische Beamtentum betrachtete sich als eine Art Aristokratie und hielt es für sein selbstverständliches Recht, Bürger stundenlang warten zu lassen. Eine Dosis deutsche Effizienz würde diesen Pinseln guttun. Gleiches galt für die schludrigen Italiener. Am meisten aber würde Osteuropa am deutschen Wesen genesen: Im Russischen Reich herrschten noch immer beinahe mittelalterliche Verhältnisse. Bauern lebten in heruntergekommenen Hütten, und Frauen wurden für Ehebruch ausgepeitscht. Deutschland würde Ordnung, Gesetze und moderne landwirtschaftliche Methoden bringen. Außerdem hatten die Russen kürzlich ihren ersten regelmäßigen Flugdienst eingerichtet, von Wien nach Kiew und zurück. Hatte Deutschland erst den Krieg gewonnen, wäre bald ganz Europa von einem Netz aus Fluglinien überzogen, und Walter und Maud würden ihre Kinder in einer friedlichen und nach deutschem Vorbild geordneten Welt großziehen.

Aber der deutsche Sieg drohte durch die Amerikaner, die in immer größerer Zahl eintrafen, in weite Ferne zu rücken. Es hatte fast ein Jahr gedauert, bis die USA ihre Armee aufgebaut hatten, doch nun befanden sich bereits dreihunderttausend amerikanische Soldaten in Frankreich, und jeden Tag landeten mehr. Deutschland musste *jetzt* den Krieg gewinnen, Frankreich erobern und die Alliierten ins Meer treiben, bevor die amerikanischen Verstärkungen die Waagschale zugunsten der Entente neigte.

Der unmittelbar bevorstehende Angriff hatte den Namen »Kaiserschlacht« bekommen. So oder so würde er Deutschlands letzte Offensive sein.

Walter war wieder an die Front versetzt worden. Deutschland brauchte jetzt jeden Mann, zumal viele Offiziere gefallen waren. Walter führte nun den Befehl über ein Sturmbataillon und hatte mit seinen Männern noch einmal die neuesten Taktiken eingeübt. Einige waren abgehärtete Veteranen, andere noch Jungen oder alte Männer, die man wegen des Mangels an verfügbaren Rekruten eingezogen hatte. Während der Ausbildung hatte Walter gelernt, seine Männer zu schätzen und zu achten; aber er durfte nicht zu sehr an ihnen hängen, da er sie vielleicht in den Tod schicken musste.

Gottfried von Kessel, Walters alter Rivale in der deutschen Botschaft zu London, hatte in derselben Kaserne eine Ausbildung absolviert. Trotz seiner schwachen Augen war Gottfried Hauptmann in Walters Bataillon, aber der Krieg hatte nichts an seiner besserwisserischen Art geändert.

Walter suchte mit dem Feldstecher die Umgebung ab. Es war ein heller, kalter Tag, und in der klaren Luft konnte man weit sehen. Im Süden floss die Oise träge durch die Marschen. Im Norden dehnten sich Felder und Weiden mit kleinen Weilern, Bauernhöfen und Brücken, durchsetzt von Obsthainen und kleinen Wäldchen. Gut zwei Kilometer westlich vom Dorf befand sich das Netzwerk der deutschen Gräben; dahinter lag das Schlachtfeld. Die ländliche Gegend war vom Krieg schrecklich gezeichnet. Krater hatten aus den Feldern eine Mondlandschaft gemacht; Dörfer waren nur noch Trümmerhaufen, und von den Obsthainen waren bloß verkohlte Stümpfe übrig geblieben. Durch den Feldstecher konnte Walter auch die verwesenden Leichen von Männern und Pferden erkennen, sowie die ausgebrannten stählernen Hüllen gesprengter Panzer. Auf der anderen Seite dieser Wüstenei lagen die Briten.

Ein lautes Grollen erklang und veranlasste Walter, nach Osten zu blicken. Von dort näherte sich ein Fahrzeug, von dem er schon oft gehört, das er aber noch nie gesehen hatte. Es war ein Geschütz auf einer Selbstfahrlafette, angetrieben von einem hundert PS starken Motor. Ihm folgte ein schwerer Lastwagen, der die zum Geschütz gehörende Munition transportierte. Dann rollten ein zweites und drittes Geschütz heran. Als die schweren Fahrzeuge an den Männern vorbeirumpelten, hoben diese ihre Mützen und jubelten wie bei einer Siegesparade.

Walters Laune hob sich. Diese Geschütze konnten die Entscheidung bringen: Sie konnten rasch verlegt werden, wenn der Durchbruch erst geschafft war, und die Infanterie unterstützen.

Walter hatte auch von einem monströsen Riesengeschütz gehört, über das Deutschland verfügte und das Paris angeblich aus mehr als siebzig Kilometer Entfernung bombardieren konnte. Aber das erschien ihm fast unmöglich.

Den Geschützen folgte ein Mercedes Doppel-Phaeton, der Walter vertraut vorkam. Der Wagen bog von der Straße ab und parkte auf dem Kirchenvorplatz. Dann stieg Walters Vater aus.

Was machte der denn hier?

Walter duckte sich durch die niedrige Tür des Turmes und eilte die Wendeltreppe hinunter. Das Kirchenschiff war zu einem Schlafsaal umfunktioniert worden. Walter suchte sich einen Weg zwischen Decken, Matratzen und umgedrehten Kisten hindurch, die die Männer als Tische und Stühle benutzten.

Der Friedhof draußen war voller Grabenbrücken, hölzernen Plattformen, die es Männern mit schwerem Gerät ermöglichten, im Kielwasser der Sturmtruppen eroberte britische Gräben zu überqueren.

Der Strom der Männer und Fahrzeuge hatte sich mittlerweile ein wenig verlangsamt. Irgendetwas lag in der Luft.

Otto von Ulrich trug Uniform und salutierte wie auf dem Exerzierplatz. Walter sah ihm an, dass er schrecklich aufgeregt war. »Ein ganz besonderer Gast ist hierher unterwegs!«, verkündete Otto.

Das also war der Grund für den Besuch seines Vaters. »Wer?«, fragte Walter.

»Du wirst schon sehen.«

Walter vermutete, dass es sich um General Ludendorff handelte, der inzwischen de facto der deutsche Oberbefehlshaber war. »Was will er hier?«

»Er will sich an die Soldaten wenden, was sonst. Lass die Männer vor der Kirche antreten.«

»Wann?«

»Jetzt! Er ist direkt hinter mir.«

»In Ordnung.« Walter schaute sich auf dem Platz um. »Feldwebel Schwab! Kommen Sie mal her. Sie und Gefreiter Grünwald … und ihr da, ihr auch.« Walter schickte Melder in die Kirche, in die Kantine, die in einer großen Scheune eingerichtet war, und in das Zeltdorf auf dem Hügel im Norden. »In einer Viertelstunde will ich jeden Mann vor der Kirche sehen, in tadellosem Aufzug, ist das klar?« Die Männer rannten davon.

Walter eilte durchs Dorf, informierte die Offiziere und schaute dabei immer wieder die Straße nach Osten hinauf. Schließlich fand er seinen kommandierenden Offizier, Generalmajor Schwarzkopf, in einer nach Käse riechenden Molkerei am Dorfrand, wo er ein verspätetes Frühstück zu sich nahm.

Binnen einer Viertelstunde hatten sich insgesamt zweitausend Männer versammelt, darunter Walters Bataillon. Zehn Minuten später waren sie in Reih und Glied angetreten. Die Uniformen waren zugeknöpft, die Stiefel geputzt, die Feldmützen gerade gerückt. Anschließend improvisierte Walter aus Munitionskisten eine Treppe, die zur Ladefläche eines Lkws führte. Otto von Ulrich legte ein Stück roten Teppich aus seinem Mercedes vor die Treppe.

Walter holte den Gefreiten Grünwald aus der Reihe. Der Gefreite war ein hünenhafter Mann mit großen Händen und Füßen. Walter schickte ihn mit Fernglas und Trillerpfeife auf das Kirchendach.

Dann warteten sie.

Eine halbe Stunde verging, dann eine Stunde. Die Männer wurden unruhig, scharrten mit den Füßen und unterhielten sich raunend miteinander.

Nach einer weiteren Stunde blies der Gefreite Grünwald die Trillerpfeife.

»Achtung!«, rief Otto von Ulrich. »Er kommt!«

Eine Kakophonie von Befehlen erklang. Rasch nahmen die Männer Haltung an. Dann fuhr eine Motorradkolonne auf den Platz.

Die Tür eines gepanzerten Wagens ging auf, und ein Mann in Generalsuniform stieg aus. Allerdings war es nicht der kahlköpfige, streng dreinblickende, zackige Ludendorff. Dieser Besucher bewegte sich langsamer und hatte die linke Hand in die Tasche gesteckt, als wäre der Arm verletzt.

Es dauerte einen Moment, dann erkannte Walter, dass es der Kaiser höchstpersönlich war.

Generalmajor Schwarzkopf trat auf den Herrscher zu und salutierte.

Als auch den Männern klar wurde, wer da gekommen war, durchlief ein Raunen die Reihen, das rasch zu lautem Jubel anschwoll. Generalmajor Schwarzkopf schaute angesichts dieser Disziplinlosigkeit zuerst erschrocken, dann mürrisch drein, doch der Kaiser lächelte. Er stieg die behelfsmäßige Treppe hinauf, stellte sich auf den Lastwagen und ließ sich feiern. Als der Jubel verebbt war, ergriff er das Wort. »Deutsche Soldaten!«, sagte er. »Dies ist die Stunde unseres Sieges!«

Wieder brandete Jubel auf, und diesmal jubelte Walter mit.

Um ein Uhr morgens am 21. März, einem Donnerstag, wurde die Brigade in ihre Bereitschaftsräume für den bevorstehenden Angriff verbracht. Walter und die Offiziere seines Bataillons saßen in einem Unterstand im vordersten Graben. Sie plauderten und scherzten, um die Spannung zu lösen.

Gottfried von Kessel erläuterte Ludendorffs Strategie. »Der Vorstoß wird einen Keil zwischen Briten und Franzosen treiben«, sagte er mit dem gleichen überheblichen Selbstvertrauen, das er schon in der deutschen Botschaft in London an den Tag gelegt hatte. »Dann werden wir uns nach Norden wenden, die rechte Flanke der Briten aufrollen und sie in den Ärmelkanal treiben.«

»Nein, nein«, widersprach Leutnant von Braun, einer der älteren Offiziere. »Nach dem Durchbruch wäre es das Klügste, direkt bis zur Atlantikküste vorzustoßen. Stellen Sie sich vor: Eine deutsche Front, die sich quer durch Frankreich zieht und die französische Armee von ihren Verbündeten trennt.«

Von Kessel protestierte: »Aber dann stünde der Feind nördlich *und* südlich von uns!«

Ein dritter Offizier, Hauptmann Kellermann, meldete sich zu Wort. »Ludendorff wird sich nach Süden wenden«, sagte er voraus. »Wir müssen Paris einnehmen. Darauf kommt es an.«

»Paris ist bloß ein Symbol«, erklärte von Kessel verächtlich.

Natürlich war das alles reine Spekulation; niemand hier kannte die wahren Pläne der Obersten Heeresleitung. Und Walter war viel zu angespannt, als dass er den sinnlosen Gesprächen hätte zuhören können; also ging er nach draußen. Die Soldaten hockten auf dem Boden. Sie waren seltsam ruhig: Die Stunden vor einer Schlacht dienten den meisten der Selbstbesinnung, bei vielen Männern auch dem Gebet. Gestern Abend hatte es Rindfleisch in der Gerstensuppe gegeben, eine Seltenheit. Die Moral war gut. Alle hatten das Gefühl, dass das Ende des Krieges unmittelbar bevorstand.

Es war eine klare, sternenhelle Nacht. Feldküchen verteilten das Frühstück: Schwarzbrot und dünnen Kaffee, der nach Rüben schmeckte. Der leichte Regen hatte aufgehört, und der Wind war nahezu vollständig abgeflaut. Das bedeutete, dass Giftgasgranaten eingesetzt werden konnten. Beide Seiten setzten Gas ein, doch Walter hatte gehört, dass die Deutschen diesmal eine neue Mischung an die Front bringen wollten: Phosgen und Tränengas. Das Tränengas war zwar nicht tödlich, konnte aber die Standardgasmasken der Briten durchdringen. Das Ziel war, die britischen Soldaten durch das Tränengas zu zwingen, die Masken abzunehmen, sodass sie das tödliche Phosgen einatmeten.

An der gesamten Frontlinie hatte man Geschütze aufgefahren, schwere und leichte. Walter hatte noch nie so viel Artillerie gesehen. Die Mannschaften stapelten Munition. Hinter ihnen warteten bereits weitere Geschütze, aufgeprotzt und die Pferde eingespannt, um in die Bresche nachzurücken.

Um halb fünf wurde es vollkommen still. Die Feldküchen waren verschwunden; die Geschützbedienungen saßen auf dem Boden und warteten, und die Offiziere standen in den Gräben und schauten über das Niemandsland hinweg zu den schlafenden Briten. Selbst die Pferde wurden still.

Das ist unsere letzte Chance auf einen Sieg, ging es Walter durch den Kopf. Er fragte sich, ob er beten sollte.

Um vier Uhr vierzig stieg eine weiße Leuchtrakete zum Himmel. Einen Augenblick später feuerte ein leichtes Geschütz nicht weit von Walter entfernt. Der Knall war so laut, dass er zurücktaumelte. Und dann brach die Hölle los. Binnen Sekunden feuerte die gesamte deutsche Artillerie. Der Lärm war unbeschreiblich. Die Mündungsfeuer rissen die Gesichter der Bedienmannschaften aus der Dunkelheit, während sie eine Granate nach der anderen vorbereiteten. Rauch erfüllte die Luft, und Walter versuchte, nur noch durch die Nase zu atmen. Die Erde bebte.

Kurz darauf sah Walter Explosionen und Flammen auf der britischen Seite, als die deutschen Geschosse Munitionslager und Kraftstofftanks in die Luft jagten. Er wusste, wie es war, unter Artilleriefeuer zu liegen, und ihm taten die Tommys leid. Er hoffte nur, dass Fitz nicht da drüben war.

Die Geschütze wurden so heiß, dass jeder, der dumm genug war, sie versehentlich anzufassen, sich die Haut verbrannte. Doch unter der Hitze verzogen sich die Läufe, und die Bedienmannschaften warfen nasse Säcke auf die Rohre, um sie abzukühlen. Walters Männer meldeten sich freiwillig, um Wasser aus Granattrichtern zu schöpfen und zu den Geschützstellungen zu bringen. Die Infanterie half der Artillerie vor einem Angriff nur zu gerne, denn jeder Feindsoldat, den die Artillerie ausschaltete, war für die später vorrückenden Infanteristen ein Gegner weniger.

Mit Tagesanbruch kam Nebel auf. In der Nähe der Geschütze zerriss das Mündungsfeuer den Dunst, doch in der Ferne war nichts mehr zu sehen. Walter machte sich Sorgen. Die Artilleristen mussten »nach Karte« zielen. Zum Glück verfügten die Deutschen über detaillierte Pläne der britischen Stellungen, denn vor einem Jahr hatten sie selbst noch dort gelegen. Allerdings war das kein Ersatz für Artilleriebeobachter. Es war ein schlechter Anfang.

Der Nebel vermischte sich mit dem Rauch der Geschütze. Walter band sich ein Taschentuch um Nase und Mund. Die Briten feuerten nicht zurück, jedenfalls nicht in diesem Abschnitt. Walter fühlte sich davon ermutigt. Vielleicht war die britische Artillerie bereits vernichtet. Der einzige Deutsche, der in Walters Nähe getötet worden war, war ein Artillerist, dessen Mörser einen Rohrkrepierer gehabt hatte. Sanitäter schafften die zerfetzte Leiche weg und kümmerten sich um die Verwundeten.

Um neun Uhr morgens schickte Walter seine Männer in die Ausgangsstellungen. Die Sturmsoldaten legten sich hinter die Geschütze; die reguläre Infanterie stand in ihren Gräben. Hinter ihnen warteten die Sanitäter, die Fernmelder, die Kuriere und andere Unterstützungstruppen.

Die Sturmsoldaten waren mit dem Mauser-Karabiner K98 bewaffnet. Dessen kurzer Lauf war zwar auf größere Entfernung ungenau, aber nicht so unhandlich wie die alten Gewehre. Außerdem trug jeder Mann einen Beutel mit einem Dutzend Stielhandgranaten. Die Tommys nannten sie »Kartoffelstampfer«, wie Walter von britischen Gefangenen erfahren hatte.

Walter setzte seine Gasmaske auf und winkte den Männern, seinem Beispiel zu folgen, damit sie nicht von ihrem eigenen Gas erledigt wurden, sobald sie die andere Seite erreichten. Dann, um neun Uhr dreißig, stand er auf, warf sich das Gewehr über den Rücken und packte mit jeder Hand je eine Stielhandgranate. Er konnte keine Befehle rufen, da ihn ohnehin niemand hören würde; also gestikulierte er mit dem Arm und rannte los.

Seine Männer folgten ihm ins Niemandsland.

Der Boden war fest und trocken. Seit Wochen hatte es keine größeren Niederschläge mehr gegeben. Das war gut für die Angreifer und ihre Fahrzeuge.

Sie rannten geduckt. Die deutschen Geschütze feuerten über ihre Köpfe hinweg. Walters Männer wussten um die Gefahr, von den eigenen Granaten getroffen zu werden, besonders in diesem Nebel, wo die Artilleristen nicht auf Sicht zielen konnten. Aber es war das Risiko wert. Auf diese Art würden sie dicht an den feindlichen Gräben sein, wenn das Feuer endete, sodass die Briten keine Gelegenheit mehr hatten, nach dem Beschuss ihre Maschinengewehre in Stellung zu bringen.

Während sie über das Niemandsland stürmten, hoffte Walter darauf, dass das Artilleriefeuer die feindlichen Stacheldrahtverhaue zerstörte. Falls nicht, würden seine Männer haltmachen und den Draht zerschneiden müssen.

Rechts von ihm explodierte irgendetwas, und Walter hörte einen schrillen Schrei. Einen Augenblick später bemerkte er ein Funkeln am Boden: ein Stolperdraht. Walter und seine Männer waren in ein bis dato unentdecktes Minenfeld geraten. Panik erfasste ihn, als ihm klar wurde, dass er mit jedem Schritt zerfetzt werden konnte, doch er riss sich zusammen. »Achtet auf den Boden!«, brüllte Walter, doch seine Worte gingen im Geschützdonner unter. Die Männer stürmten weiter voran. Die Verwundeten mussten sie wie immer für die Sanitäter oder zum Sterben liegen lassen.

Einen Augenblick später endete der Artilleriebeschuss.

Ludendorff hatte die alte Taktik des mehrtägigen Dauerfeuers vor einem Angriff aufgegeben; sie hatte dem Feind zu viel Zeit gelassen, Reserven heranzuführen. Fünf Stunden Beschuss galten der Heeresleitung nun als ausreichend, um den Feind zu verwirren und zu demoralisieren – zumindest theoretisch.

Walter rannte schneller. Er atmete schwer, aber gleichmäßig, schwitzte kaum, war wachsam, aber seltsam ruhig. In wenigen Sekunden würden sie Feindkontakt haben.

Dann erreichte Walter den britischen Stacheldraht. Er war nicht zerstört, doch die deutsche Artillerie hatte breite Lücken gerissen. Walter führte seine Männer hindurch.

Nun war der Nebel ihr Freund. Er verbirgt uns vor dem Feind, dachte Walter mit einem Anflug von Schadenfreude. Sonst hätten sie jetzt schon unter schwerem Maschinengewehrfeuer gelegen, doch die Briten konnten sie nicht sehen.

Walter gelangte auf ein Geländestück, auf dem der Boden von der deutschen Artillerie regelrecht umgepflügt worden war. Zuerst konnte er außer Kratern und Erdhaufen nichts sehen. Dann entdeckte er ein Stück Graben: Sie hatten die britischen Linien erreicht, aber diese waren zerrissen. Die Artillerie hatte ganze Arbeit geleistet.

Oder war da jemand im Graben? Bis jetzt war jedenfalls kein Schuss gefallen. Aber es war besser, auf Nummer sicher zu gehen. Walter machte eine Handgranate scharf und schleuderte sie in den Graben. Nachdem sie detoniert war, spähte er über die Brüstung. Mehrere Männer lagen auf dem Boden; keiner von ihnen rührte sich. Falls einer den Artilleriebeschuss überlebt haben sollte, hatte die Handgranate ihm den Rest gegeben.

Bis jetzt haben wir Glück gehabt, dachte Walter. Aber wir dürfen uns nicht darauf verlassen, dass es so weitergeht.

Er stürmte die Linie entlang, um nach seinen Männern zu sehen, und entdeckte ein halbes Dutzend britische Soldaten, die sich ergaben. Sie hatten ihre Waffen fallen lassen und die Hände auf ihre Stahlhelme gelegt. Im Vergleich zu ihren deutschen Gegnern sahen sie gut genährt aus.

Leutnant von Braun richtete sein Gewehr auf die Briten, doch Walter wollte nicht, dass seine Offiziere Zeit mit Gefangenen verschwendeten. Er nahm die Gasmaske ab; die Briten trugen auch keine, sodass offenbar keine Gefahr durch Gas bestand. »Bewegung!«, rief er dann auf Englisch. »Da lang! Da lang!« Er deutete in Richtung der deutschen Linien. Die Briten beeilten sich. Sie wollten schnellstmöglich aus dem Kampfgebiet. »Lassen Sie die Männer gehen, von Braun!«, rief Walter dem Leutnant zu. »Die hinten werden sich schon um sie kümmern. Wir müssen weiter vor!« Dafür waren Sturmtruppen schließlich da.

Walter lief weiter. Über mehrere Hundert Meter hinweg bot sich ihm stets das gleiche Bild: zerstörte Gräben, gefallene Feinde, kein ernsthafter Widerstand. Dann hörte er Maschinengewehrfeuer, und einen Augenblick später stieß er auf einen seiner Züge, der in den Granattrichtern Deckung gesucht hatte. Walter warf sich neben einen

Feldwebel, einen Bayern mit Namen Schwab. »Wir können ihre Stellung nicht sehen«, erklärte Schwab. »Wir schießen nach Gehör.«

Schwab hatte die Taktik offenbar nicht begriffen: Sturmtruppen sollten starke Feindstellungen umgehen und sie der nachrückenden Infanterie überlassen. »Bleibt in Bewegung!«, befahl Walter. »Umgeht das Maschinengewehrnest.« Als das Feuer kurz verstummte, sprang er auf und winkte den Männern. »Los! Hoch mit euch! Weiter!« Sie gehorchten, und Walter führte sie weg vom Maschinengewehr und in einen leeren Graben.

Dort stieß er wieder auf Gottfried. Der Leutnant hielt ein Kochgeschirr mit Biskuit in der Hand und stopfte sich beim Laufen das Essen in den Mund. »Unglaublich!«, rief er. »Sie sollten sich mal die britische Verpflegung ansehen!«

Walter schlug ihm das Kochgeschirr aus der Hand. »Sie sind zum Kämpfen und nicht zum Fressen hier, Sie verdammter Idiot!«, brüllte er. »Los, weiter!«

Walter erschrak, als plötzlich etwas über seinen Fuß lief. Ein Hase verschwand im Nebel. Zweifellos hatte die Artillerie seinen Bau zerstört.

Walter schaute auf seinen Kompass, um sicherzugehen, dass sie noch immer nach Westen liefen. Er wusste nicht, was für eine Art von Gräben sie hier überquerten – Versorgungs- oder Laufgräben –, deshalb verriet ihm deren Ausrichtung nicht viel.

Walter wusste, dass die Briten dem deutschen Beispiel gefolgt waren und mehrere Grabenlinien errichtet hatten. Nachdem Walter und seine Leute die erste dieser Linien überquert hatten, rechnete er damit, nun bald auf einen schwer verteidigten Graben zu stoßen, den man die »Rote Linie« nannte. Dann wartete gut einen Kilometer entfernt die »Braune Linie« – vorausgesetzt natürlich, sie durchbrachen die »Rote«. Dahinter lag dann freies Gelände bis zur Atlantikküste.

Granaten schlugen im Nebel vor ihnen ein. Das konnten doch nicht die Briten sein? Falls ja, würden sie auf ihre eigenen Stellungen feuern. Nein, das konnte nur die deutsche Artillerie sein. Walter und seine Männer liefen Gefahr, in die eigene Feuerwalze hineinzulaufen! Er drehte sich um. Zum Glück waren die meisten seiner Leute hinter ihm. Er winkte mit beiden Armen. »Deckung!«, rief er. »Gebt das weiter! Deckung!«

Doch die Männer brauchten den Befehl nicht; sie waren bereits zu dem gleichen Schluss gekommen und sprangen in leere Gräben.

Walter war zufrieden. Bis jetzt lief alles gut.

Drei britische Soldaten lagen in dem Graben. Zwei rührten sich nicht mehr, einer stöhnte jämmerlich. Wo waren die restlichen Tommys? Vielleicht waren sie geflohen, und diese drei hier waren ein Himmelfahrtskommando, das eine nicht zu haltende Position verteidigen sollte, um ihren Kameraden die Gelegenheit zum Rückzug zu geben.

Einer der toten Briten war ein ungewöhnlich großer Mann mit riesigen Händen und Füßen. Der hünenhafte Grünwald zog dem Gefallenen sofort die Stiefel aus. »Genau meine Größe«, sagte er zu Walter. Walter brachte es nicht über sich, dem Gefreiten Einhalt zu gebieten – Grünwalds Stiefel waren voller Löcher.

Walter setzte sich, um wieder zu Atem zu kommen, und ging in Gedanken noch einmal die erste Angriffsphase durch. Es hätte gar nicht besser laufen können.

Nach einer Stunde verstummten die deutschen Geschütze erneut. Walter rief seine Männer zusammen und rückte weiter vor.

Auf halbem Weg einen langen Hang hinauf hörte er Stimmen. Er hob die Hand, um die Männer in seiner Nähe zum Stehen zu bringen. Vor ihm sagte jemand auf Englisch: »Ich kann in dieser Nebelsuppe keinen verdammten Scheißdreck sehen!«

Der Akzent hatte für Walter etwas seltsam Vertrautes. War das Australisch? Eine andere Stimme erwiderte im gleichen Akzent: »Wenn sie dich nicht sehen tun, dann können sie dir auch kein Loch in deinen dämlichen Schädel pusten.«

Plötzlich fühlte Walter sich ins Jahr 1914 zurückversetzt, in Fitz' Herrenhaus in Wales. So hatten die Diener dort gesprochen.

Die Männer vor ihm waren Waliser.

Und über ihnen klarte der Himmel ein wenig auf.

Sergeant Billy Williams spähte in den Nebel. Der Artilleriebeschuss hatte zum Glück aufgehört; andererseits hieß das, dass die Deutschen kamen.

Was sollte er jetzt tun?

Er hatte keine Befehle. Den Lieutenant hatte er gestern Morgen das letzte Mal gesehen. Billys Zug besetzte eine Redoute, eine Verteidigungsstellung auf einer Anhöhe nahe hinter der Kampflinie. Bei normalem Wetter hatte man von dort aus einen weiten Blick über einen langen, sanft abfallenden Hang hinunter zu mehreren Schutthaufen, die einst die Gebäude eines Bauernhofs gewesen sein mussten. Laufgräben verbanden sie mit anderen Redouten, die im Moment nicht zu sehen waren. Befehle kamen gewöhnlich von hinten, aber heute war nichts eingetroffen. Das Feldtelefon war tot, die Leitung vermutlich von der Artillerie zerfetzt.

Die Männer saßen oder standen im Schützengraben. Nachdem das Trommelfeuer aufgehört hatte, waren sie aus ihrem Unterstand gekommen. Manchmal schickte die Feldküche am Vormittag einen Karren mit einem großen Spender voll heißem Tee durch die Gräben, aber es sah nicht danach aus, als würden Billy und seine Leute heute eine solche Erfrischung bekommen. Zum Frühstück hatten sie ihre eisernen Rationen verspeist.

Der Zug besaß ein leichtes amerikanisches Lewis-Maschinengewehr, das auf der Rückwand des Grabens über dem Unterstand in Stellung war und von dem neunzehnjährigen George Barrow bedient wurde, dem Jungen aus der Besserungsanstalt, einem guten Soldaten, dessen Bildung jedoch so lückenhaft war, dass er glaubte, zuletzt wäre England von Norman dem Eroberer besiegt worden. George saß hinter seinem MG, durch den stählernen Verschluss der Waffe vor verirrten Kugeln geschützt, und rauchte eine Pfeife.

Sie hatten außerdem einen Stokes-Mörser, der eine drei Zoll durchmessende Granate bis zu achthundert Yards weit schleuderte. Corporal Johnny Ponti, der Bruder von Joey Ponti, der an der Somme gefallen war, hatte eine tödliche Vertrautheit mit dieser Steilfeuerwaffe entwickelt.

Billy kletterte zum Maschinengewehrstand hoch und stellte sich neben George Barrow, konnte aber trotzdem nicht weiter sehen.

»Sag mal, Billy«, fragte George, »haben andere Länder auch Empires wie wir?«

»Ja«, antwortete Billy. »Die Franzosen haben fast ganz Nordafrika, die Holländer haben Ostindien, die Deutschen Südwestafrika.«

»Oh«, sagte George ernüchtert. »Ich hatte davon gehört, aber ich dachte immer, das wär bloß 'n Gerücht.«

»Wieso?«

»Na, hör mal! Welches Recht haben die denn, über andere Leute zu herrschen?«

»Und welches Recht haben wir, über Nigeria, Jamaika und Indien zu herrschen?«

»Wir sind schließlich Briten!«

Billy nickte. George, der offenbar nie einen Atlas zu Gesicht bekommen hatte, fühlte sich allein schon dank seiner Volkszugehörigkeit einem Descartes, einem Rembrandt und einem Beethoven überlegen. Und damit stand er keineswegs allein: In der Schule war immer nur von britischen Siegen die Rede gewesen, nicht aber von Niederlagen, von der Demokratie in London, nicht aber von der Tyrannei in Kairo, von der britischen Gerechtigkeit, nicht aber vom Auspeitschen in Australien, dem Hunger in Irland oder den Massakern in Indien, von Katholiken, die Protestanten schreckliche Dinge angetan hatten, nicht aber vom umgekehrten Fall. Nur wenige dieser Jungen hatten einen Vater wie Billy gehabt, der ihnen gesagt hatte, dass die Welt so manchen Schullehrers ein Hirngespinst war.

Heute aber fehlte Billy die Zeit, George Barrow Nachhilfe in Geschichte zu erteilen. Er hatte ganz andere Sorgen.

Der Himmel wurde heller, und der Nebel lichtete sich leicht, um sich dann von einem Moment auf den anderen ganz zu verziehen. George rief: »Verfluchter Mist!« Im nächsten Moment sah Billy, was ihn so erschreckt hatte: Eine Viertelmeile entfernt kamen mehrere Hundert deutsche Soldaten den Hang zu ihnen herauf.

Billy sprang in den Schützengraben. Mehrere seiner Männer hatten den Feind nun ebenfalls entdeckt; ihre überraschten Rufe alarmierten alle anderen. Billy blickte durch den Sehschlitz in der Stahlplatte, die in die Schulterwehr eingelassen war: Die Deutschen rückten immer schneller vor. Es dauerte nicht lange, und überall am Graben war knatterndes Gewehrfeuer zu hören. Die vorderste Linie der Deutschen lichtete sich. Der Rest warf sich auf den Boden und suchte Deckung in Granattrichtern und den wenigen verkümmerten Büschen.

Über Billys Kopf hinweg eröffnete das Lewis-MG das Feuer; es hörte sich an wie ein Dutzend Rasseln ausgelassener Fußballfans. Die Deutschen erwiderten das Feuer, schienen aber keine Maschinengewehre oder Minenwerfer dabeizuhaben, wie Billy dankbar feststellte. Er hörte einen seiner Männer aufschreien. Offenbar hatte ein scharfäugiger Deutscher jemanden entdeckt, der eine Sekunde zu lang über die Schulterwehr gespäht hatte, oder – was wahrscheinlicher war – ein glücklicher deutscher Schütze hatte einen glücklosen britischen Kopf getroffen.

Tommy Griffiths erschien neben Billy. »Dai Powell hat's erwischt!«, stieß er keuchend hervor.

»Verwundet?«

»Tot. Kopfschuss.«

»Verdammter Mist«, fluchte Billy. Mrs. Powell war eine begeisterte Strickerin, die ihrem Sohn ständig Pullover nach Frankreich schickte. Für wen würde sie jetzt die Nadeln schwingen?

»Ich hab ihm seine Sammlung aus der Tasche gezogen«, sagte Tommy. Dai hatte einen Stapel pornografischer Postkarten besessen, die er einem Franzosen abgekauft hatte. Sie zeigten üppige Mädchen mit üppigem Schamhaar. Die meisten Männer der Kompanie hatten sich die Karten das eine oder andere Mal ausgeborgt.

»Wieso?«, fragte Billy geistesabwesend, ohne den Blick vom Feind zu nehmen.

»Die können wir doch nicht nach Aberowen schicken.«

Billy lachte auf. »Nee, besser nicht.«

»Was soll ich denn jetzt damit machen?«

»Teufel noch mal, Tommy, frag mich das später. Ich muss mir über ein paar Hundert verdammte Deutsche Gedanken machen.«

»Tut mir leid, Billy.«

Wie viele Deutsche waren da vorn? Auf dem Schlachtfeld ließ sich nur schwer schätzen, wie stark der Feind war, aber Billy glaubte, wenigstens zweihundert Mann gesehen zu haben; wahrscheinlich lagen noch mehr im Verborgenen. Er vermutete, dass sie einem Bataillon gegenüberstanden. Sein vierzig Mann starker Zug war hoffnungslos in der Unterzahl.

Was sollte er tun?

Seit mehr als vierundzwanzig Stunden hatte er keinen Offizier mehr gesehen. Er wusste nicht, wo der Zugführer steckte. Er selbst hatte das Kommando. Er brauchte einen Plan.

Billy war längst darüber hinweg, sich über die Unfähigkeit seiner Offiziere zu ärgern – Ergebnis eines Klassensystems, das Billy zu verabscheuen gelernt hatte. Doch bei den seltenen Gelegenheiten, wo er anstelle eines Offiziers den Befehl über den Zug übernehmen musste, spürte Billy umso deutlicher die Last der Verantwortung und die Furcht, falsche Entscheidungen zu treffen, die seine Kameraden das Leben kosten konnten.

Wenn die Deutschen frontal angriffen, wurde sein Zug überrannt. Andererseits wusste der Feind nicht, wie schwach Billys Kräfte waren. Konnte er die Deutschen täuschen und irgendwie den Eindruck erwecken, als hätte er mehr Männer zur Verfügung?

Der Gedanke an Rückzug ging Billy durch den Kopf, doch er verdrängte ihn rasch: Er war in einer Verteidigungsstellung und musste versuchen, sie zu halten. Also würden sie bleiben und kämpfen, vorerst zumindest.

»Gib ihnen noch 'ne Trommel zu schmecken, George!«, rief er. Als das Lewis-MG losratterte, rannte Billy den Graben entlang. »Immer schön das Feuer halten, Jungs!«, rief er. »Die sollen denken, dass hier Hunderte von uns sind!«

Er entdeckte Dai Powells Leiche am Boden. An dem klaffenden Loch im Kopf des Toten wurde das Blut bereits schwarz. Unter der Uniformjacke trug Dai einen Pullover von seiner Mutter. Es war ein hässliches braunes Ding, aber es hatte ihn vermutlich warm gehalten. »Ruhe in Frieden, Junge«, murmelte Billy.

Ein Stück den Graben hinunter traf er auf Johnny Ponti. »Mach den Stokes-Mörser klar, Johnny«, befahl er. »Ich will die Mistkerle springen sehen.«

»Mit Vergnügen«, sagte Johnny. Er baute die Waffe mit ihrem Zweibein und der Bodenplatte an der Grabensohle auf. »Entfernung? Fünfhundert Yards?«

Johnnys Ladeschütze war Suet Hewitt, der Junge mit dem Puddinggesicht. Er sprang auf den Schützenauftritt und rief: »Aye! Fünf- bis sechshundert!« Billy schaute selbst nach, aber Suet und Johnny waren ein eingespieltes Team, und so überließ er die Entscheidung ihnen.

»Zwei Ringe bei fünfundvierzig Grad«, sagte Johnny. Die Werfergranaten konnten mit zusätzlicher Treibladung bestückt werden, die ihre Reichweite erhöhte.

Johnny sprang auf den Schützenauftritt, um noch einen Blick auf die Deutschen zu werfen; dann richtete er den Mörser ein. Der Corporal ließ eine Granate ins Rohr rutschen. Der Stahldorn zündete die Treibladung, und der Mörser feuerte. Die Granate schlug weit vor den deutschen Stellungen ein. »Fünfzig Yards weiter und eine Spur nach rechts!«, rief Suet.

Johnny korrigierte, indem er den Schusswinkel mithilfe einer Kurbel änderte und das Zweibein zur Seite rückte. Dann feuerte er wieder. Die zweite Bombe landete in einem Granattrichter, in dem mehrere Deutsche Deckung gesucht hatten. »So ist's richtig!«, rief Suet.

Billy konnte nicht sehen, ob feindliche Soldaten getroffen worden waren, aber der Beschuss zwang sie, die Köpfe unten zu halten. »Schick ihnen ein Dutzend davon rüber!«, rief er.

Billy rannte weiter und kam zu Robin Mortimer, dem Ex-Offizier, der auf dem Schützenauftritt stand und rhythmisch feuerte. Mittlerweile war jeder Soldat im Umgang mit Handgranaten ausgebildet; es gab keine spezialisierten »Bomber« mehr, sodass Mortimer nun Schütze war wie alle anderen. Er hielt inne, um sein Gewehr nachzuladen, und bemerkte Billys Blick. »Hol Munition, Taffy«, sagte er. Wie immer klang er mürrisch. »Du willst doch nicht, dass alles gleichzeitig losrennen muss, oder?«

Billy nickte. »Gute Idee.« Das Munitionslager war hundert Yards hinter ihnen und durch einen Laufgraben zu erreichen. Er winkte zwei Neue zu sich, die ohnehin kaum geradeaus schießen konnten. »Jenkins und Nosey, holen Sie Munition, los! Im Laufschritt!« Die beiden jungen Burschen rannten los.

Billy spähte wieder durch den Sehschlitz. Er beobachtete, wie einer der Deutschen sich aufrichtete. Billy vermutete, dass es ihr Kommandeur war, der sie zum Angriff anstacheln wollte. Er fluchte in sich hinein: Offenbar hatte der deutsche Offizier erkannt, dass ihm nur zwei Dutzend Mann gegenüberstanden, die er mühelos überrennen konnte.

Doch Billy irrte sich. Der Offizier winkte nach hinten und setzte sich den Hügel hinunter in Bewegung. Seine Männer folgten ihm. Billys Zug jubelte und feuerte wild auf die Fliehenden. Ein paar Deutsche fielen, ehe sie außer Reichweite waren.

Die Deutschen erreichten die Ruine des Bauernhofs und verschanzten sich dort.

Billy grinste. Er hatte eine zehnfache Übermacht abgewehrt. Sie sollten mich zu einem verdammten General machen, dachte er übermütig. »Feuer einstellen!«, rief er. »Sie sind außer Schussweite.«

Jenkins und Nosey kamen mit Munitionskisten zurück. »Immer

schön weitermachen, Jungs«, sagte Billy. »Sie versuchen es vielleicht noch mal.«

Doch als er wieder hinschaute, sah er, dass die Deutschen nun einen anderen Plan verfolgten: Sie hatten sich in zwei Gruppen aufgeteilt und entfernten sich nach links und rechts von den Ruinen.

»Verdammt!«, stieß Billy hervor. Er sah die Gefahr, die ihm und seinen Männern drohte: Die Deutschen wollten zwischen seiner Stellung und den benachbarten Redouten einsickern und ihn in die Zange nehmen. Oder sie umgingen ihn, und ihre Nachhut machte kurzen Prozess mit seinem Zug. In beiden Fällen würde die Stellung an den Feind verloren.

»Bau das MG ab, George«, befahl Billy. »Du, Johnny, kümmerst dich um den Mörser. Jeder nimmt seinen Krempel mit. Wir ziehen uns zurück. Los!«

Sie hängten sich Tornister und Gewehre über, eilten zum nächsten Laufgraben und rannten los.

Billy blickte noch einmal in den Unterstand, vergewisserte sich, dass niemand darin war, machte eine Handgranate scharf und warf sie hinein, damit nichts von dem, was zurückblieb, dem Feind nutzen konnte.

Dann folgte er seinen Männern nach hinten.

✠

Am Ende des Nachmittags hatten Walter und sein Bataillon die hinteren britischen Gräben eingenommen.

Walter war müde, aber bester Laune. Das Bataillon hatte mehrere Gefechte überstanden, war aber nicht in eine längere Schlacht verwickelt worden. Die Sturmtruppentaktik hatte dank des Nebels sogar besser funktioniert als erwartet. Sie hatten schwach verteidigte Stellungen überrannt, waren stärker verteidigten aus dem Weg gegangen und hatten auf diese Weise große Geländegewinne erzielt.

Walter fand einen Unterstand und duckte sich hinein. Mehrere seiner Männer folgten ihm. Der Unterstand hatte etwas Heimeliges an sich, als hätten die Briten schon seit Monaten hier gewohnt: Bilder aus Zeitschriften waren an die Wand genagelt; auf umgedrehten Kisten standen eine Schreibmaschine und Proviantdosen; daneben lag Besteck. Eine grobe Wolldecke war wie ein Tischtuch über eine Kiste gelegt. Walter vermutete, dass es sich um einen Gefechtsstand gehandelt hatte.

Seine Männer entdeckten Nahrungsvorräte: Es gab Kekse und Marmelade, Käse und Schinken. Vom Essen konnte Walter seine Männer nicht abhalten, aber er untersagte ihnen, die Whiskyflaschen zu öffnen. Die Männer brachen einen verschlossenen Spind auf und entdeckten Kaffee darin. Sofort machte einer von ihnen Feuer und setzte einen Topf Wasser auf. Auch Walter nahm einen Becher und bekam noch etwas gesüßte Dosenmilch dazu. Es schmeckte göttlich.

Feldwebel Schwab sagte: »Ich habe in der Zeitung gelesen, dass den Briten genau wie uns der Proviant ausgeht.« Er hielt eine Dose Marmelade in die Höhe, aus der er mit dem Löffel aß. »Ja, das nenne ich Unterversorgung!«

Walter hatte sich schon gefragt, wie lange es dauern würde, bis seine Männer das herausfanden. Er selbst vermutete schon seit Langem, dass die Meldungen des deutschen Oberkommandos hoffnungslos übertrieben waren, was die Wirkung des U-Boot-Krieges gegen die alliierten Versorgungslinien betraf. Nun kannten er und seine Männer die Wahrheit. In Großbritannien wurden Nahrungsmittel rationiert, aber bei den Briten sah es nicht so aus, als würden sie verhungern, bei den Deutschen hingegen schon.

Walter fand eine Landkarte, die von den Briten zurückgelassen worden war. Als er sie mit seiner eigenen Karte verglich, stellte er fest, dass sie nicht weit vom Crozat-Kanal entfernt waren. Das hieß, dass die Deutschen an einem Tag das gesamte Territorium zurückerobert hatten, das die Entente während der Sommeschlacht in fast fünf Monaten an sich gerissen hatte.

Ein deutscher Sieg lag *tatsächlich* in Reichweite.

Walter setzte sich an die britische Schreibmaschine und machte sich daran, seinen Bericht zu tippen.

KAPITEL 30

Ende März und April 1918

Über das Osterwochenende gab Fitz ein Hausfest auf Tŷ Gwyn. Er verfolgte damit einen bestimmten Zweck. Die Männer, die er einlud, standen dem neuen Regime in Russland genauso ablehnend gegenüber wie er.

Sein Ehrengast war Winston Churchill.

Churchill gehörte der Liberalen Partei an, und man hätte von ihm erwarten können, dass er mit den Revolutionären sympathisierte; aber er war auch der Enkel eines Herzogs und besaß einen Hang zum Autoritären. Fitz hatte Churchill lange Zeit als Verräter an seiner Klasse betrachtet, doch nun war er geneigt, ihm zu vergeben, weil er die Bolschewisten so leidenschaftlich hasste wie er selbst.

Winston Churchill traf am Karfreitag ein. Fitz ließ ihn mit dem Rolls-Royce vom Bahnhof in Aberowen abholen. Churchill polterte in den Morgensalon – eine kleine, schmächtige Gestalt mit rotem Haar und rosigem Teint. Seine Schuhe waren nass vom Regen. Er trug einen maßgeschneiderten weizenfarbenen Tweedanzug und eine Fliege vom gleichen Blau wie seine Augen. Er war dreiundvierzig, hatte aber noch immer etwas Jungenhaftes an sich, als er seinen Bekannten zunickte und den Gästen, die er nicht kannte, die Hand schüttelte.

Er betrachtete die Vertäfelung in Faltenfüllung, die gemusterten Tapeten, den Kamin aus gehauenem Stein und die Möbel aus dunkler Eiche und sagte: »Ihr Haus ist eingerichtet wie Westminster Palace, Fitz!«

Churchill hatte allen Grund, gut gelaunt zu sein. Er saß wieder in der Regierung. Lloyd George hatte ihn zum Munitionsminister ernannt. Man hatte viel darüber geredet, weshalb der Premier einen so schwierigen und unberechenbaren Mann zurückgeholt hatte, und war allgemein zu dem Ergebnis gekommen, dass Lloyd George es vorzog, wenn Churchill mit im Zelt saß und hinausspuckte, als umgekehrt.

»Ihre Bergleute unterstützen die Bolschewisten«, sagte Churchill teils amüsiert, teils abgestoßen, setzte sich und streckte seine feuchten Schuhe an das lodernde Kohlenfeuer. »An jedem zweiten Haus, an dem ich vorbeigekommen bin, flatterte die rote Fahne.«

»Diese Leute ahnen nicht, was sie da bejubeln«, erwiderte Fitz verächtlich. Doch hinter seiner hochmütigen Fassade war er zutiefst besorgt.

Maud brachte Churchill eine Tasse Tee; dann nahm er sich ein gebuttertes Muffin von einer Platte, die ein Diener ihm anbot. »Wie ich höre, haben Sie einen persönlichen Verlust erlitten.«

»Die Bauern haben meinen Schwager, Fürst Andrej, und seine Frau ermordet.«

»Mein aufrichtiges Beileid.«

»Bea und ich waren zufällig anwesend und sind nur knapp mit heiler Haut entkommen.«

»Genau das erzählt man sich!«

»Die Bauern haben das Land meines Schwagers an sich gebracht, ein riesiges Anwesen, das rechtmäßig Erbe meines Sohnes ist. Das neue Regime hat diesen Landraub gebilligt.«

»Ich fürchte, so ist es. Lenin hatte es sehr eilig, sein Dekret über den Grund und Boden zu verabschieden.«

Maud warf ein: »Um gerecht zu bleiben – Lenin hat auch den Achtstundentag für Arbeiter und allgemeine kostenlose Bildung für ihre Kinder angekündigt.«

Fitz war erbost. Maud besaß kein Taktgefühl. Jetzt war kaum der passende Moment, um Lenin zu verteidigen.

Doch Churchill war ihr gewachsen. »Gleichzeitig verbietet er den Zeitungen, Kritik an der Regierung zu üben«, versetzte er. »So viel zur Freiheit unter dem Sozialismus.«

»Das Geburtsrecht meines Sohnes ist nicht der einzige, nicht einmal der hauptsächliche Grund für meine Besorgnis«, sagte Fitz. »Wenn die Bolschewisten durchkommen mit dem, was sie in Russland getan haben – wo werden sie es als Nächstes versuchen? Die walisischen Bergarbeiter behaupten jetzt schon, dass Kohle nicht dem Eigentümer des Landes gehöre, auf dem sie gefunden wird, weil Kohle sich unter Tage befindet und deshalb im Besitz aller sei. Und in der Hälfte aller Kneipen wird samstagabends ›Völker, hört die Signale‹ gesungen.«

»Das bolschewistische Regime sollte gleich bei der Geburt erwürgt werden«, sagte Churchill und blickte nachdenklich drein. »Bei der Geburt erwürgt«, wiederholte er, zufrieden mit diesem Ausdruck.

Fitz zügelte seine Ungeduld. Manchmal glaubte Churchill, er habe eine Politik ausgearbeitet, obwohl er in Wahrheit nur eine Wendung geprägt hatte. »Aber wir unternehmen nichts!«, rief er verärgert aus.

Der Gong verkündete, dass es Zeit sei, sich zum Abendessen umzuziehen. Fitz verzichtete erst einmal darauf, das Thema zu forcieren. Er hatte noch das ganze Wochenende Gelegenheit, seine Argumente anzubringen.

Auf dem Weg ins Ankleidezimmer fiel ihm ein, dass Boy nicht zur Teestunde in den Morgensalon gebracht worden war wie sonst üblich. Ehe er sich umzog, ging er über den langen Flur in den Flügel mit dem Kinderzimmer.

Boy war inzwischen drei Jahre und drei Monate alt – ein kleiner Kerl, der gehen und reden konnte und Beas blaue Augen und blonde Locken besaß. Er hockte vor dem Feuer, in eine Decke gewickelt. Jones, das hübsche junge Kindermädchen, las ihm vor. Der rechtmäßige Herr über Tausende von Hektar russischen Ackerlands lutschte am Daumen, sprang aber nicht auf und kam zu Fitz gerannt, wie er es normalerweise getan hätte.

»Was ist mit ihm?«, fragte Fitz.

»Er hat Bauchschmerzen, Mylord.«

Jones erinnerte Fitz ein wenig an Ethel Williams, aber sie war nicht so intelligent. »Drücken Sie sich gefälligst ein bisschen genauer aus«, fuhr Fitz sie ungeduldig an. »Was stimmt nicht mit seinem Bauch?«

»Er hat Durchfall.«

»Wie kommt er denn an so etwas?«

»Das weiß ich nicht, Mylord. Aber die Toilette im Zug war nicht so sauber …«

Damit war es Fitz' Fehler, weil er seine Familie zu seinem Hausfest mit nach Wales geschleppt hatte. Er unterdrückte einen Fluch. »Haben Sie einen Arzt verständigt?«

»Dr. Mortimer ist unterwegs.«

Fitz ermahnte sich, nicht zu ungeduldig zu sein. Kinder steckten sich ständig mit irgendwelchen Kleinigkeiten an. Wie oft hatte er als Kind Durchfall gehabt? Aber es gab Fälle, da starben Kinder an Magen-Darm-Katarrh.

Fitz kniete sich vor das Sofa und beugte sich zu seinem Sohn vor. »Wie geht es meinem kleinen Soldaten?«

Boys Stimme klang matt. »Ich hab Dünnflitsch.«

Diesen vulgären Ausdruck musste er von den Dienstboten aufgeschnappt haben; Fitz glaubte sogar, einen Hauch von walisischem Singsang herauszuhören. Doch er beschloss, deswegen keine Szene zu machen. »Der Arzt ist bald hier«, sagte er. »Dann geht es dir wieder besser.«

»Ich mag nicht baden.«

»Vielleicht können wir dein Bad heute Abend ausfallen lassen.« Fitz stand auf. »Rufen Sie mich, wenn der Arzt eintrifft«, sagte er zu dem Kindermädchen. »Ich will den Mann selbst sprechen.«

»Sehr wohl, Mylord.«

Fitz verließ das Kinderzimmer und ging zum Umkleideraum. Sein Kammerdiener hatte ihm seine Abendgarderobe mit den Brillantknöpfen an der Hemdbrust und den passenden Manschettenknöpfen herausgelegt, dazu ein sauberes Taschentuch für die Jacketttasche, und in jedem Lackschuh steckte ein Seidenstrumpf.

Doch ehe Fitz sich umzog, ging er in Beas Zimmer.

Sie war im achten Monat schwanger. Fitz erinnerte sich noch an die Zeit, als Bea Boy erwartet hatte. Damals, im August 1914, war er nach Frankreich gegangen, als Bea im vierten oder fünften Monat gewesen war, und er war erst zurückgekommen, nachdem sie den Jungen zur Welt gebracht hatte. Doch nie hatte Fitz sie in dem schrecklich aufgetriebenen Zustand gesehen, in dem sie sich diesmal befand. Er war schockiert, wie dramatisch ein Körper sich verändern konnte.

Bea saß an ihrer Frisierkommode, schaute aber nicht in den Spiegel. Sie hatte sich zurückgelehnt, die Beine breit, und ihre Hände ruhten auf ihrem gewölbten Bauch. Sie hatte die Augen geschlossen, und ihr Teint war blass. »Ich finde einfach keine bequeme Stellung«, beklagte sie sich. »Stehen, sitzen, liegen – alles tut weh.«

»Du solltest dir Boy mal anschauen. Er fühlt sich nicht gut.«

»Das tue ich, sobald ich die Kraft habe!«, fuhr sie ihn an. »Ich hätte nicht aufs Land reisen dürfen. Es ist absurd, dass ich in diesem Zustand eine Wochenendgesellschaft gebe.«

Fitz wusste, dass sie recht hatte. »Aber wir brauchen die Unterstützung dieser Männer, wenn wir etwas gegen die Bolschewisten unternehmen wollen.«

»Hat Boy immer noch Bauchweh?«

»Ja. Der Arzt kommt.«

»Schicke ihn zu mir, wenn er hier ist, auch wenn ich von so einem Landarzt wohl nicht viel erwarten darf.«

»Ich sage dem Personal Bescheid. Ich nehme an, du kommst nicht zum Essen herunter …?«

»Wie sollte ich, wo ich mich so scheußlich fühle?«

»Es war ja nur eine Frage. Maud kann am Kopf der Tafel sitzen.«

Fitz kehrte in den Ankleideraum zurück. Einige Männer hatten auf Frack und weiße Fliege verzichtet und trugen zum Abendessen einen kurzen Smoking und eine schwarze Krawatte; als Begründung führten sie den Krieg an. Fitz selbst sah da keine Verbindung. Wie könnte ein Krieg einen Menschen dazu bringen, sich unpassend zu kleiden?

Er zog sich an und ging nach unten.

✠

Nach dem Essen wurde im Salon Kaffee serviert, und Churchill sagte provokant: »Nun haben die Frauen doch noch das Stimmrecht erhalten, Lady Maud.«

»Einige«, erwiderte sie. »Nicht alle.«

Natürlich wusste Fitz von der Enttäuschung bei den Frauen, dass das Gesetz nur potenzielle Wählerinnen über dreißig erfasste, die obendrein Hausbesitzerinnen oder die Ehefrauen von Hausbesitzern waren. Doch ihn ärgerte vielmehr, dass das Gesetz überhaupt verabschiedet worden war.

Churchill blickte Lord Curzon an, der ebenfalls Gast des Hauses war. Curzon war ein brillanter Kopf, dessen steife und überhebliche Art durch das Metallkorsett, das er wegen eines Rückenleidens tragen musste, noch betont wurde. Über ihn gab es den Spottvers: »Ich bin George Nathaniel Curzon, die großartigste Person.« Curzon war erklärter Gegner des Frauenwahlrechts.

»Zum Teil verdanken Sie es Lord Curzon«, sagte Churchill zu Fitz, »der sich überraschenderweise der Stimme enthalten hat, als das Gesetz dem Oberhaus vorgelegt wurde.«

»Die Gesetzesvorlage hatte das Unterhaus passiert«, sagte Curzon. »Ich war der Ansicht, wir könnten uns nicht gegen gewählte Abgeordnete stellen.«

Doch Fitz ärgerte sich immer noch darüber. »Aber das Oberhaus ist dazu da, die Entscheidungen des Unterhauses zu prüfen. Das war doch geradezu ein Paradebeispiel, weshalb es so wichtig ist.«

»Hätten wir gegen den Entwurf gestimmt«, erklärte Curzon steif, »hätte das Unterhaus Anstoß daran genommen und uns den Entwurf erneut vorgelegt.«

Fitz zuckte mit den Schultern. »Solchen Streit hatten wir auch früher schon.«

»Nur tagt im Moment das Bryce-Komitee.«

»Oh.« Daran hatte Fitz nicht mehr gedacht. Das Bryce-Komitee erwog eine Reform des Oberhauses. »Hat es daran gelegen?«

»Der Abschlussbericht wird in Kürze veröffentlicht. Vorher können wir uns keine Auseinandersetzung mit dem Unterhaus leisten.«

Widerwillig musste Fitz dieses Argument gelten lassen. Wenn das House of Lords einen ernsthaften Versuch unternahm, sich dem Unterhaus zu widersetzen, empfahl Bryce am Ende noch, die Macht des Oberhauses zu beschneiden. »Wir könnten unseren ganzen Einfluss verlieren, für immer.«

»Das ist genau die Überlegung, die mich zur Stimmenthaltung bewegt hat«, erklärte Curzon.

Fitz unterdrückte einen Seufzer. Manchmal war die Politik ein deprimierendes Geschäft.

Peel, der Butler, brachte Curzon eine Tasse Kaffee und sagte leise zu Fitz: »Dr. Mortimer ist im kleinen Arbeitszimmer, Mylord, und würde sich freuen, wenn Sie einen Moment Zeit für ihn hätten.«

Fitz war dankbar für die Unterbrechung. »Ich komme sofort«, sagte er, entschuldigte sich und verließ den Raum.

Das kleine Arbeitszimmer war mit Möbeln eingerichtet, die sonst nirgendwo ins Haus passten: einem unbequemen geschnitzten Sessel wie aus einem Schauerroman, dem Gemälde einer schottischen Landschaft, das niemand mochte, und dem Kopf eines Tigers, den Fitz' Vater in Indien erlegt hatte.

Mortimer war ein tüchtiger Arzt aus der Gegend, der sich jedoch ein wenig zu selbstbewusst gab, als glaubte er, sein Beruf mache ihn in irgendeiner Weise zum Gleichgestellten eines Earls. »Guten Abend, Mylord«, sagte er. »Ihr Sohn hat eine leichte Magenverstimmung, die ihm höchstwahrscheinlich nicht schaden wird.«

»Höchstwahrscheinlich?«

»Ich benutze das Wort mit Absicht.« Mortimer sprach mit einem walisischen Akzent. »Wir Wissenschaftler befassen uns stets mit Wahrscheinlichkeiten, nie mit Gewissheiten. Ihren Bergarbeitern sage ich immer gerne, dass sie jeden Morgen mit dem Wissen einfahren, dass es *wahrscheinlich* keine Explosion geben wird.«

»Aha.« Das war Fitz kein großer Trost. »Haben Sie nach der Fürstin gesehen?«

»Ja. Auch sie ist nicht ernstlich krank. Genauer gesagt, ist sie überhaupt nicht krank. Sie bringt ein Kind zu Welt.«

Fitz sprang auf. »Wie bitte?«

»Sie glaubt, sie wäre im achten Monat, aber sie hat sich verrechnet. Sie ist am Ende des neunten Monats und wird zu ihrer Freude nicht mehr lange schwanger sein.«

»Wer ist jetzt bei ihr?«

»Ihre Dienerinnen. Ich habe nach einer tüchtigen Hebamme geschickt. Wenn Sie wünschen, werde ich die Entbindung vornehmen.«

»Das ist meine Schuld!«, sagte Fitz. »Ich hätte sie nicht überreden dürfen, London zu verlassen!«

»Auch außerhalb Londons kommen jeden Tag vollkommen gesunde Säuglinge auf die Welt.«

Fitz hatte das Gefühl, verspottet zu werden, überhörte jedoch die Bemerkung. »Und wenn etwas schiefgeht?«

»Ich kenne den Ruf von Professor Rathbone, Ihrem Londoner Arzt. Er ist ein hervorragender Mediziner, aber ich darf wohl behaupten, dass ich mehr Kinder zur Welt gebracht habe als er.«

»Bergarbeiterkinder.«

»Nun, Mylord, im Augenblick der Geburt gibt es keinen sichtbaren Unterschied zwischen den Bergarbeiterkindern und Adelssprösslingen.«

»Mir gefällt Ihr Ton nicht«, sagte Fitz gereizt.

Mortimer ließ sich nicht einschüchtern. »Das beruht auf Gegenseitigkeit«, erwiderte er. »Sie haben ohne den geringsten Anschein von Höflichkeit klargestellt, dass Sie mich für ungeeignet halten, Ihre Familie ärztlich zu behandeln. Deshalb möchte ich mich nun mit Freuden verabschieden.« Er nahm seine Tasche.

Fitz seufzte. Was für ein dummer Streit. Er war auf die Bolschewisten wütend, nicht auf diesen empfindlichen walisischen Quacksalber mit dem übersteigerten Ego. »Machen Sie sich nicht zum Narren, Doktor.«

»Das versuche ich ja gerade.« Mortimer ging zur Tür.

»Müssten für Sie die Interessen Ihrer Patienten nicht an erster Stelle kommen?«

Mortimer blieb an der Tür stehen. »Meine Güte, Ihre Unverfrorenheit ist kaum zu überbieten, Fitzherbert.«

Nur wenige Menschen hatten je so mit Fitz gesprochen. Doch er hielt die scharfe Erwiderung zurück, die ihm auf der Zunge lag. Einen anderen Arzt zu finden konnte Stunden dauern. Bea würde ihm niemals verzeihen, wenn er Mortimer gekränkt seiner Wege ziehen ließ. »Ich werde vergessen, was Sie gesagt haben«, erklärte Fitz. »Ich bin sogar bereit, das ganze Gespräch zu vergessen, wenn Sie ebenfalls dazu bereit sind.«

»Du meine Güte«, spöttelte der Arzt, »das ist für Ihre Verhältnisse ja fast schon eine Entschuldigung.«

Er hatte vollkommen recht, doch Fitz schwieg.

»Also gut. Dann will ich mal wieder nach oben gehen«, sagte der Arzt.

Fürstin Beas Schreie waren im gesamten Hauptflügel des Hauses zu hören, in dem sich ihr Zimmer befand. Maud spielte laut Piano-Rags, um die Gäste zu unterhalten und das Geschrei zu übertönen, doch ein Piano-Rag ähnelte sehr dem anderen, und nach zwanzig Minuten gab sie es auf. Einige Gäste gingen zu Bett, aber als die Uhr Mitternacht schlug, hatten die meisten Männer sich im Billardzimmer versammelt. Peel servierte Cognac.

Fitz bot Churchill eine kubanische El Rey del Mundo an. Während Churchill sich die Zigarre anzündete, sagte Fitz: »Die Regierung muss etwas wegen der Bolschewisten unternehmen.«

Churchill blickte sich rasch um, als wollte er sich vergewissern, dass die Anwesenden absolut vertrauenswürdig waren. Dann lehnte er sich im Sessel zurück und erklärte: »Die Situation ist wie folgt: Das britische Nordmeergeschwader liegt einsatzbereit in russischen Hoheitsgewässern vor Murmansk. Theoretisch hat es die Aufgabe zu verhindern, dass russische Kriegsschiffe in deutsche Hände fallen.

Außerdem unterhalten wir eine kleine Militärmission in Archangelsk. Ich dränge darauf, dass bei Murmansk Truppen angelandet werden. Auf längere Sicht könnten sie zur Zelle einer gegenrevolutionären Streitmacht in Nordrussland werden.«

»Das reicht nicht«, sagte Fitz.

»Ich bin ganz Ihrer Meinung. Ich würde gerne Truppen nach Baku am Kaspischen Meer entsenden, um sicherzustellen, dass die Ölfelder dort nicht von den Deutschen oder den Türken übernommen werden. Außerdem müssten Truppen ans Schwarze Meer; in der Ukraine gibt es bereits den ersten antibolschewistischen Widerstand. Und im sibirischen Wladiwostok lagern Abertausende von Tonnen Material, das uns gehört und vielleicht eine Milliarde Pfund wert ist. Die Russen sollten damit versorgt werden, als sie noch unsere Verbündeten waren. Wir haben das Recht, Truppen dorthin zu entsenden und unser Eigentum zu schützen.«

»Wird Lloyd George denn bereit sein, einen dieser Schritte zu unternehmen?«

»Nicht offiziell«, antwortete Churchill. »In unserem Land gibt es viel Rückhalt für das russische Volk und seine Revolution. Und sosehr ich Lenin und seine Bande verabscheue, ich verstehe es durchaus. Bei allem schuldigen Respekt gegenüber Fürstin Bea und ihrer Familie«, er blickte zur Decke, als ein weiterer Schrei durch das Haus hallte, »es lässt sich nicht bestreiten, dass die herrschende Klasse in Russland sich nur sehr zögerlich darum gekümmert hat, die Ursachen für die Unzufriedenheit des gemeinen Volkes zu beseitigen.«

Fitz staunte einmal mehr über Churchill. Der Mann war eine merkwürdige Mischung: Aristokrat und Volkstribun zugleich; ein brillanter Organisator, der aber nie der Versuchung widerstehen konnte, sich in fremde Zuständigkeiten einzumischen; ein Charmeur, den die meisten seiner Politikerkollegen nicht leiden konnten.

Fitz sagte: »Die russischen Revolutionäre sind Räuber und Mörder.«

»Allerdings. Aber wir müssen uns damit abfinden, dass nicht jeder sie so sieht. Unser Premierminister kann der Revolution daher nicht offen entgegentreten.«

»Wenn er ihr nur verdeckt entgegentritt, bringt es niemanden weiter«, erwiderte Fitz ungeduldig.

»Nun, gewisse Schritte sind vielleicht möglich, ohne dass er offiziell davon weiß.«

»Ich verstehe.« Fitz konnte nicht sagen, ob das viel bedeutete.

Maud kam ins Zimmer. Die Männer erhoben sich erschrocken, denn in einem Landhaus betraten Frauen das Billardzimmer in der Regel nicht. Doch Maud ignorierte jede Regel, die ihr nicht passte. Sie ging zu Fitz und küsste ihn auf die Wange. »Gratuliere«, sagte sie. »Du hast einen zweiten Sohn.«

Die Männer jubelten und applaudierten und scharten sich um Fitz, klopften ihm auf den Rücken und schüttelten ihm die Hand.

»Wie geht es meiner Frau?«, fragte er Maud.

»Sie ist erschöpft, aber stolz.«

»Gott sei Dank.«

»Dr. Mortimer ist gegangen, aber die Hebamme sagt, du kannst jetzt kommen und das Baby sehen.«

Fitz ging zur Tür.

»Ich begleite Sie ein Stück«, sagte Churchill.

Als sie den Raum verließen, hörte Fitz, wie Maud sagte: »Schenken Sie mir bitte einen Brandy ein, Peel.«

Mit gesenkter Stimme sagte Churchill: »Sie sind natürlich schon in Russland gewesen, und Sie beherrschen die Sprache.«

Fitz fragte sich, worauf Churchill hinauswollte. »Ein wenig«, sagte er. »Ich kann nicht gerade mit Sprachkenntnissen prahlen, aber ich kann mich verständigen.«

»Sind Sie je einem Mann namens Mansfield Smith-Cumming begegnet?«

»Ja. Er leitet …« Fitz zögerte, den Geheimen Nachrichtendienst laut zu erwähnen. »Er leitet eine Sonderabteilung. Ich habe mehrere Berichte für ihn geschrieben.«

»Sehr gut. Wenn Sie wieder in der Stadt sind, sollten Sie mit ihm reden.«

Das war interessant. »Gern. Nur kann ich ihn natürlich nicht jederzeit aufsuchen«, sagte Fitz und versuchte, sich sein Interesse nicht anmerken zu lassen.

»Ich werde ihn bitten, sich mit Ihnen in Verbindung zu setzen. Vielleicht hat er wieder einen Auftrag für Sie.«

Sie waren nun an der Tür zu Beas Räumen. Von innen drang das unverkennbare Weinen eines Neugeborenen. Fitz schämte sich, dass ihm Tränen in die Augen stiegen. »Ich gehe wohl besser hinein«, sagte er. »Gute Nacht.«

»Meinen Glückwunsch. Und auch Ihnen eine gute Nacht.«

Sie nannten ihn Andrew Alexander Murray Fitzherbert. Er war ein winziges Bündel Leben mit einem Haarschopf so schwarz wie bei Fitz. In Decken eingewickelt brachten sie ihn nach London, wobei sie im Rolls-Royce fuhren, dem für den Fall eines Motorschadens zwei andere Wagen folgten. Zum Frühstück hielten sie in Chepstow und zum Mittagessen in Oxford. Ihre Villa in Mayfair erreichten sie pünktlich zur Abendmahlzeit.

Ein paar Tage später, an einem milden Aprilnachmittag, ging Fitz das Embankment entlang, blickte auf das schlammige Wasser der Themse und sah einem Treffen mit Mansfield Smith-Cumming entgegen.

Der Secret Service war aus der Wohnung in Victoria herausgewachsen. Der Mann namens »C« hatte seine zunehmend größere und einflussreichere Organisation in ein protziges viktorianisches Gebäude namens Whitehall Court verlegt, das in Sichtweite zu Big Ben am Flussufer stand. Ein Privatlift brachte Fitz ins oberste Stockwerk, wo der Geheimdienstchef zwei Wohnungen belegte, die durch einen Laufsteg auf dem Dach miteinander verbunden waren.

»Wir beobachten Lenin seit Jahren«, sagte C. »Wenn es uns nicht gelingt, ihn zu beseitigen, wird er einer der schlimmsten Tyrannen sein, die die Welt je erlebt hat.«

»Ich glaube, da haben Sie recht.« Fitz war erleichtert, dass C von den Bolschewisten genauso wenig hielt wie er. »Aber was können wir tun?«

»Reden wir darüber, was *Sie* tun können.« C nahm einen Stechzirkel vom Schreibtisch, wie man ihn benutzte, um auf Karten Entfernungen abzulesen. Wie geistesabwesend stieß er sich die Spitze in sein linkes Bein.

Fitz gelang es nur mit Mühe, einen Aufschrei des Entsetzens zurückzuhalten. Es war natürlich eine Prüfung. Er erinnerte sich, dass C seit einem Autounfall ein Holzbein hatte. »Guter Trick«, sagte er und lächelte. »Ich wäre beinahe darauf hereingefallen.«

C legte den Zirkel weg und starrte Fitz durch sein Monokel scharf an. »In Sibirien gibt es einen Kosakenhauptmann, der das dortige bolschewistische Regime gestürzt hat«, sagte er. »Ich muss erfahren, ob er es wert ist, dass wir diesen Mann unterstützen.«

Fitz war erstaunt. »Offen?«

»Selbstverständlich nicht. Aber ich habe geheime Mittel. Wenn wir die Keimzelle einer gegenrevolutionären Regierung im Osten aufrechterhalten könnten, wäre es die Aufwendung von … sagen wir, zehntausend Pfund im Monat wert.«

»Wie heißt der Mann?«

»Hauptmann Semjonow, achtundzwanzig Jahre alt. Er ist in Manjur an der Chinesischen Osteisenbahn stationiert, unweit der Stelle, an der diese Bahn sich mit der Transsibirischen Eisenbahn trifft.«

»Also beherrscht Semjonow eine Eisenbahntrasse und könnte eine zweite kontrollieren.«

»Genau. Und er hasst die Bolschewisten.«

»Deshalb müssen wir mehr über ihn erfahren.«

»Richtig. Und da kommen Sie ins Spiel.«

Fitz war begeistert von der Aussicht, am Sturz Lenins mitwirken zu dürfen, doch zuerst einmal kamen ihm viele Fragen: Wie sollte er Semjonow finden? Der Mann war Kosak, und Kosaken waren berüchtigt dafür, erst zu schießen und dann Fragen zu stellen. Würde Semjonow mit ihm reden oder ihn töten? Und der Mann würde natürlich behaupten, die Bolschewisten besiegen zu können. Würde er, Fitz, beurteilen können, ob das illusorisch war oder ob tatsächlich die Möglichkeit bestand? Und konnte er sicherstellen, dass Semjonow das britische Geld sinnvoll nutzte?

»Bin ich denn die richtige Wahl?«, fragte er. »Verzeihen Sie, wenn ich das sage, aber ich bin eine Persönlichkeit des öffentlichen Lebens und selbst in Russland kein Unbekannter …«

»Offen gesagt bleibt uns keine große Wahl. Wir brauchen jemanden von hohem Rang für den Fall, dass Unterhandlungen mit Semjonow erforderlich werden. Und es gibt nicht viele absolut vertrauenswürdige Männer, die Russisch sprechen. Glauben Sie mir, Sie sind der Beste, den wir haben.«

»Ich verstehe.«

»Natürlich wird es gefährlich …«

Fitz erinnerte sich an die Bauernmeute, die Andrej totgeschlagen hatte. Ihm konnte das Gleiche widerfahren, und für einen Moment befiel ihn Panik, die er aber rasch niederkämpfte. »Mir ist das Risiko bewusst«, entgegnete er ruhig.

»Dann reisen Sie nach Wladiwostok?«

»Selbstverständlich«, sagte Fitz.

KAPITEL 31

Mai bis September 1918

Gus Dewar fiel das Soldatenleben nicht leicht. Er war dürr und ungelenk und hatte Schwierigkeiten, auf militärische Art zu marschieren und zu salutieren. Und was seine Fitness betraf, so hatte er seit der Schulzeit kaum mehr Sport getrieben. Seine Freunde, die seine Vorliebe für Blumen auf dem Esstisch und Leinenbetttücher kannten, waren der Auffassung, die Army würde ein furchtbarer Schock für ihn sein. Chuck Dixon, der gemeinsam mit Gus die Offiziersausbildung absolvierte, sagte: »Zu Hause lässt du dir nicht mal selbst das Badewasser ein, Gus.«

Aber Gus überlebte. Mit elf Jahren war er in ein Internat gekommen; also war es nichts Neues für ihn, von Schulhofschlägern drangsaliert und von dummen Vorgesetzten herumkommandiert zu werden. Vor allem seiner reichen Eltern und seiner auffallend guten Manieren wegen musste er einiges an Spott über sich ergehen lassen, doch er ertrug es geduldig.

Ging es jedoch ums Laufen, bemerkte Chuck überrascht, entwickelte Gus eine gewisse schlaksige Eleganz, die er zuvor nur auf dem Tennisplatz an den Tag gelegt hatte. »Du siehst wie eine dämliche Giraffe aus«, sagte Chuck, »aber du läufst auch wie eine.« Aufgrund seiner langen Reichweite zeigte Gus auch gute Leistungen beim Boxen; allerdings fehle ihm bedauerlicherweise der Killerinstinkt, bemerkte sein Ausbilder.

Und leider erwies Gus sich als miserabler Schütze.

Er wollte es in der Army unbedingt schaffen – teils, weil er wusste, dass viele Leute glaubten, er würde untergehen. Er musste ihnen und vielleicht auch sich selbst beweisen, dass er kein Weichling war. Aber es gab einen weiteren Grund: Gus glaubte an das, wofür er kämpfte.

Präsident Wilson hatte eine Rede vor beiden Häusern des Kongresses gehalten, die auf der ganzen Welt ihren Widerhall gefunden hatte.

Wilson forderte nichts Geringeres als eine neue Weltordnung. »Ein Völkerbund muss gebildet werden, gestützt auf Verträge, in denen die Nationen, ob groß oder klein, sich gegenseitig ihre Unabhängigkeit und territoriale Integrität garantieren.«

Der Völkerbund war nicht nur Wilsons Traum; er war auch der Traum von Gus und vielen anderen – überraschenderweise auch der von Sir Edward Grey, der sich schon während seiner Amtszeit als britischer Außenminister dafür ausgesprochen hatte.

Zu diesem Zweck hatte Wilson ein 14-Punkte-Programm entworfen. Darin war von Abrüstung die Rede, vom Recht der Kolonialvölker, ihr Schicksal selbst zu bestimmen und von der Freiheit der Balkanstaaten, Polens und der Völkerschaften des Osmanischen Reiches. Gus beneidete die Männer, die dem Präsidenten geholfen hatten, dieses Programm aufzustellen. Früher wäre er selbst einer von ihnen gewesen.

»Dieses Programm wird von einem einzigen Prinzip bestimmt«, hatte Wilson gesagt. »Es ist das Prinzip der Gerechtigkeit für alle Menschen und Völker und ihr Recht, in Freiheit und Sicherheit gleichberechtigt miteinander zu leben, egal ob stark oder schwach.« Gus hatte Wilson zutiefst bewundert, als er diese Worte las. »Das Volk der Vereinigten Staaten kann keinem anderen Prinzip folgen«, hatte der Präsident gesagt.

Was es wirklich möglich, dass die Völker ihre Streitigkeiten ohne Krieg beilegten? Paradoxerweise war das ein Ziel, wofür es sich zu kämpfen lohnte.

Gus, Chuck und ihr Bataillon brachen von Hoboken, New Jersey, auf der *Corinna*, einem ehemaligen Luxusliner, nach Europa auf. Die Überfahrt dauerte zwei Wochen. Als Second Lieutenants teilten sie sich eine Kabine auf dem Oberdeck. Einst waren sie Konkurrenten um die Gunst von Olga Vyalov gewesen; nun waren sie Freunde geworden.

Das Schiff gehörte zu einem Konvoi mit Navy-Eskorte, und die Reise verlief weitgehend ereignislos. Nur ein paar Mann starben an der Spanischen Grippe, einer neuen Krankheit, von der die ganze Welt heimgesucht wurde. Die Verpflegung war so miserabel, dass die Soldaten spotteten, die Deutschen hätten den U-Boot-Krieg offenbar aufgegeben und versuchten nun, sie zu vergiften.

Die *Corinna* wartete anderthalb Tage vor Brest im Nordwesten

Frankreichs. An einem Dock, an dem es von Männern und Fahrzeugen wimmelte, gingen sie an Land. Überall standen Kistenstapel; überall wurden Befehle gebrüllt; Maschinen dröhnten, und ungeduldige Offiziere eilten zwischen verschwitzten Hafenarbeitern hindurch. Gus beging den Fehler, einen Sergeant auf dem Dock zu fragen, was der Grund für die Verzögerung sei. »Verzögerung, Sir?«, erwiderte der Mann, und irgendwie gelang es ihm, das »Sir« wie eine Beleidigung klingen zu lassen. »Gestern haben wir fünftausend Mann an Land geschafft mit Wagen, Geschützen, Zelten und Feldküchen, und anschließend haben wir sie noch in den Zug gesetzt. Heute werden wir noch mal fünftausend an Land holen, und morgen wieder. Es gibt keine Verzögerung, Sir. Das ist verdammt schnell.«

Chuck grinste Gus an und murmelte: »So, jetzt weißt du's.«

Als Schauermänner dienten farbige Soldaten. Wo immer schwarze und weiße Soldaten sich Einrichtungen teilen mussten, gab es Ärger, zumeist verursacht von weißen Rekruten aus dem tiefen Süden der Vereinigten Staaten. Also hatte die Army nachgegeben. Anstatt die Schwarzen und Weißen an der Front zu vermischen, hatte die Army den farbigen Regimentern niedere Arbeiten in der Etappe zugeteilt. Gus wusste, dass die Negersoldaten sich bitter darüber beschwerten. Sie wollten genau wie alle anderen für ihr Land kämpfen.

Der Großteil von Gus' Regiment fuhr von Brest aus mit dem Zug. Es gab allerdings keine Passagierwaggons; sie wurden in Viehtransporter gepfercht. Gus erheiterte die Männer, indem er ihnen das Schild an einem der französischen Waggons übersetzte: »Vierzig Männer oder acht Pferde«. Allerdings verfügte das Regiment auch über eigene Fahrzeuge, und so fuhren Gus und Chuck über die Straße zu ihrem Lager südlich von Paris.

In den Staaten hatten sie den Grabenkrieg mit Holzgewehren geübt; nun aber hatten sie echte Waffen und Munition. Als Offiziere bekamen Chuck und Gus halbautomatische M1911 Colts mit siebenschüssigem Magazin im Griff. Ihre an die Hüte der Mounties erinnernden Kopfbedeckungen hatten sie schon in den Staaten gegen praktischere Schirmmützen ausgetauscht. Inzwischen waren sie auch mit Stahlhelmen ausgerüstet, die genau wie die Helme der Briten an Suppenschüsseln erinnerten.

Nun erklärten ihnen französische Ausbilder, wie man in Verbindung mit schwerer Artillerie kämpfte – eine Fähigkeit, für die die

United States Army bisher keine Verwendung gehabt hatte. Da Gus Französisch sprach, war er unweigerlich zum Verbindungsoffizier gemacht worden. Die Beziehungen zwischen den beiden Ländern waren gut, auch wenn die Franzosen sich darüber beschwerten, dass die Cognacpreise seit Ankunft der Amerikaner dramatisch gestiegen waren.

Die deutsche Offensive war den ganzen April erfolgreich fortgeführt worden. Ludendorff war in Flandern so schnell vorgestoßen, dass General Haig erklärte, die Briten stünden mit dem Rücken zur Wand – eine Formulierung, die die Amerikaner zutiefst erschreckte.

Gus war nicht gerade begierig darauf, in die Schlacht zu ziehen; Chuck jedoch wurde immer ungeduldiger. Was sollte das Herumlungern, verlangte er zu wissen. Sie spielten bloß Krieg, während es nicht weit von ihrem Ausbildungslager entfernt echte Schlachten zu schlagen galt. Der nächstgelegene deutsche Frontabschnitt befand sich bei Reims, nordöstlich von Paris; doch Gus' befehlshabender Offizier, Colonel Wagner, erklärte, der alliierte Nachrichtendienst sei sicher, dass es dort nicht zu einer Offensive kommen würde.

Mit dieser Einschätzung lag der Nachrichtendienst vollkommen falsch.

Walter jubelte. Die eigenen Verluste waren hoch, doch Ludendorffs Strategie ging auf. Die Deutschen griffen dort an, wo der Feind am schwächsten war, rückten schnell vor und beseitigten starke feindliche Stellungen erst später. Trotz einiger kluger Verteidigungsmaßnahmen von General Foch, dem neuen Oberbefehlshaber der alliierten Streitkräfte, machten die Deutschen so große Landgewinne wie seit 1914 nicht mehr.

Das größte Problem war, dass der Vormarsch jedes Mal zum Stehen kam, wenn die deutschen Soldaten auf Proviantlager stießen. Sie hielten einfach an und aßen, und Walter konnte sie nicht eher wieder in Bewegung setzen, bevor die Männer sich nicht die Bäuche vollgeschlagen hatten. Es war schon seltsam, einen Mann auf dem Boden hocken zu sehen, wo er sich Kuchen und Schinken zugleich reinstopfte, während Granaten um ihn herum einschlugen und Kugeln über seinen Kopf hinwegzischten. Walter wusste, dass andere Offiziere ähnliche Erfahrungen machten. Einige versuchten, ihre Leute mit

Pistolen zu bedrohen, doch selbst das brachte die Männer nicht dazu, das Essen liegen zu lassen und weiterzumarschieren.

Doch davon abgesehen war die Frühjahrsoffensive ein Triumph. Walter und seine Männer waren nach vier Jahren Krieg erschöpft; aber das galt auch für die französischen und britischen Soldaten, auf die sie trafen.

Nach der Somme und Flandern war Ludendorffs dritter Angriff im Jahre 1918 für den Abschnitt zwischen Reims und Soissons geplant. Hier hielten die Alliierten einen Hügelkamm, Chemin-des-Dames, Damenweg, genannt.

Am Sonntag, den 26. Mai, rückten die deutschen Einheiten in ihre Bereitschaftsstellungen ein. Es war ein sonniger Tag mit frischem Wind aus Nordost. Wieder einmal war Walter stolz, als er die Marschkolonnen in Richtung Front sah, die Tausende von Geschützen, die unter dem Störfeuer der Franzosen in Stellung gebracht wurden, und die Telefonkabel, die Gefechtsstände und Batterieleitungen verbanden.

Ludendorffs Taktik blieb bestehen: Um zwei Uhr nachts begannen die deutschen Geschütze die französischen Stellungen mit Gas-, Schrapnell- und Sprenggranaten einzudecken. Walter stellte zufrieden fest, dass das französische Feuer sofort verebbte, was darauf hindeutete, dass die Artillerie ihre Ziele traf. Das Trommelfeuer fiel der neuen Strategie gemäß nur kurz aus, und um vier Uhr vierzig endete es ganz.

Die Sturmtruppen rückten vor.

Die Deutschen griffen bergauf an; dennoch trafen sie nur auf wenig Widerstand, und zu Walters großer Überraschung und Freude erreichten sie den Hügelkamm schon nach weniger als einer Stunde. Inzwischen war es hell geworden, und Walter konnte die Franzosen sehen, die sich den Hügel hinunter zurückzogen.

Die Sturmsoldaten folgten ihnen in gleichmäßigem Tempo und achteten dabei sorgfältig darauf, nicht in die eigene Feuerwalze hineinzulaufen. Trotzdem erreichten sie noch vor Mittag die Aisne, den kleinen Fluss im Tal. Ein paar Bauern hatten ihre Erntemaschinen zerstört und das Getreide in den Scheunen verbrannt, doch die meisten hatten es viel zu eilig gehabt, das Weite zu suchen, sodass mehr als genug für die Deutschen übrig geblieben war. Zu Walters großem Erstaunen hatten die sich zurückziehenden Franzosen nicht einmal die Brücken über die Aisne gesprengt. Das deutete darauf hin, dass sich inzwischen Panik unter ihnen breitmachte.

Walters fünfhundert Mann rückten im Laufe des Nachmittags auch über den nächsten Hügelkamm vor und schlugen schließlich am anderen Ufer der Vesle ihr Lager auf. An einem einzigen Tag hatten sie fast zwanzig Kilometer zurückgelegt.

Am nächsten Tag ruhten sie sich aus und warteten auf Verstärkungen, doch am dritten Tag rückten sie wieder vor. Am vierten Tag – Donnerstag, dem 30. Mai – hatten sie seit dem Montag beeindruckende fünfzig Kilometer geschafft und das Nordufer der Marne erreicht.

Hier, erinnerte sich Walter, war der deutsche Vormarsch im Jahre 1914 zum Stehen gebracht worden.

Er schwor sich, dass so etwas nicht wieder geschehen würde.

Am 30. Mai – Gus befand sich im Ausbildungslager des amerikanischen Expeditionskorps südlich von Paris – erhielt die 3. Division den Befehl, den Alliierten bei der Verteidigung der Marne zu helfen. Der Großteil der Division wurde daraufhin in Züge verfrachtet, obwohl es vielleicht Tage dauerte, bis die Franzosen sie über ihr stark beschädigtes Schienennetz an die Front verfrachtet hatten. Gus und Chuck jedoch machten sich mit den Maschinengewehren über die Straße auf den Weg zur Front.

Gus war aufgeregt und ängstlich zugleich. Das war nicht wie beim Boxen, wo ein Ringrichter die Regeln durchsetzte und den Kampf abbrach, wenn es zu gefährlich wurde. Wie er wohl reagieren würde, wenn jemand mit scharfer Waffe auf ihn schoss? Würde er weglaufen? Was sollte ihn davon abhalten? Normalerweise tat er stets das Logische.

Die Kraftwagen waren genauso unzuverlässig wie die Züge, und viele Fahrzeuge blieben mit Pannen liegen, oder ihnen ging schlicht das Benzin aus. Hinzu kam, dass sie immer wieder in Flüchtlingstrecks hineingerieten, die Viehherden vor sich hertrieben oder ihre Besitztümer auf Hand- und Pferdekarren vor den Deutschen in Sicherheit brachten.

Schließlich, am Freitag um sechs Uhr abends, trafen siebzehn Maschinengewehre in der kleinen, verschlafenen Stadt Château-Thierry ein, fünfzig Meilen östlich von Paris. Es war ein netter kleiner Ort im Abendlicht. Er lag direkt an der Marne. Zwei Brücken verbanden die südliche Vorstadt mit dem Stadtzentrum im Norden. Die Franzosen hielten beide Ufer, doch die deutsche Vorhut hatte bereits die nördliche Stadtgrenze erreicht.

Gus' Bataillon erhielt den Befehl, am Südufer Stellung zu beziehen und die Brücken zu sichern. Die Mannschaften waren mit Maschinengewehren vom Typ M1914 Hotchkiss ausgestattet, jedes auf ein stabiles Dreibein montiert; dazu Patronengurte mit 250 Schuss. Außerdem verfügten die Amerikaner über Gewehrgranaten und ein paar britische Stokes-Mörser auf Zweibeinen.

Als Gus nach einer geeigneten Stellung für die Mörser suchte, entdeckte er ein aus Ziegeln gebautes Bootshaus am Ufer. Doch er war nicht sicher, ob das Häuschen nicht schon in Chucks Abschnitt fiel; also ging er zu seinem Freund, um nachzufragen. Er fand Chuck hundert Meter den Fluss hinunter, nicht weit von der Ostbrücke, wo er durch ein Fernglas über das Wasser starrte. Gus ging ein paar Schritt in diese Richtung, als unvermittelt ein furchtbarer Knall ertönte.

Gus fuhr in Richtung des Geräusches herum. Eine Sekunde später erfolgten weitere ohrenbetäubende Detonationen. Die deutsche Artillerie hatte das Feuer eröffnet, erkannte Gus, als eine Granate ins Wasser schlug und eine riesige Fontäne in die Höhe schoss.

Wieder schaute Gus in Richtung Chuck … gerade noch rechtzeitig, um zu sehen, wie sein Freund in einer riesigen Explosionswolke aus Schmutz und Erde verschwand.

»O Gott!«, stieß Gus hervor und rannte zu der Stelle.

Überall entlang des Südufers schlugen nun Granaten ein. Die Männer warfen sich flach auf den Boden. Gus gelangte an die Stelle, an der er Chuck zum letzten Mal gesehen hatte, und schaute sich verwirrt um. Er sah nur Erde und Gestein. Dann entdeckte er einen Arm, der aus den Trümmern ragte. Gus räumte einen Stein beiseite und musste zu seinem Entsetzen feststellen, dass der Arm zu keinem Körper mehr gehörte.

War es Chucks Arm? Bestimmt musste man das irgendwie feststellen können. Doch Gus war viel zu entsetzt, um darüber nachzudenken. Mit dem Stiefel schob er ein wenig Erde beiseite, kniete sich hin und grub mit beiden Händen. Er sah einen khakifarbenen Kragen mit einer silbernen Anstecknadel »US« und stöhnte: »O Gott.« Rasch grub er Chucks Gesicht aus. Sein Freund rührte sich nicht, kein Atem, kein Puls.

Gus versuchte sich zu erinnern, was er als Nächstes tun sollte. Wen sollte er im Todesfall kontaktieren? Und irgendetwas musste doch mit der Leiche geschehen! Nur was? Normalerweise hätte er jetzt einen Bestatter bestellt.

Gus hob den Blick und sah einen Sergeant und zwei Corporals, die ihn anstarrten. Eine Mörsergranate explodierte auf der Straße hinter ihnen, und alle duckten sich instinktiv; dann schauten sie Gus wieder an. Gus erkannte, dass die Männer auf seine Befehle warteten.

Gus stand auf und erinnerte sich wenigstens teilweise an seine Ausbildung. Es war nicht sein Job, sich um tote oder auch nur verwundete Kameraden zu kümmern. Er lebte und war unverletzt, und es war seine Pflicht zu kämpfen. Gus überkam eine irrationale Wut auf die Deutschen, die Chuck getötet hatten. Zum Teufel mit ihnen, dachte er. Jetzt schlage ich zurück!

Er rief sich in Erinnerung, was er als Letztes getan hatte: Er hatte seine schweren Waffen in Stellung gebracht. Also musste er damit weitermachen. Außerdem musste er jetzt den Befehl über Chucks Zug übernehmen.

Gus deutete auf den Sergeant, der für die Mörser verantwortlich war. »Vergessen Sie das Bootshaus, es liegt zu exponiert«, sagte er. Er wies über die Straße hinweg zu einer schmalen Gasse zwischen einer Weinhandlung und einem Mietstall. »Bringen Sie drei Mörser in der Gasse da drüben in Stellung.«

»Jawohl, Sir.« Der Sergeant eilte davon.

Gus blickte die Straße hinunter. »Sehen Sie das flache Dach da drüben, Corporal? Bauen Sie ein MG da auf.«

»Sir, bitte entschuldigen Sie, aber das ist eine Automobilwerkstatt. Da drunter könnte es einen Benzintank geben.«

»Verdammt, Sie haben recht. Gut aufgepasst, Corporal. Dann auf dem Kirchturm. Unter dem gibt's höchstens Gesangbücher.«

»Jawohl, Sir. Viel besser. Danke, Sir.«

»Und ihr anderen … folgt mir. Wir werden uns Deckung suchen, während ich mir überlege, was wir mit dem Rest machen.«

Gus führte die Männer in eine Seitenstraße. Hinter den Häusern verlief ein schmaler Pfad. Eine Granate schlug in den Hof eines Ladens für landwirtschaftlichen Bedarf ein und hüllte Gus in eine

Wolke aus Dünger. Es schien, als wollte sie ihn daran erinnern, dass er noch nicht außer Reichweite war.

Gus lief den Weg hinunter, suchte sich Deckung vor dem Beschuss, wann immer möglich, brüllte seinen Unteroffizieren Befehle zu und ließ die Maschinengewehre in den stabilsten Gebäuden aufstellen und die Mörser in den Gärten dazwischen. Hin und wieder machten seine Untergebenen Vorschläge oder widersprachen ihm. Gus hörte ihnen jedes Mal zu und traf dann eine schnelle Entscheidung.

Es dauerte nicht lange, bis die Dunkelheit hereinbrach, was Gus' Job noch schwieriger machte. Die Deutschen entfesselten einen wahren Feuersturm über der Stadt, und die meisten Geschosse waren genau auf die amerikanischen Stellungen am Südufer gezielt. Mehrere Gebäude wurden zerstört, sodass die Uferstraße wie ein Gebiss voller fauler Zähne aussah. Gus verlor in der ersten Stunde drei Maschinengewehre.

Erst um Mitternacht konnte er ins Bataillonshauptquartier in einer Nähmaschinenfabrik ein paar Straßen südlich zurückkehren. Colonel Wagner studierte mit seinem französischen Gegenstück einen Stadtplan. Gus berichtete, dass seine und Chucks Mörser und MGs in Position seien. »Gut gemacht, Dewar«, sagte Colonel Wagner. »Alles in Ordnung mit Ihnen?«

»Natürlich, Sir«, antwortete Gus verwirrt und ein wenig beleidigt. Glaubte der Colonel etwa, er hätte nicht die Nerven für das hier?

»Ich frage nur, weil Sie voller Blut sind.«

»Was?« Gus schaute an sich herunter und sah erst jetzt, dass seine Uniform von geronnenem Blut verklebt war. »Wo kommt das dann her?«

»Wie es aussieht, aus Ihrem Gesicht. Sie haben da eine üble Wunde.«

Gus tastete seine Wange ab und zuckte unwillkürlich zusammen, als seine Finger rohes Fleisch berührten. »Ich weiß nicht, wann das passiert ist«, sagte er.

»Gehen Sie zum Verbandplatz, und lassen Sie das sauber machen.«

»Ist nicht so schlimm, Sir. Ich würde lieber …«

»Tun Sie, was ich Ihnen befohlen habe, Lieutenant. Wenn die Wunde sich entzündet, wird es übel.« Der Colonel lächelte ihn matt an. »Ich möchte Sie nicht verlieren. Sie scheinen das Zeug zu einem guten Offizier zu haben.«

Um vier Uhr am nächsten Morgen starteten die Deutschen einen Gasangriff. Walter und seine Sturmsoldaten näherten sich bei Sonnenaufgang dem Nordrand der Stadt. Sie rechneten damit, dass der Widerstand der französischen Truppen genauso schwach sein würde wie zwei Monate zuvor.

Sie hätten es vorgezogen, Château-Thierry zu umgehen, aber das war nicht möglich. Die Eisenbahnlinie nach Paris führte direkt durch die Stadt, und die beiden Brücken waren von großer Wichtigkeit. Die Bahnlinie *musste* genommen werden.

Bauernhöfe und Felder wichen zuerst kleinen Häuschen und Ställen, dann gepflasterten Straßen und Gärten. Als Walter sich dem ersten zweistöckigen Gebäude näherte, eröffnete ein Maschinengewehr in einem der oberen Fenster das Feuer und deckte die Straße mit Kugeln ein, als prasselten dicke Regentropfen auf einen Teich. Walter sprang über einen niedrigen Zaun in einen Gemüsegarten und rollte sich über den Boden, bis er hinter einem Apfelbaum Deckung fand. Seine Männer taten es ihm gleich; dennoch blieben zwei auf der Straße liegen. Einer rührte sich nicht mehr, der andere stöhnte vor Schmerzen.

Walter schaute zurück und sah Feldwebel Schwab. »Nehmen Sie sechs Mann! Dringen Sie in das Haus vor, und schalten Sie das MG aus!«, befahl er. Er entdeckte seine untergebenen Offiziere. »Von Kessel, Sie gehen nach Westen und dringen von da in die Stadt ein. Von Braun, Sie kommen mit mir.«

Walter hielt sich von den Hauptstraßen fern und rückte stattdessen durch Gassen und Hinterhöfe vor, doch in ungefähr jedem zehnten Haus lagen Gewehr- und MG-Schützen. Irgendetwas hatte ihren Kampfgeist wieder geweckt, erkannte Walter mit einiger Besorgnis.

Den ganzen Morgen kämpften die Sturmsoldaten sich von Haus zu Haus vor und erlitten dabei schwere Verluste: Das war nicht die Taktik, für die sie ausgebildet waren. Sie sollten nicht für jeden Meter bluten müssen. Es war ihre Aufgabe, den Weg des geringsten Widerstands zu gehen, tief in Feindesland vorzudringen und die Nachrichtenverbindungen zu unterbrechen, um auf diese Weise die führungslosen Fronttruppen zu demoralisieren, sodass sie sich der nachrückenden Infanterie ergaben. Doch diese Taktik war nun gescheitert, und die

Sturmsoldaten mussten es im Nahkampf mit einem Feind aufnehmen, der wieder zu Atem gekommen war.

Doch sie drangen weiter vor, und gegen Mittag stand Walter in den Ruinen der mittelalterlichen Burg, der die Stadt ihren Namen verdankte. Die Burg lag auf einem Hügel, an dessen Fuß das Rathaus stand. Von dort führte die Hauptstraße in gerader Linie zweihundertfünfzig Meter bis zu einer Doppelbogenbrücke über die Marne. Östlich davon, gut fünfhundert Meter flussaufwärts, gab es eine zweite Möglichkeit, den Fluss zu überqueren: eine Eisenbahnbrücke.

Dies alles konnte Walter mit bloßem Auge sehen, aber das reichte nicht. Er benutzte seinen Feldstecher und studierte die feindlichen Stellungen am Südufer. Die Männer zeigten sich sorglos, was ein sicheres Zeichen dafür war, dass sie keine Kampferfahrung besaßen: Veteranen blieben stets außer Sicht. Sie waren jung, voller Energie, gut genährt und gut gekleidet. Doch Uniformen wie diese hatte Walter noch nie im Feld gesehen.

Es waren Amerikaner.

✠

Im Laufe des Nachmittags ließen die Franzosen sich zum Nordufer der Marne zurückfallen, und Gus konnte seine schweren Waffen zum Einsatz bringen. Über die Köpfe der sich zurückziehenden Franzosen hinweg dirigierte er das Mörser- und Maschinengewehrfeuer auf die vorrückenden Deutschen. Rasch verwandelten die Amerikaner die Nord-Süd-Straßen der kleinen Stadt in wahre Todesstreifen. Trotzdem rückten die Deutschen weiter furchtlos vor, von einem Haus zum nächsten, und überwältigten die Franzosen allein durch ihre Überzahl.

Der Nachmittag wich einem blutigen Abend. Gus schaute aus einem hochgelegenen Fenster und sah, wie die Überreste der französischen Truppen sich zur Westbrücke zurückfallen ließen. Am Nordende der Brücke stellten sie sich wieder zum Gefecht und hielten die Stellung, bis die Sonne hinter den Hügeln im Westen versank. Dann zogen sie sich im Zwielicht über die Brücke zurück.

Eine kleine Gruppe Deutscher erkannte, was geschah, und jagte den Franzosen hinterher. Gus sah sie über die Brücke rennen. In der Dämmerung waren sie kaum zu sehen, grau in grau. Plötzlich zuckte ein greller Blitz auf, und die Brücke explodierte. Die Franzosen hatten sie bereits am Morgen zur Sprengung vorbereitet. Menschen flogen durch die Luft, und der nördliche Brückenbogen fiel in sich zusammen.

Dann kehrte Stille ein.

Gus legte sich auf einen Strohsack im Hauptquartier und schlief ein wenig; seit fast achtundvierzig Stunden hatte er kein Auge mehr zugetan. Bei Sonnenaufgang wurde er von deutschem Artilleriefeuer geweckt. Müde eilte er von der Nähmaschinenfabrik ans Ufer. Im Licht des Junimorgens sah er, dass die Deutschen inzwischen das gesamte Nordufer besetzt hatten und die amerikanischen Stellungen aus höllisch geringer Distanz unter Feuer nahmen.

Gus sorgte dafür, dass die Mannschaften, die die ganze Nacht hindurch auf den Beinen gewesen waren, von ausgeruhten Männern abgelöst wurden. Dann ging er von Stellung zu Stellung, wobei er sorgfältig darauf achtete, stets in Deckung zu bleiben. Wo er Mängel sah, gab er den Männer Tipps, die Deckung zu verbessern: Wellblechplatten, um sich vor Splittern zu schützen, oder Schutt, um die Barrikaden aufzustocken. Doch die beste Methode, sich zu schützen, bestand immer noch darin, dem Feind das Leben schwer zu machen. »Macht ihnen die Hölle heiß, Jungs«, sagte Gus.

Und genau das taten seine Männer. Die Hotchkiss-MGs waren über den Fluss hinweg hocheffektiv; die Stokes-Mörser hingegen erwiesen sich als weniger nützlich: Mit ihrer ballistischen Schussbahn waren sie für den Grabenkrieg gedacht, wo Direktfeuer fast nutzlos war. Die Gewehrgranaten wiederum zeigten auf kurze Distanz eine verheerende Wirkung.

Beide Seiten droschen aufeinander ein wie brutale Straßenschläger. Der Lärm war ohrenbetäubend. Gebäude brachen zusammen; Männer schrien vor Qual. Blutverschmierte Sanitäter rannten zwischen den Stellungen und dem Verbandplatz hin und her, und Läufer brachten den erschöpften Soldaten Munition und heißen Kaffee.

Im Laufe des Tages wurde Gus immer deutlicher bewusst, dass er aus irgendeinem Grund keine Angst hatte. Vermutlich lag es daran, dass es einfach zu viel zu tun gab. Einen kurzen Augenblick lang, gegen Mittag, als er in der Nähmaschinenfabrik statt eines Mittagessens einen stark gezuckerten Milchkaffee trank, staunte er darüber, wie fremd er sich selbst geworden war. War das wirklich Gus Dewar, der unter Artilleriebeschuss von Haus zu Haus rannte und seinen Männern zurief, sie sollten den Deutschen die Hölle heißmachen? Dabei hatte er vor Kurzem noch Angst gehabt, beim ersten Anzeichen einer Schlacht die Nerven zu verlieren und das Weite zu suchen. Tatsächlich aber kümmerte ihn seine eigene Sicherheit kaum; dafür war er viel zu sehr mit der Gefahr für seine Männer beschäftigt. Was war passiert? Wie hatte er sich so sehr verändern können?

Doch diese Gedanken waren wie weggeblasen, als ein Corporal zu ihm gelaufen kam und berichtete, sein Trupp habe den Spezialschlüssel verloren, den man brauchte, um den Lauf eines Hotchkiss-MGs zu wechseln. Gus trank den letzten Schluck Kaffee und rannte los, sich um die Sache zu kümmern.

Am Abend befiel ihn Traurigkeit. Es dämmerte, und er schaute zufällig aus einem zerborstenen Küchenfenster zu der Stelle am Ufer, wo Chuck Dixon gestorben war. Die Erinnerung an das grauenhafte Bild, wie Chuck in der Masse aus Erde und Dreck verschwunden war, schockierte ihn nicht mehr; in den vergangenen drei Tagen hatte er noch viel mehr Tod und Zerstörung gesehen. Was ihm nun zu schaffen machte, war das schreckliche Wissen, dass er eines Tages mit Chucks Eltern, Albert und Emmeline, über diese furchtbaren Augenblicke würde sprechen müssen … und mit Chucks junger Frau Doris, die so sehr dagegen gewesen war, dass Amerika in den Krieg eintrat, vermutlich, weil sie genau vor dem Angst gehabt hatte, was nun geschehen war. Was sollte Gus ihnen sagen? »Chuck hat tapfer gekämpft.« Chuck hatte überhaupt nicht gekämpft. Er war in der ersten Minute der ersten Schlacht gefallen, ohne einen Schuss abzufeuern. Es hätte nicht das Geringste ausgemacht, wäre er ein Feigling gewesen – das Ergebnis wäre das Gleiche geblieben. Sein Leben war sinnlos verschwendet worden.

Als Gus gedankenverloren auf die schicksalhafte Stelle schaute, erregte eine Bewegung auf der Eisenbahnbrücke seine Aufmerksamkeit.

Sein Herz setzte einen Schlag aus. Männer liefen von der anderen Seite auf die Brücke. Ihre feldgrauen Uniformen waren im Zwielicht gerade noch zu erkennen. Unbeholfen rannten sie über die Schienen und stolperten immer wieder über die Schwellen.

Deutsche.

Gus rannte zum nächstgelegenen Maschinengewehrnest hinter einer Gartenmauer. Die Bedienmannschaft hatte den Angriffstrupp noch nicht bemerkt. Gus schlug einem Schützen auf die Schulter. »Nehmt die Brücke unter Beschuss!«, rief er. »Deutsche!« Der Schütze schwang die Waffe herum.

Gus rief dem erstbesten Soldaten zu: »Laufen Sie zum Bataillon und melden Sie einen feindlichen Angriff an der Ostbrücke! Schnell!« Dann befahl er einem Sergeant: »Sorgen Sie dafür, dass alle auf die Brücke schießen!«

Er rannte nach Westen. Schwere Maschinengewehre konnten nicht so schnell verlegt werden – das Hotchkiss wog mit Dreibein achtundachtzig Pfund –, doch Gus befahl den Gewehrgranatenschützen und Mörsermannschaften, neue Stellungen einzunehmen, um die Brücke zu verteidigen.

Die Deutschen wurden niedergemäht, doch die Überlebenden rückten mit Todesverachtung weiter vor. Durch sein Fernglas sah Gus einen großen Mann in Majorsuniform, der ihm irgendwie bekannt vorkam. Er fragte sich, ob es jemand war, den er vor dem Krieg kennengelernt hatte. Während Gus noch hinschaute, wurde der Major getroffen und stürzte zu Boden.

Die Deutschen wurden von einem furchtbaren Sperrfeuer ihrer eigenen Artillerie unterstützt. Es schien, als habe jedes Geschütz am Nordufer das Südende der Eisenbahnbrücke anvisiert, wo sich die verteidigenden Amerikaner drängten. Gus sah, wie seine Männer einer nach dem anderen fielen, doch er ersetzte jeden Toten und Verwundeten sofort durch frische Männer, sodass das Feuer aufrechterhalten werden konnte.

Die meisten Deutschen hielten jetzt die Stellung und suchten Deckung hinter ihren toten Kameraden. Nur die Kühnsten rückten weiter vor, fanden aber keine Deckung mehr und wurden niedergemäht.

Die Dunkelheit brach an, aber das machte keinen Unterschied: Beide Seiten feuerten unvermindert weiter. Dabei wurden die Feinde zu Schatten, die nur noch von Mündungsfeuer und Explosionen aus der Dunkelheit gerissen wurden. Gus verlegte ein paar schwere MGs in neue Stellungen. Er war sich fast sicher, dass dieser Angriff keine Finte war, um an anderer Stelle über den Fluss zu setzen.

Es war eine Pattsituation. Schließlich erkannten dies auch die Deutschen und zogen sich zurück.

Als Gus Sanitäter mit Krankentragen auf der Brücke sah, befahl er seinen Männern, das Feuer einzustellen.

Im Gegenzug verstummte auch die deutsche Artillerie.

»Gütiger Himmel«, sagte Gus. »Ich glaube, wir haben sie zurückgeschlagen.«

Eine amerikanische Kugel brach Walter das Schienbein. Von Schmerzen gequält lag er auf den Gleisen. Doch es wurde für ihn noch viel schlimmer, als er sah, wie seine Männer sich zurückzogen und die Geschütze verstummten. Da wusste er, dass sie gescheitert waren.

Walter schrie vor Schmerz, als man ihn auf die Trage hob. Es war schlecht für die Moral, wenn ein Verwundeter schrie, aber er konnte nicht anders. Sie trugen ihn über die Gleise und durch die Stadt zum Verbandsplatz, wo jemand ihm Morphium verabreichte, woraufhin er das Bewusstsein verlor.

Als er aufwachte, war sein Bein geschient. Er fragte jeden, der an seiner Pritsche vorüberkam, wie es um die Schlacht stehe, erfuhr aber erst Neuigkeiten, als Gottfried von Kessel vorbeikam, um ihn schadenfroh zu begaffen. Die deutsche Armee hatte es aufgegeben, die Marne in Château-Thierry zu überqueren, berichtete Gottfried. Vielleicht würden sie es anderswo versuchen.

Am nächsten Tag, kurz bevor man Walter in einen Zug in Richtung Heimat setzte, erfuhr er, dass inzwischen die Hauptstreitmacht der 3. US-Division eingetroffen war und am Südufer der Marne Stellung bezogen hatte.

Ein verwundeter Kamerad erzählte Walter von blutigen Kämpfen in einem Wald nahe einer Stadt namens Bois de Belleau. Beide Seiten hatten furchtbare Verluste erlitten, aber die Amerikaner hatten gesiegt.

Nach seiner Rückkehr nach Berlin las Walter in den Zeitungen weiterhin von deutschen Siegen, doch die Frontlinien auf den Karten kamen Paris kein Stück näher, und Walter gelangte zu dem bitteren Schluss, dass die Frühlingsoffensive gescheitert war. Die Amerikaner waren zu schnell eingetroffen.

Walter wurde aus dem Hospital entlassen und sollte sich in seinem alten Zimmer im Haus seiner Eltern erholen.

Am 8. August setzten die Alliierten bei Amiens fast fünfhundert der neuen Panzer ein – »Tanks«, wie die Briten sie nannten. Diese stahlgepanzerten Fahrzeuge waren technisch noch unausgereift, konnten aber unaufhaltsam sein, und den Briten gelang an nur einem Tag ein Durchbruch von fünfzehn Kilometern.

Walter fürchtete, dass das Blatt sich gewendet hatte, und das Gesicht seines alten Herrn sagte das Gleiche. In Berlin sprach niemand mehr davon, den Krieg zu gewinnen.

Eines Nachts Ende September kam Otto von Ulrich leichenblass nach Hause. Von seinem gewohnten Überschwang war keine Spur mehr zu sehen. Ganz im Gegenteil sah er so aus, als würde er jeden Moment in Tränen ausbrechen.

»Der Kaiser ist nach Berlin zurückgekehrt«, sagte er zu Walter.

Walter wusste, dass Kaiser Wilhelm in Spa gewesen war, dem deutschen Hauptquartier in Belgien. »Warum?«, fragte er.

Ottos Stimme wurde zu einem kaum hörbaren Flüstern, als könne er nicht ertragen, was er nun sagen musste. »Ludendorff will einen Waffenstillstand.«

KAPITEL 32

Oktober 1918

Maud aß mit ihrem Freund Lord Remarc, dem Staatssekretär im Kriegsministerium, im Ritz zu Mittag. Johnny trug eine neue Weste in Lavendel. Beim *Pot-au-feu* fragte sie ihn: »Geht der Krieg wirklich dem Ende entgegen?«

»Es sieht so aus«, antwortete Johnny. »Die Deutschen haben dieses Jahr siebenhunderttausend Mann verloren. Sie können nicht mehr.«

Maud fragte sich, ob einer dieser siebenhunderttausend Männer womöglich ihr Walter gewesen war. Er konnte tot sein, das wusste sie. Der Gedanke war wie ein eiskalter Klumpen an der Stelle, an der sonst ihr Herz saß. Seit ihrer idyllischen zweiten Hochzeitsnacht in Stockholm hatte Maud kein Wort mehr von Walter gehört. Sie vermutete, dass seine Arbeit ihn nicht mehr in neutrale Staaten führte, sondern dass er zu Deutschlands letzter, alles entscheidender Offensive auf das Schlachtfeld zurückgekehrt war.

Diese Gedanken waren morbid, aber realistisch. Zahllose Frauen hatten ihre Liebsten verloren: Ehemänner, Brüder, Söhne, Verlobte. Alle hatten sie vier Jahre durchlebt, in denen solche Tragödien sich täglich ereigneten. Schmerz, Tod und Trauer waren so alltäglich wie Essen und Trinken.

Maud schob den Suppenteller von sich. »Gibt es noch einen anderen Grund zur Hoffnung auf Frieden?«

»Ja. Deutschland hat einen neuen Reichskanzler. Er hat an Präsident Wilson geschrieben und einen Waffenstillstand auf der Grundlage von Wilsons berühmten Vierzehn Punkten vorgeschlagen.«

»Das ist ja großartig! Hat Wilson bereits zugestimmt?«

»Nein. Er sagt, Deutschland muss sich erst aus allen besetzten Gebieten zurückziehen.«

»Was hält unsere Regierung davon?«

»Lloyd George kocht vor Wut. Die Deutschen behandeln die

Amerikaner als Wortführer des Bündnisses, und Präsident Wilson führt sich auf, als könnten sie ohne unsere Zustimmung Frieden schließen.«

»Spielt das eine Rolle?«

»Ich fürchte. Unsere Regierung ist nicht unbedingt mit Wilsons Vierzehn Punkten einverstanden.«

Maud nickte. »Ich weiß. Wir sind gegen Punkt fünf, der Kolonialvölkern ein Mitspracherecht bei ihrer Regierung einräumt.«

»Ja, sicher. Was ist mit Rhodesien, mit Barbados und mit Indien? Man kann doch nicht von uns verlangen, dass wir die Eingeborenen um Erlaubnis bitten, bevor wir zivilisierte Menschen aus ihnen machen. Die Amerikaner sind bei Weitem zu liberal. Und wir sind strikt gegen Punkt zwei: Freiheit der See in Krieg und Frieden. Die Macht Großbritanniens beruht auf der Navy. Wie hätten wir Deutschland aushungern sollen, wenn uns nicht erlaubt gewesen wäre, den deutschen Seehandel zu blockieren?«

»Was halten die Franzosen davon?«

Johnny grinste. »Clemenceau sagte, Wilson versuche den Allmächtigen zu übertreffen. ›Gott sind nur zehn Punkte eingefallen‹, hat er gesagt.«

»Ich habe den Eindruck, dass die meisten gewöhnlichen Briten Wilson und seine Punkte mögen.«

Johnny nickte. »Und die europäischen Regierungschefs können dem amerikanischen Präsidenten schwerlich sagen, er soll aufhören, Frieden zu stiften.«

Maud wollte es so gerne glauben, dass sie Angst bekam. Sie warnte sich vor zu großen Hoffnungen, umso bitterer wäre die Enttäuschung.

Ein Kellner brachte ihnen Seezunge Waleska und bedachte Johnnys Weste mit einem bewundernden Blick.

»Was hast du über Fitz gehört?«, fragte Maud. Der Einsatz ihres Bruders in Sibirien war geheim, aber er hatte sie eingeweiht, und Johnny hielt sie auf dem neuesten Stand.

»Dieser Kosakenhauptmann hat sich als Enttäuschung erwiesen. Fitz hat ein Bündnis mit ihm geschlossen, und wir haben ihn eine Zeit lang bezahlt, doch er war eher ein Räuberhauptmann. Trotzdem ist Fitz dort geblieben und hofft, die Russen zum Sturz der Bolschewiken ermutigen zu können. Inzwischen hat Lenin seine Regierung von Petrograd nach Moskau verlegt, wo er sich vor einer Invasion sicherer fühlt.«

»Wenn die Bolschewiken gestürzt werden, würde ein neues Regime den Krieg gegen Deutschland dann wieder aufnehmen?«

»Wohl kaum.« Johnny nahm einen Schluck Chablis. »Aber viele Mitglieder der britischen Regierung hassen die Bolschewiken.«

»Warum?«

»Weil Lenin ein brutales Regime führt.«

»Das hat der Zar auch getan. Trotzdem hat Churchill nie seinen Sturz geplant.«

»Im Grunde haben die Herrschaften Angst vor einem Erfolg des Bolschewismus. Sie fürchten, dass er dann demnächst hier bei uns an die Tür klopft.«

»Wenn er ein Erfolg ist – warum nicht?«

Johnny zuckte mit den Schultern. »Du wirst wohl nicht erwarten, dass jemand wie dein Bruder es genauso sieht.«

»Nein«, sagte Maud. »Ich frage mich nur, was er so macht.«

»Wir sind in Russland!«, rief Billy Williams, als das Schiff anlegte und er die Stimmen der Schauerleute hörte. »Was, zum Henker, suchen wir in Russland?«

»Wie können wir in Russland sein?«, fragte Tommy Griffiths. »Russland ist im Osten. Wir sind wochenlang nach Westen gefahren.«

»Wir haben die halbe Welt umrundet und sind von der anderen Seite nach Russland gekommen.«

Tommy war noch nicht überzeugt. Er lehnte sich über die Reling und ließ den Blick schweifen. »Die Leute hier sehen ein bisschen chinesisch aus«, sagte er.

»Sie sprechen aber Russisch. Sie klingen wie dieser Ponytreiber … wie hieß er noch? Peschkow. Der Bursche, der die Ponti-Brüder beim Kartenspiel übers Ohr gehauen hat und dann verduftet ist.«

Tommy lauschte den Schauerleuten. »Aye, du hast recht. Also, ich hätt's nicht geglaubt.«

»Das muss Sibirien sein«, sagte Billy. »Kein Wunder, dass es hier so lausig kalt ist.«

Ein paar Minuten später erfuhren sie, dass sie in Wladiwostok waren.

Die Menschen sahen kaum auf, als die Aberowen Pals durch die Stadt marschierten, denn hier wimmelte es bereits von Tausenden uniformierter Soldaten. Die meisten waren Japaner, aber es gab auch Amerikaner, Tschechen und andere. Die Stadt hatte einen betriebsamen Hafen; Straßenbahnen fuhren über breite Boulevards mit modernen Hotels, Theatern und Hunderten von Geschäften. Wie in Cardiff, dachte Billy, nur kälter.

Als sie ihr Quartier erreichten, trafen sie auf ein Bataillon älterer Londoner, die von Hongkong hierherverlegt worden waren. Es ergab zwar Sinn, fand Billy, alte Knaben in dieses Kaff zu schicken; aber die Pals, auch wenn die Verluste sie dezimiert hatten, besaßen ebenfalls einen harten Kern aus kampferfahrenen Veteranen. Wer wohl die nötigen Fäden gezogen hatte, um sie von Frankreich auf die andere Seite der Erde zu bringen?

Billy fand es schon bald heraus. Nach dem Abendessen erklärte der Brigadekommandeur, ein träge wirkender Mann, der offenbar kurz vor der Pensionierung stand, dass Colonel the Earl Fitzherbert zu ihnen sprechen würde.

Captain Gwyn Evans, der Eigentümer der Warenhauskette, brachte eine Holzkiste herbei, in der einst Schmalzdosen gewesen waren. Fitz stieg darauf, was ihm seines schlimmen Beines wegen nicht leichtfiel. Billy beobachtete ihn ohne Mitgefühl; er sparte sich sein Mitleid für Stumpy Pugh und die vielen anderen ehemaligen Bergleute auf, die verkrüppelt worden waren, während sie die Kohle des Earls aus der Erde geholt hatten. Fitzherbert war selbstgefällig und arrogant und ein gnadenloser Ausbeuter der einfachen Leute. Eine Schande, dass die Deutschen ihm nur ins Bein geschossen hatten und nicht ins Herz.

»Unsere Mission besteht aus vier Teilen«, sagte Fitz und hob die Stimme, damit sechshundert Mann ihn verstehen konnten. »Erstens sind wir hier, um unser Eigentum zu schützen. Auf dem Weg vom Hafen sind Sie an den Bahngleisen vorbeigekommen und haben vielleicht ein großes Vorratslager bemerkt, das von Soldaten bewacht wurde. Auf diesem vier Hektar großen Gelände werden sechshunderttausend Tonnen Munition und andere militärische Versorgungsgüter gelagert, die von Großbritannien und den Vereinigten Staaten hierhergeschickt wurden, als die Russen noch unsere Verbündeten waren. Heute, nachdem die Bolschewisten mit Deutschland Frieden geschlossen haben, möchten wir nicht mehr, dass sie Patronen in die Hände bekommen, die wir bezahlt haben.«

»Das ergibt doch keinen Sinn«, sagte Billy laut genug, dass Tommy und die anderen ringsum ihn hörten. »Statt uns hierherzubringen, hätte man das Zeug lieber wegschaffen sollen.«

Fitz blickte gereizt in die Richtung, aus der die Störung gekommen war, redete jedoch weiter. »Zweitens gibt es in diesem Land viele tschechische Nationalisten, einige davon Kriegsgefangene, andere Männer, die schon vor dem Krieg hier gearbeitet haben. Sie haben die Tschechische Legion gebildet und versuchen, in Wladiwostok an Bord von Schiffen zu gehen, um sich unseren Kräften in Frankreich anzuschließen. Sie werden von den Bolschewiken angegriffen. Wir haben die Aufgabe, diesen Männern zu helfen, von hier wegzukommen. Dabei werden uns die Anführer hier ansässiger Kosakengemeinden helfen.«

»Anführer von Kosakengemeinden?«, fragte Billy. »Was glaubt der denn, mit wem er redet? Das sind verdammte Banditen.«

Wieder hörte Fitz das aufsässige Gemurmel. Diesmal blickte Captain Evans verärgert drein, durchquerte den Kantinensaal und stellte sich zu Billy und seinem Zug.

»Hier in Sibirien gibt es achthunderttausend österreichische und deutsche Kriegsgefangene, die seit dem Friedensschluss freigelassen wurden. Wir müssen verhindern, dass sie auf die europäischen Schlachtfelder zurückkehren. Und schließlich haben wir den Verdacht, dass die Deutschen ein Auge auf die Ölfelder von Baku im Süden Russlands geworfen haben. Der Zugriff auf diese Rohstoffe muss ihnen verwehrt werden.«

Billy sagte: »Ich hab das Gefühl, Baku ist ein gutes Stück weit weg von hier.«

Der Brigadekommandeur fragte liebenswürdig: »Hat jemand von Ihnen eine Frage?«

Fitz sah ihn wütend an, doch es war zu spät. Billy sagte: »Ich habe davon kein Wort in der Zeitung gelesen.«

»Wie viele andere militärische Einsätze ist diese Sache geheim«, entgegnete Fitz. »Ihnen ist nicht gestattet, in Ihren Briefen nach Hause zu schreiben, wo Sie sind.«

»Sind wir im Krieg mit Russland, Sir?«

»Nein, sind wir nicht.« Fitz wandte den Blick betont von Billy ab. Vielleicht erinnerte er sich, wie Billy ihn in der Calvary Gospel Hall bei dem Gespräch über das Friedensangebot zur Schnecke gemacht hatte. »Hat außer Sergeant Williams noch jemand eine Frage?«

Billy ließ sich nicht abschrecken. »Versuchen wir, die bolschewistische Regierung zu stürzen?«

Aus den Reihen der Soldaten erhob sich zorniges Gemurmel; viele der Männer sympathisierten mit der Revolution.

»Es gibt keine bolschewistische Regierung«, erwiderte Fitz zunehmend verstimmt. »Das Regime in Moskau ist von Seiner Majestät dem König nicht anerkannt.«

»Ist unsere Mission vom Parlament genehmigt worden?«

Der Brigadekommandeur wirkte besorgt; solche Fragen hatte er nicht erwartet. Captain Evans sagte: »Das genügt jetzt, Sergeant. Geben Sie den anderen auch mal eine Gelegenheit.«

Doch Fitz hatte nicht genug Verstand, den Mund zu halten. Offenbar kam ihm gar nicht der Gedanke, Billys Debattierfähigkeit, die er sich von einem radikalen nonkonformistischen Vater angeeignet hatte, könne seiner eigenen Rhetorik überlegen sein. »Militäreinsätze werden vom Kriegsministerium angeordnet, nicht vom Parlament.«

»Dann wurde dieser Einsatz unseren gewählten Vertretern verschwiegen?«, rief Billy empört.

Tommy murmelte besorgt: »Vorsicht, Kumpel.«

»Unvermeidlicherweise«, sagte Fitz.

Billy beachtete Tommys Rat nicht; er war jetzt zu wütend. Er stand auf und fragte mit lauter, fester Stimme: »Sir, ist das, was wir hier tun, rechtmäßig?«

Fitz errötete, und Billy wusste, dass er einen Treffer gelandet hatte.

Fitz begann: »Selbstverständlich ist es …«

»Wenn unser Einsatz weder vom britischen noch vom russischen Volk genehmigt wurde«, unterbrach Billy ihn, »wie kann er dann rechtmäßig sein?«

Captain Evans fuhr ihn an: »Setzen Sie sich, Sergeant! Wir sind hier nicht auf einem Ihrer Labour-Treffen. Noch ein Wort, und Sie landen vor dem Kriegsgericht!«

Billy setzte sich zufrieden. Er hatte gesagt, was ihm wichtig war.

»Wir sind hier auf Einladung der Allrussischen Provisorischen Regierung«, fuhr Fitz fort, »deren vollziehende Gewalt ein fünfköpfiges Direktorat in Omsk am Westrand Sibiriens ist. Und das«, beschloss er seine Ansprache, »ist Ihr nächstes Reiseziel.«

Die Abenddämmerung senkte sich über das Land. Zitternd wartete Lew Peschkow auf einem Güterbahnhof in Wladiwostok, dem »Arsch der Transsibirischen Eisenbahn«. Er trug einen langen Armeemantel über seiner Offiziersuniform, doch Sibirien war der kälteste Ort, an dem er je gewesen war.

Lew war wütend, ausgerechnet wieder in Russland zu sein. Vor vier Jahren hatte er Glück gehabt, von hier zu entkommen, und noch mehr Glück, in eine reiche amerikanische Familie einzuheiraten. Und nun war er wieder zurück … und das alles wegen eines Mädchens. Was stimmt nicht mit mir, fragte er sich. Warum bin ich nie zufrieden?

Ein Tor öffnete sich, und ein Maultierkarren kam aus dem Nachschublager. Lew sprang neben den britischen Soldaten, der den Karren kutschierte, auf den Bock und sagte: »Aye, Aye, Sid.«

»Tag«, sagte Sid. Er war ein dünner Mann von ungefähr vierzig Jahren, der frühzeitig Falten bekam und stets eine Zigarette im Mundwinkel hatte. Sein Cockney-Akzent unterschied sich drastisch von dem, der in Südwales oder New York gesprochen wurde. Anfangs hatte Lew ihn kaum verstanden.

»Hast du Whisky?«

»Nee, nur 'n paar Dosen Kakao.«

Lew drehte sich um, beugte sich in den Karren und schlug eine Ecke der Plane zurück. Er war fast sicher, dass Sid nur scherzte. Er sah einen Karton, auf dem *Fry's Chocolate and Cocoa* stand.

»Also, ich wage jetzt mal zu behaupten, dass die Kosaken nicht allzu viel damit anfangen können«, bemerkte Lew.

»Guck mal unter den Karton.«

Lew schob den Karton beiseite und sah ein anderes Etikett: *Teacher's Highland Cream Scotch Whisky.*

»Wie viel?«, fragte er.

»Zwölf Kisten.«

Lew schlug die Plane wieder zurück. »Besser als Kakao.«

Er führte Sid aus dem Stadtzentrum. Dabei schaute er immer wieder über die Schulter, um sich zu vergewissern, dass niemand ihnen folgte. Als er einen hochrangigen amerikanischen Offizier sah, wurde er für einen Moment nervös, doch niemand hielt sie an und stellte Fragen. Wladiwostok war voller Menschen, die vor den Bolschewiken geflohen waren, und die meisten hatten eine Menge Geld dabei. Sie gaben es aus, als würde es kein Morgen geben, was für die meisten von ihnen vermutlich auch zutraf. Infolgedessen hatten die Geschäfte viel zu tun, und die Straßen waren mit Karren verstopft. Da in Russland an allem Mangel herrschte, wurde der größte Teil der Waren aus China geschmuggelt. Auch Sids Scotch war aus dem Reich der Mitte gekommen.

Lew sah eine Frau mit einem kleinen Mädchen und dachte an Daisy. Er vermisste sie. Daisy konnte inzwischen laufen und sprechen und begann die Welt zu erkunden. Sie hatte eine Schnute, die jedes Herz zum Schmelzen brachte, auch das von Joseph Vyalov. Lew hatte sie seit sechs Monaten nicht mehr gesehen. Daisy war jetzt zweieinhalb Jahre alt; bestimmt hatte sie sich im letzten halben Jahr sehr verändert.

Und Lew vermisste auch Marga, träumte sogar von ihr. Zwar hatte er sich wegen Marga mit seinem Schwiegervater überworfen und war in Sibirien gelandet; dennoch sehnte er sich nach ihr.

»Hast du eine Schwäche, Sid?«, fragte Lew. Irgendwie verspürte er das Bedürfnis, die Freundschaft mit diesem wortkargen Burschen zu vertiefen. Wenn man solche Dinger durchziehen wollte, musste man einander vertrauen.

»Nee«, antwortete Sid. »Mich interessiert nur Knete.«

»Gehst du für deine Liebe zum Geld auch Risiken ein?«

»Nee, ich klau nur.«

»Und hast du wegen der Klauerei jemals Schwierigkeiten bekommen?«

»Kann man nich' so sagen. Na ja, einmal war ich im Knast, aber nur sechs Monate.«

»Meine Schwäche sind Frauen.«

»Tatsache?«

Lew kannte die britische Angewohnheit, eine Frage zu stellen, nachdem die Antwort längst gegeben war. »Ja. Ich kann ihnen einfach nicht widerstehen. Wenn ich in einen Nachtclub gehe, dann nur mit einem hübschen Mädchen am Arm.«

»Tatsache?«

»Ja. Ich kann nicht anders.«

Der Karren bog in ein Hafenviertel mit unbefestigten Straßen und Seemannsheimen ein, die weder Namen noch Adressen hatten. Sid wirkte plötzlich nervös.

»Du bist doch bewaffnet?«, fragte Lew.

»Klar«, antwortete Sid. »Ich hab das hier. Er zog seinen Mantel beiseite und enthüllte eine riesige Pistole mit fußlangem Lauf, die in seinem Gürtel steckte.

Lew hatte eine solche Waffe noch nie gesehen. »Was, zum Teufel, ist *das* denn?«

»'ne Webley-Mars. Die mächtigste Knarre der Welt. Ziemlich selten.«

»Bei dem Ding musst du ja nicht mal den Abzug drücken. Du brauchst nur damit zu wedeln, dann laufen die Leute ganz von allein weg.«

In dieser Gegend wurde niemand dafür bezahlt, den Schnee zu räumen, und der Maultierkarren fuhr in den Spuren anderer Gefährte oder rutschte über das Eis selten benutzter Gassen. Wieder in Russland zu sein ließ Lew an seinen Bruder denken. Er hatte sein Versprechen nicht vergessen, Grigori das Geld für die Überfahrt zu schicken. Zurzeit machte er einen guten Schnitt, indem er den Kosaken gestohlene Militärgüter verkaufte. Nach dem heutigen Deal würde er bald genug Geld für Grigori zusammenhaben.

Lew hatte in seinem Leben schon viel Schlechtes getan; wenn er wenigstens bei seinem Bruder etwas davon gutmachen konnte, würde er sich besser fühlen.

Sie fuhren in eine Gasse und hinter ein niedriges Gebäude. Dort gab es einen kleinen Raum mit ein paar Stühlen und einem Tisch. Drei Männer in zerlumpten Pelzen saßen an einem Holzfeuer. Lew erkannte den Mann in der Mitte, einen Burschen mit Namen Sotnik. Er trug eine weite Hose, die in Reitstiefeln steckte. Seine Wangenknochen waren hoch und seine Augen schräg, und ein buschiger Schnauzbart zierte sein Gesicht. Seine Haut war gerötet und vom Wetter gegerbt. Sein Alter war unbestimmbar; er konnte ebenso gut fünfundzwanzig sein wie fünfundfünfzig.

Lew schüttelte den Männern die Hände. Dann öffnete er eine Flasche, und einer der Kerle – vermutlich der Barbesitzer – brachte vier nicht zueinander passende Gläser. Lew schenkte großzügig ein, und sie tranken.

»Das ist der beste Whisky auf der ganzen Welt«, sagte Lew auf Russisch. »Er kommt aus einem Land so kalt wie Sibirien, wo das Wasser der Bäche aus reinem, geschmolzenem Schnee besteht. Eine Schande nur, dass er so teuer ist.«

Sotnik schaute ihn ausdruckslos an. »Wie viel?«

Lew würde sich auf keine Verhandlungen mehr einlassen. »Wir haben uns gestern schon auf den Preis geeinigt«, sagte er. »Zahlbar in Goldrubeln.«

»Wie viele Flaschen?«

»Hundertvierundvierzig.«

»Wo sind sie?«

»In der Nähe.«

»Du solltest vorsichtig sein. Es gibt Diebe in der Gegend.«

Das konnte eine Warnung, aber auch eine Drohung sein. Lew vermutete, dass die Zweideutigkeit beabsichtigt war. »Ich weiß von den Dieben«, erwiderte er. »Ich bin einer davon.«

Sotnik schaute zu seinen beiden Kameraden und prustete los. Die anderen fielen in das Lachen ein.

Lew schenkte eine weitere Runde ein. »Macht euch keine Sorgen«, sagte er. »Euer Whisky ist sicher, bewacht von einem Pistolenlauf.« Auch das war zweideutig. Es konnte eine Versicherung, aber auch eine Warnung sein.

»Das ist gut«, sagte Sotnik.

Lew trank seinen Whisky und schaute dann auf die Uhr. »Gleich kommt eine Streife der Militärpolizei durch die Gegend hier«, log er. »Ich muss mich auf die Socken machen.«

»Noch ein Glas«, sagte Sotnik.

Lew stand auf. »Wollt ihr den Whisky jetzt haben oder nicht?« Er machte aus seiner Verärgerung keinen Hehl. »Ich kann ihn auch leicht jemand anderem verkaufen.« Das stimmte: Alkohol brachte man immer an den Mann.

»Ich nehme ihn.«

»Geld auf den Tisch.«

Sotnik nahm eine Satteltasche vom Boden und zählte Fünfrubelstücke ab. Sie einigten sich auf einen Preis von sechzig Rubeln das Dutzend. Bedächtig legte Sotnik die Münzen zu einem Dutzend

Zwölferstapel aufeinander. Lew nahm an, dass der Kosak nicht bis hundertvierundvierzig zählen konnte.

Als Sotnik fertig war, schaute er Lew an. Lew nickte. Sotnik steckte die Münzen wieder in die Satteltasche.

Sie gingen nach draußen. Sotnik trug die Satteltasche. Inzwischen war es Nacht geworden, doch der Mond schien hell, und sie konnten gut sehen. Lew sagte auf Englisch zu Sid: »Bleib auf dem Wagen, und halt die Augen auf.« Bei illegalen Geschäften war dies der gefährliche Moment: die Gelegenheit für den Käufer, sich die Ware einfach zu schnappen und das Geld zu behalten. Lew wollte kein Risiko eingehen, vor allem nicht wegen des Geldes für Grigoris Überfahrt.

Lew zog die Plane vom Karren und schob drei Kartons Kakao zur Seite, sodass man den Scotch sehen konnte. Er hob eine der Kisten herunter und stellte sie Sotnik vor die Füße.

Einer der beiden anderen Kosaken ging zum Wagen und streckte die Hand nach einer weiteren Kiste aus.

»Nein«, sagte Lew und schaute Sotnik an. »Die Tasche.«

Es folgte eine lange Pause.

Auf dem Kutschbock schlug Sid den Mantel zurück, um seine Waffe zu zeigen.

Sotnik reichte Lew die Satteltasche.

Lew schaute hinein, beschloss aber, das Geld nicht noch einmal nachzuzählen. Er hätte es gesehen, hätte Sotnik sich ein paar Münzen herausgenommen. Lew gab Sid die Tasche und half dann den Kosaken, die Kisten auszuladen.

Schließlich schüttelte er allen die Hände und wollte gerade wieder auf den Kutschbock klettern, als Sotnik ihn aufhielt. »Da«, sagte er und deutete auf eine geöffnete Kiste. »Da fehlt eine Flasche.«

Die Flasche stand drinnen, und Sotnik wusste es. Warum war er jetzt noch auf Streit aus? Das war gefährlich.

Lew sagte auf Englisch zu Sid: »Gib ihm ein Goldstück.«

Sid öffnete die Satteltasche und reichte Lew eine Münze.

Lew balancierte sie auf der geschlossenen Faust und warf sie dann in die Luft. Die Münze funkelte im Mondlicht. Als Sotnik instinktiv danach griff, sprang Lew auf den Kutschbock.

Sid knallte mit der Peitsche.

»Geht mit Gott«, rief Lew, als der Karren sich in Bewegung setzte. »Und lasst mich wissen, wenn ihr mehr Whisky braucht.«

Das Maultier trottete vom Hof und bog auf die Straße ein. Erst da atmete Lew wieder leichter.

»Wie viel haben wir bekommen?«, fragte Sid.

»Was wir verlangt haben. Dreihundertsechzig Rubel für jeden. Minus fünf. Der Verlust geht auf meine Kappe. Hast du eine Tasche?«

Sid holte eine große Lederbörse hervor. Lew zählte zweiundsiebzig Münzen hinein.

In der Nähe der amerikanischen Offiziersbaracken verabschiedete er sich von Sid und sprang vom Wagen. Auf dem Weg in sein Zimmer sprach Captain Hammond ihn an. »Peschkow! Wo haben Sie gesteckt?«

Lew wünschte, er hätte keine dreihundertfünfundfünfzig Rubel in einer Kosakensatteltasche dabei. »Ich hab mir nur ein wenig die Gegend angeschaut, Sir.«

»Es ist dunkel!«

»Deshalb bin ich ja zurückgekommen.«

»Wir haben nach Ihnen gesucht. Der Colonel will Sie sehen.«

»Sofort, Sir.« Lew wollte in sein Zimmer gehen, um die Satteltasche loszuwerden, doch Hammond deutete in die entgegengesetzte Richtung und sagte: »Das Büro des Colonels ist da drüben.«

»Jawohl, Sir.« Lew machte kehrt.

Colonel Markham mochte Lew nicht. Der Colonel war Berufssoldat und glaubte, Lew fühle sich der United States Army nicht so verpflichtet wie er selbst, womit er vollkommen recht hatte – »hundert Prozent«, wie Markham selbst es ausgedrückt hätte.

Lew dachte darüber nach, die Satteltasche vor dem Büro des Colonels einfach auf den Boden zu stellen, doch dafür war schlicht zu viel Geld darin.

»Wo waren Sie?«, wollte Markham wissen, kaum dass Lew hereingekommen war.

»Ich habe mir die Stadt angesehen, Sir.«

»Ich habe einen neuen Auftrag für Sie. Unsere britischen Verbündeten brauchen Dolmetscher, und sie haben mich um Sie gebeten.«

Das klang gar nicht mal so schlecht.

»Jawohl, Sir.«

»Sie werden sie nach Omsk begleiten.«

Das klang schon schlechter. Omsk lag viertausend Meilen entfernt im barbarischen Herzen Russlands. »Weshalb, Sir?«

»Das werden Ihnen die Briten sagen.«

Lew wollte nicht. Das war viel zu weit weg von zu Hause. »Bitten Sie mich, dass ich mich freiwillig melde, Sir?«

Der Colonel zögerte. Lew erkannte, dass der Auftrag tatsächlich freiwillig war – jedenfalls, soweit man in der Army von freiwillig reden konnte.

»Lehnen Sie ab?«, fragte Markham mit drohendem Unterton.

»Wenn die Sache freiwillig ist, Sir.«

»Ich werde Ihnen mal die Situation erklären, Lieutenant«, sagte der Colonel. »Wenn Sie sich freiwillig melden, werde ich Ihnen nicht befehlen, die Satteltasche zu öffnen und mir zu zeigen, was sich darin befindet.«

Lew fluchte stumm. Er konnte nichts tun. Der Colonel war clever, und in der Satteltasche steckte das Geld für Grigoris Überfahrt nach Amerika.

Omsk, dachte Lew. Verdammte Scheiße.

»Ich bin natürlich gerne dabei, Sir«, sagte er.

Ethel ging nach oben in Mildreds Wohnung. Dort war es sauber, aber unaufgeräumt; Spielsachen lagen auf dem Boden, im Aschenbecher glomm eine Zigarette, und vor dem Feuer hing zum Trocknen ein Schlüpfer. »Kannst du heute Abend auf Lloyd aufpassen?«, fragte Ethel. Sie wollte mit Bernie zu einer Parteiversammlung. Lloyd war nun fast vier, konnte allein aus dem Bett steigen und auf eigene Faust einen kleinen Spaziergang machen, wenn man ihn nicht im Auge behielt.

»Natürlich«, sagte Mildred. Am Abend beaufsichtigten sie regelmäßig für die anderen den Nachwuchs. »Übrigens, ich hab 'nen Brief von Billy«, fügte sie hinzu.

»Geht es ihm gut?«

»Ja. Aber ich glaube, er ist nicht mehr in Frankreich. Er schreibt überhaupt nichts von den Schützengräben.«

»Dann ist er im Nahen Osten. Ich möchte zu gern wissen, ob er Jerusalem gesehen hat.« Die Heilige Stadt war Ende vergangenen Jahres von britischen Truppen eingenommen worden. »Unser Dah wird sich freuen, wenn er das hört.«

»Da ist auch eine Nachricht für dich. Er sagt, er schreibt dir später, aber ich soll dir ausrichten …« Sie griff in ihre Schürzentasche. »Da muss ich genau hingucken. ›Glaub mir, ich finde, ich bin schlecht informiert hier über alles in Politik von Russland.‹ Komischer Satz, also ehrlich.«

»Das ist ein Code«, sagte Ethel. »Nur jedes dritte Wort zählt. Die Nachricht lautet: ›Ich bin hier in Russland.‹ Was macht er denn da?«

»Ich wusste gar nicht, dass unsere Armee in Russland ist.«

»Ich auch nicht. Schreibt er was von einem Lied oder vom Titel eines Buches?«

»Ja. Woher weißt du das?«

»Weil es auch ein Code ist.«

»Er sagt, ich soll dich an ein Lied erinnern, das du früher gern gesungen hast. ›Freddie in the Zoo‹. Hab ich noch nie von gehört.«

»Ich auch nicht. Es geht um die Anfangsbuchstaben. ›F–i–t–Z.‹ Fitz.«

Bernie kam ins Zimmer. Er trug eine rote Krawatte. »Er schläft tief und fest«, sagte er. Er sprach von Lloyd.

»Mildred hat einen Brief von Billy«, sagte Ethel. »Er ist offenbar mit Earl Fitzherbert in Russland.«

»Aha!«, rief Bernie. »Ich hatte mich schon gefragt, wie lange es dauert.«

»Wie meinst du das?«

»Wir haben Truppen geschickt, die gegen die Bolschewiken kämpfen sollen. Ich wusste, dass es so weit kommt.«

»Wir haben Krieg mit dem neuen russischen Staat?«

»Offiziell natürlich nicht.« Bernie schaute auf die Uhr. »Wir müssen gehen.« Er kam nicht gern zu spät.

Im Bus sagte Ethel: »Wie hast du das vorhin gemeint? Wir können doch nicht ›inoffiziell‹ im Krieg sein. Entweder sind wir, oder wir sind nicht.«

»Churchill und seine Korona wissen, dass das britische Volk keinen Krieg gegen die Bolschewiken unterstützen würde, deshalb versuchen sie, ihn heimlich zu führen.«

Nachdenklich sagte Ethel: »Ich bin enttäuscht von Lenin. Er tut …«

»Er tut nur, was er tun muss«, unterbrach Bernie sie. Er war ein leidenschaftlicher Anhänger der Bolschewiken.

Ethel fuhr fort: »Lenin könnte ein genauso schlimmer Tyrann werden wie der Zar …«

»Das ist lächerlich!«

»… aber trotzdem sollte er eine Gelegenheit bekommen zu zeigen, was er für Russland tun kann.«

»Na, wenigstens darin sind wir uns einig.«

»Ich bin mir nur nicht sicher, was wir jetzt unternehmen sollen.«

»Wir brauchen weitere Informationen.«

»Billy wird mir bald mehr Einzelheiten schreiben.«

Ethel war empört über den geheimen Krieg – wenn es das war –, aber um Billy sorgte sie sich schier zu Tode. Er würde den Mund nicht halten. Wenn er meinte, dass die Armee Unrecht tat, würde er es ansprechen, und dann bekam er möglicherweise Scherereien.

Die Calvary Gospel Hall war voll: Die Labour-Partei, der die Unabhängige Arbeiterpartei seit 1906 angeschlossen war, hatte während des Krieges an Popularität gewonnen. Zum Teil lag es daran, dass der Parteiführer, Arthur Henderson, Mitglied von Lloyd Georges Kriegskabinett gewesen war. Henderson hatte im Alter von zwölf Jahren in einer Lokomotivenfabrik angefangen, und seine Leistungen als Minister waren der Todesstoß für die Behauptung der Konservativen gewesen, Arbeitern könne man keine Regierungsaufgaben anvertrauen.

Ethel und Bernie saßen neben Jock Reid, dem rotgesichtigen Glasgower, der Bernies bester Freund gewesen war, ehe dieser geheiratet hatte. Versammlungsleiter war Dr. Greenward. Der wichtigste Punkt auf der Tagesordnung bestand in der nächsten Parlamentswahl. Gerüchten zufolge wollte Lloyd George eine landesweite Wahl abhalten lassen, sobald der Krieg zu Ende war. Aldgate brauchte einen Labour-Kandidaten, und Bernie war Favorit.

Er wurde zur Wahl vorgeschlagen, und der Vorschlag fand Unterstützung. Jemand schlug zwar Dr. Greenward als Gegenkandidaten vor, doch der Arzt erklärte, er wolle lieber bei der Medizin bleiben.

Jayne McCulley erhob sich. Sie war in die Partei eingetreten, nachdem Ethel und Maud den Protest gegen den Entzug ihres Trennungsgeldes organisiert hatten und Maud von einem Polizisten zum Gefängnis geschleppt worden war. Jayne sagte: »Ich hab in der Zeitung gelesen, bei der nächsten Wahl dürften sich Frauen wählen lassen. Ich schlage Ethel Williams als unsere Kandidatin vor.«

Einen Augenblick herrschte gebanntes Schweigen; dann redeten alle wild durcheinander.

Ethel war sprachlos. An so etwas hätte sie nie gedacht. Seit sie Bernie kannte, hatte er Abgeordneter für Aldgate werden wollen, und sie hatte es akzeptiert. Außerdem war es einer Frau bisher nie möglich gewesen, sich zur Wahl zu stellen. Ethel war sich nicht einmal sicher, ob es jetzt schon ging. Im ersten Augenblick wollte sie den Vorschlag rundheraus zurückweisen.

Doch Jayne war noch nicht fertig. Sie war eine hübsche junge Frau, doch ihre Erscheinung führte in die Irre; sie konnte sehr hartnäckig sein. »Ich schätze Bernie sehr, aber er ist ein Organisator, ein Mann für Parteiversammlungen«, sagte sie. »Aldgate hat einen liberalen Abgeordneten, der sehr beliebt ist und den man vielleicht nur schwer besiegen kann. Wir brauchen als Kandidaten jemanden, der diesen Sitz für die Labour-Partei gewinnen kann, jemanden, der zu den Menschen im Eastend sagen kann: ›Folgt mir zum Sieg!‹, und dem sie dann auch wirklich folgen. Wir brauchen Ethel.«

Sämtliche Frauen jubelten. Auch ein paar Männer, allerdings murrten andere düster vor sich hin. Ethel begriff, dass sie große Unterstützung finden würde, wenn sie sich als Kandidatin aufstellen ließ.

Und Jayne hatte recht: Bernie war vermutlich der intelligenteste Mann im Saal, aber mitreißend war er nicht. Er konnte erklären, wie es zu Revolutionen kam und wieso Firmen Pleite machten, aber Ethel konnte Menschen aufrütteln und zu einem Kreuzzug bewegen.

Jock Reid erhob sich. »Genosse Vorsitzender, ich glaube nicht, dass das Gesetz Frauen eine Kandidatur erlaubt.«

Dr. Greenward erwiderte: »Ich kann diese Frage beantworten. Das Gesetz, das dieses Jahr verabschiedet wurde und das Frauen über dreißig unter bestimmten Voraussetzungen das aktive Stimmrecht gibt, hat kein passives Wahlrecht vorgesehen. Die Regierung hat allerdings zugegeben, dass es sich dabei um eine Anomalie handelt; deshalb wurde ein weiterer Gesetzentwurf vorbereitet.«

So leicht ließ sich Jock nicht beirren. »Aber das Gesetz, wie es *jetzt* besteht, verbietet die Wahl von Frauen, also können wir auch keine nominieren.« Ethel lächelte schief: Es war schon eigenartig, wie Männer, die nach der Weltrevolution riefen, sich an die Buchstaben eines – obendrein diskriminierenden – Gesetzes klammern konnten.

Dr. Greenward erwiderte: »Das Gesetz soll vor der nächsten Parlamentswahl verabschiedet werden. Daher erscheint es für diese Ortsgruppe durchaus statthaft, eine Frau zu nominieren.«

»Aber Ethel ist keine dreißig.«

»Offenbar bezieht sich das neue Gesetz auf Frauen über einundzwanzig.«

»Offenbar?«, fragte Jock. »Wie sollen wir einen Kandidaten nominieren, wenn wir die gesetzlichen Bestimmungen nicht kennen?«

»Vielleicht sollten wir die Nominierung verschieben, bis das neue Gesetz verabschiedet ist.«

Bernie flüsterte Jock etwas ins Ohr, und Jock sagte: »Fragen wir Ethel, ob sie überhaupt kandidieren möchte. Wenn nicht, brauchen wir die Nominierung gar nicht erst zu verschieben.«

Bernie wandte sich mit einem zuversichtlichen Lächeln Ethel zu.

»Also gut«, sagte Dr. Greenward. »Ethel, wenn du nominiert würdest, würdest du annehmen?«

Alle schauten sie an.

Ethel zögerte.

Abgeordneter zu werden war Bernies Traum, und Bernie war ihr Mann. Aber wer von ihnen wäre für die Partei die bessere Wahl?

Als die Sekunden verstrichen, trat ein ungläubiger Ausdruck auf Bernies Gesicht. Er hatte von Ethel erwartet, dass sie die Nominierung auf der Stelle ablehnte.

Damit stärkte er ihre Entschlossenheit.

»Ich … ich habe es mir nie überlegt«, sagte sie. »Und … äh, wie der Vorsitzende sagte, im Moment ist es rechtlich noch gar nicht möglich. Also ist die Frage nicht leicht zu beantworten. Ich glaube, Bernie wäre ein guter Kandidat. Trotzdem brauche ich Zeit, darüber nachzudenken. Vielleicht sollten wir den Vorschlag des Vorsitzenden annehmen und die Nominierung verschieben.«

Sie wandte sich Bernie zu.

Er starrte sie an, als wollte er sie erwürgen.

KAPITEL 33

11. November 1918

Um zwei Uhr morgens klingelte in Fitz' Stadthaus in Mayfair das Telefon.

Maud war noch auf. Sie saß mit einer Kerze im Wohnzimmer, wo die Porträts toter Ahnen auf sie hinunterblickten. Die geschlossenen Vorhänge hingen schlaff wie Leichentücher herab, die Möbel um sie her waren nur schemenhaft sichtbar, wie Raubtiere in der Nacht, und in den letzten Tagen hatte sie kaum ein Auge zugetan. Die abergläubische Vorahnung ließ sie nicht los, dass Walter getötet würde, ehe der Krieg zu Ende ging.

Sie saß allein da, eine Tasse mit kaltem Tee in den Händen, starrte ins Kohlenfeuer und fragte sich, wo Walter war und was er machte. Schlief er irgendwo in einem feuchten Schützengraben, oder bereitete er sich auf den Kampf am kommenden Tag vor? Oder war er schon tot? Vielleicht war sie schon Witwe – eine Witwe, die in mehr als vier Jahren Ehe nur zwei Nächte mit ihrem Mann verbracht hatte. Alles war so ungewiss! Fest stand nur, dass Walter kein Kriegsgefangener war, denn Johnny Remarc überprüfte jede Liste gefangener Offiziere für sie. In ihr Geheimnis war Johnny allerdings nicht eingeweiht: Er glaubte, sie sorge sich nur um Walter, weil er vor dem Krieg ein guter Freund von Fitz gewesen war.

Beim Klingeln der Telefonglocke fuhr sie zusammen. Zuerst dachte sie, es könnte bei dem Anruf um Walter gehen, im nächsten Moment aber wurde ihr klar, dass das unmöglich war. Die Neuigkeit, dass ein Freund der Familie gefangen genommen worden sei, konnte bis zum Morgen warten. Es musste Fitz sein. War er in Sibirien verwundet worden?

Maud eilte in die Halle, doch Grout kam ihr zuvor. Schuldbewusst erkannte sie, dass sie versäumt hatte, dem Personal die Erlaubnis zum Zubettgehen zu erteilen.

»Ich werde mich erkundigen, ob Lady Maud zu Hause ist, Mylord«, sagte Grout in den Apparat, bedeckte die Sprechmuschel mit der Hand und sagte zu Maud: »Lord Remarc im Kriegsministerium, Mylady.«

Sie ließ sich von Grout den Hörer geben und fragte: »Geht es um Fitz? Ist er verletzt?«

»Nein, nein«, sagte Johnny. »Beruhige dich. Ich habe gute Nachrichten. Die Deutschen haben die Bedingungen des Waffenstillstands angenommen.«

»Oh, Johnny! Gott sei Dank!«

»Sie sind jetzt alle nördlich von Paris im Wald von Compiègne, in zwei Zügen auf einem Nebengleis. Die Deutschen sind gerade in den Speisewagen des französischen Zuges gekommen. Sie sind bereit zu unterzeichnen.«

»Aber noch haben sie es nicht getan?«

»Nein, noch nicht. Sie haben etwas an der Formulierung zu bemängeln.«

»Johnny, rufst du mich wieder an, wenn sie unterzeichnet haben? Ich gehe heute Nacht nicht mehr schlafen.«

»Wird gemacht. Auf Wiederhören.«

Maud gab dem Butler den Hörer zurück. »Der Krieg könnte heute Nacht zu Ende gehen, Grout.«

»Ich bin sehr froh, das zu hören, Mylady.«

»Aber Sie sollten jetzt zu Bett gehen.«

»Mit Ihrer Erlaubnis, Mylady, würde ich aufbleiben, bis Lord Remarc wieder anruft.«

»Ganz wie Sie wollen.«

»Wünschen Mylady noch Tee?«

✠

Am frühen Morgen trafen die Aberowen Pals in Omsk ein.

Billy würde sich für den Rest seines Leben an jede Einzelheit der Viertausendmeilenreise mit der Transsibirischen Eisenbahn von Wladiwostok aus erinnern. Die Fahrt hatte dreiundzwanzig Tage gedauert; in der Lokomotive sorgte ein bewaffneter Sergeant dafür, dass Lokführer und Heizer mit Höchstgeschwindigkeit fuhren. Billy hatte den ganzen Weg gefroren: Der Ofen, der in der Mitte des Waggons stand, konnte die Kälte des sibirischen Morgens nie vertreiben. Sie lebten von Schwarzbrot und Corned Beef. Doch jeden Tag hatte Billy eine Offenbarung gefunden.

Er hatte nicht gewusst, dass es auf der Welt so schön sein konnte wie am Baikalsee. Dieser See, erklärte Captain Evans, sei vom einen Ende zum anderen länger als Wales. Aus dem dahinrasenden Zug beobachteten sie, wie die Sonne über dem ruhigen blauen Wasser aufging, wie sie die Gipfel der hohen Berge am anderen Ufer erstrahlen ließ und deren Schneekappen in Gold verwandelte.

Genauso würde Billy sein Leben lang die Erinnerung an eine schier endlose Kamelkarawane bewahren, die an der Bahntrasse entlangzog. Geduldig stapften die schwer beladenen Tiere durch den Schnee, ohne auf das 20. Jahrhundert zu achten, das in Gestalt von klirrendem Stahl und zischendem Dampf an ihnen vorbeidonnerte. Ich bin ganz schön weit weg von Aberowen, dachte Billy in diesem Moment.

Doch der denkwürdigste Vorfall war sein Besuch in einer Schule in Tschita gewesen. Der Zug hielt dort zwei Tage, in denen Colonel Fitzherbert mit dem dortigen Anführer verhandelte, einem Kosakenhäuptling namens Semjonow. Billy schloss sich einer Gruppe amerikanischer Besucher zu einer Führung an. Der Schuldirektor, der Englisch sprach, erklärte, er habe bis vor einem Jahr nur die Sprösslinge der wohlhabenden Mittelschicht unterrichtet; Judenkindern sei der Schulbesuch auch dann verboten gewesen, wenn ihre Eltern das Schulgeld hätten bezahlen können. Heute sei auf Anordnung der Bolschewiken die Bildung für alle kostenlos. Die Auswirkungen waren offensichtlich: Die Klassenzimmer waren bis zum Bersten mit Kindern in Lumpen gefüllt, die Lesen und Schreiben und Zählen lernten, sogar Naturkunde und Kunst. Was immer Lenin verbrochen haben mochte – und es war schwierig, die Wahrheit von konservativer Propaganda zu trennen –, zumindest schien es ihm ernst zu sein, was er über die Schulausbildung der russischen Kinder gesagt hatte.

Mit Billy im Zug fuhr Lew Peschkow. Er hatte Billy freundlich begrüßt und keine Spur von Scham gezeigt, als hätte er vergessen, dass er als Betrüger aus Aberowen verjagt worden war. Lew war nach Amerika gegangen und hatte ein reiches Mädchen geheiratet; jetzt war er Lieutenant und den Pals als Dolmetscher zugeteilt.

Die Omsker Bevölkerung begrüßte das Bataillon mit Jubel, als es vom Bahnhof zu seinem Quartier marschierte. Auf der Straße sah Billy zahlreiche russische Offiziere, die prunkvolle altmodische Uniformen trugen, aber anscheinend keine militärischen Aufgaben verrichteten. Außerdem entdeckte er viele kanadische Soldaten.

Als das Bataillon abtreten durfte, machten Billy und Tommy einen Bummel durch die Stadt. Viel gab es nicht zu sehen: eine Kathedrale, eine Moschee, eine Backsteinfestung und einen Fluss, auf dem reger Fracht- und Passagierverkehr herrschte. Sie waren erstaunt, wie viele Einheimische Uniformteile der British Army trugen. Eine Frau mit einem Bratfischstand trug eine Uniformjacke aus Khaki; ein Lieferant mit Handkarren war in einer dicken Sergehose unterwegs, wie auch Billy und Tommy sie trugen, und ein groß gewachsener Schuljunge mit einem Bücherriemen ging in glänzenden neuen britischen Armeeschuhen die Straße entlang.

»Wo haben die das Zeug her?«, fragte Billy.

»Wir versorgen die russische Armee hier mit Uniformen, aber Peschkow sagt, die Offiziere verkaufen alles auf dem Schwarzmarkt«, antwortete Tommy.

»Geschieht uns recht«, sagte Billy. »Schließlich helfen wir der falschen Seite.«

Beim kanadischen CVJM gab es eine Kantine; mehrere Pals waren bereits dort. Woandershin schien man nicht gehen zu können. Billy und Tommy besorgten sich Tee und Apfeltorte. »Diese Stadt ist das Hauptquartier der antibolschewistischen reaktionären Regierung«, sagte Billy. »Ich hab's in der *New York Times* gelesen.« Die amerikanischen Zeitungen, die man in Wladiwostok bekommen konnte, waren ehrlicher als die britischen Blätter.

Lew Peschkow kam herein. Er wurde von einer bildhübschen jungen Russin in einem billigen Mantel begleitet. Alle starrten ihn an. Wie schaffte der Kerl das nur so schnell?

Lew sah aufgeregt aus. »He, Jungs, habt ihr schon das Gerücht gehört?«

Lew hört wahrscheinlich jedes Gerücht als Erster, dachte Billy.

Tommy erwiderte: »Ja, wir wissen schon, dass du 'n Homo bist.«

Wieherndes Gelächter.

»Was für ein Gerücht?«, fragte Billy.

»Es wurde ein Waffenstillstand unterzeichnet.« Lew schwieg. »Kapiert ihr nicht? Der Krieg ist zu Ende!«

»Nicht für uns«, entgegnete Billy.

Captain Gus Dewar hatte Befehl, mit seiner Kompanie ein kleines Dorf namens Aux-Deux-Églises am Ostufer der Maas einzunehmen. Gus war das Gerücht zu Ohren gekommen, um elf Uhr vormittags sei mit einem Waffenstillstand zu rechnen, aber der Bataillonschef hatte den Angriff befohlen, und so führte Gus ihn aus. Er hatte seine schweren Maschinengewehre an den Rand eines Gehölzes nach vorn gestellt; nun feuerten sie über eine Wiese hinweg auf die Gebäude am Dorfrand, sodass der Feind genügend Zeit erhielt, sich zurückzuziehen.

Leider nutzten die Deutschen die Gelegenheit nicht. Sie hatten Minenwerfer und leichte Maschinengewehre in den Höfen und Obstgärten und erwiderten heftig den Beschuss. Ein MG, das aus dem Dachfenster einer Scheune feuerte, zwang die halbe Kompanie in Deckung. Immer wieder hörte Gus, wie einer seiner Männer aufschrie, wenn er von einer deutschen Kugel getroffen wurde, und jedes Mal fragte er sich, ob der Soldat jetzt, vielleicht wenige Minuten vor Kriegsende, noch getötet oder »nur« verwundet worden war.

Gus sprach Corporal Kerry an, den besten Schützen der Einheit. »Könnten Sie eine Gewehrgranate in den Heuboden schießen?«

Kerry, ein sommersprossiger Neunzehnjähriger, antwortete: »Wenn ich ein bisschen näher rankäme, Sir.«

»Da liegt das Problem.«

Kerry studierte das Gelände. »Am Rand der Wiese ist diese niedrige Mauer«, sagte er. »Von dort ginge es, da hätte ich Deckung.«

»Riskant ist es trotzdem«, erwiderte Gus. »Wollen Sie ein Held werden?« Er blickte auf die Uhr. »Wenn die Gerüchte stimmen, könnte der Krieg in fünf Minuten vorbei sein.«

Kerry grinste. »Ich probier's, Captain.«

Gus zögerte. Es widerstrebte ihm, Kerry jetzt noch zu erlauben, sein Leben aufs Spiel zu setzen. Aber sie waren in der Army, sie kämpften noch, Befehl war Befehl, und wieder schrie ein Getroffener auf. »Also gut«, sagte Gus. »Lassen Sie sich Zeit.«

Im Stillen hoffte er, Kerry würde es hinauszögern, doch der junge Mann hängte sich augenblicklich das Gewehr über und nahm eine Kiste Granaten.

Gus rief: »Feuer frei! Geben wir Kerry Feuerschutz, so viel wir können!«

Sämtliche MGs ratterten los, und Kerry begann zu rennen.

Der Feind entdeckte ihn sofort, und seine Maschinengewehre schwenkten auf ihn ein. Die Amerikaner verstärkten ihr Feuer, und der deutsche Beschuss ließ nach. Im Zickzack lief Kerry über die Wiese, rannte wie ein Hase, den Hunde jagen. Deutsche Werfergranaten schlugen rings um ihn ein, verfehlten ihn aber wie durch ein Wunder.

Die niedrige Mauer war fünfzig Yards entfernt.

Kerry hätte es beinahe geschafft.

Der feindliche MG-Schütze bekam ihn perfekt ins Visier und gab einen langen Feuerstoß ab. Binnen eines Herzschlags wurde Kerry von einem Dutzend Kugeln getroffen. Er warf die Arme hoch, ließ die Granatenkiste fallen und ging in die Knie. Durch seinen Schwung stürzte er nach vorn und landete ein paar Schritte von der Mauer entfernt. Er lag vollkommen regungslos da. Gus vermutete, dass er schon tot gewesen war, ehe er auf dem Boden aufschlug.

Die feindlichen MGs stellten das Feuer ein. Nach wenigen Augenblicken hörten auch die Amerikaner zu schießen auf. Gus glaubte, aus der Entfernung leises Jubeln zu hören. Die Männer in seiner Nähe wurden still und lauschten. Gus erkannte, dass auch die Deutschen jubelten.

In dem fernen Dorf traten deutsche Soldaten aus ihren Deckungen.

Gus hörte das Knattern eines Motorrads. Eine amerikanische »Indian« kam aus dem Wald, gelenkt von einem Sergeant, während im Beiwagen ein Major saß. »Waffenstillstand!«, rief der Major. Der Motorradfahrer fuhr ihn die Front entlang von einer Stellung zur nächsten. »Waffenstillstand!«, rief der Major wieder. »Feuer einstellen!«

Gus' Kompanie begann zu jubeln. Die Männer nahmen die Helme ab und warfen sie in die Luft. Einige tanzten auf der Stelle, andere schüttelten einander die Hände. Jemand stimmte ein Lied an.

Gus konnte den Blick nicht von Corporal Kerry wenden.

Langsam ging er über die Wiese und kniete sich neben den jungen Mann. Er hatte viele Leichen gesehen und bezweifelte nicht, dass Kerry tot war. Er fragte sich, wie Kerry mit Vornamen geheißen hatte. Er rollte die Leiche herum. Kerrys Brust war von Einschusslöchern durchsiebt. Gus schloss dem Jungen die Lider und stand auf.

»Gott, vergib mir«, sagte er.

Zufällig waren Ethel und Bernie an diesem Tag beide zu Hause. Bernie lag mit Grippe im Bett, und Lloyds Kindermädchen war ebenfalls erkrankt, sodass Ethel sich um ihren Mann und ihren Sohn kümmerte.

Ethel war zutiefst niedergeschlagen. Sie und Bernie waren sich schrecklich in die Haare geraten, wer von ihnen denn nun kandidieren sollte. Es war nicht nur der schlimmste Streit ihrer Ehe gewesen, es war zugleich der einzige. Seitdem hatten sie kaum ein Wort miteinander gesprochen.

Ethel wusste, dass sie im Recht war; dennoch fühlte sie sich schuldig. Vielleicht wäre sie eine bessere Abgeordnete als Bernie, und überhaupt: Ihre Genossen würden die Wahl treffen, nicht sie selbst. Bernie arbeitete seit Jahren auf seine Kandidatur hin, doch das bedeutete nicht, dass er einen Anspruch darauf hatte. Auch wenn Ethel der Gedanke nie zuvor gekommen war, nun wünschte sie sich sehr zu kandidieren. Die Frauen hatten sich das Wahlrecht erstritten, aber es gab noch mehr zu tun. Als Erstes mussten die Altersgrenzen von Frauen und Männern angeglichen werden. Außerdem waren dringend Verbesserungen nötig, was die Arbeitsbedingungen für Frauen anging. Immer noch wurde Frauen für die gleiche Arbeit weniger gezahlt als Männern. Warum sollten sie nicht gleichen Lohn erhalten?

Doch Ethel mochte Bernie, und als sie in seinem Gesicht gesehen hatte, wie verletzt er war, gab sie sofort nach. »Ich hatte erwartet, dass meine Feinde mir Knüppel zwischen die Beine werfen«, hatte er eines Abends zu ihr gesagt. »Die Konservativen, die auf Kompromisse bedachten Liberalen, die kapitalistischen Imperialisten, die Bourgeoisie. Ich habe auch Streit mit ein oder zwei Neidern aus der eigenen Partei erwartet. Nur bei einem einzigen Menschen war ich sicher, dass ich mich auf ihn verlassen kann, und das warst du. Und ausgerechnet du bist mir in den Rücken gefallen.« Ethel schmerzte es in der Seele, wenn sie daran dachte.

Um elf brachte sie Bernie eine Tasse Tee. Ihr Schlafzimmer war behaglich, wenn auch schäbig mit seinen billigen Baumwollvorhängen, dem Sekretär und einer Fotografie von Keir Hardie an der Wand. Bernie legte seinen Roman hin, *The Ragged Trousered Philanthropists*, »Die Menschenfreunde in zerlumpten Hosen«, den alle Sozialisten gerade lasen. Mit kühler Stimme fragte er: »Was wirst du heute Abend tun?« An diesem Abend war das Treffen der Labour-Partei. »Hast du eine Entscheidung getroffen?«

Das hatte Ethel allerdings. Sie hätte es ihm schon vor zwei Tagen sagen können, hatte es aber nicht über sich gebracht. Nun aber, wo er die Frage gestellt hatte, würde sie antworten.

»Es sollte der bestmögliche Kandidat sein«, sagte sie trotzig.

Er blickte verletzt drein. »Ich verstehe nicht, wie du mir das antun und mir trotzdem sagen kannst, dass du mich liebst.«

Ethel fand es unfair, dass er dieses Argument anbrachte. Wieso galt es nicht im umgekehrten Fall? Aber darum ging es nicht. »Wir sollten nicht an uns denken, sondern an die Partei.«

»Aber wir sind verheiratet.«

»Ich lasse dir nicht den Vortritt, weil ich deine Frau bin.«

»Du bist mir in den Rücken gefallen.«

»Aber ich lasse dir den Vortritt«, sagte Ethel.

»Was?«

»Ich sagte, ich lasse dir den Vortritt.«

Ein Ausdruck der Erleichterung erschien auf Bernies Gesicht.

Ethel fuhr fort: »Aber nicht, weil ich deine Frau bin. Und nicht, weil du der bessere Kandidat wärst.«

Er wirkte verwirrt. »Warum dann?«

Ethel seufzte. »Ich bin schwanger.«

»Das gibt's nicht!«

»Doch. Da kann man als Frau endlich Parlamentsabgeordnete werden, und ich lasse mir von dir ein Kind andrehen.«

Bernie lächelte. »Dann hat sich doch alles zum Besten gewendet.«

»Ich wusste, dass du es so siehst«, sagte Ethel. In diesem Augenblick hasste sie Bernie und das ungeborene Kind und alles andere in ihrem Leben.

Dann bemerkte sie, dass eine Kirchenglocke läutete. Sie blickte auf die Uhr auf dem Kaminsims. Es war fünf nach elf. Wieso läutete man an einem Montagmorgen um diese Zeit? Dann hörte sie noch eine Glocke läuten. Stirnrunzelnd ging sie ans Fenster. Auf der Straße war nichts Ungewöhnliches zu sehen, aber immer mehr Glocken fielen ein. Im Westen, am Himmel über dem Londoner Zentrum, sah sie eine rote Leuchtrakete aufsteigen.

Sie drehte sich zu Bernie um. »Es hört sich an, als würde jede Kirche in London die Glocken läuten.«

»Dann ist es so weit!«, rief Bernie aufgeregt. »Ich wette, der Krieg ist aus. Sie läuten, um den Frieden zu feiern!«

»Tja«, entgegnete Ethel, »wegen meiner blöden Schwangerschaft tun sie's bestimmt nicht.«

Fitz' Hoffnungen auf den Sturz Lenins und seiner Banditen konzentrierten sich auf die Provisorische Regierung Sibiriens in Omsk. Nicht nur er, sondern mächtige Männer in den meisten großen Staaten der Welt blickten auf diese Stadt als Ausgangspunkt der Gegenrevolution.

Das fünfköpfige Direktorium war in einem Eisenbahnzug in den Außenbezirken der Stadt untergebracht. Mehrere gepanzerte Waggons, von Elitesoldaten bewacht, enthielten die Überreste des Zarenschatzes, wie Fitz wusste: Gold im Wert von vielen Millionen Rubeln. Der Zar war tot, von den Bolschewisten ermordet, aber sein Geld war hier und verlieh dem loyalistischen Widerstand Macht und Autorität.

Fitz war der Ansicht, an dieser Entwicklung nicht ganz unbeteiligt gewesen zu sein. Die Gruppe einflussreicher Männer, die er im April auf Tŷ Gwyn versammelt hatte, bildete ein diskretes Netz innerhalb der britischen Politik, dem es gelungen war, Großbritanniens verdeckte, aber bedeutsame Rückenstärkung des russischen Widerstands ins Leben zu rufen. Dies wiederum hatte andere Nationen dazu bewegt, ebenfalls Unterstützung zu leisten, oder sie wenigstens davon abgehalten, Lenins Regime zu helfen, da war Fitz sicher. Doch Ausländer konnten nicht die ganze Arbeit tun; die Russen selbst waren es, die sich erheben mussten.

Wie viel konnte das Direktorium erreichen? Obwohl antibolschewistisch ausgerichtet, war sein Vorsitzender, Nikolai Dmitrijewitsch Awksentjew, ein Sozialrevolutionär. Fitz ignorierte ihn demonstrativ. Die Sozialrevolutionäre waren fast so schlimm wie Lenins Bande. Fitz' Hoffnungen ruhten auf dem rechten Flügel und dem Militär. Nur ihnen war zuzutrauen, die Monarchie und das Privateigentum wiederherzustellen.

Fitz war auf dem Weg zu General Boldyrew, dem Oberbefehlshaber der sibirischen Armee des Direktoriums. Die Eisenbahnwaggons, die die Regierung belegte, waren mit verblassender zaristischer Pracht eingerichtet: abgewetzte Samtsitze, gesplitterte Intarsien, fleckige

Lampenschirme und ältliche Diener in schmutzigen Überresten der kunstvoll bestickten und perlenbesetzten Livreen des alten Petersburger Hofes. In einem Waggon rauchte eine junge Frau in einem Seidenkleid mit dickem Lippenstift eine Zigarette.

Fitz fühlte sich entmutigt. Er wollte zwar zur alten Ordnung zurück, aber was er hier sah, erschien selbst für seinen Geschmack zu dekadent und rückwärtsgerichtet. Voller Zorn dachte er an Sergeant Williams' Spott. »Ist es rechtmäßig, was wir tun?« Fitz wusste, dass die Antwort nicht eindeutig war. Höchste Zeit, Williams für immer zum Schweigen zu bringen, dachte er rachsüchtig: Der Kerl war nicht viel besser als ein Bolschewist.

General Boldyrew war ein großer, unbeholfen wirkender Bursche. »Wir haben zweihunderttausend Mann ausgehoben«, sagte er stolz zu Fitz. »Können Sie alle ausrüsten?«

»Das ist eine beeindruckende Zahl«, erwiderte Fitz, musste aber einen Seufzer unterdrücken. Diese Sichtweise hatte dazu geführt, dass das sechs Millionen Mann starke russische Heer von sehr viel kleineren deutschen und österreichischen Kräften besiegt werden konnte. Boldyrew trug sogar noch die absurden Epauletten des alten Regimes, riesige Achselstücke mit rundem Ende, von denen Fransen auf die Schultern herunterhingen; er sah damit aus wie eine Figur aus einer Operette von Gilbert und Sullivan. In seinem gebrochenen Russisch fuhr Fitz fort: »Aber an Ihrer Stelle würde ich die Hälfte der Einberufenen nach Hause schicken.«

Boldyrew blickte ihn verblüfft an. »Warum?«

»Wir können höchstens hunderttausend Mann ausrüsten. Und sie müssen ausgebildet sein. Besser, man hat ein kleines, diszipliniertes Heer als einen großen Pöbelhaufen, der sich sofort zurückzieht oder bei der ersten Möglichkeit kapituliert.«

»Idealerweise, richtig.«

»Die Ausrüstung, die wir Ihnen stellen, muss zunächst an die Männer an der Front ausgegeben werden, nicht an die im Hinterland.«

»Selbstverständlich. Sehr vernünftig.«

Fitz hatte ein ungutes Gefühl, dass Boldyrew ihm beipflichtete, ohne wirklich zuzuhören. Dennoch musste er weitermachen. »Zu viel von dem, was wir schicken, versickert in dunklen Kanälen. Ich sehe das allein schon daran, dass viele Zivilisten auf den Straßen die Teile britischer Uniformen tragen.«

»Ja, ganz recht.«

»Ich empfehle nachdrücklich, dass man allen Offizieren, die nicht diensttauglich sind, die Uniformen wegnimmt und sie bittet, nach Hause zu gehen.« Das russische Heer litt unter Amateuren und vergreisten Dilettanten, die sich in jede Entscheidung einmischten, den Kämpfen jedoch fernblieben.

»Ganz meine Meinung.«

»Und ich rate Ihnen, Admiral Koltschak als Kriegsminister größere Vollmachten einzuräumen.« Das Außenministerium hielt Koltschak für das vielversprechendste Mitglied des Direktoriums.

»Sehr gut, sehr gut.«

»Sind Sie bereit, diese Maßnahmen samt und sonders durchzuführen?«, fragte Fitz, dem es verzweifelt darum zu tun war, eine feste Zusage zu erreichen.

»Eindeutig.«

»Und wann?«

»Alles zu seiner Zeit, *Polkownik* Fitzherbert, alles zu seiner Zeit.«

Fitz packte die Verzweiflung. Wie gut, dass Männer wie Churchill und Curzon nicht sehen können, wie kläglich die Kräfte sind, die gegen den Bolschewismus aufgeboten werden, dachte er niedergeschlagen. Aber vielleicht kamen sie mit britischer Hilfe doch noch in Form. Wie auch immer – Fitz musste aus dem Material, das er besaß, das Beste machen.

Es klopfte an der Tür, und Fitz' Adjutant, Captain Murray, kam mit einem Telegramm herein. »Ich störe Sie nur ungern, Sir«, sagte er schwer atmend, »aber ich bin mir sicher, dass Sie diese Neuigkeit so früh wie möglich erfahren wollten.«

Mitten am Tag kam Mildred herunter und sagte zu Ethel: »Lass uns nach Westen gehen.« Damit meinte sie das Londoner Westend. »Jeder geht da hin«, sagte sie. »Ich habe die Mädchen nach Hause geschickt.« In ihrem Betrieb beschäftigte sie mittlerweile zwei junge Näherinnen. »Im ganzen Eastend machen sie die Läden dicht. Schließlich ist Kriegsende!«

»Ich bin dabei.« Ethel wollte unbedingt mit. Dass sie Bernie nachgegeben hatte, hatte die häusliche Atmosphäre nicht sonderlich verbessert. Er war zwar besserer Laune, doch Ethel war bitterer geworden. Es würde ihr guttun, mal aus dem Haus zu kommen. »Ich muss Lloyd mitnehmen«, sagte sie.

»Ja, fein. Ich nehme Enid und Lil mit. Sie werden sich ihr Leben lang an diesen Tag erinnern! Den Tag, an dem wir den Krieg gewonnen haben!«

Ethel machte Bernie ein Käsesandwich zu Mittag; dann zog sie Lloyd warm an, und sie machten sich auf den Weg und stiegen in einen Bus, der in Windeseile bis auf den letzten Platz besetzt war. Männer und Jungen fuhren mit, indem sie sich außen an Türen und Fenster klammerten. An jedem Haus schien eine Fahne zu wehen – nicht nur Union Jacks, auch walisische Drachen, französische Trikoloren und amerikanische Sternenbanner. Wildfremde Menschen fielen einander in die Arme, tanzten auf den Straßen und küssten sich. Es regnete, aber das kümmerte niemanden.

Ethel dachte an die vielen jungen Männer, die jetzt außer Gefahr waren, verdrängte ihre Sorgen und tauchte ein in den freudigen Geist des Augenblicks.

Als sie an den Theatern vorbei waren und ins Regierungsviertel gelangten, verlangsamte der Verkehr sich auf Kriechtempo. Der Trafalgar Square war eine wogende Masse jubelnder Menschen. Der Bus kam nicht weiter, und sie stiegen aus. Die Whitehall entlang bahnten sie sich einen Weg zur Downing Street, kamen aber nicht einmal in die Nähe der Nummer 10, weil sich dort die Menschen am dichtesten drängten in der Hoffnung, einen Blick auf Premierminister Lloyd George zu erhalten, den Mann, der den Krieg gewonnen hatte. Stattdessen gingen sie in den St. James' Park, in dem es von Pärchen wimmelte, die sich in den Sträuchern umarmten. Am anderen Ende des Parks standen Tausende vor dem Buckingham-Palast und sangen *»Keep the Home Fires Burning*«. Als das Lied endete, begann die Menge mit »Nun danket alle Gott«. Ethel sah, dass eine schlanke junge Frau in einem Tweedkostüm, die auf einem Lastwagen stand, den Gesang dirigierte, und musste daran denken, dass vor dem Krieg kein Mädchen so etwas gewagt hätte.

Sie überquerten die Straße zum Green Park in der Hoffnung, näher an den Palast heranzukommen. Ein junger Mann lächelte Mildred an; als sie das Lächeln erwiderte, zog er sie an sich und küsste sie. Mildred erwiderte den Kuss begeistert.

»Das scheint dir ja Spaß gemacht zu haben«, sagte Ethel ein bisschen neidisch, als der Junge weiterging.

»Und wie«, sagte Mildred. »Wenn er gefragt hätte, ich hätte ihm einen geblasen.«

»Das werde ich Billy lieber nicht erzählen«, sagte Ethel lachend.

»Billy ist nicht blöd. Der weiß, wie ich bin.«

Sie umgingen die Menge und erreichten die Constitution Hall. Hier war das Gewühl nicht mehr ganz so schlimm, aber sie waren nun auf der Seite des Buckingham-Palasts; deshalb würden sie den König nicht sehen können, wenn er beschloss, hinaus auf den Balkon zu kommen. Ethel fragte sich, wohin sie sich als Nächstes wenden sollten, als ein Trupp berittene Polizei die Straße entlangkam und die Leute zur Seite zwang.

Den Berittenen folgte ein offener Pferdewagen. Darin saßen, lächelnd und winkend, König und Königin. Ethel erkannte sie sofort, denn sie erinnerte sich lebhaft an das Monarchenpaar von seinem Besuch in Aberowen vor fast fünf Jahren. Ethel konnte ihr Glück kaum fassen, als das Gespann langsam in ihre Richtung kam. Der Bart des Königs war grau geworden; als er Tŷ Gwyn besucht hatte, war er noch dunkel gewesen. George V. wirkte erschöpft, aber glücklich. Die Königin neben ihm hielt einen Regenschirm, damit ihr Hut nicht nass wurde. Ihr berühmter Busen wirkte noch größer als früher.

»Guck mal, Lloyd!«, sagte Ethel. »Das ist der König!«

Der Wagen fuhr nur wenige Handbreit entfernt an Ethel und Mildred vorüber.

Lloyd rief laut: »He, König!«

Der König hörte ihn und lächelte. »Guten Tag, junger Mann«, sagte er; dann war er fort.

✠

Grigori saß im Speisewagen des Panzerzuges und schaute über den Tisch. Der Mann ihm gegenüber war der Volkskommissar für Kriegswesen und Marineangelegenheiten. Das hieß, dass er die Rote Armee befehligte. Sein Name war Lew Davidowitsch Bronstein, doch wie die meisten führenden Revolutionäre hatte er einen Kampfnamen angenommen, in seinem Fall Trotzki. Trotzki war vor Kurzem neununddreißig Jahre alt geworden. Nun hielt er das Schicksal Russlands in den Händen.

Die Revolution war ein Jahr alt, und Grigori hatte sich noch nie so große Sorgen um ihren Erfolg gemacht. Der Sturm auf den Winterpalast war ihm wie ein Abschluss erschienen; tatsächlich aber hatte der Kampf damit erst begonnen. Die mächtigsten Regierungen der Welt standen den Bolschewiken feindlich gegenüber. Und der heutige Waffenstillstand bedeutete, dass sie nun ihre volle Aufmerksamkeit auf die Vernichtung der Revolution richten konnten. Und nur die Rote Armee konnte sie davon abhalten.

Viele Soldaten mochten Trotzki nicht, weil sie ihn für einen Aristokraten und Juden hielten. Beides zugleich zu sein war in Russland unmöglich, doch einfache Soldaten dachten nicht logisch. Trotzki war kein Aristokrat. Sein Vater war bloß ein wohlhabender Bauer gewesen, und Trotzki hatte eine ordentliche Erziehung genossen. Doch mit seinen guten Manieren tat er sich keinen Gefallen; außerdem war er dumm genug, mit einem eigenen Koch zu reisen und seinen Stab mit neuen Stiefeln und goldenen Knöpfen zu versorgen. Er sah älter aus, als er war. Sein stark gelocktes Haar war noch immer schwarz, doch sein Gesicht war faltig geworden.

Er hatte Wunder mit der Armee gewirkt.

Die Roten Garden, von denen die Provisorische Regierung gestürzt worden war, hatten sich auf dem Schlachtfeld als längst nicht so effektiv erwiesen. Die Männer waren ständig betrunken und kannten keine Disziplin. Außerdem hatte es sich als armselige Art zu kämpfen erwiesen, jeden Befehl erst per Handzeichen zu bestätigen; das war sogar noch schlimmer, als von adeligen Dilettanten geführt zu werden. So hatten die Roten wichtige Schlachten gegen die Konterrevolutionäre verloren, die sich inzwischen die Weißen nannten.

Trotzki hatte die Wehrpflicht wiedereingeführt, auch wenn das Protestgeschrei groß gewesen war. Außerdem hatte er viele ehemalige zaristische Offiziere rekrutiert, sie in »Spezialisten« umbenannt und auf ihre alten Posten gesetzt. Auch die Todesstrafe für Deserteure hatte er wieder in Kraft gesetzt. Grigori gefielen diese Maßnahmen nicht, aber er verstand die Notwendigkeit. Alles war besser als die Konterrevolution.

Was die Armee zusammenhielt, war ein Kern aus bolschewistischen Parteimitgliedern. Sie waren bewusst auf sämtliche Einheiten verteilt, um die größtmögliche Wirkung zu erzielen. Einige waren einfache Soldaten, andere Offiziere, und wieder andere, wie Grigori, waren Politkommissare, die mit den militärischen Führern zusammenarbeiteten und dem Zentralkomitee der Partei in Moskau Bericht erstatteten. Sie hielten die Moral aufrecht, indem sie den Soldaten sagten, sie würden für die größte Sache in der Geschichte der Menschheit kämpfen. Wenn die Armee grausam, ja erbarmungslos sein und Pferde und Korn von verzweifelten Bauern requirieren musste, erklärten die Bolschewiken den Soldaten, warum solche Maßnahmen im Interesse des Allgemeinwohls nötig waren. Außerdem meldeten sie die geringsten Anzeichen von Unzufriedenheit, damit man sich darum kümmern konnte, bevor irgendetwas aus dem Ruder lief.

Aber würde das alles reichen?

Grigori und Trotzki hatten sich über eine Landkarte gebeugt. Trotzki deutete auf den Transkaukasus zwischen Russland und Persien. »Die Türken kontrollieren mit deutscher Hilfe noch immer das Kaspische Meer«, sagte er.

»Und damit bedrohen sie die Ölfelder«, murmelte Grigori.

»Denikin ist ein starker Mann in der Ukraine.« Tausende von Aristokraten, Offizieren und Großbürgern, die vor der Revolution geflohen waren, waren in Nowotscherkassk gelandet, wo sie unter dem abtrünnigen General Denikin eine konterrevolutionäre Streitmacht aufgestellt hatten.

»Die sogenannte Freiwilligenarmee«, sagte Grigori.

»Genau.« Trotzkis Finger bewegte sich in Russlands Norden. »Die Briten haben ein Marinegeschwader in Murmansk, und drei amerikanische Infanteriebataillone sind in Archangelsk. Dabei werden sie von fast jedem anderen Land unterstützt: Kanada, China, Polen, Italien, Serbien … Es würde schneller gehen, die Länder aufzuzählen, die *keine* Truppen im eisigen Norden unseres Landes haben.«

»Und dann ist da Sibirien.«

Trotzki nickte. »Die Japaner und Amerikaner haben Soldaten in Wladiwostok. Die Tschechen kontrollieren den größten Teil der Transsibirischen Eisenbahn, und die Briten und Kanadier sind in Omsk und unterstützen die sogenannte Sibirische Regierung.«

Grigori hatte das meiste von alledem schon gewusst, aber nie das Gesamtbild betrachtet. »Verdammt, wir sind umzingelt!«, sagte er.

»Genau. Und jetzt, nachdem die kapitalistisch-imperialistischen

Mächte Frieden geschlossen haben, verfügen sie über Millionen von Soldaten.«

Grigori suchte nach einem Hoffnungsschimmer. »Andererseits haben wir die Rote Armee in den letzten sechs Monaten von dreihunderttausend Mann auf eine Million verstärkt.«

»Ich weiß«, sagte Trotzki, doch es stimmte ihn auch nicht froh. »Aber das reicht nicht.«

✠

Deutschland steckte mitten in einer Revolution. In Walters Augen ähnelte sie auf erschreckende Weise dem Umsturz, der vor einem Jahr in Russland stattgefunden hatte.

Es begann mit einer Meuterei. Die Seekriegsleitung befahl der vor Wilhelmshaven ankernden Hochseeflotte, auszulaufen und die Briten anzugreifen, was einem Selbstmord gleichgekommen wäre, doch die Seeleute wussten, dass es Waffenstillstandsverhandlungen gab, und weigerten sich. Walter hatte seinem Vater gegenüber erwähnt, dass die Offiziere gegen den ausdrücklichen Wunsch des Kaisers gehandelt hätten; demnach seien sie die Meuterer und nicht die Matrosen. Otto von Ulrich hatte vor Wut getobt.

Der Matrosenaufstand weitete sich bis nach Kiel aus, und als die Regierung versuchte, ihn niederzuschlagen, wurde die Stadt von einem Arbeiter- und Soldatenrat übernommen, der nach dem Vorbild der russischen Sowjets gestaltet war. Zwei Tage später wurden auch Hamburg, Bremen und Cuxhaven von Räten beherrscht. Dann hatte der Kaiser abgedankt. Das war vorgestern gewesen.

Walter hatte Angst. Er wollte Demokratie, keine Revolution. Doch am Tag der Abdankung waren die Arbeiter in Berlin zu Tausenden auf die Straßen gegangen, hatten rote Fahnen wehen lassen, und der Linksextremist Karl Liebknecht hatte Deutschland zu einer freien sozialistischen Republik erklärt. Walter wusste nicht, wie das enden würde.

Der Waffenstillstand wiederum war ein furchtbarer Augenblick. Walter hatte den Krieg schon immer für einen schrecklichen Fehler gehalten; dennoch freute es ihn nicht, recht gehabt zu haben. Das Vaterland war besiegt und gedemütigt worden, und Walters Landsleute hungerten.

Er saß im Salon des elterlichen Hauses in Berlin und blätterte die Zeitungen durch. Die Tapete war verblasst, die Bilderrahmen verstaubt. Im antiken Parkett waren einige Stücke lose, doch es gab keine Handwerker, die den Boden hätten reparieren können.

Walter konnte nur hoffen, dass die Welt ihre Lektion lernte. Präsident Wilsons 14-Punkte-Programm war ein Hoffnungsschimmer. War es wirklich möglich, dass die Titanen unter den Nationen dieser Erde einen Weg finden würden, ihre Streitigkeiten friedlich zu lösen?

Ein Artikel in einer rechtsgerichteten Zeitung machte Walter wütend. »Dieser Trottel von einem Reporter sagt, das deutsche Heer sei im Felde nie besiegt worden«, schimpfte er, als sein Vater den Raum betrat. »Er behauptet, wir wären von den Juden und Sozialisten in der Heimat verraten worden. Wir müssen so einen Unsinn sofort unterbinden.«

»Warum sollten wir?«, erwiderte Otto trotzig.

»Weil wir wissen, dass es nicht stimmt.«

»Ich glaube auch, dass wir von Juden und Sozialisten verraten wurden.«

»Wie bitte?« Walter konnte kaum glauben, was er da hörte. »Nicht Juden und Sozialisten haben uns an der Marne zurückgeschlagen – zweimal! Wir haben den Krieg ver-lo-ren!«

»Wir wurden durch den mangelnden Nachschub geschwächt.«

»Das war die britische Blockade. Und wessen Schuld war es, dass dann auch noch die Amerikaner gegen uns in den Krieg gezogen sind? Nicht die Juden oder Sozialisten haben den uneingeschränkten U-Boot-Krieg verlangt und Schiffe mit amerikanischen Passagieren versenkt!«

»Es waren die Sozialisten, die den unerhörten Waffenstillstandsbedingungen der Entente nachgegeben haben.«

Vor Wut verschlug es Walter beinahe die Sprache. »Du weißt doch ganz genau, dass es Ludendorff gewesen ist, der um einen Waffenstillstand gebeten hat. Friedrich Ebert wurde erst vorgestern zum Kanzler ernannt! Wie kannst du ihm da die Schuld geben?«

»Hätte das Militär noch das Sagen, hätten wir dieses Dokument heute *nie* unterzeichnet.«

»Aber ihr habt nicht mehr das Sagen, denn ihr habt den Krieg verloren. Ihr habt dem Kaiser gesagt, ihr könntet siegen, und der Kaiser hat euch geglaubt und darum seine Krone verloren. Wie sollen wir aus unseren Fehlern lernen, wenn wir das deutsche Volk solche Lügen glauben lassen?«

»Wenn das Volk glaubt, wir seien besiegt worden, wird es demoralisiert.«

»Es *soll* demoralisiert werden! Die Herrscher Europas haben etwas Schlimmes und Dummes getan, das zehn Millionen Menschen das Leben gekostet hat. Lass die Leute wenigstens *das* begreifen, damit so etwas nie wieder passiert!«

»Nein«, widersprach ihm sein Vater.

Dritter Teil

Eine neue Weltordnung

ИХ СОЦИАЛИСТИЧЕСК СПУБЛИ
ÉPUBLIQUES SOCIAL TIQUI
OF SOVIET SOCIALIS
OZIALIS CHER SOWJETREP
ДЕКЛАРАЦИЯ ОБ ОБРАЗОВАНИИ
ОВЕТСКИХ СОЦИАЛИСТИЧЕСКИХ РЕСПУ
PROCLAMATION
SOCIALISTES SOVIÉ

KAPITEL 34

November bis Dezember 1918

Am Morgen nach dem Tag des Waffenstillstands wachte Ethel früh auf. Als sie in der steingefliesten Küche zitternd darauf wartete, dass auf dem altmodischen Herd das Teewasser zu kochen begann, beschloss sie, glücklich zu sein. Sie hatte so viel, worüber sie glücklich sein konnte. Der Krieg war vorüber, und sie erwartete ein Kind. Sie hatte einen treuen Ehemann, der sie vergötterte. Die Dinge hatten sich zwar nicht so entwickelt, wie sie es sich gewünscht hatte, aber davon würde sie sich nicht unterkriegen lassen. Sie beschloss, die Küche in einem fröhlichen Gelb zu streichen. Bunte Küchen waren in Mode.

Aber vorher musste sie versuchen, ihre Ehe zu kitten. Bernie war durch ihre Kapitulation besänftigt, sie selbst aber verübelte ihm sein Verhalten noch immer, und im Haus herrschte nach wie vor eine vergiftete Stimmung. Ethel war zwar wütend auf Bernie, wollte aber nicht, dass es zu einem dauerhaften Bruch kam.

Sie nahm zwei Tassen Tee mit ins Schlafzimmer und legte sich wieder ins Bett. Lloyd schlief noch in seinem Bettchen in der Ecke. »Wie fühlst du dich?«, fragte sie, als Bernie sich aufrichtete und die Brille aufsetzte.

»Besser, glaube ich.«

»Bleib noch einen Tag im Bett, dann kannst du sicher sein, dass du die Grippe ganz los bist.«

»Vielleicht tue ich das.« Seine Stimme klang unbeteiligt; es lag weder Wärme noch Feindseligkeit darin.

Ethel nippte vom heißen Tee. »Was wäre dir lieber, ein Junge oder ein Mädchen?«

Bernie schwieg. Zuerst glaubte sie, er wollte ihr dickköpfig die Antwort verweigern. Aber wie es seine Gewohnheit war, dachte er nur ein paar Sekunden nach; dann sagte er: »Einen Jungen haben wir. Da wäre es schön, wenn wir jetzt ein Mädchen bekämen.«

In Ethel erwachte die alte Zuneigung zu Bernie. Von Lloyd sprach er immer wie von einem eigenen Sohn. »Wir müssen dafür sorgen, dass das Land, in dem die Kinder aufwachsen, ein friedliches Land ist«, sagte sie. »Ein Land, in dem sie eine gute Schulbildung bekommen und Arbeit und ein anständiges Haus, in dem sie ihre eigenen Kinder aufziehen können. Ein Land ohne weitere Kriege.«

»Lloyd George wird eine Blitzwahl abhalten.«

»Meinst du?«

»Er ist der Mann, der den Krieg gewonnen hat. Er wird sich wiederwählen lassen, ehe die Begeisterung nachlässt.«

»Ich glaube, die Labour-Partei wird trotzdem gute Ergebnisse erzielen.«

»Wir haben jedenfalls Chancen in Wahlbezirken wie Aldgate.«

Ethel zögerte. »Möchtest du, dass ich deinen Wahlkampf leite?«

Bernie wirkte unschlüssig. »Ich habe Jock Reid gebeten, mein Wahlkampfleiter zu sein.«

»Jock kann sich um die rechtliche Seite und um die Finanzen kümmern«, sagte Ethel. »Ich organisiere Kundgebungen und dergleichen. Das kann ich viel besser als er.« Plötzlich merkte sie, dass es nicht nur um den Wahlkampf ging, sondern auch um ihre Ehe.

»Bist du sicher, dass du das für mich tun willst?«

»Ja. Jock wird dich nur durch die Gegend schicken – überall dorthin, wo du reden sollst. Das musst du natürlich auch tun, aber Ansprachen sind nicht deine Stärke. Dir liegt es mehr, dich mit wenigen Leuten zusammenzusetzen und bei einer Tasse Tee zu diskutieren. Ich bringe dich in Fabriken und Lagerhäuser, wo du mit den Arbeitern reden kannst.«

»Gute Idee«, sagte Bernie.

Ethel trank ihren Tee aus und stellte die Tasse neben das Bett auf den Boden. »Du fühlst dich also besser?«

»Ja.«

Sie nahm seine Tasse, stellte sie ab und zog sich das Nachthemd über den Kopf. Ihre Brüste waren nicht mehr so keck wie vor ihrer Schwangerschaft mit Lloyd, aber noch immer fest und rund. »Wie viel besser?«, fragte sie.

Er starrte auf ihren Busen. »Viel, viel besser.«

Sie hatten sich seit dem Abend, an dem Ethel von Jayne McCulley als Kandidatin vorgeschlagen worden war, nicht mehr geliebt. Ethel hatte es sehr vermisst. Nun stützte sie ihre Brüste mit den Händen. In der kalten Luft des Schlafzimmers richteten sich die Brustwarzen auf. »Weißt du, was das ist?«

»Ich glaube, das sind deine Brüste.«

»Manche Leute nennen sie Titten.«

»Ich nenne sie schön.« Seine Stimme war heiser geworden.

»Möchtest du mit ihnen spielen?«

»Den ganzen Tag.«

»Ich weiß nicht recht«, sagte sie. »Aber fang mal an. Dann werden wir ja sehen, wohin es führt.«

»Na gut.«

Ethel seufzte glücklich. Männer waren so schlichte Gemüter.

Eine Stunde später ließ sie Lloyd bei Bernie zu Hause und ging zur Arbeit. Auf den Straßen war nicht viel Betrieb: London hatte an diesem Morgen einen Kater. Im Gewerkschaftsbüro setzte Ethel sich an ihren Schreibtisch. Der Frieden würde neue industrielle Probleme mit sich bringen, erkannte sie, als sie an den Arbeitstag dachte, der vor ihr lag. Millionen Männer verließen die Army und suchten nach Arbeitsstellen; sie würden versuchen, die Frauen zu verdrängen, die vier Jahre lang ihren Job erledigt hatten. Diese Frauen jedoch brauchten ihren Lohn. Längst nicht alle hatten einen Mann, der aus Frankreich nach Hause kam; viele hatten ihre Männer auf den Schlachtfeldern verloren. Die Frauen brauchten ihre Gewerkschaft; sie brauchten Ethel.

Wann immer die Wahl anstand, würde die Gewerkschaft natürlich für die Labour-Partei die Werbetrommel rühren. Ethel verbrachte fast den ganzen Tag in Planungssitzungen.

Die Abendzeitungen brachten überraschende Neuigkeiten in Sachen Wahl: Lloyd George hatte beschlossen, die Koalitionsregierung in die Friedenszeit hinein weiterzuführen. Er würde nicht als Parteichef der Liberalen in den Wahlkampf gehen, sondern als Spitzenkandidat der Koalition. An diesem Morgen hatte er vor zweihundert liberalen Abgeordneten in der Downing Street eine Rede gehalten und ihre Unterstützung gewonnen. Gleichzeitig hatte Bonar Law die konservativen Abgeordneten überzeugt, den Plan zu billigen.

Ethel war wie vor den Kopf gestoßen. Wofür sollten die Menschen dann noch wählen?

Als sie nach Hause kam, schäumte Bernie vor Wut. »Das ist keine

Wahl, das ist eine verdammte Krönung«, sagte er. »King David Lloyd George. Was für ein Verräter. Da hat er die Chance, eine radikale linksgerichtete Regierung zu bilden, und was tut er? Er bleibt weiter mit seinen konservativen Busenfreunden zusammen! Er ist ein verdammter Opportunist.«

»Geben wir noch nicht auf«, sagte Ethel.

Zwei Tage später zog die Labour-Partei sich aus der Koalition zurück und verkündete, sie würde gegen Lloyd George antreten. Vier Labour-Abgeordnete, die Minister in seiner Regierung waren, weigerten sich zurückzutreten und wurden umgehend aus der Partei ausgeschlossen. Die Wahl wurde auf den 14. Dezember angesetzt. Damit die Stimmen der Soldaten aus Frankreich ins Land gebracht und ausgezählt werden konnten, sollte das Ergebnis erst nach Weihnachten bekannt gegeben werden.

Ethel begann mit dem Entwurf von Bernies Wahlkampfplan.

Am Tag nach dem Waffenstillstand schrieb Maud auf dem geprägten Papier ihres Bruders an Walter und warf das Kuvert in den roten Briefkasten an der Straßenecke.

Sie hatte keine Ahnung, wann der normale Postverkehr wieder aufgenommen wurde, doch sobald dies geschah, sollte ihr Brief ganz oben auf dem Stapel liegen. Maud hatte sorgsam formuliert, falls noch immer zensiert wurde: Sie ging nicht auf ihre Ehe ein, sondern schrieb, sie hoffe, sie beide könnten nun, da wieder Frieden zwischen ihren Ländern herrsche, ihre alte Beziehung fortsetzen. Vielleicht war der Brief trotzdem riskant. Aber Maud wollte unbedingt erfahren, ob Walter noch lebte, und ihn wiedersehen.

Sie befürchtete, die siegreiche Entente würde das deutsche Volk strafen, doch Lloyd Georges Ansprache vor den liberalen Abgeordneten beruhigte sie: Den Abendzeitungen zufolge hatte er erklärt, der Friedensvertrag mit Deutschland müsse fair und gerecht sein. »Wir dürfen keinem Rachewunsch, keinem Geiste der Gier und keinen habsüchtigen Wünschen gestatten, die Oberhand über die Grundprinzipien der Rechtschaffenheit zu gewinnen.« Großbritannien würde sich allem entgegenstellen, was »eine gemeine, schäbige, abstoßende Vorstellung von Vergeltung und Habsucht« sei, wie Lloyd George es ausdrückte. Maud war erleichtert. Für die Deutschen würde das Leben ohnehin hart genug werden.

Umso größer war ihr Entsetzen, als sie am nächsten Morgen beim Frühstück die *Daily Mail* aufschlug. Der Leitartikel war überschrieben mit: DIE HUNNEN MÜSSEN ZAHLEN. Die Zeitung führte an, dass Lebensmittelhilfen nach Deutschland geschickt werden sollten – aber nur, »weil Deutschland, wenn es verhungert, seine Schulden nicht zahlen kann«. Der deutsche Kaiser müsse wegen seiner Kriegsverbrechen vor Gericht gestellt werden, hieß es weiter. Die *Mail* heizte die Rachelust weiter an, indem sie an oberster Stelle in der Leserbriefspalte eine Hetzschrift der Viscountess Templetown veröffentlichte, die forderte: SPERRT DIE HUNNEN AUS.

»Wie lange sollen wir uns denn noch gegenseitig hassen?«, sagte Maud zu Tante Herm. »Ein Jahr? Zehn Jahre? Für immer?«

Doch Maud hätte nicht überrascht sein sollen. Die *Mail* hatte bereits eine Hetzkampagne gegen die dreißigtausend Deutschen geführt, die bei Kriegsausbruch in Großbritannien lebten – die meisten davon waren seit vielen Jahren hier und betrachteten das Land als ihre Heimat. Infolgedessen waren Familien auseinandergerissen worden, und Tausende harmloser Menschen hatten Jahre in britischen Internierungslagern verbracht. So dumm es auch war: Die Leute brauchten jemanden, den sie hassen konnten, und die Zeitungen waren gerne bereit, dieses Bedürfnis zu befriedigen.

Maud kannte Lord Northcliffe, den Eigentümer der *Mail*. Wie alle großen Pressezaren glaubte er tatsächlich das Gewäsch, das er veröffentlichte. Sein Talent bestand darin, die dümmsten Vorurteile seiner Leserschaft so auszudrücken, dass sie plausibel erschienen, sodass Beschämendes als respektabel und Blödsinn als Weisheit dastand. Deshalb kauften die Leute seine Zeitung.

Maud wusste aber auch, dass Lloyd George unlängst Northcliffe persönlich eine Abfuhr erteilt hatte. Der selbstherrliche Großverleger hatte sich als Mitglied der britischen Delegation in der bevorstehenden Friedenskonferenz angeboten und beleidigt reagiert, als der Premierminister ihn zurückwies.

Maud war besorgt. In der Politik musste man sich manchmal mit verabscheuungswürdigen Individuen abgeben, aber das schien Lloyd George vergessen zu haben. Maud stellte sich die bange Frage, wie stark sich die böswillige Propaganda der *Mail* auf die Wahl auswirken würde.

Einige Tage später sollte sie es erfahren.

Sie besuchte eine Kundgebung in einer Stadthalle im Londoner Eastend. Ethel Leckwith saß im Publikum; ihr Mann Bernie stand auf dem Podium. Maud hatte ihren Streit mit Ethel nicht beigelegt, obwohl sie jahrelang Freundinnen und Kolleginnen gewesen waren. Stattdessen zitterte sie noch immer vor Wut, wenn sie daran dachte, wie Ethel und ihre Gesinnungsgenossinnen das Parlament dazu bewegt hatten, ein Gesetz zu verabschieden, das Frauen beim Stimmrecht Männern gegenüber im Nachteil hielt. Zugleich aber vermisste sie Ethels unerschütterlich gute Laune und ihr strahlendes Lächeln.

Während der Vorstellungen der Redner saßen die Zuhörer unruhig auf ihren Bänken. Noch immer waren es überwiegend Männer, auch wenn mittlerweile ein paar Frauen wählen durften. Maud vermutete allerdings, dass die meisten ihrer Geschlechtsgenossinnen noch gar nicht begriffen hatten, dass sie sich nun für politische Diskussionen interessieren sollten. Gleichzeitig hatte sie den Eindruck, dass die meisten Frauen von dem rauen Umgangston abgestoßen wurden, der bei politischen Versammlungen herrschte, wenn Männer auf einem Podium standen und in einem fort redeten, während das Publikum jubelte oder buhte.

Bernie hielt die erste Rede, aber er hatte kein rhetorisches Talent, wie Maud rasch erkannte. Er sprach über das neue Programm der Labour-Partei, besonders über Klausel vier, in der gefordert wurde, dass die Produktionsmittel zu öffentlichem Eigentum wurden. Maud fand die Klausel interessant, weil sie eine klare Trennlinie zwischen Labour-Anhängern und wirtschaftsfreundlichen Liberalen zog; schon bald aber begriff sie, dass sie einer Minderheit angehörte. Der Mann neben ihr wurde unruhig und brüllte schließlich: »Werdet ihr die Deutschen aus unserem Land rauswerfen?«

Bernie war aus dem Konzept gebracht. Er murmelte irgendetwas; dann sagte er: »Ich werde alles tun, wovon der arbeitende Mann profitiert.« Maud fragte sich, wo die arbeitende Frau blieb und vermutete, dass Ethel genau das Gleiche dachte. Bernie fuhr fort: »Aber ich betrachte ein Vorgehen gegen Deutsche in Großbritannien nicht als vorrangig.«

Das kam gar nicht gut an. Hier und da war sogar Buhen zu vernehmen.

Bernie fuhr fort: »Um nun wieder auf die wichtigeren Fragen zu sprechen zu kommen …«

Am anderen Ende des Saales rief jemand: »Was ist mit dem Kaiser?«

Bernie beging den Fehler, den Zwischenruf mit einer Frage zu beantworten. »Was soll mit dem Kaiser sein? Er hat abgedankt.«

»Sollte er vor Gericht gestellt werden?«

Verstimmt erwiderte Bernie: »Begreift ihr denn nicht, dass er bei einem Prozess das Recht hätte, sich zu verteidigen? Wollt ihr dem deutschen Kaiser eine Bühne bieten, auf der er vor aller Welt seine Unschuld darlegen kann?«

Ein bestechendes Argument, dachte Maud, nur war es nicht das, was das Publikum hören wollte. Das Buhen wurde lauter, und mehrere Zuhörer brüllten: »Hängt den Kaiser!«

Maud schüttelte den Kopf. Britische Wähler konnten widerlich sein, wenn sie aufgebracht waren, zumindest die Männer. An einer solchen Versammlung würden nur wenige Frauen teilnehmen wollen.

»Würden wir unsere besiegten Feinde hängen«, sagte Bernie, »wären wir Barbaren.«

Der Mann neben Maud brüllte wieder: »Die Hunnen sollen büßen!«

Das rief die bisher stärkste Reaktion hervor. Mehrere Zuhörer brüllten: »Ja, die Hunnen sollen büßen!«

»Wir dürfen uns nicht …«, begann Bernie, aber weiter kam er nicht.

»Die Hunnen sollen büßen!« Der Ruf wurde von immer mehr Zuhörern aufgenommen, und bald skandierten sie: »Die Hunnen sollen büßen! Die Hunnen sollen büßen!«

Maud erhob sich und ging.

Woodrow Wilson war der erste amerikanische Staatschef, der während seiner Amtszeit das Land verließ.

Am 4. Dezember fuhr er von New York aus mit dem Schiff in Richtung Europa. Neun Tage später erwartete Gus ihn am Hafen von Brest, an der westlichen Spitze des »Pfannenstiels« der Bretagne. Gegen Mittag lichtete sich der Nebel, und zum ersten Mal seit Tagen kam die Sonne durch. In der Bucht bildeten französische, britische und amerikanische Linienschiffe ein Ehrenspalier, durch das der Präsident an Bord eines amerikanischen Transportschiffes einfuhr, der *George Washington*. Geschütze feuerten Salut, und eine Kapelle spielte die amerikanische Nationalhymne.

Für Gus war es ein feierlicher Augenblick. Wilson kam, um dafür zu sorgen, dass es nie wieder einen Krieg gab wie den, der gerade zu Ende gegangen war. Seine Vierzehn Punkte und sein Völkerbund sollten Werkzeuge sein, mit denen zerstrittene Nationen ihre Konflikte friedlich zu lösen vermochten. In der Geschichte der Zivilisation hatte sich noch kein Politiker ein so hohes Ziel gesteckt: Wenn Wilson Erfolg hatte, würde es eine neue Weltordnung geben.

Um drei Uhr nachmittags stieg die First Lady, Edith Wilson, am Arm von General Pershing die Gangway hinunter, gefolgt vom Präsidenten mit Zylinder.

Die Stadt Brest empfing Wilson als heldenhaften Befreier. *Lang lebe Wilson*, stand auf den Bannern, *Verteidiger der Rechte aller Völker*. An jedem Gebäude flatterte das Sternenbanner. Die Menge drängte sich auf den Gehsteigen; viele Frauen trugen den traditionellen bretonischen Spitzenkopfputz. Überall dudelten bretonische Sackpfeifen. Auf diese Instrumente hätte Gus allerdings gut verzichten können.

Der französische Außenminister hielt eine Willkommensansprache. Gus stand mit den amerikanischen Reportern zusammen. Er bemerkte eine kleine Frau mit einer großen Pelzkappe. Als sie den Kopf drehte, sah er, dass ihr schönes Gesicht von einem dauerhaft geschlossenen Auge entstellt wurde. Gus lächelte: Es war Rosa Hellman. Er freute sich schon darauf, von ihr zu hören, wie sie diese Friedenskonferenz sah.

Nach den Ansprachen stieg die Präsidentendelegation in den Nachtzug, der sie ins vierhundert Meilen entfernte Paris bringen sollte. Der Präsident schüttelte Gus die Hand und sagte: »Freut mich, dass Sie wieder im Team sind.«

Wilson wollte während der Pariser Friedenskonferenz vertraute Gesichter um sich haben. Sein oberster Berater war Colonel House, der blasse Texaner, schon seit Jahren Wilsons inoffizieller außenpolitischer Berater. Gus wäre das niederrangigste Mitglied der Crew.

Wilson wirkte müde, als er sich mit seiner Frau in seine Suite zurückzog. Gus machte sich Sorgen. Er hatte Gerüchte gehört, dass es mit der Gesundheit des Präsidenten nicht zum Besten stehe. 1906 war hinter Wilsons linkem Auge ein Blutgefäß geplatzt und hatte zeitweilige Blindheit hervorgerufen; die Ärzte hatten hohen Blutdruck festgestellt und ihm geraten, in den Ruhestand zu gehen. Wilson hatte diesen Rat unbekümmert in den Wind geschlagen und weiter auf seine Präsidentschaftskandidatur hingearbeitet, doch in letzter Zeit litt er unter Kopfschmerzen, die ein neues Symptom des Bluthochdrucks sein konnten. Die Friedenskonferenz wäre strapaziös. Gus hoffte, dass Wilson sie durchstand.

Rosa saß im gleichen Zug. Gus nahm ihr gegenüber auf dem brokatbespannten Sitz im Speisewagen Platz. »Ich habe mich schon gefragt, ob ich dich wiedersehe«, sagte Rosa, die sich ehrlich zu freuen schien, dass sie sich begegneten.

»Ich bin von der Army abgestellt«, erklärte Gus. Er trug nach wie vor Offiziersuniform.

»In der Heimat wurde Wilson wegen der Auswahl seiner Delegierten heftig kritisiert. Nicht deinetwegen natürlich …«

»Ich bin nur ein kleiner Fisch «

»Aber einige Stimmen sagen, er hätte seine Frau zu Hause lassen sollen.«

Gus zuckte mit den Schultern. Die Frage erschien ihm banal. Nachdem er die Schlachtfelder des Ersten Weltkriegs gesehen hatte, kamen ihm so manche Alltagssorgen, von denen die Menschen in Friedenszeiten geplagt wurden, schrecklich banal vor.

»Vor allem hat er keinen einzigen Republikaner mitgebracht«, sagte Rosa.

»Er will Verbündete in seinem Stab, keine Feinde«, erwiderte Gus unwillig.

»Zu Hause braucht er auch Verbündete«, sagte Rosa. »Den Kongress hat er schon verloren.«

Da hatte sie recht, dachte Gus, und es erinnerte ihn daran, wie klug sie war. Für Wilson waren die Halbzeitwahlen katastrophal ausgefallen. Die Republikaner hatten den Senat und das Repräsentantenhaus an sich gebracht. »Wie konnte das geschehen?«, fragte er. »Ich bin nicht mehr auf dem Laufenden.«

»Die Leute haben genug von Rationierung und hohen Preisen, und das Kriegsende kam ein wenig zu spät, um groß etwas daran ändern zu können. Und die Liberalen hassen das Geheimhaltungsgesetz, weil es Wilson erlaubt, jeden ins Gefängnis zu stecken, der gegen den Krieg ist. Er hat es sogar benutzt: Eugene Debs wurde zu zehn Jahren verurteilt.« Debs war Präsidentschaftskandidat der Sozialisten gewesen. Zornig fuhr Rosa fort: »Man kann nicht seine Gegner hinter Gitter stecken und trotzdem so tun, als glaube man an die Freiheit.«

»In Kriegszeiten muss die Freiheit manchmal eingeschränkt werden«, sagte Gus.

»Die amerikanischen Wähler sind da offensichtlich anderer Meinung. Und da ist noch etwas: Wilson hat in Washington die Rassentrennung eingeführt.«

Gus wusste nicht, ob die Schwarzen je auf das gleiche Niveau kommen würden wie die Weißen, aber wie die meisten liberalen Amerikaner vertrat er die Ansicht, dass man dies am besten herausfand, wenn man ihnen bessere Chancen im Leben gab und sich dann anschaute, was sie daraus machten. Doch Wilson und seine Frau kamen aus den Südstaaten und sahen das anders. »Edith Wilson wollte ihr Dienstmädchen nicht mit nach London nehmen, weil sie Angst hatte, es könnte hier verwöhnt werden«, sagte Gus. »Sie sagt, die Briten seien zu höflich zu den Negern.«

»Woodrow Wilson ist nicht mehr der Liebling der amerikanischen Linken«, erklärte Rosa. »Und das bedeutet, er braucht für seinen Völkerbund die Unterstützung der Republikaner.«

»Henry Cabot Lodge dürfte sich übergangen fühlen.« Lodge war ein Republikaner des rechten Flügels.

»Du kennst doch die Politiker«, entgegnete Rosa. »Sie sind empfindlich wie die Schulmädchen und noch viel rachsüchtiger. Lodge ist Vorsitzender des außenpolitischen Komitees im Senat. Wilson hätte ihn nach Paris mitnehmen sollen.«

»Lodge ist erklärter Gegner des Völkerbundgedankens«, wandte Gus ein.

»Intelligenten Menschen zuhören zu können, die anderer Meinung sind als man selbst, ist eine seltene Gabe – aber ein Präsident sollte sie besitzen. Hätte er Lodge mit hierhergebracht, wäre der Mann ausgeschaltet gewesen. Als Mitglied des Stabes könnte er nicht nach Hause reisen und bekämpfen, was immer in Paris beschlossen wird.«

Vermutlich hatte sie recht. Aber Wilson war ein Idealist, der daran glaubte, dass die Kraft der Rechtschaffenheit sämtliche Hindernisse überwand. Er unterschätzte allerdings den Wert der Schmeichelei, des Bettelns und der Verführung.

Das Essen zu Ehren des Präsidenten war gut. Sie speisten fangfrische Atlantik-Seezunge in Buttersoße. So gut hatte Gus zum letzten Mal vor Ausbruch des Krieges gegessen. Belustigt beobachtete er, wie herzhaft Rosa zulangte. Dabei hatte sie eine so zierliche Gestalt. Wo ließ sie das alles?

Nach dem Essen wurde starker Kaffee in kleinen Tassen gereicht. Gus wollte sich noch nicht in sein Schlafabteil zurückziehen; er wollte sich lieber noch ein bisschen mit Rosa unterhalten. »Trotzdem wird Wilson in Paris eine starke Stellung haben«, sagte er.

Rosa blickte ihn skeptisch an. »Wieso?«

»Nun, zunächst mal haben wir für die Franzosen den Krieg gewonnen.«

Sie nickte. »Wilson hat gesagt: ›Bei Château-Thierry haben wir die Welt gerettet.‹«

»Chuck Dixon und ich waren bei der Schlacht dabei.«

»Ist Chuck dort gefallen?«

»Ja. Ein Artillerievolltreffer. Der erste Tote, den ich gesehen habe. Leider nicht der letzte.«

»Das tut mir leid, besonders für seine Frau. Ich kenne Doris schon seit Jahren – wir hatten die gleiche Klavierlehrerin.«

»Ich weiß nicht, ob wirklich wir die Welt gerettet haben«, sagte Gus. »Im Krieg sind viel mehr Franzosen, Briten und Russen gefallen als Amerikaner. Aber wir haben die Waage geneigt. Das muss etwas bedeuten.«

Rosa schüttelte den Kopf, dass ihre dunklen Locken wogten. »Da bin ich anderer Meinung. Der Krieg ist vorbei, und die Europäer brauchen uns nicht mehr.«

»Männer wie Lloyd George sind offenbar der Meinung, dass man die Militärmacht der USA nicht mehr übersehen darf.«

»Dann liegt er falsch«, erwiderte Rosa. »Angenommen, die Franzosen und Briten weigern sich, Wilsons Kurs zu folgen. Würde er dann seine Ideen mithilfe der Army durchsetzen können? Nein. Selbst wenn er es wollte, ein republikanischer Kongress würde es ihm nicht erlauben.«

»Wir haben wirtschaftliche und finanzielle Macht.«

»Es stimmt schon, dass die Entente Riesenschulden bei uns hat, aber ich weiß nicht, wie viel Einfluss wir dadurch gewinnen. Wie sagt man so schön: Hast du hundert Dollar Schulden, hat die Bank dich in der Hand, aber wenn du hundert Millionen Dollar Schulden hast, ist es umgekehrt.«

Gus ahnte, dass Wilsons Vorhaben schwieriger sein konnte, als er es sich vorgestellt hatte. »Und was ist mit der öffentlichen Meinung? Du hast gesehen, welchen Empfang man Wilson in Brest bereitet hat. Ganz Europa blickt auf ihn und hofft, dass er eine friedliche Welt schafft.«

»Das ist seine Trumpfkarte. Die Leute sind das Gemetzel leid. Nie wieder Krieg, skandieren sie. Ich hoffe nur, dass Wilson ihnen geben kann, was sie verlangen.«

Sie wünschten einander eine gute Nacht und gingen in ihre Abteile. Gus lag noch lange wach und dachte über Rosa nach und darüber, was sie gesagt hatte. Nie hatte er eine klügere Frau kennengelernt. Und sie war wunderschön, trotz ihres geschlossenen Auges, auf das Gus gar nicht mehr geachtet hatte.

Rosa war pessimistisch, was die Konferenz betraf. Nun – alles, was sie gesagt hatte, stimmte. Wilson stand ein harter Kampf bevor, das war Gus nun klar. Er war froh, Teil des Stabes zu sein, und entschlossen, alles zu tun, was in seiner Macht stand, damit die Ideale des Präsidenten Wirklichkeit wurden.

In den frühen Morgenstunden blickte Gus aus dem Abteilfenster. Der Zug stampfte ostwärts durch Frankreich. Als sie durch eine Stadt fuhren, entdeckte er zu seinem Erstaunen eine Menschenmenge, die auf den Bahnsteigen und an der Straße neben den Gleisen stand und den Zug beobachtete. Es war dunkel, aber im Laternenlicht waren die Menschen deutlich zu erkennen. Zu Tausenden standen sie da, Männer, Frauen und Kinder. Gejubelt wurde nicht; alle waren ganz still. Aber die Männer zogen die Hüte, die Jungen die Mützen. Diese Geste des Respekts rührte Gus beinahe zu Tränen. Diese Menschen hatten die halbe Nacht gewartet, um jenen Zug zu sehen, mit dem die Hoffnung für die Welt reiste.

KAPITEL 35

Dezember 1918 bis Februar 1919

Drei Tage nach Weihnachten wurden die Stimmen ausgezählt. Ethel und Bernie Leckwith standen im Rathaus von Aldgate, als das Ergebnis verkündet wurde – Bernie in seinem besten Anzug auf dem Podium, Ethel im Publikum.

Bernie hatte verloren.

Er ließ sich nichts anmerken, aber Ethel weinte. Für Bernie war es das Ende eines Traumes. Vielleicht war der Traum töricht gewesen; dennoch schmerzte ihn die Niederlage, und Bernie so zu sehen tat ihr in der Seele weh.

Der Sieger war ein Liberaler, der die Koalition Lloyd Georges unterstützte. Konsequenterweise hatte es keinen konservativen Kandidaten gegeben, und die Konservativen hatten liberal gewählt. Diese Konstellation war der Labour-Partei zum Verhängnis geworden.

Bernie gratulierte seinem siegreichen Gegner und verließ das Podium. Die anderen Labour-Mitglieder kamen mit einer Flasche Scotch und wollten Totenwache halten, aber Bernie und Ethel gingen nach Hause.

»Ich bin nicht dafür geschaffen, Eth«, sagte Bernie, als sie Wasser für Kakao aufsetzte.

»Du hast dich gut geschlagen«, entgegnete sie. »Wir wurden von diesem verdammten Lloyd George aufs Kreuz gelegt.«

Bernie schüttelte den Kopf. »Ich kann die Menschen nicht mitreißen«, sagte er. »Ich bin ein Denker und Planer. Immer wieder habe ich versucht, so zu den Leuten zu reden wie du und ihnen Begeisterung für unsere Sache einzupflanzen, aber ich habe es nie geschafft. Wenn du zu den Menschen sprichst, verehren sie dich. Das ist der Unterschied.«

Ethel wusste, dass er recht hatte.

Am nächsten Morgen war den Zeitungen zu entnehmen, dass das Wahlergebnis in Aldgate die Stimmverhältnisse im ganzen Land widerspiegelte. Die Koalition hatte 525 von 707 Sitzen errungen, eine der größten Mehrheiten in der Geschichte des Parlaments. Das Volk hatte für den Mann gestimmt, der den Krieg gewonnen hatte.

Ethel war bitter enttäuscht. Nach wie vor regierten die alten Männer das Land. Die Politiker, die Millionen in den Tod geschickt hatten, feierten, als hätten sie etwas Großartiges vollbracht. Doch was hatten sie erreicht? Schmerz, Hunger, Zerstörung. Zehn Millionen Menschen waren sinnlos gestorben.

Der einzige Hoffnungsschimmer war, dass die Labour-Partei ihre Position hatte ausbauen können: Sie hatte sechzig Sitze errungen, nachdem es vorher zweiundvierzig gewesen waren.

Es waren vor allem die gegen Lloyd George eingestellten Liberalen, die Verluste zu verbuchen hatten. Sie hatten nur dreißig Wahlkreise erringen können, und Asquith hatte seinen Sitz verloren. »Das könnte das Ende der Liberalen Partei sein«, sagte Bernie, als er sich zum Mittagessen eine Scheibe Brot bestrich. »Sie hat die Leute im Stich gelassen. Jetzt ist die Labour-Partei die Opposition. Das ist vielleicht unser einziger Trost.«

Gerade als sie aufbrechen wollten, kam die Post. Ethel sah die Briefe durch, während Bernie Lloyd die Schuhe zuband. Ein Brief stammte von Billy und war in ihrem geheimen Code geschrieben.

Ethel setzte sich an den Küchentisch, um ihn zu entschlüsseln. Sie unterstrich jedes dritte Wort und schrieb es dann auf einen Block. Je mehr Ethel von Billys Nachricht entschlüsselte, desto gebannter war sie.

»Du weißt ja, dass Billy in Russland ist«, sagte sie zu Bernie.

»Stimmt.«

»Er schreibt, dass unsere Army dort ist, um gegen die Bolschewiken zu kämpfen. Die Amerikaner sind ebenfalls dort.«

»Das überrascht mich nicht.«

»Aber hör dir das hier an«, sagte sie: »›Wir wissen, dass die Weißen die Bolschewiken nicht schlagen können – aber was, wenn fremde Heere mitkämpfen? Dann ist alles möglich.‹«

Bernie blickte nachdenklich drein. »Sie könnten die Monarchie wiederherstellen.«

»Die Menschen in diesem Land würden es nicht dulden.«

»Die Menschen in diesem Land wissen gar nicht, was dort vor sich geht.«

»Dann sagen wir es ihnen«, erwiderte Ethel. »Ich schreibe einen Artikel darüber.«

»Und wer wird ihn veröffentlichen?«

»Das werden wir sehen. Vielleicht der *Daily Herald*.« Der *Herald* war linksgerichtet. »Bringst du Lloyd zur Kinderfrau?«

»Ja, sicher.«

Ethel überlegte kurz; dann schrieb sie oben auf ein Blatt Papier:

HÄNDE WEG VON RUSSLAND!

Der Anblick von Paris brachte Maud zum Weinen. Längs der breiten Boulevards zeigten Schutthaufen, wo deutsche Granaten eingeschlagen waren. In altehrwürdigen Gebäuden waren zerbrochene Fenster mit Brettern vernagelt und erinnerten Maud schmerzlich an ihren gut aussehenden Bruder mit seinem entstellten Auge. In den Baumreihen klafften Lücken, wo man alte Kastanien oder edle Platanen gefällt hatte, um deren Holz zu nutzen. Jede zweite Frau trug schwarze Trauerkleidung, und an den Straßenecken bettelten verstümmelte Soldaten um Almosen.

Maud weinte auch um Walter. Auf ihren Brief hatte sie keine Antwort bekommen. Sie hatte sich erkundigt, ob sie nach Deutschland reisen könne, aber das war unmöglich. Allein die Erlaubnis, nach Paris zu kommen, war schwer zu erhalten gewesen. Maud hatte gehofft, Walter käme mit der deutschen Delegation in die Stadt, doch es gab keine deutsche Delegation: Die besiegten Länder waren nicht zur Friedenskonferenz eingeladen. Die siegreichen Verbündeten planten, eine Übereinkunft auszuarbeiten und den Verlierern dann einen Friedensvertrag zur Unterzeichnung vorzulegen.

Im Moment herrschte Mangel an Kohle; in allen Hotels war es bitterkalt. Maud hatte eine Suite im Majestic, wo auch die britische Delegation untergebracht war. Um sich vor französischen Spitzeln zu schützen, hatten die Briten das gesamte Personal durch eigene Leute ersetzt. Entsprechend trist war das Essen: Porridge zum Frühstück, zu lange gekochtes Gemüse und schlechter Kaffee.

In einen Vorkriegspelzmantel gehüllt ging Maud zu ihrem Treffen mit Johnny Remarc im Fouquet auf den Champs-Élysées.

»Danke, dass du es mir ermöglicht hast, nach Paris zu reisen«, sagte sie.

»Für dich tue ich doch alles, Maud. Aber warum wolltest du unbedingt hierherkommen?«

Sie wollte niemandem die Wahrheit sagen, erst recht nicht Leuten, die gerne tratschten. »Einkaufen«, sagte sie. »Ich habe mir seit vier Jahren kein neues Kleid mehr gekauft.«

»Erzähl mir nichts«, erwiderte Johnny. »Hier gibt es kaum etwas zu kaufen. Und was man bekommen kann, kostet ein Vermögen. Fünfzehnhundert Franc für ein Kleid! Selbst Fitz könnte das zu viel sein. Ich glaube, du hast einen französischen Geliebten.«

»Ich wünschte, es wäre so.« Maud wechselte das Thema. »Ich habe Fitz' Wagen gefunden. Weißt du, wo ich Benzin bekommen kann?«

»Ich will sehen, was sich machen lässt.«

Sie bestellten Mittagessen. Maud fragte: »Glaubst du, wir zwingen die Deutschen wirklich, Abermilliarden an Reparationen zu zahlen?«

»Sie sind in keiner guten Position, Einwände zu machen«, sagte Johnny. »Nach dem Deutsch-Französischen Krieg hatten sie von Frankreich fünf Milliarden Franc gefordert, die von den Franzosen in drei Jahren abbezahlt wurden. Und letzten März, im Vertrag von Brest-Litowsk, zwang Deutschland die Bolschewisten, ihnen sechs Milliarden Mark zu versprechen, die jetzt natürlich nicht mehr bezahlt werden. Dennoch hat die Empörung der Deutschen den Beiklang von Heuchelei.«

Maud konnte es nicht ausstehen, wenn jemand so herablassend über die Deutschen sprach. Es war beinahe so, als hätte der Umstand, dass sie den Krieg verloren hatten, sie zu Bestien gemacht. Was, wenn wir verloren hätten, hätte sie am liebsten gefragt. Hätten wir dann auch behaupten müssen, der Krieg wäre unsere Schuld gewesen? Wären wir dann auch gezwungen worden, für alles aufzukommen?

»Aber wir verlangen vierundzwanzig Milliarden Pfund«, sagte sie, »und die Franzosen fordern beinahe doppelt so viel.«

»Es ist schwierig, mit den Franzosen zu argumentieren«, entgegnete Johnny. »Sie schulden uns sechshundert Millionen Pfund, den Amerikanern noch mehr. Wenn wir ihnen deutsche Reparationen verweigern, werden sie behaupten, sie könnten uns nicht auszahlen.«

»Können die Deutschen denn aufbringen, was wir verlangen?«

»Nein. Mein Freund Pozzo Keynes sagt, sie können vielleicht ein

Zehntel zusammenkratzen – zwei Milliarden Pfund in Gold –, und selbst das könnte sie ruinieren.«

»Meinst du John Maynard Keynes, den Wirtschaftswissenschaftler aus Cambridge?«

»Ja. Wir nennen ihn Pozzo.«

»Ich wusste gar nicht, dass er einer deiner … Freunde ist.«

Johnny lächelte. »Oh doch, Liebes.«

Maud verspürte einen Anflug von Neid auf Johnnys unbekümmerte Verworfenheit. Ihr eigenes Bedürfnis nach körperlicher Liebe hatte sie entschlossen unterdrückt. Es war fast zwei Jahre her, dass ein Mann sie das letzte Mal zärtlich berührt hatte. Sie fühlte sich wie eine alte Nonne, verschrumpelt und ausgetrocknet.

»Was für ein trauriger Anblick!« Johnny entging es nicht. »Ich hoffe, du bist nicht in Pozzo verliebt!«

Maud lachte gezwungen, ehe sie das Gespräch wieder auf die Politik lenkte. »Wenn wir wissen, dass die Deutschen nicht zahlen können, wieso besteht Lloyd George dann darauf?«

»Diese Frage habe ich ihm selbst gestellt. Ich kenne ihn recht gut, seit er Munitionsminister gewesen ist. Er sagt, dass alle Kriegsparteien am Ende ihre eigenen Schulden zahlen werden, ohne dass jemand nennenswerte Reparationen erhält.«

»Warum dann diese Vorspiegelungen?«

»Weil am Ende in jedem Land der Steuerzahler den Krieg finanziert – aber der Politiker, der das offen ausspricht, wird nie wieder eine Wahl gewinnen.«

Gus besuchte die täglichen Sitzungen der Völkerbundkommission. Die Gruppe hatte die Aufgabe, den Vertrag zu entwerfen, der die Grundlage des Bundes darstellen sollte. Woodrow Wilson saß dem Komitee persönlich vor, und er hatte es eilig.

Den ersten Konferenzmonat hatte Wilson dominiert. Er hatte französische Bestrebungen blockiert, die deutschen Reparationen ganz oben auf die Prioritätenliste zu setzen, den Völkerbund hingegen ganz ans Ende. Stattdessen bestand Wilson darauf, dass der Bund Bestandteil ein jeden Vertrages sein musste, den er unterzeichnen sollte.

Die Völkerbundkommission traf sich im luxuriösen Hôtel Crillon an der Place de la Concorde. Die hydraulikbetriebenen Aufzüge waren alt und langsam, und manchmal hielten sie zwischen den Etagen, bis sich wieder Wasserdruck aufgebaut hatte; Gus fand, dass sie den europäischen Diplomaten sehr ähnelten, die nichts mehr liebten als eine gemächliche, entspannte Debatte und die ohne Druck nie zu einer Entscheidung gelangten. Mit einiger Erheiterung beobachtete er, dass sowohl die Diplomaten als auch die Lifte den armen Wilson dazu brachten, dass er nervös zuckte und in zorniger Ungeduld vor sich hin murmelte.

Die neunzehn Kommissare saßen um einen großen Tisch, den ein rotes Tuch bedeckte, hinter sich ihre Dolmetscher, die ihnen ins Ohr flüsterten, während im Hintergrund die Assistenten mit Akten und Notizbüchern hantierten. Gus merkte, dass die Europäer von der Fähigkeit Wilsons beeindruckt waren, die Tagesordnung voranzutreiben. Im Vorfeld hatte es geheißen, das Abfassen des Vertragswerks würde Monate in Anspruch nehmen, wenn nicht sogar Jahre; manche Stimmen hatten sogar erklärt, die Nationen würden sich niemals einigen können. Doch zu Gus' Freude stand man bereits nach zehn Tagen vor dem Abschluss eines ersten Entwurfs.

Am 14. Februar musste Wilson in die USA zurück. Zwar wäre er bald wieder in Paris, aber er war entschlossen, einen Entwurf des Völkerbundvertrages mit nach Hause zu nehmen. Leider legten die Franzosen ihm am Nachmittag vor seiner Abreise ein Hindernis in den Weg: Sie verlangten, dass der Völkerbund eigene Streitkräfte haben sollte. Der französische Delegierte, der frühere Ministerpräsident Léon Bourgeois, erklärte, dass niemand den Völkerbund ernst nähme, wenn dieser keine Möglichkeit habe, seine Entscheidungen durchzusetzen.

Wilson verdrehte verzweifelt die Augen. »Unmöglich«, stöhnte er.

Gus kannte den Grund für Wilsons Reaktion und teilte seine Verstimmung: Der Kongress würde niemals zulassen, dass amerikanische Truppen unter fremdem Befehl standen. Außerdem gab es für den Völkerbund genügend andere Möglichkeiten, Druck auf abtrünnige Nationen auszuüben: Diplomatie, Wirtschaftssanktionen und als letztes Mittel eine ad hoc zusammengestellte Interventionsstreitmacht, die für einen festgelegten Einsatz verwendet und danach wieder aufgelöst wurde.

Bourgeois erwiderte, dass nichts davon Frankreich vor Deutschland geschützt hätte. Gus musste einräumen, dass die französischen Bedenken in gewisser Weise verständlich waren, aber eine neue Weltordnung konnte man auf diese Weise nicht schaffen.

Lord Robert Cecil, auf den ein großer Teil des Entwurfs zurückging, bat ums Wort, indem er einen knochigen Finger hob. Wilson nickte. Er mochte Cecil, einen starken Befürworter des Völkerbunds. Aber nicht jeder dachte so: Clemenceau, der französische Ministerpräsident, behauptete, Cecil sehe wie ein chinesischer Drache aus, wenn er lächele. »Verzeihen Sie mir meine Unverblümtheit«, sagte Cecil nun. »Die französische Delegation scheint sagen zu wollen, dass sie den Völkerbund ablehnt, wenn er nicht so stark ist, wie sie es sich erhofft hat. Darf ich in aller Offenheit darauf hinweisen, dass es in diesem Fall höchstwahrscheinlich zu einem bilateralen Bündnis zwischen Großbritannien und den Vereinigten Staaten kommen wird, das Frankreich außen vor lässt?«

Gus unterdrückte ein Lächeln. Gut so, Cecil, dachte er. Zeig's ihnen!

Erschrocken zog Bourgeois seine Forderung zurück.

Wilson blickte Cecil über den Tisch hinweg dankbar an.

Der japanische Delegierte, Baron Makino, bat um das Wort. Wilson nickte und sah auf die Uhr.

Makino bezog sich auf eine bereits beschlossene Klausel des Vertrags, die Religionsfreiheit garantierte. Er wünschte einen Zusatz, demzufolge alle Mitglieder des Völkerbundes sämtliche Bürger anderer Mitglieder gleich behandeln sollten, ohne rassische Diskriminierung.

Wilsons Miene gefror.

Makinos Ansprache war auch in der Übersetzung noch wortgewaltig. Verschiedene Völker, betonte er, hätten im Krieg Seite an Seite gekämpft. »Ein gemeinsames Band der Sympathie und Dankbarkeit ist entstanden.« Der Völkerbund sei eine große Familie der Nationen. Gewiss sollten sie einander doch wie Gleichgestellte behandeln?

Gus war besorgt, aber nicht überrascht. Die Japaner sprachen schon seit einer oder zwei Wochen davon. Damit hatten sie Bestürzung bei den Australiern und Kaliforniern hervorgerufen, die die Japaner aus ihren Gebieten fernhalten wollten, und Wilson beunruhigt, der nicht im Traum daran dachte, amerikanische Schwarze als seinesgleichen anzusehen. Vor allem hatte es die Briten empört, die undemokratisch über ihr Empire mit Hunderten von Millionen Menschen unterschiedlicher Rassen regierten und sich dagegen sperrten, dass diese Menschen sich als ihren weißen Herren ebenbürtig betrachteten.

Erneut ergriff Cecil das Wort. »Leider handelt es sich hier um eine höchst kontroverse Angelegenheit«, sagte er bedrückt, und beinahe hätte Gus ihm seine Traurigkeit abgenommen. »Allein der Vorschlag, darüber zu debattieren, hat bereits zu Uneinigkeit geführt.«

Um den Tisch herum erhob sich zustimmendes Murmeln.

Cecil fuhr fort: »Statt die Einigung über einen Vertragsentwurf hinauszuzögern, sollten wir eine Diskussion über … äh, rassische Diskriminierung vielleicht auf einen späteren Zeitpunkt verschieben.«

Der griechische Premierminister erklärte: »Die Frage der Religionsfreiheit ist insgesamt ein schwieriges Thema. Vielleicht sollten wir es zunächst fallen lassen.«

Der portugiesische Delegierte sagte: »Meine Regierung hat noch nie einen Vertrag unterzeichnet, der sich nicht auf Gott beriefe!«

Cecil, ein tiefgläubiger Mensch, erwiderte: »Vielleicht sollten wir diesmal ein Risiko eingehen.«

Leises Lachen in der Runde. Offenkundig erleichtert erklärte Wilson: »Wenn wir uns darin einig sind, wollen wir fortfahren.«

Am Tag darauf begab Wilson sich zum französischen Außenministerium am Quai d'Orsay und trug auf einer Plenarsitzung der Friedenskonferenz im berühmten Uhrensaal unter den gewaltigen Kronleuchtern, die wie Stalaktiten in einer arktischen Höhle aussahen, den Entwurf vor. Am Abend reiste er ab. Der folgende Tag war ein Sonntag, und am Abend ging Gus tanzen.

Nach Einbruch der Dunkelheit war Paris eine Partystadt. Lebensmittel blieben rar, doch Alkohol schien es genug zu geben. Junge Männer ließen die Türen ihrer Hotelzimmer unverschlossen, damit Rotkreuzschwestern hereinkommen konnten, wann immer sie Gesellschaft brauchten. Die konventionelle Moral schien ausgesetzt worden zu sein. Die Menschen versuchten nicht, ihre Liebesaffären zu verbergen. Weibische Männer warfen jeden Anschein des Maskulinen ab. Das Larue wurde zu *dem* Restaurant für Lesbierinnen. Man sagte, die Kohleknappheit sei ein Mythos, von den Franzosen erfunden, damit jeder sich nachts warm hielt, indem er mit seinen Freunden schlief.

Alles war teuer, aber Gus hatte Geld. Er genoss noch weitere Vorteile: Er kannte Paris und sprach Französisch. Er ging zu den Rennen in Saint-Cloud, schaute sich »La Bohème« in der Oper an und besuchte ein gewagtes Musical namens »Phi Phi«. Da er aus dem Dunstkreis des amerikanischen Präsidenten kam, wurde er auf jede Party eingeladen.

Er stellte fest, dass er immer mehr Zeit mit Rosa Hellman verbrachte. Wenn er mit ihr sprach, musste er darauf achten, ihr nur Dinge zu sagen, bei denen er damit leben konnte, sie gedruckt zu sehen, doch die Diskretion war ihm längst in Fleisch und Blut übergegangen. Rosa war einer der klügsten Menschen, mit denen er je gesprochen hatte. Er mochte sie, aber weiter ging es nicht. Sie war immer bereit, mit ihm auszugehen – aber welcher Reporter hätte die Einladung eines Assistenten des US-Präsidenten ausgeschlagen? Gus durfte niemals Rosas Hand nehmen und ihr einen Gutenachtkuss geben, weil sie dann auf den Gedanken kommen könnte, er wollte seine Position ausnutzen; schließlich konnte sie es sich nicht leisten, ihn zu verärgern.

Er verabredete sich mit ihr auf einen Cocktail ins Ritz. »Was ist ein Cocktail?«, fragte sie.

»Starker Alkohol mit irgendetwas gemischt, damit er respektabler erscheint. Sie sind der letzte Schrei.«

Rosa folgte ebenfalls der Mode. Sie trug einen Ponyschnitt, und ihr Glockenhut bedeckte ihre Ohren wie ein deutscher Stahlhelm. Kurven und Korsette waren völlig aus der Mode, und ihr drapiertes Kleid fiel von den Schultern glatt zu einer beeindruckend niedrigen Taille herunter. Indem es ihre Formen verbarg, regte das Kleid Gus paradoxerweise dazu an, über den Körper nachzudenken, der sich darunter verbarg. Rosa trug Lippenstift und Rouge, was bei Europäerinnen noch immer als gewagt galt.

Sie tranken einen Martini; dann brachen sie auf zum nächsten Lokal. Als sie durch das Foyer des Ritz gingen, zogen sie die Blicke auf sich: der schlaksige Mann mit dem großen Kopf und seine zierliche einäugige Begleiterin – er im Frack, sie in silberblauer Seide. Sie nahmen ein Taxi zum Majestic, wo die Briten am Samstagabend Tanz veranstalteten und wo sich alles traf.

Der Ballsaal war überfüllt. Junge Assistenten der Delegationen, Journalisten aus der ganzen Welt und aus den Schützengräben befreite Soldaten »jazzten« mit Krankenschwestern und Stenotypistinnen.

Rosa zeigte Gus, wie man Foxtrott tanzte; dann ließ sie ihn stehen und tanzte mit einem gut aussehenden, dunkeläugigen Mann aus der griechischen Delegation.

Ein wenig eifersüchtig strich Gus durch den Saal und schwatzte immer wieder kurz mit Bekannten, bis er Lady Maud Fitzherbert begegnete. Sie trug ein purpurnes Kleid und spitze Schuhe. »Hallo!«, rief er überrascht.

Sie schien sich zu freuen, ihn zu sehen. »Sie sehen gut aus.«

»Ich hatte Glück. Ich hab's in einem Stück überstanden.«

Sie berührte die Narbe an seiner Wange. »Fast.«

»Nur ein Kratzer. Wollen wir tanzen?«

Er nahm sie in die Arme. Sie war abgemagert: Durch das Kleid spürte er ihre Knochen. Sie tanzten einen Schleifer. »Wie geht es Fitz?«, fragte Gus.

»Gut, nehme ich an. Er ist in Russland. Das sollte ich Ihnen wahrscheinlich nicht sagen, aber ist es ja ein offenes Geheimnis.«

»Mir ist aufgefallen, dass in den britischen Zeitungen steht: ›Hände weg von Russland‹.«

»Ja. Dieser Feldzug wird von jemandem geführt, den Sie auf Tŷ Gwyn kennengelernt haben: Ethel Williams, jetzt Ethel Leckwith.«

»Ich kann mich nicht an sie erinnern.«

»Sie war die Haushälterin.«

»Gütiger Himmel!«

»Sie wird zu einer Kraft in der britischen Politik.«

»Wie die Welt sich verändert hat.«

Maud zog ihn näher an sich und senkte die Stimme. »Ich nehme an, Sie haben Neuigkeiten über Walter, oder?«

Gus erinnerte sich an den deutschen Offizier, der ihm bekannt vorgekommen war und den er bei Château-Thierry hatte fallen sehen; aber er war nicht sicher, dass es sich tatsächlich um Walter von Ulrich gehandelt hatte, deshalb antwortete er: »Nein, es tut mir leid. Es muss sehr schwer für Sie sein.«

»Es kommen keine Nachrichten aus Deutschland heraus, und dorthin reisen darf man nicht.«

»Ja. Ich fürchte, da müssen Sie warten, bis der Friedensvertrag unterzeichnet ist.«

»Und wann wird das sein?«

Gus wusste es nicht. »Der Völkerbundvertrag ist mehr oder weniger fertig, aber es wird noch dauern, bis man sich darüber einig ist, wie viel Deutschland an Reparationen zahlen soll.«

»Das ist so dumm!«, sagte Maud voller Bitterkeit. »Wir brauchen ein wohlhabendes Deutschland, damit die Briten Automobile und Herde und Staubsauger dorthin verkaufen können. Wenn wir die deutsche Wirtschaft vernichten, wird Deutschland bolschewistisch.«

»Die Menschen wollen Rache.«

»Erinnern Sie sich noch an 1914? Walter wollte keinen Krieg. Das Gleiche galt für die Mehrheit der Deutschen. Aber das Land war keine Demokratie. Die Generäle haben den Kaiser aufgehetzt. Und als Russland mobilgemacht hatte, blieb Deutschland keine andere Wahl.«

»Natürlich weiß ich das noch. Aber die meisten Leute haben es vergessen.«

Der Tanz ging zu Ende. Rosa Hellman kehrte zurück, und Gus stellte die beiden Frauen einander vor. Sie redeten ein paar Worte miteinander, aber Rosa war ungewöhnlich einsilbig, und Maud ging weiter.

»Das Kleid hat ein Vermögen gekostet«, sagte Rosa, noch immer verstimmt. »Es ist von Jeanne Lanvin.«

Gus war erstaunt. »Du magst Maud nicht?«

»*Du* magst sie offenbar sehr.«

»Was soll das heißen?«

»Ihr habt sehr eng getanzt.«

Rosa wusste nichts über Walter. Dennoch fühlte sich Gus zu Unrecht des Flirtens bezichtigt. »Sie wollte mit mir über etwas Vertrauliches reden«, sagte er mit leisem Unwillen.

»Das glaube ich gerne.«

»Ich weiß gar nicht, warum du dich so aufregst«, sagte Gus. »Du bist schließlich mit diesem öligen Griechen davongezogen.«

»Er sieht sehr gut aus und ist kein bisschen ölig. Warum sollte ich nicht mit anderen Männern tanzen? Es ist ja nicht so, als wärst du in mich verliebt.«

Gus starrte sie an. »Oh«, sagte er. »Ach du je.« Plötzlich war er verwirrt und unsicher.

»Was ist denn jetzt los?«

»Ich habe gerade etwas begriffen … glaube ich.«

»Sagst du mir, was?«

»Das werde ich wohl müssen«, erwiderte er voller Unbehagen und verstummte.

Rosa wartete, dass er weiterredete. »Und?«, fragte sie dann ungeduldig.

»Ich bin tatsächlich in dich verliebt.«

Sie blickte ihn schweigend an. Nach einer langen Pause fragte sie: »Ist das dein Ernst?«

Obwohl die Erkenntnis ihn völlig überraschend getroffen hatte, gab es für ihn keinen Zweifel mehr. »Ja. Ich liebe dich, Rosa.«

Sie lächelte matt. »Man stelle sich vor.«

»Ich glaube, ich liebe dich schon ziemlich lange, ohne es zu ahnen.«

Sie nickte, als hätte sich ein Verdacht bestätigt. Die Band spielte eine langsame Melodie. Rosa trat näher zu ihm.

Gus nahm sie in die Arme, war aber zu aufgewühlt, um sich auf das Tanzen zu konzentrieren. »Ich bin nicht sicher, ob …«

»Keine Sorge.« Sie wusste, was er dachte. »Tu einfach so.«

Er schlurfte ein paar Schritte. Seine Gedanken waren in Aufruhr. Rosa hatte mit keinem Wort von ihren eigenen Empfindungen gesprochen. Andererseits hatte sie ihn auch nicht stehen lassen. Gab es überhaupt eine Möglichkeit, dass sie seine Liebe erwiderte? Sie mochte ihn, das war offensichtlich, aber es war nicht das Gleiche, ganz und gar nicht. Fragte sie sich in diesem Augenblick, was sie empfand? Oder suchte sie gerade nach den passenden Worten, um ihn behutsam abzuweisen?

Sie schaute ihn an. Gus dachte, sie würde ihm nun die Antwort geben, doch sie bat nur: »Bring mich bitte weg von hier, Gus.«

»Sicher.«

Sie holte ihren Mantel ab, und der Portier rief ein rotes Renault-Taxi herbei. »Ins Maxim«, sagte Gus. Die Fahrt war kurz, und sie sprachen kein Wort. Gus hätte zu gerne gewusst, was ihr durch den Kopf ging, aber er drängte sie nicht. Sie würde es ihm bald sagen müssen.

Das Restaurant war überfüllt, die wenigen freien Tische reserviert. Der Oberkellner war untröstlich. Gus griff in seine Brieftasche, holte eine Hundertfrancnote heraus und sagte: »Einen ruhigen Ecktisch.« Ein Kärtchen mit der Aufschrift *Réservée* wurde weggenommen, und sie setzten sich.

Sie entschieden sich für ein leichtes Abendessen, und Gus bestellte eine Flasche Champagner. »Du hast dich sehr verändert«, sagte Rosa.

Er war überrascht. »Den Eindruck hatte ich nicht.«

»In Buffalo warst du ein scheuer junger Mann. Ich glaube, du warst mir gegenüber sogar schüchtern. Jetzt läufst du durch Paris, als wäre es dein Eigentum.«

»Oje, das klingt ganz schön arrogant.«

»Nein, nur selbstsicher. Immerhin hast du für einen Präsidenten gearbeitet und in einem Krieg gekämpft – so etwas macht schon einen Unterschied.«

Das Essen kam, aber beide aßen nicht viel. Gus war zu angespannt. Was dachte sie? Liebte sie ihn, oder liebte sie ihn nicht? Sie musste es doch wissen? Er legte das Besteck neben den Teller, doch statt ihr die Frage zu stellen, die ihn quälte, sagte er: »Du bist mir immer sehr selbstsicher vorgekommen.«

Sie lachte. »Ist das nicht erstaunlich?«

»Wieso?«

»Ich glaube, ich habe meine Selbstsicherheit verloren, als ich sieben wurde. Als Schulmädchen möchte jede die Freundin der Schönsten sein. Ich aber musste mit den dicken, hässlichen Mädchen spielen und mit denen, die die abgelegten Kleider trugen. Das ging so weiter bis in die Backfischzeit. Selbst für den *Buffalo Anarchist* zu arbeiten war im Grunde eine Außenseitergeschichte. Erst als ich Redakteurin wurde, bekam ich mein Selbstwertgefühl zurück.« Sie trank einen Schluck Champagner. »Du hast mir dabei geholfen.«

»Ich?« Gus war überrascht.

»Es lag daran, wie du mit mir geredet hast … als wäre ich der klügste und interessanteste Mensch in Buffalo.«

»Das warst du wahrscheinlich auch.«

»Bis auf Olga Vyalov.«

»Oh.« Gus errötete. Als er sich an seine Vernarrtheit in Olga erinnerte, empfand er sie als Torheit, wollte es aber nicht aussprechen, weil er Olga damit abgewertet hätte, was eines Gentlemans unwürdig gewesen wäre.

Nachdem sie ihren Kaffee getrunken hatten, ließ Gus die Rechnung kommen, doch er wusste noch immer nicht, was Rosa empfand.

Im Taxi nahm er ihre Hand und drückte sie an seine Lippen. Rosa sagte: »Ach, Gus, du bist so lieb.« Er wusste nicht, was sie damit meinte. Aber sie hob ihr Gesicht auf eine Weise zu ihm, die beinahe erwartungsvoll wirkte. Wollte sie, dass er sie …? Er nahm seinen Mut zusammen und küsste sie auf den Mund.

Einen Augenblick reagierte sie nicht, und Gus glaubte schon, er hätte das Falsche getan. Dann seufzte sie und öffnete die Lippen. Glücklich legte Gus die Arme um sie, und sie küssten einander den ganzen Weg zu ihrem Hotel. Die Fahrt war kurz; dann öffnete ein livrierter Portier die Tür des Taxis. »Wisch dir den Mund sauber«, sagte Rosa und stieg aus. Gus nahm ein Taschentuch und rieb sich rasch übers Gesicht. Das weiße Tuch war rot von Rosas Lippenstift.

Er faltete es sorgsam zusammen, steckte es in die Tasche zurück und brachte Rosa zum Eingang des Hotels. »Sehe ich dich morgen?«, fragte er.

»Wann?«

»Früh.«

Sie lachte. »Du spielst einem nie etwas vor, stimmt's? Das liebe ich so an dir.«

Gus hätte die ganze Welt umarmen können. »Das liebe ich so an dir« war zwar nicht das Gleiche wie »Ich liebe dich«, aber besser als nichts.

»Also früh«, sagte er.

»Was unternehmen wir?«

»Wir haben Sonntag …« Er sagte das Erste, was ihm in den Sinn kam. »Wir könnten in die Kirche gehen.«

»Einverstanden.«

»Gehen wir in die Notre-Dame.«

»Bist du katholisch?«, fragte sie überrascht.

»Nein, Episkopaler. Und du?«

»Ich auch.«

»In Ordnung, wir setzen uns nach hinten. Ich bringe in Erfahrung, wann die Messe ist, und rufe dich im Hotel an.«

Rosa reichte ihm die Hand, und Gus schüttelte sie, als wären sie Freunde. »Danke für den wunderbaren Abend«, sagte sie förmlich.

»War mir ein Vergnügen. Gute Nacht.«

»Gute Nacht.« Rosa drehte sich um und verschwand im Hotelfoyer.

KAPITEL 36

März bis April 1919

Als der Schnee schmolz und die eisenharte russische Erde sich in Schlamm verwandelte, unternahmen die Weißen Armeen eine gewaltige Anstrengung, ihr Land von den verfluchten Bolschewiken zu befreien. Admiral Koltschaks einhunderttausend Mann starke Streitmacht, teilweise versorgt von den Briten, stürmte aus Sibirien heraus und griff die Roten auf einer Front an, die sich über siebenhundert Meilen von Nord nach Süd erstreckte.

Fitz folgte ein paar Meilen hinter den Weißen. Er befehligte die Aberowen Pals, dazu ein paar Kanadier und Dolmetscher. Es war sein Job, Koltschak zu stärken, indem er sich um Kommunikation, Nachrichtendienst und Nachschub kümmerte.

Fitz hatte große Hoffnungen. Es mochte Schwierigkeiten geben, aber es war unvorstellbar, dass man Lenin und Trotzki erlaubte, Russland zu stehlen.

Anfang März befand Fitz sich in der Stadt Ufa auf der europäischen Seite des Ural und las einen Stapel britische Zeitungen, die ungefähr eine Woche alt waren. Die Neuigkeiten aus London waren gemischt. Fitz war hocherfreut, dass Winston Churchill von Lloyd George zum Kriegsminister ernannt worden war. Von allen führenden Politikern war Winston derjenige, der eine Intervention in Russland am nachdrücklichsten unterstützte. Einige Zeitungen vertraten jedoch andere Ansichten. Der *Daily Herald* und der *New Statesman* überraschten Fitz dabei nicht, denn sie vertraten ohnehin mehr oder weniger bolschewistische Ansichten; doch selbst im konservativen *Daily Express* fand sich die Schlagzeile: ZIEHT EUCH ENDLICH AUS RUSSLAND ZURÜCK.

Unglücklicherweise verfügten die Zeitungen auch über detaillierte Informationen, was das Geschehen vor Ort betraf. Sie wussten sogar, dass die Briten Koltschak dabei geholfen hatten, das Direktorat zu beseitigen und sich zum Alleinherrscher aufzuschwingen. Wo bekamen sie diese Informationen nur her? Fitz hob den Blick. Er war in der städtischen Handelsschule einquartiert, und sein Adjutant saß ihm am Tisch gegenüber. »Murray«, sagte Fitz, »wenn das nächste Mal ein Stapel Post von den Männern rausgeht, legen Sie sie zuerst mir vor.«

Das war irregulär, und Murray schaute Fitz denn auch misstrauisch an. »Sir?«

»Ich habe den Verdacht, dass Informationen von hier weitergegeben werden«, sagte Fitz. »Und der Zensor scheint die meiste Zeit zu schlafen.«

»Vielleicht glauben die Männer bloß, sie können es lockerer angehen lassen, jetzt, da der Krieg in Europa vorbei ist.«

»Bestimmt. Aber ich möchte wissen, ob wir eine undichte Stelle haben.«

Auf der letzten Seite der Zeitung befand sich das Bild der Frau, die die sogenannte »Hände-weg-von-Russland«-Kampagne anführte. Fitz staunte nicht schlecht, als er Ethel erkannte. Die einstige Haushälterin auf Tŷ Gwyn, stand im *Express* zu lesen, hatte es bis zur Generalsekretärin der Textilarbeitergewerkschaft gebracht.

Seit damals hatte Fitz mit vielen Frauen geschlafen – zuletzt mit einer atemberaubenden russischen Blondine, der Geliebten eines Zarengenerals, der zu versoffen und faul war, um mit ihr ins Bett zu steigen –, doch Ethel hatte nach wie vor einen besonderen Platz in seinen Erinnerungen. Er fragte sich, wie ihr Kind wohl aussah. Fitz hatte womöglich ein halbes Dutzend Bastarde überall auf der Welt, aber Ethels Junge war der einzige Sprössling, von dem er mit Sicherheit wusste.

Und nun war Ethel diejenige, die den Protest gegen die Intervention in Russland schürte. Jetzt wusste Fitz, woher die Informationen kamen. Ethels verdammter Bruder war Sergeant bei den Aberowen Pals. Er war schon immer ein Unruhestifter gewesen, und Fitz hegte keine Zweifel daran, dass er Ethel ständig auf dem Laufenden hielt. Ich werde den Kerl schon erwischen, dachte Fitz, und dann wird er bezahlen!

In den darauf folgenden Wochen legten die Weißen einen wahren Sturmlauf hin und trieben die überraschten Roten vor sich her, die die sibirische Regierung eigentlich schon abgeschrieben hatten. Wenn Koltschak sich mit ihren Unterstützern in Archangelsk im Norden und mit Denikins Freiwilligenarmee im Süden zusammentun konnte, würden sie einen mehr als tausend Meilen großen Halbkreis bilden, der sich unaufhaltsam um Moskau schloss.

Ende April starteten die Roten ihren Gegenangriff.

Zu diesem Zeitpunkt befand sich Fitz in Buguruslan, einer verarmten Stadt im Waldland gut hundert Meilen östlich der Wolga. Ein paar zerfallene Steinkirchen und Amtsgebäude ragten aus dem Dächermeer niedriger Holzhäuser empor wie Grashalme aus einer Müllhalde. Fitz saß mit einigen seiner Offiziere in einem großen Raum des Rathauses und ging Berichte von Gefangenenverhören durch. Er wusste erst, dass etwas nicht stimmte, als er aus dem Fenster blickte und zerlumpte Koltschak-Soldaten in die falsche Richtung über die Hauptstraße ziehen sah. Sofort schickte er seinen amerikanischen Dolmetscher los, Lew Peschkow, um die Männer zu fragen, was los sei.

Peschkow kehrte mit einer armseligen Geschichte zurück. Die Roten hatten mit starken Kräften von Süden her Koltschaks überdehnte linke Flanke angegriffen. Um zu vermeiden, dass seine Streitmacht geteilt wurde, hatte der Befehlshaber der Weißen vor Ort, General Below, seinen Truppen befohlen, sich zurückzuziehen und neu zu formieren.

Ein paar Minuten später wurde ein roter Deserteur zum Verhör gebracht. Unter dem Zar war er Oberst gewesen. Was er zu sagen hatte, erschreckte Fitz. Die Roten seien von Koltschaks Vorstoß überrascht gewesen, sagte der Mann, hätten sich aber rasch neu formiert und ausgerüstet. Trotzki hatte erklärt, die Rote Armee müsse im Osten zur Offensive übergehen. »Trotzki glaubt, wenn die Roten ins Wanken geraten, werden die Alliierten Koltschak offiziell anerkennen, und dann werden sie Sibirien mit Männern und Nachschub überfluten.«

Genau darauf hoffte Fitz. In seinem leidlichen Russisch fragte er: »Was hat Trotzki getan?«

Als der Mann antwortete, redete er so schnell, dass Fitz ihn nicht verstehen konnte, bis Peschkow für ihn dolmetschte. »Trotzki hat zusätzliche Rekruten von der Partei und den Gewerkschaften angefordert. Die Reaktion war unglaublich. Zweiundzwanzig Gouvernements haben Abteilungen geschickt. Nowgorod zum Beispiel hat die Hälfte seiner Mitglieder mobilisiert!«

Fitz versuchte sich vorzustellen, wie Koltschak seine Anhänger zu ähnlichen Treuebeweisen bewegte. Das würde nie geschehen.

Er kehrte in sein Quartier zurück, um seine Sachen zu packen. Fast wäre er zu langsam gewesen. Die Aberowen Pals schafften es noch gerade so aus der Stadt, ehe die Roten erschienen. Am Abend befand sich Koltschaks westliche Armee in vollem Rückzug, und Fitz saß in einem Zug zum Ural.

Zwei Tage später war er wieder in der Handelsschule von Ufa.

In diesen beiden Tagen hatte Fitz' Stimmung sich immer mehr verdüstert. Er war verbittert und wütend. Seit fünf Jahren war er nun im Krieg und erfahren genug, um zu erkennen, wenn das Blatt sich gewendet hatte. Der Russische Bürgerkrieg war so gut wie zu Ende.

Die Weißen waren einfach zu schwach. Die Revolutionäre würden siegen. Nur eine alliierte Invasion konnte jetzt noch etwas am Ausgang ändern, und das würde nicht geschehen. Churchill steckte schon in mehr als genug Schwierigkeiten. Billy Williams und Ethel sorgten dafür, dass die benötigten Verstärkungen nie geschickt werden würden.

Murray brachte Fitz einen Sack mit Post. »Sie wollten die Briefe der Männer sehen, Sir«, sagte er. Seine Missbilligung war ihm deutlich anzuhören.

Fitz ignorierte Murrays Skrupel und öffnete den Sack. Er suchte nach einem Brief von Sergeant Williams. Endlich konnte wenigstens einer für die Katastrophe bestraft werden.

Und Fitz fand, wonach er suchte. Sergeant Williams' Brief war an E. Williams adressiert, Ethels Mädchenname. Ohne Zweifel fürchtete der Sergeant, dass es ungewollte Aufmerksamkeit auf den verräterischen Brief lenkte, würde er ihren Ehenamen verwenden.

Fitz las den Brief. Aus Billys großer, kräftiger Handschrift sprach Selbstbewusstsein. Auf den ersten Blick wirkte der Text unschuldig, wenn auch ein wenig seltsam. Doch Fitz hatte in Room 40 gearbeitet und kannte sich mit Codes aus. Sofort machte er sich daran, diesen hier zu knacken.

»Noch etwas, Sir«, sagte Murray. »Haben Sie in den vergangenen zwei Tagen den amerikanischen Dolmetscher gesehen?«

»Nein. Was ist denn mit ihm?«

»Sieht so aus, als hätten wir ihn verloren, Sir.«

Trotzki war todmüde, aber nicht entmutigt. Die Falten in seinem Gesicht mochten immer tiefer werden, aber sie löschten das Funkeln in seinen Augen nicht aus. Bewundernd dachte Grigori, dass dieser Mann von einem unerschütterlichen Glauben an seine Mission beseelt war. Das galt auch für Lenin und Stalin, vermutete Grigori. Jeder von ihnen war überzeugt, das Richtige zu tun, egal welchen Problemen sie sich gegenübersahen, von der Landreform bis hin zur Kriegsstrategie.

Grigori war anders. Gemeinsam mit Trotzki arbeitete er an Strategien gegen die Weißen Armeen, doch ehe das Ergebnis nicht feststand, war er sich nie sicher, ob sie die richtige Entscheidung getroffen hatten. Vielleicht war das der Grund, warum Trotzki weltberühmt war und Grigori nur ein einfacher Kommissar.

Wie schon viele Male zuvor saß Grigori in Trotzkis persönlichem Panzerzug, und auf dem Tisch lag eine Karte Russlands. »Um die Konterrevolutionäre im Norden müssen wir uns kaum noch Sorgen machen«, erklärte Trotzki.

Grigori pflichtete ihm bei. »Unserem Geheimdienst zufolge ist es dort zu Meutereien bei den Briten gekommen.«

»Und sie haben keine Hoffnung mehr, ihre Streitkräfte mit Koltschak zu vereinen. Koltschaks Armeen laufen, so schnell sie können, nach Sibirien zurück. Wir könnten sie über den Ural jagen, aber ich denke, wir haben anderswo Wichtigeres zu tun.«

»Im Westen?«

»Da ist es schon schlimm genug. Die Weißen werden von reaktionären Nationalisten in Lettland, Litauen und Estland unterstützt. Koltschak hat Judenitsch zum Oberkommandierenden dort ernannt, und der wird von einer britischen Flottille unterstützt, die Kronstadt belagert. Aber ich mache mir mehr Sorgen um den Süden.«

»General Denikin.«

»Denikin verfügt über mehr als hundertfünfzigtausend Mann. Er wird von französischen und italienischen Truppen unterstützt und von den Briten mit Nachschub versorgt. Wir vermuten, dass er auf Moskau vorstoßen will.«

»Wenn ich das sagen darf: Ich glaube, man muss ihn politisch besiegen, nicht militärisch.«

Trotzki blickte Grigori fasziniert an. »Sprich weiter, Genosse.«

»Wo immer er hinkommt, macht Denikin sich Feinde. Seine Kosaken rauben und plündern überall. Sobald er eine Stadt einnimmt, lässt er die Juden zusammentreiben und umbringen. Wenn die Kohlebergwerke ihre Quote nicht erfüllen, lässt er einen von zehn Bergleuten erschießen. Und natürlich lässt er auch alle Deserteure hinrichten.«

»Das tun wir auch«, erwiderte Trotzki. »Und wir töten Dörfler, die Deserteuren Unterschlupf gewähren.«

»Und Bauern, die uns nicht ihr Getreide geben wollen.« Es hatte einige Zeit gedauert, bis Grigori hart genug geworden war, um diese brutale Notwendigkeit zu akzeptieren. »Aber ich kenne die Bauern. Mein Vater war einer. Land kümmert sie mehr als alles andere. Viele dieser Leute haben im Zuge der Revolution große Ländereien gewonnen, und die wollen sie behalten, egal was passiert.«

»Und?«

»Koltschak hat erklärt, eine Landreform solle auf dem Prinzip des Privateigentums beruhen.«

»Was bedeutet, dass die Bauern das Land werden zurückgeben müssen, das sie dem Adel genommen haben.«

»Und das weiß jeder. Ich würde seine Erklärung gerne drucken und an jede Kirchentür nageln lassen. Dann werden die Bauern uns vorziehen, egal was unsere Soldaten tun. Wir sind dann das kleinere Übel für sie.«

»Tu das«, sagte Trotzki.

»Eins noch. Erlasse eine Amnestie für Deserteure. Für sieben Tage. Jeder, der zurückkommt, wird nicht bestraft.«

»Auch das ist ein politischer Zug.«

»Ich glaube zwar selbst nicht, dass es Deserteure ermutigt. Es ist ja auch nur für eine Woche. Aber es könnte Männer zu uns zurückbringen – besonders, wenn ihnen klar wird, dass die Weißen ihnen ihr Land nehmen wollen.«

»Gut. Versuch es«, sagte Trotzki.

Ein Adjutant kam herein und salutierte. »Wir haben einen seltsamen Bericht bekommen, Genosse Peschkow, den Sie sich mal anhören sollten.«

»Lass hören.«

»Es geht um einen der Gefangenen, die wir in Buguruslan gemacht haben. Er war bei Koltschaks Männern, trug aber eine amerikanische Uniform.«

»Die Weißen haben Soldaten aus der ganzen Welt. Die Imperialisten unterstützen die Konterrevolution. Das ist nicht verwunderlich.«

»Darum geht es nicht, Genosse.«

»Worum denn?«

»Der Mann behauptet, Ihr Bruder zu sein.«

Der Bahnsteig war lang und der Morgennebel dicht, sodass Grigori das Ende des Zuges nicht sehen konnte. Bestimmt ist es ein Irrtum, sagte er sich, eine Namensverwechslung oder ein Übersetzungsfehler. Er bereitete sich auf eine Enttäuschung vor, doch irgendwie wollte es ihm nicht gelingen. Sein Herz schlug immer schneller. Es war nun fast fünf Jahre her, seit er Lew zum letzten Mal gesehen hatte. Oft hatte er gedacht, Lew könnte tot sein – eine schreckliche Vorstellung.

Grigori ging langsam den Bahnsteig hinunter und spähte in den Nebel hinein. Falls es sich bei dem Gefangenen tatsächlich um Lew handelte, würde er sich verändert haben. Grigori hatte in den vergangenen fünf Jahren einen Schneidezahn und ein halbes Ohr verloren und war auch sonst nicht mehr der Gleiche, äußerlich und innerlich.

Meine Güte, wie Lew jetzt wohl aussah?

Augenblicke später schälten sich zwei Gestalten aus dem Nebel: ein russischer Soldat in zerlumpter Uniform und selbst gemachten Filzstiefeln und neben ihm ein Mann, der amerikanisch aussah. War das Lew? Er hatte die Haare auf amerikanische Art kurz geschnitten und trug keinen Schnauzbart. Sein Gesicht war rund und sah gut genährt aus, wie bei allen amerikanischen Soldaten, und seine breiten Schultern steckten in einer schmucken neuen Uniform. Es war eine Offiziersuniform, erkannte Grigori ungläubig. Konnte sein leichtlebiger Bruder es tatsächlich zum amerikanischen Offizier gebracht haben?

Der Gefangene starrte ihn an. Als er näher kam, sah Grigori, dass es sich tatsächlich um Lew handelte. Er sah anders aus, was aber nicht nur an der Aura gepflegten Wohlstands lag, die ihn umgab. Es waren die Art, wie er ging, der Ausdruck auf seinem Gesicht und vor allem der Blick seiner Augen. Er hatte seinen jugendlichen Übermut verloren und strahlte stattdessen Vorsicht aus. Lew war erwachsen geworden.

Als sie auf Armeslänge voneinander entfernt waren, musste Grigori daran denken, wie oft Lew ihn enttäuscht hatte, und eine ganze Flut von Schuldzuweisungen kam ihm in den Sinn, doch er schwieg, breitete die Arme aus und drückte Lew an sich. Sie küssten sich auf die Wangen, klopften sich auf den Rücken und umarmten sich wieder. Grigori liefen die Tränen übers Gesicht.

Nach der Begrüßung führte er Lew in den Waggon, der ihm als Büro diente. Grigori befahl seinem Adjutanten, ihnen Tee zu bringen. Sie nahmen in zwei verblassten Sesseln Platz. »Du bist in der Armee?«, fragte Grigori ungläubig.

»In Amerika besteht Wehrpflicht«, erwiderte Lew.

Das erklärte manches. Lew hätte sich nie freiwillig gemeldet. »Und du bist Offizier!«

»Du auch«, sagte Lew.

Grigori schüttelte den Kopf. »Ich bin Militärkommissar. Das alte System gibt es nicht mehr.«

»Aber es gibt immer noch Männer, die Tee bestellen, und andere, die ihn bringen«, bemerkte Lew, als der Adjutant mit den Tassen kam. »Maminka wäre stolz auf dich.«

»Sie würde platzen vor Stolz. Warum hast du mir nie geschrieben? Ich dachte, du wärst tot!«

»Ach, verdammt, tut mir leid«, sagte Lew. »Ich hatte ein so schlechtes Gewissen, weil ich deinen Fahrschein genommen habe, dass ich dir erst schreiben wollte, wenn ich das Geld für deine Überfahrt zusammenhabe. Deshalb habe ich den Brief immer wieder hinausgeschoben.«

Das war eine schwache Entschuldigung, aber typisch für Lew. Er ging auf kein Fest, wenn er kein elegantes Jackett hatte, und er weigerte sich, ein Gasthaus zu betreten, wenn er nicht genug Geld hatte, um eine Runde zu schmeißen.

»Du hast mir nicht gesagt, dass Katherina schwanger ist, als du gegangen bist.«

»Schwanger!«, stieß Lew hervor. »Davon habe ich nichts gewusst!«

»Doch, hast du. Du hast ihr gesagt, sie soll mir nichts davon erzählen.«

»Oh … das habe ich dann wohl vergessen.« Lew sah sich ertappt und blickte einen Moment lang verlegen drein. Doch es dauerte nicht lange, da hatte er sich wieder erholt und ging zum Gegenangriff über: »Das Schiff, auf das du mich gesteckt hast, ist damals gar nicht nach

New York gefahren! Es hat uns in einer Müllhalde mit Namen Cardiff abgesetzt. Ich musste mich monatelang abrackern, bis ich das Geld für die Überfahrt zusammenhatte.«

Einen Augenblick lang fühlte Grigori sich schuldig; dann erinnerte er sich daran, wie Lew ihn um den Fahrschein angebettelt hatte. »Ja, ich hätte dir wohl lieber nicht helfen sollen, vor der Polizei zu fliehen«, erwiderte er gereizt.

»Ist ja schon gut«, sagte Lew widerwillig. »Du hast getan, was du konntest.« Dann schenkte er seinem Bruder jenes warme Lächeln, dem Grigori nie hatte widerstehen können. »Das hast du immer getan«, fügte Lew hinzu, »seit Maminka gestorben ist.«

Grigori bekam einen Kloß im Hals. »Ja, mag sein«, sagte er und bemühte sich, das Zittern aus seiner Stimme herauszuhalten. »Wir sollten die Wjalows dafür bestrafen, dass sie uns betrogen haben.«

»Ich habe meine Rache schon«, sagte Lew. »In Buffalo gibt es einen Joseph Vyalov. Ich habe seine Tochter gefickt und geschwängert, und er musste sie mir zur Frau geben.«

»Mein Gott! Du gehörst jetzt zu den Wjalows?«

»Er hat es schon bereut. Deshalb hat er ja dafür gesorgt, dass ich eingezogen wurde. Er hofft, dass ich im Kampf falle.«

»Du lieber Himmel, hörst du immer noch mehr auf deinen Schwanz als auf dein Hirn?«

Lew zuckte mit den Schultern. »Sieht so aus.«

Grigori hatte selbst einiges zu erzählen, und das machte ihn nervös. Vorsichtig begann er: »Katherina hat einen kleinen Jungen bekommen … deinen Sohn. Sie hat ihn Wladimir genannt.«

Lew blickte zufrieden drein. »Wer hätte das gedacht? Ich habe einen Sohn!«

Grigori brachte nicht den Mut auf, Lew zu sagen, dass Wladimir nichts von seinem Vater wusste. Deshalb sagte er nur: »Ich habe mich gut um den Jungen gekümmert.«

»Das wusste ich.«

Grigori überkam ein Anflug von Zorn, dass Lew wieder einmal wie selbstverständlich davon ausging, dass andere die Verantwortung übernahmen, vor der er sich gedrückt hatte. »Lew«, sagte er dann, »ich habe Katherina geheiratet.« Er rechnete mit einem Wutausbruch.

Doch Lew blieb ruhig. »Auch das habe ich gewusst.«

Grigori konnte es kaum glauben. »Was?«

Lew nickte. »Du warst verrückt nach ihr, und sie brauchte einen soliden, zuverlässigen Mann für ihr Kind. Das war Vorsehung.«

»Ich habe Höllenqualen durchlitten!«, stieß Grigori hervor. War das alles umsonst gewesen? »Hast du dir überhaupt Sorgen um uns gemacht?«

»Du kennst mich doch, Grischka.«

»Ja, eben.« Natürlich hatte Lew sich keine Sorgen um sie gemacht. »Du hast kaum an uns gedacht.«

»Doch, natürlich. Spiel jetzt nicht den Heiligen. Du warst scharf auf Katherina. Erst hast du dich zurückgehalten, vielleicht sogar ein paar Jahre lang, aber zum Schluss hast du sie gefickt.«

Das war die hässliche Wahrheit. Lew hatte allerdings die unangenehme Eigenart, andere auf sein Niveau herunterzuziehen. »Du hast recht«, sagte Grigori. »Na, wie auch immer, Katherina und ich haben jetzt noch ein Kind, eine Tochter, Anna. Sie ist anderthalb Jahre alt.«

»Zwei Erwachsene und zwei Kinder? Na, egal. Ich habe genug.«

»Wovon redest du?«

»Ich habe einiges an Geld gemacht, indem ich Whisky aus britischen Armeebeständen für Gold an die Kosaken verkauft habe. Man könnte sogar sagen, ich habe ein kleines Vermögen angehäuft.« Lew griff in sein Uniformhemd, löste eine Schnalle und zog einen Geldgürtel heraus. »Das reicht, um für euch alle die Überfahrt nach Amerika zu bezahlen!« Er reichte Grigori den Gürtel.

Grigori war erstaunt und gerührt. Lew hatte seine Familie also doch nicht vergessen. Er hatte für die Überfahrt gespart. Natürlich war diese Art der Geldübergabe ein wenig theatralisch, aber so war Lew nun mal. Jedenfalls hatte er sein Versprechen gehalten.

Schade nur, dass es umsonst gewesen war.

»Danke«, sagte Grigori. »Ich bin stolz auf dich, weil du Wort gehalten hast. Aber natürlich ist das jetzt nicht mehr nötig. Ich kann deine Entlassung bewirken und dir bei der Rückkehr in ein normales russisches Leben helfen.« Er gab den Gürtel wieder zurück.

Lew nahm ihn, hielt ihn in den Händen und starrte seinen Bruder an. »Was meinst du damit?«

Grigori sah, dass Lew verletzt war, weil er sein Geschenk abgelehnt hatte. Aber Grigori plagte eine viel größere Sorge. Was würde geschehen, wenn Lew und Katherina sich wiedersahen? Würde sie seinem attraktiveren Bruder erneut verfallen? Die Angst, sie nach allem, was sie gemeinsam durchgestanden hatten, zu verlieren, jagte Grigori einen Schauder über den Rücken. »Wir leben jetzt in Moskau«, sagte er. »Wir haben eine Wohnung im Kreml – Katherina, Wladimir, Anna und ich. Ich kann dir genauso leicht eine Wohnung besorgen, und …«

»Moment mal.« Lew schaute ihn ungläubig an. »Du glaubst, ich will nach Russland zurück?«

»Du bist doch schon wieder da«, sagte Grigori.

»Aber ich will nicht bleiben!«

»Du kannst doch unmöglich nach Amerika zurückwollen.«

»Natürlich will ich zurück! Und du solltest mit mir kommen.«

»Aber dafür gibt es keinen Grund! Russland ist nicht mehr so wie früher. Der Zar ist weg!«

»Ich mag Amerika«, sagte Lew, »und ihr werdet es auch mögen, besonders Katherina.«

»Aber hier wird Geschichte gemacht! Wir haben eine neue Regierungsform erfunden, den Sowjet. Das ist das neue Russland, die neue Welt. Du verpasst einen geschichtlichen Umbruch!«

Lew seufzte. »Du bist es, der nicht begreift. In Amerika habe ich mein eigenes Automobil. Es gibt dort mehr zu essen, als du verdrücken kannst, so viel Alkohol, wie du vertragen kannst, und Zigaretten ohne Ende. Ich habe fünf Anzüge!«

»Was willst du mit fünf Anzügen?«, entgegnete Grigori genervt. »Das ist so, als würde man fünf Betten haben. Man kann aber immer nur eins benutzen.«

»Ich sehe das anders.«

Was dieses Gespräch so ärgerlich machte, war die Tatsache, dass Lew offenbar glaubte, Grigori sei derjenige, der hier nicht verstand. Grigori wusste nicht, was er noch hätte sagen sollen, um die Meinung seines Bruders zu ändern. »*Das* also zählt für dich im Leben? Zigaretten, schicke Sachen und ein Automobil?«

»Das will doch jeder. Das solltet ihr Bolschewiken bloß nicht vergessen.«

Grigori hatte nicht die Absicht, sich von Lew eine Lektion in Politik erteilen zu lassen. »Die Russen wollen Brot, Frieden und Land.«

»Wie auch immer«, sagte Lew. »Übrigens, ich habe eine Tochter in Amerika! Ihr Name ist Daisy. Sie ist drei Jahre alt.«

Missbilligend legte Grigori die Stirn in Falten.

»Ich weiß, was du jetzt denkst«, sagte Lew. »Dass Katherinas Sohn mir egal ist. Wie heißt er noch mal?«

»Wladimir.«

»Ich habe mich nie um ihn gekümmert, denkst du, warum sollte ich mich dann jetzt um Daisy kümmern, nicht wahr? Aber das ist etwas anderes. Ich habe Wladimir nie gesehen. Als ich Petrograd verlassen habe, war er noch nicht einmal geboren. Aber ich liebe Daisy, und sie liebt mich.«

Das wenigstens konnte Grigori verstehen. Er war froh, dass Lew genug Herz besaß, um sich seiner Tochter verbunden zu fühlen. Und obwohl ihn Lews Vorliebe für Amerika ärgerte, war er tief im Inneren erleichtert darüber, dass sein Bruder nicht mehr nach Russland zurückkehren wollte. Denn Lew hätte mit Sicherheit Wladimir kennenlernen wollen – und wie lange hätte es dann wohl gedauert, bis der Junge herausfand, dass Lew sein Vater war? Und wenn Katherina sich wieder in Lew verlieben, Wladimir mitnehmen und ihn, Grigori, verlassen würde, was sollte dann aus Anna werden? Würde Grigori auch sie verlieren?

»Also gut«, sagte er. »Ich glaube zwar, dass du dich falsch entscheidest, aber ich will dich nicht zu deinem Glück zwingen.«

Lew grinste. »Du hast Angst, ich könnte dir Katherina wegnehmen, stimmt's? Ich kenne dich zu gut, Bruder.«

Grigori zuckte unwillkürlich zusammen. »Ja«, gab er zu. »Ich habe Angst, du nimmst sie mir weg und lässt mich wieder im Stich, und dann müsste ich zum zweiten Mal den Schaden wiedergutmachen. Ich kenne dich auch, Bruder.«

»Aber du wirst mir helfen, nach Amerika zurückzukehren.«

»Nein.« Grigori konnte nicht anders; er verspürte eine gewisse Genugtuung, als er den ängstlichen Ausdruck auf dem Gesicht seines Bruders sah. Doch er quälte ihn nicht lange. »Ich werde dir helfen, zur Weißen Armee zurückzukehren. Die können dich dann nach Amerika schaffen.«

»Und wie stellen wir das an?«

»Wir werden ein Stück über die Front hinausfahren, und ich setze dich im Niemandsland ab. Vor dort bist du auf dich allein gestellt.«

»Ich könnte erschossen werden.«

»Wir könnten beide erschossen werden. Das nennt man Krieg.«

»Hm, ja. Das Risiko werde ich wohl eingehen müssen.«

»Du wirst schon zurechtkommen, Lew«, sagte Grigori. »Du kommst doch immer zurecht.«

Billy Williams wurde vom Stadtgefängnis in Ufa durch die staubigen Straßen des Ortes zur Handelsschule geführt, in der die britischen Truppen vorübergehend untergebracht waren.

Das Militärstrafverfahren fand in einem Klassenzimmer statt. Fitz saß am Lehrertisch, neben ihm sein Adjutant, Captain Murray. Captain Gwyn Evans war mit Notizbuch und Bleistift zugegen.

Billy war schmutzig und unrasiert, und er hatte zwischen den Säufern und Prostituierten der Stadt schlecht geschlafen. Fitz trug wie immer eine frisch gebügelte Uniform. Billy wusste, dass er in ernsten Schwierigkeiten steckte. Das Urteil stand bereits fest; die Beweislage war klar. Er hatte in verschlüsselten Briefen an seine Schwester militärische Geheimnisse preisgegeben. Trotzdem war er entschlossen, sich seine Angst nicht anmerken zu lassen. Es würde schon irgendwie gut gehen.

Fitz verkündete: »Dies ist ein Feldgerichtsverfahren. Es ist erlaubt, wenn sich der Angeklagte im aktiven Einsatz in Übersee befindet und wenn es nicht möglich ist, ein reguläres Militärgericht einzuberufen. Nur drei Offiziere sind als Richter erforderlich – oder auch zwei, wenn nicht mehr zur Verfügung stehen. Dieses Gericht kann jeden Soldaten jedes Ranges für jedes Vergehen verurteilen und hat das Recht, die Todesstrafe zu verhängen.«

Billys einzige Chance bestand darin, das Strafmaß zu beeinflussen. Die möglichen Strafen waren Zuchthaus, Zwangsarbeit oder Tod. Ohne Zweifel hätte Fitz ihn gerne vor ein Erschießungskommando gestellt oder ihn wenigstens ein paar Jahre ins Zuchthaus gesteckt. Billys Strategie war, bei Murray und Evans hinreichende Zweifel an der Fairness des Verfahrens zu säen, damit sie sich für eine kurze Gefängnisstrafe aussprachen.

Er fragte: »Wo ist mein Verteidiger?«

»Es ist nicht möglich, Ihnen einen Rechtsbeistand zu stellen«, sagte Fitz.

»Sind Sie sicher, Sir?«

»Reden Sie nur, wenn Sie angesprochen werden, Sergeant!«

Billy entgegnete: »Es muss ins Protokoll, dass mir ein Verteidiger verweigert wurde.« Er starrte Gwyn Evans an, den einzigen Offizier mit einem Notizbuch. Als Evans nicht reagierte, fragte Billy: »Oder wird das Protokoll die Unwahrheit enthalten?« Das Wort *Unwahrheit* betonte er überdeutlich, weil er wusste, dass Fitz sich darüber ärgern würde. Es gehörte zum Kodex eines englischen Gentlemans, stets die Wahrheit zu sagen.

Fitz nickte Evans zu, der sich eine Notiz machte.

Der erste Punkt geht an mich, dachte Billy, und es heiterte ihn ein wenig auf.

»William Williams«, sagte Fitz, »Sie sind angeklagt eines Verbrechens im Sinne von Teil eins des Heeresstrafgesetzbuches. Die Anklage lautet, dass Sie wissentlich und vorsätzlich eine Tat begangen haben, die dazu angetan war, den Erfolg Seiner Majestät Streitkräfte in Gefahr zu bringen, während Sie sich im aktiven Dienst befanden. Die Strafe darauf ist der Tod oder eine geringere Bestrafung, die das Gericht Ihnen auferlegt.«

Der Gedanke an die Todesstrafe ließ Billy frösteln, doch er wahrte eine unbewegte Miene.

»Wie stellen Sie sich zu der Anklage?«

Billy atmete tief durch. Er sprach laut und deutlich und legte so viel Hohn und Verachtung in seine Stimme, wie er nur konnte. »Ich stelle mich zu der Anklage, indem ich frage: Wie können Sie es wagen?«, sagte er. »Wie können Sie es wagen, den unvoreingenommenen Richter zu spielen? Wie können Sie wagen, so zu tun, als wäre unsere Anwesenheit in Russland ein rechtmäßiger Einsatz? Und wie können Sie es wagen, einen Mann wegen Verrats anzuklagen, der drei Jahre an Ihrer Seite gekämpft hat?«

Captain Evans sagte: »Seien Sie nicht unverschämt, Billy-Boy. Sie machen es nur schlimmer.«

Billy widerte Evans' Jovialität an. »Und mein Rat an Sie lautet«, sagte er, »zu verschwinden und sich nicht auf dieses Femegericht einzulassen. Wenn sich das herumspricht – und glauben Sie mir, es wird auf der Titelseite des *Daily Mirror* stehen –, werden Sie es sein, der Schande über sich gebracht hat, nicht ich.« Er blickte Murray an. »Jeder Mann, der etwas mit dieser Farce zu tun hatte, wird Schimpf und Schande auf sich laden.«

Evans blickte beunruhigt drein. Offensichtlich hatte er nicht damit gerechnet, dass diese Sache an die Öffentlichkeit dringen könnte.

»Genug jetzt!«, rief Fitz laut und zornig.

Sehr gut, freute sich Billy. Den hab ich schön auf die Palme gebracht.

Fitz fuhr fort: »Legen Sie bitte das Beweismaterial vor, Captain Murray.«

Murray öffnete eine Akte und zog ein Blatt Papier heraus. Billy erkannte seine eigene Handschrift. Wie erwartet war es einer seiner Briefe an Ethel.

Murray zeigte ihm das Schreiben und fragte: »Haben Sie diesen Brief geschrieben?«

»Wie kommt dieses Schreiben in Ihren Besitz, Captain Murray?«, fragte Billy.

»Beantworten Sie die Frage!«, brüllte Fitz.

»Sie sind in Eton zur Schule gegangen, nicht wahr, Captain?«, fragte Billy. »Ein Gentleman würde niemals fremde Post lesen, das hat man uns jedenfalls gesagt. Soweit ich weiß, hat nur ein Militärzensor das Recht, Feldpost zu lesen. Daher nehme ich an, dass der Brief Ihnen vom Militärzensor übergeben wurde.« Er verstummte, wartete ab. Doch wie erwartet war Murray nicht willens, die Frage zu beantworten. Billy fuhr fort: »Oder ist der Brief widerrechtlich in Ihre Hände geraten?«

Murray wiederholte: »Haben Sie diesen Brief geschrieben?«

»Wenn er widerrechtlich in Ihre Hände gelangt ist, darf er vor Gericht nicht verwendet werden. Ich glaube, so würde ein Anwalt sich ausdrücken. Hier gibt es aber keine Anwälte. Deshalb ist das Ganze ein Femegericht.«

»Haben Sie diesen Brief geschrieben?«

»Diese Frage beantworte ich, sobald Sie mir gesagt haben, wie er in Ihre Hände gelangt ist.«

»Sie können wegen Missachtung des Gerichts bestraft werden«, sagte Fitz. »Das ist Ihnen doch klar?«

Mir droht bereits die Todesstrafe, dachte Billy. Wie blöd muss Fitzherbert sein, wenn er glaubt, mir noch drohen zu können! Doch er sagte: »Ich verteidige mich, indem ich auf Verfahrensmängel hinweise, und auf die Widerrechtlichkeit der Anklage. Wollen Sie mir das verbieten … Sir?«

Murray gab es auf. »Der Brief trägt als Absender den Namen von Sergeant Billy Williams. Wenn der Angeklagte behaupten will, ihn nicht geschrieben zu haben, sollte er es jetzt sagen.«

Billy schwieg.

»Der Brief ist eine verschlüsselte Nachricht«, fuhr Murray fort. »Er kann decodiert werden, indem man jedes dritte Wort liest sowie die Anfangsbuchstaben von Lied- und Filmtiteln.« Murray reichte Evans den Brief. »Sehen Sie sich bitte an, was da nach der Entschlüsselung steht.«

Billys Brief beschrieb die Unfähigkeit des Koltschak-Regimes und legte dar, wie es trotz seines Goldvermögens das Personal der Transsibirischen Eisenbahn nicht bezahlte, sodass es ständig Nachschub- und Transportprobleme gab. Er berichtete außerdem detailliert über die Hilfe, die die britischen Truppen zu leisten versuchten. Dieses Wissen wurde der britischen Öffentlichkeit vorenthalten, die das Heer bezahlte und deren Söhne ihr Leben riskierten.

Murray fragte Billy: »Streiten Sie ab, diese Nachricht gesendet zu haben?«

»Zu widerrechtlich erlangtem Beweismaterial kann ich keine Aussage machen.«

»Die Adressatin, E. Williams, ist Mrs. Ethel Leckwith, Anführerin der ›Hände-weg-von-Russland‹-Kampagne, nicht wahr?«

»Zu widerrechtlich erlangtem Beweismaterial kann ich keine Aussage machen.«

»Haben Sie ihr vorher schon verschlüsselte Briefe geschickt?«

Billy gab keine Antwort.

»Und hat sie die Informationen, die Sie ihr übermittelt haben, dazu benutzt, feindselige Zeitungsartikel zu verfassen, die dem Ansehen des britischen Heeres schaden und den Erfolg unser hiesigen Operation gefährden?«

»Ganz sicher nicht«, erwiderte Billy. »Dem Ansehen der Army schaden die, die uns ohne Wissen oder Zustimmung des Parlaments auf einen geheimen, unrechtmäßigen Einsatz geschickt haben. Die ›Hände-weg-von-Russland‹-Kampagne ist der erste notwendige Schritt, uns wieder in unsere angestammte Rolle als Verteidiger Großbritanniens zurückzuführen, statt die Privatarmee einer kleinen Verschwörung rechtsgerichteter Generäle und Politiker zu sein.«

Fitz' ebenmäßiges Gesicht war rot vor Wut. Billy sah es mit tiefer Befriedigung. »Ich glaube, wir haben genug gehört«, sagte Fitz. »Das Gericht wird nun über das Urteil beraten.« Murray murmelte etwas, und Fitz sagte: »Ach ja. Hat der Angeklagte noch etwas zu sagen?«

Billy erhob sich. »Als meinen ersten Zeugen rufe ich Colonel the Earl Fitzherbert auf.«

»Machen Sie sich nicht lächerlich«, sagte Fitz.

»Ich verlange, ins Protokoll aufzunehmen, dass das Gericht sich geweigert hat, mir die Vernehmung eines Zeugen zu gestatten, obwohl er anwesend war.«

»Machen Sie voran!«

»Wäre mir mein Recht nicht verweigert worden, einen Zeugen aufzurufen, hätte ich den Colonel gefragt, worin seine Beziehung zu meiner Familie besteht. Ob er nicht einen persönlichen Groll gegen mich hegt, weil mein Vater ein Wortführer der Bergarbeiter ist. Wie war das Verhältnis des Earls zu meiner Schwester? Hat er sie nicht als Haushälterin beschäftigt, um sie dann aus unbekannten Gründen zu entlassen?« Billy war versucht, mehr über Ethel zu sagen, doch damit hätte er ihren Namen in den Schmutz gezogen; außerdem genügte seine Andeutung wahrscheinlich schon. »Ich hätte ihn gefragt, worin sein persönliches Interesse an diesem rechtswidrigen Krieg gegen die bolschewistische Regierung besteht. Ist seine Frau eine russische Fürstin? Ist sein Sohn der Erbe von Grundbesitz auf russischem Boden? Ist der Colonel etwa hier, um seine persönlichen finanziellen Interessen zu wahren? Und sind diese Umstände die eigentliche Erklärung, weshalb er sich zu dieser Farce eines Prozesses herablässt? Und macht es das nicht völlig unmöglich, als Richter in diesem Fall aufzutreten?«

Fitz starrte Billy mit steinernem Gesicht an, doch Murray und Evans wirkten erschrocken. Diese persönlichen Zusammenhänge waren ihnen unbekannt gewesen.

»Ich habe noch einen weiteren Punkt anzuführen«, fuhr Billy fort. »Der deutsche Kaiser steht wegen Kriegsverbrechen unter Anklage. Ihm wird vorgeworfen, dass er gegen den Willen des deutschen Volkes, der von seinen gewählten Vertretern im Reichstag ausgedrückt wurde, den Krieg erklärt hat, wobei er von seinen Generälen dazu ermutigt wurde. Im Unterschied dazu hat Großbritannien erst nach einer Unterhausdebatte Deutschland den Krieg erklärt.«

Fitz gab vor, sich zu langweilen, doch Murray und Evans hörten aufmerksam zu.

Billy fuhr fort: »Nun sehen Sie sich diesen Krieg in Russland an. Er wurde nie vom britischen Parlament verhandelt. Die Tatsachen werden dem britischen Volk verschwiegen unter dem Vorwand der operativen Sicherheit – das ist ja immer die Ausrede für die schmutzigen

Geheimnisse des Militärs. Wir kämpfen, ohne dass ein Krieg erklärt wurde. Der britische Premierminister und sein Kabinett sind in genau der gleichen Position wie der deutsche Kaiser und seine Generäle. Sie sind es, die rechtswidrig handeln – nicht ich.« Billy setzte sich.

Murray und Evans steckten mit Fitz die Köpfe zusammen. Billy fragte sich, ob er zu weit gegangen war. Er hatte es als notwendig empfunden, deutliche Worte zu sagen, doch es war möglich, dass er die beiden Captains dadurch beleidigt hatte, statt ihre Unterstützung zu gewinnen.

Allerdings schienen die Richter sich uneins zu sein. Fitz sprach mit Nachdruck, während Evans ablehnend den Kopf schüttelte. Murray wirkte befangen. Das ist wahrscheinlich ein gutes Zeichen, sagte sich Billy, doch er hatte größere Angst als je zuvor. Die Maschinengewehre an der Somme und die Grubenexplosion waren nichts im Vergleich zu dieser Situation, in der sein Leben in den Händen übelwollender Offiziere lag.

Endlich schienen sie zu einer Einigung zu kommen. Fitz blickte Billy an. »Erheben Sie sich«, befahl er.

Billy stand auf.

»Sergeant William Williams, das Gericht befindet Sie schuldig im Sinne der Anklage.« Fitz starrte Billy an, als hoffte er, in dessen Gesicht Schmerz über diese Niederlage zu sehen. Doch Billy hatte den Schuldspruch erwartet. Was er fürchtete, war das Urteil.

Fitz sagte: »Sie werden hiermit zu zehn Jahren Zwangsarbeit verurteilt.«

In Billys Gesicht zuckte es. Zum Tode war er zwar nicht verurteilt worden – aber zehn Jahre! Wenn er freikäme, wäre er dreißig. Dann schriebe man das Jahr 1929. Mildred wäre fünfunddreißig. Ihr halbes Leben wäre vorbei. Billys trotzige Fassade bröckelte, und Tränen traten ihm in die Augen.

Ein Ausdruck der Genugtuung erschien auf Fitz' Gesicht. »Wegtreten«, sagte er.

Billy wurde abgeführt.

KAPITEL 37

Mai und Juni 1919

Am ersten Tag im Mai schrieb Walter von Ulrich einen Brief an Maud und gab ihn in Versailles auf.

Er wusste nicht, ob sie noch lebte. Seit ihrer gemeinsamen Nacht in Stockholm hatte er nichts mehr von ihr gehört. Zwischen Deutschland und Großbritannien gab es noch immer keinen Postverkehr; deshalb bot sich ihm erst jetzt die Gelegenheit, Maud zum ersten Mal seit zwei Jahren zu schreiben.

Walter und sein Vater waren am Vortag zusammen mit einhundertachtzig Politikern, Diplomaten und Beamten des Auswärtigen Amtes als Mitglieder der deutschen Delegation zur Friedenskonferenz angereist. Die französische Eisenbahn hatte die Geschwindigkeit ihres Sonderzuges auf Schritttempo gesenkt, als der Zug durch die verwüstete Landschaft Nordostfrankreichs gerollt war. »Als wären wir die Einzigen, die hier Granaten abgefeuert hätten«, sagte Otto von Ulrich verärgert.

Von Paris aus wurden sie in Bussen in die Kleinstadt Versailles gebracht und am Hôtel des Réservoirs abgesetzt. Ihr Gepäck wurde auf dem Hof abgeladen; dann ließ man sie unhöflich wissen, dass sie es selbst in die Zimmer tragen könnten. Walter seufzte. Ihnen gegenüber erwiesen die Franzosen sich schon mal nicht als großmütige Sieger.

»Die Franzosen *haben* nicht gesiegt, das ist es ja gerade«, lautete Ottos Kommentar. »Sie haben den Krieg nicht verloren, nicht ganz jedenfalls, weil die Briten und Amerikaner sie gerettet haben. Wie sollten sie damit prahlen? Wir haben sie geschlagen, und sie wissen es, und das verletzt sie in ihrem aufgeblasenen Stolz.«

Im Hotel war es kalt und dunkel, aber draußen blühten Magnolien und Apfelbäume. Es war den Deutschen erlaubt, auf dem Gelände des Châteaus spazieren zu gehen und die Geschäfte zu besuchen. Vor dem Hotel hatte sich stets eine kleine Menschenmenge versammelt;

das einfache Volk war nicht so boshaft wie seine Vertreter. Manchmal buhten die Leute, aber meistens wollten sie nur einen neugierigen Blick auf den Feind werfen.

Gleich am ersten Tag schrieb Walter an Maud. Ihre Ehe erwähnte er nicht – er war sich noch nicht sicher, ob er es wagen konnte, und seine gewohnte Vorsicht ließ sich nur schwer ablegen. Er teilte Maud mit, wo er war, beschrieb das Hotel und dessen Umgebung und bat sie um Antwort. Dann ging er in die Stadt, erwarb eine Briefmarke und gab den Brief in die Post.

Angespannt wartete er auf die Antwort. Wenn Maud noch lebte – liebte sie ihn noch? Walter war sich fast sicher. Doch seit sie ihn in einem Stockholmer Hotelzimmer voller Verlangen umarmt hatte, waren zwei Jahre vergangen. Und es gab Abertausende von Männern, die aus dem Krieg heimkehrten und feststellen mussten, dass ihre Freundinnen oder Frauen sich während der langen Trennung in einen anderen verliebt hatten.

Einige Tage später wurden die führenden Mitglieder der Delegation ins Hôtel Trianon am anderen Ende des Parks gerufen, wo ihnen feierlich Exemplare des Friedensvertrages ausgehändigt wurden, den die siegreichen Entente-Mächte formuliert hatten. Der Vertrag war auf Französisch abgefasst. Im Hôtel des Réservoirs wurden die Exemplare an Übersetzergruppen übergeben. Eine dieser Gruppen wurde von Walter geleitet. Dann machte man sich daran, den Vertragstext zu studieren.

Es war noch schlimmer, als Walter befürchtet hatte.

Das französische Heer sollte das Rheinland fünfzehn Jahre lang besetzen. Das Saarland sollte für die gleiche Zeit dem Völkerbund unterstellt werden; die Kohlebergwerke sollten dabei unter französische Kontrolle kommen. Elsass-Lothringen sollte ohne Volksabstimmung an Frankreich zurückgegeben werden; die französische Regierung fürchtete offenbar, die Bevölkerung könnte sich entscheiden, deutsch zu bleiben. Der neue Staat Polen war so groß, dass er die Heimat von drei Millionen Deutschen und die schlesischen Kohlegebiete mit einschloss. Deutschland sollte alle Kolonien verlieren: Die Sieger teilten sie unter sich auf wie Räuber die Beute. Außerdem musste Deutschland sich verpflichten, Reparationen ungenannter Höhe zu zahlen – mit anderen Worten, einen Blankoscheck zu unterzeichnen.

Walter fragte sich, was für ein Staat Deutschland nach Meinung der Sieger werden sollte. Hatten sie ein gewaltiges Sklavenlager im Sinn, wo jeder von der Hand in den Mund lebte und sich für die Siegermächte zu Tode schuftete? Wenn er, Walter, ein solcher Sklave sein sollte, wie konnte er dann auch nur daran denken, mit Maud einen Hausstand zu gründen und Kinder zu haben?

Das Allerschlimmste aber war die Kriegsschuldklausel.

Artikel 231 des Vertrages lautete: »Die alliierten und assoziierten Regierungen erklären, und Deutschland erkennt an, dass Deutschland und seine Verbündeten als Urheber für alle Verluste und Schäden verantwortlich sind, die die alliierten und assoziierten Regierungen und ihre Staatsangehörigen infolge des ihnen durch den Angriff Deutschlands und seiner Verbündeten aufgezwungenen Krieges erlitten haben.«

»Das ist eine Lüge«, sagte Walter wütend. »Eine dumme, ignorante, gemeine, verdammte Lüge.« Deutschland war nicht unschuldig, das war ihm bewusst, und diese Meinung hatte er seinem Vater gegenüber auch immer wieder vertreten. Doch er hatte die diplomatische Krise im Sommer 1914 miterlebt und kannte jeden kleinen Schritt auf dem Weg in den Krieg: Es gab keine einzelne Nation, bei der die alleinige Schuld lag. Auf beiden Seiten war man bestrebt gewesen, sein jeweiliges Land zu schützen; niemand hatte beabsichtigt, die Welt in den größten Krieg der Geschichte zu stürzen: nicht Asquith, nicht Poincaré, weder Wilhelm II. noch der Zar oder der österreichische Kaiser. Selbst Gavrilo Princip, der Attentäter von Sarajevo, hatte mit Entsetzen reagiert, als ihm klar wurde, was er da entfacht hatte. Doch nicht einmal er war »für alle Verluste und Schäden verantwortlich« zu machen.

Kurz nach Mitternacht begegnete Walter seinem Vater, als sie beide eine Pause machten und einen Kaffee tranken, um wach bleiben und weiter arbeiten zu können. »Das ist empörend!«, wütete Otto von Ulrich. »Wir haben einem Waffenstillstand auf der Grundlage von Wilsons Vierzehn-Punkte-Progamm zugestimmt – aber dieser sogenannte Vertrag hat nichts mit den Vierzehn Punkten zu tun!«

Ausnahmsweise war Walter mit seinem Vater einer Meinung.

Am Morgen war die Übersetzung gedruckt, und die Exemplare waren per Sonderkurier auf dem Weg nach Berlin – ein klassisches Beispiel für deutsche Tüchtigkeit, dachte Walter, der die Tugenden seines Landes umso deutlicher sah, als es nun herabgesetzt wurde. Er war zu erschöpft und aufgewühlt, um zu schlafen, und beschloss daher, einen Spaziergang zu machen, bis er sich so weit entspannt hatte, dass er zu Bett gehen konnte.

Er verließ das Hotel und ging in den Park. Der Rhododendron blühte. Für Frankreich war es ein schöner Morgen, für Deutschland ein düsterer. Walter fragte sich, welche Auswirkungen der Friedensvertrag auf die ohnehin um ihr Überleben kämpfende sozialdemokratische deutsche Regierung hatte. Würden die Menschen verzweifeln und sich dem Bolschewismus zuwenden?

Walter war fast alleine in dem großen Park; nur eine junge Frau in einem hellen Frühlingsmantel saß unter einer Kastanie auf einer Bank. Höflich berührte er die Krempe seines Klapprandhutes, als er in Gedanken versunken an ihr vorbeiging.

»Walter«, sagte sie.

Ihm stockte das Herz. Er glaubte die Stimme zu erkennen, aber das musste ein Irrtum sein. Er drehte sich um und starrte die junge Frau an.

Sie stand auf. »Oh, Walter«, sagte sie. »Erkennst du mich denn nicht?«

Es war Maud.

Das Blut sang ihm in den Adern. Er machte zwei Schritte auf sie zu, und sie warf sich in seine Arme. Er drückte sie fest an sich, vergrub sein Gesicht an ihrem Hals und atmete ihren Duft ein, der ihm trotz der langen Zeit, die verstrichen war, noch immer vertraut war. Walter küsste sie auf die Stirn, auf die Wange, auf den Mund. Er sprach zu ihr und küsste sie dabei, doch weder Worte noch Küsse konnten ausdrücken, was er empfand.

Irgendwann fragte Maud: »Liebst du mich noch?«

»Mehr denn je«, antwortete er. »Mehr denn je.«

Maud streichelte Walters nackte Brust, als sie nebeneinander auf dem Bett lagen, nachdem sie sich geliebt hatten. »Du bist dünn«, sagte sie. Sein Bauch war eingefallen, und seine Rippen standen hervor. Maud beschloss, ihn mit Buttercroissants und *Foie gras* zu mästen.

Sie waren in einem Schlafzimmer in einem Gasthof ein paar Meilen außerhalb von Paris. Das Fenster stand offen, und ein milder

Frühlingswind ließ die primelgelben Vorhänge wehen. Maud hatte das Gasthaus vor Jahren entdeckt, als Fitz es für Schäferstündchen mit einer verheirateten Frau benutzt hatte, der Gräfin de Cagnes. Das Etablissement, kaum mehr als ein großes Haus in einem kleinen Dorf, besaß nicht einmal einen Namen. Männer reservierten einen Tisch für das Mittagessen und nahmen sich ein Zimmer für nachmittags. Vielleicht gab es auch in London solche Gasthöfe, doch irgendwie kam Maud dieses Arrangement sehr französisch vor.

Sie nannten sich Mr. und Mrs. Woolridge, und Maud trug den Ehering, den sie fast fünf Jahre lang versteckt gehalten hatte. Zweifellos war die diskrete Hotelbesitzerin überzeugt davon, dass das Paar nur behauptete, verheiratet zu sein, aber das war in Ordnung, solange sie nicht argwöhnte, Walter könnte Deutscher sein: Das hätte Scherereien bedeutet.

Maud konnte nicht die Hände von Walter lassen. Sie war unaussprechlich dankbar, dass er heil und unversehrt heimgekehrt war. Mit der Fingerspitze zeichnete sie die lange Narbe an seinem Schienbein nach.

»Die habe ich mir bei Château-Thierry geholt«, sagte Walter.

»Gus Dewar hat auch an dieser Schlacht teilgenommen. Ich hoffe, dass nicht ausgerechnet er dich angeschossen hat.«

»Wohl kaum. Ich hatte Glück, dass die Wunde so gut verheilt ist. Viele Männer sind am Brand gestorben.«

Seit ihrem Wiedersehen waren drei Wochen vergangen. Während dieser Zeit hatte Walter rund um die Uhr an der deutschen Antwort auf den Vertragsentwurf gearbeitet und sich jeden Tag nur eine halbe Stunde freimachen können – Zeit, die er nutzte, um mit Maud durch den Park zu spazieren oder sich mit ihr im Fond von Fitz' blauem Cadillac vom Chauffeur umherfahren zu lassen.

Maud war über die harten Bedingungen, die Deutschland gestellt wurden, genauso entsetzt wie Walter. Das Ziel der Pariser Konferenz war, eine gerechte und friedvolle neue Welt zu schaffen, und nicht, es den Siegern zu ermöglichen, sich an den Verlierern zu rächen. Das neue Deutschland sollte demokratisch und wohlhabend sein. Maud wollte Kinder mit Walter, und ihre Kinder wären Deutsche. Oft dachte sie an den Abschnitt im Buch Ruth, der mit den Worten begann: »Wo du hingehst, dahin gehe auch ich.« Früher oder später würde sie diesen Satz zu Walter sagen müssen.

Maud war bei Weitem nicht die Einzige, die den Entwurf des Vertrages missbilligte und den Frieden für wichtiger hielt als Vergeltung. Aus Protest gegen die Vertragsbedingungen waren zwölf Mitglieder der amerikanischen Delegation zurückgetreten. In einer britischen Nachwahl hatte der Kandidat gewonnen, der für einen Frieden ohne Rache eintrat. Der Erzbischof von Canterbury hatte öffentlich verkündet, ihm sei »sehr unbehaglich«, und er werde für eine »stille Fraktion« sprechen, die in den Hunnen hassenden Zeitungen nicht vertreten war.

Am Vortag hatten die Deutschen ihren Gegenvorschlag eingereicht – mehr als einhundert Seiten scharfsinnige Argumentation, die auf Wilsons Vierzehn Punkten beruhte. An diesem Morgen schäumte die französische Presse vor Wut und nannte das Dokument ein Monument der Frechheit und ein anrüchiges Stück Possenreißerei.

»Ausgerechnet die Franzosen bezichtigen uns der Arroganz!«, rief Walter zornig. »Wie war das noch gleich mit dem Grautier?«

»Da nennt ein Esel den anderen Langohr«, sagte Maud.

Er drehte sich auf die Seite und spielte in ihrem Schamhaar. Es war dunkel und lockig und duftete. Sie hatte ihn gefragt, ob sie es stutzen sollte, doch er mochte es so, wie es war. »Was machen wir heute?«, fragte er. »Es ist romantisch, sich in einem Hotel zu treffen und am Nachmittag miteinander zu schlafen wie bei einer verbotenen Liebschaft, aber wir können nicht ewig so weitermachen. Wir müssen der Welt mitteilen, dass wir Mann und Frau sind.«

Maud stimmte ihm zu. Sie wartete ungeduldig darauf, jede Nacht mit ihm schlafen zu können, auch wenn sie es nicht sagte: Es war ihr peinlich, wie gern sie Sex mit ihm hatte. »Wir könnten uns einfach ein Haus mieten und alle anderen ihre eigenen Schlüsse ziehen lassen.«

»Ich weiß nicht recht«, erwiderte Walter. »Am Ende denken die Leute noch, wir würden uns schämen.«

Maud musste ihm recht geben. Sie wollte ihr Glück hinausrufen und nicht verstecken. Sie war stolz auf Walter: Er sah gut aus, war tapfer und klug. »Wir könnten noch einmal heiraten«, sagte sie. »Uns verloben, das Aufgebot bestellen, uns trauen lassen und niemandem ein Wort davon sagen, dass wir schon fast fünf Jahre verheiratet sind. Den gleichen Menschen zweimal zu heiraten ist schließlich nicht verboten.«

Walter blickte sie nachdenklich an. »Mein Vater und dein Bruder wären gegen uns. Sie könnten uns nicht aufhalten, aber sie könnten es uns schwer machen, und das würde uns alles verderben.«

»Du hast recht«, räumte Maud widerstrebend ein. »Fitz würde sagen, dass es unter den Deutschen ganz nette Kerle gibt, dass man deshalb aber noch lange nicht seine Schwester einem von ihnen zur Frau geben muss.«

»Also müssen wir alle vor vollendete Tatsachen stellen.«

»Dann lass uns das tun«, sagte Maud. »Wir geben es in der Zeitung bekannt. Wir schreiben, dass es ein Symbol für die neue Weltordnung ist. Eine englisch-deutsche Heirat am gleichen Tag wie der Friedensvertrag.«

Walter musterte sie zweifelnd. »Wie sollen wir das anstellen?«

»Ich rede mit dem Redakteur des *Tatler*. Ich bin dort gut gelitten. Ich habe ihnen immer viel Material geliefert.«

Walter lächelte. »Lady Maud Fitzherbert – stets nach der neuesten Mode gekleidet.«

»Wovon redest du?«

Er griff nach seiner Brieftasche auf dem Nachttisch und nahm einen ausgeschnittenen Zeitschriftenartikel hervor. »Mein einziges Bild von dir«, sagte er.

Sie nahm es. Das Papier war weich vom Alter und zur Farbe von Sand vergilbt. Sie musterte das Foto. »Das wurde vor dem Krieg aufgenommen.«

»Seitdem hatte ich es immer bei mir. Und genauso wie ich hat es den Krieg überlebt.«

In Mauds Augen schimmerten Tränen, und das verblasste Bild verschwamm noch mehr.

»Nicht weinen«, sagte er und umarmte sie.

Sie drückte das Gesicht an seine bloße Brust und schluchzte. Manche Frauen weinten beim geringsten Anlass, aber Maud war nie so gewesen. Jetzt aber heulte sie haltlos. Sie weinte um die verlorenen Jahre, die Millionen toter junger Männer, das unermessliche Leid der Überlebenden und die versunkene Welt der Vorkriegszeit. Sie vergoss alle Tränen, die sich in fünf Jahren Selbstbeherrschung aufgestaut hatten.

Als es vorbei war, trocknete sie ihre Wangen und küsste Walter verlangend, und sie liebten sich erneut.

Am 16. Juni holte Fitz' blauer Cadillac Walter am Hotel ab und brachte ihn nach Paris. Maud war sicher, der *Tatler* würde ein Foto von ihnen beiden haben wollen. Walter trug einen Tweedanzug, der ihm vor dem Krieg in London maßgeschneidert worden war. In der Taille war er zu weit; aber jeder Deutsche lief in Sachen herum, die ihm zu groß waren.

Walter hatte im Hôtel des Réservoirs ein kleines Nachrichtenbüro eingerichtet; er überwachte die französischen, britischen, amerikanischen und italienischen Zeitungen und sammelte Gerüchte, die von der deutschen Delegation aufgeschnappt wurden. Er wusste, dass zwischen den Siegermächten übellaunig über die deutschen Gegenvorschläge gestritten wurde. Der britische Premier Lloyd George zeigte sich bereit, den Vertragsentwurf neu zu überdenken. Der französische Ministerpräsident Clemenceau allerdings erklärte, er habe sich bereits großzügig gezeigt und gerate schon in Rage, wenn eine Änderung auch nur vorgeschlagen werde. Erstaunlicherweise zeigte sich auch Woodrow Wilson unerbittlich. Er hielt den Entwurf für einen gerechten Vorschlag, und wenn Wilson sich einmal entschieden hatte, blieb er taub für jede Kritik.

Die Alliierten verhandelten außerdem Friedensverträge für Deutschlands Verbündete: Österreich, Ungarn, Bulgarien und das Osmanische Reich. Sie schufen neue Länder wie Jugoslawien und die Tschechoslowakei, und der Nahe Osten wurde in britische und französische Zonen aufgeteilt. Außerdem stritten die Delegierten sich darüber, ob mit Lenin Frieden geschlossen werden solle. Auf der ganzen Welt waren die Völker kriegsmüde, doch einige mächtige Männer waren noch immer darauf aus, die Bolschewiken zu bekämpfen. Die britische *Daily Mail* wollte eine Verschwörung internationaler jüdischer Geldleute aufgedeckt haben, die das Moskauer Regime unterstützte – eine der unglaubwürdigeren Hirngespinste des Blattes.

Was den Friedensvertrag mit Deutschland anging, wurde Lloyd George von Wilson und Clemenceau überstimmt. Am Morgen erreichte die deutsche Delegation im Hôtel des Réservoirs eine ungeduldige Note, die ihr drei Tage einräumte, um dem Vertragsentwurf zuzustimmen.

Walter fragte sich düster, welche Zukunft seinem Land noch blieb, als er im Fond von Fitz' Wagen saß. Es wäre wie in einer afrikanischen Kolonie, dachte er; die primitiven Ureinwohner arbeiten nur, damit ihre fremden Herren reicher werden. In einem solchen Land wollte er keine Kinder großziehen.

Maud wartete im Atelier des Fotografen. Sie sah wunderschön aus in ihrem zarten Sommerkleid von Paul Poiret, ihrem Lieblings-Modeschöpfer.

Im Atelier stand ein gemalter Hintergrund, der einen Garten in voller Blüte zeigte. Maud fand ihn geschmacklos; deshalb stellten sie sich vor die Vorhänge des Esszimmers, die angenehm schlicht waren. Zuerst standen sie wie Fremde nebeneinander, ohne sich zu berühren. Der Fotograf schlug vor, dass Walter vor Maud niederknien sollte, aber das war ihnen dann doch zu gefühlsduselig. Am Ende fanden sie eine Position, die allen zusagte; sie hielten sich die Hände und blickten einander in die Augen statt in die Kamera.

Die Abzüge würden am nächsten Tag fertig sein, versprach der Fotograf.

Sie gingen zum Essen in ihren Gasthof. »Die Alliierten können Deutschland nicht einfach befehlen, den Vertrag zu unterzeichnen«, sagte Maud. »Das ist doch keine Verhandlung.«

»Genau das haben sie aber getan.«

»Und was geschieht, wenn ihr euch weigert?«

»Das sagen sie nicht.«

»Was werdet ihr tun?«

»Ein Teil der Delegation kehrt heute Abend zu Beratungen mit unserer Regierung nach Berlin zurück.« Er seufzte. »Ich fürchte, ich gehöre auch dazu.«

»Dann ist es jetzt Zeit für unsere Bekanntmachung. Ich hole morgen die Fotografien ab und fahre nach London.«

»Gut«, sagte er. »Ich werde meine Mutter einweihen, sobald ich in Berlin bin. Sie wird Nachsicht üben. Dann sage ich es Vater. Bei ihm wird es ein bisschen anders sein.«

»Ich spreche mit Tante Herm und mit Bea. Und ich schreibe Fitz nach Russland.«

»Also werden wir uns eine Zeit lang nicht sehen.«

»Iss auf, dann gehen wir ins Bett.«

Gus und Rosa trafen sich in den Tuilerien. Das Leben in Paris normalisierte sich wieder, beobachtete Gus zufrieden. Die Sonne schien; die Bäume schlugen aus, und Männer mit Nelken im Knopfloch saßen auf den Bänken, rauchten Zigarren und schauten den bestgekleideten Damen der Welt hinterher. Auf einer Seite des Parks lag die Rue de Rivoli, wo es von Automobilen, Lastkraftwagen und Pferdekarren nur so wimmelte; auf der anderen Seite fuhren Frachtbarken über die Seine. Vielleicht würde die Welt sich doch wieder erholen.

Rosa sah atemberaubend aus. Sie trug ein rotes Kleid aus leichter Baumwolle und einen breitkrempigen Hut. Wenn ich malen könnte, dachte Gus bei ihrem Anblick, würde ich sie so auf Leinwand bannen.

Er selbst trug einen blauen Blazer und einen modernen Strohhut. Als Rosa ihn sah, lachte sie.

»Was ist?«, fragte er.

»Nichts. Du siehst nett aus.«

»Es ist der Hut, nicht wahr?«

Sie unterdrückte ein weiteres Kichern. »Du bist hinreißend.«

»Er sieht blöd aus. Ich kann aber nichts dafür. Hüte stehen mir einfach nicht. Das liegt an meinem dämlichen Kopf.«

Rosa hauchte ihm einen Kuss auf die Lippen. »Du bist der attraktivste Mann in ganz Paris.«

Das Erstaunliche war, dass sie es wirklich so meinte. Womit habe ich so viel Glück verdient, fragte sich Gus.

Rosa fragte: »Hast du den *Tatler* gelesen?«

»Dieses Londoner Magazin? Nein, warum?«

»Wie es aussieht, ist deine Freundin, Lady Maud, mit einem Deutschen verheiratet.«

»Oh!«, sagte Gus. »Wie haben sie das denn herausgefunden?«

»Soll das heißen, du hast es gewusst?«

»Ich habe es zumindest geahnt. Walter hat mich 1916 in Berlin gebeten, Maud einen Brief mitzunehmen. Damals habe ich mir schon gedacht, dass sie entweder verlobt oder sogar verheiratet sind.«

»Wie diskret du bist! Du hast nie ein Wort gesagt.«

»Es war ein gefährliches Geheimnis.«

»Das könnte es immer noch sein. Der *Tatler* schreibt zwar nett über sie, doch andere Zeitungen könnten das anders sehen.«

»Maud wurde früher schon von der Presse angegriffen. Sie ist zäh.«

Rosa blickte ihn verlegen an. »Darüber habt ihr wohl auch gesprochen, als ich euch bei eurem Tête-à-Tête erwischt habe.«

»Genau. Maud hatte mich gefragt, ob ich etwas von Walter gehört hätte.«

»Und ich dachte, ihr würdet flirten. Jetzt komme ich mir ziemlich blöd vor.«

»Ich vergebe dir, behalte mir aber das Recht vor, den Vorfall wieder zur Sprache zu bringen, wenn du dich das nächste Mal so dumm aufführst. Darf ich dich was fragen?«

»Was immer du willst.«

»Eigentlich sind es drei Fragen.«

»Wie geheimnisvoll! Wie in einem Märchen. Wenn ich falsch antworte, werde ich dann verflucht?«

»Bist du immer noch Anarchistin?«

»Würde es dich stören?«

»Ich frage mich nur, ob die Politik einen Keil zwischen uns treiben könnte.«

»Anarchismus ist die Überzeugung, dass niemand das Recht zu herrschen hat. In allen politischen Philosophien, vom Gottesgnadentum der Könige bis hin zu Rousseaus Gesellschaftsvertrag, wird der Versuch unternommen, Autorität zu rechtfertigen. Anarchisten glauben, dass alle diese Theorien zum Scheitern verurteilt sind; deshalb ist keine Form der Autorität legitim.«

»Das ist in der Theorie unwiderlegbar, aber in der Praxis nicht umzusetzen.«

»Du begreifst schnell. Im Endeffekt sind alle Anarchisten gegen die Herrschenden, aber ihre Visionen, wie eine Gesellschaft funktionieren sollte, unterscheiden sich dramatisch.«

»Und was ist deine Vision?«

»Das sehe ich nicht mehr so klar wie früher. Seitdem ich aus dem Weißen Haus berichte, betrachte ich die Politik mit anderen Augen. Aber ich bin immer noch der Überzeugung, dass jede Autorität sich rechtfertigen muss.«

»Ich glaube, darüber werden wir uns nie streiten.«

»Gut. Nächste Frage?«

»Erzähl mir von deinem Auge.«

»Ich wurde so geboren. Mit einer Operation hätte es geöffnet werden können. Hinter dem Augenlid ist zwar nur nutzloses Gewebe, aber ich hätte mir ein Glasauge einsetzen lassen können. Allerdings hätte ich das Auge dann nie schließen können. So, wie es jetzt ist, schien es mir das geringere Übel zu sein. Stört es dich?«

Gus blieb stehen und drehte sich zu ihr um. »Darf ich es küssen?«

Rosa zögerte. »Meinetwegen.«

Gus beugte sich vor und küsste ihr geschlossenes Augenlid. Es fühlte sich nicht im Mindesten seltsam für seine Lippen an. Es war nicht anders, als sie auf die Wange zu küssen. »Danke«, sagte er.

Leise sagte Rosa: »Das hat noch nie jemand getan.«

Gus nickte. Er hatte sich schon gedacht, dass ihr Auge stets tabu gewesen war.

Rosa fragte: »Warum hast du das gewollt?«

»Weil ich alles an dir liebe, und ich wollte, dass du es weißt.«

»Oh.« Rosa schwieg eine Zeit lang und rang mit ihren Gefühlen. Dann grinste sie und nahm wieder jenen frechen Tonfall an, den Gus so sehr mochte. »Na, wenn du noch andere seltsame Dinge küssen willst, lass es mich wissen.«

Gus war nicht sicher, wie er auf dieses unbestimmte, aber aufregende Angebot reagieren sollte; also beschloss er, es erst einmal zu ignorieren, um zum geeigneten Zeitpunkt darauf zurückzukommen. »Eine Frage habe ich noch.«

»Ja?«

»Vor vier Monaten habe ich dir gesagt, dass ich dich liebe.«

»Ich hab's nicht vergessen.«

»Aber du hast nicht gesagt, ob du etwas für mich empfindest. Und wenn ja, was.«

»Ist das nicht offensichtlich?«

»Kann sein, aber ich würde es gerne hören. Liebst du mich?«

»Oh, Gus, begreifst du denn nicht?« Rosas Gesicht nahm einen gequälten Ausdruck an. »Ich bin nicht gut genug für dich. Du warst der begehrteste Junggeselle in Buffalo und ich die einäugige Anarchistin. Alle erwarten von dir, dass du dich in eine elegante, schöne und reiche Frau verliebst. Ich bin Arzttochter, und meine Mutter war Hausmädchen. Ich bin nicht die Richtige für dich.«

»Liebst du mich?«, wiederholte Gus ruhig, aber hartnäckig.

Rosa brach in Tränen aus. »Natürlich, du Esel. Ich liebe dich von ganzem Herzen.«

Gus zog sie an sich. »Das ist alles, was zählt.«

Tante Herm legte den *Tatler* zur Seite. »Es war sehr ungehörig von dir, deine Heirat geheim zu halten«, sagte sie zu Maud. Dann lächelte sie verschwörerisch. »Aber romantisch!«

Sie saßen im Salon von Fitz' Villa in Mayfair. Bea hatte ihn nach Kriegsende neu ausstatten lassen, im neuen Stil des Art déco mit nüchtern aussehenden Sesseln und modernistischem Silberstand von Asprey. Bei Maud und Herm saßen Fitz' schelmischer Freund Bing Westhampton und dessen Frau. Die Londoner Saison war in vollem Gange, und sie wollten in die Oper, sobald Bea so weit war. Sie sagte gerade Boy, der mittlerweile dreieinhalb war, und dem zwei Jahre jüngeren Andrew Gute Nacht.

Maud nahm die Zeitschrift und schaute sich den Artikel noch einmal an. Das Foto gefiel ihr nicht sonderlich. Sie hatte sich vorgestellt, dass es zwei Verliebte zeigte, doch es sah aus wie ein Szenenfoto aus einem Film. Walter erschien raubtierhaft, wie er ihre Hand hielt und ihr einem verworfenen Schwerenöter gleich in die Augen blickte, und sie sah ganz aus wie die Unschuldige, die hilflos seinen Schlichen zum Opfer fallen würde.

Der Text jedoch sagte genau das, worauf Maud gehofft hatte. Der Autor erinnerte die Leser daran, dass Lady Maud vor dem Krieg die »modebewusste Suffragette« gewesen war, dass sie die Kampagne für die Rechte der in der Heimat zurückgebliebenen Frauen im *Soldier's Wife* begonnen hatte und aus Protest für Jayne McCulleys Rechte ins Gefängnis gegangen war. Dort stand, dass sie und Walter eigentlich geplant hätten, ihr Verlöbnis auf normalem Wege bekannt zu geben, was durch den Kriegsausbruch verhindert worden sei. Ihre hastige, geheime Heirat wurde als verzweifelter Versuch dargestellt, unter außergewöhnlichen Umständen das Richtige zu tun.

Maud hatte darauf bestanden, wörtlich zitiert zu werden, und das Magazin hatte sein Versprechen gehalten. »Ich weiß, dass einige Briten die Deutschen hassen«, hatte sie gesagt. »Ich weiß aber auch, dass Walter und viele andere Deutsche getan haben, was sie konnten, um den Krieg zu verhindern. Jetzt, wo es vorüber ist, müssen wir Frieden und Freundschaft stiften zwischen den ehemaligen Feinden, und ich hoffe aufrichtig, dass unser Bund als Vorzeichen der neuen Welt gesehen wird.«

In den Jahren ihrer politischen Feldzüge hatte Maud gelernt, dass man manchmal die Unterstützung eines Blattes gewinnen konnte, indem man ihm exklusiv eine gute Story gab.

Walter war wie geplant nach Deutschland zurückgekehrt. Auf dem Weg zum Bahnhof waren die Deutschen von Menschenansammlungen am Straßenrand verhöhnt worden. Eine Sekretärin war von einem Stein getroffen worden und hatte das Bewusstsein verloren. Der französische Kommentar hatte gelautet: »Vergesst nicht, was sie Belgien angetan haben.« Die Sekretärin lag noch im Krankenhaus. Mittlerweile sprach das deutsche Volk sich wütend gegen eine Unterzeichnung des Vertrages aus.

Bing saß neben Maud auf dem Sofa. Ausnahmsweise gab er sich nicht flapsig. »Ich wünschte, Ihr Bruder wäre hier, um Ihnen in dieser Hinsicht einen Rat zu geben«, sagte er mit einer Kopfbewegung zu der Zeitschrift.

Maud hatte Fitz in einem Brief über ihre Ehe ins Bild gesetzt und den aus dem *Tatler* ausgeschnittenen Artikel beigelegt, um ihm zu zeigen, dass ihr Tun von der Londoner Gesellschaft akzeptiert wurde. Wie lange der Brief unterwegs sein würde, bis Fitz ihn in Händen hielt, wusste sie nicht, und sie rechnete erst in ein paar Monaten mit einer Antwort. Doch selbst wenn Fitz Einwände erhob – es wäre zu spät. Er müsste gute Miene zum bösen Spiel machen und ihr gratulieren.

Bings Andeutung, sie bräuchte einen Mann, der ihr sagte, was sie tun solle, erregte Mauds Zorn. »Was könnte Fitz denn sagen?«

»Auf absehbare Zukunft wird das Leben der Ehefrau eines Deutschen schwer sein.«

»Ich brauche keinen Mann, der mir das sagt.«

»Wenn Fitz nicht da ist, empfinde ich eine gewisse Verantwortung.«

»Das ist nicht erforderlich.« Maud versuchte, nicht beleidigt zu sein. Welchen Rat konnte Bing schon geben, wenn es nicht gerade darum ging, wo man am besten die Nacht hindurch spielte und trank?

Bing senkte die Stimme. »Ich spreche es nur ungern aus, aber …« Er blickte Tante Herm an, die den Hinweis begriff und sich Kaffee nachschenkte. »Wenn Sie sagen könnten, die Ehe sei niemals vollzogen worden, ließe sie sich vielleicht annullieren.«

Maud dachte an das Zimmer mit den primelgelben Vorhängen

und musste sich ein glückliches Lächeln verkneifen. »Aber ich kann nicht …«

»Bitte sagen Sie nichts dazu. Ich wollte nur, dass Sie sich über Ihre Alternativen im Klaren sind.«

Mauds Zorn wuchs. »Ich weiß, Sie meinen es freundlich, Bing, aber …«

»Außerdem besteht die Möglichkeit einer Scheidung. Es gibt immer einen Weg, dass ein Mann seiner Frau einen triftigen Grund gibt.«

Maud konnte ihre Empörung nicht mehr bezwingen. »Bitte lassen Sie dieses Thema«, erwiderte sie mit erhobener Stimme. »Ich habe nicht die Absicht, die Ehe annullieren oder mich gar scheiden zu lassen. Ich liebe Walter.«

Bing blickte mürrisch drein. »Ich wollte Ihnen nur deutlich machen, was Fitz Ihnen meiner Meinung nach als Familienoberhaupt sagen würde, wenn er hier wäre.« Er stand auf und wandte sich an seine Frau. »Komm, machen wir uns auf den Weg. Wir müssen ja nicht alle zu spät kommen.«

Ein paar Minuten später kam Bea in einem neuen Kleid aus rosa Seide ins Zimmer. »Ich bin dann so weit«, sagte sie, als hätte sie auf die anderen gewartet statt umgekehrt. Ihr Blick fiel auf Mauds linke Hand, und sie sah den Ehering, sagte aber nichts dazu. Als Maud ihr die Neuigkeit eröffnet hatte, war Beas Reaktion bemüht neutral gewesen. »Ich wünsche dir Glück«, hatte sie ohne jede Herzlichkeit gesagt. »Ich hoffe, Fitz kann akzeptieren, dass du seine Genehmigung nicht eingeholt hast.«

Sie gingen hinaus und stiegen in den Wagen, den schwarzen Cadillac, den Fitz gekauft hatte, nachdem das blaue Automobil in Frankreich gestrandet war. Fitz sorgt für alles, ging es Maud durch den Kopf: für das Haus, in dem die drei Frauen wohnten, für die sündhaft teuren Kleider, die sie trugen, für den Wagen und die Loge in der Oper. Ihre Rechnungen vom Ritz in Paris waren an Albert Solman, Fitz' Bevollmächtigten in London, geschickt und kommentarlos beglichen worden. Fitz beklagte sich nie. Walter wäre niemals in der Lage, ihr einen ähnlichen Lebensstil zu bieten, das wusste sie. Vielleicht hatte Bing recht, und ihr fiele es schwer, auf den gewohnten Luxus zu verzichten. Dafür aber wäre sie bei dem Mann, den sie liebte.

Wegen Beas Saumseligkeit erreichten sie das Opernhaus Covent Garden erst in letzter Minute. Die Zuschauer hatten bereits ihre Plätze eingenommen. Die drei Frauen eilten die mit rotem Teppich ausgelegte Treppe hinauf und zu ihrer Loge. Maud erinnerte sich plötzlich, was sie während der Aufführung von »Don Giovanni« in dieser Loge mit Walter getrieben hatte. Heute war es ihr peinlich. Welcher Teufel hatte sie damals geritten, ein solches Risiko einzugehen?

Bing Westhampton war bereits mit seiner Frau da; nun stand er auf und rückte Bea den Stuhl zurecht. Im Saal herrschte Stille; die Aufführung würde gleich beginnen. Gesehen und gesehen zu werden gehörte zu den Reizen der Oper, und als die Fürstin Platz nahm, drehten sich ihr viele Köpfe zu. Tante Herm setzte sich in die zweite Reihe, doch für Maud rückte Bing einen Stuhl in der vorderen Reihe zurecht. Als Maud herantrat, erhob sich Gemurmel in den Logen: Die meisten Zuschauer mussten das Foto im *Tatler* gesehen und den Artikel gelesen haben. Viele von ihnen kannten Maud persönlich: Dies war die Londoner Gesellschaft, die Aristokraten und Politiker, Richter und Bischöfe, die erfolgreichen Künstler und die reichen Geschäftsleute – und ihre Frauen. Maud blieb einen Augenblick stehen, damit man sie gut sehen konnte und merkte, wie zufrieden und stolz sie war.

Das war ein Fehler.

Der Tonfall im Publikum änderte sich. Das Gemurmel wurde lauter. Einzelne Wörter waren zwar nicht auszumachen; dennoch nahmen die Stimmen einen missbilligenden Klang an, so wie sich das Summen einer Fliege ändert, wenn ihr ein geschlossenes Fenster im Weg ist. Maud war bestürzt. Dann hörte sie einen Laut, der wie ein Zischen klang. Verunsichert setzte sie sich.

Nichts änderte sich, im Gegenteil: Nun starrten alle sie an. Binnen Sekunden verbreitete das Zischen sich über alle Logen und setzte sich bald auch im Parkett fort.

»Ich muss schon sagen«, protestierte Bing kläglich.

Einem solchen Hass war Maud noch nie begegnet, nicht einmal auf dem Höhepunkt der Suffragettenmärsche. In ihrem Magen wühlte ein krampfartiger Schmerz. Sie wünschte sich, die Musik würde endlich einsetzen, aber auch der Dirigent starrte sie an, den Taktstock gesenkt.

Maud versuchte, den Gaffern stolz und unbeugsam standzuhalten, doch ihr traten die Tränen in die Augen und ließen ihren Blick verschwimmen. Sie begriff, dass dieser Albtraum nicht von allein enden würde. Sie musste etwas unternehmen.

Als sie sich erhob, schwoll das Zischen an.

Tränen liefen Maud über die Wangen. Fast blind wandte sie sich um. Ihr Stuhl fiel polternd zu Boden, und sie taumelte auf die Tür der Loge zu. Tante Herm stand auf und murmelte: »O Gott, o Gott.«

Bing sprang auf und öffnete die Tür. Maud eilte hinaus, Tante Herm auf den Fersen. Auch Bing folgte ihnen. Maud hörte, wie hinter ihr das Zischen erstarb und wie sich da und dort Gelächter erhob. Dann begann das Publikum zu ihrem Entsetzen zu klatschen: Es gratulierte sich selbst, sie vertrieben zu haben.

Der höhnische Applaus folgte Maud durch den Gang, die Treppe hinunter und aus dem Opernhaus.

Die Straße vom Parktor zum Schloss von Versailles war eine Meile lang. An diesem Tag wurde sie von Hunderten berittener französischer Kavalleristen in blauen Uniformen gesäumt. Ihre Helme funkelten in der Sommersonne. Sie hielten Lanzen mit rot-weißen Wimpeln, die träge im warmen Wind flatterten.

Johnny Remarc hatte Maud trotz ihrer Bloßstellung in der Oper eine Einladung zur Unterzeichnung des Friedensvertrages verschaffen können, aber sie war gezwungen gewesen, auf der Ladefläche eines Lastwagens mitzufahren, zwischen die Sekretärinnen der britischen Delegation gezwängt, die dort saßen wie Schafe, die man zum Markt brachte.

Einen Augenblick lang hatte es danach ausgesehen, als würden die Deutschen die Unterzeichnung verweigern. Der Kriegsheld Generalfeldmarschall von Hindenburg hatte gesagt, er ziehe eine ehrenvolle Niederlage einem »Schandfrieden« vor. Das deutsche Kabinett war geschlossen zurückgetreten, statt dem Friedensvertrag zuzustimmen. Für den Leiter der deutschen Delegation in Paris galt das Gleiche. Schließlich hatte der Reichstag beschlossen, den Vertrag zu unterzeichnen, die Kriegsschuldklausel ausgenommen. Das sei inakzeptabel, hatten die Alliierten augenblicklich geantwortet.

»Was will die Entente tun, wenn die Deutschen sich weigern?«, hatte Maud im Gasthof, in dem sie nun diskret zusammenlebten, Walter gefragt.

»Die Siegermächte wollen in Deutschland einmarschieren.«

Maud schüttelte den Kopf. »Unsere Soldaten würden nicht mehr kämpfen.«

»Unsere auch nicht.«

»Also wäre es ein Patt.«

»Nur dass eure Marine die Seeblockade gegen Deutschland aufrechterhält. Die Entente braucht bloß zu warten, bis in jeder deutschen Stadt Hungeraufstände ausbrechen, dann könnte sie kampflos einmarschieren.«

»Also müsst ihr unterzeichnen.«

»Unterzeichnen oder verhungern«, hatte Walter voller Bitterkeit geantwortet.

Heute war der 28. Juni, auf den Tag genau fünf Jahre nach dem Attentat auf den Erzherzog in Sarajevo.

Der Lkw brachte die Sekretärinnen in den Hof. Sie stiegen mit so viel Würde von der Ladefläche, wie sie aufbringen konnten. Maud betrat das Schloss und stieg die große Treppe hinauf, auf der noch mehr überladen uniformierte französische Soldaten Spalier standen, diesmal die Garde Républicaine in silbernen Helmen mit Rosshaarbüschen.

Schließlich gelangte sie in den Spiegelsaal. Er war einer der prächtigsten Säle der Welt und besaß die Fläche von drei aneinandergelegten Tennisplätzen. Auf einer Seite blickte man durch siebzehn hohe Fenster in den Park; an der gegenüberliegenden Seite warfen siebzehn mit Bögen abgeschlossene Spiegel das Licht der Fenster zurück. Vor allem aber war dies der Saal, in dem 1871, am Ende des Deutsch-Französischen Krieges, die siegreichen Deutschen ihren ersten Kaiser gekrönt und Frankreich gezwungen hatten, Lothringen und das Elsass abzutreten. Nun wurden unter der gleichen Tonnengewölbedecke die Deutschen gedemütigt. Und ohne Zweifel träumten einige von ihnen von einer Zukunft, in der wiederum sie Rache üben konnten. Die Erniedrigung, der man andere unterwirft, fällt früher oder später auf einen selbst zurück, dachte Maud. Ob den Männern der einst verfeindeten Seiten während der heutigen Zeremonie der gleiche Gedanke kam? Wahrscheinlich nicht.

Maud fand ihren Platz auf einer der roten Plüschbänke. Dutzende von Journalisten und Fotografen waren zugegen, und ein Filmteam mit einer riesigen Kamera sollte das Ereignis aufzeichnen. Die hohen Tiere kamen einzeln oder zu zweit herein und setzten sich an einen langen Tisch: Clemenceau entspannt und respektlos, Wilson steif und förmlich, Lloyd George wie ein alternder Zwerghahn. Gus Dewar trat ein und flüsterte Wilson ins Ohr; dann ging er zu den Presseleuten und sprach mit einer hübschen jungen, einäugigen Reporterin. Maud erinnerte sich, sie schon einmal gesehen zu haben. Gus war unverkennbar in sie verliebt.

Um drei Uhr wurde um Ruhe gebeten, und ehrfürchtige Stille senkte sich über den Saal. Clemenceau sagte irgendetwas, worauf sich eine Tür öffnete. Die beiden deutschen Bevollmächtigten traten ein. Maud wusste von Walter, dass in Berlin niemand seinen Namen unter den Vertrag hatte setzen wollen; am Ende wurden der Außenminister und der Postminister entsandt. Die beiden Männer wirkten blass und beschämt.

Clemenceau hielt eine kurze Ansprache; dann winkte er die beiden Deutschen vor. Beide zogen Füllfederhalter aus den Taschen und unterzeichneten das Schriftstück, das auf dem Tisch ausgebreitet lag. Im nächsten Moment, auf ein unsichtbares Zeichen hin, donnerten draußen die Kanonen und verkündeten der Welt, dass der Friedensvertrag unterschrieben worden war.

Nun traten die anderen Delegierten heran und unterzeichneten ebenfalls – nicht nur Vertreter der Großmächte, sondern aller Länder, die von den Bestimmungen des Vertrages betroffen waren. Es dauerte lange, sodass unter den Zuschauern leise Gespräche begannen. Die Deutschen saßen bis zum Ende wie erstarrt dabei; dann wurden sie hinausgeführt.

Maud war übel vor Abscheu. Wir haben Frieden gepredigt, dachte sie, aber die ganze Zeit haben wir Rachepläne geschmiedet. Sie verließ das Schloss. Draußen wurden Wilson und Lloyd George von jubelnden Zaungästen umdrängt. Maud umging die Menge, schlug den Weg zur Stadt ein und begab sich zu dem Hotel, in dem die deutsche Delegation wohnte.

Sie hoffte, dass Walter nicht allzu niedergeschlagen war; für ihn war es ein schrecklicher Tag gewesen.

Er packte seine Koffer. »Wir reisen heute Abend ab«, sagte er. »Die ganze Delegation.«

»So bald schon!« Daran, was nach der Unterzeichnung geschehen würde, hatte Maud kaum gedacht. Sie war nicht fähig gewesen, über ein Ereignis von solch dramatischer Bedeutung hinauszublicken.

Im Unterschied zu ihr hatte Walter bereits Pläne für die Zukunft geschmiedet. »Komm mit mir«, sagte er nur.

»Ich bekomme keine Genehmigung, nach Deutschland einzureisen.«

»Wessen Genehmigung brauchst du denn? Ich habe für dich einen deutschen Pass auf den Namen Maud von Ulrich.«

Sie konnte nicht fassen, was sie da hörte. »Wie hast du das geschafft?«, fragte sie, obwohl es bedeutsamere Fragen gab, die ihr durch den Kopf schossen.

»Das war nicht schwer. Du bist die Frau eines deutschen Staatsbürgers. Du hast ein Recht auf einen deutschen Pass. Ich habe meinen Einfluss nur dazu benutzt, den Vorgang der Ausstellung auf einige Stunden zu verkürzen.«

Maud starrte ihn an. Das alles kam so plötzlich.

»Kommst du mit?«, fragte Walter.

Sie sah schreckliche Angst in seinen Augen. Er fürchtete, sie könnte es sich in letzter Minute anders überlegen. Walters Angst, sie zu verlieren, rührte Maud zu Tränen. Sie konnte Gott danken, so leidenschaftlich geliebt zu werden. »Ja«, sagte sie. »Ja, ich komme mit. Natürlich komme ich mit dir.«

Er war nicht überzeugt. »Bist du denn auch sicher, dass du es wirklich willst?«

Sie nickte. »Kennst du die Geschichte von Ruth in der Bibel?«

»Natürlich. Warum fragst du?«

Maud hatte das Buch Ruth in den vergangenen Wochen mehrmals gelesen; nun zitierte sie jene Worte, die sie so berührt hatten: »›Wo du hingehst, dahin gehe auch ich; wo du bleibst, da bleibe ich auch. Dein Volk ist mein Volk, und dein Gott ist mein Gott. Wo du stirbst …‹« Sie hielt inne; für einen Moment versagte ihr die Stimme. Sie schluckte mühsam und fuhr fort: »›Wo du stirbst, da sterbe ich auch, da will ich auch begraben werden.‹«

Walter lächelte, aber in seinen Augen standen Tränen. »Danke«, sagte er.

»Ich liebe dich«, sagte sie schlicht. »Wann geht der Zug?«

KAPITEL 38

August bis Oktober 1919

Gus und Rosa kehrten gleichzeitig mit dem Präsidenten nach Washington zurück. Im August reichten sie gemeinsam Urlaub ein und fuhren nach Buffalo. Am Tag nach ihrer Ankunft stellte Gus Rosa seinen Eltern vor.

Er war nervös und wünschte sich verzweifelt, dass seine Mutter Rosa mochte. Mutter hatte eine etwas übertrieben hohe Meinung, was die Attraktivität ihres Sohnes und seine Wirkung auf Frauen anging. Bis jetzt hatte sie bei jeder jungen Dame, die Gus auch nur erwähnt hatte, irgendeinen Fehler gefunden. Niemand war gut genug für ihn, besonders nicht in gesellschaftlicher Sicht. Hätte Gus die Tochter des Königs von England heiraten wollen, hätte Mutter wahrscheinlich gesagt: »Hast du denn kein nettes amerikanisches Mädchen aus guter Familie gefunden?«

»Das Erste, was dir an ihr auffallen wird, Mutter«, sagte Gus beim Frühstück an diesem Morgen, »ist ihr gutes Aussehen. Dann wirst du bemerken, dass sie nur ein Auge hat. Nach ein paar Minuten wirst du dann erkennen, wie klug sie ist. Und wenn du sie gut genug kennst, wirst du verstehen, dass sie die wunderbarste junge Frau auf der ganzen Welt ist.«

»Da bin ich sicher«, erwiderte Mutter mit ihrem typischen Unernst. »Wer sind ihre Eltern?«

Rosa kam am frühen Nachmittag, als Gus' Mutter noch ihren Mittagsschlaf hielt und sein Vater in der Stadt war. Gus führte Rosa durchs Haus und über das Anwesen. Nervös fragte sie: »Du weißt doch, dass ich aus bescheidenen Verhältnissen stamme, oder?«

»Du wirst dich schon daran gewöhnen«, erwiderte Gus. »Außerdem werden wir beide nicht in solcher Pracht leben. Vielleicht ziehen wir ja in ein schmuckes kleines Haus in Washington.«

Sie spielten Tennis. Es war ein ungleiches Match: Gus mit seinen langen Armen und Beinen war ein zu starker Gegner für Rosa, und wegen ihres Auges konnte sie Entfernungen nicht richtig abschätzen. Aber sie kämpfte entschlossen, sprang jedem Ball hinterher und gewann sogar ein paar Spiele. Und in dem weißen Tenniskleid mit dem modischen, halbhohen Saum sah sie so sexy aus, dass Gus Schwierigkeiten hatte, sich auf seine Schläge zu konzentrieren.

Verschwitzt und mit roten Köpfen gingen sie zum Tee ins Haus. »Du musst jetzt so viel Toleranz aufbringen, wie du kannst«, sagte Gus vor dem Salon. »Mutter kann ein furchtbarer Snob sein.«

Aber Mrs. Dewar legte ihre besten Manieren an den Tag. Sie küsste Rosa auf beide Wangen und sagte: »Wie wunderbar gesund ihr beide ausseht. So viel Farbe im Gesicht. Miss Hellman, ich freue mich, Sie kennenzulernen, und ich hoffe, wir werden Freundinnen.«

»Sie sind sehr freundlich«, erwiderte Rosa. »Es wäre wunderbar, wenn ich mich Ihre Freundin nennen dürfte.«

Das Kompliment freute Mutter. Sie wusste, dass sie eine *Grande Dame* der Gesellschaft von Buffalo war und hielt es nur für angemessen, dass eine junge Frau ihr Respekt erwies. Das hatte Rosa auf Anhieb erkannt. Kluges Mädchen, dachte Gus. Und großmütig, wenn man bedachte, dass sie tief in ihrem Inneren alle Autorität verabscheute.

»Ich kenne Fritz Hellman, Ihren Bruder«, sagte Mutter. Fritz spielte Violine im Buffalo Symphony Orchestra, dessen Verwaltungsrat Mutter angehörte. »Er hat ein wunderbares Talent.«

»Danke. Wir sind sehr stolz auf ihn.«

Mutter machte Small Talk, und Rosa überließ ihr die Führung. Gus musste unwillkürlich daran denken, dass er schon einmal ein Mädchen mit nach Hause gebracht hatte, das er hatte heiraten wollen: Olga Vyalov. Damals hatte Mutter anders reagiert: Sie war höflich gewesen, doch Gus hatte sofort gesehen, dass sie es nicht ehrlich gemeint hatte. Heute schien es anders zu sein.

Gus hatte seine Mutter gestern nach den Vyalovs gefragt. Lew Peschkow war als Dolmetscher nach Sibirien geschickt worden. Olga nahm nur an wenigen gesellschaftlichen Ereignissen teil; sie schien sich ganz auf die Erziehung ihrer Tochter zu konzentrieren. Joseph hatte bei Gus' Vater, dem Senator, Lobbyarbeit betrieben und mehr Unterstützung für die Weißen verlangt. »Er scheint zu glauben, die Bolschewiken seien schlecht für das Familiengeschäft der Vyalovs in Petrograd«, hatte Gus' Mutter gesagt.

»Das ist das Beste, was ich je über die Bolschewiken gehört habe«, hatte Gus erwidert.

Nach dem Tee zogen sie sich erst einmal um. Gus machte die Vorstellung nervös, dass Rosa im Nachbarzimmer duschte. Er hatte sie noch nie nackt gesehen. Sie hatten leidenschaftliche Stunden im Hotelzimmer in Paris verbracht, doch zu Geschlechtsverkehr war es nie gekommen. »Ich hasse es, so altmodisch zu sein«, hatte Rosa entschuldigend gesagt. »Aber irgendwie habe ich das Gefühl, wir sollten warten.« Eigentlich war sie gar keine richtige Anarchistin.

Rosas Eltern kamen zum Dinner. Gus zog eine kurze Smokingjacke an und ging nach unten. Er schenkte seinem Vater einen Scotch ein; er selbst trank nichts, denn er hatte das Gefühl, er würde seinen Verstand noch brauchen.

Rosa kam in einem schwarzen Kleid herunter. Sie sah atemberaubend aus. Ihre Eltern erschienen um Punkt sechs Uhr. Norman Hellman trug eine weiße Fliege und Schwalbenschwanz. Das passte zwar nicht ganz für ein Familiendinner, aber vielleicht besaß er keinen Smoking. Er war ein Elf von einem Mann mit charmantem Lächeln, und Gus sah sofort, dass Rosa viel von ihm hatte. Er trank ziemlich schnell zwei Martinis; aber das blieb auch das einzige Anzeichen für seine Nervosität. Anschließend trank er keinen Alkohol mehr. Rosas Mutter, Hilda, war eine schlanke Schönheit mit wunderbaren langen Fingern. Gus konnte sie sich nur schwer als Hausmädchen vorstellen, und sein Vater war sofort von ihr hingerissen.

Als sie sich zum Essen setzten, fragte Dr. Hellman: »Wie sehen Ihre Karrierepläne aus, Gus?«

Er hatte das Recht, diese Frage zu stellen – schließlich war er der Vater der Frau, die Gus liebte –, doch Gus wusste nicht recht, was er antworten sollte. »Solange der Präsident mich braucht, werde ich für ihn arbeiten«, sagte er.

»Im Augenblick hat er einen ziemlich harten Job.«

»Das stimmt. Der Senat will den Vertrag von Versailles nicht ratifizieren.« Gus versuchte, nicht allzu verbittert zu klingen. »Immerhin hat Wilson die Europäer davon überzeugt, einen Völkerbund zu gründen. Da kann ich mir kaum vorstellen, dass ausgerechnet die Amerikaner sich dieser Idee jetzt widersetzen.«

»Senator Lodge versteht sich hervorragend darauf, Ärger zu machen.«

Gus hielt Senator Lodge für einen egozentrischen Hurensohn. »Der Präsident hat Lodge nicht mit nach Paris genommen, und nun will er seine Rache.«

Gus' Vater war sowohl mit dem Präsidenten als auch mit dem Senator befreundet. »Woodrow hat den Völkerbund in den Friedensvertrag eingebunden«, sagte er, »weil er der Meinung war, wir könnten diesen Vertrag unmöglich ablehnen und müssten deshalb auch den Völkerbund akzeptieren.« Er zuckte mit den Schultern. »Lodge hat ihm gesagt, er solle sich zum Teufel scheren.«

Dr. Hellman sagte: »Eines muss man Mr. Lodge lassen: Ich denke, das amerikanische Volk hat durchaus recht, Artikel 10 zu hinterfragen. Wenn wir einem Völkerbund beitreten, der seinen Mitgliedern Schutz vor Aggressionen garantiert, verpflichten wir uns militärisch für zukünftige Konflikte.«

Gus' Antwort kam wie aus der Pistole geschossen. »Wenn der Völkerbund stark ist, wird niemand es wagen, sich ihm zu widersetzen.«

»Da bin ich nicht so überzeugt wie Sie«, erwiderte Dr. Hellman.

Gus wollte sich nicht mit Rosas Vater streiten, aber was den Völkerbund betraf, war er leidenschaftlich. »Ich behaupte ja nicht, dass es nie wieder Krieg geben wird«, sagte er in versöhnlichem Tonfall. »Ich glaube allerdings, dass die Kriege seltener und kürzer sein würden, wenn es einen Völkerbund gibt, und dass die Aggressoren durch einen Krieg kaum noch etwas gewinnen könnten.«

»Da mögen Sie recht haben. Aber viele Wähler sagen: ›Vergesst die Welt, mich interessiert nur Amerika. Sollen wir uns da der Gefahr aussetzen, den Weltpolizisten zu spielen?‹ Das ist eine durchaus vernünftige Frage.«

Es kostete Gus alle Mühe, seine Wut zu unterdrücken. Der Völkerbund war die größte Hoffnung auf Frieden, die die Menschheit je gehabt hatte; nun aber drohte er wegen einer Engstirnigkeit, wie Hellman sie an den Tag legte, zu einer Totgeburt zu werden. Gus sagte: »Der Völkerbundsrat muss seine Entscheidungen einstimmig treffen. Die Vereinigten Staaten werden nie gegen ihren Willen in einen Krieg ziehen müssen.«

»Trotzdem … Ein Völkerbund, der nicht kämpfen will, ist sinnlos.«

Das war typisch für die Feinde des Völkerbundes: Erst beschwerten sie sich, dass er kämpfen würde, dann beklagten sie sich darüber, dass er es nicht tun würde. Gus erklärte: »Diese Probleme sind nichts im Vergleich zum Tod von Millionen Menschen!«

Dr. Hellman zuckte mit den Schultern. Er war viel zu höflich, um die Diskussion mit einem so leidenschaftlichen Opponenten fortzusetzen. »Wie auch immer«, sagte er, »wenn ich recht informiert bin, muss ein internationaler Vertrag durch eine Zweidrittelmehrheit im Senat bestätigt werden.«

»Und im Augenblick haben wir noch nicht einmal die Hälfte«, murrte Gus.

Rosa, die über dieses Problem berichtete, sagte: »Ich habe vierzig Befürworter gezählt, einschließlich Ihnen, Senator Dewar. Dreiundvierzig haben noch Bedenken, acht sind eindeutig dagegen, und fünf sind unentschlossen.«

Dr. Hellman fragte Gus: »Was wird der Präsident jetzt tun?«

»Er wird sich über die Köpfe der Politiker hinweg an das Volk wenden. Er plant eine Zehntausend-Meilen-Reise durch das ganze Land und wird mehr als fünfzig Reden in vier Wochen halten.«

»Ein schrecklich enger Zeitplan. Wilson ist zweiundsechzig und leidet unter Bluthochdruck.«

Dr. Hellman saß der Schalk im Nacken, erkannte Gus. Alles, was er sagte, war als Herausforderung gedacht. Offensichtlich wollte er wissen, aus was für einem Holz der Freier seiner Tochter geschnitzt war. Gus erwiderte: »Aber am Ende dieser Reise wird der Präsident dem amerikanischen Volk erklärt haben, warum die Welt einen Völkerbund braucht, um dafür zu sorgen, dass wir nie wieder einen Krieg wie den letzten kämpfen müssen.«

»Ich bete, dass Sie recht behalten.«

»Wenn es darum geht, dem einfachen Volk komplexe politische Zusammenhänge zu erklären, gibt es keinen Besseren als Woodrow Wilson.«

Zum Dessert wurde Champagner serviert. »Bevor wir beginnen, würde ich gerne etwas sagen«, erklärte Gus. Seine Eltern schauten überrascht drein; Gus hielt niemals Reden. »Mrs. Hellman … Dr. Hellman, Sie wissen, dass ich Ihre Tochter liebe, das wunderbarste Mädchen auf der ganzen Welt. Es ist zwar ein wenig altmodisch, aber ich würde Sie gerne um Erlaubnis bitten …« Er holte ein kleines Lederkästchen aus seiner Jackentasche. »Um Erlaubnis bitten, ihr diesen Verlobungsring anstecken zu dürfen.« Er öffnete das Kästchen. Es enthielt einen Goldring mit einem einzelnen einkarätigen Brillanten. Das war nicht protzig, aber der Brillant war von hochfeinem Weiß, der begehrtesten Farbe, und wundervoll geschliffen.

Rosa schnappte nach Luft.

Dr. Hellman schaute seine Frau an, und beide lächelten. »Wir geben Ihnen mit Freuden unsere Erlaubnis«, sagte er.

Gus ging um den Tisch herum und kniete sich neben Rosas Stuhl. »Willst du mich heiraten, geliebte Rosa?«, fragte er.

»Ja. Schon morgen, wenn du willst.«

Gus nahm den Ring aus dem Kästchen und schob ihn Rosa auf den Finger. »Ich danke dir«, sagte er.

Mrs. Dewar brach in Tränen aus.

Gus saß im Zug des Präsidenten, als dieser um sechs Uhr abends am Mittwoch, dem 3. September, aus der Union Station in Washington, D.C., dampfte. Wilson trug einen blauen Blazer, weiße Hose und Strohhut. Er wurde von seiner Frau Edith und seinem Leibarzt Cary Travers Grayson begleitet. Außerdem waren einundzwanzig Zeitungsreporter im Zug, darunter Rosa Hellman.

Gus vertraute darauf, dass Wilson diese Schlacht gewinnen würde. Der Präsident hatte den direkten Kontakt mit seinen Wählern immer schon genossen. Und er hatte schließlich den Krieg gewonnen.

Der Zug fuhr über Nacht nach Columbus, Ohio, wo der Präsident seine erste Rede hielt. Von dort ging es mit Zwischenstopps weiter nach Indianapolis, wo er am Abend vor zwanzigtausend Menschen sprach.

Doch Gus hatte am Ende des ersten Tags bereits der Mut verlassen. Wilson redete schlecht. Er war heiser. Er griff auf Notizen zurück – er war immer besser, wenn er frei sprechen konnte –, und wenn er auf die technischen Einzelheiten des Vertrages zu sprechen kam, der in Paris jeden in Atem gehalten hatte, schien er vor sich hin zu plappern und die Aufmerksamkeit seiner Zuhörer zu verlieren. Außerdem litt er unter so starken Kopfschmerzen, dass er manchmal nicht richtig sehen konnte.

Gus war zutiefst besorgt – nicht nur, weil sein Freund und Mentor krank war. Hier stand viel mehr auf dem Spiel. Amerikas Zukunft und die der Welt hingen davon ab, was in den nächsten Wochen geschah. Nur Wilsons persönliches Engagement konnte den Völkerbund vor seinen engstirnigen Gegnern retten.

Nach dem Abendessen ging Gus in Rosas Schlafabteil. Sie war die einzige Reporterin im Zug; also schlief sie allein. Sie sehnte den Völkerbund fast so sehr herbei wie Gus, aber sie sagte: »Es fällt schwer, etwas Positives über den heutigen Tag zu sagen.« Sie lagen auf ihrer Koje und küssten sich und kuschelten. Dann wünschten sie sich gegenseitig eine gute Nacht und gingen wieder auseinander. Ihre Hochzeit war für den Oktober angesetzt, nach der Reise des Präsidenten. Gus hätte gerne früher geheiratet, doch Rosas und seine Eltern wollten mehr Zeit für die Vorbereitungen, und nachdem Gus' Mutter irgendetwas von wegen »unanständige Hetze« vor sich hin gemurmelt hatte, hatte er nachgegeben.

Während der Zug über die endlosen Ebenen des Mittleren Westens ratterte, saß Wilson an seiner alten Underwood-Schreibmaschine und arbeitete an der Verbesserung seiner Rede. Im Laufe der nächsten Tage besserte seine Leistung sich tatsächlich. Gus schlug dem Präsidenten vor, den Vertrag so zu präsentieren, dass jede Stadt, in der er sprach, dessen Bedeutung für ihre ureigenen Interessen erkennen konnte. So sagte Wilson den führenden Geschäftsleuten in St. Louis, der Vertrag sei nötig, um den Welthandel zu fördern. Im ländlichen Omaha erklärte er, eine Welt ohne den Vertrag wäre wie eine Gemeinde ohne Landrechte, in der die Farmer mit Schrotflinten auf den Zäunen hockten. Anstatt langer Erklärungen hämmerte Wilson seinen Zuhörern die Hauptpunkte nun in Kurzform ein.

Dann machte Gus einen weiteren Vorschlag: Wilson sollte die Emotionen der Leute wecken. Hier gehe es nicht nur um Politik, sagte er, es berühre auch die Gefühle der Menschen für ihr Land. In Columbus sprach Wilson von den Jungs in Khaki. In Sioux Falls dankte er den Müttern, die ihre Söhne auf den Schlachtfeldern verloren hatten, für ihr Opfer. Manchmal allerdings wurde es skurril, zum Beispiel in Kansas City, der Heimat des hasserfüllten Senators Reed, wo Wilson seine Gegner mit den Bolschewiken verglich. Und immer wieder rief er die Botschaft hinaus, dass es ohne den Völkerbund zu einem neuen Krieg kommen würde.

Gus regelte die Beziehungen zu den Reportern im Zug und vor Ort, wann immer sie anhielten. Wenn Wilson unvorbereitet sprach, erstellte ein Stenograph eine Abschrift, die Gus umgehend verteilte. Außerdem überzeugte er Wilson davon, sich ab und zu im Speisewaggon sehen zu lassen, um informell mit der Presse zu plaudern.

Es funktionierte. Das Publikum reagierte immer besser. Die Reaktionen der Presse waren zwar noch immer gemischt, doch selbst Zeitungen, die Wilson nicht gerade wohl gesinnt waren, wiederholten ständig seine Botschaft. Und Berichten aus Washington zufolge bröckelte der Widerstand allmählich.

Doch Gus entging nicht, wie viel Energie die Kampagne den Präsidenten kostete. Seine Kopfschmerzen waren inzwischen chronisch geworden. Er schlief schlecht und konnte kein normales Essen mehr verdauen, sodass Dr. Grayson ihn mit Flüssignahrung ernährte. Er bekam eine Halsentzündung, die sich zu einer Art Asthma entwickelte, und er versuchte, im Sitzen zu schlafen.

Das alles wurde selbstverständlich vor der Presse geheim gehalten, sogar vor Rosa. Wilson hielt weiterhin Reden, auch wenn seine Stimme nachließ. Tausende jubelten ihm in Salt Lake City zu, aber er sah erschöpft aus und ballte häufig die Fäuste – eine Geste, die Gus an einen Sterbenden erinnerte.

Dann, in der Nacht des 25. September, hörte Gus, wie die Präsidentengattin nach Dr. Grayson rief. Er warf sich seinen Morgenmantel über und eilte in Wilsons Waggon.

Was er dort sah, trieb ihm Tränen in die Augen. Wilson sah furchtbar aus. Er konnte kaum noch atmen, und seine Gesichtsmuskeln zuckten. Trotzdem wollte er weitermachen, doch Dr. Grayson verlangte hartnäckig, den Rest der Reise abzusagen, und schließlich gab Wilson nach.

Am nächsten Morgen erklärte Gus der Presse schweren Herzens, der Präsident habe einen schweren Nervenzusammenbruch erlitten. Die Gleise seien bereits frei, um die siebzehnhundert Meilen nach Washington zurückzurasen. Für die nächsten zwei Wochen wurden alle Termine des Präsidenten abgesagt, darunter ein Treffen mit Senatoren, die sich für den Völkerbund starkmachten und ihre Taktik hatten absprechen wollen.

An diesem Abend saßen Gus und Rosa in Rosas Abteil und blickten traurig aus dem Fenster. An jedem Bahnhof versammelten sich die Menschen, um den Präsidenten vorbeifahren zu sehen. Die Sonne ging unter, doch noch immer standen die Leute im Zwielicht und schauten auf den Zug. Gus erinnerte sich an den Zug von Brest nach Paris und an die stumme Menge, die mitten in der Nacht an den Gleisen gestanden hatte. Das war vor weniger als einem Jahr gewesen, und doch waren die Hoffnungen dieser Menschen bereits zerschlagen.

»Wir haben unser Bestes getan«, sagte Gus. »Aber wir sind gescheitert.«

»Bist du sicher?«

»Als der Präsident noch auf der Höhe war, stand alles auf Messers Schneide. Jetzt, wo er krank ist, sind die Chancen, den Vertrag durch den Senat zu bekommen, gleich null.«

Rosa nahm seine Hand. »Es tut mir schrecklich leid«, sagte sie. »Für dich, für mich, für die ganze Welt.« Sie hielt kurz inne und fragte dann: »Was wirst du jetzt tun?«

»Ich würde gerne in einer Washingtoner Anwaltskanzlei arbeiten, die sich auf Völkerrecht spezialisiert. Schließlich habe ich eine Menge Erfahrung auf diesem Gebiet.«

»Sie werden Schlange stehen, um dich einzustellen. Und vielleicht wird ja auch ein zukünftiger Präsident deine Hilfe haben wollen.«

Gus lächelte. Manchmal hatte Rosa eine wirklich unrealistische Meinung von ihm. »Und was ist mit dir?«

»Ich liebe meinen Job. Ich hoffe, ich kann weiter aus dem Weißen Haus berichten.«

»Hättest du gerne Kinder?«

»Ja!«

»Ich auch.« Nachdenklich starrte Gus aus dem Fenster. »Ich hoffe nur, dass Wilson sich irrt, was sie betrifft.«

»Unsere Kinder?« Rosa bemerkte einen düsteren Unterton in Gus' Stimme und fragte ängstlich. »Oder was meinst du damit?«

»Er sagt, es wird zu einem zweiten Weltkrieg kommen.«

»Gott bewahre!«

Draußen brach die Nacht herein.

KAPITEL 39

Januar 1920

Daisy saß am Esstisch im Speisezimmer des Prärie-Hauses der Vyalovs in Buffalo. Sie trug ein rosa Kleidchen. Um ihren Hals war eine viel zu große Leinenserviette gebunden. Sie war nun fast vier Jahre alt, und Lew betete sie an.

»Ich werde dir das größte Sandwich der Welt machen«, sagte er, und Daisy kicherte. Lew schnitt zwei Scheiben Toast zu kleinen Quadraten, schmierte sie sorgfältig mit Butter ein, gab eine winzige Portion Rührei drauf, was Daisy eigentlich nicht mochte, und legte dann die Scheiben aufeinander. »Da fehlt noch eine Prise Salz«, sagte er, schüttete ein wenig Salz auf seinen Teller, nahm einen einzelnen Kristall mit der Fingerspitze auf und legte ihn auf das Sandwich. »Jetzt kann ich essen!«, erklärte er und tat so, als wollte er genüsslich hineinbeißen.

»Nein, ich will!«, sagte Daisy.

»Wirklich? Aber ist das kein Daddy-Sandwich?«

»Nein!« Sie lachte. »Mädchen-Sandwich!«

»Na gut«, sagte Lew und steckte es Daisy in den Mund. »Willst du noch eins?«

»Ja.«

»Aber das war doch schon so groß.«

»Nein, war es nicht!«

»Okay, dann mach ich dir noch eins.«

Lew war bester Laune. Sein Leben war noch viel schöner, als er Grigori vor zehn Monaten in Trotzkis Zug erzählt hatte. Lew lebte in Luxus und Wohlstand im Haus seines Schwiegervaters. Er leitete drei Vyalov-Nachtclubs und wurde gut dafür bezahlt, ganz zu schweigen von den großzügigen Rabatten, die er von den Lieferanten bekam. Er hatte Marga in einem eleganten Apartment untergebracht und sah sie fast jeden Tag. Nur eine Woche nach seiner Rückkehr war sie schwanger geworden, und vor wenigen Tagen hatte sie einen Jungen zur Welt gebracht, den sie Gregory genannt hatten. Und Lew war es sogar gelungen, das Ganze geheim zu halten.

Olga kam ins Speisezimmer, küsste Daisy und setzte sich. Lew liebte Daisy, doch für Olga hegte er keinerlei Gefühle mehr. Marga war weitaus attraktiver und humorvoller. Und es gab noch jede Menge andere willige Mädchen, wie er herausgefunden hatte, als Marga hochschwanger gewesen war.

»Guten Morgen, Mommy!«, sagte Lew fröhlich.

Daisy verstand den Wink und wiederholte seine Worte.

Olga fragte: »Füttert Daddy dich?«

Dieser Tage redeten sie fast immer nur über das Kind miteinander. Nach Lews Rückkehr hatten sie ein paar Mal Sex gehabt, doch schon bald waren sie einander wieder gleichgültig geworden. Nun schliefen sie in getrennten Zimmern und erklärten es Olgas Eltern damit, dass Daisy nachts immer aufwachen würde, obwohl das Mädchen in Wahrheit längst durchschlief. Olga schaute stets traurig und enttäuscht drein, doch Lew kümmerte das schon lange nicht mehr.

Joseph kam ins Zimmer.

»Opa ist da!«, sagte Lew zu Daisy.

»Morgen«, sagte Joseph kurz angebunden.

»Opa will ein Sandwich«, kicherte Daisy.

»Nein«, sagte Lew. »Die sind zu groß für ihn.«

Daisy lachte immer fröhlich, wenn Lew etwas so offensichtlich Falsches sagte. »Nein, sind sie gar nicht«, widersprach sie. »Sie sind zu klein!«

Joseph setzte sich. Er hatte sich sehr verändert; er war übergewichtig geworden, und sein Anzug spannte am Bauch. Allein die Treppe hinunterzusteigen ließ ihn schon keuchen. Muskeln hatten sich in Fett verwandelt; schwarzes Haar war grau geworden, und die rosa Gesichtsfarbe war einem ungesunden Rot gewichen.

Polina kam mit einer Kanne Kaffee aus der Küche und goss Joseph eine Tasse ein. Er schlug den *Buffalo Advertiser* auf.

»Wie läuft das Geschäft?«, fragte Lew. Um Mitternacht am 16. Januar war der Volstead Act in Kraft getreten, der die Herstellung, den Transport und den Verkauf berauschender alkoholischer Getränke für illegal erklärte. Das Imperium der Familie Vyalov beruhte jedoch auf Bars, Hotels und Alkoholgroßhandel. Die Prohibition war die Schlange in Lews Paradies.

»Miserabel«, sagte Joseph mit seiner üblichen Offenheit. »Ich habe in nur einer Woche fünf Bars schließen müssen, und es wird noch schlimmer.«

Lew nickte. »In den Clubs biete ich fast nur noch alkoholfreies Bier an, aber das will keiner.« Der Volstead Act erlaubte den Genuss von Bier, das weniger als ein halbes Prozent Alkohol hatte. »Man muss schon eine ganze Gallone von dem Zeug saufen, um überhaupt was zu merken.«

»Wir können ein bisschen Fusel unter der Ladentheke verscherbeln, aber wir kriegen nicht genug, und überhaupt haben die meisten Leute zu viel Angst, was zu kaufen.«

Olga war schockiert. Sie wusste nur wenig vom Geschäft. »Was wirst du jetzt tun, Daddy?«

»Keine Ahnung«, antwortete Joseph.

Das war auch eine dieser Veränderungen: Der alte Joseph hätte für eine solche Krise vorausgeplant. Inzwischen war das Gesetz schon drei Monate in Kraft, und Joseph hatte keinen Finger gerührt, um auf diese neue Situation zu reagieren. Lew hatte die ganze Zeit darauf gewartet, dass sein Schwiegervater irgendein Ass aus dem Ärmel zog, doch mittlerweile war ihm schmerzlich bewusst geworden, dass das nicht geschehen würde.

Das war besorgniserregend. Lew hatte eine Frau, eine Geliebte und zwei Kinder, und alle lebten sie von den Erträgen des Vyalov-Imperiums. Wenn dieses Imperium zusammenbrach, brauchte Lew einen Plan.

Polina rief Olga ans Telefon, und sie ging in den Flur. Lew konnte sie sprechen hören. »Hallo, Ruby«, sagte sie. »Du bist ja früh auf.« Es folgte eine Pause. »Was? Das kann ich nicht glauben.« Längeres Schweigen folgte; dann brach Olga in Tränen aus.

Joseph hob den Blick von seiner Zeitung und sagte: »Was, zum Henker …«

Olga knallte den Hörer auf und kehrte ins Speisezimmer zurück. Mit Tränen in den Augen deutete sie auf Lew. »Du Bastard!«

»Was habe ich denn jetzt schon wieder angestellt?«, fragte Lew, obwohl er zu wissen glaubte, worum es ging.

»Du verdammter Mistkerl!«

Daisy brach in Tränen aus.

»Olga, Liebes, was ist denn los?«, fragte Joseph.

»Sie hat ein Kind bekommen!«, rief Olga.

Lew murmelte in seinen Bart: »Ach du Scheiße!«

Joseph fragte verwirrt: »Wer hat ein Kind bekommen?«

»Lews Hure. Die wir im Park gesehen haben. Marga.«

Joseph lief rot an. »Die Sängerin aus dem Monte Carlo? Sie hat ein Baby von *Lew* bekommen?«

Olga nickte schluchzend.

Joseph drehte sich zu Lew um. »Du Drecksack!«

Lew sagte: »Wir sollten jetzt erst mal alle ruhig bleiben …«

Joseph stand auf. »Mein Gott, und ich dachte, du hättest deine verdammte Lektion gelernt.«

Lew stieß seinen Stuhl zurück, sprang auf, wich vor Joseph zurück und streckte schützend die Arme aus. »Jetzt beruhige dich doch erst mal, Joseph«, flehte er.

»Wag es ja nicht, mir zu sagen, ich soll mich beruhigen«, erwiderte Joseph. Überraschend gewandt sprang er vor und schlug mit seiner fleischigen Faust zu. Lew war nicht schnell genug, und so traf ihn der Schlag am linken Wangenknochen. Es schmerzte höllisch, und er taumelte zurück.

Olga schnappte sich die heulende Daisy und zog sich zur Tür zurück. »Hört auf!«, schrie sie.

Joseph schlug mit der Linken zu.

Es war lange her, seit Lew das letzte Mal in eine Schlägerei verwickelt gewesen war, aber er war in den Elendsvierteln von Petrograd aufgewachsen, und seine Reflexe funktionierten noch. Er blockte Josephs Schlag ab, ging auf Nahdistanz und schmetterte seinem Schwiegervater beide Fäuste hintereinander in den Bauch. Zischend wich Joseph die Luft aus der Brust. Im gleichen Augenblick schlug Lew ihm mehrmals aus nächster Nähe ins Gesicht und traf Nase, Mund und Augen.

Joseph war ein starker Mann und ein Schläger, aber schon seit einer halben Ewigkeit hatten die Leute viel zu viel Angst vor ihm, um sich gegen ihn zu wehren, und so wusste er nicht mehr, wie man sich verteidigte. Er taumelte zurück, hob die Arme in dem hilflosen Versuch, sich vor Lews Schlägen zu schützen, und ging schwer zu Boden.

Olgas Mutter, Lena, kam ins Zimmer gerannt, schrie und kniete sich neben ihren Mann. Polina und der Koch erschienen in der

Küchentür und schauten verängstigt drein. Josephs Gesicht war geschwollen und blutete, doch er richtete sich auf einen Ellbogen auf und stieß Lena beiseite. Er versuchte aufzustehen, fiel mit einem Schrei aber wieder zurück.

Mit einem Mal verfärbte seine Haut sich grau, und sein Atem setzte aus.

Lew stieß hervor: »O Gott!«

»Joseph«, jammerte Lena. »Oh, mein Joseph, mach die Augen auf!«

Lew fühlte Josephs Brust. Kein Herzschlag. Er nahm das Handgelenk, fand aber keinen Puls.

Jetzt steckte er wirklich in Schwierigkeiten.

Er stand auf. »Polina, ruf einen Rettungswagen.«

Polina rannte in den Flur und schnappte sich das Telefon.

Lew starrte auf seinen Schwiegervater. Er musste eine schwerwiegende Entscheidung treffen – und zwar schnell. Sollte er hierbleiben, seine Unschuld beteuern, Trauer vortäuschen und versuchen, sich herauszuwinden? Nein, die Chancen standen zu schlecht.

Er musste weg von hier.

Lew eilte nach oben und zog sein Hemd aus. Er war mit einer Menge Gold, das er durch den Whiskyverkauf an die Kosaken verdient hatte, aus dem Krieg heimgekehrt. Dieses Gold hatte er gegen gut fünftausend US-Dollar eingetauscht, hatte die Scheine in seinen Geldgürtel gestopft und den Gürtel ganz nach hinten in eine Kommodenschublade gelegt. Nun schnallte er sich den Gürtel um die Hüfte und zog Hemd und Jacke wieder an. Dann warf er sich den Mantel über. Oben auf der Garderobe lag ein alter Seesack, der unter anderem seine Offizierspistole vom Typ Colt .45 Modell 1911 enthielt. Lew steckte die Pistole in die Manteltasche. Zum Schluss stopfte er Munition und Unterwäsche in den Seesack und ging nach unten.

Im Speisezimmer hatte Lena ein Kissen unter Josephs Kopf gelegt, doch Joseph schien den Geist aufgegeben zu haben. Olga telefonierte im Flur. »Bitte, machen Sie schnell«, flehte sie. »Ich glaube, er stirbt!«

Zu spät, Baby, dachte Lew.

Er sagte: »Der Rettungswagen wird zu lange brauchen. Ich hole Dr. Schwarz.« Niemand fragte ihn, warum er einen Seesack bei sich trug.

Lew ging in die Garage und ließ den Motor von Josephs Packard Twin Six an. Dann fuhr er vom Grundstück und Richtung Norden.

Dr. Schwarz wohnte Richtung Süden.

Lew fuhr nach Kanada.

Lew fuhr schnell. Als er die nördlichen Vorstädte Buffalos hinter sich ließ, fragte er sich, wie viel Zeit ihm blieb. Die Sanitäter würden ohne Zweifel die Polizei verständigen. Wenn die Cops dann kamen, würden sie rasch herausfinden, dass Joseph bei einer Schlägerei gestorben war. Olga würde nicht zögern, ihnen zu erzählen, wer ihren Vater niedergestreckt hatte. Wenn sie Lew nicht schon längst gehasst hatte, hasste sie ihn jetzt.

Und dann würde man ihn wegen Mordes suchen.

Normalerweise standen drei Wagen in Vyalovs Garage: der Packard, Lews Ford T und ein blauer Hudson, den für gewöhnlich Josephs Schläger fuhren. Es würde nicht lange dauern, bis die Cops herausgefunden hätten, dass Lew den Packard genommen hatte. In einer Stunde, schätzte Lew, würde die Polizei nach dem Wagen fahnden.

Mit ein bisschen Glück wäre er dann schon außer Landes.

Lew war mehrere Male mit Marga nach Kanada gefahren. Es waren nur hundert Meilen bis Toronto, drei Stunden in einem schnellen Automobil. Marga und Lew hatten jedes Mal als Mr. und Mrs. Peters im Hotel eingecheckt und waren piekfein gekleidet in die Stadt gegangen, ohne befürchten zu müssen, von jemandem erkannt zu werden, der Joseph Vyalov hätte anrufen können. Lew hatte keinen amerikanischen Pass, kannte aber mehrere Grenzübergänge ohne Zollstation.

Er erreichte Toronto gegen Mittag und stieg in einem ruhig gelegenen Hotel ab.

Im Coffee Shop bestellte er sich ein Sandwich, saß eine Zeit lang da und dachte über seine Situation nach. Er wurde jetzt wegen Mordes gesucht. Er hatte kein Heim mehr und konnte keine seiner beiden Familien besuchen, ohne das Risiko einzugehen, verhaftet zu werden. Vielleicht würde er seine Kinder nie wiedersehen. Alles, was ihm geblieben war, waren fünftausend Dollar in einem Geldgürtel und ein gestohlener Wagen.

Lew dachte daran zurück, wie er vor zehn Monaten vor seinem Bruder geprahlt hatte. Was würde Grigori jetzt wohl von ihm denken?

Er aß sein Sandwich auf und schlenderte dann ziellos und deprimiert durch das Stadtzentrum. In einem Schnapsladen kaufte er sich eine Flasche Wodka, die er mit auf sein Zimmer nahm. Vielleicht sollte er sich heute Nacht betrinken. Ihm fiel auf, dass Roggenwhisky hier nur vier Dollar die Flasche kostete. In Buffalo musste man dafür zehn Dollar hinblättern, wenn man überhaupt welchen bekam; in New York City kostete die Flasche sogar fünfzehn bis zwanzig Dollar. Lew wusste das, weil er schon seit Längerem versucht hatte, illegal Whisky für seine Nachtclubs zu bekommen.

Er kehrte in sein Hotelzimmer zurück und besorgte sich etwas Eis. Sein Zimmer war staubig, die Möbel alt, und aus dem Fenster waren nur die Hinterhöfe mehrerer schäbiger Läden zu sehen. Als die Sonne unterging, war Lew deprimierter denn je. Er dachte darüber nach, loszuziehen und ein Mädchen aufzugabeln, doch ihm fehlte die Energie. Würde er nun von jedem Ort fliehen müssen, an dem er sich je niederließ? Aus Petrograd war er wegen eines toten Polizisten geflohen; Aberowen hatte er mit einem wütenden Mob auf den Fersen verlassen, den er beim Kartenspiel betrogen hatte, und nun hatte er sich aus Buffalo abgesetzt.

Lew musste etwas wegen des Packards unternehmen. Die Polizei von Buffalo würde die Beschreibung vielleicht nach Toronto telegrafieren. Entweder musste er die Nummernschilder oder besser noch den ganzen Wagen austauschen. Aber auch dafür fehlte es ihm an Schwung.

Olga war vermutlich froh, ihn los zu sein. So hatte sie ihr ganzes Erbe für sich allein. Allerdings verlor das Vyalov-Imperium mit jedem Tag an Wert.

Lew fragte sich, ob er wohl Marga und den kleinen Gregory nach Kanada bringen könnte. Aber würde Marga das überhaupt wollen? Amerika war ihr Traum, so wie es auch Lews Traum gewesen war. Kanada hingegen war nicht gerade ein Traumziel für Nachtclubsängerinnen. Nach New York oder Kalifornien hätte sie Lew vermutlich begleitet, aber nicht nach Toronto.

Lew würde seine Kinder vermissen. Tränen traten ihm in die Augen, als er sich vorstellte, wie die kleine Daisy ohne ihn aufwachsen musste. Sie war noch nicht einmal vier Jahre alt. Sie würde bestenfalls eine verschwommene Erinnerung an ihn behalten, ihn vielleicht sogar ganz vergessen. An das größte Sandwich der Welt würde sie sich jedenfalls nicht erinnern.

Nach dem dritten Drink fühlte Lew sich als bemitleidenswertes Opfer einer schrecklichen Ungerechtigkeit. Er hatte seinen Schwiegervater nicht umbringen wollen. Joseph hatte zuerst zugeschlagen. Und überhaupt – Lew hatte ihn eigentlich gar nicht getötet: Joseph war an einer Art Herzanfall gestorben. Es war einfach Pech gewesen. Aber das würde niemand glauben. Olga war die einzige Zeugin, und sie würde ihre Rache wollen.

Lew schenkte sich noch einen Wodka ein und legte sich aufs Bett. Zum Teufel mit ihnen allen!

Als er in einen ruhelosen, alkoholisierten Schlaf versank, dachte er an die Flaschen im Schaufenster des Schnapsladens. *Canadian Club 4 Dollar* hatte auf dem Schild gestanden. Das war irgendwie wichtig, das wusste Lew, nur konnte er im Augenblick nicht den Finger darauf legen.

Als er am nächsten Morgen aufwachte, war sein Mund wie ausgetrocknet, und ihm dröhnte der Schädel, aber er wusste, dass Canadian Club für vier Dollar seine Rettung war.

Lew spülte das Whiskyglas und trank das geschmolzene Eis im Kühler. Nach dem dritten Schluck hatte er einen Plan.

Nach Orangensaft, Kaffee und Aspirin ging es ihm schon besser. Er dachte über die vor ihm liegenden Gefahren nach; doch Risiken hatten ihn noch nie von irgendetwas abgeschreckt. Würde ich das zulassen, dachte er, wäre ich wie mein Bruder.

Sein Plan hatte nur einen großen Fehler: Damit er funktionierte, musste er sich mit Olga versöhnen.

Lew fuhr in eine arme Wohngegend und betrat ein Restaurant, in dem es Frühstück für Arbeiter gab. Er setzte sich zu einer Gruppe von Männern, die offenbar als Anstreicher arbeiteten, und sagte: »Ich will meinen Wagen gegen einen Truck tauschen. Kennt ihr jemanden, der Interesse hätte?«

Einer der Männer fragte: »Hat der Papiere?«

Lew setzte sein charmantestes Grinsen auf. »Denk doch mal nach, Kumpel«, sagte er. »Wenn der Wagen Papiere hätte, würde ich ihn dann hier verkaufen?«

Lew fand weder hier noch in den nächsten Läden, in denen er sein Glück versuchte, einen Abnehmer, doch schließlich landete er in einer Automobilwerkstatt, die von Vater und Sohn geführt wurde. Dort tauschte er den Packard gegen einen Zweitonner, einen Mack Junior Kleinlaster, mit zwei Ersatzreifen ein. Er wusste, dass er übers Ohr gehauen wurde, doch der Mechaniker sah, wie verzweifelt er war.

Am Spätnachmittag fuhr Lew zu einem Alkoholgroßhändler. »Ich will hundert Kisten Canadian Club«, sagte er. »Wie viel macht das?«

»Bei der Menge? Sechsunddreißig Dollar die Kiste.«

»Abgemacht.« Lew holte das Geld heraus. »Ich mache eine Kneipe vor der Stadt auf und …«

»Erklärungen sind unnötig, Kumpel«, unterbrach ihn der Großhändler und deutete zum Fenster hinaus. Auf dem Nachbargrundstück hoben Bauarbeiter gerade eine Grube aus. »Das wird mein neues Lagerhaus, fünfmal so groß wie das hier. Gelobet sei der Herr für die Prohibition.«

Lew erkannte, dass ihm die glorreiche Idee nicht als Erstem gekommen war.

Er bezahlte den Mann und lud den Whisky auf seinen Truck.

Am nächsten Tag fuhr er nach Buffalo zurück.

Lew parkte seinen mit Whisky beladenen Lastwagen auf der Straße vor dem Haus der Vyalovs. Der Winternachmittag ging langsam in den Abend über. In der Einfahrt standen keine Autos. Lew wartete eine Zeit lang angespannt und fluchtbereit, aber nichts rührte sich.

Die Nerven bis zum Zerreißen gespannt, stieg Lew aus dem Laster, ging zur Eingangstür und ließ sich mit seinem eigenen Schlüssel hinein.

Drinnen war es still. Dann hörte Lew von oben Daisys Stimme und die gemurmelten Antworten von Polina, aber das waren auch schon die einzigen Geräusche.

Lew schlich über den dicken Teppich und warf einen Blick in den Salon. Sämtliche Stühle waren an die Wand geschoben worden. In der Mitte stand eine mit schwarzem Samt drapierte Bahre und darauf ein Mahagonisarg mit funkelnden Messingbeschlägen. In dem Sarg lag die Leiche von Joseph Vyalov. Im Tod hatte er seinen kampflustigen Ausdruck verloren; tatsächlich sah er sogar ziemlich harmlos aus.

Olga saß allein neben dem Toten mit dem Rücken zur Tür. Sie trug ein schwarzes Kleid.

Lew trat ins Zimmer. »Olga …«, sagte er leise.

Sie öffnete den Mund, um zu schreien, aber Lew drückte ihr rasch eine Hand auf die Lippen.

»Du musst dir keine Sorgen machen«, sagte er. »Ich will nur reden.« Langsam löste er seinen Griff.

Sie schrie nicht.

Lew entspannte sich ein wenig. Die erste Hürde hatte er genommen.

»Du hast meinen Vater umgebracht!«, zischte Olga. »Was gibt es da noch zu reden?«

Lew atmete tief durch. Er durfte jetzt keinen Fehler machen. Charme reichte hier nicht. Diesmal musste er auch seinen Verstand bemühen. »Die Zukunft«, sagte er in leisem, vertraulichem Tonfall. »Es geht um die Zukunft – deine, meine, Daisys. Ich stecke in Schwierigkeiten, das weiß ich, aber du auch.«

Olga wollte ihm nicht zuhören. »Ich stecke nicht in Schwierigkeiten!«, sagte sie und drehte sich wieder zu der Leiche um.

Lew zog sich einen Stuhl heran und setzte sich neben sie. »Das Geschäft, das du geerbt hast, ist am Ende. Es fällt auseinander und ist kaum noch was wert.«

»Mein Vater war steinreich!«, protestierte Olga entrüstet.

»Er hat Bars besessen, Hotels und einen Schnapsgroßhandel. Aber die verlieren alle Geld, und dabei ist die Prohibition erst seit zwei Wochen in Kraft. Er hat bereits fünf Bars schließen müssen. Bald wird nichts mehr übrig sein.« Lew zögerte und brachte dann sein stärkstes Argument vor: »Du darfst nicht nur an dich selbst denken. Es gibt auch noch Daisy.«

Olga blickte ihn erschrocken an. »Geht das Geschäft wirklich pleite?«

»Du hast selbst gehört, was dein Vater mir vorgestern beim Frühstück gesagt hat.«

»Ich kann mich nicht richtig erinnern …«

»Dann schau selbst in den Papieren nach, wenn du mir nicht glaubst. Frag Norman Niall, den Buchhalter. Frag, wen du willst.«

Olga blickte Lew scharf an und beschloss dann, ihn ernst zu nehmen. »Warum bist du gekommen? Nur, um mir das zu sagen?«

»Weil ich eine Möglichkeit gefunden habe, das Geschäft zu retten.«

»Und wie?«

»Indem wir Schnaps aus Kanada importieren.«

»Das verstößt gegen das Gesetz.«

»Ja, aber es ist unsere einzige Hoffnung. Ohne Schnaps kein Geschäft.«

Olga warf den Kopf zurück. »Ich kann mich um mich selbst kümmern.«

»Klar«, erwiderte Lew. »Du kannst das Haus für einen guten Preis verkaufen, den Gewinn anlegen und mit deiner Mutter in eine kleine Wohnung ziehen. Vermutlich könntest du mit Daisy ein paar Jahre über die Runden kommen, aber du solltest auch darüber nachdenken, arbeiten zu gehen, und …«

»Arbeiten gehen?«, unterbrach Olga ihn entsetzt. »Ich habe nie etwas gelernt! Was sollte ich denn tun?«

»Oooch, da gibt es einiges. Du könntest als Verkäuferin arbeiten, oder in einer Fabrik …«

Lew meinte es nicht ernst, und Olga wusste das. »Mach dich nicht lächerlich!«

»Dann bleibt nur eine Möglichkeit.« Er streckte die Hand aus, um sie zu berühren.

Sie zuckte zurück. »Was kümmert es dich überhaupt, was mit mir geschieht?«

»Du bist meine Frau.«

Sie schaute ihn seltsam an.

Lew setzte eine ernsthafte Miene auf. »Ich weiß, dass ich dich schlecht behandelt habe, aber wir haben uns einmal geliebt.«

Olga schnaubte verächtlich.

»Und wir haben eine gemeinsame Tochter, um die wir uns kümmern müssen.«

»Aber du kommst ins Gefängnis.«

»Nicht, wenn du die Wahrheit sagst.«

»Was meinst du damit?«

»Du hast doch gesehen, was passiert ist. Dein Vater hat mich angegriffen. Schau dir mein Gesicht an. Ich habe ein blaues Auge, das sagt ja wohl alles. Ich habe mich nur gewehrt. Dein Vater muss ein schwaches Herz gehabt haben. Vielleicht war er schon länger krank – das würde auch erklären, warum er nicht auf die Prohibition reagiert hat. Es war die Anstrengung, mich anzugreifen, die ihn umgebracht hat, nicht die paar Schläge, mit denen ich mich verteidigt habe. Du musst der Polizei nur die Wahrheit sagen.«

»Ich habe der Polizei aber schon gesagt, du hättest Vater umgebracht.«

Lew fasste neuen Mut. Er machte Fortschritte. »Das ist schon okay«, versicherte er ihr. »Du hast in der Hitze des Augenblicks eine Aussage gemacht, von Trauer und Schmerz übermannt. Jetzt hast du dich wieder beruhigt und erkannt, dass der Tod deines Vaters ein schrecklicher Unfall war, verursacht durch seine schlechte Gesundheit und einen Wutanfall.«

»Wird man mir denn glauben?«

»Die Geschworenen werden es. Aber wenn ich uns einen guten Anwalt besorge, wird es nicht mal zum Prozess kommen. Wie denn auch, wenn die einzige Zeugin schwört, dass es kein Mord gewesen ist.«

»Ich weiß nicht …« Olga wechselte das Thema. »Wie willst du den Alkohol besorgen?«

»Oh, das ist einfach. Mach dir darüber keine Sorgen.«

Olga drehte sich auf ihrem Stuhl um, sodass sie Lew in die Augen schauen konnte. »Ich glaube dir nicht. Du sagst das alles nur, damit ich meine Aussage ändere.«

»Zieh den Mantel an, dann zeig ich dir was.«

Das war der spannende Augenblick. Wenn Olga mit ihm ging, gehörte sie ihm.

Nach kurzem Nachdenken stand sie auf.

Lew unterdrückte ein triumphierendes Lächeln.

Sie verließen das Haus. Draußen auf der Straße öffnete Lew die Türen zum Laderaum des Lastwagens.

Olga schwieg einen langen Augenblick. Dann fragte sie: »Canadian Club?« Ihr Tonfall hatte sich verändert, bemerkte Lew. Er war kühl und geschäftsmäßig geworden. Von Emotion keine Spur mehr.

»Hundert Kisten«, bestätigte er. »Ich habe sie für drei Dollar die Flasche gekauft. Hier bekomme ich zehn dafür – mehr noch, wenn ich sie im Glas verkaufe.«

»Ich muss darüber nachdenken.«

Das war ein gutes Zeichen. Olga stand kurz davor, in die Sache einzusteigen, wollte aber nichts überstürzen. »Das verstehe ich ja, aber wir haben keine Zeit«, drängte Lew. »Ich werde gesucht und habe eine Ladung illegalen Whisky in meinem Truck. Ich brauche sofort eine Entscheidung. Tut mir leid, dich zu drängen, aber wie du siehst, bleibt mir keine Wahl.«

Olga nickte nachdenklich, schwieg aber.

Lew fuhr fort: »Wenn du Nein sagst, verkaufe ich meinen Fusel, nehme das Geld und verschwinde. Dann bist du auf dich allein gestellt. Ich wünsche dir alles Glück der Welt und sage Lebewohl, kein Problem. Ich verstehe das.«

»Und wenn ich Ja sage?«

»Dann gehen wir sofort zur Polizei.«

Wieder folgte langes Schweigen.

Schließlich nickte Olga. »Also schön.«

Lew wandte sich ab, um sein Gesicht zu verbergen. Du hast es geschafft, sagte er sich. Du hast sie in dem Zimmer zurückgewonnen, in dem die Leiche ihres Vaters aufgebahrt ist.

»Ich muss mir einen Hut aufsetzen«, sagte Olga. »Und du brauchst ein sauberes Hemd. Wir wollen doch einen ordentlichen Eindruck machen.«

Das war gut. Sie stand wirklich auf seiner Seite.

Sie kehrten ins Haus zurück und machten sich bereit. Während Lew auf Olga wartete, rief er beim *Buffalo Advertiser* an und fragte nach Peter Hoyle, dem Herausgeber. Eine Sekretärin fragte ihn, was er wünsche. Lew antwortete: »Sagen Sie ihm, ich bin der Mann, der wegen des Mordes an Joseph Vyalov gesucht wird.«

Einen Augenblick später blaffte eine Stimme: »Hoyle hier. Wer sind Sie?«

»Lew Peschkow, Vyalovs Schwiegersohn.«

»Wo stecken Sie?«

Lew ignorierte die Frage. »Wenn Sie in einer halben Stunde einen Reporter auf die Stufen des Polizeipräsidiums bringen können, habe ich eine Erklärung für Sie.«

»Wir werden da sein.«

»Mr. Hoyle?«

»Ja?«

»Schicken Sie auch einen Fotografen.« Lew legte auf.

Mit Olga an seiner Seite im Führerhaus des Trucks fuhr Lew erst einmal zu Josephs Lagerhaus am Seeufer. An den Wänden stapelten sich Kisten mit gestohlenen Zigaretten, und im Büro weiter hinten fanden sie Vyalovs Buchhalter, Norman Niall, sowie die üblichen Schläger. Norman war korrupt, aber penibel; das wusste Lew. Er saß auf Josephs Stuhl hinter Josephs Schreibtisch.

Erstaunt starrten die Männer Lew und Olga an.

Lew sagte: »Olga hat das Geschäft geerbt. Ich kümmere mich ab sofort um alles.«

Norman blieb sitzen. »Das werden wir ja sehen«, sagte er.

Lew starrte ihn finster an und schwieg.

Als Norman wieder sprach, hatte sich ein großer Teil seines Selbstbewusstseins bereits in Luft aufgelöst. »Aber das Testament muss eröffnet werden und das alles …«

Lew schüttelte den Kopf. »Wenn wir warten, bis die Formalitäten erledigt sind, wird es kein Geschäft mehr geben.« Er deutete auf einen der Schläger. »Ilya, geh raus und schau in den Laster, der draußen steht. Dann komm zurück und sag Norm, was du gefunden hast.«

Ilya gehorchte. Lew ging um den Tisch herum und trat neben Norman. Schweigend warteten sie, bis Ilja zurückkam.

»Hundert Kisten Canadian Club.« Der Schläger stellte eine Flasche auf den Tisch. »Wir können ihn ja mal probieren und sehen, ob er echt ist.«

Lew sagte: »Ich werde das Geschäft mit Fusel aus Kanada weiterführen. Es hat noch nie so gute geschäftliche Möglichkeiten gegeben wie durch die Prohibition. Die Leute werden jeden Preis für Alkohol bezahlen. Wir werden ein Vermögen machen. Und jetzt steh auf, Norm.«

»Den Teufel werde ich tun, Kleiner«, knurrte Norman.

Lew zog seine Pistole und schlug Norman zweimal mit dem Knauf ins Gesicht. Norman brüllte vor Wut und Schmerz. Lässig hielt Lew die Waffe auf die Schläger gerichtet.

Man musste Olga zugutehalten, dass sie keinen Mucks von sich gab.

»Du Arschloch«, sagte Lew zu Norman. »Ich habe Joseph Vyalov kaltgemacht. Glaubst du wirklich, da hätte ich Angst vor einem beschissenen Buchhalter?«

Norman stand auf, hielt sich die Hand vor den blutenden Mund und huschte aus dem Zimmer.

Lew drehte sich zu den Schlägern um. Noch immer die Pistole in der Hand, sagte er: »Wer nicht mehr für mich arbeiten will, verschwindet. Auf der Stelle. Dann kriegt er keine Probleme.«

Niemand rührte sich.

»Gut«, sagte Lew. »Das mit dem ›keine Probleme‹ war nämlich gelogen.« Er deutete auf Ilya. »Du kommst mit mir und Mrs. Peschkow. Du kannst fahren. Ihr anderen ladet den Truck aus.«

Ilya fuhr sie mit dem blauen Hudson in die Stadt.

Lew hatte das Gefühl, im Lagerhaus vielleicht einen Fehler begangen zu haben. Vor Olga hätte er nicht sagen sollen: »Ich habe Joseph Vyalov kaltgemacht.« Sie konnte ihre Meinung durchaus noch ändern. Sollte sie ihn darauf ansprechen, würde er sagen, er habe es nicht so gemeint; er habe das nur gesagt, um Norm Angst zu machen. Aber Olga erwähnte es mit keinem Wort.

Vor dem Polizeipräsidium warteten zwei Männer in langen Mänteln neben einer großen Kamera auf einem Dreibein.

Lew und Olga stiegen aus dem Wagen.

Lew sagte zu dem Reporter. »Der Tod von Joseph Vyalov war eine große Tragödie für uns, seine Familie, und für die ganze Stadt.« Der Mann kritzelte in Steno in seinen Block. »Ich bin gekommen, um der Polizei meine Sicht der Dinge zu schildern. Meine Frau Olga, die einzige andere Person, die bei seinem tragischem Zusammenbruch anwesend war, ist hier, um meine Unschuld zu bezeugen. Die Autopsie wird beweisen, dass mein Schwiegervater an einem Herzanfall gestorben ist. Meine Frau und ich haben vor, das Geschäft, das Joseph Vyalov hier in Buffalo aufgebaut hat, weiterzuführen und auszuweiten. Ich danke Ihnen.«

»Bitte, schauen Sie in die Kamera«, sagte der Fotograf.

Lew legte den Arm um Olga, zog sie zu sich heran und schaute in die Kamera.

Der Reporter fragte: »Woher haben Sie das Veilchen, Lew?«

»Das hier?« Lew deutete auf sein Auge. »Ach, wissen Sie, das ist eine andere Geschichte.« Er lächelte sein charmantestes Lächeln, und der Magnesiumblitz des Fotografen zuckte auf.

KAPITEL 40

Februar bis Dezember 1920

Das Militärgefängnis Aldershot war nach Billys Meinung ein finsterer Ort, aber immer noch besser als Sibirien. Aldershot war eine Army-Stadt fünfunddreißig Meilen südwestlich von London. Das Gefängnis war ein modernes Gebäude mit Zellengalerien auf drei Stockwerken über einem Lichthof, hell erleuchtet durch das Glasdach, von dem die Anstalt ihren Spitznamen hatte, »das Treibhaus«. Mit Zentralheizung und Gasbeleuchtung war das Gefängnis behaglicher als die meisten Behausungen, in denen Billy während der vergangenen vier Jahre geschlafen hatte.

Dennoch fühlte er sich erbärmlich. Der Krieg war seit über einem Jahr zu Ende, aber er war noch immer in der Army. Die meisten seiner Freunde waren demobilisiert worden, verdienten gutes Geld und führten die Mädchen ins Kino aus. Er hingegen trug immer noch Uniform, salutierte, schlief in einem Militärbett und wurde mit Kantinenessen abgespeist. Den ganzen Tag flocht er Matten; das war die Beschäftigung in diesem Gefängnis. Und nie bekam er eine Frau auch nur zu sehen. Irgendwo draußen wartete Mildred auf ihn – hoffentlich, denn jeder konnte eine Geschichte von einem Soldaten erzählen, der nach Hause kam und feststellen musste, dass seine Frau oder seine Freundin mit einem anderen Kerl durchgebrannt war.

Billy hatte keinen Kontakt zu Mildred oder irgendjemandem sonst in Freiheit. Die Häftlinge – die »Militärstrafgefangenen«, wie sie offiziell genannt wurden – durften normalerweise Briefe schreiben und empfangen, aber Billy war ein Sonderfall. Weil er schuldig gesprochen worden war, Militärgeheimnisse in Briefen verraten zu haben, wurde seine Post von der Gefängnisleitung beschlagnahmt. Das gehörte zur Rache der Army. Natürlich kannte er keine Geheimnisse mehr, die er hätte verraten können. Was sollte er seiner Schwester denn auch schreiben? Dass die Salzkartoffeln nie richtig gar waren?

Wussten Mam, Dah und Gramper überhaupt von dem Kriegsgerichtsverfahren? Die nächsten Angehörigen des Soldaten mussten verständigt werden; aber Billy war sich nicht sicher, ob es auch in seinem Fall geschehen war, und seine Fragen wollte niemand beantworten. Aber Tommy Griffiths hatte in Aberowen ganz sicher erzählt, was geschehen war. Und Ethel, hoffte Billy, hatte seinen Eltern und Gramper erklärt, was er in Wirklichkeit »verbrochen« hatte.

Aber er bekam keinen Besuch. Wusste seine Familie vielleicht noch gar nicht, dass er aus Russland zurück war? Er hätte gern etwas unternommen gegen das Verbot, Post zu empfangen, hatte aber keine Möglichkeit, einen Anwalt einzuschalten, und erst recht kein Geld, ihn zu bezahlen. Billys einziger Trost war das unbestimmte Gefühl, dass es nicht ewig so weitergehen konnte.

Was er über die Außenwelt wusste, stammte aus der Zeitung. Fitzherbert war wieder in London und hielt Reden, in denen er mehr Militärhilfe für die Weißen in Russland forderte. Billy fragte sich, ob dies bedeutete, dass die Aberowen Pals nach Hause gekommen waren.

Fitz' Reden nutzten jedenfalls nichts. Ethels »Hände-weg-von-Russland«-Kampagne hatte Anhänger gefunden und wurde von der Labour-Partei unterstützt. Trotz der wortgewaltigen antibolschewistischen Reden des Kriegsministers Winston Churchill hatte Großbritannien seine Truppen aus Nordrussland zurückgezogen. Mitte November hatten die Roten Admiral Koltschak aus Omsk vertrieben. Alles, was Billy über die Weißen geschrieben hatte und was von Ethel in ihrer Kampagne wiederholt worden war, erwies sich als richtig; alles, was Fitz und Churchill behaupteten, als falsch. Dennoch saß Billy im Gefängnis und Fitz im Oberhaus.

Mit seinen Mitgefangenen verband ihn nur wenig. Sie waren keine politischen Häftlinge; die meisten hatten handfeste Verbrechen begangen: Diebstahl, Vergewaltigung und Mord. Es waren harte Burschen, aber das galt auch für Billy, und er hatte keine Angst vor ihnen. Tatsächlich behandelten die schweren Jungs ihn mit vorsichtigem Respekt, weil sie offenbar spürten, dass sein Vergehen eine Stufe über ihren Verbrechen lag. Billy redete freundlich mit den anderen, aber keiner von ihnen hatte auch nur das geringste Interesse an Politik. Sie sahen nichts Falsches an der Gesellschaft, die sie hier einsperrte; sie waren lediglich entschlossen, beim nächsten Mal besser und cleverer zu sein als das System.

Während der halbstündigen Mittagspause las Billy meist die Zeitung. Der größte Teil der anderen Sträflinge waren Analphabeten. Als er eines Tages den *Daily Herald* aufschlug, sah er die Fotografie eines Gesichts, das ihm bekannt vorkam. Nach einem Augenblick der Verwunderung begriff Billy, dass es sich um ein Bild von ihm selbst handelte, das in einem Artikel über ihn abgedruckt war.

Dann fiel ihm auch wieder ein, wann das Foto aufgenommen worden war: Mildred hatte ihn zu einem Fotografen in Aldgate geschleift und in Uniform ablichten lassen. »Jede Nacht drücke ich es mir an die Lippen«, hatte Mildred gesagt. Als Billy in der Ferne gewesen war, hatte er oft an ihr zweideutiges Versprechen gedacht.

Die Schlagzeile lautete:

WARUM IST SERGEANT WILLIAMS IM GEFÄNGNIS?

Billy las mit wachsender Aufregung weiter.

> William Williams vom 8. Bataillon der Welsh Rifles (den »Aberowen Pals«) sitzt eine zehnjährige Haftstrafe in einem Militärgefängnis ab. Er wurde wegen Verrats verurteilt. Aber ist dieser Mann tatsächlich ein Verräter? Hat er sein Land wirklich im Stich gelassen? Ist er tatsächlich zum Feind übergelaufen oder im Kampf geflohen? Im Gegenteil – er hat tapfer an der Somme gekämpft und die nächsten beiden Jahre in Frankreich gedient, sodass er zum Sergeant befördert werden konnte.

Billy konnte es nicht fassen. Das bin ich, dachte er. Ich stehe in der Zeitung, und sie schreiben, ich hätte tapfer gekämpft.

> Dann wurde Sergeant Williams nach Russland geschickt. Wir haben keinen Krieg mit Russland, und das britische Volk steht dem bolschewistischen Regime nicht gerade wohlwollend gegenüber, aber wir greifen nicht jedes Land an, dessen Regierung uns nicht passt. Die Bolschewiken sind weder für uns noch für unsere Verbündeten eine Gefahr. Einer militärischen Aktion gegen die Moskauer Regierung hat das Parlament nie zugestimmt. Man muss sich sogar ernsthaft die Frage stellen, ob wir mit unserer Mission in Russland nicht gegen das Völkerrecht verstoßen.

Mehrere Monate lang wurde dem britischen Volk sogar verschwiegen, dass seine Streitkräfte in Russland kämpfen. Die Regierung hat fälschlich verlautbaren lassen, unsere Soldaten wären nur dort, um unser Eigentum zu schützen, einen geordneten Rückzug zu gewährleisten und in Bereitschaft zu stehen. Daraus geht eindeutig hervor, dass sie nicht gegen rote Verbände eingesetzt werden sollten.

Dass diese Lüge aufgedeckt wurde, ist nicht zuletzt William Williams zu verdanken.

»He«, sagte Billy zu niemandem im Besonderen. »Seht euch das an. Es ist William Williams zu verdanken!«

Die Männer an seinem Tisch drängten sich näher und blickten ihm über die Schulter. Sein Zellengenosse, ein ungeschlachter Schläger namens Cyril Parks, fragte: »Datt is' ja 'n Bild von dir! Watt machste denn inne Zeitung?«

Billy las den Rest laut vor.

»›Williams' Verbrechen bestand darin, dass er in Briefen an seine Schwester in einem einfachen Code, um die Zensur zu umgehen, die Wahrheit berichtete. Das britische Volk ist ihm Dankbarkeit schuldig. Doch seine Tat missfiel gewissen Interessengruppen in Army und Regierung, die heimlich britische Soldaten einsetzten, um ihre politischen Ziele zu erreichen. Williams wurde vor ein Standgericht gestellt und zu zehn Jahren Zwangsarbeit verurteilt.

Williams' Schicksal ist keineswegs ein Einzelfall. Eine große Zahl von Soldaten, die sich geweigert haben, an der versuchten Gegenrevolution teilzunehmen, sind in Russland höchst zweifelhaften Prozessen unterzogen und zu skandalös langen Haftstrafen verurteilt worden.

William Williams ist eines von vielen Opfern rachsüchtiger Männer in Machtpositionen. Das muss bereinigt werden. Großbritannien ist ein Land der Gerechtigkeit. Dafür haben wir gefochten, und dafür haben wir gesiegt.‹«

Billy hob den Blick. »Na, wie gefällt euch das? Sie schreiben, ich bin das Opfer der Mächtigen.«

»Is' bei mir ganz genauso«, sagte Cyril Parks, der in einer Scheune in Belgien ein vierzehnjähriges Mädchen vergewaltigt hatte.

Plötzlich wurde Billy die Zeitung aus den Händen gerissen. Als er aufblickte, schaute er in das dümmliche Gesicht von Andrew Jenkins, einem der unsympathischeren Gefängniswärter. »Kann ja sein, dass du Freunde ganz weit oben hast, Williams«, sagte Jenkins, »aber hier bist du nur ein dreckiger Sträfling von vielen. Los, geh wieder an deine Scheißarbeit.«

»Aber sicher doch, Mr. Jenkins«, sagte Billy.

Fitz war empört, als im Sommer 1920 eine russische Handelsdelegation nach London kam und vom Premierminister, David Lloyd George, in Downing Street Nummer 10 empfangen wurde. Die Bolschewisten lagen noch immer im Krieg mit dem neu gegründeten Polen, und Fitz war der Ansicht, Großbritannien solle sich auf die Seite der Polen stellen, aber er fand nur wenig Unterstützung. Londoner Schauerleute gingen lieber in den Streik, als Schiffe mit Gewehren für das polnische Heer zu beladen, und der Gewerkschaftsbund drohte mit Generalstreik, sollte das britische Militär intervenieren.

Fitz fand sich damit ab, dass er nie die Ländereien des verstorbenen Fürsten Andrej beanspruchen könnte. Seine Söhne, Boy und Andrew, hatten ihr russisches Geburtsrecht verloren, und er musste es hinnehmen.

Dennoch konnte er nicht den Mund halten, als er erfuhr, was die Russen Kamenew und Krassin vorhatten, während sie Großbritannien bereisten. Room 40 existierte weiterhin, wenn auch in anderer Form, und der britische Nachrichtendienst fing die Telegramme der Russen in die Heimat ab und entschlüsselte sie. Lew Kamenew, der Leiter des Exekutivkomitees des Moskauer Sowjets, streute schamlos revolutionäre Propaganda aus.

Fitz war so wütend, dass er Anfang August auf einer der letzten Dinnerpartys der Londoner Saison Lloyd George attackierte.

Die Party fand in Lord Silvermans Haus am Belgrave Square statt. Das Dinner fiel sparsamer aus, als es bei Silverman vor dem Krieg üblich gewesen war. Man reichte weniger Gänge, weniger Speisen kehrten unberührt in die Küche zurück, und der Tafelschmuck war schlichter. Das Essen wurde von Dienstmädchen serviert, nicht von Dienern; heutzutage wollte sich niemand mehr als Diener verdingen. Fitz vermutete, dass es mit den extravaganten edwardianischen Partys endgültig aus und vorbei war. Dennoch konnte Silverman noch immer die mächtigsten Männer des Landes in sein Haus locken.

Lloyd George fragte Fitz nach seiner Schwester Maud.

Damit sprach der Premierminister ein weiteres Thema an, über das Fitz sich ereifern konnte. »Es tut mir leid, sagen zu müssen, dass sie einen Deutschen geheiratet hat und nun in Berlin lebt«, erklärte er. Er fügte nicht hinzu, dass Maud bereits ihr erstes Kind zur Welt gebracht hatte, einen Jungen namens Erich.

»Das war mir schon bekannt«, erwiderte Lloyd George. »Ich habe mich nur gefragt, wie es ihr geht. Entzückende junge Dame.«

Die Vorliebe des Premierministers für entzückende junge Damen war bekannt, wenn nicht sogar berüchtigt.

»Ich fürchte, das Leben in Deutschland ist hart«, sagte Fitz. Maud hatte ihn in einem Brief um eine regelmäßige Zuwendung gebeten, was er jedoch strikt abgelehnt hatte. Sie hatte ihn nicht um Erlaubnis gebeten, ehe sie geheiratet hatte – wie konnte sie da jetzt Unterstützung von ihm erbetteln?

»Hart?«, fragte Lloyd George. »Das sollte es auch sein, nach allem, was die Deutschen getan haben. Dennoch tut Ihre Schwester mir leid.«

»Um auf etwas anderes zu sprechen zu kommen, Sir«, sagte Fitz, »dieser Kamenew ist ein jüdischer Bolschewist. Sie sollten ihn ausweisen lassen.«

Der Premierminister nippte an einem Glas Champagner und war in aufgeräumter Stimmung. »Mein lieber Fitz«, sagte er jovial, »die russische Desinformation ist dermaßen primitiv, dass die Regierung sich nicht darum sorgt. Unterschätzen Sie die britischen Arbeiter nicht. Sie erkennen Gewäsch, wenn sie es hören. Glauben Sie mir, Kamenews Reden tragen mehr zur Diskreditierung des Bolschewismus bei als alles, was Sie oder ich an Argumenten anführen könnten.«

Fitz hielt das für völligen Blödsinn. »Er hat dem *Daily Herald* sogar Geld gespendet!«

»Ich gestehe Ihnen zu, es ist unhöflich von einer fremden Regierung, eine unserer Zeitungen zu subventionieren – aber haben wir denn wirklich Angst vor dem *Daily Herald?* Schließlich ist es ja nicht so, als hätten wir Liberale und Konservative keine eigenen Blätter.«

»Aber Kamenew setzt sich mit den verbissensten revolutionären Gruppen in diesem Land in Verbindung – Verrückte, die an nichts anderes denken als an die Vernichtung unserer gesamten Lebensweise!«

»Je mehr das britische Volk über den Bolschewismus erfährt, desto weniger wird es ihn mögen. Denken Sie an meine Worte. Der Bolschewismus ist nur aus der Ferne beeindruckend, durch einen undurchdringlichen Nebel betrachtet. Man könnte sogar sagen, der Sowjetstaat ist ein Bollwerk für die britische Gesellschaft, denn er flößt allen Klassen Angst ein vor dem, was geschehen könnte, wenn das derzeitige Gesellschaftsgefüge zum Einsturz gebracht wird.«

»Mir gefällt es einfach nicht.«

»Es kommt noch etwas hinzu«, fuhr Lloyd George fort. »Würden wir die Russen hinauswerfen, müssten wir erklären, woher wir ihre Pläne kennen – und das Eingeständnis, dass wir sie bespitzeln, könnte die Meinung der Arbeiter gegen uns stärker aufstacheln als alle schwülstigen Ansprachen der Bolschewisten zusammengenommen.«

Fitz missfiel es, wenn jemand ihn über politische Realitäten belehrte, und sei es der Premierminister persönlich, und er beharrte auf seiner Meinung, weil er so wütend war. »Aber wir haben es nicht nötig, mit den Bolschewisten Handel zu treiben!«

»Würden wir uns weigern, mit jedem Handel zu treiben, der seine hiesige Botschaft zu Propagandazwecken missbraucht, blieben nicht viele Geschäftspartner übrig. Kommen Sie, Fitz, wir handeln sogar mit Kannibalen auf den Salomon-Inseln!«

Fitz war sich nicht sicher, ob das stimmte – immerhin hatten die Kannibalen der Salomonen nicht viel zu bieten –, aber er erwiderte nichts darauf. »Geht es uns so schlecht, dass wir mit dieser Mörderbande Geschäfte machen müssen?«

»Ich fürchte, so ist es. Ich habe mit vielen guten Geschäftsleuten gesprochen, und sie haben mir wahrhaft Angst eingejagt, was die nächsten anderthalb Jahre angeht. Es kommen keine Aufträge herein. Die Kunden kaufen nicht. Uns könnte die schlimmste Arbeitslosigkeit bevorstehen, die wir je erlebt haben. Die Russen aber möchten kaufen, und sie zahlen in Gold.«

»Ich würde ihr Gold nicht nehmen!«

»Das mag sein, Fitz«, entgegnete Lloyd George. »Aber Sie haben ja auch genug davon.«

Als Billy Williams seine Braut nach Aberowen heimbrachte, feierte die ganze Wellington Row.

Es war ein Samstag im Sommer, und ausnahmsweise fiel kein Regen. Um drei Uhr nachmittags trafen Billy und Mildred mit ihren Töchtern Enid und Lillian ein, Billys neuen Stiefkindern, mittlerweile sieben und acht Jahre alt. Inzwischen waren die Bergleute ausgefahren, hatten ihr wöchentliches Bad genommen und waren in die Sonntagsanzüge gestiegen.

Billys Eltern warteten am Bahnhof. Sie waren älter geworden, wirkten geschrumpft und beherrschten nicht mehr wie früher die Umstehenden durch ihre bloße Präsenz. Dah schüttelte Billy die Hand und sagte: »Ich bin stolz auf dich, Sohn. Du hast ihnen die Stirn geboten, ganz wie ich es dir beigebracht habe.« Billy war froh, auch wenn er sich nicht nur als einer Errungenschaft von vielen im Leben seines Vaters betrachtete.

Billys Eltern kannten Mildred schon von Ethels Hochzeit. Dah schüttelte Mildred die Hand, und Mam gab ihr einen Kuss.

Mildred sagte: »Wie schön, Sie wiederzusehen, Mrs. Williams. Oder soll ich jetzt ›Mam‹ zu dir sagen?«

Etwas Besseres hätte ihr nicht einfallen können, und Mam strahlte. Billy war sicher, dass auch Dah sie mögen würde, wenigstens solange sie sich die vulgäre Sprache verkniff.

Beharrliche Nachfragen von Unterhausabgeordneten, die ihre Informationen von Ethel bekamen, hatten die Regierung gezwungen, einer Anzahl von Soldaten und Seeleuten Strafnachlass zu gewähren, die wegen Meuterei und anderer Vergehen in Russland vor Kriegsgerichte gestellt worden waren. Man hatte Billys Strafe auf ein Jahr gesenkt; nun war er endlich demobilisiert worden und auf freiem Fuß. Nach seiner Entlassung hatte er Mildred so schnell geheiratet, wie es nur ging.

Aberowen kam ihm fremd vor. Großartig verändert hatte der Ort sich nicht, aber Billy empfand ihn irgendwie anders. Aberowen war klein und freudlos, und die Hügel ringsum erschienen ihm wie Mauern, die die Menschen gefangen hielten. Er war sich nicht mehr sicher, ob er hier zu Hause war. Er fühlte sich an den Augenblick erinnert, als er in seinen Vorkriegsanzug gestiegen war und festgestellt hatte, dass er ihm zwar noch passte, dass er sich darin aber nicht mehr wohlfühlte. Billy begriff plötzlich, dass nichts, was hier geschah, die Welt verändern würde.

Sie gingen die Wellington Row hinauf. Die Häuser waren beflaggt mit dem Union Jack, dem walisischen Drachen und der roten Fahne. Auf einem quer über die Straße gespannten Banner stand: WILLKOMMEN ZU HAUSE, BILLY TWICE! Sämtliche Nachbarn waren auf der Straße. An Tischen gab es Bier und Tee, dazu Platten voller Pasteten, Kuchen und Sandwiches. Als die Leute Billy sahen, sangen sie: *»We'll Keep a Welcome in the Hillsides.«*

Billy war zu Tränen gerührt.

Er bekam ein Glas Bier gereicht, während sich eine Gruppe junger Männer bewundernd um Mildred scharte, für die sie in ihrer Londoner Kleidung, mit ihrem Cockneyakzent und dem Hut mit gewaltiger Krempe, die sie selbst mit Seidenblumen eingefasst hatte, eine Art exotisches Wesen war. Selbst wenn Mildred ihr bestes Benehmen an den Tag legte, kam sie nicht umhin, gewagte Formulierungen zu wählen wie: »Das musste ich mir mal von der Brust reden, wenn Sie mir den Ausdruck verzeihen.«

Gramper sah älter aus und konnte kaum gerade stehen, aber geistig war er noch voll auf der Höhe. Er widmete sich sofort Enid und Lillian, zauberte Bonbons aus den Westentaschen und zeigte ihnen, wie man einen Penny verschwinden lässt.

Billy musste mit sämtlichen Hinterbliebenen über seine toten Kameraden sprechen: über Joey Ponti, Prophet Jones, Spotty Llewellyn und die anderen. Endlich traf er Tommy Griffiths wieder, den er zuletzt im russischen Ufa gesehen hatte. Tommys Vater, der Atheist, war ausgezehrt vom Krebs.

Billy würde am Montag wieder einfahren, und sämtliche Bergleute wollten ihm erklären, was sich unter Tage alles geändert hatte, seit er fortgegangen war: neue Strecken, die tiefer in die Flöze getrieben wurden, mehr elektrisches Licht, bessere Sicherheitsmaßnahmen.

Tommy stellte sich auf einen Stuhl und hielt eine Willkommensrede; dann musste Billy darauf antworten. »Der Krieg hat uns alle verändert«, verkündete er. »Ich weiß noch, wie viele gesagt haben, die Reichen sind von Gott auf diese Erde gestellt, um über uns einfache Leute zu bestimmen.« Diese Bemerkung rief ein paar höhnische Lacher hervor. »Viele Männer wurden von dieser Täuschung geheilt, als sie unter dem Befehl von Offizieren aus der Oberschicht kämpfen mussten – Männern, die nicht mal einen Sonntagsschulausflug hätten organisieren können.« Die anderen Veteranen nickten wissend. »Der

Krieg wurde von Männern wie uns gewonnen, einfachen Männern, ungebildet, aber nicht dumm.«

»Aye!«, riefen die Zuhörer, und: »Recht hat er!«

»Wir haben jetzt das Stimmrecht – und unsere Frauen auch, wenn auch nicht alle, wie meine Schwester Eth euch sicher bald erklären wird.« Die Frauen applaudierten bei diesen Worten. »Dies ist unser Land, und wir müssen es in unsere eigenen Hände nehmen, so wie die Bolschewiken in Russland und die Sozialdemokraten in Deutschland es getan haben.« Die Männer jubelten. »Wir haben eine Arbeiterpartei, die Labour-Partei, und wir sind zahlreich genug, um unsere Abgeordneten an die Regierung zu bringen. Bei der letzten Wahl hat Lloyd George uns übertölpelt, aber noch einmal kommt er nicht damit durch.«

Jemand rief: »Niemals!«

»Jetzt wisst ihr, weshalb ich nach Hause gekommen bin. Perceval Jones' Tage als Abgeordneter für Aberowen sind so gut wie gezählt.« Alles jubelte. »Ich möchte uns im Unterhaus von einem Labour-Mann vertreten sehen!« Billy begegnete dem Blick seines Vaters: Dahs Gesicht leuchtete. »Ich danke euch für eure wunderbare Begrüßung!« Billy stieg von dem Stuhl, und die Leute applaudierten begeistert.

»Nette Ansprache, Billy«, sagte Tommy Griffiths. »Aber wer soll dieser Labour-Abgeordnete denn sein?«

»Na hör mal, Tommy-Boy«, erwiderte Billy. »Dreimal darfst du raten.«

Der Philosoph Bertrand Russell besuchte Russland in diesem Jahr und schrieb darüber ein dünnes Bändchen mit dem Titel »Die Praxis und Theorie des Bolschewismus«. In der Familie Leckwith führte die Lektüre dieses Werkes beinahe zur Scheidung.

Russell ging in seinem Buch hart mit den Bolschewiken ins Gericht – zu allem Überfluss aber aus einer linken Perspektive. Anders als die konservativen Kritiker sprach er dem russischen Volk keineswegs das Recht ab, den Zaren zu entthronen, die Ländereien des Adels unter den Bauern zu verteilen und die Fabriken selbst zu leiten. Im Gegenteil, das alles hieß er gut. Russell griff die Bolschewiken nicht wegen falscher Ideale an, sondern weil sie die richtigen Ideale hätten, aber dabei versagten, nach diesen Idealen zu leben. Deshalb konnten seine Schlussfolgerungen nicht ohne Weiteres als rechte Propaganda abgetan werden.

Bernie las das Buch als Erster. Er besaß die Abneigung eines jeden Bibliothekars, irgendetwas in Bücher hineinzuschreiben, doch in diesem Fall machte er eine Ausnahme und verunstaltete die Seiten mit wütenden Kommentaren, unterstrich Sätze und schrieb mit einem Bleistift »Blödsinn!« oder »Ungültiges Argument!« an die Seitenränder.

Ethel las das Buch, während sie auf ihr zweites Kind aufpasste, das nun gut ein Jahr alt war, ein Mädchen namens Mildred, das aber nur »Millie« gerufen wurden. Die ältere Mildred war mit Billy nach Aberowen gezogen und ging bereits mit ihrem ersten gemeinsamen Kind schwanger. Ethel vermisste sie; zugleich war sie froh, die Zimmer im Obergeschoss wieder für sich zu haben. Klein-Millie hatte lockiges Haar und schon jetzt ein kokettes Augenzwinkern, das jeden an Ethel erinnerte.

Ethel gefiel das Buch. Russell war ein geistreicher Schriftsteller. Mit aristokratischer Unbekümmertheit hatte er um ein Interview mit Lenin gebeten und eine Stunde mit dem großen Mann verbracht. Sie hatten Englisch gesprochen. Lenin sagte, sein bester Propagandist sei Lord Northcliffe: Die Gruselgeschichten über Russen, die den Adel ausplünderten, erklärte Lenin, ängstigten vielleicht die Bourgeoisie, aber auf den britischen Arbeiter hätten sie die gegenteilige Wirkung.

Russell legte in seinem Buch jedoch dar, dass die Bolschewiken durch und durch undemokratisch waren. Die Diktatur des Proletariats sei eine *echte* Diktatur, schrieb er, nur dass ihre Diktatoren Intellektuelle aus der Mittelschicht seien, wie Lenin und Trotzki, die Proletarier nur dann gelten ließen, wenn sie die Ansichten der Bolschewiken teilten.

»Ich finde das sehr beunruhigend«, sagte Ethel, als sie das Buch zur Seite legte.

»Bertrand Russell ist Aristokrat!«, erwiderte Bernie wütend. »Er ist ein Earl!«

»Deshalb hat er noch lange nicht unrecht.« Millie hörte auf zu saugen und schlief ein. Ethel strich ihr mit der Fingerspitze über die weiche Wange. »Russell ist Sozialist. Er prangert an, dass die Bolschewiken den Sozialismus nicht verwirklichen.«

»Wie kann er so etwas behaupten? Der Adel wurde beseitigt.«

»Die kritische Presse auch.«

»Eine zeitweilige Notwendigkeit …«

»Zeitweilig? Die russische Revolution steht im vierten Jahr!«

»Man kann kein Omelette backen, ohne Eier aufzuschlagen.«

»Er sagt, es gibt willkürliche Verhaftungen und Hinrichtungen, und die Geheimpolizei ist jetzt mächtiger als zu Zeiten des Zaren.«

»Aber sie wendet sich gegen Konterrevolutionäre, nicht gegen Sozialisten.«

»Sozialismus bedeutet Freiheit, auch für Konterrevolutionäre.«

»Nein, das bedeutet er nicht!«

»Für mich schon!«

Ihre lauten Stimmen weckten Millie. Sie spürte, dass Streit in der Luft lag, und fing an zu weinen.

»Na großartig«, sagte Ethel mürrisch. »Da siehst du, was du angerichtet hast.«

Als Grigori aus dem Bürgerkrieg nach Hause kam, gesellte er sich zu Katherina, Wladimir und Anna in ihre komfortable Wohnung in der Regierungsenklave des alten Kreml. Für Grigoris Geschmack war diese Behausung schon *zu* bequem. Im ganzen Land herrschte nach wie vor Mangel an Nahrung und Brennmaterial, doch in den Geschäften des Kreml gab es reichlich davon. Auf dem Gelände befanden sich drei Restaurants, in denen Köche arbeiteten, die in Frankreich gelernt hatten, und zu Grigoris Entsetzen schlugen die Kellner die Hacken vor den Bolschewiken nun genauso zusammen, wie sie es früher vor den Aristokraten getan hatten. Katherina brachte die Kinder in den Kindergarten, während sie selbst zum Friseur ging. Abends ließen die Mitglieder des Zentralkomitees sich von Chauffeuren in die Oper fahren.

»Ich hoffe, wir werden nicht zum neuen Adel«, sagte er eines Nachts im Bett zu Katherina.

Sie lachte verächtlich. »Wenn das stimmt, wo sind dann meine Brillanten?«

»Aber du weißt schon, dass wir Bankette veranstalten, im Zug erster Klasse fahren und so weiter, oder?«

»Die Aristokraten haben nie etwas Nützliches getan. Ihr aber arbeitet zwölf, fünfzehn, sogar achtzehn Stunden am Tag. Da kann man wohl kaum von euch verlangen, Holzspäne sammeln zu gehen, um heizen zu können.«

»Die Herrschenden finden immer einen Vorwand, ihre Privilegien zu rechtfertigen.«

»Komm her«, sagte Katherina. »Ich gebe dir ein Privileg.«

Nachdem sie sich geliebt hatten, lag Grigori noch lange wach. Trotz seiner Vorbehalte empfand er insgeheim eine tiefe Zufriedenheit, dass es seiner Familie so gut ging. Katherina hatte an Gewicht zugelegt. Als er sie kennengelernt hatte, war sie ein dralles Bauernmädchen von einundzwanzig Jahren gewesen; nun war sie eine sechsundzwanzigjährige, füllige Mutter. Wladimir war fünf und lernte Lesen und Schreiben in einer Schule, gemeinsam mit den anderen Kindern der neuen Herrscher Russlands. Anna, die alle nur »Anja« riefen, war ein frecher dreijähriger Lockenkopf. Ihre Wohnung hatte einst einer Hofdame der Zariza gehört. Sie war warm, trocken und geräumig. Es gab sogar ein eigenes Zimmer für die Kinder, eine separate Küche und ein Wohnzimmer – genug Platz für zwanzig Leute in Grigoris altem Haus in Petrograd. Vor dem Kamin lag ein Teppich, und an den Fenstern hingen Vorhänge. Sie tranken ihren Tee aus Porzellantassen, und über dem Kamin hing ein Ölgemälde des Baikalsees.

Schließlich schlief Grigori ein, doch um sechs Uhr morgens wurde er von lautem Hämmern an der Tür geweckt. Er öffnete. Draußen stand eine klapperdürre Frau, die ihm irgendwie bekannt vorkam. »Es tut mir leid, dass ich Sie so früh störe, Euer Exzellenz«, sagte sie.

Mit einem Mal wusste Grigori, wen er vor sich hatte. Es war Konstantins Frau. »Magda!«, rief er erstaunt. »Du siehst so anders aus … Komm rein! Was ist los? Lebt ihr jetzt in Moskau?«

»Ja, wir sind hierher gezogen, Euer Exzellenz.«

»Nenn mich nicht so, um Himmels willen. Wo ist Konstantin?«

»Im Gefängnis.«

»Warum?«

»Als Konterrevolutionär.«

»Unmöglich!«, sagte Grigori. »Das muss ein schrecklicher Irrtum sein.«

»Ja, Herr.«

»Wer hat ihn verhaftet?«

»Die Tscheka.«

»Die Geheimpolizei? Nun, die arbeiten für uns. Ich werde mich nach dem Frühstück sofort darum kümmern.«

»Bitte, Euer Exzellenz, ich flehe Sie an: Tun Sie jetzt etwas. Sie werden Konstantin in einer Stunde erschießen.«

»Verdammt!«, stieß Grigori hervor. »Warte hier. Ich ziehe mich rasch an.«

Grigori schlüpfte in seine Uniform. Obwohl sie keine Rangabzeichen hatte, war sie von weit besserer Qualität als die eines einfachen Soldaten und wies ihn somit als Offizier aus.

Ein paar Minuten später verließen Grigori und Magda das Gelände des Kreml. Es schneite. Sie gingen das kurze Stück zum Lubjanka-Platz. Das Hauptquartier der Tscheka, der ehemalige Sitz einer Versicherungsgesellschaft, war ein riesiges Gebäude im Stil der Neorenaissance aus gelben Ziegeln. Die Wache am Tor salutierte vor Grigori.

Grigori begann zu toben, kaum dass er das Gebäude betreten hatte. »Wer hat hier das Sagen? Schafft mir sofort den diensthabenden Offizier her! Ich bin Genosse Grigori Peschkow, Mitglied des bolschewistischen Zentralkomitees. Ich will sofort den Gefangenen Konstantin Worozyntsow sehen. Worauf wartet ihr? Macht voran!« Er hatte herausgefunden, dass herrisches Auftreten die beste Methode war, wenn man etwas schnell erledigt haben wollte, auch wenn es ihn an das Benehmen eines verwöhnten Edelmannes erinnerte.

Ein paar Minuten lang liefen die Wachen in panischer Hast umher; dann trat der diensthabende Offizier zu ihm. Der Anblick des Mannes war ein Schock für Grigori. Es war Michail Pinsky.

Grigori war entsetzt. Pinsky war einer der schlimmsten Schläger der zaristischen Polizei gewesen. Erfüllte er jetzt die gleiche Aufgabe für die Revolutionäre?

Pinsky grinste ihn schmierig an. »Genosse Peschkow«, sagte er. »Welche Ehre.«

»Das hast du damals nicht gesagt, als ich dir eins verpasst habe, weil du ein Bauernmädchen begrapscht hast«, sagte Grigori.

»Ja, die Dinge haben sich sehr verändert, Genosse. Für uns alle.«

»Warum habt ihr Konstantin Worozyntsow festgenommen?«

»Wegen konterrevolutionärer Aktivitäten.«

»Das ist lächerlich. Er war Vorsitzender der bolschewistischen

Diskussionsgruppe in den Putilow-Werken und gehörte zu den ersten Deputierten des Petrograder Sowjets. Er ist mehr Bolschewik als ich.«

»Ach ja?«, erwiderte Pinsky mit drohendem Unterton.

Grigori ignorierte ihn. »Bring ihn zu mir.«

»Sofort, Genosse.«

Ein paar Minuten später wurde Konstantin gebracht. Er war schmutzig und unrasiert, und er roch wie ein Schweinestall. Magda brach in Tränen aus und schlang die Arme um ihn.

»Ich muss unter vier Augen mit dem Gefangenen sprechen«, sagte Grigori zu Pinsky. »Bring uns in dein Büro.«

Pinsky schüttelte den Kopf. »Mein bescheidenes Büro …«

»Keine Diskussion«, unterbrach ihn Grigori. »Dein Büro.« So betonte er seine Macht. Er musste Pinsky unter Druck setzen.

Pinsky führte sie zu einem Raum im ersten Stock, der einen Blick auf den Innenhof gewährte. Rasch ließ er den Schlagring auf dem Tisch in einer Schublade verschwinden.

Grigori schaute aus dem Fenster und sah, dass die Sonne aufging. »Warte draußen«, sagte er zu Pinsky.

Nachdem Pinsky gegangen war, setzten sie sich. Grigori blickte Konstantin an. »Was ist hier los?«, fragte er.

»Als die Regierung nach Moskau gezogen ist, sind wir ebenfalls umgezogen«, erklärte Konstantin. »Ich dachte, ich würde Kommissar, aber ich hatte mich geirrt. Ich hatte hier keine politische Unterstützung.«

»Was hast du dann gemacht?«

»Ich habe mir eine normale Arbeit besorgt, in einer Fabrik für Motorteile und Kugellager.«

»Aber warum hält die Polizei dich für einen Konterrevolutionär?«

»Die Fabrik wählt einen Deputierten für den Moskauer Stadtsowjet. Einer der Ingenieure hat für die Menschewiken kandidiert. Er hat eine Versammlung abgehalten, und ich bin hingegangen, um es mir anzuhören. Es waren nur zwölf Leute da. Ich habe kein Wort gesagt, bin nach der Hälfte gegangen und habe ihn nicht gewählt. Natürlich hat der bolschewistische Kandidat gewonnen. Doch nach der Wahl sind alle gefeuert worden, die auf der Versammlung der Menschewiken gewesen sind. Dann, letzte Woche, hat man uns alle verhaftet.«

»So etwas dürfen wir nicht tun!«, sagte Grigori verzweifelt. »Nicht einmal im Namen der Revolution. Wir können Arbeiter nicht verhaften, nur weil sie sich andere Ansichten anhören.«

Konstantin musterte ihn seltsam. »Warst du fort?«

»Ja«, antwortete Grigori. »Ich habe gegen die konterrevolutionären Armeen gekämpft.«

»Deshalb weißt du also nicht, was los ist.«

»Willst du damit sagen, das ist auch früher schon passiert?«

»Grischka, das passiert jeden Tag.«

»Das kann ich nicht glauben.«

Magda sagte: »Und gestern Nacht habe ich eine Nachricht bekommen – von einer Freundin, die mit einem Polizisten verheiratet ist. Sie hat mir mitgeteilt, dass Konstantin und die anderen heute Morgen um acht Uhr erschossen werden sollen.«

Grigori blickte auf seine Armeearmbanduhr. Es war fast acht. »Pinsky!«, brüllte er.

Der Polizist kam herein.

»Sag die Hinrichtung ab.«

»Ich fürchte, dafür ist es zu spät, Genosse.«

»Willst du damit sagen, sie sind schon erschossen worden?«

»Noch nicht ganz.« Pinsky ging zum Fenster.

Grigori folgte ihm, dann auch Konstantin und Magda.

Unten, auf dem verschneiten Hof, war ein Erschießungskommando angetreten. Den Soldaten gegenüber zitterten ein Dutzend Männer in dünnen Kleidern und mit verbundenen Augen. Eine rote Flagge wehte über ihren Köpfen.

Während Grigori zusah, hoben die Soldaten ihre Gewehre.

Grigori brüllte: »Aufhören! Nicht schießen!« Doch seine Stimme wurde durch das geschlossene Fenster gedämpft, und niemand hörte ihn.

Einen Augenblick später krachten die Schüsse.

Die Verurteilten stürzten zu Boden. Grigori starrte entsetzt in den Hof hinunter.

Um die Leichen der Gefallenen herum sickerte Blut in den Schnee, so leuchtend rot wie die Fahne, die über ihren Köpfen wehte.

KAPITEL 41

11. und 12. November 1923

Maud schlief tagsüber und stand am späten Sonntagnachmittag auf, als Walter mit den Kindern von einem Spaziergang nach Hause kam. Erich war drei und Heike war zwei, und sie sahen in ihren besten Kleidern so niedlich aus, dass Maud glaubte, ihr Herz würde überquellen vor Mutterliebe.

Ein solches Gefühl hatte sie früher nie gekannt. Selbst ihre wilde Leidenschaft für Walter war nicht so überwältigend gewesen. Zugleich bereiteten die Kinder ihr schreckliche Sorgen. Könnte sie sie ernähren und warm halten und vor Aufstand und Revolution schützen?

Sie gab ihnen Milchsuppe mit Brotkrumen; dann bereitete sie den Abend vor. Sie und Walter richteten eine kleine Familienfeier aus, um den achtunddreißigsten Geburtstag von Walters Cousin Robert zu feiern.

Robert war nicht im Krieg gefallen, sondern in einem sibirischen Kriegsgefangenenlager festgehalten worden. Als die Bolschewisten mit Österreich Frieden schlossen, waren Robert und ein Kriegskamerad namens Jörg freigelassen worden und durften zusehen, wie sie in die Heimat kamen – zu Fuß, auf Fuhrwerken und auf Güterzügen. Ein Jahr lang waren sie unterwegs gewesen, aber sie hatten es geschafft. Nach ihrer Heimkehr hatte Walter ihnen eine Wohnung in Berlin vermittelt.

Maud band sich die Schürze um. In der winzigen Küche ihres kleinen Hauses kochte sie Suppe aus Kohl, altbackenem Brot und Rüben. Sie buk auch einen kleinen Kuchen, aber die Zutaten musste sie ebenfalls mit Rüben strecken.

Sie hatte das Kochen gelernt und noch viele andere Dinge. Eine freundliche ältere Nachbarin hatte sich der verarmten Adligen angenommen und ihr gezeigt, wie man Betten machte, Hemden bügelte und die Badewanne schrubbte. Für Maud war das alles ein kleiner Schock gewesen.

Sie wohnten in einem typischen Haus der Mittelschicht. Sie hatten kein Geld hineinstecken können, und sie konnten sich auch nicht die Dienstboten leisten, an die Maud stets gewöhnt gewesen war. Viele ihrer Möbel waren aus zweiter Hand, und Maud fand sie insgeheim schrecklich spießig.

Sie hatten auf bessere Zeiten gehofft, doch es war alles nur schlimmer geworden: Walters Karriere im Auswärtigen Amt war durch seine Ehe mit einer Engländerin in eine Sackgasse geraten; er hätte sich etwas anderes gesucht, doch in dieser schweren Wirtschaftskrise konnte er froh sein, überhaupt eine Anstellung zu haben. Maud erschien ihre anfängliche Unzufriedenheit nach vier Jahren, die sie nun in Deutschland verbracht hatte, dumm und engstirnig. Die Polster waren geflickt, wo die Kinder sie zerrissen hatten, zerbrochene Fensterscheiben waren mit Pappe provisorisch geflickt, und an vielen Stellen blätterte die Farbe ab.

Doch Maud bereute nichts. Sie konnte Walter küssen, wann immer sie wollte, ihm die Zunge in den Mund schieben, seine Hose aufknöpfen und sich von ihm auf dem Bett, auf der Couch oder sogar auf dem Fußboden lieben lassen, und das entschädigte sie für alles.

Als Walters Eltern kamen, brachten sie einen halben Schinken und zwei Flaschen Wein mit. Otto von Ulrich hatte das Familiengut Zumwald verloren; es lag jetzt nicht mehr auf deutschem Gebiet, sondern in Polen. Seine Ersparnisse waren von der Inflation vernichtet worden. Doch im großen Garten seines Berliner Hauses baute er Kartoffeln an, und aus der Zeit vor dem Krieg besaß er noch immer einen gewaltigen Vorrat an Wein.

»Woher hast du den Schinken?«, fragte Walter ungläubig. Solche Leckerbissen waren normalerweise nur gegen harte amerikanische Dollar zu bekommen.

»Ich habe ihn gegen eine Flasche alten Champagner getauscht«, antwortete Otto.

Die Großeltern brachten die Kinder ins Bett. Ihr Opa erzählte ihnen ein Märchen. Soweit Maud es mitbekam, ging es um eine grausame Königin, die ihren Bruder enthaupten ließ. Ihr schauderte, aber sie mischte sich nicht ein. Danach sang Susanne von Ulrich mit quäkender Stimme ein Wiegenlied, und die Kinder schliefen sanft ein, von der blutdürstigen Geschichte ihres Großvaters offenbar gänzlich unbeeindruckt.

Robert und Jörg kamen. Beide trugen die gleiche rote Krawatte. Otto von Ulrich begrüßte sie freundlich. Er schien nicht zu ahnen, wie ihre Beziehung aussah; offenbar glaubte er, dass Jörg und Robert sich bloß eine Wohnung teilten. Genau das gaben die beiden Männer auch vor, wenn sie es mit älteren Leuten zu tun hatten. Maud hatte den Verdacht, dass ihre Schwiegermutter die Wahrheit vielleicht ahnte. Frauen ließen sich nicht so leicht täuschen. Zum Glück waren sie obendrein toleranter.

In aufgeschlossener Gesellschaft verhielten Robert und Jörg sich völlig anders. Auf Partys in ihrer Wohnung machten sie kein Geheimnis um ihre Liebe. Viele ihrer Freunde waren genauso veranlagt wie sie. Zuerst war Maud erstaunt gewesen: Sie hatte nie erlebt, wie Männer einander küssten, sich Komplimente über ihre Kleidung machten und wie Schulmädchen flirteten. Doch solches Benehmen war nicht mehr tabu, zumindest nicht in Berlin. Und Maud hatte Prousts »Sodom und Gomorrha« gelesen, dem zu entnehmen war, dass es so etwas immer schon gegeben hatte.

Heute Abend jedoch führten Robert und Jörg sich tadellos auf. Beim Abendessen sprachen alle darüber, was in Bayern geschehen war. Am Donnerstag, dem 8. November, hatte der »Deutsche Kampfbund«, eine Vereinigung paramilitärischer Gruppen, Freikorps und Wehrverbände, in einem Münchener Bierkeller die »nationale Revolution« ausgerufen.

Maud konnte die Neuigkeiten in letzter Zeit kaum noch ertragen: Männer legten die Arbeit nieder, und rechte Schlägertrupps verprügelten die Streikenden. Hausfrauen gingen auf Kundgebungen gegen die Versorgungsknappheit, und die Protestmärsche arteten regelmäßig in Hungeraufstände aus. Jeder in Deutschland war gegen den Versailler Vertrag, und doch hatte die sozialdemokratische Regierung ihn bedingungslos akzeptiert. Die Menschen glaubten, die Reparationen richteten die Wirtschaft zugrunde; tatsächlich aber hatte Deutschland nur einen Bruchteil seiner Schulden bezahlt und machte keine Anstalten, den Rest zu begleichen.

Der Münchener Putsch im Bürgerbräukeller erregte die Gemüter. Der Kriegsheld Erich Ludendorff war der bekannteste Unterstützer. Sogenannte Sturmtruppen in braunen Hemden sowie Freischärler hatten wichtige Gebäude in ihre Hand gebracht. Stadträte waren als Geiseln genommen und prominente Juden verhaftet worden.

Am Freitag erfolgte der Gegenschlag der bayerischen Regierung. Vier Polizisten und sechzehn Möchtegern-Putschisten waren getötet worden. Maud konnte sich nach den Informationen, die Berlin bisher erreicht hatten, kein Urteil bilden, ob der Aufstand niedergeschlagen war oder nicht. Wenn in Bayern die Extremisten die Macht übernahmen, schloss sich ihnen dann das ganze Land an?

Walter machte der Putsch wütend. »Wir haben eine demokratisch gewählte Regierung«, sagte er. »Wieso können diese Leute sie nicht einfach ihre Arbeit machen lassen?«

»Unsere Regierung hat uns verraten«, erwiderte sein Vater.

»Deiner Meinung nach. Na und? In Amerika haben die Republikaner die letzte Wahl gewonnen, und die Demokraten haben trotzdem nicht geputscht.«

»Amerika wird auch nicht von den Bolschewisten und Juden zersetzt.«

»Wenn du dir Sorgen wegen der Bolschewisten machst, dann sag den Leuten, sie sollen sie nicht wählen. Und was soll das immer mit den Beschimpfungen der Juden?«

»Sie haben einen verderblichen Einfluss auf die Volksgemeinschaft.«

»In England gibt es auch Juden, Vater. Erinnerst du dich nicht mehr, wie Lord Rothschild in London sein Bestes getan hat, um den Krieg zu verhindern? Juden gibt es in Frankreich, in Russland und in Amerika. Sie verschwören sich nicht gegen ihre Staaten. Und was bringt dich auf den verrückten Gedanken, dass sie besonders boshaft sind? Die meisten wollen nur ihre Familien ernähren und ihre Kinder auf die Schule schicken können, so wie alle anderen.«

Robert überraschte Maud, indem er das Wort ergriff. »Ich muss Onkel Otto beipflichten«, sagte er. »Demokratie macht schwach. Deutschland braucht eine starke Führung. Die Nationalsozialistische Deutsche Arbeiterpartei ist die einzige politische Kraft, die das Land nach vorn bringen kann.«

»Wie kannst du nur so etwas Dummes sagen, Robert?«, rief Walter aufgebracht.

Maud erhob sich. »Wie wäre es jetzt mit einem Stück Geburtstagskuchen?«, fragte sie fröhlich.

Um neun Uhr verließ Maud die Party, um zur Arbeit zu gehen. »Wo ist denn deine Tracht?«, fragte ihre Schwiegermutter, als Maud sich verabschiedete. Sie glaubte, Maud wäre Nachtschwester bei einem reichen alten Herrn.

»Ich lasse sie immer dort und ziehe mich um, wenn ich angekommen bin«, erwiderte Maud. Tatsächlich spielte sie in einem Nachtclub namens »Nachtleben« Klavier. In einer Hinsicht allerdings sagte sie die Wahrheit: Ihre »Tracht« bewahrte sie tatsächlich am Arbeitsplatz auf.

Sie musste Geld hinzuverdienen, und sie hatte nie etwas anderes gelernt, als sich schick zu kleiden und auf Partys zu gehen. Ihr Vater hatte ihr ein kleines Erbe hinterlassen, das sie dummerweise in Mark umgetauscht hatte, als sie nach Deutschland gegangen war. Heute war es wertlos. Fitz weigerte sich, ihr Geld zu geben; er war noch immer verärgert, dass sie ohne seine Einwilligung geheiratet hatte. Walters Gehalt im Auswärtigen Amt wurde zwar jeden Monat erhöht, doch die Erhöhung hielt niemals Schritt mit der Inflation. Zum Ausgleich war die Miete, die sie für ihr Haus zu zahlen hatten, nicht mehr der Rede wert, und der Hauswirt machte sich gar nicht erst die Mühe, sie abzuholen. Aber Nahrungsmittel kaufen mussten sie trotzdem.

Maud kam um halb zehn in den Club. Das Nachtlokal war neu eingerichtet und dekoriert und sah selbst dann noch schick aus, wenn das Licht brannte. Die Kellner polierten Gläser, der Barkeeper hackte Eis, und ein Blinder stimmte das Klavier. Maud zog ein tief ausgeschnittenes Abendkleid an, behängte sich mit falschem Schmuck und schminkte ihr Gesicht dick mit Puder, Lidschatten und Lippenstift. Als um zweiundzwanzig Uhr geöffnet wurde, saß sie am Klavier.

Rasch füllte der Club sich mit Männern und Frauen in Abendgarderobe, die tanzten und rauchten. Sie bestellten Champagnercocktails und schnupften diskret Kokain. Armut und Inflation zum Trotz gab es in Berlin ein reges Nachtleben, und die Gäste, die in den Club kamen, kannten keine finanziellen Probleme. Entweder besaßen sie Einkommen aus dem Ausland, oder sie hatten etwas Besseres als Geld: Kohlevorräte, ein Schlachthaus, ein Tabaklager oder das Beste von allem: Gold.

Maud gehörte einer Frauenband an, die die neue Musik namens Jazz spielte. Fitz wäre entsetzt gewesen, sie so zu sehen, aber sie mochte ihren Job. Von jeher hatte sie gegen die Regeln ihrer Erziehung rebelliert. Jeden Abend die gleichen Melodien zu spielen konnte zwar ermüdend sein; dennoch setzte Maud irgendetwas dabei frei, das in ihr unterdrückt gewesen war. Sie wand sich verführerisch auf dem Klavierhocker und klimperte vor den Gästen mit den Wimpern.

Gegen Mitternacht hatte sie einen Soloauftritt, bei dem sie Lieder vortrug, die schwarze Sängerinnen wie Alberta Hunter populär gemacht hatten. Maud lernte die Songs von amerikanischen Schallplatten, die sie auf dem Grammofon abspielte, das dem Besitzer des »Nachtleben« gehörte. Sie wurde als »Mississippi Maud« angekündigt.

Zwischen den Liedern kam ein Gast ans Klavier und bat: »Würden Sie bitte ›*Downhearted Blues*‹ spielen?«

Maud kannte das Lied, ein großer Hit von Bessie Smith. Sie begann, Bluesakkorde in e-Moll zu spielen. »Vielleicht«, entgegnete sie dem Gast. »Was ist es Ihnen wert?«

Er hielt ihr einen Einmilliardemarkschein hin.

Maud lachte. »Dafür gibt's nicht mal den ersten Takt«, sagte sie. »Haben Sie kein ausländisches Geld?«

Er reichte ihr eine Dollarnote.

Sie nahm den Schein, stopfte ihn sich in den Ärmel und spielte »*Downhearted Blues*«.

Maud war überglücklich, den Dollar ergattert zu haben, der ungefähr eine Billion Mark wert war. Dennoch fühlte sie sich ein wenig niedergeschlagen, und der melancholische Blues verstärkte ihre gedrückte Stimmung. Für eine Frau ihrer Herkunft war es durchaus eine Leistung, gelernt zu haben, wie man aus den Gästen eines Nachtclubs ein Trinkgeld herauskitzelte, aber sie empfand es dennoch als entwürdigend.

Nach ihrem Solo sprach der gleiche Gast sie auf dem Weg zu ihrer Garderobe an. Er legte die Hand auf ihre Hüfte und fragte: »Möchtest du gerne mit mir frühstücken, Süße?«

Maud wurde in den meisten Nächten betatscht, obwohl sie mit dreiunddreißig zu den älteren Frauen im Club gehörte; die meisten waren erst neunzehn oder zwanzig. Wenn so etwas geschah, war es den Angestellten verboten, irgendwelches Aufsehen zu veranstalten. Sie sollten süß lächeln, die Hand des Mannes sanft wegschieben und sagen: »Nicht heute, mein Herr.« Das allerdings war nicht immer hinreichend entmutigend, und so hatten die anderen Mädchen Maud eine wirksamere Antwort beigebracht. »Ick hab da so kleene Viecher im Mösenhaar«, berlinerte sie. »Meinste, ick muss mir jetzt Sorgen machen?« Der Mann verschwand

Nach vier Jahren sprach Maud akzentfrei Deutsch, und bei der Arbeit im Nachtclub lernte man rasch das vulgäre Vokabular.

Um vier Uhr morgens schloss das Nachtleben. Maud schminkte sich ab und wechselte in ihre Straßenkleidung. Dann ging sie in die Küche und bettelte um ein paar Kaffeebohnen. Ein Koch, der sie gut leiden konnte, wickelte ihr eine Handvoll Bohnen in ein Stück Papier ein.

Die Musikerinnen wurden jeden Tag in bar bezahlt. Alle Mädchen brachten große Taschen mit, damit sie die Banknotenbündel transportieren konnten.

Auf dem Weg hinaus nahm Maud eine Zeitung mit, die ein Gast liegen gelassen hatte. Walter würde sie gerne lesen. Eine Zeitung zu kaufen konnten sie sich nicht leisten.

Maud verließ den Nachtclub und ging unverzüglich zur Bäckerei. Bargeld lange zu behalten war gefährlich: Bis zum Abend bekam man vielleicht nicht einmal mehr einen Laib Brot dafür. Mehrere Frauen warteten bereits vor dem Geschäft in der Kälte. Um halb fünf öffnete der Bäcker die Tür und schrieb seine Preise mit Kreide auf eine Tafel. Heute kostete ein Brot 127 Milliarden Mark.

Maud kaufte vier Laibe. Sie konnten heute nicht alles aufessen, aber das spielte keine Rolle. Mit altbackenem Brot konnte man Suppe andicken; mit Banknoten nicht.

Um sechs kam sie nach Hause. Später würde sie die Kinder zu den Großeltern bringen, damit sie schlafen konnte. Jetzt hatte sie eine Stunde mit Walter. Das war die schönste Zeit des Tages.

Sie machte Frühstück und brachte es auf einem Tablett ins Schlafzimmer. »Schau«, sagte sie. »Frisches Brot, Kaffee und … ein Dollar!«

»Gut gemacht!« Er küsste sie. »Was sollen wir uns kaufen?« Er schauderte in seinem Schlafanzug. »Wir könnten Kohle brauchen.«

»Nur keine Eile. Wir können den Dollar erst mal behalten, wenn du einverstanden bist. Nächste Woche ist er noch genauso viel wert wie heute. Wenn dir kalt ist, kann ich dich wärmen.«

Er grinste. »Na, dann komm.«

Sie zog sich aus und ging ins Bett.

Sie aßen Brot, tranken Kaffee und liebten sich. Sex war noch immer aufregend, auch wenn sie sich dabei nicht mehr so viel Zeit lassen konnten wie in ihren ersten gemeinsamen Monaten.

Hinterher las Walter die mitgebrachte Zeitung. »Mit der nationalen Revolution in München ist es vorbei«, sagte er.

»Endgültig?«

Walter zuckte mit den Schultern. »Man hat den Anführer festgenommen, Adolf Hitler.«

»Den Vorsitzenden dieser Partei, von der Robert so begeistert ist?«

»Genau. Hitler wird jetzt wegen Hochverrats angeklagt. Er sitzt hinter Gittern.«

»Gut«, sagte Maud erleichtert. »Gott sei Dank ist das vorbei.«

KAPITEL 42

Dezember 1923 bis Januar 1924

Am Tag vor der Parlamentswahl stieg Earl Fitzherbert um drei Uhr nachmittags vor dem Rathaus von Aberowen auf ein Podium. Er trug einen Gesellschaftsanzug und Zylinder. Die Konservativen in der ersten Reihe brachen in Jubel aus, doch der größte Teil der Menge buhte. Ein Bergarbeiter warf eine zusammengeknüllte Zeitung nach dem Earl, doch Billy sagte: »Jetzt nicht, Jungs, lasst ihn reden.«

Tief hängende Wolken verdunkelten den Winternachmittag, und die Straßenlaternen brannten bereits. Es regnete; dennoch stand eine große Menschenmenge vor dem Podium: zwei- oder dreihundert Personen, vor allem Bergleute mit ihren Mützen, dazu ein paar Melonenträger in der ersten Reihe und hier und da Frauen unter Regenschirmen. An den Rändern der Menge spielten Kinder auf den nassen Pflastersteinen.

Fitz machte Wahlkampf für den amtierenden Abgeordneten, Perceval Jones. Er begann seine Rede, indem er über Zölle sprach. Das passte Billy sehr gut. Über Zölle konnte Fitz den ganzen Tag reden, ohne dass er damit die Herzen der Bürger von Aberowen erreichte. Auf dem Papier waren die Zölle *das* große Thema der Wahl: Die Konservativen schlugen vor, die Arbeitslosigkeit zu bekämpfen, indem man die Abgaben auf Importe erhöhte, um die britischen Unternehmen zu schützen. Damit hatten sie die Liberalen in der Opposition vereint gegen sich, denn freier Handel war der zentrale Punkt liberaler Ideologie. Labour stimmte zu, dass Protektion nicht die Antwort sei, und schlug ein nationales Arbeitsprogramm vor, um die Erwerbslosen zu beschäftigen, gekoppelt mit einer Verlängerung der Schulpflicht, die verhindern sollte, dass immer mehr junge Männer auf den überfüllten Arbeitsmarkt drängten.

Doch die eigentliche Frage war, wer die Regierung übernehmen sollte.

»Um die Beschäftigung in der Landwirtschaft anzukurbeln, gewährt die konservative Regierung jedem Bauern einen Zuschuss von einem Pfund pro Acre – vorausgesetzt, er zahlt seinen Landarbeitern mindestens dreißig Shilling die Woche«, sagte Fitz.

Billy schüttelte belustigt und verärgert zugleich den Kopf. Warum sollte man den Bauern Geld geben? Sie verhungerten nicht. Erwerbslose Fabrikarbeiter allerdings schon.

Dah, der neben Billy saß, sagte: »Mit dem Gerede gewinnt er in Aberowen keine Stimmen.«

Billy war der gleichen Ansicht. Den Wahlkreis hatten früher die Bauern der Gegend beherrscht, aber diese Zeiten waren längst vorbei. Heute, wo die Arbeiterklasse wählen durfte, überstimmten die Bergleute die Bauern bei Weitem. In der verworrenen Wahl von 1922 hatte Perceval Jones sein Mandat behalten, aber nur um ein paar Stimmen. Dieses Mal würde er doch wohl den Kürzeren ziehen?

Fitz redete sich in Rage. »Wenn Sie Labour wählen, stimmen Sie für einen Mann mit einer fragwürdigen Militärdienstakte«, rief er. Den Zuhörern gefiel die Bemerkung wenig: Sie kannten Billys Geschichte und betrachteten ihn als Helden. Mürrisches Gemurmel erhob sich. Dah brüllte: »Sie sollten sich was schämen!«

Fitz achtete nicht darauf. »Einen Mann, der seine Waffengefährten und Offiziere verraten hat, einen Mann, der wegen Verrats vor das Kriegsgericht kam und ins Gefängnis geschickt wurde. Ich sage Ihnen: Bringen Sie keine Schande über Aberowen, indem Sie so jemanden ins Parlament wählen.«

Fitz setzte sich, begleitet von Applaus, vermischt mit Buhrufen. Billy starrte ihn an, doch Fitz wich seinem Blick aus.

Nun stieg Billy auf das Podium. »Ihr erwartet jetzt wahrscheinlich von mir, dass ich Lord Fitzherbert so beleidige, wie er mich beleidigt hat«, begann er seine Rede.

In der Menge rief Tommy Griffiths: »Mach ihm die Hölle heiß, Billy!«

»Aber wir sind hier nicht bei einer Schlägerei am Füllort«, sagte Billy. »Diese Wahl ist viel zu wichtig, um sie mit billigem Spott zu entscheiden.«

Die Menge wurde ruhig. Billy wusste, dass seine Sachlichkeit bei den Leuten nicht besonders ankommen würde; Spott und Kraftausdrücke lagen eher auf ihrer Linie. Er sah aber auch, dass sein Vater zustimmend nickte. Dah begriff, was sein Sohn vorhatte. Natürlich begriff er es. Er hatte es Billy beigebracht.

»Der Earl hat Mut bewiesen, indem er hierhergekommen ist und seine Ansichten vor euch Bergarbeitern vertreten hat«, fuhr Billy fort. »Er irrt sich vielleicht – nein, er irrt sich ganz bestimmt –, aber ein Feigling ist er nicht. Im Krieg war er genauso. Viele unserer Offiziere waren so. Sie waren tapfer, aber im Irrtum. Sie hatten die falsche Strategie und Taktik, sie waren miserabel informiert, und ihr Denken war überholt. Aber sie konnten ihr Denken nicht ändern, ehe Millionen Männer gefallen waren.«

Das Publikum war still geworden. Die Leute hörten gespannt zu. Billy schaute zu Mildred, die ihn stolz anblickte, in jedem Arm ein Kleinkind – Billys zwei Söhne David und Keir, ein und zwei Jahre alt. Mildred interessierte sich nicht besonders für Politik, wollte aber, dass Billy Abgeordneter wurde, damit sie zurück nach London zogen, sodass sie ihr Geschäft wiedereröffnen konnte.

»Im Krieg ist kein Mann aus der Arbeiterklasse je in den Rang eines Offiziers befördert worden. Die Privatschulabsolventen aber sind ohne Ausnahme als Second Lieutenants in die Army eingetreten. Das Leben jedes Veteranen, der heute hier ist, wurde von halbgescheiten Offizieren sinnlos aufs Spiel gesetzt, aber vielen von uns hat irgendein kluger Sergeant das Leben gerettet.«

Lautes, zustimmendes Gemurmel erhob sich.

»Ich bin hier, um euch zu sagen, dass diese Zeiten vorüber sind. In der Army und in anderen Bereichen des Lebens sollten Männer wegen ihres Verstandes befördert werden, nicht wegen ihrer Herkunft.« Billy hob die Stimme, und nun hörte er das leidenschaftliche Beben darin, das er von seinem Vater kannte, wenn er predigte. »In dieser Wahl geht es um die Zukunft, um die Frage, in was für einem Land unsere Kinder aufwachsen sollen. Wir müssen dafür sorgen, dass es ein anderes Land wird als das, in dem wir großgeworden sind. Die Labour-Partei ruft nicht zur Revolution auf – wir kennen das Beispiel anderer Länder und wissen, dass Revolutionen nichts bringen. Aber wir wollen einen Wechsel – einen ernsthaften Wechsel, einen grundlegenden Wechsel, einen radikalen Wechsel!«

Billy hielt inne; dann hob er erneut die Stimme. »Nein, ich beleidige Lord Fitzherbert oder Mr. Perceval Jones nicht«, sagte er und wies auf die beiden Zylinder in der vordersten Reihe. »Ich sage nur zu ihnen: Meine Herren, Ihre Zeit ist abgelaufen.« Tosender Jubel brandete auf. Billy blickte über die vorderste Reihe in die Menge der Bergleute – kräftige, tapfere Männer, die nicht mit einem silbernen Löffel im Mund geboren worden waren und dennoch für sich und ihre Familien ein Auskommen geschaffen hatten. »Wir, die Arbeiter«, rief er, »sind die Zukunft!«

Er stieg vom Podium.

Bei der Wahl konnte Billy einen erdrutschartigen Sieg verbuchen.

Ethel ebenfalls.

Die Konservativen bildeten die größte Fraktion des neuen Parlaments, aber ihnen fehlte die absolute Mehrheit. Labour kam mit 191 Abgeordneten an zweiter Stelle. Unter ihnen waren Ethel Leckwith von Aldgate und Billy Williams von Aberowen. Die Liberalen lagen an dritter Stelle. Die schottischen Prohibitionisten erlangten einen Sitz. Die Kommunistische Partei errang keinen einzigen.

Als das neue Parlament zusammentrat, bildeten Abgeordnete der Labour-Partei und der Liberalen eine Koalition, um die konservative Regierung abzuwählen. König George V. sah sich gezwungen, den Vorsitzenden der Labour-Partei, Ramsay MacDonald, zu bitten, sein Premierminister zu werden. Zum ersten Mal in seiner Geschichte bekam Großbritannien eine Labour-geführte Regierung.

Ethel war seit jenem Tag im Jahre 1916, als sie wegen ihrer Zwischenrufe bei Lloyd Georges Rede hinausgeworfen worden war, nicht mehr in Westminster Palace gewesen. Nun saß sie in einem neuen Kostüm und mit neuem Hut auf der grünen Lederbank und hörte den Rednern zu.

Gelegentlich blickte sie zur Galerie hinauf, der sie vor mehr als sieben Jahren verwiesen worden war. Nun stimmte sie gemeinsam mit Kabinettsministern ab, berühmten Sozialisten, die sie damals aus der Ferne bewundert hatte: Arthur Henderson, Philip Snowden, Sidney Webb und dem Premierminister persönlich. Ethel hatte ihren eigenen Schreibtisch in einem kleinen Büro, das sie mit einer anderen Labour-Abgeordneten teilte. Sie stöberte in der Bibliothek, aß im Teeraum Buttertoast und holte Säcke voller Post ab, die an sie adressiert war. Sie ging in dem weitläufigen Gebäude umher, lernte dessen Aufbau kennen und versuchte das Gefühl zu entwickeln, sie habe ein Recht, dort zu sein.

An einem Tag Ende Januar nahm sie Lloyd mit und zeigte ihm den Westminster Palace. Lloyd war nun fast neun Jahre alt und hatte noch nie ein so großes und prächtiges Gebäude betreten. Ethel versuchte ihm die Grundsätze der Demokratie zu erklären, aber dafür war er noch ein wenig zu klein.

Auf einer schmalen, mit rotem Teppich ausgelegten Treppe an der Grenze der Bereiche für das Unter- und das Oberhaus begegneten sie Fitz. Auch er hatte einen jungen Gast bei sich: seinen Sohn George, genannt Boy.

Ethel und Lloyd wollten nach oben, Fitz und Boy kamen herunter. Sie trafen sich auf dem Absatz in der Mitte.

Fitz starrte Ethel an, als erwartete er, dass sie ihm Platz machte.

Fitz' Söhne, Boy, der Erbe des Titels, und Lloyd, der rechtlose Bastard, waren im gleichen Alter. Sie musterten einander mit unverhohlenem Interesse.

Auf Tŷ Gwyn, erinnerte sich Ethel, hatte sie sich immer mit dem Rücken zur Wand stellen und den Blick senken müssen, sobald sie Fitz auf dem Gang begegnete, bis er an ihr vorübergegangen war.

Nun blieb sie mitten auf dem Treppenabsatz stehen, hielt Lloyd fest bei der Hand und starrte Fitz ins Gesicht.

»Guten Morgen, Lord Fitzherbert«, sagte sie, trotzig das Kinn erhoben.

Fitz starrte zurück. Sein Gesicht zeigte wütende Ablehnung. Schließlich entgegnete er: »Guten Morgen, Mrs. Leckwith.«

Ethel schaute seinen Sohn an. »Du musst Viscount Aberowen sein«, sagte sie. »Wie geht es dir?«

»Wie geht es Ihnen, Madam?«, erwiderte das Kind höflich.

»Und das ist mein Sohn Lloyd«, sagte sie zu Fitz.

Er würdigte den Jungen keines Blickes.

Doch so leicht wollte Ethel ihn nicht davonkommen lassen. »Gib dem Earl die Hand, Lloyd«, sagte sie.

Lloyd streckte gehorsam die Hand aus. »Freut mich, Sie kennenzulernen, Earl.«

Einen Neunjährigen zurückzuweisen wäre würdelos gewesen; Fitz musste ihm die Hand schütteln.

Zum ersten Mal im Leben berührte er seinen Sohn Lloyd.

»Und nun wünschen wir Ihnen einen guten Tag«, sagte Ethel und machte einen Schritt nach vorn.

In Fitz' Gesicht tobte ein Unwetter. Widerstrebend trat er mit seinem Sohn zur Seite. Dann warteten beide mit dem Rücken zur Wand, bis Ethel und Lloyd an ihnen vorübergegangen und die Treppe hinaufgestiegen waren.

ENDE

Historische Persönlichkeiten

In diesem Roman treten eine Reihe historischer Persönlichkeiten auf. Dazu werde ich manchmal von Lesern gefragt, wie und wo ich die Grenze zwischen Wahrheit und Fiktion ziehe. Diese Frage ist berechtigt, und ich will sie gerne beantworten: In einigen Fällen – zum Beispiel, wenn Sir Edward Grey vor dem Unterhaus spricht – werden meine erfundenen Charaktere Zeugen eines Ereignisses, das sich tatsächlich zugetragen hat. Was Sir Edward in diesem Roman sagt, entspricht den Parlamentsprotokollen. Ich habe seine Rede lediglich ein wenig gekürzt und hoffe, nichts Bedeutsames ausgelassen zu haben.

Manchmal begibt sich eine reale Person an einen fiktionalen Ort, zum Beispiel, wenn Winston Churchill Tŷ Gwyn besucht. In diesem konkreten Fall habe ich mich vergewissert, dass es nicht ungewöhnlich für Churchill war, Landhäuser zu besuchen, und dass er zu dem im Roman gewählten Zeitpunkt tatsächlich die Gelegenheit dazu gehabt hätte.

Wenn »echte« Menschen mit meinen erfundenen Charakteren sprechen, sagen sie zumeist Dinge, die sie wirklich irgendwann einmal gesagt haben. Wenn Lloyd George beispielsweise Fitz erklärt, weshalb er Lew Kamenew nicht des Landes verweisen will, beruht dies auf eigenen Aussagen Lloyd Georges in einem Memorandum sowie auf den Angaben von Peter Rowland in seiner Lloyd-George-Biografie.

Meine Regel lautet: Entweder *ist* die Szene so geschehen, oder sie hätte so geschehen *können*. Entweder *sind* die Worte so verwendet worden, oder sie *hätten* so verwendet werden können. Wenn eine Szene aus irgendeinem Grund nicht so geschehen sein kann oder wenn die Worte nicht so gesagt sein können – zum Beispiel, wenn die betreffende Person zum Zeitpunkt des Geschehens außer Landes gewesen ist –, schreibe ich es auch nicht.

Danksagung

Mein wichtigster historischer Berater für diesen Roman war Richard Overy. Weitere Historiker, die meine Entwürfe gelesen, korrigiert und mich vor Fehlern bewahrt haben, waren John M. Cooper, Mark Goldman, Holger Herwig, John Keiger, Evan Mawdsley, Richard Toye und Christopher Williams. Susan Pedersen danke ich für Hinweise zum Thema »Trennungsgeld für Soldatenfrauen«.

Wie immer hat Dan Starer von Research for Writers in New York viele dieser Berater für mich gefunden.

Zu den Freunden, die mir geholfen haben, gehört Tim Blythe, der mich mit mehreren Büchern versorgt hat, die von grundlegender Bedeutung für meine Recherchen waren; Adam Brett-Smith, der mich in Sachen Champagner beraten hat; Nigel Dean mit seinem scharfen Blick; Tony McWalter und Chris Manners, zwei kluge und aufmerksame Kritiker; Eisenbahnfan Geoff Mann mit seinen Kenntnissen über Lokomotivräder sowie Angela Spizig, die den ersten Entwurf gelesen und aus deutscher Sicht kommentiert hat.

Zu den Lektoren und Agenten, die das Manuskript gelesen und kommentiert haben, zählen Amy Berkower, Leslie Gelbman, Phyllis Grann, Neil Nyren, Imogen Taylor und – wie immer – Al Zuckerman.

Schließlich möchte ich allen Familienangehörigen danken, die mir nach dem Studium des Manuskripts Tipps gegeben haben, besonders Barbara Follett, Emanuelle Follett, Marie-Claire Follett, Jann Turner und Kim Turner.